Ullstein Werkausgaben

Theodor Fontane

# Briefe

Herausgegeben von
Walter Keitel und
Helmuth Nürnberger

Werke und Schriften
Band 54

# Theodor Fontane

# Briefe

Vierter Band
1890–1898

Fontane Bibliothek

Fontane Bibliothek
Ullstein Buch Nr. 4552
im Verlag Ullstein GmbH,
Frankfurt/M – Berlin

Ungekürzte Ausgabe
Nachdruck der Ausgabe des
Carl Hanser Verlags

Der vorliegende Band wurde
herausgegeben von Otto Drude
und Helmuth Nürnberger
unter Mitwirkung von Christian Andree
Für die Taschenbuchausgabe durchgesehen
von Helmuth Nürnberger und Michael Stitz

Umschlagentwurf:
Theodor Bayer-Eynck
unter Verwendung eines Ausschnitts
aus »Berlin: Alexanderplatz. Szenen:
Die Königskolonnaden in der alten Königsstraße
mit Blick auf den Hochbahnhof
und den Alexanderplatz im Hintergrund«
Holzschnitt nach einer Zeichnung
von Wilhelm Geißler, Ende 19. Jhdt.
Abbildung auf der Rückseite:
Fontane 1896. Kreidezeichnung
von Max Liebermann
Schiller-Nationalmuseum Marbach
Fotowerkstatt Michaelis


Printed in Germany 1987
Druck und Verarbeitung:
Ebner Ulm
ISBN 3 548 04552 9

November 1987

Im Impressum des Ullstein Buches 4549,
Theodor Fontane, Briefe, Erster Band,
ist bedauerlicherweise ein Fehler zu verzeichnen.
Es muß heißen: Der vorliegende Band wurde
herausgegeben von Otto Drude und
Helmuth Nürnberger. Walter Keitel ist
lediglich Mitherausgeber der Gesamtausgabe.

# INHALTSÜBERSICHT

1890 . . . . . . . . . . . . . . . . . . . . . . . . 7
1891 . . . . . . . . . . . . . . . . . . . . . . . . 80
1892 . . . . . . . . . . . . . . . . . . . . . . . . 171
1893 . . . . . . . . . . . . . . . . . . . . . . . . 244
1894 . . . . . . . . . . . . . . . . . . . . . . . . 318
1895 . . . . . . . . . . . . . . . . . . . . . . . . 413
1896 . . . . . . . . . . . . . . . . . . . . . . . . 517
1897 . . . . . . . . . . . . . . . . . . . . . . . . 624
1898 . . . . . . . . . . . . . . . . . . . . . . . . 683

Nachbemerkung . . . . . . . . . . . . . . . . . . . . 761
Druckfehler und Ergänzungen . . . . . . . . . . . . . 763
Benutzte Literatur (zu Band 1–4) . . . . . . . . . . . 767
Verzeichnis der Briefempfänger (zu Band 1–4) . . . . . . . 777
Inhaltsverzeichnis . . . . . . . . . . . . . . . . . . 787

## 1. *An Paul Meyer*

Berlin 3. Januar 90
Potsdamer Str. 134c.

Hochgeehrter Herr.

Erst als sich die großen Wasser des 30. verlaufen hatten, habe ich von Ihrer literarischen Liebesthat gehört: Absuchung meiner Opera omnia, und will mit meinem Danke für so große, so besondere Liebenswürdigkeit doch bis morgen Abend nicht warten. »Das aber sei Dein Heiligthum.« Wie reizend. In stillerer Zeit schreite ich zu einem Spezialstudium und komme dann erst zu rechtem Genuß. Worunter ich nicht den Wein verstehe; der kommt noch später dran.

Daß Theo heut Abend kommt, freut mich sehr. Er schrieb an den Rand seiner Karte: »Eigentlich müßte ich erst am 4. Morgens eintreffen, damit sich sagen ließe: »guter Rath kommt über Nacht«. Allerliebst.

In vorzüglicher Ergebenheit

gez. Th. Fontane.

## 2. *An Karl Frenzel*

Berlin, 5. Januar 1890

Teuerster Doktor.

Eben habe ich einen Brief an Heyden geschrieben (denn Absolvierung des Unangenehmen ist immer erstes Gebot) und atme nun auf, indem ich mich *Ihnen* gegenübersehe. Wie lieb und gut war das alles, wie schön, wie dichterisch, wie maßvoll in der Beurteilung entgegenstehender Richtungen und wie glücklich vorgetragen unter sehr schwierigen Verhältnissen. Denn nächst den letzten Rednern, die dem »Radau« verfallen, hat der erste den schwersten Stand. Ich hatte geglaubt, Karl Frenzel zu kennen und erblickte ihn nun, auch literarisch, von einer ganz neuen Seite. Nochmals allerherzlichsten Dank.

Sie hatten, den ganzen Abend über, nur einen Konkurrenten, das war Goßler. Ich stehe nicht an – und hoffentlich stimmen wir darin überein –, diese kleine Stegreifrede für »epochemachend« in unsrem preußischen literarischen Leben anzusehn. Schon sein (des Ministers) schlichtes, natürliches, völlig unprätensiöses

Benehmen gewann ihm die Herzen und nun gar erst diese Rede voll Mut, Freiheit, Hoffnungsblick und Humor, und dabei doch reserviert und diskret, freilich nur, um auch diese Beamtentugenden wieder mit leiser Ironie zu behandeln.

Sie, Wichert, Goßler – »*die* Woche fängt gut an«, so gingen meine Gedanken, und der Abend hat mich auch nicht voll widerlegt. Aber freilich, die Episoden Lazarus und Heyden waren bitter für mich, denn ich liebe beide und bin beiden zu vielem Danke verpflichtet:

Ich nehme an, daß Ihre Rede, der ich absichtlich kein neues Schmuckwort beilege, irgendwo gedruckt erscheint, sonst würde ich um eine Abschrift bitten. Empfehlen Sie mich Frau Gemahlin angelegentlichst. In herzlicher Ergebenheit Ihr

Th. Fontane

*3. An August von Heyden (Entwurf)*

Berlin, den 5. Januar 1890.

Mein lieber alter Heyden.

Die Schlacht ist geschlagen und in erquicklicher Stille bin ich eben den Gestalten und Intentionen Deiner Tischkarte nachgegangen; ich glaube, daß es etwas sehr Gelungenes ist (auch Menzel nickte beständig sehr beifällig, hat Dir's vielleicht auch gesagt) und so mußt Du mir erlauben, wozu ich gestern nicht recht kam, noch herzlich dafür zu danken. Welch famoses Gegenüber von Douglas und Dörr, von kleinen Niedlichkeiten, und wie charakteristisch der nur drei Linsen große Wanderer im Cachnez. Die drei Sachen auf Seite 2, 3 und 4 sind aber vielleicht noch gelungener: die Jubiläums-Eilfahrt auf dem Champagnerwagen und die Schlußvignette sind eine höhere Idee.

Das unpassende Benehmen eines Bruchteils der einen Tafel hat mir freilich wie wohl auch vielen andern den Schluß des Festes verleidet und war, wie das Sprichwort sagt, der Hühnerdreck, der mir auf meinen Freudenteller fiel. Wichert, Stephany, Brahm, Schlenther waren außer sich darüber. Und ich, als der, der das Fest verschuldet hat, komme mir vor wie ein Mitschuldiger. Warum wird man 70? Eins aber laß Dir zum Schlusse noch sagen: mit oder ohne Schuld wir bleiben Dir und Deinem Hause in Dank und Liebe verschuldet und haben das in dieser Festwoche mehr denn je empfunden.

*4. An Wilhelm Hertz*

Berlin 12. Januar 90.
Potsd. Str. 134.c.

Sehr geehrter Herr Hertz.

Die großen Wasser fangen an sich zu verlaufen, Stephan ist durch den Ertrag von 200 Briefmarken bereichert und andres fordert wieder sein Recht. Unter diesen andren Rechtsforderungen sind leider immer noch Exemplare meiner »Gedichte«, die, so viele schon in die Welt gezogen, immer noch Nachschub fordern, weil immer noch unbesetzte Stationen existiren. Und so möchte ich denn noch 'mal (aber nun auch wohl zum letzten Mal) um 10 gebundene Exemplare bitten. Einige Personen sind immer noch leer ausgegangen, so z. B. der große Rittershaus in Barmen. Dagegen hat das Ausland: England, Holland, Belgien, Italien, viel verschlungen, was immer 90 ₰ kostete, 70 das Packet und 20 der Brief. Ich bin glücklich, daß ich's leisten kann, was ich nicht zu jeder Zeit meines Lebens sagen konnte. – Das Fest war *sehr* hübsch, aber ein Glück, daß es vorbei. Sich still einspinnen, ist mein Metier und meine Lust. In vorzügl. Ergebenheit

Th. Fontane.

*5. An Clementine Beyrich*

*Berlin* 14. Januar 90.
Potsd. Str. 134.c.

Hochverehrte, gnädigste Frau.

Habe ich Ihnen für die von Blumen begleiteten liebenswürdigen Glückwünsche schon gedankt? Fast ist mir so. Aber ich bin mir dessen (Verzeihung, daß ich dies offen ausspreche) nicht sicher und so wähle ich denn von den zwei Uebeln des Ridikülen und des Unartigseins, das mir kleiner erscheinende. Einmal mehr oder weniger komisch, ist schließlich kein großes Unglück und ein noch kleineres, wenn nicht gar ein Vorzug, ist ein gedoppelter Dank. Mit der Bitte, mich Ihrem Herrn Gemahl angelegentlichst empfehlen zu wollen, in vorzüglicher Ergebenheit

Th. Fontane.

*6. An Conrad Ferdinand Meyer*

*Berlin* 14. Januar 90.
Potsd. Str. 134.c.

Hochgeehrter Herr.

Schließlich hängt doch alles an dem Urtheil der Fachgenossen (das Publikum springt blos nach) und so wissen Sie denn, was mir ein Gruß wie der Ihre bedeuten mußte. Herzlichsten Dank, hochgeehrter Herr, und zu dem Danke den Gegenwunsch, daß Ihnen, zu unser aller Freude, noch ein reiches Schaffen beschieden sein möge.

In vorzüglicher Ergebenheit

Th. Fontane.

*7. An Maximilian Harden*

*Berlin* 14. Januar 90.
Potsd. Str. 134.c.

Hochgeehrter Herr.

Am 4. sah ich Sie, an der einen Quertafel, hochaufgerichtet sitzen, nah' und doch unerreichbar. Auch besser so, denn ich hatte damals Ihre liebenswürdige Karte noch nicht einmal gelesen. Nur der schöne Erica-Strauß war mir gleich am Morgen des 30. als maximilian-hardensch vorgestellt worden. Seien Sie, wie Frau Gemahlin, (die, wie ich sehe, den schönen Namen Katharina führt) herzlich für Beides bedankt. Daß das alles so spät eintrifft, wollen Sie mit meiner pressanten Lage gütigst entschuldigen. In vorzüglicher Ergebenheit

Th. Fontane.

*8. An Dr. Beckh (?)*

*Berlin,* 14. Januar 90.
Potsd. Str. 134. c.

Hochgeehrter Herr.

Eine ganz besondre Freude war mir Ihre so liebenswürdige wie schmeichelhafte Zuschrift. Etwas von Alters- und Adelsrespekt, und ich setze hinzu Gott sei Dank, steckt uns Sterblichen immer noch im Geblüt und sich so mittelbar aus 1644 heraus beglückwünscht zu sehn, thut ganz besonders wohl. Genehmigen Sie, hochgeehrter Herr, den herzlichsten Dank für diese Auszeichnung und empfehlen Sie mich allen andern Mitgliedern des Ordens angelegentlichst.

In vorzüglicher Ergebenheit

Th. Fontane.

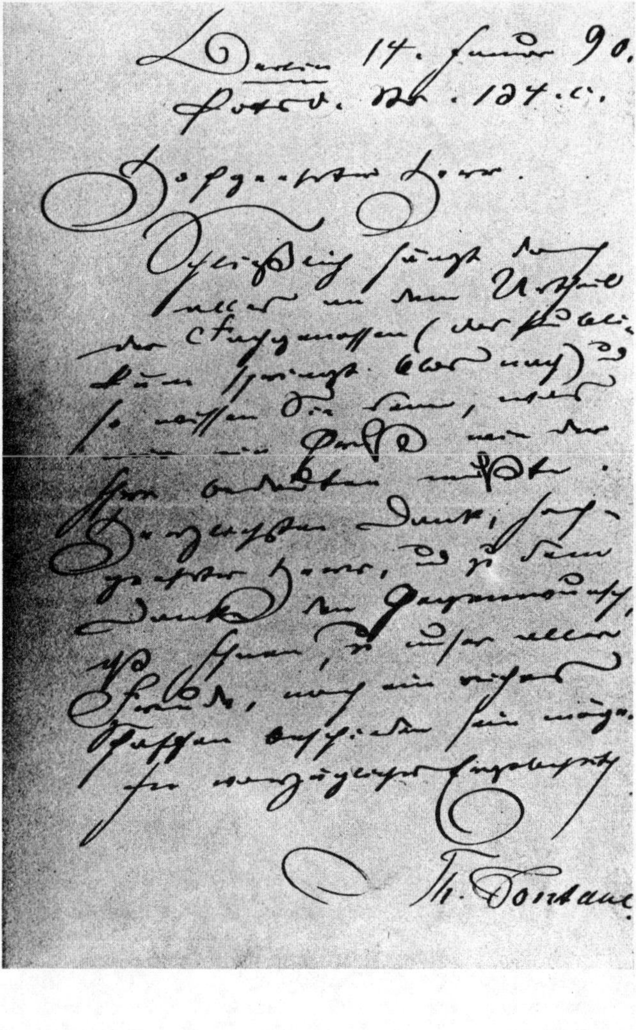

*An Conrad Ferdinand Meyer, 14. Januar 1890 (vgl. Nr. 6, S. 10).*

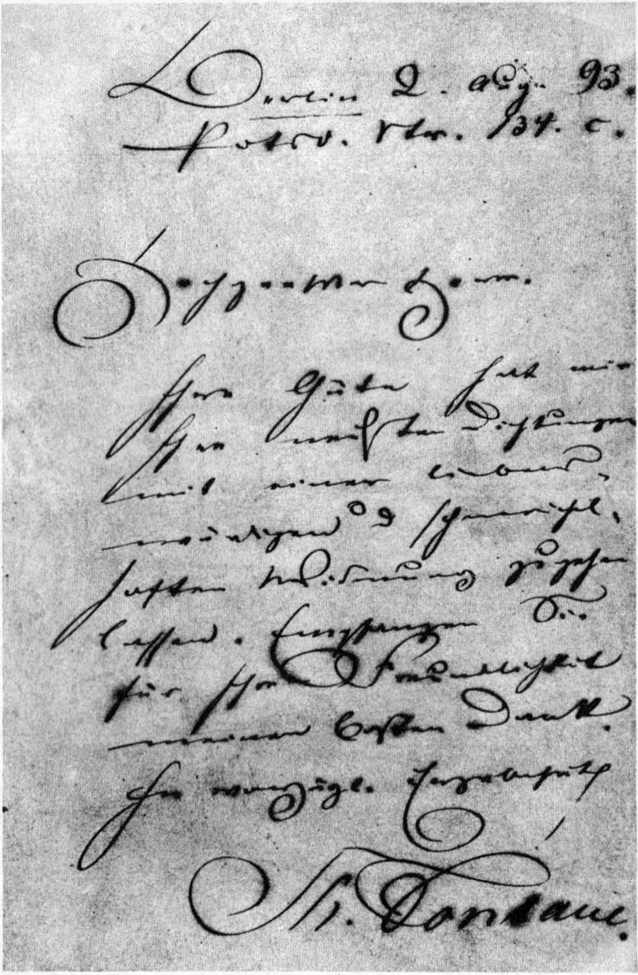

Berlin 2. Aug. 93.
Potsd. Str. 134.c.

Hochgeehrter Herr.

Ihre Güte hat mir
Ihre neusten Dichtungen
mit einer wohl-
wollend u. schmeichel-
haften Widmung zugeh-
lassen. Empfangen Sie
für Ihre Freundlichkeit
meinen besten Dank.
Ihr ergebenster
Th. Fontane.

*An Richard Dehmel, 2. August 1893 (vgl. Nr. 284, S. 271).*

9. *An Paul Heyse*

*Berlin* 15. Januar 90.
Potsd. Str. 134. c.

Mein lieber Paul.

Andre, selbst solche, die's gut verstehn, bringen es auf dem Gebiete des Gelegenheitsgedichts im günstigsten Fall zu einem einmaligen hochaufragenden Pic, bei Dir ist alles »Perus Ebene«, Hochebene also, und das Ganze höher als die Kegel der Andern. Das habe ich jetzt wieder erfahren. Als ich Dein erstes Fontane-Gedicht gelesen, erschien mir ein Drüberhinaus unmöglich und kaum gedacht, so war auch schon das zweite da, nicht drüber hinaus, aber doch bis hinan. Alles hier (am 30.) war entzückt davon, selbst die, die sich bei der Hummermayonnaise, zu der wir uns aufgerafft, unterbrochen sahn. Es waren schöne Tage, deren Bestes freilich das war, daß auch *sie* vorübergingen. Zu der Empfindung eines ernsthaft »Gefeierten« bin ich eigentlich keinen Augenblick gekommen, jedes Hochgefühl blieb mir fremd, und von dem berühmten »Schwellen der Brust« keine Spur. Es war ein Stück, in dem ich in einer bestimmten Rolle mitspielte, zugleich aber saß ich auch wieder im Parquet und alles zog wandelbildartig an mir vorüber. Ich darf sagen, halbe Stunden lang ging es mich gar nichts an und ich mußte mich immer wieder auf mich selbst besinnen. Der Gedanke, daß alles Irdische nur Bild, Vorstellung, Traum sei, hat mich nie so begleitet. Eine besondre Freude war mir das briefliche Wiederauftauchen von Personen, von denen ich seit 50 und selbst seit 60 Jahren nichts mehr wußte. »Mein Gott, mein lieber Rathenow, lebt Er noch; ich dachte, Er wäre längst todt,« – diese Worte des alten Fritz auf seiner letzten Ruppiner Reise, schwebten mir mehr als einmal auf der Lippe. – Daß Frenzel sich am Festabend so glänzend legitimirte, wirst Du vielleicht in den Zeitungen gelesen haben. Ich kann nur sagen, was Beethoven (ein etwas anmaßlicher Vergleich meinerseits) nach Aufführung des Freischütz gesagt haben soll: »Hätt's dem Männel nicht zugetraut.« Der eigentliche Sieger des Abends aber war Goßler. Solche Rede hat, den »catilinarischen Existenzen« gegenüber, noch niemals ein preußischer Minister gehalten. Der Jubel war groß.

Meine Damen empfehlen sich Dir angelegentlichst. Empfiehl mich Deiner hochverehrten Frau. Wie immer Dein alter, Dir speziell bei dieser Gelegenheit (denn Du brachtest erst Leben in die Bude) zu riesigem Danke verpflichteter

Th. Fontane.

10. *An Wilhelm Raabe*

Berlin, 15. Januar 1890.

Hochgeehrter Herr.

»Spät kommt Ihr...«, aber vielleicht darf ich sagen, daß ich noch besser entschuldigt bin, als Graf Isolan. Es waren schöne, aber sehr anstrengende Tage und in den Briefberg auch nur die ersten Stollen zu treiben, war schon eine Leistung.

Ihre Zeilen, hochgeehrter Herr, waren mir eine ganz besondere Freude, denn um es Ihnen bei dieser Gelegenheit auszusprechen, meine kleine Mansardenwohnung umschließt eine treue Raabe-Gemeinde, deren Haupt ich nicht einmal selber ausschließlich bin, vielmehr die Herrschaft mit Frau und Tochter teilen muß.

Neulich ereignete sich Folgendes: Meine Frau (noch aus der alten Zeit, also schwach in der Geographie) wurde beim Tee auf die Schweizerkantone hin examiniert und die Tochter suchte nachzuhelfen. »Nun die vier Waldstätten, Mama; wie heißen die? Denke doch nur an das Horn von ...... von ...... – »von Wanza.«

Die Geographie kam zu kurz, aber nicht Wilhelm Raabe. Nochmals herzlichen Dank. In vorzüglicher Ergebenheit

Th. Fontane.

11. *An Gerhart Hauptmann*

*Berlin* 16. Januar 90.
Potsd. Str. 134. c.

Hochgeehrter Herr.

Verspätet mit meinem Dank vor meine Gratulanten zu treten, genirt mich in einem fort, am meisten Ihnen gegenüber, dessen liebenswürdiger Brief, unter gewöhnlichen Umständen, eine umgehende Antwort erheischt hätte. Sie werden mir aber leicht verzeihn, wenn Sie hören, daß ich erst vorgestern Ihren Brief gelesen habe. Der Ansturm war zu groß und überschritt nicht nur meine Schreibe-, sondern auch meine Lesekraft.

Es wird mir eine Freude und Ehre sein, meinen Namen auf dem Widmungsblatt zu finden, auch wenn das Stück mir nicht gefallen sollte, was ich keinen Augenblick glaube. Denn zu dem Ernst Ihres Strebens und Ihrer Arbeit habe ich ein unbedingtes Vertraun und nur darauf kommt es an. Das Glücken – von der größren oder geringeren Zufälligkeit des äußren Erfolges ganz abgesehn – hat man nicht in der Hand, nur für seinen Willen und seinen Fleiß ist man verantwortlich. Und so denn nur tapfer den Namen aufs Blatt und wenn irgend ein Kahl Wilhelm auch 3 mal über den Zaun klettern sollte. In vorzüglicher Ergebenheit

Th. Fontane.

*12. An Gustav Graef*

*Berlin* 16. Januar 90.
Potsd. Str. 134. c.

Hochgeehrter Herr Professor.

Dieser wenn auch unverschuldet späte Dank, ist ein schlechter Ausdruck für die Freude, die Sie mir, hochgeehrter Herr, durch die reizenden, von so viel Liebenswürdigkeit diktirten Verse zu meinem 70. Geburtstage gemacht haben, desgleichen durch die prächtigen Photographien, von denen die eine mir die ersten, die andre die letzten Eindrücke zurückrief, die ich Ihrem künstlerischen Schaffen verdanke.

»Die verfolgte Phantasie« machte gleich während ihrer ersten Ausstellung in der Friedrichsstraße wenn ich nicht irre, einen so großen Eindruck auf mich, daß ich es Ihnen schon damals in ein paar Zeilen aussprechen wollte, aber man bleibt immer hinter seinen besten Vorsätzen zurück. Nun hole ich heute das Versäumte nach und danke zugleich nochmals für Ihre große Liebenswürdigkeit.

Hochgeehrter Herr Professor, in vorzüglicher Ergebenheit

Th. Fontane.

*13. An Adolf Kröner*

*Berlin*, d. 16. Januar 1890.
Potsdamer Str. 134c.

Hochgeehrter Herr Kommerzienrat.

Messen Sie meinen Dank nicht an meiner Versäumnis, die glücklicherweise bei Lichte besehn keine war noch ist. »Denn dieser letzten Tage Qual war groß.«

Ich habe Ihnen, hochgeehrter Herr, für so vieles zu danken, nicht nur für eine Gratulationskarte, sondern auch für die Haltung der Gartenlaube während dieser meiner »großen Zeit«, in der ich, nach fünfzigjähriger fast pennsylvanischer Absperrung vom Welt- und Literaturgetriebe, plötzlich meiner Nation als Theodorus victor gezeigt worden bin. Eine merkwürdige Rolle für mich. In schlimmer Lage bin ich auch R. v. Gottschall gegenüber, der sich so freundlich mit mir beschäftigt hat, und dem ich immer noch eine Besprechung seiner »Töchter Rübezahls« schulde. Daß ich selber als alter Rübezahl durchs schlesische Gebirge geschritten und Erzähler einer dort spielenden Mordgeschichte geworden bin, wird er kaum als Gegendienst gelten lassen.

Mich Ihren ferneren wohlwollenden Gesinnungen empfehlend, hochgeehrter Herr Kommerzienrat, in vorzüglicher Ergebenheit

Th. Fontane.

14. *An Albert Ebell*

*Berlin*, d. 20. Januar 1890.
Potsdamer Str. 134c.

Lieber alter Freund
aus den Tagen von Brinck und Krause.

Die Grüße von den ältesten Jahrgängen her haben mir natürlich am wohlsten getan. Und so hast Du denn nur zwei Rivalen: den Kürschnermeister Michaelis und Adolf Stegemann. Alles andere ist aus viel späterer Zeit. Sei herzlich für Deinen Gruß bedankt.

Auf dem Felde von Vionville, in Nähe der Büsche von Trouville, sah ich einen Ebell-Grabstein. Liegt da Dein Sohn? Ich habe meinen Ältesten auch verloren, aber nicht im Kriege, den er heil mit durchmachte, sondern hier in nächster Nähe von Berlin.

Letzten Sommer und Herbst habe ich mich viel mit Alexander Gentz beschäftigt. Ich möchte Dir das Geschriebene, so Du's erlaubst, gern zur Begutachtung schicken, da ich nicht gern Anstoß in Ruppin geben möchte.

Dein alter

Th. Fontane.

15. *An Maximilian Ludwig*

*Berlin* 21. Januar 90.
Potsd. Str. 134. c.

Hochgeehrter Herr Ludwig.

Seien Sie und Ihre hochverehrte Frau herzlichst bedankt für die lieben Worte, die Sie mir zum 30. zugerufen haben. Es ist so was drin, woran man den Ernst und die Wahrheit merkt, auf die es allein ankommt und in dieser Zeit des Scheins und der Phrase mehr denn je.

Die Festtage waren sehr schön und haben mir wohl gethan, trotzdem bedurfte es nicht meiner Skepsis, um ein gut Theil davon *nicht* recht zu glauben. Für Viele war es Ulk, Radau, Mumpitz und Einige fochten mit, deren Devise war »wir wollen doch mal sehn, was man dem Berliner alles einreden kann.«

Aber schließen Sie hieraus nicht, daß mich dies stark sich einmischende Element verdrießt, im Gegentheil, es gehört mit dazu. Das ganze Leben verläuft so.

In aufrichtiger herzlicher Ergebenheit Ihr

Th. Fontane.

*16. An Heinrich Jacobi*

Berlin, 23. Januar 1890

Hochgeehrter Herr Prediger.

Die Glückwünsche aus dem lieben Pfarrhause in Kriele haben mich ganz besonders erfreut, und Sie dürfen meine Freude nicht nach der anscheinenden Säumigkeit beurteilen, mit der mein Dank zu Ihren Händen kommt. »Der letzten Tage Qual war groß«, darf ich füglich mit Wallenstein sagen, und die Applanierung eines Briefberges verlangt ein Stück Zeit. Die besten Nummern sind außerdem bis zuletzt aufgehoben worden.

Daß bei dem allen auch Egoismus mitspielt (dieser süße Begleiter durch all unser Tun hin), versteht sich von selbst. Alle havelländischen Pfarrhäuser und nun gar, wenn sie dem Ländchen Friesack zugehören oder angrenzen, sind mir doppelt lieb und wert und wichtig geworden, seit ich an den Plan einer Bredow-Geschichte herangetreten bin, denn wenn alle Stränge reißen, würde ich den Versuch machen, der Geschichte von der Pfarrhausseite her und mit Hülfe des Pfarrhauses beizukommen, und Ihre Hülfe würde mir dabei unschätzbar sein. Wie man sich in Italien, als deutscher pittore, früher von Kloster zu Kloster durchfraß, so würde ich, an Ihrer Hand, im Havellande vielleicht von Pfarrhaus zu Pfarrhaus wandern können und schließlich mit Beharrlichkeit und Mühe meinen Bredow-Stoff zusammenkratzen. Daß mir das, auf die eine oder andere Weise, noch vergönnt sein werde, wünsche ich aufrichtig, denn ich halte den Bredow-Stoff nach wie vor für einen ganz besonders glücklichen, glücklich namentlich für mich, da ich nirgends auf das *Große* aus bin (*das* findet doch seinen Darsteller), sondern auf das Mittlere, selbst auf das Kleine, das ich, idyllisch und humoristisch angeflogen, am liebsten behandle. Leider – ich sage ganz aufrichtig leider – ist die ganze Geschichte in Schwanken und Unsicherheit geraten, da man mich, nach meinem

Jubelfeste, selber zu einer kleinen Größe raufgepufft hat und nun auch von *mir* etwas wissen will. Mit andern Worten, ich soll durchaus eine Autobiographie schreiben, und mir sind daraufhin, pekuniär, sehr günstige Anerbietungen gemacht worden, namentlich von meiner Vossischen Zeitung, die sich ohnehin sehr generös gegen mich benommen und mich, wie einen alten Beamten, regelrecht und auskömmlich pensioniert hat. Aber können Sie sich denken (ein Fall, der in der Literaturgeschichte vielleicht noch gar nicht dagewesen ist), daß ich lieber über die Bredows als über mich selber schreibe, trotzdem mein Leben, in seinem bunten Wechselgange, *auch* ein sehr guter Stoff ist.

Vorläufig bin ich noch ganz in Schwanken und Unsicherheit. Es ist mir aber wahrscheinlich, daß ich, aller äußerlich klugen Berechnung zum Trotz, mich für die Bredow-Kapitel entscheiden werde. Denn abgesehen von der Bedeutung der Familie, neben der ein kleines Einzeldasein wie das meinige verschwindet, möchte ich auch – wie ich das schon mal in einem Briefe, ich weiß nicht mehr ob an den Landiner oder Friesacker Bredow ausgeführt habe – der Welt und der *Geschichtschreibung* zeigen, wie man solchen Stoff überhaupt zu behandeln hat, gründlich und doch nicht langweilig. Das klingt etwas anmaßlich, aber ich glaube, daß ich dies zu sagen berechtigt bin.

Von meinem »Jubelfeste« schreibe ich Ihnen nicht; die konservativen Blätter, die mich, als einen »Abtrünnigen« (es ist aber nicht so schlimm damit), einigermaßen auf dem Strich haben, haben nur sehr wenig davon gebracht, aber gelegentlich kommt auch wohl ein anderes Blatt Ihnen zu Händen, und die haben es an weitschichtiger Schilderung, der ich kaum etwas hinzuzufügen hätte, nicht fehlen lassen. Man hat mich kolossal gefeiert und – auch wieder gar nicht. Das moderne Berlin hat einen Götzen aus mir gemacht, aber das alte *Preußen*, das ich, durch mehr als 40 Jahre hin, in Kriegsbüchern, Biographien, Land-und Leute-Schilderungen und volkstümlichen Gedichten verherrlicht habe, dies »alte Preußen« hat sich kaum gerührt und alles (wie in so vielen Stücken) den Juden überlassen. Minister von Goßler, mein alter Gönner, riß die Sache zwar persönlich heraus, aber »ich sah doch viele, die nicht da waren«. Nun, »es muß auch *so* gehen«, sagte der alte Yorck bei Laon, als die Russen nicht anrücken wollten. Empfehlen Sie mich allen lieben Insassen Ihres Pfarrhauses; nach Landin hin schreibe ich noch. In vorzüglicher Ergebenheit

Th. Fontane

*17. An Detlev von Liliencron*

*Berlin* 23. Januar 90.
Potsd. Str. 134. c.

Hochgeehrter Herr Baron.

Mein Dank für Ihre liebenswürdigen Worte kommt etwas spät, aber es waren arbeitsvolle Wochen und noch immer ist der Briefberg nicht abgetragen. Diese Sachlage wird mich entschuldigen. Ich höre, daß Sie an Uebersiedelung nach München denken; ist dem so, so gratulire ich dazu von ganzem Herzen. Ich glaube, das ist *ganz* Ihr Platz. Ich gehe noch weiter: es ist die einzige Stadt in Deutschland, wo Künstler leben können. Der eigentliche Grundstock der Bevölkerung ist zwar so geistig todt und verbiert wie nur möglich, aber der Kunstzuzug aus aller Herren Länder ist so groß, daß eine Nebenbevölkerung existirt und in dieser lebt sich's freier und frischer als irgendwo. So denn Glück auf. In vorzüglicher Ergebenheit

Th. Fontane.

*18. An Friedrich Fontane*

Berlin, 28. Januar 90
Potsdamer Str. 134 c

Mein lieber Friedel.

Ich sitze noch immer so in Briefschulden und Besuchsverpflichtungen, daß ich Dir auch heute nur ganz kurz die Hauptpunkte schreiben kann. Also:

1. Du erhälst »Stine« statt der kleinen Novellen.

2. Das Honorar, nach »Irrungen Wirrungen« berechnet (denn »Stine« ist kürzer) empfängt Theo.

3. Theo empfängt auch das im Steffenschen Contrakt vorgesehene Honorar, wenn von »Irrungen Wirrungen« eine 2. Auflage nöthig werden sollte.

Das, denke ich, genügt für heute. Du siehst, ich thue was ich kann. Geld nehme ich von Dir nicht an, – es fällt theils direkt an Theo, theils in eine Art Familienfond, über den ich mich mit Theo benehme.

Laß mich wissen, ob Du hiermit einverstanden bist. Wie immer Dein alter

Papa.

*19. An Georg Friedlaender*

Berlin 28. Januar 90.
Potsd. Str. 134.c.

Hochgeehrter Herr.

Die Ersten werden die Letzten sein. An Müller und Schultze habe ich 3 Wochen lang Briefe bis zur Erschlaffung geschrieben, ganz zuletzt erst kommen die Eigentlichen und unter den Eigentlichsten sind Sie.

Daß Sie zu meinem Feste kamen, welche große Liebenswürdigkeit, welche wirkliche Freude, größer als Sie sich denken können. Wenn diese Freude nicht wie ein Schwärmer- und Raketen-schleuderndes Feuerrad zu Tage getreten ist, so war sie trotzdem da und Sie werden mir's in Rechnung stellen, wie schwer meine Situation an jenem Abend war.

An jenem Abend und – auch hinterher. Vielfach habe ich jetzt das Gefühl, als sei seitdem alles schief gegangen und als sei das Fest nichts gewesen, als ein Quell aller möglichen Unliebsamkeiten. Ungefähr 400 Dankesbriefe habe ich geschrieben (eine wahre Bereicherung der Staatseinnahmen) und bei jeder Gelegenheit habe ich auch noch persönlich gedankt, ich darf Ihnen aber aufrichtig versichern, daß ich das Gefühl habe, niemanden recht zufrieden gestellt zu haben. Im Gegentheil, alles ist verletzt, gekronken. Das für mich Schreckliche dabei ist, daß ich den »Hauptleuten« bis zu einem gewissen Grade Recht geben muß. Einzelne haben so viel für mich gethan, daß sie das Gefühl unterhalten dürfen: »er müßte dankbarer, aufmerksamer, überhaupt mehr für uns da sein«, aber sie würden anders sprechen, wenn sie wüßten, in welchen abgehetzten und abgequälten, zum Theil auch abgeärgerten Zuständen ich diese 4 Wochen verbracht habe. Der ganze Hergang ist mir wieder ein rechter Beweis, ein wie fragliches Glück eine derartige Auszeichnung ist; ich habe das Gefühl, daß sich die Zahl meiner Gegner seitdem verdoppelt, verdreifacht hat und daß meine Verehrer und Anschwärmer von mir zurückgekommen sind. Alles wäre anders gewesen, wenn ich gleich hätte abreisen können. Aber wo soll man in der ersten Januarwoche hin? Eigentlich kann man's doch blos zu Hause aushalten; der Parmesankäsefraß andrer Gegenden ist nicht zu bewältigen. Und so blieb ich denn. Außerdem hat mich die Voss. Zeitung pensioniert und ein bescheidener »Pensionär« kann nicht gleich nach Rom reisen, um sich Leo XIII. anzusehn. Bitte, schreiben Sie mir doch, welchen Eindruck Sie von dem Fest gehabt haben. Man sagt mir, es sei merkwürdig *gut* verlaufen, und diesen Eindruck habe ich auch persönlich gehabt; die Friktionen, Eifersüchteleien *etc. etc.* von denen ich oben sprach, haben erst später begonnen. Aber vielleicht hat auch schon das Fest die Anfänge davon gezeigt. Wäre Mai, so machte ich mich auf und vergäße bei Frau Schreiber oder irgend sonst wo im Gebirge die ganze Berliner Culturwelt. Wie wirkt »Quitt«? Ich habe, seit der Roman in der Gartenlaube steht, noch keine Zeile davon gelesen. 1000 Grüße und Empfehlungen allerseits. In herzlicher Ergebenheit Ihr

Th. Fontane.

20. *An Ludwig Fulda*

*Berlin* 30. Januar 90.
Potsd. Str. 134. c.

Hochgeehrter Herr.

Stephany und Frau wollen am Sonntag 5 ½ bei uns essen und beide, wie vor allem auch wir selbst, würden uns *sehr* freun, wenn auch Sie, hochgeehrter Herr, mit von der Partie sein wollten. Vielleicht – wenn das Repertoire keinen Strich durch die Rechnung macht – können wir Ihnen auch die kleine Conrad vorsetzen. Um gefällige (hoffentlich zustimmende) Antwort bittend, in vorzügl. Ergebenheit

Th. Fontane.

21. *An Philipp zu Eulenburg*

*Berlin*, d. 30. Januar 1890.
Potsdamer Str. 134 c.

Hochgeehrter Herr Graf.

In Unkenntnis darüber, ob ein Gesandter ein für allemal eine Exzellenz ist oder nicht, halte ich es doch für geraten, bei der alten Anrede zu bleiben, die den Vorzug hat, im wesentlichen das Richtige zu treffen, auch wenn ihr das Vollmaß fehlt. Was Ihnen die Geburt gegeben, ist Gott sei Dank ein Etwas, das auf weiteres Ornament verzichten kann.

Ich hätte längst von mir hören lassen sollen, schon als mein »Fünf Schlösser«-Buch mit dem Liebenbergkapitel erschien, und auch jetzt wieder, wo die »Gedichte« schon monatelang da sind, ist die heutige respektvolle Überreichung derselben ein verspäteter

Akt. Aber man kommt ja aus den Verstößen und Irrtümern nicht heraus, und das Alter macht es nur schlimmer.

Zu meinen glücklichsten »Wanderungs«-Tagen in Mark Brandenburg gehören die in Liebenberg verbrachten, und in dankbarer Erinnerung daran empfehle ich mich Ihnen und Frau Gemahlin, wie der Gräfin, Ihrer Frau Mutter, desgleichen den Schwiegereltern, gleichviel ob sie zurzeit auf deutschem oder schwedischem Boden weilen mögen.

In vorzüglicher Ergebenheit

Th. Fontane.

22. *An Max von Bredow*

[Berlin,] 30. Januar 1890

Hochgeehrter Herr v. Bredow.

Gleichzeitig mit diesen Zeilen gebe ich ein Buch zur Post und bitte desselbe Ihnen und speziell auch Frau Gemahlin (denn Damen finden immer eher noch mal Lust und Zeit ein Gedicht zu lesen) überreichen zu dürfen. Das Buch sollte schon zu Weihnachten in Landin eintreffen, aber mit einem Male gab es beim Verleger keine gebundenen Exemplare mehr, die nun auch in der Weihnachtswoche, dieser geschäftlichen Glanzwoche der Buchbindereien, nicht mehr zu beschaffen waren. Nachher kam meine Jubiläumszeit und ich wurde meinem Volke gezeigt, wie der bekannte, aus Rücksicht gegen mich nicht zu nennende Pariser in der Fastnachtswoche. Mit der Bitte, mich den Damen Ihres Hauses, der Frau Mama leider unbekannterweise, gehorsamst empfehlen zu wollen, in vorzüglicher Ergebenheit

Th. Fontane.

23. *An Otto Franz Gensichen*

*Berlin*, 30. Januar 90
Potsd. Str. 134 c

Theuerster Doktor.

Habe ich Ihnen schon für Ihren liebenswürdigen Glückwunsch zu meinem 70. Geburtstage gedankt? Ich fürchte nein und so genehmigen Sie ihn denn heute, wenn auch leider sehr verspätet. Aber Sie wissen, wie das so in solchen Tagen geht.

Zum Schluß komme ich noch mit einer Bitte. Von meinen Erzählungen soll eine Gesamt-Ausgabe erscheinen, darunter auch der dicke 4bändige Roman. Nun möchte ich gern, die von Ihnen mit nur zu gutem Recht monirten Fehler korrigiren, so zu sagen den Fleck tilgen. Nun mit dem Fleck ist es leicht, aber da war noch ein zweiter, den ich wieder vergessen habe. Wissen Sie's noch? Mir geschähe ein Dienst damit, wenn Sie mir's noch mal auf einer Karte schreiben wollten. In vorzüglicher Ergebenheit Ihr

Th. Fontane

*24. An Julius Rodenberg (Entwurf)*

[Berlin, Januar 1890]

Hochgeehrter Herr.

Ich schreibe noch mal, aber Sie brauchen mir nicht zu antworten. Es wäre grausam, einen vollbeschäftigten Redakteur in eine bloße Meinungsaustauschkorrespondenz verwickeln zu wollen. Es ist alles so, wie Sie's schreiben, von Verstimmung keine Rede; den Roman, über dem hoffentlich glückliche Sterne stehen, erhalten Sie (hoffentlich nicht später als um Ostern, selbst auf die Gefahr hin, daß sich die Bedenken erneuern) gleich nach beendeter Durchkorrigierung, also mutmaßlich gegen Ostern und erfüllt mich nur der Wunsch, daß sich die Bedenken nicht erneuern. Sie sind ein ausgezeichneter Redakteur, neben vielen andern Tugenden auch mit feinstem kritischen Gefühl ausgerüstet, dazu wohlwollend. Was will man noch mehr? Alle gelegentlichen Differenzen entstehen aus der Frage: wie weit hat der (gültige) Schriftsteller, besonders der, der sein Elend zu hohen Jahren gebracht hat ein für alle mal Recht? Wenn die Antwort kurz und prompt lautete »nie« und dies »nie« konsequent durchgeführt würde, so könnte man sich verhältnismäßig leicht beruhigen. Diese konsequente Durchführung existiert aber, wenigstens soweit meine Wahrnehmungen reichen, *nicht*. Das, wodurch zwar nicht das Urteil, aber doch die Handlungsweise der Redaktionen und nun gar erst der Verleger, bestimmt wird, ist allein die Machtstellung, die der Autor einnimmt. Ist er ganz auf der Höhe, so wird alles genommen und jede Summe gezahlt. Und so kommt es denn doch zu einem Parteimaß. Julius Wolff, Ebers, die Hillern, Ossip Schubin, Wildenbruch, Sudermann, die beherrschen unsere Zeit oder haben doch Epochen gehabt, wo sie über der Kritik standen oder doch außerhalb, wo deshalb sich anmelden und angenommen werden eins war. Der Rest kommt vor die Hunde.

Daß einem angesichts dieser Tatsache mitunter etwas weh ums Herze wird, werden Sie begreiflich finden, aber weh ums Herze ist etwas ganz anderes als Verstimmung. Es hilft nichts, die Würfel fallen, wie sie fallen sollen.

Ergebenst Ihr

Th. Fontane.

*25. An Georg Friedlaender*

Berlin, 5. Febr. 90.
Potsd. Str. 134.c.

Hochgeehrter Herr.

Herzlichen Dank. »Da weiß man doch, warum man wacht«, und bei Ihnen, warum man liest; man hat sein morceau de resistance und erfährt hunderterlei, während der moderne Brief immer mehr den Telegrammstil annimmt und einen nur erfahren läßt: »kann nicht kommen; Jacques est malade«, oder Aehnliches. Die Urgeschichte von »Jacques est malade« kennen Sie muthmaßlich; welche Berliner Anekdote dränge *nicht* zu Ihnen?

Von meinem Feste habe ich mich nun allmählig erholt, bin aber noch nicht zum Arbeiten gekommen, wonach ich mich nach gerade sehne, wie nach Linsensuppe, wenn Dinertage hinter mir liegen. Ich habe seit mehr als 6 Wochen nichts geschrieben, als eine längere Kritik über Tolstois »Macht der Finsterniß«, von der mir Stephany dann mehr als 2/3 strich, während die Druckerei sich mühte, durch Doppeldruck einiger Zeilen dies Deficit ein klein wenig wieder zu balanciren, dafür und dadurch aber einen vollkommenen Unsinn herstellte. Früher hätte das 8 Tage lang an meinem Leben gezehrt, jetzt ist es mir beinah gleichgültig. Loben kann ich solch Verfahren aber freilich nicht. Soll meine Auffassung nicht gelten, so muß man einen Andern mit der Berichterstattung über diese Dinge betraun, so lange man mich aber dabei beläßt, muß man mein »ja« und »nein« auch respektiren, um so mehr als man weiß, daß ich nur durch rein künstlerische Motive in meinem Urtheil bestimmt werde.

Sehr interessirt hat mich, was Sie mir über den Ausgang der alten Verschwörer-Clique geschrieben haben und daß das Doktorgenie nur durch Vorspiegelung einer 6 spännigen Hochzeitskutsche ins Irrenhaus gebracht werden konnte. Das Vergnügen an der Geschichte hat aber doch einen bitteren Bei- und Nachgeschmack; – das war nun also die ärztliche Capacität, auf die, mehrere Jahre lang, das leidende Schmiedeberg angewiesen war! Gar kein Arzt, das geht, da trägt man sein Leid und seinen Tod wie sein Schicksal, aber sich so wissenschaftlich hinmassakriren zu lassen, das ist bitter. Sie schreiben an einer andern Stelle von einer »Grosser-Tragödie«; wir wissen nichts davon, wenn nicht der eine Sohn mit seiner Mesalliance gemeint ist. Wo viel Geld ist, geht immer ein Gespenst um; je älter ich werde, je tiefer empfinde ich, soll heißen je schärfer beobachte ich den Fluch des Goldes; es scheint doch fast wie göttlicher Wille, daß sich der Mensch sein täglich Brot verdienen soll, der Minister natürlich anders wie der Tagelöhner, aber immer Arbeit mit bescheidnem Lohn. Ererbte Millionen sind nur Unglücksquellen und selbst die reichen Philantropen [!] sind elend, weil das Studium der Niedertracht und Undankbarkeit der Menschen ihnen ihr Thun verleidet. Eben war ein Herr bei mir, der mir vom jetzigen Besitzer von Gentzrode (zwischen Ruppin und Rheinsberg) erzählte, er habe schließlich seinem ganz ruppig gewordenen »Livréekutscher« eine »neue« Livrée für 20 Mark auf dem Mühlendamm gekauft. *Der* ist freilich kein Philanthrop, aber auch nicht schön. – Kommt die »Freie Bühne« (neue Wochenschrift) nach Schmiedeberg? Sehr lesenswerth. Brahm Chefredakteur. Darf ich bitten, mich Frau Gemahlin empfehlen und Bergel grüßen zu wollen; einen Gruß auch an die Kinder. In herzlicher Ergebenheit Ihr

Th. Fontane.

*26. An Friedrich Fontane*

*Berlin* 10. Febr. 90.
Potsd.Str. 134.c.

Mein lieber Friedel.

Ich würde Dir mit den 5 Exemplaren, die ich noch habe, gern zu Diensten sein, es geht aber nicht gut und um so weniger gut, je geringer die überhaupt noch existirende Gesammtzahl ist. Denn um so mehr genirt es mich, Hertz meinerseits noch um ein paar Exemplare anzugehn. Und doch müßte ich das, da 3 Exemplare morgen oder übermorgen noch in die Welt sollen und zwar Exemplare, die für Georgen's ehemalige Vorgesetzte und Gönner bestimmt sind, drunter Rheinbaben und Holy v. Poniencicz, die blos noch keine haben, weil ich ihren Garnisonsort bis dato nicht ermitteln konnte.

Außerdem hilft Dir die Geschichte auch nicht viel, in 3 oder spätestens 8 Tagen wäre dieselbe Pleite wieder da; ich bin neugierig wie sich die Sache entwickelt.

Wie immer Dein alter

Papa.

Liegt Dir aber *sehr* daran (was ich kaum annehme) so kannst Du die Exemplare kriegen.

*27. An Hermann Wichmann*

Berlin, 14. Februar 1890.
Potsdamer Str. 134 c.

Theuerster Wichmann!

Heute geht es mir endlich ein Bischen besser und so schreibe ich denn, zunächst um Ihnen nochmals auf's Herzlichste für einen so liebenswürdigen Brief zu danken. – Es hat mir schon das erste Mal sehr gut in Rom gefallen und unter Ihrem Rath und Beistand würde der Kunst- und Naturgenuss ein sehr gesteigerter sein. Und was noch wichtiger ist, der Aufenthalt würde, auch nach der menschlichen Seite hin, eine freundlichere Gestalt gewinnen, – alles absolute sich fremd und einsam fühlen würde in Wegfall kommen. Dennoch, und wenn ich sechs ideale Wochen in Rom zubringen könnte (was in dieser Welt voll Kopfweh, Zahnschmerzen und Magenkolik, anderer Unberechenbarkeiten zu geschweigen, doch immer fraglich bleibt), dennoch, sag ich, würde sich kein ganz richtiges Verhältnis von Einsatz und Gewinn herausstellen, weil der denkbar höchste Gewinn aufgehört hat, ein so recht eigentlicher Gewinn für mich zu sein. Angenommen, ich schriebe jetzt an einer historischen oder novellistischen Arbeit, zu deren Abschluss es nöthig wäre, dass ich täglich erst den Palatin und dann drüben das Trümmerfeld des Esquilin durchwanderte, so stünde mir durch eine Romreise ein bestimmter, grosser, mich beglückender »Gewinn« in Aussicht, der um so grösser wäre, je mehr ich mich, gleichviel ob mit Recht oder Unrecht, von der Wichtigkeit meiner Arbeit durchdrungen hielte. Denn »nur der Irrthum ist das Leben, und die Wahrheit ist der Tod«. Aber so liegt es nicht, ich habe in Rom nichts Derartiges zu holen und würde im Wesentlichen über die Erneuerung gehabter Eindrücke nicht hinaus kommen. Ich war in den Katakomben und bewunderte das Profil von Rocca di Papa, ich bin die spanische Treppe hinauf- und in San Clemente die Stufen in die Cryptkirche hinabgestiegen, ich war im Café Cavour und habe Acqua fresca (der Name war noch anders, es war Gebirgswasser, so ähnlich wie Marcia; man trank es in Buden für eine Kupfermünze) und aus der Fontana Trevi getrunken. Von allem habe ich so zu sagen die Sahne abgeschöpft und *das* davon gehabt, was der Laie überhaupt davon haben kann. Wenn ich mir den »Moses« auch noch zehnmal und das »jüngste Gericht« auch noch zwanzigmal ansehe, so komme ich doch in Genuss und Verständnis um kein Haar breit weiter. Nun bleibt ja natürlich immer noch was übrig und wenn das auch nicht wäre, so hat das blosse mal wieder in Rom gewesen sein doch einen bestimmten Werth, aber dreimal unterstrichen: einen *bestimmten* Werth. Als Banquier fände ich diesen »bestimmten Werth« mit 1000 Thaler (für 3 Personen) nicht zu hoch bezahlt, als kleiner Schriftsteller *ist* es zu hoch, weil es sich um nichts Neues, sondern lediglich um eine Recapitulation, eine Wiederauffrischung handelt. Dazu, wie ich Ihnen schon schrieb, würde man mir in Freundeskreisen eine solche Ausgabe doch als Anmassung oder mindestens als schlechte Wirthschaft auslegen. Und nicht ganz mit Unrecht. Ich kann acht Tage nach meiner Reise einen Schlaganfall kriegen und erwerbsunfähig werden, da würde ich dann schlimme Dinge zu hören kriegen. Alles spitzt sich im Letzten zu einer Geldfrage zu und so liegt es denn einfach so, besässe ich so viel Guineen wie ich Markstücke besitze, so wäre ich schon in 14 Tagen an der Riviera und in 6 Wochen in Rom. Da's aber liegt, wie's liegt, so war der ganze Plan nur Idee und Traum und ich muss hier stille sitzen, bis ich zur Sommerszeit in ein schlesisches Gebirgsdorf kann. Sie aber, theuerster Freund, wie Frau Gemahlin – seien Sie beide herzlich für so viel Entgegenkommen und Liebe bedankt.

Dass Ihr alter Hausnachbar Aug. v. Heyden in den Staatsrath berufen worden ist, haben Sie wohl schon in den Zeitungen gelesen; so wandeln sich die Geschicke; wer hätte damals an dergleichen gedacht. Zöllner hat viel zu thun, denn die Akademiegeschäfte sind beständig im Wachsen, auch schon bloss nach der repräsentativen Seite hin. Taubert's schwarze Perrücke glänzt unverändert weiter. Ihr Freund Förster ist ja auch wohl Staatsrathsmitglied geworden. Wohl dem, der ruhig zu Hause sitzen und sich weiter regieren lassen kann. Das Geschäft selbst in die Hand zu nehmen, dieser Ehrgeiz liegt mir fern. – Ihren zweiten Band lesen wir, sobald wir Luft haben, vorläufig besten Dank.

Unter herzlichen Grüssen wie immer

Ihr alter
Th. Fontane.

*28. An Hans Hertz*

Donnerstag früh [20. Februar 1890].
(Vor der Schlacht.)

Sehr geehrter Herr Hertz.

Ich komme schon wieder mit einem Wunsch. Darf ich von Ihrer Güte ein Exemplar – wenns sein kann gebunden – der »*Wahl- und Wappensprüche*« erbitten; ich will sie meinem Freunde Heyden, der morgen früh nach Berchtesgaden abdampft, mit auf die Reise geben. Er ist ein ganz besonders würdiger Leser, auf diesem Gebiet ein seltener Vogel. Und nun breche ich auf, um nach vielen vielen Jahren zum ersten Male wieder einen Stimmzettel in die Urne zu thun; welchen? ich habe es in meiner Verlegenheit durch Knöpfeabzählen festgestellt; nur der, der nichts weiß, weiß es ganz bestimmt. Viele Empfehlungen an den Papa.

Wie immer Ihr

Th. F.

*29. An Martha Fontane*

Berlin 25.Febr.90.
Potsd.Str.134.c.

Meine liebe Mete.

Mama hat sich bei Sommerfeldts glücklich eine Influenza als Balldekoration geholt und muß ihre Schreibekünste einstellen, nachdem sie, phantasiereich wie ihre Tochter, Typhus, Lungenentzündung, Herzlähmung und Diphtheritis in 24 Stunden durchgemacht hat. Sie war aber recht elend und ist es noch. Ein Glück, daß wir grade Mathilde hier hatten; eine Unterhaltung mit dieser ist ihr doch am genußreichsten und gegen eine neue Geschichte von Frau Laue oder gar von Frau Schwantzer, die doch die Krone bleibt, ist mit ›Freier Bühne‹ oder ähnlichem Literaturkrimskrams nicht anzukommen. – Deine letzten Briefe haben uns sehr erfreut und erheitert, besonders mich, während Mama für solche Geschichten wie von Budde oder von der Schilderung Deines Schnupfens oder von der Abendgesellschaft bei Pastors, keinen rechten Sinn hat. Sie hat im Ganzen genommen ein sehr gutes literarisches Urtheil und kann das Höhere und das Niedrigere ganz gut unterscheiden, aber ihr *Interesse* liegt doch nach einer andern Seite hin und die nackte Thatsache von der Existenz des ›Knechtes‹ in der letzterwähnten Geschichte ist ihr wichtiger als der ganze Rest von Betrachtungen. Etwas davon steckt in jedem, aber sie hat diese Naturbegabung *zu* glücklich ausgebildet. Ich denke dann immer mit Schaudern an die 10,000 Briefe, womit ich sie durch mehr als 40 Jahre gelangweilt habe.

Du triffst hier zu großer Zeit ein; am Sonnabend Rütli bei uns, Tags drauf Aufführung auf der ›Freien Bühne‹ (ein Stück von Anzengruber) am Montag oder Dienstag Karl Zöllners Abreise nach Italien, am 7. Lottchen Bagenski's Hochzeit; dazwischen unsre eignen Haupt- und Staatsaktionen. Bühnenball war, Preßball ist am 1. oder 2. März, und fünfundzwanzigjährige Feier des Bestehens des Berliner Geschichtsvereins (natürlich Prolog von Theodor Fontane) ist übermorgen am 27. bei Kroll. Friedel da, vielleicht um einigen Verlag einzuheimsen. Und nun habt morgen einen schönen Tag; grüße Klein und Groß, und kehre so unverschnupft wie möglich heim zu den Penaten von Potsdamer 134 c., bez. zu Deinem alten

Papa.

*30. An die Priorin Ida Baptista*

[Berlin, Ende Februar 1890.]

Hochverehrte Frau Priorin!

Die vielen Wochen, die ich habe vergehen lassen, ohne zu danken, bestätigen schlecht die Freude, die ich beim Empfang Ihres lieben Briefes vom 3. Januar empfand; früher hätte mir solche Säumnis nicht passieren können, aber die Federkraft (von der ich in doppeltem Sinne sprechen kann) ist hin, und das Wenige, was davon geblieben, das nimmt die Tagesarbeit fort, von der ich lebe. – St. Catharins-Convent, Bow Street! Vor dreißig Jahren und mehr, als ich in London lebte, bin ich verschiedentlich in Bow Street gewesen; namentlich Sonntags fuhr ich mit einem Omnibus, der die Aufschrift Bow Street führte, bis an das äußerste Ost-Ende der Straße und schlenderte dann bei Nachmittagssonne langsam bis (St. Paul und) nach Temple Bar [?] und den Strand zurück, wo ich gegenüber von Exeter Hall und Bond Street (das die Fremden immer mit Bow Street verwechseln) mein Restaurant hatte. Wer mir damals gesagt hätte, daß ich nach dem Kloster in der Bow Street jemals einen Brief richten würde! Vielleicht gab es das Kloster St. Catharins Convent noch gar nicht. Jene Zeit, mit ihren Hoffnungen und Befürchtungen, liegt traumhaft zurück; so weit, daß ich mitunter erschrecke, noch immer mitzumachen, und es sonderbar finde, noch immer ähnlich beschäftigt zu sein, in all den Nichtigkeiten zu stecken, die das Leben mit sich bringt, mich auch noch von denselben Gesichtern wie damals umgeben zu sehen. Freilich alles unter einer gewissen Depression, wie sie von der Vorstellung des Nichtigen hier unten unzertrennlich ist. In solcher Stimmung verbrachte ich im Wesentlichen meine Jubiläumswoche, denn ich muß von einer Woche sprechen.

Unter den Glückwünschen hat mich besonders gefreut das halbe Dutzend Personen, das noch mit mir auf der Klippschule gesessen. Sie können sich meine Freude vorstellen, als einer mich sogar mit der Anrede »Du« begrüßte. Unter diesen Alten war auch ein 73 jähriger Pastor aus Westphalen (in einem Dorfe dicht am Teutoburger Wald), mit dem ich als Zwanzigjähriger Anno 40 und bei Lepel in der Kaserne um die Wette gedichtet hatte. Er zitierte in seinem Briefe einen frommen vierzeiligen Vers, den er damals geschrieben und schloß dann seinen Brief mit den Worten: Damals, als ich es schrieb, war es nicht wahr, jetzt aber ist es wahr. Er ist nämlich nach sehr bewegter Jugend ein Rechtgläubiger geworden.

Von den lieben Wangenheims in der Lindenstraße schreibe ich nichts. Sie wissen mehr davon als ich. Gott sei Dank, daß der Papa wieder rüstiger ist als Weihnachten. Von den alten Freunden sind viele tot, aber viele leben noch (wovon ich mich überzeugt halte). Frau Fontane (leider seit drei Wochen leidend) grüßt in alter Liebe aufs herzlichste. Und nun nochmals herzlichsten Dank mit einem Gruß an die Bow Street, in der Ihnen eine glückliche Zukunft beschieden sein möge.

In aufrichtiger Ergebenheit

Ihr Th[eodor] F[ontane]

31. *An Paul Schlenther (?)*

Berlin 7. März 90
Potsd. Str. 134c

Hochgeehrter Herr.

Haben Sie besten Dank für Ihren letzten freundlichen Brief, der so viel Interessantes enthielt. Ich habe mittlerweile auch das »Friedensfest« gelesen und habe verschiedene Bedenken, die namentlich Akt 2 und 3 treffen, gegen Brahm geäußert; Akt 1 aber scheint mir doch sehr talentvoll und namentlich in *einem* Punkte möchte ich von Ihnen abweichen: er (Hauptmann) richtet seine Aufmerksamkeit nicht bloß auf Äußerlichkeiten und Zufälligkeiten, vielmehr möchte ich ihm umgekehrt vorwerfen, sich den *innern* Menschen zu sehr unter der Lupe angesehn zu haben. Dabei kommt auch nicht viel heraus. Wer zu viel und zu scharf sieht, sieht auch falsch. Was z. B. Zola in seinem Neuesten verbricht, ist nicht mehr subtile Zergliederung oder wissenschaftliche Behandlung oder tiefsinnige Rätsellösung, sondern einfach Blödsinn. Meine Zola-Verehrung hat einen starken Knax weggekriegt.

Wie verlief Wildenbruchs Vorlesung? Ich hätte mir's gern angehört, werde aber immer schwerbeweglicher, was bei meinen Jahren kein Wunder.

In vorzüglicher Ergebenheit

Th. Fontane

*32. An Paul Heyse*

*Berlin* 9. März 90.
Potsd. Str. 134. c.

Mein lieber Paul.

Ich will den 15. nicht abwarten und schreibe heute schon in sonntäglicher Stille. Bleibe Dir Deine Schaffenslust – vielleicht (neben der Hoffnung) das Beste was man hat – auch für die Zukunft erhalten, damit, wenn das neue Jahrhundert da ist, Du noch herrscherfroh wie König Polykrates Umschau halten kannst. Ein Wechsel der Zeiten wird freilich tagtäglich ausposaunt und vielleicht vollzieht er sich auch, mit dem Alten »aufräumend«, aber, wie's auch kommen mag, die Thatsache, daß Du 30 Jahre lang an der Tête standest, so ausgesprochen, daß Du Deiner literarischen Epoche sehr wahrscheinlich den Namen geben wirst, diese Thatsache kann durch keinen Radaubruder aus der Deutschen Literaturgeschichte gestrichen werden. Und mehr ist auf dieser »sublunarischen Welt«, wie mein Vater mit Vorliebe sich ausdrückte, überhaupt nicht zu haben.

Hertz (Vater), den ich neulich bei Gelegenheit des Anzengruberschen »Vierten Gebots« im Theater traf, hat mir erzählt, daß Du Dich für den März und vielleicht für noch länger nach Gries zurückziehen wolltest, welchen Entschluß ich an Deiner Stelle auch gefaßt hätte. Man kann sich nicht von zehn Jahren zu zehn Jahren immer aufs Neue feiern lassen und ein wenigstens einmaliges Ueberspringen, also bis auf 70, scheint mir unerläßlich. Zudem, was kommt bei der ganzen Geschichte heraus? Blicke ich jetzt auf meine »großen Tage« zurück und vergegenwärtige mir dabei, was ich während derselben und vorher und nachher gehört und gesehn habe, so gewahre ich nur zahllose Kränkungen, die dem Opferthier (dem Gefeierten) doch insoweit mitangerechnet werden, als die Thatsache seiner Existenz, wenn er persönlich auch unschuldig befunden werden sollte, die Schuld an dem allem trägt. Und dann die Danksagungen! Vierhundert Briefe habe ich geschrieben, um ja recht artig zu sein, bin aber doch der Ueberzeugung, mir, schlecht gerechnet, ein Dutzend Feinde auf Lebenszeit heraufbeschworen zu haben. Denn Vielen habe ich so zu sagen nur aus der Erinnerung, aus dem »Sentiment«, aus einer bestimmten Annahme heraus gedankt, aus einer Annahme, von der ich später durch einen Zufall erfuhr, daß sie nicht richtig war und mich mithin als einen Schändlichen decouvrirte, der die ganze Liebesarbeit des Andern entweder gar nicht gelesen oder aber wieder vergessen hatte. Und so 'was wird einem natürlich nicht verziehn.

---

Verfolgst Du das Gebahren unsrer jungen Herrn in den Blättern, die sie gestiftet haben oder mit andern Worten die Kritiken und Abhandlungen Brahm's, Schlenther's, Mauthner's und des liebenswürdigen L. Fulda? Mit den Meisten stehe ich auf gutem Fuß, aber mitunter wird mir doch bange; sie überspannen den Bogen (welcher Blödsinn z. B. der neuste Zolasche Roman, den Brahm in seinem Wochenblatt als was »Besondres« bringt) und gerathen, neben manchem andrem, besonders dadurch ins Ridikü-le, daß sie den Gedanken, es käme nun eine ganz neue Zeit, vor der alles Zurückliegende völlig nichtig dastehe, bis zur fixen Idee ausbilden. Mich darüber zu ärgern oder auch nur groß zu wundern, fällt mir nicht mehr ein, ich schweige bloß; ...

»... so komme denn in diesem Sinn hinfort aus meinem Munde nichts,
denn Jeder glaubt ein All zu sein und jeder ist im Grunde nichts!«

Mit diesem Platenschen Stoßseufzer will ich schließen. Empfiehl mich der hochverehrten Frau und habe nicht bloß einen schönen 60. Geburtstag, sondern überhaupt noch viele schöne Tage. Meine Frau (leider seit Wochen recht elend, Gürtelrose, etwas sehr Schmerzhaftes) sowie die Tochter grüßen ihren Lieblingsdichter und -menschen aufs Herzlichste. Wie immer Dein alter

Th. Fontane.

*33. An Gustav Karpeles*

*Berlin* 13. März 90.
Potsd. Str. 134. c.

Hochgeehrter Herr.

Heute Nachmittag ist mir ein Journal ins Haus geflogen, dessen Titel ich nur deshalb unterschlage, weil es meinem plastischen Sinn, oder, wenn das nicht paßt, meinem künstlerischen Gefühl widerstreitet, »vom Fels zum Meer« in mein Haus fliegen zu lassen. Ich sehe den Felsen ordentlich 'rankommen und hier Station machen. Aber laß ich diese Spielerei und bedanke ich mich lieber ernsthaft und ordentlich für Ihren liebenswürdigen Aufsatz über mich. Zuletzt gewinnt man doch ein Bild von sich selbst und kommt dahinter, wie man ungefähr ist, was mir vor dem letzten 30. Dezember nicht recht hat gelingen wollen. Man ist doch furchtbar abhängig von dem, was die Menschen sagen, was so weit geht, daß man, wenn nur 3 mal 24 Stunden dazwischen liegen, mit Urtheilen einverstanden ist, die sich untereinander widersprechen.

Nochmals herzlichen Dank.

In vorzügl. Ergebenheit
Ihr

Th. Fontane

*34. An Friedrich Stephany*

Berlin, 13. März 1890.

K. Frenzel, bei dem ich neulich einen Abend verbrachte, sogar einen sehr angenehmen, sagte: am 14. haben wir zwei Geburtstage, Stephany's und Heyse's. Den Heyseschen bestritt ich, aber mit dem Stephanyschen hatte es, laut herbeigeholtem Kürschner, seine Richtigkeit und so trete ich denn an,

um dem freisinnigen Chefredakteur Stephany zu einem Tage zu gratulieren, den der »Kartellbruder Frenzel«, also eigentlich ein Scheusal, nicht vergessen hatte.

Was ich Ihnen wünschen soll, weiß ich nicht recht, da ich persönlich sehr wunschlos bin, und als Wunschloser hat man auch für Andre nicht viel übrig. Aber in einem begegnen sich unsere Seelen doch vielleicht und so wünsche ich

*möglichst wenig Ärger.* Ich konnte aus realen Gründen kein Chefredakteur sein, aber auch schon deshalb nicht, weil mich der unvermeidliche Ärger in 4 Wochen umbrächte.

Daß Ihr Krankheitszustand mittlerweile in Abzug ist, nehme ich an, vor allem hoffe ich es, denn die Konferenz ist vor der Tür und Sie werden alle Ihre Kräfte noch um einen Grad mehr brauchen als gewöhnlich.

Die gestrige P. Schlenther-Kritik über Ottomar Betas Stück war ein kleines Kabinettstück, vortrefflich in der Zeichnung des ganzen Mannes, denn ein ausgesprochenerer Hüh- und Hottmann, der, wenn man ihn stellen will, immer in allen 4 Ecken zugleich ist, lebt nicht; selbst Gensichen, der auch solch Aal und Sicherheitskommissarius ist, verschwindet daneben.

Bei mir ist noch immer Krankheit im Haus; die arme Frau leidet sehr, denn es ist sehr schmerzhaft.

In vorzüglicher Ergebenheit

Th. Fontane.

*35. An Hauptmann Lehnert*

Berlin 18. März 90.
Potsd. Str. 134. c.

Hochgeehrter Herr Hauptmann.

Ergebensten Dank für Ihre liebenswürdigen Zeilen. Leider sieht es mit meinen Aufklärungen über »Lehnert« sehr windig aus. In Schlesien (Krummhübel) führte der Held meiner Geschichte, der verheirathet und ein ganz gemeiner Kerl war, den prosaischen und dadurch ihm zuständigen Namen »Knobloch«, den ich für *meinen* stark idealisirten Helden natürlich nicht brauchen konnte, weshalb ich, wie gewöhnlich beim Beginn eines Romans, auf die Namensuche ging. Den richtigen, brauchbaren zu finden ist oft recht schwer und dauert wochenlang, weil man die schon acceptirten immer wieder verwirft. So bin ich schließlich bei Lehnert angelangt und glaube noch jetzt, daß es eine gute Wahl war. Aber weiter weiß ich nichts zu sagen; historisch oder lokal fundirt, ist der Name durchaus nicht. Sein guter Klang war für mich entscheidend. Mit dem Bedauern nichts Besseres vermelden zu können, in vorzügl. Ergebenheit

Th. Fontane

### *36. An Paul Heyse*

*Berlin* 30. März 90.
Potsd. Straße 134.c.

Lieber Paul.

Herzlichsten Dank zunächst für Deine Karte; mit dem Citat aus Macbeth »wer hätte gedacht etc.« habe ich hier in unsrem »Literarischen Club« (Kaiserhof; Spielhagen Präsident) große Wirkungen erzielt, selbst bei den »Jüngsten«, die doch wenigstens gelegentlich klug genug sind, was Feines herauszuschmecken.

Ebenso schönsten Dank für das reizende kleine Gedicht, das den am 15. d. M. brieflich oder telegraphisch angetretenen Freunden und Verehrern Deinen Dank ausspricht. Bei Gelegenheit Deines 70. Geburtstages wirst Du *nicht* fliehn und alles ruhig über Dich ergehn lassen, wie Bismarck gestern Nachmittag, als ihn tout Berlin bis an den Bahnhof begleitete. Die Huldigungen waren gutgemeint, aber der Zuruf »wiederkommen« doch zu geschmacklos. »Wiederkommen« ist traditionelles Theatergeschrei beim Abgang eines Mimen und Bismarck konnte sich unmöglich angenehm dadurch berührt fühlen. Zog sich auch gleich in sein Coupé zurück. Der Berliner ist nun mal ohne Grazie, vor allem wenn er's gut meint und »vertraulich« wird.

Du kündigst allerlei Neues in Deiner Karte an. Was hast Du vor? Aber was es auch sei, sei Dir die Stunde hold beim Schaffen wie beim Bringen.

Meiner hat sich in Produktionssachen mit einem Mal eine tiefe Gleichgültigkeit bemächtigt und ich neige mehr und mehr der Ansicht zu, daß *die* Recht haben, die den ganzen Kunstbetrieb als ein Semmelbacken ansehn, von dem man lebt wie andre Gewerbsleute. Alles ist unsicher und schwankend. Von den jeweiligen Kolossalerfolgen jammervollster Dümmlinge will ich noch gar nicht mal sprechen, aber daß Personen und Schöpfungen, die *wirklich* den Besten ihrer Zeit genügt haben, mit einem Male Gegenstand des Angriffs, ja geradezu der Abneigung werden, das gibt mir doch zu denken, und läßt mir die sogenannte »Huldigung der Nation« als etwas sehr Fragwürdiges erscheinen. Alles ist Zufall, besonders auch der Erfolg, und das einzig Erquickliche ist nicht der Ruhm sondern die Ruhe.

Trotzdem, so lang es sein muß, in Arbeit weiter.

Empfiehl mich. Wie immer Dein alter

Th. Fontane.

### 37. *An Unbekannt (Entwurf)*

[Berlin, Frühjahr 1890?]

Hochgeehrter Herr Hauptmann!

Daß ich auf Ihren liebenswürdigen Brief mit einer Ablehnung antworten muß, ist mir im höchsten Maße peinlich. Ich darf sagen, ich habe so viel dankbare Liebe für die 27er, denen mein Sohn, Ihr verstorbener Freund aus Kriegs- und Friedenszeiten, die besten Tage seines Lebens zu danken hatte, daß ich glücklich wäre, wenn ich Ihnen zu Diensten sein könnte. Meine Zustände verbieten es mir aber. Wenn ich von »Zuständen« spreche, so sind damit weder meine 70 Jahre noch auch Krankheiten und Gebrechlichkeiten gemeint, *diese* Entschuldigung habe ich nicht, ich habe nur die, daß ich gegen alles, was mit patriotischer Gelegenheitsdichterei zusammenhängt, in eine Idiosynkrasie hineingeraten bin, einfach deshalb, weil ich zu viel auf dieser Saite habe klimpern müssen. Wenn ich die Namen Kurfürst Joachim oder Grumbkow oder schöne Gießerin höre, dabei von der Stirn des Sprechenden den Wunsch herunterlesend, daß ich darüber schreiben soll (eine Sache, die mir alle 8 Tage passiert), so komme ich in völliges Nervenzittern und eben dahin gehört auch alles, was mit preußischer Heldenverherrlichung oder Verherrlichung der Armee im Ganzen oder im Einzelnen oder irgend einer Lustfeier derselben zusammenhängt. Ich kann nicht mehr. Meine patriotischen und loyalen Anschauungen sind unverändert geblieben, womöglich noch gewachsen, aber Pegasus will nicht mehr. Und setze hinzu, daß dies die reine Wahrheit ist, ohne jede Spur von Übertreibung. Zum Unglück trifft es sich ja nun auch, daß ich nicht einmal meinen Münsteraner Sohn, der sonst dergleichen sehr gut zu machen versteht, in Vorschlag bringen kann, weil er, wie mir ein Telegramm mitteilt, vorgestern (von Münster nach Karlsruhe) versetzt ist, morgen taufen läßt und übermorgen seine Reise von Münster nach Karlsruhe hin antritt. So fällt auch das. Ich habe übrigens die feste Überzeugung, daß Sie beim Regiment selbst eine ausreichende Kraft finden; unter 50 oder 60 Herren ist immer einer, der ein paar fünffüßige Jamben (Reim ist ja nicht einmal nötig), ein Ghasel niederschreiben kann. Empfehlen Sie mich den verehrten Herrn Kameraden, die noch die Liebenswürdigkeit haben, sich meiner zu erinnern, und genehmigen Sie die Versicherung vorzüglicher Ergebenheit.

Ihr

Th. Fontane.

*38. An Karl Eggers*

[Postkarte. Poststempel: Berlin 10. IV. 1890]

Theuerster Senator. Friede hat ja mal über Rembrandt geschrieben und ich nehme an, daß Sie über R. auch Bescheid wissen. Ein Lebemann, glaub ich, war er comme il faut, aber goß er auch oft einen (*zu* oft) hinter die Binde, mit andern Worten stand er ein bischen an der *Süffel*grenze? Es wäre mir wichtig, zu wissen »ja« oder »nein«. Und wenn es sein kann umgehend. Ihr

Th.F.

*39. An Maximilian Harden*

*Berlin* 24. April 90.
Potsd. Str. 134. c.

Hochgeehrter Herr.

Darf ich mir erlauben, Ihnen anbei meine »Stine« zu präsentiren? Für einen 70er ist manches darin zu »forsch« und beinah genirlich; ich hab's aber (vor etwa 5 Jahren) nun mal geschrieben und kann's nun aus bloßen Altersrücksichten nicht unterdrücken; *dazu* müßt' es doch noch viel schlimmer sein.

Mit der Bitte mich Frau Gemahlin empfehlen zu wollen, in vorzüglicher Ergebenheit

Th. Fontane.

*40. An Theodor Wolff*

*Berlin,* d. 28. April 1890.
Potsdamer Str. 134 c.

Hochgeehrter Herr.

Ja, das ist eine kitzliche Sache – so ganz genau weiß ich es selber nicht. Schuld an diesem Nichtwissen ist, daß ich meine Geschichten oft jahrelang lagern lasse, was mit den Zwischenschüben, die nun eintreten, allein schon ausreicht, Unsicherheiten zu schaffen. Sind nun aber die auf Lager gelegten Geschichten auch nicht einmal ganz fertig, so wird eine völlige Konfusion geboren, und Ostern und Pfingsten fallen nicht bloß auf einen Tag, sondern Pfingsten rangiert auch wohl mal vor. Ich glaube, daß es *so* hergegangen ist. Schon Anfang der achtziger Jahre habe ich die ersten Kapitel von »Irrungen, Wirrungen« geschrieben, aber nur bis zu der Stelle, wo Botho zum Abendbesuch kommt und getanzt wird, während der alte Dörr das Kaffeebrett schlägt. Dann kamen jahrelang ganz andere Arbeiten, und etwa 1885 schrieb ich »Stine« bis zu dem Hauptkapitel, wo der alte Graf und die Pittelkow in dem »Untätchen«-Gespräch aufeinanderplatzen.

Dann wieder ganz andere Arbeiten, bis ich, etwa Ausgangs 1886, »Irrungen, Wirrungen« fertig schrieb und dann – mit abermaligem starkem Zwischenschub – etwa 1888 »Stine« fertig machte.

Diese vielen Pausen und Zwischenschiebereien sind schuld, daß sich manches wiederholt. Am deutlichsten tritt dies bei den Ulkereien mit den Namensgebungen hervor. Sarastro, Papageno, Königin der Nacht, das war, glaub' ich, ein ganz guter Einfall, den wir auf 1885 oder vielleicht etwas früher festsetzen können. Als ich nun Ausgangs 1886, also nach mehr als anderthalb Jahren, wieder »Irrungen, Wirrungen« aufnahm und fertig machte, hatte ich meinen Sarastro usw. ganz vergessen und machte nun den Witz noch mal, indem ich der ganzen Demimondegesellschaft die Namen aus Schillers »Jungfrau« gab. Hätte ich den Sarastro noch im Gedächtnis gehabt, so hätte ich das vermieden. Und so ist es mit vielen andern Einzelheiten. Es ließ sich aber nicht mehr herausschaffen.

In vorzüglicher Ergebenheit

Th. Fontane.

*41. An Georg Friedlaender*

Berlin 29. April 90.
Potsd. Str. 134.c.

Hochgeehrter Herr.

Zeichen und Wunder müssen geschehn, oder was dasselbe sagen will der 1. Mai mit seinen Arbeiterbataillonen muß heranmarschiren, eh ich zum schreiben komme. Wo wir in unsrer Correspondenz stehen geblieben sind, ich weiß es nicht mehr, zu viel Wasser ist seitdem die Spree hinuntergeflossen, machen wir also, wie eine Berliner Redensart sagt, eine neue Kiste auf.

Von den Bedrängnissen die die nächsten 36 Stunden bringen können, spreche ich nicht, – ich glaube einfach nicht daran. Denn wie steht es denn? Allem Schimpfen unerachtet, an dem man gelegentlich redlich theilnimmt, steht es doch so, daß die Welt nie glücklichere Tage gesehn hat. Es giebt eine Masse von Elend und Unglück, aber lauter Elend und Unglück, was außer aller

Beziehung zu unsren staatlichen und gesellschaftlichen Zuständen steht. Alle 8 Tage treffen bei der Schillerstiftung Briefe ein, die von Verhungern sprechen, von der Unmöglichkeit, seinen »Menenius Agrippa«, an dem er seit dritthalb Jahren Tag und Nacht arbeitet, zu vollenden und dadurch den Beweis seiner dichterischen Bedeutung vor aller Welt klar zu legen, aber für solche verrückten Zwickel, die *durchaus* auf ihre Façon selig d. h. reich und berühmt werden wollen, für diese sonderbaren Gestalten ist Staat und Gesellschaft nicht verantwortlich zu machen; wer umgekehrt seiner Laune und seinem Hochmuth *nicht* nachgeht, sondern ehrlich arbeiten will, für den ist gesorgt; der Staat ist keine Züchtungs- und keine Versorgungsanstalt für verrückte Genies. *Ist* mal ein wirkliches darunter und geht doch zu Grunde, so ist das beklagenswerth, aber keine Veranlassung zu Revolutionen. Die, die jetzt auf dem Punkt stehn, alles auf den Kopf zu stellen, haben aber zu ihrem Umsturzgelüst auch nicht den geringsten Grund. Alle die, für die ich persönlich nun seit 50 Jahren (und oft für sehr sehr wenig Thaler) gearbeitet habe, waren Millionäre oder sind es noch, aber nicht eine Minute ist mir der Gedanke gekommen, ihnen die silbernen Löffel vom Tisch nehmen zu wollen. Man muß von seiner Arbeit schlecht und gerecht leben können, mehr ist nicht nöthig. Und für all das ist jetzt über und über gesorgt, namentlich bei denen, die den Radau insceniren.

Aber verzeihen Sie diesen Leitartikel im *common sense*-Stil und warten wir geduldig ab, was wird; meine arme Frau ängstigt sich furchtbar, sieht schon das ganze Nest an allen 4 Ecken angesteckt und wenn einer die Hausthür zuwirft, so vermuthet sie eine Dynamitpatrone. Uebrigens ist die Sache nicht überall gleich und in Galizien einsam auf einem Schloß zu wohnen, muß ein schlechtes Vergnügen sein, noch schlechter als für gewöhnlich.

Von Bismarck reden wir erst wieder, wenn er selbst geredet haben wird und von Pietsch ist nichts weiter zu sagen, als daß er der alte ist, trotzdem man ihm einen Kronenorden 4. Klasse ins Knopfloch gehängt hat. Ich habe mich drüber geärgert und dabei wieder so recht das Dürftige dieser Quincaillerie empfunden. Es ist nicht nöthig, daß ein Schriftsteller oder Journalist einen Orden kriegt, wenn der Betreffende aber ein so großes Genie ist, so vielen Millionen Menschen im Laufe von 30 Jahren Freude, Genuß, Belehrung verschafft hat, so muß man ihn durch 'was Besseres auszuzeichnen wissen. Ich glaube, er empfindet das auch. Es ist charakteristisch für die Stellung, die die Literatur bei uns einnimmt. Und dabei ist der »Staat« noch nicht der schlimmste; das Volk denkt noch geringer darüber, ein Schriftsteller ist ein Schmierarius, ein käuflicher Lügenbold, eine verächtliche oder eine lächerliche Figur. Nun, es schadet nicht viel, man fällt davon nicht todt um.

Der alte Grosser ist heimgegangen, die schöne Constanze hat der Welt ein neues schönes Kind geschenkt, denn das muß wahr sein, eins ist immer schöner als das andre; ob doch vielleicht etwas Judenblut drin sitzt? Das Profil hat sie dazu und Schlesien ist reich an Juden, deren Judenschaft mehr oder weniger verloren gegangen ist z. B. die Mattersdorfs; nur dann und wann predigt ein Ramses noch von alten Zeiten. – Richter soll ausgeflogen sein, Frau Richter noch nicht hier. Ob sie's nicht schon bereut? Es ist doch ganz selten, daß sich einer von solchem Kladderadatsch völlig erholt; gut sind nur *die* dran, die ganz ins andre Lager übergehn und durch die Wälder singen »ein freies Leben führen wir.« Was die Franzosen seit lange haben, die Halb-Welt, das haben wir jetzt hier auch und die, die ihr angehören, führen kein übles Leben, schließlich können sie ja immer noch ihren Frieden schließen und ein Asyl oder eine Kirche baun.

Das literar. Leben des Winters gruppirte sich um die »Freie Bühne«, sowohl um das Theater wie um das Blatt dieses Namens. Ich verfolge all diese Erscheinungen mit dem größten Interesse und finde die Jugend hat Recht. Das Ueberlieferte ist vollkommen schal und abgestanden; wer mir sagt »ich war gestern in ›Iphigenie‹, welch Hochgenuß!« der lügt oder ist ein Schaf und Nachplapprer. Ein ander Mal mehr von den Hervorbringungen der jungen Schule. Wenn Sie »die Familie Selicke« (als Buch erschienen) und außerdem, von denselben Verfassern, »Die papierne Passion« und »Krumme Windgasse Nummer 20« gelesen haben sollten, würde ich mich freun, Ihr Urtheil zu hören. In den nächsten Tagen schicke ich Ihnen »Stine«, einen eben erschienenen kleinen Roman von mir. Unter herzlichen Grüßen und Empfehlungen an Sie und Frau Gemahlin, wie immer Ihr aufrichtiger ergebenster

Th. Fontane.

*42. An Georg Friedlaender*

Berlin 1. Mai 90.
Potsd. Str. 134.c.

Hochgeehrter Herr.

Ihr lieber Brief war eine große Freude, der Mai konnte nicht besser beginnen. Zunächst ein Wort über die interessanten Einlagen. Der gelbe amerikanische Brief ist aus *P....ton, Wis.;* darauf hin wurde die Karte mit den 5 großen Seen aufgeschlagen und ganz *Wisconsin* abgesucht, aber ein Ort mit P...ton wollte sich nicht finden lassen. Der Brief ist rührend in seiner Unbedeutendheit, rührend und imponirend; es gehört doch eine feste, in sich geschlossene Natur dazu, nach 10 oder 20 jährigem Aufenthalt in Amerika, noch immer so schlesisch schreiben zu können, nicht der geringste Anlauf zu Bravade, Phrase, Ueberheblichkeit, nur ganz schlicht: »*ihr* habt es gut, *ihr* könnt euch so viel Stullen abschneiden wie ihr wollt, – *uns* wurden die Stullen knapp zugemessen.« Wenn man in seinen alten Tagen sieht, wie wenig bei der modernen Großmäuligkeit herauskommt, so sind solche Schlichtheiten ein Labsal. Es ist doch das Eigentliche, der natürliche Mensch. Vor allem hat mich natürlich auch die Knoblochstelle interessirt; danach muß man doch wohl annehmen, daß K. der Mörder gewesen ist oder mindestens die Hand mit im Spiele gehabt hat. Famos ist auch dieser Weibermuth: »Sie haben ja wohl auch den Frey gekannt etc.?« Uebrigens werden wenige Förster todtgeschossen, von denen noch nach zehn, zwölf Jahren so viel Radau gemacht wird. – Beide Doveschen Sendungen sind sehr interessant, wenn auch aus sehr verschiedenen Gründen. Die Karte ist ein Musterstück, liebenswürdig, geistreich, graziös (ich gratulire noch nachträglich zum 24. April); der Brief interessirt mich durch seine politische Betrachtung bez. Stimmung, trotzdem ich ziemlich der entgegengesetzten Meinung bin. Bismarck hat keinen größeren Anschwärmer gehabt als mich, meine Frau hat mir nie eine seiner Reden oder Briefe oder Aeußerungen vorgelesen, ohne daß ich in ein helles Entzücken gerathen wäre, die Welt hat selten ein größeres Genie gesehn, selten einen muthigeren und charaktervolleren Mann und selten einen größeren Humoristen. Aber Eines war ihm versagt geblieben: Edelmuth; das Gegentheil davon, das zuletzt die häßliche Form kleinlichster Gehässigkeit annahm, zieht sich durch sein Leben (ohne den begleitenden infernalen Humor wäre es schon früher unerträglich gewesen) und an diesem Nicht-Edelmuth ist er schließlich gescheitert und in diesem Nicht-Edelmuth steckt die Wurzel der wenigstens relativen Gleichgültigkeit, mit der ihn selbst seine Bewunderer haben scheiden sehn. Etwas Tolleres wie die Denkschrift bei Gelegenheit der Veröffentlichung des Kronprinzlichen Tagebuchs hat die Welt nie gesehn, so furchtbar verlogen, daß diesem klaren Kopf das Niedagewesene passirte, das Hineingerathen in völlige Confusion. Geffcken (für den ich persönlich nicht viel übrig habe) Morier und die konsequente stille Befehdung Waldersee's – lauter schlimme Kapitel, so schlimm, daß man froh sein muß aus dieser Geschichte heraus zu sein, aus einer Geschichte, die sich schließlich derart auf die *Forderung* unbedingter Bismarckanbetung zuspitzte, daß alle freie Bismarckbewunderung darin unterging. Es ist ein Glück, daß wir ihn los sind, und viele, viele Fragen werden jetzt besser, ehrlicher, klarer behandelt werden, als vorher. Er war eigentlich nur noch Gewohnheitsregente, that was er wollte, ließ alles warten und forderte nur immer mehr Devotion. Seine Größe lag hinter ihm; sie bleibt ihm in der Geschichte und in den Herzen des deutschen Volkes, aber was er in den letzten 3 Jahren davon verzapft hat, war *nicht* weit her.

Und nun *Ihr* Brief. Mit allem einverstanden. Die arme Frau Richter, für die ich bis diesen Tag ein Tendre habe, – eigentlich ist sie doch an einem Hochmuth gescheitert und noch dazu an einem wenig motivirten. Sie spielte sich in ihrem »Unglück«, d. h. in dem alten, unechten, in Arnsdorf, immer auf die »feine Frau« hin aus und das war sie nie, sie war nett, quick, lebhaft, voll Unternehmungslust und guter Einfälle, aber sie hätte die Schloßherrin von Arnsdorf ruhig weiterspielen können, »Commerzienräthin Richter« war gerade was für sie paßte. Natürlich ist er ein Knote und als er sich selber »Pferdejude« taufte, traf er es wundervoll, aber er hat ein gut Stück von einem Genie, war nicht kleinlich (in nichts) war reich, liebte die Frau und ließ sich um den Finger wickeln. Gescheitert seitens der Frau alles an der Vorstellung von einem erhabenen Ebertythum. Nun Familiengefühl ist eine schöne Sache und der alte Eberty war ein kluger Mann; aber ob es *so* mit ihm stand, daß Bayard und Montmorency-Gefühle bei seiner Hinterlassenschaft großgezogen werden konnten, *das* weiß ich doch nicht.

Bei Stoeckhardts ist nächstens Taufe; dies 4. Kind soll den Namen Rigaud oder Rigaut oder Riego erhalten. Unsre alte Mathilde, vordem fast 20 Jahre in unsrem Hause, war gestern zur

»Aushülfe« bei Stoeckhardts und liebt die schönen Kinder sehr, besonders Immo. Gestern Abend sagte sie: »Immo, Enzio und nu Rigaud, da weiß ich gar nich [!], was der ›Felix‹ dazwischen soll.« Für gewöhnliche Verhältnisse ist Felix schon mindestens ausreichend.

»Stine« schicke ich morgen oder übermorgen; besten Dank für die freundlichen Worte über »Quitt«; es ist mir sehr lieb, daß meine Behandlung des Stoffs keinen Anstoß gegeben zu haben scheint; das ist mir schon genug. Die kl. Besprechung von Dr. Baer war sehr nett. Wir wollen erst auf 3 Wochen nach Kissingen, dann wieder 8 oder 14 Tage in Berlin sein und dann an irgend eine Krummhübler Stelle; Brotbaude hat uns sehr gut gefallen, ist nur leider weit ab von allem Leben. Jedenfalls ist Aussicht, daß wir die Freude haben, Sie und die Ihrigen wiederzusehn. Eine Zeitlang richteten sich unsre Sommerpläne auf Oberammergau und seine Spiele; aber es ist *zu* voll, *zu* wenig Comfort, und *so* viel liegt mir denn schließlich doch nicht daran, einen Meerschaumkopfpfeifenschnitzer als Christus am Kreuz zu sehn. So wird dieser Plan wohl fallen. Gruß und Empfehlung Ihnen und Ihrem ganzen Hause von Ihrem herzlich ergebensten

Th. Fontane.

*43. An Georg Friedlaender*

Berlin 2. Mai 90.

Nach langem Schweigen bricht es nun wie eine Fluth über Sie herein. Anbei »Stine«, die den einen Vorzug hat, wenigstens kurz zu sein. Es sind noch 'mal Gestalten aus dem Berliner Volksleben, aber nun ist es auch genug davon und ich will mit jüngeren Kräften auf diesem Gebiete nicht länger concurriren.

Wie sich »Quitt« in der Gartenlaubengestalt eigentlich ausnimmt, davon habe ich keine Ahnung. In der ersten Hälfte, bis zu dem Moment also, wo Lehnert plötzlich aus seinem Hause verschwunden ist, hat die Redaktion, so viel ich aus den Kapitelzahlen ersehen konnte (*gelesen* habe ich im Abdruck keine Zeile), wahrscheinlich nichts oder nur sehr wenig geändert, desto mehr in der zweiten Hälfte. Hier ist kaum mehr als die Hälfte der Hälfte gegeben, wie ich wiederum aus den Zahlen ersehe. Im Manuskript waren es glaube ich 34 Kapitel und in der Gartenlaube sind es, wenn ich nicht irre, nur 26. Für die große Mehrheit der Leser wird die Geschichte durch diese starken Kürzungen nur gewonnen haben und selbst der Kenner wird das von mir Geschriebne sehr wahrscheinlich zu lang und hier und da auch zu langweilig finden. Was heißt aber langweilig? Davor darf man nicht erschrecken. In diesem Punkte ist Goethe neben Wilkie Collins ein Nachtwächter. Und so glaube ich denn, daß bei den starken Streichungen auch alle meine Finessen gefallen sind. Eine Finesse lag für mich beispielsweise darin, daß ich das Menonitenhaus an Nogat-Ehre wirklich im Stil von »A happy family« behandelte, d. h. Feindliches, diametral Entgegengesetztes *friedlich* daselbst zusammenführte: Monsieur L'Hermite, der den Erzbischof von Paris erschießen ließ, *Lehnert*, der einen Förster erschoß, und *Mister Kaulbars* und Frau, brave, klugschmusige, neunmalweise märkische Leute, die in ihrem preußischen Sechs-Dreier-Hochmuth *alles* besser wissen. Ich fürchte, daß von diesem kunstvollen Gegensatz nicht viel übrig geblieben ist.

Ihr

Th.F.

*44. An Adolph Menzel*

Berlin, den 3. Mai 1890.

Hochgeehrter Herr und Freund!

Wollen Sie mich bei sich selbst, wie beim Rütli gütigst entschuldigen! Ich habe mich vor 3 Tagen in der Gartenausstellung total erkältet und durch Kaffee mit Schlagsahne, eine für mich immer gefährliche Zusammenstellung, dem Faß den Boden ausgeschlagen. Da fallen dann auch die Dauben zusammen!

Unter herzlichsten Grüßen an alle

Ihr treu ergebenster

Th. Fontane.

*45. An Paul Lindau*

*Berlin*, 8. Mai 90.

Hochgeehrter Herr und Freund,

Das letzte Heft der »Freien Bühne« bringt gegen den Schluß hin auch eine fragwürdige Plauderei aus meiner Feder, worin ich, vor der chinesischen Gesandtschaft (dem eigentlichen Thema) angelangt, auch zu den Fenstern Ihrer Wohnung aufblicke und an Arno Holz und Johannes Schlaf denke, die, in einem früheren Hefte der »Freien Bühne«, Lindaus als einer »veralteten Erscheinung«

gedacht haben. Dies wollte ich ridikülisieren. Als es aber dastand, mißfiel es mir wieder, und ich bat Brahm, es lieber wegzulassen, weil man nie wissen könne, wie dergleichen aufgenommen würde. Nun steht es aber doch da. Ich kann Brahm keinen Vorwurf machen, weil ich den Entscheid in seine Hand legte, und muß mich Ihnen gegenüber getrösten, daß Sie den paar Zeilen die richtige Interpretation geben werden. Meine ganze Besorgnis wäre überflüssig, wenn die Geschichte glatter und graziöser herausgekommen wäre, das Gelungene ist immer siegreich, das Schwache wirkt leicht verdrießlich.

In vorzüglicher Ergebenheit

Th. Fontane.

*46. An Paul Lindau*

*Berlin*, 10. Mai 1890.

Hochgeehrter Herr und Freund,

Es ist zwar gegen alle Regel, solche Korrespondenz weiter zu spinnen, ich muß aber diesmal doch so was tun und Ihnen für Ihre liebenswürdigen Zeilen danken. Mir fällt dadurch ein Stein vom Herzen. Ich gab einem Wunsche Brahms nach und schrieb drauf los, blos um was zu schreiben; bei solchen Schreibereien, wenn man nicht die Geschicklichkeit hat, die Pfauenfeder fünf Minuten lang auf der Nasenspitze tanzen zu lassen, kommt aber nie was raus.

Mit den »Neusten«, wenigstens von meinem Standpunkt aus, möchte es gehn, wenn sie nur nicht so, Dalldorfstreifend, von sich »überzogen« wären. Von Gutzkows jungen Tagen an habe ich viel derart erlebt, aber die »Neusten« schlagen alles. Schiller Kadett, Goethe schwacher Anlauf, – *jetzt* erst geht's los. Guten Morgen, Herr Fischer! ...

In vorzügl. Ergebenheit

Th. Fontane.

*47. An Theodor Wolff*

Berlin, 24. Mai 1890

Hochgeehrter Herr.

Heute abend erst bringt mir mein Sohn Ihre schon vor 4 Tagen erschienene, überaus freundliche Besprechung meiner »Stine«. Ich eile nun, Ihnen zu danken. Es ist gewiß alles so, wie Sie sagen:

es ist so hinsichtlich der Mischung von Romantischem und Realistischem, und es ist so hinsichtlich der Parallele zwischen Lene und Stine. Lene ist berlinischer, gesünder, sympathischer und schließlich auch die besser gezeichnete Figur. Auf die Frage »Lene« oder »Stine« hin angesehen, kann Stine nicht bestehen, darüber habe ich mir selber keine Illusionen gemacht, das Beiwerk aber – mir die Hauptsache – hat in »Stine« vielleicht noch mehr Kolorit. Mir sind die Pittelkow und der alte Graf die Hauptpersonen, und ihre Porträtierung war mir wichtiger als die Geschichte. Das soll gewiß nicht sein, und der eigentliche Fabulist muß der Erzählung als solcher gerechter werden, aber das steckt nun mal nicht in mir; in meinen ganzen Schreibereien suche ich mich mit den sogenannten Hauptsachen immer schnell abzufinden, um bei den Nebensachen liebevoll, vielleicht *zu* liebevoll, verweilen zu können. Große Geschichten interessieren mich in der Geschichte; sonst ist mir das Kleinste das Liebste. Daraus entstehen Vorzüge, aber auch erhebliche Mängel, und diese so nachsichtig berührt zu haben, dafür Ihnen nochmals schönsten Dank. Frohe Pfingsten. In vorzügl. Ergebenheit

Th. Fontane

*48. An Georg Friedlaender*

Berlin 29. 5. 90.
Potsd. Str. 134.c.

Hochgeehrter Herr.

Nur ein paar Worte, denn ich mag Sie nicht in eine Correspondenz verwickeln. Allerschönsten Dank für Ihren freundlichen und inhaltreichen Brief, der mich erfreut und beruhigt hat; daß ich mit meiner Besorgniß und meiner Dringlichkeit ein wenig als komische Figur abschließe, schadet nicht viel; ein bischen komisch ist lange nicht das Schlimmste.

Wenn wir uns wiedersehn, worauf ich Anfang August mit so viel Sicherheit wie einem mit 70 noch zusteht, rechne, so haben wir reichen Stoff für die Debatte: Richter, Reuß, Stoeckhardts, die, wie ich zu meinem Jubel ersehn, gemeinschaftlich die Hand nach König Enzios Namen ausstreckten, Bergel und Bruder, unser Adel und unsre Frommen, und wenn Zeit übrig bleibt auch Quitt und Stine. Doch bin ich auf Literaturgespräche nicht versessen, namentlich wenn sie eignes Fabrikat betreffen; was da ist, ist da und um noch was für die Zukunft zu lernen, dazu ist man zu alt.

– Was Sie mir über beide Richters geschrieben, hat mich wieder im höchsten Maße interessirt; aber immer läuft er ihr den Rang ab. Alles war er thut, und wenn es verrückt ist und schlimmer als verrückt, hat immer noch einen gewissen Charme. »Verfluchter Kerl« kommt einem immer mit einer gewissen Anerkennung auf die Lippen. Mit dem Adel hohen und niedren, bin ich fertig; er war zeitlebens ein Gegenstand meiner Liebe, die auch noch da ist, aber einer unglücklichen Liebe. Die Unmöglichkeit irgend eines Sieges, hat mich doch schließlich von weitrer Werbung abstehn lassen. Und es geht auch so; ja besser. Empfehlen Sie mich Ihren Damen, nicht zum wenigsten Ihrer hochverehrten Mama.

In vorzüglicher Ergebenheit

Th. Fontane.

Frau Geh. R. Stoeckhardt war heute bei uns; – Frau und Tochter wieder entzückt und gewiß mit Recht. Schade, daß der ganzen Grosserei, und ein bischen auch den Geheimrath-Schwiegersohn mit eingeschlossen, irgendwo was fehlt, sonst müßte einem der Verkehr mit dem Hause einen beständigen aesthetischen Genuß gewähren. Das Material ist vorzüglich, auch an Begabungen, aber sie sind nicht fein genug trainirt.

*49. An Martha Fontane*

Berlin 9. Juni 90. Potsd. Str. 134.c.

Meine liebe Mete.

Du bist nun schon über 8 Tage im Walde von Schwiggerow und noch habe ich nichts von mir hören lassen. Es war eine sehr unruhige Woche: des alten Robert Tod, Meseberg und Lessings, Roberts Begräbniß, Besuche bei Heyden und zum Schluß die Partie mit den ›Zwanglosen‹. Dazu fleißig an meinem Roman korrigirt. – Gegen Marthachen Robert bist Du, glaub ich, zu streng. In einem kleinen Gedichte von mir, heißt es ›Und fühl's es ist nicht *alles* Lüge, Was Dir das Leben bringt und schickt.‹ Oder so ähnlich; ich bin nicht groß im Citiren aus meinen Werken. Auch bei M.R. ist nicht *alles* Komödie; sie kann 7 oder 17 Liebesverhältnisse haben und sich mir ihrem Staat und ihrer Pelle beschäftigen und kann doch ganz ehrlich Krämpfe kriegen, wenn sie ihren Vater 3 Tage lang in Todeskämpfen und von Minute zu Minute am Ersticken sieht. Das menschliche Herz ist ein *sehr* complicirtes

Ding, auch das der Leute von der höheren Ordnung. Was mich, bei den oberflächlichen Berührungen die wir mit M.R. haben, am meisten stört, ist nicht die Komödianterei (diese ist auch vielfach schwer zu beweisen) sondern ihre ganz kolossale Dummheit und Langweiligkeit. Auch im Sprechen muß man sich auf den Geist des Andern wie auf einen sichren Krückstock fest und angenehm stützen können, M. R. aber giebt einem statt dessen nur einen Zwirnsfaden in die Hand. Das erschwert das Sprechen mit ihr so sehr; lügen könnnte sie, daß die Balken brechen; Tante Lise lügt auch, sogar mit beständiger Hervorhebung, daß Ehrlichkeit ihr Unglück sei, aber sie lügt wenigstens amüsant. Das heißt für mich, der ich's nur 3 mal jährlich mitanhören muß; täglich genossen, wäre mir die grandiose Virtuosität des Fabulirens vielleicht noch schrecklicher als der Zwirnsfaden.

Der Geistliche beim Begräbniß unterzog sich seiner Aufgabe mit rühmlichem Geschick und hat seine ›fee's‹ denn auch bereits erhalten; er nahm es auf sich, einen Katholiken auf dem orthodoxen Matthäikirchhof mit einzuschmuggeln. Auch dieser Moment erinnert mich wieder an Tante Lise, die damals sagte: ›was Schultz wohl für Augen machen wird, wenn er hört, Weber ist Katholik. Und er hat sogar läuten lassen.‹ Sie freute sich schon auf das verblüffte Pastorgesicht und wackelte mit ihrem Hochzeitspopo, der in lila farbner Seide steckte; der Brautschleier hing bis auf die Erde und der Myrthenkranz war mit 14 Nadeln festgesteckt. Ich habe sie nicht gezählt, aber so was Aehnliches wird es wohl gewesen sein. Alle diese Worte sind nicht *persönlich* böse gemeint, es ist immer dasselbe, und die Ausnahmen sind so selten, daß wenn ich mal fühle ›hier *ist* eine Ausnahme‹ so kommen mir die Thränen in die Augen. Es giebt nichts Rührenderes als Wahrheit. All die Niedertracht der Welt schadete auch nicht viel, ja ich könnte einen Kunstgenuß daran haben, wenn man sie nur zugäbe. Der Geistliche auf dem Matthäikirchhof sprach eine gute Viertelstunde und vermied Geschmacklosigkeiten (schon sehr viel) aber er sprach auch nicht ein einziges Wort, das einen Eindruck machen konnte. Während er redete, sah ich beständig die ›Freie Bühne‹ mit ihrem grünen Umschlag und ihren altdeutschen Buchstaben vor mir und hatte das Gefühl, daß unsrer Kirche nichts nöthiger sei, als solche grünen Hefte auf *ihrem* (der Kirche) Gebiet. Alles absolut todt und dazu dieser gräßlich schöne Gesang von Kerlen, die hinter einer Lorbeerhecke stehn und sich schon auf das Seidel freun, das sie unterwegs im ›Augustiner‹ trinken wollen. Diese Biersehnsucht klingt aus jedem Ton und der erste Tenor, der immer so vibrirend abschließt, schmack[!] nach zwei.

In Meseberg war es sehr hübsch und beide verstehn es in der That wunderbar, die liebenswürdigen Wirthe zu machen; es bleibt aber doch ein virtuos und mit dem Bewußtsein einer Pflichterfüllung durchgespielter Repräsentationsakt; von eigentlicher Gemüthlichkeit keine Spur, nichts Intimes wird berührt, es ist wie wenn Diplomaten miteinander verkehren.

Ziemlich undiplomatisch verlief die Wasserpartie nach Wannsee und der Nedlitzer Fähre, von 3½ bis 11½. Also eine Leistung. Anfangs glaubte ich, Mama und ich wären die einzigen Christen, schließlich fanden sich aber noch Dr. Welti und Braut (Fräulein Hertzog), die freilich in ihrer Häßlichkeit wie 4 Christen wirkten. Auf dem Schiff plauderte ich mit einer reichen und hübschen Frau Meyer-Cohn, aus Lemberg gebürtig, und mit Fräulein Rodenberg. Erstre war eine nette feine Dame, wahrscheinlich nicht allzuglücklich an der Seite ihres Meyer-Cohn, während Frl. Rodenberg, trotz aufgesetzter Liebenswürdigkeit, doch als sonderbare Biele wirkte. Später war ich von Frau Dr. Loewisohn und der jungen Frau Hertz (Hans Hertz Frau) flankirt. Aus der Büste der Löwisohn ist die kleine Frau Hertz herauszuschneiden, ohne daß man's merkt. Als wir bei Sturm und Regen auf dem Haveldampfer zurückfuhren, erzählte ich, mit dem mir eignen Takt, die Geschichte vom Untergang des Royal George und als Zugabe die Geschichte von der großen Kanone, draus der See-Aal wie ein Monstrum aus dem Fenster kuckt. Die arme Frau Loewisohn verlor alle Contenance und dachte, wir würden untergehn, wie der Royal George. Judengesellschaften sind nicht mein Ideal und eine feine, glücklich componirte Christengesellschaft ist mir viel lieber. Aber solche glücklich zusammengesetzte Christengesellschaft ist sehr selten zu finden. Nimm Zöllners letzte Gesellschaft – und die Zöllnerschen Gesellschaften sind gut-mittel – die gute alte Pochhammer, die Albedyll, die Tochter-Braut, die Gräfin Schwerin, die Kaselowski, die gute Frau Lührs, die Droysen, Tante Zöllner selbst, – so muß ich mit Trauer gestehn, daß das alles an Bildung, Angeregtheit, Interesse, hinter solcher Judengesellschaft zurückbleibt. Unter Thränen wachse ich immer mehr aus meinem Antisemitismus heraus, nicht weil ich will, sondern weil ich muß. 1000 Grüße Dir und der lieben Freundin, und an den Gemahl, wenn er da ist. Veit's Brief ist sehr schmeichelhaft und liebenswürdig. Wie immer Dein alter

Papa.

*50. An Paul Meyer*

Berlin 13. Juni 90
Potsdamer Straße 134c

Hochgeehrter Herr.

Es scheint mir »indiciert«, als Gast der Zwanglosen der Gesammtheit und ihrem Schatzmeister noch nachträglich meinen resp. unseren Dank für das reizende Havelfest auszusprechen und Sie hochgeehrter Herr, um Uebermittlung dieses Dankes zu bitten.

Der reizende Sternheim-Abend – es war als ob ein Stern in den Balkon hineinschiene – ist Ihnen und Frau Gemahlin hoffentlich gut bekommen; es hatte so was südliches, jenseits der Spreekähne das goldene Horn und die Damen Gott sei Dank unverschleiert. Fast auch Witte.

In vorzüglicher Ergebenheit

Th. Fontane.

*51. An Moritz und Sara(h) Lazarus*

*Bad* Kissingen 18. Juni 90.
bei Gottfried Will.

Hochverehrtes Paar.

Wäre nicht des Leibes Schwachheit so würden diese Zeilen mit ihrem Dank für die schönen Schönefelder Stunden um einen Tag früher Ihnen zu Händen gekommen sein, aber meine Frau traf recht elend und ich recht müde hier ein. So ging es nicht. Schlaf aber und dann ein Abend in einer »Altdeutschen Weinstube« (Menzels Lieblingslokal) haben uns wiederhergestellt und nun säumen wir nicht länger. Kissingen ist das alte, liebe, gute, leider freilich auch in seiner Verpflegung. Bei Zapf, eigentlich ein guter Wirthsname, gab es denn doch eine Brühsuppe, die sich vorgesetzt hatte, den kulinarischen Contrast von Schönefeld und Kissingen auf einen Schlag zu demonstriren. Wobei sich mir die Frage aufdrängt, was ist aus dem Lachs geworden? er stand zu groß da, um einfach »eingelegt« zu werden; – das wäre die Wiederholung von Bismarck nach Friedrichsruh und »Doubletten gelten nicht in der Weltgeschichte«, einer von Hebbels besten Sätzen. In wie vielen Gestalten, theuerster Leibniz, habe ich Sie nun schon gesehn, immer ein andrer, wie der Seruger in Rückerts Makamen, wenn mich eine dunkle Reminiscenz an unter Philipp Wackernagel auswendig gelernte Gedichte nicht täuscht. Philosoph, Redner,

Arzt, und nun auch Landwirth und Gärtner. Ein Glück daß ich 70 bin, wo alles aufhört, sonst hätte mich ein Neid befallen.

Meine Frau spricht nochmals ihr lebhaftes Bedauern aus, an dem vollen Genuß des schönen Tages durch ihr Befinden gehindert gewesen zu sein. Ich meinerseits empfehle mich Ihren Damen angelegentlichst, wünsche bestes Wohlsein und grüße Sie und die Amseln im Garten.

In herzlicher Ergebenheit

Th. Fontane.

52. *An Friedrich Fontane*

*Kissingen*, d. 29. Juni 1890.

Mein lieber Friedel.

Habe Dank für Brief und Karte sowie für die beiden begleitenden Sendungen. Mama (heute krank) hätte schon früher geschrieben, aber man kommt zu gar nichts.

Von Mete haben wir ziemliche Nachrichten. In Warnemünde war ihr der kleine Richard Witte am interessantesten, der ein Schiff unserer dort kreuzenden Flotte besuchte, von den Offizieren in ihrer sogenannten »Messe« mit zu Tisch geladen wurde und das ganze Offizierkorps durch seinen Feuereifer in Heiterkeit und Enthusiasmus versetzte. Zu Mete sagte er bei seiner Rückkehr: »Glaubst Du nicht, daß sie mich, trotz meines Asthma, vielleicht *doch* noch nehmen?« *So* gern will er Soldat oder Seemann werden. Wie wohl unserem alten *Witte* dabei zumute werden mag, der die Gelder für Armee und Flotte immer weiter verweigert.

Das erste Buch, das ich hier bei Weinberger im Schaufenster sah, war »Rembrandt als Erzieher«. Ich wollte eben eine Lache darüber aufschlagen, da sah ich, daß dicht daneben »Stine« stand – und das Lachen verging mir. – In das hiesige »Berühmtheitenbuch« habe ich mich vor ein paar Tagen einschreiben müssen, erst Menzel mit einem Bild, dann ich mit einem Vers auf Kissingen. Das Menzelbild taxiere ich auf wenigstens 500 Mk., meinen Vers auf 50 Pf.; das kennzeichnet die Stellung der Künste untereinander; die Reimerei, auch die gute, ist immer Aschenbrödel. Nun, es geht auch so.

Wie immer Dein alter

Papa.

53. *An Friedrich Fontane*

Kissingen, 8. Juli 90,
bei Gottfried Will.

Mein lieber Friedel.

Besten Dank für Deine letzte Sendung, Brief und Journal-Pakket. Die Nummern sind sehr schwach; man merkt, daß Sommer ist und daß die Redakteure, muthmaßlich, ausgeflogen sind. Die Nachrichten über Lewys Mutter haben wir mit vieler Theilnahme gelesen; aber sie ist ja noch nicht alt und kann sich recht gut wieder ›rausmausern‹, allenfalls auch ohne »Doktors«.

Heute sahen wir Deinen Freund Diettrich auf der Promenade, erkannten ihn aber erst, als er schon an uns vorüber war; nachher war er weg und nicht wiederzufinden.

Sei so gut, wo möglich umgehend, mir ein gebundenes Exemplar von »Irrungen, Wirrungen« zu schicken, ich will es einer sehr netten, in Paris lebenden Dame, Frau Banquier Oppenheimer, überreichen ... Heut über acht Tage wollen wir mit dem Mittagszuge abreisen und gedenken gegen 1 Uhr Nachts in Berlin einzutreffen. Sei aber *nicht* auf dem Bahnhofe, man soll keines Menschen Nachtruhe nutzlos stören, – Dienstmann Rohstock (oder so ähnlich) wird durch Mathilde zum Koffer ›rauftragen‹ engagirt werden. Ergeh es Dir gut und dem schützenseligen Berlin. Mama grüßt – Wie immer Dein alter

Papa.

54. *An Friedrich Fontane*

Kissingen, 11. Juli 90

Mein lieber Friedel.

Habe Dank für das Buch, das ich gleich an Madame Henni Oppenheimer gelangen ließ; vielleicht sorgt sie, bei ihrer Rückkehr, für Werbung in Paris. Viel deutsche Concurrenz würde ich daselbst nicht zu besiegen haben, denn ich glaub nicht, daß deutsche Novellisten – mit Ausnahme von G. Keller und Sacher-Masoch – in Paris gelesen werden.

Daß Stilke so tapfer bestellt und sich selbst bis an Petöfy heranwagte, rührt mich und freut mich. Möge es auch eine Ecke so weiter gehen.

Gestern waren wir zu einem kleinen Geburtstagsdiner (Frau Krigar's Geburtstag) im Kurhaus und plauderten sehr angenehm, Menzel nett und ungewöhnlich gesprächig.

Alle andern Bekannten, mit Ausnahme eines sehr angenehmen aber sehr kränklichen Malers, sind abgereist und es beginnt öd und langweilig zu werden, öde, trotzdem die Zahl der Gäste wächst. Daß Du uns abholen willst, können wir nur mit Rücksicht auf Deine Skatpartie annehmen. Beste Grüße Dir und Lewy. Wie immer Dein alter

Papa.

*55. An Georg Friedlaender*

Berlin 23. Juli 90.
Potsd. Str. 134.c.

Hochgeehrter Herr.

Ihre liebenswürdigen Zeilen haben mich erst hier ereilt, – schon am 15. hatten wir Kissingen verlassen, dessen Lieblichkeit schließlich durch seine Langeweile doch balancirt wurde. Dazu die vielen Juden, auf die man noch viel böser sein würde, wenn man nicht schmerzlich empfände, daß das christliche Element in seiner Poplichkeit noch tief drunter stände. Die Juden haben doch wenigstens eine Nase und einen guten Schneider, namentlich Schneiderin.

Daß die Kinder »zu Hofe« gehn, hat uns außerordentlich erfreut; es ist doch was Hübsches und Schmeichelhaftes, denn eine schönere Anerkennung von Haus, Hauston, Erziehung und Familie giebt es nicht. Es freut mich auch, daß es von unsrer Freundin und Gönnerin Frau v. Münchhausen ausgeht, denn es ehrt sie mit. Wäre sie engeren Geistes und Herzens, so hätte sie krampfhaft nach 'was Adligem gesucht.

Ich freue mich, egoistischerweise, herzlich, daß ich Sie anwesend finde und nicht bis zum 15. zu warten brauche. Ich reise wahrscheinlich am 4.; meine Tochter ist seit vorgestern schon da und vorläufig in Nähe der Brotbaude, auf derselben »Alm«, einquartiert, meine Frau will in etwa drei Tagen folgen. Erst am 4. wird die Wohnung in der Brotbaude selbst frei.

Ueber alles andre mündlich, auch über die Amtsrichternovellen, die doch mal geschrieben werden müssen.

Unter herzlichen Empfehlungen an Ihre Damen, in vorzügl. Ergebenheit

Th. Fontane.

*56. An Martha Fontane*

*Berlin* 25. Juli 90.

Meine liebe Mete.

Habe Dank für Deine interessanten Briefe. Ob das Leben, das die Briefe mehr andeuten als schildern, ebenso interessant ist, stehe dahin. Ein Glück, daß Du solch Feinschmecker in Luft und – in Erlebnissen bist, diese mögen sein, wie sie wollen. ›Greif nur hinein ins volle Menschenleben, *wo* Du es packst etc.‹

Ich hoffe, daß Du Fräulein Kette finden und bei Scharfenort-Rogalli's einen gelegentlichen guten Unterschlupf finden wirst. Im Uebrigen sauge nur die armen Lehrerinnen gut aus; das klingt zwar grausam, wenn die, die nichts haben, auch noch Blut lassen sollen, aber beschwerte Herzen haben nichts gegen solch Vampyrthum, das doch beinah Liebe ist. Und für Dich ist, was Du einheimst, Winterstoff. – Der Glogauer Oberst heißt v. Johnston, alte schottische Familie, wie die Gordons und vielleicht auch schon zur Wallensteinzeit nach Deutschland gekommen. Sie kommen auch in der berühmten alt-schottischen Ballade ›Lord Maxwells Farewell oder Good Night‹ vor, die ich übersetzt habe; sie ist berühmt, weil Lord Byron sein in Childe Harold eingelegtes Gedicht ›Adieu, adieu my native shore‹ danach dichtete. Die Glogauer Johnstons werden wohl nichts davon wissen.

Daß sich gerade im Hause Knobloch die reinste Luft vorfindet, ist einer jener Witze, die sich das Leben erlaubt.

Wir leben sehr still; außer dem großen Besuchabend am Dienstag, von 6 bis 12 unausgesetzt, so daß die sich Ablösenden immer noch vorgestellt werden mußten (auch sehr langweilig) haben wir kaum wen gesehn; am Mittwoch Abend hatte ich ein langes Gespräch mit Herrn Pege an einem Laternenständer in der Königgrätzerstraße; diese Unterredung, ein Stück aus seinen jüngsten Erlebnissen, war sehr interessant. Zöllners sind seit gestern in Arnstadt; *ihr* ist es nicht fein genug und so wird sie wenig zu seiner Erheitrung beitragen, wenn sich nicht irgend ein Toeche mit irgend einer Albedyll findet. Solche Launen söhnen einen mit den Müller-Schultze's aus.

Ergeh es Dir gut, friere nicht zu sehr, auch Ozon kann vernichten, wie jedes zu viel. Wie immer Dein alter

Papa.

*57. An Adolf Kröner*

*Berlin* 28. Juli 90.
Potsd. Str. 134.c.

Hochgeehrter Herr.

Ganz ergebensten Dank für das Manuskript von »Quitt« das Ihre gütige Weisung an mich gelangen ließ.

Zugleich frage ich an, ob ich Ihnen im Winter oder um nächste Ostern herum einen neuen Roman schicken darf? Er spielt im ersten Drittel auf einem havelländischen adligen Gut, im zweiten Drittel in einem kleinen pommerschen Badeort in der Nähe von Varzin und im letzten Drittel in Berlin. Titel: Effi Briest. Es handelt sich, ganz im Gegensatz zu »Quitt« und »Unterm Birnbaum« nur um Liebe, also stofflich eine Art Ideal. Ob auch sonst? nicht blos Ihre Gerechtigkeit, sondern auch ihre Milde wird zu Gericht sitzen.

In vorzügl. Ergebenheit

Th. Fontane.

*58. An Wilhelm Hertz*

Berlin 2. Aug. 90.
Potsd. Str. 134.c.

Sehr geehrter Herr Hertz.

Wie für Ihre Geneigtheit das Buch zu bringen, danke ich Ihnen auch für Ihre freundlichen Zeilen vom gestrigen Tage.

Das Manuskript, gute Fahnen wie die »Gartenlaube« sie mir geschickt hat, erlaube ich mir von Krummhübel aus in 2 Hälften an Sie gelangen zu lassen,

1. Hälfte (die im schles: Gebirge spielt) gleich am Dinstag oder Mittwoch,

2. Hälfte (die in einer Menonitenkolonie in Amerika spielt) gegen Ende der Woche, weil ich in dieser zweiten Hälfte doch einige Streichungen vornehmen will. Es wird immer noch ein stattlicher Band, bis zu 400 Seiten. Ihnen und dem ganzen Hause frohe, nicht *zu* heiße Sommertage wünschend, in vorzügl. Ergebenheit

Th. Fontane

*59. An Fedor von Zobeltitz*

*Berlin* 3. Aug. 90.
Potsd. Str. 134. c.

Hochgeehrter Herr v. Zobeltitz.

Haben Sie ganz ergebensten Dank für Heft 13 und 14, die ich doch wohl Ihrer Güte verdanke. Die junge Dame mit der gelben Reisekappe und dito Mantel (Heft 13) ist kolossal chic und wird sich gewiß in Kissingen oder wo sonst es sei verloben. Ich reise morgen auf 6 Wochen nach Krummhübel und nehme die Hefte mit, um daselbst »Eine ›frivole‹ Idee« von Fedor v. Zobeltitz zu lesen, – vielleicht erhalte ich auch die Fortsetzung.

Mit der Bitte, mich Frau Gemahlin angelegentlichst empfehlen zu wollen, zugleich mit besten Wünschen für Ihr beiderseitiges Wohlergehen, in vorzügl. Ergebenheit

Th. Fontane.

*60. An Wilhelm Hertz*

Brotbaude bei Krummhübel (Riesengebirge)
8. Aug. 90.

Sehr geehrter Herr Hertz.

Es schien mir doch besser, alles lieber gleich auf einmal zu schicken.

Corrigirt habe ich nicht viel, aber doch gerade genug, um die Bitte um Zusendung von Correkturbogen trotz alledem und alledem auszusprechen. Ich drücke mich gern von dieser Mühe, aber leider geht es nicht anders, denn so sehr man sich im Ganzen genommen auf die korrekte Wiedergabe von glattem Druck verlassen kann, so mißlich wird es, wenn man hier und da schriftliche Aenderungen gemacht hat. Confusionen und Sinnentstellungen reißen dann ein und man verwünscht es schließlich, überhaupt Correkturen gemacht zu haben.

Hier ist es wundervoll, vor allem weil man aus dem Menschenthum fast ganz heraus ist. Ein Kellner ist hier noch nie gesehen worden. In vorzügl. Ergebenheit

Th. Fontane.

*61. An Emilie Zöllner*

Brotbaude, Krummhübel (Im Riesengebirge.)
18. August 90.

Hochverehrte theuerste Freundin.

Auch von mir die herzlichsten Glückwünsche zum zwanzigsten; ich denke mir, daß Karl Friedrich auf ein kurzes Retourbillet herüberkommt und daß Sie gemeinschaftlich einen schönen Tag haben. Mir tritt dabei der Tag vor die Seele, ich glaube Sommer 67, wo wir von Kösen aus eine entzückende Tagesfahrt nach Weimar etc. machten. Dreiundzwanzig Jahre zurück: ich war schon 47, aber verglichen mit heut ist es, als blickte ich in ein Thal der Jugend zurück. Im großen Speisesaal nebenan saß Spielhagen an der Tafel, damals auf der Höhe seines Ruhmes; wer mir damals gesagt hätte, daß er bei der Feier meines 70. Geburtstages an der Festtafel präsidiren würde. Ich glaubte nicht an 70 und nicht an eine Feier und am wenigsten an Spielhagen. Es kommt immer anders wie man denkt.

Ich genieße meine Brotbaude mehr denn je und wünsche von Herzen, daß Arnstadt Ihnen ohngefähr dasselbe sein möge.

In herzlicher Ergebenheit und Verehrung wie immer Ihr

Th. Fontane.

*62. An Maximilian Harden*

*Brotbaude*
Krummhübel
(Riesengebirge)
20. Aug. 90.

Hochgeehrter Herr.

Die Bauden hier oben heißen Schlingel-, Hampel- und Brotbaude. Sie begreifen, daß ich der letztren den Vorzug gegeben habe.

Nach dem alten Satze:

Die Welt ist herrlich überall,
Wo der Mensch nicht hinkommt mit seiner Qual

stieg ich bis hier oben hinauf und hause nun hier seit 3 Wochen unter so viel Schönheit und Glück, wie man nur irgendwie fordern kann. Glücklichstes Weltvergessen! Wenn die Welt aber schließlich in solcher Gestalt an einen herantritt, wie gestern in der »Nation«, so glaubt man doch wieder an die beste der Welten und freut sich ihrer Lebenszeichen. Allerherzlichsten Dank. Sie wissen immer so was besonders Nettes und Treffendes zu sagen und Dinge zu sehn, woran die Andern vorbeikucken. Es ist richtig, daß meine Nebenfiguren immer die Hauptsache sind, in »Stine« nun schon ganz gewiß, die Pittelkow ist mir als Figur viel wichtiger als die ganze Geschichte. Mit der Bitte mich Frau Gemahlin bestens empfehlen zu wollen. In vorzügl. Ergebenheit

Th. Fontane.

*63. An Friedrich Fontane*

Brotbaude, 23. Aug. 90.

Mein lieber Friedel.

Ich wollte Dir schon heute früh ein paar Zeilen stiften, aber der Briefträger kam früher als ich ihn erwartete. Nun nehme ich die Abendstunde, damit sich morgen die Sache nicht wiederholt. Über unser Leben hier seit Deiner Abreise wird Marta wohl berichtet haben, das Wichtigste war vielleicht ein großes Feuer in Schreiberhau, wo der Blitz in ein großes aus vielen Baulichkeiten bestehendes Gehöft eingeschlagen hatte; trotz der viermeiligen Entfernung sahen wir alles in voller Klarheit. Es sind jetzt kalte Tage, so daß ich mich gründlich erkältet habe; trotzdem werden die Waldspaziergänge und bis zu »Leisers Bank« hin fortgesetzt. Habe Dank für Deine Sendungen; heute trafen die beiden Nummern der Volkszeitung mit dem Keulenschlag gegen Lindau ein. Wahrscheinlich hat der Verfasser dieser übrigens brillant geschriebenen Artikel zahllose Nummern unter Kuvert verschickt, denn gestern erhielt ich dieselben zwei Nummern unter meiner Adresse; es liegt dem Verfasser offenbar daran, daß alle die zum Bau gehören: Schriftsteller, Buchhändler, Theaterleute, von diesem Angriff Kenntnis erhalten. Wie immer bei solchen persönlichen Fehden ist die Sache moralisch lange nicht so schlimm, wie der Verfasser wahr haben möchte. Beinah könnte man das Gegenteil sagen, Lindau, verliebt wie ein junger Kadett, wirkt beinah rührend. Und daß er einflußreich ist und diesen Einfluß geltend macht, ja, das ist kein großes Verbrechen. Daß er sich selbst dient und nur sein Interesse kennt, das weiß man seit zwanzig Jahren. Und so wird das Ganze schließlich auch nur zur Reklame für ihn; er sinkt dadurch um keinen halben Zoll; im Gegenteil. – Die übrigen Blätter und Zeitungen sind kolossal langweilig. Von »Quitt« habe ich die ersten Korrekturbogen erhalten, es wird sehr forsch, in Berlin bei Starcke, gedruckt, was mir imponiert.

Wie immer Dein alter

Papa.

*64. An Friedrich Stephany*

Brotbaude bei Krummhübel, 31. August 1890.

Hochgeehrter Herr und Freund.

Paula Conrad und Paul Schlenther. Aber ich kann bei Hochzeiten und Verlobten nicht verweilen, weil ich wegen eines Toten anzufragen habe. W. Gentz ist gestorben. Könnten Sie sich entschließen, trotzdem L. P. bereits in 2 Spalten gesprochen hat, noch einen längeren Essay, fast eine richtige Biographie, über ihn zu bringen. Sonntagsblatt oder Hauptblatt ist mir schließlich gleichgültig, doch würde ich die eigentliche Zeitung vorziehn, weil es sonst ewig dauert (etwa 5 Sonntage) und dadurch prätensiös und pratschig wirkt. Hintereinanderweg gegeben, schluckt man's eher runter. Haus Lessing stand sehr gut mit Gentz. Was den Aufsatz selbst angeht, so ist er nicht blos sehr lang (gewiß 10 Spalten) sondern hat auch öde Stellen, trotzdem ist es was apart Gutes, was ich sagen darf, weil 3/4 – und zwar gerade das Gute – von Gentz selber herrührt; ich war nur metteur en page. Nach meiner Meinung müssen Biographien so sein, sachlich, unter Vermeidung aller Kunstschwögerei. – Hier oben ist es himmlisch und ich beklage die reichen Leute, die, verstimmt und gelangweilt, in Interlaken oder auf Rigi-Kaltbad, Jude neben Jude, ihre Zeit absitzen müssen. Hier gibt es keine.

Unter Gruß und Empfehlung von Seiten meiner Frau an Frau Gemahlin, in vorzüglicher Ergebenheit

Th. Fontane.

*65. An Paul Schlenther (Entwurf)*

[Krummhübel, Ende August 1890]

Hochgeehrter Herr.

In unsere Gebirgseinsamkeit herauf konnte keine frohere Nachricht steigen als die Verlobung von Paul Schlenther und Paula Conrad. Alles stimmt, zum Zeichen dessen auch schon die Namen, Männlein und Weiblein. In unserer Zeit, wo sich alles um Besitz und Zeremonie dreht, ist es doppelt erquicklich, statt zweier Goldsäcke zwei Herzen sich finden zu sehen. Und zugleich zwei Intellekte und zwei Charaktere, was zum Glücklichwerden mit zugehört. Das erst gibt die solide Grundlage. Die Urteile über Mischehen sind geteilt, soll heißen über solche Ehen, wo beide Teile Kunst »miteinbringen«; wenn alles ist, wie's sein soll und die Kunst einfach Kunst und nicht auch ein Freibrief der Bummelei ist, dann sind Künstlerehen die besten, weil man sich gegenseitig versteht. Ich freue mich herzlich, in etwa 3 Wochen Sie beide als glückliches Brautpaar begrüßen zu können. Heute nur noch herzliche Empfehlungen an Fräulein Paula, Ihre Paula.

In aufrichtiger Ergebenheit

Ihr

Th. Fontane.

*66. An Georg Friedlaender*

Brotbaude, Krummhübel. 2. Sept. 90.

Hochgeehrter Herr.

Herzlichen Dank für Ihren lieben, ganz unerwarteten Brief. Ich beschäftigte mich auf dem Heimweg auch noch mit der Adelsfrage; daß wir darin ganz gleich empfinden, freut mich sehr. Sie schildern in den v. K's mit gewohnter Virtuosität die *gute* Form des Adels, gut deshalb, weil sie mit der eigentlichen Adelsform, die weitab vom Wege blüht, kaum noch eine Aehnlichkeit hat. Der Stadtadel, der entweder ein Beamten-, Militär- oder wohl gar Kunst- und Wissenschaftsadel ist, ist Beamter, Militär etc. und reiht sich ein, dann und wann zeigt er noch mal Nücken, aber das ist nicht schlimm. Der eigentliche Adel, der, den wir im Auge hatten, ist der Landadel und so sehr ich gerade diesen liebe und so sehr ich einräume, daß er in seiner Natürlichkeit und Ehrlichkeit ganz besondre Meriten hat, so ist mir doch immer mehr und mehr klar geworden, daß diese Form in die moderne Welt nicht ganz paßt, daß sie verschwinden muß und jedenfalls daß man mit ihr nicht leben kann. Man kann sich viertelstundenlang an diesen merkwürdigen Gewächsen erfreun, aber man kann es zu keiner Freundschaft und Uebereinstimmung mit ihnen bringen. Meine rein nach der aesthetischen und novellistischen Seite hin liegende Vorliebe bleibt dieselbe, aber Verstand, Rechts- und Selbstgefühl lehnen sich gegen diese Liebe auf und erklären sie für eine Schwäche. Es geht einem auch im Leben mit Einzelindividuen so und dann wieder mit ganzen Nationen. Die Engländer habe ich mit meiner Liebe verfolgt und sie dann doch wieder für egoistische und heuchlerische Bande erklärt.

Heute haben wir den ganzen Tag im Nebel gesteckt; an einem hellen Tage kommen Sie gewiß mal wieder herauf und bringen Ihre Damen mit. Mit herzlichen Grüßen von Haus zu Haus, in vorzüglicher Ergebenheit

Th. Fontane.

*67. An Unbekannt*

*Brotbaude*
bei Krummhübel
3. Septemb. 90.

Hochgeehrter Herr Doktor.

Herzlichen Dank für das reizende Buch mit der schmeichelhaften Widmung. Wir sind hier eingenebelt und eingeregnet und preisen die Hand, die uns für heute Abend mit so angenehmer Lektüre versorgte. Das »Lied von der Baude« soll den Lese-Abend eröffnen. Das Titelbild ist sehr hübsch und in einer etwas altmodischen Manier angefertigt, die mir in ihren einfachen und bestimmten Linien sehr sympathisch ist. Dabei spricht sich was Hohenzollernsches in dem Kopfe aus, was ja mit Hülfe von Mutter und Großmutter auch stimmt, – Großvater freilich zweifelhaft.

Im letzten Hefte von »Deutschland«, wenn es Ihnen zugeht, würden Sie einen sehr hübschen Artikel von Mauthner in der jetzt spukenden Lindau-Frage finden.

In vorzügl. Ergebenheit

Th. Fontane.

*68. An Unbekannt*

*Brotbaude*
bei Krummhübel.
(Riesengebirge.)
7. Septemb. 90.

Hochgeehrter Herr.

Hier oben in Berg-Einsamkeit haben mir Frau und Tochter Ihre Erzählung vorgelesen, ein Stück Leben, das mich überall interessirt und an mehr als einer Stelle tiefer bewegt hat. Stil und Vortrag sind mir sehr sympathisch, alles knapp und unredensartlich, das humoristisch Idyllische glücklich im Ton getroffen, die Geschichte vom »Rebchen« rührend und die letzte Scene voll dramatischer Kraft. Auch der Tendenz ist zuzustimmen, denn es ist eine Lebensform vor deren Gefahren und beinah unausbleiblichen Enttäuschungen man warnen muß. Dennoch habe ich gegen den Ton des Ganzen meine Bedenken; trotz der reichlich eingestreuten humoristischen Scenen, wirkt die Geschichte niederdrückend und das glaub ich darf in der Kunst nicht sein. Auch so ist es ein gutes Debüt, dessen Sie sich freuen können. Mit der Bitte mich Ihrer Frau Mama bestens empfehlen zu wollen, in vorzüglicher Ergebenheit

Th. Fontane.

*69. An Georg Friedlaender*

[Postkarte mit Ansicht der Prinz-Heinrich-Baude
Poststempel: Krummhübel 9.9.90]

Hochgeehrter Herr.

Mit 70 wird man wieder jugendlich und steigt nicht blos auf die Heinrichsbaude hinauf, sondern thut auch das denkbar Jugendlichste und sendet Bilder-Postkarten grüßend in die Welt hinaus. Die eine davon trifft Sie. Es ist merkwürdig »forsch« hier oben, allgemeiner Fortschritt, Deutschland wird Weltstaat. In vorzügl. Ergebenheit

Th. Fontane.

*70. An Friedrich Fontane*

*Brotbaude*
11. Sept. 90.

Mein lieber Friedel.

Die »Fontane-Straße« in Steglitz hat mich doch amüsirt, auch hat es so zu sagen einen soliden Nachruhm-Werth, solider als eine Viertelseite in irgend einer Literaturgeschichte. Straßennamen leben meist sehr lange, die Reetzengasse ist gewiß schon sehr alt, und eine 200 jährige Unsterblichkeit ist schon sehr viel. Habe, wie für das heutige Zeitungsblatt, auch Dank für Deinen gestrigen Brief; die Videant Consules-Brochüre hoffe ich hier noch lesen zu können, denn die Abende werden schon lang und geben einem ein paar Stunden Zeit bei der Lampe. Heute haben wir den »Engel von Ruhberg« gelesen, eine Verherrlichung der Prinzessin Elisa Radziwill durch Dr. Baer in Hirschberg. Baer ist ein feiner Herr und höchst verdienstlich als Chef des Riesengebirgsvereins – auch die Heinrichsbaude hat er entstehen lassen – ein großer Schriftsteller aber ist er nicht und hat den Sentimentalitätsstandpunkt noch nicht überwunden.

Die letzte Nummer der »Freien Bühne« brachte wieder einen sehr hübschen kl. Artikel von Brahm »die Lindau-Hetze«, der ganz meine eignen Anschauungen ausspricht. Lindau, der auch keinem was geschenkt hat, kriegt es nun doppelt zurückgezahlt, darin liegt so was wie Ausgleich und höhere Gerechtigkeit, aber andrerseits bleibt doch das bestehn, daß in *diesem* speziellen Fall ihn so gut wie gar keine Schuld trifft. In London gibt es eine Grabschrift: »Hier liegt John Turpin; er wurde nie gehängt, wenn er geräubert hatte, – das einzige Mal, wo er nicht geräubert hatte, irrten sich die Richter und er wurde gehängt.« Maximilian Harden ist jetzt obenauf und intimidirt alle, er ist sehr klug, sehr gewandt und sehr courageus, aber strenge Herren regiren nicht lange und auch seine Herrschaft wird nicht lange dauern. – Wir sind hier alle kolossal erkältet, halten aber aus und rechnen auf die Nachwirkung des Massen-Ozon. Der Druck von »Quitt« schreitet rüstig vorwärts, sie[?] sind schon bei Bogen 14; heute wurden mir schon Aushängebogen (bis Bogen 8) zugeschickt; es sieht recht gut aus. – Daß das Geschäft gut geht, freut uns aufrichtig zu hören; in 3 Wochen habt ihr ja Hülfe. – Hier rechnen wir noch drauf, daß der Kaiser die Koppe besteigt. Grüße Lazarus [?].

Wie immer dein alter

Papa.

*71. An Georg Friedlaender*

Berlin 28. 9. 90
Potsd. Str. 134.c.

Hochgeehrter Herr.

Gerade eine Woche ist es, auf die Stunde, daß ich Sie zum letzten Mal auf der Brotbaude sah, Sie und den Pius-Ritter und Bergel. Es ist mir ein Bedürfniß, Ihnen von hier aus nochmals zu danken für die große Liebenswürdigkeit und Treue im Besuch der Brotbauden-Einsiedler. Ueberschlagen wir jetzt hier das Maß unsrer Kräfte, das, durch ein hier herrschendes sciroccohaftes Wetter, noch wieder starke Einbußen erfahren hat, so erscheint uns unser »Nicht-Hinabsteigen ins Thal«, um dessentwillen wir uns oben oft selbst verklagt haben, als eine läßliche Sünde. Am Todestag meines Sohnes war ich draußen in Lichterfelde, um ihm einen Kranz von Enzianen aus der Richterschen Kleinen-Teich-Bauden-Gegend aufs Grab zu legen, – sonst habe ich mich noch nicht von der Stelle gerührt. Meinen Damen geht es nicht besser, alles matt und welk. Wir sehnen uns nach Aufleben und Bethätigung von 7 Wochen lang aufgespeicherter Gebirgskraft. – Das Leben, das wir hier vorgefunden, ist, so weit es aus den Zeitungen zu uns spricht, langweilig; das einzig Vernünftige und Erquickliche, wenn man alt geworden, ist Fleißigsein in Hof und Garten. Das »Rennen und Jagen« ist öde und langweilig. – Verzeihung, daß wir nicht Ordre gegeben, Ihnen die Kuchenschachtel zurückzuschicken, aber es arrangirt sich wohl von selbst; jedenfalls schreiben wir in der Sache noch an Frau *Schmidt*. Unter herzlichen Empfehlungen von Haus zu Haus

Ihr
Th. Fontane.

72. *An Theodor Fontane (Sohn)*

*Berlin* 7. Okt. 90.
Potsd. Str. 134. c.

Mein lieber alter Theo.

Dann und wann, von einem historischen und zinnengekröntem Höhenpunkte, trifft ein Gruß von Dir ein, der allemal herzlich erfreut und zur Erwidrung drängt. Du solltest zum 5. eine Gratulationskarte erhalten und vielleicht ist sie Dir auch zu Händen gekommen, wenn Martha nicht, vielleicht im letzten Momente noch, ihre Schreiberei wieder vernichtet hat, denn der 5. fiel auf einen Sonntag und promptes Erscheinen, das bei solchen Gelegenheiten eigentlich alles ist, war dadurch ausgeschlossen.

Gestern, auf dem Wege zur Zeitung, wo ich einen Anstandsbesuch zu machen hatte, traf ich Litti, der mich seinem wohlconditionirten Vater vorstellte. Die Begegnung fand in Nähe des Kriegsministeriums statt, eines Gebäudes, das Litti Sohn wohl allen andern in Berlin vorzieht und mit dem er, glaub ich, telephonisch verbunden ist, wie Schloß Rosenstock mit dem Opernhause. Mitunter aber hilft er dann noch durch persönliches Erscheinen nach. Was gemacht werden kann, wird gemacht. Der Alte gefiel mir und machte für einen Zahlmeister aus Ostpreußen einen bemerkenswerth guten Eindruck. Aus welchen Fonds er seit 20 Jahren alles geleistet hat, bleibt mir ewig unerfindlich.

Seit gestern sind wir 14 Tage wieder hier, in einem unglaublich faulen Zustande, so daß ich noch keine Zeile gearbeitet habe. Es wird aber wohl wieder kommen. Auf der Brotbaude war es ideal; glückliche, ungetrübte 7 Wochen, auch durch Einladungen ungetrübt; denn um Ragout en Coquille oder eines Puddings mit Himbeersauce willen zwei Meilen fahren, ist blos störend. Was soll der Unsinn? In den letzten Tagen waren wir noch hoch ins Gebirge hinauf, um blauen Enzian zu pflücken; draus ließen wir dann einen großen Kranz flechten, den ich an George's Todestage nach Lichterfelde hinausbrachte. Am Abend desselben Tages stand in der Kreuz-Zeitung Martha Roberts Verlobung mit Assesor v. Neefe. Höchst erwünscht für uns, aber in der Wahl des Tages etwas sonderbar. Ich persönlich lege kein groß Gewicht darauf, weil ich überzeugt bin, es war ihr blos fatal, ihrem Bräutigam zu sagen: »ach, höre Du, das ist grade der Todestag von meinem ersten Mann«. Das ist die Erklärung, aber nicht die Rechtfertigung; dann und wann muß man auch ein bischen Courage haben. Wenn die Todten noch lächeln könnten, würde George gelächelt haben.

– Seit ein paar Tagen lese ich Westphälisches aus der Münster-Paderbornschen Gegend, *Prosa*schriften von Annette Droste-Hülshoff. Alles sehr ausgezeichnet; Generaldirektor Schöne, dessen Tischnachbar ich neulich auf einem Goßlerschen Diner war, hat mir die Bücher geschickt; er schwärmt dafür, mit Recht, geht aber doch viel zu weit. Grüße Deine liebe Frau herzlichst; den Kindern einen Kuß, d. h. für Ottochen zwei. Wie immer Dein alter

Papa.

*73. An Otto Brahm.*

*Berlin*, d. 19. Oktober 1890.
Potsdamer Str. 134 c.

Teuerster Doktor.

Sie kennen mein »Faible« für Dr. O. Brahm und wissen, daß ich mich freue, wenn ich mich ihm in irgendeiner Weise nützlich machen kann. Aber was Hebel mal zu Tieck sagte, als dieser fragte: »Sagen Sie, Herr Kirchenrat, warum schreiben Sie nichts mehr?« und dieser antwortete: »Mir fallt halt nix mehr ein« – das drückt genau meine Situation aus. In früheren Zeiten hatte ich wenigstens einen Zettelkasten, und jeder Zettel enthielt eine Überschrift, ein Thema, woraus sich dann in verzweifelten Momenten was machen ließ. Aber auch dieser Zettelkasten ist leer wie eine Armenbüchse in einem Tanzlokal. So auf der Straße oder im Tiergarten geht es noch, aber zu Hause sitzt man doch klapprig wie der alte Faust und sieht in die untergehende Sonne. Dann und wann fällt wohl noch ohne Zutun ein Apfel vom Baum, aber die Kraft zum Herabholen ist nicht mehr da. – Die kleine Kritik über Lubliner in der letzten Nummer war ein Meisterstück, Brahm noch über Brahm. Auch der vierte Akt zu Strindberg reizend; natürlich auch von Ihnen. Von wem sonst? Wie immer Ihr

Th. Fontane.

*74. An Georg Friedlaender*

Berlin 22. Okt. 90.
Potsd. Str. 134.c.

Hochgeehrter Herr.

Herzlichen Dank für den famosen letzten Brief, wie er nur aus Ihrer Hand und aus – Schmiedeberg kommen konnte. Denn Schmiedeberg ist nun mal Hochburg der Romantik, wo alle 14

Tage mehr los ist, als in einem märkischen Neste während eben so vieler Jahre. Es giebt doch wirklich eine Art genius loci und während an manchen Orten die Langeweile ihre graue Fahne schwingt, haben andre unausgesetzt ihren Tanz und ihre Musik. Diese Beobachtung habe ich schon als Junge gemacht; wie spießbürgerlich war mein heimathliches Ruppin, wie poetisch das aus bankrutten Kaufleuten bestehende Swinemünde, wo ich von meinem 7. bis zu meinem 12. Jahre lebte und nichts lernte. Fast möchte ich hinzusetzen Gott sei Dank. Denn das Leben auf Strom und See, der Sturm und die Ueberschwemmungen, englische Matrosen und russische Dampfschiffe, die den Kaiser Nicolaus brachten, – das war besser als die unregelmäßigen Verba, das einzig Unregelmäßige, was es in Ruppin gab. Ja, Swinemünde war herrlich, aber was bedeutet es neben Schmiedeberg, wo sich die gewöhnlichsten Menschen in Wundermenschen verkehren. Ein besondrer Segen scheint über dem Lehrerstand zu liegen: Dorf Quirl mit seinem Wander und seinem Bergel und nun diese Cantorstochter die alles schlägt, selbst das Sängerpaar dessen Namen ich immer vergesse (ich glaube Back) selbst Fräulein Nagel und die schöne Constanze, wenn ich den Namen einer so zweifelsohne Geheimen Ober-Regierungsräthin in so jenseits der preußischen Tabulatur liegender Gesellschaft überhaupt nennen darf. Was wird Haus Reuß zu dieser büßenden Magdalena sagen und was vor allem die Vesta-Priesterin in Erdmannsdorf, die gegen *so* was doch nicht an kann. Und unsre schöne Commerzienräthin, für die ich noch immer ein Faible habe trotz des Gärtners, der das Gemüse schicken muß. Aber wenn mein Faible auch noch faibler wäre, – wie trivial alles, wie wenig vornehm neben solchen Märchen. Der Schulmeister hat 66 Oestreich besiegt, hier besiegt die Kantorstochter das ganze Haus Eberty mit all seinen Erbanekdoten. – Was macht Richter? Ziert er sich schon mit dem Gregorsorden herum? Ist er beim Fürstbischof zu Tisch? Oder macht er wieder eine Schwenkung zum Prinzen und zum Protestantismus hin? Alles von der kleinen Teichbaude aus, wo nun wohl schon die Wiege zurechtgerückt wird, die Schildpatwiege, drin man Fürstenkinder legt. – Meine Frau dankt herzlich und empfiehlt sich Ihnen allerseits. Ich thue ein Gleiches und bin und bleibe in vorzüglicher Ergebenheit

Ihr

Th. Fontane.

*75. An Georg Friedlaender*

Berlin 24. Okt. 90.
Potsd. Str. 134.c.

Die Lindaufrage, hochgeehrter Herr, ist eine sehr schwierige Frage und nur so viel darf ich gutes Muthes gleich hier aussprechen: Freund Bergel braucht nicht an Berlin und nicht einmal an der Vossischen zu verzweifeln. Und auch eigentlich nicht an Lindau.

Ich will 4 Punkte vorausschicken, damit ich nicht moralisch laxer als nöthig erscheine.

1. Lindaus Benehmen ist anfechtbar und jedenfalls nicht sehr schön.

2. ich mißbillige, daß der Ehrenrath der »Berliner Presse« erklärt hat, in Lindaus Gebahren sei »nichts Unehrenhaftes« zu erblicken.

3. ich mißbillige es, wiewohl es vielleicht das Klügste war, daß die »Vossin« kein Wort über die Sache gebracht hat, und

4. ich beklage den literarischen oder doch mindestens preßlichen Gesammtzustand, der bei dieser Gelegenheit klar zu Tage getreten ist.

Aber weiter kann ich mit Verwerfung und Mißbilligung nicht gehn.

Die ersten Eindrücke sind nicht immer die richtigen, aber doch meist.

Als mir meine Frau (noch auf der Brotbaude) das Anklagematerial i. e. die Lindauschen Briefe vorlas, war mein erstes Wort: »das ist gar nichts. Lindau hat ein Liebesverhältniß gehabt und mag die Schabelsky-Physiognomie nicht mehr sehn, jedenfalls mag er nicht mehr über sie schreiben. Und so proponirt er ihr, Berlin zu verlassen und ist erbötig, ihr dazu goldne Brücken zu baun.«

Das ist alles. Ich finde darin nicht das Geringste, worüber ich mich sittlich entrüsten oder Veranlassung nehmen kann, gerade *das* an den Pranger zu stellen. Ein Lebemann mit Liebesverhältnissen kommt beständig in solche Lagen und wer nicht ein geaichter Philister ist, wird sich erinnern, daß er einmal oder mehrere mal in seinem Leben in ähnlichen oder viel schlimmeren Lagen gewesen ist und viel Anfechtbareres gethan hat. Noch einmal, vom lebemännischen Standpunkt aus angesehn, ist es gar nichts, aber journalistisch-moralisch angesehn, wenn sich diese beiden Adjektiva so dicht nebeneinander vertragen, journalistisch-moralisch angesehn, empfängt man allerdings einen schmerzlichen Eindruck und sieht an einem wahren Musterbeispiel demonstrirt, daß alles Schwindel, Clique, Mache ist. »Was gemacht werden kann, das wird gemacht.« Die Reputationen, die Lebenserfolge, Ruhm, Ansehn, Gewinn, – alles wird durch eine Gruppe von Personen bestimmt, die sich durch verschwiegnen Händedruck »zusammengefunden« haben und ihr Chef ist Lindau. Diesen Zustand finde ich nicht schön, aber es ist *überall* dasselbe Prinzip: Ausbeutung. Ursach zu *besondrer* Entrüstung – und um so weniger als man dies alles längst wußte – liegt nicht vor. Nur seitens des Ehrengerichts mußte man sich Ehren- und Anstands halber etwas vorsichtiger ausdrücken.

In vorzügl. Ergebenheit Ihr
Th. Fontane.

*76. An Hermann Wichmann*

Berlin, 8. November 1890.
Potsd. Str. 134 c.

Theuerster Wichmann!

Eben kommt Ihre Karte und ich schreibe gleich, was übrigens ohnehin morgen geschehen wäre, denn bis morgen werde ich die Lectüre des Buches beendigt haben. Ich bin jetzt bis S. 133 »la plus belle fille ne peut pas plus donner, qu'elle n'a,« – beiläufig eine reizende Schlusswendung für einen Brief, die ich nun wohl nächstens auch anwenden werde.

Dass ich, ein sehr säumiger Leser, nach viertägigem Besitz des Buches schon fast dreiviertel davon gelesen habe, sagt Ihnen am besten, wie sehr es mich interessirt. Ich habe reichere, amüsantere, lehrreichere Briefe gelesen, z. B. die Pückler-Muskau'schen, die Heim'schen, auch die Mendelssohnschen, aber keine feineren, keine, was Briefstyl angeht, stylistisch vollendeteren. Man kann daran geradezu demonstriren, wie Briefe sein müssen, Alles nur angedeutet und doch immer genug, um ein klares Bild oder Urtheil zu geben. Feinste, freilich gelegentlich auch spöttische Behandlung des Persönlichen, was alles den Reiz sehr steigert. Literarische Leute werden das Buch mit Vergnügen lesen und nach uns Kommende werden es als eine Quelle für Schilderung des Berliner Lebens in den 70er und 80er Jahren benutzen können. Der vieljährige Verkehr mit diesem eminent klugen und ausserordentlich unterrichteten Manne muss Ihnen ein Schatz gewesen sein. Den Eindruck von einer besonders liebenswürdigen Persönlichkeit empfängt man aber nicht. Indessen das ist ja auch nicht nöthig; es kommt meist auf ganz Andres an. Gruss und Empfehlung an Frau Gemahlin (in seiner Verehrung Ihrer Frau Gemahlin weiss ich mich eins mit Hehn) wie immer

Ihr
Th. Fontane.

Ich habe nun bis S. 162 gelesen und es ist mir doch lieb, dass ich den Brief noch nicht ins Couvert und mich dadurch um die Möglichkeit einer Nachschrift gebracht habe. Der Eindruck von »nicht sehr liebenswürdig«, den ich anfangs ziemlich stark hatte, tritt, je weiter man liest, immer mehr zurück, Vieles versöhnt auch wieder, so z. B. die Bemerkung über Julian Schmidt, bald nach dem Tode desselben. So ziehe ich denn diese kleine Ausstellung schliesslich auch noch zurück und spreche bedingungslos meine Freude aus.

*77. An Wilhelm Hertz*

Berlin 17. Novb. 90.
Potsd. Str. 134.c.

Sehr geehrter Herr Hertz.

Herzlichen Dank und noch eine Extra-Verbeugung für die 10 gebundenen. Alles nimmt sich ja vorzüglich aus und nur das Publikum hat noch das Seine zu thun. Wird es? In der Hoffnung, daß dem so sein möge, in vorzüglicher Ergebenheit

Th. Fontane.

*78. An Julius Rodenberg*

Berlin, 18. November 1890
Potsdamer Straße 134 c

Hochgeehrter Herr.

Seien Sie zunächst wieder in der Heimat begrüßt.

Mit dem Sprechen in der Schillerstiftung ist es immer soso, deshalb schreibe ich doch lieber.

Meine Frau hat schon oben auf der schlesischen »Brotbaude« die ganze Geschichte nach vorgängiger Glattmachung (so wenigstens glaubte ich) abgeschrieben, und ich lebte der Hoffnung: alles überstanden. Aber als ich es nun wieder vornahm, war von »glatt« noch keine Rede, und das Basteln ging wieder los. 28 Kapitel von den 34 sind nun endlich aber ganz fertig, und diese 28 kann ich bis Schluß der Woche schicken. Bis etwa 2. Dezember das Ganze. Entscheiden Sie nun, was Sie vorziehn. Auf Wiedersehn heut abend.

In vorzügl. Ergebenheit

Th. Fontane

*79. An Julius Rodenberg*

Berlin, 19. November 1890
Potsdamer Straße 134 c

Hochgeehrter Herr.

Was du tun willst, tue bald. Und so schicke ich denn heute schon die ersten 24 Kapitel. Sie werden gleich an dem ersten sehn, daß die letzte Durchsicht noch eine große Arbeit war, denn von der saubren Abschrift ist zum Schmerze meiner Frau wenig übriggeblieben. Täusche ich mich nicht, so ist zweierlei gut: die eigentliche, mir überlieferte Geschichte und das Kolorit. Für letztres wird ein auch im Norden so Befahrener wie Sie ein Auge haben. Der Rest empfiehlt sich Ihrer Nachsicht.

Und nun die Einteilung. Sie können nach Kapitel 6 (Seite 59) einen Einschnitt machen, aber auch nach Kapitel 10 (Seite 99). Der Schluß von Kapitel 6 und die dort gesprochne Waiblingersche Strophe sind eine Art Dreh- und Entscheidungspunkt der Geschichte (der Schluß des Ganzen rekurriert darauf), aber der Einschnitt bei Kapitel 10 hat auch seine Vorteile und würde dann lokaliter das Ganze in 4 Teile teilen: 1. Schloß Holkenäs (Schleswig), 2. Kopenhagen, 3. Schloß Fredericksborg und 4. wieder Holkenäs.

In vorzüglicher Ergebenheit

Th. Fontane

*80. An Julius Rodenberg*

Berlin, 21. November 1890
Potsdamer Straße 134 c

Hochgeehrter Herr.

Ergebensten Dank. Eigentlich hätte derselbe heut früh beim Frühstück sich einstellen sollen, es war aber gestern ein sich lang ausdehnender Gesellschaftstag, der mich nicht zum Schreiben kommen ließ. –

Titel:
*Unwiederbringlich.*

Die noch fehlenden 10 Kapitel, in denen die Schläge fallen, die vielleicht ein bißchen zu lange auf sich warten lassen, werden in der ersten Dezemberwoche in Ihren Händen sein, spätestens bis zum 8.

In vorzüglicher Ergebenheit

Th. Fontane

*81. An Hermann Wichmann*

Berlin, 21. November 1890.
Potsd. Str. 134c.

Theuerster Wichmann!

Ich muss Ihnen für Ihren lieben Brief doch noch bestens danken. Es scheint, dass Sie Cotta Streichungen zugestanden haben, und da lässt sich dann nichts sagen, wenn sie thatsächlich erfolgen. Das wird wohl zutreffen, dass diese gestrichenen Stellen, wie so oft, gerade die interessantesten gewesen sind und da man in der Zeit falscher Rücksichtsnahme und gesellschaftlicher Heuchelei immer erquickt wird, wenn man mal ein freies ungenirtes Wort hört, so kann ich nicht leugnen, ich würde froh sein, wenn die »schlimmen Stellen« stehen geblieben wären. Und mehr noch, man amüsirt sich nicht bloss darüber, man lernt auch daraus. Aus den öden Redensarten und den Patentheiten lernt man nie etwas. Dennoch glaube ich ist es gut, nicht bloss für die Betroffenen, sondern auch für Hehn und Sie, dass diese Stellen gefallen sind; der Erfolg wäre grösser gewesen, aber Hehn's Andenken hätte nicht dadurch gewonnen, um so weniger als der strenge und unerbittliche Antisemitismus doch nur sehr wenig Anhänger hat. Das Buch wird übrigens viel gelesen und mit Interesse, wovon ich mich gestern in einer Gesellschaft von Schriftstellern, Künstlern und Professoren überzeugen konnte. Mit der Bitte mich Frau Gemahlin angelegentlichst empfehlen zu wollen in herzlichster Ergebenheit

Th. Fontane.

*82. An Gebrüder Paetel*

Berlin, 27. Nov. 90.
Potsdamerstr. 134 c.

Hochgeehrter Herr.

Darf ich Sie freundlichst u. ergebenst bitten, mich aus der heut früh mit Hr. Paul Lindenberg getroffenen Abmachung wieder zu entlassen. Alle Geschäftlichkeiten stören mich so sehr, daß ich beständig eine Neigung habe, Vorschlägen, die so was von einem mich beglückenden »abgekürzten Verfahren« an sich tragen, von vornherein dankbar zuzustimmen. Besonders in einem Falle wie der vorliegende, wo sich der Name der Firma u. das mir bewilligte Honorar mit meinen Wünschen deckt. Ich hob nur heute früh schon hervor, daß ich mit Hr. W. Hertz zuvor noch über die Sache sprechen müsse, hinzusetzend, daß er, bei seiner Güte gegen mich u. bei der Geringfügigkeit des im besten Fall zu erzielenden Gewinnes, mir schwerlich Schwierigkeiten machen würde. Der Ansicht bin ich auch noch; er würde mir schwerlich Schwierigkeiten machen, aber er würde es etwas sonderbar finden. Und auch das möchte ich gern vermeiden. Es kommt noch ein andres hinzu; mein jüngster Sohn ist Buchhändler u. hat sich in den Kopf gesetzt, die Sachen seines Vaters verlegen zu wollen; einmal (mit »Stine«) habe ich nachgegeben, im Ganzen bin ich dagegen, weil »Geschäfte« zwischen Sohn u. Vater mir ganz gegen den Strich sind. Er hat sich auch bedingungsweis darein ergeben und kummert [sic!] nicht allzu sehr, wenn ich bei Hertz bleibe, – er respektiert dann die alten Beziehungen. Schwenke ich aber überhaupt ab, so fragt er sich gekränkt: »Warum nicht zu mir?«.

Auch *dies* läßt mich meine Bitte stellen, die Sie mir gewiß gewähren. Davon, daß ich heut früh vergessen habe hervorzuheben, daß nach 5 Jahren Dominik das Recht in die Gesamtausgabe hat, will ich nicht weiter sprechen. In vorz. Ergebenheit

Th. Fontane.

*83. An Julius Rodenberg*

Berlin, 2. Dezember 1890
Potsdamer Straße 134 c

Hochgeehrter Herr.

Anbei nun der Rest; möge er hinter Ihren freundlichen Erwartungen nicht zu sehr zurückbleiben; die Schläge fallen ja eigentlich erst hier, das läßt mich hoffen. Aber mitunter irrt man sich auch und sucht seine Tugenden an falscher Stelle.

Mit Paetel hatte ich mittlerweile einen kleinen Briefwechsel in der Buchverlagsangelegenheit; meine schwankende Stellung dabei hat er nachsichtig beurteilt, wofür ich ihm dankbar bin. Bei Gelegenheit – vielleicht schon am Donnerstag – ein paar Worte mehr darüber.

In vorzüglicher Ergebenheit

Th. Fontane

*84. An Julius Rodenberg*

Berlin, 3. Dezember 1890
Potsdamer Straße 134 c

Hochgeehrter Herr.

Besten Dank für Ihre freundlichen Worte; diesen Dank wollte ich eigentlich morgen abend erst aussprechen, ein Besuch, den ich eben empfangen, ändert aber das Spiel und läßt mich heute schon schreiben, wenn auch freilich in einer zunächst ganz andern Angelegenheit.

Der Besucher war Ismael Gentz, der mir die letztgeschriebenen Reisebriefe seines Vaters brachte, alle aus Tripolis datiert und reich an landschaftlichen Schilderungen wie an persönlichen Erlebnissen. Die Familie will diese Briefe gern drucken lassen, und habe ich mich erboten, bei Ihnen anzufragen, ob Sie sie gegen ein mäßiges Honorar (ich sagte, 150 Mark pro Bogen würden, wenn überhaupt akzeptiert, wohl bewilligt werden) in der »Deutschen Rundschau« bringen würden? Es sind ungefähr anderthalb Bogen. Gentz schrieb sehr gut. Ihre gef. Antwort erbitte ich morgen abend.

In vorzügl. Ergebenheit

Th. Fontane

*85. An Paul Heyse*

*Berlin* 5. Dezb. 90.
Potsd. Str. 134. c.

Mein lieber Paul.

Ich weiß nicht ob Freund Hertz Dir schon mein Neustes geschickt hat, aber ob »ja« oder »nein«, ich gebe ein Exemplar zur Post, um Dir bei der Gelegenheit noch einmal für all die Liebe danken zu können, die Du mir, wie so oft schon vorher, auch besonders anläßlich meines 70. Geburtstages bewiesen hast.

Mit meiner Geschichte »Stine«, die vor etwa einem halben Jahre erschien, wollte ich Dich nicht behelligen, weil ich annehme, daß Dir die Richtung und vielleicht auch der Ton darin, unsympathisch ist. Bei »Quitt« fallen diese Bedenken fort und ich bin herzlich froh darüber. Denn wiewohl ich in meiner Vorliebe für das, was man ziemlich dumm die »neue Richtung« nennt (ist sie doch uralt) unerschüttert geblieben bin, sah ich mich doch schließlich durch eben diese Vorliebe in so fragwürdige Gesellschaft versetzt, daß mir angst und bange wurde. Die ganze Bewegung ebbt übrigens schon stark wieder, woran 2erlei Schuld ist: der Mangel an Talent und der Ueberschuß an Unverschämtheit. Ueber Letzteres herrscht wohl keine Meinungsverschiedenheit, kaum bei der Schule selbst, während es mit der Talent oder Nicht-Talent-Frage nicht so klipp und klar liegt. Noch in meinem letzten Briefe wollte ich, wenn ich mich recht erinnere, die Talentlosigkeit nicht so recht zugeben, aber sie ist seitdem zu Tage getreten oder wenn nicht sie, so doch wenigstens ein Mangel an nachhaltiger, sich fortentwikkelnder Kraft. Im Handumdrehen ist den jungen Herren die Puste ausgegangen.

Eine dürftige Nachmahd ist auf der »Freien Bühne« da, aber kein frischer Nachwuchs. Auf dem Gebiete des Romans steht es wo möglich noch schlimmer und nach dem großen gerichtlich beglaubigten Kladderadatsch der Herren Bleibtreu, Conradi, Walloth, Alberti, liegt alles wie gelähmt danieder. Der Leipziger Gerichtsausspruch allein hätte dies freilich nicht vermocht, erst die kolossale Gleichgültigkeit des Publikums gegen diese ganze Produktion hat die Lähmung herbeigeführt. Keiner kauft solch Buch und selbst solche, die einen Puff vertragen können und Gauloiserien mit Vergnügen lesen, finden diese pikant sein wollende Sorte von Literatur einfach langweilig.

Aber nichts mehr davon! Das Neuste, was wir von Dir hörten, brachte der kleine feine Fulda, ein Weniges auch Schlenther, der sich mittlerweile verlobt hat. Mit dem Befinden Deiner lieben Frau geht es hoffentlich wieder besser; Du selbst gehörst zu den Glücklichen, von denen man Gesundheit beinah fordert. In Deinen Cannstädter Tagen war das freilich anders, aber die liegen ja glücklicherweise zurück. Unser Leben hier geht im alten Geleise weiter, belebt und gehoben weniger durch Gesellschaftlichkeit als durch das »Allgemeine«. »Ins große Allgemeine will ich tauchen«, ist eine von Uriel Acosta's öden Redensarten, aber es ist doch ein bißchen 'was Wahres darin. Ein Gefühl, das ich in London beständig hatte: »hier ist etwas los«, das habe ich jetzt auch in

Berlin. Ich lese die Zeitung mit der Andacht eines Philisters, aber mit einer Gesinnung, die das Gegentheil von Philisterium ist. Es vergeht kein Tag, wo nicht aus diesem elenden Löschpapier etwas Hochpoetisches zu mir spräche: der Kaiser und Bismarck, die stille und dann auch wieder laute Kriegführung zwischen Beiden, die Hofpredigerpartei, Kögel, Stöcker, Dryander, Bacillus-Koch, Goßler, 2000 fremde Aerzte, Große-Kurfürstenfeier, Wissmann und Dampfschiffe auf dem Victoria-See, – das alles macht mir das Herz höher schlagen, besonders wenn ich dabei an die 30er Jahre zurückdenke, wo ganz Berlin 14 Tage lang von einem Beckmannschen Witz lebte oder von »Freiheit und Gleichheit un Roochen in 'n Thiergarten«. – Frau und Tochter senden ihrem verehrten und geliebten Freunde die herzlichsten Grüße; ich empfehle mich Deiner lieben Frau. Wie immer Dein alter

Th. Fontane.

Eben schickt mir Hertz Deine »Weihnachtsgeschichten« und ich öffne den schon geschlossenen Brief noch 'mal, um diesen Zettel einzulegen.

Ich freue mich sehr auf die Lektüre, der ich mich jetzt, wo ich aus den »Geschäften« heraus bin, doch mußevoller hingeben kann, als sonst zur Weihnachtszeit. Dein

Th. F.

*86. An Frau von Bredow-Landin*

[Berlin,] 6. Dezember 1890

Hochverehrte gnädigste Frau.

Gestatten Sie mir, Ihnen und Herrn Gemahl in Beifolgendem mein jüngst erschienenes Buch überreichen zu dürfen. Es sollte schon Mitte November in Ihren Händen sein, aber ich steckte damals in einer neuen Arbeit, deren Abschluß sich verzögerte. Nun liegt alles hinter mir. In dem Roman »Quitt« lege ich den Hauptakzent auf das friedliche Leben in einer von mir als »a trappy family« bezeichneten Mennonistenkolonie zu Nogat-Esern (Indian Territories, Nordamerika), wo ich neben allem möglichen dorthin verschlagenen Volke, namentlich auch einen atheistischen Franzosen und einen Märker »aus dem Glin« gegenüberstelle. Diese Gegenüberstellung ist mein besonderer Stolz.

Mit meinen neulichen Bemerkungen über archivalische, was immer sagen will: am Leben vorübergehende Geschichtsschreibung, habe ich hoffentlich nicht zu großen Anstoß gegeben. Unserein ist aber auf diesen Punkt hin immer ein bißchen gereizt, weil alle Archivleute glauben, Leder sei Brot.

Und nun spreche ich noch den ergebensten Wunsch aus, daß Ihr Herr Gemahl die Güte haben möge, mir den die Friesacker Linie des Bredow-Werkes behandelnden Band noch einmal auf ein paar Monate anzuvertrauen. Mein Schlachtplan hat sich nämlich seit Sommer 89, wo ich in Ihrem Hause so schöne Tage verbringen durfte, dahin geändert, daß ich mich jetzt darauf beschränken will, nur über das Ländchen Friesack und die dort ansässigen Bredows zu schreiben. Jetzt, wo ich die einzelnen Ortschaften beinahe ausnahmslos kenne (nur Briesen nicht), werde ich den Band »Friesacksche Linie« mit ganz anderen Augen lesen und vieles darin finden, über das ich bei meinem früheren Lesen hinweggesehen habe. Haben dann einerseits Ihr Herr Gemahl und andererseits die Herrschaften auf Wagenitz und Senzke noch die Güte, kleine historisch anektotischen Aufzeichnungen für mich zu machen (nur die Überschriften, die Geschichten selbst werden dann besser mündlich erzählt), so bin ich wohlausgestattet und kann ans Werk gehen. Mit der Bitte, mich Herrn v. Bredow angelegentlichst empfehlen zu wollen, in vorzüglicher Ergebenheit

Th. Fontane.

*87. An Moritz Necker*

*Berlin* 6. Dezb. 90.
Potsd. Str. 134. c.

Hochgeehrter Herr.

Empfangen Sie meinen ganz ergebensten Dank für Ihre freundliche Zuschrift. Wenn ich nur mit etwas Erfreulicherem darauf antworten könnte. Natürlich könnte ich so etwas schreiben wie Sie proponiren, etwas das sich bemühte der überaus glücklichen Idee gerecht zu werden. Aber wie ich mich wohl schon früher gegen Sie geäußert habe, wenn mir nicht die Luft frisch und frei von innen kommt, so glückt nichts und wird mir blos ungeheuer schwer, so daß das was mühselig zustande kommt, in gar keinem Verhältniß steht zu der aufgewandten Kraft und Zeit. Ich habe immer nur arbeiten können, wenn mit einem Male der Trieb dazu da war und jetzt, mit beinah 71, geht es ohne diesen innerlichen Drang nun schon ganz gewiß nicht.

Für Heft 1. des IX. Bandes danke ich bestens; es enthält sehr viel, das zu lesen ich mich freue, eigentlich alles. In vorzügl. Ergebenheit

Th. Fontane.

*88. An Wilhelm Hertz*

Berlin 7. Dezb. 1890
Potsd. Str. 134. c.

Sehr geehrter Herr Hertz.

Allerschönsten Dank für die »Weihnachtsgeschichten«. Mein »a. D.«-Zustand gönnt mir doch, zu meiner Freude, mehr Muße und Stimmung zum Lesen als vordem, wo ich, namentlich zur Weihnachtszeit, unter einem Strom von Lesestoff war, der gleichgültig und dadurch ungerecht gegen das Einzelne macht. Und so freue ich mich denn aufrichtig, einen Band Heyse mal wieder mit einer Art Hingebung lesen zu können.

Wie schade, daß ich nicht mehr zu einem gef. Rendez-vous im Club auffordern und eine Plauderhalbestunde mit Ihnen haben kann. Aber ich gehe nicht mehr hin, trotzdem ich es immer amüsant und auch selbst lehrreich gefunden habe. Der Grund ist die Zusammensetzung der Gesellschaft. Ich finde vielleicht Brahm der eben von Gensichen hat drucken lassen »er sei ein Schafskopf«. Wie soll ich mich da benehmen? Kann ich mit dem kleinen Brahm ein Liebes- und Freundschafts-Tête à Tête haben, während Gensichen oder Zabel oder irgend ein andrer eben Abgeschlachteter daneben sitzt? Oder ich kose mit Mauthner und im selben Augenblick tritt Frenzel oder Rodenberg ein, von denen M. hat drucken lassen: sie seien Cretins oder könnten keinen Satz gutes Deutsch schreiben? Es geht nicht. Feinde können sich treffen, das schadet nicht viel, sie gehen sich einfach aus dem Wege, der Neutrale aber der mit Frankreich gut steht und mit Deutschland auch, der ist in einer höchst unbequemen Lage. Er mag es einrichten, wie er will, er gilt bei Beiden als ein »unsichrer Passagier«. In Dienst und Geschäft muß man mit Freund und Feind verkehren können, im Club müssen Freunde, Gesinnungsgenossen zusammen sein. Ich erzitterte als ich neulich las, daß der »Realismus« 6 Mann hoch a tempo eingerückt sei: Bahr, Tovote, die Zwillinge Holz u. Schlaf und noch zwei andre.

Darf ich mir von Ihrer Güte, eventuell gegen Buchung, noch 5 gebundene Quitt-Exemplare erbitten? Damit komme ich dann aus. In vorzügl. Ergebenheit

Th. Fontane

*89. An Georg Friedlaender*

Berlin 9. Dezb. 90.
Potsd. Str. 134.c.

Hochgeehrter Herr.

Frau Gemahlin ist nun längst wieder daheim und hat unsre besten Grüße gebracht; ich sah sie leider nur kurze Zeit, da nebenan unser »Tabackskollegium« tagte, statt des Königs und des alten Dessauers freilich nur Zöllner und Lazarus, die mir aber auf die Dauer doch lieber sind, – einige Drastica gehen einem dadurch verloren, aber das Gefühl persönlicher Sicherheit ist größer. – Ihr letzter Brief war besonders reich an Stoff: Schloß Ruhberg, die Drömerbaude, ein Oberjäger »der nur mit Valescas Locke sterben will«, ein fragwürdiger, namentlich auch fragelustiger Rechtsanwalt, Excellenz Roeder, Küchenstolz und Küchen-Ehrgeiz (den ich mehr gelten lasse als manchen andern) und ganz zuletzt die büßenden Magdalenen: die germanische Cantorstochter und die Orientalin aus dem Hause Eberty. Wenn ich etwas vermisse, so ist es »er«, der Mann des Piusordens, der kleinen Teichbaude, des großen Portemonnaies. Ich möchte mit ihm nicht leben, aber von seinen Erlebnissen zu hören, ist immer interessant; er schlägt alle aus dem Felde, auch die originelle Excellenz, die alles sagen darf und auch Gebrauch davon macht. Wie kommen denn Czartoriskis nach Ruhberg? Wahrscheinlich eine Verschwägerung mit den Radziwills. Sie müssen aber doch immer noch sehr reich sein, so viel ihnen die 3 Revolutionen von 30, 46 und 62 auch gekostet haben. Die Geschichte der Quirler Cantorstochter quirlt mir noch zu sehr durcheinander, ich kann noch keinen festen Boden finden; ich dachte »Mesalliance«, aber nun lese ich von lieben »unehelichen Kindern«, worauf auch die Haltung des verknotigten Rechtsanwalts hindeutet, er würde sonst seine Daumschrauben wohl etwas vorsichtiger ansetzen. Und weshalb Trennung? Muß für legitimen Nachwuchs gesorgt werden? Oder Untreue? Und wenn Untreue, von wem, von ihm oder von ihr oder von beiden: Letztres wohl das Wahrscheinlichste. O dies Quirl! Erst der demokrat. Schulmeister, dessen Namen ich vergessen habe (Wander?), dann Bergel, dazwischen die Cantorstochter; und Bagg ist am Ende auch ein Quirlianer.

Einen Eindruck hat es auf mich gemacht, daß Ihr Freund Dove nach München gegangen ist. Ich kann ihm nur dazu gratuliren. Der Kaiser hat den Zeitungsleuten zwar kein gutes Zeugniß ausgestellt, aber das ändert an der Thatsache nichts, daß eine gutbesoldete Stellung an einer großen und einflußreichen Zeitung etwas höchst Begehrenswertes ist. Jeden Tag in wichtigen Fragen sich aussprechen und Tausende belehren und herüberziehn oder in ihren Anschauungen kräftigen zu können, Zustimmung finden, beleben, erheitern, – das alles ist eine sehr schöne, herzerquickende Sache, viel mehr als Vorlesungen halten, die von den Kollegen bekrittelt, oder Bücher schreiben, die streng rezensirt und schlecht bezahlt werden. Wenn ich z. B., auf blos literarischem Gebiet, eine Stellung wie die von P. Schlenther sehe; es mag in Deutschland drei oder vier Literaturprofessoren geben, die angesehner, einflußreicher und besser bezahlt dastehen, jedenfalls sind es wenige; die Mehrzahl steht an Einfluß und Lebensfreude weit hinter Schlenther zurück, der gerade, durch seine Stellung, ein höchst interessantes großstädtisches Leben führt. – Seit Kurzem – sonderbar bei meinen hohen Semestern – fange ich überhaupt wieder an, auf das großstädtische Leben und den eignen Reiz, den es äußert, Gewicht zu legen. Nicht als ob ich dies Leben direkt mitleben möchte, das geht nicht, das widerstreitet meinem Können und meinem Geschmack, aber dies Leben wie aus einer Theaterloge mit *ankucken* zu können, das hat doch wirklich was für sich. Daß ich dies jetzt wieder stärker empfinde, hängt wohl damit zusammen, daß das Leben unter unsrem jungen Kaiser doch viel bunter, inhaltreicher, interessanter geworden ist. Immer ist etwas los. – Gestern wurde Menzel 75; wir waren da und über alles Erwarten hinaus vergnügt. 1000 Grüße und Empfehlungen. Wie immer Ihr

Th. Fontane.

*90. An Paul Schlenther*

Berlin, 21. Dezember 90.

Teuerster Doktor!

Herzlichen Dank. Wie reizend, wie liebenswürdig; das, was sich sehen lassen darf, in die glücklichste Beleuchtung gerückt, das schwache so gestellt, daß es keinen Kauflustigen, wenn es deren noch gibt, abschrecken würde. Neu-Ruppiner und Alt-Franzos, nie bin ich netter, schmeichelhafter und zutreffender charakterisiert worden. Aber der Franzose, je älter ich werde, kommt immer mehr heraus. Hoffentlich; denn die Kaulbarse sind gute Leute, aber gräßlich. Das Fest ist vor der Tür. Haben Sie diesmal »unterm Tannenbaum« den Vorschmack häuslichen Glücks, was auf die

Dauer doch das Beste bleibt. Unter Gruß und Empfehlung an Fräulein Braut in vorzüglicher Ergebenheit

Th. Fontane

*91. An Felix Schmidt*

Berlin, Ende Dezember 1890.

Hochgeehrter Herr.

Es waren sehr unruhige Tage; das mag es entschuldigen, daß ich Ihnen heute erst für Ihre liebenswürdigen Zeilen danke. Durch den Unfall, um dessentwillen ich letzten Sonnabend auf die Polizei mußte, um protokollarisch zu erklären, »daß ich nicht vorhätte einen Strafantrag zu stellen« (der sich gegen den *Fürsten Blücher* wegen nicht Aschestreuens gerichtet haben würde) – durch meinen Unfall habe ich die Meinigen allerdings erschreckt, aber der starke Blutverlust war mir zum Heil und ich fühle mich wohler seitdem.

Mit der Bitte mich der Frau Mama wie dem Hause Fritsch angelegentlichst empfehlen zu wollen,

in vorzüglicher Ergebenheit

Th. Fontane.

## 1891

*92. An Maximilian Harden*

*Berlin* 1. Januar 91.
Potsd. Str. 134. c.

Hochgeehrter Herr.

Am Siegestage selbst – das will so viel nicht sagen, aber am Jahrestage von Belle Alliance die Neu-Bekränzung des alten Blücher, das ist eine That! Seien Sie schönstens bedankt und empfehlen Sie mich Frau Gemahlin.

Ob ich mich am Sonntag (Residenztheater) 'raus mache, ist nicht blos eine Literatur- sondern auch eine Temperaturfrage. Geht es unter Minus 10 Grad, so streike ich. In vorzügl. Ergebenheit

Th. Fontane.

*93. An Lise Mengel*

Berlin 4. Januar 91.
Potsd. Str. 134. c.

Meine liebe Lise.

Ich rechne mir aus, daß Du wieder daheim bist und so gehen diese Zeilen nach Schwiggerow. Habe herzlichen Dank für Deine freundlichen Zeilen; was meine Gesammtzustände betrifft, so machen sie sich, wie die andrer Menschen, in der Schilderung immer besser als in der Wirklichkeit. Vielleicht läßt sich bei mir in der That von »Gleichmäßigkeit« sprechen, aber was kann nicht alles gleichmäßig sein!

Mete ist seit heute Mittag fort, nachdem sie noch gestern in einer verunglückten neuen Taille, Fabrikat Mischke, Thränen vergossen. Natürlich war ich Schuld; ich soll immer urtheilen, aber wenn dies Urtheil nicht Lob ist, bin ich König Cambyses. Eine Taille will noch rücksichtsvoller behandelt sein als ein Drama, die Mischke thront über Holz und Schlaf. Uebrigens hatte sich Mete heut wieder erholt und war leidlich in Ordnung.

Ergeh es Dir gut in diesen ächtesten Wintertagen und laß das letzte Halbjahr an der Dir doch gewiß theuer gewordenen Stätte noch ein recht glückliches sein. Gruß und Empfehlung Deinem lieben Manne, einen Kuß den Kindern.

Wie immer Dein alter Onkel und Verehrer

Th. Fontane.

*94. An Friedrich Witte*

*Berlin*, d. 4. Januar 1891.
Potsdamer Str. 134 c.

Mein lieber Witte.

Sei herzlich bedankt für Deine freundlichen Worte zu meinem Geburtstage, der diesmal sich weniger radaumäßig inszenierte. Trotzdem möchte ich sagen dürfen: immer noch zu laut. Ich weiß nichts Besseres vorzuschlagen und habe doch ein starkes Gefühl davon, daß diese Beglückwünschungsformen, die doch auch eine Beglückwünschung beabsichtigen, ihren Zweck sehr unvollkommen erreichen. In einem fort kamen liebe Menschen mit Blumentöpfen, Buketts, Likörflaschen und Datteldüten, und jeder sagte was Freundliches, auch wohl was Hübsches und Zierliches. Ich selbst aber, statt dankbar zu sein, hätte immer nur sagen mögen: »Bitte, stellen Sie's dahin.« Am Schluß weiß ich nie, von wem ich die Sachen bekommen habe; kaum, wer da war. Es ist mir zu viel; ich bin Monogamist auch der Freude gegenüber.

Wir freuen uns, Dich und Deine Damen am 12. oder 13. Januar wiederzusehen. In der Zeitung interessieren mich jetzt sehr die Leitartikel über Bismarck. Ich finde sie ganz ausgezeichnet geschrieben und auch nicht zu streng in ihrem historischen Urteil. Ich finde nur, er ist nicht an seinen politischen Fehlern – die namentlich, solange die Dinge im Fluß sind, sehr schwer festzustellen sind – sondern an seinen Charakterfehlern gescheitert. Dieser Riese hat was Kleines im Gemüt, und daß dies erkannt wurde, das hat ihn gestürzt. Tausend Grüße und Empfehlungen.

Wie immer dein alter

Th. Fontane.

*95. An Ernst von Wolzogen*

*Berlin*, d. 7. Januar 1891.
Potsdamer Str. 134 c.

Hochgeehrter Herr v. Wolzogen.

Schon seit einer Woche liegt die »Freie Bühne«, Nummer vom 31. Dezember, vor mir; aber erst gestern abend kam ich zum Lesen, begann mit Strindberg und ließ Wolzogens »Humor und Naturalismus« unmittelbar folgen. Gestatten Sie mir, Ihnen auszusprechen, welche große Freude Sie mir durch diesen Ihren Essay gemacht haben, inhaltlich und stilistisch. Wie wundervoll und zugleich doch wie maßvoll im Ausdruck (z. B. »Huldinnen«) ist die Schilderung der Grünsten, die das weibliche Geschlecht nach einem beliebigen Straßentrottel beurteilen und auch hiernach ihr Urteil von Erfolg oder Mißerfolg abhängig machen.

Mir aus der Seele gesprochen auch alles, was Sie über den Humor und seine verklärende Macht sagen, und nur darin, daß Sie das geflügelte Wort Zolas ändern und Humor für Temperament setzen wollen, nur darin möchte ich abweichen dürfen. Mir persönlich ist die humoristische Betrachtung auch die liebste; aber es gibt doch auch andere, sehr respektable Betrachtungen, und das »Temperament« umschließt alle, läßt jede ran, gibt jeder ihr Recht.

In vorzüglicher Ergebenheit

Th. Fontane.

*96. An Martha Fontane*

Berlin 8. Januar 91.

Meine liebe Mete.

Wir freuen uns, daß es Dir gut geht, haben es auch nicht anders erwartet. Der Schlaf wird sich finden, wenn die Reise-Aufregung und der Schmerz und Aerger des Tages vor der Abreise überwunden sein werden. Es ist traurig, daß wir all dergleichen so schlecht ertragen können; eigentlich müßte man doch drüber stehn oder in 5 Minuten damit fertig sein. Ein bischen hängt es mit der Lebenslage zusammen, kleine Verhältnisse machen klein.

Von eurem ›Blitzzug‹ nach Köln, Achsenbrand und dem Zwiegespräch in Hannover will ich gar nicht erst reden, – es heißt sonst wieder: ich verkleinerte alles Deutsche. Schließlich, nach Jahren (in literarischen und Kunstsachen ist es ebenso) wird mir dann zugegeben: ›ja, es war auch miserabel.‹ Der Weltverkehr hat den Zweck Weltverkehr zu sein und mittelbar Vortheile einzuheimsen, für den Einzelnen und für das Ganze, er hat aber nicht den Zweck die *Staatskasse* durch *direkte* Ueberschüsse zu füllen. Das muß anderweitig besorgt werden.

Wir freuen uns sehr, daß Du Dich so heimisch fühlst; erhole Dich nur auch.

Ich lege Zeitungsausschnitte bei. Die kleinen werden Dich sicher interessiren, die großen vielleicht; der über die ›Kaisermanöver‹ in Baiern ist politisch wichtig. Heute steht in der Zeitung: ›der Großherzog von Mecklenburg habe Bismarck das Präsidium in seinem mecklenburgischen Staatsministerium angeboten.‹ Es scheint wahr zu sein; *wenn* es wahr ist, so ist es, unter den vielen Bethätigungen mecklenburgischen Selbstgefühls, das Größte was bis jetzt da war. Erst Reichskanzler, dann als höchste Sprosse: Minister von Mecklenburg.

Gestern war Maler Schubring (Kissingen) hier, sprach uns aber nicht, weil wir schliefen. Nun wird er wieder kommen, Fedor Encke auch, und Marianne Quade in Sicht; es ist schrecklich, daß man sich vor jedem Besuch fürchtet, es dürfte eigentlich nicht sein.

Am Sonnabend sind wir bei Sternheims, am Sonntag im Theater, Gerh. Hauptmanns neues Stück. In den nächsten Tagen schicke ich Dir ein Heft der ›Freien Bühne‹ mit einem Aufsatze Ernst v. Wolzogens über ›Humor und Naturalismus‹; es ist das Beste, was bis jetzt in dieser Frage gesagt wurde. Empfiehl mich; wie immer Dein alter

Papa.

*97. An Georg Friedlaender*

Berlin 8. Januar 91
Postd. Str. 134c.

Hochgeehrter Herr.

Herzlichen Dank für Ihre Glückwünsche und all das andre Freundliche und Interessante, was die Glückwünsche begleitete. Drei Perlen sind gewiß da: der Marinelli-Nachfolger mit Schlagring und Revolver, der alte Sturm mit dem leeren Papageikäfig und dem Finderbelohnungszettel und – Neuhoff. Wem der Preis gebührt, ist schwer zu sagen; aktuell in erster Reihe der Schlagringmann, poetisch-grotesk der alte Sammler, politisch Neuhoff mit seinem Wunsche »der gebornen v. Puttkamer ihren Standpunkt noch einmal klar zu machen«. Wahrscheinlich steht das Schlußstück an Interesse doch oben an; man lernt nicht aus. Und das alles an einer Stelle, wo, neben hoher Geburt, auch Bildung, gute Sitte, Zuverlässigkeit und selbst Wohlwollen zu Hause sind. Aber ich darf mich nicht wundern, wenn ich an das zurückdenke, was Prinz Friedrich Karl mitunter über die besten Menschen sagte, blos weil ihr Ruhm oder ihre Zurückhaltung ihn verdroß. Es lebt sich doch in jener Mittelschicht, in der der Gentleman nicht blos gespielt, sondern zur Wahrheit gemacht wird, am besten. Wenn wir uns wiedersehn, liegen ungewöhnlich viel neue Themata vor. Daß Dove nach München gegangen ist, hat mich auch aufrichtig gefreut; er hat was von der Publizistik und die Publizistik hat was von *ihm*. Stehen erst an der Spitze jeder großen Zeitung Männer von so viel Wissen und geachteter gesellschaftlicher Stellung, so wird auch das ewige Gerede von den »catilinarischen Existenzen« und den »Hungerkandidaten« aufhören. Daß die Münchener Allg. Ztg. etwas stark bismarckfreundlich auftritt und fast mit den Hamburger Nachrichten wetteifert, schadet nicht viel, denn ohne gegenwärtig von Preßbedrückung reden zu wollen, scheint mir's doch, als bliebe in unsren preußischen Zeitungen vieles ungesagt, was gesagt werden müßte. Daß da Plätze vorhanden sind, wo solche ängstlichen Rücksichtnahmen fortfallen, ist ein wahres Glück.

Am nächsten Sonntag wird die »Freie Bühne« wieder ein Lebenszeichen geben und ein neues Stück von Gerh. Hauptmann bringen »Einsame Menschen«. Wenn es nicht zu kalt ist, will ich hingehn. Die ganze realistische Bewegung ist in ein Ebben gekommen, was auch nichts schadet, ihr Einfluß ist doch *sehr* groß gewesen und wenn sie den Geschmack des Publikums auch den

Neuproduktionen nicht recht zuwenden konnte, so hat sie den Geschmack dem Alten, Abgestandenen, Phrasenhaften doch abgewendet, und auch *das* schon ist eine That.

Ich gebe gleichzeitig mit diesen Zeilen ein Exemplar von »Quitt« zur Post; sollte was dazwischen kommen, so jedenfalls morgen. Schlenther hat sehr hübsch darüber geschrieben, sonst habe ich noch nicht recht was gelesen, was übrigens auf den Verkauf des Buchs kaum einen Einfluß hat. Ueber Julius *Wolff* wurde beinah nie geschrieben und wenn doch, so meist tadelnd; trotzdem verkauften sich 40,000 Exemplare wie die warmen Semmeln. Lindau geht nach Nord-Amerika, wie es heißt als »Reklame-Novellist« um, durch seine Schilderungen der nördlichen Pacific-Bahn, diese Bahn vor dem drohenden Concurs zu bewahren. Ich beneide ihn nicht drum. In vorzügl. Ergebenheit, unter herzlichen Grüßen und Empfehlungen.

Ihr
Th. Fontane.

*98. An Paul Heyse*

*Berlin* 8. Januar 91.
Potsd. Str. 134. c.

Mein lieber Paul.

Meinen Dank für Deinen lieben Brief – der mir gerade so, wie er war, sehr wohlthat – wollte ich doch nicht eher aussprechen, als bis ich Deine »Weihnachtsgeschichten« gelesen, was denn auch in der ihnen zuständigsten Zeit, in der Weihnachtswoche, geschehn ist. Nach dem von ihnen empfangenen Eindrucke, möchte ich sie so rangiren, wie Du sie gestellt hast, erst die »Weihnachtsbescherung«, dann das »Freifräulein«, dann die zwei andern. Wie der kleine Rattenpinscher Leib und Seele des Wachtmeisters vor der Appetitlichkeit der Woll- und Strumpfwaaren-Wittwe rettet, das ist reizend und ganz besonders reizend auch die voraufgehende Scene vor dem Ladenfenster, mit der Wittwe im Hintergrunde und die Wirkung des lebenden Bildes auf den Draußenstehenden. – Das »Freifräulein« ist so lebendig und anschaulich, daß es fast wie ein Erlebniß wirkt und ich möchte mir nur das eine kleine Bedenken erlauben, daß die vom Dichter gegebene Beleuchtung der Gestalten, in der sein persönliches Urtheil zum Ausdruck kommt, zu sehr wechselt. Anfangs ist man gegen die Baronin und sicherlich gegen den Junker sehr eingenommen, bis sich die Sache mit einem Male dreht und man mit seinen Sympathieen umsatteln muß. Natürlich läßt sich auch allerlei für den von Dir eingeschlagenen Weg sagen, er schafft einen neuen Wind ins Segel und korrigirt irrthümliche Gefühle. Je älter man wird und je mehr man sich mit diesen Dingen beschäftigt, je geneigter wird man, den Dichter gewähren zu lassen und die Dinge dankbar so hinzunehmen, wie sie gerade liegen. Zustimmung ist nicht nöthig, nur Interesse, das mitunter in der Opposition größer ist als im Mitgehn.

Unser Berliner Leben ist seit 4 Wochen etwas schläfrig verlaufen und wäre nicht der alte Löwe in Friedrichsruh, der dann und wann durch die Wüste brüllt, so ließe sich von Langerweile sprechen. Darin ist sich Bismarck in und außer dem Amte gleich geblieben, daß »was er auch packt, er packt's interessant«. Hast Du vielleicht gelesen, daß er neulich gesagt hat: »der Kaiser wolle fernliegende Dinge beständig in der *Luftlinie* erreichen, das ginge aber nicht und der Weg unten sei mühsam und voller Hecken und Gräben«. Er ist der glänzendste Bildersprecher und hat selbst vor Shakespeare die Einfachheit und vollkommenste Anschaulichkeit voraus.

Auf der Bühne ruht alles, zumal auch auf der »Freien Bühne«, die sich aber nächsten Sonntag, nach langem Zögern und Verschieben, berappeln und Gerh. Hauptmanns »Einsame Menschen« bringen wird. Ist es nicht zu kalt, so werde ich mir einen Ruck geben. Im Barnay-Theater läßt Hans Hopfen ein altes Stück aufführen: »In der Mark«. Gott mag wissen, was er wieder damit beabsichtigt, denn er beabsichtigt immer was. Hopfen, Spielhagen, Gottschall sind die gefürchtetsten Theaterquängler, die nicht müde werden, mit ihren ältesten Ladenhütern den Direktionen beschwerlich zu fallen. Bei Gottschall ist es Manie. Man kann »Arabella Stuart« schreiben, aber nach 30 Jahren immer noch mit zu Markte ziehn, ist unerlaubt. – Empfiehl mich Deiner hochverehrten Frau und habe für Dich und die Deinen ein glückliches neues Jahr. Wie immer Dein alter

Th. Fontane.

In dem vorletzten Heft der »Freien Bühne«, Nummer vom 31. Dezember, steht ein Aufsatz von Ernst v. Wolzogen: »Humor und Naturalismus«. Er ist wohl das Beste, was bisher in dieser nach grade etwas langweilig werdenden Frage gesagt worden ist. Die Grünsten der Grünen werden darin ganz wundervoll charakteri-

Berlin 8. Januar 91.
Potsd. Str. 134.c.

Mein lieber Paul.

Meinen Dank für deinen lieben Brief — der mir gerade so wie er war, sehr wohlgethan — wollte ich doch nicht eher abschicken, als bis ich Deine „Weihnachtsgeschichten" gelesen, was denn auch in der ihnen zuständigsten Zeit, in der Weihnachtswoche, geschehen ist. Nach dem von ihnen empfangenen Eindrücke, möchte ich sie so rangiren, wie Du sie gestellt hast, erst die „Weihnachts-Bescherung", dann das „Christfräulein", dann die ganzen andern. Wie die kleinen Rettungsinseln Leib und Seele des Weihnachtsmannes von der Abgestorbenheit der Welt- und Stimmungsmenschen-Wetters rettet, das ist reizend und ganz besonders reizend

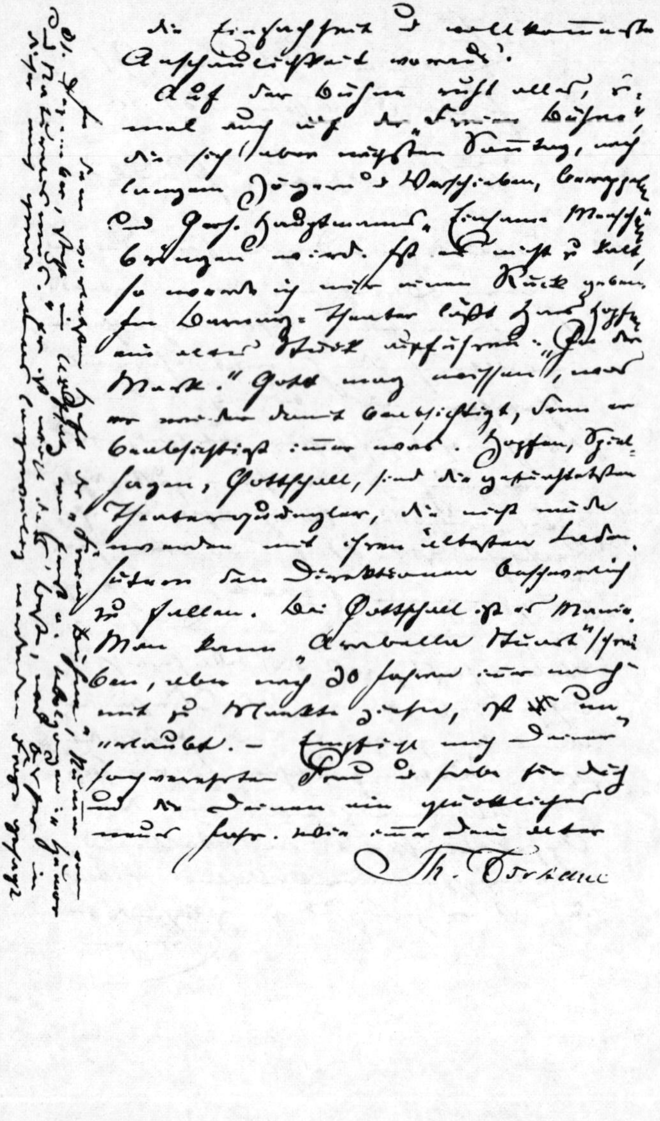

*An Paul Heyse, 8. Januar 1891 (vgl. Nr. 98, S. 85), 1. und 4. Seite.*

sirt, namentlich in ihrem Urtheil über die Frauen. Gegen den Schluß hin werden einige Lobcensuren ertheilt, mit denen ich, in dieser Hochgradigkeit, nicht einverstanden sein kann, sonst aber ist alles sehr gut, auch sehr maßvoll im Ausdruck. Soll ich Dir die Nummer vielleicht schicken?

Dein Th. F.

*99. An Theodor Fontane (Sohn)*

*Berlin*, d. 9. Januar 1891.

Mein lieber Theo.

Trotzdem ich vor etwa acht Tagen feierlich gelobt hatte, meinen Dank für Baseler Leckerli und Astrachan-Kaviar (der Sherrypunsch war abgestrichen worden) nicht vergessen zu wollen, hab' ich's doch vergessen und lasse nun Stephan, der vorgestern 60 Jahr wurde, noch einmal satteln, um Dir den gestern versäumten Dank nachzubringen, Dir und Deiner lieben Martha. Jeden Morgen erhalte ich vier kleine Kaviarschnitten, und an meinem Geburtstage waren sie auch echt, grau und grobkörnig. Seitdem stellt sich aber eine minderwertige, von, ich weiß nicht wem, auch als Geburtstagsgeschenk gespendete Sorte ein, die öffentlich zu entlarven mir meine Artigkeit gegen die Gattin und Hausfrau verbietet. So lebt denn wohl der Glaube im Hause fort, ich merkte es nicht; zu weit gehende Tugenden werden immer mißdeutet. Dir rechne ich aber den richtigen an.

Wie immer Dein alter

Papa.

*100. An Karl Zöllner*

Berlin 9. Januar 91. Potsd. Str. 134. c.

Theuerster Chevalier.

Acht Tage lang haben wir eingesessen wie das Mütterchen in Schleswig, das durch eine Schneemauer von der feindlichen Welt abgeschnitten war (S. Wackernagels Anthologie) und am 8. Tage, wo Rütli zum Appell bläst, kann ich nicht kommen, weil ich an einem Ehrendiner (Gott sei Dank nicht mir zu Ehren) theilnehmen muß.

Empfiehl mich den Rütlionen, so weit sie nach dieser russischen Campagne noch zur Stelle sind. Nur von Heyden habe ich gehört, weil er bei Kaisers war; die Gazetten erzählten von ihm. Martha ist seit Sonntag Mitternacht in Bonn. Vor Hannover brannte die Achse ihres Wagens und in Hannover selbst erklärte der Stationsvorsteher dem Zugführer ›er dürfe einen so schlecht ausgestatteten Zug (alles war in der That erbärmlich) eigentlich nicht weiter lassen.‹ Vor Hamm brannte dann auch die Achse eines andern Wagens noch mal, um doch auch was zu spenden. Das sind Normalzustände. 1000 Grüße allerseits.

Dein Noel.

*101. An Otto Roquette (Entwurf)*

[Berlin, Mitte Januar 1891.]

Mein lieber Ottowald.

Habe herzlichen Dank für Deine lieben Zeilen zu meinem Geburtstage. Damit bis zum 19. April, Deinem Geburtstage zu warten, war mir doch zu lange. Du schreibst von manch Besorgniserweckendem, was Dir über die alten Freunde, diesen oder jenen, zu Ohren gekommen sei, was aber glaub ich auf Irrtum beruht. Das entspricht aber glücklicherweise nicht den Tatsachen; es liegt umgekehrt alles merkwürdig gut. Natürlich alle werden wir alt und bei dem einen oder andern meldet sich das Alter unbequem an, Frau Sarah hustet, des Senators Magen wurde ausgepumpt, Heyden hatte Gelenkrheumatismus, aber das ist alles wieder überwunden und wenn man bedenkt, was einem alles fehlen kann, so, glaube ich, haben die Ellora- und Rütli-Menschen alle Ursach sich bei Gott oder Schicksal zu bedanken. Um nur Eines zu nennen: alle, mit alleiniger Ausnahme von Noels (die aber doch auch auskömmlich zu leben haben) sind in einer guten oder glänzenden äußeren Lage; das will schon immer was sagen.

Mit herzlicher Freude höre ich, daß das Theater und das Schaffen dafür Dir so viel Genuß bereitet. Ich kann mich auch bei einer platonischen Liebe, wie Du sie dem Theater gegenüber hegst, vollkommen darin zu recht finden, kann es aber *nicht* so wie jemand, der über das Ideal hinaus, was Faßbares und Ponderables, also vor allem Geld, vom Theater erwartet. Dir macht die Sache Spaß, Dich erquickt und erhebt sie. Gut. Alle *die* aber, und ihre Zahl geht in die Hunderte und vielleicht in die Tausende, die vom Theater direkt leben wollen, alle diese tun mir leid. Da hören sie von 120 oder 150 Quitzow-Aufführungen; macht blos in Berlin eine Einnahme von 12000 Talern in zwei Jahren, in der Gesamtheit des übrigen Deutschlands das Doppelte. Ja, das hat was Verlockendes. Aber wer erreicht es? Es ist seltener als das große Los. Die meisten müssen froh sein, 3 Aufführungen zu erleben, und nach welchen Anstrengungen und oft Demütigungen! So daß ich jedem abrede und immer sage: schreiben Sie was Sie wollen, nur keine Theaterstücke. Was ist aus Lindau geworden? Er geht jetzt nach Amerika. Du willst nichts davon als Anregung und Freude; das lasse ich mir gefallen. Aber das tun Dir wenige nach....

Die Elloramutter grüßt herzlich. Unter Empfehlungen an Fräulein Toni. Wie immer

Dein alter Noel.

*102. An Martha Fontane*

Berlin 16. Januar 91. Potsd. Str. 134. c.

Meine liebe Mete.

Wir haben lange nicht von Dir gehört und erfuhren nun heute durch Frau Sternheim, daß es Dir schlecht oder doch wenigstens nicht gut geht. So trügen mitunter die sichersten Hoffnungen; auf Bonn, Haus Veit und Winterkälte hätte ich geschworen. Vielleicht war es mal wieder eine Krisis und es kommen nun bessere Tage. Ganz kann ich den Gedanken nicht unterdrücken, daß das unglückselige Kleid an dieser neusten Störung einigermaßen schuld ist; Du gehörst zu den Unglücklichen, die alles ertragen können nur keinen Aerger. Was fällt, fällt; aber Galle ins Blut und der Spaß hört auf. Leider geht es mir nicht besser und mein ganzes Leben war ein ängstliches oder meinetwegen auch feiges Laviren, diesem unleidlichen Zustand zu entgehn.

Von hier ist nicht viel zu berichten, am wenigsten von mir, der ich wenig umherturne. Mama freilich leistet das Uebermenschliche und imponirt mir – wenn sie auch hinterher immer halbe Tage lang wie gestrandet da liegt – durch ihren immer neu sich einstellenden Elan. Am Sonntag ›Freie Bühne‹, am Abend desselben Tages Gesellschaft bei der guten alten Frau Meyer; am Montag oder Dinstag 4 Billets zu Oberon, – Milachen macht sich zu Stephanys auf den Weg und erscheint Abends mit drei Generationen: Großmutter, Mutter, Tochter, in Bleichroeders Loge. Dazwischen Tante Witte. Jeden Tag zur alten Wangenheim mit der es schlecht steht; einmal zur alten Sarah Lazarus; gestern Mittag mit Tante Witte und Anne-Marie in die Grillparzer-Matinée und zwei Stunden später zu Heydens zum Diner. Geh. Rath Jordan und Frau zugegen, Skarbina, Julius Wolff und Frau,

Zöllners, Springers. Alle lassen Dich grüßen. Aber findst Du nicht auch, daß das alles für eine 66jährige eine Leistung ist. Ich kann es nicht mehr. Zu der Grillparzer-Matinée hatten wir die Billets als Mitglieder der ›Literarischen Gesellschaft‹, von der die Feier ausging, erhalten und es ⌊war⌋ ein glücklicher Einfall Mamas, gleich dabei an Tante Anna und Tochter zu denken. Sie haben denn auch eine große Freude an der Sache gehabt, weil es ein Extra war ›das man an der Kasse nicht haben kann‹.

Bei dem ersten Besuch der beiden Witteschen Damen war ich allein zugegen und machte die Honneurs. Die Alte wird immer netter und ganz eine ›Figur‹, aber im Guten; sie wirkt wie ein Bild von einem alten Meister und doch hat sie durchaus was Modernes. Nur nicht in ihrem Familiencultus, der sich mehr und mehr zum ›Dollpunkt‹ herausbildet. Eine gewisse Berechtigung mag dazu da sein, oder ist es gewiß; aber wenn eine Familie nicht aus lauter Dreckfinken oder Imbeciles besteht, ist eine ›gewisse‹ Berechtigung immer da. Denke mal wie man *Dich* heraufpuffen könnte, selbst Deine Nerven. Annemarie, mit dieser Steuer zur Wahrheit will ich schließen, sieht allerdings sehr gut aus, sie ist magrer geworden, hat eine Figur und guten Teint, und wirkt *auch* wie ein Bild, nicht wie von Velasquez aber von Verhaes [!]. Lise hat einen ganz andern Muck, aber Annemarie ist hübscher. Ich habe ein Gefühl doch noch viel Mittheilenswerthes vergessen zu haben, das kann Mama nachholen. Empfiehl mich dem hochverehrten Paar und berapple Dich nach Möglichkeit. Dein alter

Papa.

*103. An Ismael Gentz*

*Berlin*, d. 23. Januar 1891.
Potsdamer Str. 134 c.

Hochgeehrter Herr.

Eben erst (etwas spät) habe ich in den »Neuen Monatsheften« Ihren Aufsatz über den Papa gelesen. Ich finde ihn ganz vorzüglich, namentlich die erste Hälfte, und mache Ihnen mein Kompliment. Mir fiel dabei wieder ein, was Professor Direktor Ewald vor etwa zwanzig Jahren mal im August v. Heydenschen Hause zu mir sagte: »Wissen Sie, Schriftstellerei ist eigentlich gar keine Kunst.« Ich fand es damals nicht sehr verbindlich gegen mich, und verbindlich finde ich es auch heute noch nicht. Ich habe aber längst zugegeben, daß es wahr und richtig ist. Nur Verse, namentlich schwierige, sind eine Kunst. Alles andere kann jeder Gebildete, und unendlich oft macht es der Laie besser als der Fachmann, weil er frischer und naiver ist. Seien Sie bestens bedankt. Es ist auch im Ton, in der Gesinnung, in der geschmackvollen Pietät so sehr hübsch. Empfehlen Sie mich der Mama angelegentlichst. In vorzüglicher Ergebenheit

Th. Fontane.

*104. An Friedrich Fontane*

*Berlin, 27. Januar 1891*

Mein lieber Friedel.

Mama erzählt mir eben von Eurem Gespräch.

Es tut mir leid, daß ich diese Dinge, vor denen ich endlich Ruhe zu haben glaubte, immer wieder durchzabbern muß.

Ich begreife, daß Du den Wunsch hast, meine Bücher zu verlegen; Du mußt aber auch begreifen, daß *ich* den Wunsch habe, bei meinem alten Verleger zu bleiben. Ich will kein Geld von Dir oder irgendeinem meiner andern Kinder in die Tasche stecken und kann andrerseits die Geschichte mit den Extrafonds nicht zur Norm und Regel erheben; dazu reicht mein sonstiger Etat nicht aus.

All das habe ich Dir schon früher gesagt, und Du mußt mir, nachdem ich es unter Drangebung oder Beschneidung meiner Prinzipien an Entgegenkommen nicht habe fehlen lassen, eine fortgesetzte Debatte darüber ersparen.

Ich hatte Dir noch eine Berliner Geschichte zugedacht, aber dies ist auch das Äußerste, was ich leisten kann und will. Im übrigen nur das noch: Es wäre ja fürchterlich, wenn die gesunde Basis eines Verlagsgeschäfts immer ein bücherschreibender Vater sein müßte. Gott sei Dank ist leicht das Gegenteil zu beweisen.

Dein alter
Papa.

*105. An Hermann Wichmann*

Berlin, 5. Februar 1891.
Potsd. Str. 134 c.

Theuerster Wichmann!

Haben Sie herzlichen Dank für Ihre Karte vom 29. v. M.; heute schon acht Tage. Es ist sehr liebenswürdig, einem so was Nettes zu melden, und nur die That selber, das Lesen der alten Schwarten, steht noch höher. Es geht einem ganz eigen mit den zurückliegenden Arbeiten; ich weiss noch ganz deutlich, dass ich, vor 20 und 30 Jahren, meine ganze Seele daran hing, dass ich glücklich war mal wieder einen alten Dorfkirchhof abgeklappert und neuen Stoff für die Beschreibung zu haben, dass ich über den Kriegskarten sass und mitten in der Nacht aufsprang, um einen Schlachtplan in wo möglich drei Linien aufzuzeichnen (je weniger Linien desto besser; ja dies »wenige« – weil erst die rechte Klarheit gebend – war die eigentliche Schwierigkeit), oder sonst einen leidlich guten Einfall zu Papier zu bringen. Und mit den Romanen und Novellen habe ich mich erst recht abgemüht. Und was ist jetzt am Ende meiner Tage das Resultat davon? Ich warte die Gleichgültigkeit der Menschen nicht mal ab, sondern komme ihnen fast zuvor und bin tief durchdrungen, ein paar Gedichte abgerechnet, von der Indifferenz des Geleisteten. Freilich ist dies das Loos alles Modernen; das Klassische, der feste Bestand, das was den Schatz der Nationen bildet, wird von Jahrhundert zu Jahrhundert nur durch wenig Sachen vermehrt und Alles, was selbst die Guten und Besten jetzt schaffen, hat bloss einen Tageswerth – eine ganz kurze Zeit und es ist von der Tafel heruntergewischt. Heute waren in der »Vossin« sechs oder sieben Romane hintereinanderfort besprochen, alles Arbeiten von namhaften Leuten, alle gut aber auf jeden kamen drei Zeilen und schon jetzt, wo die Buchstaben noch kaum trocken sind, sind alle sechs oder sieben Bücher schon so gut wie vergessen. Mich erfüllt dies Alles durchaus nicht mit Trauer, nur zur Bescheidenheit wird man immer dringlicher verpflichtet und lernt einsehen: »es ist Alles nichts«. Freilich kann man diesen Satz unter Alles schreiben; Salomo war auch schon so weit.

Dieser Winter war ein ächter Winter, auch in Italien; ich habe Bilder aus der »Rivièra« gesehen, wo Alles in Schnee lag; bei solchen Temperaturen ist es zu Haus am besten. Haben Sie was über Ihr Victor Hehn-Buch gehört? Das heisst was Ordentliches. Der Tadel ist mitunter besser und erfreulicher als das Lob, das so leicht öde ausfällt. Sie wissen, ich war einverstanden mit der

Streichung der antisemitischen und der persönlich anzüglichen Stellen, muss aber einräumen, dass der Reiz des Buches dadurch eingebüsst hat. Aber auch so sind die Briefe ein guter Beitrag zur Geschichte des Berliner Lebens in der zweiten Hälfte der Bismarck-Zeit. Unter herzlichen Grüssen und Empfehlungen

Ihr

Th. Fontane.

*106. An Otto Brahm*

*Berlin,* d. 8. Februar 1891.
Potsdamer Str. 134 c.

Hochgeehrter Herr.

Schönsten Dank für die Karte. Neugier und Zug des Herzens sagen »ja«, aber Vernunft sagt »nein«. Am Tage darauf ist nämlich Diner bei Lessings, und zweimal in vierundzwanzig Stunden debauchieren, geht über die Kräfte eines Jubelgreises. So bescheide ich mich denn, einen glänzenden Erfolg im Theater und ein glänzendes Souper bei Dressel zu wünschen. Wenn ich Sie mal wiedersehe, erfahre ich vielleicht auch, was das große nordische Orakel Ihnen zugeflüstert.

Ihren Stauffer-Artikel im letzten Heft der »Freien Bühne« habe ich mit großem Interesse und unter ehrlicher Zustimmung gelesen. Aber diese Zustimmung gilt Ihnen, nicht Stauffer. Ich finde es ganz recht, daß Sie für einen Freund, ein beinahe großes Talent und einen gewiß Unglücklichen, so warm und doch auch wieder so entwaffnend maßvoll eintreten; aber mein Degout gegen solche Geschöpfe Gottes – ich nehme dies letztere an, weil der Vater Prediger war – bleibt. Solche Genies sollten gar nicht existieren, und wenn das »Genietum« so was fordert, so bin ich für Leineweber.

In vorzüglicher Ergebenheit

Th. Fontane.

*107. An Paul Pollack*

Berlin, 10. Februar 1891.

Hochgeehrter Herr.

Seien Sie schönstens bedankt für Ihre liebenswürdigen Zeilen, besonders auch für die Bedenken, die Sie gegen L'Adultera äußern. Aus solchen Bedenken spricht oft mehr als aus Anerkennungen die echte und rechte Teilnahme und diese Teilnahme ist das Beste, was der Arbeit und einem selber werden kann.

Dem von Ihnen geäußerten Bedenken bin ich Anfang der 80er Jahre, wo die Novelle erschien, vielfach begegnet und ich habe mich nie dagegen gestellt. Dennoch bin ich unbekehrt geblieben und würde es jetzt gerade so schreiben, wie vor 10 Jahren. Ich glaube, beide Parteien haben Recht und der Streit ist nichts als das Resultat zweier gegenüberstehender Kunstanschauungen. Soll die Kunst den Moralzustand erhalten oder bessern, so haben *Sie* Recht, soll die Kunst einfach das Leben widerspiegeln, so habe *ich* Recht. Ich wollte nur das Letztre. Die Geschichte verlief so und die Dame, um die sich's handelt, sitzt unter einer Menge von Bälgen, geliebt und geachtet, bis diesen Tag oben in Ostpreußen.

In vorzüglicher Ergebenheit

Th. Fontane.

*108. An Martha Fontane*

Berlin 17. Febr. 91.

Meine liebe Mete.

Mit Kritiken über Hedda Gabler sieht es windig aus; ich habe eine Unmasse davon gelesen, kann aber nichts mehr finden, so mußt Du mit den paar Zeilen zufrieden sein, die sich in der ›Freien Bühne‹ vorfinden und die nichts bedeuten. R. Fellners Kritik hatte ich für Dich 'rausgesucht, sie ist aber verthan, – bei uns verschwindet alles, wofür aber Niemanden ein Vorwurf trifft; ein alter Scriblifax wie ich müßte, rundum, gefächerte Reale haben, um Blätter und Journale hineinzuthun, statt dessen wird alles auf einen Haufen geworfen und verschwindet dann allmälig wie die Peden- und Unkrauthaufen auf dem Felde.

Die beiden Stauffer-Artikel sind sehr interessant, – man kriegt durch seine Briefe doch eine ganz andre Meinung von ihm.

Die kl. Kritik über ›Quitt‹ ist ganz gut, die Sache mal von einer ganz andren Seite beleuchtet, – der Staat soll seine Rechtsanschauungen dadurch modificiren lassen, was er wohl bleiben lassen wird. Das einzig Anzügliche in der Kritik ist der Hohn- und Schreckens-Ausruf: Dostojewski und Fontane! Ich schrieb an Brahm, es klänge etwa wie: ›Egmont und Jetter!‹ Natürlich lache ich darüber, ich gönne den Berühmtheiten ihre dickere Berühmtheit und freue mich der Gesundheit und Natürlichkeit meiner Anschauungen. *Das* habe ich vor der ganzen Blase voraus und bedeutet mir die Hauptsache.

Gestern erhielt ich eine lange Kritik von meinem vlämischen Freunde Pol de Mont über meine ›Gedichte‹. Ich schicke sie Dir morgen, denn es amüsirt einen sich in das Vlämische hineinzulesen; zuletzt versteht man es ganz gut.

Der letzten Vorstellung der ›Freien Bühne‹ am Sonntag haben wir nicht beigewohnt, Mama war krank (lag zu Bett) ich hatte keine Lust. Gestern war ich bei Stoeckhardts zum Diner. Na, so so! Das Diner selbst ganz gut, beide Wirthe sehr nett und liebenswürdig, aber alles andre doch ein bischen unter Niveau. Der Eine war ein Danziger Landtags-Abgeordneter mit seiner Frau, beide liebenswürdig, umgänglich und die Frau mit Kunst- und Literatur-Allüren, aber das Ganze doch dünn und langweilig, ohne Temperament, Esprit, Charme. Mit einem Wort alles Blech. Er Stöckhardt orakelte auch allerlei, aber ein blutiger Dilettantismus sah aus allen Ecken heraus; die verfluchte Bildung hat alles natürliche Urtheil verdorben; jeder quatscht nach. Am nettesten war Alice, die mir bei Tisch von ihrer großen Orient-Reise erzählte, von Constantinopel, Goltz-Pascha, den sie auf der Parade traf, und am meisten von Bukarest und ihren dortigen Erlebnissen. Sehr interessant, klar, knapp, anschaulich. Aber nicht zu glauben, sie legte *der*art Beschlag auf mich, daß ich mich, nach länger als einer Stunde, gewaltsam und nun meinerseits beinah unartig losreißen mußte, um mich endlich meiner eigentlichen Tischdame zuwenden zu können. Das ist Berliner Lebensart. Oder ist es überall so?! Empfehlungen allerseits. Dein alter

Papa.

### *109. An Hermann Wichmann*

Berlin, 17. Februar 1891.
Potsd. Str. 134 c.

Theuerster Wichmann!

Ich habe Ihnen für zwei Briefe zu danken, der zweite sogar von Ihrer eigenen Hand. Der Vers ist ganz reizend, und für einen Mann von Fach beschämend, weil er sich – für 99 Fälle unter 100 möchte ich mich verbürgen – sagen muss: »ja so gut hättest Du's nicht machen können, oder doch nur in Deiner besten Stunde«. Ueberhaupt ist es was Fatales und in gewissem Sinne Vernichtendes für Schriftsteller und Dichter, dass beständig Nicht-Fachleute Dinge schreiben, die viel viel besser sind als das, was von den Fachleuten geleistet wird. Das ist in keiner anderen Kunst so, weil jede andere mehr schwer zu erlernende Technik fordert; schreiben kann Jeder und ist der Betreffende klug und hat seine glückliche Stunde, so schiesst er den Vogel ab. – Was Sie freundlicherweise in Ihrem ersten Briefe sagen, – ja das ist ein weites Thema. Soll *das* in Betracht kommen, was als Samenkorn fruchtbringend in die Seele fällt, ja dann ist die Zahl der »Fruchtbringer« unberechenbar. Jeder Schuster kann solch Wort mal aussprechen, es braucht nicht mal sein eigenes zu sein. Man hat literarisch nur eine Bedeutung, wenn man mal ein Fanal war, das alle Leute leuchten sahen und ihren Kurs danach nahmen. Wie immer

Ihr aufrichtig ergebener

Th. Fontane.

*110. An Martha Fontane*

Berlin 21. Febr. 91. Potsd. Str. 134c.

Meine liebe Mete.

Gestern gegen Abend kam Dein Brief, der uns sehr erfreute; es scheint doch etwas besser zu gehn, trotzdem the second nurse of nature immer noch nicht kommen will. Aber wie, nach Uhland, doch endlich Frühling werden muß, so muß sich auch der Schlaf mal wieder einfinden.

Ich gebe, zugleich mit diesen Zeilen, wieder einige grüne und gelbe Hefte zur Post, in denen allerhand über die neuen Stücke steht, freilich nicht recht was Brauchbares. Es ist immer so ein dunkles Tappen und Tasten, kein frisches Zugreifen. Die Kritiken sind alle wie von Verbrechern geschrieben, die nur immer auf der Hut sind, vor Gericht nichts zu sagen, was gegen sie gedeutet werden kann. Ich habe mich nie für einen großen Kritiker gehalten und weiß, daß ich an Wissen und Schärfe hinter einem Manne wie Brahm weit zurückstehe, habe das auch immer ausgesprochen, aber doch muß ich, für natürliche Menschen, mit meinen Schreibereien ein wahres Labsal gewesen sein, weil doch jeder die Antwort auf die Frage ›weiß oder schwarz‹, ›Gold oder Blech‹ daraus ersehen konnte; ich hatte eine klare, bestimmte Meinung und sprach sie muthig aus. *Diesen* Muth habe ich wenigstens immer gehabt. Ich sagte zu Wildenbruch: ›nein, das geht nicht; das ist talentvoll aber Unsinn‹, und als er endlich die Quitzows brachte sagte ich mit gleicher Deutlichkeit: ›ja, der alte Wildenbruch tobt und wuracht auch hier noch herum, aber es ist so viel von Genialem da, daß ich seinem Unsinn Indemnität ertheile.‹ Zu solchem runden Urtheil rafft sich von den Modernen keiner auf;

wie die Schatten in der Unterwelt schwankt alles hin und her und sieht einen traurig an; deutlich werden sie nur, wenn sie einen ausgesprochenen Feind (der dann meistens ein ganz kleiner Doktor ist) beim Schopf fassen, um ihn vor versammeltem Volk zu skalpiren. Das machen sie dann ganz nett.

Mama hat sich mit Hülfe eines Delhaes'schen Rezepts (Opium u. Nux vomica) wieder erholt und war gestern mit Zöllners in der Oper. Er Zöllner recht klapprig. Vorgestern Tante Jenny hier; erzählte brillant und mit kolossalem bon sens, aber nur von Paul und Gustav, von Agathe und Anna, von Hans und Lotte (das sind nämlich Höppners) und vergaß, daß wir auch Kinder haben. Ich ärgre mich nicht mehr darüber, aber sonderbar bleibt es doch. – Ich lege Dir einen Zettel von meinem etwas verrückten Freund Otto de la Chevallerie bei, worin er über sich und seine Tochter, meine Pathe, berichtet. Ich habe diese Chevallerieschen Zeilen, als Fachmann, angestaunt. In 100 Worten sein und seiner Tochter Leben geschildert und wie! Ein Märchen – Roman in 20 Zeilen. – Ich lege auch einen Vers von Wichmann bei, der in ein Album für Dr. Otto Braun in München kommt, an dessen Stelle Prof. Dove tritt. Wenn Du Letztren sprichst, so sei nicht zu antifriedländersch und ridikülisire den Sammler der Apostelkrüge etc. nicht mehr als nöthig. – Heute Abend bin ich bei Frau Gentz, wo ich die Gräfin Noer, eine Art Stieftochter der Gräfin Waldersee unterhalten soll. Die Waldersee, eine geb. Lee, war nämlich die 2. Gemahlin des alten Grafen v. Noer. Der junge Graf v. Noer – Sohn *erster* Ehe seines Vaters – heirathete auch wieder eine Amerikanerin, eine Sennora Eisenblat aus Venezuela, und diese ist es, vor der ich am Trapez arbeiten soll. Empfiehl mich allerseits. Dein alter

Papa

Du wirst Dove, wenn Du überhaupt mitgenommen worden bist, wohl schon gesehn und gesprochen haben, liegt es aber noch in der Zukunft Schooße, so kannst Du ihm ja sagen: ›Du kenntest etwas aus München, was er noch nicht kenne‹ und kannst dann den Vers abschießen.

Der für das *Otto-Braun*-Album bestimmte Wichmannsche Vers lautet:

Der Freund im alten Bayernland,
Mir nie bekannt, mir wohlbekannt,
Er war mir fern in Zeit und Ort,
Er war mir nah in Geist und Wort.

Wenn ich bedenke, daß das ein blutiger Dilettant geschrieben hat, so möchte man gleich in die Ecke gehn und weinen. Vollste Kunstbeherrschung kann es nicht besser machen und namentlich nicht feiner und liebenswürdiger.

*111. An Georg Friedlaender*

Berlin 25. Febr. 91.
Potsd. Str. 134c.

Hochgeehrter Herr.

Haben Sie Dank für Ihren lieben und ausführlichen Brief, der meiner Frau und mir (die Tochter ist immer noch in Bonn, wo sie letzten Sonnabend mit Dove in einer Gesellschaft zusammentraf) wie immer eine große Freude war. Moderne Briefe sind meist inhaltsleer, die Ihrigen enthalten, von der Lebendigkeit der Darstellung ganz abgesehn, immer einen Reichtum an Stoff. Daß der Vortrag gut verlaufen würde, wußte ich; Sie haben die Gabe, dergleichen appetitlich zurecht zu machen. Die getroffene Auswahl unter den Gedichten konnte nicht besser sein. – Ganz besonders interessiren mich immer die Mittheilungen aus dem High-Life; Geschichten aus dem Gebirge, vom Sterbebette wunderlicher Heiligen, die ihren armen Krimskrams vermachen oder auch nicht vermachen, sind ja eigentlich auf novellistischen Effekt angesehn, viel pikanter, aber bei allem Respekt vor dem »Genre«, *das* was »Historie« ist oder doch daran streift, geht mir, bei meiner Organisation, immer tiefer ins Blut. Alles was der Zeitgeschichte dient und zugleich Aufschluß über wirkliche oder prätendirte »höhere Menschenseelen« giebt, hat einen ganz besonderen Reiz für mich. Eine sehr gute Geschichte, deren Mittelpunkt Exner ist, ist mir nicht halb so interessant wie eine Geschichte aus Neuhof, wenn sie auch als Geschichte niedriger steht. Vielleicht spricht sich eine Vorliebe für das Aristokratische darin aus und läge dann alles lediglich nach der aesthetischen Seite hin, ich glaube aber daß diese Vorliebe für das Feinere nur so nebenher läuft, die Hauptsache ist doch, daß das aristokratische Thun und Gebahren auch eine praktisch politische Bedeutung hat, in den Gang der Dinge eingreift. Ob dumm oder nicht dumm, die hohe Lebensstellung sorgt dafür, daß es eine gewisse Bedeutung hat.

Auch die Mittheilungen über Bergel haben mich wieder sehr interessirt; ich würde sein Thun ganz famos finden (denn in der

Sache wird er wohl Recht haben) wenn es nicht, in Rücksicht auf seine Lebensstellung, doch alles unklug und querköpfig wäre. Er müßte eine Tochter von Silberstein oder auch von Matuschka heirathen oder sich von Richter adoptiren lassen, dann wäre alles in Ordnung. – Heute früh brachte die Vossin Ihren Aufsatz. Sehr gut, sehr nett, auch besonders *darin,* daß Sie die eigentliche Hörnerschlittenfahrt, über die man neuerdings so mancherlei gelesen, auf ein Minimum beschränkt und die Winterlandparthie zur Hauptsache gemacht haben. Alle die Krummhübel etc. kennen, werden Ihnen dankbar sein. – In der Knorpelgeschichte scheint mir der Heinrichsbaudenwirth Recht zu haben; Kalbsbrust ist immer Knorpel. – Die Krone des Briefes bleibt die Bemerkung des Fürsten über den alten Graevenitz. In solchen Stücken ist der Fürst groß und intuitiv. Natürlich liegt es so. Wer so sentimental war wie der alte G., muß nothwendig vorher irgendwo gemogelt haben.

Ihr
Th. Fontane.

*112. An Emil Friedrich Pindter*

Berlin, 26. Februar 1891.

Hochgeehrter Herr Geheimrat.

Allerschönsten Dank für Buch und Billet; ich verdanke Ihnen 2 interessante Abende: am Dienstag im Habsburger Hof, am Mittwoch in einem hohenzollernschen Haus und Stück. Am Dienstag Bismarck, am Mittwoch sein Vor- und sein Nachbild: Adam Schwarzenberg.

Während der ersten 3 Akte glaubte ich vor Langeweile und Unmut über Nicht-Natur, Nicht-Kunst und Nicht-Historie umkommen zu müssen, der 4. Akt riß aber wieder alles glänzend raus und der 5. blieb kaum zurück, ja, wenn besser gearbeitet, hätte der 5. (die Gegenüberstellung von Kurfürst und Kanzler und dann von Kurfürst und Rochow) der eigentlich siegreiche sein müssen.

Alles in allem wieder sinnverwirrend, ein Mixtum Juxtum Compositum von schöner Getragenheit und prätensivster Plattheit, von erquicklichem Patriotismus und patriotischem Mumpitz, von Genie und Berechnung, von echt und unecht.

In vorzügl. Ergebenheit

Th. Fontane.

*113. An Martha Fontane*

Berlin 27. Febr. 91. Potsd. Str. 134. c.

Meine liebe Mete.

Habe Dank für Deinen Brief und allerlei hübsche, uns interessirende Mittheilungen. Die literar. Zusendungen meinerseits behandle so leicht wie möglich; es ist nicht nöthig, daß Du Notiz davon nimmst und noch weniger nöthig, daß Du mir drüber schreibst; nimm es ganz wie die Morgenzeitung der Vossin, die man liest oder nicht liest, das eine ist grade so gut wie das andre. Ich schicke Dir heute noch wieder ein grünes Heft* mit etlichen Staufferbriefen, die kaum minder interessant sind, als die ersten. Diesen Zeilen lege ich einen Zettel mit einer biographischen Skizze Stauffers oder richtiger seiner Ausgangsepoche bei.

Ich lese jetzt ziemlich viel. Neulich fand ich in der Sonntagsbeilage einen hübschen Aufsatz von einem Berliner Gymnasial-Direktor, *Franz Kern*, der bei dem Pietsch-Fest mein Tischnachbar war. Es war derselbe Tag, wo das Wort ›Humbug‹ und als Antwort darauf eine Ohrfeige fiel. Nun, dieser Franz Kern schrieb ungefähr: ›Die schönste Wirkung eines Kunstwerks auf uns, namentlich bei Lesung einer Dichtung, ist die, daß wir uns dabei vergessen. Die Sprache, immer tiefsinnig, nennt das ›*sich verlieren*‹ und drückt damit das Höchste aus, das uns zu Theil werden kann. Auch das höchste Glück. Denn dies gerade liegt in dem ›sich verlieren‹. In unsrem gewöhnlichen Zustande sind wir immer nur mit unsrem *Ich* beschäftigt, das wir befriedigen wollen und je mehr wir danach ringen, je weniger fühlen wir uns befriedigt, je unglücklicher werden wir. Denn das Ich und wieder Ich ist unser Leid, unser Druck, unsre Qual. Und nun treten wir an ein Kunstwerk heran und verlieren *uns* darin! Das ist Erlösung vom ›ich‹, Befreiung, Glück.‹ So ungefähr. Man liest nicht oft so gute Stellen.

Conrad Ferdinand Meyers Sachen interessiren mich sehr; während bei Keller alles Legendenstil ist, ist bei Meyer alles Chronik-Stil, den er, weil er ein Dichter ist, auf eine dichterische Höhe hebt.

Ich bin, für meine Verhältnisse, viel aus gewesen: am Sonnabend bei der Gräfin Noer, am Dienstag in meinem Geheimraths-Club, am Mittwoch im ›neuen Herrn‹. Im Theater traf ich auch

* Mama, die diese Absicht ahnt, erklärt eben noch allerlei darin lesen zu wollen. Eine weibliche Finte. Ich schicke das Heft deshalb heute nicht.

Frau Sternheim mit ihrem Bruder Paul und schimpfte mich aus; es war in der (einzigen) Pause nach dem 3. Akt. Aber von da ab hob sich das Stück plötzlich, blieb mehr oder weniger interessant bis zuletzt und war in drei großen Scenen:

1. der junge Kurfürst merkt Lunte (Verrath)
2. der j. Kurfürst u. Schwarzenberg und
3. der j. Kurfürst und Rochow

beinah ersten Ranges. Er hat ein offenbares großes Talent für unmittelbare scenische Wirkung, hat den guten Griff des Dramatikers und scheitert nur an seiner totalen Kritiklosigkeit. Deshalb können sich die Sachen auch alle nicht halten; man kann sie sehn, aber nicht lesen; so wie man näher zukuckt, kommt das Eselsohr heraus. Daß der Kaiser das Stück so liebt, ist mir begreiflich; der junge Kurfürst ist eine durchweg gelungne Figur (die weitaus beste) und in ihr erkennt er sich wieder. Und nicht mit Unrecht. Alles was der junge Kurfürst wollte, will er auch und schon die Uebereinstimmung in einem großen und ehrlichen Streben giebt ihm ein gewisses Recht, sich in ihm zu sehn.

Im Geh. Raths-Club hat mir Pindter 2 Stundenlang *Bismarckiana* erzählt, ganz freiweg, in einer durchaus würdigen und geschmackvollen Weise. – Die Gräfin Noer ist eine Hamburgerin und war wohl nur kurze Zeit nach Venezuela verschlagen. Als ich der jungen Comtesse sagte: ›die Mama spräche, als ob sie viel in Hamburg gelebt hätte‹ wurde sie verlegen, die Geburtsgröße schwand ihr unter den Füßen hin. Hinterher bedauerte ich im Stillen meine Frage.

Wegen Deiner Rückkehr mache Dir in Bezug auf *uns* keine Sorge; bleibe, so lange Du's für gut, recht, wünschenswerth und gesundheitlich vorteilhaft hälst. Ich glaube aber, daß Begrenzung immer gut und klug ist. – Gestern war Gesellschaft bei Heydens; die Damen danken Dir für Deinen Brief; eigentlich sollte es 'was Größeres sein, es hatten aber so viele abgesagt, daß es zusammenschrumpfte. Auch Onkel Zöllner fehlte; er ist recht elend: Blase, Nieren, Herz; er ist ganz asthmatisch. *Sie* giebt ihm Schuld. Natürlich. Empfiehl mich. Wie immer Dein alter

Papa.

Die Geschichte mit Stauffer von Bern verlief so.

In Zürich – in dem beiläufig (wie ich vor ein paar Tagen gehört habe) 86 Millionäre wohnen – leben 2 hochangesehne Familien: die Welti's und die Escher's; die Welti's sehr patrizisch, die Escher's patrizisch und *sehr* reich. Ein junger Welti, Jurist oder

Regierungsbeamter, heirathete eine Escher und wurde dadurch ebenfalls sehr reich. Mit diesem jungen Welti war Stauffer befreundet und als der letztre von Berlin nach der Schweiz zurückging, um sich dann nach Italien zu wenden, oder vielleicht kam er auch schon von Italien, wurde er durch seinen Freund Welti aufgefordert eine Anzahl Familienportraits zu malen und zog zu diesem Behuf in das Weltische Haus. Damit war das Unheil da; das Portrait der Frau Welti geb. Escher wurde für diese verhängnißvoll. Eines schönen Tages waren Beide fort, nach Rom, und hatten eine beträchtliche Summe Geldes, das jedenfalls kein Stauffersches Geld war, mitgenommen. Ganz Zürich stand Kopf; das Patriziat entsetzt. Dieser ›Lausbub‹ oder so ähnlich. Der große Reichthum der Familie, wohl namentlich der Escher's, und das Schweizerische Cliquenwesen dazu, – all das sorgte dafür, daß man, durch den Schweizerischen Gesandten in Rom, die römische Polizeibehörde dahin brachte, sofort energisch einzugreifen. Stauffer wurde – nicht als Verführer, das wäre wohl nicht gut gegangen – aber als Geldentwender und Hypnotiker verhaftet, als ein Verbrecher, der mit höllischen Mitteln etwas sonst Unerhörtes durchgesetzt habe. Die Frau brachte man zu den Eltern zurück. Die Verhaftung Stauffers war schließlich nicht aufrecht zu erhalten und er kam aus einem furchtbaren Gefängnißloch wieder in Freiheit. Bald danach wurde er krank, gemüthskrank und erlag endlich. Den Selbstmordsversuch machte er, glaub ich, kurz vor seiner Verhaftung. Er hatte sich nur schlecht getroffen, vielleicht es auch nicht anders gewollt. Die Frau wird seitens ihrer Familie als eine Verrückte angesehn, deren Verrücktheit durch Stauffer ausgebeutet worden sei. Jetzt hat sie, so viel ich weiß, ihr ganzes Vermögen, will sagen *den* Theil des Escher'schen Vermögens der ihr zufallen mußte, der Gottfried Keller-Stiftung vermacht. Die Familie hat dies Vermächtniß angegriffen, weil die Testirende nicht zurechnungsfähig sei. Die Stiftung und die Familie liegen seitdem in Prozeß, doch wird die Stiftung gewinnen oder hat schon.

Im Wesentlichen ist all dies richtig, nur mag sich manches anders schieben; auch weiß ich nicht, ob der Name Escher richtig ist, aber ungefähr klingt er so; es ist eine sehr bekannte Familie. – Zum Theil ist das Ganze das Resultat langweiliger patrizischer Ueberfeinerung, so daß sich die Damen nach Grobheit sehnen. Da kam nun Frau Welti, als sie Stauffer von Bern wählte, an den Rechten. Der reine Stier von Uri.

*114. An Hermann Pantenius (Entwurf)*

[Berlin, Ende Februar 1891.]

Hochgeehrter Herr.

Schon vor drei Wochen wollte ich nach Lektüre des Januarheftes ein paar Zeilen an Sie richten und Ihnen aussprechen, mit welcher großen Freude ich im Januarhefte der Monatsblätter die Novelle Twerdianski gelesen habe. Es unterblieb damals, und ich habe nun einen schönen Dank für die Besprechung meines Romans hinzuzufügen. Ich stehe längst auf dem Standpunkt, an einem wohlwollenden und wohlmotivierten Tadel mehr Freude zu haben als an einem Lob, dem man selten das rechte Vertrauen entgegenbringt. Eine Kritik noch wieder zu kritisieren, ist geschmacklos, und wenn man so viel Freundliches bringt, auch undankbar. Ich möchte nur sagen dürfen, daß das Liebevolle, die Detailmalerei, die Vorliebe für das Kleine an und für sich immer ein Vorzug bleibt und daß ein Fehler nicht in der Sache, sondern im Maße der Sache liegt. Zu breit, fängt etwas an langweilig zu werden, so nützen alle Vorzüge nichts, aber im Prinzip bleiben es doch Vorzüge.

Doch nichts mehr von mir! Das Januarheft kam mir als ein glücklicher Zufall in die Hände, weil ich mit der Familie Gentz befreundet bin. Der Alte und ich, wir wurden Wand an Wand geboren und waren Ruppiner Nachbarskinder und den Häusern unserer Eltern gegenüber erhob sich der »Gustav Kühn in Neu-Ruppin«, die ganze Stadtberühmtheit auf einem Hümpel. Was Ismael Gentz über seinen Vater geschrieben hat, ist vortrefflich, namentlich die erste Hälfte. Sonderbar, die Maler sind immer gebildet, auch wenn sie wild aufwachsen, während unter den Schriftstellern so viele des Weges kommen, die nicht bloß in ihrem Wandel fragwürdig sind.

Die Pariser Novelle von L. Twerdianski, um deren willen ich im Januar schreiben wollte, hat mich außerordentlich erfreut. Beste französische Schule. Etwas von Guy de Maupassant, aber ohne jeden Beigeschmack. Irr ich, wenn ich ausspreche: im ganzen macht es das heranwachsende Geschlecht doch besser als die vorige und vorvorige Generation?

Ihre »Neuen Monatshefte« schaffen den alten eine schwere Konkurrenz, textlich wie bildlich, indessen 45 Millionen Menschen können schon was konsumieren.

Th. F.

*115. An Ernst Wichert (Entwurf)*

Berlin, 10. März 1891.

Hochgeehrter Herr Kammergerichtsrat.

Gestatten Sie mir unter denen zu sein, die Ihnen, hochgeehrter Herr, zu Ihrem 60. Geburtstage ihre Gratulation darbringen und dabei von dem lebhaften Wunsche erfüllt sind, Sie noch lange inmitten unserer literarischen Bestrebungen und vor allem an der Spitze der Berliner Presse zu sehn, jenem Berliner Kreise, dem Sie nicht nur mild in Persönlichkeit gerecht präsidieren, sondern in Charakter nach außen hin das zu sichern wußten, was not tut, aber leider als Regel einerseits versagt, andererseits schmerzlich vermißt zu werden pflegt.

Wenn ich am Abend bei dem Festessen fehle, so wollen Sie dies gütigst mit meinen hohen Semestern und noch mehr noch mit einer rasch zunehmenden Weltabgewandtheit entschuldigen, die mir Gesellschaftlichkeit schwer macht, am meisten aber den Verkehr mit so vielen Personen, die man kennt und doch auch wieder nicht kennt, – eine verlegene Situation, die nur Redensartlichkeit zu Tage fördert.

Daß Ihnen aber, hochgeehrter Herr, unter den wie ich weiß aufrichtigen Liebesbeweisen Ihrer zahlreichen Verehrer der Abend erhebend verlaufen möge, das ist der aufrichtige und herzliche Wunsch

Ihres ganz ergebenen

Th. F.

*116. An Martha Fontane*

Berlin 28. März 91. Potsd. Str. 134. c.

Meine liebe Mete.

Heute Nachmittag kam Dein lieber Brief mit seinen, wie mir's scheinen wollte guten Nachrichten. Der klimatische Einfluß wird erst beginnen, wenn Du in Zansebuhr bist; es klingt schon wie ein fremdländischer Kurort, sagen wir in Vorder- oder Hinterindien. Die Stille wird dann auch das ihre thun.

Ich schreibe heute schon, weil sich morgen keine Zeit dazu finden kann. Um 10¾ Uhr früh treffen muthmaßlich alle 4 ein, um dann zwischen Hôtel Sanssouci und Johanniterhaus hin und her zu pendeln. Um 12 Uhr tritt dann wahrscheinlich auch Franz Fontane an, (Sohn von August) der für den 1. Ostertag von seinem Vater bei mir angemeldet wurde. Es kann also gut werden. Zur Erhöhung des Vergnügens liegt Mama seit gestern zu Bett, wirklich recht elend und angegriffen. Sie thut mir leid; sie fühlt natürlich, daß ihr Zustand auf die Ankömmlinge etwas deprimirend wirken muß und *daß* sie das fühlt, das verschlechtert wieder den Zustand. Dazu die Geschichte mit Friedel, die doch mindestens verstimmend wirken muß, Zöllners nach wie vor pitoyable Verfassung, Lübke krank (Halsentzündung) und funébre Berichte aus Blasewitz. Auf einen solchen Bericht – von Sophie Scharfenort herrührend – habe ich heute antworten müssen. Der Fall ist ja schmerzlich, aber wenn man in Genua ist und viel Geld hat, so ist es ein Todesfall wie jeder andre, vielleicht ein beßrer. 71 war er und krank auch. Der Brief von Sophie Scharfenort wirkt vorwiegend langweilig; daß man auch solche Dinge mit ein bischen Geschmack zu behandeln hat, davon hat das deutsche Philisterium noch keine Ahnung. Ich hätte geschrieben: ›gestern traf der Todte hier ein; die Familie war versammelt; heute wird er begraben.‹ Statt dessen fährt ein Leichenwagen immer hin und her und einmal wird von der geliebten oder gar von der lieben Leiche gesprochen. Mich ernüchtert so was. Und zu dem Geschmacklosen kommt auch noch was Wichtigthuerisches hinzu, etwas von Hof- und Staatsaktion. Ich ärgre mich darüber. Was ist der Einzelne? gar nichts. Wenn der alte Wilhelm stirbt, kann man Radau machen, ein Commerzienrath ist ein Commerzienrath. Man kann nicht still genug in seine letzte Wohnung einziehn. Und wenn ich mir dann den Hugo Treutler dazu denke, der, von Genua bis Blasewitz, als Ritter und Reserve-Offizier die Todtenwacht hält! Vielleicht ist es nicht recht, daß ich so schreibe, aber es hat alles was Steifleinenes, womit ich mich nun mal nicht befreunden kann. Es gehört das auch in das große leidige Kapitel der Halbzustände. Der Naturbursche kann heulen und schrein und braucht vom Aesthetischen keinen Schimmer zu haben, Leute aus der Oberschicht aber müssen in ihrer Haltung, in Wort und Schrift, Geschmack zeigen. Wie bergehoch steht da Tante Zöllner, von der immer gethan wird, als sei sie des lieben Herrgotts Bähschaf. Man merkt doch, daß sie in des alten Timm Kutsche gefahren ist und in der Hofluft von Friedrich Wilhelm III herumgeschnopert hat. Ich war heute Nachmittag da und besprach mit ihr die delikatesten Sachen und war entzückt über ihre Natürlichkeit und das gänzliche Begrabenhaben aller Prüderie. Prüderie ist kleiner Stil, der zu dem Ernst des Todes nicht paßt. Ich war auch 5 Minuten bei Zöllner selbst; Dein

Besuch an seinem Bett ist ihm eine große Freude gewesen und er läßt Dich herzlich grüßen. Sein Aussehn und seine geistige Regsamkeit ist immer noch merkwürdig gut, aber die Lähmung läßt nicht nach und ihn zu verstehn, ist sehr schwer. Er mag noch wieder zusammengeflickt werden, aber von gesundwerden ist keine Rede.

Im Rütli war es heute sehr belebt (bei Eggers), weil Extragäste da waren: Heinrich Seidel und Baurath Schwechten; außerdem Heyden, Lazarus, Eggers, ich. Auf dem Heimwege erzählte mir Schwechten vom Kaiser, der vor ein paar Tagen in seinem (Schwechtens) beinah 4 Treppen hohen Atelier bei ihm war um sich das Modell und die Pläne der Kaiser Wilhelm-Votiv-Kirche anzusehn. Er war eine ganze Stunde bei ihm und überraschte wieder durch seinen Eifer und seine Gründlichkeit. – Ich schicke Dir auch 2 gelbe ›Magazine‹ mit. Die beiden parodistischen Sachen: ›Nach jüngsten Mustern‹ werden Dir und auch den andern Herrschaften Spaß machen. Wahrscheinlich von Mauthner herrührend. Er hat ja eine große Begabung für dergleichen und ich muß auch hier wieder zugestehn, daß er das Lächerliche, das diesen Sachen anhaftet, scharf und witzig erkannt hat. Ich glaube aber doch nicht, daß man mit den Gerhardt Hauptmannschen Sachen in dieser Weise verfahren darf. Soll's aber sein, so muß es von einem ernsten Standpunkt aus geschehn und von Personen, die in dieser modernen Richtung *aufrichtig* alles mögliche Unheil erblicken. Wenn aber auf S. 207 Gerh. Hauptmanns ›Einsame Menschen‹, wenn auch widerwillig gelobt werden, so dürfen sie nicht S. *204* und 5 lächerlich gemacht werden. Ich habe von dem Ganzen, trotzdem ich den Witz anerkenne, einen sehr unangenehmen Eindruck gehabt. Alles, Lob und Tadel, blos vom Geschäftsstandpunkt aus. Sudermann muß 'raufgepufft werden. Empfiehl mich. Wie immer Dein alter

Papa.

*117. An Otto Brahm*

Berlin, 4. April 91. Potsd. Str. 134 c.

Hochgeehrter Herr und Freund.

Ich bitte Sie herzlich, meinen Namen aus der Versenkung nicht aufsteigen zu lassen. Ihm ist wohl da unten. Lassen Sie mich in der ganzen Sache einen von den »Stillen im Lande« sein. Vor mir selber sitze ich nicht auf zwei Stühlen, aber vor den Augen der

Welt gewiß, und ich möchte nicht selber neues Verdachtsmaterial liefern. Ich folge den Bestrebungen der neuen Schule mit dem größten Interesse und bin mit vielem einverstanden – was ich ja nicht blos briefverborgen, sondern auch auf Zeitungslöschpapier öffentlich ausgesprochen habe. Aber ich mag die Kämpfe nicht mitkämpfen, mag auch nicht einmal wie Tschernitschew in der Schlacht bei Reichenbach Gewehr bei Fuß nebenan stehn, um noch als Strohmannkämpfer mitzuwirken. Ich weiß nicht, wie meine Papiere stehn, aber ich würde mich nicht wundern, wenn mich Frenzel, Spielhagen, Heyse für einen unsichern Passagier halten sollten. Und das ist das Allerhäßlichste und das, was man am meisten vermeiden muß. Mit klingendem Spiel in das Lager der »Neuen« überzugehn, wäre Kleinigkeit und mir moralisch ganz unbedenklich, aber dazu fehlen mir einige Zentner Überzeugung. Ich seh das Gute, aber auch das Nicht-Gute und drücke mich in die Sophaecke. Mit 71 darf man das.

Die letzte Nummer hat mich sehr amüsiert. Reizend ist das, was Sie aus dem ungeheuren Wust im Daily Telegraph gemacht haben, höchst interessant und sehr witzig die Geschichte vom Welfenfonds. Es ist aber doch kolossal starker Toback und rechtfertigt mehr als alles meinen Wunsch, im Verborgenen zu bleiben. Mitgefangen, mitgehangen. Wie soll ich nach *dem* meinem Freunde Frenzel unter die Augen treten? Des »Quartanerthums« im Cultusministerium ganz zu geschweigen. Dies ist überhaupt die partie honteuse des sonst so reizenden Aufsatzes und drückt ihm den Stempel des Gehässigen und unerlaubt Überheblichen auf. Wie immer

Ihr Th. F.

*118. An Martha Fontane*

Berlin 4. April 91. Potsd. Str. 134.c.

Meine liebe Mete.

Gestern Abend habe ich 3 grüne Nummern zur Post gegeben, in denen Dich Einiges interessiren wird, ein paar kleine Besprechungen, das über Zola's ›L'Argent‹ Gesagte, Brahm über die englische Aufführung der ›Gespenster‹ und vor allem der kleine sehr witzige und kolossal malitiöse Aufsatz über den Welfenfonds und der Vorschlag zu seiner Verwendung. Wie man immer gern Witze hört, deren giftiger Pfeil einen lieben Nebenmenschen trifft, so habe ich diesen letztgenannten Aufsatz auch mit Vergnügen gelesen; der Anfang und dann die ganze 2. Hälfte sind brillant, in ihrer Art nicht leicht zu übertreffen. Ich will auch nicht mal sagen, daß die Generalmalice gegen die Gebräuche des nun verflossenen Bismarckschen Regimes (zu Anfang des Aufsatzes) und die Spezialmalice gegen Frenzel unstatthaft sei, jene Mogeleien sind himmelschreiend, wenigstens im alten Lande Preußen, und Frenzel hat selber so viele Malicen ausgetheilt, daß er sich eine Antwort im gleichen Ton gefallen lassen muß, aber das ganze Mittelstück, das sich gegen den neuen Cultusminister richtet, finde ich im höchsten Maße verwerflich, kleinlich, unhonett, und kindisch überheblich. Und so bin ich denn des Ganzen doch nicht recht froh geworden; es ist, bei glänzender geistiger Beanlagung, so viel moralisch Häßliches drin. Ich habe es, da ich in andrer Sache heute an Brahm schreiben mußte, dies auch offen ausgesprochen. Es wurde nämlich mein ›Name‹ wieder verlangt und da habe ich denn doch mal (dies klingt fast wie ein Satz von Theo) gezeigt ›daß das nicht so ginge‹ und daß ein partielles Eintreten für die Richtung der Modernen noch nicht gleichbedeutend sei für Betheiligung an ihren Kämpfen. Das einzig Gute ist, daß sie sich untereinander umbringen; Tolleres als Alberti – der mit dem gleichnamigen Verfasser des ›Complimentirbuchs‹ nicht zu verwechseln ist – über Brahm und Schlenther gesagt hat, ist überhaupt nicht zu sagen.

Seit gestern sind nun die Kinder in ihrer Wohnung Friedrich-Wilhelmstraße 10. III. Theo ist ganz der ›alte‹; brav, gut, bieder, tüchtig, kindlich, berechnend, Schlauberger und Philister; ein Stolz und eine Prachtnummer, aber so sehr eine Moral- und eine Rechts-Säule, und sich namentlich auch dafür haltend, daß ich als Kollege nicht mit ihm leben könnte. Als Vater geht es; da kommt dergleichen kaum zur Verhandlung und wenn aus Versehen einmal, so breche ich rasch ab. Seine Frau gefällt mir ganz gut, sie weiß ihn geschickt zu behandeln, was nicht immer leicht sein wird, und ist fleißig, ordentlich, sparsam. Nur *eine* Tugend ist ihr wie ihm glänzend versagt geblieben, die des Erziehers. Und das ist insoweit schlimm, als die armen Kinder die Zeche bezahlen und für die elterlichen Unthaten aufkommen müssen. Bei der Kleinen, die sehr niedlich und temperamentvoll ist, zeigt sich noch wenig davon, desto mehr bei meinem Freund Otto. Er ist bereits total ruinirt, natürlich nicht für's Leben, all das wächst sich später wieder aus, aber doch für die Gegenwart. ›Otto *will* Milch, Otto will *nicht*, Otto ist *auch* süß (wenn die Kleine gestreichelt und ein

›süßes Kind‹ genannt wird), Otto hat es im Bäuchl, Otto will raus, Otto (wenn er zurückkommt) hat ein Würstl und Pipi gemacht‹ und nach dieser gefälligen Berichterstattung fängt er an zu rülpsen. Dann sagt die Mutter: ›Der arme Junge, er leidet so daran.‹ So geht es in einem fort. Dabei, glaub ich, ist es ein gutes Kind, aber, auf Erziehung angesehn, ein Monstrum, das im Panoptikum gezeigt werden kann, wie der ›Junge mit 2 Köpfen‹. Ich kann mich nicht entsinnen, in meinem langen Leben etwas so ›Verrungenirtes [!] gesehn zu haben. Und das ist das Kind einer guten Mutter und eines ausgezeichneten Vaters, ausgezeichnet an Herz, Verstand, Wissen und – Anspruch. Mir schwindelt. Es ist mir, seitdem George todt ist und Du in der Fremde weilst, nicht beschieden, in unsrer ganzen Familie irgend etwas zu entdecken, was mich aesthetisch auch nur einigermaßen befriedigte; Kommißstiebelei wohin ich blicke, alles unterm Stand und namentlich auch unter der natürlichen Begabung. Denn meine beiden Schwestern sind eigentlich sehr begabt und Theo kann eine Excellenz werden.

Eben kommt der Senator (Rütli); ich muß also abbrechen. Ergeh es Dir gut; empfiehl mich allen Veits in der geheimräthlichen wie in der gräflichen Linie und laß Gutes von Dir hören. Wie immer Dein alter

Papa.

*119. An Hans Hertz*

Berlin 14. April 91.
Potsd. Str. 134.c.

Sehr geehrter Herr Hertz.

Besten Dank für Ihre freundlichen Zeilen. Ich habe eben nach einem kleinen Gedicht, nur 12 oder vielleicht 16 Zeilen gesucht, kann es aber nicht finden. An und für sich bedeutet es gar nichts; es hätte nur, wie ein kleiner Witz, dazu gedient, die 4. Aufl. von der 3. auch inhaltlich zu unterscheiden. Vielleicht finde ich es noch, wenn es aber bis Donnerstag früh nicht in Ihren Händen ist, dann war die Suche vergeblich.

Ich freue mich aufrichtig, daß die Eltern in Lugano sind. Beiden war ein Zug frischer Luft nöthig, besonders der Mama, die die letzten Male daß ich sie sah, recht deprimirt war, und mit nur zu viel Grund. Als ich von »Lugano« las, dem Asyl unsres Brahm, in das er sich, wenn mal wieder 'was ganz Wüthiges in den Zeitungen gestanden hat, zurückzuziehen pflegt, kam mir momentan auch eine Reisesehnsucht, aber ganz flüchtig, – auch diese letzte der Passionen fällt von einem ab. In vorzüglicher Ergebenheit

Th. Fontane

*120. An Julius Rodenberg*

Berlin, 14. April 1891
Potsdamer Straße 134 c

Hochgeehrter Herr.

Ein süßerer Happen, Biskuit mit Schweizerhonig, ist mir noch nicht in den Mund gesteckt worden. Den edlen Gebern sei Dank dafür. Ich stand heute recht elend auf, fühle mich aber nach Ihrem Briefe wohler, was Sie glauben werden. Zu allem wandelt mich freilich auch eine Sentimentalität an, und eine gewisse Rührung ist das prädominierende Gefühl. Ein lebelang, oder doch jedenfalls seit 1876, wo ich meine Akademie-Stellung aufgab, habe ich einer Anerkennung wie dieser zugestrebt, und es wollte nicht kommen – die Widerhaarigkeit der Freunde, namentlich dieser, war zu groß. Nun, im Erfüllungsmomente »muß wohl ein armer Teufel sterben«. Aber die Ohren steif halten! Ein Baurat, Freund meines Freundes Lucae, empfing, auf dem Sterbebett, den Roten Adlerorden, und sein letztes Wort, den Orden in der Hand, war: »Ich habe nicht umsonst gelebt.« Da ist meine Situation doch besser. Nochmals *sehr* herzlichen Dank.

In vorzüglicher Ergebenheit

Th. Fontane

Wie recht hat C. F. Meyer mit seinem Wort von der »schweren Maschine«. Mitunter, zwischen Berlin und Hannover, geht es glatt, aber dann keucht die Lokomotive wieder den Brenner hinauf, Abgründe links und rechts.

*121. An Hans Hertz*

Berlin 15. April 91.
Potsd. Str. 134. c.

Sehr geehrter Herr Hertz.

Ich schreibe nun doch noch, trotzdem ich das Gesuchte nicht gefunden habe; dafür fand ich ein kleines Gedicht:

Wie sich die oberen Zehntausend einen »echten« Dichter denken und wünschen.

Es ist, glaub ich, nicht übel aber so furchtbar malitiös, daß an abdrucken gar nicht zu denken ist.

So bitte ich denn »los« ohne Zuthat.

Ich vergaß vorgestern ein Wort über die Kritiken zu sagen oder doch über die eine aus der »Tägl. Rundschau« abgedruckte. Sie rührt offenbar von einem der Gebrüder Hart her, die Theater- und Literaturkritiker an der »Tgl. Rundschau« sind. Mit dem Maß von Anerkennung bin ich durchaus zufrieden, ich kann also nicht in den Verdacht kommen, die Sache aus persönlichen Gründen untertaxiren zu wollen. Es ist aber eigentlich der helle Unsinn, nicht aus Dämlichkeit, sondern aus Hyperklugheit des Herrn Verfassers. Und diese Hyperklugheit hat die ganze neure Schule. Jede Spur von Unbefangenheit fehlt und ihre Wahrheitssucherei führt vielfach zur höchsten Unwahrheit. Sie spießen sich einen auf die Nadel, betrachten ihn, und schreiben nun nieder: »Schultze ist also so«. Eigentlich aber wissen sie immer schon vorher was sie sagen wollen; ihre Beobachtung richtet sich also nur auf den *einen* Punkt, der die vorgefaßte Meinung einigermaßen bestätigt. Ich bin mit Maria Stuart zu Bett gegangen und mit Archibald Douglas aufgestanden, das romantisch Phantastische hat mich von Jugend auf entzückt und bildet meine eigenste südfranzösische Natur und nun kommt Hart und sagt mir: ich sei ein guter, leidlich anständiger Kerl aber Stockphilister mit einem preuß. Ladestock im Rücken. O, Du himmlischer Vater. Wie immer Ihr

Th. F.

*122. An Hans Hertz*

Berlin 20. April 91.
Potsd. Str. 134. c.

Sehr geehrter Herr Hertz.

Ich habe das Juwel noch gefunden und schicke es in 2 spätestens 3 Tagen, auch noch ein andres kl. Gedicht, – alles (leider) ohne jede Bedeutung, aber doch ein paar neue Zeilen, so daß sich die Auflagen von einander unterscheiden.

---

Gestern war ein Freudentag, denn ich erfuhr durch ein ministerielles Schreiben, daß mir für »meine Verdienste« (Pardon) eine Prämie von 3000 Mark zuerkannt worden sei, durch S. Majestät auf Antrag einer Kommission. Ich vermuthe, daß dies der sogenannte Schillerpreis ist und die Zubewilligung desselben wird nun wohl als ein statutenwidriger Griff in den Welfenfonds angesehn werden. Und vielleicht kriege ich einen Leitartikel. Ist mir aber Schnuppe; ich habe das Gold und keine Spur von Beschämung. Mich beunruhigt nur noch die Kommission. An diese, oder an ein paar hervorragende Mitglieder, müßte ich doch wohl eigentlich ein Dankeswort richten. Ich glaube Heyse und Erich Schmidt sind Hauptmitglieder. Ist das richtig und meinen Sie, daß ich an diese Beiden schreibe. Vielleicht haben Sie so ein bischen Fühlung mit der ganzen Sache und wissen Bescheid.

In vorzügl. Ergebenheit

Th. Fontane.

123. *An Paul Heyse*

*Berlin* 23. April 91.
Potsd. Str. 134. c.

Mein lieber Paul.

Am Sonntag empfing ich ein cultusministerielles Schreiben und schon am Dienstag holte ich mir meinen Schillerpreis in baar. Der Geheimrath, der mir die 3000 Mark behändigte, war sehr artig, aber wenn mich nicht alles täuschte, stand ein »na na« auf seiner Stirn. Der Berliner zweifelt immer. Ich gönne ihm seinen Zweifel und bin froh, daß *Du* ihn nicht getheilt hast. Denn Dein pro wird in der keilförmigen Schlachtordnung wohl die Spitze gebildet haben. Ich schreibe das so auf guten Glauben und die innere Stimme hin und bin sicher mich nicht zu irren. Uebrigens bin ich bereits so weit 'runter oder vielleicht auch so weit vorgeschritten, daß mir die Geldsumme fast mehr bedeutet als die Ehre. Was wird nicht alles geehrt. Ich berechne mir jetzt die Zinsen für meine alte Frau und sage schmunzelnd: »50 Thaler mehr sind nicht übel.« Unter Gruß und Empfehlung von Haus zu Haus, in alter Freundschaft und Liebe Dein

Th. Fontane.

Seit einer Woche sind hier Bilder von Franz Stuck ausgestellt, die auf mich einen großen Eindruck gemacht haben. Einige sagen, es seien »Schmierereien« und der Engel mit seinem Flammenschwert ein Hausknecht. Ja, jeder der einen rausschmeißt, muß immer ein bischen von einem Hausknecht haben, sonst hat er noch Schlimmeres. Und Schmierereien! Eine Berliner Kegelbahn kann aus glatten Linien bestehn, aber ein Cherubim wohnt anders und ist kein Stammgast.

*124. An Erich Schmidt*

*Berlin*, d. 23. April 1891.
Potsdamer Str. 134 c.

Hochgeehrter Herr Professor.

Ohne Kampf nichts, am wenigsten ein Schillerpreis, und daß schließlich die Würfel so günstig für mich gefallen, verdanke ich neben Heyses Zutun wohl zumeist Ihrem Becherschütteln vorm Wurf. Die keine Täuschung zulassende »innere Stimme« sagt mir, daß es so sein muß, und daraufhin gestatten Sie mir einen herzlichen Dank.

In vorzüglicher Ergebenheit

Th. Fontane.

*125. An Martha Fontane*

Berlin 24. April 91. Potsd. Str. 134.c.

Meine liebe Mete.

Mama hat heute Mittag 11¾ ihre Reise angetreten und wird vor 8 Tagen nicht zurücksein; in ihrer Abwesenheit müssen meine Briefe genügen, die das Plaudern lange nicht so gut verstehn.

Wie geht es mit Deiner Gesundheit, mit Deinem Leben überhaupt? Wir erfahren nicht viel. Alles hüllt sich in ein gewisses Dunkel. Ich glaube, Du könntest lichtvoller sein; es wäre auch für Dich gut. Daß diese Bemerkung selber in einem gewissen Dunkel ruht, ist nicht meine Schuld.

---

Mama hat munter genug gelebt in den letzten 8 Tagen, schon weil 2 Geburtstage in diese Woche fielen, Tante Jennys, Tante Lise's. Eigentlich macht sie dergleichen gern mit, die Räubergeschichten von Ehemännern im Weber-Stil und die nicht minder imposanten Geschichten von Ehefrauen im Tante Lise-Stil, amüsiren sie, trotzdem sie recht gut fühlt, wie toll das ist, ja es vielleicht mehr fühlt als ich. Es ist das weibliche sensationelle Bedürfniß in ihr. Mir geht dies ab, so wie das Schauerstück mit so gräßlich viel Kommißknüppelschaft, mit so viel Dürftigkeit und Ledernheit verknüpft ist. Wenn schon, denn schon.

---

Theon sammt Frau sehen wir alle drei, vier Tage mal. Er hat sich jetzt erholt, sieht sehr gut aus und macht, wie auch seine Frau, überall einen vorzüglichen Eindruck, auch bei uns, sogar bei Mama, was den höchsten Grad bedeutet. Sie (Martha) hat sich entweder unter dem Einfluß der Verhältnisse verändert oder Dein berühmter Brief, in dem es hieß: ›es käme drauf an, ob sie der Schwiegermama, nicht ob die Schwiegermama ihr gefiele‹ – hat im höchsten Maße heilsam gewirkt. Ich würde ihr das *sehr hoch* anrechnen, denn nichts ist seltner, als daß Menschen durch ein ernstes Wort derart bekehrt, besiegt werden. Die gewöhnliche Folge ist Verstimmung und verdoppelte Auflehnung oder jenes berühmte ›mit seinem Charakter zu Rathe gehn‹ was nie das Geringste hilft. Bekehrungen sind immer plötzlich; wie ein Blitz muß es vor einem stehn so oder so. Neulich waren Theo und Frau bei Sternheims; sie (Martha) entzückt, was mich wieder sehr erfreute, denn Frau Sternheim ist so ziemlich die normalste, angenehmste und liebenswürdigste Frau die ich kenne. Es ist von der Alten her ein ungeheuer guter Fond in der ganzen Familie, fast als ob das Altmärkische, das ich sehr hoch stelle, das Jüdische wohlthuend beeinflußt und doch die guten Judenseiten bei Kraft und Leben erhalten hätte. Theo hat für solche Dinge kein rechtes Gefühl; natürlich sieht er, daß es eine nette Frau ist, aber er sieht nicht die Gradunterschiede.

Wir sind nun hier seit drei, vier Tagen ganz ›Schillerpreis‹; es kommen ganz fabelhafte Gratulationen an, zum Theil von Personen die ich kaum oder gar nicht kenne, sogar Telegramme, heut von Soldmanns, neulich von Max Harden, dazu Briefe von Goßler (Antwort auf einen von mir, worin ich ihm gleich gedankt hatte) Geh.R. Jordan, Prof. Erich Schmidt, Schlenther, Wichert etc. Einiges lege ich diesen Zeilen bei, was Dich vielleicht interessirt. Die ganze Geschichte müßte mich ja eigentlich *sehr* glücklich machen, aber es kommt ein bischen zu spät und fällt bei mir in eine Stimmung hinein, die doch bei aller Heiterkeit schmerzlich ist, weil es ein Durchdrungensein ist von der Nichtigkeit alles Irdischen. Wer nun an ein Ewiges glaubt, dem wird in diesem Zustande erst recht wohl, aber zu den so Beglückten darf ich mich nicht zählen.

---

In 8 Tagen haben wir nun die große internationale Kunstausstellung, worauf ich mich freue, trotzdem es mir seit lange feststeht, daß die ganz kleinen Ausstellungen, die man bezwingen kann, viel genußreicher sind. Neulich war ich bei Schulte, Unter den Linden, und sah mir die dort ausgestellten Zeichnungen und Bilder von Franz Stuck (München) an; die Zeichnungen waren die Originale zu 20 oder 30 Holzschnittbildern in den ›Fliegenden Blättern‹, alles höchst witzig und geistreich, die Oelbilder desselben jungen Künstlers aber waren zum Theil wandhoch und stellten den Engel dar, der Adam und Eva aus dem Paradiese treibt. Dieser Cherubim mit dem Flammenschwert ist 3 mal von ihm gemalt worden, 1 mal so zu sagen als Riesenportrait in einer Art räthselvollen Himmelsatmosphäre, lauter dicke weiße, lila- und rosafarbene Klexe, mitunter halbfingerhoch, so daß der Bengel blos in Farben ein kleines Vermögen ausgegeben haben muß; auf dem 2. Bilde hat er, d.h. der Engel, Adam und Eva eben hinausgeworfen und bezieht die Paradieswache als Außenposten; auf dem 3. steht er wieder allein da, am Ausgangspunkt einer perspektivisch sich verengenden Avenue und schließt mit seiner Person eine nur halbhandbreite Paradiesklinse, durch welche das roth und golden leuchtende Paradies in die tannenschwarze Avenue hineinblitzt. Alle drei sind ausgezeichnet, am poetischsten das zuletzt genannte. Viele nennen es ›Schmierereien‹ und den Rache-Engel einen ›Hausknecht‹, ich bleibe aber bei meiner Bewunderung. So war der gute Geh.R. Stoeckhardt vorgestern hier, um mir zu gratuliren, und kam nun auch auf diese Bilder; ›die Kunst soll doch das *Schöne* wollen‹ – dabei blieb er. Ich sagte ihm: ›man merke, daß er durch Schönheit in seinem Hause verwöhnt sei.‹ Dies ging ihm glatt 'runter und war auch zur Hälfte ehrlich gemeint (namentlich seitdem er Mathilden als Folie für all die Schönheit hat) – eigentlich aber war es doch Verhöhnung und zwar wohlverdiente. Solch Blech darf man nicht mehr aussprechen, auch nicht mal wenn man Geheimrath ist.

---

Nun sei es genug. Zum Lesen schicke ich Dir nächstens Einiges, trotzdem ich alles was in den 3 farbigen Blättern steht, urschwach finde. Das ›sexuelle Problem‹ ›freie Liebe‹ das ›Weib und sein höherer Beruf‹ etc. etc. sind denn doch nachgerade Themata, deren Ueberschriften schon einen angähnen und nun gar erst was drin steht.

Empfiehl mich Deiner verehrten Frau Gastgeberin, unbekannterweise auch dem mecklenburgischen Fräulein, denn als eine v. Flotow wird ihre Wiege doch wohl in dem Dreieck Stavenhagen, Strelitz, Güstrow gestanden haben. Wie immer Dein alter

Papa.

*126. An Martha Fontane*

Berlin 29. April 91.

Meine liebe Mete.

Heute kam Dein lieber Brief vom 28.; die Briefe zu Euch hin scheinen durch Hauderer befördert zu werden.

Ich habe vier oder fünf gelbe Hefte in die Kiste gegeben, da ich mir denke, daß es sich um die Novelle der Ebner-Eschenbach handelt. Zu den gelben Heften geselle ich noch ein grünes, das heute früh kam und aus dem ich nicht viel mehr als den 1. Artikel gelesen habe; ich werde mir heut Abend aber ein neues Heft kaufen, da Mama diesen Aufsatz natürlich auch gern lesen wird. Der ganze Kampf ist sehr interessant und kommt mir nicht unerwartet; ich werde ja noch sehr anständig behandelt, was ich meiner persönlichen Stellung zu der jungen Schule und meinen Kritiken über die ›Freie Bühne‹ verdanke (so lohnt sich alles), – im Grunde genommen ist man aber auch wüthend auf mich und cachirt diese Wuth nur; an manchen Stellen bricht das eigentliche Gefühl aber durch. Ich begreife die jungen Herrn nicht. Ueber den Werth ihrer Arbeiten mag ich mit ihnen nicht rechten, – mein Gefühl geht dahin, daß sie zum Theil recht talentvoll, aber doch sehr unausgegohren sind, zum Theil zu wilder Most. Aber wie's damit auch stehn möge, selbst angenommen, daß diese jugendlichen Versuche höher stünden als ich sie stellen kann, so kann man doch vom Staat nicht verlangen, daß er Dinge prämirt, die den ganzen Gesellschaftszustand, Kirche, Gesetz, Moral, Ehe, Stand und Standesanschauungen (z. B. Militär und überlieferter Ehrbegriff) angreifen. Ich will nicht behaupten, daß sie Unrecht haben, ich will zugeben daß sehr vieles faul im Staate Dänemark ist, und daß die jungen Leute ein gewisses Recht der Reform oder meinetwegen auch der Revolution haben, aber sie können nicht verlangen, daß der Staat ihnen zuruft: ›ach, das ist recht; nur tüchtig zu.‹

Daß Du gut und friedlich lebst, freut mich, daß es gesundheitlich noch nicht recht kommen will, beklage ich; es ist aber gut, daß mal ein Versuch gemacht wird. Aber laß es den letzten sein. Half er, so giebt es sich von selbst und half er nicht, so hilft nur Resignation. Ich hasse die Annahme, daß der Mensch alles kann, aber manches kann er. Empfiehl mich der liebenswürdigen Gräfin. Wie immer Dein alter

Papa.

*127. An Hans Hertz*

Berlin 3. Mai 91.
Potsd. Str. 134. c.

Sehr geehrter Herr Hertz.

Anbei nun endlich die noch zugesagten Gedichte und nun »laß, Vater, genug sein des grausamen Spiels.«

Die betr. Stelle habe ich genau angegeben zwischen S. 53 und 54, so daß ich nur um gef. Zusendung des *vierten* Bogens bitte behufs Correktur.

Das schon früher erwähnte Gedichtchen *»Der echte Dichter«* hab' ich, in seinen anzüglichsten Stellen stark abgeschwächt, nun doch noch beigefügt; hoffentlich finden Sie nichts Störendes drin. Daß es *zutrifft*, das möchte ich auch jetzt noch auf den Diensteid nehmen.

Von fünf, sechs Seiten her habe ich neuerdings Briefe bekommen: »ach, ein Gedicht auf Moltke«, – manche verlangen es in zwei Tagen; keiner hat auch nur einen Schimmer davon, daß man dazu Zeit braucht, unter Umständen ein Jahr! Es kann natürlich auch in 5 Minuten gemacht werden und wenn man Glück hat besser als in einem Jahr, aber diese »5 Minuten« kann man sich leider nicht wie 5 Pfannkuchen bestellen. Gruß und Empfehlung an die Eltern. In vorzügl. Ergebenheit

Th. Fontane.

*128. An Max von Bredow*

[Berlin,] 15. Mai 1891.

Hochgeehrter Herr v. Bredow.

Seit lange habe ich nichts von mir hören lassen und nun, wo ich mich melde, geschieht es mit Scheu und Verlegenheit, weil ich auf dem Punkt stehe, der Fahne Friesack untreu zu werden. Natürlich nur nothgedrungen. Ich bin mittlerweile nicht blos den Jahren nach, sondern auch innerlich derart alt geworden, daß ich mich zur Durchführung der geplanten Arbeit unfähig fühle und das aufgespeicherte Material einem Nachfolger zu etwaiger Benutzung überlassen muß. Ob sich ein solcher Nachfolger überhaupt finden wird, steht dahin und im Falle er sich findet, wird ers bei seiner Arbeit nicht leicht haben, namentlich wenn er das erreichen will, was mir als Ideal vorschwebte: Totalität und Wiedergabe kleinsten und zugleich intimsten Lebens. Nicht Namen, Zahlen, Ueberschriften, sondern immer Bilder und Geschichten. Um das leisten zu können, dazu gehört ein »sich installieren«, am besten durch Jahre hin, so daß ein im Friesackschen zu Amt und Stellung kommender Pastor oder Schulmeister immer der muthmaßliche Zukunftsheld sein würde. Schade nur, daß die Pastoren es immer zu pastorlich und die Schulmeister immer zu schulmeisterlich anfassen. Ohne leichte Hand geht es nicht. Was ich meinerseits bei meinem Besuch und dann in Büchern aufgespickt habe, so Hübsches darunter ist, genügt nicht und weil ich das Aufpicken aus allen möglichen Gründen (die Jahre natürlich immer voran) nicht füglich fortsetzen kann, so hab ich, nach einigem Zögern, den Entschluß gefaßt, die Flinte ins Korn zu werfen. Es konnte, bei meinen hohen Semestern, nichts mehr werden. Nur die Überzeugung ist mir geblieben, daß der Plan, nach dem ich vorgehen wollte, richtig war und daß das Ziel nur erreicht werden kann, wenn mit dem Aus der Vogelperspektive-beobachten gebrochen wird.

Aber schon zu viel der Worte darüber; schließlich hängt die Welt nicht daran, ob das Ländchen Friesack nach meinem oder einem anderen Rezept oder ob es überhaupt beschrieben wird. Andere Fragen stehen im Vordergrund und mir verbleibt nur noch, Ihnen und Frau Gemahlin für die große Nachsicht und Liebenswürdigkeit, die mir während meines Besuches im Sommer 89 zu Theil wurde, zu danken. Unter ergebensten Empfehlungen, in vorzüglicher Ergebenheit

Th. Fontane.

*129. An Wilhelm Hertz*

Berlin 26. Mai 91.
Potsd. Str. 134. c.

Sehr geehrter Herr Hertz.

Durch Ihren Herrn Bruder weiß ich, daß Sie wieder zurück sind und so schreibe ich an Sie, trotzdem Ihr Herr Sohn der Eingeweihtere in diese lyrische Nachmahd, ja fast möchte ich sagen der moralisch Mitschuldige ist. – Nun schicke ich nichts mehr und so habe ich einen Zettel beigelegt, der die Reihenfolge giebt und wie sich die Sachen in die schon gedruckten Lyrica bez. Reimereien einreihen. Was blau unterstrichen ist, ist alter Bestand. Ueber Werth oder Nicht-Werth der neuen kleinen Sachen bin ich ganz im Unsichern. Mit wem soll ich darüber sprechen? Alles ist todt und seh' ich auf die, die noch übrig geblieben, so kann ich nur sagen, was der alte Wilhelm eines Tages sagte: »Gott, da ist freilich noch Pape, aber Pape ist noch tapriger als ich selber.« Soll ich mit dem Senator Eggers darüber debattiren? Und der ist noch der Beste. So mag es denn so gehn; selbst im Falle manches fragwürdig sein sollte, bleibt der Trost, daß es sich in der Menge verthut.

Zu meiner Freude habe ich gehört, daß Lugano Ihnen vorzüglich und Frau Gemahlin gut oder doch beinah gut bekommen sei. Wo Brahm sich immer wieder kriegsfertig macht, muß eine gesunde Luft wehn.

Ich erlaube mir, noch in dieser Woche mit heranzukommen, in der nächsten will ich nach Kissingen. In vorzügl. Ergebenheit

Th. Fontane.

*130. An Georg Friedlaender*

Berlin 27. Mai 91.
Potsd. Str. 134.c.

Hochgeehrter Herr.

Herzlichen Dank für Ihren lieben Brief; schon das Couvert mit seinen buntfarbigen Pritzelchen in Grau regte mich an und der Inhalt natürlich erst recht. Dagmar und der Bräutigam »der seinerseits über den Namen Lothar gebietet« (wundervoll glückliche Wendung) haben mich erheitert und erfreut, denn Sie haben, im Ganzen genommen, ja nur Gutes über Beide zu melden, trotzdem wirken beide wie eine voraufgeschickte Illustration zu dem späteren Ausspruch »die Welt war nie so arm an Idealen«. Diese Anschauung beherrscht mich seit Jahr und Tag und jeder Tag bringt neue Belege und steigert mein Unbehagen bis zur Angst. Dabei muß ich bemerken, daß ich nie zu den Lobrednern des Vergangenen gehört habe, auch jetzt noch nicht gehöre. Die Zeit, in die meine Jugend fiel, Ende der 30er Jahre, war auch schrecklich, in vielen Stücken, so in allem was Erscheinung angeht, schrecklicher als jetzt; die »Ruppigkeit« von damals ist überwunden (leider noch immer nicht genug) – aber so sehr ich diesen Fortschritt anerkenne, so sehr er mich geradezu beglückt, so gewiß ist er auf halbem Wege stecken geblieben, auf der Station »Aeußerlichkeit«. Alles dient dem Aeußerlichen; auf den ersten Ruck ist dadurch 'was gewonnen, die Sinne werden befriedigter, aber so wie man ein bißchen schärfer zusieht, nimmt man eine Aeußerlichkeitsherrschaft wahr, die mit einer gewissen Verrohung Hand in Hand geht. Die ganze Welt, man könnte beinah sagen die Sozialdemokratie mit eingerechnet, hat sich durch gesteigerten Besitz und durch gesteigerte Lebensansprüche bis zu einer gewissen *Bourgeois*höhe, vielfach von greulichstem Protzenthum begleitet, entwickelt, aber von der Bewältigung der zweiten Hälfte des Weges, von der Entwicklung bis zur Aristokratie, der echten natürlich, wo das Geld wieder anfängt ganz andren Zwecken zu dienen als dem Bier- und Beefsteaks-Consum, – von dieser Entwicklung unsrer Zustände sind wir weiter ab denn je, weiter als in jenen Armuthszeiten unter Fr.W. III., wo es Tausende von höchst erfreulichen Einzelerscheinungen namentlich im Adel, im Professorenthum und unter den Geistlichen gab, Einzelerscheinungen, die derart kaum noch vorkommen. Was ein Mann wie Krupp thut, vielleicht großartig in seiner Art, ist doch etwas ganz andres und wurzelt verstandesmäßig in sozialer Frage, nicht in einem schönen Herzen und liebevoller Menschlichkeit.

Ich habe dies weiter ausgeführt, als man in einem Briefe wohl eigentlich soll, aber es ist die eigentlich »große Frage«, in der die andern großen Fragen erst drin stecken. Natürlich kann man eine höhere Idealität der Gemüther ebensowenig wieder herbeizaubern wie die »Religiosität«, die der gute alte Wilhelm seinem Volke wiedergeben wollte, dazu gehören andre Nummern wie Stöcker, aber wenn man auch mit Predigten und Reskripten der Sache nicht beikommen kann, so ist doch, glaub ich, schon viel gewonnen, wenn die moderne Menschheit zur Einsicht der Sachlage kommt, wenn sie sich im Spiegel sieht und einen Schreck kriegt. Und ein bischen davon, wenn mich nicht alles täuscht, ist schon da.

Schade, daß die Stahlquelle nicht bei der Anna-Kapelle springt; aber »Schlingelbaude«, das will mir nicht eingehn, abgesehn von dem langen, arroganten Schlaaks, der jetzt dort oben sein Wesen treibt.

Der »Karolinger«-Zug ist wirklich halb durchgefallen. Beinah freue ich mich darüber, wie ich mich nach gerade über alles freue, was unsren Leuten hier beibringt: die ganze gepriesene Herrlichkeit lasse furchtbar viel zu wünschen. Nicht blos in Berlin, im Preußenthum überhaupt steckt der Glaube, daß es mit uns ganz was Besondres sei; aber vorläufig ist noch das Gegentheil richtig, in allem stehen wir in 2. und mitunter auch erst in 3. und 4. Linie. Zweierlei haben wir, die Volksschule (Bergel) und die Armee, worin wir wahrscheinlich Nummer 1 sind, aber doch auch nicht in dem Grade, wie wir's uns einbilden. Man braucht sich nur die Musketiere, die als Leutnantsburschen die Straßen unsicher machen, anzusehn, um über die Vorstellung einer Superiorität zu lachen. Alles ist durchschnittsmäßig, oft auch *das* kaum, und nur dann und wann ereignet es sich, daß das Durchschnittsmäßige, weil es glänzend dirigirt wird (Generalstab und zum Theil auch Offizierkorps) über sich selbst hinauswächst. Herrschaft des Geistes über die grobe Masse. Von diesen zwei Dingen aber abgesehn, hapert es überall und die Redensart von der »deutschen Wissenschaft« kann ich gar nicht mehr hören. Unsre Bücher, und nicht zum wenigsten die wissenschaftlichen, sind schlechter, als die der andern Culturvölker. Literatur und Kunst höchst fragwürdig, – das »Berliner Haus« ein Monstrum. Und nun genug oder schon zu viel. In vorzügl. Ergebenheit

Th. Fontane.

Eins muß ich doch noch hinzufügen: der neue Reichsgerichtsrath! Seitdem Grävenitz es war, läßt sich nichts mehr sagen. Er war doch noch ganz die alte Zeit, von ihrer fraglichen Seite, mit dem *Anspruch* der »Idealität« und eigentlich blos biedermännischer Pfiffikus.

### *131. An Pol de Mont*

*Kissingen* 4. Juni 91.
Gottfried Will's Logirhaus

Hochgeehrter Herr.

Seit gestern bin ich hier in Kissingen und in etwa 5 Wochen in Berlin zurück, wo ich mich gleich an den Chefredakteur der Vossischen Zeitung Friedrich Stephany wenden werde. Ich würde es brieflich von hier aus thun, er ist aber auf Urlaub und ich weiß nicht, wo er sich zur Zeit aufhält. Stephany geht meist freundlich auf meine Vorschläge ein und würde diesmal wahrscheinlich keine Ausnahme machen, wenn er *überhaupt* in der Lage ist »ja« sagen zu können. Ob dies aber der Fall ist, das ist die Frage. Die Zeitung hat einen Amsterdamer und einen Brüsseler Correspondenten und der eine oder andre dieser beiden (ich bin nicht sicher welcher) behandelt öfter die » vlämische Bewegung. « Da steckt die Schwierigkeit; mais nous verrons.

Eine liebenswürdige Besprechung aus Ihrer Feder erhielt ich im Januar oder Februar d. J., worauf ich dankend gleich an Sie schrieb, auch ein Buch schickte. Vielleicht ist Beides Ihnen nicht zu Händen gekommen. In vorzügl. Ergebenheit

Th. Fontane.

*132. An Martha Fontane*

Kissingen 5. Juni 91, bei Gottfried Will.

Meine liebe Mete.

Mama kam recht elend hier an und ist noch, wiewohl es seit heute besser geht, so herunter, daß ich statt ihrer schreibe. Friedel machte den Reisemarschall in Berlin und besorgte uns gute Plätze mit allem was zum Sicherheitsgefühl gehört, wir hatten auch ausnahmsweise angenehme Reisegesellschaft, Ingenieur Schönlein oder so ähnlich (man versteht ja nie die Namen) und Frau, beide sehr nett, jeder in seiner Art; die Frau, seit 12 Jahren verheirathet, hat eine 11jährige Tochter, seit deren Geburt Spiel und Tanz vorbei ist; merkwürdig immer die Gentilezza, Liebe und Güte, mit der die Männer dies hinnehmen, als wären sie schuld. Die kleine Frau, wohl von französischer Abstammung, wirkte wie eine Mischung von Tante Witte und Fräulein Conrad, eher häßlich als hübsch und doch sehr anziehend weil quick, heiter, natürlich. – Hier fanden wir alles beim Alten, was recht gut aber ein bischen langweilig ist und so vergehen denn auch hier, wie in Berlin, die Tage unter der Devise: ›immer dasselbe‹. Wofür man denn schließlich noch aufrichtig dankbar sein muß, denn Onkel Zöllner repräsentirt das Neue, das einem noch blüht, hoffentlich, wenns kommt, in etwas abgeminderter Gestalt. – Juden sind fast noch gar nicht hier, auch nicht solche, die sich Russen oder Amerikaner nennen, die letztren sind die furchtbarsten, Heymann Levi als Washington crossing the Delaware. Stattlicher Adel herrscht zur Zeit noch vor, meist sehr gut wirkend, einige höchst pikante Engländerinnen, von Mama natürlich angezweifelt. Unter den Kurgästen ist auch Herr Pege mit einem dicken jovialen Freund, den er mir mit den Worten vorstellte: ›Herr Klein vom Deutschen Theater.‹ Ein Glück, daß ich den Schauspieler Klein kenne; der mir vorgestellte wird wohl Ober-Schutzmann im Theater sein oder dem Aehnliches. – Von der lieben und guten Frau Sternheim hat die Mama schon gleich nach ihrem Besuche geschrieben, auch wohl von Theo und Frau. Beide wirken jetzt sehr gut, jeder in seiner Art; schade, daß sie den Jungen total verzogen haben. Dabei beschäftigt sich Theo mit der ›Feigheit‹ des Jungen; zunächst müßte diese durch eine bestimmte Anzahl Ohrfeigen noch gesteigert werden, *dann* erst ließe sich über die Erziehung auf den Helden hin weiter reden. Mache aber über alle diese Dinge nie Andeutungen wenn Du schreibst, es wirkt nur lieblos, schafft Verlegenheiten und hilft gar nichts. Wird auch später, bei persönlichen Begegnungen, nichts helfen. – Am 20. trifft Bismarck hier ein; *hier* ist er noch immer unentthronter Gott, – die Huldigungen hier im vorigen Jahr, besonders von Seiten der Damen, sollen doch was Erschütterndes gehabt haben. Ich freue mich darüber, ohne daß die Bedenken schweigen. Empfiehl mich der Frau Gräfin. Wie immer Dein alter

Papa.

*133. An Karl Eggers*

Kissingen, 6. Juni 1891.

Teuerster Senator.

Eine gewisse Unsicherheit des Schusses soll nicht Ursache werden, daß überhaupt nicht geschossen wird. Trifft die Kugel in Berlin nicht ihr Ziel, so wird es ein Ricochette-Schuß, der bis Warnemünde weiter geht und da das Seine tut, also Glückwünsche bringt von Th. F. und Frau. Möge die Heimat an Ihrem Sohne tun, was sie ihm schuldig ist. Freilich, ob Sie Mecklenburg noch in seinem alten Bestande vorfinden, ist mir nach der hierher stattgehabten »Invasion« allerdings zweifelhaft. Man merkt auch daran, daß die Fleischtöpfe Ägyptens im Umkreise von Schwerin und Strelitz stehn und lösende Wasser im Juni oder Juli nötig sind, um die aufgehäufte Guttat der andern Monate wett zu machen. Vorgestern saß ich an einem »Mecklenburger Tisch«, eingekeilt zwischen einem alten Kommerzienrat aus Parchim und einem Agrarier (Pade) aus Strelitz; ich mißfiel ihnen entschieden, weil ich unfähig war, in dem Gemütlichkeitsstrom gleich mitzuschwimmen. Haben Sie morgen einen schönen und glücklichen Tag und empfehlen Sie mich angelegentlichst.

In herzlicher Ergebenheit

Th. Fontane.

*134. An Karl Zöllner*

Kissingen 9. Juni 91.

Theuerster Chevalier.

Eben habe ich eine kleine Kritik über Lübkes ›Lebenserinnerungen‹ beendet (es war nicht ganz leicht) und ich benutze die halbe Stunde, die mir noch bis zu Tisch bleibt, um Dir von dieser alten lieben Stätte aus einen herzlichen Gruß zuzurufen und den noch herzlicheren Wunsch auszusprechen, daß es Dir gut und wenn das nicht sein kann, wenigstens leidlich gehn möge. Das Ausgeflogensein von halb Berlin wird Dich wenigstens vor dem Ueberlaufenwerden sicher stellen, woran sich freilich die Frage knüpft, ob ein bischen Zerstreuung nicht die Mühsal aufwiegt.

Bei Gottfried Will ist es heuer so voll, daß einzelne ›alte Kunden‹ unterm Dach in kleinen Mansarden haben untergebracht werden müssen. Andre Logirhäuser sind noch halb leer und mehr als halb; man sieht daran, daß es immer noch viele Leute giebt, denen prunklose Solidität lieber ist, als der moderne Schwindel. Seit gestern sind auch einige Japaner mit ihren Frauen hier, doch habe ich noch keine auf der Promenade umhertrippeln sehn. Dafür sehe ich den alten Wilmowski sammt weiblichem Anhang täglich 3 mal; er erwartete sichtlich, daß ich ihn grüßen sollte, was ich aber, aller sonstigen Artigkeit zum Trotz, nicht that. Er und Hitzig sind die beiden Persönlichkeiten, die sich am rücksichtslosesten – und beide ganz unmotivirt – gegen mich benommen haben, worauf ich keine Veranlassung habe, mit besondrer Devotion zu antworten. Alles fiel in das herrliche Jahr 76.

Erfreulichere Gefühle weckt Frau Banquier Kahnheim (früher Tänzerin) mit höchst anmuthiger Tochter, die Alte wie ein Kriegsschiff mit Breitseiten von 120 Kanonen, die Junge wie ein Aviso-Dampfer ›Zieten‹ oder ›Meteor‹, vielleicht auch ein Torpedoboot, noch bescheiden unter Wasser und doch bestimmt irgend einen Liebhaber in die Luft zu schleudern, auch dann noch, wenn er glücklich liebt; ja vielleicht dann am meisten. – Meine Frau fängt an sich zu erholen und so krepeln wir viele Stunden lang 'rum und sitzen halbe Nachmittage lang im ›Schweizerhaus‹ wie auf der Brühlschen Terrasse und sehen auf den Dampfschiffsverkehr hernieder, froh, nicht auch mit nach der ›Saline‹ hinaus zu müssen. Man vegetirt. Das Leben wird immer langweiliger und man sagt sich: es war nicht viel und wird immer weniger. Hierin begegnen wir uns wohl. Empfiehl mich meiner theuren Freundin, grüße Karl. Mit besten Wünschen für Dich Dein alter

Noel.

*135. An Martha Fontane*

Kissingen 13. Juni 91, bei Gottfr. Will.

Meine liebe Mete.

Habe Dank für Deinen lieben Brief vom 9. über den wir uns sehr gefreut haben; Du lebst doch wieder und hast eine Freude an den

Menschen. Wenn das an Dir liegt und einem sich allmälig wiedereinstellenden Gesundheitszustand, so doch allem Anschein nach auch an den Menschen, die kennen zu lernen Du das Glück hast. Du hast ganz Recht, in schwedisch Pommern und was ihm angrenzt (Stettin) sind ganz andre Menschen zu Hause wie in unsrer lieben Mark oder Schlesien und Sachsen, selbst viel forscher als in Mecklenburg. Die Mecklenburger haben vor dem Märker mehr Wohlhabenheit und mehr breites Behagen voraus, alle Pfennigfuchserei fehlt, aber sie sind, trotz ihrer beßren Lebenslage, ledern und philiströs, während die Vorpommern das heiter und unterhaltlich Lebemännische bis zur Kunst ausgebildet haben. Die See thut nur das Halbe dazu (Rostock und Wismar sind auch Seestädte) die zweite Hälfte wird durch die Landesherrschaft von alter Zeit her bedingt. Die Pommernherzöge lebten beyond their means und das Vorbild, das das schwedische Leben gab, lag nach derselben unängstlichen Seite hin. Es kam nicht drauf an, zu sparen und reich zu werden, es kam drauf an, den Tag so angenehm wie möglich zu verbringen. Staatlich, national-ökonomisch und moralisch steht das Märkische höher, menschlich und poetisch angesehn, ist das Pommersche sehr überlegen. Was das Poetische angeht, so bedeutet die Mark das denkbar Niedrigste; nur der Eiherrje-Sachse kann noch concurriren. – Was Du mir über die Schwierigkeiten der Hausdiplomatie schreibst, so werden diese voll von mir gewürdigt; der nächste Monat wird in dieser Beziehung die höchsten Anforderungen an Dich stellen; sei auf Deiner Hut und zeige Dich der Situation gewachsen. Die zwei Autographen schicke ich in den nächsten Tagen, schon deshalb ohne Pater Gracian, weil ich das Buch der Bücher nicht mitgenommen habe. – Mit Mama geht es seit ein paar Tagen besser und die Vorstellung daß sie am ›Brand der Alten‹ leide, fällt wieder von ihr ab. Sie ist in solchen Stücken die Mutter ihrer Tochter, – das Tollste ist ihr gerade gut genug. Unser Leben hier ist angenehm, aber sehr einförmig; von Langerweile darf ich schon deshalb nicht sprechen, weil es in Berlin grad ebenso ist; man kann doch nicht den ganzen Tag in der Kunstausstellung sein. Am meisten Interesse schöpfe ich seit 8 Tagen aus den Zeitungen und lese mit höchstem Eifer den Prozeß Baare-Fußangel in Bochum und mit noch größrem den Prozeß Gordon-Cumming in London. Es müssen da noch geheimnißvolle Dinge mitspielen, sonst ist die Haltung des englischen Adels und der Garde-Offiziere ganz unverständlich. Sie betrachten sichtlich Gordon-Cumming als ein Opfer und bemessen danach ihre Haltung. Am Tage seiner Verurtheilung oder den Tag darauf verheirathet er sich und vornehmste Lords und Offiziere sind Trauzeugen; gleich danach reist er auf seine Güter nach Schottland ab. Alles sehr sonderbar. Ich werde an Morris schreiben, um Näheres darüber zu hören. – Vorgestern sah ich ›Fall Clemenceau‹, morgen wollen wir ›Drei Paar Schuhe‹ von dem guten alten Görlitz (Schillerpetent) sehn. Ich sorge hier für meine Bildung. Empfiehl mich der liebenswürdigen Gräfin. Dein alter

Papa.

*136. An Julius Rodenberg*

Kissingen, 24. Juni 1891

Hochgeehrter Herr.

Wenn das eigentliche Konzert mutmaßlich überfüllt sein wird, gehen einige zur Generalprobe; so trete ich schon am 25. bei Ihnen an, um Ihnen meine herzlichsten Glückwünsche auszusprechen, Glückwünsche zugleich mit Danksagungen für alles von Ihnen Geleistete. Daß wir uns im Revuewesen neben England und Frankreich mit Ehren zeigen können, verdanken wir Ihnen. Adressen haben meist keinen hohen historischen Wert, aber was die Adresse *Ihnen* sagt, das ist wahr und wohlverdient. Im Kaiserhof oder Englischen Hause werden sich am 26. die Getreuen versammeln, und sowenig ich sonst für Festlichkeiten bin, bei *dieser* Festlichkeit wäre ich gern zugegen gewesen. Rakoczi, Rebell von alter Zeit her, will es nicht. Haben Sie einen frohen, glücklichen und nicht *zu* angestrengten Tag. Mit der Bitte, mich Ihren Damen empfehlen zu wollen, in vorzüglicher Ergebenheit

Th. Fontane.

*137. An Martha Fontane*

Kissingen 25. Juni 91.

Meine liebe Mete.

Dein lieber langer Brief der gestern kam, hat uns wieder sehr erfreut, weil wir doch daraus sehn, daß Du wieder Freude am Leben hast; mit 72 ist das nicht mehr nöthig, aber mit 31 gehört sich's noch. Daß Veits gleich nach D. gehn, erleichtert Dir die Situation sehr; warst Du erst 14 Tage mit ihnen allein zusammen, so giebt sich beim Eintreffen der Gräfin der richtige Ton wie von selbst, alles wird herabgetönt und Kraftleistungen der Freude sind nicht mehr nöthig. – Daß die Mischke sich schließlich so gut legitimirt hat, freut mich; überhaupt bin ich ihr gegenüber, nach den Kunstleistungen die ich hier zu beobachten Gelegenheit habe, in einer milden Stimmung. Unter den 2000 Damen, die ich nun hier in 3 Wochen gesehn habe, waren 10 oder 20 (hoch gerechnet) famos gekleidet, so daß sich von Kunst und höherem Geschmack sprechen läßt, 100 andre präsentiren sich gut, der Rest von 1500 und mehr sind entweder zum weinen oder reichen doch noch lange nicht an die Mischke heran, wenn sie nur einigermaßen ihren guten Tag hat. Die Meisten wirken einfach wie Karrikaturen und wenn mich meine Erinnerung nicht täuscht, war man früher, in der Masse, besser gekleidet. Es kann auch kaum anders sein; die jetzt herrschende Mode verlangt wirklich ein Stück Kunst, um die schwierige Sache zu bewältigen, und wo soll bei der ungeheuren Mehrzahl von Schneiderfräuleins diese Kunst herkommen. In allen Lebensverhältnissen fehlt Einfachheit, Natürlichkeit, bon sens, daher ist alles so ganz niederträchtig schlecht. Allenfalls das Bierbrauen abgerechnet. Nimm beispielsweise die Gelegenheitsverse, die Leute von Namen jeden Tag heutzutage machen sollen (ich meine nicht Autographen, wo man ja Altes nehmen kann) nein Funkelnagelneues und die Folge davon ist denn auch, daß alles so grenzenlos öde, leer und albern wirkt. – Und nun Rügen mit Göhren oder Binz! Ich hätte nichts dagegen, aber Mama macht sich nichts draus und ich kann ihr – wenn auch aus andern Gründen als den für sie bestimmenden – nur Recht geben. Ich finde mehr und mehr, daß das Selbstwirthschaftführen die einzige Form ist, wie man die Sache aushalten kann. Nur also wenn wir Anna mitnähmen, ließe sich von Rügen reden. Das Hôtel- u. Restaurationsessen ist unerträglich; entweder ist es so schofel, daß man von dem Jammerzeug nicht leben kann oder wenn man leidlich verpflegt wird, kommt man um vor prätensiöser Oede und Langeweile. Daß man angenehme Menschen findet, ist wie das große Loos, man kann nicht darauf rechnen, Regel ist daß man aus den unangenehmsten Empfindungen gar nicht herauskommt. Heute aßen wir bei ›Braun‹, wo man uns gesagt hatte, daß es herrlich sei. Eine furchtbare Suppe; dann warten wir eine halbe Stunde auf den Fisch der kommen soll, er kommt aber nicht; Kellner laufen schweißtriefend auf und ab und sagen in einem fort ›Pardon‹ so daß thatsächlich die Luft davon schwirrt, hart in unsrem Rücken sitzt eine Judenfamilie und der Vater sagt beständig: ›Alice setze Dich; ›Fräulein‹ wird gleich kommen; ich weiß nicht wo ›Fräulein‹ bleibt; ›Fräulein‹ wird wohl noch in die Leihbibliothek gegangen sein; beruhige Dich Alice ›Fräulein‹ wird schon kommen.‹ Nichts zu essen, empört über die ganze Wirthschaft und um mich her nichts wie das ›Pardon‹ der Kellner und das ›Fräulein‹ des eitlen Juden (er brüstete sich mit der Existenz eines ›Fräuleins‹) – so verging qualvoll die Zeit, immer noch kein Fisch und wüthend schmiß ich ein 5 Markstück auf den Tisch und ging weg und werde dies berühmte Lokal nicht wiedersehn. Das alles war an einem kleinen ›Einzeltisch‹, sitzt man an einer langen Tafel, so ist es noch gräßlicher. Die Menschen sind Pack und die verjüdelte Menschheit ist es siebenfach. – Morgens am Brunnen ist es hübsch, das Frühstück schmeckt, die Vormittagsstunden vergehen angenehm bei Lektüre, desgleichen ist der Abend angenehm von 7½ bis 9½, wo wir beim Thee sitzen und Ei und Schinken auf unsrem Zimmer uns schmecken lassen, dazu kommen Spaziergänge, die stärken und erfreun, – der *Verkehr* aber ist gräßlich. In der Regel schiebe ich die Schuld auf meine Ungeschicklichkeit, aber ich bin dabei strenger gegen mich als nöthig; – mit auch nur erträglich netten Menschen kann ich ganz gut verkehren. – In Berlin spukt jetzt eine gräßliche Geschichte auf der Vossischen Ztg. Dr. Paul Marx, kluger u. reizender Kerl (Freund Brahms) ist wegen angeblicher ›Unfähigkeit‹ entlassen worden, in Wahrheit aber weil er Jude ist. Daraus ist nun ein groß Gewitter entstanden, das zu Häupten sowohl von Lessing wie von Stephany steht. Marx, ein sehr encouragirter Kerl (ähnlich wie Brahm, nur glaub ich kauschrer) will die naive ›Unfähigkeitserklärung‹, die einfach einen Strich durch seine Existenz macht, nicht auf sich sitzen lassen und geht mit einem Verläumdungsprozeß vor. Kommt es dazu, so werden furchtbare Sachen gesagt werden, namentlich auch von der *socialdemokratischen* Presse. Und nicht wieder von den eigentlichen Judenblättern. Es kann nett werden. Leb wohl, empfiehl mich der liebenswürdigen Gräfin. Wie immer Dein alter

Papa.

Ich empfing einen sehr liebenswürdigen und sehr forschen Brief von Frau Hauptmann Wyneke, wie aus Paris (namentlich Papier und Handschrift) nicht aber aus – Anklam. Bitte, danke ihr in meinem Namen.

*138. An Wilhelm Hertz*

Berlin 30. Juni 91.
Potsd. Str. 134. c.

Sehr geehrter Herr Hertz.

Seit heute früh bin ich wieder hier und habe mein Berliner Leben mit der Lektüre der »schlimmen Brüder« begonnen, die ich durch Ihre Güte hier vorfand. Ich las gleich durch, da eine gestern in Kissingen gehabte Plauderei über das Stück – mit Frau Dr. Frenzel, die der Aufführung in Weimar beiwohnte – mich sehr neugierig gemacht hatte.

Ihren Herrn Bruder fand ich in der Kurliste, nicht aber am Brunnen, oder die Jahre haben das Bild desselben verändert, so daß ich ihn nicht erkannte.

Und nun noch 2 Gesuche:

1. darf ich um ein geb. Exemplar meiner Gedichte bitten? (natürlich Geschenk für eine Brunnenbekanntschaft) und

2. sind schon etliche Aushängebogen – ich empfing nur 1 und 2 – der neuen Auflage zu haben? Oder ist es das Beste, daß ich an Brandstetter schreibe? Mit besten Wünschen für Ihr Wohl, in vorzügl. Ergebenheit

Th. Fontane.

*139. An Moritz Lazarus*

*Berlin,* d. 1. Juli 1891.
Potsdamer Str. 134 c.

Teuerster Leibniz.

Nicht um Ihnen von Kissingen oder gar von dem alten ozonfreien, gräßlich vermufften Berlin zu erzählen, verfolge ich Sie bis nach Schönfeld, sondern um Ihnen mein Entzücken auszusprechen über .. ja, über wen? Über Professor Wilhelm Schwartz, diesen Wochentags ziemlich lederschneidigen, dreimal in seiner märkischen Wolle gefärbten Mann, der aber lichte Momente hat, sobald er die Pfade seines Schwagers Kuhn weiterwandelt. Er schickte mir Heft 1 Ihrer Zeitschrift nach Kissingen, und ich bin ganz entzückt von den »Volkstümlichen Schlaglichtern«. Das ist doch was. Mein Freund Leo Berg löst immer noch am »sexuellen Problem« herum – persönlich so ungeeignet wie möglich dazu – und die ganze deutsch-skandinavische Neuliteratur folgt seinem Beispiel. All der Quatsch, der sich geriert, als läute er eine neue Weltperiode ein, wird binnen kurzem vergessen sein, während der Bauer, der noch lebend für einen Sechser rasiert werden will, weil es nachher zwei Groschen kostet, in Äonen nicht untergehen kann. So waren die Menschen immer, und so werden sie wohl auch bleiben. Und dies Menschliche zu lesen, entzückt mich um so mehr, je rarer es, nicht im Leben wohl, aber in der Literatur wird.

Das Wort »Literatur für die Literaten« erfüllt sich jeden Tag mehr.

Es tut meiner Bewunderung für den Schwartzschen Aufsatz keinen Eintrag, wenn ich hinzusetze: ich bewundere mehr das Verfahren als den Geist. Er verfährt nach einer bestimmten Methode, und wer *die* hat, der hat die Sache selbst. Er liest die Zeitungen, die Miszellen und Polizeiberichte auf diesen *einen* Punkt hin. Er steht auf einem Wartturm und wartet, »ob sich nicht was zeigt«. Er ist der Engländer, der sich einmietet und auf den Einsturz des Turmes wartet. Fallen muß er; alles bloß Frage der Zeit; immer im Anschlag, Lampe *muß* kommen. In seiner märkisch-drähnigen Manier geht er aufhorchend rum und wartet, bis das Wort fällt. Und wenn es fällt, so hat er seinen Kasten, in den er es siegeslächelnd hineintut. Hat er's erst in dem Kasten, so ist der Rest Kleinigkeit. Der Vergleichspunkt, die Nutzanwendung muß sich finden. Wenn ich aufgeschrieben hätte, was unsere alte Mathilde, genannt »Tilla«, in dreißig Jahren an Berliner Volksweisheit verzapft hat, so könnte ich auch Mitarbeiter werden. Und viele könnten es. Aber sie haben nicht aufgehorcht und haben nicht den Kasten. Schwartz hat ihn, und deshalb ist er Sieger und verdient seinen Kranz.

Auch der Aufsatz über Island hat mich interessiert. Die Anwendung des Wortes »Renaissance« ist sehr geistreich. Bitte, mich Ihren Damen zu empfehlen.

In herzlicher Ergebenheit Ihr

Th. Fontane.

*140. An Julius Rodenberg*

Berlin, 2. Juli 1891
Potsdamer Straße 134c

Hochgeehrter Herr.

Ich bin schon vorgestern wiedergekommen, trotzdem Frau Frenzels Ankunft über die stark öde gewordenen Tage Licht und Freundlichkeit ausgoß. Allerschönsten Dank für das Juliheft. Was

W. Bölsche sagt, ist sehr liebenswürdig und sehr fein, und ich entdecke mich auf einer gedanklichen Höhe, von der ich mir nichts hatte träumen lassen. Denn so sorglich ich schreibe, so untendenziös; mein Fleiß gilt nur der künstlerischen Ausarbeitung; außerhalb der Kunst liegende Fragen und Probleme kenne ich nicht. Ich habe ihm, unter aufrichtig herzlichem Dank, dies auch ausgesprochen.

---

Daß Ihr Fest, trotz Kameruntemperatur, so schön u. gelungen war, habe ich zu meiner großen Freude gehört und gelesen. Es ist doch groß, was Frenzel speziell auch nach dieser Seite hin leistet; ich zähle das mit zu den schwierigsten Aufgaben, immer wieder was Hübsches, Feines, Treffendes zu sagen. Frenzel gilt für nüchtern; er muß aber ein *sehr* gutes Herz haben und einen starken Fonds echter Humanität.

---

Heute habe ich vom »Universum« – das die Tugend guten Zahlens hat –, einen Brief mit einer Roman-Anfrage gekriegt. Nun habe ich zwei beinah fertig, die beide auch für die »Rundschau« passen würden, weshalb ich anfrage, ob Sie die eine oder andre haben wollen? Die verbleibende biete ich dann dem »Universum« an. Natürlich ist mir »Rundschau« für alles, was ich schreibe, lieber, auch wenn ich ein etwas geringeres Honorar bekomme, als mir das »Universum« schon mal (für meinen Roman »Cécile«) bewilligt hat; ich kann aber die »Rundschau« nicht überschwemmen, das würde ridikül wirken. *Einer* der Romane für nächstes Jahr indes, das ginge vielleicht.

In vorzügl. Ergebenheit

Th. Fontane

*141. An Georg von Graevenitz*

Berlin, 9. Juli 1891

Hochgeehrter Herr v. Graevenitz.

Empfangen Sie meinen ergebensten Dank für Ihren Aufsatz und die begleitenden Zeilen. Ich habe, was Sie sagen, mit großem Interesse gelesen u. finde mit Ihnen, daß die W.schen Adelsgestalten historisch sehr anfechtbar sind, kolossale Liebedienerei gegen die Hohenzollern, die sich widerwärtig durch unsere ganze miserable Geschichtsschreibung zieht, trägt aber mehr Schuld als Wildenbruch, wir alle sind durch mediokre Bücher in dieser Geschichtsauffassung großgezogen. Der Degout darüber würde in meiner Seele noch viel größer sein, wenn nur die Geschädigten (also der Adel der zurückliegenden Jahrhunderte) ein klein bißchen anders gewesen wären, als sie waren. Aber wenn ich auch empfinde, daß man den alten Landesfamilien faktisch und historisch vielfach unrecht getan hat, so kann doch von Sympathie mit ihnen keine Rede sein. Wäre man besser unterrichtet, kennte man wirkliche Lebensdetails, so ließe sich vielleicht eine Seite finden, an die man mit seiner Begeisterung heran könnte, wie man sich für den Alten Dessauer, für Zieten und Blücher, trotz ihrer Knubbelschaft, begeistern kann. Ein solches Material fehlt aber, und was wir haben, gestattet nur Rückschlüsse auf ein inferiores Geschlecht oder doch auf inferiore Allgemeinzustände. Nichts ist da, woran man sich erquicken könnte; das In-die-Fehde-Ziehn, um totzuschlagen oder totgeschlagen zu werden, hat für einen modernen Menschen allen Reiz verloren. Das, was noch *hinzukommen* muß, das fehlt bei uns, wenn man die alten Schmöker liest. Alles elende Selbstsucht. Und dann später die Kirchenkämpfe! Carpzow soll in der Hexenprozeß-Zeit 22 000 Todesurteile gefällt und 52mal die Bibel gelesen haben. Früher ließ ich mir das gefallen. Aber jetzt, in meinen ganz alten Tagen, habe ich nur Gefühle, die Herrn v. W. zwar historisch nicht recht geben, aber seine Abtuungen nicht sehr bedauern. Meine Frau empfiehlt sich.

In vorzügl. Ergeb.

Th. Fontane

142. *An Julius Rodenberg*

Berlin, 9. Juli 1891
Potsdamer Straße 134 c

Hochgeehrter Herr.

Erschrecken Sie nicht; nur wenige Worte, die *nicht* zu beantworten ich eigens bitte.

Heute mittag habe ich Ilse Frapans Briefnovelle gelesen, und ich bin ganz entzückt davon. Entzückt wodurch? Weil ich in dieser kl. Arbeit *das* finde, was unsrer deutschen Schreiberei so grausam fehlt: Leichtigkeit, Grazie, Humor und – *wirkliche Kunst*. Ein bedeutendes Buch und einen inhaltreichen Roman können in Deutschland, wenn die Leute wollen (die Besten wollen nur nicht recht), sehr viele schreiben, dazu braucht man bloß gescheit zu sein und viel gelernt und viel gesehn zu haben; das alles hat mit »Kunst« sehr wenig zu tun, mit der Gabe, aus ein bißchen Brotkrume, sagen wir den Raub der Sabinerinnen im Kate-Greenaway-Stil humoristisch herauszukneten. Das können die Deutschen nicht, das ist ihr Mangel, ihr Barbarenrest, und jedes Zeichen, daß es mit dieser Barbarei mal aufhören wird, begrüße ich mit herzlicher Freude. Wo diese Zeilen Sie auch finden mögen – ergehe es Ihnen gut.

In vorzügl. Ergebenheit

Th. Fontane

*143. An Georg Friedlaender*

Berlin 23. Juli 91
Potsd. Str. 134.c.

Hochgeehrter Herr.

Seien Sie schönstens für Ihren liebenswürdigen Brief bedankt, der mir goldene Brücken baut. Ein Schlachtplan wie von Moltke, drei Marschlinien zur Auswahl und doch alles klar und bestimmt; die Ausführung ist Kinderspiel. Und daß Sie nun Ihre Wyker Tage verlängern wollen, wie beschämend gütig gegen mich.

Ich werde wahrscheinlich heut über 14 Tage von hier abdampfen und, nach einem 1 tägigen Aufenthalt in Hamburg, am Sonnabend zu noch näher anzugebender Stunde in Wyk eintreffen. Ich freue mich sehr darauf oder doch so, wie ich's noch aufbringen kann, denn der Gefühlsapparat arbeitet immer schlechter. Außer der Freude Sie alle dort zu finden, giebt mir auch das einen kleinen Belebungspuff, daß ich nach einer ganzen Reihe von Jahren mal wieder was andres zu sehn kriege. Schon Föhr selbst ist mir eine Neuigkeit, aber auch Helgoland und Sylt, die doch wohl ohne *zu* viel Seekrankheit zu erreichen sein werden, kommen als gesteigerter Stimulus in Betracht. Von dem Hamburger Freihafen rede ich gar nicht erst. Man weiß ja nie wie's abläuft, aber nach einer bestimmten Seite hin ist es *die* Gegend, die mir immer am meisten Freude macht, weil sie mich patriotisch am meisten erhebt. Es ist eben die Wiege jenes Angelsachsenthums, dem die moderne Welt entsprossen ist und das der regierende Faktor darin ist und ein bischen davon fühlt man dem ganzen Lande ab, wenn man's auch blos in der Eisenbahn durchfliegt. Hamburg, in seiner das aesthetische Gefühl befriedigenden *Erscheinung* ist vielleicht allen andern modernen Handelsstädten überlegen, selbst London nicht ausgenommen. – Dieser Brief sollte Ihnen nur meinen Dank aussprechen; in 8 oder 10 Tagen schreibe ich wieder und melde mich für e-inen bestimmten Tag an; können Sie eine kl. Wohnung für mich miethen, so bin ich Ihnen auch dafür verpflichtet, wo nicht, so krieche ich zunächst in einem Hôtel unter. Empfehlen Sie mich angelegentlichst Ihren Damen, schönste Grüße Bergel und den Kindern. In vorzügl. Ergebenheit

Th. Fontane.

Die Tour nach Helgoland, wenn Sie nicht schon da waren, können wir vielleicht zusammen machen; ich will dort Heinrich Gaetke den »Inselkönig« besuchen, den ich in circa 60 Jahren nicht gesehn habe.

Th. F.

*144. An Martha Fontane*

Berlin 25. Juli 91.

Meine liebe Mete.

Du hast Recht, daß etwas wenig geschrieben wird, namentlich in Anbetracht des literarischen Hauses. ›Talent (epistolaire) oblige.‹ Deinem letzten Brief entnehme ich zu meiner Freude, daß es Dir leidlich wohl geht und zu meiner noch größeren, daß Du viel und mit Lust u. Liebe musicirst. Wenn es damit vorhält, so würde ich *das* als die eigentliche diesmalige Landaufenthalts-Errungenschaft ansehn, dann könntest Du's zu einer ›Passion‹ bringen, gleichviel ob Eiersammlung, Tellerbemalung oder Gesang, so würde Dich das weiter bringen, als ein Zentner Brom, an dem nur sicher ist, daß es den Magen verdirbt. ›Wählt Euch eine Fakultät‹ sagt schon Mephisto zum Schüler, aber eine Passion ist immer besser noch als eine Fakultät. Wie hätte ich leben und alle Miserabilität des Tütendrehens und Tütenklebens (und nun erst gar die Menschen!) ertragen können, wenn ich nicht die Passion gehabt hätte, Terzinen zu machen. Denn mit dem Schwersten muß man immer anfangen, dadurch kriegt die Geschichte einen Glorienschein; selbst Friedel hatte sich sein Ziel weit gesteckt und wollte nicht Schaffner sondern Eisenbahn-Betriebsdirektor werden. Ein Bischen davon spukt noch jetzt in ihm nach. – Wir leben sehr still, Mama rückt sich überhaupt nicht von der Stelle, ich gehe jeden Abend um 9 bis an die Christuskirche (Paulus Cassel) umschlendre schließlich 2 mal den Leipziger Platz, schnopre etwas Lindenduft, kucke mir die Jüdinnen an, die unterm Zelt in Hôtel Bellevue soupiren und bin um 10 wieder zu Haus, gestern etwas später, weil ich in der Nähe von Blankenstein Brahm und Sternfeld traf, mit denen ich noch eine halbe Stunde flanirte; sie schossen mir Beide Liebenswürdigkeiten in den Leib – bei Brahm etwas Seltenes – und während Sternfeld von ›Vor dem Sturm‹ schwärmte (er scheint, bei einem Juden doppelt hoch anzurechnen, ein preußisch historisches Interesse zu haben) orakelte Brahm von ›Unwiederbringlich‹ und wunderte sich, wo ich das alles her hätte. In Deutschland darf man blos schreiben: ›Grete liebte Hans, aber Peter war dreister und so hatte Hans das Nachsehn‹; wer darüber hinaus geht, fällt auf und meist auch ab. Das Komischste war, daß sich in dies literarische Gespräch immer intensiv Medicinisches mischte; Brahm hat sich nämlich einer Bandwurmkur unterzogen; anfangs dachten Sternfeld und ich, es bezöge sich auf sein Schillerbuch, zuletzt ergab sich aber, daß ein ganz gemeiner Bandwurm gemeint war, wie er an den Litfaßsäulen auf grünem Papier immer abgebildet ist, dicht neben den Versen der goldenen 110. Was doch in solcher großen Stadt alles sein Wesen treibt. Dabei fällt mir ein, daß ich gestern Abend in der Vossin einen Artikel über die Pariser ›Bandisten‹ gelesen habe; *so* weit sind wir denn doch noch nicht; ich werde den Artikel ausschneiden und beilegen.

Soll ich Dir ›Unwiederbringlich‹ noch schicken? Es ist nun am Ende doch besser, Du wartest das Buch ab.

Morgen oder bei Gelegenheit will ich Dir auch einen ›Figaro‹-Artikel schicken. Wenn ich bedenke, daß der Figaro zu gutem Theil von deutschen Juden geschrieben wird, so richtet sich mein deutsches Gefühl ein bischen auf und ich sage mir dann: ›es kann mit der großen Ueberlegenheit drüben auch so weit nicht her sein.‹ Die Franzosen, darin sehr frei und liebenswürdig, haben dies Gefühl auch gar nicht; *wir* haben es nur statt ihrer und schieben ihnen alle möglichen literarischen und künstlerischen Tugenden zu. Es fiel mir schon auf, daß es in einem Stauffer von Bernschen Briefe hieß: ›die *guten* deutschen Bilder sind eigentlich viel besser als selbst die guten französischen; sie haben nur in Paris den Schneddredin besser weg. Aber das ist was Aeußerliches.‹ Literarisch haben sie was Aehnliches vor uns voraus: die *Sorglichkeit* der Arbeit; unsre fuchsen drauf los, was auch der Talentvollste nicht darf.

Neulich hatten wir eine kleine Gesellschaft mit Pilsener Bier: Paul Meyer, Brahm, Litty, Theo und Frau und Friedel. Da Mama mir eben sagt: ›Sonderbar, Theo und Frau finden ihre Gesellschaften immer sehr gelungen‹ so will ich mich eines Urtheils über *unsre* Leistung enthalten. Uebrigens sieht es Theo'n, und auch ihr, ganz ähnlich; es liegt was Liebenswürdiges drin, aber doch auch was Kleinstädtisches. Leider ertappe ich mich auch dabei wieder auf der Aehnlichkeit mit Theos kleinen Schwächen. Auch Schlenther war geladen, da wir nicht wußten, er sei schon fort. Gestern kam eine reizende Karte von ihm: ›Paula sitzt am Semmering, ich an der Isar, – Hero und Leander.‹ Diese Selbstpersiflage hat mich sehr amüsirt.

Felix Schütte hat sich verlobt und zwar mit seiner Sekundaner-Liebe aus Prenzlau; Friedels andrer Freund (Diettrich) kommt nach Berlin, hängt die Medizin an den Nagel und beginnt ein forsches Haus zu machen, so kommt alles an die Reihe und man wird immer überflüssiger. Vorläufig werde ich mich noch mal ausspielen und am 7. August über Hamburg nach Föhr gehn, wo Friedländers und Bergel sind, von da aus Abstecher nach Helgoland und Sylt. In Helgoland will ich meinen Vetter Heinrich Gaetke, den ›Inselkönig‹ besuchen, den ich seit beinah 60 Jahren nicht gesehn habe; damals war er Malerbengel, jetzt erste Obrigkeit und berühmter Ornithologe, dabei etwas Brigham Young. – Mama schreibt Roman ab; es oder er scheint ihr nicht recht zu gefallen; ich kenne das schon und es schadt auch nicht viel; Romane, die beim Abschreiben zugleich die Verstimmung tilgen, also nebenher noch eine Art ›Mottentod‹, – *die* giebt es nur selten. Meine Bücher verlangen ein freies Gemüth. – Mit Nächstem wird nun hier die Haus-Ravage beginnen; – Geheimraths sind schon nach Soden entflohn; *er* ist ganz geknickt, – ein noch schlechterer Geschäftsmann als ich und noch mehr Angstmeier in Bezug auf Prozeß-Unannehmlichkeiten. Ich begreife das bei persönlichen Angelegenheiten, aber hier ist alles sachlich und prinzipiell; die Person bleibt ganz außerm Spiel. – Ergeh es Dir gut, empfiehl mich den Damen und habe endlich besseres Wetter. ›Der gepildete Mensch gehört in die Stube‹ – ist vom Standpunkt eines sächsischen Professors aus zwar sehr nett und vielleicht auch richtig, für Dich aber sind Park und Garten besser. Wie immer Dein alter

Papa.

*145. An Georg Friedlaender*

Berlin 29. Juli 91.
Potsd. Str. 134.c.

Hochgeehrter Herr.

Herzlichen Dank, daß Sie so liebenswürdig für mich sorgen.

Ich denke nun also, gestützt auf Ihre gütigen Mittheilungen, es so zu machen:

Donnerstag d. 6. Abends hier fort, so daß ich ungefähr 10½ in Hamburg bin;

Freitag d.7. in Hamburg: die Rundfahrt, die Sie mir in Ihrem ersten Briefe gütigst beschrieben; dann am Nachmittag u. Abend Flaniren in der Stadt.

Sonnabend früh um 6¾ ab von Hamburg, um 12 in Niebüll, um etwa 2 in Dagebüll, ab um $2.^{30}$ und Ankunft in Wyk um $3.^{30}$.

Im Laufe der Wochen möchte ich dann von Föhr aus erst einen Abstecher nach Helgoland, dann nach Sylt machen. Der erstre (Helgoland) ist wohl etwas strapaziös, da ich Seekrankheit nicht liebe, trotzdem sie gesund sein soll, ich will es aber doch wagen, wenn es nicht zu viele Stunden dauert.

Ich freue mich sehr auf die Plaudertage mit Ihnen und den Ihrigen; ohne solche geistige Zuspeise will es mir in Sommerfrischen etc. nicht mehr recht gefallen. Früher, wenn ich mich deprimirt fühlte, hatte ich das rettende Hochgefühl: »ja, Du siehst und erlebst aber was, nimmst Bilder mit heim, die Du so oder so verwerthen kannst.« Jetzt hat das naturgemäß aufgehört, – ich kann kaum noch in die Lage irgend welcher »Verwerthung« kommen und habe an der bloßen Erscheinung der Dinge nicht mehr genug. – Ich bin überrascht, daß Föhr so viele Ortschaften hat. Die Grabschrift für Dirk Cramers hat mich sehr interessirt, neben andrem auch dadurch, daß ich aufs Neue sehe, wie jede Zeit ihren bestimmten Ton und Ausdruck hat, so daß es mit dem »Individuellen« immer stark hapert. Tausende von Pastoren haben im Laufe des vorigen Jahrhunderts von Kurland bis Holland im ganzen protestantischen Norden solche Grabschriften angefertigt; in meinen »Wanderungen« kommen etliche vor. Immer ein paar Heroen, – der Rest besteht aus Hämmeln, die nachspringen. – Ich schreibe in der nächsten Woche noch mal. Herzlichste Grüße und Empfehlungen von Ihrem ergebensten

Th. Fontane.

*146. An Martha Fontane*

Berlin 31. Juli 91.

Meine liebe Mete.

Ich schicke Dir in Beifolgendem einen sehr ausgezeichneten Bericht von L. P. über eine Themse-Regatta zu *Henley*, einem Flecken zwischen Windsor und Oxford. Der Bericht ist einfach als *Schilderung* werthvoll (vielleicht ein bischen zu lang und nicht überall sehr interessant) vor allem aber werthvoll in der Gesammtbetrachtung und *Gesinnung*, der er Ausdruck leiht. Die drei, vier Zeilen auf der dritten Spalte, die ich mit Blaustift unterstrichen habe, drücken – und ich könnte dem alten Pietsch dafür einen Kuß geben – ein Gefühl aus, das ich, während meines langen Aufenthaltes in England, nie los geworden bin. Mir war immer zu Muth, als wäre ich ein untrer Angestellter des Hauses, der um 12 in das Vorzimmer bis an die Saalthür treten darf, um dem Ball oder den Polterabendaufführungen zuzusehn und der, inmitten seiner Freude, das Gefühl nicht los wird, nicht mit dazu zu gehören. Die meisten Menschen werden dabei von Neid verzehrt und suchen sich dadurch zu retten, daß sie die vorhandene Ueberlegenheit bestreiten; das habe ich nie gethan; hätte ich die Kraft und die Mittel dazu gehabt, so hätte ich dem formell nahezu Vollendeten einfach nachgeeifert, da ich das nicht konnte, habe ich mich, wie L. P. sehr richtig schreibt, einfach darüber gefreut, *daß es existirt*. Daß nicht alles Gold ist, was glänzt, weiß ich sehr wohl und daß kleine Pfennigzustände dieser zunächst nur äußerlichen Herrlichkeit überlegen sein können, weiß ich ebenso gut; nur davon kann ich nicht abgehn, daß diese englische Inscenirung des Lebens mich mit einem unsagbaren Wohlbehagen erfüllt und mir die Brust weitet, wie wenn der Duft eines Resedabeetes zu mir ins Fenster dringt. Ein Zustand, von dem ich bei Berliner Canal-Luft weit ab bin.

Mama ist heute Abend mit Tante Witte und Annemarie in der Kunstausstellung; sie wird es sich wohl als eine ›That‹ anrechnen und es ist auch viel davon drin, denn sie ist wirklich elend und angegriffen. Vor allem aber ist sie kolossal gelangweilt, worauf ich immer wieder den Hauptaccent legen muß und so reißt sie sich, trotz aller Angegriffenheit, gern heraus. Dies würde noch mehr hervortreten, wenn sie sich nicht genirte, mir diesen Wandel der Stimmung und dadurch zugleich den Urquell der *Ver*stimmung, deutlich zu zeigen. Seit gestern, wo sie in Treptow waren, hat Mama für alles auch eine mildere Erklärungsform gefunden.

›Tante Witte findet überhaupt alles sehr schön, Park, Spreefahrt, Schlei mit Dill und wer *alles* sehr schön findet, darf auch von seinen eigenen Kindern schwärmen.‹ Ich habe natürlich nicht widersprochen und viel Richtiges ist ja auch drin. Empfiehl mich. Wie immer Dein alter

Papa.

*147. An Wilhelm Hertz*

Berlin 4. Aug. 91
Potsd. Str. 134.c.

Sehr geehrter Herr Hertz.

Uebermorgen will ich noch mal fort, um ein paar Wochen auf Foehr zuzubringen »das – wie's in der Bade-Anzeige heißt – für schwache Constitutionen besonders geeignet sei«. Das lacht einen an, weil man mit allem Heldischen selbst in seinen Wünschen gebrochen hat.

Angesichts dieses Ausfluges, habe ich die betr: Rundschau-Hefte noch mal durchgelesen, um sie Ihnen vorher schon druckfertig schicken zu können. Glücklicherweise habe ich nur Weniges gefunden, was zu ändern wünschenswerth war. Ihre Güte legt dem Correktor wohl die Blaustiftstellen besonders ans Herz, sonst hat die eben beendete nochmalige Durchsicht mehr Schaden als Vortheil gestiftet. Herzliche Grüße an Ihren Herrn Sohn. Bis zu der Zeit, wo Sie noch einen Ausflug machen, bin ich wahrscheinlich zurück. In vorzügl. Ergebenheit

Th. Fontane.

*148. An Julius Rodenberg*

Berlin, 4. August 1891
Potsdamer Straße 134 c

Hochgeehrter Herr.

Herzlichen Dank für Ihre freundlichen Zeilen.

Ich will übermorgen nach Föhr und – wenn ich überhaupt zum Arbeiten komme – etwas Neues dort (im ersten Entwurf) zu Ende führen. Im September wollte ich dann den für die »Rundschau« bestimmten kleinen Roman, mit dessen Abschrift meine Frau jetzt beschäftigt ist, nochmals durchsehn und zur Überreichung an Sie fertigmachen. Das fiele dann ungefähr in die Zeit Ihrer *Rückkehr* von der Sommerfrische. Ich nehme an, daß dieses Arrangement mit einer Zeitverschiebung von 4 bis 6 Wochen Sie nicht stören wird; nur wenn Ihnen, was nicht wahrscheinlich, sehr daran liegen sollte, sich schon *vor* Ihrer Septemberreise schlüssig zu machen, würde ich meinen Aufenthalt in Föhr zu Schlußdurchsicht des Manuskripts benutzen. Erhalte ich keine Antwort, so nehme ich an, daß Sie mit Unterbreitung des M. S. in den Oktobertagen einverstanden sind.

In vorzüglicher Ergebenheit

Th. Fontane

*149. An Martha Fontane*

Wyk auf Föhr 9.Aug.91.

Meine liebe Mete. Seit gestern Nachmittag bin ich hier in Wyk. Ich wurde von Friedländers und Deinem Brief vom 7. empfangen, der die Reise hierher sehr rasch gemacht hat. Sei für Aufmerksamkeit und Inhalt schönstens bedankt. Aesthetisches und Patriotisches zu trennen, scheint zunächst leicht, weil sie auf den ersten Ruck gar nichts miteinander gemeinhaben. Die Cherusker und Sempach-Schweizer waren einfach patriotisch und fragten den Teufel was nach der aesthetischen Ueberlegenheit ihrer Gegner, ja diese wurden ihnen dadurch doppelt verhaßt. Das ist für den *Natur*menschen alles ganz in der Ordnung; der höher potenzirte – verzeih, daß ich Dich in diesem Augenblick davon auszuschließen scheine – fühlt aber anders und wenn er (ich sage dies ganz allgemein ohne Rücksicht auf den vorliegenden Fall: deutsches und englisches Repräsentationsleben) wenn er, der Cultur- und Civilisationsmensch in seiner Heimath alles häßlich findet, so muß es ihm mindestens *sehr* schwer fallen, sich seinen Patriotismus zu bewahren, namentlich wenn er die Lage für hoffnungslos ansieht. Nach unsrem gegenwärtigen Gefühlsstandpunkt lassen wir uns eher Knotismus als Unpatriotismus gefallen, vor einem unparteiischen Richter aber, der durch die zur Zeit gültigen Anschauungen nicht gebunden ist und auf einem rein menschlichen Standpunkt steht, vor einem solchen Richter muß das Schöne schwerer wiegen als das Nationale. Dem Nationalen haftet immer etwas Enges an.

Friedländers sind zu 5 hier: das Ehepaar, die Mimi (sehr nett, aber fabelhaft häßlich geworden) und die beiden Kinder, die gestern mit Ricinusöl behandelt wurden, weshalb wir, trotz

Unwetter, lieber im Freien saßen. Dazu Bergel, verbindlich und liebenswürdig wie immer; aber Elegant mit gepumptem Geld und dabei Dorfschulmeister in Quirl, das ist mir doch über den Spaß. Vollständige Romanfigur und eine sehr interessante. Eben ging er mit einer hübschen Hamburger Jüdin, courmachend (im Regen) an meinem Fenster vorüber; die Jüdin agirt augenscheinlich nach dem Spruch: im Nothfall frißt der Deibel Fliegen. Den Ehrgeiz, Schulmeisterin in Quirl zu werden, kann ich ihr nicht zutraun. – Gestern, gleich nach meiner Ankunft, war Segelboot-Regatta; niemand sah recht danach hin, jedenfalls hatte sie keine Züge von der in Henley, trotzdem doch die friesische Küste schon halb England ist. – Wyk erinnert außerordentlich an Warnemünde, die Straße an der Warnow entlang; schöne Baumreihen, hier aber Blick aufs Meer. Alles sehr anmuthig, solide, nicht theuer, so daß Krummhübel vergleichsweise schon halbe Sankt Moritz-Preise hat.

Das Wetter ist toll. Ein großer Nachtfalter hatte gestern Abend Schutz in meiner Stube gesucht und ich hielt es für Pflicht, ihm diesen Schutz zu gewähren. Heute früh saß er noch an derselben Teppichstelle, zwei Schritte von der geöffneten Balkonthür. Ich nahm mein Frühstück und beschloß dem etwas unheimlichen Thier auch Tagesquartier zu bewilligen; ich erschien mir wie ausersehn, ihn zu retten. Mit einem Male kam auch ein Sperling ins Zimmer, frech wie immer, und ich machte schon Miene ihn durch ein Stückchen Semmel abzulohnen, als er, seine Marschlinie rasch ändernd, auf meinen Schützling zuhüpfte, ihn aufpiekte und davon flog. Es ist mit den Rettungsversuchen oft so.

In 3 Tagen treffen nun also Veits ein und vom 15. oder 16. an wird in Deyelsdorf wieder eine ›neue Kiste aufgemacht‹. Ich wünsche Deiner Diplomatie Glück und Erfolg. – Mama ist denk ich, jetzt aus dem Gröbsten heraus und Delhaes wird ihr hoffentlich allerlei Tröstliches gesagt haben. Ich bin überzeugt, daß sie die Canal-Luft, worüber sie früher lachte, nicht vertragen kann. Kleine typhöse Zustände kriechen einem dabei immer durch den Körper. – Schreibe mir keine Briefe, Du hast genug dort zu leisten, und sage nur Mama, daß sie mir Deine Briefe an sie hierher schickt. Empfiehl mich den Damen. Wie immer Dein alter

Papa.

*150. An Emilie Fontane*

Wyk, 23. August 1891

Meine liebe Frau.

Eben erhalte ich Deine Karte und weiß doch nun auch den Namen: »Hautneurose«; ich habe nie bezweifelt, daß es das und nichts andres sein werde, ein Nervenleiden, das die Haut empfindlich macht und allerlei Erscheinungen hervorruft; es ist unbequem genug, aber doch vergleichsweise nicht was Schlimmes. Am meisten beklage ich, daß Du Dich tagelang, eh Delhaes zurückkam, so geängstigt hast; die Frage, ob mit Recht oder nicht, ist dabei ganz gleichgültig; Todesangst ist Todesangst, auch wenn man mal leben bleibt. – Das mit unsrem guten Zöllner nimmst Du, glaub ich, tragischer als nötig; für mich liegt es so, daß die arme Frau, die diese ganze Nuddelei zu besorgen hat, doch fast mehr zu beklagen ist als er, eben weil er das Elend nicht mehr voll empfindet. Über »traurige Zustände«, die einem die Unvollkommenheit und Hinfälligkeit alles Irdischen demonstrieren, groß zu klagen, habe ich aufgegeben; tritt einem diese Hinfälligkeit, dies Elend, in Schmerz- und Leidenserscheinungen entgegen, so wird man erschüttert und empfindet Mitleid, solange man noch ein Herz in der Brust hat; ganz allgemeine Hinfälligkeiten aber, Absterben ohne Schmerz, das ist Vollziehung allgemeiner Naturgesetze, was mich nicht besonders niederdrücken kann. Natürlich kann es mich auch nicht erfreun, aber es bietet mir nicht Stoff zu besonderer Trauer. Der arme Z. ist abgeschieden, er atmet nur zufällig noch.

Mir geht es nicht sehr gut; gestern war mir miserabel, und ich blieb ein und hungerte, heute ist es etwas besser, aber ich kann nicht ausgehn und muß meine Hungerkur fortsetzen. Natürlich bleibe ich meinem Charakter treu und suche mir das Gute heraus; ein tapfrer Schnupfen war das, was ich seit einigen Jahren vergeblich herbeisehnte, nun ist er da. Der Husten, als Zugabe, war sehr lästig, scheint aber nachlassen zu wollen; stuff a cold and starve a cough. Jetzt ist starvation, morgen hoffe ich wieder bei stuffing zu sein.

Alles Arbeiten habe ich einstellen müssen, und glücklicherweise habe ich auch nichts zu lesen – damit verdirbt man sich immer bei Schnupfenzuständen. Ich beschäftige mich damit, mein Leben zu überblicken, allerdings in etwas kindischer oder doch mindestens in nicht sehr erhabener Weise; bei den ernsten Dingen verweile ich fast gar nicht; ich sehe sie kaum und lasse Spielereien,

Einbildungen und allerhand Fraglichkeiten an mir vorüberziehn. Das Endresultat ist immer eine Art dankbares Staunen darüber, daß man, von so schwachen wirtschaftlichen Fundamenten aus, überhaupt hat leben, 4 Kinder großziehn, in der Welt umherkutschieren und stellenweis (z. B. in England) eine kleine Rolle spielen können. Alles auf nichts andres hin als auf die Fähigkeit, ein mittleres lyrisches Gedicht und eine etwas bessere Ballade schreiben zu können. Es ist alles leidlich geglückt, und man hat ein mehr als nach einer Seite hin bevorzugtes und namentlich im kleinen künstlerisch abgerundetes Leben geführt, aber, zurückblickend, komme ich mir doch vor wie der »Reiter über den Bodensee« in dem gleichnamigen Schwabschen Gedicht, und ein leises Grauen packt einen noch nachträglich. Personen von solcher Ausrüstung, wie die meine war, kein Vermögen, kein Wissen, keine Stellung, keine starken Nerven, das Leben zu zwingen – solche Menschen sind überhaupt keine richtigen Menschen, und wenn sie mit ihrem Talent und ihrem eingewickelten 50-Pfennig-Stück ihres Weges ziehn wollen (und das muß man ihnen schließlich gestatten), so sollen sie sich wenigstens nicht verheiraten. Sie ziehen dadurch Unschuldige in ihr eigenes fragwürdiges Dasein hinein, und ich kann alle Deine Verwandten, darunter namentlich meine noch immer von mir geliebte Clara Below, nicht genug bewundern, daß sie mich von Anfang an mit Vertrauen, Herzlichkeit und beinah Liebe behandelt haben. Ich wäre gegen mich selber viel flauer gewesen, denn ein Apotheker, der anstatt von einer Apotheke von der Dichtkunst leben will, ist so ziemlich das Tollste, was es gibt.

24. August
Stralauer Fischzug

Es ist noch immer rauh, Nordwind, aber ich bin doch froh, daß ich 50 Meilen von Stralau entfernt bin. Ich kenne die Mark zu gut, um nicht dann und wann froh zu sein, sie hinter mir zu wissen. Meine Erkältung will nicht weichen, was bei diesem Wetter kein Wunder ist, der Regen hat aber wenigstens aufgehört, und so habe ich mich herausgemacht und bin zu Tisch gegangen, auch ein bißchen spazieren. Von heute ab soll 10 Tage lang schönes Wetter sein, so hat ein 90jähriger, der auf einer der Halligen sitzt, verkündet, und alle glauben ihm, auch die Einheimischen. Mit 90 ist alles Orakel und gilt. Es wird nun schon leer, und die Table d'hôte ist fast so klein wie zuletzt im Zentralhotel in Kissingen; am

Donnerstag früh reisen Friedlaenders, bei ruhigem Wetter mit der Cobra, sonst zu Land über Niebüll und Husum. Kommen wirklich noch schöne, vielleicht selbst milde Tage, so bleibe ich gern noch eine Woche, bleibt es aber regnicht oder, was ebenso schlimm ist, kalt, so will ich es doch so einrichten, daß ich am Sonnabend zu guter Zeit wieder in Berlin bin. Zum Teil werde ich es auch von Deiner Meldung über die Wohnungsverhältnisse abhängig machen. – Herrlichs sind nun zurück; ich nehme an, daß es zu keinen Unliebsamkeiten gekommen ist, schweben die Dinge aber noch, so kann ich Dir nicht genug empfehlen, fünf gerade sein zu lassen. Es bleibt doch die Tatsache bestehn, daß wir nun seit 19 Jahren bequem und ohne jede Wirtsquälerei in unsren 4 Pfählen wohnen, und das ist nicht hoch genug zu veranschlagen, denn meine ganze Arbeitsmöglichkeit hängt damit zusammen. In einem Hause, wo ich mich ärgern müßte, sähe es schlecht aus mit meiner Schreiberei. – Was ich über Zöllner geschrieben, kann vielleicht mißverstanden werden; ich will daher noch mal in aller Deutlichkeit sagen, es hängt alles davon ab, ob jemand, auf Schmerzen hin angesehn, leidet oder nicht leidet. Daran hängt das Maß des Mitleids. Das bloße jämmerliche Verfallen und Hinschwinden ist auch traurig, aber zugleich so sehr Regel und Gesetz, daß man sich damit wie mit etwas Alltäglichem einleben muß. Wie bei Hofe darf in diesem Falle nur »kleine Trauer« angesagt werden.

Ich erwarte Friedel, heut oder in den nächsten Tagen, hier auftauchen zu sehn; viel wird er hier nicht finden, da das Ganze, so hübsch ich es finde, sowohl landschaftlich wie gesellschaftlich hinter Helgoland und Sylt erheblich zurückbleibt.

Grüße Theo und Anna. Für Mete bestelle ich nie Grüße, weil ich davon ausgehe, daß Du ihr die Briefe schickst.

Ergeh es Dir gut. Wie immer

Dein Alter

## 151. *An Martha Fontane*

Wyk 25.Aug.91.

Meine liebe Mete. Ehe ich diesen gastlichen, aber bei den diesjährigen Wittrungsverhältnissen unwirthlichen Strand verlasse, will ich Dir doch noch mal schreiben. Viel kann es nicht werden, da ich hier dritthalb Wochen lang nichts wie Sturm und Regen und im Geleite davon einen kapitalen Husten und

Schnupfen erlebt habe, Stoff zum klagen, aber nicht zum Briefe schreiben, die nach meiner Meinung entweder heiter oder anständig indifferent sein müssen. Die Stoffarmuth wächst noch dadurch, daß ich annehme, das Wenige was ich gesehn und erlebt und in allerhand Scriptas an die Mama niedergelegt habe, wird Dir durch Uebersendung der betr. Briefe zur Kenntniß gekommen sein. Alles in allem habe ich mich übrigens, trotz andauernder Wetterunbill, meines hiesigen Aufenthalts zu freuen gehabt und selbst der kolossale Bellhusten, an dem ich seit 4 Tagen laborire, hat mich nicht andren Sinnes gemacht. Der Anblick des Meeres erfreut immer wieder, die Luft ist schön, die Verpflegung vortrefflich und der Verkehr mit Friedländers (ohne den es freilich nicht gegangen wäre) sorgt für Zerstreuung und läßt das grausige Einsamkeitsgefühl nicht aufkommen. Zugleich bin ich dem Berliner Hausspektakel entgangen, einer argen Unbequemlichkeit, die durch Mamas philosophisch wenig abgeklärte Stellung zu derlei Lästigkeiten, nicht gerade gemindert wird. Das Hauptverdienst dieser trotz alledem und alledem erfreulichen Sommerfrische muß ich Friedländers zuschreiben, ohne sie wäre der Aufenthalt hier, auch bei schönstem Wetter, eine Unmöglichkeit gewesen, denn noch bin ich keinem Menschen begegnet, mit dem ich auch nur 5 Worte hätte sprechen mögen. Abgesehen von meiner Ungeschicklichkeit, – ich bin es auch müde mich mit langweiligen oder unliebsamen Menschen abzuquälen und mich um die Gunst von Nobodies zu bewerben. Die beiden Friedländerschen Damen sind sans phrase vorzüglich, fein und liebenswürdig, und auch klug genug für jedes Gespräch, selbst heikle Themata mit eingeschlossen, woran man immer einen Bildungsmesser hat; nur die Dämlichen sind ötepotöte. Er, Friedländer, der natürlich den Löwenantheil der Unterhaltung zu bestreiten hat, ist in den Banden des Persönlichen, nur was er erlebt hat, nur was in seinen Umgangskreis eingetreten ist, interessirt ihn und ein Gespräch über das Angelsachsenthum (das ich übrigens ausnahmsweise hier *nicht* geführt habe) über die historische Mission der Stämme zwischen Elbe, Weser und Ems, über ihre Verwandtschaft mit dem Skandinavischen und ihre Verschiedenheit davon, über die Verquickung mit dem Celtischen einer- und dem Slawischen andrerseits, – ein Gespräch über Themata derart langweilt ihn sofort, kaum daß er Geduld hat einer altenfritzischen Anekdote zuzuhören, wenn sie nicht *sehr drastisch* ist. Aber so gewiß dies einen Mangel ausdrückt, so gewiß ist es auch, daß er sich innerhalb *seiner* Welt mit einer vollkommenen Meisterschaft bewegt. Er erinnert mich in all diesen Stücken ganz außerordentlich an Rich. Lucae, der auch so virtuos war, weil er seine Geschichten, lauter Kabinetstücke, schon hundertmal erzählt hatte. Friedländer ist eitler und äußerlicher, aber trotz dieses Gewichtlegens auf gutsitzende Hosen etc. doch viel *unbourgeoishafter*, ein Vorzug, der mir, je älter ich werde, immer mehr bedeutet. Ich hasse das Bourgeoishafte mit einer Leidenschaft, als ob ich ein eingeschworner Socialdemokrat wäre. ›Er ist ein Schafskopf, aber sein Vater hat ein Eckhaus‹, mit dieser Bewundrungsform kann ich nicht mehr mit. Wir erheben uns so über die Chinesen, aber darin sind diese doch das feinste Volk, daß das Wissen am höchsten gestellt wird. Bei uns kann man beinah sagen, es diskreditirt. Das Bourgeoisgefühl ist das zur Zeit bei uns maßgebende und ich selber, der ich es gräßlich finde, bin bis zu einem gewissen Grade von ihm beherrscht. Die Strömung reißt einen mit fort. – Antworte mir nicht hierher, wahrscheinlich reise ich schon am Freitag. Wenn ich wieder daheim bin, hoffe ich ausführlicher von Dir und dem Wohlergehn der Herrschaften in Deyelsdorf und Zansebur zu hören. Empfiehl mich allerseits. Wie immer Dein alter

Papa.

*152. An Emilie Fontane*

*Wyk*, d. 27. August 1891.

Meine liebe Frau.

Dies werden nun wohl die letzten Zeilen von hier aus sein. F.s sind seit zwei Stunden auf dem großen Hamburger Dampfschiff abgedampft, und ich mag hier nicht länger sitzen, etwa wie die armen Wandblümchen beim Ball, die immer ein Gegenstand meiner besondern Teilnahme gewesen sind. Noch mit andern anzubinden, verlohnt sich nicht, trotzdem mein vis-à-vis an der Table d'hôte eine bildschöne Frau ist, Frau Ziffer, der zuliebe der Kalauer entstanden ist, »diese Ziffer ist eine Nummer«. Herr Ziffer hat das aber alles dadurch wett gemacht, daß er neulich die kleine, neben ihm sitzende L. gefragt hat, »warum Großvater nicht mit zu Tisch gekommen sei?« Das kann Frau Ziffer nie wieder gut machen, trotzdem ich mir ausrechnen kann, ich könnte auch Urgroßvater sein. Die Geschichte von der Ninon de l'Enclos ist recht eigentlich eine Geschichte für alte Menschen, auch männlichen Geschlechts; denn was dem einen recht ist, ist dem andern billig. Nur wünschte ich nicht, daß sich eine 16jährige aus Liebe zu mir das Leben nähme. Ob wohl Gefahr ist?

Das Wetter ist heute schön, d. h. was man so schön nennt; es scheint die Sonne, im übrigen geht ein scharfer Wind und verbietet ein Spazierengehen am Strand, nur im Schutz der Häuserreihe geht es allenfalls. Das Bild von meinem Fenster aus ist nach wie vor entzückend, die breakers, die ihren Schaum ans Ufer rollen, die Boote, die Möven, die auf dem Wasser tanzen, und zahlreiche Kinder in roten und weißen Kappen, die am Strand ihre Festungen bauen. Es ist ein sehr angenehmer Aufenthalt, ohne alles Häßliche oder sonst Störende, nur das Wetter hat es nicht gut mit mir gemeint.

Mit meinem Befinden geht es seit heut' etwas besser; ich mußte verhältnismäßig früh heraus, um F. zu begrüßen und über den Pier hin bis ans Schiff begleiten zu können, d. h. bis an den kleinen Dampfer, der dann bis an die mitten im Wattmeer liegende »Cobra« heranfährt und Gepäck und Passagiere umlädt. Immer eine sehr komplizierte Geschichte, die sich, wegen der geringen Tiefe des Wattmeers, selbst bei Flut nicht vermeiden läßt. Der arme F. war während der letzten Tage in einer jämmerlichen Verfassung, furchtbar erkältet, Zahnschmerz, Migräne, so daß er vier Nächte nicht geschlafen hat und halb tot aufs Schiff kam. Er hielt sich aber musterhaft. Die beiden Damen waren dabei groß in jener Grausamkeit, die selbst die liebenswürdigsten ihres Geschlechts so merkwürdig auszeichnet. Eigentlich behandelten sie ihn als komische Figur und schoben alles, mehr oder weniger deutlich, auf »Unmännlichkeit«. Davon konnte aber gar keine Rede sein, im Gegenteil, er benahm sich all' die Tage über wie ein Held; die Knirpse machen so 'was immer am besten, und noch bei Zahnweh war er espritvoll. Ich verdanke der Anwesenheit der ganzen Familie sehr viel; ohne sie wäre es hier einfach nicht möglich gewesen, denn ich kann nicht drei Wochen von dem Anblick von Seemöven leben und von Erinnerungen an Robert Burnssche Gedichte: »Am Pier von Dundee tanzt das Boot«, oder so ähnlich.

Und nun lebe wohl und ertrage mein zu frühes Kommen wie so oft, denn ich kann mich kaum erinnern, daß mein Kommen jemals *nicht* mit einem kleinen Schreck verknüpft gewesen wäre. Erst allmählich finden sich Frauen wieder in die Tatsache, »daß er wieder da ist«. Aber »darum keine Feindschaft nich.«

Wie immer Dein Alter.

*153. An Georg Friedländer*

Wyk 27. Aug. 91

Hochverehrter Herr,
Liebenswürdigste Damen.

Die Cobra tutet und setzt sich in Bewegung und in mäßigem Abstande folgen ihr diese Zeilen mit meinen nochmaligen herzlichsten Danksagungen. Was wäre Wyk für mich gewesen ohne die Friedländersche Gesammtheit? Eine sturmgepeitschte Stätte mit Erinnerungen an Schiffbruch und Seeräuberthum und selbst die »Ziffer« wäre zur Null geworden.

Neben herzlichem Danke schwellt mir Theilnahme mit unsrem 4 nächtig Nicht-Geschlafenen die Brust. Ich hoffe, daß es auch ohne Chloral geht und während andre anderweitig ihren Tribut zollen, Morpheus seinem Creditor seine Schuld zahlt. Schon in Heinrich IV. kommt eine schöne Stelle vor (die schönste) wo der König von dem Matrosen spricht, der oben auf der Raae mitten im Sturme schläft. Was der auf der Raae konnte, möge Ihnen auf Deck mit einem Plaid unterm Kopf beschieden sein. Gewinnen Sie alle glücklich den Hafen, erst den Hamburger, dann den Schmiedeberger und gedenken Sie freundlich der Föhrer Tage wie Ihres ganz ergebensten

Th. Fontane.

*154. An Martha Fontane*

Berlin 30. Aug. 91 Potsd. Str. 134. c.

Meine liebe Mete.

Gestern um Mitternacht habe ich meinen Einzug in das geflickte Johanniterhaus gehalten, dem die Risse mittlerweile vergangen sind. Delhaes, bei dem Mama etliche Stunden vorher gewesen war, hat ihr für ihre Haltung während der Zerstörung von Pompeji (er war einmal Augenzeuge als der stärkste Aschenregen fiel) eine ›Aureole‹ versprochen und ich kann ihm nur zustimmen, um so mehr als ich jetzt Zeuge des erfolgten Wiederaufbaus bin. Alles heldisch.

Große Thaten dort geschehen
Durch der Helden Arm,
Ihrer Helme Büsche wehn
In der Feinde Schwarm
Und des Toggenburgers Name
Schreckt den Muselmann etc;

Bittner jun. wurde einfach rausgeschmissen und ein Tapetenfritze, der die ›kunstvolle‹ Deckenmalung, weil er 50 Ellen 2 Groschentapete dadurch weniger los wurde, hintertreiben wollte, wurde mit der Bemerkung heimgeschickt: ›wer hat hier etwas zu sagen? Sie oder ich? So viel ich weiß, ist dies meine Wohnung; ich übernehme *jede* Verantwortung.‹

An solchen großen Momenten sind diese drei Wochen reich gewesen. Aber Mama scheint, während dieser ganzen Epoche, die Rollen des Königs und der Königin in des ›Sängers Fluch‹ glücklich in sich vereinigt zu haben, denn wenn es Bittner gegenüber hieß ›Und was sie sinnt ist Schrecken und was sie blickt ist Wuth‹ so hieß es dem Mauerpolier [!] gegenüber ›Und lächelte süß und milde als blickte Vollmond drein‹. Es wurde dies durch beständiges Kaffekochen etc. erzielt. Der Lohn war ein Einsetzen voller Arbeitskraft, was bei einem Maurer immer noch nicht viel bedeutet, und vor allem ein beständiges tapfres zum Munde reden. Es gipfelte in dem immer wiederholten Satze: ›Madamm es is ja alles klagbar; ich ließe den Baumeister von nebenan nich los und ließe mir auch keine Vorschriften von'n Wirth hier unten machen, die Tapeten riechen ja schon sauer und *sind gegen die Desinfektion*.‹ Auf diese Schlußwendung ist er immer wieder zurückgekommen; Triumph preußischer Bildung.

Der Sieg ist nun also erstritten. Aber diese Delhaessche ›Aureole‹ sich zu sichern, war kein Spaß und die arme Mama ist elend und sehr herunter. Sie hat, wie sie mir heut erzählte, dabei sterben und diese Hausfrauenthat uns rühmlich hinterlassen wollen. Gut gemeint; ich hoffe, sie lebt weiter. An Korrespondenz ihrerseits war natürlich, all die Zeit über, nicht recht zu denken;

›Es hat, wer Schottland bändigen will,
Zum Pilgern wenig Zeit ...‹
(Herz von Douglas; Strachwitz)

und auch jetzt noch, wo des Krieges Stürme schweigen, ist ihr wenig schreibelustig zu Sinn, weshalb ich es übernommen habe, mit diesen Zeilen für sie einzuspringen. Sobald sie leidlich wieder im Stande, schreibt sie Dir selber einen längren Brief. In der Mitte des Monats geht sie hoffentlich nach Blasewitz und läßt sich abpflegen; das bischen klagen und unken wird so nebenher mit abgemacht und hat nicht viel zu bedeuten. In Mitte Oktober droht dann die Hochzeit, vor der ich einen Graul habe, als wäre ich selber zum heirathen verurtheilt. – Während der letzten Tage in Wyk habe ich viel mit der Familie Ehrenbaum, Mann, Frau, Mutter u.

Tante, geplaudert; die Frau schien Dich gut zu kennen. Ist es eine Sternheimsche Bekanntschaft? Und was sind es für Leute? Mir haben sie ganz gut gefallen; *er* ein bischen unruhig. Daß es Dir relativ gut geht, hat mich sehr erfreut. Empfiehl mich allerseits. Wie immer Dein alter

Papa.

*155. An Georg Friedlaender*

Berlin 4. Sept. 91.
Potsd. Str. 134.c.

Hochgeehrter Herr.

Wie das immer ist, heute traf nun Ihr lieber Brief ein und meine Zeilen von vorgestern schweben ridikül und wichtigthuerisch in der Luft. Ich kann mir aber doch keinen Vorwurf machen, – von 2 Uebeln wähle das kleinere. Ihnen für die Wyker Tage zu danken, war ganz unerläßlich und wenn mein Brief verloren gegangen war, so war ich mit diesem Dank in Ihrer Schuld. Nun ist alles in Ordnung.

Ich bin hoch erfreut, daß das Wagniß mit der Cobra so gut gelang; nun hat doch die Reise wieder einen guten Abschluß gefunden und die Tage mit Zahnweh und Schlaflosigkeit sind Episode, nicht trauerfarbene Krönung des Gebäudes.

Ich reiste am Freitag Abend mit dem guten »Stephan« ab, mit mir eine freundliche Dame aus Saarlouis, die bei Loly's meine Flurnachbarin gewesen war. Das Erste was ich auf meine diesbezügliche Anfrage erfuhr, war, daß ich versäumt hatte, meiner guten Leni Loly für Stiefelputzen etc. ein Trinkgeld einzuhändigen. Dies war mir sehr fatal. Ich beschloß von Niebüll aus, unter Beilegung eines Papierscheins letzter Güte (glücklicherweise aber ganz neu), einen kl. Liebesbrief zu schreiben, was ich auch gethan habe. Hoffentlich ist er angekommen und die Scharte ausgewetzt worden. In Niebüll selbst war es wieder sehr hübsch, trotzdem ich auch hier mit dem bei mir aufwartenden, beiläufig sehr hübschen Dienstmädchen einen meinen Charakter verdächtigenden Zwischenfall erleben mußte. Der Wirth erzählte mir gleich, daß seine Frau mittlerweile einen kleinen Jungen gekriegt habe, was ich, aus Artigkeit, freudig aufnahm und in dem bald folgenden Allein-Gespräch mit dem Dienstmädchen, mit der weitren Bemerkung begleitete »die Frau sei, bei meiner ersten Anwesenheit, noch so schlank gewesen.« Das Mädchen kicherte, schloß aber doch auf lose Sitten, vielleicht auf Faunenschaft und Cynismus, und ließ sich erst im Abschiedsmomente, da aber ganz vertraulich, wieder sehn. So kann unter Umständen ein Tugendrenommée zu Grunde gehn. Die Rückfahrt war auch für mich angenehm; ich hatte bis Hamburg vielfach wechselnde, aber immer angenehme Reisegesellschaft, darunter ein feiner Herr (im Aussehn ein verhübschter Storm) der von Föhr kam, wo er einer fachmännischen Sitzung wegen partieller Bewaldung der Insel beigewohnt hatte. Richter weiß immer von sich reden zu machen, – auch *das* ist ein Talent. Meine Frau dankt und empfiehlt sich Ihnen und Ihren Damen. In dankbarer Erinnerung an die gemeinschaftlich verlebten schönen Tage Ihr aufrichtig ergebenster

Th. Fontane.

*156. An Unbekannt*

*Berlin* 8. Sept. 91.
Potsd. Str. 134. c.

Hochgeehrter Herr.

Es ist, nach meinen Erfahrungen, ganz gleichgültig was genommen wird, dem einen gefällt dies, dem andern das und den ganz Feinen gefällt gar nichts.

Eines möchte ich nur sagen dürfen: eine vielleicht zu beanstandende Seite der Anthologieen ist ihre Abneigung gegen die Fortentwicklung derjenigen, die die Schwäche gehabt haben, bis 70 weiter zu dichten. In allen Sammlungen finde ich immer dieselben Stücke, Sachen die ich vor 40 und einige die ich vor 50 Jahren geschrieben habe. Fassen Sie dies aber nicht als einen Antrag. Ich bin so durchdrungen von der furchtbaren Indifferenz der modernen Menschheit, namentlich der höchstgebildeten, gegen alle diese Dinge, daß es nichts ausmacht, ob ich mit a oder m oder z aufmarschire.

In vorzügl. Ergebenheit

Th. Fontane.

Ich bitte Sie herzlichst, es bei den gewählten Sachen bewenden zu lassen, andre Wahl treffen, würde blos Ihnen und auch mir Umstände machen. Also lassen wir's.

### 157. *An Georg Friedlaender*

Berlin 12. Sept. 91
Potsd. Str. 134.c.

Hochgeehrter Herr.

Ich hätte Ihnen schon gestern geschrieben und gedankt, wenn wir nicht – meine Frau und ich – den halben Tag in der Ausstellung zugebracht hätten. Meine Frau, sehr elend von all der Krankheit und Ravage, schleppte sich nur mühsam hin, sie hat aber, ohne Fach oder gar Radau davon zu machen, einen so angebornen guten Sinn für Kunstdinge, daß sie sich, aller Anstrengung und Ermüdung zum Trotz, über sich selbst erhob. Mich interessirt immer die Beobachtung davon; es ist ganz südfranzösisch oder romanisch. Bei uns nehmen die Kunstmenschen, zu denen in erster Reihe (oft mehr als die Fachleute) die Dilettanten gehören, eine bestimmte Stellung zu den Künsten ein, – in den romanischen Ländern sind *alle* Menschen mehr oder weniger Kunstmenschen und haben ein natürliches Gefühl für das was schön ist in den Fingerspitzen.

Aber verzeihen Sie diese Apotheose meiner von Großvaters Seite her – er war ausgerissen und wurde in der Schweiz von preußischen Werbern aufgegriffen – aus Toulouse stammenden Frau, von der ich, je nach ihrem Hoch- oder Niedrig-Flug, zu sagen pflege: »heut ist sie aus Toulouse« oder aber »heut ist sie aus Beeskow« (der Toulouser heirathete nämlich eine Beeskowerin.) Es kommt mir nicht zu, mich montmorencyhaft in die Stammbäume meiner Familie – die Fontanes waren durch Generationen hin »Zinngießer«, potiers d'étain – zu vertiefen, wogegen mir sehr dringend obliegt, Ihnen für Ihre erneute, so überaus liebenswürdige Einladung zu danken. Wäre nicht die Hochzeit am 14. Oktober, von der ich Ihnen schon in Wyk erzählt habe, so käme ich auch wirklich noch, wohl nicht nach Schmiedeberg, aber doch ganz in Ihre Nähe, so daß ich Sie und die lieben Ihrigen alle Tage auf vier, fünf Stunden sehen und in preußisch-berlinischen Bildern und Betrachtungen schwelgen könnte. Diese Hochzeit nimmt mir aber die Ruhe, wie wenn ich Mit- oder Haupt-Akteur sein sollte. Wie's nun mal liegt, käme ich in diesen schönen Tagen doch nicht zu *der* Freude, die ich wohl haben möchte. Denn ich bin ein Genüßler und wenn eine Flasche Champagner aufgemacht wird, dann will ich auch was davon haben; sonst finde ich es nur verdrießlich.

Uebrigens haben wir seit gestern einen Gruß aus dem Gebirge; die Mutter unsres Mädchens hat uns einen ganzen Korb voll

Enzian geschickt, so daß heut alles in Blau steht. »Nichts wie Himmel und Preußen« sagt Scherenberg sehr famos in »Waterloo«, als am Horizont die Bataillonsmassen blau anrücken.

Was das freundliche mich einquartieren-wollen angeht, so liegt es so, daß ich zu diesem Zweck einerseits zu sehr »Papachen« bin und andrerseits noch wieder nicht genug. Es giebt einen Zustand, wo man so zu sagen »jenseits von gut und böse« betrachtet wird und aesthetisch jede Versündigung auf sich laden kann, aber so weit bin ich noch nicht und doch auch wieder schon an der Peripherie, was einen ängstlichen Mittelzustand schafft.

Was Sie über Bergel schreiben und seinen Vater, der noch, ganz in der Wolle gefärbt, die christliche Nächstenliebe für verrückt erklärt, hat mich sehr interessirt, namentlich auch diese Stellung zur christl. Nächstenliebe. Ich stehe nämlich ganz auf des alten Bergel Seite. Das Bedenkliche am Christenthum ist, daß es beständig Dinge fordert, die keiner leisten kann und wenn es mal einer leistet, dann wird einem erst recht angst und bange und man kriegt ein Grauen vor einem Sieg, der besser nicht erfochten wäre. Das einzig Große sind die Dome und die Bilder und vielleicht die Klöster, aber Märtyrer und Scheiterhaufen ängstigen mich blos statt mich zu erheben. Ein Glück, daß mir Bergel nach dieser Seite hin keine Sorge macht. Empfehlen Sie mich Ihren Damen und einen Onkelskuß für die Kinder. In herzlicher Ergebenheit

Ihr
Th. Fontane.

*158. An Moritz Lazarus*

Berlin, 12. September 1891

Teuerster Leibniz.

Für einen so lieben Brief muß ich doch noch in ein paar Worten schriftlich danken, wenn Sie auch schon [...] wieder in Sicht sind. Es ist mit Ihren Briefen wie mit Ihren Büchern und vielleicht mit aller Philosophie überhaupt – alles stellt sich mir so ganz eminent als Debattierstoff dar. Wenn mir anekdotische Sachen, namentlich Sentenzen von Friedrich dem Großen und Napoleon oder Bismarck, erzählt werden, so ruht in der Regel jeder Zweifel und Widerspruch in mir, ich nehme Sentenzen hin wie humoristische Glaubensartikel und habe bloß das Vollgefühl: »Ja, so ist es.« Im Geplauder mit Ihnen habe ich immer den Eindruck: »Ja, das ist sehr hübsch, und so kann es sein, aber es kann auch anders sein.« Ich würde dies nicht so naiv niederschreiben, wenn ich davon durchdrungen wäre, daß die Sentenzengruppe I höher stünde als die Sentenzengruppe II. Vielleicht liegt es gerade umgekehrt; die Sätze, denen ich mich so ohne weitres unterwerfe, haben nämlich alle etwas Grobes, und es ist vielleicht mehr die Grobheit als die Wahrheit darin, die mir imponiert. Je feiner die Geschichte wird, je zweifelvoller wird sie auch. Ein Musterbeispiel ist der von Ihnen zitierte Jean Paulsche Satz, daß der richtige Kerl aus einer Tatsache soviel lerne wie aus tausend. Ich schließe mich da – so wundervoll der Satz ist – ganz und gar Ihren Zweifeln an. Wenn es auf gedankliche Turnkunst und Ausbildung des Denkermenschen in mir ankommt, hat Jean Paul gewiß recht, wenn es aber auf Wahrheits- und Erkenntnisannäherung, auf Reiferwerden im praktischen Leben ankommt, hat er gewiß unrecht. So liegt es auch, meine ich, mit den Mittelbegriffen und Mittelstufen, von denen Sie rühmend am Schluß Ihres Briefes sprechen. Ich persönlich bin sehr für Gestalten in der Kunst, die nicht bloß Typ und nicht bloß Individuum sind, aber sonderbarerweise haben die größte Berühmtheit in Kunst und Literatur fast immer *die* Schöpfungen errungen, die die schön und echt menschliche Mittelstufe *nicht* einnehmen, sonderbare Gebilde, die einerseits gar nicht typisch (und menschlich nun schon gewiß nicht) und andrerseits wie im Widerspruch dazu wiederum *nur* typisch sind. »Nur typisch« insoweit, als sie eine bestimmte, aller Menschheit eigene Charakterseite zum Ausdruck bringen und weiter nichts als das. Themata für kommende Rütlis, die hoffentlich bald wieder beginnen. – Daß Sie viel Krankheit und Sorge gehabt haben, haben wir mit herzlicher Teilnahme aus Ihrem lieben Briefe ersehn. Es stand hier nicht viel besser; daß meine Frau auf Strychnin gesetzt wurde, will bei der modischen Vorherrschaft von Nux vomica nicht viel sagen, aber daß sich Arsenik anschloß, ist doch schon großartig. In diesem elenden Zustande hatte die arme Frau eine Art Hausumbau hier durchzumachen, denn unser Haus hatte, infolge eines nachbarlichen Neubaus, einen Riß quer durch gekriegt – eine, wie sich schließlich herausgestellt hat, ziemlich gefährliche Geschichte. – Von Zöllners bald mündlich; es ist alles beim alten – [...] trotz dieser Allüren ist alles elend und traurig. Gott bewahre einen vor solchem Ausgang. Die kleine Frau macht die Sache mit Heroismus durch, aber es wäre mir nicht lieb, solchen Heroismus in Anspruch nehmen zu müssen.

Unter herzlichen Empfehlungen

Ihr treu ergebenster

Th. Fontane

*159. An Siegfried Samosch*

Berlin, 18. September 1891

Hochgeehrter Herr.

Dio non paga il sabato – wundervoll, erst als Satz überhaupt und dann in der Anwendung auf meinen Roman. – Beide Ausstellungen, die Sie machen, sind nur zu begründet, und die liebenswürdige Form, worin Sie Ihre Bedenken kleiden, machen mir den Tadel beinah noch werter als das Lob. Es ist ganz richtig, daß der Gräfin Tod doch sehr stark auch auf den Grafen fällt und daß das eine härtere Strafe ist, als seine kleine Techtelmechtel-Schuld verdient. Zu meiner Rechtfertigung kann ich vielleicht sagen: es ist alles nach dem Leben gezeichnet; die Geschichte hat gerade so am Strelitzer Hofe und dann auf einem P.schen Gute gespielt. Ich habe es nur transponiert. Aber ob nach dem Leben oder nicht, die Kunst hat eben ihre eignen Gesetze. – Das Aufgehen der anderen Geschichte wie ein Rechenexempel, ganz ohne Bruch, ist gewiß ein Fehler. Seien Sie herzlichst für diesen neuen Beweis Ihrer großen Güte gegen mich bedankt, und genießen Sie den schönen Süden, für den Sie soviel Vorbereitung und soviel Liebe mitbringen, in vollen Zügen. Alle guten Reisegötter wollen mit Ihnen sein. In vorzüglicher Ergebenheit

Th. Fontane

*160. An Georg Friedlaender*

Berlin 4. Okt. 91.
Potsd. Str. 134.c.

Hochgeehrter Herr.

Es ist schon wieder 14 Tage, daß ich Ihren lieben Brief vom 20. v. M. empfing, für den ich herzlich danke. Sie beklagen, daß ich die schönen Tage – und sie sind mit jedem Tage noch schöner geworden – hier verbringen muß und vor 10 oder gar vor 20 Jahren hätte ich in diese Klage eingestimmt; jetzt ist der Hang nach jener Ruhe, die einem nur die eignen vier Pfähle gewähren können, so groß, daß der Hang nach Befriedigung des Schönheitlichen und Poetischen daneben hinschwindet. Unter den liebsten Menschen sein, ist doch immer eine Anstrengung; handelt es sich um ein freies sich Sehen und mit einander Plaudern, das heut stattfindet und dann morgen wieder, aber vielleicht auch erst in 8 Tagen, so ist ein solcher Verkehr das Angenehmste was einem noch in alten Tagen zu Theil werden kann; mit einander leben aber – und wenn es Götter und Engel sind und alle mit einem Füllhorn von

Jostyschen und moralischen Bonbons in Händen – ist für einen alten Menschen unacceptabel. Mitunter lese ich in Biographieen: »er ging dann zu Herrn und Frau v. B. aufs Land, wo man ihn sehr liebte und wo er vorhatte die letzten Akte seines Dramas zu schreiben etc.« – und wenn ich an solche Stelle komme, blättre ich immer neugierig rasch ein paar Kapitel weiter und finde dann regelmäßig: »es kam zu Verstimmungen, die seinen Aufenthalt in den [!] gastlichen v. B.schen Hause sehr abkürzten; das Drama blieb unvollendet.« Allerdings giebt es ein paar Ausnahmen von dieser Regel, aber verschwindende. Leidlich glücken kann es nur dann, wenn der als Gast Auftauchende ganz jung und arm und sehr verschuldet ist, oder wenn er umgekehrt mit der ganzen Patriarchenwürde von Abraham, Isaac und Jacob auftritt und den naiven Glauben hat, sich, als ganz selbstverständlich, etwa wie Brigham Young anbeten lassen zu dürfen.

Sie schreiben auch eingehend über L. P. und seine Kritiken über Uhde und Lenbach. Leider habe ich diese Kritiken nicht gelesen; *wenn* ich sie gelesen hätte, würden sie keinen Eindruck auf mich gemacht, am wenigsten mich überrascht haben. Es wird kaum einen Kollegen geben, der von Pietsch' Talent und Wissen eingenommener wäre als ich, er ist in beiden Stücken, Talent und Wissen, den andern Kunstreferenten sehr überlegen, dennoch muß ich das große Wort gelassen aussprechen: Sie nehmen ihn zu ernsthaft. Pietsch ist ein großes Talent aber ein kleiner Charakter, namentlich auch sehr unselbständig in seinem Urtheil, nicht aus Urtheilsschwäche, sondern eben aus Charakterschwäche. Wenn seine Schreiberei plötzlich solche Abschwenkung zeigt, so hängt das immer mit persönlichen Begegnungen und Einflüsterungen Anderer zusammen. In diesem Falle steckt vielleicht Menzel dahinter; mitunter ist es Anton v. Werner, oder Reinhold Begas oder irgend ein andrer, natürlich immer ein tüchtiger Kerl, gescheidt, in seiner Kunst hervorragend und *einflußreich*. Sagt nun einer aus dieser Autoritätengruppe: »Pietsch haben Sie schon die Schweinerei von dem Lenbach gesehn? Das ist ein Skandal; Sie müßten es ihm 'mal ordentlich sagen«, – so geht er nach Hause und sagt es ihm auch wirklich ordentlich. Er ist ganz ungemein bestimmbar. In all diesen Fällen liegt es allerdings nie so, daß er sich zu einem blindgehorsamen Werkzeug macht, er geht nur zu leicht auf den Gedanken und das Urtheil der Andern ein, auf ein Urtheil, das nie willkürlich und blödsinnig in der Luft schwebt, vielmehr umgekehrt volle Berechtigung hat, und in Pietsch' Seele nur den Prozeß hervorruft, daß eben dies Urtheil aus dem Hintergrunde (wo es bei L. P. längst stand) mit Ostentation in den Vordergrund gestellt wird. Auf seine Kappe hin hätte er diese Dislokation nie vorgenommen, erst das Commandowort des Andern läßt ihn die Schwenkung machen. Er hat sich dadurch viele Feinde geschaffen. Und es ist und bleibt eine große Schwäche.

Wir leben hier still weg. Die berühmte Nichten-Hochzeit – die übrigens hier in Berlin spielt – findet am 14. statt, am 12. Polterabend. Alles ist untereinander verstimmt und verfeindet; der Brautvater steht aber noch auf dem Standpunkt, daß er glaubt, die ganze Sache durch ein Tütchen mit Prallinés und ein Blumensträußchen (damit doch auch das »sinnig Poetische« zu seinem Recht kommt) zwingen zu können. Ganz Unrecht hat er nicht; finden sich noch 3 Reserveleutnants und wird getanzt, so löst sich schließlich alles in Wohlgefallen auf und noch die spätesten Geschlechter sprechen von dem herrlichen Tag, wo es mock-turtle-Suppe gab, die aber »echt« war. – Das gesellschaftliche Leben ruht hier noch; ein einziges Mal hatten wir eine Reunion bei Stephany's, wo Brugsch-Pascha und Max Nordau zugegen waren. Ich plauderte mit Letztrem viel über Paris; er war voll des Lobes der französischen Armee und sagte: »die große Kraft und Tüchtigkeit der Armee ist unzweifelhaft, und unser Haupttrost muß darin bestehn, daß Frankreich 5 Generale hat: Saussier, Gallifet, Boisdeffre und noch 2 andre, von denen jeder glaubt, *er* allein könne die Sache besorgen« – diese furchtbare Eifersüchtelei sei unser bester Bundesgenosse. – Das war eine gute Bemerkung; eine andre gute Bemerkung hörte ich von Prof. Dr. Lasson, mit dem ich neulich eine kurze Strecke auf der Potsdamer Bahn zusammenfuhr. Wir sprachen über moderne Kunst und Literatur in Deutschland und er sagte: »Sonderbar, die Juden bei uns thuen die deutsche Kulturarbeit und die Deutschen leisten als Gegengabe den Antisemitismus.« Kolossal richtig, leider die erste Hälfte noch richtiger als die zweite. – Wenn ich aus dem Hochzeitstrouble heraus bin, schreibe ich noch mal. Empfehlen Sie mich Ihren hochverehrten Damen; viele Grüße Ihnen und den Kindern. In vorzügl. Ergebenheit

Th. Fontane.

Was haben Sie zum Prozeß Heintze und zu der Haltung der Vertheidiger gesagt, mit und ohne Sekt? *Diese* Seite des Prozesses hat die Leute schließlich mehr interessirt, als die ganze Mord- und Louis-Geschichte.

*161. An Julius Rodenberg*

Berlin, 26. Oktober 1891
Potsdamer Straße 134 c

Hochgeehrter Herr.

Wo diese Zeilen Sie auch finden mögen – die ergebenste Anfrage, ob ich meinen kl. Berliner Roman, an dessen Schlußkapiteln ich etwa noch 3 Tage zu korrigieren habe, jetzt einsenden darf und unter welcher Adresse? Mit Betrachtungen, Aufschlußgebungen und allem, was darauf berechnet ist, die Arbeit in die möglichst günstige Beleuchtung zu rücken, behellige ich Sie heute noch nicht und bin nur, wie immer, in vorzügl. Ergebenheit

Ihr Th. Fontane.

*162. An Julius Rodenberg*

Berlin, 29. Oktober 1891
Potsdamer Straße 134 c

Hochgeehrter Herr.

Herzlichen Dank für Ihre freundlichen Zeilen. Ich richte es nun so ein, daß das Paket mit der Bezeichnung »postlagernd« (furchtbares Wort; o wie seufze ich nach all dem Fremdländischen zurück) am Montag oder Dienstag in Fulda eintrifft, damit Sie's am Mittwoch früh in Empfang und Angriff nehmen können. Möge mir der alte Bonifacius hülfreich zur Seite stehn; ich denke mir die Stadt mit ihrer Stille und ihren Glocken als einen guten Leseort. Sie sehen, ich berechne alle Chancen.

In vorzüglicher Ergebenheit

Th. Fontane

*163. An Georg Friedlaender*

Berlin 16. Novb. 91.
Potsd. Str. 134.c.

Hochgeehrter Herr.

Ihre Briefe, neben ihren sonstigen Vorzügen, sind auch immer reich an Stoff, –

Tischlein sind sie, reich besetzt,
Keins so wie das allerletzt.

Der Brand in Buchwald und Baron Rothenhan, Kanzlist Kriegel und sein Tintenfaß, der Earl of Quirl und die beiden andern Quirler, Heinrich I. und Heinrich IX., die Münchhausens und die

Ebertys, der von der Bierreise heimgekehrte Orgelspieler, Fliegel und Schottmüller, in welch letztren Beiden wir vielleicht den vollendeten Gegensatz von alter und neuer Zeit haben! Ueber das in Ihrer Gegend immer wieder brüllende »Feuerkalb« – ein Wort, das ich noch nicht gekannt habe – hab ich inzwischen Einiges aus Ihrem kleinen hübschen Artikel in der Vossin erfahren, der die Lust in mir weckte, *den*, der vor dem Gange ins Zuchthaus seine Frau noch mal im Hochzeitsstaat sehn wollte, novellistisch zu verherrlichen. Erlebe ich noch einen Brotbauden-Sommer, so plaudern wir darüber. – Sie sprechen immer mit so vieler Liebe von Rothenhan und ich freue mich jedesmal darüber um Ihret- und um Rothenhans willen, aber ich kann das Gefühl nicht los werden, daß Sie ihn vielleicht überhaupt, aber ganz gewiß nach einer bestimmten Seite hin überschätzen. Ein Mann der aus christlicher Gewissenhaftigkeit eine Prügelscene, wie die bekannte, vor sich gehen lassen konnte, kann ein ausgezeichneter Mann sein und Sie und ich können ihn würdigen, aber es gehört dazu ein Maß von Bildung, eine höhere Anschauung, und ein Glauben an den Edelsinn und die Prinzipientreue eines Andern, – was Sie alles von einem Commißknüppel nicht gewärtigen können. Wenn Rothenhan, gestützt auf das Gefühl eines echten Wohlwollens für die Menschen, aber zugleich unter Aufzählung von 25 Stockschlägen, mit Altar, Pastor und Gesangbuch im Hintergrund, Liebe und Dankbarkeit von den Menschen verlangt, so thut er mir leid, weil er sich, in diesem Stücke wenigstens, einer großen Bornirtheit und Menschen-*Nicht*kenntniß schuldig macht. Blücher, Wrangel, Bismarck, Prinz Friedrich Karl, – *das* sind die Leute, die das Volk will; fromme, brave Prinzipienreiter sind dem Volke allemal odiös und mit Recht. Es sind immer unerquickliche Erscheinungen, selbst da noch, wo sie uns mit Achtung erfüllen, ein Fall der sehr selten vorkommt. – Sie sprechen an einer Stelle auch von den »Alten und Jungen« und geben jenen den Vorzug. Ich auch. Genußsucht, Aeußerlichkeiten, Streberei, – das sind nicht schöne Dinge. Dazu der Neid in allen Gestalten, besonders auch von unten herauf. All das ist beängstigend und doch glaube ich, daß die gesammte nationale Kraft kolossal gestiegen ist, nicht blos chauvinistisch-militärisch, sondern geistig und moralisch. So viel einem mißfallen darf, so habe ich nicht den Eindruck eines Niederganges; im Gegentheil. Das 1870 von uns Geleistete steht höher als das von 13, 14 und 15, die Volkskraft arbeitete energischer, vielseitiger und die an der Spitze stehenden Leute waren viel bedeutender. Ich glaube, daß eine neue Kraftprobe hinter der von 70 nicht zurückbleiben wird, wenn wir auch nicht in gleichem Grade vom Glück begünstigt sein sollten. Es ist immer wieder die alte Geschichte: man liest vom Prozeß Heintze, von Wetzel und Jack dem Aufschlitzer, von Pastor Harder und bankruttirenden Banquiers und schließt daraus auf den Gesammtzustand der Gesellschaft; das ist aber falsch. Die bedenklichen Frauen sind draußen, die guten sind ungesehn zu Hause, aber sie sind da. – Und nun die Schottmüllerei. Vielleicht ist der Trebbiner nicht ganz ein solcher Fatzke wie sein Bruder der Geheimrath, aber eben deshalb ist er auch blos in Trebbin und muß sich mit den Brosamen begnügen, die von des Herren Tische fallen. Personen von festem Rückgrat halten sich »oben« nicht, wo regis voluntas mehr und mehr alles bedeutet. Es ist bemerkenswerth, daß selbst die conservative Presse, namentlich auch die orthodoxe (die mehr Courage hat als die liberale) dagegen aufmuckt. Ich sehe das alles mit Trauer, und um so mehr als der Träger dieses modernsten Absolutismus ein ungewöhnlich kluger Herr ist und in vielen Stücken den Nagel auf den Kopf trifft. Er ist seiner Mutter Sohn und seines Großvaters (*mütterlicher*seits) richtiger Enkel, das Koburgsche steckt ihm tief im Geblüt. Alle Koburger sind sehr klug: König Leopold von Belgien, der verstorbene Prince Consort, der regierende Koburger, Kaiserin Friedrich, – sie haben nur den einen Fehler, daß sie glauben das Allheilmittel in der Tasche zu haben und in der Reihe der Doktoren obenan zu stehn. Selbst auf dem schwierigen englischen Boden konnte sichs der Prince Consort nicht versagen, der Klügste sein zu wollen, bis Palmerston in seiner Zeitung drucken ließ: »die Zeiten, in denen man die *wirklichen* Könige Englands in den Tower geschickt hätte, lägen noch nicht *so* weit zurück, daß man sich dessen nicht mehr entsinnen könne.« Das half etwas. – Die kleinstädtische Lithographie auf dem Briefbogen ist ganz gut; sie hat wenigstens den Vorzug, daß man das, was sie darstellen will, wenigstens erkennen kann, etwas, was die modernen Bilder alle mit einer Art Geflissentlichkeit vermeiden. –

Ihre hochverehrte Frau sehen zu können, war uns eine große Freude. Mit der Bitte mich ihr und der liebenswürdigen Schwägerin bestens empfehlen zu wollen, in vorzüglicher Ergebenheit

Th. Fontane.

*164. An Julius Rodenberg*

Berlin, 19. November 1891
Potsdamer Straße 134 c

Hochgeehrter Herr.

Empfangen Sie meinen herzlichen Dank, für alles, was Sie mir so gütig geschrieben. Ich soll nun also wieder in der »Rundschau« erscheinen, was mir, neben vielem andrem, ein Behagen und eine Beruhigung gibt. Diese Worte drücken es nicht ganz aus, aber doch beinah. Wie ich Ihnen schon nach Fulda hin schrieb – vielleicht, weil auch »postlagernd«, ist Ihnen der Brief gar nicht zu Händen gekommen –, ist die Stelle, *wo* etwas gesagt wird, von der allergrößten Wichtigkeit. Zum Beispiel kleine Frivolitäten, Anzüglichkeiten, selbst Zynismen – was hab ich vornehmen, klugen, geistreichen Frauen gegenüber nicht alles nach *der* Seite hin pekziert, ohne zu verletzen! Selbst die Frommen haben es mir verziehn oder gar zum Guten angerechnet, wenn sie nebenher gut, brav, ehrlich waren. Und andrerseits, wie viele Verlegenheiten und Abfälle habe ich erlebt, wenn die Ohren, vor denen ich sprach, nicht die richtigen waren. Erschien meine Geschichte in einer Tageszeitung, so wäre sie nur noch halb, was sie ist. Vor diesem Sinken um 50% haben Sie mich bewahrt. Ich freue mich aufrichtig, Sie zu sehn und meinen Dank und meine Freude durch gewünschte Opferungen »schönster Stellen« (wofür man sie ja jedesmal hält) bezeugen zu können.

In vorzüglicher Ergebenheit

Th. Fontane

*165. An Julius Rodenberg*

Berlin, 23. November 1891
Potsdamer Straße 134 c

Hochgeehrter Herr.

Anbei die ersten 8 Kapitel, also gerade die Hälfte; die zweite Hälfte schicke ich morgen vormittag.

Die Korrekturen und Striche habe ich nicht unter Schmerz, sondern mit Vergnügen gemacht. Es wird wohl immer so sein und ist damit, wie wenn man einen Witz macht oder eine Anekdote erzählt – alles hängt von der Aufnahme ab, die's findet. Wird gelacht, so hatte man recht, sieht man lange Gesichter, so hatte man unrecht und schließt sich diesem Urteil auch selber an. Es war vielleicht gar nicht so schlecht, aber mit einem Male kommt es einem albern und geschmacklos vor. Also morgen den Rest.

In vorzüglicher Ergebenheit

Th. Fontane

Bei »England expects« habe ich jetzt *die* Fassung genommen, die sich im Büchmann findet. Früher habe ich auch immer *so* zitiert, wie's bei B. steht, und so wird es wohl *die* Form sein, die in Deutschland die geläufigste ist. Und darauf kommt es an.

*166. An Julius Rodenberg*

Berlin, 23. November 1891
Potsdamer Straße 134 c

Anbei, hochgeehrter Herr, die Schlußhälfte. Ich lege auch Ihre Notizblätter wieder bei, damit Sie bequem kontrollieren können, ob alles besorgt ist. Es ist aber nicht nötig, weil alles ganz zuverlässig nach Ihren mir immer einleuchtender gewordenen Vorschlägen geordnet ist. Selbst hinsichtlich der »Sitte« bin ich erschüttert. Sicherlich entspricht die frühere Fassung mehr der Ausdrucksweise der Schmolke, aber darin liegt doch noch nicht die Rechtfertigung, und ich räume ein, daß diesem ewigen Operieren mit Sitte und wieder Sitte, mal als Moral- und mal als Lokalbezeichnung, etwas Kommißhaftes anklebt.

Nur ob Droschkenpferde aus Seideln trinken können, diese Frage ist noch offen, weil ich in der Eile keinen Sportsman auftreiben könnte.

Und nun auf guten Stapellauf und glückliche Fahrt.

In vorzügl. Ergebenheit

Th. Fontane

*167. An Franz Servaes*

*Berlin* 24. Novb. 91.
Potsd. Str. 134. c.

Hochgeehrter Herr.

Es steht ganz so traurig, wie's Ihnen meine Frau gestern geschildert. Ich habe nichts. Nun könnte ich ja noch unter vergilbten Papieren nachsuchen oder einen kleinen Vers zusammenleimen, aber Sie werden mir beipflichten, daß dabei nichts herauskommt. Nichts – um nur ein Beispiel zu geben – hat Wildenbruch so geschadet, wie das mit einem hingeschluderten Vers immer dabei sein wollen. Unter Ausdruck meines lebhaften Bedauerns Ihnen nicht zu Diensten sein zu können, desgleichen darüber daß ich gestern im Nebenzimmer so lange festgehalten wurde, in vorzüglicher Ergebenheit

Th. Fontane.

*168. An Julius Rodenberg*

[Postkarte Poststempel: Berlin W, 25. 11. 91]

Besten Dank. Also »Frau Jenny Treibel« und Doppeltitel; ich halte es auch für das Bessere. Auch Frau u. Tochter haben sich bekehrt; Mann und Vater haben leicht unrecht, aber wenn ein Dritter kommt und Partei nimmt, dann ist das was andres; sie sind jetzt ganz *Ihrer* (bez. meiner) Meinung.

In vorzügl. Ergebenheit

Th. F.

*169. An Otto Hertz*

*Berlin* 29. Novb. 91.
Potsd. Str. 134. c.

Hochgeehrter Herr Geheimrath.

Ganz ergebensten Dank für die Notizen aus Lavisse wie für die gütigen Worte womit Sie dieselben begleiten. Es ist schade, daß man das Beste oft so schwer zu Gesicht bekommt; auf den Briefwechsel mit den Borckeschen Brüdern werde ich wohl verzichten müssen, desgleichen auf die Memoiren des Feldmarschalls Graf Kalckreuth, über die Graf Lippe *neulich* erst im brandenburgischen oder preußischen Geschichtsverein gesprochen hat, Memoiren, die nach Lippe's Andeutungen, gerade in ihrer Rücksichtslosigkeit höchst anziehend sein müssen. In Hofleben wird man nur durch krasseste Indiskretionen eingeweiht. Nochmals besten Dank; in vorzügl. Ergebenheit

Th. Fontane.

*170. An Wilhelm Hertz*

Berlin 1. Dezb. 91.
Potsd. Str. 134. c.

Sehr geehrter Herr Hertz.

Ich wollte Ihnen schon neulich zu dem Gerlachschen Buche, das doch – wie man auch stehen mag – eine Geschichtsbereicherung bedeutet, gratuliren, vergaß es aber schließlich. Ich hatte damals nur sehr magre, mit wenig Geschick ausgewählte Stellen in der Nord. Allg. Zeitung gelesen. Seitdem sind mir durch die Güte meiner alten Gönnerin Fräulein Auguste v. Mühler die betr: Kreuz-Zeitungsnummern zugestellt worden, erst die ziemlich langen Excerpte, dann die kritischen Betrachtungen über Buch, Verfasser, Zeit, Fr. W. IV., Radowitz und – Sybel, und ich weiß nun erst *ganz*, welcher Schatz in diesen 800 Seiten liegt. Ein Spezial-Interesse flößt mir noch der kritische Berichterstatter ein. Kennen Sie ihn? Wer ist es? Es würde mich sehr freun, seinen Namen zu erfahren, denn ich habe grade dies Stellungnehmen zu dem Buch aufrichtig bewundert. Es ist nicht nur klug und geschickt, sondern auch aus einer mir sehr sympathischen Gesinnung heraus geschrieben. In vorzügl. Ergebenheit

Th. Fontane.

*171. An Wilhelm Hertz*

Berlin 6. Dezb. 91.
Potsd. Str. 134.c.

Sehr geehrter Herr Hertz.

Ich habe Ihnen für »Brahm« und für »Gerlach« aufrichtig zu danken. Brahm werde ich mir vorlesen lassen, Gerlach selber lesen, wenn ich wieder lesefähig geworden. Ob der Zeitpunkt noch kommt, ist mir bei beinah 72 freilich fraglich, – der Kopf ist mir beständig benommen und will von Anstrengung nichts mehr wissen. Die Klapprigkeit bricht herein und das Arbeiten mit Vierteldampfkraft wird Regel. Daß es Ihnen besser ergehen möge, mit diesem aufrichtigen Wunsche Ihr ganz ergebenster

Th. Fontane.

*172. An Fritz Mauthner*

Berlin 6. Dezb. 91
Potsd. Str. 134 c

Hochgeehrter Herr.

Der italienische Abend ist hoffentlich zu Ihrer Zufriedenheit verlaufen. Ein Jammer, daß man zu spack ist, um so was noch mitmachen zu können.

Aber der Ausdruck im geliebten Deutsch fängt schon an, mir schwer zu werden, und nun gar in fremden Sprachen! Heute früh kam das neueste »gelbe Heft«, und meine Frau hat mir »Fontane und Wolzogen« vorgelesen, natürlich sehr zu meiner Lust. Ob Wolzogen ebenso empfindet, weiß ich nicht; es kam mir an dem G. Hauptmann-Abend (er hatte die letzte Nummer schon gelesen) nicht ganz so vor.

Anbei das Geschreibsel. Es ist konfus und unfertig, aber ein paar leidlich gute Wendungen, auch vielleicht Wahrheiten sind drin. Ich entsinne mich so dunkel, der Hauptwitz der Sache sollte in einer direkten Parallele bestehen, in einer Schilderung: so leben die und die Dichter und Schriftsteller und so leben die und die Maler und Bildhauer. Daß sich da ein Unterschied zu unsern Ungunsten ergibt, ist mir ganz sicher; Schwind, Makart, Piloty, Lessing (Karlsruhe), wie standen sie da! Anton von Werner, Rauch, Begas, Menzel, Lenbach, Uhde, die Achenbachs, wie stehen sie da, verglichen mit uns. Sie werden von den Machthabern wie Kollegen, wie Kunstfürsten angesehen, und das Publikum fühlt sich durch ihre Gegenwart geehrt. Das trifft bei uns nicht zu, weder bei Heyse noch bei Wildenbruch, kaum bei Freytag, der beiläufig 1870 das Hauptquartier verließ, weil man doch zu wenig aus ihm machte. Trotzdem empfand ich, wie schwer es sei, die Sache so recht schlagend vor aller Welt zu beweisen. Geibel, Bodenstedt, Heyse, Hans Hopfen sind geadelt worden, Freytag hat den Pour le mérite, Lindau war nicht bloß persona gratissima bei Bismarck, sondern auch beim Fürsten Hohenzollern, bei den Hohenlohes und bei den meisten Botschaftern, Wildenbruch sitzt neben dem Kaiser im dunklen Parquet und (nicht zu glauben) selbst Lubliner wird in die Hofloge gerufen. Es ließe sich diese Aufzählung gewiß noch sehr erweitern, und weil es so ist, müssen wir uns hüten, den Empfindlichen zu spielen, weil man uns erwidern könnte: »Ja, Kinder, was verlangt ihr denn eigentlich? Conrad Alberti kann doch nicht Geheimrat im Kultusministerium und Karl Bleibtreu, gestützt auf ›dies irae‹,

Generalstabsoffizier werden.« All das ließ mich von Ausführung meiner Idee wieder Abstand nehmen, vielleicht auch das Gefühl, daß von mir persönlich zu erhebende Ansprüche über und über erfüllt worden seien – [!]

Unter Empfehlungen an Frau Gemahlin in vorzüglicher Ergebenheit

Th. Fontane.

*173. An Karl Zöllner*

Berlin 12. Dezb. 91. Potsd. Str. 134.c.

Theuerstes Geburtstagskind.

Das ist nun also der 70. Der des redlichen Tamm war idyllischer. Aber die Kunst der Lebensführung besteht bekanntlich darin, mit gerade so viel Dampf zu fahren, wie gerade da ist. Blicken wir auf das, was geblieben ; es ist auch noch des Dankes werth : Frau, Sohn und das sogenannte ›Geistige‹, das doch nicht ganz ein leerer Wahn ist. In hoc signo etc.

Zunächst aber sei den Anstrengungen des Tages gewachsen und im Ferneren halte Dich, so lange noch das Lämpchen glüht, der Liebe aller derer versichert, die das Glück hatten Dir nahe zu stehn, nicht zum wenigsten Deiner

Fontane's,
er, sie, es.

*174. An Unbekannt*

*Berlin* 14. Dezb. 91.
Potsd. Str. 134.c.

Hochgeehrter Herr.

Empfangen Sie meinen ergebensten Dank für die 2 Festspiele, von denen ich gleich gestern das Winterspiel »Drei Tage vor Paris« mit vielem Interesse gelesen habe. Sie kommen mit diesen Festspielen einem Bedürfniß entgegen und manche »Ressource« wird Ihnen noch den Dank dafür aussprechen.

In vorzüglicher Ergebenheit

Th. Fontane.

*175. An Otto Brahm*

*Berlin*, d. 30. Dezember 1891.
Potsdamer Str. 134 c.

Hochgeehrter Herr.

Der Tag ist siegreich durchgefochten, und ich benutze die letzte Kraft und die letzte Stunde, um Ihnen für Ihre liebenswürdige Gratulationskarte zu danken.

Als ich vorgestern abend meine Karte schrieb, hatte ich Ihren kleinen Essay über Frau Escher-Welti noch nicht gelesen, wußte nicht mal, daß er im Hause sei.

Nun habe ich ihn gelesen, mit voller Hingabe (es dauerte weit über eine Stunde) und mit großer Bewegung. Es zählt zu dem Schönsten und Wirkungsvollsten, das Sie geschrieben, und es wird Sie mehr freuen als kränken, wenn Sie die Ehren des Tages mit Ihrem literarischen Partner, mit Frau Escher-Welti selbst, teilen müssen. Alles, was Sie aus ihren Briefen und Aufzeichnungen zitieren, ist wundervoll – edel, vornehm, korrekt und geschmackvoll im Ausdruck und durch Beichte, Wehmut und Todessehnsucht wie verklärt. Die Tragödie mit Held und Heldin macht einen großen Eindruck auf mich, und auch bei *meiner* Auffassung von der Sache (die doch mit der Ihrigen nicht recht mit kann) geht das Exempel rein auf. Maria Stuart sprengte den Darnley in die Luft, aber als ihr Kopf im Saale von Fotheringhay fiel, war alles beglichen, und nur ein tiefes Mitleid bleibt. Aber vorausgegangen – und das darf nicht vergessen werden – war nicht bloß eine Bothwell-Liebesgeschichte, sondern ein Mord vom reinsten Wasser. Und auch hier, in der Stauffer-Frau Welti-Tragödie, ist *mehr* voraufgegangen als eine bloße Liebesgeschichte. Beweise kann ich nicht beibringen, aber mein Sentiment ist *sehr* stark, daß noch anderes als die eheliche Treue verletzt worden ist. Stauffer war doch wunderlich gemischt, und wer ihn bloß nach seinen ganz wundervollen Briefen beurteilen will, der, glaube ich, leistet mehr der Freundschaft als der historischen Wahrheit einen Dienst. Liebe, Liebe, Liebe. Ich habe selbst zu der großen antiken Leidenschaft kein rechtes Fiduz, weil mir auf meinem, bis nun gerade heute zweiundsiebzigjährigen Lebenswege nichts vorgekommen ist, was unter der Rubrik »antike Leidenschaft« unterzubringen wäre. Es mischt sich immer sehr viel häßlicher Kleinkram ein, der mit der Erhabenheit der Gefühle nichts zu schaffen hat. Dennoch – wenn meiner persönlichen Beobachtung auch fern geblieben – ich will in dieser Sache nicht eigensinnig sein und will ohne weiteres zugeben, daß eine große gewaltige Leidenschaft vorkommt und als solche nicht bloß rücksichtslos ihres Weges schreitet, sondern, weil elementar, auch schreiten *darf*. Von einem solchen »dürfen« darf aber nur dann die Rede sein, wenn es Götter von oben sind, die sich in unser menschliches Spiel einmischen. Sind es aber Dämonen von unten (»da unten aber ist's fürchterlich«), so hört, ich will nicht sagen, der Spaß, aber doch der Beifall und die Verzeihungsgeneigtheit des Publikums auf. Erst der Tod kann all die Schuld wettmachen. Das tat er hier. Aber das Voraufgegangene bleibt, was es war, nicht ein liebes erhabenes Vergehen, sondern – starker Tobak, Nessing mit Spaniol. Und ich glaube hier *viel* Spaniol. In Ihrem schönen Aufsatze behandeln Sie diese Tabaksfrage, die ich übrigens meinerseits nicht zum Monopol in der Geschichte erheben will, zu milde, zu leis und lind.

In vorzüglicher Ergebenheit

Th. Fontane.

*176. An Ludwig Pietsch*

*Berlin* 30. Dezb. 91.
Potsd. Str. 134. c.

Theuerster Pietsch.

In einem Stücke von Hebbel kommt eine berühmte Figur vor, die sich immer so einführt: ›ich bin die Uhr.‹

Diesen Posten so weit es sich um das Zeigen und Schlageinsetzen von Geburtstagen handelt, verwaltete meine Frau bisher fehlerlos, diesmal hat die Uhr aber zum ersten Mal in ihrer Zuverlässigkeit versagt.

Heute wurde der Fehler entdeckt.

Empfangen Sie, freundlichst entschuldigend, auch unsre verspäteten Glückwünsche.

Mit besten Grüßen wie immer

Ihr
Th. Fontane.

*177. An Wilhelm Hertz*

Berlin 30. Dezb. 91.
Potsd. Str. 134.c.

Sehr geehrter Herr Hertz.

Herzlichsten Dank für Ihre freundlichen Zeilen; all das Schmeichelhafte, was darin liegt, empfinde ich stark und die Mittheilung, daß ich das Buch, noch eh es geschrieben war, meinem Sohne versprochen habe, kommt mir einigermaßen schwer an. Ich bin ganz und gar, und werde mich auch schwerlich darin ändern, gegen Geschäftsbeziehungen zwischen Sohn und Vater, habe aber, um nicht zu verletzen, nachgeben müssen. Schließlich muß ich ja auch einräumen, daß diese Frage, so gut wie jede andre, ihre zwei Seiten hat und daß ich die Gefühle meines Sohnes begreife. Und comprendre c'est pardonner bez. capituler. Ihnen und den Ihren ein gutes Neujahr wünschend, in aufrichtiger Ergebenheit Ihr

Th. Fontane.

Am Schluß der 1. Januarwoche schreibe ich wieder, um einzelne kleine Vorschläge hinsichtlich Band I. der »Wanderungen« zu machen.

## 1892

*178. An Otto Neumann-Hofer*

*Berlin*, d. 5. Januar 1892.
Potsdamer Str. 134 c.

Hochgeehrter Herr.

In der Regel bringen mich Fragen derart in Verlegenheit. Diesmal nicht.

Ich hatte die Geschichte, gleich als das Blatt kam, angelesen und fand mich, gegen Erwarten, so gefesselt, daß ich trotz später Stunde – Mitternacht war längst vorüber – bis zu Ende las. Eben habe ich, in Morgennüchternheit, alles noch mal gelesen und dabei denselben Eindruck empfangen.

Daß sich ein bemerkenswertes Talent darin ausspricht, ist mir ganz gewiß; daß es von Befangenen bestritten und die Geschichte selbst perhorresziert wird, ist mir ebenso begreiflich. Wer in die

Wirklichkeiten dieses Familienvorgangs eingeweiht ist und vielleicht weiß, daß diese Wirklichkeiten anders lagen, muß notwendig gegen die Geschichte sein. So viel Drüberstehn, um auch in solchem Falle den Kunstwert als ein Ding an sich herauszufühlen, so viel Drüberstehn, sag ich, kann man auch von der klügsten und besten Tiergartenstraßenfamilie nicht verlangen.

Alle Beteiligten also, und wenn die Beteiligung auch ganz, ganz minim wäre, werden schon einfach aus Gründen, die mit Wert oder Unwert der Geschichte nichts zu schaffen haben, gegen die Geschichte sein. Die Gegner sind aber noch in einem zweiten Lager zu suchen, und diese Gegner sind ernsthafter zu nehmen. Es werden nämlich viele die psychologische und physiologische Wahrheit der ganzen Sache bestreiten und an solche keusche, entsagungs- und zuletzt opfervolle Liebe eines fünfzehnjährigen Berliner Jungen nicht glauben wollen. Ja, dieser starke Nichtglaube wird sie zu Spott und Bummelwitzen hinreißen. »Alles Mumpitz.« Und wenn doch vorgekommen, eine tragikomische Krankheitserscheinung, mit der man sich als künstlerischer Aufgabe nicht zu beschäftigen hat.

So wird sich die Mehrzahl zu der Geschichte stellen. Eine Minorität aber wird anders denken, und zu dieser Minorität gehören vorläufig drei: Gustav Landauer, Sie und ich. Mir persönlich steht es ganz bummsfest, daß solche fünfzehnjährige Jungens vorkommen, auch gar nicht so furchtbar selten.

Das Gefühl, das sie beherrscht, ist nicht bloß Liebe. Ein Grundstock von Edelmut muß in solcher jungen Seele ruhen, und nun wird aus Edelmut und Liebe ein *tiefes Mitleid* geboren. Dies ist das prädominierende Gefühl, so stark, daß der arme Junge über den in gewissem Sinne siegreich rivalisierenden »Kommis Karl« wegkommt und alles nicht bloß verzeiht, sondern *mit*unglücklich mit in den Tod geht. Ich persönlich glaube auch an Lenchen; aber selbst wenn dieser Glaube ungerechtfertigt sein sollte, so bleibt doch *der* an den Jungen und mit diesem Glauben auch das Interesse für ihn. Auch das Maß von Kunst und Kunsttechnik ist nicht gering; nur mit dem Worte »Schwangerschaft« hätte sich vielleicht vorsichtiger operieren lassen können, wiewohl ich einräume, daß Umschreibungen und Verschleierungen auch wieder ihr Mißliches haben.

In vorzüglicher Ergebenheit

Th. Fontane.

*179. An Georg Friedlaender*

Berlin 10. Januar 92.
Potsd. Str. 134. c.

Hochgeehrter Herr.

Eigentlich sollte dies nur eine Karte sein, im Lapidarstil mich entschuldigend und mein Bedauern aussprechend, daß ich im neuen Jahre noch nicht schreiben und danken konnte. Die Karten sind mir aber ausgegangen und so muß es denn doch ein weißer Bogen sein. Ich stecke sehr in Unruhe; übermorgen will Gerhart Hauptmann, der ein neues Stück geschrieben hat, mit seinen Paladinen Brahm und Schlenther bei uns essen, wozu natürlich noch ein paar (nur 3 oder 4) andre Menschen gehören. Aber diese drei, vier auszusuchen und wenn man sie gefunden, sie zusammen zu trommeln, ist eine Riesenarbeit. Heute kann der nicht und morgen der andre nicht und so geht es weiter. Dazu kommen Schreibereien, kleine literarische Fehden (aber manierlich und beinah ritterlich, Gott sei Dank) Abschluß eines kleinen Romans, Druckbeginn einer neuen Auflage der »Wanderungen« in *Heften,* all das in dieser Woche noch. Für eine rüstigere Kraft bedeutet es nicht viel, mich benimmt und verwirrt es. Aber von Sonntag d. 17. an, bin ich wieder frei und dann ist mein Erstes ein Antwortbrief an Sie. Unter herzlichsten Empfehlungen an Ihre Damen, in vorzügl. Ergebenheit

Th. Fontane.

*180. An Karl Emil Otto Fritsch*

*Berlin,* d. 10. Januar 1892.
Potsdamer Str. 134 c.

Hochgeehrter Herr.

Genau heute vor acht Tagen, auch Sonntag abend, las mir meine Frau hintereinander weg die Geschichte vor, die auf uns beide einen großen Eindruck machte, aber auf mich einen doch viel stärkeren. Leute von Fach, die folgen können, empfinden immer stärker als die andern. Das ist die eine Mehrheit, und die andere Mehrheit ist die, daß die Männerwelt, ganz besonders im Liebespunkt, viel idealer angelegt ist als die Frauen, und daß wir noch ehrlich an unsinnliche oder höchst fein versinnlichte Gefühle glauben, wo die Frauenwelt stutzig wird und ein ganz kleines oder auch wohl ein ganz großes Fragezeichen macht. Erst nachdem ich mit einer Art von Begeisterung die ganze Geschichte rekapituliert und dabei nicht bloß die Gefühlsreinheit, sondern namentlich auch die ganz besondere Gefühlstiefe nachgewiesen und sozusagen als relativ selbstverständlich hingestellt hatte, sagte meine Frau sieben Achtel überzeugt: »Du wirst wohl recht haben.« Diese große und reine Liebe hätte ich, glaub' ich, trotz bloßer Durchschnittsveranlagung auf diesem Gebiet, auch leisten können. Aber, wie hier ganz richtig geschildert, nur einem Backfisch gegenüber. Nachher hört es mit dem Engel auf.

Und nun noch eins. So entzückt ich von dieser schönen, echten, herzbewegenden Arbeit bin, so will es mir doch beinah erscheinen, als ob eine Darstellung derart nur als Selbstbekenntnis, als Beichte, um sich etwas von der bedrückten Seele herunterzureden, erlaubt sei. Erfindet sich jemand den Konflikt oder richtiger das Thema (denn zum Konflikte kommt es nicht), oder schreibt man die Geschichte von etwas neben sich Erlebtem als Beobachter und Augenzeuge ab, so wächst das Erzählte, das nun rein als »Kunstwerk« auftritt, in ein Genre hinein, das doch mehr oder weniger abzulehnen ist: ins Sentimentale. Man wird dann sozusagen ohne Not zum Vergnügen der Einwohner gequält. Als Erlebnis darf ich es aufzeichnen, aber ich darf es nicht erfinden. Es ist das eine sehr feine Frage, des Schweißes der Edlen wert.

Unter herzlichen Empfehlungen an Ihre Damen in vorzüglicher Ergebenheit

Th. Fontane.

*181. An Paul Schlenther*

Berlin 10. Januar 92. Potsd. Str. 134 c.

Hochgeehrter Herr.

Gleich nachdem alles geordnet war – hoffentlich geordnet – ging es an die Lektüre. Der verspätete Morgenkaffee, den ich dabei schlürfte, schmeckte wundervoll, nicht des Kaffees Verdienst, sondern des Zubrods von Ihrer freundlichen Hand. In einer guten Kritik sieht man sich wie in einem Spiegel. Eigentlich weiß man nicht, wie man aussieht, und am wenigsten, was mit einem los ist. Und nun sieht man sich: »also so: nu ganz nett, beinah besser als ich dachte.«

Seien Sie herzlichst dafür bedankt. Wie schön ist das Wort von Jacob Grimm, das ich noch nicht kannte. Ja, da sitzen die Musikanten.

Bewundert, neben anderm, habe ich die knappe Inhaltsangabe,

namentlich die ersten sechs Zeilen, bis »kein neues Glück dafür gewonnen.« Lindau war seinerzeit auch ein Virtuos in der Wiedergabe von Stücken, aber er brauchte immer sechs Spalten. Tempi passati. In vorzüglicher Ergebenheit

Th. Fontane.

*182. An Georg Friedlaender*

Berlin, 14. Januar 92.
Potsd. Str. 134.c.

Hochgeehrter Herr.

Spät genug und doch immer noch früher als ich annahm, komme ich dazu, Ihre lieben Briefe zu beantworten. In meinem vorletzten, etwas längeren Briefe vergaß ich auf die freundlichen Anfragen Ihrer Damen Bescheid zu geben, was immer eine Unart ist. Ich suche es nachträglich wieder gut zu machen und beginne mit Beantwortung jener liebenswürdigen Fragen. Mit meiner Frau geht es »abwechselnd«, an einem Tage will sie sterben, am nächsten (wie beispielsweise heute) polirt sie Bettfüße bei aufstehenden Fenstern. Neulich lag sie anderthalb Tage ganz elend zu Bett, so daß der Arzt über den ganz matten Puls erschrack; um Mittag stand sie dann auf und von 6 bis 12½ machte sie die Gerhart Hauptmann Gesellschafts-Campagne tapfer mit. Von den Schwiegertöchtern ist die noch als solche beglaubigte eine nette blonde junge Frau, hat den *chic* der Offiziersdame und macht ihren Mann glücklich; *mir* gefällt sie; meine Frau findet sie etwas oberflächlich, was richtig sein mag, aber mir nicht viel bedeutet. Es kann nur darauf ankommen, daß man an der Stelle, wo man steht, seinen Platz ausfüllt; in den Geschmack und die Vortrefflichkeitsschablone, die der eine *so*, der andre *so* mitbringt, immer hineinzupassen, ist nicht nöthig. Ihrem Mann gefällt sie, das ist das Entscheidende, darauf allein kann es ankommen. – Die andre Schwiegertochter, (die ehemalige) jetzige Frau v. Neve, setzt ihr Merkwürdigkeitsleben fort. Sie hat jetzt ein Töchterchen und übt nach wie vor, speziell auch gegen uns, die Tugenden, die sie schon früher hatte: Freundlichkeit, Artigkeit, Aufmerksamkeit. Sie hat auch wohl einen Schimmer davon, daß ihr erster Mann ein andres Kraut war, als der zweite; jener überaus fein angelegt, dieser trotz Adel (neu gebacken glaub ich) und Streberthum, doch nichts als ein plattirter Kommißknüppel. Dies alles könnte einem ja nun tiefe Theilnahme einflößen, aber dazu kommt es nicht, weil die

»Lady mit der weißen Pelle« doch eigentlich keinen Menscheneindruck macht; sie hat was Amphibiales, Beauté mit dem Fischschwanz, was richtiger ist als Melusine, weil diese letztre von den Lusignans stammte, während meine frühre Schwiegertochter nur ein Kreuzungsprodukt der Häuser Bechmann und Robert ist. Ihr Großvater Bechmann war bairischer Brauknecht und besaß zuletzt, als vielfacher Millionär, die Spandauer Bock-Brauerei mit Tingeltangel und Charfreitags-Radau; ihr Großvater Robert war ein Lebemann, ihr Vater auch, beide halb verrückt, alles nur auf Geld zugeschnitten, – zwei Häuser ohne jeden Beisatz von Edelmetall (trotzdem sie viel davon im Kasten hatten), alles Tomback, Zinkguß mit Anstrich. Erstaunlich ist es, daß durch einen Regenerationsprozeß, immer wieder Gesundes, Tüchtiges, Erfreuliches mitten hinein in das Elend geboren wird. Der eine Bruder der Schwiegertochter ist ein ganz tüchtiger Offizier geworden, der jüngste Bruder, der alles durchschaut, ein lieber guter Junge mit dem Schwermuthsstempel.

---

Ich dachte, der Bericht würde kurz werden, nun ist er lang geworden. Alles was Sie mir über den Prinzen von Hanau, Graf Roedern und die falsche Russin geschrieben haben, hat mich, wie immer, aufs lebhafteste interessirt. Es ist beneidenswerth, das immer zu Händen zu haben und nicht viele Amtsgerichtsräthe – in der durch nüchternen Zuschnitt ausgezeichneten Provinz Brandenburg wohl keiner – werden sich solches Verkehres rühmen dürfen. Es ist auch nicht blos interessant und schmeichelhaft, es ist auch im höchsten Maße lehrreich, ein nicht leicht zu übertreffendes Bildungs- und Förderungsmittel. Aber einen Eindruck kann ich dabei doch nicht ganz los werden, *den*, daß Sie – den Grafen Roedern und überhaupt den eigentlichen Bestand des Hirschberger Thals: Münchhausens, Reuß' etc. nehm' ich aus – daß Sie diese von ungefähr auftauchenden merkwürdigen Gestalten doch überschätzen und in Ihrem Denken und Fühlen, namentlich auch in Ihrem Beurtheilen, *mehr* aus ihnen machen, als diese höheren Aventuriers verdienen. So z. B. behandeln Sie den Prinzen v. Hanau immer als ob er der letzte Stuart oder der letzte Wasa wäre. Da steckt, Pardon, was Falsches drin. Selbst wenn er wirklich der »letzte Hesse« wäre, kann ich ihm einen berechtigten Weltschmerz nicht zugestehn, er ist aber im günstigsten Fall das Produkt einer Messalliance [!]. Ich bitte Sie, wenn blos alle die preußisch-mecklenburgischen Mesalliancekinder (Mecklenburg war eine vollkommene Züchtungsanstalt; »Zucht« und »Zucht« wie verschieden in diesem Falle) wenn alle diese Mesalliancekinder mit einem dicken Kopf umherlaufen wollten, so müßte die Prinzlichkeits- oder richtiger die Bastardsschwermuth eine Zeiterscheinung bilden wie die Influenza. Dann, welche Unverschämtheit einen Mann wie Treitschke einen »*historischen* Lumpen« (das Wortspiel ist das Beste dran) zu nennen, ein Mann, dessen »Verbrechen« darin besteht, uns aus der Zeit der verkauften 10,000 Landeskinder *mit*erlöst und eine deutsche Nation hergestellt zu haben. Über die schöne, schwärmerische Schulmeisterstochter habe ich kein Urtheil, vielleicht ist sie ein Engel, vielleicht eine sentimentale Lise. Was lange in Rußland war, ist mir immer verdächtig. Mißverstehen Sie mich nicht; interessant, pikant und unter Umständen selbst rührsam bleibt dies alles im höchsten Maße, aber Sie sehen die Personen in einer Verklärung, die doch wohl nicht da ist. Wir können das hoffentlich mal mündlich durchsprechen. Ich gebe von vornherein zu, daß ich auch Unrecht haben kann. Auch die sonderbaren und fragwürdigen Verhältnisse haben oft sehr viel Gefühlsechtes.

Unsre Gesellschaft, vor der ich mich ein wenig gegrault hatte, verlief glänzend. Natürlich kann man es nie genau wissen, denn wie man sich persönlich leicht ein *x* vor ein *u* macht und sich »befriedigend« findet, so kann es einem auch mit Gesellschaften gehn. Selbst die Zeitdauer ist kein Beweis; mitunter können die Gäste, lethargisch geworden, vor Langerweile nicht mehr aufstehn. – Von Moltkes Briefen habe ich erst bis dahin gelesen, wo er von Salzbrunn aus die verschiedenen Partieen macht, auch auf die Koppe. Großartig ist die Vornehmheit und Charakterstärke, mit der die Armuth ertragen wird. Arm und zugleich frei und anständig sein, zählt zu den schwersten Aufgaben.

Th. F.

### *183. An Wilhelm Hertz*

Berlin 14. Januar 92.
Potsd. Str. 134.c.

Sehr geehrter Herr Hertz.

Mit der Arbeit, von der ich neulich schrieb – sie heißt »die Poggenpuhls«, arme adlige Majorin mit drei Töchtern; ein Titel auf den ich stolz bin – mit der Arbeit bin ich fertig und frage nun ganz ergebenst an, ob es Ihnen paßt, mit dem Neudruck der »Wanderungen« zu beginnen.

Stimmen Sie dem zu, so erlaube ich mir das höchst complicirte Manuskript zu Band I. einzusenden. Glücklicherweise habe ich eben – ganz gegen Erwarten – noch 2 Exemplare von Band I. 4. Aufl. gefunden, aus denen nur ein paar Kapitel herausgeschnitten sind, was aber nichts schadet, da gerade diese Kapitel eine total neue Form erhalten sollen.

Das von mir einzusendende M. S. wird also aus aufgeklebten Druckseiten und aus *wirklich neu Geschriebenem* bestehn, hinsichtlich dessen ich nur den Wunsch habe, daß es vorweg gesetzt und in Fahnen mir zugeschickt wird, weil ich 2 dieser Kapitel und zwar »Mathilde v. Rohr« und »Gentzrode« noch erst verschiednen Personen vorlegen möchte, um nachher keine Unannehmlichkeiten zu haben. Unsre Freundin Rohr, Alex. Gentz, sein Bankrutt und sein Prozeß, vor allem auch ein von ihm (A. Gentz) geschriebenes Thurmknopfmanuskript*, in dem er den Ruppinern sagt, daß sie Philister und Schafsköpfe seien, was auch wohl zutreffen sind [!], – alle diese Dinge sind heißes Eisen, daran man sich verbrennen kann. Ich will also so sicher wie möglich gehn. In vorzügl. Ergebenheit

Th. Fontane.

* Dies Manuskript liegt in einem Pavillon-Thurmknopf in Gentzrode; Gentz hat mir aber seinerzeit eine Abschrift davon gegeben.

*184. An Wilhelm Hertz*

Berlin 18. Januar 92.
Potsd. Str. 134. c.

Sehr geehrter Herr Hertz.

Anbei nun Band I. sammt dem was neu hinein soll.

Die Geschichte ist ziemlich complicirt und der Wunsch erfüllt mich, Ihnen damit so wenig Umstände wie möglich zu machen.

Es wird so am besten gehn, daß Sie, unbesehen, das ganze Material, Buch und Manuskript, in die Druckerei senden und dem Faktor alles überlassen. Dies können Sie dreist thun, denn das Buch enthält an drei, vier Stellen die für die Neuherstellung nöthigen Notizen. So heißt es S. 128 in Blaustift: »Hier folgen nun die neuen Kapitel *Christian Friedrich Gentz* und *Wilhelm*

*Gentz«* und S. 403 heißt es: »Hier folgt nun das Kapitel *Mathilde v. Rohr.«*

---

Hiermit sind, mit 2 Ausnahmen, alle Neuerungen erledigt.
Diese 2 Ausnahmen sind:
 1. ein neues Vorwort
 2. das Schlußkapitel Gentzrode.
Ich will das Vorwort zur 4. Aufl. fortlassen und dafür ein neues schreiben, aber wie soll ich mich da ausdrücken, da diese neue Auflage keine Zahl erhalten soll?

---

Ich bitte nun nur noch um Erlaubniß, nach etwa 14 Tagen das M. S. zu dem Schlußkapitel *Gentzrode* direkt an die Druckerei senden und diese um Einsendung von Fahnenabzügen sowohl des Kapitels Mathilde v. Rohr wie Gentzrode bitten zu dürfen. Sind diese beiden erst gesetzt, so erleichtert sich das Arrangement sehr wesentlich.

---

Und nun zum Schluß noch eine Hauptsache. Das ganze Buch schwillt durch die 4 neuen Kapitel

Christian Friedrich Gentz
Wilhelm Gentz
Mathilde v. Rohr
Gentzrode

*sehr* an. Allerdings war auch früher schon ein Kapitel *Gentzrode* und darin eingeschachtelt ein Kapitel Christian Friedrich Gentz da, so daß sich daraus wieder eine Art Subtraktion ergiebt, dennoch wird der Unterschied zwischen der 4. und dieser neuen Auflage wohl an 7 Bogen betragen. Sie werden davor erschaudern, denn erstlich wachsen dadurch die Kosten und zweitens verlieren die einzelnen Theile ihre äußre Gleichmäßigkeit. Empfinden Sie dies nun *sehr* störend, so will ich, wenn auch schweren Herzens, Wilhelm Gentz und Mathilde v. Rohr fallen lassen, was etwa 5 Bogen ausmacht.

In vorzügl. Ergebenheit

Th. Fontane.

*185. An Unbekannt*

[1892? Bruchstück]

Wie ich jung war und mich zurückgesetzt sah hinter solche, die von Platen wenig und von Lenau gar nichts wußten, da konnte ich mich in dieser Welt des Scheines und der falschen Werte nicht zurechtfinden, jetzt weiß ich längst, daß die äußerlichen Leute recht haben.

Einen hellblauen Dragonerrock elegant tragen, elegant im Sattel sitzen, eine Reitkleid-Dame mit Schleier zur Seite und nun hin durch den Wald und hup über die Hecke, das ist ein Leben.

So still sitzen und keine rechte Courage haben und ein Gedicht machen, ist lange nicht das Beste. Um das zu sein, da muß man doch selbst wieder anders sein, da muß man einen Doppelgripps haben und sieben Sprachen sprechen, die nicht mehr gesprochen werden. Wer *das* kann, der darf über den Dragonerleutnant wieder spotten [...]

*186. An Wilhelm Hertz*

Berlin 8. Febr. 92.
Potsd. Str. 134.c.

Sehr geehrter Herr Hertz.

Besten Dank für Ihre freundlichen Zeilen.

Ich habe den Aufsatz gleich korrigirt und an die Erbin meiner Fräulein v. Rohr-Freundschaft: Fräulein Jeannette v. Bülow zur Begutachtung geschickt, was bei der Kolossal-Liebe dieser trefflichen Dame zu der verstorbenen Freundin unerläßlich war. Diese diffizile Correspondenz geht schon, mit Ruhepausen, seit einem ganzen Jahr. So wohlgesinnt mir die liebenswürdige alte Dame ist (auch *darin* Remplaçant für die Verstorbene) so beklagt sie doch beständig meine bei aller Freundschaft etwas nüchterne Beurtheilung der literarischen Gaben Mathilde v. Rohr's. Auch daß ich sie (ursprünglich wenigstens) als höchst herrschsüchtig schilderte, war nicht recht und ich habe vieles streichen und ändern müssen. Aber ich that und thue es gern, in dem Gefühl, auf *diese* Weise Dankesschulden zurückzuzahlen.

Wie soll es mit den »Vorworten« – denn es sind ja mehrere – gehalten werden? Lassen wir einfach alles beim Alten oder streichen wir das Vorwort zur 4. Aufl., um es durch eins zur 5. zu ersetzen oder verzichten wir auf diesen Ersatz?

Wegen Einsendung einzelner Correkturbogen (immer nur derer, die das Neue enthalten) schreibe ich an Eupel selbst.

Bitte mich zu empfehlen. In vorzügl. Ergebenheit

Th. Fontane.

*187. An Georg Friedlaender*

Berlin 12. Febr. 92.
Potsd. Str. 134.c.

Hochgeehrter Herr.

Es ist hohe Zeit, daß ich schreibe, sonst komme ich post festum. Vorauf meinen besten Dank für den Brief und alles Freundliche, das er in so reichem Maße enthält.

Also zunächst zum Geschäft. Das ist nun diesmal Scherenberg. Ich glaube nach wie vor, daß er ein gutes Thema ist, auch schon die Magdeburger Tage, der Donataire-Prozeß, die merkwürdige Ehe, das raschelnde Kopfkissen, wo sich dann unbezahlte Rechnungen der Frau drin vorfinden, dann seine Stellung im Kriegsminister., immer oben auf der Leiter, wo er die Bücher von links nach rechts und dann wieder von rechts nach links stellt und in luftiger Höhe verstohlen seine Gedichte schreibt. 300 Thaler als Diäten und immer Gast und Liebling der Kriegsminister! Dergleichen steckt noch vieles drin, ein ganz apartes Leben, immer Egoist, aber immer mit Manier und Form. Und nun der »letzte Maurenkönig«. Ich weiß nur, daß es auf mich einen großen Eindruck machte, namentlich aber daß Lepel, der es 1851 oder 52 in Wittenberg vorlas, wohin er eingezogen war, einen mächtigen Erfolg damit erzielte. Natürlich dürfen Sie nur ein Viertel, höchstens ein Drittel vorlesen, dies Drittel dann in vielleicht 3 Stellen von jedesmal beträchtlicher Länge, denn eine gewisse bescheidne Länge ist nöthig um den bedeutenden Zug der Sache 'rauszubringen. Ich bin sicher, daß Sie mit dem Vortrag einen starken Erfolg erzielen *müssen*, es ist ein wundervoller Stoff, gerade in seiner Beschränktheit. Dazu der wundervolle Schluß: erst die Franz Duncker-Geschichte, dann Chodowiecki, der von Valparaiso aus ein gußeisernes Riesenbuch schickt.

---

Sie haben ganz Recht, daß einem irgend was, was in der Luft liegt, die rechte Freudigkeit nimmt und das Vaterlandsgefühl herabdrückt. Alles ist Wind in die Segel der Sozialdemokratie und die besten Kreise sind von einer Stimmung beherrscht, wie sie vor gerade 44 Jahren im Februar 48 da war. »Das geht so nicht weiter, das muß anders werden.« Ich beziehe dies namentlich auf das Bestreben, mit Hülfe des Schutzmanns, bez. des Staatsanwalts (diese furchtbare Nummer im Prozeß Wetzel!) »wieder Religion ins Land zu schaffen«. Kein vernünftiger Mensch wird 'was gegen Religion haben, wenn er persönlich auch nicht mitmacht. Glaubt meinetwegen, daß die Balken brechen; ich habe zwar noch nicht gesehn, daß viel dabei herauskommt, aber wenn es ehrlich ist, geb ich dem Gläubigen seine Ehre. Nur das Anpacken dieser feinen Dinge von außen her, widersteht mir aufs äußerste und der gesunde Sinn unsres Volks lehnt sich dagegen auf.

---

Und nun noch ein Wort über den Hanauer. Ich war in Sorge, daß ich ihn in meinem vorigen Briefe, wenn auch mit Einschränkungen, einen »Aventurier« genannt hatte. Es war nicht böse gemeint, beinah schmeichelhaft in dem Sinne, daß jemand einfach der »Frau Aventure« nachzieht; ich konnte aber doch nicht wissen, ob Sie der Ausdruck nicht vielleicht verdrießen würde. Daß Sie von dem feinen und forschen Herrn so eingenommen waren, hat mich nur herzlich erfreut, es wäre mir gewiß ebenso ergangen, allem Aristokratischen, auch wenn es schon einen kleinen Stich hat, wohnt ein mich aesthetisch befriedigendes Element inne, das mich momentan ganz gefangen nimmt. Ich erhole mich aber meist rasch davon, namentlich dann, wenn ich einer politischen Prätension begegne, einer angeblichen Gesinnungstüchtigkeit, die nichts als Eitelkeit und einer »Treue« die nichts als Vortheilswahrnehmung ist. So sind mir alle »Welfen« schrecklich, trotzdem ich einige gesellschaftlich sehr liebenswürdige kenne. Ließe sich der Welfenthron wiederherstellen, hätte dies die geringste Chance, so hätte ich nichts gegen den »Welfismus«, die Paladine gestürzter Häuser haben immer meine Sympathieen gehabt, aber sie dürfen *nicht ganz hoffnungslos* auftreten. Bei Hoffnungslosigkeit wird es Unsinn und hat nur Unglück und nichts als das im Gefolge. Tausend Empfehlungen u. Grüße Ihren Damen.

Wie immer Ihr

Th. Fontane.

*188. An Wilhelm Hertz*

Berlin, 12. Februar 1892.

Sehr geehrter Herr Hertz.

Fräulein v. Bülow, an die ich das Rohr-Kapitel schickte, hat mir immer noch nicht geantwortet. Vielleicht hat sie die Influenza, vielleicht aber kann sie nicht schlüssig werden. Es ist ein Elend. In der Jugend kann man mit dem jungen Weibervolk nicht recht zu Stande kommen, im Alter mit dem alten auch nicht. Ich ziehe den Kampf mit den jungen aber doch dem mit den alten vor. Solche alte Quassel-tante bringt einen mit Bedenken um und ist eine Geduldsprobe.

In vorzüglicher Ergebenheit

Th. Fontane.

*189. An Paul Meyer*

Berlin, 12. Februar 92
Potsdamer Str. 134c.

Hochgeehrter Herr.

Zunächst unsren herzlichsten Dank und zugleich die Bitte, die Verspätung von Dank und Rücksendung des Entwurfs entschuldigen zu wollen. Es waren unruhige Besuchstage.

Zu 4., vierte Zeile, möchte ich noch eine Zubemerkung, in gewissem Sinne eine Einschränkung vorschlagen, so daß es heißen würde:

»........... in Geld oder Werthpapieren besteht, nach Auszahlung eines Pflichttheils an unsere beiden Söhne, unsre Tochter Martha erhalten.

Der Passus unter 6. kann danach vielleicht fortfallen. Hinsichtlich der »Kommission« bleibt es hoffentlich bei Dr. Paul Meyer, Martha Fontane, Dr. Paul Schlenther, bei welch letzterem Ihre Güte noch anfragen will. Ich danke ihm dann, wenn er »ja« gesagt hat.

Die Zettel mit den Einzelbestimmungen über verschiedene Gegenstände fertigen wir morgen an, so daß sie von Montag an zu jeder Zeit bereit liegen.

Unter besten Grüßen von Haus zu Haus,
in vorzüglicher Ergebenheit

gez. Th. Fontane.

*190. An Paula Conrad*

Berlin, 26. Februar 1892

Hochverehrte Freundin.

Tausend schöne Wünsche, vor allem auch *den*, daß Sie bald mit einem Doppelnamen auf dem Zettel stehn; und natürlich recht oft, das bleibt die Hauptsache. Vor dem »neuen Herrn« im eignen Hause aber mögen sie dann mehr zu Worte kommen, als im »Neuen Herrn« im Schauspielhause. In herzlicher Ergebenheit Ihr

Th. Fontane.

*191. An August von Heyden*

*Berlin*, d. 2. März 1892
Potsdamer Str. 134 c.

Mein lieber Heyden.

Am Sonnabend ist Rütli – jetzt meist nur noch richtig gezählter Dreimännerschwur – beim Senator. Da könnte man sich sehen. In Erwägung aber, daß Du als kluger Feldherr wohl fehlen wirst, denn die Sache wird immer dünner, will ich doch noch ein paar Zeilen an Dich schreiben und mich entschuldigen, daß ich mich in Haus Heyden immer nur sehen lasse, wenn ich eingeladen bin. Es sollte notwendigerweise anders sein, aber das Alter hält mich seit einiger Zeit doch scharf in den Klauen, und das Wort der guten alten Pietsch, als er mal wieder den Kraftmeier spielte: »Jott, Sie solln 'n mal bloß zu Hause sehn« – dies große Wort ist auch der Fahnenspruch, unter dem ich fechte. Körperlich geht es noch, aber das »innen lebt die schaffende Gewalt« ist für mich leider zur Phrase geworden. Von Federkraft – bei mir doppelsinnig zu verwenden – ist keine Rede mehr. Ich raffe mich mit Anstrengung auf, um wenigstens jeden Abend meinen Spaziergang zu leisten.

Zu meiner großen Freude habe ich gehört, daß das mit dem Vorhang nun doch noch was wird. – Es ist eine schöne Einnahme, eine Auszeichnung und bringt Dich in erneute freundliche Beziehungen einerseits zum Kaiser, anderseits zum Theater. Ich bin froh, keine Kritiken mehr schreiben zu müssen, räume aber ein, daß das Theater unter den guten Zerstreuungen und Erquickungen doch obenan steht. Die Sache hat einen Reiz und auch die Personen. Ein Geheimrat muß schon *sehr* gut sein, wenn er so interessant sein soll wie Frau Kahle oder die kleine Conrad. Und der Nachwuchs soll ja gerade brillant sein. Empfiehl mich Deinen Damen. Wie immer Dein alter

Th. Fontane.

192. *An Martha Fontane*

Berlin 10. März 92. Potsd. Str. 134. c.

Meine liebe Mete.

Mama ist zur Post um zu telegraphiren; natürlich trafen 5 Minuten nach ihrem Aufbruch Dein Brief vom 6. und Deine Karte vom 9. ein. Ich bin froh, daß es Dir gut geht, denn allmählich fing doch auch meine Ruhe an, sich in Unruhe umzusetzen. Daß Du der alten Liebe begegnest, thut mir wohl und nehme ich an Deinem Siegesgesang über Stöter Theil. Wäre ich 10 oder 15 Jahre jünger, so könnte ich noch ein Seitenstück zu Jenny Treibel schreiben, in dem ich den anspruchsvollen und eingebildeten Durchschnittsphilister unter die Lupe nehmen würde. – Deine Mittheilungen über ›Mutter und Kind‹ und daß der kleine Veit ganz krägel in die Welt kuckt, haben mich herzlich erfreut. Empfiehl mich allerseits.

Hier wurde ich durch Franz Fontane den ›Kleber‹ unterbrochen. Ich muß es als einen Triumph bezeichnen, daß ich ihn in einer Stunde los geworden bin; ich habe Rothwein und Freundlichkeiten nicht gespart, ließ aber lange Kunstpausen eintreten, sonst säße er noch.

Als er fort war, kroch auch Mama aus ihrem Winkel hervor, wo sie sich, vom Telegraphenamt zurückgekehrt, verborgen gehalten hatte. Mit dem Telegraphisten hatte sie folgendes Gespräch gehabt: ›Veit? ist das der das Gut in Pommern hat?‹ ›Ja. Deielsdorf.‹ ›Richtig; stimmt ja; *den* kenn ich.‹ Also wahrscheinlich ein Veitscher Höriger.

Die Ereignisse drängen sich. Eben, halb acht, trifft auch Dein Antwortstelegramm ein. Wir staunen und geben uns mit der Einleitung ›ja, Milachen, als wir jung waren‹, den 100mal angestellten Betrachtungen hin.

Unser Leben wickelt sich im alten Geleise ab. Aber doch mit kleinen Apartheiten. Am Montag waren wir auf dem Gericht, um unser Testament zu deponiren. Die betr. Gerichtsabtheilung hat ihren Sitz im alten Kadettencorps in der Neuen Friedrichsstraße. Da saßen wir gut anderthalb Stunden in einer gelb gestrichnen Stube, wo noch alles nach alter Zeit und echt preußischer Ruppigkeit schmeckte. Vielleicht ist es recht gut so; alles macht einen merkwürdig unbestochnen Eindruck; bei mehr Schwindel müßte nothwendig alles viel anständiger aussehn. Die Inscenirung unsrer Rechtssprecherei hat etwas Proletarierhaftes.

Am Dienstag war ich bei Onkel Zöllner (alles beim Alten),

gestern Mittwoch erschien Frau Stockhausen auf eine Stunde, die bei Frl. Aßmann Dein Lob hatte verkünden hören. Ob sie begierig darauf gelauscht, weiß ich nicht, möcht' es aber fast bezweifeln. Sie hat mit eignen Angelegenheiten zu thun und war empört über die Art, wie P. Schlenther sein Kritikermetier handhabt. Wie bin ich froh, nichts mehr damit zu schaffen zu haben; es erwirbt einem blos Feinde. Schlenther hatte geschrieben: ›Wenn der junge Stockhausen noch mehr solche Rollen spielen muß, ist er sicher verloren.‹ Ich finde das nicht schlimm. Freilich geh ich immer davon aus, daß mit Emanuel nicht viel los ist. Ueber diesen Punkt scheinen aber die Meinungen auseinander zu gehn; Regisseur Max Grube sagte gestern zu Mama: ›ich würde (statt des Herrn Müller mit den sonderbaren Handbewegungen) Emanuel Stockhausen gern als zweiten Liebhaber anstellen.‹ Ich nicht. Die Schauspieler untereinander beurtheilen sich oft falsch.

Das Gespräch zwischen Max Grube und Mama fand gestern bei Heyden's statt, wo wir zu Tisch geladen waren. Es war sehr nett. Zugegen: die beiden alten Jachmanns und Tochter, Springers, Regisseur Grube und Professor Skarbina. Hofschauspieler Arndt, der den Großen Kurfürsten im ›Neuen Herrn‹ spielt, war seltsamerweise ausgeblieben, so hatte Frl. Jachmann nur *einen* Tischnachbar, nämlich mich, und ich hatte mich ihr ganz zu widmen. Ich finde sie sehr nett, ganz aus einem guten Hause, Typus einer norddeutschen Dame. Du machst Dir nicht viel aus ihr und es mag das eine oder andre fehlen, aber das Ganze wirkt doch sehr gut. Sie geht, mit einem Rundreisebillet, auf 60 Tage nach Rom, wo sie (in Frascati) bei Richard Voß wohnen wird. Das Billet kostet nur 220 Mark. Ich möchte nicht 60 Tage bei Richard Voß wohnen und dies zu können, mag angreifbar sein, aber die Geschmäcker sind so sehr verschieden und man muß sich hüten, wozu ich sonst so sehr neige, gleich große Schlüsse daraus zu ziehn. – Justine emancipirt sich immer mehr und kriegt dadurch einen Anstrich von Komik; Clementine war ganz Bild, leider sprach sie auch, stumm sein, kleidet ihr besser. Mama fuhr nach Haus, ich promenirte mit Skarbina durch den Thiergarten mitternächtlicherweile. Zu Zweien darf man es wagen. Ein sehr netter, feiner Mann, ganz Künstler. Von der ganzen Gesellschaft hatte ich wieder einen sehr netten Eindruck und empfand wieder schmerzlich das niedrige Niveau der Fontanes, Labrys, Sommerfeldts und wie all die Pappenheimer sonst noch heißen. Du weißt, ich bin nun mal für Fürst Pleß etc. Empfiehl mich angelegentlichst.

Wie immer Dein alter Papa.

*193. An Martha Fontane*

Berlin 22. März 92.

Meine liebe Mete.

Mit mir geht es so weit besser, daß ich mich doch habe aufmachen können um Dir diesen Gruß und einen kurzen Krankenbericht zu schreiben. Mama dagegen ist noch sehr herunter, wiewohl seit gestern Mittag auch ein besserer Zustand eingetreten ist. Diese Wandlung zum Beßren verdanken wir der Cognacflasche; die Medizin etc. versagte völlig. Es muß in solchen Fällen recht langweilig sein Arzt zu sein, überhaupt, mit Ausnahme des Chirurgischen. Die polit. Aufregung scheint groß, aber kaum groß genug, denn es ist ein Kladderadatsch ohne Gleichen. Die guten Weigls waren gestern hier und brachten für Dich resp. uns Blumen, für Dich aber einen sehr schönen Seidenstoff, ungewöhnlich hübsch in Zeichnung und Farbe. Mama grüßt. Empfiehl mich allerseits. Dein alter

Papa.

*194. An Martha Fontane*

Berlin 26. März 92. Potsd. Str. 134. c.

Meine liebe Mete.

Seit heute sind wir wieder außer Bett, aber nur auf Stunden; es hat uns sehr mitgenommen, besonders mich; Mama war ein paar Tage lang elender, nur 56 Pulsschläge, ich aber hatte dafür das spezifisch Influenzliche: den schaudervollen Geschmack, den Pelz, den Degout und die tiefdeprimirte Stimmung viel stärker. Mit letztrer kann ich auch heute noch aufwarten, auch von Appetit und Reconvalescentengefühl keine Rede. ›Was soll der Unsinn?‹, in hoc signo siegt es sich schlecht, es reicht kaum aus zum Leben.

Delhaes ist täglich treu erschienen und hat sich wieder bewährt; er dringt nur zu sehr auf ›essen‹, was ich für falsch halte, – es *kann* nicht richtig sein; gewiß muß ein Geringes mit Gewalt hineingeprumpst werden, aber den elenden Zustand durch ein Gefühl des Widerwillens steigern, kann nicht zum Heile führen.

---

Inmitten meiner Krankheit bin ich das Interesse für die Politik nicht losgeworden. Allerdings wurde einem gerade in *den* Tagen ein guter Bissen davon vorgesetzt. Ein conservatives Blatt hat die Situation dahin gezeichnet: ›das ist keine Krisis in unsrem politischen und staatlichen Leben, sondern eine Katastrophe.‹ Ich halte dies für richtig. Jena und der 18. März sind gar nichts dagegen, beide waren was aeußerliches, selbst als Fr. Wilh. IV vor den Märzgefallenen den Helm abnahm, war es nicht *so* schlimm, weil er einem Zwange nachgab, hier aber haben wir die Hinopferung, das Fallenlassen allertreuster wenn vielleicht auch im Irrthum befangener Männer, die vor 8 Tagen noch die Meister der Situation und die gerade vom Thron her Gefeiertsten waren. Zu Zedlitz soll der Kaiser in der entscheidenden Kronrathssitzung, nachdem keiner mit der Sprache herausrücken wollte, schließlich gesagt haben: ›Zedlitz, die Schweinerei muß ein Ende nehmen.‹ Ich halte diese Wendung für sehr wohl möglich. Das einzig Erstaunliche ist, *daß die Haltung des preuß. Ministeriums* in einer Art stillen Opposition gegen Zedlitz und Caprivi den Ausschlag gegeben zu haben scheint. So lange in den obersten Behörden der altpreußische liberale Geist lebt und sich nicht bange machen läßt, so lange ist keine Gefahr. Das famos Gute, das drin liegt, muß das Furchtbare des der Autorität angethanenen Krachs balanciren. Empfiehl mich allerseits.

Dein alter

Papa.

*195. An Wilhelm Hertz*

Berlin 26. März 92.
Potsd. Str. 134.c.

Sehr geehrter Herr Hertz.

Ich rapple mich von meinem Influenza-Lager auf, auf dem ich nun schon fast 14 Tage liege, um Ihnen mit ein paar Begleitzeilen den einliegenden Brief unsres guten Fräulein v. Bülow zu schicken. Er ist eine Geduldsprobe für mich. Welch Aufwand von immer erneuter Mühe und Aenderungsgeneigtheit und nun alles umsonst. Ich nehme an, daß das Fortlassen des Aufsatzes weiter keine Schwierigkeiten macht und über die Thatsache, daß Eupel 2 Bogen umsonst gesetzt hat, wird hinwegzukommen sein, – es bleiben nun wenigstens 2000 Bogen Papier erspart.

Zum Schluß, die herzliche Bitte, daß nicht etwa Ihr Herr Sohn in seiner Güte mit herankommt, – die Influenza, wie ich am eignen Leibe erfahren habe, ist eine perfide Krankheit und sehr anstekkend.

Mit besten Wünschen für Ihr Wohl allerseits, in vorzügl. Ergebenheit

Th. Fontane.

*196. An Carl Robert Lessing*

Berlin, 31. März 1892.

Sehr geehrter Herr.

Seit 14 Tagen sind mein Mann und ich an der Influenza erkrankt, er heftiger und ernster denn ich. Gestern noch empfahlen die Ärzte größte Schonung und keinerlei Aufregung für ihn. Dies ist auch der Grund, daß ich die eingehenden Briefe lesen muß. Über die Anfrage in dem geschätzten, heutigen Schreiben von Ihnen, hochgeehrter Herr, weiß ich nichts und Sie gestatten mir wohl, den Brief so lange zurückzuhalten, bis der Gesundheitszustand meines Mannes sich gebessert hat.

Hochachtungsvoll ergebenst

Emilie Fontane.

Hochgeehrter Herr Geheimrat!

Meine Frau liest mir eben die umstehenden Zeilen doch vor, was recht gut ist. Ich habe allerdings die kleine Geschichte erzählt, zu wem weiß ich nicht mehr, vielleicht zu Brahm, vielleicht zu Bernstein selbst, der mir das vorige Mal seinen Besuch machte. Wie sehr ich das jetzt beklage, brauch ich wohl nicht erst zu versichern. Ich bin sehr herunter, deshalb alles so kurz.

In vorzüglicher Ergebenheit

Th. Fontane.

*197. An August von Heyden*

*Berlin*, d. 2. April 1892.
Potsdamer Str. 134c.

Mein lieber Heyden.

Eben bringt uns unser Mädchen, das eine Stunde in der Stadt war, Deine Karte; wir beiden alten Nüßlers (die nach Fritz Reuter auch noch taub waren) haben also das Klingeln mal wieder überhört. Sehr zu unserem Leid; denn wir saugen nun seit dritthalb Wochen unausgesetzt an unsern eignen Fingern, so daß ein Besuch und ein freundlich Wort mehr denn je eine Erquickung ist.

Seit heute geht es etwas besser mit uns, auch mit mir, der ich entschieden schärfer drin saß.

Ergeh es Dir gut; empfiehl uns Deinen verehrten Damen. Eben hat mich Bismarcks Rede an die viertausend Fackelträger, trotzdem ich sie »stark« finde, sehr amüsiert.

Wie immer Dein

alter Noel.

*198. An Ludwig Pietsch*

*Berlin* 10. 4. 92.
Potsd. Str. 134. c.

Theuerster Pietsch.

*Sehr* hübsch; es wird heute viele Leser erfreut haben, wenige freilich so wie mich. Die Fachleute unter einander genießen sich doch am besten, weil sie vieles sehen, was dem Draußenstehenden verborgen bleibt. Vor allem habe ich – neben der Zeichnung des Moltke-Kopfes – die Geschicklichkeit bewundert, mit der Sie, von den verschiedensten Seiten vorgehend, Ihren Satz beweisen: es kann nicht der 15. gewesen sein. Die Worte Turgenjews erinnern mich an den Ausspruch auch eines vornehmen Russen, der hier den Streit wegen etlicher unter einer falschen Rubrik eingetragenen Polizeispende zum Werthe von 300 Thaler erlebte. Er äußerte sich enthusiastisch und sagte: was muß *das* für ein Staat sein, wo wegen 300 Thaler, die blos nicht an richtiger Stelle gebucht wurden, ein solcher Radau gemacht werden kann! – Ich bin immer noch krank. Ihnen geht es hoffentlich gut. Ihr herzlich ergebenster

Th. Fontane.

*199. An Georg Friedlaender*

Berlin 22. April 92.
Potsd. Str. 134.c.

Hochgeehrter Herr.

Es sei gewagt, die Feder in die Hand zu nehmen, trotzdem mir noch recht spack ist. Aber doch vergleichsweise golden. Gerade vor 14 Tagen vergiftete ich mich mit Morphium – der Apotheker hatte statt 0,05 die verordnet waren, 0,5 genommen, also das Zehnfache – und dieser Zwischenfall brachte mich sehr herunter, vielleicht nur dadurch, daß die Vorstellung »nun ist es Matthäi am letzten« meine Nerven so aufregte, daß ich mehrere Tage lang nichts genießen konnte, am wenigsten starken Wein, auf dessen belebenden Zuspruch ich seit Wochen angewiesen war.. Endlich, nach sehr qualvollen Tagen, gab man mir Brom, was auf der Stelle half, so daß ich mich seitdem, und sogar mehr als vor dem Zwischenfall, als Reconvalescenten ansehe. Vor 8 Tagen kam auch meine Tochter wieder, deren Plaudertalent dem Brom zu Hülfe kam, trotzdem beide verschieden wirken, Brom nämlich drückt herab und stellt eine süße Dösigkeit her.

Seien Sie herzlich bedankt für Ihren lieben Brief. Ich freue mich, daß der Vortrag so gut abgelaufen ist, eine Freude die mir und Ihnen gilt. Und nun die beiden Heinriche! Wenn ich 45 statt 72 wäre, so ließe ich es mir nicht entgehn, diese beiden Gestalten in einem Roman, etwa unter dem Titel »die beiden Ladislaus« zu schildern; ich würde die Geschichte dann nach Posen oder Westpreußen in das Warthebruch oder die Weichselniederung verlegen und die Schmiedeberger Gestalten als Nebenfiguren weidlich ausnutzen. Grundidee wäre: »Geld besorgt alles«, – ein Glaube, der sich beständig in meiner Seele mehr festigt. Kunst und Wissenschaft, so lange sie nur als solche auftreten, sind lächerlich, etwa wie der Küster mit dem Klingelbeutel, der Pfennige einsammelt; erwirbt ein Professor alljährlich 60,000 Mark (Thaler natürlich noch besser), so beginnt er geachtet zu werden, nicht wegen seiner Wissenschaft, *die* hatte er, als er noch hungerte, auch schon, sondern einfach weil er anfängt einen banquierhaften Anstrich zu kriegen. Es kommt vor, daß hochbegabte, aber erfolglose Dichter und Künstler nach ihrem Tode den Makel der Armuth überwinden und in Tagen, wo sie Niemanden mehr anpumpen können, heilig gesprochen werden, bei Lebzeiten indeß waren sie ein Schreckniß, kaum ein Gegenstand des Mitleids; man wich ihnen aus, immer in Angst. Aber Heinrich von Arnsdorf, der große Feuilletonist, – »wie anders wirkt' dies Zeichen auf mich ein!« Und ich habe nicht den Muth, irgend wem, der ähnlich empfindet, einen Vorwurf daraus zu machen; denn wenn *ich*, der ich doch selber aus den böhmischen Wäldern stamme, mich zwischen Heinrich Richter und Jean Paul Richter entscheiden sollte, so würde ich wahrscheinlich den erstren wählen. Der Letztre hatte nie Geld und wenn er Besuch empfing, wurde mitunter humoristisch gesammelt (o, welch Humor!) um ein paar Krüge Bier holen zu können; mit unsrem Richter kutschirte man im Viergespann nach Böhmen hinüber oder aß Hammelschnitten mit Sauce à la Bearnaise (so hieß sie ja wohl?), die der Gastgeber selber angefertigt hatte. Dichter sind gut, wenn sie eingebunden vor einem stehn, so lange sie im Bettlermantel schmuddlig, hungrig und dünkelhaft vor einem her stolziren, können sie mit Heinrich dem Reichen von Arnstorf [!] nicht concurriren. Und wenn *ich* so denke, der ich vor dem goldnen Kalb nie getanzt habe, wie erst die andern! Und nun gar Prinzen, die sich genirt fühlen, weil sie jeden Tag mehr Geld brauchen, als sie haben. Ich bin glücklich in meiner Armuth, weil ich nicht das Bedürfniß habe in Front zu stehn und eine Rolle zu spielen; wer diesen Zug aber hat

– und das sind immer 999 unter 1000 – der muß dem Golde nachjagen und sich vor dem verbeugen, der's schon hat.

---

Seit gestern liegt die Brey'sche Karte des Riesengebirges, die ich, ich glaube, Ihrer Güte verdanke, aufgeschlagen vor uns, weil wir nach einem passenden Platze suchen und zwar für verhältnismäßig nahe Zeit schon, erste Junitage, will sagen in 5 bis 6 Wochen. In die Brotbauden-Höhe wollen wir nicht, einmal aus Gesundheitsgründen, dann weil es meiner Frau zu windig, zu einsam und zu verbrecherisch angekränkelt ist. Der Erdmannsdorfer Sumpfstrich in der Tiefe brütet Malaria und so haben wir unser Auge auf die Linie gerichtet, die mit Arnsdorf (das wegen Richter ausgeschlossen ist) beginnt und mit Schreiberhau aufhört. Am anheimelndsten erscheint uns *Petersdorf*, das wundervolle Verbindungen hat. Das Einzige, was dagegen spricht, ist die zu große Entfernung von Schmiedeberg i. e. Friedländers. Vielleicht läßt es sich aber doch machen. Erschrack doch Ihre Güte selbst vor der Brotbaude nicht. Ihr nächster Brief macht uns vielleicht Vorschläge; ganz in der Unter- oder Thal-Linie möchten wir nicht gerne hausen. Die Dagmar- und Lothartage sind nun wohl schon angebrochen. Empfehlen Sie mich und die Meinen Ihren liebenswürdigen Damen. Viele Grüße an die Kinder. In vorzügl. Ergebenheit

Th. Fontane.

*200. An Paul Schlenther*

Berlin 28. April 92. Potsd. Str. 134c.

Hochgeehrter Herr.

Für zwei freundliche Zusendungen habe ich Ihnen zu danken: Seydelmann und über »Comtesse Julie«. Beide kamen mir in meinem noch andauernden Zustande, der nur für Kurzes einigermaßen die Kraft leiht, sehr zu paß. Strindbergs Stück rief mir die Äußerung eines alten märkischen Junker-Originals wieder ins Gedächtniß, der einmal bei Lutter u. Wegner zu Hesekiel, als dieser den Charme brandenburgischer »Frölens« rühmte, niedergeschlagenen Auges sagte: »ja, wenn nur die verfluchten Kerls, die Kutscher nicht wären«. Also ein alter, weitverbreiteter Schaden. An dem Seydelmann-Aufsatz hab ich die große Knappheit der Darstellung bewundert: Friedrich Wilhelms III. Urtheil ist vorzüglich. Überhaupt steht es mir fest, daß ganz freistehende Menschen, so z. B. amerikanische Damen von oft kaum Mittelgutsbildung, am häufigsten den Nagel auf den Kopf treffen. Sie können nicht nachsprechen, weil sie nie was über die Sache gehört haben.

Herzliche Empfehlungen von uns allen an Frl. Braut. Wie immer Ihr

Th. Fontane.

*201. An Georg Friedlaender*

Berlin 9. Mai 92.
Potsd. Str. 134.c.

Hochgeehrter Herr.

Herzlichen Dank für Ihren lieben Brief und nachträgliche Glückwünsche zu dem Doppel-Geburtstag. Aehnlichkeit der Eheleute (wie wenn sie Geschwister wären) und am selben Tage geboren-sein, soll eine glückliche Ehe bedeuten. Bei Ihnen trifft das Zweite zu.

Wie Sie sich denken können, sind Ihre freundlichen Vorschläge des Weiteren durchgesprochen worden. Wir stimmen auch überein damit, daß Krummhübel-Brückenberg das Allerschönste ist und ginge es nach mir, so rückten wir wieder auf die Brotbaude, die für mich nicht blos eine von Wald umzirkte Wiesen-Insel, sondern, trotz Incest und ähnlichem Beiwerk was da blühen soll, die »Insel der Seligen« bedeutet. Ich habe doch manch Stück Landschaft gesehn, große und kleine Scenerie, aber nichts was mir so ans Herz gewachsen wäre, so ganz dem entspräche, was ich von einer stillen Sommerfrische verlange. Es geht aber nicht; meine Tochter darf, nach ärztlicher Verordnung, nicht so hoch hinauf und was noch wichtiger ist, meine Frau steht dort unter dem Doppelgestirn von Graul und Langerweile. Sie sieht nicht genug und dann auch wieder zu viel. An manchen Tagen muß sie sich damit begnügen, Schmidt anspannen, abfahren und wiederkommen zu sehn und wenn wir dann Abends in die Schenkstube gehn, um noch persönlich eine »Grätzer« oder einen Ingwer zu bestellen, befinden wir uns plötzlich in einer Abruzzen-Spelunke. Für mich und meine Tochter steigert dies den Reiz, denn wir können es dem Amtsgerichtsrath Friedländer überlassen, sich vorkommenden Falls mit diesen Elementen gemüthlich auseinanderzusetzen, meine Frau aber, die als alte Berlinerin, ein beständiges Schutzmannsbedürfniß fühlt, hat diese die Angst lösende Helmspitze dort oben nicht nah genug und will deshalb lieber »zu Thale«. Da wäre ja nun Krummhübel das Nächste, dessen Schönheit zudem unbestritten bleibt. Aber wir kennen es zu gut; da steht Exner und drüben steht Loesche und dann kommt die ganze Schreiberei und dann Schuster Lindau und dann Meergans mehr oder weniger unter Spiritus und dann der schwarze Rumler, dessen Frau auf dem Liebhabertheater die alten Gräfinnen und dann Frau Schiller und zuletzt gar Fräulein Bollmann aus Berlin, die so gut kochen soll und einen doch wenig behaglich stimmt. Ich war zu oft da und habe zu viel erfahren. Auf Nordernei ging es mir seinerzeit ebenso. »Nur der Irrthum ist das Leben.« Also lieber ein neuer Platz und ein neuer Wahn. Buchwald, hochgelegen, Wald und Schatten, *das* lockt, und alle Plätze, die, verhältnismäßig nah von Schmiedeberg, Aehnliches bieten. Ja Schmiedeberg selbst, erschrecken Sie nicht, wäre willkommen, wenn ich auf einer Sandscholle (vor Sumpf und Pilzen unter den Dielen habe ich einen Graul) was Nettes finden ließe. Die Verpflegungsfrage ist nicht ängstlich, weil wir unser Mädchen mitbringen. Alles was wir bitten können, läuft darauf hinaus, daß Sie in Ihrer Güte gegen uns, drei, vier Plätze – sämmtlich nicht über Buchwald hinaus, überhaupt je näher, je besser – zur engeren Wahl bringen. Meine Tochter will dann, gleich nach Pfingsten, als Reisemarschall voraufgehn und etwas Bestimmtes miethen. In der Regel hat sie's gut getroffen. Wir freuen uns sehr auf Schlesien und ein Wiedersehn mit Ihnen, weil wir beide Alten fühlen, daß es hier in der Berliner Luft nichts mit uns wird; die Nachwehen der Influenza wollen nicht weichen und an Arbeit ist gar nicht zu denken. Dem entsprechend ist die ganze Stimmung, nicht geradezu jammervoll, aber resignirt, alles unter der Trauerfahne: »was soll der Unsinn?« Ein sonderbares Gefühl des totalen Überflüssigseins beherrscht mich und wiewohl ich eigentlich nie »eine Zeit« gehabt habe, fühle ich doch, meine Zeit liegt zurück. Alles weggestorben und der Blick der Jüngeren drückt das aus, was Friedrich der Große auf seiner letzten Fahrt durch das Ruppinsche sagte: »mein Gott, lieber Rathnow, ich dachte Er wäre lange todt«. Manche Blicke sind auch nicht so gemüthlich und erinnern mehr an »Racker's, wollt ihr denn ewig leben«. In Indien wurden früher die Alten auf große Bäume am Ganges gesetzt und dann begann ein Schütteln. Die sich nicht mehr halten konnten, fielen in den Fluß und wurden weggeschwemmt. Wenn man in die Herzen sehen könnte, würde man finden, daß dies Verfahren auch bei uns stille Anhänger zählt. Über Dove-Heyse bald mündlich. Empfehlen Sie mich Ihren Damen und grüßen Sie die Kinder. Wie immer ihr aufrichtig ergebenster

Th. Fontane.

202. *An Reinhold Stoeckhardt*

*Berlin* 15. Mai 92.
Potsd. Str. 134. c.

Hochgeehrter Herr Geheimrath.

Empfangen Sie, Frau Gemahlin und vor allem das Fräulein Braut selbst unsre herzlichsten Glückwünsche zu dem frohen Ereigniß. Wenn es in einem Zusammenhange mit der Orientfahrt steht, so wird der Stangensche Zug an Ansehn und Anhängern gewinnen. Wir gehen leider noch ganz influenza-elend, Ende der Woche nach Schmiedeberg, Umgegend von Buchwald, und haben vielleicht im Laufe des Sommers die große Freude Sie alle auf Ihrem schönen Besitz begrüßen zu können. In vorzügl. Ergebenheit

Th. Fontane.

203. *An Georg Friedlaender*

Berlin 19. Mai 92.
Potsd. Str. 134.c.

Hochgehrter Herr.

Eben kommt Ihr lieber Brief mit Zeichnung und Citat aus Fr. W. IV. (letztres hat mich *sehr* amüsirt, weil es alles in die richtige humoristische Beleuchtung stellt, was doch des Lebens Bestes ist.)

Das Ehepaar Gottschalk wirkt erfreulich gewissenhaft, aber auch mit den Mängeln davon, ein bißchen zu feierlich. Vielleicht ist es aber doch am besten so. Betten bringen wir also mit, aber nur für mich; die ganze Weiblichkeit will es mit allerlei Zudecken versuchen und wenn diese bei der wohl noch bevorstehenden Kälte versagen, so wollen sie Bauerbetten oder auch Schmiedeberger Stadtbetten zu miethen suchen. Mir scheint das verständig; Ueberzüge etc. bringen wir mit. Daß wir erst heil an Ort und Stelle sind, wünschen wir uns, aber auch *Ihnen* »denn dieser letzten Tage Qual war groß« (für Sie); sind wir erst untergebracht, so läßt es nach, freilich mit vivat sequens, denn der 24. ist dann dicht vor der Thür und Dagmar ante portas.

Gleichzeitig mit diesen Zeilen wird wohl ein dickes Manuskriptpacket bei Ihnen eintreffen, das ich freundlichst bis Sonnabend aufzubewahren bitte. Verzeihen Sie, daß ich Ihnen damit ohne vorgängige Anfrage ins Haus komme, aber ich wußte mir nicht anders zu helfen. Die Werthangabe ist übrigens unrenommistisch, wenn der Kurs meiner Papiere nicht in rasches Sinken kommt. Möge mir dies erspart bleiben; so seine Decadence in Zahlen ausgedrückt zu sehn, muß was Trauriges haben. Wir freuen uns unendlich auf Natur und Stille, auf das allem Radau Entrücktsein. Früher war mir das Thema »Schmiedeberg oder Berlin« eine offne Frage, jetzt nicht mehr; so lange man noch strebt und hofft, hat die große Stadt mit ihren Strebungen einen Reiz, jeder will das große Loos des Lebens gewinnen, jeder hofft die Brätzeln werden für ihn besonders gebacken, wenn man aber erst merkt, daß keiner über die Salz- und Kümmelbrätzel 'rauskommt, und mitunter aus welcher Hand genommen, dann verzehrt man sie lieber an einem Bergquell als an der Unterspree mit Leierkastenbegleitung. Ueber dies Thema mündlich bald mehr. Bitte mich allerseits zu empfehlen. In vorzügl. Ergebenheit

Th. Fontane.

Eben höre ich noch von 2 andern Packeten, die meine Tochter an Sie adressirt hat. Tragen Sie all die Belästigung mit Geduld, – das Schlimmste ist wohl vorüber. Ihr

Th.F.

*204. An Wilhelm Hertz*

Zillerthal b. Schmiedeberg 22. Mai 92.
Villa Gottschalk.

Sehr geehrter Herr Hertz.

Wenige Stunden vor meiner Abreise empfing ich »Merlin« durch Ihre Güte und fand nicht mehr Zeit von Berlin aus dafür zu danken; so geschieht es denn von dieser Villa Gottschalk aus, angesichts des noch ganz im Schnee liegenden Gebirges. Dem entspricht denn auch die Temperatur. Und doch bin ich froh, hier zu sein, denn ich habe hier Stille statt Radau. Heyse's neusten Roman wollen wir Abends ganz winterlich am warmen Ofen lesen. An Störungen ist nicht zu denken, wenigstens nicht von außen her. Buchwald und Fischbach liegen in unmittelbarster Nähe und vor 20, ja noch vor 10 Jahren, hätte mich dieser liebesromantische Grund und Boden interessirt, jetzt ist es vorbei damit, wie mit vielem. Das einzig Nette ist noch: in der Sonne sitzen und blinzeln, also das von Herm. Lingg besungene alte Krokodil. »Am heilgen Teich von Singapur« etc. Mit der Bitte mich Ihrem Herrn Sohn empfehlen zu wollen, in vorzügl. Ergebenheit

Th. Fontane.

*205. An Carl Robert Lessing*

*Zillerthal* (Schlesien), d. 23. Mai 1892.
Villa Gottschalk.

Hochgeehrter Herr Geheimrat.

Vorgestern bin ich mit Frau und Tochter hier eingetroffen, um nach fast vierteljähriger Krankheit Genesung und Kraft zur Arbeit an meiner alten schlesischen Heilstätte zu suchen. »Andere Luft« war der herkömmliche Doktorsrat. Aber die Luft allein kann es nicht. Ruhe, auch innerliche, ist gleichermaßen nötig, und diese zu gewinnen, dazu möchte ich wohl aus Ihrem Munde hören, daß Sie mir wegen meiner Indiskretion nicht weiter ernstlich zürnen. Dergleichen weiter zu schwatzen, wie ich getan, ist immer vom Übel, und es kann mir nichts ferner liegen, als mein Versehen verkleinern zu wollen. Aber ich spreche, wie ich schon mündlich zu Ihrer Frau Gemahlin tat, zugleich auch die herzliche Bitte aus, meine Schuld nicht als größer ansehen zu wollen, als sie ist. Was redet man nicht alles, wenn man mit einem Bekannten in einer Tiergartenallee spazieren geht! Immer dicht am Hochverrat vorbei. Was sagt man nicht alles zur Frau über die Tochter oder zur Tochter über die Frau oder zu beiden über die Söhne! So was muß verklingen und begraben sein. Darf ich mich der Hoffnung hingeben, daß Sie diese mildere Auffassung zu teilen beginnen?

Die ersten Zeilen, die ich von hier aus schrieb, waren an Frau Stephany gerichtet, vorsichtig abgefaßt, weil er selbst die Briefe zu lesen pflegt. Aber Ihnen kann ich aussprechen, daß mich der Zustand des Kranken mit wirklicher Sorge erfüllt. Sie werden diese Sorge teilen und haben leider die Zeitungssorgen dazu zu tragen.

Wir wohnen hier in nächster Nähe von Buchwald und Fischbach. Alles sehr schön, sehr still, sehr erquicklich, auch hohenzollerngeschichtlicher Grund und Boden. Aber die Tage, wo mich dergleichen mit einem kleinen Enthusiasmus erfüllte, liegen zurück, und tiefe Müdigkeit ist an Stelle davon getreten. Ob ich noch einmal von dieser Müdigkeit loskomme? Mit zweiundsiebzig sind die Chancen gering. Und so richte ich mich denn an einem altwürttembergischen Wahlspruch auf, dem ich vor einiger Zeit begegnete:

»Sorg, aber sorge nicht zu viel.
Es kommt doch, wie's Gott haben will.«

Mit der Bitte, mich Frau Gemahlin angelegentlichst empfehlen zu wollen, in vorzüglicher Ergebenheit

Th. Fontane

*206. An Wilhelm Hertz*

Zillerthal (Schlesien) 30. Mai 92.
Villa Gottschalk.

Sehr geehrter Herr Hertz.

Herzlichen Dank für Ihre freundlichen Zeilen, die mich, in Folge der Hitze, in einem erbärmlichen Zustande vorfanden. Heute geht es eine Spur besser. Eupel hat mir das Gentzrode-Kapitel geschickt, dessen Ankunft ich ersehnte und das mich jetzt erschreckt. Ich denke mir, daß bis zum Erscheinen des betr: Heftes, wohl noch an die 8 oder 10 Wochen vergehen werden und hoffe bis dahin, d.h. schon 4 Wochen vorher, mich erholt zu haben. Verläuft es so, so ist keine Noth. Müßte das lange Kapitel aber schon vor meiner leidlichen Genesung zur Stelle sein, so müßte ich den Wunsch aussprechen, daß vielleicht Ihr Herr Sohn, dem ich mich empfehle, kühne Streichungen darin vornimmt, damit alles Aengstliche, das in ein paar Wendungen vielleicht steckt, fortfällt. Von dem Honorar erlaube ich mir im Juni oder Juli um 100 Thaler zu bitten. Es ist hier sehr schön, aber es fehlt die Kraft sich dran zu freun. In vorzügl. Ergebenheit

Th. Fontane.

*207. An Wilhelm Hertz*

Zillerthal (Schlesien) 7. Juni 92.
Villa Gottschalk.

Sehr geehrter Herr Hertz.

Ergebensten Dank für Ihre freundlichen Zeilen und die beigeschlossenen 300 Mark. Sobald ich mich erholt haben werde (freilich sehr mißlich) arrangire ich das mit Eupel, an den ich schon eine Karte geschrieben. Es geht mir nicht gut, vielleicht noch Influenzafolgen, vielleicht die natürliche Folge von 72. Brahm, Gerh. Hauptmann und Otto Erich Hartleben waren am Pfingstsonntag, durchgeregnet, anderthalb Stunden bei uns. Sehr nett. An demselben Tage erhielt ich aus Groß Lichterfelde eine Kiste mit Rosen sammt *Kalmus* und *Birkenreiser* mit einer einzigen Zeile, Citat aus dem kl. Gedicht mit dem Backfisch und Mozartzopf. Einen Augenblick dachte ich an Ihren Herrn Sohn, andres sprach aber dagegen. In vorzügl. Ergebenheit

Th. Fontane

*208. An Georg Friedlaender*

Villa Gottschalk 10. Juni 92.

Hochgeehrter Herr u. Freund.

Ich bin so sehr elend, daß meine Damen – ich konnte es nicht – mit Ihnen sprechen mußten.

Keines Menschen Gespräch hat mich je so gefesselt und angeregt wie das Ihre. Und zwar immer aufs Neu, sagen wir »unentwegt«. Aber alles fordert Kraft und die habe ich nicht mehr. Schmiedeberg bedeutet mir einen Platz zum Rückzug aus dem Leben, bis zum Erlöschen. Bewahren Sie mir Ihre Freundschaft, stehen Sie mir und den Meinen liebevoll bei wie bisher – ohne diesen Beistand hätten wir verspielt – aber stellen Sie mich in unsrem mich beglückenden und eine Lebensbedingung für mich bildenden Verkehr auf kleine Dosen. Seien Sie viel um mich, aber nur auf halbe Stunden. Vielleicht genese ich noch mal und kann Ihnen dann sagen und im Plaudern bethätigen, wie sehr ich an Ihnen hänge. Tausend Grüße Ihren Damen. Ihr treu und dankbar ergebener

Th. Fontane.

*209. An Carl Robert Lessing*

*Zillerthal* (Schlesien), d. 15. Juni 1892.
Villa Gottschalk.

Hochgeehrter Herr Geheimrat.

Eh es in den Zeitungen steht (das »Hirschberger Tageblatt« hat schon begonnen), erscheint es mir Pflicht, Sie, hochgeehrter Herr, wissen zu lassen, daß wir uns entschlossen haben, Berlin aufzugeben und uns nach Schmiedeberg für den Rest unserer Tage zurückzuziehn. Ich habe keine Freude mehr an dem großstädtischen Leben; aber wenn es auch anders läge, die Verhältnisse ließen mir keine Wahl. Seit meiner letzten Krankheit bin ich eine ganz gebrochene Kraft, zurzeit kaum fähig, ein paar Briefzeilen zu schreiben, und so schrumpfen denn meine Einnahmen auf weniger als die Hälfte zusammen. Damit in Schmiedeberg zu leben, wird gehen. In Berlin wäre es unmöglich, und so waren wir eines langen Schwankens überhoben. Einige Freunde drücken mir freilich ihr Entsetzen aus, davon ausgehend, daß ich ohne den Anblick einer Prinzessinnenkutsche nicht leben könne. Ganz gefehlt. In Wahrheit liegt mir nur noch an Ruhe. Finde ich *die*, so bin ich geborgen. Wenn nicht, weil durch Krankheit gequält, so kann auch Berlin mit Matkowsky und der dell Era nicht helfen.

Daß es mit Stephany besser geht, hat mich hocherfreut; mög es so bleiben.

Mit den aufrichtigsten Wünschen für Ihr und der Ihren Wohl
Ihr dankbar ergebenster

Th. Fontane.

*210. An Hans Hertz*

Zillerthal (Schlesien.) 17. Juni 92.
Villa Gottschalk.

Sehr geehrter Herr.

Ich schreibe an Sie, weil sich meine Bitte ganz persönlich an Sie richtet.

Mit meiner Gesundheit ist es nicht besser geworden, fast im Gegentheil, so daß an Durchsicht des dicken Gentzrode-Kapitels gar nicht zu denken ist.

Da bitte ich nun herzlich, daß Sie für mich einspringen und diese nicht ganz kleine Arbeit auf sich nehmen.

Einleitung, Gründung von Gentzrode, Bau u. Beschreibung des Herrenhauses, endlich am Schluß die ganze Graf Zieten-Geschichte – das alles ist glaub ich in Ordnung; Sorge macht mir nur die Stelle, wo die Ruppiner Spießbürger in Einzelexemplaren charakterisiert werden und weiterhin das über den Alex. Gentz-Prozeß Gesagte. Vielleicht ließe sich Ihr Herr Onkel, der Geheimrath, bewegen, die Prozeßstelle zu lesen und festzustellen, ob da meinerseits mehr gesagt worden ist, als man sagen darf. Ich glaube nicht. Bei den Spießbürgern – alle todt und alles sehr harmlos – kommt wohl nur der eine in Betracht, dessen Töchter hinsichtlich ihrer Tugend bespöttelt werden.

Was irgendwie Bedenken weckt, – weg damit. Es kann nur darauf ankommen, daß durch solche Streichungen der richtige Gang des Ganzen nicht gestört wird.

Mehr kann ich nicht sagen, ich bin schon vom Schreiben dieser wenigen Zeilen ganz erschöpft.

Unter Empfehlungen an den Papa, in vorzügl. Ergebenheit

Ihr

Th. Fontane.

*211. An Carl Robert Lessing*

Zillerthal (Schlesien), 18. Juni 1892.

Hochgeehrter Herr Geheimrat.

Empfangen Sie den Ausdruck unsres herzlichsten Dankes für Ihre, neben manchem Schmerzlichen, uns so wohltuenden Zeilen. [...]

Präsident Bardelebens Tod hat auch auf uns einen großen Eindruck gemacht. Dem über ihn in der Zeitung Gesagten, wird wohl jeder zustimmen. Er wirkte wie er war. So viel schöne Eigenschaften finden sich nur selten in einer Menschennatur vereinigt und diese schönen Eigenschaften sind es, die einem, wenn man alt geworden, die Hauptsache bedeuten. Größe bewundert man, aber unsre Sympathie weckt nur das Edle. Bürgermeister Zelle ist ihm, glaub ich, in der Charaktermischung nahe verwandt. Viele gibt es nicht derart.

Ja, das Vereinsamen! Es wäre schrecklich, wenn nicht das immer wachsende Gefühl von der Lebensmühsal, vor der es nur eine Flucht gibt, nebenherginge. Hingehen in Kraft und Arbeit, wie beneidenswert! Aber wie Wenigen ist es gegönnt! »Das arme Menschenherz muß stückweis brechen«, sagte vor nun gerade 50 Jahren der auch schon wieder vergessene Herwegh.

Darf ich bitten, uns Ihrer Frau Gemahlin angelegentlichst zu empfehlen. Die Karlsbader Kur, unter Promenade am schönen Huvenow-See wird hoffentlich die Beschwerden auf eine gute Weile beseitigt haben. Unter allen Umständen ist der stille Landaufenthalt eine Erquickung; so hart mitgenommen wir hier durch schlechte Gesundheit und allerlei Bekümmernisse sind, so empfinden wir's doch stündlich als eine Wohltat, daß es nicht klingelt.

In dankbarer Ergebenheit

Ihr

Th. Fontane.

*212. An Gustav Karpeles*

Zillerthal (Schlesien) Villa Gottschalk
19. Juni 92.

Hochgeehrter Herr und Freund.

Ich bin seit einem Vierteljahr krank und so wollen Sie gütigst die Kürze dieser Zeilen entschuldigen. Das mit der »Jüdin« ist ein alter Schaden, – schon vor länger als 40 Jahren war Dr. Löwenstein (ein Verwandter von Rudolf L.) dagegen; ich mochte es nicht fallen lassen, weil es ein Musterstück von Balladenton ist. Es stammt aus der berühmten Percy'schen Sammlung. Anno 50 war das alles nicht schlimm, heute liegt es anders und so verspreche ich Ihnen und dem Münchener Freunde die Ballade aus der nächsten Auflage wegzulassen. Mehr ist nicht zu thun.

Mit besten Wünschen für Ihr Wohl, in vorzügl. Erwartung

Th. Fontane.

*213. An Karl Zöllner*

Zillerthal i. Riesengeb. Villa Gottschalk
8. Aug. 92.

Mein lieber Chevalier.

Ich will mich doch auch noch für Deinen lieben Brief bedanken, der an alte gute Zeiten erinnerte. Die Stelle über Lübkes Wiederverheirathung hat uns am meisten amüsiert. Fanchon bleibt sich immer gleich. Es ist nicht gut so rücksichtslos vorzugehn, die alten Anstandsgesetze haben doch ihr Gutes und Natürliches.

Was mich angeht, so geht es mir recht schlecht, rapide schlechter. Ich soll zwar einen auf 85 Jahre berechneten Corpus haben, mir persönlich ist nicht danach zu Muthe. Zudem hat mir eine Breslauer Autorität, Prof. Hirt, mit Hülfe des Augenspiegels ruhig versichert: Gehirn-Anämie, der Sehnerv ganz weiß, also hochgradig, er könne es aber elektrisch heilen. Na na. Die Reise nach Breslau war eine kolossale Strapaze, Martha begleitete mich. Ende des Monats soll die Kur selbst folgen. Der Zustand ist elend und die Kraft von Frau und Tochter hin, auch ihre Geduld. Ich bin ein Quängelpeter u. Egoist. Du lieber Gott, die Krankheiten sind verschieden in ihrer Wirkung aufs Gemüth. *Du* wirst mir immer als Heldenvorbild citirt, was auch stimmt. 1000 Grüße Dein

Noel.

Mehr als diese Zeilen konnte ich nicht leisten. Es ist nach Kräften.

*214. An Friedrich Stephany*

Zillerthal i. Riesengeb., 9. Aug. 1892.

Hochgeehrter Herr und Freund.

Eben kam Ihr lieber Brief, volle 4 Seiten; so überrascht ich war, so erfreut natürlich, oder auch noch mehr. Solche 3 Schlachttage sind furchtbar, wenn aber schließlich wie bei Leipzig ein Sieg herauskommt, so bleibt es zwar ein hart Ding, aber man kann sich's gefallen lassen. Wie wer den Mensch braucht und Einsamkeitsluft, wenn sie noch so schön und rein ist, hält er nicht lange aus[!]. Davon können wir ein Lied singen, allmälig zieht Trübsinn ein mit seinen grauen Schreckgestalten.

Ich leide an Blutleere im Gehirn, Prof. Hirt hat es festgestellt, und ich soll mich vom 22. ds. an einer elektrischen Kur in Breslau unterziehn. Eine harte Nuß; Stadtluft, Hitze, keine richtige Verpflegung und absolut allein, dabei bei Tage nicht schlafen dürfen und Nachts keinen Schlaf oder sehr wenig. Dabei bin ich so weichlich gewöhnt und muß nun am Ende meiner Tage erfahren, wie hart unser Los auch sein kann. Und dazu die Furcht, es kann auch noch härter kommen. Aber zu Ihnen darf ich so kaum sprechen, Sie haben mehr durchmachen müssen.

Wie immer Ihr
Th. Fontane.

*215. An Friedrich Fontane*

*Zillerthal* im Riesengebirge, d. 11. August 1892.

Mein lieber Friedel.

Eben habe ich einen kleinen Brief an Theo geschrieben und ihm herzliche Grüße an Dich aufgetragen; Mama und Mete sagen aber: »so geht das nicht, schicke ihm Deine Grüße direkt«, und das will ich tun in diesen Zeilen, denn Du bist, während dieser ganzen unglücklichen Zeit, sehr aufmerksamen und guten Herzens gewesen. Jeder Brief verriet, daß er in der besonderen Absicht geschrieben war, mir eine Freude zu machen durch die eine oder andre freundliche Mitteilung. So die Ausschnitte aus den französischen Zeitungen. Noch vor ein paar Jahren hätte mich das alles entzückt und erhoben, jetzt kommt es zu spät; aber es ist doch nett und hübsch, daß Du's mir schickst, in der Erwartung oder auch bloß in der Möglichkeit, mir eine Freude damit zu schaffen. »Petöfy« soll also möglicherweise übersetzt werden, mir sehr lieb und recht; ich glaube aber, daß z. B. »Quitt« (schon wegen der gelungenen Figur des L'Hermite) besser zur Übersetzung geeignet wäre. Außerdem ist die Schilderung der schlesischen Gebirgswelt eigenartig und könnte wohl französische Leser interessieren. Vielleicht läßt Du ein Wort in diesem Sinne fallen. Mich persönlich mit den betr. Herren in Verbindung zu setzen, dazu fehlen mir noch immer die Kräfte. Und sie werden auch wohl nicht wiederkommen. Die Decadence ist da. Dabei fällt mir auch noch Karl Emil *Franzos* und sein Buch ein. Das Büchelchen ist sehr interessant und verdient allseitig gelesen zu werden; aber ihm schreiben, daß ich mich auf Novellen und Erzählungen nicht mehr einlassen kann – das bitte ich Dich Deinerseits zu übernehmen. Ich habe ja noch Arbeiten liegen, sogar, nach dem Maße meiner Kraft, ganz gute; aber sie sind total unfertig in der Form, und Mete will sich allmählich der Mühe unterziehn, Klarheit, Ordnung, Abrundung hineinzubringen. Möchte ihr das gelingen. Das würde alles in allem 12 000 Mark bedeuten, die nicht zu verachten sind, um so weniger, als mein Kranksein so viel Geld kostet. Mißglückt es, nun so muß es auch so gehn, aber die armen Frauen (Mama und Mete) tun mir leid; denn ein Sparpfennig ist bald aufgezehrt.

Wie immer Dein alter Papa.

### *216. An Karl Zöllner*

Zillerthal i. Riesengebirge. Villa Gottschalk
13. August 92.

Mein lieber alter Chevalier.

Wenn Dein erster Brief wie aus guter alter Zeit war, so war der zweite wie aus allerbester. Beneidenswerth, daß Du's noch kannst, daß der gehäufte Löffel Resignation und andre gute Dinge Dir so viel Kraft geben. Wir haben uns alle herzlich an Ton und Inhalt gefreut und meine zwei Damen haben nur leider wieder Kapital draus geschlagen oder richtiger einige neue Pfeile gegen mich abgeschossen. Sie werden der Thatsache nicht gerecht, daß nicht blos die Menschen sondern auch die Krankheiten verschieden sind und daß unter den letztren welche sind, die das ›leide ohne zu klagen‹ ganz besonders erschweren. Im Uebrigen gebe ich zu, daß der Charakter entscheidet und energische Persönlichkeiten das schier Unmögliche möglich machen.

Theo hat uns von einer Kaffestunde mit Dir bei Josty oder in Café Bellevue erzählt; er war sehr angethan davon. Alles das sind Thaten, die mir imponiren. Könnte ich noch eine Freude in meinem Herzen aufbringen, so wäre mir geholfen; aber leider alles grau in grau, der Trübsinn hat die Oberhand. Montag über 8 Tagen will ich noch mal nach Breslau – die ganz aufgezehrte arme Frau mit mir – um bei Prof. Hirt einen letzten Kurversuch zu machen. Etwa 10 Tage. Dann zurück nach Berlin. Ach, Berlin! Es liegt schon in Gedanken schwer auf mir. Der Lärm, all das wüste Treiben, die Jagd nach dem Glück und die Brücke, die bricht. Der Lübke-Fall kann einen auch nicht heiter stimmen. Ach, man muß an das Leben glauben, um glücklich zu sein; der schöne Wahn hält uns; ›nur der Irrthum ist das Leben und die Wahrheit ist der Tod.‹ Schiller hat es auch *da*rin getroffen, wie so oft. Und nun lebe wohl. Grüße Frau und Sohn. In alter Freundschaft Dein

Noel.

*217. An Wilhelm Hertz*

Zillerthal i. Riesengeb. 14. August 92.
Villa Gottschalk.

Sehr geehrter Herr Hertz.

Nach traurigen 3 Monaten wollen wir, – wahrscheinlich am 22., – dies sonst so schöne Thal verlassen, ich um zunächst nach Breslau zu gehn, wo meiner eine Kur bei Professor Hirt harrt. Es heißt nun, hier und dort, »füll Deinen Beutel mit Gold« und so möchte ich Sie freundlichst bitten, das noch restirende Honorar für Band I. der Wanderungen oder richtiger vielleicht den Honorar-Rest hierher zu senden und zwar unter der Adresse: »Herrn Amtsgerichtsrath Dr. Friedländer, Schmiedeberg i. Riesengebirge«, der es mir dann einhändigen wird.

Ihnen geht es hoffentlich besser als mir; es ist mit Spiel u. Tanz vorbei und kann auch nicht wiederkommen. Herzlichste Grüße. In vorzügl. Ergebenheit Ihr

Th. Fontane.

*218. An Frau Stephany*

Zillerthal i. Riesengeb., 22. Aug. 92.

Hochgeehrte Frau u. Freundin.

Wir haben verhältnißmäßig lange nichts von Ihnen gehört und nehmen es als ein gutes Zeichen. Sind Sie in Borkum oder still in der Breiten-Straße? Wir hoffen das Erstre, denn Berlin bei 30 Grad und mehr ist nicht schön und nicht förderlich für einen Reconvalescenten. Wo sind Lessings, im Meseberger Schloß oder ist er wenigstens auf ein paar Wochen in die Welt hinaus? Ich glaube es kaum; das Interesse für die Zeitung wird ihn in Berlin festhalten. Und vielleicht ist solch »Dienst«, der uns unser Verhalten vorschreibt, unser Bestes. Entgegengesetzten Falls (*mein* Fall) brüten wir nun tagaus tagein über unsrem Unglücks-Ei. Es hilft zu nichts und nimmt einem den letzten Rest von Freudigkeit. Meine Frau hält hier tapfer bei mir aus, meine Tochter reist heute Abend ab, um in Pommern bei befreundeten Personen etwas Auffrischung zu suchen. Mit besten Wünschen für Ihr und der Ihrigen Wohl, in vorzügl. Ergebenheit

Th. Fontane.

*219. An Martha Fontane*

Zillerthal i. Riesengebirge. Villa Gottschalk. 24. Aug. 92.

Meine liebe Mete.

Heute Vormittag kam Deine Bleistiftkarte, die uns beruhigte, wenn man eine ›schauderhafte Reise‹ eine Beruhigung nennen kann. Zwei Tassen Kaffe und Deyelsdorf und das verehrte und geliebte Haus Veit in Sicht, sorgen aber für ein Gegengewicht. Möchtest Du Dich bald von den unerhörten Strapazen in Zillerthal erholen; Du hast es Dir durch Tapferkeit verdient. Hier geht alles im alten Geleise weiter, eine merkwürdige Form von Leben; die Hitze läßt nicht nach, Friedländer kommt, sonst Einsamkeit. Die Alte resolut wie immer und mir ein Vorbild. Anna frisch und munter auf dem Posten. Mög es so bleiben, d. h. Annas Frische u. Munterkeit, sonst ist vieles hier sehr besserungsbedürftig, wie keiner besser weiß als Du. Theo hat sich also *nicht* eingefunden; eure Beziehungen werden dadurch nicht intimer werden. Heute kam ein Brief von Stephany; sie rüsten sich zur Abreise nach Sedisberg[!] am Vierwaldstättersee; aber die Reise muß mit 3 Nachtquartieren gemacht werden: Frankfurt, Trüsberg (oder so ähnlich) und Luzern. Max Nordau hat mir sagen lassen: er würde mich durch Einspritzungen Brown-Seguard'scher Flüssigkeit zu heilen suchen. Er fügt auch hinzu, woraus diese Flüssigkeit gemacht wird und dabei ist mir wieder etwas unheimlich geworden. Vieles ist doch jetzt zu künstlich. Ergeh es Dir endlich ein bischen gut, was natürlich heißen soll, recht recht gut. Du kannst es brauchen. Wie mußt Du Dich nach heitren Eindrücken sehnen. Mama schreibt noch eine Karte, zieht ihre Absicht aber zurück, in dem Augenblick wo ich dies niedergeschrieben. Sie schreibt morgen. Ich habe es gut gemeint und sehe nun aber, daß Du ein schlechtes Geschäft machst, denn Mamas Karten enthalten immer mehr als meine Briefe. 1000 Grüße dem ganzen Hause. Wie immer Dein alter

Papa.

*220. An Friedrich Fontane*

Zillerthal i. Riesengebirge, 26. Aug. 92.
Villa Gottschalk.

Mein lieber Friedel.

Unsre Briefe haben sich gekreuzt. Dein letzter Entschluß ist richtig; die Reise ist kostspielig und strapaziös und Du kannst uns nicht helfen, – wir müssen es selber durchfechten. Ich bin ganz herunter, weil ich Nächte lang keinen Schlaf habe, so diese letzte. Und in diesem Zustand und bei dieser Hitze muß ich nach Breslau. Das einzig Gute ist noch mein Magen und meine Verpflegung, das wird aber da schlimm werden. Und dazu die verzweifelte Lokusfrage in Hotels.

Dein Brief hat uns wieder sehr wohlgetan; wie hübsch, daß Du in Lichterfelde warst und wie richtig, was Du bei der Gelegenheit sagst. Theo schickte uns einen Epheuzweig vom Grabe, was uns alle rührte. Von Geschäftlichem schreibe ich nicht, der Sinn dafür ist mir in meinem Leiden abhanden gekommen.

Mama legt einen guten Verhaltensartikel aus der Vossin bei, ich will aber doch auch noch ein Wort sagen. Hauptsache ist: aufpassen und sofort ärztlichen Rat einholen, die Selbstdoktorei ist immer vom Übel. Mit Recht will der Artikel von Choleratropfen und Ähnlichem nichts wissen, man kann sich dadurch sehr schaden. Das mit dem abgekochten Wasser auf Eis gestellt, ist sehr gut, aber auch davon nicht viel; Bier (nur bestes) auf ein Geringes beschränken, Rotwein – solange er einem nicht widersteht – immer gut. Nur mit Appetit essen, beim geringsten Ekel refüsieren, im Ganzen aber, mit Ausnahme der in dem Artikel genannten Dinge, namentlich Käse und Gurkensalat, alles beim Alten lassen. Sich vor Erkältung hüten, wenn nötig gleich eine Leibbinde anlegen.

Wie immer Dein alter

Papa.

*221. An Martha Fontane*

Zillerthal i. Riesengebirge 29. Aug. 92.

Meine liebe Mete.

Gestern kam Dein lieber Brief (der zweite), heute die Karte vom 27. Es betrübt uns sehr, daß es noch nicht recht werden will und Dir vorläufig nur Hafergrütze blüht. Noch schlimmer: Opium. Daß Du Leidensgefährtinnen hast, verbessert die Situation wenig. Wir halten uns auf diesem Gebiete noch leidlich, aber Mama hat schon während dreier Sturmnächte am Fenster gesessen und ich meinerseits bringe es nicht über 2 Stunden Schlaf, trotzdem die Nächte ruhig d. h. blafffrei sind. Den ganzen Tag über turkle ich müde umher und gehe öfter in den Wald, wo man doch ein bischen Schatten hat.

Im Brouillon habe ich während der letzten Tage einen langen Brief an Dich geschrieben, aber ich hatte nicht die Kraft ihn zu copiren und fürchtete außerdem bei jeder Zeile erneut das Gefühl zu haben: ›nein, das geht nicht, das verfehlt ganz den Zweck.‹ Zweck war nämlich Dir nur Nettes, einigermaßen Aufkratzendes zu schreiben. Haus Reimann bei der Arbeit zu sehn ist eigentlich das Beste. Am Sonnabend war Pastor Wallis bei uns und half uns über eine Stunde fort, gestern Friedländer mit allen 3 Damen. Sie waren am Sonnabend in Hirschberg gewesen, von halb drei bis halb zwölf. Um 1 Uhr Nachts wieder zu Haus, wo er dann noch Aktenstücke vornahm. Ich mache es ihm nicht nach. In Hirschberg hatte er General Flotow's, außerdem Haus Lemcke und Baron Schoeller mit Frau besucht. Alle waren sehr befriedigt. Für mich wäre es nichts. Uebrigens herrscht wieder Haus- und Familienverstimmung: Marie Tilgner will mit der Schwester, Frau Hauptmann Hänseling, 4 oder 5 Tage nach Wang und Brotbaude, was er, Friedländer, übel genommen hat; er sieht darin ein Mißtrauensvotum. Ueberall Krakehl. Es ist eine Kunst in Frieden zu leben.

Eine Stelle aus meinem Brouillon – in dem ich mir, aus Liebe zu Dir, auch Rathschläge erlaubte – will ich aber doch abschreiben: ›sei froh, daß Du unter lieben hundertfach bewährten Menschen lebst, genieße die Deyelsdorfer Tage und vergiß nach Möglichkeit die 13 angesichts der Koppe verlebten Wochen.‹ Ja, Freundschaft und Treue sind viel. – Die französisch sprechenden Herren u. Damen der letzten Tage sind die Ruhberger Herrschaften, Fürst oder Graf Czartoricki sammt Anhang. Das mit Stoeckharts (Brautkranzgedichte) wird sich nicht leicht machen, da wir nicht gut Anna schicken können mit der Bestellung: ›was macht der

Geheimrath? A propos haben Sie vielleicht noch die Brautkranzgedichte.‹ Vielleicht hilft aber Mama aus der Verlegenheit oder ich schreibe an Friedel. Empfiehl mich den verehrten Herrschaften aufs herzlichste; mein Dank gegen sie ist sehr groß. Du aber erhole Dich und komme wieder in guten Stand. Wie immer Dein alter

Papa.

*222. An Friedrich Stephany*

Zillerthal i. Riesengebirge, 31. August 1892.

Hochgeehrter Herr und Freund.

Wo werden diese Zeilen Sie finden? Wo es auch sei, möge mein Dank für Ihren lieben Brief Sie bei wiederkehrender Frische und Gesundheit finden. Von dem Vierwaldstätter-See ist schon was zu erwarten. Heiß wird es wohl auch sein, grade so wie hier, aber wenn man nicht mehr aus noch ein weiß, braucht man bloß an Berlin zu denken, um sofort wieder dankbar gestimmt zu werden. Es war sehr liebenswürdig von Ihnen, mir mitzuteilen was Nordau geschrieben hat und er wird wohl Grund haben, die Brown-Seguardsche Flüssigkeit so zu loben. Aber mir widerstehen solche Mittel, die, wenn ich mich so ausdrücken darf, was geistreich Ausgeklügeltes, beinah was Raffiniertes haben. Natürlich hätte sich dasselbe seinerzeit auch gegen die Kuhpockenimpfung sagen lassen, aber alles in allem habe ich von den modischen Einspritzereien noch nicht viel Gutes gesehn. Dazu sage ich mir: »Du wirst 73«, was will man also noch? Ich habe wohl Todesbangen, aber nebenher läuft Weltfremdheit und das Gefühl gar nicht mehr in das Leben um mich her hineinzupassen. Es ist ein kraftlos halber Zustand. Immer müde und nicht schlafen können. Aber wem klage ich das? Sie haben tapfer noch Schwereres durchfechten müssen.

2. September.

Die Vossische ist jetzt ausschließlich unsere geistige Nahrung und hält uns in Verbindung mit der Welt. Alles interessiert, aber wenig erfreut mich. Choleraberichte, so wichtig sie sind, können einen nicht auffrischen. Ich freue mich, daß Lessing in Pontresina ist, – er kann auch einen Schluck frische Luft brauchen. Der junge Ehemann P. S. hat inzwischen als Alleinherrscher alle Theater zu seinen Füßen, es muß mitunter nicht leicht sein, aber er ist jung und gesund. – Empfehlen Sie uns Ihrer hochverehrten Frau

Gemahlin, Ihnen aber gehe es gut nach allem Schweren was nun zurückliegt.

In aufrichtiger Ergebenheit

Th. Fontane.

*223. An Martha Fontane*

Zillerthal i. Riesengebirge. 1. September 92.

Meine liebe Mete.

Da wäre nun der September! Wenn er zu Ende ist, sitzen wir nicht mehr hier, sondern in Berlin, auf das ich mich nicht freuen kann. Die Ruhe hier, so viel Hartes mit unterläuft, hat doch ihren Werth und Reiz. Wenn erst wieder ›Kollegen‹ kommen und Geld, Rath, Beiträge erbitten! Und dann Friedels Pläne. Und dann Theo, der unterhalten sein will. Aber vorüber an diesen Bildern. Gestern Abend kam Regen mit Gewitter in der Ferne; wir schliefen verhältnißmäßig gut, nur von 4 an quälen einen die Fliegen. Wir sind hocherfreut, daß es anfängt körperlich besser mit Dir zu gehn; liebevolle Worte und Musik werden auch der Seele aufhelfen. Wundervoll ist der Plan einer Wagenfahrt nach Warnemünde; mit kleinen Rasten in kleinen Städten, wo man gut verpflegt wird, kann das eine rechte Erfrischung werden, selbst an einem heißen Tage. Und zuletzt die gute Tante Witte, die so viel Liebe hat und für alles ein Interesse mitbringt.

Hier geht alles in altem Geleise weiter; schwer sind die Stunden vom 2. Frühstück bis zum Nachmittagskaffe; ich bin dann immer so furchtbar müde und fahre doch auf, wenn mich die Müdigkeit übermannen will. Von 4 Uhr an wird es dann besser. Mama liest mir manches vor, interessante Schilderungen Lindaus aus Amerika (doch ein großes Talent und nun so ganz untergebuttert) und Auszüge aus einem Moltke-Buch, namentlich Urtheile General Verdy's über den großen Schweiger. Eigentlich sind es kleine Lächerlichkeiten, die er erzählt, aber sie stehen in solcher Beleuchtung, daß man das schön Menschliche daran bewundert und der zu Feiernde nichts von Größe einbüßt; im Gegentheil. Ich werde die Artikel herausschneiden und sie Dir schicken, da dies doch ein Brief mit doppeltem Porto wird. Denn eben kommt Dein lieber Brief vom 30., der die ›Doktorbriefe‹ fordert, was sich wohl auf die Briefe von Hirt und Delhaes bezieht. In Delhaes Brief verstehe ich die eine Stelle so, daß er solche Kur für nicht Ausschlag gebend hält; ich persönlich stehe so zu der Frage: gewiß ist die elektrische Behandlung vorzüglich und sie hilft einem eine Ecke weiter, Hirt im Besondren ist ein Meister und Magier. Aber ich glaube zu wissen – und Hirt selbst sprach von Nachkur im ›November‹, natürlich auch in Breslau – daß es immer nur eine kleine Weile vorhält und ich kann nicht unsre letzten Dreier ausgeben, um mein Leben so kümmerlich hin zu fristen. Es ist ja nur noch ›Gewohnheit des Daseins‹. Von ›*süßer* Gewohnheit des Daseins‹, wie es eigentlich heißt, wage ich kaum noch zu sprechen.

---

Hinsichtlich der Cholera lesen wir alles was die Zeitung bringt. Die Hamburger, die man überall zurückweist wohin sie auch fliegen mögen, sind in einer furchtbaren Lage. Ich habe etwas Aehnliches von Panik, von in Bann thun einer ganzen Bevölkerung, kaum erlebt. Die Berliner, die sich so sehr beglückwünschen und mal wieder alles vortrefflich finden, mögen für ihren Dünkel nicht bestraft werden. Miethskasernen, Kellerlöcher, Hängeböden, Schlafburscheninstitut, alles überfüllt, Kanalluft, Schnaps, kühle Weiße und Budikerwurst, – da kann es jeden Augenblick auch hereinbrechen. Bleiben wir hier noch lange – vorläufig beobachten wir die Situation – so kommst Du natürlich wieder her*; wir werden Dich doch nicht allein in der unwirthlichen Wohnung lassen, die schon in normalen Tagen, wie ich jetzt stark empfinde, viel zu wünschen übrig läßt.

---

Bei Stoeckharts ist alles beim Alten; es heißt Dr. Wille erschiene jetzt häufiger, doch ist es on dit, also ganz unsicher. Eine mir unbegreifliche Situation. Dazu ist man Geheimrath, Millionär und Chateau-Besitzer; Könige sollen es mitunter am schlechtesten haben. Kaiser Wilhelm konnte in seinem Palais, als er Abends hungerte, kein Butterbrot kriegen und Hôtel de Rome mußte schließlich aushelfen.

* Mama, der ich eben – sie sitzt in der Küche Preißelbeeren auslesend, – diese Briefstelle mittheile, will davon nichts wissen. Das ginge nicht und ich müßte Dir dies schreiben, damit Du Dich in Deiner Seele nicht mit diesem Gedanken trügest. Zieht es sich wirklich lange hin, so gehst Du vielleicht auf ein oder zwei Wochen nach Rostock oder Zansebur. Vorläufig hält Mama wohl an dem Plan fest, daß wir am 21. wieder in Berlin sind.

Friedländer, der – in Folge Urlaubs seines Kollegen, jetzt viel zu thun hat – kommt trotzdem täglich und ist uns immer eine Freude. Seine Schwächen liegen obenauf, aber wie wäre unser Leben hier ohne ihn gewesen. Und nun namentlich jetzt, wo wir allein sind. Denn auch Stoeckharts versagen. Und wir können bei 22 Grad im Schatten nicht nach Hohenwiese pilgern und uns auf der Veranda mit Steinfußboden erkälten. Die beiden Friedländerschen Schwägerinnen wollen morgen oder übermorgen auf 8 Tage nach Wang und Heinrichs-Baude. Er ist verstimmt darüber, weil er es als ›stillen Vorwurf‹ gegen seine Gastlichkeit nimmt, hat aber Unrecht. Die Damen ihrerseits freilich auch, weil sie das Wort gebraucht haben, sie wollten ihn auf 8 Tage ›entlasten‹. Das ist Unsinn. Außerdem ist der Mann jetzt gar nicht in der Lage, um Koppen-Partieen zu machen. In Arnsdorf hatte er einen schweren gerichtlichen Fall, erschütternd in seinen Details. – Schreibe gelegentlich mal an Theo, ganz kurz. Seine Art kann Dir nicht sympathisch sein, trotzdem bleibt er immer noch eine gute Nummer, vielleicht eine glänzende. Denn wie sind die Menschen! Nur Deine jetzige nächste Umgebung nehme ich aus und Du kannst Dich mit dem Dank für diese Thatsache nicht genug durchdringen. 1000 Grüße. Wie immer Dein alter

Papa.

*224. An Karl Zöllner*

Zillerthal i. Riesengebirge 5. Septmb. 92.

Mein lieber Chevalier.

Dein Brief war nicht blos wie immer eine große Freude, sondern in Anbetracht unsrer Stimmung und Einsamkeit eine ganz besondre doppelte. Du beherzigst erfolgreich das alte ›Kopf oben‹, was ich von mir nicht immer sagen kann, jedenfalls ist mir Humor und heitre freie Betrachtung gänzlich abhanden gekommen. Ist dies eine Schuld, so fällt ein gut Theil davon auf meine Krankheit; die Art derselben bestimmt oft unsre Stimmung. Rührend war es mir aus Deinem lieben Briefe zu ersehn, wie Du, aus Freundschaft für mich, den guten alten Pankriz ins Verhör genommen hast. Bulldogge und Adlernatur, – ganz Pankriz. Daß er übrigens mit Kissingen Recht haben sollte, glaube ich nicht recht, ich habe immer nur wenig getrunken und dies Wenige mit sozusagen ›entgegengesetztem Erfolg‹, was übrigens sehr oft vorkommen soll. So hat mich das Eisen im Rakoczi gestärkt und der andre Salzgehalt nicht geschwächt.

Ich sprach von ›Einsamkeit‹; die ist für uns da seit uns Martha grade heute vor 14 Tagen verlassen hat; sie hatte, beiläufig, wieder Fabelhaftes unterwegs zu bestehn und suchte schließlich Schutz bei Hofprediger Frommel, von dem sie wußte, daß er in einem Wagen I. Klasse mit auf dem Zuge war. Frommel war auch sehr liebenswürdig. Das Abenteuer, das sie zu bestehn hatte, ging übrigens von einer vom schönen Geschlechte aus, ein weiblicher Drachen, der bei glühender Hitze alle Fenster geschlossen haben wollte, so daß Martha, die Ozon braucht, beinah stickte. Erwäge ich, daß solche und ähnliche Scenen in einem fort spielen, so finde ich doch diese ganze Reiserei, dies durch die Welt fliegen in einem Kasten, ein gräßliches Vergnügen. Jetzt ist Martha wieder bei ihrem guten Geheimrath Veit und fängt an sich zu erholen; in 8 Tagen will sie nach Rostock, was nur etwa 7 Meilen von dem Veit'schen Gute entfernt ist. Hier alles beim Alten, natürlich mit dem Unterschiede, daß wir jetzt frieren, wo wir noch vor 3 Tagen am Roste brieten. Dazu unser Mädchen, unser einziger Anker in allem Häuslichen, in dieser schweren Zeit, seit 3 Tagen in einem verschwollenen Zustand mit großen Schmerzen, so daß Milachen auch da helfend einspringen muß. Eine harte Nuß ist noch die Uebersiedlung, die Rückkehr von hier nach Berlin. Zum Beispiel bis 4 Uhr früh in denselben Betten liegen, die dann eingepackt werden müssen, um etwa um 8 auf der Bahn zu sein. In der Jugend geht das, aber alte kranke Leute! Wenn Du mich wiedersiehst, wirst Du wenig Freude an mir haben. Alles hin und ich gehe bangen Tagen entgegen. Immer geängstigt, gequält und kein Schlaf. Meine Frau grüßt. Empfiehl mich der verehrten Chevalière. Gruß an Karl Friedrich. Wie immer Dein

Noel.

*225. An Friedrich Stephany*

Berlin, 14. September 1892.

Hochgeehrter Herr und Freund.

Herzlichen Dank für Ihren lieben Brief aus Seelisberg. Ja, so verlaufen »Sommerfrischen«, entweder sind sie so frisch, daß man mit den Zähnen klappert, oder man wird am Spieß gebraten. Jetzt sind Mitteltage, von denen ich wünsche, daß Sie sich ihrer recht erfreuen mögen, zum Segen von Leib und Seele. Ihrem Briefe, nach Inhalt und Handschrift, kann ich entnehmen, daß Sie dem Leben wieder angehören, und trotz allem Schweren was Ihnen vorbehalten war, wieder der Alte oder wenigstens wieder gut im Stande sind; von mir kann ich das nicht sagen und ich habe nur noch ein hart Stück Weg, ob länger oder kürzer, vor mir. Wer nicht schlafen kann, zehrt sich auf, geht ein. So blicke ich in die Zukunft. Die Berliner Luft drückt mich nieder, dennoch bin ich froh, wieder daheim zu sein; in Villa Gottschalk lag man wie ein Handwerksbursch am Heckenzaun. Allein, hülflos, nur eine arme, selbst leidende Frau zur Seite. Dann und wann kam ein Freund und erzählte mir Geschichten, mit Vorliebe Sterbegeschichten, die meist lehrreich und vorbildlich waren. Ein kathol. Pfarrer in Schmiedeberg war so todesmutig, daß er das Menu für die Begräbniskollation entwarf und die Flaschen, die getrunken werden sollten, in eine Zimmerecke stellte. Solche Geschichten folgten eine der andern und zu Pfarrer Himpel (so hieß er) blick ich seitdem auf wie zu einem Ideal. Aber ich bringe die Himpelsche Forsche nicht 'raus. Weg damit. An Ihnen aber möge der schöne See, der schon so manchen erquickt, alle seine Heilwunder tun, und dafür sorgen, daß Sie frisch wieder an die alte Stelle treten. Ihrer hochverehrten Frau tausend herzliche Grüße von mir und meiner Frau.

Wie immer Ihr
Th. Fontane.

*226. An Unbekannt*

Empfangen Sie, hochgeehrter Herr, meinen ergebensten Dank; leider kann ich nicht, wie ich's wohl möchte, Ihnen zu Diensten sein; ich bin seit einem halben Jahre krank und darf nicht lesen, selbst das Niederschreiben dieser wenigen Zeilen wird mir schwer. So wollen Sie mich entschuldigen.

In vorzügl. Ergebenheit

Th. Fontane

Berlin
17. Sept. 92.

*227. An Georg Friedlaender*

Berlin 21. Sept. 92.
Potsd.Str.134.c.

Hochgeehrter Herr.

Ich vergaß neulich zu melden, daß das Werthpacket glücklich angekommen ist; es fehlt nun blos noch der, der die 6000 Mark auch wirklich dafür zahlt; da ich unfähig bin die Sache durchzucorrigiren, so wird er sich wohl auch nicht finden, was mir um Frau und Tochter willen leid thut.

Vorgestern Abend traf ich auf meinem öden Spaziergange – wie vergleichsweise herrlich war der Weg nach Buchwald oder selbst nach dem goldnen Schlüssel – Assessor Korn und Frau, er noch gebräunt vom Manöver her, die junge Frau etwas blaß und spitz und ein wenig im Gesichtsschnitt an Frau Richter erinnernd. Beide waren vielleicht auf dem Wege zu Ihrer Mama oder kamen von ihr. Ueber Mittag hatte ich einen Besuch in Schulte's Salon (jetzt im Redernschen Palais) gewagt und war auch leidlich interessirt, ja mehr als leidlich, aber ich turkelte zwischen den Bildern hin und her und war froh wieder draußen zu sein. Die Medizin, die ich nehme, steigert die Müdigkeit ohne mir Schlaf zu geben, nur in der Nacht, auch wenn diese schlecht ist, findet sich ein bischen. Dabei werden einem beständig Geschichten erzählt, von Menschen, die gar nicht schlafen. Es ist die alte Trostesweise. Heute ist Regentag; die »Parthieen« werden hinter Ihnen liegen und so schadet es nicht viel. Grüße und Empfehlungen Ihnen allen und gelegentlich lassen Sie mich wissen, wie's Ihnen geht. Hoffentlich gut. Wie immer Ihr aufrichtig ergebenster

Th. Fontane.

*228. An Georg Friedlaender*

Berlin 25. Sept. 92.
Potsd. Str. 134.c.

Hochgeehrter Herr.

Herzlichen Dank für Ihren lieben Brief. Ich schreibe früher als ich wohl eigentlich sollte, denn das rasche Antworten verwickelt Sie in eine immerhin zeitkostende Correspondenz, aber das Plaudern mit Ihnen ist mir während der letzten Monate so zur Gewohnheit geworden, daß es mir schwer wird darauf zu verzichten. Es war ein sonderbares Leben da draußen in Villa Gottschalk, – die Nacht, bang und oft schlaflos, war lang und der

Tag oft noch länger, dennoch stellten sich gute Stunden ein, die Luft erquickte, der Vormittag ging so hin und von 5 Uhr an kam ein Stück erquickliche Zeit, ich sah nach Ihnen aus und dann begannen die Plaudereien und die Spaziergänge auf und ab und dabei die Hoffnung auf 2 Nicht-Beller (Reimann's und Friebe's) und vielleicht ein Stück ruhigen Schlaf. Das ist nun anders, besser in vielem, aber doch nicht in allem. Ich habe viel mehr Schlaf, selbst guten, ruhigen, aber die Gesammtstimmung ist freudlos; man ist eben das gelbe Blatt am Baum, um die Zeit wo der Spätherbst einsetzt, und die Zusprache der Menschen, die's höflich zu bestreiten suchen, während ihre Mienen es bestätigen, ist mitunter geradezu verstimmend. Zu dem allem kommt noch, daß auch meine Frau an Schlaflosigkeit zu leiden beginnt; ihre Tapferkeit bleibt dieselbe, aber es ist traurig mit an zu sehn.

Alles was Sie mir aus dem Schmiedeberger Leben schreiben, über Bergel und seine Gesinnungs- und Charaktervornehmheit, über den liebenswürdigen Neuhöfer Prinzen, über die fortgesetzte Fehde des Richterschen Paares, über Scheliha und Wedel und die Verpflanzung der Frau v. Decker von Boberstein nach Schmiedeberg (das nun eine merkwürdige Person mehr beherbergt) hat mich lebhaft interessirt – es sind eben Nachrichten aus der kleinen Welt innerhalb deren ich 4 Monate gelebt habe. Leider wirkt das Meiste davon niederdrückend und nur was Sie über den geglückten Ausflug auf die Koppe schreiben, hat ein heitres Gesicht. Es kommt doch drauf an, wie einen die Dinge ansehn, resp. wie man sie sieht; alles dreht sich darum, ob man hofft und glaubt oder ob man damit scheitert.

26. Septemb. 92.

Wir erleben hier eigentlich eine Menge, namentlich wenn ich erwäge, daß wir kaum aus dem Bau kommen; 2 mal waren wir zu Tisch, erst bei Zöllners, dann bei Heydens; immer nur mit den liebenswürdigen Wirthen allein. Heyden sagte: »es kann Dir nicht geschadet haben, denn von Aufregendem war keine Rede«; er meinte es sehr gut damit, aber es hieß doch auch: ich habe Dich vordem interessanter gefunden. Er hat damit nur zu sehr Recht. Ihn persönlich beschäftigt der große neue Vorhang für's Opernhaus und wir sahen die verschiedensten Entwürfe; dem Stoff nach, deutsche Göttersage, alles sehr poetisch, aber nicht sehr verständlich und nicht allzu glücklich in der Composition. Heute kommt Otto Roquette, um 8 Tage bei Heydens zu wohnen; Heydens werden sehr nett sein, alle andern Freunde aber werden ihn grausam enttäuschen. Unter denen, die bei mir vorsprachen, war auch Dr. Max Nordau aus Paris; Sie wissen, er ist eigentlich Mediziner und nahm mich denn auch sofort in Behandlung, dabei so ziemlich alles verwerfend, und in ganz starken Ausdrücken, was unser hiesiger Arzt angeordnet. »Wenn Sie nicht thun, was ich Ihnen vorschlage, so beklage ich Sie, mich gesehn und gesprochen zu haben, es kann Sie dann nur beunruhigen.« Allerdings. So wird man hin und her geworfen, erbarmungslos wie ein Colli. Von Fiducit kann keine Rede sein; *das*, was *er* mir sagte, schien mir auch Unsinn. Heiße Bäder mit Kopfkühlung, immer Kalbfleisch und Hühnerbrust und Hühnerbrühe statt Wein. Bisher hieß es, ich müsse jeden Tag eine Flasche Rothwein trinken. Kurzum eine jammervolle Geschichte. Die galvanische Kur wird auch angezweifelt, was der eine klug findet, findet der andre dumm. Ich habe mich nun drin ergeben, es ist alles das reine Lotto. Ich könnte noch so fortfahren, aber es ist schon zu viel. Ein angenehmer Besuch, den wir empfingen, war der vom jungen Schlentherschen Paare, beide klug und liebenswürdig wie immer; ihre Hochzeitsreise, die bis Venedig ging, war glatt verlaufen.

Meine Tochter, die 14 Tage lang von Pommern aus in Warnemünde war, ist jetzt wieder auf den pommerschen Gütern ihres Freundes Veit, aber nicht lange mehr, am Donnerstag will sie wiederkommen, ich fürchte nicht sehr zu ihrer Freude. Nun aber ist es Zeit zu schließen, es ist der längste Brief, den ich seit lange geleistet. Tausend Grüße Ihren hochverehrten Damen von mir und meiner Frau, Sie aber, bleiben Sie der Sie immer waren Ihrem treu ergebensten

Th. Fontane.

Wie geht es mit Stoeckhardt? mein Vertrauen zu seiner Wiedergenesung ist nicht groß. Der ganze Fall hat etwas eigenthümlich Schmerzliches.

*229. An Georg Friedlaender*

Berlin 28. Sept. 92.
Potsd. Str. 134.c.

Hochgeehrter Herr.

Seien Sie herzlichst bedankt für Ihren lieben Brief. Ich schreibe gleich heut wieder ein paar Zeilen, weil ich vorhabe von nun an in

Etappen vorzugehn, beinah tagebuchartig. Daß ich überhaupt das Bedürfniß fühle, so vielleicht beschwerlich oft zu Ihnen zu sprechen, woran liegt es? Daran, daß Sie mir durch viele Wochen hin eine Theilnahme gezeigt haben, die die meisten Menschen darunter auch sehr liebe und gute und freundschaftlich bewährte, schmerzlich vermissen lassen. Ich knüpfe daran keinen Vorwurf, Krankengeschichten sind langweilig und der *alte* Kranke ist eine so überflüssige Erscheinung, daß die Inder nicht ganz Unrecht hatten, die die Kranken auf Baumäste setzten und nun zu schütteln begannen; – was sich nicht mehr halten konnte, fiel in den Ganges und wurde weggeschwemmt. Ein ähnlich summarisches Verfahren findet sich auch bei andern Völkern und nach dem wahren Satze, daß das Leben den Lebenden gehört, ist nicht viel dagegen zu sagen. Es ist in gewissem Sinne das Richtige, aber die Liebe, die Vergangenes nicht vergißt, ist doch das Höhere, das Schönere und stimmt den, der sich ihrer erfreut, zu ganz besonderer Dankbarkeit. Man hängt am Leben (ich auch) trotzdem einen jede Stunde von der Mißlichkeit der Sache überzeugt. Sie schildern wundervoll die Richtersche Gesellschaft und setzen hinzu: »das heißt eine Welt, das ist eine Welt.« Sehr wahr. Und zieht man dann in Erwägung, daß eigentlich alles »Richtersche Gesellschaft« ist, so ist die Sache, die man Leben nennt, keinen Schuß Pulver werth und die Materialisten haben Recht, die wieder stiller Staub sein wollen, und die Frommen haben Recht, die eingehen wollen zu himmlischen Freuden, zu Schauen und Verklärung. Unbegreiflich, daß wir das Werthlose für so werthvoll halten und uns sträuben gegen das Abschiednehmen von Tand und Flitter. Ein Räthsel, das ungelöst bleiben wird wie alle andern. Man ächzt so weiter und freut sich, daß man athmet.

29. September

Ich muß mich oft einen Hypochonder schelten lassen, aber es ist nicht so schlimm damit, und was wirklich hübsch ist, erfreut mich immer noch. Neulich kam ich Abends die Potsdamer Straße entlang, alles heiß, schwül, bedrücklich, aber die Menschheit, die sich um mich her tummelte, war sauber und adrett und ich empfing einen guten Eindruck. Zu Hause traf ich dann Schlenthers und freute mich ihrer. Beide, er wie sie, haben ein Recht zu sein, sie sind etwas und bieten etwas. Aber dem Meisten was man sieht, muß man dies absprechen, weil man wahrnimmt, daß es etwas Falschem dient. Wie die alten Juden den Bal-Dienst nicht sehen mochten, so geht es mir mit dem modernen Unwesen, das mich mit einem gewissen Schauder erfüllt. Es von der heitren Seite nehmen, bedeutet den Sieg darüber, aber dazu gehört eine Kraft, die ich nicht mehr habe.

Am Mittwoch Mittag war Otto Roquette eine Stunde bei uns, nicht sehr verändert, nur verwittert und von grauem Teint. Nicht zu verwundern, er hatte im Frühjahr drei Tage und drei Nächte unausgesetzt Nasenbluten; daß es zu stopfen glückte, war ein Wunder. Er sprach davon ohne alles Aufheben, war überhaupt wie immer voller Muth und Vertrauen, was alles einen sehr guten Eindruck machte, nur wirkte das Ganze doch petrefakt, überlebt. Und so ist man nun auch und will doch noch weiter existiren.

Freitag d. 30.

Heut ist ein wundervoller Herbsttag und erquickt mich wie seit lange nichts; ich glaube, 20 solche Tage könnten mich gesund machen. Uebrigens hat mir Nordau noch durch Pietsch sagen lassen: ihm folgen bedeute für mich Genesung. Möglich. Aber zunächst starker Taback! Heute kam ein Brief von Frau Stoeckhardt. Sie haben ganz recht gesehn; als nichts helfen wollte, verordnete Wille Spazierfahrten und die haben vorläufig wundervoll gewirkt; Stoeckhardt selbst ist guten Muthes. Die Verhandlung vor Gericht muß recht unangenehm sein. Wer Recht hat, weiß ich nicht, höchst wahrscheinlich Frau Stoeckhardt, denn ich finde die Summe kolossal hoch, aber trotz dieses muthmaßlichen Rechtes, hätte ich den Prozeß-Lärm vermieden und zu mir gesagt: 13 Mark 50 oder 15 Mark ist schließlich gleich; um so geringer Differenz willen mag ich keinen Prozeß haben. Und mit der Wahrung des »Rechts« ist es so so; tritt man erst auf *das* Brett, so hat man jeden Tag 24 Stunden Streit.

1. Oktober

Heute, nach einer schlaflosen Nacht, geht es mir ganz schlecht. Das Elektrisiren regt mich mehr auf, als es mich beruhigt. Der Kraft-Reservefonds wird immer kleiner. Mein Leben ist sehr qualvoll.

5. Oktober

Die Nachricht von dem Tode des jungen Prinzen Reuß hat uns alle aufrichtig betrübt. Der Alte muß viel durchmachen. Hier sieht es schlecht aus, alles krank, dazu heftige Gemüthsbewegungen.

Wie soll da die Kur anschlagen! Berühren Sie, wenn Sie antworten, diesen Punkt nicht, sagen Sie, bitte, nur, daß Sie mit Theilnahme von dem Kranksein meiner Frau gehört hätten. Ein Glück ist, daß man wenigstens eine Zeitung hat und sich auf Viertelstunden auffrischen kann. So jetzt durch die Berichte über die Distance-Reiter. Ergeh es Ihnen allen gut. Wie immer Ihr herzlich ergebenster

Th. Fontane.

*230. An Georg Friedlaender*

Berlin 12. Okt. 92.
Potsd. Str. 134.c.

Hochgeehrter Herr.

Für eine kurze Karte und einen langen lieben Brief habe ich Ihnen zu danken. Es freut mich aus letztrem zu ersehn, daß Sie an Ihrem jüngsten Hausbesuch so viel Freude haben; ist einem ein solcher Besuch sympathisch, so zählt er zu dem Besten, das einem werden kann, neu, frisch, lachend, entweder amüsant oder amüsabel oder wohl gar Beides, – wer sehnte sich nicht zu [!] solcher Zugabe beim Frühstück und den Tag über der folgt. Die kleine Vorliebe für die Saurmas und Usedoms nimmt man da gern mit in den Kauf. Vor ein paar Jahren hätte ich dies noch überzeugter ausgesprochen, weil meine Stellung zum Adel damals noch eine andre war, jetzt sehe ich doch zu sehr, was unsrem »ersten Stande« fehlt, der Prozentsatz der Ungebildeten unter ihnen ist zu groß. Und kaum ist der gute Wille da, dies zu ändern, weil vor der Sache selbst, will sagen vor der Bildung, kein Respekt existirt. Auch *das* wäre hinzunehmen, aber die Bekanntschaft mit der Sache müßte vorausgegangen sein. Was Sie hinsichtlich der Novelle »Der Herr Baumeister« schreiben, kann ich gelten lassen, aber gerade diese Breiten, die schließlich auch fehlen könnten, geben der Geschichte, neben ihrem eigentlichen rührenden Inhalt, auch ein Lokalkolorit, einen Hintergrund, der, durch seine vortreffliche Tönung, die Wirkung der Geschichte steigert.

Sie haben Recht, es ist alles in allem doch ein rechtes Glück, daß ich wieder in Berlin W. leben kann. Wenn ich es nicht vergesse, will ich ein paar Zeilen Frenzels beilegen, die, so einfach sie sind, doch deutlich zeigen, was man an den Leuten von Berlin W. hat; alles ist geschmackvoll. Wichtiger als solche Briefe aber, sind die Begegnungen im Thiergarten, der mitunter wie der Parkgarten eines Sanatoriums wirkt; alles was alt und leidend ist, sucht auf mittäglichen Spaziergängen Zuflucht in ihm. Neulich traf ich meinen alten Freund und Gönner den General v. Zychlinski, einen der Tapfren aus dem Swip-Wald bei Sadowa, wo die 7. Division den Tag rettete. Wir kennen uns seit 50 Jahren und die Freude war groß. Wovon man da alles sprach? Von Blasenleiden, Kathetrisirung und Strahlschen Pillen und so plaudernd zogen eine Generals-Excellenz und ein deutscher Balladendichter ihres Weges. Ich darf aber sagen, es hatte all das nichts Niederdrückendes, es war menschlich und der Ton dafür richtig gestimmt, resignirt mit einem Anfluge von Humor. Auch resignirt, aber freilich ohne Anflug von Humor, wird der arme Neuhöfer Prinz seinem Schicksale nachsinnen. Zu allem gehört Kraft, zu Lust wie Leid, und das Gefühl der eignen Gebrochenheit wird ihn jetzt doppelt quälen. Ueberall Tod; auch Lothar Bucher ist nun hinüber, in der Schweiz, fast wie ein Verbannter. Eigentlich war er ein Verbannter sein Lebelang, er ist einsam durch die große Welt gegangen, immer in Berührung mit den Klügsten und Besten, aber nur in Berührung, Intimität hat er nicht gekannt. Sein Leben läßt sich nicht ohne Wehmuth betrachten.

Es freut mich, daß sich die Correspondenz mit Capitain White fortsetzt; es war doch eine reizende Begegnung, beneidenswerth, vielleicht die Blüthe des ganzen Sommers.

Ein bischen kurz dieser Königgrätzer Abend, aber vielleicht gerade dadurch so werthvoll, so ungetrübt; dauert es länger, so stellen sich leicht Störungen ein. Erfreut hat es mich auch, daß Sie wieder 2 Vorträge zu halten haben; es ist schmeichelhaft, regt an und erfüllt Sie mit angenehmen Gedanken. Von der Fahrt nach Landeshut müssen Sie mir einmal ausführlich schreiben. Die Stöckhardt-Sache bleibt fatal, aber wir sind hier alle der Meinung, daß die Veranlassung zu dieser Handelsweise nicht in Geiz zu suchen ist; viel eher Verbocktheit. Es ist ein merkwürdiges Haus, eng und doch auch wieder frei. Daß die »schöne Constanze« zu der kleinen Welt ihrer Jugend hält, kann man ihr auch als Tugend anrechnen; sie wird außerdem wissen, wie mau es bei uns in Preußen in den oberen Stellen aussieht, nicht immer, aber oft. Was Sie von den modernen Strebern sagen, die das Fernrohr, durch das sie die Dinge betrachten, je nach Bedarf umkehren, ist vorzüglich. Uebrigens sind wir vielleicht alle so.

Freitag 14. Oktob.

Von mir ist nicht viel zu sagen, alles die alte Geschichte. Gestern setzten mir Frau und Tochter auseinander, daß ich diese meine alten Tage auch als sehr erträgliche, ja als relativ bevorzugte ansehen könnte. »Du leidest keine Noth, bist von Nahrungssorgen nicht bedrückt, hast keine Schmerzen, wirst gepflegt, kannst an allem theilnehmen, – das alles ist schon sehr viel.« Ich gebe das zu, aber das Gefühl von Schwäche und Freudlosigkeit bleibt, das ist eben die Krankheit dran ich laborire. Des »Wollens«, das Sie mir aus dem väterlichen Erbschatz als Heilwort mit auf den Weg gegeben, befleißige ich mich, aber es bleibt Zwangsarbeit. In voriger Woche war auch meine Frau sehr elend und meine Tochter nicht viel besser im Stande, dabei will denn die couleur de rose nicht recht gedeihn. In eben dieser Zeit hatten wir Besuch – natürlich nicht *Logir*besuch – von einer jungen Gräfin Wachtmeister, einer Tochter des alten Geheimrath Veit; sie bewohnt ein Gut ganz in Nähe von Stralsund und aus ihrem Munde vernahmen wir, daß das junge Tillgnersche Paar sehr beliebt sei. Vielleicht freut diese Mittheilung Ihre Damen. Roquette ist seit fast 8 Tagen wieder fort. Berlin hat ihm *sehr* gefallen; er kneipte, ganz studentisch, mit jungen Schauspielern bis tief in die Nacht hinein. Man könnte sagen: beneidenswerth, aber mir scheint es zu 68 und dem Lebensgesammtzuschnitt nicht recht zu passen. Dabei jeden Abend ins Theater. Auch *das* ist nicht nach meinem Geschmack. Die Theater, so wie man beginnt das Leben hinter den Coulissen mitzumachen, sind nicht hohe Schule des Idealen, sondern wahre Brutstätten von Neid, Klatsch, Intrigue und in dieser Welt zu leben, ist für einen alten Knaben einfach degoutant. Oder sollte es wenigstens sein. Roquette findet es nett und träumt davon, den »Feind im Hause« noch einmal aufgeführt zu sehn. Es wird nicht geschehn, aber wenn auch, ich begreife nicht, wie man an einer *einzigen* Aufführung (denn zu mehr kommt es nicht) eine Freude haben kann. Ein Stück Kirschkuchen wäre mir lieber. Echte, große Erfolge haben einen Zauber, die kleinen sind ridikül.

15. Oktober.

Die Distance-Ritte haben mich *sehr* interessirt, trotzdem ich ganz auf dem Standpunkte des östreichischen Kriegsministers stehe, den diese Dinge an die Stiergefechte erinnerten. Ich mußte des Streites gedenken, der vor etlichen Jahren über die Vivisektion geführt wurde, wo es abschließend hieß: »es bleibt prekär. Jeder

Einzelne hat sich die Frage vorzulegen, ob er der Wissenschaft wirklich einen großen Dienst leistet. Kann er vor seinem Gewissen darauf mit ›ja‹ antworten, so mag es geschehn, sonst nicht.« Es ist nicht abzusehn, daß die Distanceritte die Kriegstüchtigkeit fördern.

Das Kaiser-Telegramm an Zelle war sehr hübsch, mußte aber nach den Vorgängen mit Achenbach überraschen, wenn dieser *wirklich* im Auftrage des Kaisers verhandelt hat. Dies wird jetzt allerdings bestritten und Eingeweihte behaupten, Achenbach habe aus eigenem Antriebe gehandelt, weil er den Wunsch gehabt, selber Oberbürgermeister zu werden. Ob dies zutrifft, wer will es sagen? Ich würde die Oberpräsidentenschaft immer vorziehn; ein Oberbürgermeister von Berlin ist ohne Fortschrittlichkeit und Kampfesstellung, wenn auch loyalster Natur, nicht denkbar. Und solche Stellung einzunehmen, ist Achenbach wohl kaum in der Lage. Denn er hat zu lange in Potsdam gelebt.

Den 17. Oktober.

Ich nehme seit vier Tagen blos Brom, schlafe auskömmlich und würde zufrieden sein, wenn ich nicht, namentlich auf meinen Spaziergängen immer schwindlig wäre. Das ist, das Mindeste zu sagen, sehr unbehaglich, eine beständige Mahnung. Im Geplauder vergesse ich es und das sind die besten Stunden. Zu Zeiten kommt Besuch, was mir zunächst angenehm ist; nur wie das so zu sein pflegt, *wenn* Besuch kommt, kommt er meist in Bataillonen und was auf 3 Tage vertheilt eine reine Freude wäre, ist auf 3 Stunden concentrirt eine große Anstrengung und mitunter eine Qual. Vorgestern Abend waren hintereinanderweg da: Frau Dr. Frenzel, Friedrich Stephany, Dr. Witte. Das war viel, so sehr mich jeder einzelne interessirte. Frenzel leidet sehr, trotzdem er seinen Dienst thut oder vielleicht gerade deshalb. Von dem unablässigen Pflegedienst ist auch die Frau krank geworden und war vor etwa 2 Monaten stocktaub. Jeden Tag zum Ohren-Arzt; nun hört sie wieder, die Kur dauert aber fort und ist schmerzhaft und nervenangreifend. Den tiefsten Eindruck aber machte auf mich, was sie über »das Reisen« sagte. »Früher kannte ich nichts Schöneres als Reisen, jetzt kenne ich nichts Schrecklicheres. Es ist eine lange Kette von Verdrießlichkeiten, Prellereien und äußerstem Nicht-Comfort. Weder Artigkeit, noch Heftigkeit, weder Empfehlungen noch Splendidität im Geldpunkt, weder Anmelde-Telegramme noch Lederkoffer mit Bronzebeschlag können einen retten; mit der Droschke fängt es an, dann kommt die Coupéfrage, dann die Hôtels, die Kellner, die Wohnungsvermietherinnen – alles gleich bedrücklich, man ist nur dazu da, um ausgepreßt zu werden.« Mir ganz aus der Seele gesprochen. Wer nicht auf sein Landgut gehen kann, bleibe, wenn er alt ist, lieber zu Hause.

Stephany tritt heute sein Amt wieder an; ich seh es mit Sorge; er ist, krank wie er ist, kaum der Arbeit und sicherlich nicht dem Aerger gewachsen. Neulich war Pietsch bei mir. Eine merkwürdige Mischung von Genie und Fanfaron. Das Genie ist aber so groß, daß man alles mit in den Kauf nehmen muß. Er erzählte mir in seiner leider halb unverständlichen Vortragsweise von der Londoner National-Galerie, von englischem Leben und einem Ausfluge nach Cambridge. Es war stupend. Cambridge baute er in 3 Minuten sichtbarlich vor mir auf. Und nun will ich schließen.

Empfehlen Sie mich Ihren Damen und freuen Sie sich der milden Herbstestage. Die Stürme kommen noch früh genug. In herzlicher Ergebenheit Ihr

Th. Fontane.

231. *An Paul Schlenther*

Berlin 18. Okt. 92. Potsd. Str. 134c.

Hochgeehrter Herr und Freund.

Bewegt kam meine Frau nach Haus und unter dem Berichte, den sie mir gab, fielen Alter und Krankheit auf Augenblicke von ihr ab. In all dem freundlichen, das sie hören durfte, lag so vieles, was sie beim Rückblick auf unser Leben hatte fühlen lassen: es war doch gut so, wie's war. Seien Sie herzlich bedankt für das Bild in verklärendem Abendschein, in das zu blicken zu Frieden und Versöhnung stimmt und manches Schwere leichter tragen macht. Schönste Grüße und Empfehlungen an die theure und verehrte junge Frau. Mögen Ihnen beiden lange glückliche Tage beschieden sein. In vorzüglicher Ergebenheit

Th. Fontane.

232. *An Johanna Maria Charlotte Bleibtreu*

*Berlin* 18. Okt. 92.
Potsd. Str. 134. c.

Hochverehrte Frau.

Empfangen Sie den Ausdruck meiner herzlichsten Theilnahme. Gestern Abend, bei Lesung der Nachricht, mußte ich alter Zeiten gedenken, die dankbar in meiner Erinnrung leben. Mögen Sie Trost finden in der Verehrung und Liebe, die dem Heimgegangenen bei allen gesichert ist, die ihn und seine Werke kannten.

In vorzügl. Ergebenheit

Th. Fontane.

233. *An Otto Brahm*

*Berlin*, d. 22. Oktober 1892.
Potsdamer Str. 134c.

Hochgeehrter Herr.

Anbei mit schönsten Grüßen »Jenny Treibel«, der Sie vielleicht – über meine Säumigkeit im Lesen und Kritisieren hinwegsehend – ein paar freundliche Worte widmen. Ich spreche diesen Wunsch noch mehr als Verleger- wie als Buchvater aus.

Wie geht es mit Ihrer Gesundheit? Gehen Sie noch nach dem Süden? Vorläufig beziehen wir die Kälte von dort her.

Meine Frau hat den größten Teil Ihres Staufferbuches gelesen und ist hinsichtlich Stauffers beinah bekehrt, hinsichtlich Brahms befestigt. Sie stellt es unter Ihren Büchern obenan. Ich weiß nicht, ob es richtig ist; aber ich halte es für leicht möglich, weil Sie hier – gerade bei Stauffer sonderbar zu sagen – eminent jungfräulichen Boden überall unter den Füßen hatten. Ich weiß aus Erfahrung, daß einem dies Bewußtsein die Flügel wachsen läßt.

Schreite ich in der Besserung nur noch ein klein wenig fort, so werde ich mir alles vorlesen lassen. Bisher war ich, in meinem Schwächegefühl, der Sache nicht gewachsen.

In vorzüglicher Ergebenheit

Th. Fontane.

*234. An Julius Rodenberg*

Berlin, 22. Oktober 1892
Potsdamer Straße 134c

Hochgeehrter Herr.

Gestatten Sie mir, Ihnen in Beifolgendem »Jenny Treibel« in Buchform zu überreichen, unter nochmaligem Ausdruck meines Dankes für die voraufgehende Veröffentlichung in Ihrer »Rundschau«. Man wird durch nichts dem guten Publikum besser empfohlen.

Für eine neue Arbeit wage ich eine gleiche Empfehlung via »Rundschau« kaum zu erbitten, denn meine Kräfte sind hin, und ob sie mir wiederkehren, ist mindestens zweifelhaft. Aber wenn, dann!

In vorzügl. Ergebenheit

Th. Fontane

*235. An Julius Rodenberg*

Berlin, 30. Oktober 1892
Potsdamer Straße 134c

Hochgeehrter Herr.

Empfangen Sie meinen schönsten Dank für Ihre freundlichen Zeilen aus Fulda, wo Sie so glücklich sind noch schöne Herbstestage genießen zu können; wir werden jetzt entschädigt für die Wetterunbilden des Sommers, unter denen ich sehr gelitten.

Es freut mich ungemein, daß Sie's, es sei, wie's sei, noch wieder mit mir wagen wollen. Als ich Ihnen das letzte Mal schrieb, erst wenig mehr als eine Woche, war ich noch ohne rechtes Vertraun zu meiner Wiederherstellung, es scheint aber seitdem, als wäre mir noch eine Frist gegönnt. Ist dem so, so werde ich mich am Schluß dieses Jahres, oder doch nicht viel später, mit etwas Autobiographischem bei Ihnen einstellen:

»*Aus meinem Leben*
I. Abschnitt. Meine Kinderjahre«

Es werden 12 Kapitel werden. Wir sprechen des weitren darüber, wenn ich die Freude habe, Sie zu sehn.

In vorzügl. Ergebenheit

Th. Fontane

Erschrecken Sie nicht über die anscheinende Weitschweifigkeit, die – wenn ich nicht drüber hinsterbe – viele Bände in Aussicht zu stellen scheint. Ich habe vor, den »Kinderjahren« nur noch die »Schuljahre« folgen zu lassen. Bruchstücke sind besser als Ganzes.

Th. F.

*236. An Georg Friedlaender*

Berlin 1. Novb. 92.
Potsd. Str. 134.c.

Hochgeehrter Herr u. Freund.

Gestern war es schon eine Woche, daß ich Ihren zweiten lieben Brief empfing und noch immer habe ich nicht geantwortet. Angesichts dieser Thatsache will ich mich wenigstens entschuldigen oder die Säumniß erklären. Es liegt daran, daß ich seit 8 oder 10 Tagen ins Schreiben gekommen bin, etwas das ich von mir total gebrochenen Mann nicht mehr erwartet hätte. Und zwar habe ich schon 4 Kapitel meiner *Biographie* (Abschnitt: Kinderjahre) geschrieben. Da mich dies Unterfangen sehr glücklich macht, so ist alle Correspondenz ins Stocken gerathen; ich trete aber recht bald *doch* an. Bis dahin unter 1000 Grüßen Ihr treu ergebenster

Th. Fontane.

*237. An Siegfried Samosch (?)*

Empfangen Sie, hochgeehrter Herr, meinen schönsten Dank für Ihre freundlichen Zeilen; es ist überaus liebenswürdig, so »fern von Madrid« (allerdings diesmal noch ferner von Berlin) eines alten Kollegen so kollegialisch oder in dieser Kollegen-Neidzeit, noch richtiger so unkollegialisch zu gedenken. Unter nochmaligem besten Dank, in vorzüglicher Ergebenheit

Th. Fontane.

Berlin
2. Novemb. 92.

*238. An Friedrich Stephany*

Berlin, 5. November 1892.

Hochgeehrter Herr und Freund.

Vielen Dank, daß Sie meiner so liebenswürdig gedacht haben.

Ich käme gerne, besonders zu Raehmel, denn es war eine Weinhandlung von Raehmel, wo ich, als ich zum mündlichen Examen (Apotheker-Examen) ging, auf eine halbe Stunde vorsprach, um eine halbe Flasche Rotwein zu trinken. Dabei schlug ich noch mal den kleinen botanischen Leitfaden auf und las das Kapitel von den Caryophyllen durch. Das rettete mich, denn gerade darüber wurde ich examiniert; ich wußte sonst von Gott und der Welt nichts. Also ich käme gern. Aber ich muß meine Kräfte sehr schonen, weil ein alter Onkel von mir, ein 92-er, Bruder meiner Mutter am Sterben ist. Und ich möchte doch nicht fehlen, wenn er hinausgetragen wird.

Ich freue mich herzlich, daß es Ihnen so gut geht. Drei Wochen sind nun schon um und schließen mit einem Frühschoppenprogramm für die nächste Zukunft ab.

1000 Grüße Ihnen und Ihrer hochverehrten Frau von Ihrem ergebensten

Th. Fontane.

*239. An Auguste Scherenberg*

*Berlin*, d. 6. November 1892.
Potsdamer Str. 134c.

Mein gnädigstes Fräulein.

Seit etlichen Wochen schreibe ich an meiner Biographie, deren erster Abschnitt die Swinemünder Kindertage behandelt. Da kommen denn etwa in der Mitte des Abschnittes zwei Kapitel vor, von denen das eine die Überschrift führt »Die Krauses«, das andere »Die Schönebergs und Scherenbergs«. Und zu Nutz und Frommen dieses letztgenannten Kapitels habe ich natürlich allerhand Fragen auf dem Herzen. Mit den Scherenbergs ginge es allenfalls ohne spezielle Anfrage, mit den Schönebergs aber steht es desto schlechter. Wo stammten sie her? War der alte Schöneberg, der Großvater des Sanitätsrates, der *erste* Schöneberg in Swinemünde, oder waren seine Eltern schon vor ihm eingewandert? Aus welcher Familie war seine Frau? Was begründete vorzugsweise seinen Reichtum oder sein Vermögen? Wie verlief das Leben seiner Söhne? Wie war seine Stellung zu den anderen Honoratioren, von denen er sich durch mancherlei, besonders durch seine Solidität, wesentlich unterschied?

Ihre Güte wird mir das alles beantworten können. Haben wir Aussicht, Sie mal gegen sechs zu einer Plauderstunde erscheinen zu sehen? Ich händige Ihnen dann auch ein Buch und einen Brief ein, die seit einem halben Jahr in meinem Schranke liegen. Unter herzlichen Grüßen, in vorzüglicher Ergebenheit

Th. Fontane.

*240. An Ludwig Pietsch*

*Berlin* 6. Novb. 92.
Potsd. Str. 134. c.

Theuerster Pietsch.

Vorgestern Abend haben wir die Lektüre Ihres Buches beendet und ich muß Ihnen für die erquicklichen Stunden danken, die wir, meine Frau und ich, aus dieser Lektüre empfingen. Es ist ein glücklich angelegtes Buch, weil es nicht blos Aneinanderreihung sondern Abrundung giebt. Es besinnt sich, ohne sich in den Details zu verlieren, immer wieder auf sein eigentliches Thema (›*wie* ich's wurde‹ etc.) und kehrt in einer glücklichen Schlußwendung noch einmal drauf zurück. Ortsbeschreibliches und Charakterschilderung stehen auf gleicher Höhe; ich kenne kaum ein Buch, in dem einem eine solche Fülle lebendig geschilderter Menschen von zum Theil complicirtem Charakter vorgeführt würde. Solche Schilderungen sind die Hauptsache, jedenfalls das Interessanteste, und Sie werden noch viel wohlverdientes Lob darüber hören. Auch *ich* lese solche Schilderungen weitaus am liebsten, dennoch – aber das ist nur ein stilles Bekenntniß Ihnen gegenüber – halte ich die Schilderung *äußerlicher* Dinge, wie sie Ihnen so oft meisterlich geglückt ist und immer wieder glückt, nicht für die lohnendere wohl aber für die schwierigere Aufgabe. Grund dafür mal mündlich.

Wie immer Ihr

Th. Fontane.

Mißverstehen Sie den Schluß nicht. Ihre Lassalle-Schilderung ist hundertmal interessanter als die Beschreibung des Marktplatzes von Verona ('mal in einem italienischen Briefe) aber ich halte diese Marktbeschreibung für schwieriger und künstlerisch bewundernswerther.

*241. An Georg Friedlaender*

Berlin 7. Novb. 92.
Potsd. Str. 134.c.

Hochgeehrter Herr u. Freund.

Nun endlich! Ich habe die großen Conceptpapierbogen zurückgeschoben und nehme die kleinen Briefbogen zur Hand. Zunächst greife ich auf Ihren lieben Brief vom 17. Oktober zurück, der nun schon volle drei Wochen in meinen Händen ist. Es heißt darin, es würde Personen wie Ihnen, und wohl auch mir, so vieles als »Laune« angerechnet. Gewiß ist es so und es kann auch sein, daß in dem, was man uns vorwirft, »Laune« mit drunter läuft, wenn ich aber speziell auf meine diesjährigen Erlebnisse zurückblicke, auf die, die seit Monaten und dann auf die, die seit Kurzem zurückliegen, so liegt, ich will nicht sagen die Laune, aber doch das Anfechtbare überhaupt, ganz wo anders, nämlich auf der Seite der Ankläger. Ich werde jetzt seit drei, vier Wochen mit derselben Liebe und Zärtlichkeit behandelt wie in alten Tagen, was mir natürlich sehr lieb ist, aber mitten in meinem Glück mich doch auch schmerzlich berührt. Was *mich* angeht, so besteht die ganze Differenz darin, daß ich im Sommer viele viele Male nicht *eine* Stunde geschlafen hatte und daß ich jetzt in der angenehmen Lage bin wieder 8 Stunden oder in besonders glücklichen Nächten auch noch eine mehr schlafen zu können. So habe ich denn auch wieder die Kraft heiter zu sein und mich der Heiterkeit andrer freuen zu können. Nichts hat sich geändert, mit Ausnahme des Kraftmaßes mit dem ich so zu sagen frühmorgens ins Feld rücke. Mein Charakter ist unverändert geblieben, ich bin, wenn Egoist, noch gerade so egoistisch wie früher, bin auch nicht heldenmäßiger geworden, ich kann nur wieder schlafen und konnte es im Sommer nicht. Meine Widerstandskraft war hin, das war mein ganzes Verbrechen, *da*rum Räuber und Mörder. Ich habe mich wohl gehütet, mich in diesem Sinne hier zu Hause zu äußern, aber es ist genau so wie ich's hier schildre und als Resultat steht für mich fest, daß auch die liebsten und besten Menschen Fatalitäten nicht gut ertragen können und den, der ihnen diese Fatalitäten unschuldig auferlegt, für eben dieselben verantwortlich machen. Wenn Sie diese Stelle Ihren Damen, die ich so sehr liebe und verehre, vorlesen, so bitte ich zunächst um nachsichtige Beurtheilung und dann um nochmalige gewissenhafte Prüfung der Rechts- und Sachlage hüben und drüben. Es giebt Menschen, die eine große Kraft über sich haben und es giebt andre, die diese Kraft *nicht* haben. Sie haben dafür was andres. Jeder muß aus sich heraus beurtheilt werden; überschreitet die Eigenart ein gewisses Maß, so haben die darunter Leidenden ein gutes Recht sich dagegen zu wehren, aber wo fängt die Ueberschreitung des noch zulässigen Maßes an? Alle Frauen machen sich die Beantwortung dieser Frage etwas zu leicht. Sie nehmen die Norm aus sich und es ist zuzugestehn, daß die guten Frauen normaler, will sagen gesünder, natürlicher und pflichtmäßiger fühlen, als die dem Bequemen und Egoistischen zuneigenden Männer. Darauf beruht auch der große Einfluß der Frauen, die Männer, im Gefühl ihrer Mängel, ordnen sich freiwillig unter. Aber mehr können sie auch nicht thun, sie können sich nicht »umkrempeln« und – und dies ist die Hauptsache – brauchen es auch nicht. Bin ich von etwas Fehlerhaftem in mir *absolut* durchdrungen, so habe ich die Pflicht, diesen Fehler abzulegen oder wenigstens beständig dagegen anzukämpfen. Aber solcher Art sind die Fehler nicht immer, die man hat; wie's bei den Katholiken »läßliche Sünden« giebt, so giebt es »läßliche Fehler«; wer sie nicht hat, wird der korrektere sein, er wird öfter als Musterknabe dastehn, aber viele von den Gaben, Vorzügen und selbst Tugenden des Andern wird er *nicht* haben. Dies fordert dazu auf, mit dem Ausmerzen und Correktmachen nicht zu energisch vorzugehn. Temperament und Geschmack spielen in diesen Dingen eine große Rolle und wenn ich nach Temperament und Geschmack so geartet bin, daß ich mir unsympathische Personen, darunter auch Schwiegermütter, Schwäger, Vettern und Muhmen, lieber gehen als kommen sehe, so bin ich damit im Recht, ja *mehr* im Recht als diejenigen, die, voll feinen und vornehmen Sinnes, dem Familiencultus und schöner Gastlichkeit huldigen und jedem Gaste der kommt nicht blos ein Lamm schlachten, sondern auch gleich noch den Mann dazu. Oder ihn bei lebendigem Leibe 3 Tage am Feuer rösten. Es giebt einen Egoismus, der die vollkommenste Berechtigung hat, weil er nur Abwehr, Selbstvertheidigung ist. Das »Ich« zu opfern ist etwas Großes, aber es ist eine Spezialbeschäftigung, Vorstufe zur Heiligkeit oder schon die Heiligkeit selbst, ein Etwas, das man bewundert, danach man aber unter gewöhnlichen Verhältnissen nicht leben kann. Dazu giebt es besondere Anstalten: Klöster, Wüstenhöhlen, Lazarethe, Hospize.

Mittwoch 9. November

Das Vorstehende habe ich gestern und vorgestern geschrieben, ich war angegriffen und so ist es etwas lang und breit gerathen; wenn man frisch ist, läßt sich alles kürzer sagen. Ich finde in Ihren Briefen vom 17. v. M. noch 2 andere Punkte: die Judenfeindschaft in Hirschberg und Frl. Lemke als bezähmte Widerspänstige, oder als Nachgiebige. Die Judenfeindschaft ist, von allem Moralischen abgesehn, ein Unsinn, sie ist einfach undurchführbar; alle Menschen die ich hier kenne, ganz besonders auch Militär und Adel, sind in eminentem Grade von den Juden abhängig und werden es mit jedem Tage mehr. Ich halte es für ganz unmöglich, diesen Zustand zu ändern. 61 Prozent aller Berliner Häuser sind in Judenhänden und in zehn oder zwanzig Jahren werden es wohl 80 Prozent sein; wie will man da heraus? Es giebt kein andres Mittel als Stillhalten und sich mit der allmäligen Christianisirung zufrieden zu geben. Es ist uns gleichgültig ob der Ahnherr des alten Blücher ein Wendenfürst war und so kann es uns auch gleichgültig sein, ob die zukünftigen Schlachten an der Katzbach von einem Abkömmling Mosse's oder seines Chefredakteurs Loewisohn geschlagen werden. – Die Wandlung des Frl. Lemke gefällt mir nicht, ich finde es alles so herausgeklügelt, so kolossal berechnet oder wenn dies nicht der Fall sein sollte, kleinstilig und albern. Es ginge alles, wenn nur nicht Beide für solche Spielerei zu alt wären.

In Ihrem Briefe vom 22. hat mich natürlich alles, was Sie über das Zychlinskische Paar schrieben, aufs Höchste interessirt. *Nicht* überrascht, trotzdem ich nichts von diesen Sachen wußte. Der alte Zychlinski hat mit seinen Kindern kein rechtes Glück gehabt, was einem immer wieder zu denken giebt. Viele wollen von der Rückschlagstheorie nichts wissen, aber es giebt kaum eine andre Erklärung. Er, Zychlinski, Ehrenmann durch und durch, bescheiden, klug, sehr gebildet, *sie*, die Zychlinska (geb. Scherz, Schwester meines ältesten Freundes) etwas gewöhnlich, etwas knausrig, etwas schmuddlig, aber voll Humor und natürlichem Verstand, von guten Sitten und vernünftiger Lebensführung. Da hätte man Normalmenschen als Produkt erwarten müssen und doch sind die Kinder aus dieser Ehe, der Mehrzahl nach, verunglückt oder geistig zurückgeblieben. Der nicht mehr jungen »jungen Frau« (geb. Rose) die Sie so wundervoll geschildert haben, kann ich mich allerdings nicht mehr erinnern, wohl aber ihrer Eltern, Prof. Gustav Rose und Frau (geb. Frick) die mitunter täglich in der Roseschen Apotheke waren. Diese Mutter war sehr hübsch, verführerisch, die dem immer in Mineralogie arbeitenden Ehemanne seine langweiligen Steine nur verzieh, wenn er ihr eine Diamant-Broche schenkte. Von den Söhnen haben sich übrigens zwei, glaub' ich, zu was sehr Tüchtigem entwickelt, der eine als Bibliothekar, der andre als Arzt. Ihre Schilderung der Bromberger Zychlinskis hat mir übrigens wieder recht anschaulich gemacht nach welcher Seite hin Ihr Darstellungstalent liegt; wenn Sie noch dazu kommen, das »Buch« zu schreiben, so müßten Sie vorzugsweise diese das Genre streifenden [!] Portraitmalerei cultiviren. Ihr Talent hat darin eine gewisse Aehnlichkeit mit dem unsres L.P., dessen vor etlichen Wochen erschienenes Buch »Wie ich Schriftsteller wurde«, nach der Seite der Charakterskizzirung hin, etwas geradezu Glänzendes leistet. Ich kann mich kaum entsinnen, ein Buch gelesen zu haben, das solche Fülle brillant entworfener beziehungsweise durchgeführter Portraits enthält. Leider giebt es in Deutschland so wenig Menschen, die das zu würdigen verstehn; 99 von 100 quatschen nach, was in ihrer Zeitung steht und damit basta. – Ich freue mich, daß sich Ihre Correspondenz mit Captain White fortsetzt.

Stoeckhardts sind seit vorgestern Abend hier und haben uns gleich gestern durch die Verlobungsanzeige des jüngsten Grosser überrascht; er kann sich nun die Venus von der Sternwarte seines Schwiegervaters aus ansehn, wenn er nicht die Braut vorzieht.

Herzliche Grüße von mir, Frau u. Tochter an Ihre Damen. Mit besten Wünschen für Ihrer aller Wohl,

Ihr
Th. Fontane.

*242. An Georg Friedlaender*

Berlin 13. Novb. 92.
Potsd. Str. 134.c.

Hochgeehrter Herr u. Freund.

Da habe ich nun neulich einen langen Brief geschrieben und doch die Hauptsache vergessen, nämlich die Beantwortung einer direkten Frage. Es kam so daß ich mir, nach nochmaliger Durchsicht Ihres Briefes, einen Antworte-Zettel gemacht hatte und als ich mich zum Schreiben niedersetzte, war der Zettel nicht da.

Von den 5 Thematas würde ich die beiden letzten: »Todtentänze« und »Monte Rosa-Besteigung« streichen. »Todtentänze« sind ein sehr feines und etwas grusliges Thema; auch das »sehr fein« erscheint mir kaum als ein Vorzug. Vielleicht aber haben Sie ein reiches *anekdotisches* Material zur Hand, – das würde meine Stellung zu der Frage ändern. Monte Rosa-Besteigung! Ich weiß nicht, wie sie verlaufen ist. Erlebt man etwas ganz Apartes oder gestattet das Erlebniß umgekehrt eine humoristische Darstellung, so kann Reisebeschreibliches ganz vorzüglich sein, – sonst meistens nicht.

Storm ist ein vorzügliches Thema, aber man muß ihn persönlich gekannt haben; was über ihn gedruckt worden ist, ist alles schwach, selbst das von Pietsch nicht ausgenommen. Storm wird nämlich erst interessant, wenn man über seine Schwächen und Schrullen *nicht* hinweggeht, man muß den Muth haben, auch seine Ridikülismen zu schildern, dann wächst er und wird eine volle Figur. Er war ein großer Lyriker, ganz Nummer eins, aber doch zugleich, wie's jetzt in dem neuesten Wildenbruchschen Stück heißt, eine »komische Kruke«. – Die »Quitzows« sind ein *sehr* guter Stoff, aber in mehr als einer Beziehung etwas heikel; tritt man für sie ein, so verletzt man die Hohenzollern zunächst in ihrer Familiengesammtheit und durch Parallele Dietrich v. Quitzows mit Bismarck den gegenwärtigen Kaiser im Speziellen. – Tennyson auch sehr gut, aber ohne englische Bücher gar nicht zu leisten. Und zwar muß man die *richtigen* dazu haben, die sehr schwer zu beschaffen sind; die bloßen Verherrlichungsbücher sind gar nicht zu brauchen. Tennyson ist eminent eine »englisch zurechtgemachte Größe«. Nicht als ob er seinen Ruhm nicht verdiente, aber er ist in allem was ich gelesen, immer auf den »Dichter« und gar nicht auf den »Menschen« hin abgezapft, und dadurch kommt was Steifes und Langweiliges in die ganze Geschichte. Durch bloßes Vorlesen eines seiner Werke, kann man die Sache nicht retten.

Herzlichste Grüße. In vorzügl. Ergebenheit

Th. Fontane.

*243. An Georg Friedlaender*

Berlin 20. Novb. 92.
Potsd. Str. 134.c.

Hochgeehrter Herr u. Freund.

Schönsten Dank für den langen, liebenswürdigen und inhaltreichen Brief vom 14. Ich beantworte ihn, so wie ich in meiner Arbeit ein Stückchen weiter bin und ich das nie ausbleibende Pause-Bedürfniß habe. Heute nur wenige Zeilen als Begleitzeilen zu der Quitzow-Kritik, die meine Frau glücklich aufgefunden hat. Ich erhalte sie wohl bei Gelegenheit zurück. – Ich bin so frei mir folgende Disposition für den Vortrag zu erlauben:

In den letzten Jahrhunderten kümmerte man sich wenig um die Quitzows, Klöden (in »Die Quitzows und ihre Zeit«) belebte die Sache wieder, andere Historiker (diese zunächst *nicht* nennen) folgten, von da ab blieb es ein viel besprochener Stoff bis Wildenbruch die ganze Geschichte auf eine volle Höhe des Interesses hob.

Nun eine ganz kurze Inhaltsangabe der Wildenbruchschen »Quitzows«;

dann Hervorhebung dessen was den großen Erfolg schuf: das beständige Erinnertwerden an den lebenden großen Typus altmärkischen Adels, an Bismarck,

dann Uebergang zur Kritik, nicht des Stücks als dramatisches Kunstwerk, sondern als historische Darstellung unsres wichtigsten Landes-Ereignisses.

Als Stück ist es um seiner dramatischen Wucht willen unbedingt zu loben, als histor. Darstellung ist es anfechtbar.

Nun (aus »Fünf Schlösser«) die Stelle, wo ich Riedel und Raumer gegenüberstelle und mich für Raumer entscheide.

Dann (auch aus »Fünf Schlösser«) als Schlußpassus: »Dennoch haben wir uns zu beglückwünschen, daß es kam, wie's kam.« Durch diesen Schlußpassus wird die Loyalität gerettet. Ich rathe Ihnen weiter nichts zu lesen, als das Stück und meinen Aufsatz in dem mehrgenannten Buch. Mehr verwirrt blos.

Ergebenste Empfehlung an Frau Gemahlin, die wir uns freun mit Nächstem zu sehn. In vorzügl. Ergebenheit

Th. Fontane.

### 244. *An Otto Schöneberg*

*Berlin*, d. 24. November 1892.
Potsdamer Str. 134c.

Hochgeehrter Herr Sanitätsrat.

Fräulein Auguste hat mir schon vorgestern Ihre freundlichen Aufzeichnungen gebracht, und so ist es denn höchste Zeit, Ihnen für so viel Liebenswürdigkeit zu danken. Vier Folioseiten schreiben ist immer eine Leistung. Ich freue mich sehr, diese Aufzeichnungen zu haben, die ich nicht bloß für meine Arbeit vorzüglich gebrauchen kann, sondern die mich auch menschlich und in Rückerinnerung an meine Knabenjahre lebhaft interessiert haben. Auch aus einer Art Eitelkeit. Denn alles, was Sie über die Stellung des Großvaters in der an Schwindel und Bummel so überreich gesegneten (übrigens dadurch nur um so interessanteren) kleinen Stadt sagen, stimmt genau mit den Eindrücken, die ich als kaum Zwölfjähriger empfangen habe. Das instinktive Ahnen war dem Erkennen weit voraus. Nochmals bestens dankend, in vorzüglicher Ergebenheit

Th. Fontane.

*245. An Paul Schlenther*

Berlin 26. Nov. 92. Potsd. Str. 134c.

Hochgeehrter Herr und Freund.

Herzlichsten Dank! Hinein mischt sich freilich etwas von Verlegenheit, weil ich Ihnen mit meinem Immer wieder da sein etwas scharf zusetze. Dabei kann ich heute, wie doch noch vor wenig Wochen, nicht einmal Feierabend versprechen. Denn ich habe mich, kaum wieder Mensch, an die Beschreibung meiner Kinderjahre gemacht und bin schon, vielleicht unter dem Antrieb einer zur Eile mahnenden Stimme, beim zwölften Kapitel. Diese Kapitel spielen in meines Vaters Swinemünder Apotheke und können der Pharmakopoe beigelegt werden, wie manche Geschäftsfirmen ein Nadelbuch oder einen kleinen Kalender beilegen. Unter schönsten Grüßen und Empfehlungen an die verehrte junge Frau wie immer Ihr

Th. Fontane.

*246. An Wilhelm Hertz*

Berlin 28. Novb. 92.

Schönsten Dank, sehr geehrter Herr Hertz, für G. Kellers nachgelassene Schriften. Wir lesen jetzt Brahms Stauffer-Buch mit gemischten Gefühlen, die nicht der Behandlung sondern dem Stoff gelten; sind wir damit durch, so soll uns der geistig gesundere Schweizer wieder zurecht rücken. Blos Talent, wie bei Stauffer, ist einem zu wenig, wenn man 73 wird. In vorzügl. Ergebenheit

Th. Fontane.

*247. An Richard Moritz Meyer*

*Berlin*, d. 1. Dezember 1892.
Potsdamer Str. 134c.

Hochgeehrter Herr.

Ergebensten Dank für das »Magazin«-Heft und Ihren darin enthaltenen Aufsatz über »Friedrich Rohmer«. Ich fürchte, daß Sie recht haben, und daß sich wieder so etwas vorbereitet. Es gibt keine Klasse von Menschen – selbst die richtigen Verbrecher kaum ausgenommen – die mir so verhaßt wäre wie die Rohmersorte. Verwirrungsstifter und dabei gerade dessen entbehrend, worauf sie vorgeben geeicht zu sein – des Großen. Ridikül und langweilig. Ich komme in ein Nervenzittern, wenn ich an diese Leute bloß denke. Widmann und Orelli habe ich noch gut gekannt. Ersterer hatte viel Ähnlichkeit mit Rohmer. Ich habe Szenen mit Widmann und Orelli erlebt – im Zimmer meines Freundes Lepel, den sie ganz eingefangen hatten – daß ich am liebsten eine unanständige Gebärde gemacht und diese Gebärde mit einer Aufforderung im Berliner Kraftstil begleitet hätte. Dilettantismus, sagen Sie. Ja, das ist richtig, aber doch viel zu gütig. Es ist eine gräßliche Mischung von Dünkel und Schwindel. Jeder dieser Leute hätte sich eingebildet, sechs Bismarcks in der Tasche zu haben. Ein kleiner Flickschuster ist mir lieber.

In vorzüglicher Ergebenheit

Th. Fontane.

*248. An Georg Friedlaender*

Berlin 2. Dezemb. 92.
Postd. Str. 134.c.

Hochgeehrter Herr u. Freund.

Dieser Brief kommt etwas spät und doch noch früher, als ich annahm; ich wollte nämlich den 1. Band meiner Biographie, der wohl auch der letzte sein wird, zunächst gerne beendigen, meine Gesundheit verschlechterte sich aber wieder so erheblich, daß ich abbrach und das letzte Kapitel vorläufig ungeschrieben ließ. Die dadurch gewonnene Zeit benutze ich zur Abtragung von Briefschulden; mit diesen Zeilen beginne ich. – Ihr letzter Brief war von einer ganz besondren Gutgelauntheit und Frische; die mir persönlich geltenden freundlichen Worte haben mir sehr wohl gethan, doch geben Sie mir in Ihrer Güte mehr, als mir zukommt. Schlenther z. B. ist mir doch in den meisten Stücken sehr überlegen, an Wissen und Gewandtheit im Ausdruck gewiß, auch wohl an Witz und Schärfe. Nur Eines habe ich freilich voraus, ich bin die originellere Natur und stehe mehr auf eignen Füßen; man kann sagen »das ist die Hauptsache« ja, ganz im Letzten mag es richtig sein, aber Alltags gelten die andern Dinge mehr, weil sie zuverlässiger und immer zur Hand sind.

Das Niederschreiben meiner biographischen Kapitel: »Meine Kinderjahre« (bis zu meinem 12. Jahre) hat mir Freude gemacht, ich bin aber wohl zu emsig dabei vorgegangen und empfinde nun die Nackenschläge. Fertig machen möchte ich es wohl noch, aber ich trau dem Frieden nicht recht; ich habe wieder ein Gefühl von Kälte und Leere im Kopf und der gute Schlaf ist auch wieder weg, wenn ich auch immer noch 5 Stunden herausrechne. Dazu kommt, daß ich aus alter Erfahrung weiß, das erste Niederschreiben ist immer ein Vergnügen, aber das Corrigiren!

Daß Baron Rotenhan von dem »Ding von Wildenbruch« gesprochen hat, hat mich sehr amüsirt. Steht er in dieser Frage gar noch unter vielleicht Jagow'schem Einfluß, so kann er kaum anders sprechen; in den Augen des alten märkischen Adels hat Dietrich v. Quitzow Recht gehabt, die Mark wurde von Hand zu Hand verschachert, und als solch Kauflustiger mit etwas Geld, erschien auch der erste Hohenzoller. Dagegen war Auflehnung, namentlich von lokalpatriotischem Standpunkt aus, durchaus statthaft.

Richter, oder Heinrich der Kleine, bleibt der interessanteste und mir sympathischste. Wie wahr, wie liebenswürdig und wie generös ist alles, was er sagt und thut, und ich freue mich, daß Sie ihm den Rath gegeben haben »Landgraf werde hart«. Eine merkwürdige Familie die Ebertys, begabt, aber nicht mein Geschmack. Richter, in seinem gesunden und klugen Naturburschenthum, steht mir viel höher.

Ihre Frau Mama war vor einigen Tagen bei uns; leider traf sie nur meine Tochter, die sich des Besuches der klugen und liebenswürdigen Frau freuen durfte. Wann kommen Sie oder wenn Sie verhindert sind, wann kommt Frau Gemahlin? Wir werden uns sehr freun, sie wiederzusehn, und habe ich meinerseits nur den Wunsch, meinen Gesundheitszustand während dieses Besuches nicht auf zu niedrigem Niveau zu sehn. Meine Frau ist seit Beginn der Woche in Blasewitz bei ihrer alten Freundin Treutler und kommt erst nächsten Montag zurück; aus einem heute erhaltenen Briefe erfuhr ich von der in Buchwald stattgehabten oder bevorstehenden Trauung Albert Treutlers mit der musikalischen Braut. Möge es eine volle Harmonie geben. Meine Tochter sagte gestern: »nach meinen Beobachtungen nenne ich jede Ehe, die sich nicht in Furchtbarkeiten ergeht, eine ›glückliche Ehe‹.« Danach kann man immerhin noch von »glücklichen Ehen« sprechen. – Mit Pietsch hatte ich neulich eine komische Scene. Schlenther hatte ihm in guter Absicht einen Brief von mir gezeigt, darin ich geschrieben hatte: »Pietsch ist eine Mischung von einem Ur-Pietsch mit einem Genie«. Nun kam er zu mir, um sich zu erkundigen: »was ein Ur-Pietsch sei?« Ich blieb leidlich unbefangen, was ich hinterher anstaune.

In dem Grenzbaudentermin ist das das Hübscheste, daß der Vater des Geschossenen zu nährer Feststellung an die betreffende Stelle gestellt wurde. Es kommt aber Schlimmres vor; Körners Braut mußte, als in Wien die Nachricht vom Tode Körners eintraf, am andern Tage die Thekla spielen, um einen gesteigerten Eindruck auf die Wiener zu machen. Sie fiel denn auch in Ohnmacht. 1000 Grüße. In herzlicher Ergebenheit Ihr

Th. Fontane.

*249. An Emil Friedrich Pindter*

Berlin, 8. Dezember 1892.

Hochgeehrter Herr Geheimrat.

Haben Sie herzlichen Dank für Ihre so liebenswürdigen Zeilen. Ich kann nur sagen, wenn man so einsam lebt wie ich und trotz aller Decadence doch immer noch die Lust hat was zu sehn und zu hören, namentlich in dieser Ahlwardt-Zeit, so verzichtet man höchst ungern auf gesellige Zusammenkünfte, wo man für seinen Wissensdrang was hat. Aber die Berliner Lokale sind zu mörderisch, überall schleicht »Möros, den Dolch im Gewande«, wobei es gleichgültig ist, welche Formen der Dolch annimmt. Auch wechselt er mit den Jahreszeiten. Winters Zug und sibirischer Fußboden. Man kriecht also am liebsten hinter den eigenen Ofen, von dem aus aber ich nicht unterlassen will, Ihnen noch einmal zu danken. Schönste Grüße und Empfehlungen an den Stammtisch, besonders an die beiden Geheimräte Zitelmann und Metzel. Und nicht zum wenigsten Ihnen.

In vorzüglicher Ergebenheit

Th. Fontane.

*250. An Hans Hertz*

Berlin 9. Dezb. 92.
Potsd. Str. 134.c.

Sehr geehrter Herr Hertz.

Schönsten Dank für Brief und Bücher.

Sich auf Ohr und Gedächtniß verlassen, ist immer mißlich, ich möchte aber doch annehmen, daß Sie, bei den voraufgehenden Gesprächen i. e. in den Gesprächen seit meiner Rückkehr aus Schlesien (oder vielleicht auch schon in einem nach Schlesien hin gerichteten Briefe) entweder die Bände unter einander verwechselt oder sich auch bloß versprochen haben. Nach meiner an die gehabten Gespräche anknüpfenden Erinnerung, waren die Bände I. III. und II. auf einander gefolgt und nun wartete ich auf Band IV. Ihr Brief klärt alles auf, die Reihenfolge war eben eine andre und der in Sicht stehende Band ist Band II.

---

Die Bände sehen sehr gut aus und die Fichte mit Wasser und Berg macht sich vortrefflich; bin auch froh, daß Band I. nicht allzu dick geworden ist, was ich beinah fürchtete. Ich würde sogar gern drin lesen und ausproben, wie das alles nach so vielen Jahren auf mich wirkt, aber ich habe nicht mehr die Kraft dazu, gerade lesen strengt mich am meisten an. Vielleicht ist es auch gut so, man ist nach 30 Jahren immer sein strengster Richtung[!].

Unter Gruß und Empfehlung Ihr

Th. Fontane.

*251. An Karl Eggers*

*Berlin* 24. Dezb. 92.
Potsd. Str. 134. c.

Theuerster Barkhusen.

Ich habe zum 28. eine Einladung angenommen, was ich nun nicht mehr rückgängig machen kann. Kommt es nicht drauf an, ob ich da bin oder nicht, nun dann tapfer vorwärts, entgegengesetzten Falls würde ich bitten, das Nöthigste durch »Umlauf« zur Entscheidung zu bringen.

Mit den Kindern geht es hoffentlich wieder besser und Sie können ein ungetrübtes Fest haben.

In herzlicher Ergebenheit Ihr

Th. Fontane.

252. *An Ludwig Pietsch*

*Berlin* 24. Dezb. 92.
Potsd. Str. 134. c.

Theuerster Pietsch.

Empfangen Sie meine herzlichsten Glückwünsche, Fortdauer aller Kraft und Frische zu Eislauf und guten Büchern. Daß das nächste Jahr den 2. Band bringen möge, steht voran.

Empfehlen Sie mich Ihren Damen.

In vorzüglicher
Ergebenheit,
Th. Fontane.

253. *An Georg Friedlaender*

Berlin 25. Dezb. 92.
Potsd. Str. 134.c.

Hochgeehrter Herr u. Freund.

Es ist ein ganz stiller erster Feiertag, nur *ein* Besucher war da, mein Mitleidender aus diesem Sommer her, Friedrich Stephany, und auch *der* wäre nicht gekommen, wenn ihn nicht der Weg bei mir vorübergeführt hätte; er kam nämlich von der Gratulationscour bei Pietsch, dessen Geburtstag heute ist. Er wird 68. »Du hast's erreicht, Oktavio«, heißt es auch bei ihm. Die ganze Wohnung, wie mir Stephany erzählte, war mit Gratulanten gefüllt, heute Abend große Soirée, morgen vielleicht eine Besprechung in den Zeitungen. Vor 8 oder 10 Tagen wohnte er dem großen parlamentarischen Diner bei Caprivi bei, nicht als Berichterstatter, sondern als Ehrengast, als Vertreter der Berliner Journalistik. Vor 40 Jahren brach er noch die Planken aus dem Tivolizaun und heizte damit das kleine verschneite Gartenhaus, das er bewohnte. Den Wechsel zwischen damals und heut herbeizuführen, war keine leichte Aufgabe; in Paris stände er wohl seit 25 Jahren da, wo er jetzt steht, in Berlin ging das nicht so rasch, eh die Leute hier nicht sehen, daß der Kaiser vorgefahren kommt oder ein Ministerpräsident sagt: »Pietsch Dir leb' ich Dir sterb' ich«, – eh glauben sie hier nicht dran. Das eigne Urtheil steht auf erbärmlich schwachen Füßen, Berühmtheit ist ein Zeitungsresultat. Wer zufällig eine Zeitung liest, die sich in Spötteleien über Pietsch ergeht, hält ihn nach wie vor für eine lächerliche Figur. Das Hohle von Ruhm und Ehre drückt mich mitunter tief nieder und ich höre nur noch gern von guten Dienstboten, die für ihre Herrschaft durchs Feuer gehn, und von guten Herrschaften, die ihrem Dienstmädchen einen Pfefferkuchen schenken mit 5 Zehnmarkstücken statt mit 5 Mandeln bepflastert. Uebrigens bemerke ich gleich, daß *ich* solch Pfefferkuchenbäcker *nicht* gewesen bin.

26. Dezemb. 92.

Und nun zu Ihrem letzten Briefe. Das Glanzstück war die Treutlersche Hochzeit und die Hauptfigur Bergel. Daß er beharrlich an »Hasenrücken« festhielt, hat mich amüsiert, und wenn Keulen und Läufe wirklich gefehlt haben, so läßt sich gegen solche konsequente Hervorhebung nicht viel sagen, denn zwischen Rücken und Keule liegt eine Welt von Unterschied. Was die 31 Jahre angeht, so beschäftigte mich die Frage, ob solche Angaben vorm Standesamt an Eidesstatt abgegeben werden. Hoffentlich nicht. Die ganze Hochzeits-Inscenirung hat übrigens meinen aufrichtigen Beifall; ich bin zwar im Allgemeinen gegen Gesuchtheiten, hier hatte das Abweichen vom Ueblichen aber guten Grund und die Art, in der es geschah, kann einen aesthetisch befriedigen. Nur die verloren gegangene schwarze Tasche trägt in das Idyll die Anfänge eines Gruselromans hinein.

Das kecke Wort der Frau v. Schöller über die Weiber, ist, glaub ich, ein Citat aus dem Französischen, was übrigens das Verdienst der liebenswürdigen jungen Frau nicht schmälern soll, Bildung ist in manchen Lebenslagen noch besser als Esprit.

Mit unsrem Befinden geht es allerseits leidlich; daß ich wieder schlafen und mich geistig beschäftigen kann, empfinde ich jeden Tag dankbar, aber ein Gefühl der Wackligkeit, des auf den Abbruch Dastehens, werde ich doch nicht los. Es hindert einen in allem, weil einen beständig die Frage begleitet: »verlohnt es sich, das und das noch überhaupt anzufangen?« Im Uebrigen stimme ich Ihnen zu, daß mir der von so vielen Qualen begleitete Sommeraufenthalt, doch auch genutzt haben mag; die schöne Luft, die geregelte Verpflegung und die tausend Spaziergänge bis zum goldnen Schlüssel und wieder zurück, haben den Blutumlauf doch leidlich in Ordnung gehalten. Höchst wahrscheinlich wär es mir an andern Plätzen noch schlechter gegangen und ich hätte keine Friedländers zu Trost und Beistand gehabt.

Daß ich an Kuring, Reimann und Friebe geschrieben und jedem ein Buch geschickt (an Reimann, wohlausgedacht, einen Gartenlauben-Jahrgang) schrieb ich Ihnen schon. Kuring, als feiner Mann, hat mir bereits in einem sehr netten Briefe gedankt. Die ganze Geschichte war meinerseits etwas gewagt, aber darauf hin, daß ich mit 73 noch auf Schriftsteller-Eitelkeit verklagt werden könne, wollte ich keine Rücksicht nehmen. Ist man in solchem Punkte *zu* ängstlich, so geschieht gar nichts.

Mit meinem neuen Buche: »Meine Kinderjahre« bin ich kurz vor Weihnachten fertig geworden; gleich nach Neujahr will ich mit der Korrektur beginnen, was noch ein hart Stück Arbeit ist, wahrscheinlich mühevoller als das Niederschreiben. Zugleich regen sich auch allerlei Bedenken; ich weiche ganz von dem Ueblichen ab und erzähle nur Kleinkram. Meine Ueberzeugung, daß das das Richtige sei, ist unerschüttert, aber daneben bleibt doch die Frage, ob ich's im Maß richtig getroffen habe und *wenn* richtig getroffen, ob das Publikum Lust hat, meinen Standpunkt gelten zu lassen. Dies alles wird mir die Korrektur erschweren.

Haben Sie in der Vossin das kleine Gesicht Wildenbruchs an seinen Freund, den Uhrmacher Adolf Balzer gelesen? Es ist sehr hübsch und mir aufs Neue ein Beweis von einem vorhandenen, *sehr* respektablen Talent, das nur nicht richtig geschult worden ist. Daher so viele Geschmacklosigkeiten und hohle Redensarten, an denen schließlich der ganze Mann scheitern muß, fast schon gescheitert *ist*; aber etliche Male hat er's doch getroffen und diese vereinzelten Stücke zeigen einem, daß, bei mehr Selbstzucht, etwas *sehr* Gutes aus ihm hätte werden können. Empfehlen Sie mich Ihren Damen und treten Sie frisch und gesund in's neue Jahr. Wie immer Ihr

Th. Fontane.

*254. An Ludwig Pietsch*

*Berlin* 31. Dezb. 92.
Potsd. Str. 134.c.

Theuerster Pietsch.

Was Sie aber auch alles erleben! Das ist ja wie bei Schlittenfahrt über polnische Schneefelder. Wölfe oder ein Kolossalhund macht wenig Unterschied. Und das alles als Geburtstagsnachfeier. Ich wünsche Ihnen von Herzen, daß dies ›untoward event‹ bald überwunden sein möge; um Ihren Sylvesterpunsch werden Sie wohl kommen. Schönsten Dank für die Glückwünsche.

Ergehe es Ihnen allen gut im neuen Jahr, mit diesem Wunsche,

wie immer Ihr
Th. Fontane.

## 1893

### 255. *An Unbekannt*

Gnädigstes Fräulein,
hochverehrte Freundin.

In einem heute früh geführten Kampfe zwischen Dankes- und Freundschaftsgefühlen auf der einen und Nordostängsten auf der andern Seite, hat der Nordost gesiegt (das Siegesunwerthe siegt immer) und so bitte ich mit diesen Zeilen fürlieb zu nehmen, sie statt meiner sprechen zu lassen. Möge das neue Jahr, das einige Schwarzseher schon jetzt schwarz malen, umgekehrt aus lichten Höhen niedersteigen und Licht und Blumen über Ihren Weg werfen.

In vorzüglicher Ergebenheit

Th. Fontane.

Berlin
1. Januar 93.

Gegen Abend, wo meine Verpackung weniger auffällt und die Straße nicht geradezu rebellisch macht, hoffe ich doch noch mit vorsprechen zu können.

Th. F.

### 256. *An Friedrich Stephany*

*Berlin* d. 12. Januar 1893.
Potsdamer Str. 134 c.

Hochgeehrter Herr und Freund.

Schönsten Dank. Die Sache ist politisch sehr interessant und ein neues Belagstück. Aber während ich den Kaiser ganz begreife (weil die Sache ganz zu seinen anderweit bekundeten Anschauungen paßt), begreife ich Begas, der doch eine Art Hofmann und Kaiserfreund sein will, gar nicht. Erstlich finde ich das ganze Sockelbildarrangement gedanklich konfus, und zweitens finde ich die konstitutionelle Gesinnungstüchtigkeit deplaciert. Marterwerkzeuge und Wahlurne sind gar keine Gegensätze, abgesehen davon, daß das alte Recht nicht durch Marterwerkzeuge und das moderne Recht nicht durch die Wahlurne bestimmt wird. Die Marterwerkzeuge waren ein Vollzugsmittel, und die Wahlurne ist ein politisches Machtmittel. Ich kann also da nicht mit. Weiß freilich, daß Künstler dergleichen nicht so genau nehmen.

Also gut: ich will die Sache gelten lassen, die Gedanken nicht weiter anfechten. Aber wie kann man aller höfischen Klugheit, ja aller ganz alltäglichen Lebensklugheit so bar und bloß sein, daß man mit Emblemen oder Symbolen operiert, von denen der Auftragerhaltende im voraus wissen muß, daß der Auftraggeber dergleichen nicht mag? Ob der Auftraggeber ein Recht hat, es zu mögen oder nicht zu mögen, ist dabei ganz gleichgültig. Begas mußte Embleme wählen: 1. die paßten, 2. die sowohl seiner wie der allgemeinen Anschauung entsprechen und 3. vor allem auch mit der Anschauung des Auftraggebers sich deckten.

Dagegen hat er verstoßen. Ich empfinde das *so* stark, daß ich zu Betrachtungen über das politische Gewicht der Sache erst in zweiter Reihe komme. Wenn der König von Baiern eine Teppichzeichnung bei mir bestellt, werde ich den bairischen Löwen stolz aufrichten, aber ich werde ihn nicht darstellen, wie er niedergeworfen am Boden liegt und ein mächtiger Adler auf ihm sitzt und mit dem Schnabel nach seinem Herzen pickt. Dem Tatsächlichen entspricht das vielleicht auch, aber es ist »unopportun«. Verzeihen Sie diesen schreienden Undank für die sonst so lehrreiche Geschichte. Wie immer Ihr

Th. Fontane.

*257. An Georg Friedlaender*

Berlin 30. Januar 93.
Potsd. Str. 134.c.

Hochgeehrter Herr u. Freund.

Etwas spät komme ich zur Beantwortung Ihres lieben Briefes, – Grund: Arbeit, was wie 'was Gutes aussieht und auch ist, aber doch sehr in Grenzen. Das Gefühl der gezählten Tage werde ich nicht los und weil ich es habe, nutze ich jeden Tag und jede Stunde aus, um noch Manches, woran mir liegt, fertig zu schaffen, zum Theil aus literarischem Interesse, noch mehr aus finanziellen Gründen. Ich hinterlasse meiner Frau so wenig, daß ein paar tausend Thaler schon in's Gewicht fallen.

Daß diese vermaledeite Influenza an keiner Thür vorübergeht! Früher oder später tritt sie ein. Ich freue mich, daß Sie mit einem bloßen »Lichten« oder einer Stippvisite davon gekommen sind. Auch Schwägerin und Tochter haben hoffentlich alles überwunden.

Das Gedicht von Gries, wenn ich nicht irre auch gegen Verleger, Bücherabsatz etc. gerichtet, glaube ich vor etlichen Jahren in der Vossin gelesen zu haben, würde mich aber sehr freun, es abschriftlich zu besitzen und danke schon im Voraus Ihrer Frau Mama, daß sie sich dieser Mühe unterziehen will.

Seien Sie schönstens bedankt für alles Freundliche über die Quitzow-Kapitel. Ich halte den ganzen Band für reifer und besser als die Bände der »Wanderungen« und daß das Publikum anders zu urtheilen scheint, kann mich nicht umstimmen. »Wer vieles bringt, wird jedem etwas bringen«, – darin liegt es wohl, daß der buntere Inhalt der Wanderungen bevorzugt wird. Vielleicht auch darin, daß der Stoff mehr wechselt und daß Landschaftliches und rein Deskriptives neben dem Historischen eine Rolle spielt.

Mit aufrichtiger Freude hab ich von Ihrer bevorstehenden, nun wohl schon längst erledigten Fahrt nach Wüsteröhrsdorf gelesen. Bergel ist beneidenswerth, daß er solche Exkursionen mitmachen kann, die mir, um ihres menschlichen Kerns willen, poetischer und interessanter erscheinen, als irgend welche Alpenerkletterung. Ich kann auch immer nur wieder hervorheben, daß da geradezu Schätze zu heben sind, Culturnovellistisches ersten Ranges: die Scenerie, die Weltabgeschiedenheit, der Mensch in seiner Enge, und doch auch wieder und zwar gerade in dieser seiner Enge, ganz Mensch. Daß dieser Stoff, ich meine die *Gesammtheit* der Stoffe, noch mal zur Behandlung durch Sie kommt, glaube ich jetzt nicht mehr; Sie werden immer den Wunsch, beinah die Sehnsucht danach haben, aber es wird nichts werden. Ich spreche dies aus nach den Erfahrungen bez. Beobachtungen dieses Sommers, die mir einen Einblick in Ihren Tag gegönnt haben. Wenn ich richtig urtheile, so haben Sie *gelegentlich* eine freie Stunde, einen freien Vormittag, das reicht aber nicht aus, weil eine blos gelegentlich freie Stunde nothwendig von dem Gefühl begleitet ist: »das ist des Anfangens gar nicht werth.« Walter Scott, der fast alle seine Zeit, und sein Geld dazu, verbrauchte, »to do the honors for all Scotland«, entbehrte sein Lebelang auch der eigentlichen Muße, er hatte aber doch 2erlei: 1. jeden Tag, den Gott werden ließ, bei Hitze, bei Kälte, bei Krankheit, bei Wohlbefinden, mit 50 Gästen unter seinem Dach oder in Einsamkeit, jeden Morgen von 7 bis 9 saß er an seinem Schreibtisch und 2. er arbeitete mit einer kaum dagewesenen Leichtigkeit und Sicherheit. Ich habe im Britischen Museum das M. S. zu »Kenilworth« gesehn, mitunter ist auf zehn, zwölf Seiten auch nicht ein Wort ausgestrichen, er beherrschte den Stoff, die Charaktere, den Gang der Handlung, die Sprache. Das unter 1. Erwähnte, also das Nie-Aussetzen, ist aber das Wichtigere. »Woodstock« oder die »Braut von Lammermoor« .. nein, nein, es war ein Drittes: »Redgauntlet« hat er unter den wahnsinnigsten Unterleibsschmerzen geschrieben, er stand von der Arbeit auf, machte den Anfall durch, schrie daß es ein Jammer war, und setzte sich wieder an den Tisch, um weiter zu schreiben. Mit »Woodstock« war es anders. Als er an diesem Romane arbeitete, starb Lady Scott; er ging eine Stunde im Garten auf und ab und schrieb dann ein Kapitel. Nur mit eisernster Consequenz, mit dem Willen und der Kraft *jede* Störung zu besiegen, ist dergleichen durchzuführen. Ich habe davon keinen Schimmer und ich glaube, daß auch Sie den störenden Mächten, gleichviel ob sie von außen oder aus dem eignen Ich kommen, zu sehr unterworfen sind.

Was haben Sie gesagt zu der lateinischen Unterschrift unter meines guten Friedberg Bildniß? Es heißt, die Worte seien eigentlich an Bismarck gerichtet, aber wozu sie einem Dritten zum 80. Geburtstag, präsentiren? – Vor etwa 8 Tagen erfreute mich Pastor Wallis durch seinen Besuch und ich erfuhr von ihm, daß er Buchwald verlassen und die Pfarre in Dodendorf bei Magdeburg übernehmen wird. Ein großes Glück für ihn und den Hausstand und eine Entlastung von mancher Sorge, trotzdem wird ihm das Idyll Buchwald oft fehlen; die reichen Zuckerrübengegenden sind immer unerquicklich, weil in allem das Geld den Ausschlag giebt.

Ergeh es Ihnen allen gut und empfangen Sie und Ihre Damen die herzlichsten Grüße u. Empfehlungen von mir, Frau u. Tochter.

In vorzüglicher Ergebenheit Ihr

Th. Fontane.

*258. An Unbekannt*

Berlin, 1. Febr. 93.
Potsd. Str. 134 c.

Hochgeehrter Herr.

Ergebensten Dank für Ihre Karte. Ich habe diesen Winter wirklich Erinnerungen niedergeschrieben, aber wie ich Ihnen schon sagen durfte, es ist ganz unmöglich, einzelne Kapitel daraus zu entnehmen; Sie würden nichts davon haben und was übrig bliebe, wäre, weil zusammenhanglos, gar nicht zu brauchen. Ich habe vor, das *Ganze* in der Rundschau drucken zu lassen. In vorzügl. Ergebenheit

Th. Fontane.

*259. An Paul von Szczepanski*

[Berlin,] 20. Februar 1893

Hochgeehrter Herr.

Empfangen Sie meinen verbindlichsten Dank für die Februar-Nummer der Monatshefte, wie zugleich für die freundlichen Worte, die Sie für meine »Jenny Treibel« gehabt haben. Der Zurückdatirung des Leutnant Vogelsang kann ich nur zustimmen; es ist ganz recht, die Figur gehört der vorigen Generation an, was man übrigens, wenn auch nicht in gleichem Maße, von vielleicht allen Gestalten des Buches sagen kann. Mit der Bitte, mich Ihrem Kollegen Pantenius empfehlen zu wollen, in vorzügl. Ergebenheit

Th. Fontane.

*260. An Paula Schlenther-Conrad*

Berlin, 26. Februar 1893.

Hochverehrte Freundin.

Das wäre nun eine wundervolle Gelegenheit mich mit einem Veilchenstrauß in der Hand bei Ihnen einzuführen und unter Handkuß und Gratulation zugleich meine Neugier über eine Doppel-Künstlerwohnung mit Papagei und leider nicht mehr Zwergeule zu befriedigen. Aber es hapert überall, die Beweglichkeit stockt und selbst die Plauderhaftigkeit versagt. So empfangen Sie denn schriftlich meine herzlichsten Geburtstagswünsche, voran *den*, daß Ihnen das Glück verbleiben möge, das das letzte Jahr für Sie aufgebaut.

Frau und Tochter vereinigen Ihre Wünsche mit den meinigen. Unter Empfehlungen an den Doktor und Gemahl, in vorzüglicher Ergebenheit

Th. Fontane.

*261. An August von Heyden*

Berlin, 1. März 1893.

Mein lieber Heyden.

Gestern hörte ich bei Zöllners von dem Besuche Cosima's bei Dir. Ich muß Dir aussprechen, wie sehr wir uns alle darüber gefreut haben. Mir scheint dieser Sieg unter Deinen diesjährigen Siegen der größte. Den Orden, bei allem Respekt davor, können viele kriegen, *dies* aber ist etwas Apartes, das sich inmitten

Deutscher Nation nur an wenige adressieren kann. Es muß Dich sehr beglücken und vor allem auch sehr angenehm beschäftigen.

Wie immer Dein alter
Noel.

*262. An Georg Friedlaender*

Berlin 10. April 93.
Potsd. Str. 134.c.

Hochgeehrter Herr.

Gestern habe ich das letzte Kapitel meiner mit dem 12. Jahre bereits abschließenden Biographie durchcorrigirt und zur Abschrift gegeben und heute beginne ich, leichteren Herzens, an die Abtragung meiner Briefschulden zu gehn. Seien Sie schönstens bedankt für Ihren lieben und interessanten Brief vom 3., dessen Mittheilungen inzwischen durch Ihre hochverehrte Frau, die uns vor drei vier Tagen durch ihren Besuch erfreute, vervollständigt wurden. Wir freuten uns alle dieses Wiedersehns, ich in deutlicher Erinnerung an den Abschied in Schmiedeberg, der mich ein solches glückliches Wiedersehn nicht erwarten ließ. Wir durchplauderten wieder die lieben alten und immer wieder dankbaren Themata: Prinz Reuß, Graf Roeder, Richter, Bergel und vor allem Treutler und Frau. Diese letztre scheint mir beinah weniger beneidenswerth als ihr Gatte, denn in einer beständigen Angst vor gesellschaftlichen Verstößen und vor einer Wolke auf des Gebieters Stirn sein, ist eine Tortur und zehrt am Leben wie am Glück. Richter immer gleich groß; aber sein schließlicher Sieg über *alle*, so sehr ich ihm diesen Sieg gönne, hat doch auch was Niederdrükkendes. Wie sehen die Menschen und Kräfte aus, die die Dinge machen! Da wird einem immer gesagt, die Welt sei *doch* gut, Pessimismus sei dumm und ungerechtfertigt und Schwarzseherei, zu der kein Grund vorhanden, stamme lediglich aus einer kranken Leber. Aber ich kann nicht finden, daß dies richtig ist. Es giebt ehrliche Pflichterfüllung in Amt, Leben, Familie; diese Pflichterfüllungen, die aber immer was Maschinenmäßiges haben, will ich gelten lassen, so wie aber der Gefühlsapparat zu spielen anfängt, die Wünsche, die Strebungen, die Passionen, oder wohl gar Ehrgeiz und Liebe, so haben wir den Kladderadatsch und von Erfreulichem kann kaum noch die Rede sein. Was sich inscenirt ist vielleicht interessant, aber was groß, schön, edel ist, bleibt, auf die wahren und letzten Motive hin angesehn, ausgeschlossen. Dabei darf ich sagen, ich bin das Gegentheil von einem Schwarzseher, ich *sehe* nur.

Zweierlei hat mich in Ihrem letzten Briefe ganz besonders interessirt: Silberstein und die Frau v. Jagow geb. v. Dobeneck. Silberstein war ein guter und vortrefflicher Herr, mit und ohne Festguirlande, und Sie haben viel in ihm verloren, auch darin viel, daß er zu den Wenigen gehörte, mit denen man ein leidlich vernünftiges Wort sprechen, soll heißen aus seinem Munde hören konnte. Solche Silbersteine, selbst wenn sie fortschrittlich verrannt sind, sind doch einer entgegengesetzten Anschauung immer noch zugänglich; sie begreifen den gegnerischen Standpunkt und können ihn respektiren, auch wenn sie ihn bekämpfen. Davon steckt in den mit Orthodoxie verquickten Hochtories keine Spur, sie verstehen ihren Gegner nicht, wollen ihn nicht verstehn und hören nicht einmal was er sagt; sie sind vorweg mit ihm fertig. Mit einem Silberstein kann man Fragen durchsprechen, mit Prinz Reuß, ein so famoser Mann er ist, nicht. Auch ist er eigentlich nur famos, weil er Prinz ist, sonst ging' es gar nicht. Also hoch Silberstein! Aber trotzdem macht es doch einen halb grausigen Eindruck auf mich, wenn ich höre, daß seine 87jährige Schwiegermutter, aus der Besinnungslosigkeit aufwachend, ihn mit der Frage begrüßt: »was macht die Militär-Vorlage?« Hat sie's schelmisch und mit Humor gefragt, so nehme ich alles zurück, sollte sich aber wirklich ein Interesse darin aussprechen, so finde ich es entsetzlich, weil ich dann einen Triumph öder Phrasenmacht darin sehen muß. Schon Silberstein ist in meinen Augen absolut unfähig gewesen, über Werth oder Unwerth der Militär-Vorlage zu urtheilen und nun gar eine 87jährige Schwiegermutter! Sie konnte fragen »blühen schon die Veilchen?« oder dergleichen. Aber Militärvorlage!

Und nun v. Dobeneck, Fränkel, van Halle. Ja, das ist wieder ein Musterbeispiel. Ich glaube, daß sich solche Beispiele zu Hunderten in unsrer Aristokratie finden, ganz besonders in unsrer Militär-Aristokratie, womit es auch zusammenhängt, daß diese letztre besser aussieht und klüger ist. Prillwitz, Etzel, Gansauge, Baeyer, Vogel v. Falckenstein, Hülsen, Schwerin, Graf Pfeil, Zedlitz, Dobeneck, Heyden, das sind so etliche, die mir gerade einfallen. Ich möchte aber behaupten, es giebt überhaupt nur noch sehr wenige Adelsfamilien, in denen jüdisches Blut *nicht* mitfließt. Denn existiren erst 100 adlige Familien mit diesem Zusatz, so ist die Sache in der dritten Generation schon ganz unberechenbar; ich heirathe eine Reichsgräfin und meiner Frau Großvater war ein Cohn. Die Unmöglichkeit eines Sieges der antisemitischen Bewegung liegt in all diesem vorgezeichnet.

Sie fragen freundlich an wegen etwaiger Sommerpläne. Nach Schlesien möchten wir nicht wieder, wiewohl meine Vorliebe für diese Provinz, trotz der traurigen Wochen die ich da verleben mußte, nach wie vor dieselbe ist. Es geht aber nicht; ich bin dagegen und meine Damen noch viel mehr. Haus Friedländer entdeckt aber vielleicht anderswo einen Punkt, wo man sich treffen und freundnachbarlich ein paar Wochen zusammen leben könnte. Vorläufig halten wir noch an Umgegend von Dresden fest. Es ist schade, daß unsre Mark so wenig Acceptables bietet; die Natur würde mir schon gefallen, aber die miserable Verpflegung und das wenig Liebenswürdige der Bevölkerung schrecken ab.

Mit meiner Gesundheit geht es ganz leidlich und meinen Schlaf hab ich wieder. Ich kann auch arbeiten, aber ein Unsicherheitsgefühl werde ich nicht los, was wohl mehr mit meinen Nerven als mit meinen Jahren zusammenhängt; denn viele Menschen, die erheblich älter und erheblich kränker und leidender sind, haben dies Unsicherheitsgefühl *nicht*. Nur in Gesellschaft fällt dies Gefühl ganz von mir ab, weshalb ich Gesellschaftlichkeit wieder mehr kultivire; in letzter Zeit bin ich allwöchentlich zwei, dreimal unter Menschen gewesen und noch dazu sehr gründlich, von 5 bis 12. Es ist mir auch immer gut bekommen. Gestern, Sonntag, machte ich ein Frühstück in der Raehmel'schen Weinkneipe mit und hielt aus von 2 bis 6; diese Frühstücke finden immer am ersten Sonntage jedes Monats statt und bestehen, ihrem Personalbestande nach, aus den Mitgliedern der Voss.Ztgs-Redaktion unter Präsidium von Stephany. Nur Schlenther hält sich zurück, weil er mit dem andern Theater-Referenten (Richard Fellner) der Anti-Ibsenianer ist, nicht gut steht. Gestern war dafür Brugsch da. Ich amüsirte mich sehr und empfand wieder, daß es nicht wohlgethan ist, sich in seinem Verkehr auf 3 Menschen zu beschränken. Man lernt sich bald gegenseitig auswendig, was das Interesse mindert und den Einzelnen rasch entwerthet – Mein Freund Lübke ist gestorben. Auch ein Kapitel, aber blos für mündliche Behandlung geeignet.

In dieser Woche, nach ihrer Rückkehr aus Stralsund, hoffen wir Ihre liebe Frau noch mal wiederzusehn, sie hat es uns versprochen. Bitte, grüßen Sie Bergel. In herzlicher Ergebenheit Ihr

Th. Fontane.

*263. An Premier-Lieutenant Schmidt-Neuhaus*

Berlin, 16. April 1893.

Hochgeehrter Herr.

Es traf sich so glücklich, daß ich gleich gestern mit 2 relativ Eingeweihten über die Sache sprechen konnte, mit Professor August v. Heyden (dem Maler) und Senator Dr. Eggers. Letzterer hat viel über Schadow und Rauch geschrieben, beide (Heyden wie Eggers) waren mit Geheimrat Lucä befreundet.

Beider Meinung geht nun dahin, daß alle diese Geschichten von Lucä stammen, dessen Eltern, als Nachbarn, mit Schadow sehr befreundet waren. Außer Lucä käme noch Steffeck in Betracht. Es ist mir sehr wahrscheinlich, daß auch ich diese Geschichten von diesen beiden Herren, Lucä und Steffeck, gehört habe. Manches, aber wohl Weniges, mag ich in Büchern gefunden haben. Daß ich darüber so unbestimmt schreibe, liegt daran, daß ich dies alles vor 33 Jahren geschrieben habe, da läßt einen dann das Gedächtnis im Stich. Es schiebt sich zu viel anderes dazwischen. Übrigens läuft – nach Heydens gestriger Erzählung – eine andre Geschichte, gerade *die* worauf Sie anspielen, nebenher. Diese andre Geschichte soll aber zwischen dem Könige und dem Bildhauer Emil Wolff gespielt haben. Ich halte dies aber nicht für richtig.

In vorzüglicher Ergebenheit

Th. Fontane.

*264. An Wilhelm Hertz*

Berlin 17. April 93.
Potsd. Str. 134.c.

Sehr geehrter Herr Hertz.

Verzeihung, daß ich erst so spät antworte, trotzdem sich die Sache gleich nach unsrem Gespräch erledigte. Meine Frau sagte mir nämlich, mein Sohn Friedel habe schon am Tage vorher mit ihr darüber gesprochen und bei der Gelegenheit Zweifel ausgedrückt, ob ich ihm gerade dies Buch auch geben würde, worauf sie ihm versprochen habe, wenn überhaupt noch nöthig, seinen Anwalt bei mir zu machen. Aus diesen Worten meiner Frau lernte ich erst die Situation, will sagen Friedels Wünsche kennen. Ich glaube, daß er die Sache mehr vom Honorigkeits- als vom Geschäfts oder Vortheilsstandpunkt aus ansieht, aber gerade deshalb kann ich ihn nicht kränken. Haus Hertz wird sich hierin leicht und lächelnd zurecht finden; ohne Diplomatie geht überhaupt nichts und im eignen Hause gewiß nicht. Denn jeder wünscht leidlich zufriedne Gesichter zu sehn. Unter schönsten Grüßen in vorzüglicher Ergebenheit.

Th. Fontane.

*265. An Elise Weber, geb. Fontane*

Berlin 24. April 93.

Meine liebe Lise.

Emilie wird Dir meine Glückwünsche zum heutig-gestrigen Tage aussprechen, aber doppelt hält gut und so laß Dir diese Zeilen dasselbe sagen. Glück auf und die Ohren steif! Wie immer Dein alter

Theo.

*266. An August von Heyden*

[Berlin,] Freitag 12. Mai [1893]

Mein lieber Heyden. Sei wieder daheim begrüßt. Morgen also Rütli bei mir. Hoffentlich kommst Du und erzählst Du; an Stoff kann kein Mangel sein.

Hast Du gelesen, daß Bode den Engländern wieder ein Bild (Dürer) vor der Nase weggekauft hat. Hoffentlich taugt es 'was; aber wenn auch *nicht*, daß den Engländern rein aus Mangel an Geld und Aktionsfreiheit so 'was passiren kann, ist doch interessant. Man sieht es wird überall mit Wasser gekocht. Wie immer Dein alter

Noel.

*267. An Georg Friedlaender*

Berlin 22. Mai 93.
Potsd. Str. 134.c.

Ich kann diesen 2. Pfingstfeiertag nicht besser anlegen, als durch Beantwortung Ihres lieben Briefes vom 9. d., der vorausgehenden liebenswürdigen Karte ganz zu geschweigen. Es war uns eine große Freude, Ihre liebe, hochverehrte Frau sehn und sprechen zu können, wobei sich's so glücklich traf, daß wir ihr wenigstens in leidlicher Gesundheitsverfassung entgegentreten konnten; jetzt liegt es wieder schlimmer, Martha ist in einer erbärmlichen

Verfassung und wirklich eine Kreuzträgerin. Nicht blos das alte Nervenelend; vor 4 Wochen kriegte sie die Influenza und seit drei Tagen ist sie von Mandelentzündungen gequält, es reißt nicht ab, worüber namentlich meine Frau sehr unglücklich ist. Wir sind alt und möchten uns an einem bischen Freude um uns her aufrichten, aber das bleibt uns versagt. Ein mäßiger Trost ist es, daß Andre noch Schwereres tragen müssen, so in unsrer nächsten Freundschaft die Häuser Zöllner und Heyden.

Sie tragen auch Ihren Packen, ein immer wachsendes Aktenbündel. Daß Sie sich da mitunter aus dem Amt heraussehnen und auf eine freie literarische Thätigkeit, wie z. B. die Schlenthersche, mit einem momentanen Neid blicken, ist nur zu begreiflich. Aber es läßt sich auch anders ansehn; in Ihrem Amte thun Sie beständig etwas Nützliches und Nöthiges; es ist nöthig, daß Streitigkeiten entschieden, Testamente aufgesetzt, Erbschaften geregelt werden, – all das fällt bei der literarischen oder gar dichterischen Thätigkeit fort; wie Paul Heyses Mutter zu sagen pflegte: »der Dichter ist ein nutzloser Brotesser.« Solche Erwägungen sind doch auch von Bedeutung. Eine Ballade schreiben, namentlich wenn sie glückt, ist interessanter, als Regulirung einer öden Nachbarzänkerei in Quirl, aber andrerseits hat es doch auch etwas tief Deprimirendes, sich am Ende seiner Tage sagen zu müssen: »an dem allem hast nur *Du selbst* eine kurze Freude gehabt; für die Welt war es ganz gleichgültig; nur noch 3 oder 30 haben es gelesen und es als langweilig bei Seite geschoben.« Von einem Stück, das Prof. Otto Gruppe geschrieben hatte, verschickte der Buchhändler 497 Exemplare und erhielt 499 zurück; zwei Oberlehrer, die Frei-Exemplare erhalten hatten, hatten, von Angst gefoltert, ihre 2 Exemplare *auch* noch remittirt. Aehnliches kommt sehr oft vor und das giebt doch zu denken. Soll man sein Leben in Dingen anlegen, die der Welt gar nichts bedeuten?

Erschütternd ist Ihr kurzer Bericht über Ihren Prinzen Reuß. Und das wiederholt sich nun in einem fort; man klammert sich zuletzt an einen Commißknüppel, kuckt ihm, fragend, nach den Augen und wartet auf Trost und Hülfe. Und in Gnaden wird einem ein Trostestropfen von ihm gereicht. Oder auch nicht. Mir imponiren immer die, die Force genug haben, die Sache mit sich selber abzumachen; die, die einem den Himmel aufschließen sollen, haben meistens mehr von einem Berliner Portier als von Petrus. – Daß Sie von der Baronin v. Rotenhan immer so günstige Eindrücke empfangen, wundert mich nicht; es ging mir ebenso, als ich sie vor sechs oder acht Jahren beim Prinzen kennen lernte. Von ihrem Vater hat sie's nicht, der war bloß häßlich und ein brillanter Financier.

Daß Bergel einen neuen Hirschberger Freund gefunden hat, freut mich aufrichtig; der Musikdirektor kann Bergel brauchen und Bergel den Musikdirektor, besonders jetzt wo Rotenhan todt und Pastor Wallis im Abzug ist. Es giebt so wenig Menschen, mit denen man auch nur ein erträgliches Gespräch führen kann. Ich leide jetzt ordentlich darunter. Neulich sprach ich mit meinen zwei Söhnen, Intendanturrath und Buchhändler, über die Wahlen; nach 5 Minuten brach ich ab und sagte: »nein, Kinder, das geht so nicht weiter, wir quasseln alle Drei und wenn ich bedenke, daß wir eine Art Elite repräsentiren, so kommt mir der Jammer an.« Gestern war ich in Gesellschaft; ein anerkannter Maler, ein Kunstgelehrter von berühmtem Namen und ich sprachen über einige Bilder der Kunstausstellung. Es war alles Blech, gewagte Behauptungen, unklar und verworren. Wie muß es da erst in andern Häusern aussehn!

Die Reisezeit rückt heran. Wenn ich einen Menschen hätte, mit dem ich jeden Tag nach Charlottenburg gehn und die Karpfen im Schloßteich füttern könnte, so reiste ich gar nicht. So lange man noch lernen, neue Eindrücke empfangen und Bekanntschaften machen will, nimmt man die Reiseschrecklichkeiten gern mit in den Kauf, ist man aber ruhebedürftig und menschenscheu geworden, so verdrießen einen alle diese Etablissements, die nichts wollen, als die Citrone auspressen. Athen, Jerusalem, die Pyramiden sehn, das könnte mich noch reizen, aber Parks, Brunnenpromenaden, Bildergalerieen und Kirchen interessiren mich nicht mehr. Kommt es noch zu einer Reise, des berühmten »Luftwechsels« halber, an dessen wohlthätige Wirkung ich übrigens glaube, so gehen wir wahrscheinlich nach dem »Weißen Hirsch« bei Dresden; aber nur auf kurze Zeit.

Zu meinem Bedauern entnahm ich Ihrem lieben Briefe, daß Sie auch an den Nachwehen der Influenza leiden; eine perfide Krankheit. Ich glaube aber ganz bestimmt, daß sich Geruch und Geschmack wieder einfinden, es dauert nur eben lange, bis man wieder bei seinem Normalzustand anlangt. Mir persönlich würd' es sehr unangenehm sein, wenn ich auf Geschmack verzichten müßte; das ewige sich Vertrösten auf geistige Genüsse geht auch nicht. Ich habe mich, – wenn ich davon absehe, daß mir meine Nervenschwäche alles arbeiten, namentlich alles lesen, sehr erschwert – über Erwarten wieder erholt und bin sehr dankbar dafür. Auf meinen Spaziergängen im Thiergarten steigt dann auch der vorige Sommer als Gesammtbild wieder vor mir auf. Wie viel schulde ich Ihnen, wie sehr haben Sie und Ihre hochverehrten Damen mir das Leben erleichtert! Die Stunden waren mitunter recht trübe. Was ich damals in vielen Gesprächen mit Ihnen nur vermuthungsweise ausgesprochen habe, das steht mir jetzt ganz fest: die ganze Behandlung war falsch, schablonenhaft, grausam. Es ist gewiß ganz richtig, daß es bei Nervenkranken einen hochgradigen Kranken-Egoismus giebt, ich habe diesen Kranken-Egoismus aber sicherlich *nicht* gehabt, sondern habe mich umgekehrt in dieser schweren Zeit besser benommen, als zu irgend einer andern Zeit meines Lebens. Ich bin von dem allem so sehr durchdrungen, daß ich darüber, am liebsten in einer Medizinischen Zeitschrift, mich auslassen möchte, um vor groben Fehlern zu warnen; ich habe aber nicht mehr die Kraft dazu und muß hoffen, daß sich über kurz oder lang statt meiner ein Andrer findet.

Mit meinem neuen Buche »Meine Kinderjahre« bin ich fertig und sollte nun zu Correktur des Romans übergehn, der mit der Aufschrift: »Werthangabe 6000 Mark« monatelang in Ihrem Schranke lagerte, ich vertage es aber, weil ich doch außer Stande bin die Sache bis zum 1. September, wo Rodenberg sie haben will, fertig zu machen. So will ich mich denn lieber zunächst der Edirung eines kleinen Sammelbandes zuwenden, der den Titel führen soll:

Von, vor und nach der Reise.
Plaudereien u. kleine Geschichten
von
Th. F.

Es sind etwa 10 Geschichten, von denen die meisten in der »Vossischen« und in »Zur guten Stunde« gestanden haben; einige aber liegen noch unfertig in meinem Kasten und eine existirt blos in der Ueberschrift: »Pohl's Begräbniß«. Hinsichtlich dieser rufe ich nun Ihre Hülfe an. Ich weiß nur so viel: Pohl lag oben im Sterben, so zu sagen »heimlich«, und heimlich wurde er auch, als er todt war, zu Thale geschafft. Ich entsinne mich, daß das alles sehr phantastisch war, habe aber alle Details vergessen. Könnten Sie mir da aus der Noth helfen? Es genügt für mich, wenn ich für die Hauptsituationen die bloßen Ueberschriften habe; das Ausmalen leiste ich dann schon aus eignen Kräften, trotzdem diese sich sperren und auch nicht mehr recht wollen. Zum Theil liegt es wohl daran, daß man im ersten Moment, wo einem eine Geschichte entgegentritt, am meisten von ihr getroffen wird und am fortbildungslustigsten ist; sucht man die Geschichte später wieder hervor, so ist nur noch eine halbe Wirkung da und auch nur noch eine halbe Lust, etwas daraus zu machen.

Vielleicht können Sie mir aus Ihrem großen Vorrath noch eine zweite Geschichte ablassen; je neuer sie mich berührt, je leichter wird es mir, sie zu gestalten.

Ich habe diese Zeilen unter großer Unruhe geschrieben; der Doktor kam, fand daß es ein Karbunkel sei (immer etwas sehr Fatales) und machte sich gleich an die Arbeit. Martha bewährte den Ruf ihrer Tapferkeit und nahm es leicht, trotzdem ein ganz gehöriger Schnitt nöthig war. Ich wünschte dem armen Geschöpf endlich freundlichere Tage, ein bischen mehr Freude am Leben.

Ihre Mama ist nun schon wieder eingelebt bei Ihnen; empfehlen Sie mich ihr und Frau Gemahlin angelegentlichst; auch, wenn Sie schreiben, herzlichste Grüße an die regierende Tante.

Wie immer Ihr aufrichtig und herzlich ergebenster

Th. Fontane.

*268. An Wilhelm Hertz*

Berlin 5. Juni 93.
Potsd. Str. 134.c.

Sehr geehrter Herr Hertz.

Darf ich von Ihrer Güte 3 Exemplare meiner Gedichte, gebunden, erbitten? Ich habe mich bei ein paar schönen Damen liebenswürdig damit zu machen, die vorgeben für mich zu schwärmen. Leider schwärmen sie auch für Julius Wolff, ja viel mehr, wodurch sich der Honig stark verbittert. Aber man darf nicht empfindlich sein und mit 73 den Alleinherrscher spielen wollen. Wenn es nur ein Andrer wäre, mit dem ich theilen müßte! Beste Grüße an Ihren Herrn Sohn. In vorzüglicher Ergebenheit

Th. Fontane.

*269. An Friedrich Stephany*

Berlin, 5. Juni 1893.

Hochgeehrter Herr und Freund.

Herzlichen Dank für Ihren liebenswürdigen und Nummer für Nummer so interessanten Brief. Kommt es zu einer Juli-Reunion (Frühschoppen) so hoffe ich mit dabei sein zu können. Der arme Pietsch! Es hängt Gewicht sich an Gewicht, Abenteuer an Abenteuer; im Roten Meer hat er gelegen und nun auch im grauen Schlamm-Meer der Charlottenburger Chaussee, Hundebiß dazwischen; mais tu l'as voulu. Seine Jugend-Aspirationen werden ihm noch den Hals brechen.

Das ist ja reizend, daß Sie mit nach Hankel's Ablage hinauswollen; ich denke, wenn nicht diese so nächste Woche. Oder vielleicht ist es besser, die Wahlen erst vorüber zu lassen; jedenfalls melde ich mich zu rechter Zeit.

Das mit Lessing ist mir nicht sehr angenehm, weil ich da gerade genug auf dem Kerbholz habe. Ohne rechte Verschuldung. Aber das hilft einem nichts. Was die Marholm angeht, so habe ich gewiß mal den einen oder andern ihrer Aufsätze – so z. B. den über die Bauernschulden in Skandinavien – aufrichtig gelobt, halte die Dame auch bis diesen Augenblick noch für klug, gescheit, apart, aber ihre Geistreichigkeiten sind nicht mehr auszuhalten und dieser Hymnus auf Heyse (Heyse hat mir dabei geradezu leid getan) ist eine vollendete, dazu unaussprechlich langweilige Quasselei. »En Loots' is en Loots' und wat en Loots' is weet jed een« sagte ein Warnemünder zu einem Badegast. Und dasselbe muß von der Liebe gesagt werden. Untersuchungen wie das eigentlich alles hergeht, sind immer halb ridikül, halb eklig. Eine die skandinavische [Emanzipationsbewegung] verspottende kleine Abhandlung von Stinde fängt an: »nur das Weib versteht das Weib und zwar durch den Mann«. Eigentlich meint er wohl noch was Dolleres.

Schönsten Gruß. In vorzüglicher Ergebenheit

Th. Fontane.

*270. An Friedrich Stephany*

*Berlin*, d. 6. Juni 1893.
Potsdamer Str. 134 c.

Hochgeehrter Herr.

Mit Entzücken bin ich heut früh unter R. Fellners Leitung Nordaus Ibsen-Anti-Ibseniaden usw. gefolgt; mit Entzücken, denn Nordau ist ein ganz grundgescheiter Mann, aber doch ebenso auch unter intensivstem Lachen. Denn so gewiß Nordau ein geistreicher Mann ist, so gewiß ist Ibsen ein großer Dichter. Er hat mich in der »Wildente« erschüttert, in der »Frau vom Meere« aufs äußerste gespannt, und wer mich, der ich sehr nüchtern bin, so packen kann, der ist eben kein Nachtwächter aus Rixdorf. Ibsen ist ein segensreicher Revolutionär, der die ästhetische Welt um einen guten Schritt vorwärts gebracht hat. Schiller saß auch in der Stube und konstruierte sich Schweiz und Schweizer. – Als ich mit der Lektüre des Morgenartikels durch war, stach mich die Tarantel, und ich schrieb das, was ich mir beizuschließen erlaube. Sonst, in zurückliegenden Tagen, als ich mir noch vertraute, hätte ich es ohne weiteres drucken lassen. Jetzt tu ich es nicht mehr, weil man dadurch nur in Ungelegenheiten kommt. Es heißt dann: »mit gefangen, mit gehangen«, und dem mag ich mich nicht aussetzen. Andrerseits will ich mit meiner total abweichenden Ansicht doch auch nicht feige zurückhalten, und so lege ich denn meinem hochverehrten Gegner auf diesem Gebiete, Friedrich Stephany, das heute früh in dieser Sache Geschriebene ganz ergebenst vor. Vielleicht erheitert es Sie einen Augenblick. So viel werden Sie auch als Gegner zugeben: man kann alles klein machen, und man kann auch *alles beweisen.* Ja, ich verpflichte mich, einen Essay zu schreiben, in dem ich nachweise, daß Bismarck nach einem von Dietrich v. Quitzow hinterlassenen politischen Testament das Deutsche Reich aufgebaut hat, um auf diese geniale Weise die Hohenzollern zu stürzen und dadurch die märkischen Radaubrüder von damals an dem Nürnberger Burggrafentum ein für allemal und zwar großartig zu rächen. Es war auch schon alles fertig: da, im letzten Augenblick, merkte Wilhelm der Zweite Lunte und stürzte den Verschwörer mit Hülfe der Sozialdemokratie. Soll ich solchen Essay schreiben? Ich kann es. Ihr

Th. Fontane.

*271. An Friedrich Stephany*

*Berlin*, d. 8. Juni 1893.
Potsdamer Str. 134 c.

Hochgeehrter Herr und Freund.

Herzlichsten Dank. Ich weiß es zu schätzen, daß Sie, mitten in Ihrer Arbeitsfülle, noch Zeit finden, mir einen so langen und so liebenswürdigen Brief zu schreiben. Natürlich stellt sich nach dem, was Sie gütigst aus dem Buche selbst citiren, mein Urtheil über die geistreichen und theilweise sehr berechtigten Nordauschen Angriffe (*Gesuchtheiten* sind Ibsens großer Fehler) sehr anders, als vor 2 mal 24 Stunden, wo ich meinen kleinen Ulk niederschrieb, hinsichtlich dessen ich nur bedaure, daß er nicht genug als solcher erkannt worden ist. Sie haben diesen Übermuth eines dann und wann auf 23 zurückfallenden 73ers offenbar zu ernst genommen und das ist Grund, daß ich schlecht abschneide. Ich kann doch die 3 Beinamen Blasphemist etc. etc. nicht im Ernst erfunden und hinter dem Worte »Klassicitäts-Popanz« eben so wenig eine wirkliche Meinung oder auch nur einen Schimmer davon versteckt haben. Es lag mir, wie ich Ihnen auch schon schrieb, nur daran zu zeigen, daß es mit allem Urtheil, besonders aber mit dem Urtheil Vorwegeingenommener, immer ein mißlich Ding ist und daß zumal wo geistreiche Menschen sich ins Geschirr legen, alles bewiesen werden kann. Zu diesem Satze, der mir als solcher zu altbacken war, wollte ich gern eine wirksame Illustration schaffen, und so entstand das, was ich Ihnen schickte, und vielleicht besser *nicht* geschickt hätte. Was Nietzsche angeht, so stimme ich Ihnen, nach dem Wenigen was ich von N. kenne, völlig bei. Sind wir erst in Hankels Ablage, so sprechen wir vielleicht weiter über dies Thema.

In vorzügl. Ergebenheit
Th. Fontane.

*272. An Georg Friedlaender*

Berlin 13. Juni 93.

Herzlichen Dank, hochgeehrter Herr und Freund, für Ihren wundervollen Brief.

Die Geschichte mit Pohl verwirrt mich nicht sehr. Ich lasse es stehn, wie es da steht, und jeder Mensch wird meine Geschichte (Nachttransport mit Fackeln) der ledernen Wirklichkeit vorziehn. Der junge Pohl, aber auch nur er, wird ausrufen: »ja, das war ja aber alles anders«, wenn Sie ihm dann aber sagen: »Pohl, seien Sie kein Schaf; es macht Reklame und Sie kommen vielleicht täglich auf 100 Tassen Kaffe mehr« so wird er sich beruhigen.

Groß ist wieder der Prinz. Natürlich ist es, vom Standpunkt des modernen gebildeten Menschen aus, alles Unsinn was er sagt und doch bin ich glücklich, daß es solche Leute noch in der Welt giebt. *Herrschen* sie, so ist es schlimm, machen sie aber blos Conversation in ihrem Stil, so ist es wundervoll. Der Burggraf ein »Schlappschwanz«. Er war es gewiß *nicht* und doch ist was Richtiges drin. Neben Dietrich v. Quitzow war er so was. Und daß die Präparanden alle für Quitzow sind, darin hat er auch Recht. Und auch in der Geschichte von der Maulschelle bin ich geneigt auf seine Seite zu treten. Alle Kraftmenschen und Originale sind immer gegen das »Gesetz«. Gott sei Dank, daß wir das Gesetz haben, aber in seiner oft sylbenstecherischen, auf Formen zugeschnittenen Handhabung ist etwas, was den natürlichen Menschen verdrießt. Den Patriarchen erschien Gott, das laß ich mir gefallen, aber sie gingen paragraphenfrei durchs Leben.

Die Geschichte mit Frank Russell höchst interessant. Unter anderm auch darin, daß mal eine Deutsche einen Engländer gekapert hat; in der Regel ist es umgekehrt. Sie haben übrigens Glück mit Engländern. Meine Vorliebe für dieselben werden Sie nach Ihren Erfahrungen begreiflich finden. Empfehlen Sie mich Ihren Damen.

In vorzügl. Ergebenheit

Th. Fontane.

*273. An Julius Rodenberg*

Berlin, 21. Juni 1893
Potsdamer Straße 134c

Hochgeehrter Herr.

Es liegt nun also so: der Sommer wird mir mit einer Karlsbader Kur hingehn, und nicht viel vor Herbst werde ich dazu kommen, das Durchkorrigieren des Romans in Angriff zu nehmen. Bleibe ich dann leidlich bei Gesundheit, so wird die Publikation – vorausgesetzt, daß es Ihnen so paßt – am 1. April beginnen können.

Das Memoirenstück (»Meine Kinderjahre«) ist fix und fertig, und Sie können jederzeit darüber verfügen, auch dran vorübergehn, wenn Ihnen Hanslick – dessen Aufzeichnungen übrigens *sehr* reizend sind – des Guten gerade genug getan haben sollte.

---

In den nächsten Wochen möchte ich noch ein paar »Sommerbriefe aus dem Havellande« schreiben, etwa 5 und höchstens doppelt so viele (»Rundschau«-)Seiten umfassend. Könnten Sie sich entschließen, diese Briefe – lediglich Plaudereien über allerhand Tagesfragen in Kunst und Politik – im September- oder Oktoberheft zu bringen? Den Termin weiter hinauszuschieben verbietet sich, weil die Briefe noch mit in ein kleines, zu Weihnachten erscheinendes »Reisegeschichtenbuch« hinein sollen.

In vorzüglicher Ergebenheit

Th. Fontane

*274. An Julius Rodenberg*

Berlin, 22. Juni 1893
Potsdamer Straße 134c

Hochgeehrter Herr.

Besten Dank und wie stets mit allem einverstanden.

Ich schicke das Manuskript, das ich vorhatte noch mal mußevoll durchzulesen, doch lieber gleich, einmal weil ich wegen des vielen, was für die nächsten Wochen vorliegt, mit der Zeit etwas knapp bin, zum zweiten aber deshalb, weil ich die gute Lesestimmung, in der Sie sich befinden, nicht gern ungenutzt vorübergehen lassen möchte. Solche Stimmung kann man immer brauchen.

Meine Frau und ich schulden Ihnen noch besten Dank für die »Frühlingsfahrt nach Malta« in allen Teilen, besonders auch für den Schluß von S. 278 an.

In vorzüglicher Ergebenheit

Th. Fontane

*275. An Ludwig Pietsch*

Wundervoll,

liebenswürdig, herzbeweglich und zugleich ein Bild dieser Zeit und Stadt in der wir gelebt haben, wie es nicht schöner gedacht werden kann.

Ihr

Th. Fontane.

Berlin
23. Juni 93.

*276. An Paula Schlenther-Conrad*

Gnädigste Frau Hochverehrte Freundin.

Ich wollte Sie noch sehn, um Ihnen unsre besten Reisewünsche mit auf den Weg nach Wien – wohin jetzt alles geht zu Roß, zu Fuß, zu Velociped – geben zu können. Aber die schwebende Hitze, der ich mich weniger denn je gewachsen fühle, läßt mich die Mittagslinie der Friedrichsstraße vermeiden. So denn brieflich einen herzlichen Generalgruß und die Hoffnung, Sie in Herbstestagen (im September wollen wir in Karlsbad sein) in bester Gesundheit wiederzusehen. Unter Empfehlungen an den Gemahl, in aufrichtiger Ergebenheit.

Berlin 28. Juni 93 Th. Fontane.

*277. An Julius Rodenberg*

Berlin, 3. Juli 1893
Potsdamer Straße 134c

Hochgeehrter Herr.

Ich antworte gleich, um Ihnen meinen Dank und meine Freude auszusprechen. Rechne ich alle meine Ängste zusammen, so schneide ich immer noch gut ab. Daß ich mich in allem füge, nein, dies ist ein dummes Wort, daß ich Ihnen in allem gern folge, brauche ich kaum noch erst zu versichern. Ich habe mit diesen Detailmalereien, dies wissen Sie so gut wie ich, natürlich was gewollt, etwas an und für sich Gutes und Richtiges gewollt: Abschilderung von Dingen, die bisher noch nicht geschildert wurden, ein Knabenleben in seinem ganzen Tun und Denken, und zwar auf dem Hintergrunde einer ganz bestimmten Zeit; aber was heißt in der Kunst »wollen«, es muß auch »erreicht« sein, und ich bezweifle keinen Augenblick, daß es mit dem »Erreichen« hier und da stark hapert. Ihr Urteil stimmt ganz mit dem, was mir Frau und Tochter, während sie die Abschrift machten, gesagt haben.

Also zwischen 6 und 7. Ihre Güte läßt mich wohl noch den Tag wissen; ich möchte doch auch sicher zu Hause sein.

In vorzüglicher Ergebenheit

Th. Fontane

*278. An Georg Friedlaender*

Berlin 4. Juli 93.
Potsd. Str. 134.c.

Hochgeehrter Herr.

Allerschönsten Dank für Ihre lieben Zeilen und die beigeschlossenen Grieß'schen Strophen; sie sind sehr nett, man merkt einen Rückertschen Einfluß; jetzt haben die Witzblätter diese Reimform aufgenommen und popularisirt. Ergebensten Dank an Ihre Frau Mama. –

Ackermann in Herischdorf scheint eine merkwürdige Biele; er scheint zu denken, daß ich Lust haben könnte »Ellernklipp« zum 2. Mal zu schreiben.

An der Kuring-Geschichte bin ich selber schuld. Gleich als das Buch fort war, schoß es mir durch den Kopf »wenn das nur nicht das Exemplar gewesen ist, aus dem du mal ein paar Seiten herausgeschnitten hast« und ich wollte in diesem Sinn an Sie oder an Kuring selbst schreiben. Unterließ es dann aber. Unverzeihliche Bummelei. Besten Dank Ihnen, daß Sie mir Gelegenheit geben, die Scharte einigermaßen auszuwetzen. Ich habe an Kuring geschrieben und zugleich mit dem Brief ein richtiges Exemplar zur Post geben.

Was Richter angeht, so scheint er schließlich von Ebertys überholt werden zu sollen. Man kann am Haus Eberty studieren, daß bei Schläue, Berechnung und dem berühmten »was gemacht werden kann, wird gemacht« schließlich auch nicht viel herauskommt. Ueberhaupt Geld! Daß Macht dabei herauskommt und daß alles vor jedem Stockjobber winselnd auf dem Bauche liegt, gebe ich zu, weil es so wenig Menschen giebt, die unabhängig von irgend einem großen Portemonnaie dastehn; außer dieser Macht über Sklaven kommt aber gar nichts dabei heraus; die miserabelsten Zustände, die widerwärtigsten Tragödien spielen sich immer in Geldhäusern ab. Sehr bald ein Mehreres. Wie immer

Ihr
Th. Fontane.

Die Stelle mit dem »ewigen Juden« und daß die Ebertys nur gerade *da* festsitzen, wo sie sich lösen sollten, – sehr hübsch.

*Schulscene*

*Lehrer.* Nenne mir 4 Thiere in Afrika.
*Schüler.* 3 Löwen und 1 Rhinoceros.

Martha schickt uns diesen Ulk aus Warnemünde; ich finde ihn ersten Ranges, stelle solche undefinirbaren Witze überhaupt am höchsten.

*279. An Martha Fontane*

Berlin 9. Juli 93.

Meine liebe Mete.

Ich will doch auch mal ein Wort von mir hören lassen, trotzdem Mama fleißig schreibt und Karl Eggers morgen nach Warnemünde fährt. Ich glaube, daß Mendels Pillen sehr gut sind, aber sie müssen beständig von etwas Obstruktionbekämpfendem begleitet werden. Meine Pillen sind dazu nicht ausreichend, weil sie doch auch etwas sind, was man nicht so ganz gemüthlich, etwa wie etwas Honig zum Kaffe, nebenher genießen kann. Ich lege Dir deshalb ein andres *altes*, von dem seinerzeit gefeierten Barez herrührendes Rezept bei, von dem ich viel halte, weil es alt ist. Ich werde immer mehr in der Anschauung bestärkt, daß wir viel zu sehr mit dem Alten aufräumen und die Weisheit und Erfahrung zurückliegender Zeiten nicht genug würdigen. Da kriegte ich heute, beim Kramen, ganz von ungefähr ein kleines Buch in die Hand: ›Kriegstagebuch des Generalquartiermeisters v. Barsewisch‹; ich las ein Kapitel, das die Schlacht bei Leuthen beschreibt, in der er 16jährig, als ›Junker‹ auf den Tod verwundet wird, Schuß durch den Hals, zwischen Gurgel und Aorta. Die Kugel, die im Schulterblatt (also Schrägschuß) stecken bleibt, wird ihm, am andren Tage, nach 7 maligem Versuch mit einem stumpfen Federmesser aus dem Schulterblatt herausgeschnitten. Es war alles auf den Tod; aber schon nach 2 Monaten war er wieder im Dienst. Alles heroisch. Dabei – und deshalb erzähle ich es hier – war der, der die Kugel mit dem stumpfen Federmesser herausschnipperte, keineswegs ein Stümper, sondern beinah ein Genie. Derselbe war ein im Laufe der Schlacht gefangengenommener österreichischer Regimentschirurgus*, der – ein Wallone und in einem wallonischem Regiment dienend – kein Wort deutsch sprach, aber sich in Lyon glänzende chirurgische Kenntnisse und wenn er sie nicht

* Man hatte ihm in der Schlacht, wie alles andre so auch sein chirurgisches Besteck geraubt, weshalb er die erste Operation mit einem Federmesser machen mußte.

schon von Natur hatte feine Formen und humane vornehme Gesinnung erworben hatte. Dieser Chirurg aus feindlichem Lager rettete in 8 Tagen (dann wurde er ausgewechselt) nicht blos meinen Freund Barsewisch, sondern auch noch 4 andre schwerverwundete Offiziere die in demselben kleinen Quartier lagen und gab ihnen – was recht eigentlich die Rettung bedeutete – auch noch Verhaltungsmaßregeln für die nächstkommenden Wochen. Alles verrieth die höchste Sachkenntniß, dazu Bravheit, Herzensgüte, Noblesse. Das ist nun 140 Jahr her; ich glaube nicht, daß man es jetzt besser macht; nur wichtigthuerischer und hochmüthiger ist alles geworden. Der Bürger spielte damals freilich eine traurige, schusterhafte Rolle und nach einer durch Advokaten zu vertheidigenden Freiheit darf man nicht suchen; trotzdem war es eine große Zeit. König, Adel u. Bauer besorgten alles; der Bürger fehlte, aber auch der Bourgeois.

---

In der Ausstellung der ›ganz Freien‹ hat ein Bild von einer fremden Dame, Else Chemin, einen großen Eindruck auf mich gemacht, trotzdem ich es verwerfen muß. Es nennt sich ›Stilleben‹, besteht aber nicht aus Schweizerkäse, Kürbis und Sherryglas, sondern aus Crucifix, Kirchenlicht, Bibel, Gebetbüchern und einem Todtenkopf. Aber wie? das Crucifix ist einfach ein Crucifix, die Bibel ist wenigstens 200 Jahr alt, das Kirchenlicht ist ganz niedergebrannt und verschweelt nur eben noch mit Qualm und schwarzer Schnuppe, während der Todtenkopf, ein verschobenes türkisches Fez auf dem Schädel, den Beschauer vergnüglich anlacht. Es ist in seiner Art sehr geistreich, sehr witzig (schon die Bezeichnung ›Stillleben[!]‹) und dazu vorzüglich gemalt, unbedingt das beste Bild der Ausstellung, zugleich das kühnste. Aber die Geschichte von ›be bold‹ mit der plötzlichen Einschränkung ›but not *too* bold‹, – sie paßt auch *hier*her. – Desto mehr habe ich mich an dem Panorama von *Rezonville* erfreut, von den Malern Neuville und Detaille. So wie sich's um Kunst handelt, schrumpfen wir zusammen; selbst in Emeuten und Barrikadenbauen haben die Franzosen mehr chic. Ein Glück, daß sie so leichtsinnig, so geldgierig und so kindisch sind, – wir wären sonst immer verloren.

---

Mama fängt an sich zu langweilen, auch mit Recht. Aber wo soll ich ihr Menschen herschaffen! So aus Verlegenheit auf Suche gehn, rächt sich immer. Mit Schwiegertöchtern hat sie kein Glück. Wenn wir nur in Karlsbad ein paar erträgliche Menschen finden; rechtes Fiducit habe ich nicht.

---

Ja, mit Rodenberg! Ich kann da nichts thun. An meiner Haltung liegt es nicht. Ich habe immer gerade so viel Courage, wie mir zuständig; die Verhältnisse haben mir jederzeit eine Bescheidenheitsrolle aufgezwungen, ›ach, es war nicht meine Wahl‹. Seine Bedenken, die Sache in aller Ausführlichkeit zu geben, sind wahrscheinlich berechtigt. Und doch kann ich es nicht bedauern, und bedaure es nicht, daß ich es so gemacht habe, wie's da liegt. Erst wollte man von den Ausführlichkeiten in ›Vor dem Sturm‹ nichts wissen, jetzt höre ich nur noch: ›gerade so, *so* war's richtig‹. Wer seinen eignen Weg geht, begegnet immer Widerspruch; die Schablone gilt ›und heilig wird sie Rodenberg bewahren.‹ Aber man muß es eben riskiren. Wer nicht wagt, gewinnt nicht. Vielleicht wird es auch als *Buch* nur sehr mäßiger Anerkennung begegnen, dennoch *mußte* es so sein. Es giebt, dabei bleibe ich, doch wenigstens einen Fingerzeig, wie man die Sache anzufassen hat. Das Operiren mit Größen und sich selber dabei als kleine Größe im Auge haben, immer Kunst, immer Literatur, immer ein Professor, immer eine Berühmtheit, – das alles ist vom Uebel. – Solche Dame wie die Baudius würde ich an Deiner Stelle doch mehr auszunutzen suchen; *so* hast Du gar nichts davon, bei mehr Entgegenkommen unter Umständen viel. ›Sie sprechen wie ein Buch‹ ist allerdings schlimm. – Daß Onkel Witte *nicht* reist, ist hoch erfreulich; an die Heilkraft des Schnapses kann ich nicht glauben. Ich schreibe sehr bald an ihn. Die meisten Notizen, die ich Dir schicke, sind eigentlich für ihn bestimmt, denn was historischen Sinn angeht, so bist Du Deiner Mutter Tochter. Empfiehl mich den Damen und denen, die ihnen zugethan und unterworfen sind. Wie immer Dein alter

Papa.

*280. An Georg Friedlaender*

Berlin 16. Juli 93.
Potsd. Str. 134.c.

Hochgeehrter Herr.

Schönsten Dank Ihnen und dem Herrn Mitunterzeichner für die liebenswürdige Karte aus Nieder-Rochlitz. In meinem Ritter (Ritters geographisches Lexikon) steht *Unter*-Rochlitz, Dorf im Kreise Gitschin mit 8000 Einwohnern. Also nicht mal der Name ganz richtig. Es ist das schlechteste Buch, das unter einem berühmten Namen segelt. Nur in Deutschland war solch Unsinn möglich. Ritter – immer knapp bei Kasse – schrieb ein langes, wissenschaftliches, wahrscheinlich in seiner Art ausgezeichnetes »Vorwort« während Stümper (junge Studenten etc.) das Lexikon machten. Es ist ganz schlecht, beinah unbrauchbar, wird aber immer noch gekauft, weil Ritter auf dem Titelblatt steht. Solche aus unsren ruppigen Verhältnissen gebornen Dinge, die sich dann noch für »höhere Wissenschaftlichkeit« ausgeben, reizen mich furchtbar. Und unser ganzes Leben ist bis zu dieser Stunde von diesen anspruchsvollen Ruppigkeiten erfüllt. Was ist der ganze Ordens-Unsinn anders? Ein armer Superintendant empfinge gern 100 Thaler jährliche Zulage zu seinem Jubiläum, – er kriegt sie nicht, wohl aber den rothen Adler 4. Klasse. In vielem haben wir uns verschlechtert, aber daß wir aus diesen prätensiösen Hohlheiten herauswachsen, ist doch ein Fortschritt.

Ich freue mich, daß Sie unentwegt so viel Genuß von Ihren Ausflügen in und über's Gebirge haben und erkenne *da*ran, daß mir die Reisefreude so ganz verloren gegangen ist, den Einzug und die Festsetzung des Alters. Es war gelegentlich recht heiß hier, aber immer war ich froh, statt irgend wo in einem Schmorbad, in meiner Stube sitzen zu können. Ein mir befreundeter alter Baron Buddenbrock sagte neulich: »so wie man Berlin verläßt, rechnet man mit *unbekannten Größen.*« Das hat mich sehr amüsirt; es ist ganz richtig.

Trotzdem steht uns noch eine Sommerreise bevor, aber es ist eine wirkliche *Kur*-Reise für meine Frau und das ändert die Sache. Sie soll nach Karlsbad und etwa am 15. August, ein paar Tage früher oder später, wollen wir hier fort. Es wäre sehr reizend und sehr liebenswürdig von Ihnen, wenn Sie sich so einrichten könnten, daß Sie auf mindestens 1 Woche nach Karlsbad herüberkämen, allein oder noch besser mit Ihren Damen. Wir zwei Beide, Sie und ich, könnten dann noch Ausflüge nach Pilsen, Eger,

Dux, überhaupt in die Schiller-Wallenstein Gegenden machen. *Dergleichen* interessirt mich auch noch, während mir Durchschnittsschlösser etc. langweilig sind. – Mit meiner Gesundheit geht es leidlich, besonders glücklich macht es mich, daß ich wieder lesen kann, an manchem Tage doch wohl zwei, drei Stunden. Empfehlen Sie mich Ihren Damen. Tochter Martha ist in Warnemünde. Wie immer Ihr herzlich ergebener

Th. Fontane.

*281. An Georg Friedlaender*

Berlin 19. Juli 93.

Hochgeehrter Herr.

Der Montag war ein Glückstag; um 9 empfingen wir Ihren lieben Brief, um 12 sahen wir Ihre liebe Mama, an deren Frische und guter Laune wir uns erfreuen durften. Ihre Schilderung der neusten Schmiedeberger Romanvorgänge hat einen großen Eindruck auf uns gemacht, aller Spott schweigt, von Anklage keine Rede, man fühlt sich nur wie von etwas Tragischem berührt. Dies bleibt auch noch, wenn das gnädige Fräulein nichts weiter sein sollte als das herkömmliche verliebte Landbalg, das mit jedem anbändelt, weil nichts Besseres da ist. Aber vielleicht liegt es auch anders. Vielleicht ist hier wirklich etwas von einer echten Leidenschaft gegeben, vor der Sitte und Standesvorurtheile jämmerlich zusammenschrumpfen. Sie persönlich werden wissen ob das Kleinere oder Höhere vorliegt. Wie's aber auch sein mag, so oder so, der eigentliche Held der Geschichte ist doch Le Tanneux St. Paul-Illaire in höchsteigener Person. Ich weiß alles, was gegen ihn gesagt wird und es wird wohl leider seine Richtigkeit damit haben (»das Dollste ist immer wahr« war ein Lieblingssatz meines alten Zöllner) aber als Brutus hat er sich in seiner Lucretia-Geschichte, bei der freilich von Vergewaltigung wohl keine Rede gewesen ist, ganz wundervoll benommen. Er sitzt zu Gericht, spricht sein Urtheil, handelt – und ohne die geringste Radaubruderschaft, thut er alles was geschehen kann, er thut was Sittlichkeit und was Sitte fordert, der einen zu genügen ist er für Eheschließung, der andern zu genügen für Verbannung und ohne Spektakel, vielleicht selbst ohne Vorwürfe trennt er sich von einem geliebten und wahrscheinlich sehr reizenden Kind. Bis hierher ist alles Tragödie, die (das fürchte ich leider) zuletzt wohl in ein Kommiß-Trauerspiel übergehen wird. Oder vielleicht auch, das wäre noch das Beste, in ein spießbürgerliches Schauspiel. Der Kutscher wird in eine kleine Kaffe-Plantage gesetzt und heiratet eine Häuptlingstochter (billiger thut er's nicht) von der Somaliküste, während einer der vielen unbeschäftigten Grafen, die sich jetzt dort umhertreiben, sich mit der schönen jungen Frau zusammenthut und Generalgouverneur von Tanga oder Pemba wird. Die schöne Dönniges lebt jetzt, nach all ihren Abenteuern, als forsche, gefeierte Amerikanerin in einer Villenvorstadt New Yorks.

Empfehlen Sie mich. Wie immer

Ihr
Th. Fontane.

*282. An Julius Rodenberg*

Berlin, 24. Juli 1893
Potsdamer Straße 134 c

Hochgeehrter Herr.

Zunächst meinen herzlichen Dank, daß Sie sich noch einmal mit der immerhin langen Geschichte beschäftigt haben; einmal geht, zweimal ist hart. Und was das Schlimmste, nun auch alles noch umsonst. Denn es ist mir ganz unmöglich, auf Ihre Vorschläge einzugehn. Bei mäßigen Streichungen hätte ich mich, bei meiner aufrichtigen und Ihnen oft versicherten »Rundschau«-Passion, in der Sache zurechtgefunden, so kann ich es nicht und muß nun mein Heil woanders versuchen. Ich weiß, daß die Schilderungen breit und in ihrer Breite vielleicht anfechtbar, möglicherweise *sehr* anfechtbar sind, trotzdem ist diese unbarmherzige Kleinmalerei gerade das, worauf es mir ankam. Fällt sie weg, und Drittelung ist wie Wegfall, so ist mein Plan hin. Also Schicksal, nimm deinen Lauf; ich muß es eben wagen und abwarten, was meiner harrt. Journal, Blatt, Zeitung ist, wie Sie mehrfach freundlich hervorgehoben, freilich etwas andres wie Buch, aber zum Teil auch zum Guten – es vertut sich in dem stückweisen Erscheinen alles mehr. Das ist, bei den von mir zu tuenden Schritten, meine Hoffnung.

Adalbert Meinhardt eine Dame! Wenn man vom Rathause kommt, ist man klüger als vorher, und ich finde jetzt, daß viele der besten Stellen weibliche Beobachtungen und Gefühle sind. Dennoch wäre ich nie darauf gekommen.

Wie immer in vorzüglicher Ergebenheit

Th. Fontane

*283. An Julius Rodenberg*

Berlin, 26. Juli 1893
Potsdamer Straße 134 c

Hochgeehrter Herr.

Es ist alles so, wie Sie's schreiben; von Verstimmung keine Rede. Den Roman, über dem hoffentlich glücklichere Sterne stehn, erhalten Sie gleich nach beendeter Durchkorrigierung, also mutmaßlich gegen Ostern künftigen Jahres.

In vorzügl. Ergebenheit

Th. Fontane

*284. An Richard Dehmel*

*Berlin* 2. Aug. 93.
Potsd. Str. 134. c.

Hochgeehrter Herr.

Ihre Güte hat mir Ihre neusten Dichtungen mit einer liebenswürdigen und schmeichelhaften Widmung zugehen lassen. Empfangen Sie für Ihre Freundlichkeit meinen besten Dank.

In vorzügl. Ergebenheit

Th. Fontane.

*285. An August von Heyden*

Berlin, 5. August 1893

Mein lieber Heyden.

Du wirst wohl gerade heute Deine Reise zu den Anthropophagen und dann weiter zu den Holländern antreten, ich schreibe aber doch; 8 oder 14tägiges Lagern wird meinem Briefe nicht viel schaden. Daß die Nieren wieder zu schaffen gemacht haben, habe ich mit lebhaftem Bedauern aus Deinem lieben Briefe gesehn; es ist immer etwas sehr Schmerzhaftes und, auch abgesehn von der Quälerei, nie ganz leicht zu nehmen. Ich freue mich, daß Du in München warst und an der Sezessionistenausstellung überhaupt wie speziell an den Bildern Deines Hubert soviel Freude gehabt hast. Er ist ein richtiger Künstler geworden, im Gegensatz zu solchen, die bloß malen, und wenn er im Schönheitlichen, auch *nach* der holländischen Reise, noch hinter Deinen Wünschen zurückbleiben sollte, so schadet das, soweit ich es beurteilen kann, nicht viel. Das große Schweinebild, so gut es ist, ist auch nicht mein Geschmack; aber wenn ich mir die Hühnerbilder vergegenwärtige, so finde ich, er hat Schönheit genug. Die Beobachtung ist vorzüglich, alles charakteristisch und mit einem freien Humor gewürzt.

Du fragst wegen Bismarck. Meine Damen, die mir die Zeitung vorlesen, müssen schlecht aufgepaßt haben; ich weiß nichts von einer Rede in Hannover. Aber sie wird gewesen sein wie die andern. Das ewige Sich-auf-den-Waisenknaben-und-Biedermeier-hin-Ausspielen ist gräßlich, und man muß sich immer wieder all das Riesengroße zurückrufen, was er genialisch zusammengemogelt hat, um durch diese von den krassesten Widersprüchen getragenen Mogeleien nicht abgestoßen zu werden. Er ist die denkbar interessanteste Figur, ich kenne keine interessantere, aber dieser beständige Hang, die Menschen zu betrügen, dies vollendete Schlaubergertum ist mir eigentlich widerwärtig, und wenn ich mich aufrichten, erheben will, so muß ich doch auf andre Helden blicken. Dem Zweckdienlichen alles unterordnen ist überhaupt ein furchtbarer Standpunkt, und bei ihm ist nun alles noch mit soviel Persönlichem und geradezu Häßlichem untermischt, mit Beifallsbedürftigkeit, unbedingtem Glauben an das Recht jeder Laune, jedes Einfalls und kolossaler Happigkeit. Seine aus jedem Satz sprechende Genialität entzückt mich immer wieder, schmeißt immer wieder meine Bedenken über den Haufen, aber bei ruhigem Blute sind die Bedenken doch auch immer wieder da. Nirgends ist ihm ganz zu trauen. Andrerseits (Kritik ist billig) trifft er in dieser seiner Kritik meistens den Nagel auf den Kopf und hat sicherlich darin recht, daß wir an unsichren Zuständen laborieren und daß ein tiefes Mißtraun durch das Land schleicht. Noch richtiger wäre wohl der etwas mildere Ausspruch, »daß wir kein rechtes Vertrauen zu uns hegen«. Der Zusammenbruch der ganzen von 64 bis 70 aufgebauten Herrlichkeit wird offen diskutiert, und während immer neue 100000 Mann und immer neue 100 Millionen bewilligt werden, ist niemand (auch wenn die Sache mit den Bewilligungen noch so fort ginge) im geringsten von der Sicherheit unsrer Zustände überzeugt; das Eroberte kann wieder verlorengehn, Bayern kann sich wieder ganz auf eigne Füße stellen, die Rheinprovinz geht flöten, Ost- und Westpreußen auch, und ein Polenreich (was ich über kurz oder lang beinah für wahrscheinlich halte) entsteht aufs neue. – Das sind nicht Einbildungen eines Schwarzsehers, das sind Dinge, die sich, »wenn's losgeht«, innerhalb weniger Monate vollziehen können und die auch in fast jedes Deutschen Vorstellung als eine

Möglichkeit leben. Und nun mache die Gegenprobe und vergleiche diesen Zustand mit dem gegenwärtigen Zustand in England. England steht in diesem Augenblick auf der denkbar niedrigsten Stufe, dank den Unsinnigkeiten of the great old man. Der richtige Prinzipienreiter! Homerule bedeutet eine Gefahr, auch wenn nichts draus wird, Indien wackelt, Australien und Kanada sind kaum noch in Zusammenhang mit dem Mutterland, Rußland gewinnt Oberwasser und Frankreich desgleichen. Auf den ersten Blick eine Situation, die viel schlechter ist als die unsrige. Und doch welch riesiger Unterschied! Vor zwei, drei Tagen haben die großen Flottenmanöver in der Irischen See begonnen, und ich bin wie von meinem Leben überzeugt, es gibt nicht hundert Engländer im Lande, die nicht beim Anblick dieser Flotte das Gefühl hätten: »Mag kommen, was will, der *Ozean* ist vorläufig immer noch unser, und wir vernichten alles, was uns diese Herrschaft bestreiten will. Und ginge diese Flotte verloren, so schüfen wir eine neue, wir haben das Geld dazu und den guten Willen und das Vertrauen, *daß es so sein muß, daß es nicht anders sein kann.*« Von diesem Vertrauen haben wir keine Spur. Die alte Wangenheim sagte mir immer mit ihrem allerkatholischsten Gesicht: »Preußen-Deutschland hat keine Verheißung.« Das ist richtig; im Alten Testament kommen wir noch nicht vor. Die Engländer gerieren sich, als *hätten* sie die Verheißung. – Und nun leb wohl, herzliche Grüße und Empfehlungen dem ganzen Hause Heyden. Wie immer

Dein Th. Fontane

*286. An Ludwig Fulda*

*Berlin* 6. Aug. 93.
Potsd. Str. 134. c.

Hochgeehrter Herr.

Empfangen Sie meine und meiner Frau herzlichste Glückwünsche zu Ihrer Verlobung, an der es noch besonders hübsch ist, daß Ihnen nicht blos das Leben sondern das Dichten die Braut erobert hat. Das erfreut einen vom Metier.

Empfehlen Sie mich Ihrem Fräulein Braut und freuen Sie sich der schönsten Zeit am schönsten Ort.

In vorzügl. Ergebenheit

Th. Fontane.

*287. An Hermann Pantenius*

Berlin, 14. August 1893.

Hochgeehrter Herr.

Ihre Güte hat mir, in liebenswürdigen Zeilen aus Zingst vom 1. August, Ihren freundlichen Besuch in Aussicht gestellt und ich fürchte, daß er in die Zeit fallen könnte, wo ich von Berlin fort bin. Übermorgen will ich mit meiner Frau nach Karlsbad. Es liegt mir daran, daß Sie die 3 Treppen nicht vergeblich erklettern, noch dazu auf einer Art Turmtreppe des Hinterhauses, da vorne, wegen Ölfarbenanstrich, alles gesperrt und verrammelt ist.

Ich versuche die freundlich intendierte Frage wegen W. Scott und W. Alexis gleich hier zu beantworten. Wie mit meinem Lernen auf der Schule, so sieht es auch mit meinem Lesen sehr windig aus, am schlechtesten auf dem Gebiet der Belletristik. Vergleiche ich mich mit andern, so muß ich sagen, ich habe gar nichts gelesen. W. Scott las ich als Junge von 13 oder 14 Jahren, dann (1865 in Interlaken) noch 'mal die ersten Kapitel von Waverley mit ungeheurem Entzücken, aber damals war der erste Band von »Vor dem Sturm« schon geschrieben und der Rest im Entwurf fertig. Das Erscheinen fällt über 12 Jahre später. W. Alexis las ich erst Ende der 60er Jahre und schrieb einen langen Essay darüber, den Rodenberg im »Salon« brachte. Beide Schriftsteller sind mir *sehr* ans Herz gewachsen – in vielen Stücken (trotzdem er neben W. Scott nur ein Lederschneider ist) stell' ich W. Alexis noch höher – und beide, trotzdem ich den einen als Junge und den andern erst als Funfziger las, haben meine spätere Schreiberei beeinflußt, aber nur ganz allgemein, in der *Richtung*. Bewußt bin ich mir im Einzelnen dieses Einflusses nie gewesen. Am meisten Einfluß auf mich übten historische und biographische Sachen: Memoiren des Generals *v. d. Marwitz* (dies Buch ganz obenan), *Droysen* Leben Yorks, *Macaulay* (Geschichte und Essay), *Holbergs* dänische Geschichte, *Büchsel's* »Erinnerungen eines Landgeistlichen« und allerlei kleine von Pastoren und Dorfschulmeistern geschriebene Chroniken oder Auszüge daraus. Bis diesen Tag lese ich dergleichen am liebsten.

Mit dem Wunsche, daß Ihnen die Ostsee, die ja was Heimatliches für Sie haben muß, gut bekommen ist,

in vorzüglicher Ergebenheit

Th. Fontane.

*288. An Martha Fontane*

Karlsbad 17. Aug. 93. Silberne Kanne.

Meine liebe Mete.

Wir sitzen nun doch in der ›silbernen Kanne‹, nachdem 5 Minuten lang auch die ›Amsel‹ wieder in Frage gekommen war. Ein Doppel-Gespräch mit der Amsel-Wirthin, Frau Marie Schmidt, leitete dies alles ein. Frau Marie Schmidt ist 60, klein, pummlig und hat einen Seitenkropf d. h. er hängt nicht über die Brust sondern mehr über die linke Schulter. Charakter dem entsprechend, also humoristisch. Ich sagte: ›Frau Gaedike hat uns empfohlen; vielleicht erinnern Sie sich ihrer.‹ ›Ach, Frau Gaedike, gewiß, eine charmante Dame.‹ Mittlerweile war auch Mama aus der Droschke gestiegen. Diese führte nun frische Truppen in's Gefecht und sagte: ›Herr Bahn hat uns an Sie empfohlen; vielleicht erinnern Sie sich seiner.‹ ›Ach, Herr Bahn, gewiß, ein sehr charmanter Herr.‹ So sind die deutschen Stämme verschieden. Ein Berliner hätte geantwortet: ›Bahn? Bahn kenn ich nicht.‹ Als echte Bekanntschaft stellte sich aber ein andrer Freund unsres Hauses heraus, wenn auch nur Freund auf dem Hühneraugenwege. Es lagen, als wir ausgepackt hatten, drei kleine Pennale auf dem Tisch alle mit der Inschrift: ›Hühneraugenpflaster; Bellmann, Bellevue-Apotheke.‹ Das Mädchen, auch Anna, las ›Bellmann‹ und sagte: ›Ach, Herr Bellmann, der hat im vorigen Jahre hier gewohnt.‹ ›So, so‹ sagte Mama, ›ein freundlicher jüdischer Herr.‹ ›Wohl möglich‹, war die Antwort *›aber ich habe nichts bemerkt.‹*

Wir kamen sehr ermüdet hier an, machten aber doch noch einen großen Spaziergang, an dem Café Pupp vorüber, welchen Namen Frau Schmidt (übrigens nicht zu seinem Vortheil) weich ausspricht. Ich werde diese Correktheit denn auch nicht mitmachen. Pupp ist übrigens nicht ein vornehmer Kaffegarten, sondern ein Ding wie der Tuilerien-Garten, draus ein in gothischer Renaissance gehaltenes Riesenschloß als ›Grand Hôtel Pupp‹ aufragt; drum herum Terrassen, Veranden, Gärten – alles mit Tischen, an denen getafelt und getrunken wird, überdeckt. In tausend Lichtern strahlend, wirkte es am Abend feenhaft oder doch orientalisch, welche Wirkung durch den Stammescharakter seiner Gäste gesteigert wurde. Ich hätte nie geglaubt, daß es so viel Juden in der Welt überhaupt giebt, wie hier auf einem Hümpel versammelt sind. Und dabei soll es in Heringsdorf noch mehr geben! ›Nicht zu denken gedacht zu werden‹ hieß es früher immer im Kladderadatsch. Ich halte so viel von den Juden und weiß was wir ihnen schulden, wobei ich das Geld noch nicht mal in Rechnung stelle; aber was zu toll ist, ist zu toll; es hat etwas – auch vom Judenstandpunkt aus angesehn – geradezu Aengstliches. – Der Ort ist wirklich eine Sehenswürdigkeit und wäre Stoff für einen Essay; ein solcher, d. h. ein Etwas, das das Wesen dieser merkwürdigen Welt-Gasthaus-Stadt zusammenfaßt ist wohl noch nicht geschrieben. Die Sache selbst ist das kunstvoll Gewordene mehrerer Jahrhunderte. – Heute Nachmittag wollen wir zum Arzt. Grüße die Brüder, die Schwägerin, Anna, Zöllners. Wie immer Dein alter

Papa.

*289. An Emilie Zöllner*

Karlsbad 19. Aug. 93. Silberne Kanne.

Hochverehrte Freundin.

Also diesmal vom schönen Karlsbad aus meine herzlichsten Glückwünsche; möge das neue Jahr Ihnen Kraft und Gesundheit und Ihrem theuren Gatten den Muth, die Frische, die philosophische Betrachtung erhalten, die ihn auszeichnen. Karl ist über den Berg und wird seinen Weg machen zu Ihrer Freude; vor Krieg bleiben wir hoffentlich bewahrt und des jungen Kriegers Waffen dürfen ruhn. Haben Sie morgen einen glücklichen Tag; schade, daß der Sonntag und sein Publikum Ihnen das Café Bellevue so gut wie verschließt.

Uns geht es hier ›den Umständen nach‹ wohl; wir haben eine gute Wohnung gefunden, einen guten Eßplatz (›östreichischer Hof‹) unmittelbar neben uns und einen guten Kaffeplatz: Pupp, der, trotz des Glanzes seiner Erscheinung, keineswegs so vornehm und so theuer ist, wie man annehmen sollte. Bauern, Jüdinnen, sächsische Spießbürger, sitzen in größerer Zahl um uns her, als Lords, ungrische Magnaten und industrielle Millionäre aus Volhynien und der Bukowina. Das Preußische, wie immer das Preußische, verkrümelt sich völlig und es wäre unsichtbar, wenn nicht ein paar Jüdinnen aus Berlin und Breslau für preußische Vertretung sorgten. Aber von solcher Vertretung wollen wir mit Recht nichts wissen und was sonst noch da ist und als ›echt‹ gelten kann, hat den grauen Aschenputelcharakter, der ich will nicht sagen unter uns heimisch ist, aber sofort in die Erscheinung tritt, wenn wir uns unter andern Nationen bewegen. Wir sind immer die Armen oder wirken wenigstens so; zum Theil hängt es mit einer gewissen Decenz zusammen, die das Farbenbunte mit

Geflissentlichkeit vermeidet und es als zigeunerhaft oder affig ansieht.

Unser Arzt ist ein Dr. Becher; er hat aber wohl keinen Zusammenhang mit unsrem frischverheirateten Berliner-Geheimrath, stammt vielmehr von einem alten Dr. Becher ab, dem in der Sprudel-Halle ein Denkmal (große Porträtbüste) errichtet ist und der als der Schöpfer des *Welt*ruhms von Karlsbad gilt; bis Mitte des vorigen Jahrhunderts, war es doch mehr von lokaler Bedeutung d.h. im Wesentlichen auf Oestreich und das ›Reich‹ beschränkt. Interessant sind die vielen Erinnerungstafeln an den Häusern: ›hier wohnte Goethe, hier wohnte Peter der Große, hier wohnte Heinrich Laube.‹ An einer Stelle hat sich Kiß verewigt, ein Löwenkopf (in einem Felsen angebracht) der Schlangen und Nattern frißt. Kiß bekämpfte ewig offiziell – man könnte sagen im höchsten Auftrag – die Revolution und von diesen Leistungen ist dies hier ein Ableger. Inschrift: ›In dankbarer Erinnerung an Karlsbad von Kiß aus Berlin.‹ Vielleicht ist es alles symbolisch und der Löwenkopf ist nichts als der ›Sprudel‹, der alle Kißschen Krankheiten (in Reptiliengestalt) vertilgt. Man empfindet hier sehr eine draußenliegende, andre Welt. Und das ist recht gut. Ich stimme ganz mit Bismarck überein ›es muß auch Lipper geben‹. Und wenn schon ›Lipper‹, so Ruthenen, Slowenen, Rumänen, Serben, erst recht. Diese alle sorgen nicht für Tugend, aber für Leben, was im Leben doch das Wichtigste und jedenfalls das Interessanteste ist. Tausend Grüße, Ihnen und den Ihrigen. Wie immer Ihr treu ergebenster

Th. Fontane.

*290. An Martha Fontane*

Karlsbad. 20. August 93. Silberne Kanne.

Meine liebe Mete.

Es ist glühheiß, aber ein paar Worte sollen Dir doch unsren Dank für Deinen lieben Brief vom Sonnabend aussprechen. Es freut uns sehr, daß Dein kl. Diner so gut verlaufen ist; von Deinem Apfelkuchen äße ich gern ein Stück, trotzdem wir uns hier in der Metropole des schönen Gebäcks befinden. Beschränke Dich persönlich nicht auf dünnen Thee; *der* allein thut es nicht, Du mußt gutes Fleisch daneben essen, am besten gekocht oder fettlos und wie am Rost gebraten, dazu ein Schluck Rothwein, nach dem ich hier Sehnsucht habe, so bescheiden die Marke Fredrichs sein mag. – Mama hat sich gestern Spätnachmittags wiederbelebt, als die hiesige Anna die Nachricht brachte: ›das rothe Portemonnaie habe sich gefunden.‹ Heute früh ist es in Empfang genommen worden. Gleich danach machte Mama ihren 2. Besuch bei Dr. Becher. Sie hat heut mit Theresienbrunnen (statt Markt- und Schloßbrunnen) begonnen, der, weil wärmer, minder drastisch wirkt oder wirken soll. Sie ist recht angegriffen, schläft aber leidlich, namentlich auch Vormittags, was ich ihr leider nicht nachmachen kann. Ich bin um 4 Uhr früh fertig mit Schlaf, weil dann ein über mir wohnender Trampler aufsteht; trotzdem ist mein Befinden leidlich; natürlich schlechter als in Berlin. ›Der gepildete Mensch gehört in die Stube‹ sagte der sächsische Professor, ganz gewiß gehört er auch nach Haus. Kur- und Badeplätze sind (bei allem Respekt vor dem was Mutter Natur in ihnen leistet) doch im Wesentlichen Schröpfanstalten. – Friedländers kommen *nicht*, das ist unser großes Ereigniß. Der beifolgende Brief entrollt ein wunderbares Bild. Ich bedaure alles und alle. Grüße die Brüder, Anna, Zöllners, Sternheims. Wie immer Dein alter

Papa.

An Neumann-Hofer schreibe ich ein paar Zeilen.

*291. An Martha Fontane*

Karlsbad 21. Aug. 93. Silberne Kanne.

Meine liebe Mete.

So still wir hier leben, so fehlt es doch nicht an Schreibstoff, nur die Flügel sind schlaff und wollen einen Flug nicht recht wagen; Mama ist ganz abattu und ich bin müde, was nicht zu verwundern ist; um 4 meldet sich der Trampler, dann ist es mit dem Schlaf vorbei und dem Brunnenspaziergange von 7 bis 9 fällt die schwere Aufgabe zu, den versäumten Schlaf zu ersetzen. Das leistet er denn natürlich herzlich schlecht. – Uebermorgen Abend ist eine Woche um, was mich mit stiller Freude erfüllt. Wir haben zwar Grund, mit allem sehr zufrieden zu sein, sind es auch, aber die Einsamkeit ist groß und stempelt das Ganze doch zu einem grausamen Vergnügen. Liest man die Badeliste durch, so findet man, daß bis auf Australien, Uruguay, Buenos Ayres und Capstadt alle Länder und Nationen hier vertreten sind, bei näherer Untersuchung (glücklicherweise nur der Namen) findet man aber freilich daß sie alle gleichmäßig aus Jerusalem stammen und sich God save the Queen und Yankee-doodle nur vorspielen lassen, um auf die Weise fremde Nationalität [zu] heucheln. Die Juden können froh sein, daß ein Lump und ein Verrückter, Ahlwardt und Paasch, den Antisemitismus in die Hand genommen haben, die *eigentlichen* antisemitischen Prediger sind sie selbst. Die Phrase vom ›unterdrückten Volk‹ existirt immer noch; dabei lassen sie aber alle Welt nach ihrer Pfeife tanzen und selbst die Kaftan-Juden mit der Hängelocke, die hier Weg und Steg unsicher machen, tragen etwas von Trotz und Uebermuth zur Schau. Sie sind auch berechtigt dazu.

Unser Tag verläuft wie folgt: um 6½ auf, um 7½ an den Theresienbrunnen (der besser für Mama zu passen scheint als Markt- und Schloßbrunnen), von 7½ bis 9 Spaziergang bis zum ›Posthof‹, das Tepelthal hinauf, und auf dem Heimwege Gebäckeinkauf bei Domenico Mannl, Schweizer-Bäcker, von dessen ›Weltruhm‹ die Karlsbader mit Stolz sprechen. Und mit Recht. Was sind Storm oder Heyse neben Mannl! Der ist ein *andres* Mannl. Von 9 bis 9½ Frühstück. Dann schläft sich Mama viertelstundenweise durch den Vormittag durch, während ich Brugsch oder Pietsch oder Arne Garborgs Schilderungen aus ›Kolbotten‹ lese. Dann Toilette, d. h. bei Mama, das alte Spitzenkleid wird angezogen, bei mir ein neuer Hemdkragen wird umgebunden. Handschuhzwang für die Männerwelt existirt nicht. Dann folgt das Diner: halbes Rebhuhn, hinterher eine Mehlspeise und ein Glas Pilsener. Von 2 bis 4 Stillsitzen in unsrer Wohnung und Erörterung der lieben alten Fragen: ›wird es schwül bleiben oder wird es regnen, oder wird ein Gewitter kommen oder wird es blos wetterleuchten?‹ Nach endlicher Feststellung, daß das eine so gut möglich sei, wie das andre, geht es um 4 zu Pupp, um Kaffe bez. Milch oder auch blos Gieshübler zu trinken. Die Kellnerinnen kokettieren (freilich nicht mit mir), die Oblatenmädchen, Bälge von 10 oder 12 Jahren, überbieten noch die Kellnerinnen und von fern her, oder auch im Lokal selbst, hört man Musik. Denn ohne diese geht es hier nicht. Die Session bei Pupp dauert bis 6. Dann wieder Spaziergang bis zum ›Posthof‹, auf dem Heimwege Schinkeneinkauf bei ›Friedel‹ (unsrem wünschte ich *dies* Geschäft, eine wahre Goldgrube), gegen 8 Abendbrot und um 9 in die Klappe. Bisher ging das alles ganz leidlich, aber das Vergnügen ebbt doch schon und ich sehe den Tag sehr nahe, wo der ›Posthof‹ wo Mannl und wo selbst Pupp ihre Zauber verloren haben werden.

›Unter Larven die einzig fühlende Brust‹, – selbst von diesem Minimalsatz ist hier nicht zu sprechen, denn auch diese *eine* Brust fehlt. Worin sich übrigens eine Ironie des Schicksals ausspricht, denn wenn es andrerseits etwas giebt, das hier massenhaft auftritt, so ist es Brust als solche. Schon nicht mehr schön.

Neugierig bin ich, wie sich die Friedländerfrage entwickeln wird; ich halte es doch für möglich, daß *er* noch kommt. Die ganze Geschichte hat ein bischen was Blamables; das werden alle empfinden, auch die Damen.

Mit Mama geht es nicht sehr gut, sie wechselt zwischen Schmerzen und Unbehagen, wohlige Momente nur ›sporadisch‹, um eins ihrer gefährlichsten Lieblingswörter zu gebrauchen. Ich persönlich sehe aber in diesem Zustande nichts Schlimmes, das Brunnentrinken, das viele Gehen und Steigen und stundenlange im Freien sitzen, muß einen alten Körper natürlich ganz aufrütteln. Ich verspreche mir von der Kur nur Gutes.

Und nun genug und übergenug. Grüße nach allen Seiten. Ergeh es Dir wenigstens leidlich. Von Cholera-Angst bleibt ihr hoffentlich verschont. Wie immer Dein alter

Papa.

*292. An Martha Fontane*

Karlsbad 22. Aug. 93. Silberne Kanne.

Meine liebe Mete.

Habt schönsten Dank für Eure lieben Briefe. Daß Friedel nach Fanö will, freut mich. Die Wendung ›vielmotivige Mogelpläne‹ ist Dir geglückt. Was Du, anläßlich der heimgekehrten Sternheimschen Kinder, über den Allgemeinzustand der ›Sommerfrischler‹ sagst, ist sehr richtig. Immer wie aus der Campagne. Als ich aus der Gefangenschaft zurückkehrte, soll ich großartig gewirkt haben, – ganz verwildert. – Unter Deinen Sendungen haben die beiden Geldstücke den größten Eindruck auf Mama gemacht; sie war ganz gerührt und mit Recht, – es war ein glücklicher Gedanke. – Ja, Zöllners bewähren sich in schwierigen Momenten immer; sie sind darin wirklich vornehm und vorbildlich.

Mit Mama geht es nicht gut; die arme Frau muß wirklich viel durchmachen. Schon vor 3 Tagen fingen heftige Schmerzen an, sie hatte aber ruhige Stunden und konnte doch zeitweilig schlafen. Gestern verschlechterte sich aber die Situation und diese ganze Nacht hat sie kein Auge zugethan, konnte auch vor Schmerzen weder sitzen noch liegen, sondern marschierte auf und ab wie in Sturmnächten. Das ist hart. Schon elend und herunter und nun kein Schlaf und statt seiner Wehtage! In gelinder Verzweiflung machte sie sich zu dem Doktor auf den Weg, der ihr offen sagte, ›er wisse nicht, was es sei‹. (Was mich für ihn einnimmt.) Er setzte hinzu: ›wir müssen abwarten, was sich als Grund herausstellt, – es können allgemeine Unterleibsstörungen sein, Vorgänge in der Galle, neuralgische Schmerzen. Ja, das große Wort Ischias fiel. Ich glaube, nichts von dem allem und halte es für eine große Brunnenwirkung, die sich durch ziemlich starke Erkältung und gleichzeitige Ueberanstrengung complicirt hat. Krank ist sie; in diesem Zustande geht sie stundenlang (was übrigens vorgeschrieben ist) in Stadt und Park umher und wenn das Glück es fügt, setzt sie sich, mehr oder weniger erhitzt, weitre 2 Stunden ins Freie und läßt sich Gavotten und Czardas vorspielen. Ich kann daran keinen Vorwurf knüpfen, es ist das die Form, wie alle hier leben und nichts davon ist ihr ärztlich verboten worden. Dennoch, so nehme ich an, hat es ihr vorläufig geschadet. In diesem Augenblicke ist sie in's ›Kurhaus‹, in dessen Kellern die Moorbäder geleistet werden. Sie nimmt heute das erste. Der Doktor meint und wohl mit Recht: ›was auch die Ursach dieser Störungen und Schmerzen sein möge, solch Moorbad kann nur Gutes thun und vor allem lindern.‹ Ich hoffe, daß sich das erfüllt.

Mir geht es erträglich und bringe ich das fabelhaft heiße Wetter in Anschlag, so kann ich selbst sagen: gut. Allerdings fehlt mir meine Verpflegung, vor allem Zeltinger und selbst Pujeaux, trotzdem letztrer neuerdings im Kurs gesunken ist. Es giebt auch hier Zeltinger, aber die Flasche kostet grade 1 Thaler und *das* ist mir denn doch über den Spaß. Da vergifte ich mich lieber mit Melniker ruhig noch eine Weile weiter; – Gieshübler Sauerbrunnen muß für alle Schäden aufkommen. Gieshübel gehörte bis vor 20 oder 30 Jahren einem Grafen, vielleicht Graf Chotek, der das Quellwasser ruhig in die Tepel laufen ließ; er verkaufte dann seinen Besitz an einen Herrn Mattoni, also muthmaßlich an einen ungrischen Juden, der nun das Wasser auffing und es in den Welthandel brachte. Die Zahl der Millionen Gulden, die dabei gewonnen worden sind, ist so hoch, daß der gräfliche Vorbesitzer, der diesen Wechsel der Dinge noch erlebte, darüber verrückt geworden ist. *Ich* wäre nicht verrückt geworden, aber wer etwas wacklig ist, kann es dabei werden.

Von Friedländer habe ich noch nichts weiter gehört. Er thut mir doch leid, und was auch seine Fehler sein mögen, er führt in dem Nest und unter dem superioren Gebahren der beiden Damen doch auch wirklich ein schweres Leben. Daß ihm die ganze ›Tilgnerei‹ lächerlich und langweilig ist, darin hat er doch unbedingt Recht; wenn die Tilgners alles zusammenraffen, was sie für die Menschheit gethan, kommt noch kein halber Friedländer heraus. Da wir doch nun mal in einer Judenstadt leben (ich meine jetzt Berlin) so kann man die Friedländers dreist zum Stadtadel rechnen. Der alte Friedländer war immer noch eher ein Montmorency, als der alte Tilgner.

Gestern besuchte mich ›Professor Dr. Grünhagen, Geheimer Archivrath aus Breslau‹ (so stand auf seiner Visitenkarte) und schoß mir einige Lobkugeln in den Leib. Ich nahm es einen Augenblick ernsthaft, auch war es gewiß ein sehr gebildeter und sehr wohlwollender Herr, als er aber weg war, empfand ich doch deutlich, daß es alles Blech und Oedheit gewesen war und daß er den Besuch nur gemacht hatte, um eine langweilige Nachmittagshalbestunde passabel unterzubringen.

Eben kommt Mama zurück; es ist eine gräßliche Modderei, aber doch nicht ganz so schlimm, wie sie gefürchtet hatte und was die Hauptsache, es scheint die Schmerzen wirklich gemindert zu haben. Sie grüßt bestens Dich, die Brüder, Anna. Ich thue desgleichen. Wie immer Dein alter

Papa.

Daß die Gräfin sich über ihr Schweigen in Schweigen hüllt, ist das Klügste. Nur keine ›vielmotivigen‹ Auseinandersetzungen. Es stimmt doch nie.

Da Du schwerlich zu richtigem Zeitungslesen kommst (die Norddeutsche ist kaum als Zeitung zu rechnen) so wirst Du noch nicht wissen, daß Charcot, dessen Bild Du bei Hirt sahst und der so recht eigentlich der Hocuspocus-Vater ist – was seine großen Verdienste nicht ausschließt – daß Charcot vor vier, fünf Tagen gestorben ist. Er war erst Mitte sechzig. Ich halte es für möglich, daß Hirt, dem es auf 1000 Kilometer mehr oder weniger nicht anzukommen schien, zum Begräbniß reist.

293. *An Martha Fontane*

Karlsbad 24. Aug. 93. Silberne Kanne.

Meine liebe Mete.

Vor einer Stunde kam Dein großes Briefpacket. Die Briefe aus Elsenau sind sehr liebenswürdig; die Quittung über die 460 Mark schicke ich direkt an Paetel zurück. Ich hielt einen niedrigeren Honorarsatz für möglich, aber freilich auch für provocirend, und hätte in diesem Falle kurzen Prozeß mit Rücksicht auf die Rodenberg- und Rundschau-Zukunft gemacht, bin nun aber froh, daß mir das erspart wird; ich bin nun mal für Frieden und Compromisse. Wer diese Kunst des Compromisses nicht kennt, vielleicht nicht kennen will, solch Orlando furioso und Charakterfatzke kann sich begraben lassen. Ich habe noch nicht gesehn, daß ein Dollbregen oder auch nur Prinzipienreiter heil durchs Leben gekommen ist. All den großen Sätzen in der Bergpredigt haftet zwar etwas Philiströses an, aber wenn ihre Weisheit richtig geübt wird, d. h. nicht in Feigheit sondern in stillem Muth, so sind sie doch das einzig Wahre und die ganze Größe des Christenthums steckt in den paar Aussprüchen. Man begreift dann Omar als er die alexandrinische Bibliothek verbrannte: ›steht es *nicht* im Koran, so ist es schädlich, steht es im Koran, so ist es überflüssig.‹ Das ist das Resultat, wenn man lange gelebt hat: alles was da ist, kann verbrannt werden, wenn nur zehn oder zwölf Sätze, in denen die Menschenordnung liegt (nicht die *Welt*ordnung, von der wir gar nichts wissen) übrigbleiben. Es ist auch recht gut so; nur für einen Schriftsteller, der vom Sätzebau lebt, hat es etwas Niederdrükkendes.

Mit Mama geht es heute wieder schlechter, d. h. die arme Frau leidet sehr; in Wahrheit seh' ich die Sache ganz so an wie Du und erkenne in allem eine große und sehr gute Wirkung des Brunnens. Was sie jetzt an Schmerzen aushalten muß, wird ihr für den Winter muthmaßlich gut geschrieben; *ohne* die jetzige Kur, wäre sehr wahrscheinlich die Gallensteinbildung tapfer fortgeschritten. So ist doch Hoffnung da, daß alles vorher in kleiner Münze ausgegeben wird und es zu keiner Barrendeponirung kommt.

Was Du über Theo und Friedel und nun gar über das Friedländer- und Tilgnerthum schreibst, ist alles richtig, nur – zumal was die letztre Gruppe angeht – nicht liebevoll oder nicht nachsichtig genug. ›Nur der Irrthum ist das Leben etc.‹ Im reinen Licht verbrennt alles. Es wird einem in der Jugend immer gepredigt, man solle seine Phantasie nicht ausschweifend wirthschaften lassen, und der Satz ist gut und richtig; aber was noch richtiger ist, ist das: ›man hüte sich vor Gefühlssecirungen Andrer, vor dem ewigen Suchen nach dem eigentlichen Motiv, vor Betrachtung alles Irdischen im ›reinen Licht‹. Erstlich kriegt man's doch nicht 'raus, hinter dem Letzten liegt immer noch wieder ein Allerletztes; aber *wenn* man's nun auch herausgekriegt hätte, was hat man davon? entweder Ueberheblichkeit, wenn man die Untersuchung am eignen lieben Ich vorbeigehen läßt oder Deprimirtheit und Katzenjammer, wenn man dahinter kommt: ›ja, so bist Du nun auch.‹ Ohne ein gewisses Quantum von ›Mumpitz‹ geht es nicht. Als ich jung war, hieß es in der Chemie: ›wir berechnen alles nach Atomen; diese Atome sind etwas ganz Willkürliches, sie sind ein Einfall, wir haben sie uns erfunden, aber wir müssen sie haben, um unsre Rechnungen machen zu können; und sonderbar mit Hülfe dieser chimärischen Grundlage stimmt alles.‹ So ist es auch in der moralischen Welt. Professor Möller (dämlicher Bildhauer) sagte zu Friedrich Eggers: ›wenn da noch 'was fehlt, nehme ich wahrscheinlich Glaube, Liebe, Hoffnung.‹ Wie oft ist mir das eingefallen! Immer wird ein bischen Glaube, Liebe, Hoffnung genommen wie aus dem Bausteinkasten der Kinder. Von wirklichem Glauben und wirklicher Liebe ist mir noch nichts vor die Klinge gekommen, zu dem ich auch nur ein halbes Vertrauen gehabt hätte. Schopenhauer hat ganz Recht: ›das Beste was wir haben ist Mitleid.‹ Mitleid ist auch vielfach ganz echt. Aber mit all den andern Gefühlen sieht es windig aus. Trotzdem brauchen wir sie, brauchen den Glauben daran, wir dürfen sie nicht leugnen, einmal weil sich sonderbare Reste davon immer wieder vorfinden und selbst wo gar nichts ist, müssen wir dies Nichts nicht sehen wollen; wer sein Auge immer auf dies Nichts richtet, der versteinert. Die Wahrheit ist der Tod. Mein guter Friedländer, der 2 Häuser von mir im ›Rebenstock‹ wohnt, hat keine Ahnung davon, zu welchen Betrachtungen er mir Veranlassung giebt. Du wirst ihm wohl im Einzelnen gerecht, aber nicht im Ganzen; er ist mit all seinen Schwächen, erheblich besser, als Du ihn Dir vorstellst. Daß ich mich mit ihm in einer stillen ›Ehemannsverschwörung‹ befinden soll, hat etwas unsagbar Komisches; alle diese Geschichten interessiren mich *sehr* wenig, eigentlich sind sie mir langweilig; Familiengeklön war nie mein Ideal und nur die künstlerische Behandlung dieser Dinge kann mich über ihre Dürftigkeit hinwegtäuschen oder trösten. Was mich an F. fesselt ist einfach seine ganz glänzende Beobachtungsgabe für *alles*, was ihn umgiebt, seine Schilderungen kleinstädtischer Kreise, die Aufgeblasenheit junger Referendare, der Dünkel durchschnittsmäßiger Seconde-Lieutenants, die hundert Formen des geaichten und abgestempelten Borussismus. Wie er *persönlich* dabei abschließt, das ist mir ganz gleichgültig; die Bilder, die er entrollt, sind wunderbar gut, wenigstens seh' ich all das in ganz gleichem Lichte.

Mama kommt eben aus ihrem Moorbad, hat große Schmerzen und ist sehr deprimirt... Seitdem sind 2 Stunden vergangen und ich finde sie, meinerseits von Tisch kommend, festschlafend vor. Sie hat wieder zu dem Morphium- und Cocain-mittel ihre Zuflucht genommen, womit ich ganz einverstanden war. Kein Schlaf und beständige Schmerzen, – das bringt noch mehr herunter als Morphium. Morgen wird sie wieder beim Arzt vorsprechen. Ich glaube, daß er bestätigen wird, alles geht ganz normal. – Ich aß heute mit Friedländers in einem größeren Hôtel. Die Verpflegung hier habe ich überschätzt; es ist nicht viel dahinter. Friedländers sind sehr nett, besonders auch *sie*. Von der Verstimmung ist keine Rede mehr. Grüße allerseits. Ergeh es Dir möglichst gut. Wie immer Dein alter

Papa.

*294. An Martha Fontane*

Karlsbad 25. Aug. 93. Silberne Kanne.

Meine liebe Mete.

Eben erhalten wir Deinen Brief vom 24. und freuen uns, daß es Dir eine Spur besser geht; Delhaes Mittel helfen immer ein bischen. Um Zöllner wirst Du Dich wohl mal kümmern müssen, – die Situation dort muß sehr bedrücklich sein und für den kranken Mann wird nicht viel Zeit zu Pflege und Unterhaltung [!] übrig bleiben. Ich wünsche mir von Herzen vor solcher Halb-Existenz bewahrt zu bleiben. – Was die von Dir vermeldeten ›kleinen Züge‹ angeht, so ist der Hauptcharakter derselben immer eine über das gewöhnliche Menschenmaß hinauswachsende Lieblosigkeit. Ich hätte nie geglaubt, daß ich das Schreckliche dieser Eigenschaft je so tief empfinden könnte, wie das jetzt der Fall ist; der landläufige Egoismus, der aller Menschen Theil ist, ist doch was sehr andres; man kann sehr egoistisch und flackerweise doch sehr liebevoll sein; ein Mensch der ja keine Liebe hat, hört auf ein Mensch zu sein und wie er selbst ein Stein ist, versteinert er andre, man wird leblos dabei und kann kein Wort mehr sagen. Ob wir zu hart urtheilen? Ich glaube, nein, und erschrecke doch zugleich vor diesem ›nein‹. Weitres genire ich mich niederzuschreiben. Ich biete 5 Mark für den Ueberbringer *eines* Liebeszuges.

Dem armen Friedel wünsche ich, daß er irgendwo einen Menschen findet, an den er sich gefahrlos anschließen kann. Allein in Fanö umherzubuttern, muß ein furchtbares Vergnügen sein; vielleicht findet er einen dänischen Buchhändler-Kollegen und kann Pläne machen für die Einbürgerung Heinz Tovotes im sagenreichen Norden.

Mit Mama geht es gar nicht gut oder richtiger sie hat viel durchzumachen; zu dem eigentlichen Leiden hat sich nun schwere Erkältung und verdorbener Magen gesellt, so daß sie heut erst um 2 Uhr aufgestanden ist und weder heute früh zum Theresienbrunnen, noch zum Doktor gehen konnte. Sie hat nicht das Talent sich abzupflegen und noch weniger die Gabe, sich als eine beinah 69jährige kranke Frau anzusehn; wenn es irgend geht, turnt sie wieder los; das macht einen guten Eindruck, weil jeder lieber einen quicken Menschen als eine Suse sieht, aber es muß ein etwas theurer Preis dafür gezahlt werden.

Mit Friedländers sind wir nicht allzu viel zusammen, was zum Theil in Mamas andauerndem Uebelbefinden seinen Grund hat, aber doch auch in einem verständigen freiheitlichen Arrangement, was die sogenannten ›Verabredungen‹ ausschließt. Diese ›Verabredungen‹ sind unter allen Umständen etwas Furchtbares, aber zwischen Parten von sehr verschiedener Veranlagung, verschiednen Jahren und verschiednen Gesundheitszuständen bedeuten sie geradezu die Hölle und endigen allemal mit einem Kladderadatsch. Beide Friedländers sind wetterfest, können im Zug sitzen und fühlen sich bei 10 und 25 Grad Celsius gleich wohl. Da können wir nicht mit. Er hat um 1 Hunger, ich erst um 2, er ißt gern Abendbrod bei Pupp, ich sitze gerne zu Haus und mache es mir bequem; so bleiben eigentlich nur die Stunden von 4 bis 6 zu gemeinschaftlichem Concertbesuch und anschließendem Spaziergang übrig. Das ist auch genug. Sie ist eine reizende Frau, durchaus gescheidt und von einer vorzüglichen Gesinnung in allen Stücken; eine gewisse Patentirtheit und ein starkes Tilgnersches Familiengefühl sind vielleicht anfechtbar, aber was macht nicht alles in Familiengefühl! Die Mengels haben einen Stolz, die Sommerfeldts, ich glaube sogar die Fontane's. Warum da nicht die Tilgner's? Onkel Tilgner war ein vielfacher Millionär und seine

Tochter heirathete einen Grafen Stillfried-Rattonitz-Alcántara, einen Sohn desselben Stillfried-Alcántara, zu dem Graf Arnim (genannt Pitt-Arnim) sagte: ›Sagen Sie Stillfried, was macht denn der Lump, der Alcantara?‹ Das ist eine schlimme Kritik, aber eine bürgerliche Familie mit einem Grafen-Schwiegersohn darf sich schon immer einen kleinen Dünkel leisten. Die Menschen sind, wie sie sind. Er, Friedländer, ist ganz der alte; ich kenne nun alle seine Geschichten, aber ich lasse sie mir alle gern wieder erzählen, er macht es gut und es steckt was drin.

Deine Bemerkung über die Gebildeten, die rein machen und Dienstmädchenarbeit thun und die Dienstmädchen, die sich dafür auf Bildung als das denkbar Inferiorste werfen sollen, hat uns sehr amüsirt, Mama fast noch mehr als mich. Ich stimme Dir ganz zu; wir haben aber wohl beide eine starke Neigung, nach dieser Seite hin doch a bisserl zu weit zu gehn. Freilich, vergegenwärtigt man sich, daß alles was man hört, nur confus wiedergegebenes Zeitungszeug ist, so kann man dies Monstrum von Bildung nicht niedrig genug taxiren. Die Menschen werden gewandter, redefertiger, aber immer dummer; das eigne Denken hört ganz auf; selbst die Geschäftskniffe, die Mogeleien und Hochstaplerunternehmungen erfolgen nach Rezept, nach berühmten Mustern. – Wir wollen nun einführen, nur einen Tag um den andern zu schreiben. Grüße Frau Sternheim und Frl. Aßmann. Hast Du was von Otto Krigars Verlobung gehört? Da muß nun doch bald ein Krach kommen. Lebe wohl.

Gruß an Anna. Wie immer Dein alter

Papa.

*295. An Martha Fontane*

Karlsbad 27. Aug. 93. Silberne Kanne.

Meine liebe Mete.

Schönsten Dank für Deinen lieben Brief vom Sonnabend. Ich freue mich, daß Du zu der ›großen Frage‹ (denn es *ist* eine große Frage) so stehst wie Du stehst, und ich wünsche Dir, daß Du dabei bleibst, besser ist besser; ich fürchte aber, daß ich Recht habe. Den Selbstbeobachtungsprozeß, um daraus Schlüsse auf Andre zu ziehn, mache ich auch durch und komme dadurch zu meinen Trauerresultaten. ›Wenn das am grünen Holze geschieht (das grüne Holz bin ich) was geschieht dann an dem andern?‹ Es giebt Einzelhandlungen, fast wie aus Zufall geboren, die mir imponiren und in denen ein unausrottbar Gutes der Menschennatur plötzlich in die Erscheinung tritt, das Fundament der Geschichte aber bleibt das Ichgefühl und dies Ichgefühl ist etwas mehr oder weniger Böses. Wie Laura Marholm in fast jedem ihrer hypergeistreichen Artikel schreibt: ›auf den Altruismus kommt es an.‹ Ich bin ganz ›Pessimoff‹, also mit 73 eine Wildenbruchsche Figur. So rächt er sich an mir.

Was Du über Z.'s schreibst, ist nur *zu* wahr; *er* immer noch ein Heros, *sie* (so sehr ich ihren Muth und ihre praktische Tüchtigkeit, auch eine gewisse Gesinnungsnoblesse verehre) *zu* dünn und schwach. Ueberhaupt, wenn ich mir vergegenwärtige, was mir, von Jugend an, von ›Damen‹ so vor die Klinge gekommen ist! Zum Weinen. Ich bin für alttestamentlich patriarchalische Zeiten, für Rebecca, Rahel und das Aushülfematerial, oder für die Zeiten Aspasia's und der ersten römischen Kaiser. Was unsre Gesellschaft bietet, ist miserabel und bleibt es nur schwer festzustellen, ob der physische oder intellektuelle Stand der niedrigere ist. Ich fürchte der physische, was freilich viel sagen will. Wenn ich von Ueber-Cultur sprechen höre, wird mir ganz weh um's Herz; es sind erst Ururanfänge da, die trauriger wirken als gar kein Anfang.

Die kleine Geschichte von *Willi Sternheim* ist reizend und spricht Bücher. Aus Kindermund kommt die Wahrheit. Zu gleicher Zeit zeigt es die erobernde und nivellirende Kraft des Berliner Geistes. Freilich wenn man hier in Karlsbad sieht, was noch alles zu erobern und zu nivelliren bleibt, so wird einem klar, die Spree hat nicht Wasser genug, den galizisch-wolhynischen Urbestand rein zu waschen.

Mit Mama geht es seit gestern besser; es war auch hohe Zeit. Wir haben Beide mehr oder weniger den Brunnendusel, auch ich der ich nur 2 kleine Gläser *kalten* Sprudel trinke. Die Moorbäder scheinen Mama zu bekommen. Daß wir Friedländers hier haben, ist ein wahrer Segen. Mama grüßt Dich aufs herzlichste; sie wird morgen an Dich schreiben. Wenn Friedel in Westerland *bleibt*, werde ich ihm einen kleinen Brief stiften. An Theo, von dem heute ein sehr netter Brief eintraf, schreibe ich morgen. Heute Nachmittag wollen wir mit dem Professor Grünhagen aus Breslau zusammen sein; es ist ein freundlicher, wohlwollender Mann, ein bischen schlesisch, aber das ist nicht das Schlimmste. Heute habe ich auch die ersten Fahnenabzüge von ›Meine Kinderjahre‹ erhalten; ich graule mich vor der Correktur. Denn wenn Stellen kommen, die mir nicht gefallen, so bin ich verstimmt, weil ich mich unfähig fühle, im Brunnendusel die Sache besser zu machen. Und nun lebe wohl, grüße Anna und Tilla. Wie immer Dein alter

Papa.

*296. An Theodor Fontane (Sohn)*

*Karlsbad*, d. 30. August 1893.

Mein lieber Theo.

Ich wollte Dir schon gestern für Deinen lieben Brief vom 26. danken, kam aber nicht dazu, da mich *Friedländer* zu einer Partie nach Eger abholte, anderthalb Eisenbahnstunden von hier. Natürlich war ich gleich bereit, da meine Vorliebe für historische Mordplätze ungeschwächt geblieben ist – fast die einzige Passion, von der ich das sagen kann. Es verlief denn auch alles in jener Fidelität, die man meistens empfindet, wo 'was besonders Schreckliches passiert ist. Diese Fidelität, die zum wesentlichen in dem schön-menschlichen Gefühle wurzelt: »Siehst du, du Dummbart, ich lebe noch« (ein Gefühl, das bei jedem Begräbnis in alltäglicherer Form wiederkehrt), hat aber doch glücklicherweise einen zweiten Grund, den, daß für den mit einiger Sachkenntnis Ausgestatteten die Sache nie stimmt, so daß das fossil gewordene Schrecknis als eine Art Mumpitz an einen herantritt. In Eger wird z. B. die Hellebarde gezeigt – an der Spitze blutrostig – mit der Deveroux den Wallenstein niederpiekte; ich glaube, daß Kostüm- und Waffenkundige der Hellebarde sofort eine andere Jahreszahl als das Jahr 1634 geben würden.

Mit Interesse und Vergnügen habe ich gelesen, daß die Futternot Dir Not macht, weil sie nicht da ist, und daß eine ganze Behörde mit einem Male vor Heureichtum umkommen muß. So 'was liebe ich. Ich freue mich, daß Du noch um zehn Tage Urlaub einkommen willst, trotzdem ich im Prinzip sehr dafür bin, daß man, wenn man in einem Sommer hat andre arbeiten lassen (weil's nicht anders ging), im nächsten Sommer seinerseits 'ran an die Ramme muß. Und zwar ohne Murren. Es scheint mir aber, daß Du durch Deine diesjährigen Sommertaten in Kredit gekommen bist, so daß der Staat seine Schuld erst wieder begleichen muß.

Mama war in den ersten zehn Tagen recht leidend, dabei große Schmerzen; jetzt geht es ihr besser, und die Kur beginnt, ihre Schuldigkeit zu tun. Ich denke, daß Karlsbad das Richtige für sie war. Mete schreibt oft und ihre Briefe sind uns eine große Freude, wenn wir auch wünschten, daß es ihr persönlich besser ginge.

Wie immer Dein alter

Papa.

*297. An Martha Fontane*

Karlsbad 4. Sept. 93. Silberne Kanne.

Meine liebe Mete.

Mit Mama geht es heute wieder besser; es wechselt von 3 zu 3 Tagen, immer nach einer Attacke kommt eine Friedenspause. Sie hat sich nun auch drin ergeben und glaubt wohl selbst, daß diese Durchgänge nöthig sind, um Besserung zu schaffen. Wie Dir bekannt, erholt sie sich immer sehr schnell und sieht, wenn sie erst wieder zipp sagen kann, leidlich fidel in die Welt.

Vor 3 Tagen kam sie ziemlich erregt nach Hause, sie sei Homeyer begegnet, der sich freundlich nach ihrem Befinden erkundigt habe; leider könne sie mit ihrer Haltung dabei nicht zufrieden sein, sie sei verlegen gewesen, zum Theil deshalb, weil sie nicht gewußt hätte, ob er ›Excellenz‹ zu betiteln sei oder nicht; sie habe ihn aber ›Excellenz‹ genannt und in ihrer Verlegenheit viel von Kissingen gesprochen, worauf er indessen nicht eingegangen sei. ›Er war sehr freundlich, aber doch sonderbar.‹

Gestern machten wir mit dem Friedländerschen Paar und einer Frau Professor Richter aus Jena einen längren Nachmittagsspaziergang bis nach dem Kaiser-Park und von dort über die Berge zurück, unter uns die Windungen der Tepel, alles sehr hübsch. Frau Professor Richter und Mama waren eine Strecke vorauf, Friedländers und ich folgten in erheblicher Entfernung. ›Da sperren auf gedrungnem Steg, Zwei Mörder plötzlich seinen Weg.‹ Es waren sogar drei. Einer der drei trat an mich heran und wir begrüßten uns beinah herzlich. Es war Müller-Grote. Friedländers trennten sich ab, um uns nicht zu stören und Müller-Grote und ich gingen eine Viertelstunde zusammen, auf einsamem Felsenpfad. Neben uns der Abgrund. Er erzählte mir seine vorjährige Krankheitsgeschichte, die mich wirklich interessirte; dann nahmen wir Abschied und er trug mir Empfehlungen an Mama auf, die er schon gesehn habe. Fünf Minuten später hatte ich Friedländers wieder eingeholt und es entspann sich folgendes Zwiegespräch.

›Nun was hat er Ihnen alles erzählt? Bismarckiana? Staatsgeheimnisse?‹

›Nein; *die* sind ihm wohl selber ein Geheimniß.‹

›Is er denn a.D.?‹

›Beinah. Baumgärtel besorgt alles.‹

›Baumgärtel? Wer is Baumgärtel?‹

›Nun sein Compagnon.‹

›Compagnon? Ja, von wem sprechen Sie denn? Homeyer kann doch keinen Compagnon haben!‹

›Nein, Homeyer nicht, aber Müller-Grote. Der Herr mit dem ich sprach, war Müller-Grote.‹

›Ja, ums Himmels willen, vorgestern hat Ihre liebe Frau mit demselben Herrn gesprochen und da war es Homeyer und sie hat ihn auch Excellenz genannt; wir standen ja dicht dabei...‹

Mittlerweile hatten wir auch unsre Avantgarde: Frau Professor Richter und Mama wieder eingeholt und das Verhör begann. Das Resultat war, daß Mama den unglücklichen Müller-Grote für Excellenz Homeyer genommen hatte. Jetzt wurde ihr auch klar, warum er sich auf Kissingen nicht hatte besinnen können. Es ist schade, daß Müller-Grote gänzlich humorlos ist, sonst veranstaltete er vielleicht von ›Unterm Birnbaum‹ eine neue Auflage und bemühte sich alte Scharten auszuwetzen.

Es ist recht kalt hier, so daß wir heizen lassen und dadurch freilich erst recht in einen Erkältungszustand hineingerathen. Dabei Correktur machen, ist schwierig; ich werde auch, wenn ich mit der Hälfte durch bin, eine Pause eintreten lassen und die Sache erst in nächster Woche an meinem Schreibtisch wieder aufnehmen. Am Mittwoch d. 13. wollen wir fort; etwa 10 Uhr Abends hoffe ich in Berlin einzutreffen.

Caprivi soll jetzt auch hier sein. Vielleicht führe ich Mamas Excellenzen-Unterhaltung mit ihm fort.

Die Frau Prof. Richter ist eine Dame von 50, die ein gewisses Interesse einflößt. Sie trägt lange graue Locken und ist kinderlos, dafür hat sie, als Hauslieblinge, einen Fuchs, einen Raben und einen Leonberger, die alle friedlich miteinander leben und alle eine schwärmerische Liebe zu ihrer Herrin hegen. Besonders der Fuchs soll von rührend leidenschaftlicher Liebe sein. Was alles vorkommt. Man lernt nie aus. Grüße an Rath's, wenn sie noch in Berlin sind, an Fuz, Zöllners, Sternheims, Anna. Wie immer Dein alter

Papa.

*298. An Friedrich Fontane*

Karlsbad, 10. Sept. 93.
Silberne Kanne.

Mein lieber Friedel.

Es ist gut, daß Du wieder da bist, ich fing doch auch an, mir Gedanken zu machen, ein beiläufig merkwürdiger Ausdruck unserer Sprache, der anzudeuten scheint, daß man für gewöhnlich keine Gedanken hat. Wir haben uns gefreut, zu hören, daß Du gebräunt und unverlobt bist. Je später, je besser, oder ganz früh, zwischen neunzehn und einundzwanzig.

Es war hier alles ganz gut, aber wir sind grimmig erkältet, was nicht zu verwundern ist, wenn man bei elf oder zwölf Grad im Freien Kaffee trinkt. Daß der Magen noch nicht verkalkt ist, ist ein Wunder. – Gestern habe ich mir die neueste Nummer der »Zukunft« gekauft, – in dem betr. Buchladen lag ein Haufen davon hochaufgeschichtet auf dem Ladentisch; Stilke muß ein Bombengeschäft damit machen. Mit Ton und Gesinnung kann ich mich nicht befreunden. Gestern war Müller-Grote der Fünfte an unserm Tisch; ich fand ihn merkwürdig gut im Stande, Mama fand ihn langweilig und ledern. Er liest hier jeden Tag vier Stunden Korrektur und hat außerdem Zahnweh; dies alles erwogen, kann ich ihm nur eine glänzende Haltung zusprechen.

Wie immer Dein alter

Papa.

*299. An Theodor Fontane (Sohn)*

Karlsbad, 10. September 93.

Mein lieber Theo.

Habe Dank für Deinen lieben Brief, der glücklicherweise nur Erfreuliches vermeldete.

Klein-Ottos-Ausruf: »es ist doch eigentlich schöner, wenn man noch klein ist« hat mich amüsiert und mich, wie Dich, zum Nachdenken über die uralte Frage angeregt. Zu den vielen öden Redensarten gehört auch die von der Herrlichkeit der Kindheit. Man liest mitunter dergleichen, und es mag vorkommen, daß eine Witwe ganz in ihrem Jungen und der Junge ganz in seiner Mutter aufgeht, und daß dann das spätere Leben hinter diesem Liebesidyll zurückbleibt. Aber ich habe von solchen Dingen nur gehört und gelesen, gesehen habe ich nichts davon. Ich meinerseits wollte beständig etwas, was ich nicht kriegte – Kuchen, Pflaumen usw.

– und ich kriegte beständig etwas, was ich nicht wollte, nämlich Ohrfeigen und dergleichen. Ich ziehe die späteren Jahre vor, selbst die schoflen und harten.

Wie immer Dein alter

Papa.

*300. An Friedrich Stephany*

Karlsbad, 12. September 1893.
Silberne Kanne.

Hochgeehrter Herr und Freund.

Morgen will ich wieder nach Haus, aber ich will dies wirklich schöne Karlsbad (sein glänzender Ruf ist wohlverdient) nicht verlassen, ohne Ihnen von hier aus einen Gruß und beste Wünsche für Ihr Wohl gesandt zu haben. Wo weilen Sie? Hoffentlich an einem teuren und vornehmen Platz, denn nur an einem solchen kann man es aushalten; die Bauden und Fischerhütten sind wundervoll für Gymnasiasten, die steigen und schwimmen wollen und nur einen Nächtigungsplatz brauchen, von einem bestimmten Lebensalter an aber und wenn man so oder so seinen Knax weg hat, braucht man ein Bett und ein Beefsteak. Lieber 3 Wochen gut, als 6 Wochen schlecht. Wasser allein tut es nicht und Luft auch nicht, so sehr ich beide liebe. Wenn ich Sie wiedersehe, hoffe ich Gutes von Ihnen zu hören und nur Gutes. Und nicht blos gesundheitlich. Man braucht auch sein Stück Sommer-*Vergnügen* als Fundament für Gesundheit und Winterarbeit.

Unsre 4 Wochen hier waren sehr angenehm und au fond nicht kostspieliger, als der Aufenthalt an bescheidneren und minder renommierten Plätzen. Wir haben auch eine Partie nach Franzensbad und Eger gemacht, wo wir uns die berühmten Ermordungslokalitäten ansahn. Bekanntlich ist man an solchen Orten immer besonders heiter und vergißt, daß einem jeden Augenblick auch eine Deveroux-Partisane in die Brust fahren kann. Der Mensch laboriert (Gott sei Dank) an einem unverwüstlichen Leichtsinn.

Ich war auch etliche Male im Theater hier und glaube eine Schauspielerin entdeckt zu haben; wenn ich wieder zurück bin, schreibe ich gleich an Brahm, der glaube ich noch immer auf der Personalsuche ist. – Unsre Lektüre hier bestand aus der Vossin und in ihr zum größten Teil aus Brugsch Leben und Wandern. Ich bin neugierig zu hören, wie es auf unsre guten Berliner gewirkt hat; ein stoffliches Interesse ist da, Dramatis personae sehr viele, dazu

Anekdoten und witzige Zitate in Fülle. Freilich gibt es auch eine Gegenrechnung.

Unter herzlichen Grüßen und Empfehlungen wie immer

Ihr herzlichst ergebenster

Th. Fontane.

*301. An Unbekannt*

*Berlin* 15. Sept. 93.

Hochgeehrter Herr Geheimrath.

Verzeihung, daß ich mich Ihnen und Frau Gemahlin nicht gestern schon vorgestellt und Sie Beide nach meiner Karlsbader Reise begrüßt habe. Eine zu bewältigende Correkturmasse wird mich auch heute nicht dazu kommen lassen und so bitte ich Sie diesen schriftlichen Morgengruß vorläufig für voll zu nehmen. Aber ich präsentire mich sehr bald. Ich höre zu meinem Bedauern, daß Sie unwohl waren; uns ist es, nachdem meine Frau eine schlimme Krisiswoche durchgemacht hatte, gut ergangen; es waren sehr schöne Tage in Karlsbad. Unter Empfehlungen an Frau Gemahlin, in vorzüglicher Ergebenheit

Th. Fontane.

*302. An Wilhelm Hertz*

Berlin 17. Sept. 93.
Potsd. Str. 134.c.

Sehr geehrter Herr Hertz

Darf ich von Ihrer Güte ein Exemplar meines Scherenberg-Buches erbitten? Ich möchte es nach Karlsbad schicken, wo ich die Bekanntschaft eines ungemein liebenswürdigen Herrn, des Professors Victor Meyer (Nachfolger von Bunsen) gemacht habe. Dieser aus der Köpnickerstraße stammende Victor Meyer, der beiläufig schon mit 22 ordentlicher Professor war, ist durch den klugen aber schiefgewickelten *Orelli* auf Christenthum hin trainirt worden (was nicht alles vorkommt!) und hat bei der Gelegenheit auch Scherenberg kennen gelernt. Er nahm ein Interesse an dem Orellischen, das ich in das Buch hineingestopft habe, weshalb ich's ihm schicken möchte. Mit besten Grüßen, in vorzüglicher Ergebenheit

Th. Fontane.

*303. An Georg Friedlaender*

Berlin 21. Sept. 93.
Potsd. Str. 134.c.

Hochgeehrter Herr.

In Ihrer Güte danken Sie uns. Aber was sollen *wir* da erst sagen! Gewiß ist es, daß wir uns gegenseitig helfen und fördern und die Tage angenehmer machen konnten, aber die Prozentsätze hüben und drüben liegen doch sehr verschieden, Friedländers ohne Fontanes, das wäre gegangen, aber Fontanes ohne Friedländers, da hätte es stark gehapert; denn wir sind alt und scheu und ohne Routine. Noch auf dem Dresdner Bahnhofe lieferte meine arme Frau, die mir davon schrieb, den Schlußbeweis. Nachdem Sie Philemon heil untergebracht hatten, kam auch Baucis an die Reihe.

Wenn Sie wieder schreiben, lassen Sie mich doch ja hören, ob die Kur Ihrer Frau Gemahlin gut bekommen ist. Ich hoffe es stark und würde froh sein, aus der Reise, die doch mal in Verdacht kam, eine »Fontane-Reise« zu sein, noch so viel Segen erblühen zu sehn. Unter allen Umständen war es etwas Gelungenes und Erfreuliches, auch blos vom Reisestandpunkt aus angesehn.

Ihre Verstimmung über die Kolossal-Heiligkeit bei Inscenirung einer doch nur durchschnittsmäßigen Hochzeit, begreife ich; ich glaube aber bemerkt zu haben, daß Sie über solchem Ei, das eigentlich gar kein Ei ist, sondern nur ein eiförmiges Stück Kreide, länger brüten, als Sie eigentlich sollten. Sie werden mit solchen Quisquilien nicht schnell genug fertig; Sie zehren zu lange daran und geben dadurch den Dingen eine Ehre und Auszeichnung, die sie nicht verdienen. Ich entsinne mich zahlloser Gespräche mit Ihnen über derartige Vorkommnisse, – immer war ich dabei Ihrer Meinung, immer fand ich, daß Ihre Fingerspitzennerven die sonderbaren Stellen richtig herausgefühlt hatten; aber Sie haben einen verhängnisvollen Zug, den feinfühlenden Finger immer wieder auf die sonderbare, von Ihnen mit Recht beanstandete Stelle zu legen. Die Folge davon ist, daß sich Ihr Gemüth, Ihr ganzes innres Leben zu sehr in kleinen, Sie beständig quälenden Empfindungen ausgiebt. Sie sind ein scharfer, witziger und auch humoristischer Beobachter, aber Sie treten nur so zu sagen literarisch humoristisch auf; Sie bringen es zu einer Sie selber amüsirenden humoristischen Form, aber Ihre Seele bringt es zu keiner humoristischen Stellung den Albernheiten und Kleinlichkeiten des Lebens gegenüber. In dieser Stellung liegt das vom

Aerger Befreiende. Lassen Sie mich gelegentlich wissen, ob ich's damit getroffen habe.

Mein Scherenberg-Buch habe ich an Victor Meyer geschickt, der mir heute in einem liebenswürdigen kleinen Briefe dankt. Hans Hertz schrieb mir über ihn: »ich war mit ihm in derselben Klasse; er war schon damals unheimlich gescheidt und von erstaunlicher Fassungsgabe.« Höre ich dergleichen, so wundre ich mich immer, daß dabei schließlich doch nicht mehr herauskommt; es ist eben dafür gesorgt, daß die Bäume nicht in den Himmel wachsen oder wie Mephisto sagt: »daß Du ein Mensch mit Menschen bist.« –

Dove's Brief hat mich nur in einer Beziehung voll befriedigt, in Bezug auf seine *Handschrift*, alles klar und sauber. Aber sonst, das mit der Erinnerung ist falsch gedacht und die Stelle die folgt, ist geschraubt. Nach Ihren *Citaten* aus Dove, die alle was Frappantes, den Nagel auf den Kopf Treffendes haben, hat mich dieser Brief doch ein wenig enttäuscht. Aber man darf nicht viel davon machen. Auch Homer schlief. Empfehlen Sie mich Ihrer lieben, von mir überaus verehrten Frau Gemahlin.

In herzlicher Ergebenheit Ihr

Th. Fontane.

*304. An Victor Meyer*

Berlin, 26. Sept. 93.
Potsdamer Straße 134 c.

Hochgeehrter Herr Geheimerath.

Ihr Abreisetag muß nahe sein, trotzdem adressire ich diese Zeilen nach Karlsbad in der Hoffnung, daß dieselben Sie dort noch finden.

Seien Sie schönstens bedankt für das Buch, auf dessen Lektüre ich mich sehr freue.

Ich habe nur erst hineingekuckt, in die Zueignung an Ihering und in den Essay, der von der Umwälzung in der Atomlehre spricht.

Wie jeder, der sich ein klein bischen auf Stil versteht, bin ich ein Ihering-Schwärmer; ich lernte ihn vor etwa 15 Jahren auf einem höchst interessanten Diner bei Lindau kennen (Odo Russell, Bayard, Taylor, Auerbach und viele andre »von nicht schlechten Eltern«); ich brachte ihn nach Haus; er war sehr klug, aber nicht sehr liebenswürdig, in Gutem und Nicht-Gutem ein glänzender

Repräsentant seines doch eigentlich die Welt beherrschenden Friso-Saxon-Stammes. Sie können sich denken, wie mich dies nun alles interessirt! Der Schluß des genannten Essay erinnert mich an eine Rede von Siemens, in der er geistvoll ausführte: »ich halte es für möglich, daß die Wissenschaft die Hungersnoth abschafft, weil alles gemacht werden kann.«

Heute – auf Verabredung – will ich mir in den Reichshallen die stumme Tragödie ansehn, die dort pantomimisch aufgeführt wird; morgen lese ich Ihr Buch.

In vorzüglicher Ergebenheit und unter besten Empfehlungen an Ihre Damen, Ihr

Th. Fontane.

*305. An Karl Zöllner*

[Berlin,] Sonnabend 30. Sept. 93.

Theuerster Chevalier.

Ich folge Deiner freundl. Aufforderung und berichte.

Der Doktor (Salomon) fand ihren Zustand bejammernswerth, aber *nicht* gefährlich; sie sei halb wie verhungert und daher stammten auch die Beängstigungen, die sich bis zur Todesangst steigerten; sie müsse vor allem verpflegt, der Magen zur Annahme von Speis und Trank gezwungen werden.

Danach hat er seine Verordnungen getroffen, heute Abend z. B. eine Flasche Porter, als Nahrungs- und – Schlafmittel.

Seid bedankt für eure Theilnahme.

Wie immer Dein alter

Noel.

*306. An Karl Zöllner*

Berlin 2. Okt. 93.

Theuerster Chevalier.

Der einliegende Brief (sogar mit Marke, schade drum) soll Dir zeigen, daß ich mein sonnabendliches Versprechen nicht schnöde vergessen hatte. Zwischen 9 und 10 kam dann noch Besuch (Theo) und als er ging war es für den Brief zu spät.

Salomon war salomonisch; alles schlug an: eine Tasse Kaffe belebte sie, kalte Umschläge erfrischten sie, Porter nährte sie (sie war wie verhungert) – so daß sie Sonntag früh wieder anders in die Welt sah. Seitdem sind allerdings keine großen Fortschritte zu verzeichnen; es wird noch lange dauern ehe sie wieder leidlich auf dem Damm ist. Herzliche Grüße Dir und den Deinen. Mit besten Wünschen für Dich Dein alter

Noel.

*307. An Georg Friedlaender*

Berlin 3. Okt. 93.
Potsd. Str. 134.c.

Hochgeehrter Herr.

Ihre Güte hängt Gewicht an Gewicht; erst eine Karte vom »goldnen Frieden« aus, dann ein Brief aus dem Heim mit dem Adoranten und der um eine Nummer verringerten Apostelkrugsammlung und zuletzt ein Doppelschuß aus dem Gebirge, der letzte, dreifach zersplitterte, schon mehr Granatschuß. Nehmen Sie's mit diesem Briefanfang nicht zu genau; ich, der ich immer auf falsche Bilder fahnde, hätte mich besser ausdrücken müssen; es klappt und paßt nicht recht und doch wollte ich mir den 3gesplitterten Granatschuß nicht entgehen lassen. Die falsche Bildersprache ist mir gerade heute um so fataler, als ich weiterhin, ad vocem V. M. über dünnen Stil und unausreichendes Darstellungsvermögen noch Einiges zu sagen haben werde.

Ich freue mich außerordentlich, daß Sie diese Partieen ins Gebirge machen und in so sympathischer Gesellschaft, was immer die Hauptsache bleibt. Wenn man sich mit seiner Frau gezankt hat, berührt einen die »blaue Grotte« wie ein Gefängnißloch, drin man sie einsperren möchte. Der Mensch bleibt die Hauptsache, aber hat man *den*, so ist das, was Ihnen die Nähe des Gebirges bietet, eine nicht zu überschätzende Zugabe. Solche Partie wie die jetzt von Ihnen und Ihrem liebenswürdigen »Protokollführer« (dem ich mich zu empfehlen bitte) nach dem Krokonosch etc. gemachte, können Sie hier nicht machen, auch wenn Sie dieselbe Reisebegleiterschaft haben. Die Natur ist das Zweite; aber ist das Erste da, so folgt sie diesem Ersten sehr dicht auf dem Fuß. Bei sonst gleichen Verhältnissen, kann ich in Grünau oder Schmöckwitz nicht in derselben gehobenen Verfassung sein, wie wenn ich von der Rennerbaude aus nach Sankt Peter und Spindelmühl hinuntersteige. In Schmöckwitz ist auch der schönste Apfel vom Berliner Wurm angestochen.

In Ihrem Briefe hat mich die Schilderung einer bestimmten Situation, in der Sie sich mitunter (und in längren oder kürzeren

Pausen wiederkehrend) befinden, sehr beschäftigt. Ich kann nicht sagen, »sehr erheitert«, – dazu ist die Sache zu ernst. Ich empfinde genau so wie Sie, kann also sehr gut folgen, aber ich bin sanguinischer und dadurch in meinem Gemüthe glücklicher beanlagt und mit Hülfe dieser glücklichen Beanlagung bin ich verhältnißmäßig leicht über unausgesetzte Kränkungen fortgekommen. Ohne Vermögen, ohne Familienanhang, ohne Schulung und Wissen, ohne robuste Gesundheit, bin ich ins Leben getreten, mit nichts ausgerüstet als einem poetischen Talent und einer schlecht sitzenden Hose. (Auf dem Knie immer Beutel). Und nun malen Sie sich aus, wie mir's dabei mit einer gewissen Naturnothwendigkeit ergangen sein muß. Ich könnte hinzusetzen mit einer gewissen preußischen Nothwendigkeit, die viel schlimmer ist als die Naturnothwendigkeit. Es gab natürlich auch gute Momente, Momente des Trostes, der Hoffnung und eines sich immer stärker regenden Selbstbewußtseins, aber im Ganzen genommen darf ich sagen, daß ich nur Zurücksetzungen, Zweifeln, Achselzucken und Lächeln ausgesetzt gewesen bin. Immer, auch als ich schon etwas war, ja, auf einem ganz bestimmten Gebiete (Ballade) an der Tête marschierte, sah ich mich beargwohnt und andre, oft wahre Jammerlappen, bevorzugt. Daß ich das alles gleichgültig hingenommen hätte, kann ich nicht sagen, ich habe darunter gelitten, aber andrerseits darf ich doch auch hinzusetzen: ich habe nicht *sehr* darunter gelitten. Und das hing, und hängt noch, damit zusammen, daß ich immer einen ganz ausgebildeten Sinn für *Thatsächlichkeiten* gehabt habe. Ich habe das Leben immer genommen, wie ich's fand und mich ihm unterworfen. Das heißt, nach außen hin; in meinem Gemüthe nicht. Sie wissen so gut wie ich oder besser als ich, daß es in unsrem guten Lande Preußen (wie übrigens in jedem andren Lande auch) etablirte Mächte giebt, denen man sich unterwirft. Diese Mächte sind verschieden: Geld, Adel, Offizier, Assessor, Professor. Selbst Lyrik (allerdings als eine Art Vaduz und Liechtenstein) kann als Macht auftreten. Von dem Kugler'schen Hause wurde vor 40 Jahren gesagt: »dort gilt nur, wer einen Band lyrischer Gedichte herausgegeben hat.« Es kommt nun darauf an, daß einen das Leben, in Gemäßheit der von einem vertretenen Spezialität, richtig einrangirt. So kam es, daß ich, trotz meiner jämmerlichen Lebensgesammtstellung, doch jeden Sonntag Nachmittag von 4 bis 6 richtig untergebracht war, nämlich im Tunnel. Dort machte man einen kleinen Gott aus mir. Und das hielt mich. Ist man aber aus seiner richtigen Rubrik 'raus, so ist das Elend da. Banquiersöhne (z. B. der junge Bleichröder) sind in Offiziers- und Professorenkreisen der größten Nichtachtung ausgesetzt, Offiziere werden in Banquierkreisen wie Hungerleider behandelt, Professor Oppert, linguistische Größe ersten Ranges, der aber, wie Ahlwardt, immer vergißt, daß Beinkleider auch Knöpfe haben, würde in Adels- und Offizierskreisen wie Gundling oder Morgenstern behandelt werden, Humboldt, als er zu ausschließlich vom Popokatepetl sprach, mußte erleben, daß Louis Schneider ihm vorgezogen wurde. Jede Gesellschaftsklasse, jeder Hausstand, hat ein bestimmtes Idol. Im Ganzen aber darf man sagen, es giebt in Preußen nur 6 Idole und das Haupt-Idol, der Vitzliputzli des preußischen Cultus, ist der Leutnant, der Reserve-Offizier. Da haben Sie den Salat. Hätten Sie – seien Sie übrigens froh, daß es nicht der Fall war – in eine bocksteife Professoren- oder vor Hochmuth platzende Künstlerfamilie hineingeheirathet, so würden Sie der Leutnants- und Reserve-Offizier-Bewunderung glücklich entgangen sein, aber es hätten sich Uebelstände herausgestellt, die gleich bedrücklich wären. Man muß sich darin finden, daß immer wer da ist, der einem vorgezogen wird. Vielfach – namentlich in der Jugend und ehe man sich etablirt hat – ist dies kränkend; in spätren Lebensjahren aber hört es auf kränkend zu sein, weil man sich überzeugt, daß niemand, auch der Größte nicht, von dieser Kränkung ausgeschlossen bleibt. Es läuft darauf hinaus, daß immer »das Andre« besser ist. Eine Frau, die einen Schöngeist hat, sehnt sich nach einem Kürassieroffizier, und eine Frau, die einen Kürassieroffizier hat, sehnt sich nach einem Schöngeist. Ist man klug, so kommt es auf Stattlichkeit und ist man stattlich, so kommt es auf Klugheit an. Dem Loyalitätsfatzke steht der Freiheitsapostel und dem Freiheitsfatzke der Loyalitätsapostel gegenüber. Wie man's auch einrichten mag, zur *Hälfte* kommt man immer schlecht weg. Hat man sich damit durchdrungen, daß es nicht anders sein kann, so fällt zwar nicht der momentane Aerger fort, aber man verheirathet sich nicht mit ihm. Eins der schönsten Lutherworte ist das folgende: »ja, die bösen Gedanken! Wir können nicht hindern, daß die Vögel über uns hin fliegen, aber wir können hindern, daß sie auf unsren Köpfen Nester baun.« Dies ist ein *gutes* Bild. Dafür ist es aber auch von Luther.

---

In den letzten Tagen habe ich mich über unsres Freundes und Gönners Victor Meyer »Wanderblätter und Skizzen« hergemacht, die den Haupttitel führen: »Aus Natur und Wissenschaft«. Ich war ganz baff. Unerlaubt unbedeutend! In jeder Beziehung gar nichts, inhaltlich null und stilistisch wieder null. Was wird der kluge Ihering (dem es gewidmet ist) dazu gesagt haben. Ich finde, daß sich ein ausgezeichneter Fachmann durch solche Publikationen doch schadet. Er darf nicht *so* unbedeutend vor sein Publikum treten. Und nun Schluß.

Herzlichste Grüße Ihren Damen. Wie immer Ihr

Th. Fontane.

*308. An Moritz Lazarus.*

Berlin, 3. Oktober 1893.

Teuerster Leibnitz.

Ich sitze da eben beim Korrigieren oder richtiger bei der Korrektur und begegne dem Anruf »Mi fili«. Ist das die richtige Vokativbildung? bin ich so zu sagen der richtige Vokativus? Über Mi habe ich mich beruhigt, aber fili macht mir noch Sorge. Und doch ist mir als hätte ich in zurückliegenden Zeiten diesen Anruf dutzende von Malen gehört.

Es trifft sich, daß dies »Mi fili« auf der letzten Seite meines neu erscheinenden Buches steht und daß es unmittelbar hinterher heißt: »und so trat ich ohne Spur von eigentlichem Wissen in die Welt.« Damit hat es nun freilich seine Richtigkeit; ich möchte aber durch einen falschen Vokativ nicht gleich vor den Augen des Lesers den schlagenden Beweis führen. Bitte, schicken Sie mir eine Karte mit der richtigen Anrede. Herzlichste Grüße, ergebenste Empfehlungen. Ich komme in den nächsten Tagen zu guter Stunde.

Wie immer Ihr

Th. Fontane.

*309. An Paul Meyer*

Berlin, 3. Oktober 93
Potsdamer Str. 134c.

Hochgeehrter Herr.

Darf ich mich in Rheinweinangelegenheiten an Ihre Güte wenden und um eine Visitenkarte bitten, auf der Sie »den Vorzeiger dieses« empfehlen oder noch besser zu Nutz und

Frommen desselben eine bestimmte Sorte zur Einhändigung vorschlagen. Am liebsten etwas zwischen 2 und 3 Mark. Halten Sie mir's zu gute, daß ich Sie mit solchen Geschichten inkommodiere. Martha ist krank und soll, als Kurwein, Rheinwein trinken; da möchten wir doch sicher gehen. Den Namen Wilhelmi habe ich in Vorstehendem vergessen. Unter Grüßen und Empfehlungen

in vorzüglicher Ergebenheit

Ihr Th. Fontane.

*310. An Bernhard Caspar*

*Berlin*, d. 28. Oktober 1893.
Potsdamer Str. 134c.

Hochgeehrter Herr Geheimrat.

Ergebensten Dank für das Buch und die so freundlichen Begleitzeilen. Das Buch wird mich – die letzten vierzig Seiten habe ich bereits gelesen – mutmaßlich sehr interessieren, so sehr, daß ich über das Unangenehme hinwegkomme, vielleicht es gar nicht mal empfinde. Wer solch Buch schreiben, aus Rache schreiben kann, ist natürlich ein Schofelinsky. Es bleibt aber andrerseits wahr, daß man die wichtigsten Aufschlüsse, Bekenntnisse, Handlungen immer oder doch fast immer den fragwürdigsten Personen zu verdanken hat. Revolutionen gehen zum großen Teile von Gesindel, Va banque-Spielern oder Verrückten aus, und was wären wir ohne Revolutionen! Das sage ich, der ich eigentlich ein Philister bin. Es ist fast, als ob die große Triebkraft mehr im Schlechten als im Guten der menschlichen Natur läge.

Nochmals besten Dank. In vorzüglicher Ergebenheit

Th. Fontane.

*311. An Georg Friedlaender*

Berlin 7. Novb. 93.
Potsd. Str. 134.c.

Hochgeehrter Herr.

Heute ist großer Briefschreibetag; mit einem Scriptum an Frau Prof. Richter (Jena) habe ich begonnen, nun einige Zeilen an Sie, die mir leichter werden. Denn der Frau Richter gegenüber mußte ich von Anfang bis Ende über Luther orakeln, sowohl über den Otto Devrientschen wie über den historischen und das eine wie das andre war kein Spaß. Wie man jetzt oft hört »Bismarck hat abgewirthschaftet«, so hat sich auch der modernen norddeutschen Menschheit das Gefühl bemächtigt »Luther hat abgewirthschaftet«. Da haben neulich in unsrer Synode die Kämpfe über das Apostolicum getobt und Stöcker hat den Sieg behalten, aber ich möchte wohl wissen, wie viel ehrliche Leute er hinter sich hat. Außer einigen Landräthen etc. kenne ich keinen. Das ist der Stöckersche Luther oder meinetwegen auch der historische. Und nun der Devrient-Richtersche, der Jenensische, der protestantische par excellence, der, weil er immer weiter protestirt, gar nicht zu stabiliren ist, denn morgen hat er sich schon wieder weiter entwickelt, – ja, wie viel Anhänger hat *der?* Wo möglich noch weniger als der Stöckersche. Der Stöckersche ist doch wenigstens eine Figur, der Jenensische ist blos eine Negation, ein Protest, etwas Besserwißliches. Der moderne Geist ist dem alten Luther dankbar, daß er an die Stelle der Autorität das Forschen gesetzt hat, wie man Bismarck für den Aufbau Deutschlands dankbar ist. Aber nun schnappt es ab und von einem allgemeinen sich Einschwörenlassen oder von einer *General*bewunderung ist keine Rede. Diese verlangen aber die Lutherleute, die nicht-strengen gerade so gut wie die strengen, und das widerspricht dem Geist unsrer Zeit. Man nimmt sich das, was einem paßt und auch Luther wird mit Auswahl behandelt. Und solch auswählen, solche beständig geübte Kritik, schließt nun mal die Begeisterung aus und so kommt es denn, daß auf »Lutherfestspiele« keiner mehr recht anbeißen will. Das Publikum entbehrt durchaus der enthusiastischen Gefühle, die solch jenensischer Professor, seinerseits sehr weltabgeschieden, (immer im Rollstuhl) als vorhanden annimmt. Erwäge ich, daß Sie vor wenig Wochen eine Einsegnung gehabt und Fräulein Lütty in die lutherische Kirche eingeführt haben, so hätte ich meinen Brief wohl auch mit andern Betrachtungen beginnen können, aber es ist nun mal geschehn und meine Weisheit kann ja dem jungen Kirchenmitgliede verborgen bleiben.

Von Frau Richter bis zu Grünhagen ist nur ein Schritt und von Grünhagen bis zu Victor Meyer wieder einer. Solche Wunder schafft Karlsbad. Ja, Grünhagen! Der Brief ist sehr liebenswürdig, aber er schmeckt doch nach Provinzialhauptstadt, es ist was Enges und Kleines drin. Manche Menschen gedeihen in der Einschränkung besser – ich kann mir z. B. nicht denken, daß Gottfried Keller oder Wilhelm Raabe in Berlin gut gediehen wären – aber die Meisten kriegen doch was vom Knieholz. Könnte ich meinem Herzenszuge folgen, so schriebe ich an den feinen und vornehm reservirten Mann, der er (Grünhagen) ist, aber ich gerathe zu sehr in Badecorrespondenz hinein; bedenken Sie Frau Prof. Richter, Victor Meyer und dann vielleicht auch noch Grünhagen! Dem bin ich nicht gewachsen. Auch habe ich zu wenig davon; Grünhagen, mit all seinen Vorzügen, ist doch blos ein matter Pilger, und Victor Meyer, aufs Höhere hin angesehn, ist nun vollends total unbedeutend. Viel besser steht es mit dem jenensischen Professor Richter, *der* scheint wirklich ein feiner Geist und aesthetisch brillant geschult – eine kleine Arbeit über das »Lutherfestspiel« die er mir geschickt hat, ist *sehr* gut – aber ich fühle mit einem Instinkt, der mich selten täuscht, heraus, daß er ein sehr abgeschlossener, bewußter, eigensinniger Herr ist, der sich nicht fördern und entwickeln, sondern weil er das Richtige bereits zu haben glaubt, dies sein »Richtiges« à tout prix durchdrücken will. Solche Personen kann ich bis zu einem gewissen Grade anerkennen, aber ich kann nicht mit ihnen leben. Personen, denen irgend etwas absolut feststeht, sind keine Genossen für mich; nichts steht fest, auch nicht einmal in Moral- und Gesinnungsfragen und am wenigsten in sogenannten Thatsachen. Taufregister sind sprichwörtlich falsch. Ich greife noch mal auf Victor Meyer zurück. Das ist nun ein Wunderknabe! Sein Wesen ist liebenswürdig und sein chemisches Wissen wird wohl sehr groß sein. Er ist aber ein ganz kleines Geisteslicht, sonst könnte er nicht fortgesetzt so kolossal unbedeutendes und phrasenhaftes Zeug schreiben. Ihr Vergleich seiner Vorrede mit einem Tamtam-Herold, der nichts hinter sich hat, ist sehr gut. Uebrigens bitte ich bemerken zu dürfen, daß ich nicht etwa in einer hyperkritischen und zum Absprechen geneigten Stimmung bin. Da war ich am vorigen Mittwoch mit einem kleinen Herrn Robert-Tornow und am Freitag mit zwei jüdischen Herrn (natürlich ist Robert-Tornow ursprünglich auch Jude) zusammen, einem Dr. Lachmann und einem Herrn Paul Hertz, Söhne der gleichnamigen Geh. Commerzienräthe Lachmann u. Hertz, und war hingerissen von der Art, wie diese Herrn Conversation machten und zwar über eine der denkbar schwierigsten Fragen: »wie steht es mit unsren gepriesenen ›höheren Beamten‹? sind sie, speziell *die*, die Fragen des praktischen Lebens reguliren sollen, sind sie ihrer Aufgabe gewachsen«, auf welch Fragen beide Herrn mit einem sich durchaus bescheiden-gebenden, aber doch zugleich auch entschiedenen »nein« antworteten. Ich sprach gestern mit Zöllner darüber und er sagte mir »ich bezweifle keinen Augenblick, daß die Herren Recht haben«.

Details gebe ich Ihnen mal mündlich. An meinem Entzücken darüber aber können Sie erkennen, daß ich immer dankbar hoch aufhorche, wenn ich mal was Gutes höre, aber unsre Karlsbader Bekanntschaften kann ich nicht dahin rechnen, – es war alles Mittelgut, Porzellan aus Pirkhammer. Da kenne ich einen Amtsgerichtsrath Dr. Friedländer in Schmiedeberg, der macht das alles 10 mal besser, von dessen Geschichten, auch wenn es mal die alten sind, hat man was. Ich kann mir nicht denken, daß ich jemals eine Geschichte von Grünhagen wieder erzählen könnte. Der vorgenannte Robert-Tornow (ganz kleiner Pucklinski) ist Bibliothekar des Kaisers und wohnt im Schloß; er hat eine kolossale Kenntniß der ganzen Hofgesellschaft und ihres Klatsches, denn er ist seit Jahren persona gratissima bei der Kaiserin Friedrich, zum Theil aus *Dankbarkeit* dieser, denn sie hat ihm eine berühmte Sammlung – ich möchte sagen eine großartig erweiterte »Friedländersche« – abgeluchst. Diese Sammlung von Glas-, Porzellan-, Majolikararitäten befand sich in Tornow bei Potsdam, wo der *alte* Robert (Tornow ist blos Zuname) wohnte und diesem ging die Kaiserin so lange um den Bart, bis er ihr die höchst wertvolle Sammlung vermachte. Das war ein vollkommener Vermögensverlust. Zum Ausgleich dafür hat man den Sohn oder Erb-Neffen, den jetzigen kleinen puckligen Robert-Tornow, zum Bibliothekar gemacht. Er ist einer der feinsten kleinen Kerle, auch seine Röcke und Stiefel würden Ihnen imponiren, die mir je vorgekommen sind; jeder Satz den er sprach wirkte wie ein Pfeil mit Goldspitze, womit er indeß nicht schoß, sondern nur kitzelte; man fühlte aber, daß er auch schießen könne. Dabei nichts von Ueberheblichkeit oder vordringlichem sich ausspielen wollen.

»Fipper« hat mich sehr amüsirt; eigentlich müßte er Schneiderssohn sein, aber Conditorsohn ist auch gut. In meiner Jugend sprach man von »fipprig«; giebt es das Wort noch? Ihren Allgemeinbetrachtungen bei Gelegenheit des neuen Herrn Referendars stimme ich vollkommen zu. Der Fluch bei uns ist, daß wir die »Forsche nicht rauskriegen«. Wenn in England ein Conditorsohn Leutnant oder Advokat wird, so ist er nicht der Sohn einer Sandtorte sondern einer Hunderttausendpfundnote, gleichviel ob es solche giebt oder nicht; alles trägt bei uns den Stempel der Sechsdreier-Parvenuschaft, bei allem empfindet man »es ginge wohl, aber es geht nicht«.

Daß Sie Theodor Storm als Thema gewählt, ist sehr gut.

Die beiden Aufsätze wirkten ganz unterhaltlich. Der Stoff zu dem Königgrätz-Artikel war eigentlich glänzend, aber Sie haben ihn nicht ausgenutzt. Nach meiner Meinung mußte es mit dem *Sachsen* beginnen, dann kommen die *Engländer* (wundervoller Gegensatz) und dann die Betrachtungen darüber, wie man im Auslande jetzt studirt und längst aufgehört hat, sich blos mit dem Eignen und Nächstliegenden zu beschäftigen. Alles Andre weg.

Und nun unter Empfehlungen an Ihre Damen – meine Frau dankt aufs herzlichste für den so liebenswürdigen Brief – in vorzüglichster Ergebenheit Ihr

Th. Fontane.

*312. An Anna Richter*

*Berlin* 7. Novemb. 93.
Potsd. Str. 134.c.

Hochverehrte gnädigste Frau.

Ganz ergebensten Dank für Ihren liebenswürdigen Brief und alles Freundliche was er für mich und die Mein[en] enthält. Zugleich Dank Ihrem Herrn Gemahl für den Rechenschaftsbericht über das Jenaer Lutherfestspiel, Mittheilungen die ich mit dem größten Interesse gelesen habe. Die Klarheit, die Ruhe, die Liebe, – sie thuen einem wohl und thaten es mir doppelt, weil ich in denselben Tagen ein in all seiner Genialität doch furchtbares Buch von Strindberg las, lesen *mußte.*

Was nun den Devrientschen Luther angeht, so muß ich zu meiner Beschämung gestehn, daß ich zu jenen Lübeck-Hamburgern etc. gehöre deren an einer Stelle des Berichts kurz Erwähnung geschieht. Ich wußte auch nichts davon, weder von Stück noch Aufführung. Jetzt wo ich den »Luther« kenne, schließe ich mich ganz dem an, was Ihr Herr Gemahl darüber auf S. 5 gesagt hat. Ueberhaupt gehe ich überall mit ihm, nur nicht da wo Hoffnungen auf eine Lutherfestspiel-Zukunft ausgesprochen werden. Jeder spricht aus seinem Kreise heraus, ich aus dem berlinisch-märkischen, den ich durch Verkehr mit allen Volksschichten zu kennen glaube. Woraus setzt sich unsre Bevölkerung zusammen? aus einem adlig-orthodoxen Stöcker- und einem sensationsbedürftig-schnabbrigen Bourgeois- oder wohl gar Gartenlaubenpublikum, zu dem dann als Grundmasse die Sozialdemokraten kommen. Für die Einen ist das Lutherfestspiel nicht das »Richtige«, für die Andern ist es langweilig und für die Dritten ist es gar nichts. Und dies letztre Gefühl wächst. Ich glaube mich in der Wahrnehmung nicht zu irren, daß überhaupt eine Abwendung stattfindet; man freut sich des eingeheimsten Guten, aber nicht mehr in hingebender Dankbarkeit. Lassen Sie mich hoffen, daß ich durch diese Worte nicht Anstoß gebe.

In vorzüglicher Ergebenheit

Th. Fontane.

*313. An Julius Rodenberg*

Berlin, 9. November 1893
Potsdamer Straße 134c

Hochgeehrter Herr.

Wir kamen gestern nicht recht zum Schluß. Ich denke mir es so: Mitte Februar, oder auch noch eine Woche früher, schicke ich Ihnen das M. S. Es ist dann so weit fertig, daß Sie sich mühelos darin zurechtfinden und Ihre Entschlüsse fassen können. Akzeptieren Sie's, so bleibt das Fertige (mutmaßlich ⅔ ) in Ihren Händen, und ich erhalte den Rest zur Fertigmachung zurück. Titel: »Effi Briest«, für mein Gefühl sehr hübsch, weil viel e und i darin ist; das sind die beiden feinen Vokale.

Wie immer in vorzügl. Ergebenheit

Th. Fontane

*314. An das Deutsche Theater*

Berlin, 16. November 1893.

Hochgeehrter Herr.

Während Antoine gefeiert wurde, hoffentlich zu seiner und Ihrer Zufriedenheit, war ich im Schauspielhaus und sah Hannele. Stand also auch im Dienst der großen Sache. Leider bereits mit einem abtrünnigen Gefühl im Herzen, denn Frau Grube hatte mir am Sonntag bereits das Stück in einem sehr geschickten Vortrage vorgespielt. Ich war dabei bewegt, aber doch voll tiefster Bedenken. Diese haben sich mir gestern bestätigt. Ich finde das Stück – ich bitte diese in einem Briefe an Grube geschriebenen Worte wiederholen zu dürfen – »verfehlt und verwerflich«. So hochgradig, daß ich es, so weit in solchen Dingen von Pflicht die Rede sein kann, als Pflicht empfinde, es auszusprechen. Auch meine große Vorliebe für Hauptmann kann daran nichts ändern; hoch mit »Crampton« und »Vor Sonnenaufgang«, aber *nicht* hoch, trotz Himmelfahrt, mit Hannele.

Mir liegt daran, daß Hauptmann dies nicht von feindlicher Seite her mit hämischen Zusätzen erfährt und deshalb schreibe ich es *Ihnen*, damit Sie's ihm sagen. Da geht dann alles Unfreundliche verloren. – Über diese Engelmacherei könnte ich 2 Tage lang ulken; diese levée en masse unter den himmlischen Heerscharen wirkte gestern Abend wie eine tropische Riesenschmetterlingssammlung, aufgepiekt und die Flügel nach oben: Admiral, Pfauenauge, namentlich auch Trauermantel. Ich, der ich so leicht zu rühren bin, empfing nicht den geringsten Eindruck. Dabei welch prosaisches Menschenmaterial, wie beleidigend unengelhaft; alles aus dem Schaufenster oder wie Probiermamsells in einem Mäntelgeschäft. Aber daß alles so wirkt, das liegt nicht blos an Inszenierungsfehlern, das liegt vor allem am Stück. Ich breche ab, um nicht vor ein Drei-Gericht geschleppt und zum Tode verurteilt zu werden.

In vorzüglicher Ergebenheit

Th. Fontane.

*315. An Auguste Scherenberg*

Berlin, 27. November 1893

[...] Ich hatte den 17. nicht vergessen; es war aber nicht möglich bis dahin Exemplare fertig zu stellen und so kommt das Buch um einen starken Posttag zu spät. Es ist aber doch immer noch das *erste* im Feld; die eigentliche Ausgabe beginnt erst in 3 oder 4 Tagen.

Bitte empfehlen Sie mich Ihrem Herrn Vetter Schoeneberg. In dem Kapitel die »Schönebergs und die Scherenbergs« wird er keine große Freude haben; was gut daran ist, kennt er, weil es aus seinen eigenen Mitteilungen stammt; er findet aber in dem Buch vielleicht den Swinemünder Ton »von damals« getroffen, was mich außerordentlich erfreuen würde. [...]

*316. An Georg Friedlaender*

Berlin 29. Novb. 93.
Potsd. Str. 134.c.

Hochgeehrter Herr.

Dies ist der dritte Wochentag und auch der dritte Briefschreibetag; ich erhole mich dabei, nachdem ich mich an meinem Roman (das mächtige alte Packet, das auch mal bei Ihnen lagerte) ganz dumm corrigirt habe. Hoffentlich zeigt sich in den Briefen die Nachwirkung davon nicht allzu sehr. Ich komme zunächst noch einmal auf Schottmüller und Georg Friedländer zurück. Ich habe nun auch noch mal unter »Großbeeren« nachgesucht, das ich – wie jede 1813er Schlacht – auch fand. Aber der Großbeeren-Dichter in der Schottmüllerschen Sammlung ist Christian Niemeyer, ein Pastor aus der Halberstädter Gegend. Bleibt nur noch die Möglichkeit, daß Schottmüller ein *zweites* Buch oder aber das erste in einer neuen erweiterten Auflage herausgegeben hat. Letztres ist mir aber unwahrscheinlich.

Die Jenenser Richter-Familie hat mir nun auch noch einen »Rechenschaftsbericht« über die Lutherfestspiele geschickt, von der Hand des kranken Hofraths und Schuldirektors herrührend. Ich habe dies Heft, etwa 40 starke Seiten (großes Format) mit sehr getheilten Empfindungen gelesen. Es ist sehr liebevoll geschrieben, in einem nicht blos korrekten, sondern auch sehr guten Stil, und man merkt von Anfang bis Ende, daß man es mit einem ernsten, gewissenhaften und geistig feingeschulten Manne zu thun hat. Neben diesem Respekt aber begleitete mich ein Aerger bei der Lektüre. Von mir selber – jeder hat so seine Eitelkeiten – pflege ich gern zu versichern, daß ich einen natürlichen Sinn für *Thatsächlichkeiten* hätte und ich darf sagen, ich verdanke diesem Sinne sehr viel. Als ich in Besançon gefangen saß und *sehr* unliebsame Sachen durchzumachen hatte, sagte ich mir lächelnd »ja, so is es, wenn man gefangen is« und es kam keine Klage, sicherlich keine Anklage über meine Lippen. Es erwächst einem aus diesem Sinn ein Trost, jedenfalls eine Resignation. »Es ist nun mal so.« Von diesem Sinn haben alle Prinzipienreiter keine Spur, sie nehmen nicht die Welt wie sie ist, sondern wie sie nach ihrer Meinung sein sollte und so schneidert sich Hofrath Richter eine Lutherwelt zurecht. Allerdings wird ihm etwas bange dabei, nichts stimmt und klappt, aber er tröstet sich sofort: »was nicht ist, kann werden.« Und als ein Hauptmittel dazu betrachtet er die Lutherfestspiele. Aber es liegt umgekehrt; ein lebendiges Luthertum kann wohl Lutherfestspiele schaffen, aber mit Ach und Krach zusammengebrachte Lutherfestspiele können kein lebendiges Luthertum wiederherstellen. Ich wüßte nichts zu nennen, was *so* in der Decadence steckte, wie das Luthertum. An die Stelle bestimmter Dogmen, die Produkt der Kirche waren, hat Luther Dogmen gesetzt, die seiner persönlichen Bibelauslegung entsprachen und diese neueren Dogmen, die übrigens mit den alten vielfach eine verzweifelte Aehnlichkeit haben, sollen nun, trotzdem die Forschung *frommer* Männer ihre Fraglichkeit dargethan hat, mit demselben Feuer und Schwert-Rigorismus aufrecht erhalten werden, wie die alten. Die Offiziere, die ihre Kommandoworte schreien, sind da, aber wo ist die Truppe? Ich sehe viele, die nicht da sind. Eigentlich kenne ich keinen, der »da ist«, natürlich die paar tausend orthodoxe Pastoren abgerechnet. Lasse ich diese außer Spiel, so giebt es nur Rationalisten, Deisten und Atheisten; Personen die *stramm* zum lutherischen Glaubensbekenntniß stünden kenne ich nicht. Und nun kommt Richter und will mit Lutherfestspielen und seinem Freunde Otto Devrient – von dem man sagt, er habe ein Talent, sich in allen hochpensionsberechtigten Stellungen unmöglich zu machen, um dann als Groß-Pensionär, ein Strom aus hundert Quellen, lutherfreudig leben zu können – die norddeutsche Menschheit wieder auf das Luther-Dogma stellen. Die norddeutsche Menschheit will aber nicht. Wenn man nicht jeden Tag sähe, wie langlebig Eingebürgertes ist, auch wenn es sich längst überlebt hat, so müßte sich nothwendig die ganze Geschichte auflösen. Einige Tausend würden wieder katholisch werden und der Rest würde gar nichts glauben oder sich zu Gesellschaften à la Oberst v. Egidy zusammenthun. Ich würde dies für einen großen Fortschritt halten. Sehr wahrscheinlich würde über kurz oder lang etwas Neues daraus geboren werden. »Geboren von der Jungfrau Maria ... niedergefahren zur Hölle, sitzet zur Rechten Gottes« daraus ist nichts mehr zu machen. Nicht 'mal mehr die Maler wagen sich dran heran. Nur unsren alten Fournier habe ich noch mal predigen hören, wo er, in der weißgetünchtesten aller Kirchen (Koloniekirche, Klosterstraße) den Himmel Gottes ganz nach dem Rezept der Quattro Cento-Maler beschrieb. Er mußte den Tag vorher solch Bild gesehn haben oder kam von einer italienischen Reise zurück.

Ueber Grünhagen incl. Weste, des weiteren über Victor Meyer, Robert Tornow (der von dem Ziegelstraßenmann abstammt) und Dohme geh' ich hinweg. Aber bei Alfred Dove mache ich eine kleine Rast. Er fängt mir an, bedenklich zu werden. Die Familie hatte ganz Recht: er mußte sich mal wieder *wissenschaftlich* legitimiren. Das kann ein kluger Mann immer. Aber sich *literarisch* zu legitimiren, und nun gar auf dramatischem Gebiet, das ist *zu* unsicher und zeugt von wenig Erfahrung und viel Ueberheblichkeit. Immer die alte Professoren- und Geheimraths-Anschauung: »nun mein Gott, *das* werd' ich am Ende auch noch können.« Und es scheitert, so weit meine Kenntniß reicht, *immer*. Schiffskapitäne, Lebemänner, Geistliche, die viel auf dem Kerbholz haben, Abenteurer, alte Kriegsgurgeln, – *die* können sich am Ende ihrer Tage hinsetzen und völlig naiv wundervolle Bücher schreiben, Professoren aber, die alles sind nur nicht naiv, die können es nie.

Was Sie mir vom guten Prinzen Reuß schreiben, betrübt mich, am meisten die geistige und moralische Abhängigkeit von einem Schafskopf. Aber so ist es immer. Gerade die vornehme Welt ist wie prädestinirt, von Kurpfuschern (auf *jedem* Gebiet) ausgebeutet zu werden. Und solch Schafskopf schwillt dann an und legt sich mit dem Bewußtsein zu Bett: »ich hab' einen Prinzen in meiner Faust.« Natürlich wird er dadurch noch unausstehlicher. Und der soll nachher die verschmachtende Seele eines Unglücklichen aufrichten. »Haben Sie mir *gar* nichts zu sagen?« sagte mal mein Freund Pastor Schultz in Bethanien zu einem demokratischen 48er. Der Sterbende sah ihn groß an, lächelte leise, drehte sich der Wand zu und starb. Schultz, nicht ohne eine gewisse Anerkennung der »infernalen« Größe darin, hat es mir selbst erzählt. Was dieser 48er that, das ist das einzig Richtige. Nur ganz Wenigen ist es gegeben – ich habe nur *einen* kennen gelernt: Müllensiefen – einem den Himmel aufzuschließen. Ob man dann wirklich hineinkommt, bleibt immer noch die Frage.

Die Geschichte von Linsingen ist vorzüglich. Er ist auch ein Mann von besondrer Kriegsberedtsamkeit. 1870 kommandirte er das 3. Garde-Regiment, damals in Hannover. Beim Auszug hielt er eine Ansprache an das Regiment: »Grenadiere! 1815 hat mein Großvater die hannoversche Garde nach Waterloo geführt; zwei Drittel blieben auf dem Felde der Ehre. So gedenke ich euch auch zu führen.« Er hat übrigens auch Wort gehalten, aber sehr trostreich kann beim Ausmarsch diese Ansprache nicht gewesen sein. Empfehlen Sie mich Ihren Damen. Wie immer ihr herzlich ergebenster

Th. Fontane.

*317. An Karl Frenzel*

Berlin, 29. November 1893

Hochgeehrter Herr.

Zu den feinsten Genüssen gehört es, da, wo mehr oder weniger schwierige Fragen behandelt werden, Worten zu begegnen, die genau das aussprechen, was man selber hätte aussprechen mögen. Diesen Genuß haben Sie mir bereitet, und ich bin Ihnen dankbar dafür. »Vermischung von Kirchlichkeit und theatralischem Hokuspokus«, – ausgezeichnet! Und wie Ihnen widerstrebt es meinem Empfinden. In unsren jüngeren Kritikern, von denen ich sonst viel halte, kann ich mich nicht zurechtfinden; sie schaden ihrem Dichter und ihrer Sache dadurch, daß sie alles mit Gewalt durchpauken wollen, und sie schaden vor allem auch sich, weil man das Vertrauen zu ihnen verliert. Unser Generalzustand ist ohnehin schlecht genug, sollen wir nun auch noch an solcher geistigen Speise wie »Hannele« (die reine Naute) uns aufrichten, so können wir nur einpacken und die Herrschaft an einen beliebigen Steppenfürsten abtreten.

Unter ergebensten Empfehlungen an Frau Gemahlin wie immer

Ihr

Th. Fontane

*318. An Julius Rodenberg*

Berlin, 1. Dezember 1893
Potsdamer Straße 134 c

Hochgeehrter Herr.

Anbei, in Druck, ein alter Bekannter von Ihnen. Daß Sie sich noch einmal damit beschäftigen sollen, dieser Gedanke liegt mir fern. Einverleibung in die Hausbibliothek, that will do.

Daß die Geschichte *nicht* in der »Rundschau« erschienen ist, ist mir – wenn ich von dem fatalen Geldpunkt absehe – schließlich sehr angenehm. Das Ganze ist ein Versuch, und Versuche muß man auf die eigne Kappe nehmen. Es kommt hinzu – und Hanslick, den ich mit immer erneutem Interesse lese, trägt das Seine dazu bei –, daß ich doch nachträglich in allerlei Zweifel hineingeraten und nicht mehr so eingebildet auf diese »neue Art der Behandlung« bin. Zunächst bin ich neugierig, wie man's aufnehmen wird.

In vorzüglicher Ergebenheit

Th. Fontane

*319. An Otto Brahm*

*Berlin*, d. 3. Dezember 1893.
Potsdamer Str. 134c.

Hochgeehrter Herr.

Besten Dank für die freundliche Sendung. Hansi Niese sieht sehr gut aus, ein bißchen scharf soubrettelich, und die Unterschrift: »Muntere Liebhaberin« klingt fast wie eine Liebeserklärung. Sie werden sich nun bald an dergleichen gewöhnen müssen.

Den Bericht im »Berliner Courier« habe ich mit Vergnügen gelesen, besonders Ihre Rede. Ich finde es alles sehr gut, doppelt gut, wenn ich bedenke, wie schwierig die Situation war. Deutsch sein und patriotisch und sich nichts vergeben und zugleich doch wieder artig und huldigend.

Mauthner ist ganz Mauthner, ich möchte sagen mehr denn je. Er ist ein kluger und geistvoller Mann, aber es gibt einen seidenen Zeugstoff, den man, glaub ich, Changeant nennt. Es sieht ganz gut aus, aber man weiß nicht recht, ist es grün oder rot oder braun. Mauthner beschwört immer was herauf; aber wenn man eben sagen will: »Erlauben Sie mal«, ist er schon wieder weg. Für eine etwas langsame und schwerfällige Natur, wie die meine, ist das störend. Ich komme zu keinem rechten Vergnügen. Mauthner ist der splendideste Gastgeber, aber auch zugleich der routinierteste Kellner, der einem den Teller schon wieder wegnimmt, wenn man eben anfangen will. Vorgestern abend war Hopfen bei mir. Merkwürdige Mischung.

Wie immer Ihr

Th. Fontane.

*320. An Wilhelm Hertz*

Berlin 3. Dez. 93.
Potsd. Str. 134.c.

Sehr geehrter Herr Hertz.

In der Vossin ist jetzt, in Leitartikeln, wieder viel von dem »Vater der durch den Sohn zum Volke gesprochen« die Rede; *mir* wurde es besser: beide haben zu mir gesprochen und beiden meinen besten Dank. Desgleichen auch für das schöne Keller-Buch, aus dem ich Auszüge in der vorigen oder vorvorigen »Rundschau« mit vielem Interesse gelesen habe.

Die Zeit steht im Zeichen des jetzt leider stockenden Verkehrs, dafür aber auch in dem der fluthenden Biographie; Lübke, Pietsch sind kaum überwunden und schon sind 5 andre Richmond's in the field: Brugsch, Hanslick, Keller, Roquette, ich. Und wahrscheinlich viele andre noch. Gott gebe seinen Segen. Unter Grüßen an das Doppelhaus Hertz, in vorzüglicher Ergebenheit

Th. Fontane.

*321. An Georg Friedlaender*

Berlin 27. Dezbr. 93.
Potsd. Str. 134.c.

Hochgeehrter Herr.

Ich wollte schon gestern schreiben, aber Besuche kamen dazwischen. Für 2 Briefe habe ich Ihnen zu danken. Ich gehe sie Punkt für Punkt durch. Das von Victor Meyer citirte Friedländersche Gedicht findet sich natürlich in irgend einer patriotischen Anthologie, deren es so viele giebt; vielleicht daß Schottmüller selbst 2 mal ins Feld gerückt ist; er war der Mann dazu. Sein Sohn war freilich noch schlimmer; ich hörte gestern wieder tolle Geschichten und das sind dann die Leute, die in der obersten Sphäre »wohlgelitten« sind. Mir fällt dabei immer mein Vater ein, der mir öfter versicherte: »einen anständigen Gehülfen kann ich in meinem Hause nicht brauchen; er muß irgendwo einen Knax haben, sonst hält er bei mir nicht aus.« Die Offenheit des Geständnisses söhnt mit allem aus. – Daß Sie die Freude gehabt haben, Ihren Hörnerschlittenartikel bei Thekla v. Gumpert wiederzufinden, freut mich mit; ebenso freue ich mich, daß Sie nun bald mit Ihrem Storm-Vortrag heraustreten werden. Ich bin überzeugt, daß er sehr gefallen wird; der Stoff ist vorzüglich. Ich habe mich in den letzten Tagen auch mit Storm beschäftigt; komme ich noch dazu, es zu schreiben, so wird man mir's vielleicht verdenken, im Ganzen aber läßt sich sagen: die Welt fängt an der bloßen Vorzüglichkeiten satt zu werden und sehnt sich nach Menschlichkeiten, wohin auch Schwächen und Ridikülismen gehören. – Müllensiefen kenne ich vorzugsweise von Lucä's Begräbniß her. Er hielt eine kurze einfache Ansprache; dann trat Lazarus an den Sarg und hielt eine lange Rede, sehr gut, aber doch ganz ausschließlich kunstverherrlichend, worauf Müllensiefen nun wundervoll antwortete. Es war, wiewohl Beide sich als sehr feine Leute legitimirten, doch etwas peinlich, alles in allem aber sehr interessant und ein Etwas, das man nicht wieder vergißt. – Daß der gute Prinz Reuß nun zwei Kurpfuschern, einem physischen und einem moralischen, verfallen ist, thut mir aufrichtig leid. Aber es verwundert mich nicht sehr; er war darauf hin angelegt. Und warum? weil er doch eigentlich sehr unbedeutend ist; er weiß von Gott und der Welt nichts, will auch nicht, und stippt so blos zu seinem Vergnügen in alle [!] Schüsseln herum. Daß er trotzdem immer eine so gute Wirkung machte, liegt in seinem Sicherheitsgefühl als Prinz Reuß und in einem guten Stück Bonhommie. Sonst aber sind alle seine Aussprüche doch mehr als fragwürdig. Solche Personen haben eigentlich nur noch ein Recht als privateste Privatleute zu existiren, da kann jeder denken was er will, werden aber andrer Leute Interessen in solche Hände gelegt, so ist es schlimm. Daß wir jetzt – für mein Gefühl – einen so schrecklich zurückgebliebenen Eindruck machen, hat darin seinen Grund, daß Tausende solcher aus der Steinzeit stammenden Persönlichkeiten herumlaufen, mit deren Anschauungen und in Egoismus wurzelnden Einbildungen die Regierung rechnen muß oder wenigstens nicht brechen will. – Alfred Dove's Roman! Ich habe ihn jetzt angezeigt gefunden. Schon der Titel ist gefährlich und leiht dem Ganzen, gleich nach der Geburt, einen hippokratischen Zug. Daß er sehr klug und speziell auch literarisch sehr begabt ist, ist mir nach allem was ich von ihm weiß (auch von Bonnensern) unzweifelhaft, aber es wirkt alles wie von vornherein zur Unfruchtbarkeit verurtheilt. Irgend was ganz Essentielles fehlt ihm. Und nun kann es auch nicht mehr kommen; nichts lähmt so wie Nicht-Erfolg.

Was Sie mir über den in seinem Glück gescheiterten Balan geschrieben haben, hat mich sehr interessirt. Vier Schiffe in einer Woche verlieren, ist etwas viel; wenn einem dann aber am Sonnabend auch noch die Frau durchgeht, so ist das keine Steigerung des Pechs sondern eine Balancirung. Gute Frauen haben immer einen edlen Zug und eine Art generöses Bedürfniß, unverschuldetes Unglück des Mannes mitzutragen; entziehen sie sich dem und noch dazu in dieser Form, so taugen sie nichts und je eher sie von der Bildfläche verschwinden, desto besser. Uebrigens wird es wohl so liegen, daß sie wußte was sie that und wußte, daß sie's thun *dürfe*. Die Balans sind nämlich etwas sonderbar; begabt, aber anfechtbar. Am meisten galt das von dem Unterstaatssekretär im Auswärtigen Amt. Er endete dann auch, glaub ich, in einem Irrenhause. Der Gerichtsaktuar mit dessen Charakterskizze Sie den Balan-Fall abschließen, scheint ja eine brillante Nummer. Und nur ein großer Schmerz: *nicht* Reserve-Offizier! Ja, was alles vorkommt. Neulich fragte ich meinen Kriegsministerialsohn, ob er nicht auch bald in einem modernen hellgrauen Militärpaletot antreten würde? »Nein, Papa. Der Intendantur ist der moderne hellgraue Paletot versagt worden, wie ihr auch vor zwei, drei Jahren der moderne Schleppsäbel versagt worden ist. Bei dem Schleppsäbel hatten wir unsre Militärärzte wenigstens als Leidensgenossen, jetzt bei den hellgrauen Paletots fällt auch dieser Trost fort. Wir stehen allein in unsrer Zurückgesetztheit. Uebrigens ist eine große Sturm-Petition geplant, worin gebeten wird, diese Zurücksetzung von uns zu nehmen.« Die Geschichte hat einen großen Eindruck auf mich gemacht, weil man daran, als an einem Musterbeispiele, studiren kann, daß ganz vernünftige, das Lächerliche dieser Dinge völlig einsehende Personen, doch gezwungen werden können, Lächerlichkeiten als Ernsthaftigkeiten zu behandeln. Der neue graue Paletot ist häßlich und jeder verwünscht ihn; trotzdem spricht sich eine gewollte Verkleinerung und Ausschließung darin aus, wenn diesen Herren mit Major- und Obersten-Rang der neue Paletot abgesprochen wird. »Da läuft noch einer mit 'nem alten grauen Mantel, – das muß ein Intendantur-Rath sein« und die ganze Gesellschaft bricht in Gelächter aus.

Ueber die Graf Waldersee-Geschichte höre ich wohl mal Weitres von Ihnen. Daß Richters Joseph ... hier kam eine Unterbrechung; welche, sollen Sie gleich erfahren ... nun auch hinüber ist und Sie in letzter Stunde bei ihm waren, hat einen Eindruck auf mich gemacht und mir die alte, doch sehr interessante Zeit, wo ich als »Excellenz« reiste und die schöne Frau viermal hintereinander – zuletzt in einem Butterkügelchen – einen Floh fand, wieder heraufbeschworen. Die Dinge da mußten einen andern Weg gehn und ich weiß eigentlich noch nicht recht, wie das alles so kam. Denn über das Liebesverhältniß wäre Richter schließlich ganz gut hinweggekommen und so zu sagen mit allem Recht. Da hab ich schon ganz andre Pardon üben sehn und in viel schwierigeren Fällen.

Aber wer unterbrach mich auf voriger Seite bei dem Satze: »Daß Richters Joseph ...« Niemand anders als Frau Richter. Sie machte uns einen Weihnachtsbesuch und war nett und liebenswürdig und unterhaltlich wie immer. Das heißt, dies weiß ich alles nur aus dem Referat meiner Frau, die nebenan das Gespräch führte; ich blieb in meinem Bau. Sie soll sehr herzlich und zärtlich von Ihrer Frau Gemahlin gesprochen haben, von Ihnen weniger, was Sie als galanter Ehemann nur in der Ordnung finden werden.

Unsre Anna, die gewissenhaft die »Norddeutsche Allgemeine« liest brachte mir vorgestern das Blatt mit einer aus dem Riesengebirgs-Boten entlehnten Notiz. Danach ist ja in Amerika mal wieder der richtige Mörder von Förster Frey (alias Opitz) entdeckt worden. Ich glaube, es war Knobloch und der ist ja wohl todt.

Seit gestern sind wir alten Leute allein; Martha ist nach Pommern gereist zu Geh. R. Veit, jetzt *von* Veit. Sie hatte sich in den letzten 3 Wochen sehr erholt, sah aber doch immer noch sehr elend aus. Hoffentlich thut ihr die Reise gut. Sie hat übrigens, was ich Ihnen noch nicht schrieb, eine Erbschaft angetreten: Onkel Witte hat ihr 12,000 Mark hinterlassen, so daß sie 600 Mark Zinsen hat. Sehr respektabel. Ich glaube, daß sie noch mehr erbt, von zwei, vielleicht drei Seiten her. Es ist doch merkwürdig, welche bestimmten Wege Glück und Unglück gehn; wenn sie (Martha) ins Theater geht, fällt ihr regelmäßig ein Opernkucker auf den Kopf oder ähnliches, und wenn sie früher zu Ball ging oder lebende Bilder stellte, verknixte sie sich das Bein oder hatte eine dicke Backe. Und nun naht sich ihr andrerseits auch das Glück in einer ganz bestimmten Form. Uebrigens bitte ich, daß Sie hierauf nicht antworten; vielleicht ist es ihr nicht angenehm, daß ich überhaupt davon geschrieben. Unter herzlichen Empfehlungen an Ihre Damen, wie immer

Ihr treu ergebenster
Th. Fontane.

Haben Sie in der Vossin (Sonntagsbeilage zum 17. oder 16.) die reizende Kritik Schlenthers über mein Buch gelesen? Ich finde sie unendlich liebenswürdig und geradezu herzlich. Uebrigens hat seine Frau vorgestern ihre alte Mutter verloren, eine alte Wiener Dame oder eigentlich Nicht-Dame von 78. – Der Hannele-Kampf tobt hier noch immer weiter.

Th. F.

Besten Dank auch an Referendar Trentin für die wundervolle Abschrift aus Dahns »Erinnerungen«. Ich hatte es schon vor 2 Jahren gelesen, auch an Dahn darüber geschrieben (muthmaßlich nicht zu seiner Zufriedenheit) die ganze Geschichte aber so total vergessen, daß ich erst als das Wort »armsdicke Poesie« kam, mich wieder erinnerte.

Der Eindruck war nun genau derselbe, wie das erste Mal, – kein sehr angenehmer. Es ist alles sehr schmeichelhaft, aber übertrieben, im Maß durchaus verfehlt, so daß ich keine rechte Freude daran haben kann, am wenigsten an meinem eignen Ausspruch »armsdicke Poesie«. Eigentlich ist es gräßlich. Daß ich es gesagt habe, ist mir ganz sicher; ich sprach damals so und auch jetzt passirt mir Aehnliches. So hingesprochen mag es auch gehn, aber gedruckt wirkt es kommissig, der reine Radaubruder-Stil.

Heute um 5 trete ich bei den Fräulein Vollmer's an, die mir im Karlsbader Stadtpark das schöne Bouquet überreichten; sie haben mich zu einer Art Weihnachtsbescherung eingeladen. Ein bischen graule ich mich davor; die Damen – beiläufig sehr reich, das Haus Leipziger Platz (ein Doppelhaus; andre Front nach der Königgrätzerstraße hinaus) gehört ihnen – sind wahrscheinlich harzische Conventikler, denn ich habe so was von Saal oder gar Kapelle gehört. Ich entsinne mich auch eines Geistlichen Vollmer, schöner Mann, der in Wernigerode lebte. Vielleicht hängt alles mit den Zillerthalern zusammen, denn schließlich mündet alles zwischen Hirschberg und Schmiedeberg.

## 1894

### 322. *An Hermann Scherenberg*

*Berlin*, d. 2. Januar 1894.
Potsdamer Str. 134c.

Hochgeehrter Herr und Freund.

Wenn ich das Glück gehabt habe, Ihnen mit meinen »Kinderjahren« eine Weihnachtsfreude zu machen, so haben Sie mir mit Ihrem so überaus liebenswürdigen Brief eine große Geburtstagsfreude gemacht. Solche Leser zu finden, ist das größte Schriftstellerglück. Gegen das Lob auf Löschpapier – ein paar glänzende Ausnahmen zugegeben – brüht man ab; aber solche Herzensstimmen unmittelbar aus dem Publikum heraus tun unendlich wohl. Lassen Sie mich, was Ihnen vielleicht einen kleinen Spaß macht, hinzusetzen, daß ich mit diesem Buche zum ersten Male das erlebt habe, was ich einen Erfolg nenne; denn den Swinemünder Weihnachtsmarkt habe ich literarisch beherrscht. Freilich nur ein Lokaltriumph, aber besser als der Absatz der üblichen tausend

Exemplare auf fünfzig Millionen Deutsche. Das ist ein Tropfen im Ozean, jenes ein tüchtiger Schuß Kognak in einem Glase Wasser.

In vorzüglicher Ergebenheit

Th. Fontane.

*323. An Wilhelm Hertz*

Berlin 4. Januar 94.
Potsd. Str. 134.c.

Sehr geehrter Herr Hertz.

Ihr Brief, so liebevoll eingehend in alles, hat mich gerührt; mit einer rechten Gutthat, von meinem egoistischen Standpunkt aus, haben Sie das neue Jahr begonnen. Wie wahr, was Sie über die von vornherein bevorzugte Stellung aller solcher Kinderbiographieen sagen. Auch daß Sie das Pädagogische hervorheben, hat mir wohlgethan. Bestimmte Fragen zur Frage zu stellen, war mir, neben dem Zeit- und Sittenbildlichen, mit die Hauptsache. Nochmals schönsten Dank. Mit dem Wunsche, daß Ihnen 94 viel Gutes bringen und das Nicht-Gute herabmindern möge, wie immer Ihr

ergebenster

Th. Fontane.

*324. An Frau Neumann-Hofer*

*Berlin* 9. Januar 94.
Potsd. Str. 134.c.

Gnädigste Frau.

Sie konnten sich an keinen Ungeeigneteren wenden als an mich, weil ich der denkbar Unfähigste bin, Ihnen auch nur zu rathen. Ich bin alt, lebe ganz weltabgeschieden und kenne, zwei, drei Zeitungen abgerechnet, nicht mal die Namen der Chefredakteure. Jeden Abend gehe ich eine Stunde lang in der Thiergartenstraße spaziren, – das ist mein Zusammenhang mit der Welt. Redakteur bin ich vor 30 Jahren mal *gewesen*. Ich weiß nichts, habe aber freilich aus alter Zeit und auch aus gelegentlichen Begegnungen her eine ungefähre Allgemeinkenntniß unsrer literarischen und journalistischen Zustände. Danach muß ich Ihnen leider sagen: ein solches Fußfassen hält sehr schwer, ist Glücks- und namentlich Geduldssache. Was Sie vorhaben, ist nicht aussichtslos, nur giebt es kein andres Mittel zu reussiren, als ein immer erneuter Versuch.

Und dies ist freilich etwas sehr Schweres, weil mit immer neuen schmerzlichen Enttäuschungen verknüpft. Es geht aber nicht anders und jeder hat diesen Dornenpfad passiren müssen. Ich möchte Ihnen zunächst vorschlagen, sich an die:

Nordd: Allg. Ztg (Geh.R.Pindter)
Vossische Zeitg (Friedr. Stephany)
Berl:Tageblatt (Chefredakteur ?)

zu wenden. Sie haben ganz Recht, daß man von poln: Literatur sehr wenig weiß und dies steigert Ihre Chancen. Ihnen besten und vor allem auch baldigen Erfolg wünschend, in vorzgl. Ergebenheit

Th. Fontane.

*325. An Siegfried Samosch*

Berlin, 15. Januar 1894

Hochgeehrter Herr.

Wie schon so oft, so haben Sie mir auch diesmal wieder durch Ihre Besprechung meiner neusten Arbeit eine große Freude gemacht. Alles ist in hohem Maße liebenswürdig, schmeichelhaft, auch nachsichtig. Denn ich fühle wohl heraus, wie alles, was jenseits der Schilderung meiner beiden Eltern liegt, nicht recht gewirkt hat. Meine nächste Umgebung (Frau und Tochter) hat mir dies von Anfang an gesagt, und die liebevollste Kritik ist überall derselben Meinung gewesen, ich muß also da was versäumt oder – und das ist inmitten eines kleinen Erfolges doch auch wiederum eine Niederlage – nicht das Richtige gewollt haben. Ich sagte mir, »soweit deine Kenntnis reicht, ist das alltägliche Leben einer kleinen baltischen Stadt aus dem ersten Drittel dieses Jahrhunderts und desgleichen das alltägliche Leben eines norddeutschen Jungen aus derselben Epoche noch nicht geschildert worden«, und so ging ich los, im engsten Rahmen ein Zeit- und Kulturbild zu schaffen. Hiermit bin ich gescheitert. Es geht oft so, man will ein Rebhuhn schießen und schießt einen Hasen. Es muß einem genügen, nicht ganz leer heimzukommen.

Herzlichen Dank für Ihr kleines Buch. Ich lese es in dieser Woche noch und bitte, wenn ich gelesen, Ihnen ein paar Worte darüber sagen zu dürfen. In vorzüglicher Ergebenheit

Th. Fontane

*326. An Karl Zöllner*

Berlin 19. Januar 94.

Theuerster Chevalier.

Herzlichen Dank für Deine Karte. Leider kann ich nicht antreten, da wir zu Heydens geladen sind, wo der centralamerikanische Baron und Kaffeplantagenbesitzer v. Türckheim diniren wird. Es soll also nicht sein. Leider kann ich auch in den nächsten Tagen noch nicht vorsprechen und berichten, da vieles zusammenfällt, was meine Zeit wegfrißt: am Sonntag ein Stiftungsfest* der ›Zwanglosen‹ und dazwischen allerhand literarisch Pressantes, Ablieferung von Manuskript an Rodenberg und dergleichen. Ich erzähle Dir davon. Habe mit dem guten Eggers ein freundliches Gespräch und vor allem überhaupt freundliche Tage. Unter herzlichen Grüßen an die hochverehrte Frau und Freundin, wie immer Dein

Noel.

* Ich sollte morgen (Sonnabend) auch auf dem ›Preß-Fest‹ sein und als ›Ordner mit einer weißen Schleife‹ Cotillonorden und Festgeschenke vertheilen, *so* tief aber ließ mich schließlich die Gnade nicht sinken.

*327. An Theodor Fontane (Sohn)*

*Berlin*, d. 22. Januar 1894.

Mein lieber, alter Theo.

Sei nochmals bestens bedankt, daß Du mich gestern so glorreich 'rausgepaukt hast; ein bißchen von dem Ruhme fällt doch auf mich, nach dem Satze: »nicht von schlechten Eltern.« Anderseits war es mir ein Trost, daß, wie jede gute Tat, auch diese sofort ihren guten Lohn fand; denn diese Improvisation wurde Dir allerseits als Talentprobe noch höher angerechnet als, der Verstoast vorher. So hübsch dieser war, sogar sehr hübsch, so haben doch allem mehr oder weniger mußevoll Gemachten gegenüber die Menschen die Empfindung: »na, wenn ich Zeit habe, mach' ich das auch«. Sie irren sich zwar darin, aber sie sagen es doch.

Die Strapaze, die es doch war, ist uns gut bekommen, Dir und Marthachen hoffentlich auch.

Schönste Grüße. Wie immer Dein alter

Papa.

*328. An Julius Rodenberg*

Berlin, 22. Januar 1894
Potsdamer Straße 134c

Hochgeehrter Herr.

Mit dem Korrigieren von »Effi Briest« – leider erst *erste* Korrektur – bin ich nun bis Kapitel 24 fertig. Ich frage nun an, ob es bei dem zwischen uns verabredeten 10. oder meinetwegen selbst 8. Februar bleiben soll? Ich nehme an, »ja«, da, wenn die »Rundschau« mit dem 1. April nicht begönne, die Buchausgabe für Weihnachten (also Anfang November) sich schwer ermöglichen würde. Und daß dies möglich bleibt, daran liegt mir doch sehr.

Von der Beschaffenheit des Manuskripts erzähle ich Ihnen heute nichts, dazu ist noch Zeit, wenn ich es Ihnen schicke. In druckfertigem Zustande werden wohl bis zu genanntem Termin nur die ersten 12 Kapitel sein, aber das genügt ja auch für den ersten Ansturm; bei dem unfertig Verbleibenden kann es sich zunächst nur darum handeln, ob es stofflich keinen Anstoß gibt. »Stil wird angeputzt.« Bei den Architekten gilt dies als Schrecknis und niedrigster Grad, bei uns ist es schließlich alles.

In vorzügl. Ergebenheit

Th. Fontane

*329. An Martha Fontane*

Berlin 25. Januar 94. Potsd. Str. 134.c.

Meine liebe Mete.

Es ist hohe Zeit, daß ich mich melde, sonst hast Du zwei Welten bereist: Deyelsdorf und Rostock ohne auch nur eine Zeile von mir gesehn zu haben. Ich habe die ganze Zeit über viel gearbeitet, außerdem weiß ich, daß die Correspondenz, wenn Mama schreibt, in besten Händen ist; sie hat das was mittheilenswerth ist und dem Empfänger interessirt, immer mehr gegenwärtig als ich.

Dein Einzug in Deyelsdorf von Rostock aus mit Zuckerhut und Messingkessel etc. erinnert mich an ein Gedicht von mir: ›Walter Scotts Einzug in Abbotsford‹, das Du mal nachlesen kannst. Es reimt sich drin: Maud und Erzbischof Laud, worauf ich besonders stolz bin; neuerdings ist das Gedicht dadurch berühmt geworden, daß Frau Richter, bei Ihrem Besuche hier, vorgab, durch Lektüre dieses Gedichts zu einem Besuche bei uns gewaltsam getrieben worden zu sein. Vielleicht ist es auch ganz ehrlicher Eberty-Cultus, denn es ist möglich, daß ich den Stoff zu dem Gedicht aus einer Walter-Scott-Biographie des alten Eberty genommen habe.

Von der Richter bis zu Frl. Elling ist nach Annahme der alten Krigar wohl nur *ein* Schritt, nach meiner Meinung freilich sinds viele Schritte. Vor ein paar Tagen bin ich dem jungen Paar begegnet und habe, wie bei der Visite, wieder den angenehmsten Eindruck gehabt. Sie hat ein spezifisches Unschuldsgesicht, allerdings *so*, daß es wieder an Bedeutung verliert; – es giebt nämlich welche, wo dieser Ausdruck unvertilgbar ist, es möge im Uebrigen stehn wie's wolle. Auf die Elling aber schwöre ich vorläufig.

Von Theo's Triumphen am Sonntag, auf dem Feste der Zwanglosen, hat Dir Mama schon geschrieben. Ich habe dabei noch meine besondre Vergnügung, weil es mich in meinen Menschenstudien, die immer vergnüglich sind, unterstützt. Schon ich selbst bestehe, nach der Seite der Beanlagung hin, aus allerlei Gegensätzen, aber ich bin Nachtwächter gegen Theo; ich kenne keinen Menschen, der höchste clumsiness mit *so* viel geistiger und was das Merkwürdigste ist, *dann* auch körperlicher Grazie zu vereinigen weiß; ein glänzender Beleg dafür, daß das Geistige doch alles bestimmt und aus Häßlichkeit Schönheit macht. Seine Frau ist glaub ich nicht recht auf ihre Kosten gekommen, weil sie unfähig ist, von ihrer Person abzusehn und die Freude am Schönen und Klugen, blos weil etwas schön und klug ist, gar nicht kennt. Aber darüber darf man nicht zu sehr mit ihr in's Gericht gehn; von der eignen Person absehn, wie wenige können das und nun gar wenn man jung ist und aus Demmin stammt.

Die Geschichte mit dem Wappenstorch hat mich *sehr* erheitert; ich finde es fein, geistvoll, liebenswürdig, ein Ausdruck jenes stillen Drüberstehens, das den eigentlichen vom blos sogenannten Menschen unterscheidet. Ohne einen feinen Beisatz von Selbstironie ist jeder Mensch mehr oder weniger ungenießbar. Daher giebt es so viele Ungenießbare.

Ich freue mich, daß Du in Rostock so gute Eindrücke gehabt hast; mit Menschen *ausdauern können*, ist ein großes Glück und man muß es deshalb durchaus lernen, über kleine Fehler und Schwächen hinwegzusehn. Mit dem ewigen Rigorismus – immer unter Ausschluß der eignen Person – bringt man es nicht weit. So nehme ich seit Jahr und Tag dem Hause Heyden gegenüber eine ganz veränderte Stellung ein, weil mich die Trefflichkeit aller doch schließlich besiegt hat. Das ›Interessante‹ ist gut, aber es ist nicht die Hauptsache.

Vorgestern waren wir bei Timm zu Tisch, von 3 bis 7. Höchst

merkwürdig. Eine ›Frau Rechtsanwalt‹, seine ›Pathin‹, mit der er in der Schweiz herumzureisen pflegt und auch jetzt wieder, bis Florenz, reisen wird, 30 Jahre, rothblond, Mischung von Gräfin, Soubrette (sie singt auch Couplets) und Biermamsell, war die Hauptperson. Mutter Zöllner ganz Gurli (etwas forcirt), er, der Alte, verlegen, decontenancirt, weil's ihm wahrscheinlich nicht recht war, daß wir Einblick in das Ganze gewonnen. Natürlich ist es eine Wittwe. ›Veuvage‹ sagte Lepel immer mit Bewunderung. Uebrigens ist alles vorstehend Angedeutete nur Vermuthung; Karl soll gesagt haben ›es sei alles platonisch‹ eine Zeugnißausstellung, die mich sowohl dem Wortlaut des Zeugnisses, wie dem Zeugniß-Aussteller nach, mit leisen Bedenken erfüllt. Uebrigens soll sie sehr wohlhabend sein, was schließlich alles wieder ausgleicht. Moral ist gut, Erbschaft ist besser. – Empfiehl mich dem hochverehrten Paar und habe noch gute Tage. Wie immer Dein alter

Papa.

*330. An Julius Rodenberg*

Berlin, 26. Januar 1894
(Bismarcks Einzugstag)
Potsdamer Straße 134c

Hochgeehrter Herr.

Als ich Ihre freundlichen Zeilen vom 23. erhielt, schien mir alles erledigt; nachträglich ist mir aber eingefallen, daß ich wenigstens versuchen kann, aus der mir übrigens ganz angenehmen Hinausschiebung bis zum 1. Mai einen kleinen Vorteil zu ziehn.

Sind Sie damit einverstanden, daß ich das M. S., auf diese 4 Wochen Aufschub gestützt, erst am 8. März statt am 8. Februar einsende? Bis dahin kann vielleicht alles in Ordnung sein; etwas zu 99/100 Fertiges liest sich schlechter als etwas Unfertiges mit 3000 Fehlern im großen und kleinen. Etwas ganz Unfertiges liest man nur auf den Stoff hin, das aber, was schon rein handschriftlich »ganz fertig« aussieht, wird auch als solches gelesen.

Nehmen Sie das alles aber bloß als Vorschlag oder Anfrage; schließlich ist es auch kein Unglück, wenn Sie den 8. Februar festhalten.

In vorzügl. Ergebenheit

Th. Fontane

*331. An Martha Fontane*

Berlin 29. Januar 94. Potsd. Str. 134.c.

Meine liebe Mete.

Mama hat Dir gleich heute früh, nach Eintreffen Deines Briefes, eine Karte gestiftet; sie wünscht aber, daß ich Dir auch noch schreibe:

1. daß es mit ihrem Auge, so toll es aussieht, ganz erträglich geht und 2. daß Du, wenn es zu Deinen Wünschen paßt, ruhig in Deyelsdorf bleiben sollst, wo Du Rath, Pflege, Liebe, vor allem aber Wald und Luft und keine Klingelei hast. Friedels Geburtstag, bei allem Respekt vor diesem Tage, ist in Bezug auf Dein Kommen ganz irrelevant; die Brühsuppe gedeiht unter Annas Leitung und den Geburtstagstoast am Abend wird Theo hoffentlich ausbringen, gleichviel ob Du zugegen bist oder nicht.

Mit dem Zu-fall-kommen von Mama war es so, daß sie sich beim Aufsuchen ihres Ritters und Chaperons (Herrlich) in einen über das Trottoir gelegten Teppichstreifen verwickelte und dadurch niederstürzte. Sie hatte den Trost von einem gut aussehenden Offizier von 40 wieder aufgerichtet zu werden, der sie auch bis zu dem nächsten Droschkenstand begleiten wollte. Selbst in solchem Zustand ist sie nicht unempfindlich gegen dergleichen. Uebrigens war ihr Verhalten wieder musterhaft, sie ängstigte sich (und mit Recht) bewahrte aber Contenance und bestand nur darauf eine Minute lang weinen zu können. Das sind immer ihre Hoffmannstropfen.

Die Versöhnungsscene im Berliner Schloß scheint in Neuvorpommern sehr kritischen Augen begegnet zu sein. Ich stehe, in der ganzen Geschichte, von Anfang an auf Kaisers Seite; selbst die so viel getadelte ›Form‹ war einem Bismarck gegenüber unvermeidlich. Als Blücher nach Anno 15 in Berlin lebte, wollte niemand mehr mit ihm Karte spielen, worüber er unglücklich war und sich bei Fr. W. III beschwerte. ›Ja, lieber Blücher, die Herren sagen, Sie mogelten immer‹ worauf Blücher pfiffig und verschämt antwortete: ›ja, Majestät, ein bischen mogeln, ist das Beste.‹ Danach hat auch Bismarck gehandelt; ›ein bischen mogeln‹ (d.h. ganz gehörig) ist ihm immer als das Schönste erschienen. Und wer diese Tugend hat, der darf sich nicht wundern, wenn er wieder bemogelt wird oder wenn ein Stärkerer ihm sagt: ›Du, auf *die* Brücke trete ich nicht; ich kenne meine Pappenheimer, Du bist ein Mogelant und willst mich wieder bemogeln; aber ich spiele nicht mehr mit und sage einfach, ‚mein königlicher Wille ist Trumpf'.‹ Bismarck ist der größte Prinzipverächter gewesen, den es je gegeben hat und ein ›Prinzip‹ hat ihn schließlich gestürzt, besiegt, dasselbe Prinzip, das er zeitlebens auf seine Fahne geschrieben und nach dem er *nie* gehandelt hat. Die Macht des hohenzollernschen Königthums (eine wohlverdiente Macht) war stärker als sein Genie und seine Mogelei. Er hat die größte Aehnlichkeit mit dem Schillerschen* Wallenstein: Genie, Staatsretter und sentimentaler Hochverräther. Immer ich, ich, ich und wenn die Geschichte nicht mehr weiter geht, Klage über Undank und norddeutsche Sentimentalitätsthräne. Wo ich Bismarck als Werkzeug der göttlichen Vorsehung empfinde, beuge ich mich vor ihm; wo er einfach er selbst ist, Junker und Deichhauptmann und Vortheilsjäger, ist er mir gänzlich unsympathisch. – Mit dem Wunsche, daß das Veitsche Fest am 1. Februar glücken und den ältesten Uradel in Staunen versetzen möge, wie immer Dein alter

Papa.

* der historische war anders

*332. An Clara Stockhausen*

*Berlin* 29. Januar 94.
Potsd. Str. 134. c.

Hochverehrte Frau und Freundin.

Lassen Sie uns Ihnen Beiden aussprechen, wie erschüttert wir waren als die Nachricht kam und wie groß die Theilnahme ist, die wir bei diesem schweren Schlage mitempfinden.

Meine Frau schreibt Ihnen in den nächsten Tagen oder sage ich lieber sobald sie kann; sie ist vorgestern Abend auf dem Trottoir ausgeglitten und an Kopf und Brust ganz zerschlagen. Ich muß dies vermelden, um ihr Schweigen zu entschuldigen.

Mögen Sie Trost finden, auch in der Theilnahme der Menschen; hier, in unsrem Kreise, ist sie groß und allgemein.

In herzlicher Ergebenheit

Th. Fontane.

*333. An Georg Friedlaender*

Berlin 1. Febr. 94.
Potsd. Str. 134.c.

Hochgeehrter Herr.

Gestern die Frau Mama und Fräul. Lütti, heute Ihr lieber Brief und der Geburtstagsbrief zum 30. Dezember noch immer nicht beantwortet, – das giebt eine große Schuldenlast. Ich wollte den Geburtstagsbrief erst Nummer für Nummer beantworten und hatte mir die Nummern auch schon in ziemlich langer Reihe extrahirt, aber ich sehe nun, es geht nicht, es wird zu viel und so müssen wir die meisten Themata zurücklegen bis auf Zeiten, wo wir darüber plaudern können.

Die Mama und Fräulein Tochter machten einen sehr zufriedenstellenden Eindruck, beide lebhaft, angeregt, heiter. Lohengrin und Wilhelm Tell – ja, das reißt einen alten Menschen weg und nun gar einen jungen. *So* beglücken zu können, enthusiastische Gefühle zu wecken, das ist doch das Schönste an der Kunst. Und nach *der* Seite hin, steht das Theater oben an.

Ich freue mich, daß Sie an Ihrem Storm-Vortrage so viel Freude gehabt haben und daß die Vorträge selbst zu einer »Institution« werden, zu einem etwas, darauf Hirschberg von Schmiedeberg her alljährlich rechnet.

Daß Prinz Reuß als Landesfürst nun abdicirt hat, ist ein Glück; mit Schaudern muß ich am Ende meiner Tage, all meinen Adels- und Prinzensympathieen zum Trotz, einräumen, daß bei diesen ganzen Prinzlichkeiten wenig rauskommt und mitunter weniger als wenig. Bei einem seiner letzten Manöver donnerte Friedrich der Große einen Prinzen von Anhalt an: »Ins Dreiteufelsnamen, Herr, Euer Liebden werden wohlthun nach Hause zu reiten; ich habe nicht Lust um prinzlicher Dummheiten willen meine Schlachten zu verlieren.« Goldne Worte. Wenn Prinzen *gut* sind, à la bonne heure, dann steigert ihre Prinzenschaft ihren Werth, weil das Vorbildliche dann doppelt mächtig wirkt. Aber wie selten tritt das ein. Sehen Sie sich die französischen Marschälle der ersten Kaiserzeit an; einige Gastwirthssöhne wurden Könige, aber Königssöhne, die was geleistet hätten, oder auch nur vornehme Leute, sucht man unter ihnen vergeblich. Zu einer gewissen natürlichen Unfähigkeit (Degenerirung) kommt die Unfähigkeit, die aus Dünkel und Vorurtheil geboren wird. Wir haben oft über diesen Punkt gesprochen; es ist mir jetzt ganz klar, daß man in seinem Kreise bleiben und auf den Verkehr mit Hochgebornen verzichten muß. Kleinadel – besonders die Söhne des *Militär*adels, der der weitaus beste, weil frischeste ist – Kleinadel geht. So wie aber ernsthaft die Vorstellung »wir gehören einer andern Menschensorte an« anfängt, ist es mit aller Umgangsmöglichkeit vorbei. Man hofft und hofft, bildet sich ein, einen Sonderfall zu erleben, so zu sagen eine Seele für die freiere Lebensauffassung zu retten, – aber man täuscht sich jedesmal. Selbst die Klugen (und wie selten sind diese) sind grenzenlos bornirt. Die Welt hat vom alten Adel gar nichts, es giebt Weniges, was so aussterbereif wäre wie die Geburtsaristokratie; *wirkliche* Kräfte sind zum Herrschen berufen, Charakter, Wissen, Besitz, – Geburtsüberlegenheit ist eine Fiktion und wenn man sich die Pappenheimer ansieht, sogar eine komische Fiktion.

Ueber Bismarck und den Bismarck-Tag nur das: dieser Tag bedeutet den Sieg eines Prinzips über das Genie. Beständig hat Bismarck *redensartlich* die Hohenzollern-Fahne hoch gehalten, im Stillen hat er drüber gelacht und das Loyalitätsprinzip, wie jedes andre, als einen Mumpitz angesehn. Und doch hat er lediglich der Macht dieses Prinzips weichen müssen; der Adel hat gar keine Wurzel mehr im Volk, das preußische Königthum aber hat, im Gegensatz dazu, in geradezu überraschender Weise seine Festgewurzeltheit bewiesen.

Ihre Mittheilungen aus Süd-Afrika (Else St. Paul) sind *sehr* interessant. Aus dem Hirschberger Thal kommen immer die romantischsten Geschichten; dies alles wieder ein neuer Beweis. – Aus den Mittheilungen Ihres ersten Briefes war mir die Geschichte vom »alten Gärtner in Ruhberg« die liebste und wichtigste. Mir übrigens nicht überraschlich. Die Menschen quälen sich ein Lebelang, um im letzten Augenblick oder wenn der Tod sie auch nur streift, die Nichtigkeit all des von ihnen Erstrebten zu empfinden. Hier liegt eine ergaunerte Million neben mir und ein Schluck kaltes Wasser ist mir vielleicht unendlich viel mehr. Nichts hat Bedeutung und auch wieder alles; Großes Kleines, sehr vage Begriffe.

Roquettes Buch habe ich noch nicht gelesen; ich werde es wahrscheinlich etwas milder beurtheilen, *hoffe* es wenigstens, aber in Ihrer Gesammtbetrachtung haben Sie freilich recht. Ich kann an meinem alten Freunde studiren, was bei der Kritiklosigkeit herauskommt. Goethe ließ sich seine Sachen *neun*mal in immer erneuter Reinschrift vorlegen und wenn's dann noch nicht gut war, auch noch öfter. Und das war Goethe! Wer seine Verse hinschreibt und sie ohne Weitres gut zum Eintritt in die Welt findet, aus dem kann nicht viel werden. Nur wer jeden Augenblick tief seine Unvollkommenheit empfindet, kann sich fortentwikkeln.

Martha ist immer noch auf dem Gute des alten *Veit*. Die Geschichte von »Veit accompli« ist reizend. Inzwischen hat der alte Veit auch seinerseits eine kleine Niedlichkeit geliefert. Das Heroldsamt fragte an, welches Wappenthier er wohl für passend halte? worauf er antwortete: den Storch; nur diesem verdanke er, was er sei.

Meine Frau war am letzten Sonnabend in der Gala-Oper und zwar mit meinem Johanniterwirth Geh. R. Herrlich, der sie als »Frau Geheimräthin Herrlich auf ihren Platz im 3. Rang führte; er, als Staatsbediensteter, saß im Parquet. Nach der Vorstellung hatte meine Frau ihn an einer vorher bestimmten Straßen-Stelle zu suchen; bei dieser Suche um das ganze Haus herum, verwickelte sich meine Frau in einen für die hohen Herrschaften gelegten Teppichfetzen und fiel auf Stirn, Kinn, Brust; alles aufgeschlagen. Sie sieht toll aus und doch ist es sehr glücklich abgelaufen, alles nur äußerlich. Und nun empfehlen Sie mich Ihren Damen und haben Sie gute Tage. Lüttichen sehen wir hoffentlich einmal. Wie immer Ihr treu ergebenster

Th. Fontane.

*334. An Friedrich Stephany*

Berlin, 1. Febr. 94

Hochgeehrter Herr und Freund.

Die letzten Wochen müssen im höchsten Maße mühevoll für Sie gewesen sein, der Bau, die Krankheit von Frau Lessing und dann der Bismarcktag. Wenn Sie's auch nicht selber zu schreiben haben, die Sorge, daß es da ist, ist auch schwer genug. Und dazu die miserable Behandlung, die die Presse erfährt, offiziell gewiß und beim Publikum nicht viel besser. Jeder Schuster glaubt, er kann's auch, und die Geheimräte, während sie nachschwatzen, was sie am Morgen in ihrer Zeitung gelesen haben, dünken sich erhaben darüber. Umwertung, – in *dieser* Forderung hat Nietzsche recht.

In vorzüglicher Ergebenheit

Th. Fontane.

*335. An Moritz Necker*

*Berlin* 7. Febr. 94.
Potsd. Str. 134.c.

Hochgeehrter Herr.

Ein Freund von mir, der des Vorzugs genießt die »Neue Freie Presse« in sein Haus kommen zu sehn, hat mir heute die Nummer geschickt, in der Sie so überaus freundliche Worte über mich und mein Buch geschrieben haben. Wenn solche Worte immer wohl thun, so doppelt da, wo man seine Person direkt ins Feuer führt.

Gestatten Sie mir Ihnen meinen herzlichsten Dank auszusprechen.

In vorzügl. Ergebenheit

Th. Fontane.

*336. An Friedrich Stephany*

Berlin, 9. Februar 1894.

Ihnen, hochgeehrter Herr und Freund, herzlichen Dank für Ihre freundlichen Zeilen.

Ich habe nichts versprochen, im Gegenteil mit verlegenem Gesicht, aber ganz direkt abgelehnt; ich könne nicht, ich wäre froh von dem allen los zu sein und Kritiken schreiben wäre das Letzte wonach ich mich zurücksehnte.

Darauf er: »Nun gut, Sie werden es lesen; gefällt es Ihnen, so schreiben Sie vielleicht, andren Falls nicht. Es kann das zwischen uns nichts ändern.«

Darauf ich: »Nun gut. Dabei mag es bleiben.«

Und nun brachen wir ab und sprachen von etwas andrem.

*Inhaltlich* verbürge ich mich für den vorstehend skizzierten Gang der Unterhaltung.

Hopfen ist ein guter Schriftsteller und überragt nach *der* Seite hin viele.

Aber ich komme fast von Sinnen, wenn ich mir sage: nie hat der Mann des Geringste für mich getan und nun *verlangt* er von mir 74jährigem kranken Manne, der jede Minute und jedes Fisselchen von Kraft ängstlich ausnutzt, daß ich seine Stücke kritisiere. Und ich möchte wohl hören (oder lieber nicht) was er sagen würde, wenn ich sie tadelte. Ich habe nicht Lust als Hopfenscher Privatkritiker meine literarische Laufbahn zu beschließen. In herzlicher Ergebenheit und unter Beklagung, daß nun auch *Sie* noch Umstände haben, wie immer Ihr

Th. Fontane.

Es ist ein furchtbarer Mann, der mich immer auf 8 Tage gemütskrank macht. Er gehört in eine besonders schreckliche Kategorie.

Noch eine 2. Beilage.

Ich beschwöre Sie, richten Sie es so ein, daß mich dieser furchtbare Mann nicht etwa in eine Korrespondenz verwickelt; in seinem bodenlosen Egoismus ist er zu allem fähig; ganz hinten über die Bühne sehe ich schon einen Meineidsprozeß oder eine ähnliche Ungeheuerlichkeit schreiten.

*337. An Julius Rodenberg*

[Postkarte Poststempel: Berlin W, 14. 2. 94]

Hochgeehrter Herr.

Ich habe den Termin nicht vergessen,

Ich flehe nur um 3 Stunden Zeit,

Noch das 9. Kapitel, dann ist es so weit,

und werde Sorge tragen, daß gegen 12 Uhr das Manuskript in Ihren Händen ist.

In vorzügl. Ergebenheit

Th. F.

*338. An Julius Rodenberg*

Berlin, 15. Februar 1894
Potsdamer Straße 134c

Hochgeehrter Herr.

Wenn Sie diese Zeilen erhalten, wird das Manuskript bereits in Ihren Händen sein. Es zerfällt, auf den Grad des Fertigseins hin angesehn, in drei Teile:

Zunächst Kapitel I bis IX, druckfertig.

Dann Kapitel X bis XXV in Reinschrift, aber unfertig.

Dann Kapitel XXVI bis XXXVI, erste Niederschrift, nur auf den *Stoff* hin anzusehn.

Hinsichtlich der Geschichte selbst mache ich mir keine Sorgen, aber sie wird Ihnen, weil nur 5 Nummern zur Verfügung stehn, ein wenig zu lang sein. Indessen, Ihre Zustimmung zu der Arbeit vorausgesetzt, kann es nicht allzu schwer sein, darüber hinzukommen. Es werden 12 Bogen sein (geht es darüber hinaus, was ich aber nicht glaube, so verpflichte ich mich zu Streichungen), und diese 12 würden sich auf die 5 Nummern am besten so verteilen: 3, 2, 2, 2 und wieder 3. Drei Bogen geht ja über das herkömmliche Maß um etwas hinaus, aber ich bin nicht schuld, daß ich in die Aprilnummer nicht mehr hineinkann.

In vorzüglicher Ergebenheit

Th. Fontane

### *339. An Joseph Viktor Widmann*

*Berlin* 15. Febr. 94
Potsd. Str. 134 c.

Hochgeehrter Herr.

Wer so beschäftigt ist, wie Sie, erschrickt nicht blos vor Büchern, sondern auch vor Briefen; ich kann es mir aber doch nicht versagen, Ihnen für Ihre liebenswürdigen Zeilen vom 1. d. M. herzlichst zu danken. L'Adultera und Kriegsgefangen Ihnen senden zu dürfen, ist mir eine große Freude und binnen wenigen Wochen werden beide Bücher bei Ihnen eintreffen, in Begleitung eines dritten, das Anfang März ausgegeben wird. Dies rasche Folgen auf meine Weihnachtspublikation muß einen etwas ängstlichen Eindruck machen, es ist aber nicht so schlimm damit; es sind ältre kleine Geschichten (ganz kurz) aus den 70 und 80er Jahren. In vorzügl. Ergebenheit

Th. Fontane

### *340. An Moritz Necker*

*Berlin* 15. Febr. 94.
Potsd. Str. 134. c.

Hochgeehrter Herr.

Verzeihung, daß ich erst heute auf Ihre liebenswürdigen Zeilen vom 8. d. antworte; ich hatte an Rodenberg ein mächtiges Manuskript abzuliefern (heute geschehn) was mein bischen Arbeitskraft ganz aufsog.

Ich brauch wohl nicht zu versichern, wie sehr es mich freuen würde, Ihnen für den biographischen Artikel im Conversations-Lexikon allerlei Material senden zu können, aber ich war immer ein sehr schwerfälliger Arbeiter, brauchte, auch in meinen besten Tagen, immer schrecklich viel Zeit und stehe jetzt vor allem wie vor etwas Unbezwinglichem. Eine Ausnahme macht nur der plötzliche Einfall, das von der Lust Eingegebene, so wie aber etwas als Arbeit von außen her an mich herantritt, ist auch die Schwierigkeit da. In jungen Jahren, wo's auch schon ähnlich war, *zwang* ich mich dann und wurde der Sache Herr, aber jetzt mit 74 will es nicht mehr.

Ob ich zu einer Fortsetzung meiner »Kinderjahre« komme? Die Lust ist da, gelegentlich sehr, aber die Gewißheit, daß man immer zahllose Personen verletzt, nimmt einem die Lust wieder.

Darf ich Sie bitten, mich Herrn Dr. Hans Hoffmann empfehlen zu wollen. Lebt er jetzt in Wien? Wäre es der Fall, so möchte ich ihm insoweit dazu gratuliren, als mir Wien – in dem man mehr feines Formgefühl hat als hier – für das Hoffmannsche Talent ein günstigerer Boden scheint. In vorzüglicher Ergebenheit

Th. Fontane.

*341. An Martha Fontane*

Berlin 16. Febr. 94. Potsd. Str. 134.c.

Meine liebe Mete.

Seit gestern Mittag lagert das Manuskript bei Rodenberg und ich kann nun aufathmen und Dir mal wieder einen Brief schreiben, was leicht und schwer ist. Schwer, weil wie unser alter Onkel Zöllner zu sagen pflegt ›mal wieder Welten vorliegen‹ und nach meiner Erfahrung, ein Brief nur dann leicht und mit einigem Erfolg geschrieben werden kann, wenn man gar keinen Stoff hat. Es ist damit wie mit dem Gelde, je mehr man hat, je mehr Sorgen; der Mensch mit ›Leicht Gepäck‹ kommt am besten durch die Welt und durch – einen Brief.

Erwäge nur mal blos das Thema *Theo*, dessen Haus die Masern, er selber aber die Du-Krankheit hat; er rast durch die Gesellschaften und sucht nach Opfern, jeder Mensch mit dem er mal Skat gespielt hat, muß 'ran, gleichviel ob er 2 Mark 50 verloren oder gewonnen hat. Wer verloren hat, sieht durch das werthvolle Du seinen Verlust wieder beglichen, wer gewonnen hat, erfährt durch das Du, daß kein Stachel im Herzen des Geschädigten zurückgeblieben ist; in jedem Falle siegen Tugend und Edelmuth. Ich nehme hier die Sache von der leichten Seite, sie hat aber auch noch eine ernste, *so* ernst, daß ich mich, wie Chingachgook der alte Mohikaner, auf dem Kriegspfad befinde. Denn hinter dem allem lauert, neben manchem andrem, auch noch ein kolossaler Dünkel, der sich ganz gemüthlich bis zum Größenwahn entwickeln kann. Es geht aber nicht so rasch damit und ich werde den ›Kaiser von China‹ nicht mehr erleben. Dir blüht er vielleicht noch. Ich schrieb ihm neulich: ›ich könnte mich in ihm nicht zurechtfinden, was ihm aber, bei seinem ewigen guten Gewissen und dito Durchdrungensein von seinen edlen Absichten, gleichgültig sein dürfe.‹ Du siehst daraus: das große Wort, das Dir so lange auf der Lippe brannte, ist gesprochen.

Die Gesellschaft bei Sternheims war neulich sehr nett. Bei Tische wurde mir zum 2. Male eine Hummerspeise präsentirt und ich nahm mir einen kleinen Hummerschwanz, weil ich das erste Mal nur eine ganz kleine Scheere gekriegt hatte. Ich glaubte, Ida sei die Präsentirende und begleitete deshalb meinen Angriff auf den Hummerschwanz mit einer vertraulichen Entschuldigungsrede, begegnete aber einem so eisigen Schweigen, daß ich die Kälte im Nacken fühlte und mich umdrehte. Da stand denn eine ganz fremde Person hinter mir, die offenbar dachte, ich sei ein Imbecile. Wenige Tage vorher harrte meiner im Thiergarten eine ähnliche Ueberraschung. Ich hatte meinen Stock in den Rücken gelegt und von hinten her (es war schon dunkel) lief jemand gegen das links vorragende Stück. Ich wollte mich entschuldigen, weil man den Stock nicht so tragen darf, aber im Augenblick wo ich mich wandte, starrte ich in das schwarze Gesicht eines Mohren, der, trotz seiner Abstammung aus Kamerun oder Dar-es-Salaam, im dialektfreisten Deutsch sagte: ›entschuldigen Sie, mein Herr.‹ Es hatte was Gespenstisches, so zwischen Königin Luise und Fr.-Wilh. III. mit'm Riester.

Bei Sternheims sprach ich nach Tisch ¾ Stunden mit Frau Mauthner (›en offrende‹ [!] und ›en nue‹ und zugleich gepudert) und dann ebenso lange mit ihm. Ich mußte von Beiden befreit werden, was aber nicht nöthig war, weil ich mich mit beiden ganz gut unterhielt. Ich habe diese Form der Unterhaltung jetzt eingeführt; bei Heydens, bei der Frau Fritsch, bei den Fräulein Vollmers neulich, machte ich es ebenso. Gewiß läßt sich viel dagegen sagen, aber wohl noch mehr dafür. Die *Wirthe* haben sicherlich die Verpflichtung, sich um die Nothleidenden zu kümmern und in raschem Wechsel mal hier mal da rettend einzuspringen; eigentlich aber haben sie die viel lohnendere Verpflichtung, die nöthige belle alliance zwischen zwei Einsamen herbeizuführen. Ist die Gesellschaft dazu da eine öde Abwickelung von Artigkeitsformen zu sein, so sind solche Privatunterhaltungen ein horreur, sollen die Gesellschaften aber was Vergnügliches sein (und mit Ausnahme von Repräsentationsgesellschaften sollen sie das) so muß man statt drei Phrasen zu wechseln, sich mußevoll 'was erzählen können. Wer das nicht kann oder will, thut am besten zu Hause zu bleiben.

Hat Dir denn Mama von meinem Vorlese-Abend bei den Vollmerschen Damen geschrieben? Die Heldin des Abends – ich selber kam mir sehr wenig als Held vor – war ein kleines Fräulein Zuncke, von der ich nur sagen kann, ihre Erscheinung und gesammte Haltung war eine glänzende Widerlegung ihres prosaischen Namens. Schönes Profil, kluge Augen, alles Nerv und Charakter, merkwürdige Mischung von Berliner Geist und Berliner Keller. Eine Korallenbrosche auf dem schwarzen Kleid und mit einem Lorbeerkranz (den sie decent in ›ihres Kleides Falten‹ verbarg) bewaffnet, stand sie vor mir, sah mich, aus reiner Nervosität, denn sie zitterte leise, scharf an und trug nun ihre Huldigungsverse vor. Ich fragte nachher: ›wer und was ist die junge Dame?‹ ›Sie ist Verkäuferin in einem Knopfladen.‹ Du weißt, daß bei meinem Hange gleich zu combiniren und weitgehende Schlüsse zu ziehn, solche Dinge immer einen großen Eindruck auf mich machen. Ich werde immer demokratischer, lasse höchstens noch einen richtigen Adel gelten, was dazwischen liegt: Spießbürger, Bourgeois, Beamter und vor allem auch der ›schlechtweg Gebildete‹, kann mich wenig erquicken. Immer tiefer sinkt der Beamte, übrigens ganz unverschuldet; vor 100 Jahren, und fast auch noch vor 50, war er durch Stellung und Bildung überlegen und in seiner Vermögenslage, so bescheiden sie war, meist nicht zurückstehend; jetzt ist er im Geldpunkt zehnfach überholt und in natürlicher Consequenz davon auch in allem andern. Denn – etliche glänzende Ausnahmen zugegeben – ist der Besitz auch in Bildungsfragen entscheidend.

Sehr hat mich amüsirt, was Du in Deinem letzten Briefe über Eginhard und die Askanier schriebst. Ja, so kommt man 'runter, oder auch 'rauf, je nachdem. Der Stoff ist etwas Gleichgültiges und die Sensation – und nun gar die sensationelle Liebesgeschichte – etwas Gemeines. Nur Goethe oder ähnliche dürfen sich den Spaß erlauben. – Soll ich für eure Lektüre sammeln und Zeitungsausschnitte machen? Fast in jeder Nummer ist 'was (meist Unpolitisches) was gelesen zu werden verdient. Dann möchte ich Dir vorschlagen, daß Du Friedeln schreibst, er solle Dir – wenn auch vielleicht noch ungeheftet – die blos *zusammengefalteten* Druckbogen von meinem neuen Buche schicken. Du weißt, ich hüte mich wohl meine Bücher zu empfehlen, man erlebt dabei fast immer einen 'Reinfall, der Lächerlichkeit ganz zu geschweigen, aber von *diesem* kleinen Buche möchte ich sagen dürfen, daß es zur Krankenlektüre wie geschaffen ist, kurz, fidel und höchst unaufregend.

Und nun lebe wohl. Dieser Brief erreicht die Friedländergrenze, das höchste Maß also, das heutzutage noch vorkommt. Empfiehl mich, erhole Dich bei dem schönen frischen Wetter, koche und philosophire. Wie immer Dein alter

Papa.

### 342. *An Julius Rodenberg*

Berlin, 2. März 1894
Potsdamer Straße 134 c

Hochgeehrter Herr.

Seien Sie schönstens bedankt für Ihre liebenswürdigen Zeilen, die mich natürlich sehr beglückt haben. Ich bin auch nicht ängstlich wegen der Schlußkapitel, trotzdem alles noch wie Kraut und Rüben durcheinanderliegt. Ausstellungen im einzelnen zu beherzigen, werden Sie mich jeden Augenblick bereit finden.

In vorzüglicher Ergebenheit

Th. Fontane

### 343. *An Maximilian Harden*

*Berlin* 4. März 94.
Potsd. Str. 134. c.

Hochgeehrter Herr.

Wie die Stuart' en, so bin auch ich besser als mein Ruf. In fast allem, was ich seit 70 geschrieben, geht der »Schwefelgelbe« um und wenn das Gespräch ihn auch nur flüchtig berührt, es ist immer von ihm die Rede wie von Karl oder Otto dem Großen. Ich habe auch mal eine kleine Biographie verbrochen und in Versen habe ich Ungeheuerliches geleistet.

Aber nun, ein abgeklapperter 74er, habe ich den Hang auch auf *diesen* Lorbeern auszuruhn. Zudem, was kann noch gesagt werden? Ich müßte Sie schlecht kennen, wenn Sie nicht innerlichst auch dächten: es ist genug. – Der Wrangelbrunnen hält seinen Winterschlaf und wird erst mit April oder Mai wieder lebendig. Auch der Bismarckbegeisterungsbrunnen hat für eine Weile genug gespien und die Maitage, wo's wieder frisch damit losgehen kann, gehören der Zukunft an.

Mit besten Wünschen, in vorzügl. Ergebenheit Ihr

Th. Fontane.

*344. An Ismael Gentz*

[Berlin, 8. März 1894]

Hochgeehrter Herr Gentz.

Haben Sie schönsten Dank für Ihre freundlichen Zeilen. Ein Neffe von mir ist seit acht Tagen wieder in die Apotheke neben Joh. Chr. Gentz, wo ich geboren wurde, eingerückt und wird sie hoffentlich länger festhalten als mein Vater. Unter ergebensten Empfehlungen an die Mama wie immer Ihr

Th. Fontane.

*345. An August von Heyden*

Berlin 10. März 94
Potsd. Str. 134 c

Mein lieber Heyden.

Rütli fällt also aus. Aber diese Bequemlichkeit wird durch das in dem beigeschlossenen »Aufruf« sich kundgebende Ansinnen wieder balanciert. Im allgemeinen ist es nicht blos grausam, sondern auch ungehörig, Freunden dergleichen ins Haus zu schicken, aber hier ist vielleicht ein Ausnahmefall gegeben; ich kann mir nämlich kaum einen ordentlichen Deutschen vorstellen, der nicht Bürger-Schwärmer wäre. Als Balladier steckt er doch den ganzen Rest in die Tasche; der Ruhm Bürger's hat mir immer als ein Ideal vorgeschwebt: *ein* Gedicht und unsterblich.

Wie immer Dein alter

Th. F.

## 346. *An Karl Emil Otto Fritsch*

*Berlin*, 26. März 1894.
Potsdamer Str. 134c.

Hochgeehrter Herr.

Daß ich jemals mit Ihnen – und noch dazu in einer literarischen Frage – so verschiedener Meinung sein könnte, hätte ich bis vor acht Tagen, wo mir meine Frau den »Philotas« vorlas, nicht für möglich gehalten, und daß ich Adler zustimmen würde, womöglich noch für unmöglicher.

Und doch liegt es so. Sie kennen mich zu gut, als daß Sie nicht wissen sollten, daß der ganze streitsuchende Krimskrams von Klassizität und Romantik, von Idealismus und Realismus, beinahe möchte ich auch sagen, von Tendenz und Nichttendenz – denn einige der allergrößten Sachen sind doch Tendenzdichtungen – weit hinter mir liegt. *Alles* ist gut, wenn es gut ist.

Ich bin also auch für einen Heldenjüngling, der *unter Umständen* à tout prix fürs Vaterland sterben und sich dadurch unter die Unsterblichen einreihen will. Aber für diesen Philotas bin ich nicht.

Der Schauspieler Grube hat mir vor einigen Monaten eine Döringgeschichte erzählt. Döring stand ganz gut mit Kahle, hielt ihn aber von Anfang an für einen schwachen Schauspieler.

»Lieber Kahle, Sie sind kein Schauspieler, Sie sind ein Rhetor.«

»›... Aber lieber Herr Döring!«‹

»Sie sind ein Rhetor.«

»›Aber ich habe doch auch meine Erfolge...«‹

»Täuschung, lieber Kahle. Machen Sie den Versuch, gehen Sie von hier direkt rüber zu Lutter und Wegener und bestellen Sie sich bei dem Küfer Wilhelm, einem Freunde von mir, eine halbe Flasche St. Julien.«

»›Nun?...«‹

»Er bringt sie Ihnen nicht.«

»›Aber warum denn nicht, lieber Herr Döring?«‹

»*Er glaubt es Ihnen nicht.*«

So wirkt Philotas. Ich bin ganz der Küfer Wilhelm und glaube ihm seine halbe Flasche St. Julien nicht. Wenn ich jemals das Wort »akademisch« passend gefunden habe, so hier. Es ist nicht Aktzeichnen, was ja auch tot genug ausfallen kann; es ist Zeichnen nach dem weißesten Gips. Totgeborner Seifensieder, wie er im Buche steht. Es hat auf mich gar keinen Eindruck gemacht, und *wenn* einen, so einen wenig angenehmen. Ein patenter, gebildeter Renommierbruder.

Ich habe das volle Vertrauen, daß Sie mir diese völlig abweichende Meinung zugute halten werden.

Unter besten Empfehlungen an Ihre drei Damen aus drei Generationen in vorzüglicher Ergebenheit

Th. Fontane.

*347. An Moritz Necker*

*Berlin* 4. April 94.
Potsdamerstraße 134. c.

Hochgeehrter Herr.

Meinen Dank für Ihren liebenswürdigen Brief vom 22. März wollte ich gern mit meinem Dank für Ihre freundlichst in Sicht gestellte Besprechung meines Buchs in den »Blättern für liter: Unterh.« verbinden. Gestern nun kam das Blatt. Es hat mich hoch erfreut, auch in diesem kleinen Essay wieder, einem so liebevollen Eingehen auf das was mir vorschwebte zu begegnen, dazu so schmeichelhaften Worten über meine Person und meine Art zu arbeiten. Daß mir dies alles von Wien aus, bis wohin wir Norddeutsche nur ausnahmsweise vordringen, zu Theil wurde, steigert meine Freude.

Nochmals Ihnen herzlich dankend, in vorzüglicher Ergebenheit

Th. Fontane.

*348. An Moritz Necker*

*Berlin* 9. April 94.
Potsdamerstraße 134. c.

Hochgeehrter Herr.

Ergebensten Dank für Ihren liebenswürdigen Brief und die begleitende Nummer der N.Fr.Presse. Beides, den Bericht über den »Consecrator des D. Reichs« und Ihre Kritik über Baechtolds G. Keller-Buch, habe ich mit großem Interesse gelesen, in der Kritik besonders die Stelle, die von Baechtolds Bezeichnung »Commentar« handelt. Ich stimme Ihnen vollkommen bei: Commentar zum Dichter, nicht zu seiner Dichtung. Baechtolds Buch, bei allem Respekt vor dem Ernst und Fleiß, ist langweilig und kaum verdienstlich. Dies harte Urtheil trifft aber weniger den Mann, als wie die entsprechende modische Richtung, die, zum Theil wenigstens, diese Breittreterei, diese Papier- und Zeitvergeudung, zu was Höherem von Behandlung erheben möchte. Jeden Tag, wenn ich in meine Zeitung blicke, erlebe ich dasselbe;

statt die Telegramme aus Paris und London einfach abzudrucken, werden sie zuvor paraphrasirt und nun folgen die Telegramme, drin ich die Sache, um die sich's handelt, kürzer, klarer, wirkungsvoller habe. Wer so dumm ist, daß er die Telegramme nicht versteht, dem wird auch durch die Paraphrase nicht geholfen. Wenn sich Keller diese Form von Lebensbeschreibung bei Baechtold eigens bestellt hat, so thun mir Drei leid: Keller als Auftraggeber, Baechtold und das Publikum. Keller war ein herrlicher Schriftsteller, ganz Nummer eins, aber als Mensch befangen, fragwürdig und gesellschaftlich ungenießbar; ich wenigstens hätte nicht 5 Minuten mit ihm zusammen sein können.

Daß sich Rodenberg so kühl gegen Hans Hoffmann verhält, beklage ich und läßt mich annehmen, daß Conflikte vorliegen müssen, denn R. ist zu klug und zu guter Redakteur, um nicht zu wissen, welch eine vorzügliche Kraft Hoffmann ist. Vielleicht könnte R. anders sein; ich selbst bin nicht immer zufrieden mit ihm gewesen, habe aber regelmäßig nachgegeben, Empfindlichkeiten unterdrückt, weil ich die Schwierigkeiten seiner Lage verstehe. Und »comprendre etc«. Es liegt doch so, daß wir in Deutschland nur dies eine Journal haben, das ganz »zweifelsohne« ist und dafür muß man Opfer bringen. Mir ist das Honorar, das mir die »Rundschau« zahlt, lieber, als das doppelt so hohe von wo anders her und Rodenbergs Aengstlichkeiten ertrage ich lieber, als den Kommißstempel, den andre vielgelesene Blätter allem aufdrücken, was in ihnen erscheint.

Wenn einer von Potsdam nach Wernigerode geht, so kommt er aus dem Regen in die Traufe. Bitte, schreiben Sie Hoffmann dies aber nicht, es giebt auch gesunde Stellen. Im Ganzen aber ist es ein malerisches Typhusnest.

Als ich 70 wurde sind viele kleine Biographieen über mich erschienen; es ist aber alles verkramt und es war auch nicht viel damit. Das Beste, was vielleicht sonderbar klingt, war von Conrad Alberti. Paul Schlenther hat mehrmals sehr Reizendes über mich geschrieben, aber ich habe keine Zeile davon zur Hand. Ich habe immer gefunden, daß man Zeit, Kraft und gute Laune (eine große Hauptsache) spart, wenn man sich um früher Geschriebnes gar nicht kümmert.

Sie sprechen an einer Stelle von Ihren Meistern und Lehrern und nennen auch Speidel. Ich wollte, daß ich in meinen jungen Jahren auch solch Vorbild gehabt hätte; wir hatten hier nichts derart. Im Kern ist unsre Berliner Presse nicht schlecht, vielleicht besser als irgend eine andre, weil sie noch ein Stück Selbständigkeit hat, aber die *Form*-Ueberlegenheit der Wiener Presse ist unbestreitbar und ich möchte beinah annehmen, daß sich darin Speidels Einfluß und Schule zeigt. Etwas auch wohl Spitzer. In vorzüglicher Ergebenheit

Th. Fontane.

*349. An Georg Friedlaender*

Berlin 12. April 94.
Potsd. Str. 134.c.

Hochgeehrter Herr.

Der Umstand, daß ich Sie wiedersah und die Freude hatte über Ihren letzten Brief mit Ihnen plaudern zu können, – das soll mich der angenehmen Pflicht nicht entheben, nun doch zu schreiben, wenn auch nicht eigentlich mehr zu antworten. Meine Frau hat Ihre Frau Mama gesprochen und wir wissen, daß Hans nun gut untergebracht ist, hoffentlich zu seiner und Ihrer aller Freude. Bis zu den großen Ferien ist ja kaum noch ein Vierteljahr. Da's mal sein mußte, ist es gut, daß das Unerläßliche nun geschehen, en vue ist immer schlimmer als fait accompli. – Für Raumer's Histor. Taschenbuch bin ich Ihnen aufrichtig dankbar aus verschiedenen Gründen. Der Varnhagensche Bericht hat mich außerordentlich interessirt, ich habe auch, so kurz er ist, viel daraus gelernt, denn er giebt auch – abgesehen von dem eigentlichen Hergang – ein vorzügliches Zeitbild und charakterisirt den Kaiser in seiner Ueberlegenheit, Klugheit und – Gerechtigkeit. Außerdem hat der Aufsatz auch noch stilistisch mich lebhaft beschäftigt. Varnhagen galt so sehr als »erster Stilist«, daß Humboldt ihm seinen Kosmos gab, um den Stil in Ordnung zu bringen. Ich bin nicht Humboldt, würde mich aber hüten, meinen Stil bei Varnhagen in die Feile zu geben. Es wirkt alles gedrechselt, schönrednerisch, altjungfernhaft. Damit sollen aber Varnhagens stilistische Verdienste nicht geleugnet sein; es ist doch alles in hohem Maße gebildet, fleißig, sorglich, die Ausdrucksweise eines Mannes, der sein Metier nicht als Hausknecht sondern als Künstler betreibt. Alles bereitwilligst zugegeben. Aber doch, welch ungeheurer Fortschritt, der sich in diesen 60 Jahren vollzogen hat. Vergleichen wir unsre Schreibweise mit der Göthe-Schillerschen vor 100 Jahren, so bleiben vielleicht unsre Besten dahinter zurück, aber was nach Schillers Tode kam, war – es wird wohl auch ein paar glänzende Ausnahmen geben – Rückschritt, ein gewisser Zier-Stil fing an und daß wir *den,* unter dem Einfluß der naturalistischen Schule, wieder los geworden sind, ist ein großes Glück. In dem Raumerschen Taschenbuch habe ich auch noch die von Prof. Johannes Voigt (Königsberg) herrührende pièce de resistance, 150 Seiten, gelesen, die sich mit dem Zustande des päpstlichen Roms in der ersten Hälfte des 15. Jahrhunderts beschäftigen. Voigt hat die Gesandtschaftsberichte, die verschiedne Gesandte des Deutschen Ordens von Rom aus an den Ordensmeister richteten, als Fundament genommen, und darauf seinen Aufsatz aufgebaut. An englischen Essays gemessen eine Quartaner- oder vielleicht richtiger eine Registratorarbeit, ohne jede Spur von Kunst, ohne jedes literarische Talent. Wenn alle berühmten Geschichtsprofessoren damals so kümmerlich geschrieben haben, so thut mir der ganze Stand der Wissenschaft jener Tage leid. Das Material war vorzüglich – die Ordensgesandten aus dem Jahre 1430 stehen himmelhoch über dem Geschichtsprofessor von 1830 – und es hätte sich daraus ein wahres Prachtstück von historischem Essay machen lassen, was er aber thatsächlich gegeben hat, sind blau angestrichene Stellen, die seine Frau oder seine Tochter aus den Akten abgeschrieben und die er ohne jede Spur von künstlerischer Anordnung aneinander gereiht hat. Wenn ich einen modernen Leitartikel einer leidlich gutredigirten Zeitung, also – wenn es eine sozialdemokratische Zeitung ist – das Machwerk eines mit gutem Grips ausgerüsteten Schlosser- oder Tischlergesellen daneben halte, so steht solch Leitartikel auf einer schwindelnden Kunsthöhe neben dieser Leistung eines berühmten Professors, dabei so unlogisch, so widerspruchsvoll, so schiefgewickelt, daß man einen geradezu traurigen Eindruck empfängt. Wie wenig bedeutet doch diese Wissensstofffresserei, wenn der, der es massenhaft 'runterschluckt, unfähig ist, den Stoff zu verdauen und sich zu lichten Höhen zu erheben. Es heißt immer, es sei Schade daß diese alten Knaben ausstürben, aber sie können nicht schnell genug von der Bildfläche verschwinden. Vergleichen Sie unsre 2 vorjährigen Karlsbader Bekanntschaften: Grünhagen und Victor Meyer, so haben Sie den Unterschied greifbar vor sich. Was verliert die Welt an Grünhagen, dem ich wahrhaftig nicht zu nahe treten will. Ich habe nichts gegen das Alte, wenn man es innerhalb seiner Zeit läßt und aus dieser heraus beurtheilt; der sogenannte altpreußische Beamte, der Perrückengelehrte des vorigen Jahrhunderts, Friedrich Wilhelm I., der Kürassieroffizier der mehrere Stunden Zeit brauchte eh er sich durch sein eignes Körpergewicht in seine nassen ledernen Hosen hineinzwängte, die Ober-Rechenkammer in Potsdam, der an seine Gottesgnadenschaft glaubende Junker, der Orthodoxe, der mit dem Lutherschen Glaubensbekenntniß steht und fällt, – all diese Personen und Institutionen finde ich novellistisch und in einem »Zeitbilde« wundervoll, räume auch ein, daß sie sämmtlich ihr Gutes und zum Theil ihr Großes gewirkt haben, aber diese todten Seifensieder immer noch als tonangebende Kräfte bewundern zu sollen, während ihre Hinfälligkeit seit nun gerade hundert Jahren, und mit jedem Jahre wachsend, bewiesen worden ist, das ist eine furchtbare Zumuthung. Von meinem vielgeliebten Adel falle ich mehr und mehr ganz ab, traurige Figuren, beleidigend unangenehme Selbstsüchtler von einer mir ganz unverständlichen Bornirtheit, an Schlechtigkeit nur noch von den schweifwedelnden Pfaffen (die immer an der Spitze sind) übertroffen, von diesen Teufelskandidaten, die uns diese Mischung von Unverstand und brutalem Egoismus als »Ordnungen Gottes« aufreden wollen. Sie müssen alle geschmort werden. Alles antiquirt! Die Bülows und Arnims sind 2 ausgezeichnete Familien, aber wenn sie morgen von der Bildfläche verschwinden, ist es nicht blos für die Welt (da nun schon ganz gewiß) sondern auch für Preußen und die preußische Armee ganz gleichgültig und die Müllers und Schultzes rücken in die leergewordenen Stellen ein. Mensch ist Mensch. Goethe würde sich gehütet haben, es zu bestreiten; aber jeder agrarische Schafzüchter prätendirt eine Sonderstellung. Indessen der Krug geht so lange zu Wasser bis er bricht; in den eignen Reihen dieser Leute wird es zur Revolte kommen und alle die, die das Herz auf dem rechten Flecke haben, werden sich von den selbstsüchtigen Radaubrüdern scheiden. –

Über Caracosa habe ich in den »Blättern für liter. Unterhaltung« eine lange Kritik gelesen; sehr wohlwollend und wahrscheinlich auch alles richtig, aber doch gezwungen im Vortrag, so daß man merkt, das Herz hat nicht mitgesprochen. Es *kann* nicht gut sein. Um es zu sein, müßte Dove nicht blos ein sehr kluger Mann und guter Historiker sein (was er Beides ist) sondern auch ein großer Dichter, was er mit der höchsten Wahrscheinlichkeit *nicht* ist. Die Welt von 1250 oder 60 schildern, das kann nur ein dichterisches Genie. Vor 70 Jahren ließ man sich dergleichen gefallen; jetzt *weiß* man, daß das nicht so geht.

Unter herzlichen Empfehlungen an Ihre Damen, wie immer Ihr

Th. Fontane.

Nachschrift.

Noch ein Wort über Caracosa. Wenn ich gesagt habe, »es könne nicht gut sein«, so ist das falsch. Natürlich ist es gut; solch feiner, kluger Herr kann nichts Schlechtes schreiben. Aber was heißt gut? »Gut« ist in diesem Falle gar nichts, es muß *sehr* gut sein, wenn es gut sein soll. Und zu »*sehr* gut« fehlt ihm glaub ich das Maaß. Das kommt nicht vor, daß sich einer mit 50 hinsetzt und mit einem Male, wie aus der Pistole geschossen, etwas »*sehr* gutes« schreibt; einem Leinenweber oder Schiffsbootsmann kann das passiren, einem Berliner Professor nicht.

Th. F.

*350. An Moritz Necker*

*Berlin* 24. April 94.
Potsd. Str. 134. c.

Hochgeehrter Herr.

Herzlichen Dank für Ihren liebenswürdigen und inhaltreichen Brief. Eigentlich wohnt mir die Neigung inne – wie ich auch im persönlichen Verkehr sehr plauderhaft bin – auf solchen interessanten Brief, der 10 Fragen anregt, gleich zu antworten; ich habe mir's aber abgewöhnt, abgewöhnen müssen, weil man sonst in einer richtigen Correspondenz drin sitzt man weiß nicht wie, natürlich nur dann, wenn der Andre eben so geartet ist wie man selbst.

Ich berühre deshalb auch heute nur ein paar Punkte.

Natürlich hätte R. eine Kritik über Hoffmann bringen müssen, nun erst recht. Mir ist das Gegentheil ganz gegen den Strich; aber die Menschen sind verschieden und man muß sich in Dinge finden, die man sich täglich wiederholen sieht.

Conrad Alberti, den ich seit länger als 4 Jahren nicht gesehn, sah ich am Nachmittage desselben Tages, wo er Ihren Brief empfangen; hoffentlich entspricht seine Arbeit einigermaßen meiner guten Meinung; ich habe damals so vieles durcheinander gelesen.

Daß das Wiener Feuilleton die Wiener Literatur todtgeschlagen habe, ist eine sehr hübsche Wendung und gewiß wird ein gut Theil Wahrheit drin stecken; aber schließlich haben doch Anzengruber und die Ebner-Eschenbach, unter und neben dem Wiener Feuilleton, ihre Wiener Geschichten geschrieben und wahrscheinlich giebt es viel Andre noch. Denn – zur Erklärung dieses »wahrscheinlich« – ich bin schlecht literaturbewandert, war es immer, und seit einer Reihe von Jahren sieht es vollends schlecht damit aus. Ich lese sehr wenig, weil es mich zu sehr anstrengt.

Ganz besonders dankbar bin ich Ihnen für den Hinweis darauf, daß die *Form* in der Wiener Journalistik seit lange geblüht hat. Das Buch von Kuh habe ich seinerzeit gelesen; jetzt, in der Rundschau, Hanslicks Erinnerungen. Beiden verdanke ich Belehrung, Anregung, Genuß. Hanslicks Erinnerungen sind eigentlich nach einem alten Rezept zusammengestellt, das als Rezept keinen hohen Werth mehr hat, aber er hat es doch so fein und gut gemacht, daß ich wieder recht empfunden habe, alte oder neue Manier ist ganz gleichgültig, wenn nur der richtige Mann sich an die Sache heran macht.

Wäre ich jünger, so bäte ich Sie, mich auf einzelne hervorragende Sachen von Uhl, von Speidel, von Kuh, vielleicht auch von Spitzer aufmerksam zu machen; meine Kräfte reichen aber nicht mehr aus und so verzichte ich, trotzdem mich die Frage »wie steht es mit dem Feuilleton in den verschiednen Großstädten« mehr interessirt, als die Frage nach dem 5 Mark Kornzoll. Meine Semmeln bleiben doch wie sie sind.

*27. April.*

Sie fragen: »verlohnt es so viel Müh, um etwas zu schaffen, was mit dem Einen Tage verschwinden wird?« Ich glaube doch, ja. Und zwar deshalb, weil die Herrn, die die glückliche Gabe haben, sagen wir anderthalb Millionen Wiener einen Tag lang geradezu zu entzücken, eine viel schönre und auch höhere Aufgabe lösen, als die, die mit gleichem Fleiß einen »Columbus« schreiben und nichts erreichen, als eine 3 malige Aufführung vor einem gähnenden Hause. Nach 3 Monaten ist dieser »Columbus« noch viel viel vergessener, als das Eintagsfeuilleton. Das Eintagsfeuilleton hat doch gewirkt, was immer was bedeutet; es hat den ganzen Gesellschaftszustand, und wär' es auch blos um den millionsten Theil einer Haaresbreite, gefördert und verfeinert und ist nach 100 Jahren immer noch ein wundervolles Material für einen Historiker wie Taine. Der »Columbus« aber, selbst wenn ihm der Literaturforscher irgendwo begegnet, bleibt ein Schreckgespenst, an dem auch der Tapferste scheu vorübergeht. Und 99/100, vielleicht 999/1000 von aller Produktion, ist mehr oder weniger »Columbus«.

Ossip Schubin – deren Talent, nach einer bestimmten Seite hin, eminent war – ist im Niedergang. Ich würde Ihnen sehr dankbar sein, wenn Sie mir Ihre Kritik über diese deutsche Ouida schicken wollten. Auch meine Damen, (Frau und Tochter) – natürlich eifrigere Ossip Schubin-Leserinnen als ich selbst – würden sich sehr darüber freuen. In vorzüglicher Ergebenheit

Th. Fontane.

## *351. An Joseph Viktor Widmann*

*Berlin* 27. April 94
Potsd. Str. 134 c

Hochgeehrter Herr.

Ihre Güte hat mir die Nummer 111 des »Bund« und in ihr Ihr Feuilleton »Altes und Neues von Th. F.« zugehen lassen. Seien Sie aufs herzlichste für diese doppelte Liebenswürdigkeit, schreiben und schicken, bedankt. Man stumpft ab gegen diese Dutzendkritik, – gegen das Dutzendlob noch mehr als gegen den Dutzendtadel, der einen doch wenigstens immer wieder auf 5 Minuten ärgert – aber von einem Manne, der, selbst ein anerkannter Schriftsteller, seinen kritischen Beruf ernst und gewissenhaft nimmt, freundliche, auf Person und Sache eingehende Worte zu hören, – *das* erquickt immer wieder. Muß erquicken, weil es so selten ist.

Wie reizend der »venetianische Spiegel«, mit dem Sie gleich einsetzen. Es ist etwas eigenthümlich Erfinderisches und sich Einprägendes darin, so hübsch, daß ich in die Versuchung kommen werde, nicht literarisch aber doch in der gesellschaftlichen Plauderei zum Räuber an Ihnen zu werden und mit diesem venetianischen Spiegel herumzuparadiren. Denn wie ein Dietrich jedes Schloß aufschließt, so kann man diesen Spiegel bei jedem Schriftsteller, der auf irgend einen dicken Wälzer ein paar Kleinigkeiten folgen läßt, immer wieder ganz wundervoll verwenden.

Aufrichtig dankbar bin ich Ihnen auch für das Citat aus »Rektor Müslins italienischer Reise«. Es ist jetzt gerade 20 Jahre, daß ich vor dem Bilde stand und alles wurde mir im Lesen Ihrer Schilderung wieder lebendig. Ich erinnere mich deutlich, daß ich (meine Frau begleitete mich) damals Betrachtungen angestellt habe, die sich mit den Ihrigen, bis in einzelne Wendungen hinein, vollkommen decken. Es hat etwas eigenthümlich Anheimelndes und auch wieder romantisch Grusliges, sich, vor einem alten Bilde, so bei 120 Meilen Entfernung, im Geiste zu finden.

Meine L'Adultera-Geschichte hat mir damals, als sie, ich glaube 1880, zuerst in Lindaus »Nord und Süd« erschien, viel Anerkennung aber auch viel Ärger und Angriffe eingetragen. Seitens der Lobredner hieß es: »da haben wir wieder einen Berliner Roman«, aber die Philister und Tugendwächter, deren Tugend darin besteht, daß sie die Tugend *nicht* bewachen, sondern sie nur immer weiter behaupten, auch wenn sie längst weg ist, – diese guten Leute beschuldigten mich, nebem andrem, der Indiskretion. Sie gingen davon aus – und dies erklärt manches – ich sei so was wie ein eingeweihter Hausfreund in dem hier geschilderten Ravenéschen Hause gewesen. Dies war nun aber ganz falsch. Ich habe das Ravenésche Haus nie betreten, habe die schöne junge Frau nur einmal in einer Theaterloge, den Mann nur einmal in einer Londoner Gesellschaft und den Liebhaber (einen Assessor Simon) überhaupt nie gesehn. Ich denke, in solchem Falle hat ein Schriftsteller das Recht, ein Lied zu singen, das die Spatzen auf dem Dache zwitschern. Verwunderlich war nur, daß auch in Bezug auf die Nebenpersonen, alles, in geradezu lächerlicher Weise, *genau* zutraf. Aber das erklärt sich wohl so, daß vieles in unsrem gesellschaftlichen Leben so typisch ist, daß man, bei Kenntniß des Allgemeinzustandes, auch das Einzelne mit Nothwendigkeit treffen muß. Nochmals besten Dank. In vorzüglicher Ergebenheit

Th. Fontane

### 352. *An Paul Schlenther*

Berlin 28. April 94. Potsd. Str. 134c.

Hochgeehrter Herr.

Da ich nicht weiß, wo Fulda nächtigt, will ich doch Ihnen wenigstens aussprechen, mit welchem Genuß ich eben den kleinen Essay über Schack (auch »Schackothek« kannte ich noch nicht) gelesen habe. Wenn doch solche Mitarbeiterschaft am Sonntagsblatt eine stehende werden könnte! Schulte, der alte Primus omnium, ist in seiner Art ganz gut, aber er bedarf der Ergänzung und andrer als der der Fachfexe. – Fast die ganze zweite Spalte des Fuldaschen Aufsatzes ist vorzüglich, lauter Treffer, wie Kunstschütze Martin. Weiterhin ist die Colosseumsscene wundervoll. Nur in der Schlußbetrachtung kann ich mich nicht zurechtfinden. Menzel, als Lazarus mal, kunstorakelnd, über menschliche Gestalten mit Thierköpfen (oder auch umgekehrt) das Todesurtheil verhängt hatte, sagte: »ja, lieber Lazarus, da streichen Sie flottweg einen starken und berühmt-gewordenen Bruchtheil unsrer gesammten Kunst.« So streicht Fulda flottweg den Biographiemenschen. Ich glaube mit Unrecht. Die besten Gardebataillone der Menschheit sind die Todten, die, biographisch wiederbelebt, unter uns wandeln. Es sind nicht Schemen. Umgekehrt, sie haben den wahren Lebensodem. Unter Grüßen und Empfehlungen an die hochverehrte Frau wie immer Ihr

Th. Fontane

*353. An Karl Eggers*

[Postkarte. Poststempel: 4. 5. 1894]

Theuerster Senator. Da das berühmte M. doch ein zu unsichrer Rütli-Passagier ist, würden wir morgen nur zu Zweien tagen und den Rütli-Schwur erneuern können. Ich proponire deshalb: ausfallen lassen. Ueberhaupt – da die Situation so bleibt – werden wir wohl nur noch dann und wann eine Extrasitzung bei Zöllner, wo wir dann wenigstens Drei sind, abhalten können. Wie immer Ihr

Th. F.

*354. An Theodor Fontane (Sohn)*

*Berlin*, d. 4. Mai 1894.

Mein lieber, alter Theo.

Ich glaube, für Deine Karte aus Halberstadt schulden wir noch unsern Dank, und da kann ich denn als Vermittler oder Überbringer davon gut einspringen.

Wie gönne ich Dir diese Ausflüge, die nebenher auch noch das Gute haben, einträglich zu sein. Überschlage ich meine eigene Reiserei, so komme ich zu dem Resultat, daß ich von solchen Spritzfahrten in die Nähe viel, viel mehr Anregung, Vergnügen und Gesundheit gehabt habe, als von den großen Reisen, die sehr anstrengend, sehr kostspielig und meist demütigend sind. Erhebend, in bezug auf Mannesstolz, gewiß nicht; denn man debütiert überall als Schuster. In Teupitz und Wusterhausen aber, und nun gar in Priegnitz und Havelland bin ich immer glücklich gewesen. Man paßt mehr zum »Gasthof zum alten Zieten« in Wildberg als zum Clarendon-Hotel in London. Schmerzlich, aber wahr.

Daß es Euch in Hannover gut geht, haben wir zu unserer

herzlichen Freude brieflich von Dir und mündlich von Frau Sternheim erfahren; die Wohnung soll ja reizend sein, »beinahe feudal«. Möge das Behagen bleiben, wachsen.

Gestern habe ich ein sehr hübsches Geschenk empfangen: Frau Professor *Schaper* schrieb mir einen zierlichen Brief, in dem es hieß: da sie aus einem Gedichte von mir (es ist das mit dem Mozartzopf) ersehe, daß zu den paar Sachen, für die ich mich noch interessierte, auch der »Schapersche Goethekopf« gehöre, so erlaube sie sich, mir diesen zu schicken. Es ist eine sehr hübsche Büste, ¾ Lebensgröße, die sich nun zwischen Rauch und dem alten Fritzen sehr gut ausnimmt.

Wie immer Dein alter

Papa.

355. *An August von Heyden*

*Berlin*, d. 6. Mai 1894.
Potsdamer Str. 134c.

Mein lieber Heyden.

Vielleicht treffen Dich diese Zeilen noch hier. Sie sollen Dir sagen, wie dankbar ich Dir für den Bayeuxteppich bin. Fast zwei Stunden lang habe ich mir den Hals verrenkt und unter Hervorsuchung meiner kümmerlichen Latinität den eingestickten historischen Kommentar gelesen. Ein Hundevergnügen. Aber es verlohnte sich. Nach meiner Meinung hätten sowohl Vorstand wie Presse die Sache ganz anders in die Hand nehmen und ein verhundertfachtes Interesse des Publikums wachrufen müssen. So war es ein Schlag ins Wasser. Ich war nicht nur der einzige Beschauer. Ich wurde auch – weil ich in meinem Interesse »verdächtig« war – von fünf oder sechs ausgestellten Posten in Zivil und Uniform, von den verschiedensten Punkten aus, beobachtet, ganz so wie ein nach Magdeburg Gereister, weil er der Polizei gemeldet hatte »*Vergnügens halber*«, von dieser observiert und schließlich sistiert wurde. Man glaubte es ihm nicht. So geht es mir in Berlin immer. Lasse ich mich mal wo sehn und zeige meine ganz besondere Teilnahme, so bin ich sofort Hochstapler, pickpocket. So ist es mir im Königlichen Schloß und im Hohenzollernmuseum ergangen. Alles bei uns ist roh, kommissig, urdämlich. Ich verlange, daß man mir meine Nicht-pickpocket-Beschaffenheit schon auf dreißig Schritt ansieht. Aber in einem Menschen lesen, ihn einigermaßen richtig taxieren – o du himmlischer Vater! Deshalb haben mir auch Anno 70 alle preußischen Offiziere gesagt: »bei uns wären Sie erschossen worden«. Glückliche Reise. Dein

Th. F.

*356. An Moritz Necker*

*Berlin* 8. Mai 94.
Potsdamerstraße 134. c.

Hochgeehrter Herr.

Wie gütig, daß Sie mir Ihre Besprechung des neuesten Romans von Ossip Schubin geschickt haben. Ich danke Ihnen aufrichtig dafür. Die Art wie Sie einsetzen und durch die Parallele zwischen der glänzendsten Figur der Verfasserin und dieser selbst Kritik üben, ist vorzüglich und gewiß zutreffend.

Ich habe inzwischen auch die Fortsetzung von Hanslicks »Aus meinem Leben« gelesen. An ein paar Stellen schien es mir nachzulassen, schließlich aber hatte mich's doch wieder in seinem Bann. Es scheint – so wenigstens schließe ich aus ein paar eingestreuten Bemerkungen – daß ihm von mehreren Seiten gesagt worden ist: »ja, Freund, ganz gut, sogar *sehr* hübsch, aber die Hauptsache fehlt oft« – und diese Bemerkungen, weil er ein sehr kluger und gewiß auch Selbstkritik übender Herr ist, scheint er selbst nicht unberechtigt gefunden zu haben. In der That liegt es so. Die Geschicklichkeit mit der er diesen Mangel – der nicht in seinem Talent sondern in seinem Wollen liegt – zugedeckt hat, ist groß; ein feiner Sinn für das Anekdotische reißt ihn immer wieder siegreich heraus, aber wir empfangen zu wenig runde volle Lebensbilder. Zum Beispiel die Tagliana. Weil er das Wahre nicht sagen kann oder will, erzählt er etwas sehr Hübsches von *Makart*, aber die Tagliana bleibt er uns schuldig. Daß sie einen Advokaten geheirathet, ist mir nicht genug. Aber trotzdem ist es ein feines, in seiner Art ausgezeichnetes Buch, das ich überall mit Vergnügen gelesen habe.

In vorzüglicher Ergebenheit

Th. Fontane.

*357. An Moritz Necker*

*Berlin* 12. Mai 94.
Potsd. Str. 134. c.

Hochgeehrter Herr.

Anbei mit bestem Dank und Pfingstgrüßen das unterzeichnete Uebereinkommen zurück. In vorzügl. Ergebenheit

Th. Fontane.

*13. Mai*
Pfingstsonntag.

Mein Brief vom 8. war bis auf die Schlußzeilen geschrieben, als in rascher Reihenfolge Ihre verschiedenen freundlichen Sendungen kamen: Brief, Karte, und Ihr Aufsatz in der N. Fr. Presse »Wiener Erzähler«.

Herzlichen Dank für alles.

Zunächst lassen Sie mich Ihnen meine Theilnahme über die Krankheit Ihrer Frau Gemahlin aussprechen, zugleich die Hoffnung, daß mittlerweile jede ernstere Sorge von Ihnen genommen ist.

Am Schluß Ihres Briefes fragen Sie in großer Freundlichkeit bei mir an, ob ich nicht, in der nächsten Saison, in Ihrem »Verein der Literaturfreunde« einen Vortrag halten möchte. Die Begabung zu öffentlichem Auftreten hat mir stets gefehlt, ich kann gut plaudern aber schlecht sprechen, und bedaure nachträglich, daß ich ein paar mal in meinem Leben es trotzdem versucht habe. Jedesmal mit sehr schwachem Erfolg. Und nun jetzt mit 74! Unmöglich. Wenn Schlenther mit keinem besondren Glück gepredigt hat, so hat es wohl daran gelegen, daß sein »Evangelium« den Wienern nicht recht einleuchtete; seine Form ist gut, seine Gewandtheit groß.

Sie erwähnen auch Heinrich Seidels und seines vergleichsweisen Ruhmes, den Sie auf den Unterschied zwischen Wien und Berlin zurückführen. Es muß aber an was andrem liegen. Seidel, ein sehr guter Schriftsteller, ist *ganz* unberlinisch und hat in Berlin selbst eine ganz kleine Gemeinde. Wahrscheinlich wird er in seiner Heimath Mecklenburg und in den Stormschen Gegenden gelesen, vielleicht auch in Sachsen-Thüringen: *hier* sehr wenig. Hier, trotz aller Anfeindungen, hat die neue Schule doch tief Wurzeln geschlagen, auch entspricht sie dem Berliner Wesen.

Für alles was einerseits Ihr Brief über die Wiener Feuilletonisten andrerseits Ihr Aufsatz über die Wiener Erzähler enthält, bin ich Ihnen außerordentlich dankbar. Es giebt mir doch einen Schmack davon, wie die Dinge bei Ihnen liegen und orientirt mich. In vorzügl. Ergebenheit

Th. Fontane.

*358. An Georg Friedlaender*

Berlin 14. Mai 94.
Potsd. Str. 134.c.

Hochgeehrter Herr.

Der heutige Vormittag war für Sie bestimmt; da kommt Ihr Brief mit seinen Beilagen und nun hab ich in eins zweimal zu danken.

Die Adelsfrage! Wir sind in allem einig; es giebt entzückende Einzelexemplare, die sich aus Naturanlage oder unter dem Einfluß besondrer Verhältnisse zu was schön Menschlichem durchgearbeitet haben, aber der »Junker«, unser eigentlichster Adelstypus, ist ungenießbar geworden. Als Kunstfigur bleibt er interessant und Historiker und Dichter können sich freun, daß es solche Leute gab und giebt; sie haben einen Reiz wie alles Scharfausgeprägte. Aber was ist damit bewiesen! Alte Geizhälse, alte Weiber die im Kehricht wühlen und wenn sie sterben, einen nicht mit der Kneifzange anzufassenden Unterrock hinterlassen, drin 30,000 Franken eingenäht sind, – alle solche Wesen sind auch interessant und was nach Abruzzen und Mord und Todtschlag schmeckt erst recht; jeder Hochstapler ist novellistisch angesehn ein Gott. Im Uebrigen ist er ein Greul. Und zu solchem Greul entwickeln sich auch die Junker. Je mehr sie überflügelt werden, je mehr sie sich überzeugen müssen, daß die Welt andren Potenzen gehört, desto unerträglicher werden sie in ihren Forderungen; ihre Vaterlandsliebe ist eine schändliche Phrase, sie haben davon weniger als andre, sie kennen nur sich und ihren Vortheil und je eher mit ihnen aufgeräumt wird, desto besser. Der x beinige Cohn, der sich ein Rittergut kauft, fängt an, mir lieber zu werden als irgend ein Lüderitz oder Itzenplitz, weil Cohn die Zeit begreift und alles thut, was die Zeit verlangt, während Lüderitz an der Lokomotive zoppt und »brr« sagt und sich einbildet, sie werde still stehn wie sein Ackergaul. Es heißt unser Kaiser spiele sich auf Friedrich den Großen hin aus; ist es so, so sollte er lieber um eine Nummer weiter zurückgreifen und sich auf Fr. W. I. hin ausspielen; *diesen* großen König könnten wir jetzt gebrauchen, selbst auf die Gefahr hin, daß ein Stück bürgerlicher Freiheit mit in die Quist ginge, – denn Zerbrechen dieser aufgesteiften, falschen Adelsmacht muß nächste Aufgabe eines preußischen Königs sein, seines Nebenherpostens als deutscher Kaiser ganz zu geschweigen.

Einen zweiten Hauptheil Ihres Briefes bildet Dove und Carracosa. Schrecklich ist es, daß jetzt die Dove's durch Dowe ganz zurückgedrängt sind. Immer dieselbe Geschichte. Was sind alle berühmten Hildebrandts gegen den Pfefferküchler, dessen Pfeffernüsse noch dazu schlecht sind. Dove's beide Briefe haben mich außerordentlich interessirt auch abgesehen von der Carracosa-Frage. Alles, im Guten und Nicht-Guten, ist spezifisch berlinisch. Wie denn das Berlinische, das *feinere* Berlinische (denn von dem andern, das einen Kommißknüppelzustand repräsentirt, ist gar nicht zu sprechen) überhaupt am glänzendsten durch die Halbblutfamilien Dove, Etzel, Baeyer, Bendemann, Ewald und vielleicht kann ich hier auch die Friedländers nennen, zur Erscheinung gebracht wird. Ich habe nun den herzlichen Wunsch, daß mir Ihre Frau Mama, die wir uns angelegentlichst empfehlen, das Carracosa-Buch mitbringt und daß ich es lesen kann. Ich bin doch *sehr* neugierig. Die Citate aus Freytags und Heyse's Briefen machen keinen großen Eindruck auf mich, alles sehr gewunden und zugleich Cliquen- oder Verschworenen-Urtheil. Freytag, was ihm hoch anzurechnen ist, ist leidlich unbefangen geblieben, Heyse aber ist ganz Partei und rasender Roland. Ich denke, Sie werden mir Ehrlichkeit und Unbefangenheit genug zutraun, um sich überzeugt zu halten, daß ich, wenn besiegt, sofort mit fliegenden Fahnen ins feindliche Lager übergehn und dort, huldigend, die Knie beugen werde; es ist mir aber vorläufig unwahrscheinlich, daß es zu dieser Besiegung kommen wird. Dove, Scheffel. Dove ist wahrscheinlich klüger, als Scheffel war und ist, wie glänzend begabt überhaupt, so auch literarisch reich talentirt; Scheffel dagegen war gar nichts, er war nur Süffel und – Dichter. Aber dabei kommt schließlich doch mehr heraus.

»Spezifisch berlinisch« sagte ich. In zweierlei tritt einem das in dem Doveschen Briefe frappant entgegen: in der von kleinen Malicen begleiteten Empfindlichkeiten und dann – *trotz* eigner Berlinerschaft oder *weil* – in einer höchst kritischen Stellung gegen alles Berlinische. Unsre »Eigentlichsten« sind immer zugleich unsre eigentlichsten Gegner. Ich selbst gehöre auch mit dazu. Je berlinischer man ist, je mehr schimpft man oder spöttelt man auf Berlin. Daß dem so ist, liegt nun aber nicht blos an dem Schimpfer und Spötter, es liegt leider wirklich auch an dem Gegenstande, also an unsrem guten Berlin selbst. Wie unsre Junker unausrottbar dieselben bleiben, kleine, ganz kleine Leute die sich für historische Figuren halten, so bleibt der Berliner ein egoistischer, enger Kleinstädter. Die Stadt wächst und wächst, die Millionäre verzehnfachen sich, aber eine gewisse Schusterhaftigkeit bleibt, die sich vor allem in dem Glauben ausspricht: »Mutter's Klos sei der beste.« Dabei giebt es hier – denn man kann doch nicht immer auf Bismarck und Moltke recurriren, die nicht mal Berliner waren – überhaupt nichts Bestes, es giebt in Berlin nur Nachahmung, guten Durchschnitt, respektable Mittelmäßigkeit und das empfinden alle klugen Berliner, so wie sie aus Berlin heraus sind. Das *menschliche* Leben draußen (nicht das politische, bei dem's aber auch zutrifft) ist freier, natürlicher, unbefangener und deshalb wirkt die nicht-berlinische Welt *reizvoller*. Die Menschen draußen sind nicht klüger, nicht besser, auch wohl nicht einmal begabter und talentvoller, sie sind blos *menschlicher* und weil sie menschlicher sind, wirkt alles besser, *ist* auch besser. Das lyrische Gedicht eines Menschen, der menschlich empfindet, wird immer besser sein als das eines »Gebildeten«. Bildung ist etwas Herrliches: aber was bei uns als Bildung gilt, ist etwas ungemein Niedriges und sogar Dämliches.

Und nun habe ich noch kein Wort von der »Frau Theaterdirektorin« gesagt. Ihre Schilderung davon ist eine Perle, auch in dem Sinne: »Perlen bedeuten Thränen.« Es hat mich alles tief bewegt. Welche Tragödien spielen sich so ganz gemüthlich um einen her ab. Und was Sie da schildern, ist erst 1. Akt oder höchstens 2. Wenn nun zu der Armuth auch noch Krankheit kommt, ein trauriges Kindbett mit allen Elendigkeiten, und dann ein destruirter Körper und das reizende Gesicht verblüht, verfällt, – dann geht es erst los, dann fällt auch das Rührei weg und der Champagner nun schon gewiß. O diese Schauspielkunst, was hat sie schon alles verschlungen!

Meine Frau dankt für Ihre Grüße, die Tochter ist seit Donnerstag ausgeflogen und zwar nach Elsenau hin, einem bei Nakel gelegenen Gut, auf dem ihre Freundin Lise Witte (jetzt Lise Mengel, furchtbarer Name) residirt. Mein Sohn Friedel hat die Schwester begleitet; sie wollen noch 14 Tage dort sein, dann geht es auf etwa ebenso lange zum alten Veit nach Pommern. Wir sind derweilen hier allein und basteln meinen Roman fertig. Rodenberg hat ihn angenommen und mir sehr Verbindliches darüber gesagt. Es ist das bekannte alte Postpacket, das mit der Bezeichnung »6000 Mark« auch bei Ihnen so lange lagerte. Ich dachte damals nicht, daß es (und ich mit) zum Leben wiedererstehen würde. – Daß Sie an den Kindern – speziell auch an Hans – so viel Freude haben, freut uns aufrichtig mit. Empfehlen Sie uns den Damen aus 3 Generationen und seien Sie herzlich gegrüßt von

Ihrem
Th. Fontane.

*359. An Leo Berg*

*Berlin* 18. Mai 94.
Potsdamerstr: 134. c.

Hochgeehrter Herr.

Ich darf doch wohl annehmen, daß Sie zu der früher in Ihren Händen ruhenden Redaktion des »Zuschauer« auch jetzt noch freundliche Beziehungen unterhalten und so bitte ich Sie, wenn es sich so giebt, Herrn Otto Ernst wissen zu lassen, mit wie großem Vergnügen ich seinen Artikel das »literarische Banausenthum« gelesen habe. Daß er meiner dabei freundlich gedenkt, das ist noch im Speziellen wohlthuend für mich, meine Freude gilt aber dem Ganzen und im Einzelnen der schönen Stelle auf S. 462, wo er von dem dogmatisch religiös überfütterten und seiner relativen Bekehrung spricht. Die Wärme des Ausdrucks sorgt hier für eine schöne Wirkung.

Mit besten Wünschen für Ihr Wohl, in vorzüglicher Ergebenheit

Th. Fontane.

Lassen Sie mich auch Ihnen noch danken für das über Kirstein Gesagte; die Lubliner-Stelle ist besonders reizend. Auch das über die Fehler. Fehler sind wirklich beinah gleichgültig; oft ein Vorzug.

*360. An Wilhelm Hertz*

Berlin 27. Mai 94.
Potsd. Str. 134.c.

Sehr geehrter Herr Hertz.

Darf ich von Ihrer Güte zwei Exemplare meiner »Wanderungen« erbitten, 2 mal 4 Bände. Meine Tochter will zwei Geschenke damit machen. Ich weiß nicht, wie die Abmachungen darüber sind und sehe deshalb – Schicksal nimm Deinen Lauf – event. einer gefälligen Rechnungsbeifügung entgegen. –

Waren Sie mit auf dem Göthetag? Was Schlenther darüber geschrieben – besonders die Schilderung der witzig graziösen Fehde zwischen Erich Schmidt, Heyse, Alex. Meyer – war geradezu reizend. Ein Jammer, daß die Vossin nicht 100 Leser hat, die die Zunge dafür mitbringen. Aber wo sitzt hier überhaupt die Zunge? Der Borussismus hat keine oder eine belegte. Welch Glück, daß wir noch ein außerpreußisches Deutschland haben. Oberammergau, Bayreuth, München, Weimar, – das sind die Plätze, daran man sich erfreuen kann. Bei Strammstehn und Finger an der Hosennaht, bei Leist und Wehlan wird mir schlimm. Und dabei bin ich in der Wolle gefärbter Preuße. Was müssen erst die Andern empfinden? In vorzüglicher Ergebenheit

Th. Fontane.

Haben Sie heut Hans *von* Hopfens Brief in der Vossin gelesen? Großartig. Ein furchtbarer Knüppel.

*361. An Julius Rodenberg*

Berlin, 28. Mai 1894
Potsdamer Straße 134c.

Hochgeehrter Herr.

Ich bin nun, bis auf ein paar Bagatellen, fertig; paßt es Ihnen, wenn ich Ihnen am Mittwoch vormittag den Roman zusende, oder soll das M. S. lieber bei mir lagern, bis Sie's im Spätsommer brauchen?

In Weimar muß es diesmal apart nett gewesen sein; aus einem eben eintreffenden Briefe von W. Hertz ersehe ich, daß Sie Heyses Rede – wohl aber erst im Juli-Heft – bringen werden.

In vorzüglicher Ergebenheit

Th. Fontane

*362. An Julius Rodenberg*

Berlin, 29. Mai 1894
Potsdamer Straße 134 c

Hochgeehrter Herr.

Anbei nun also das Manuskript, das in seiner korrigierten Gestalt hoffentlich nicht schlechter wirkt als vorher. Alle von Ihnen gewünschten Änderungen, auch die stilistischen – z. B. hatte, hatte, war, war –, sind gemacht worden, und nur an einer Stelle, wo von Lethe die Rede ist und ich Friesack als eine sich vielleicht auftuende Vergessenheitsquelle bezeichne, habe ich stehnlassen. Im Zusammenhange klingt es besser als hier im Zitat.

Nur an drei Stellen sind noch Korrekturen oder richtiger Einfügungen zu machen, so z. B. Angabe der Rolle, die Effi in Wicherts »Schritt vom Wege« spielte. Zwei Sachen ähnlichen Charakters kommen noch hinzu; alles andre ist in Ordnung.

Möge das Publikum sich ähnlich freundlich stellen wie Sie.

In vorzüglicher Ergebenheit

Th. Fontane

Mittwoch, 30.

So weit gestern. Eben kommen Ihre freundlichen Zeilen – herzlichen Dank dafür.

Ende August bin ich voraussichtlich in Karlsbad.

Ich möchte noch hinzufügen dürfen, daß ich »immer 6 Kapitel pro Heft« für beste Einteilung halten würde. Es paßt, glaub ich, nicht bloß räumlich, sondern auch inhaltlich.

In vorzügl. Ergebenheit

Th. Fontane

Die Schriftsteller mit ihren »Eingesandts« an die Vossin werden furchtbar, erst Hopfen (vor etwa 6 Tagen großartige Leistung im »Stank-für-Dank«-Stil), dann am Montag abend L. Pietsch und nun heute der gute Rud. Menger. Alle drei predigen, freilich von der Kehrseite her, daß Bescheidenheit eine schöne Sache ist.

Th. F.

*363. An Hans Friedlaender*

Berlin 30. Mai 94.
Potsd. Str. 134.c.

Lieber Hans.

Ich habe mich herzlich über Deinen Brief gefreut und bin nur traurig die Frage schlecht beantworten zu können. Es ist *alles* richtig, *alles* kommt vor, der Eine sagt so, der Andre anders. Deine Aussprache, also etwa wie Vónnthan, ist aber wohl die gebräuchlichste. Manche sprechen es ganz französisch (mit Nasallaut) und Einige sagen sogar *Fontané*. Die Schüler zu Niesky haben also die Auswahl und können zu Ehren eines Friedfertigen kriegerische Parteien bilden.

Daß es Dir gut geht habe ich erfahren und was das Beste ist, ist, daß in guten 6 Wochen schon wieder Ferien sind. Oder vielleicht noch früher.

Wenn Du nach Hause schreibst, grüße die Eltern, die Großmutter, die Tante und die Schwester.

Wie immer Dein großonkliger Freund

Th. Fontane.

*364. An Friedrich Stephany*

Berlin, 30. Mai 1894.

Hochgeehrter Herr und Freund.

Das Manuskript ist eben abgeschickt und ich komme 24 Stunden früher, als ich annahm, in die angenehme Lage, Ihren liebenswürdigen Brief beantworten zu können.

Ich beginne vom Schluß aus.

Sie wollen Ihren Urlaub fortan in 2 Hälften nehmen – ein Entschluß, zu dem ich, nach an mir selbst gemachten Erfahrungen, nur gratulieren kann. Meine schönsten Urlaubszeiten habe ich bei der Kreuz-Zeitung gehabt, wo ich ihn wochenweise nahm. Der gute lederne Beutner mit seinen Plieraugen und seinem verkaterten und verluckenwaldeten (er war Bürgermeisterssohn aus Luckenwalde) Ecce homo-Gesicht, rechnete mir diese Bescheidenheit hoch an, es war aber gar keine Bescheidenheit, ich machte ein brillantes Geschäft dabei und erholte mich 4mal im Lauf eines Sommers, nicht von der Arbeit, doch von der Langenweile des Dienstes. Denn eigentlich tat ich nichts, ich saß nur meine Zeit ab und war bei den regelmäßigen Festlichkeiten immer der am wenigsten befisselte. In jenen freien Wochen aber bereiste ich die

Mark und meine »Wanderungen« sind in jener Zeit entstanden. Man erholt sich auch in 8 Tagen eben so gut als in 4 Wochen oder gar in 6. Sechs Wochen an einer Stelle sind meist langweilig.

Ich freue mich daß Sie Ihr Töchterlein mithaben; im Ganzen ist die Frau immer besser, überhaupt (wenn man's nicht zu schlecht getroffen hat) das Beste; so vorübergehend hat aber doch das Jugendelement seinen Vorzug; man sieht alles heller.

Was Sie mir über Quidde schrieben, hat mich sehr interessiert; natürlich liegt es so, wie Sie's auffassen. Es ist eine wissenschaftliche Arbeit, kein Pasquill; aber die Frage bleibt doch wohl offen: hatte er *erst* den Kaiser oder *erst* den Caligula? Übrigens entsinne ich mich ähnlicher Vorgänge aus den 40er Jahren her: Nero, Tiberius, Karl Stuart; einer der Minister war Strafford, doch weiß ich nicht welcher, denn sie waren alle viel zu dünn, um Strafford zu sein.

Die Vossin hat mich in den letzten 8 Tagen 3mal in eine große literarische Aufregung gebracht und zwar durch 3 Schriftsteller-»Eingesandts«, von denen es schwer zu sagen ist, welchem der Preis gebührt. Jede großartig. Erst Hopfen, dann Pietsch, heute Rud. Menger. An Unverschämtheit und schnödstem Undank steht Hopfen natürlich obenan, – er ist auf diesem Gebiet hors concours; an Eitelkeit und Lächerlichkeit ist Pietsch Fahnenträger, »der Komik eine Gasse«; im peinlich Bedrücklichen schießt Menger den Vogel ab. Wenn ich dergleichen lese, kräftigt sich mein Entschluß: »immer hübsch stille sein«. Es bleibt uns nichts übrig, als die Würfel zu nehmen wie sie fallen. Unser aller Leben ist, bei gelegentlich eingestreutem Freundlichen, eine Kette von Kränkungen; jeder sieht sich in einer ihm zunächst unbegreiflichen Weise zurückgesetzt und *vielfach* ist auch wirklich die Frage berechtigt: »warum siegt *der* und nicht ich?« Es hat immer Mitstrebende gegeben, die, unberühmt bleibend eben so gut hätten Berühmtheiten werden können. Es gibt keine andre Antwort darauf, als »es hat nicht sollen sein«. Warum habe ich keinen Onkel beerbt, warum habe ich nicht in der Lotterie gewonnen, warum habe ich für meine Gedichte vom alten Zieten etc. etc. 50 Mark eingenommen, während Julius Wolff für viel Gleichgültigeres und Talentloseres 50000 Mark eingenommen hat? Bei dem Einen fallen die Würfel auf 0, bei dem Andern auf 6; es gibt keine andre Rettung als sich unterwerfen und nach unten zu sehn, statt nach oben. Wahrscheinlich ist »Otto III.« ein gutes Stück, viel viel besser als Wildenbruchs »Karolinger«, die grundschlecht sind; aber Menger erreicht mit seiner Versicherung nichts, als ein mitleidiges Lächeln. Resignation ist schwer, und doch, übt man sie nicht, so wird das Leben noch schwerer. Und Hopfen, dieser Sanspareil! Wenn ich mir denke, daß ich über diesen schrecklichen Mann geschrieben und dann *diesen* Dank geerntet hätte! Mit herzlichen Wünschen für Ihr Wohlergehn und dankenden Empfehlungen von meiner Frau, wie immer Ihr ergebenster

Th. Fontane.

Die 3 »Eingesandts« waren anfechtbar, aber etwas *sehr* Feines war der Schlenthersche Bericht aus Weimar. Es ist doch schade und geradezu ein Gegenstand der Betrübnis für mich, daß die Beziehungen zu Schlenther von Seiten der Zeitung – ich vermeide absichtlich das Wort »Chefredaktion«, weil ich nicht genau weiß wie die Sache liegt – nicht intimere, freundlichere sind. Ist *er* Schuld? oder wenn nicht, *wer* ist Schuld? Ich weiß es nicht; ich wünschte nur es wäre anders, weil es meine feste Überzeugung ist, daß es journalistische Kräfte von *dieser* entschieden höheren Art in Deutschland nur sehr wenige gibt. Ihr

Th. Fontane.

### *365. An Ismael Gentz*

*Berlin*, d. 1. Juni 1894.
Potsdamer Str. 134c.

Sehr geehrter Herr Gentz.

Ich glaube, *Sie* waren es, dem ich, als ich Ihren Aufsatz über Ihren Papa gelesen hatte, schrieb: »Ja, da bildet man sich nun ein, Schriftsteller zu sein, und behandelt das Schreibemetier wie eine feierliche Kunst und muß es jeden Tag erleben, daß ein Nichtmetiermann kommt und es besser macht als man selber«. So etwa waren meine Worte. Und wenn mich *Ihr* Aufsatz dies sagen ließ, was soll ich nun erst sagen, nachdem ich eben diese Max Kleinsche biographische Skizze gelesen habe! Daß ich Sie daneben ganz naiv in die zweite Reihe stelle, werden Sie nicht übelnehmen. Denn ich glaube, Sie empfinden gerade so wie ich. Ich bin ganz benommen von dieser Arbeit, mehr als von irgend was, das ich seit Jahren gelesen. Jedenfalls auf diesem Gebiete der biographischen Skizze ganz Nummer 1. Dieser Bildhauer W., welche Figur! Ich habe eigentlich eine Vorliebe für gewaschene Leute. Wenn die Dreckkruste aber *so* auftritt, flößt sie mir Respekt ein. Die Schlußgegenüberstellung von Schlächter und Bildhauer W., und wie Klein jeden der beiden bedauert, ist großartig. Auch sehr witzig. Wenn Sie Klein mal sehen sollten, so bitte ich, daß Sie ihm ausdrücken, welchen großen Genuß er mir durch diese literarische Gastrolle bereitet hat. Alles wirkt echt künstlerisch und gesinnungsanständig an jeder Stelle, besonders auch der Schluß. Alles frei, männlich, offen. Unter Empfehlungen an die Frau Mama wie immer Ihr

Th. Fontane.

*366. An Otto Ernst*

*Berlin* 4. Juni 94.
Potsd. Str. 134. c.

Hochgeehrter Herr.

Empfangen Sie meinen ergebensten Dank für Ihre freundlichen Zeilen vom 1. d. – Ihren Novellenband zu lesen, wird mir eine Freude sein, desgleichen Ihnen darüber schreiben zu können. Dagegen ist ein Mitthun an Ihrem »Zuschauer«, wozu Sie mich freundlichst auffordern, ausgeschlossen; das bischen Kraft, was mir noch geblieben, brauche ich, um Arbeiten fertig zu machen, die noch in meinen Kästen lagern. Auch der Erlös daraus, auf den ich angewiesen bin, ist vielfach einträglicher. So werden Sie mich entschuldigen. In vorzügl. Ergebenheit

Th. Fontane.

*367. An Theodor Fontane (Sohn)*

*Berlin*, d. 4. Juni 1894.

Mein lieber Theo.

Herzlichen Dank für Deinen lieben Brief, den ich leider verkramt habe, so daß ich aus dem Gedächtnis darauf antworten muß. Eine Stelle erinnert mich an eine Äußerung des (wenn ich nicht irre) Generals v. H., die etwa lautet: »Das Kriegsministerium müßte Traillen haben, denn es wären lauter Verrückte drin.« Wenn so 'was ein kluger Mann sagt – und General v. H. war sehr klug – so darf man das nicht so bloß als bubble schlechter Laune hinnehmen. So viel zugegeben. In der Hauptsache ist es mir aber doch wieder ein glänzender Beweis, wie wenig auf menschliches Urteil zu geben ist, auch wenn der, der das Urteil abgibt, eine

Nummer 1 ist. Lothar Bucher schrieb vor 40 Jahren von London aus glänzende Artikel für die Nationalzeitung, an deren Spitze damals der gute alte Zabel stand. Dieser schickte die Artikel, die den englischen Parlamentarismus verhöhnten, an Bucher zurück, und zwar mit der Bemerkung: »Woran sollen wir noch glauben, wenn wir nicht mehr an England glauben können?« Ich stehe ganz auf diesem Zabelschen Standpunkt, daß man an gewisse, großartig überlieferte Dinge glauben muß, wenn man nicht ganz aus dem Fahrwasser kommen und ein mindestens persönliches Scheitern vermeiden will. Alles ist ver- und zerfahren; gewiß, aber trotzdem, ein paar Dinge gibt es, die sich einem im Glanze wirklicher Vortrefflichkeit und Autorität darstellen, und zu diesen paar Dingen – wie Zabel das englische Parlament dahin rechnete – rechne ich das preußische Kriegsministerium. Wenn nun ein so Eingeweihter kommt und das Gegenteil behauptet, so laß ich ihm sein persönliches Recht dazu, ziehe aus dem Ganzen aber doch nur den schon angedeuteten Schluß: alles Urteil ist einseitig und beschränkt und das der Nahestehenden und Eingeweihten am meisten. Die Armee, wie sie da ist, ist doch schließlich ein Produkt des Kriegsministeriums und seiner Annexe, und wenn sich die Armee bewährt hat, hat sich auch das bewährt, was diese Waffe schuf.

Übrigens ist es auf jedem Gebiete dasselbe; die Klügsten erklären jeden Tag, daß die moderne Kunst und Wissenschaft (Juristerei, Medizin und nun gar erst Theologie) keinen Schuß Pulver wert seien – schließlich ist aber alles gerade so gut, wie's immer war. Louis Schneider hatte 'mal einen kleinen Artikel zusammengestellt, in dem er an der Hand der Berliner Zeitungen nachwies, daß seit 1786 in jedem Jahre vielfach gedruckt worden sei: »so schlecht sei das Theater noch nie gewesen«.

Wenn Du Herrn Geheimrat E. siehst, so laß ihn doch wissen, daß ich ihm für das neue Strindbergsche Buch »Tschandela« ebenso dankbar wie für das frühere: »Die Beichte eines Toren« bin. Ein furchtbarer Mann, dieser Strindberg, aber doch von einem so großen Talent, daß man in seinem Unmut, Ärger und Ekel immer wieder erschüttert wird. Dies Buch, das anscheinend etwas ganz andres ist wie die rein persönlich gehaltene »Beichte eines Toren«, ist schließlich genau dasselbe, dieselbe Couleur in grün. Es ist auch rein persönlich, nur versteckt. Dieser schreckliche Mensch kann aus seiner Ichsucht nicht heraus. Es ist ganz klar, daß er, von Stockholm aus, in eine Sommerfrische ging und daß ihn in dieser

Sommerfrische die Wirtsleute geärgert und, was die Hauptsache ist, ihn in seiner überlegenen Größe nicht genugsam gewürdigt haben; dies Buch, in dem er nachträglich seine Überlegenheit zu beweisen trachtet, ist nun der Ausdruck seiner Rache. Denn alles an dem Kerl ist Rache. Vielleicht – denn in der »Beichte des Toren« kommen Schilderungen vor, wo er bei Verwandten seiner Frau in die »Sommerfrische« geht – ist das Ganze auch nur eine Fortsetzung seines Rachefeldzuges gegen seine Frau, und die hier in »Tschandela« geschilderten Personen sind ihm als Verwandte seiner Frau, die ihn klein machen wollten, doppelt verhaßt.

Grüße bestens die Deinen und sei selber herzlich gegrüßt von Deinem alten

Papa.

*368. An Friedrich Stephany*

Berlin, 4. Juni 1894

Hochgeehrter Herr.

Unsere Briefe kreuzten sich. Seien Sie schönstens bedankt für die ausführlichen und interessanten Mitteilungen über die Hopfen-Tragödie. Sehr bemerkenswert ist Ihr Satz: »Durch Rücksichtslosigkeit macht man sich meist blos einen, durch Rücksichtnahme viele Gegner.« Traurig, daß es so ist, aber es ist so. Vorzüglich ist auch Ihre Bemerkung über Hopfens Zukunftsangst. Er ist ein kluger Kerl, guter Schriftsteller und sehr talentvoller Dichter (einzelnes, besonders Balladeskes, ist ihm vorzüglich gelungen; seiner gepriesenen und hübschen Lyrik haftet immer was vom Gigerl an) – aber trotzdem steht es mir fest, daß sich ein Literarhistoriker des zwanzigsten Jahrhunderts mit seinem »König von Thule« usw. nie beschäftigen wird. Als wir vor hundert Jahren noch keine reichgegliederte Literatur hatten und in ganz Deutschland in einer Art Groß-Posemuckel lebten, konnte man sich – ich denke an Tiecks verwandte Arbeiten – mit solchen Quisquilien beschäftigen. Jetzt haben die Leute Besseres zu tun, als Hopfensche Nüsse zu knacken.

Ich weiß nicht, ob ich die Caligula-Broschüre, als ich Ihnen neulich schrieb, schon gelesen hatte. Nun, jetzt habe ich sie gelesen. Der Riesenerfolg erinnert an, »Rembrandt als Erzieher«; sonst sind sie, auch literarisch, sehr verschieden. Langbehns Leistung war ein geistreichtuender Blödsinn, Quiddes Leistung ist, schriftstellerisch angesehn, etwas sehr Gelungenes, sehr fein, sehr geschickt. Stilist comme il faut, namentlich auf den ersten 2 Seiten; es setzt ganz brillant ein. Aber der Kerl selbst muß ein Schrecknis sein, eine Nummer, vor der man sich zu hüten hat, verschlagen, perfide, großmäulig – das richtige Kind seiner Gegenden. Denn daß die Leute nach Abstammung und Landesteilen grundverschieden sind, steht mir fest. Die Juden, die Ostpreußen, die Westfalen, die Balten, die Schleswig-Holsteiner sind gleich zu erkennen. Die Dickschnäuzigsten sind immer die aus dem Hamburger Winkel, Elbe links und rechts. – Gestern las ich Schlenthers kleine Kritik über Wildenbruchs »Christoph Marlow«; es rief mir den schrecklichsten Abend meiner Theaterkritikerei wieder ins Gedächtnis zurück. Lessing, wie ich später erfahren habe, stand damals, auf Wildenbruchs Seite, gegen mich Ärmsten; *jetzt* wird er mir vielleicht so viel lassen, daß ich, wenn auch ein ungebildeter Kritiker (was ich nie bestritten habe), wenigstens einer war, der aus natürlich richtigem Gefühl heraus gut von schlecht, echt von unecht unterscheiden konnte. Die junge Schule besorgt jetzt das Rachegeschäft. Wie viele habe ich nun schon fallen sehn, die mich, mit meinen besten Freunden, in Streitigkeiten verwickelten. Z. B. Julius Wolff! Ich sehe noch die Blicke meiner Freunde, als ich eines Tages erklärte: »Das sei nichts«; – ihr Blick drückte aus: »Ach, du armer Junge!« Jetzt muß ich ihn gelegentlich gegen dieselben Freunde verteidigen. Der preuß. Geheimrat kennt nur den Schnack, der gerade kursiert – eigenes Urteil hat von den 20en höchstens einer. Es wird nicht eher besser, als bis mit dem ganzen Examenunsinn und dem staatlich aufgeklebten Zettel aufgeräumt ist.

Ich gebe – meine Frau besteht darauf; ich persönlich würde es kaum riskieren – gleichzeitig mit diesen Zeilen ein neuestes Buch von mir zur Post. Vielleicht haben Sie's auch schon in Berlin, seitens des Verlegers, erhalten. Eine ganz kleine Geschichte (»Eine Frau in meinen Jahren«), die in Kissingen spielt, interessiert Sie vielleicht ein wenig; auch die Schlußgeschichten, alle aus der *Krummhübler* Gegend, wecken vielleicht angenehme Reiseerinnerungen.

In aufrichtiger Ergebenheit

Ihr Th. Fontane

*369. An Karl Zöllner*

Berlin 5. Juni 94. Potsd. Str. 134.c.

Theuerster Zöllner.

Gestern im Thiergarten machte ich – er hatte sich verlaufen – die Bekanntschaft eines Herren (richtiger Mannes) der sich, laut Visitenkarte, als ›de Beer‹ sagen wir also als ein ins Holländische transponirter Jude Baer erwies und sich selber den eigenthümlichen und bescheidenen Titel ›Schafversender‹ zulegte. Er gehört der landwirtschaftlichen Versammlung an, die jetzt hier tagt, und stammt aus Emden, Ostfriesland. Da ich nun dort gut Bescheid weiß, durch verschiedne Aufenthalte theils auf Norderney theils beim Grafen Knyphausen, so waren wir bald in einem intimen Gespräch.

Unter andrem – und deshalb schreibe ich diese Zeilen – erfuhr ich durch ihn von einem alten dicht bei Emden gelegenen friesischen Schloß, auf dem vor etwa Jahresfrist ein Bilderverkauf (Familienporträts) stattfand, weil die nervöse Schloßdame erklärte: ›ich kann die alten Gesichter nicht mehr sehn.‹ Natürlich gehorchte der Ehemann. Ein Emdener sehr primitiver Bilderhändler kam.

*Schloßherr:* Was wollen Sie geben?

*Bilderhändler:* Nun bis 20 Mark würde ich gehn.

*Schloßherr:* Für alle? (Es sind nämlich 14.)

*Bilderhändler:* Ja, für alle.

*Schloßherr:* Das ist zu wenig. Sagen wir 50 Mark.

Daraufhin wurden sie losgeschlagen und waren nun im Handel. Der Bilderhändler bot sie dem Groeninger Museum an und das Museum – es werden wohl auch andre Angebote da gewesen sein – kaufte die 14 Bilder für 20.000 Mark.

Das nimmt sich nun neben den ursprünglichen 50 Mark sehr stattlich aus, ist *aber wahrscheinlich auch noch eine Lumpensumme.*

Gründe:

1. Die friesische Familie war sehr reich und sehr vornehm.

2. Die Bilder, sämtlich von holländischen Meistern herrührend, stammen aus dem Jahrhundert von 1550 bis 1650.

3. Die Groninger – eine Bürgerschaft doch nur 2. Ranges, etwa wie wenn wir sagen würden die Rostocker oder Stralsunder – haben 20.000 Mark dafür bezahlt.

Ist das nun alles richtig, so scheint mir hier eine Gelegenheit gegeben, für das Berliner Museum, das glaub ich nach *dieser* Seite hin nicht allzu glänzend ausgestattet ist, vielleicht einen guten Fang zu thun. Ich sehe nicht ein, warum nicht die Groninger bereit sein sollten, drei vier dieser Bilder für 20.000 Mark wieder zu verkaufen, wobei wir vielleicht ein gutes Geschäft machten und sie auch.

Ich wollte eigentlich direkt an Geh. R. Jordan schreiben, da er aber Hauskreuz hat, so nahm ich wieder Abstand davon und zog es vor die Sache zunächst zu Deiner Kenntniß zu bringen, mit der Bitte, diesen Brief, wenn Dir dies alles nicht unsinnig erscheint, weiter zu dirigiren. Wie immer Dein alter

Th. Fontane.

*370. An Paul Schlenther*

*Sonnabend*, d. 9. Juni 1894.

Da mein Briefschreiberuf nun doch mal feststeht (. . . Wenn er seinen Ruf verliert, Lebt der Mensch erst ungeniert . .), so sehe ich nicht ein, warum ich Ihnen für Ihren Bürgeraufsatz nicht danken soll. Entzückend ist die Parenthese: »Darf ich sagen so glücklich.« Übrigens ist in dem wundervollen Gedicht die Strophe:

Und als der Herbstwind über die Flur
Und über die Stoppel des Habers fuhr usw.

doch schöner.

Von Stephany hatte ich zwei Briefe; eine Bemerkung darin, »Brahm wirke etwas direktoral« (was, glaub' ich, zutrifft), hat mich amüsiert. Unter Grüßen und Empfehlungen an die hochverehrte Frau Ihr

Th. Fontane.

*371. An Wilhelm Hertz*

Berlin 11. Juni 94.
Potsd. Str. 134.c.

Sehr geehrter Herr Hertz.

Ich wollte nicht eher danken, als bis ich ein gut Stück Weges hinter mir hätte. Das ist nun der Fall; meine Frau hat sich als Vorleserin mit Ruhm bedeckt und wir sind schon bis S. 231.

Es scheint mir, daß Baechtold, vielleicht unter dem Einfluß von laut gewordenen Wünschen, die Sache diesmal etwas besser angepackt und sich persönlich in seiner minutiösen Zuthat beschränkt hat. Ich kann auch hinzusetzen: *mich* interessirt alles, was aber mehr an mir und an Keller, als an Baechtold liegt. Ich respektire seinen Fleiß, freue mich seiner Huldigung und Liebe, kann aber das Gefühl nicht los werden, daß er, vielleicht aus »zu viel Liebe« was immer schlimm ist, die Sache falsch angefaßt hat. Mit dieser bis auf den letzten i Punkt gehenden Gründlichkeit, dürfen, in ihrem eignen Interesse, wie in dem der Leser und der Literatur, nur die ganz Großen behandelt werden, die, von denen Schlegel mal sagte »den Vorhang von einer neuen Welt wegziehen«. Das ist bei Keller, zu dessen allergrößten Verehrern ich gehöre, dem ich auf seinem Gebiet eine Nummer I-Stellung lasse, nicht der Fall. Der *Mensch* – nach meinem Geschmack eine schreckliche Sorte – reichte dazu bei ihm nicht aus. Die 3 literarischen Schweizer, die ich kennen gelernt habe: Orelli, Keller, Dr. Stiefel (Kunst- und Literaturprofessor in Zürich) repräsentiren eine Mischung von Lächerlichkeit und Unausstehlichkeit. In der Hitze des Gefechts ist mir hier übrigens ein Irrthum passirt, ich habe Keller, Gott sei Dank, *nicht* kennen gelernt, war aber, einen Augenblick lang, ganz ernsthaft unter der Vorstellung, ich kennte ihn so genau wie meine Rocktasche. Begreiflich; erst seine Werke, nun Baechtold, und dazwischen Schilderungen von Brahm und Victor Meyer, den ich im vorigen Jahr in Karlsbad kennen lernte.

Sie können sich denken, daß mich, während der Lektüre, beständig die Frage beschäftigt hat: »ja, wie wäre das nun wohl zu machen gewesen?« Und ich kann drauf auch antworten. Es gab 2 Wege. Entweder mußte *Baechtold* regieren und seinerseits eine Biographie schreiben, nicht in der Absicht einen Dichter zu verherrlichen, sondern schlecht und gerecht in der Absicht, einen Menschen zu schildern, einen Menschen mit all seinen Menschlichkeiten, von denen ein geschüttelt und gerüttelt Maß vorlag. Ging der *da*rauf aus, so konnten wir die 5 Pfennig-Misere ruhig mit in den Kauf nehmen und uns, als *charakteristisch* (nicht als schön) daran freuen, daß er seiner Mutter schreibt: »ich weiß noch nicht ob ich den Brief frankiren werde; ich will es mir bis morgen früh noch überlegen.«

Das war der *eine* Weg: wahrheitsvolle Lebensschilderung, jeder einzelne Zug durch Briefstellen oder ähnliches kurz belegt. Der andre Weg war: *Nicht*-Biographie, oder höchstens eine Skizze von

20 Seiten, und nun anschließend an diese Skizze, eine sorgliche Briefauswahl, alle nur zu dem Zweck, uns die literarische und wo's sein kann (ein Fall der nicht allzu oft eintritt) auch menschliche Bedeutung Kellers zu zeigen. Ich rechne dahin – aber, so weit ich gelesen, auch diese fast allein – die an Hettner gerichteten Briefe, die sämmtlich ausgezeichnet sind, einige »zum Entzücken gar.« So beispielsweise die Stelle S. 161–65, wo David Kalisch als der Johannes eines Aristophanesmessias proklamirt wird. Ich stimme dem ganz ernsthaft zu. Solche Briefe hätten einen die literarischen Anschauungen fördernden Werth gehabt, genau so wie die Briefe eines andern großen Schweizer-Bua (Stauffer-Bern) die künstlerischen Anschauungen durch Selbständigkeit und Freimuth gefördert haben. In *dem* Punkte sind uns die Schweizer über. Bei sonst gleichen Gaben ist der Rüpel dem Rest der Menschheit immer um einen Schritt voraus. Schönste Grüße an Ihren Herrn Sohn.

Wie immer Ihr ergebenster

Th. Fontane.

## 372. *An Otto Ernst*

*Berlin* 16. Juni 94.
Potsd. Str. 134. c.

Hochgeehrter Herr.

Gestern habe ich unter starkem Eindruck, wenn auch nicht überall unter Zustimmung, die Lektüre Ihres Buches beendet. Es ist was Neues, nicht stofflich, sondern dadurch, daß alles neu gesehn, neu angepackt ist, vor allem *neu gefühlt*. Und das kommt daher, daß wir überall Sie selbst haben, daß es die subjektivsten Novellen sind, die ich kenne. Sie schneiden die Wurst vom andern Zipfel her an. Während im Ganzen genommen die Erzähler ihren Stolz darin setzen, ihre Gestalten nichts wie ihre Gestalten sein zu lassen, unter geflissentlicher Ausscheidung des Erzähler-Ich's, setzen Sie umgekehrt dies Erzähler-Ich an die Stelle Ihrer Dramatis Personae, die nichts sind als Verkleidungen von Otto Ernst, als Otto Ernst unter verschiedenen Namen und Berufen. Es ist ganz byronisch. Daß nicht Jeder dies darf, ist klar, verbietet sich auch weil's nicht Jeder kann; wer's aber ausnahmsweise kann und darf, der wird große Wirkungen damit erzielen, nicht beim eigentlichen Publikum (am wenigsten beim deutschen), aber bei Denen, auf die's ankommt, oder wenigstens bei Etlichen von diesen, denn unsre Kollegenschaft ist sehr getheilt und leider nicht immer aus den reinsten Motiven.

Das Wesen Ihrer Kunst und Ihrer selbst, – ich empfand das schon bei dem Aufsatz, in Veranlassung dessen ich an Leo Berg schrieb – ist Leidenschaft und Nervosität. Scharfe Beobachtung (vor allem auch innerliche) und ein geistreicher Ausdruck kommen hinzu und steigern den Eindruck.

Wenn ich mir nun trotzdem im Eingange die einschränkende Bemerkung: »nicht überall unter Zustimmung« erlaubte, so hat das seinen Grund darin, daß Ihre Leidenschaftlichkeit und Nervosität Sie fast überall – nur die schönste der Geschichten macht eine Ausnahme – zu Bitterlichkeiten hinreißt und zwar in Formen, namentlich in den eingestreuten kurzen Zwiegesprächen, die nicht angenehm berühren. Ich möchte auch beinah glauben, daß Sie dies nachträglich selbst empfinden, denn dies nicht angenehm Berührende tritt namentlich in den Geschichten hervor, die Sie mir als eventuell zu überschlagende namhaft gemacht haben. Alle diese schrecklichen Bourgeoismenschen, – auch der in der Schlußnovelle, der übrigens, wie ich vermuthe, kein Comtoirherr, sondern ein richtiger Schulmonarch (ich kenne solche) gewesen ist, – alle diese schrecklichen Menschen sind absolut richtig gezeichnet, ohne jede Spur von Uebertreibung; aber was einen trotzdem unbefriedigt läßt, ist 1. Ihre persönliche Stellung zu diesen Subjekten und 2. das Gefühl, für mich die Gewißheit, daß die Welt doch anders aussieht und daß sie einem unbefangnen Auge ein andres Bild gewährt, als Sie geben. Ich habe all dergleichen auch erlebt (wer nicht!), aber auch viel Entgegengesetztes, viel Schönes und Erhebendes, selbst in der Bourgeoissphäre, wiewohl diese die schlimmste ist. Außerdem – und Sie sprechen das auch an mehr als einer Stelle aus, ziehen aber, Pardon, nicht den unser Metier treffenden richtigen Schluß daraus – dürfen wir nicht vergessen, daß wir auf breite Schichten unsrer menschlichen Mitbrüder höchst bedrücklich wirken und durch unsre mehr oder minder suffisante Gesichterschneiderei beständiges Aergerniß geben.

Einen ganz reinen Eindruck habe ich von den »Aufzeichnungen eines Schulmeisters« empfangen. Es ist sehr schön, ergreifend, versöhnend; die Stelle, wo er die französischen Hefte korrigirt, ersten Ranges. Dann folgen, nach meinem Ermessen, »Der süße Willy« und »Der Herr Fabrikant«, die gleichwerthig sind und wie Pendants zusammengehören. Dann »Begräbniß«. Ueber »Der Tod und das Mädchen« kann ich nicht schreiben, das würde zu lang. »Herkules Meier« hat viele famose Stellen, aber doch zu viel vom gereizten Lyriker.

Die Wahrnehmung, daß es überall auf der Wiese neu blüht, beglückt mich in meinen alten Tagen.

In vorzüglicher Ergebenheit

Th. Fontane.

*373. An Friedrich Stephany*

Berlin, 2. Juli 1894

Hochgeehrter Herr und Freund.

Heute wollte ich nun ganz bestimmt kommen, um Sie zu begrüßen und zu sehn, was Kissingen alles Gutes an Ihnen getan hat. Aber die Hitze! Bei 24 Grad über den Opernplatz – denn durch düstre Gassen will ich mich doch auch nicht gern schlängeln –, dem bin ich nicht mehr gewachsen. So wollen Sie mir verzeihen, wenn ich kühlere Tage abwarte.

Sie sind hier gleich hübsch in die Arbeit hineingefallen. Kotze und Carnot, das wie Stabreim klingt, bündeln einem schon was auf. Schrecklich zu sagen, daß mich der Skandalfall mehr beschäftigt als der erschütternde Mord, der noch nebenher ein großes politisches Ereignis ist. Aber der Tod schließt alles ab, während ein hinter Schloß und Riegel gesetzter Hofmann, mit einem ganzen Waschzettel schöner lüderlicher Weiber in der Hand, merkwürdige Perspektiven eröffnet. Die Details sind mir ganz gleichgültig – Liebesgeschichten, in ihrer schauderösen Ähnlichkeit, haben was Langweiliges –, aber der Gesellschaftszustand, das Sittenbildliche, das versteckt und gefährlich Politische, das diese Dinge haben, das (speziell hier) beständig an die Verschwörung Grenzende, *das* ist es, was mich so sehr daran interessiert. Und dabei, bei naiven Leuten, immer noch die Vorstellung: so was kommt bei uns nicht vor!

Der kl. Leitartikel mit dem Klingelbeutel war sehr reizend; in den kleinen Anzapfungen, die der Adel gelegentlich in der Vossin erfährt, kann ich mich nicht gut zurechtfinden, aber solch aus berechtigter Empörung geborener Spott, der tut mir wohl. – Sehr interessant war auch der Schlußartikel unsres Schlenther über Bürger, besonders die zweite Hälfte, ganz besonders der Schlußabsatz. Der Artikel hat eine literarhistorische Bedeutung, weil er fixiert, was seit lange in der Luft schwebt: Nationales und

Volkstümlichkeit gegen das Schillertum, als etwas halb Fremdes. Die Sache war schon öfter da, aber der Ausgangspunkt (Bürger) ist hier neu. Mit aufrichtigen Wünschen für Ihr Wohl, unter Empfehlung an Frau Gemahlin,

Ihr Th. Fontane.

*374. An Frau L. Müller*

*Berlin* 6. Juli 94
Potsd. Str. 134 c

Hochverehrte gnädigste Frau.

Gestatten Sie mir Ihnen für Ihre liebenswürdigen Zeilen vom 13. Mai aufrichtig zu danken. Aus kleinen eingestreuten Bemerkungen ersehe ich, daß Ihnen die Heimath lieber ist als die Fremde und daß Ihnen speziell Australien als ein ziemlich »ödes Kangaroo-Land« erscheint. Ich kann dem sehr gut folgen; ich lebte 55 bis 59 in England, dem Lande meiner Sehnsucht und hatte auch nicht Ursach unzufrieden zu sein, – trotzdem war ich froh, als ich nach Ablauf von 4 Jahren die ganze Herrlichkeit wieder hinter mir hatte. Vieles läßt sich gegen Deutschland sagen, eine gewisse Spießbürgerlichkeit ist immer noch erkennbar, alles in allem aber möchte ich doch sagen dürfen: es lebt sich hier am besten, alle Haberei und Thuerei fehlt, vor allem alle Scheinheiligkeit und das Leben ist bunter und reichgegliederter, als wo anders; dabei ist wirkliche Humanität vorhanden, die den Klassenhaß nicht recht aufkommen läßt.

Mit dem Wunsche, daß diese Zeilen Sie bei guter Gesundheit treffen mögen, gnädigste Frau, in vorzüglicher Ergebenheit

Th. Fontane

*375. An Hermann Wichmann*

Berlin, 7. Juli 1894,
Potsd. Str. 134c.

Theuerster Wichmann!

Als Ihr famoser Brief kam, wollte ich gleich antworten, nun sind aber doch etliche Wochen vergangen, da mir daran lag, erst eine Arbeit zu beenden. Das ist nun geschehen und ich habe Spielraum. Seien Sie schönstens bedankt. Solche Briefe schreiben sich die Leute heute nicht mehr, alles wird im Telegrammstyl besorgt. Und dabei bildet man sich noch ein, das sei ein Fortschritt. Dies ist nun aber ganz und gar verkehrt. Dass die sentimentalen Seichbeuteleien, die zu Anfang des Jahrhunderts beliebt waren, jetzt ausser Mode gekommen sind, ist ein Glück; jene Briefe enthielten nur Redensarten, die noch dazu Lüge waren; dass man aber auf jeden Austausch von Mittheilungen, wenn diese nicht praktisch-geschäftlich sind, verzichten soll, erscheint mir als ein Unsinn. Natürlich müssen Schreiber und Leser einander entsprechen; wenn ich Ihren Brief nehme, ja, für jeden Reetzengassenbewohner ist er nicht geschrieben, wer aber ein Bischen Bescheid weiss, wer mit Piazza d'Espagna und Piazza Navona eine Vorstellung verknüpft, wer Italiener und italienisches Leben, wenn auch nur ganz oberflächlich, kennen lernte, für den ist ein Brief wie der Ihre der reine Zucker, weil er aus ihm mehr Licht und Wissen empfängt, als aus 6 Reisebüchern oder wohl gar aus 12. Denn je mehr man liest, je dümmer wird man. Es mag das nach den Naturen verschieden sein, aber ich für mein Theil habe von sogenannten »gründlicheren Studien« gar nichts gehabt und schiebe mein leidliches Zuhausesein in Welt, Leben und Geschichte darauf, dass ich mich immer nur vom *unterhaltlichen* Stoff, von Anekdoten, Memoiren und Briefen genährt habe. Der alte Witz: »totale Unkenntnis von der Sache sicherte ihm ein unbefangenes Urtheil«, umschliesst ein gut Stück Wahrheit. Natürlich werden auf diese Weise keine Gelehrten geboren; aber offener Sinn und Phantasie, wenn sie sich bewusst bleiben, dass sie's über »fühlen und ahnen hinaus« nicht bringen können, treffen es meist besser, als die mit Scheuklappen vorgehenden Bücherfresser. Also noch einmal, ich halte es mit Briefen und habe den Ihrigen nicht nur mit herzlichem Vergnügen, sondern, wie ich mir einbilde, auch mit Nutzen gelesen. Ich sehe ganze Zustände mit einem Male in hellerer Beleuchtung. Dies bezieht sich besonders auf drei, in ausführlicherer Behandlung auftretende Stellen Ihres Briefes, auf Palazzo Chigi und Palazzo Lante (beide incl. ihrer Besitzer resp. Bewohner) und auf Architekt Prang, jetzt russische Excellenz. Welch Wiedersehen und dann der gemeinschaftliche Besuch bei Madame Costa! – Mit aufrichtiger Theilnahme habe ich von Ihrer aller Befinden gelesen und dass dasselbe manches zu wünschen übrig lässt, auch bei Ihrer hochverehrten Frau. Dass diese sich immer neu in jeder Frauentugend bewährt, ist schliesslich nicht bloss ein Glück für *Sie*, sondern sehr wahrscheinlich auch eine Lebensfreude, das Leben selbst, für *die*, die sich so bewähren konnte. Das Gefühl: »ich war zu was da«, umschliesst einen

Schatz und doppelt für Frauen. Das ist *der* Punkt, in dem sie uns sicher überlegen sind, nicht für sich da sein, sondern für einen Anderen, oder für Andere überhaupt.

Dass Ihre Söhne nicht rechte Lust haben, einen Germanisirungsversuch mit sich vorzunehmen, kann ich Ihnen so sehr nicht verdenken. Jede Nation hat ihre Aufgaben und ihre Vorzüge und das Beste ist, dass man da bleibt, wo man durch Gott hingestellt wurde, und das ist für Ihre Söhne Italien. Eine Ausnahme von dieser Regel kann ich nur da gestatten, wo Eltern und Kinder fühlen: »nein, die Stelle, worauf ich stehe, ist *nicht* die Stelle, wo ich hingehöre, mein Vaterland, der Punkt, wo mein innerster Mensch hingehört, liegt wo anders.« Ich hatte mal England gegenüber solche Gefühle, aber sie waren doch falsch und ganz wenige Fälle abgerechnet, wo politischer oder religiöser Fanatismus ganz und gar Besitz von einem Menschenherzen genommen hat, werden sie immer falsch sein. Was finden Ihre Söhne in Deutschland, woran sie sich aufrichten könnten, welchen Punkt haben wir, wo sich ausrufen liesse: »ja hier leben und sterben«. Ich finde eigentlich nur eine Kategorie von Menschen, die nur in Deutschland leben und ein Genüge finden kann. Das sind die »Wagnerianer«, worunter man sowohl die Anhänger Richard Wagners, wie die des »schweren Wagner« verstehen kann. Ausserdem vielleicht noch Freimaurer. Aber was haben wir sonst, das einen Tausch rechtfertigen könnte! Kunst? lächerlich. Wissenschaft (die der Deutsche gepachtet zu haben glaubt) auch lächerlich. Biedermannschaft? dito. In Liebenswürdigkeit und der ganzen Welt der Formen stehen wir jammervoll zurück. Man kann doch nicht nach Deutschland kommen, bloss um im Lande Luthers oder Goethes oder Friedrichs des Grossen oder Bismarcks zu leben. Wer sich an diesen Gestalten aufrichten will, wie's Lewis oder Carlyle that, kann es auch in jedem anderen Erdenwinkel; Kroll oder die Hasenhaide sind dazu nicht nöthig.

Mit uns hier geht es ganz erträglich, zumal wenn man erwägt, dass ich 74 bin und meine Frau 70 wird. Mein ältester Sohn starb vor 7 Jahren, ein reizender Kerl, der sich, anfangs wacklig, von Jahr zu Jahr mehr zu einem tüchtigen Charakter entwickelt hatte; dann und wann besuche ich sein Grab in Lichterfelde, wo er Militärlehrer an der Cadettenanstalt war. Mein zweiter Sohn ist Intendantur-Rath in Hannover und lebt da glücklich, weil glücklich verheirathet. Der dritte Sohn ist Buchhändler und hat ein grosses und sehr interessantes Verlagsgeschäft; für's Geld sorgen zwei reiche Compagnons. Meine Tochter lebt mit uns und sorgt, so weit sie nicht durch Krankheit gehindert wird, für unsere Unterhaltung. Von den alten Freunden, die zusammen die Rütli-Gesellschaft bildeten, lebt ungefähr die Hälfte noch. Maerckel[!], Eggers, Blomberg, Lübke, Storm sind todt; Zöllner, Menzel, A. v. Heyden, Roquette, der junge Eggers, Lazarus und ich freuen sich noch des himmlischen Lichts. Mit allen geht es auch so leidlich, Zoellner ausgenommen, der nach seinen verschiedenen Schlaganfällen doch ein gebrochener Mann ist. Sein Nachfolger in seiner Stellung (Dohme) ist auch schon wieder todt. Menzel, die grosse Berühmtheit unseres Kreises, ist trotz seiner 78 Jahre noch gut im Stande, auch noch schaffenskräftig und schaffensfroh. Trotzdem sieht man auch an ihm, dass alles seine Zeit hat und die Jungen, die ihm selbstverständlich nicht bis an die Kniee reichen, behandeln ihn wie eine berühmte Mumie oder Reliquie, vor der man den Hut abnimmt, ohne sich mit wahrer Verehrung lange aufzuhalten. – Ueber Victor Hehn ist neuerdings ein Buch (Biographie) erschienen.

Und nun leben Sie wohl, empfehlen Sie mich Ihrer hochverehrten Frau, und haben Sie allseitig glückliche Tage im Palazzo Lante. Wie immer

Ihr
Th. Fontane.

## *376. An Otto Neumann-Hofer*

Berlin, 21. Juli 1894

Hochgeehrter Herr.

Herzlichen Dank für Ihren gütigen und ausführlichen Brief vom 15. Ich hätte diesen Dank früher ausgesprochen, wenn ich nicht krank gewesen wäre; leider bin ich auch jetzt noch schlecht im Stande. – Sie fordern mich freundlichst auf, Ihnen mal was für die »Romanwelt« zu senden. Ich habe den besten Willen dazu, werde von Ihrer Aufforderung auch seinerzeit Gebrauch machen, aber mit Bangen. Ich entferne mich in meinem Geschmack immer mehr von dem, was das Publikum will und was ihm, *weil* es es will, auch geboten wird. Was ich noch einen Zug fühle zur Darstellung zu bringen, das sind die kleinsten, alltäglichsten Hergänge, Verführungen, Entführungen, Radauszenen und alles das, was an den Müllkasten des Polizeiberichts erinnert, ist mir ein Greul, und mit einer Geschichte von mir mich vorzuwagen ist, als ob ich mit einer in lila Barège gekleideten »Einfalt vom Lande« auf einem von Sportsleuten gegebenen Ball erscheinen soll. Ich passe mit meiner Dame nicht auf den Ball, und der Ball paßt nicht zu mir. *Die* exzeptionelle Stellung, die Verwunderung und Zweifel verstummen macht, nehme ich leider nicht ein. Habe ich mal was, was mir einigermaßen zu passen scheint, so – wie ich nur wiederholen kann – werde ich trotz alledem hocherfreut sein, mich bei Ihnen melden zu können.

In vorz. Erg.

Th. Fontane

*377. An Georg Schweitzer*

*Berlin* 21. Juli 94
Potsd. Str. 134 c

Hochgeehrter Herr.

Ergebensten Dank für Ihre freundlichen Zeilen. Ich schicke etwas, so wie ich etwas habe; aber die Chancen, daß ich etwas Passendes finde, sind leider gering; ich bin alt und meine Produktion ist von zu ausgeprägtem berlinischen Charakter.

In vorzüglicher Ergebenheit

Th. Fontane

*378. An Egon Fleischel und an Unbekannt*

[Berlin, Ende Juli 1894]
*Freitag.*

Hochgeehrte Herrn.

Es wäre mir sehr lieb, wenn ich von diesen anderthalb Bogen noch eine Superrevision erhielte. Ich habe selbst noch allerlei hineinkorrigiert.

Friedel ist nun wohl schon in Kjöbnhavn und kann Thorwaldsen an der Quelle genießen, hoffentlich auch Pschorr. Baiern – weit mehr als Angelsachsen – ist doch die eigentlich welterobernde Macht. Ich persönlich sitze freilich auf einer noch unberührten Rothwein-Insel.

In vorzügl. Ergebenheit

Th. Fontane

*379. An Georg Friedlaender*

Berlin 1. Aug. 94.
Potsd. Str. 134.c.

Hochgeehrter Herr.

Herzlichen Dank für Brief und Beilage, welche letztre ich diesen Zeilen wieder beischließe. Sie kennen Dove so viel besser und werden in den Punkten, wo Sie von mir abweichen, wohl Recht haben. Brieflich oder mündlich (dies wäre das Wünschenswerthere) erörtern wir das alles weiter. Man soll in nichts eigensinnig sein, am wenigsten vielleicht in Kritik; denn wie Recht Montaigne hatte, als er seinen berühmten Aufsatz »über die Unsicherheit des menschlichen Urtheils« schrieb, das ist mir in diesen Tagen wieder recht klar geworden. Zunächst in der Caracosa-Sache. Da setzen sich nun Gustav Freytag und Paul Heyse hin und loben das Buch. Ist es in *Briefen* an Dove geschehn, so hat es zunächst keine große Bedeutung; ich würde, wenn ich in eine gleiche Zwangslage gekommen wäre, dasselbe gethan haben. Als ich noch die Romane meines Freundes Hesekiel in der Kreuz-Zeitung besprechen mußte, habe ich diese Kunst gelernt; man lobt das, was zu loben ist – irgend was derart läßt sich immer finden – und geht über das Andre hin. Namentlich geht man über die Hauptfrage hin: ist das *Ganze* gut oder schlecht, sympathisch oder antipathisch. Muß man aber diese Frage, wohl oder übel, beantworten, so findet die Niedertracht menschlicher Natur auch da noch ihren Ausweg. »Ich habe sehr wohl erkannt, worauf Sie lossteuern; ich mache Ihnen mein Compliment; ja, so liegt es; Sie legen muthig die Axt an die Wurzel; wollte Gott, daß wir das Ziel erreichen; nur in diesem Zeichen können wir siegen.« In solchen Phrasen geht es weiter; immer ganz allgemeine Sätze, die von »Intentionen« faseln; – davon, wie's eigentlich ist, ist keine Rede. Und doch kann ein Buch, dessen Absichten ich mit Recht feire, nebenher noch miserabel sein. Urtheile, die dem Verfasser brieflich ausgesprochen werden, sind also werthlos; trotzdem halte ich es in diesem speziellen Falle für möglich, daß sowohl Freytag wie Heyse relativ ganz ehrlich vorgegangen sind. Ehrlich und doch ohne das Richtige zu treffen. Beide haben ihren »Dollpunkt«; Freytag kann nicht vergessen, daß Scheffel sein Concurrent, in den Augen vieler sogar sein *siegreicher* Concurrent war, und Heyse ist gegen alles, was sich modern und naturalistisch nennt, *derart* gereizt, daß er alles begrüßt, was sich von Ibsen oder G. Hauptmann oder Hartleben abwendet. So folgen Beide, wenn sie Caracosa loben, einem aufrichtigen Gefühl und doch ist dies aufrichtige Gefühl ganz werthlos. Die Unsicherheit des menschlichen Urtheils ist eben sehr groß, weil wir – Menschen sind. Am schlimmsten steht es damit in Deutschland, weil das Urtheil des Deutschen am meisten abhängig ist von Dingen, die mit der *Kunst* gar nichts zu schaffen haben. Ein Buch wird danach beurtheilt, ob es luthersch oder calvinistisch oder jesuitisch, ob es loyal oder oppositionell, ob es preußisch oder östreichisch, ob es kaiserwilhelmlich oder bismarkkisch ist. Im Deutschen, ein paar Ausnahmen zugegeben, lebt keine Spur von Kunstgefühl. Dies Kunstgefühl haben nun freilich Heyse wie Freytag, beide sind solche Ausnahmen; aber da mischt sich nun wieder anderes hinein, was das Urtheil in gleicher Weise trübt.

Einen Beleg für die Mißlichkeit menschlichen Urtheils hat mir in diesen Tagen auch wieder ein persönliches Erlebniß gegeben. In den »Velhagen & Klasingschen Monatsheften« ist ein ziemlich langer Artikel über mich erschienen, sogar mit Bild von meinem jungen Freunde Ismael Gentz, Verf. des Artikels mein Freund und Gönner Theodor Hermann Pantenius. Dieser meint es sehr gut mit mir und das Maß von Anerkennung, das mir zu Theil wird, befriedigt mich vollkommen, geht über mein Erwarten hinaus. Aber nun im Detail! Meine Gedichte vom alten Derfflinger und alten Zieten erklärt er für prosaisch (»so prosaisch wie die Leute selbst« – auch starker Toback), meine »Wanderungen« erscheinen ihm zu bunt, zu wechselnd, einfach historisch wäre besser gewesen und meine Berliner Romane, so wahr und zeitbildlich sie seien, seien mehr oder weniger unerquicklich, weil die darin geschilderten Personen und Zustände mehr oder weniger *häßlich* seien. Ich halte dies alles für grundfalsch; der alte Zieten ist so poetisch wie solche Gestalt nur sein kann, die »Wanderungen« wären gräßlich, wenn sie blos historisch wären, und Rienäcker und Lene mögen dem einen oder andern nicht gefallen, aber sie sind nicht »häßlich«, ganz im Gegentheil, ich glaube sie sind anmuthend, herzgewinnend. Und das alles schreibt ein Mann, der sehr klug ist, selber sehr ausgezeichnete Romane geschrieben hat und es sehr gut mit mir meint. Wenn man dergleichen beständig erlebt, so wird man ängstlich und gelangt, als Letztes, zu dem Berolinismus: »was soll der Unsinn!« A. hat Recht, B. auch und C. noch mehr. »Aergre Dich nicht, wundre Dich nur« sagt ein holländisches Sprichwort; aber man darf sich auch nicht mal wundern. Man muß alles ruhig hinnehmen.

Wir wollen am 15. nach Karlsbad, wenn es sein kann in unsre alte Wohnung oder in die nebenan gelegene »Amsel«. Ihre Ferien werden dann auch begonnen haben und wenn Sie – was doch möglich – Ausflüge in's Böhmische machen, bis Prag oder Teplitz oder wohl gar, über Böhmen hinaus, bis in ein Bad im Fichtelgebirge, so haben wir vielleicht Chance, Sie Beide einen oder ein paar Tage lang in Karlsbad zu sehn. Das wäre sehr reizend. Ohne Sie bleibt uns nur Grünhagen und Frau Hofräthin Richter, – sehr respektabel; aber besser ist besser. Ich kann mich für Lutherfestspiele nicht interessiren. Ihnen allen, wo immer es auch sei, schöne, erquickliche Tage wünschend, wie immer

Ihr treu ergebenster

Th. Fontane.

*380. An Friedrich Fontane*

*Karlsbad*, d. 19. August 1894.

Lieber Friedel.

Habe Dank für Deine Karte, desgleichen für das Paket mit kleinen Besprechungen; eine davon (Blätter für literarische Unterhaltung) war recht gut, weil sie den Versuch macht, die Art meiner Schreiberei zu charakterisieren. Inhaltaufzählungen, wenn auch wohlwollende, sind immer Blech. Hier prange ich massenhaft in den Schaufenstern (immer tapfer neben Tovote), geh' aber jedesmal im Bogen drum herum, um nicht etwa ertappt zu werden. Publizität ist doch eine sonderbare Sache.

Mama grüßt. Geh' es Dir gut. Dein alter

Papa.

*381. An Karl Zöllner*

Karlsbad 21. Aug. 94. Silberne Kanne

Theuerster Chevalier.

Die Correkturbogen sind fort und so habe ich einen freien Vormittag, d. h. eine freie Stunde, denn es ist beinah 11 wenn man mit Frühstück und Zeitung fertig ist und um 12 hat man schon wieder an seine Mittagstoilette zu denken. Wir leben hier, trotzdem es kalt und naß ist, ganz gemüthlich, wozu die tägliche Plauderei mit einigen Berlinern das Ihrige beiträgt. Eine Frau Gerber ist hier mit ihrer Gesellschaftsdame Fräulein Wilbrandt, Cousine von Adolf Wilbrandt, beide Damen sehr liebenswürdig und die Wilbrandt auch ganz gescheidt. Dazu der bekannte mecklenburgische Redewasserfall, (nur Körling Eggers macht eine ernste Ausnahme). Was sich immer zeigt, zeigt sich auch hier: Verwandtschaft verhält sich meist flau, so daß ich unsren Adolf gegen seine Cousine vielfach in Schutz nehmen mußte. Was ich ehrlich konnte, da ich Wilbrandt, trotz seiner Schrullen, zu unsren Besten zähle. Er hat doch immer was *Eignes* zu sagen und nur darauf kommt es an. ›Doubletten gelten nicht in der Kunst‹ ist ein wundervoller Satz von Hebbel. – Wichtiger als die genannten Damen, ist mir ein Dr. Sternfeld, den ich aus der Gesellschaft der ›Zwanglosen‹ (eine Art Rütli) kenne, unter denen er sehr beliebt ist und mit Recht. Eigentlich ist er Musiker, hat die Musik aber fallen lassen und ist Historiker geworden, Privatdozent mit glaub ich 3 Zuhörern. Seine Domäne ist Friedrich II., aber nicht der von Sanssouci, sondern der Hohenstaufenkaiser, und da ich, vor wenig Wochen erst, den Alfred Dove'schen Roman Caracosa – drin Friedrich II. und seine Zeit geschildert werden – gelesen hatte, so hatten wir von Anfang an einen wundervollen Gesprächsgegenstand. Dove hat nämlich Friedrich II. ganz als moderne Figur und die Parmesaner (es spielt in Parma) vielfach als richtige Berliner aufgefaßt, so daß Ausdrücke wie ›Wischiwaschi‹ vorkommen. Es ist ein reiner Zufall, daß ›Mumpitz‹ fehlt. Du kannst Dir denken, daß sich ganze Bände darüber sprechen lassen, was auch besorgt wird. – Die Reihe der Berliner Bekannten ist aber mit Dr. Sternfeld und den genannten Damen nicht abgeschlossen; da ist noch ein Direktor Goldschmidt (Reichstagsmitglied, Freund und Fraktionsgenosse von Onkel Witte), ein Baron Lauer-Münchhofen und – Geheimrath Becher mit Frau. Mit Goldschmidt, der viel Karlsbader Anekdoten kennt – er ist hier seit 15 Jahren Kurgast – läßt sich wundervoll plaudern, aber mit dem Baron und dem Geheimrath habe ich nicht angebändelt, mit dem Baron nicht, weil er mir zu jüdisch aussieht und mit Becher nicht, weil mir eine Stimme sagte: lieber nicht. Er war so sehr mit seiner Frau beschäftigt und solche Spätverheiratheten, die immer ›um Muttern rum‹ sind, sind schwer zu behandeln. Sie sehen immer nach dem Auge ihrer Frau und fragen erst an, ob sie ›ja‹ oder ›nein‹ sagen sollen. Daß Baron Lauer so jüdisch aussieht, ist übrigens verzeihlich, denn seine Mutter war eine Fränkel, *das* aber ist unverzeihlich, daß er hierherkommt. Wo schon so viele Juden sind (wenigstens dreiviertel) darf die Gesammtlage durch solche Barone, deren germanischer Christenname jeden Augenblick

Lügen gestraft wird, nicht noch extra verwirrt werden. – Alles dies versinkt aber neben einer allerneusten Brunnenbegegnung: Anna Lindau, geb. Kalisch, wiedervermählte Saint Cére oder Sincére, – kein Mensch weiß genau wie er sich schreibt, denn er heißt eigentlich Rosenthal. Wie die deutsche so wird auch die französische Literatur durch oberschlesische Juden besorgt. Saint Cére sieht übrigens, trotz ausgesprochenster Judenphysiognomie, ganz gut aus, kräftig, männlich, decidirt, so daß sich die schöne Anna, wenn man Saint Cére mit ihrem Paul vergleicht, sehr verbessert hat. Sie selbst ist stark geworden und wird in wenigen Jahren eine pummlige alte Judenmadamm sein, ganz wie die alte Kalisch. Ich werde sie wohl täglich sehn, denn sie trinkt auch Marktbrunnen, und da will ich denn an sie herantreten und sie begrüßen. Vielleicht läßt Sie mich abfallen, denn sie ist unberechenbar. Ergeh es Dir gut oder doch wenigstens leidlich. Wie immer Dein alter

Noel.

### *382. An Friedrich Fontane*

Karlsbad, 28. Aug. 94.
Silberne Kanne.

Mein lieber Friedel.

Sei bedankt für Deinen Kartenbrief aus Ostende, den wir gestern erhielten.

Du wirst dort sehr angenehme, interessante, lehrreiche Tage verleben, während solch' Aufenthalt, wenn man einsam unter zehntausend glänzend aufgeputzten Erscheinungen umherkrebst, immer etwas Tristes hat. Meine Vorschläge wegen Antwerpen usw. laß' ich nun natürlich fallen, denn acht Tage vergnüglich in Ostende sind besser als acht Stunden Bilder- und Kirchenbetrachtung in Antwerpen. Ostende gilt, glaub' ich, ganz als Nummer eins und übertrifft an Glanz die französischen und englischen Badeplätze; jedenfalls ist das Publikum bunter, internationaler. – Mit uns geht es ganz leidlich; wir trinken unsren Brunnen, gehen viel spazieren und sitzen nachmittags stundenlang im Freien, was das jetzt herrschende warme Wetter ermöglicht; auch für gute Gesellschaft ist ausreichend gesorgt. Wenn Dir, vom Geschäft aus, eine Karte von mir nachgeschickt worden ist, so weißt Du, wen wir hier alles gefunden haben; seit gestern ist auch Caprivi hier, vor dem ich wenigstens, wenn ich ihn sehe, die preußischen Honneurs machen will. Darüber hinaus gedenke ich nicht zu gehn. – Meine Bücher liegen hier immer noch im Schaufenster, woraus ich den Schluß ziehen muß, daß sie nicht gekauft wurden, sonst wären sie eben weg. – Mete kränkelt leider wieder; Seeaufenthalt ist ihr nie gut bekommen, sie braucht Gebirgsluft. Ergeh' es es Dir gut.

Wie immer Dein alter

Papa.

*383. An Georg Friedlaender*

Karlsbad 29. Aug. 94.
Silberne Kanne.

Hochgeehrter Herr.

Ihre Zeilen aus Saßnitz waren eine rechte Freude; man kann nicht leicht wo besser sein und wenn einem Karlsbad nicht »vorgeschrieben« ist, so weiß ich nicht, ob Saßnitz nicht über Karlsbad geht. Allerdings ist hier mannigfacher für einen gesorgt, aber die Scenerie, die Kreideklippe, Wald und See geben, ist schöner. Das Saßnitzer Hôtel hieß in meiner Erinnerung »Fahrenheit« und darauf anspielend, kommt in meinem neusten Roman – dessen eines Kapitel auf Rügen spielt – ein kleiner Wortwitz vor, der nun traurig in der Luft schwebt, da das Hôtel Fahrenberg heißt. Ja, man wird mich in Verdacht haben, daß ich die Umtaufe, um mein Witzelchen anzubringen, absichtlich vollführt habe. Und das ist das Unangenehmste von der Sache. Wenn Sie nach Lohme kommen sollten, lassen Sie sich doch quer über die weite Bucht nach Arcona hinüberrudern; diese Bootfahrt ist sehr schön, außerdem Arcona selbst interessant genug.

Die Begegnung mit dem kleinen und groß gewordenen Kayser muß Ihnen eine große Freude gemacht, auch Ihre Zufriedenheit mit dem »Schmiedeberger Idyll«, mit Koppe, Kuring und dem Rotherberg wieder gesteigert haben. Es ist auch wirklich gleichgültig, *wo* man ist und *was* man ist; es kommt nur darauf an, *wer* man ist, nicht auf der Dienststaffel, nicht vor den Menschen, sondern vor sich selbst. Es kommt auf die Kunst an, aus dem Leben möglichst viel heraus zu schlagen; dabei spielt Geld einigermaßen eine Rolle, Ort und Stellung aber gar keine.

Seit vorgestern ist nun Caprivi hier und stürmt durch die Berge; er wird froh sein, des Regierens auf vier, fünf Wochen überhoben zu sein. Direktor Goldschmidt – von dem ich Ihnen neulich schon schrieb, vielleicht ist Ihnen der Brief nachgeschickt worden – hat ihn schon gesprochen und war in der angenehmen Lage, ihm einen »Pariser Stimmungsbericht« geben zu können, gestützt auf niemand Geringeres, als den deutschfresserischen Monsieur Saint Cére, mit dem er (Goldschmidt) jetzt täglich seine Kaffespaziergänge macht: Goldschmidt, Saint Cére, Anna Lindau und ein own Correspondent des New-York-Herald. Ich soll mich diesen vieren als Fünfter zugesellen und werde es vielleicht thun, trotzdem ich mich ein wenig davor graule, schon blos der Sprache halber, da dem gewesenen Rosenthal das Deutschsprechen wirklich schwer werden soll. Wahrscheinlich wurde er in früher Jugend schon von Lemberg oder Brody nach Paris verschlagen.

Gestern waren wir mit Frau Hofräthin Richter beim Nachmittagskaffe zusammen. Sie war sehr nett. Ich hatte sie für luthersch-orthodox und überhaupt etwas verrannt gehalten, das ist sie aber nicht; sie hat beinah einen heitren Zug, den das Leben nur abgedämpft hat. Ergeh es Ihnen gut, empfehlen Sie mich Ihren Damen und kommen Sie frisch und froh nach Schmiedeberg zurück. Ihr

Th. Fontane.

Eben, im Durchlesen, finde ich, daß ich eine kurze Charakterisirung des »Pariser Stimmungsberichts« schuldig geblieben bin. Dieser läuft darauf hinaus, daß sich – so versichert Saint Cére, der es wissen kann, – ein totaler Stimmungsumschlag vollzogen hat. Man beginnt Rußland zu mißtrauen, sieht wenigstens, daß man von all den Huldigungen nichts hat, und erkennt in dem so viel angefochtenen Dreibund *wirklich* einen Friedenshort, was er sicherlich auch ist. Zu dieser Hauptsache kommen viele Kleinigkeiten: die unbestreitbaren Liebeswürdigkeiten des Kaisers.

### *384. An Karl Zöllner*

Karlsbad 6. Sept. 94. Silberne Kanne.

Theuerster Chevalier.

Sei herzlichst bedankt für Deine lieben Zeilen und die 2 Beilagen.

An die Spitze stelle ich aber unsre Bitte:

daß nur die theure Frau und Freundin nicht schreibt!

Wir sind ja nächsten Mittwoch schon wieder in Berlin und freuen uns auf mündliche Mittheilungen.

Ja, Brahm und Deutsches Theater! Wie wird sich Lessing freun, wenn er das liest, denn er hat, glaub ich, einen schweren Haß gegen den kleinen Doktor, der ihm all die Prozeßgräßlichkeiten sel. Angedenkens eingebrockt hat. *Mir* thut Brahm leid, denn er ist besser als sein Ruf und hat jenen eigenthümlichen Idealzug, der sich bei den Juden, auch wenn sie noch so scharf und bissig und selbst noch so happig sind, so häufig findet. Er lebt ganz für ein Prinzip und das wird ihm eine spätere Zeit mal anrechnen. Im Allgemeinen glaube ich nicht an die Auszahlungen durch eine ›spätre Zeit‹, hier ist aber ein Ausnahmefall gegeben, denn die literarische Bewegung der letzten 20 Jahre, die jetzt auf einem Tiefpunkt steht, wird sehr bald wieder anerkannt werden. Was sich jetzt als ›Sieg‹ der Gegner gerirt, ist ein letztes Aufflackern. Die Großen bleiben und wachsen natürlich; was aber zwischen 30 und 70 geschrieben wurde – wenige, die eine Sonderstellung einnehmen, abgerechnet – ist mausetodt. Die Schönrednerei kommt nicht wieder auf.

Die Kritik im Kl. Journal hat mich übrigens sehr amüsirt, am meisten der heraufgezauberte Verein ›Qualmtute‹.

Uns geht es gut. Alle Bekannte reisen ab. Vorgestern war ich 3 Stunden bei Saint Cére's und gestern auf einem kleinen Diner, das Direktor Goldschmidt im Hôtel Bristol gab, nur 4 Personen: Goldschmidt, Saint Cére und Frau und ich. Es war kolossal interessant. ›In einer Stunde mehr gewinnen etc.‹ Wir nahmen gerührt Abschied; heute reisen sie, ich soll sie in Paris besuchen! Was man nicht alles noch in seinen Urgreistagen erlebt! Sei herzlich gegrüßt. Wie immer Dein alter

Noel.

*385. An Adolph Menzel*

Karlsbad, 11. September 1894.

Hochgeehrter Herr und Freund.

Eben erhalte ich Ihr vorzügliches Bild, das ich zum 15. an unsern Schönfelder Jubilar gelangen lassen werde. Zugleich herzlichen Dank für die voraufgegangenen freundlichen Zeilen aus Kissingen.

In meinem Briefe muß ich mich seinerzeit nicht recht klar ausgedrückt haben. Die Photographien, die in verkleinertem Format abgedruckt und wie ein ausgebreitetes Spiel Karten zu einem Kollektivbilde zusammengestellt werden sollten, machten mir keine Sorge – der ganze Plan eines zu stiftenden Rütliblattes stand und fiel mit einer von Ihrer Hand herrührenden Umrahmung. In ihr lag der Wert, ohne diese war es nichts. Unser Vorhaben war also bei meiner Abreise von Berlin schon begraben, an seine Stelle die Einzel-Aktion getreten und – wie York bei Laon sagte, als die Russen ausblieben – »schade, aber es muß auch so gehn.«

Mit der Bitte, meine und meiner Frau Grüße und Empfehlungen Ihren Damen übermitteln zu wollen,

in vorzüglicher Ergebenheit

Th. Fontane.

*386. An Moritz Lazarus*

Berlin, 14. September 1894.
Potsdamer Str. 134.

Teuerster Leibnitz!

Empfangen Sie meine herzlichsten Gückwünsche zu Ihrem 70. Geburtstage, der Ihnen den Dank und die Huldigungen vieler Verehrer und Freunde von nah und fern bringen wird. Zu meiner Freude habe ich, noch während meiner letzten Karlsbader Tage, gelesen, daß Moritz Brasch in Leipzig dem »Begründer der Völkerpsychologie« in einer Studie eine solche Huldigung dargebracht hat. Ich freue mich, den Aufsatz in »Nord und Süd« lesen zu können. Mir aber, der sich nicht in gleicher Weise legitimieren kann, wollen Sie gestatten, Ihnen für all das Liebe und Gute, das mir durch mehr als ein Dritteljahrhundert hin in Kriegs- und Friedenszeiten von Ihnen zuteil wurde, hier herzlich zu danken. Was ich höher zu veranschlagen habe, Ihr Eintreten für mich in meinen Gefangenschaftstagen, oder Ihr mich so vielfach förderndes Wort in beinahe 1000 Rütlisitzungen, stehe dahin. Alles in allem gibts eine gute Summe. [...]

*387. An Unbekannt (Rudolf von Deckers Verlag)*

Berlin, 17. September 1894.

Hochgeehrter Herr.

Ihre freundlichen Zeilen erhielt ich in Karlsbad, als ich eben nach Dresden, um dort noch ein paar Tage zuzubringen, aufbrechen wollte. Herumlaufen und Kälte ließen mich, solange ich unterwegs war, nicht zum Schreiben kommen.

Ich müßte nun wohl eigentlich froh sein, daß Sie das Buch noch 'mal drucken wollen, aber ich bekenne Ihnen offen, daß ich die Wiederherausgabe mit so und so vielen, vielleicht vorgedruckten fürstlichen oder ministeriellen Handschreiben, einfach schrecklich finde. Halten Sie mir dies zu gut, aber ich kann nichts andres sagen.

Und nun eine Vorrede! Ja, wenn ich auch nur den leisesten Schimmer hätte, was da wohl zu sagen wäre. Damals, vor gerade 30 Jahren, habe ich das Buch so gut gemacht wie ich konnte; jetzt seh' ich nur seine Mängel und Fehler. Und das kann ich doch in einer Vorrede nicht sagen.

Seien Sie versichert, daß ich Ihnen gern andres, Entgegenkommenderes geschrieben hätte; wie's aber liegt, ließ es sich nicht tun.

In vorzüglicher Ergebenheit

Th. Fontane.

*388. An Karl Zöllner*

[Berlin,] 18. Sept. 94. Dienstag.

Theuerster Chevalier.

Ich schicke Dir hier 2 Ausschnitte aus der guten Vossin, die Dich nicht viel weniger interessiren werden als die ›Posener in Varzin‹ und der Japanersieg bei Ping-Yang.

Das über die Kunstausstellung Gesagte hat es ›*in sich*‹; es sagt mehr, als es zu sagen scheint; es ist mehr ein politischer als ein Kunst-Artikel. Im Uebrigen giebt es einem Gefühl Ausdruck, das ich beständig habe: wir marschiren nicht mehr an der Tête Deutschlands oder vielleicht haben wir es uns überhaupt nur eingebildet.

Mit *Lazarus* glaube ich Recht gehabt zu haben, wenn ich neulich sagte: ›es wird viele Huldigungen geben und doch, als Letztes, Enttäuschungen und Bitternisse.‹ Das Ganze, nach diesem Bericht, war Judenmuschpoke. Die beiden einzigen Lichtpunkte sind: Bern und der Schönefelder Pastor, weil christlich, deutsch, national.

Danach, glaub ich, hat es unsren Freund verlangt; der Judenzustimmung war er sicher, schon aus Corpsgeist. Vor 30 Jahren, als er als Vertreter Berns in Wien erschien, umarmte ihn der Rektor d. Universität, Prof. Hirth, und küßte ihn vor versammeltem Volk. Dieser Kuß fehlt heute.

Bismarcks Rede war *sehr* schwach; es sprach mehr Lumbago als Bismarck. Der Japanersieg hat mich entzückt, trotzdem ich sagen kann: ›ich kenne ihm nich, ich kenne ihr nich.‹ Aber ich habe einen Haß gegen alles Alte, das sich einbildet ein Ewiges zu sein. Herzliche Grüße.

Wie immer Dein alter

Th. F.

*389. An Dr. Beckh*

*Berlin* 21. Sept. 94.
Potsd. Str. 134. c.

Hochgeehrter Herr.

Ihre gef. Zuschrift vom 19. erhielt ich gestern und beeile mich Ihnen auszusprechen, wie sehr ich mich durch diesen neuen Beweis Ihrer freundlichen Gesinnungen geehrt fühle.

Mit herzlichem Dank und der Bitte, mich allen Mitgliedern des Ordens, dem ich nun selber bald zugehören werde, angelegentlichst empfehlen zu wollen, hochgeehrter Herr, in vorzügl. Ergebenheit

Th. Fontane.

*390. An Otto Brahm*

*Berlin*, d. 27. September 1894.
Potsdamer Str. 134 c.

Teuerster Doktor und Direktor.

Allerherzlichste Glückwünsche zu dem großen Erfolg. Ich hätte Ihnen dies schon gestern ausgesprochen, doktorte aber an einem Artikelchen herum, zu dem mich meine Erregung und der Wunsch, doch auch noch mit dabei zu sein (»letztes Aufgebot«), drängte.

Das Stück ist vorzüglich, epochemachend. Ob jemand dran herumtadelt, meinetwegen selbst mit Recht, ist gleichgültig. An Bismarck wird auch herumgetadelt (ich mit), er bleibt aber Bismarck, und das ist gerade genug. Sprechen Sie dem liebenswürdigen Dichter, der mal wirklich einer ist und ein Mensch dazu, meinen herzlichsten Dank aus. Auch Freund Schlenther hat sich wieder glänzend bewährt. Der heutige kleine Essay scheint mir ein Nummer-eins-Stück.

Mit dem Wunsche, daß, wie die deutsche Literatur ein Prachtstück, so das Deutsche Theater ein Zug- und Kassenstück gewonnen haben möge, unter schönsten Grüßen von meiner Frau (die ganz baff war) Ihr

Th. Fontane.

*391. An Paul Schlenther*

*Berlin*, d. 28. September 1894.
Potsdamer Str. 134 c.

Hochgeehrter Herr.

Ich hoffe Sonntag 1 Uhr bei Ihnen antreten zu können. »Sieh da, sieh da, Timotheus, die Kraniche« usw. Ich werde ihn aber artiger und minder kalauermäßig begrüßen. Meine Frau wünscht sehr mitzukommen, ist aber zur Stunde krank und elend – Wunsch gibt indessen Kraft, zumal bei Frauen.

Ich hatte bei dem Zitat von Anno 1844 aus der »Vossin« und bei der Nathaneinschmuggelung am Schluß ausgerufen: »O dieser kluge Ostpreuße.« Seit Eintreffen Ihrer letzten Zeilen seh' ich es anders. Das Zitat kann Ihnen als Denunziation auf Mitschuld und die Parallele zwischen »Nathan« und den »Webern« als Hochverrat und jedenfalls als ein »horreur« angerechnet werden. Was man auch tut, 'rein fällt man immer.

Ich stehe auf dem Punkte, bei Frau Lessing einen Besuch zu machen; vielleicht höre ich da was.

Unter besten Grüßen Ihr

Th. Fontane.

*392. An Martha Fontane*

Berlin 30. Sept. 94. Potsd. Str. 134. c.

Meine liebe Mete.

Deine Briefe sind uns immer eine große Freude; Du hast eminent das talent epistolaire der Familie, wovon nur Theos Einleitungen eine Ausnahme bilden.

Ich schreibe heut nur, um ein Wort über Dein Kommen zu sagen; richte es ein ganz nach Wunsch und Bequemlichkeit, wobei Du die Heyden- und Hochzeitsfrage nicht mehr in Rechnung zu stellen brauchst. Am 14. ist Polterabend und schon am 15. ist die Bahn wieder frei. Du kannst von da ab jeden Tag wählen. Mama will am 13. wieder hier eintreffen, damit am Polterabend doch einer von uns zugegen ist; ich werde dann wohl in Harlem Blumenzwiebeln studiren oder den Zusammenhängen zwischen Stadt Harlem und Familie Harlem nachforschen. Vielleicht wächst Tante Witte noch in eine Dynastie hinein. Das sollte mir um R. Mengel leid thun; der schrumpft dann ganz zu einem kleinen Agrarier zusammen.

Mama wird wohl am 5., ich am 6. oder 7. reisen, so daß Anna

grade eine Woche lang einsam Schloßherrin spielen wird. Ich bin sehr gegen solche Einsamkeiten und betrachte keine Tugend als infallibel. Mama scheint von solchen Gedanken nie beunruhigt zu werden, was mir immer unverständlich ist.

Von irgend einem holländischen oder flandrischen Punkt aus (ich hoffe, daß wir bis Brügge kommen, wegen Memmling) schreibe ich Dir eine Karte nach Deyelsdorf.

Daß Dir meine liebe ›Effi‹ so gefällt, freut mich. Empfiehl mich der Frau Gräfin und freue Dich der Rosen und der Hammelcoteletts; diese sind noch wichtiger als jene. Die Verpflegungsfrage ist für den Kulturmenschen eigentlich das Wichtigste; die Gesundheit hängt gewiß dran und fast auch die Moral. Die Engländer schieben alles auf Seife, aber Pears Soap ist doch nicht *so* wichtig. Wie immer Dein alter

Papa.

*393. An Karl Zöllner*

Berlin 1. Okt. 94. Potsd. Str. 134. c.

Theuerster Chevalier.

Ich muß mich bei Dir über mein langes Ausbleiben entschuldigen; es liegt an einer merkwürdigen Mischung von Hetzjagd und Krankheit, die sich untereinander auszuschließen scheinen. Und doch ist es ebenso. Furchtbar erkältet, mit gelegentlichem Bellhusten, muß ich an Theateraufführungen und sogar an ›sechsten Akten‹ theilnehmen, die einen dann vollends 'runterbringen und den Husten verschlimmern. Sich in der Stube halten, hilft auch nichts und ist so tödtlich langweilig. So geht es dann so weiter und Ende der Woche will ich sogar nach Holland. Ich kann nicht mit einem Male ›nein‹ sagen, dazu ist mein Erkältungszustand auch wieder nicht bedenklich genug.

Es liegt so vielerlei vor: Lazarus, der Polterabend bei Heydens am 14., Brahm, Gerh. Hauptmann, die ›Weber‹ und seit heute nun auch die 183 embarkadirten Feuerwerks-Unteroffiziere, an die ich noch nicht recht glauben kann. Ich nehme es vorläufig auch blos als ›Alarmirung‹ oder als Zugabe zu einer solchen. Ist es so, wie vorläufig in den Blättern steht, so ist es schlimm, aber zugleich wichtig und lehrreich als ›Avis au Lecteur‹. Ueber diesen etwas dunklen Satz gebe ich Dir mündlich Aufschluß. Wir waren gestern bei Schlenther's; der kleine Brahm bedrückt, Gerh. Hauptmann etwas bedrückt, Schlenther auch ein wenig; aber in alter

Heiterkeit, superior darüber thronend, die kleine Conrad, die beiläufig ganz blühend aussieht, pummlig wird und einen Delta-Muskel hat, um den Abs I, oder II. sie beneiden könnte. Der Hauptgast war ein gefeierter Wiener Journalist, der von den Berliner Kollegen zwar artig aber als ganz inferior behandelt wurde. 1000 Grüße und Empfehlungen. Wie immer Dein alter

Th. F.

*394. An August von Heyden*

*Berlin* 3. Okt. 94.
Potsd. Str. 134. c.

Mein lieber Heyden.

Ich freue mich, daß mit Rücksicht auf schlechtes Wetter und schlechten Gesundheitszustand, die Reise nach Holland bis auf nächstes Frühjahr vertagt worden ist. So bin ich denn auch in der angenehmen Lage am 14. erscheinen zu können, was ich hiermit froh und ergebenst zur Kenntniß bringe.

Hast Du den Artikel aus der Kreuz – Ztng. gelesen? Es kommt, glaub ich, 7 mal »Major *Freiherr* v. Stetten« drin vor. Da liegt der Hund begraben. In der feierlichen Einpöklung von allem möglichen Alten, das absterbende Dogma obenan, seh ich nicht Rettung, sondern Untergang und gewiß unter Gelächter. Meinetwegen Höllengelächter. Wie immer Dein alter

Th. Fontane

*395. An Rose Burger*

*Berlin* 7. Okt. 94
Potsd. Str. 134c

Mein gnädigstes Fräulein.

Allerschönsten Dank für Ihre freundlichen Zeilen, auf die ich mich glücklich schätzen würde, Ihnen was Gutes antworten zu können. Leider ist das kaum möglich. Es wird viel übersetzt, einzelne Zeitungen, z. B. die »Norddeutsche Allgemeine«, bestreiten fast ihren ganzen belletristischen Bedarf durch Übersetzungen aus dem Englischen (augenblicklich laufen in der gen. Zeitung 2 engl. Romane nebeneinander her) aber die Zahl der Damen, die diesen Zeitungsdienst thun, ist übergroß; jede einzelne hält ihre Stellung fest und begnügt sich mit den kleinsten Honoraren. Ohne persönliche Beziehungen zu den Chefredakteuren, ist es so gut wie unmöglich sich einzuführen.

Ich kann Ihnen aber doch vielleicht durch einen kl. Rath zu Diensten sein.

Haben Sie mal davon gehört, daß hier ein Institut existiert, daß sich die »Heimat« nennt? Königgrätzerstr. 125. An der Spitze stehen zwei Fräulein Vollmar, sehr liebenswürdige Damen, eine, die jüngere, auch hübsch und namentlich sehr klug. Es giebt da Versammlungsabende mit Musik, Aufführungen, Deklamation und sehr hochgestellte und was noch wichtiger sehr reiche Damen, sind die »Patronesses«. Wenn Sie wollen, ist es eine »Ressource« für junge Mädchen ohne Familienanhang. Ich glaube, daß es Ihnen gelingen würde, wenn nicht in den Vorstand zu kommen (wozu Sie hier sein müßten) so sich doch mit Vorstandsdamen anzufreunden. Und alle diese Damen, besonders das jüngere Fräulein Vollmar, haben einen großen gesellschaftlichen Einfluß, der sich auch auf Zeitungen und literarische Dinge erstreckt. Wenn ich nicht irre, ist auch Frommel mit den Damen befreundet, Kögel gewiß. Paßt es Ihnen, sich durch Frommel dort eingeführt zu sehn, so bezweifle ich nicht, daß das kluge Frl. Vollmar gleich alles in die richtigen Wege zu lenken wissen würde. Vielleicht wäre es auch von Vortheil für Ihr »Altes Forsthaus«.

Mit der Bitte, mich Ihrer Frau Mama empfehlen zu wollen, in vorzügl. Ergebenheit

Th. Fontane

*396. An Martha Fontane*

Berlin 8. Okt. 94. Potsd. Str. 134. c.

Meine liebe Mete.

Da Du, minder glücklich wie Mama, die ›Schmetterlingsschlacht‹ nicht mitgeschlagen hast, so schicke ich Dir Einiges von dem, was die ›Hyänen des Schlachtfeldes‹ hinterher geleistet und wie sie aufgeräumt haben.

Die mit S. und Paulus (sicherlich ein früherer oder nochiger Saulus) unterzeichneten Artikel, rühren sehr wahrscheinlich von Schwiegervater Stettenheim und Schwiegersohn Leipziger her, von denen Letztrer das ›Kleine Journal‹, auch Moniteur Kotze genannt, besitzt. Diesem Blatt sind beide Kritiken entnommen; sie sind sehr witzig, sehr amüsant, sehr wahr. Sudermann, für den ich nicht viel übrig habe, thut mir leid; es ist furchtbar, so zerrissen zu werden. Aber ich mag an solche Zerreißerei doch auch keinen Tadel zu knüpfen. Wie sollen kluge Leute, die die ganze Hohlheit und Geschraubtheit erkennen, wie sollen *die* solch Stück besprechen? Ernsthaft? Das geht nicht; so was ganz Verfehltes, an dem mit einem Male die blos heraufgepuffte Unbedeutendheit klar wird, kann nicht feierlich und mit Würde behandelt werden. Es ist dies eine sehr wichtige Frage, welchen Ton die Kritik anzuschlagen hat. Ernsthafte Talente (wie Hauptmann) müssen ernsthaft behandelt werden, falsche Größen nicht.

Mit einer kleinen Befriedigung erfüllt es mich, daß meine Unterscheidungen von ›echt‹ und ›unecht‹ siegreich bleiben. An Wildenbruch habe ich nie etwas andres gelten lassen als ›Kinderthränen‹, ›das kleine L‹, und die ›Quitzows‹. Alles hat sich gehalten, das Andre ist todt. Sudermann, in Roman und Drama, war mir immer nur talentvoller Radaubruder. Das Publikum – jetzt ungerecht gegen ihn – streicht auch noch das Beiwort. Hauptmann, wo der verrückte Kastan die ›Zangen‹ aus der Tasche zog und dem Publikum zeigte, hat alle Angriffe überwunden und beherrscht die Situation. Schließlich bleibt doch das Ordentliche siegreich. Empfiehl mich angelegentlichst. Wie immer Dein alter

Papa.

In der Besprechung der ›Weber‹ von L.P. ist nur die blauangestrichne Schlußstelle von Belang.

*397. An Frau L. Müller*

*Berlin* 24. Okt. 94
Potsd. Str. 134c

Gnädigste Frau.

Empfangen Sie meinen ergebensten Dank für Ihren liebenswürdigen Brief wie für die freundliche Sendung australischer Zeitungen. Unsre Antipoden meinen es mit dem Illustriren beinah zu gut; das Blatt nimmt fast schon den Charakter eines Bilderbuches an. In diesem, wie in manchem andren spricht sich wohl eine geistige Abhängigkeit von Amerika und amerikanischem Geschmack aus. Die amerikanischen Zeitungen sind besser als die unsrigen, aber doch auch wieder schlechter; massenhafter, reicher, aber doch auch wieder ärmer. Amerika ist meine Bewunderung, aber weder mein Geschmack, noch meine Sehnsucht.

Nochmals besten Dank, daß Ihre Güte mir einen Einblick in diese Dinge gewährt hat. In vorzügl. Ergebenheit

Th. Fontane

*398. An Richard Schöne (Entwurf)*

[Berlin, Oktober 1894]

Hochgeehrter Herr Generaldirektor.

Statt einer Woche, wie ich wollte, habe ich nun einen ganzen Monat lang den 4. Band der Annette Droste in Händen gehabt. Entschuldigt werde ich dadurch, daß ich nicht bloß die »Judenbuche«, sondern fast das ganze Buch gelesen habe, nur die Gedichte und die Fragmente »Betta« und »Joseph« habe ich mir geschenkt. Was ich gelesen, verpflichtet mich wie zum Dank gegen Annette, so auch zum Danke gegen Sie, hochverehrter Herr Generaldirektor, der mir die Bekanntschaft mit dieser mir fremd gebliebenen Prosa der Dichterin ermöglichte.

Ist es mir gestattet, ein Wort über die Sachen zu sagen, so würde ich der »Judenbuche«, so hübsch und bemerkenswert sie ist, doch nicht gerade den höchsten Rang einräumen. Das spezifisch Westfälische darin, das Land und Leute Schildernde, hat man in dem Aufsatze »Bei uns zu Lande« etc. und in den »Bildern aus Westphalen« noch besser und anschaulicher, und das rein Novellistische der Geschichte kann ich nicht so sehr hoch stellen. Natürlich ist es aber stimmungsreich und wirkungsvoll (solch Inhalt *muß* wirken), aber das Maß der Kunst oder gar der Technik ist nicht hervorragend. Eigentlich enthält die »Judenbuche« zwei Geschichten (von sehr verwandtem Charakter) und das ist auf 50 oder 60 Seiten kein Vorteil; die Geschichte mit dem Onkel hätte nach meinem Gefühl verdient, zur Hauptsache gemacht zu werden und die Judengeschichte wäre dann ganz fortgefallen. Wollte Annette aber lieber diese bringen, was auch vieles für sich hat, so mußte das Voraufgehende mit dem Onkel nur kurze Etappe zur Hauptsache sein, Schritt zum Ziel, jetzt ist sie aber in sich selbst eine Geschichte, nicht Kongruenzstück.

Das Lustspiel »Perdu« zeigt bei viel Hübschem und Geistreichem eine rasende Unvertrautheit mit der Bühne, wogegen die Briefe, besonders die späteren, (in denen nicht bloß Familie spukt) von großem Reiz sind und mich zum Teil außerordentlich interessiert haben, so z. B. der 38er erzbischöfliche Kronrat in Münster (ein kleines Musterstück an Schilderung), das Wiener Universitätsleben zu Beginn der 30er Jahre und die von Anno 40 von Meersburg aus geschriebenen Briefe; das alles ist voll Reiz, zugleich anschaulich und lehrreich. In allem ist die Mischung von Schlichtheit und Bescheidenheit auf der einen, von (ruhigem) Selbstbewußtsein auf der anderen Seite sehr bemerkenswert. In dem Brief an Diepenbrock zeigt sich dies vielleicht am deutlichsten.

Ich würde den Inhalt so rangieren: Bilder aus Westphalen (besonders die Abschnitte Münsterland und Paderborn) 2. »Bei uns zu Lande«. 3. Ledwina (wundervolle Charakterzeichnung) 4. Die Judenbuche 5. Die Briefe 6. Perdu.

An einem Abend der vorigen Woche hab' ich auch die Gedichte der Droste mal wieder vorgenommen, erst die Heidebilder und Balladen, und dann das »Christliche Jahr«. Ich kam aber nicht weit damit. Selbst die Sachen, die mich früher entzückt hatten, gefielen mir nicht mehr. Gedichte ohne vollendeten Ausdruck, ja oft geradezu formlos, schwerfällig, bummlig, das kann ich nicht mehr aushalten und die Güte des Talentes , die zweifellos vorhanden, verstimmt mich nur noch mehr.

*399. An Theodor Fontane (Sohn)*

*Berlin*, den 2. November 1894.

Mein lieber, alter Theo.

Vorauf meine herzlichsten Glückwünsche zu Deinem Geburtstage: möge sich Hannover bewähren und fortfahren, Dir und den Deinen frohe Tage zu schenken; Gesundheit, wohlwollende Vorgesetze, unmufflige Untergebene und keine Bücher über Armeeverpflegung – da geht es. Eine Hauptquelle von Glück und Zufriedenheit aber, wenn ich nach meinen Erfahrungen urteilen darf, ist das Reisen, der Ort- und Luftwechsel, der Leib und Seele frisch macht und einem zugleich die Vorzüge des Heims immer neu zum Bewußtsein bringt.

Über unser Leben wird Dir wohl Mama ausführlicher schreiben; ein Haupterlebnis war ein Nichterlebnis, das Ausfallen einer nach *Holland* hin geplanten Reise, auf die ich mich gefreut hatte, um mich schließlich davor zu graulen. Holländische Wiesen verlangen Sonnenschein und Sommerwetter; bei Regen und Kälte, daran diese Oktobertage reich waren, ist es ein mäßiges Vergnügen. Und wer hat noch Kunstgedanken, wenn er Ursache hat, an eine Leibbinde zu denken?

Heute bei Heydens werde ich wohl *Knille* treffen, einen jener mir sympathischen Hannoveraner, die nur die Tugenden ihres Stammes und nicht die Bedrücklichkeiten haben. – Politisches berühre ich nicht, das ist eine Welt.

Wie immer Dein alter

Papa.

*400. An Moritz Lazarus*

*Berlin* 2. Novb. 94.
Potsd. Str. 134. c.

Theuerster Leibnitz.

Zwei Tage nach jener denkwürdigen Rütlisitzung, erhielt ich endlich, von Breslau her, einen »Jeremias« und machte mich mit Eifer, aber doch mit gezügeltem, (»blinder Eifer schadet nur«, sang, glaub ich, schon Lichtwer) drüber her. – Das war eine glückliche Stunde, wo dies kleine Buch entstand.

»Wenn Lazarus sich müht und plagt
Und selbst am Ende Bravo sagt,
So muß es was Gescheidtes werden ...«

– diesem Gescheidten zu begegnen, war ich sicher; aber was Sie da gegeben haben, ist viel viel mehr. Es hat das, was das Gescheidte und Gescheidtste fast nie zu haben pflegt, es hat Leidenschaft, es ist nicht blos einem scharfen Kopfe entsprungen, sondern einem stark fühlenden Herzen, einer Liebe, einer Begeistrung und deshalb äußert das Buch eine Wirkung, wie ich sie bei der Lektüre von Aehnlichem noch nicht an mir erlebt habe. Von der Macht Ihres Helden, ist durch die Liebe mit der Sie ihn betrachtet etwas auf Sie übergegangen. Und Sie werden das vor ihm voraus haben, daß man Ihnen zustimmt, ganz besonders Königthum, Adel, Priesterschaft, ohne daß diese sehr anders geworden wären, als damals. Der Götze der Agrarier weiß auch nichts von Gott, Gerechtigkeit und Güte. Immer dieselbe Couleur in grün. Es wird auch wohl so bleiben. Wenn dritthalb tausend Jahre nichts geändert haben, wo soll da die Aendrung herkommen. Ich glaube, das ist so von Anfang an entschieden: das Glücks- und Leidensmaß bleibt dasselbe, das Sündenmaß bleibt dasselbe und das Maß von Anstrengung, das Sündenmaß zu verkleinern bleibt auch dasselbe. Nichts hilft. Ich bin davon *so* durchdrungen, (und ich fühle mich dabei *auch* wie ein Prophet; Sie werden freilich sagen von der falschen Sorte) daß mir das Weltregierenwollen im Jeremiasstil, das Politikmachenwollen nach Sittlichkeitgesetzen, also auf dem Fundament göttlicher Gerechtigkeit, als etwas nicht blos Unfruchtbares, sondern, in Erwägung der Umstände, als etwas geradezu zu Bekämpfendes erscheint. Der Mensch ist eine Bestie und seiner Niedertracht muß mit Mitteln aus demselben Arsenal begegnet werden. Vielleicht, ich sage vielleicht – denn sicher bin ich der Sache auch nicht – vielleicht daß mit lauterster, reinster Liebe der Teufel zu bezwingen wäre; aber diese lauterste, reinste

Liebe giebt es nicht, es liegt in der Natur des Menschen, daß sich dies Lauterste und Reinste beständig verzerrt, in dieser Verzerrung unecht wird (mitunter unbewußt) und in dieser Unechtheit mehr Elend stiftet, tiefer durch Blut watet, als die naive, von allen Hoheitsbestrebungen unangekränkelte Sündhaftigkeit. Die Geschichte weist viele Epochen auf, wo man Gott, Gerechtigkeit und Liebe, besonders den »Gott der Liebe« ganz ernsthaft hat durchsetzen wollen. Die Haare sträuben sich einem aber, wenn man davon liest. Wie wurde vor jetzt gerade 1000 Jahren das Christenthum bei uns inscenirt! Im Wesentlichen ehrlich, aber doch furchtbar. Am reinsten erkennt man das Mißliche der Sache bei Betrachtung des Puritanerthums, das sich ganz auf hohen und höchsten Anschauungen des alten Testaments aufbaute. Daß man dem König den Kopf 'runterschlug, war eine Kleinigkeit; aber schon nach 20 Jahren, hatte dies Regieren »zu Ehren Gottes« und »nach dem Worte Gottes«, derart abgewirthschaftet, daß man froh war, die alte Stuartsche Sündenwirthschaft mit Pauken und Trompeten wieder einziehen zu sehn. Das lag an zweierlei: daran, daß die Menschheit, ihrer Natur nach, ihren Fusel weiter trinken will und zweitens daran, daß die, die den Antifusel predigen, über kurz oder lang selber in irgend einem Fusel drin stecken. Ein Anderswerden ist nicht unmöglich, aber nach den, wie's scheint, sich immer gleichbleibenden seelischen Mischungsverhältnissen, höchst unwahrscheinlich. Die Jeremiasse haben die Fahne hoch zu halten; aber die Alltagsarbeit haben die Bismarcke zu thun, kluge Leute, die vor nichts erschrecken.

Wie immer Ihr aufrichtig ergebenster

Th. Fontane.

*401. An Dr. Beckh (?)*

*Berlin* 9. Novb. 94.
Potsd. Str. 134. c.

Hochgeehrter Herr.

Erst sehr verspätet komme ich dazu, für die verschiednen Bilder, Drucksachen und Berichte, die Ihre Güte an mich gelangen ließ, Ihnen aufs herzlichste zu danken. Ich habe alles mit großem Interesse gelesen.

Daß ein solches Fest überhaupt gefeiert werden konnte, gehört zu den Dingen, die, wie Bayreuth, Oberammergau, Weimar, unsrem deutschen Leben einen besondren Reiz leihen und uns beinah mehr als unsre Schlachten und Siege (die schließlich andre auch haben) beneidet werden. Eigenart ist das Einzige, was andre Völker interessirt und diese selbständige Physiognomie lebt vor allem in Dingen und Erinnerungen, wie sie sich gerade in Ihrem Nürnberg so reichlich finden, darunter auch in Ihrem Pegnesischen Blumenorden.

In vorzüglicher Ergebenheit

Th. Fontane.

*402. An Georg Friedlaender*

Berlin 10. Novb. 94.
Potsd. Str. 134.c.

Hochgeehrter Herr.

Herzlichen Dank für Ihren lieben Brief, inhaltreich und unterhaltlich wie immer. Ueber das Leben des inzwischen heimgegangenen Czaren denke ich anders; er hat, glaub ich, viel mehr vom Leben gehabt als unser Kaiser Friedrich. Sein ganzes Unglück, aber auch sein einziges, bestand darin, daß er in seinen Nerven immer eine Dynamitpatrone unterm Stuhl fühlte; das ist nun sehr unangenehm, zugegeben; er hat dies Angstgefühl aber nicht immer gehabt und besaß jedenfalls 2 große Hochgefühle nebenher: das Czargefühl, das ihn an sich selbst wie an einen Gott glauben und ihn auf einen Mann wie unsren Kaiser (aber nicht Ihre Excellenz) wie auf einen Haselanten herabblicken ließ und hatte daneben, als Zweites, das höchste Hochgefühl: eine schöne Frau zu besitzen und sie, ganz unfürstenmäßig, unendlich zu lieben. Ich halte dies allein schon, namentlich für einen Czaren, für ein Kolossalglück, wobei ich mich von allen kleinstietzigen Gedanken und Gefühlen über »Eheglück« (meistens eine Sache für Flickschuster) vollkommen frei weiß. Und nun halten Sie daneben die Ehe mit Vicky; »lerne leiden ohne zu klagen«, hat sich wohl auch *dar*auf bezogen; daß er sie ursprünglich sehr liebte, machte die Sache nur noch schlimmer. Beiläufig: die Liebe spielt auf Thronen glaub ich eine größere, wichtigere, tiefergehende Rolle als bei Alltagsmenschen. Alltagsmenschen haben ihre Kegelpartie, ihre tausend kleinen Gemüthlichkeiten bis zu Skat und Kalauern herunter; der Fürst aber, und nun gar ein Czar, ist einsam; von dem, was den Menschen am meisten erfreut, von den Menschen hat er nichts (höchstens mal eine Schärpe, die ihn würgt) und wenn unter sothanen Verhältnissen sich das Ungeheure ereignet, daß solch auf elendeste Menschenration gesetzter Hochmensch eine weibliche Idealgestalt findet, die er liebt und die ihn wieder liebt, so bedeutet das mehr, als sich der landläufig für »Muttern« Lebende und Sterbende vorstellen kann. Als ich noch mit meinem alten Hesekiel, wenn wir von der Redaktion kamen, am Kanal spazieren ging, erzählte er mir mal von dem »letzten Wasa« den er in Karlsbad gesehn und gesprochen hatte, ich glaube Anfangs der 50er Jahre. Bernadottes Ernennung zum Könige hatte ihn den Thron gekostet und seine schöne Frau, oder vielleicht auch blos Geliebte, war ihm entführt worden. »Wenn ich ihn so sah« sagte der ganz unsentimentale Hesekiel »hatte ich immer den Eindruck, als verzehre den Mann eine Sehnsucht; einige dachten die Sehnsucht nach der Krone, es war aber die Sehnsucht nach der verlorenen Frau«. Das hat damals einen großen Eindruck auf mich gemacht und ich finde es sehr schön, weil echt menschlich. Gott, was ist eine Krone! Eine Last. Wohl dem, der sie nicht zu tragen braucht.

Ihre Mittheilungen über Graf Roedern haben mich aufs lebhafteste interessirt. Wie hoch steht er als Figur über Ihrem armen Prinzen! Der Prinz steckt nur in den abgestorbensten Anschauungen und ist, wenn man von der *ehedem* koschen Inscenirung des Unsinns absieht, ganz unoriginell, ein ins Fürstliche übersetzter Müller und Schultze. An Ihrem Grafen auf dem Rotherberg aber ist jeder Zoll ein Original; er interessirt, während der Prinz eigentlich langweilig ist. Solche Personen, die nicht mehr in unsre Zeit gehören, sind nur erträglich, wenn sie »Persönlichkeiten« sind und ihre Rolle als nachgeborner Richard III. geschickt durchspielen.

Und nun Kayser, Treutler, W. Hertz! Diese Wiederaufnahme der Beziehungen zu K. ist etwas Hocherfreuliches. Es ist auch richtig, was er schreibt. Das Menschliche steht nicht blos höher, es ist das Einzige was gilt. Entgegengesetzte Anschauungen sind für die Jugend. – Treutler ist ein Fatzke. Seit Ihren mündlichen Mittheilungen über ihn, bin ich mit ihm fertig. Daß er ein Schlappier ist, schadet nicht viel, daß er sich so ruppig benehmen konnte, hat jede Theilnahme in mir ertödtet. Er hätte mit Freudigkeit sein halbes Vermögen opfern müssen, um Ruh und Frieden zu haben. Ein richtiger Bourgeois, noch dazu ein sentimentaler und von Musik angekränkelter. – W. Hertz, nun ja! Besser wäre besser. Er treibt Göthe-Cultus (weil es was Feines ist) und verirrt sich nun schließlich bis ins Sonettistische. *Dazu* gehören andre Kräfte. Außer Heyse kann überhaupt kein Mensch in Deutschland ein lesbares Sonett schreiben. Es macht mir ordentlich eine Freude, *dies* meinem alten Freunde Heyse lassen zu müssen. In solchen Sachen reicht keiner an ihn 'ran. Uebrigens hat diese ehrbare Sonett-Pusselei zugleich was Rührendes. Empfehlen Sie mich Ihren liebenswürdigen und von mir hochverehrten Damen. Wie immer

Ihr

Th. Fontane.

### *403. An Georg Anton Salomon*

Hochgeehrter Herr.

Unsere Zeit steht im Zeichen von Friesack. »Figaro hier, Figaro dort.« Seien Sie schönstens bedankt. Hineingekuckt habe ich schon, wenn ich gelesen, schreibe ich noch einige Zeilen.

In vorzügl. Ergebenheit

Th. Fontane.

Berlin 16. Novb. 94.

### *404. An Georg Anton Salomon*

Berlin 17. Novb. 94.
Potsd. Str. 134.c.

Hochgeehrter Herr.

Gestern Abend hat mir meine Frau die »Ferientage in Friesack« vorgelesen. Es hat mir *sehr* gefallen, ohne jedes wenn und aber. Wer ehrlich ist und schreiben kann, kann sein Leben mehr oder weniger interessant beschreiben, – das ist oft gesagt worden und der Satz ist richtig. Hinterher kommen aber doch die Unterschiede. Was Ihr kleines Buch so sehr auszeichnet, ist die große heitere Unbefangenheit (mancher hätte Onkel Schlaume unterdrückt) und der glücklich drüberstehende Humor. Außerdem ist es ein märkisches Kulturbild, das die Mark selbst, die Stadt Friesack, die Salomons und den Verfasser Georg Salomon in einem gleich liebenswürdigen Lichte erscheinen läßt. Unter vielen Empfehlungen, in vorzüglicher Ergebenheit Ihr

Th. Fontane.

*405. An Theodor Mommsen*

[Berlin,] 26. 11. 1894

Hochgeehrter Herr Professor.

Gestatten Sie mir, hochgeehrter Herr Professor, Ihnen, allen vorauf, zu danken, Ihnen der zunächst durch das Gewicht seines Namens, etwa Schwankende mit fortriß und noch einmal Ihnen, der Sie die mir zu erweisende Ehrung in Worte kleideten, an die der neue Doktor freilich voll würdigend nicht herankann, von deren Kraft und Schönheit ihm aber bessere Männer erzählt haben.

Ich war von dem Moment wie benommen, trotzdem ich, als er an mich herantrat, noch keine rechte Vorstellung von dem Umfange der mir gewordenen Auszeichnung hatte. Wer schlecht und gerecht sein Feld bestellt, kann den Schatz, den er findet nicht gleich ermessen. Jede neue Situation verlangt einen Faden, sich darin zurecht zu finden und ebenso neues Glück und neue Ehre. Vor nun gerade 50 Jahren führte mich mein Lebensweg auf längere Zeit in ein Oderbruchdorf, dessen damalige höchste Gottheit der alte Domänenrat Koppe war. Bis an *ihn* heran reichte das Verständnis der Bevölkerung. Als dann aber eines Tages Friedrich Wilhelm IV. auf Besuch erschien (eine Hasenjagd war angesagt) starrten ihn die Leute stumm und verlegen an, bis der alte Koppe mit einem mächtigen »Mützen 'runter; das ist ja der König«, dazwischen fuhr. Und nun erst brach ein Hurrah los. Auch in mir war nicht gleich die volle Vorstellung davon da, daß statt des herkömmlichen alten Koppe Friedrich Wilhelm IV. in meinen Gesichtskreis getreten sei.

Nochmals tausend Dank.

In Verehrung und vorzüglicher Ergebenheit

Th. Fontane.

*406. An Ferdinand von Richthofen*

Hochgeehrter Herr Geheimrath.

Gestatten Sie mir meinem wiederholten herzlichen Danke die Bitte hinzuzufügen, der ganzen Fakultät bei sich darbietender Gelegenheit aussprechen zu wollen, wie glücklich mich der Empfang einer so großen Auszeichnung gemacht hat. Meine Tage sind gezählt, aber ob ihre Zahl eine größere oder kleinere sei, sie werden alle dem Bestreben gelten, meinem alten Thun und meiner neuen Ehre Ehre zu machen. Daß mir Gelegenheit wurde, frühere, wenn auch leider nur flüchtige gesellschaftliche Beziehungen in einer für mich so schmeichelhaften Veranlassung erneuert zu sehn, war mir noch eine besondere Freude.

Hochgeehrter Herr Geheimrath, in vorzüglicher Ergebenheit

Th. Fontane

Berlin 26. Novb. 94.

*407. An Richard Dehmel*

*Berlin* 28. Novb. 94.
Potsd. Str. 134. c.

Hochgeehrter Herr.

Eben habe ich nun alles genau durchgelesen und bin mit allem einverstanden; der Hinweis auf den »Prospekt der Genossenschaft« ist da, an 2 Stellen könnte er vielleicht noch etwas deutlicher sein und ich erlaube mir einen Zettel beizulegen, der die ein ganz klein wenig veränderte Fassung enthält. Solche »wie schon gesagt« oder »wie schon hervorgehoben« oder wohl gar »siehe oben«, sind ja immer kolossal langweilig und trivial, aber vielleicht grade darum so praktisch. Ich gewöhne mir in meinen alten Tagen gewisse kleine Stilfinessen wieder ab, weil der Nachtheil, den sie mit sich führen, größer ist als der Vortheil.

Noch einmal, ich bin mit allem einverstanden und finde es in seinem Ernst und seinem würdigen Ton, der auch macht, daß man dran glaubt, ganz vorzüglich und doch – dies bleibt aber nur unter uns, denn solche Quängeleien, in denen sich doch weiter nichts als ein etwas abweichender Geschmack ausspricht, stören nur – und doch kann ich die Empfindungen nicht los werden, daß es mit *leichterer* Hand, ohne dadurch dem Würdigen etwas zu vergeben, hätte angefaßt werden müssen. Es ist zu gewichtig und dadurch – zu wichtig. Aber nichts weiter davon. In vorzüglicher Ergebenheit

Th. Fontane.

*408. An Unbekannt*

*Berlin* 29. Novb. 94.
Potsd. Str. 134. c.

Hochverehrtes Fräulein.

Empfangen Sie und alle die lieben Ihrigen meinen herzlichsten Dank für Ihre Glückwünsche zu meinem Doktorthum. Ueber die

Scene selbst, die ganz eigenartig war – wenn auch nicht *so* eigenartig wie das neuliche Morgenconcert zum 70. mit einem Mohren an der Spitze – wird Ihnen und Ihrer hochverehrten Frau Mama, der ich mich angelegentlichst zu empfehlen bitte, meine Frau wohl ausführlich berichten. Nochmals besten Dank. In vorzüglicher Ergebenheit

Th. Fontane.

*409. An Karl Zöllner*

Berlin 29. Novb. 94. Potsd. Str. 134.c.

Mein theuerster Chevalier.

Verzeih, daß ich mich Dir als betitelter Mensch noch nicht vorgestellt und zur Vergleichung zwischen Zurückliegendem und Gegenwärtigem aufgefordert habe. Die Sache wollte sich aber nicht thun lassen ›denn dieser letzten Tage Qual war groß‹. Und dabei kein rechtes Mitleid bei meiner weiblichen Umgebung, die davon ausgeht, daß ich, 40 Briefe beantwortend, meinem Affen Zucker geben kann. Aber ich bin besser als mein Ruf.

Laß mich hoffen, daß es Dir vergleichsweise gut geht und daß die letzte Attacke glücklich überwunden ist.

Unter vielen Empfehlungen an die hochverehrte Frau und Freundin, wie immer Dein

Th. Fontane.

*410. An Hanns Fechner*

[Berlin, November 1894]

Hochgeehrter Herr.

Allerschönsten Dank für Ihre freundlichen Glückwünsche. Ich hatte keine Ahnung von der Sache, desto größer war die Freude. Der ganze Stand, über den man doch meist sehr mau und flau denkt, ist dadurch geehrt; denn ich bin weiter nichts als Schriftsteller; die meisten, oder vielleicht alle, denen solche Ehre bisher zufiel, waren noch was *daneben*, was aushelfen mußte.

Zu Schulte gehe ich, sowie ich aus den Dankbriefen heraus bin, werde mich aber so stellen, daß ich nicht zugleich als ein »Betrachter seiner selbst« erkannt werde. Bitte empfehlen Sie mich [...]

In vorzüglicher Ergebenheit

Th. Fontane.

*411. An Paul Heyse*

Berlin 2. Dez. 94

Mein lieber Paul.

Ich habe Dir doppelt zu danken, erst für Deine freundlichen Worte, dann für die Bekanntschaft mit Mrs. Selfridge, die vorweg *eine* Tugend hat, *die:* heiter und aufgeräumt zu sein, so daß man nach 2 Minuten wie mit einer Freundin spricht. In dieser Beziehung sind doch die guten Deutschen und nun gar erst die Damen und nun gar erst die Berlinerinnen sehr zurück, sie haben wohl den Sprechanismus, aber die schöne Freiheit und Heiterkeit der Seele fehlt. Du siehst an diesem Pröbchen, daß ich, wie so viele, mit unserm Heimischen immer unzufriedner werde. Hat man unrecht? Ich wünsche es. Wo sind die Tage, wo Preußen so was wie eine Mission hatte. Empfiehl mich Deiner hochverehrten Frau.

Wie immer Dein alter

Th. Fontane

*412. An Rudolf Lindau*

*Berlin* 4. Dezb. 94.
Potsd. Str. 134. c.

Hochgeehrter Herr Geheimrath.

Empfangen Sie meinen ganz ergebensten Dank für die überaus schmeichelhaften Worte, die Sie, bei Gelegenheit der mir zu Theil gewordenen Auszeichnung, für mich gehabt haben. Es ist ganz recht, die »Ehrung« (beiläufig ein schreckliches Wort, das ich in diesen Tagen 100 mal gehört und gelesen habe) – gilt ausschließlich dem Schriftsteller, was für diesen, als solchem, zwar doppelt schmeichelhaft ist, aber ihm auch zu Gemüthe führt, wie sehr alles *das* fehlt, worauf hin solche Grade sonst wohl ertheilt werden. Ich rette mich mit: »take it easy.«

Wenn es sich so macht, wollen Sie mich Ihrem Bruder Paul empfehlen! Er wird vielleicht glauben, daß ich zu den Abtrünnigen gehöre, während ich ihm, um seines Geistes und seiner Liebenswürdigkeit willen, nach wie vor zugethan bin.

Hochgeehrter Herr Geheimrath,
in vorzüglicher Ergebenheit

Th. Fontane.

*413. An Dr. Beckh (?)*

*Berlin* 5. Dezb. 94.
Potsd. Str. 134. c.

Hochgeehrter Herr.

Der Empfang Ihrer schönen Jubiläums-Gabe fiel in für mich sehr unruhige Tage, womit Sie gütigst entschuldigen wollen, daß mein Dank etwas verspätet eintrifft. Er gilt zunächst dem so reich ausgestatteten Diplom und den schmeichelhaften und das Politische streifenden Worten, die sich an mich persönlich richten. Die Festdenkmünze mit Ihrem Portraitkopf scheint mir vorzüglich gelungen; Nürnberg bleibt es selbst.

Auf die Lektüre der Hadermannschen Gesprächsspiele freue ich mich aufrichtig, doch werde ich vor Neujahr – die Tage vor Weihnachten stellen große Forderungen an einen Schriftsteller – nicht dazu kommen.

Ueber Ihren Orden und daß er ein Stolz, ein Glück und eine Freude ist dergleichen in unsrem guten alten, aber leider immer unoriginaler und maschinenmäßiger werdenden Deutschland noch zu haben, darüber habe ich mich schon früher gegen Sie ausgesprochen.

Hochgeehrter Herr Doktor,
in vorzüglicher Ergebenheit

Th. Fontane.

*414. An Richard Dehmel*

*Berlin* 6. Dezb. 94.
Potsd. Str. 134. c.

Hochgeehrter Herr.

Eben erhalte ich Ihre freundlichen Zeilen, für die ich Ihnen ganz besonders dankbar bin. Ich bitte also meine Stimme auf Sie übertragen zu dürfen, was mir ganz besonders gut paßt, weil ich glaube, daß wir in solchen Stücken ganz gleich empfinden.

Lippmann ist ein eminent kluger Herr und er hat nichts gesagt, was ich nicht für durchaus richtig anerkennen müßte; die Dinge liegen so, wie er sie schildert; mehr Geld, mehr Zeit, kleineres Format, alles sich von kleinen Anfängen aus entwickeln lassen, – ich kann zu allem nur ja sagen. Und doch so richtig das alles ist, es ist trotzdem *nicht* das Richtige. Wenn eine Armee in drei großen Colonnen marschirt, Aufbruch 3 Uhr und um 8 sollen alle drei Colonnen auf dem vorbestimmten Schlachtfeld zusammentreffen, so muß man sie marschiren lassen, darf den bereits angetretenen Marsch *nicht* unterbrechen, auch wenn man inzwischen erfahren hat, daß die Wege für die Hauptcolonne beinah unpassirbar sind. Es wird das zu Fatalitäten führen, aber immer noch zu geringeren, wie wenn die Colonne umkehrt, um den besseren Weg zu suchen. Das Neugewollte schafft ein illustrirtes Blatt mehr; das Alte war etwas vielleicht Unpraktisches, aber dafür *Eigenartiges* in jedem Betracht und nur dadurch und drauf hin »des Schweißes der Edlen« werth. In vorzüglicher Ergebenheit

Th. Fontane.

*415. An Paul und Paula Schlenther*

Berlin, 6. Dezember 1894

Hochverehrtes Paar.

Ich habe, wenn auch unaufgefordert, zu schreiben versprochen; erfüll ich es, so verfalle ich in eine etwas komische Gewissenhaftigkeit, erfüll ich es nicht, so verfalle ich in halbe Unart. Ich wähle das kleinere Übel und schreibe.

Da Sie sich die Vossische wahrscheinlich nachschicken lassen, so erzähle ich Ihnen nichts von der Einweihung des Reichstagsgebäudes und daß L. P. in seinem Berichte nicht bloß von »verflossenen« Ministern gesprochen, sondern auch den Kaiser dahin charakterisiert hat:

»... einerlei;
Ich will, daß alles fertig sei.«

Ich finde es nicht richtig, daß Pietsch das schreibt, und noch weniger richtig, daß die Zeitung es druckt. Sieht man aufs *Prinzip*, so ist das Vorgehen mit Dynamitpatronen minder despektierlich als das mit Nasenstübern. Die Junker-, die Zentrums- und die sozialdemokratische Opposition lasse ich mir gefallen, da ist Muck drin; die fortschrittliche Opposition, die alles von der Existenz eines »Paragraphen«, des Entsetzlichsten, was es gibt, abhängig macht, ist einfach ridikül. Und ich weiß auch, daß man darüber lacht.

Mit Berlin NW war es nichts, aber Berlin SW, da war es gut. Der Belle-Alliance-Platz schlug den Königsplatz. An demselben Tage, wo Sie abreisten, war, ich glaube beinah mir zu Ehren, ein Zwanglosen-Fest bei Paul Meyer. Dieser feierte mich, und ich dankte in der bekannten Weise, d. h. »in einfacher Herzlichkeit«, dabei zugleich Paul Schlenther dankend, der mir damit ein erlösendes Wort ein für allemal an die Hand gegeben habe. Meine Tischnachbarn waren Dr. Pniower und Frau Professor Lehfeldt. Eine andere Dame, mir gegenüber, hatte an Erich Schmidt auszusetzen, daß er zu sehr »posiere«. Pniower, ärgerlich darüber, bemerkte ziemlich scharf: »Es ist ein Unglück für E. Schmidt, daß er der einzige schöne Professor ist.« Frau Lehfeldt gefiel mir recht gut, während mir ihr Ehegespons mit seinem gebildeten Tiergarten-Berlinisch etwas auf die Nerven fiel. »Übrigens«, so sagte einer, »ist Lehfeldt (wie Lindau) schon in der 6. Generation Christ«, worauf ein andrer bemerkte, »wenn *so* wenig dabei herauskommt, sollte man's lieber lassen.«

Vor ein paar Tagen kam Brahm zu uns, in ziemlich guter Stimmung und wortspielproduktiv. Wir sprachen auch über »Daniela Weert«, die er mir mehr mit dem Auge des Direktors als des Richtungsgenossen anzusehen schien. Ich möchte nicht über »Daniela Weert«, aber über so viele Stücke von ähnlichem Charakter ein Wort sagen dürfen, und vielleicht hat Sie der Süden so weit eingelullt, daß Sie nicht böse darüber werden. Alle die Stücke, die mir dabei vorschweben, sind auf der Anschauung von der Größe des Weibes aufgebaut. Wie sich vor ein paar Jahren die Franzosen eine âme russe zurechtmachten, so haben sich bestimmte Dichter eine âme feminine zurechtgemacht, die dem ein für allemal inferior Männlichen, das immer feige, selbstisch und dürftig ist, gegenübersteht. Nun, gewiß gibt es so was in der Welt, auch heutzutage noch, und wenn unsre Dichter solche hohen Frauenseelen (die einer Prinzessin und auch einer Köchin, viel, viel öfter einer Köchin, angehören können) finden und, wenn sie sie gefunden, darzustellen verstehen, so will ich eine Mark in den Klingelbeutel tun, jedenfalls will ich mich freuen und den Geschehnissen mit großer Bewegung folgen. Aber so gewiß solche Gestalten da sind, sie sind nicht leicht zu finden, sie sind keine Bildungs- u. Salonprodukte, sie verbergen sich, und wenn sie hervortreten, so fehlt unsren Dichtern das Auge dafür, und sie gehen an ihnen vorüber. Sie sehen nur das, was ihrem falschen Ideal, ihrem eignen nicht richtigen Fühlen entspricht. Savigny hat unsrer Zeit die Fähigkeit für die Gesetzgebung abgesprochen – in natürlichem Empfinden hat sie auch nicht ihre Stärke. Gott, alle diese Damen! Wenn es einen Menschen gibt, der für Frauen schwärmt und sie beinah doppelt liebt, wenn er ihren Schwächen und Verirrungen, dem ganzen Zauber des Evatums, bis zum infernal Angeflogenen hin, begegnet, so bin ich es; aber alles muß seinen Stand und Namen behalten, und wenn ich die echten, ehrlichen Magdalenen unwiderstehlich finde, so kann ich mich mit krankhaft verliebten Weibern nicht befreunden, die ihre ganz landläufige Verliebtheit oder sonstige Gefühlsüberschwenglichkeit zu was Anbetenswertem heraufpuffen möchten. Antike Gestalten, die wie das Schicksal schreiten, à la bonne heure, davor wird man klein; aber wenn sich Berliner Kuchenkrümelmamsells aufspielen, da spiel ich nicht mit. Und solche Mamsells gibt es überall.

Ob diese Zeilen noch rechtzeitig kommen, um sich durch ein paar Reisevorschläge nützlich machen zu können, ist mir leider zweifelhaft, denn die festgesetzten 14 Tage sind beinah um. Treffen die Zeilen aber noch vor des Doktor-Gemahls Abreise nach Florenz ein, so möchte ich – indem ich Bologna und Ravenna, wovon ich früher sprach, fallenlasse – statt dieses unverhältnismäßig weiten Umwegs *Pisa* proponieren, das, über Spezzia, am Wege liegt und einen halbtägigen Aufenthalt lohnt; die dicht nebeneinander liegenden drei Dinge: Dom, Campo Santo, Baptisterium sind ganz einzig in ihrer Art. In Florenz selbst lenke ich Ihre Aufmerksamkeit auf eine, wenn ich nicht irre, neben der Via Calzajoli (oder so ähnlich) laufende schmale mittelalterliche Straße mit hundert kleinen Kramläden; höchst interessant. Der hochverehrten Frau und Freundin aber wünsche ich volle Genesung, mehr noch eine rasche, denn Italien sieht man nicht gleich wieder, und da heißt es denn: »Halte, was du hast.« Meine Damen grüßen bestens und vereinigen ihre Wünsche mit den meinigen. Wie immer in herzlicher Ergebenheit

Ihr Th. Fontane

*416. An Georg Friedlaender*

Berlin 9. Dezb. 94.
Potsd. Str. 134.c.

Hochgeehrter Herr.

Ihr lieber Brief war mir eine große Freude, wennschon mich seine freundlichen Worte keinen Augenblick überraschten; denn daß Sie und die lieben Ihrigen (und die verehrte Frau wollte sogar selber schreiben, was mich wirklich gerührt hat) zu Denen gehören, die mir's nicht blos gönnen, sondern sich mit mir aufrichtig darüber freuen, *das* wußte ich im Voraus, dessen war ich sicher. Im Ganzen genommen stehe ich mau und flau zu Auszeichnungen derart; diese aber hat doch einen Eindruck auf mich gemacht, trotzdem ich recht gut weiß, wie dergleichen gemacht wird und auch diesmal gemacht worden ist. Erich Schmidt ist mein besonderer Gönner; *der* nahm es in die Hand und versicherte sich zunächst Mommsens, der – wegen »Vor dem Sturm« – auch ein kleines liking für mich hat. Da sagte dann keiner mehr »nein« und alle 51 »ja« kamen glücklich zu Stande; – sie sprangen nach. Aber trotzdem ist es eine Freude; vor strenger Kritik kann überhaupt nichts bestehn. Allerhand kleine Feste schlossen sich an. Auf einem war auch Professor Lehfeldt. Ich sagte zu meinem Nachbar: »er sieht so sehr jüdisch aus«, worauf der Nachbar antwortete: »ja; und doch ist er schon in der 6. Generation Christ; freilich, wenn *so* wenig dabei herauskommt, sollte man's eigentlich lassen.« Der »Ulk« hat in seiner letzten Nummer auch einen Vers über mich gebracht, halb Huldigung, halb Spott, von letztrem wohl eine Spur mehr. Er lautete (ohngefähr):

Fontane ist nun schön heraus,
Doktor wurde das alte Haus,
Und will er nicht bürgerlich mehr bleiben,
So kann er sich auch *von Tane* schreiben.

Nichts Besonderes, aber doch ganz nett. Noch ein kleines Bonmot, das ich neulich, beim Kramen, unter alten Papieren fand. Es hat gar keine Beziehung auf mich oder eine gegenwärtige Situation, ist aber doch recht gut. Die alte Heyse (Paul Heyse's Mutter) empfing kurz vor ihrem Tode, zu ihrem 73. Geburtstag, ungewöhnlich viel Besuch, woran sie, als alle weg waren, die Bemerkung knüpfte: »es war wirklich, als wolle man mir die ›vorletzte Ehre‹ erweisen.« – Vor zwei, drei Tagen sprach auch Magistratsassessor Korn bei mir vor, und weil er mich nicht traf, gratulirte er mir brieflich, was ich als eine große Courtoisie empfunden habe. – Korn ist ein wundervoller Uebergang zu Frau Richter, neben der diesmal *er* (Richter) verblaßt, denn Wiederverheirathung eines alten Lebemannes ist etwas ganz Triviales. Das Interessante kommt erst nach. Frau Richter ist aber wieder auf der Höhe der Situation, wenn sie persönlich auch hinter der Scene bleibt; das Auftauchen eines Liebhabers am Sterbebett eines erschossenen andern, ist grotesk und wirkt fast wie ein grausiger Witz. Daß es mich mit Theilnahme für die eine oder andre der

Personen, die schöne Frau hinter der Scene miteingerechnet, erfüllte, kann ich nicht sagen. Es zieht sich durch alles doch so viel Ruppiges mit hindurch und das Ausschlaggebende ist nirgends forsche Leidenschaft, sondern Rapscherei und in manchen Momenten halbe Gaunerei. Ich schreibe das nicht gern, denn ich bewahre der immerhin aparten und äußerlich sehr für sich einnehmenden Frau ein gut Stück wirklicher Anhänglichkeit, aber alles Ebertysche hat irgendwo einen Knax weg; ganz kauscher ist keine. Und nun gar der Alte! Die richtige Sorte, worauf die Antisemiten (die freilich noch toller sind) einsetzen. Was nur aus Ursel wird! Sie schlägt wohl mehr nach dem Vater. Aber das ist auch ein schwacher Trost.

Was sagen Sie zu dem Wallot-Fest? Der Kaiser hat sich in dieser, wie in mancher andern Frage, vergallopirt; ich weiß aber doch nicht, ob diese Anzapfungen in Toasten und Tischkartenerklärungen richtig sind. Ich finde es nicht recht würdig, *ich*, der ich doch sonst nicht groß für Würdigkeiten bin. Es wirkt wie Jungens, die sich über den Lehrer moquiren, der doch am andern Tage wieder mit seinem Stock dazwischenfährt oder sie mit umgehängtem Esel in die Ecke stellt. Es ist altmodisch, ganz Fr. W. des Dritten Zeit, sich mit einem Witz über unfreie Zustände zu trösten. Aufmukkung ist anständiger. Ich kann, nach dem vorcitirten Ulkverse singen:

Deutschland ist *nicht* schöne 'raus,
Es wackelt das ganze alte Haus.

Das nächste Mal erzähle ich Ihnen vom »Pan«, einer Genossenschaft, der ich zugetreten bin.

Nächsten Freitag bin ich zu einem großen Diner bei meinem neuen Freunde Friedrich Goldschmidt (Patzenhofer Brauerei-Direktor und Reichstagsmitglied) geladen; wahrscheinlich alles parlamentarisch; ich freue mich darauf, graule mich aber auch. Herzlichste Empfehlungen Ihren Damen; in vorzügl. Ergebenheit

Th. Fontane.

*417. An Friedrich Fontane*

Berlin, 11. Dezemb. 94.

Mein lieber Friedel.

Eben bekomme ich noch einen Spätbrief von meiner Freundin Myriam Chapy, die mir mitteilt, daß sie einige Stücke aus »Von, vor und nach der Reise« übersetzt habe.

Ich habe da wieder einen Fehler gemacht, verspreche Dir aber, Dir und der Firma, daß es nicht wieder vorkommen soll. Ich habe Mama gebeten, daß sie bei jedem Briefe derart, also bei jedem Briefe der von »Übersetzenwollen« spricht, mich darauf aufmerksam macht, daß ich in dieser Hinsicht keine Bestimmungen zu treffen habe. Du kennst meine Meinung darüber, die dahin geht, daß es praktisch, also auf den Geldpunkt angesehn, ganz gleichgültig ist; es ist aber, wie ich wohl weiß und ebenfalls schon ausgesprochen habe, ganz gegen geschäftliche Ordnung und auch gegen eine der Firma schuldige Politesse. Daß es trotzdem ein paarmal vorgekommen ist, liegt daran, daß ich immer noch ganz altmodisch fühle und in diesem altmodischen Gefühl vergesse, daß inzwischen gesetzliche Bestimmungen, die man früher nicht kannte, in Kraft getreten sind.

Myriam Chapy schreibt mir auch von »Cécile« und »Effi Briest«. Auch daran bin ich leider schuld. Aber da – weil sie noch keine Zeile geschrieben hat, also nichts Fertiges vorliegt – kann ich leicht einen Riegel vorschieben. Ich werde ihr offen sagen, daß ich über meine Machtvollkommenheit hinausgegangen sei und daß sie sich an Eure Firma wenden müsse.

Wie immer Dein alter

Papa.

*418. An Wilhelm Hertz*

Berlin 11. Dezb. 94.
Potsd. Str. 134.c.

Sehr geehrter Herr Hertz.

Besten Dank für »Grevinde Holk«, das zweite Buch von mir, das ich in einer fremden Sprache vor mir liegen sehe. Meine geliebten Engländer, für die ich meinerseits so viel gethan, lassen mich aber immer noch im Stich.

Herr Jes Thaysen hatte auch mir ein Exemplar geschickt, begleitet von einem Briefe, drin es hieß »daß der Kopenhagener Verleger gleich nach dem Erscheinen bankrutt gemacht habe«. Wäre ich ein Graf und so reich wie die Agrarier arm sind, so würde ich ihm Schadenersatz anbieten. Einen Inseldänen an mir scheitern zu sehn, erfüllt mich mit Schmerz.

In vorzüglicher Ergebenheit

Th. Fontane.

*419. An Julius Rodenberg*

Berlin, 11. Dezember 1894
Potsdamer Straße 134 c

Hochgeehrter Herr.

Sie, in Ihrer Güte, stellen sich gegen den »furchtbaren Leser«. Aber der furchtbare Leser hat recht. Meine Frau hat wahrscheinlich einen Fehler beim Abschreiben gemacht und die berühmten Gänsefüßchen, die schon viel Unheil angerichtet haben, übersehn. Ich ließ mir das Ur-Manuskript vom Boden holen, und da stand es denn alles ganz richtig.

*Crampas* sagt:

»Junge Frauen glauben vieles nicht.«

Worauf *Effi* antwortet:

»Und dann glauben sie wieder vieles, was sie besser nicht glaubten.«

Aus diesen zwei Sätzen hat meine Frau (oder vielleicht auch der Setzer) einen gemacht, so daß Crampas *beides* sagt. Und nun war die Konfusion geboren. Schließlich muß ich Herrn Jul. Weiß (an den ich schreiben werde) noch dankbar sein.

Wie immer in vorzüglicher Ergebenheit

Th. Fontane

*420. An Unbekannt*

*Berlin* 14. Dezb. 94
Potsd. Str. 134 c

Hochgeehrter Herr.

Ergebensten Dank. Ich glaube es ist das Beste, wenn überhaupt von der Sache Notiz genommen werden soll, Sie machen es möglichst kurz, bringen *das* – sei's wörtlich, sei's in Umschreibung – was in der Vossischen am 25. oder 26. November gestanden hat und führen die schmeichelhaften Worte des Diploms an der einen oder andern Stelle etwas aus, so daß Sie also in dem Ihrerseits freundlichst Hinzuzufügendem entweder den Lied- und Balladendichter oder den märkischen Wanderer oder den Kriegsbuchschreiber oder den Romanschriftsteller betonen. Es ist, meine ich, ganz gleichgültig *was* Sie bei der Gelegenheit herausgreifen, das Eine paßt so gut wie das Andre und es wird sich *das* am besten empfehlen, was Ihnen am glücklichsten und bequemsten liegt. Es kann ja doch überhaupt nur drauf ankommen, ein paar freundliche Worte zu sagen; um Gottes willen nichts Ausgeführtes, Erschöpfenwollendes.

Den Kelch des aufs Neue Portraitirtwerdens, bitte ich an mir vorübergehen lassen zu wollen. Ich bin so müde dieser Sachen. In vorzüglicher Ergebenheit

Th. Fontane

*421. An Unbekannt*

*Berlin* 24. Dezb. 94.
Potsd. Str. 134. c.

Hochgeehrter Herr.

Ergebensten Dank für Ihre freundlichen Zeilen. Es ist richtig, ich bin mit Aufzeichnungen aus meinem Leben beschäftigt, aber es hat noch gute Wege damit. Auch von dem was niedergeschrieben ist, ist nichts fertig. Ich gehe an die Correktur, die jedesmal die Hauptarbeit ist, immer erst dann, wenn ich das Ganze in seinem ersten Wurf vor mir habe. Sonst macht man etwas fertig, was nachher, dem Ganzen zu Liebe, doch wieder umgearbeitet werden muß.

So wollen Sie mich gütigst entschuldigen, wenn ich bei der Musterung fehle.

In vorzügl. Ergebenheit

Th. Fontane.

*422. An Ludwig Pietsch*

*Berlin* 24. Dezb. 94.
Potsd. Str. 134. c.

Theuerster Pietsch.

›Zum Fest, zu dem die Völker ziehn ...‹

zieh auch ich – wenn auch nur auf postalischem Umweg – um Ihnen zu diesem schönen und wenn Sie dies ablehnen sollten zu diesem seltenen Tage zu gratuliren. Denn wer wird 70?! Freilich, von einem 75er gestellt, eine etwas sonderbare Frage. Und doch ist sie richtig. Wenn leben überhaupt ein Glück ist, so ist 70 ein besonderes Glück, eine Götterauszeichnung in sich.

Verleben Sie den Tag unter schönen Eindrücken und freun Sie sich der Huldigungen, die, so nehme ich an, tout Berlin seinem Schilderer und Stoff- und Urtheilsspender für 100,000 Abendunterhaltungen, darbringen wird. Wie immer Ihr

treu ergebenster
Th. Fontane.

*423. An Maximilian Harden*

*Berlin* 31. Dezb. 94.
Potsdamerstraße 134. c.

Hochgeehrter Herr.

Gefeiert werden ist immer eine schöne Sache, kleidet sich die liebenswürdige Huldigung aber gar in Worte, die dem, an den sie sich richten, selbst entstammen, so haben wir le comble du bonheur. O tönet fort ihr süßen Himmelslieder! Aber lieber doch nein. Es muß dergleichen sich immer auf die 24 Stunden aus Märchenland beschränken, wo Ostern und Pfingsten auf einen Tag fallen.

In vorzüglicher Ergebenheit,
Ihr

Th. Fontane

Dieser Fleck bittet um Entschuldigung, aber seit gerade 12 Stunden schreibe ich Briefe, so daß ich vor dem Muß einer Abschrift erschaudere.

Th. F.

*424. An Unbekannt*

*Berlin* 31. Dezb. 94.
Potsdamerstraße 134. c.

Hochgeehrter Herr.

Seien Sie schönstens bedankt für den ganzen »Drei Preußen«-Artikel und doppelt für das mir zufallende Drittel. Sie werden aus eigner Erfahrung wissen, daß das Gelobtwerden zwar an und für sich schon eine angenehme Sache, aber doch nur die Hälfte *des* Vergnügens ist, das einem das Treffen bestimmter Züge, die nicht mal immer schön oder löblich zu sein brauchen, bereitet.

Auch in den Schlußbetrachtungen bin ich ganz und gar mit Ihnen einverstanden: es brechen bessere Tage an, Michelland wird entmichelt. Wenn man diesen Bismarck auch blos auf seine Schriftstellerei hin ansieht, welch Fortschritt, vielleicht selbst verglichen mit unsren Größten und Besten. In vorzüglicher Ergebenheit

Th. Fontane.

*425. An Karl Zöllner*

Berlin 31. Dezb. 94. Potsd. Str. 134.c.

Mein theuerster Zöllner.

Sei herzlich bedankt für Deine lieben Zeilen, die, trotz der Zeiten Ungunst, immer noch den alten Chevalierstempel tragen. Ich komme, so bald ich kann, um mündlich meinen Dank zu wiederholen, es wird aber, leider, noch etliche Tage dauern, da ich mich durch eine Mauer durchzuarbeiten habe, die von der bekannten Mauer in Schlaraffenland freilich weit abweicht. Von Reis keine Rede; höchstens – ist das ein Zimmt! Vorläufig beste Wünsche zum neuen Jahr. Wie immer Dein alter

Th. Fontane.

## 1895

*426. An Luise Mengel*

Meine liebe Lise.

Sei schönstens bedankt für Deine lieben Zeilen, die mir in ihrer Herzlichkeit besonders wohlgethan haben. Denn die, die auf diesem Gebiete (wie ich) wenig leisten, sind doch nicht unempfindlich gegen das, was Andre für sie thun.

Ueber den großen Tag selbst, wird Dir wohl Martha schreiben. Ja, wie war es? Als Napoleon 1815 von Elba nach Frankreich zurückkehrte, fand er, daß das Volk nicht genug schreie.

»Man schreit nicht« wandte er sich unwirsch zu dem neben ihm reitenden Fouché.

»Sire, man schreit.«

»Aber nicht genug.«

Hierin hast Du Marthas Stellung zur Sache; nach meinem Dafürhalten schrie man genug.

Gruß und Empfehlung an den Herrn von Elsenau, den ich um seine Jagdpartien (die jetzt, glaub ich, alle politisch sind) nicht beneide.

In herzlicher Ergebenheit

wie immer Dein alter

Th. Fontane.

Berlin 3. Januar 95.

Auf meinem Schreibezettel steht, von Marthas Hand, neben Deinem Namen: »3 Hühner«, was wohl heißen soll, daß ich mich dafür zu bedanken habe. Laß mich dies noch nachträglich thun. Uebrigens kriegte ich bei Tisch ein zugekauftes, magres. Man hat nicht immer Glück.

Dein
Th. F.

*427. An Ernst Brausewetter*

*Berlin* 5. Januar 95
Potsd. Str. 134 c

Hochgeehrter Herr.

Eben erhielt ich durch Ihre Güte die letzte Nummer der »Illustr. Wochenrundschau« und ich eile Ihnen für so viel freundliche Worte zu danken. Ich glaube, daß man es so machen muß, wie Sie's in diesem kleinen Artikel gemacht haben, Wiedergabe eines Gesamteindrucks, während das sich Aufhalten mit Lebens- und Schaffens-Details – wenn's nicht gleich ein Buch werden soll – immer vom Übel ist.

Nochmals besten Dank. In vorzüglicher Ergebenheit

Th. Fontane

*428. An Richard Dehmel*

*Berlin* 5. Januar 95.
Potsd. Str. 134. c.

Hochgeehrter Herr.

Schönsten Dank! Ich hatte es schon gleich in »Nord und Süd« gelesen. Ich finde es sehr fein und kann Ihrer Intention folgen, aber gestatten Sie mir 2 kleine Ausstellungen: es ist mir nicht leicht genug im Ausdruck (es steckt etwas von einer philosophischen Schulsprache drin) und zum Zweiten – und wohl in einem gewissen Zusammenhange mit 1 – es erinnert an die Prediger, von denen die Amtsbrüder sagen: »er predigt über die Köpfe der Leute weg.« Es liegt dies aber mehr am Ausdruck, als am Inhalt. Halten Sie mir diese Bemerkungen zu gute, die hoffentlich nicht wie Krittelei wirken.

In vorzüglicher Ergebenheit

Th. Fontane.

*429. An Heinrich Jacobi*

*Berlin*, d. 5. Januar 1895.
Potsdamer Str. 134 c.

Eben erhalte ich Ihren Brief und eile, Ihnen für Ihre freundlichen und schmeichelhaften Worte herzlich zu danken. Ich habe die bei Ihnen verlebten Stunden noch in frischester Erinnerung: das Haus, die Bank, die Linden, die alte Kirche und den Efeu, der, wenn ich nicht irre, an der der Pfarre zugekehrten Seite dran emporkletterte. In der Kirche selbst war etwas von historischem oder katholischem Überbleibsel; doch hab ich vergessen, was. Dann machten wir einen Spaziergang, und ich fand Gelegenheit, mich in die Museumsschätze Ihres alten Lehrers, eines vollkommenen märkischen Originals, zu vertiefen.

Oft und gern erinnere ich mich meines Aufenthaltes im Ländchen Friesack. Es war meine letzte märkische Liebe, und es hätte mich glücklich gemacht, das von mir intendierte Buch schreiben zu können. Mir lag ganz ungemein daran, denn ich wollte nicht bloß meinen märkischen Landsleuten, sondern – so anspruchsvoll es klingt – der ganzen Welt zeigen, wie man das eigentlich machen muß. Alles, was von unsern historischen Kleinforschern über Mark Brandenburg geschrieben wird, ist das Ödeste, das bodenlos Langweiligste, was Gottes Sonne je beschienen hat, und alles, was von unsern Novellisten, Belletristen und Feuilletonisten (immer Willibald Alexis ausgenommen, der eine ganz große Nummer war) märkisch gesündigt worden ist, ist wieder wertlos in seiner historischen Dünnheit und Oberflächlichkeit. Mein stolzes Beginnen lief nun darauf hinaus: Allerkleinstes – auch Prosaisches nicht ausgeschlossen – exakt und minutiös zu schildern und durch scheinbar einfachste, aber gerade deshalb schwierigste Mittel: durch Simplizität, Durchsichtigkeit im einzelnen und Übersichtlichkeit im ganzen, auf eine gewisse künstlerische Höhe zu heben, ja, es dadurch sogar *interessant* oder wenigstens lesensmöglich zu machen. Sie sehen, daß ich mich noch in der bloßen Rückerinnerung daran wie erhitze. Warum nichts daraus geworden? Die ganze Sache – dies dürfen Sie aber nicht weiter ausplaudern – bedeutete meinerseits ein kolossales Geldopfer. Ich hätte (in Blättern, von denen der Schriftsteller lebt, *nicht* von seinen Büchern) keine Leser und keine Honorare gefunden. Aber *darauf*, in meiner Passion für die Sache, hätte ich's ankommen lassen, wenn meine Passion einem ähnlichen Gefühl bei den Bredows selbst begegnet wäre. Dies war aber nicht der Fall.

Alle waren artig, liebenswürdig, verbindlich, aber es mischte sich etwas von Verlegenheit mit ein, und der Totaleindruck war der einer gewissen Fläue. Davon bildete nun freilich Ihr Landiner – dem ich mich wie seiner liebenswürdigen Hausherrin angelegentlichst zu empfehlen bitte – eine glänzende Ausnahme; aber das reichte nicht aus. *Alle* mußten die Passion teilen, sonst ging es nicht.

Da haben Sie ein Bekenntnis.

Und nun nochmals schönsten Dank.

In vorzüglicher Ergebenheit

Th. Fontane.

### *430. An Adolf Frey*

*Berlin* 12. Januar 95.
Potsdamerstraße 134. c.

Hochgeehrter Herr Professor.

Ganz ergebensten Dank. Gleich nach Empfang habe ich etwa die Hälfte der Dichtungen gelesen, unter denen mir »Das Flämmchen« und »Altes Glasgemälde« den stärksten Eindruck gemacht haben. Ich freue mich auf Fortsetzung der Lektüre.

In vorzüglicher Ergebenheit

Th. Fontane.

### *431. An Otto Brahm*

*Berlin*, d. 14. Januar 1895.
Potsdamer Str. 134 c.

Teuerster Doktor.

Zunächst nochmals schönsten Dank für den Klein Eyolf-Abend. Es hat mich doch alles – oder fast alles – aufs höchste interessiert. Das Heraufziehen und Einschlagen der Schicksalsmächte (Schluß des ersten Aktes) ist von mächtiger Wirkung, und der ganze zweite Akt gibt sich ohne Abzug großartig, zählt zu den Großtaten aller Literatur überhaupt. Akt 3 fällt ab und ist beinah langweilig. Der Asta Aus- und Abgang streift das Ridiküle, und auch der Dialog zwischen Rita und Allmers ist mir zu ibsensch – doktrinär. Trotzdem bleibt das Ganze eine kolossale Leistung und überwindet bis zu einem gewissen Grade sogar meine Bedenken, die sich gegen das Fundament des Ganzen richten. Dies Fundament ist der Charakter Ritas. Schöne Frauen wie diese Rita spielen sich nicht auf die (hier wenigstens in Gedanken) kindermordende Gräfin von Orlamünde aus, und die Gräfin[nen] von Orlamündes, die leider vorkommen, sind wieder nicht Ritas. Es ist im *Maß* vergriffen. Natürlich. Wer rechnet, ist immer in Gefahr, sich zu verrechnen. Die einfache dumme Kuh trifft immer das richtige Gras.

Darf ich Ihnen anbei ein einaktiges Drama »Vergangenheit« unterbreiten.

Es möchte im Deutschen Theater aufgeführt werden. Freilich, da könnte jeder kommen. Ich habe übernommen, ein empfehlendes Wort über das Stück zu sagen. Das kann ich auch. Der Verfasser hat an einer Zitze von Wolf Ibsen gesogen. Ein Romulus ist aber nicht dabei 'rausgekommen und vielleicht nicht einmal ein Remus. Trotzdem ist es nicht übel und wohl der Beachtung wert. Trude müßte sich schließlich als *Schwester* von Westhoven entpuppen. *Dann* ginge es. Dazu hat der Verfasser aber wohl nicht den Mut gehabt, und so läuft es auf einen Tugendradau hinaus, den man nicht recht begreift. In der Regel verzeihen sich Frauen noch ganz andere Geschichten. Und die hier auftretende ist sogar durch eine *Schwiegermutter* freigesprochen. Der höchste Grad von Freispruch. Wie immer

Ihr ergebenster

Th. Fontane.

*432. An Adolf Frey*

*Berlin* 20. Januar 95.
Potsdamerstraße 134.c.

Hochgeehrter Herr.

Ergebensten Dank für Ihre freundlichen Zeilen. Daß sich die »Pan«-Leute gleich an Sie gewandt haben, freut mich aufrichtig. Denn Sie haben genau das, was die Pan-Herren erstreben, aber – ich gehöre selbst mit dazu – nicht in allen Stücken erreichen. Wer was Neues einführen will, hat immer einen schweren Stand.

Ich habe nun Ihren »Todtentanz« durchgelesen, in dem sich Altes und Neues so glücklich mischt. Als ich das Buch aufschlug, kriegte ich einen Schreck. Gott, noch wieder ein Todtentanz! Und mit einem Vorurtheil ging ich an die Lektüre. Dies Vorurtheil ist auch Grund geworden, daß ich Ihnen aus der ersten Hälfte nur 2 Sachen nannte, die mir sehr gefallen hätten. Einmal auf dem Bekehrungswege, bin ich das Vorurtheil, das doch noch eine Weile nachwirkte, schließlich ganz los geworden und finde nun alles mit vielleicht 4 oder 5 Ausnahmen, überaus gelungen, dabei von einem ganz eignen Zauber getragen, der in der glücklichen Vermählung von alt und neu liegt. Am schönsten finde ich die Aufgabe in den leis und zart auftretenden Bildern gelöst: Flämmchen, Glasgemälde, Kinderfest (sehr reizend) und Schlummerlied. Auch Bergpredigt, trotzdem Ton und Tendenz darin so ganz anders ist, wäre hier zu nennen. Die andern, z. B. der »Feldherr« und die »Dohle« sind auch sehr schön, aber sie haben zum Theil eine *Forschheit*, die mir das Loswerden des mitgebrachten Vorurtheils einen Augenblick erschwerte. In vorzüglicher Ergebenheit

Th. Fontane.

*433. An Unbekannt*

*Berlin* 25. Januar 95.
Potsd. Str. 134. c.

Hochgeehrter Herr.

Die Frage, so viel ich weiß, ist bereits entschieden. Aber wenn sie's auch nicht wäre, was sollen die »führenden Geister« dabei? Die »führenden Geister« wenn ich sie Revue passiren lasse, mich selbst natürlich gründlichst mit eingeschlossen, wissen davon nicht mehr als Müller-Schulze. Die Zeitungen – Pardon, daß ich Ihnen das ausspreche – würden sich nach meinem Dafürhalten ein Verdienst erwerben, wenn sie diese jüngste Mode bekämpften. Und die armen »führenden Geister« brauchten sich nicht zu blamiren.

In vorzügl. Ergebenheit

Th. Fontane.

*434. An Otto Neumann-Hofer*

*Berlin*, d. 30. Januar 1895.
Potsdamer Str. 134 c.

Hochgeehrter Herr.

Wie gern wäre ich Ihnen zu Diensten und versuchte dadurch eine kleine Huldigung gegen Sie, gegen Ihr Blatt (das mir immer mehr gefällt) und gegen [N. N.] Aber es ist ganz unmöglich, weil ich eine längere Arbeit an den »Pan« abzuliefern habe, ein Blatt, das demnächst erscheinen soll, und von dem Sie vielleicht schon gehört haben.

Im Vertrauen aber doch auch *das* noch zu Ihnen – und wirklich nur zu *Ihnen*, denn ich möchte meinen lieben [N. N.] um keinen Preis kränken oder verdrießlich stimmen – daß ich diese Unmöglichkeit segne. Denn es ist, für mich wenigstens, ein undankbares Vergnügen, über ihn zu schreiben. Ich bin wahrscheinlich der größte [N. N.]-Schwärmer, der existiert. Er hat entschieden was vom Genie, und in Wort und Schrift habe ich das hundertmal betont. Aber damit ist unser alter Freund nicht zufrieden. Er will mit Haut und Haar *womöglich* verschluckt sein und ärgert sich, wenn man hinterher erzählt, daß einem an einer Stelle, oder wohl gar an mehreren, eine Gräte im Halse stecken geblieben sei. Das kann er nicht ertragen. Daß es einen »liebevollen Tadel« gibt, wird er wohl zugeben, aber er mag nicht der Gegenstand eines solchen sein. Wer sich an ihn 'ranmacht, darf ihn nur loben, und von vornherein unfrei an eine Arbeit gehen, das ist mir langweilig.

In vorzüglicher Ergebenheit

Th. Fontane.

*435. An Paula Schlenther-Conrad*

Berlin 11. Febr. 95.
Potsdamerstraße 134. c.

In San Remo, in Hesperien,
Ach, was sind mir das für Ferien!
Statt erhoffter Blüthenglocken
Immer neue Winterflocken,
Statt Böcklinscher Meeresbläue
Plus nur von Berlinscher Gräue;
Könnt ich doch, mit einem Satze,
Heim zu meinem alten Platze,
Heim zu meinem alten Rexe,
Belle Allianceplatz Nummer sechse,
Statt hier, unter ewgem Frieren,
Zeit und Geld nur zu verlieren...

Unter solchen oder doch ähnlichen Betrachtungen, werden Sie,
Hochverehrte Frau und Freundin,
Ihre San Remo-Tage gelegentlich verbracht haben und es würde mich beglücken, wenn diese Zeilen Ihnen ein ganz klein wenig von all dem Guten bringen könnten, was Phöbus Apollo so hartnäckig

versagt. Wie es übrigens, von allem Legendarischen entkleidet, in Wahrheit mit Ihrer Gesundheit steht, kann ich, da ich Ihren theuren Gatten seit länger als 3 Wochen nicht gesehn habe, nur vermuthen, lebe aber der Hoffnung, daß es damit viel besser steht, als sich die herkömmlichen Heulhuber, ohne jede rechte Grundlage, herausrechnen. Ich bin, ohne damit diese kein Ende nehmenden Schneetage loben zu wollen, ein abgeschworener Feind vom sogenannten »schönen Wetter« und halte zu dem alten Berliner Doktorsatze: »je mehr Matsch auf der Straße, je besser das Befinden.« Ist es 'was mit diesem Weisheitsspruch, so muß es Ihnen ganz erträglich gehn. Außerdem, die Hauptsache bleibt doch immer die *ortsgeborene* Luft, das eigentlich *Lokale*, das durch Scirocco oder Bora wohl gefährdet, aber in seiner Substanz doch nicht annullirt werden kann. In gewissem Sinne liegt doch die Riviera jenseits von gut und böse, gerade so gut wie die Peterskirche, die, inmitten wechselnder Temperaturen, ihre sich gleichbleibende Luft hat. Ich bin, in Bezug auf Ihre Gesundheit, voller Hoffnung und nehme diesen zur Zeit herrschenden, klimatischen Unsinn für einen bloßen Mummenschanz, für ein Weihnachtsmannspielen, hinter dem das alte Rivieraherz ruhig und warm weiterschlägt.

Uns hier geht es, was das Wetter anbetrifft, relativ gut, denn wir bleiben mal wieder vor allem Extremen bewahrt. Sie wissen, daß man von der Mark gesagt hat, sie habe keinen Heiligen, aber auch keinen Groß-Inquisitor hervorgebracht. Das ist richtig und es scheint, als ob wir durch einen an und für sich etwas langweiligen Mittelkurs auch jetzt wieder gesegnet werden sollten. In Paris friert man bei 15 Grad Stein und Bein, während Berlin seine 5 Grad mit einer wenig gesteigerten Zufuhr von Preßkohle bezwingt.

In Ihrer Nähe muß jetzt mein Freund und Gönner, Geheimrath Jordan, aus dem Kultusministerium, umherwanken. Er hat seine Frau verloren, ist überarbeitet und will sich an den »Seen«, oder zwischen Genua und Nizza, natürlich mit Vermeidung von Monte Carlo, wieder auffrischen. Hören Sie von seiner Existenz da herum, so möchte ich Ihnen vorschlagen – wenn nicht inzwischen russische Fürstinnen oder amerikanische Flirt-Virtuosinnen Ihr gesellschaftliches Leben auf eine höchste Höhe gehoben haben – sich seiner zu bemächtigen, ihn durch eine Karte (die freilich, was ich aber bei Frau Paula Conrad als selbstverständlich voraussetze, ein Meisterstück sein müßte) heranzucitiren. Ich weiß nicht, ob das geht; wenn es aber ginge, so würden Sie in diesem Geheimrath einen ungewöhnlich klugen und liebenswürdigen Mann kennen lernen, der in allem, was Kunst heißt, zu Hause und nebenher auch noch der Vater des jetzt glaub ich umgetauften Schillertheaters ist. Er hat es ins Leben gerufen. Das Sprungbrett zu dem allem könnte *ich* sein, »*ich* wäre in Sie gedrungen etc.«.

Von den »Zwanglosen«, mit den Nordländern Brahm und Schlenther am einen und den Südländern Schiff und Welti am andern Flügel, habe ich seit Wochen nichts gehört, auch von Erich Schmidt nicht. Ihn, den schönen Mann, und die nach meinem Geschmack ungemein reizende Frau (so daß man wirklich von einem seltnen Paare sprechen kann) hatten wir das Glück eines Tages bei uns zu sehn. Es war schade, daß die bekannten Dioskuren wegen der Klein-Eyolf-Aufführung, namentlich wegen der Sorma, auf einem Kriegsfuß standen, Brahm ziemlich ägrirt und ziemlich spitz gegen Ihren Herrn Gemahl, – sonst verlief alles normal. Meine Hauptaufmerksamkeit galt dem Erich Schmidtschen Paar und es wollte mir so vorkommen, als ob Glück und Liebe – die (wie könnt' es auch anders sein) sicherlich da sind – doch ein wenig gedämpft oder verschleiert wären. Vielleicht ist diese Beobachtung nicht richtig, aber ich nehme sie einstweilen als richtig an, und suche nach dem Grunde der Erscheinung. Und da kann ich keinen andern finden, als den nun 'mal allen Frauen, ganz besonders aber den Frauen hervorragender Männer innewohnenden Zug, sich »als ihm über« zu betrachten. Kaiserin Augusta fühlte sich dem alten Wilhelm, Victoria dem Kaiser Friedrich überlegen und mitunter will es mir sogar so vorkommen, als ob auch die gute, alte Bismarck geb. Puttkamer das Gefühl der Ueberlegenheit gehabt hätte. Die Gründe dafür wechseln, aber immer wird einer gefunden. Die sogenannte »Feinheit« spielt dabei eine große Rolle. Neuerdings habe ich ein Buch gelesen: »Briefe des Unterstaatssekretärs und Hauptmanns im 56. Inf. Regiment *Rindfleisch* an seine Frau geb. v. Ibling (oder so ähnlich) aus dem Jahre 1870 und 71«. Diese Kriegsbriefe sind sehr reizend; aber das Merkwürdige daran ist doch, inmitten aller Zärtlichkeit und alles Hochpatriotismus, ein gewisser Devotionston, ein freiwilliges, durch eine vorhergegangene gründliche Eheschulung herbeigeführtes *Sich unterordnen* unter die geb. v. Ibling. Der alte Ibling war Geh. Hofrath, erster Brunnenarzt in Wiesbaden und stand mit allerhand Fürstlichkeiten wie auf Du und Du. Nebenher war seine Tochter auch noch sehr hübsch. Rindfleisch dagegen stammte höchstens aus Küstrin und war vielleicht Sohn eines armen Conrektors oder Gerichtsvollziehers. Nun war er jetzt freilich Unterstaatssekretär und Kriegsheld, aber das Rindfleisch'ige konnt er trotzdem nicht los werden und die geborne v. Ibling war und blieb »ihm über«. Ein klein bischen ähnlich liegt es auch wohl in dem Fall, der uns hier beschäftigt. Uebrigens bin ich geneigt, immer auf die Seite der Frauen zu treten; eigentlich erkennen sie die Situation am richtigsten. Ruhm und Größe sind meist mehr eine Annahme als eine Wirklichkeit und ist die Wirklichkeit auch wirklich mal da, so mischt sich so vieles mit ein, was die ganze Herrlichkeit wieder balancirt. Das Schönste war doch die Zeit der Patriarchen, obschon Abraham (Brahm's Großvater) im Opferdienst mir etwas zu streng und Jacob ein entschiedener Mogelante war. Aber trotzdem, die Heerden, die Knechte, selbst die Kameele, – und dann ganz zuletzt ein Grab in einem Felsen. Wie schön. Jetzt – ich hab es erst vor 3 Tagen in einem Buche, das G. Kellers Krankheit, Tod und Feuerbestattung behandelte, gelesen – wird man wie in einen Backofen hineingeschoben. Das mag ich nicht. Da bin ich doch mehr für Winter und Schneeflocken, um mit dem zu schließen, womit ich angefangen. Frau und Tochter grüßen aufs Beste; den Brief der Erstren haben Sie hoffentlich erhalten. In herzlicher Ergebenheit Ihr

Th. Fontane

*436. An Hanns Fechner*

[Berlin,] 12. Februar 95.

H[ochgeehrter] H[err.]

Es ist hohe Zeit, daß Ihr Conrad Ferdinand Meyer zu Ihnen zurückkehrt, natürlich mit Dank und Entschuldigung von meiner Seite. So hoch ich die beiden Schweizer: G. Keller und C. F. Meyer als Erzähler stelle, ich möchte ihnen geradezu den ersten Rang anweisen, so kann ich doch mit ihrer Lyrik nicht recht mit. Eben, vor dem Einpacken, habe ich noch wieder ein gutes halbes Dutzend gelesen; die ersten gefielen mir *so* gut, daß ich an meinem früher empfangenen Urteile momentan irre wurde, aber als ich weiter las, war der alte Eindruck wieder da. Die Sachen haben alle was Ernstes, Verständiges, Männliches, man empfindet, daß man es nicht mit einem jugendlichen Quatschpeter zu thun hat; aber der eigentliche *lyrische Zauber*, der bei Storm, Mörike, Justinus Kerner so groß ist, fehlt (ein paar Ausnahmen zugegeben) total.

Beide Schweizer haben keine leichte Hand; in ihrer Prosa haben sie Schönheit und Grazie, in ihrer Lyrik meistens nicht.

Acht Tage, nachdem wir uns auf dem Pietsch-Fest sahen, war ich bei Schulte, aber ich fand mich nicht mehr. Stattdessen war *Sauter* da, der einen großen Eindruck auf mich machte. Sollte ich ihn überschätzt haben? (wie mir ein Malerfreund versicherte). Ich glaube es nicht.

In herzlicher Ergebenheit, unter Empfehlungen an Frau Gemahlin, wie immer

Ihr Th. F.

*437. An Paul Schlenther*

Berlin, 12. Febr. 95. Potsd. Str. 134c.

Hochgeehrter Herr.

Während Sie – Berlin ist so klein, daß man, auch bei zurückgezogenstem Leben, alles gleich erfährt – in Hamburg über Gerhart Hauptmann sprechen, muthmaßlich vor langen Ohren, die sich gleißnerisch und antipreußisch über das Weber-Elend empören werden, schreibe ich diese Begleitzeilen zum »Grünen Heinrich«, der nun endlich in Ihre Hände zurückkehren soll. Durch die ganzen Wintermonate hin, haben wir dran gelesen (meine Frau las es mir vor), und meine Freude war groß, ließ auch nicht nach. Und wenn sie mal nachließ, so war es nur, um sich bei den nächsten Kapiteln wo möglich noch zu steigern. In mehr als einer Beziehung ist es doch, selbst an Keller gemessen, Nummer eins, höher potenzirt, als die kunstvollendeteren Sachen seiner späteren Epoche, selbst das Glanzstück vom »Fähnlein der sieben Aufrechten« nicht ausgeschlossen. Zu allem andren habe ich aufs Neue daraus gelernt, wie nebensächlich, um nicht zu sagen wie gleichgültig die Form ist, wenigstens in einem Roman, wenn man darunter den Gesammtaufbau versteht. Goethe soll irgendwo gesagt haben: »ein Roman ist alles, worin einem was Nettes und Interessantes nett und interessant erzählt wird.« Sehr fein, sehr richtig. Von »Form« ist gar keine Rede darin. Zu unserm *Gefühl* muß gesprochen werden, im Übrigen kann es drunter und drüber gehen.

Gestern habe ich auch an die theure Frau nach San Remo hin geschrieben, und mein Briefgewissen ist mal wieder rein. In vorzüglicher Ergebenheit

Th. Fontane.

*438. An Adolf Frey*

*Berlin* 12. Febr. 95.
Potsd. Str. 134. c.

Hochgeehrter Herr.

Als ich Ihnen neulich schrieb, vergaß ich Ihnen für die kurz vorher eingetroffene zweite Buchsendung: »Gedichte« und »Erinnerungen an Gottfr. Keller« zu danken. Ich hatte die Bücher bei Seite gepackt und sie wirklich momentan aus dem Gedächtniß verloren. Als ich sie dann wiederfand, kriegte ich einen Schreck über mein Versäumniß. Das Beste, was ich thun konnte, war, daß ich mich an die Lektüre machte, freilich zunächst nur an das Prosabuch. Es ist mit großer Liebe, zugleich aber auch (und das war hier doppelt nöthig) mit dem Verlangen nach Wahrheit und Gerechtigkeit geschrieben und so hat es, ganz besonders durch die Macht dieses Letztren, einen großen und beinah mich bekehrenden Eindruck auf mich gemacht. Ich bin nämlich – wie Sie aus dem bis hierher Gesagten wohl schon entnommen haben – ein ebenso heftiger Gegner der Kellerschen Persönlichkeit, wie ich ein leidenschaftlicher, fast uneingeschränkter Verehrer seiner Werke bin. Ich habe mir noch im Sommer 93, in Karlsbad, von Geh. R. Victor Meyer (dem Chemiker) viel von Keller erzählen lassen, was er liebevoll und bewundernd that, ohne mein Entsetzen über solche Manieren fortbewundern zu können. *Ihnen* ist es aber doch fast geglückt, weil Sie jeden Augenblick einräumen »ja, es war schlecht Kirschenpflücken mit ihm.« Im Ganzen (leider nicht immer) lief es nach *Ihrer* Darstellung drauf hinaus »daß er sich seine Pappenheimer ansah.« Darin liegt was Tröstliches. Aber »unsicher« blieb man und Menschen, denen gegenüber ich das Gefühl persönlicher Sicherheit nicht habe, *die* existiren gesellschaftlich nicht für mich, mit denen kann ich nicht leben. Nun ist er todt und wie *er* Ruhe hat, kann auch *ich* mich beruhigen.

Hochgeehrter Herr, in vorzüglicher Ergebenheit

Th. Fontane.

*439. An Unbekannt*

*Berlin* 21. Febr. 95.
Potsdamerstraße 134.c.

Hochgeehrter Herr.

Um nicht zu verletzen, lasse ich die jetzt in Mode gekommenen Anfragen über 1001 Dinge unbeantwortet; da ich nun aber durchaus Farbe bekennen soll, so muß ich aussprechen, daß ich diese Mode: sich über Fragen zu verbreiten, von denen man in der Regel keinen Schimmer hat, schrecklich finde.

Ich *kann* Ihre Frage nicht beantworten und beneide *die* nicht, die den Muth dazu haben.

In vorzügl. Ergebenheit

Th. Fontane.

*440. An Theodor Fontane (Sohn)*

Berlin, 23. Februar 1895

Mein lieber alter Theo.

Auch von mir herzlichste Grüße, gleichviel, wo sie Dich treffen mögen. Wie Dir Mama wohl schon geschrieben haben wird, leben wir seit einer Reihe von Wochen sehr still, zum Teil wegen Krankheit; aber auch wenn wir frisch wie der Fisch im Wasser wären, würde es nicht viel anders sein. Die Alten sterben weg, und für die junge Welt ist man eine Ruine, zu der bei gutem Wetter eine Partie gemacht wird. Ich bin ganz einverstanden damit; andre sind dran, um über kurz oder lang wieder andren Platz zu machen. – Das besondre Glanzstück bei Littys – der hohe Vorgesetzte fehlte – waren 2 türkische Offiziere in preußischer Uniform, die ich, wenn ich ihnen auf der Straße begegnet wäre, für einen Hauptmann und Premierleutnant vom 24. Infanterieregiment gehalten hätte, Urmärker, der jüngere mit einem preußischen Alltagsgesicht comme il faut. Von Sternfelds Verlobung wirst Du gehört haben; vor einer Woche war das Paar hier, um seinen Besuch zu machen; ein ganz nettes Mädchen, wenn auch ein klein wenig zu sehr aus Vorstadt und NO. Sie werden bald heiraten; worauf sollen sie auch warten? eine Berliner Universitätscarrière harrt seiner schwerlich. Meine Sympathien, die sehr aufrichtig sind, können sie ihm nicht verschaffen. – Die kleine Conrad ist immer noch in San Remo; das furchtbar kalte Wetter, kälter dort als hier, hat sie bis jetzt um jede gute Wirkung ihres Aufenthaltes gebracht. Brahm, im ganzen wohlauf, hat viel Kummer mit seinem Liebling Gerhart Hauptmann, dessen »Weber« jetzt in allen Leitartikeln umherspuken und halb und halb als Fundament für die Umsturzvorlage genommen werden. *Gegen* diese letztre in corpore aufzumarschieren versagt die Berliner Schriftstellerschaft, trotzdem die Vossische täglich zu solchem gemeinsamen Schritt auffordert; die Vossin vergißt, daß mehr als die Hälfte der

Blätter auf seiten der Regierung, der Konservativen, des Zentrums steht.

Ergeh es Dir gut, finde die Deinen bei bester Gesundheit vor und grüße herzlichst.

Wie immer

Dein alter
Papa

*441. An Friedrich Stephany*

*Berlin*, 23. Febr. 95.

Hochgeehrter Herr und Freund.

Ich wollte heut kommen und mich mal wieder persönlich nach Ihrem und der Ihrigen Ergehen erkundigen. Es ließ sich aber nicht tun, ich habe zwar nicht die Grippe, bin aber angegrippt und kann nicht wieder in Ordnung kommen. Ein Glück ist, daß ich die Vossische habe, die mich seit Wochen sehr amüsiert. Manche gerade der besten Artikel wirken, wie wenn ein Angeklagter, der seine Sache für verloren gibt, noch mal an den Präsidententisch 'rantritt und nun anhebt: »Herr Gerichtshof, alles ist Unsinn; machen Sie, was Sie wollen; aber der Kladderadatsch kommt doch, und ehe Sie sich's versehen, geht die Bombe los.« Ich bin, ohne mich in der ganzen Frage zu echauffieren, mit dieser Tonart ganz einverstanden, halte sie auch namentlich für politisch richtig, denn nur deutlichste Sprache, besonders die halb humoristisch, halb spöttisch gehaltene, kann noch wirken; Leisetreterei hilft gar nichts und nimmt der Opposition den letzten Rest von Respekt. Wenn ich übrigens eben aussprach: »ohne mich in der ganzen Frage sehr zu echauffieren«, so soll damit nur gesagt sein, daß ich *alle* Streitobjekte, die vorliegen, für Kleinkram, für gänzlich irrelevant halte, weil all unsere Freiheiten und Rechte nur Gnadengeschenke sind, die uns jeden Augenblick wieder genommen werden können. Wir haben alles aus Kommiseration. Ehe nicht die *Macht*verhältnisse zwischen alt und neu zugunsten von »neu« sich ändern, ist all unser politisches Tun nichts als Redensartenkram und Spielerei. Existierte nicht die Sozialdemokratie und hätte nicht die Aufrichtung des Reichs dem alten Preußentum einige arge Schwierigkeiten eingebrockt, so wäre die Situation auf absehbare Zeit wohl hoffnungslos; so, wie's liegt, ist wenigstens die Möglichkeit der Aenderung gegeben, freilich auch zum Schlimmeren.

In vorzüglicher Ergebenheit Th. F.

*442. An Paul Schlenther*

Berlin 24. Febr. 95. Potsdamerstraße 134 c.

Hochgeehrter Herr.

Es wäre mir, bei meinem starken Friedensbedürfnis, lieber gewesen, dieser Kelch wäre an mir vorübergegangen. Da er mir aber gereicht wird, so trinke ich ihn, wenn auch nicht unter der Sänger-Überschrift: »O Trank voll süßer Labe.« Natürlich nehme ich an, daß Sie mich in so gute Gesellschaft, wie Sie da aufzählen (oder in eine gleich gute) hineinstecken. Die Auswahl ist vorzüglich getroffen. Es müssen lauter Leute sein, die durch Titel oder Orden geaicht, ganz »zweifelsohne« dastehn. Die Namen müssen ausdrücken: »auch wir, die loyalsten, fühlen uns gefährdet; keiner ist sicher.« Deshalb ist es auch gut, daß Mommsen fehlt. Der ist viel zu ausgesprochen. – Die Petition selbst ist ganz vorzüglich abgefaßt. Ich vermuthe *Ihre* Hand. Politiker von Fach bringen nicht das Maß und die Ruhe heraus, die beide hierbei so wichtig sind. Einen Abänderungsvorschlag in Bezug auf die Staatsanwaltstelle erlaube ich mir beizuschließen. An dieser *einen* Stelle ist die Petition etwas anzüglich, beinah spöttisch, ohne daß dadurch etwas erreicht würde.

Für Menzel und Heyden, ohne zu wissen, wie's abläuft, biete ich meine Vermittelung gerne an. Menzel, bei seinem ungeheuren Ansehn bei Hofe, wäre sehr wichtig, und ich halte sein »ja« für möglich, wenn Zeller vorangegangen. Mommsen und Du Bois-Reymond würden diese Wirkung nicht thun. Heyden – natürlich in starkem Abstand von Menzel – ist auch von Belang, weil er mit dem Kaiser, als dieser noch Prinz Wilhelm war, auf einem Freundschaftsfuße stand.

In herzlicher Ergebenheit Ihr

Th. Fontane.

*443. An Lise Mengel*

Berlin 25. Febr. 95.
Potsd. Str. 134. c.

Meine liebe Lise.

Auch von mir die herzlichsten Glückwünsche zu Deinem Geburtstage den Du diesmal in einer »kaiserlosen« aber, trotz Schiller, nicht gradezu schrecklichen Zeit verbringst. Denn wenn ich auch meinem alten Freund Lepel in der Versicherung »daß veuvage das Höchste sei« (eine Französin hatte ihm das mal versichert) nicht beistimmen kann, so steht doch Strohwittwerschaft, männlich wie weiblich, sehr hoch. Hoffentlich hast Du gute Nachrichten von Deinem Agrarier, – ein vor einiger Zeit von ihm an Martha geschriebener Brief läßt mich das annehmen. Habe einen frohen Tag und grüße Fräulein Gertrud. – Wie immer Dein alter

Th. Fontane.

*444. An August von Heyden*

Berlin, 27. Februar 1895.

Mein lieber Heyden.

Schlenther schreibt mir eben von Deiner Unterschrift, sogar als Staatsrat, was ich, in seiner Wohlüberlegtheit, doppelt gut finde. Wir haben hier alle eine große Freude darüber gehabt. Ich bin sonst nicht für Demonstrationen und Proteste, weiß auch recht gut, daß der Brei nicht so heiß gegessen wird, wie er gekocht wurde. Trotzdem ist die bloße Idee, das berühmte Volk der »Dichter und Denker«, das Volk Luthers, Lessings und Schillers mit solchem Blödsinn beglücken zu wollen, eine Ungeheuerlichkeit und eine Blamage vor Europa, fast vor China.

Wie immer
Dein alter
Th. Fontane.

*445. An Otto Neumann-Hofer*

*Berlin*, d. 1. März 1895.
Potsdamer Str. 134c.

Hochgeehrter Herr.

Da bin ich mit einem kleinen Artikel, den ich Ihnen zu eventueller Aufnahme im »Magazin« unterbreite. Meinen Namen, so relativ harmlos die Geschichte ist, möchte ich nicht drüber oder drunter setzen. So habe ich, als wirklich »Gequälter«, Torquato gewählt. Es handelt sich um die jetzige furchtbare Unsitte, jeden Tag um einen beliebigen Quark oder Blödsinn feierlich befragt zu werden. Ich kann mich nicht mehr davor retten. Seitdem ich den kleinen Artikel schrieb, sind schon wieder drei Anfragen eingetroffen. Sie werden wohl auch darunter zu leiden haben.

Den Artikel »Friedrich Nietzsche und Frau Lou Andreas-Salomé« habe ich mit dem größten Interesse gelesen und bezweifle keinen Augenblick, daß Herr Fritz Koegel recht hat. Wer aber (was ich auch nicht bezweifle) noch mehr recht hat, das ist Frau Lou Andreas-Salomé! Männer sind immer gewissenhafter und gerechter, aber ihre Gewissenhaftigkeit und Gerechtigkeit läuft auf Kleinkram oder, wenn dies zu hart ist, auf »Nummer für Nummer« hinaus. Kluge Frauen – wenn sie nicht einen *zu* schlechten Charakter haben, und die ganz klugen sind selten ganz schlecht – gehen immer aufs Ganze, irren im Einzelnen, aber treffen den Kern. Intuition geht über Studium.

Wie immer Ihr ergebenster

Th. Fontane.

*446. An Julius Rodenberg*

Berlin, 1. März 1895
Potsdamer Straße 134 c

Hochgeehrter Herr.

Eben erhalte ich das Märzheft, und ohne hineingekuckt zu haben – oder doch nur auf die ersten Seiten meines lieben Max Müller, dem ich eine alte Liebe treu bewahre –, will ich doch sofort Gelegenheit nehmen, Ihnen noch einmal zu danken, daß Sie der armen Effi Briest nicht bloß eine Stätte gegeben, sondern ihr auch so viel Liebe bewiesen haben und ganz ohne »wenn« und »aber«. Ich glaube, ich habe es Ihnen schon früher ausgesprochen, aber ich muß es doch noch einmal tun, welche Befriedigung, ja geradezu welches Glück es mir bereitet hat, in meinen alten Tagen in Ihrer »Rundschau« seßhaft geworden zu sein, wobei Sie seßhaft (dessen strengste Form der »Kleber« ist) nicht zu wörtlich streng zu nehmen haben. Ach, was habe ich unter den Plätzen gelitten, auf denen ich mich früher einzuquartieren hatte! Jede geistige Arbeit nimmt von dem Ort (ein unter Umständen schwerwiegendes Wort), wo sie sich niederläßt, einen ganz bestimmten Geruch an und kann ihrem eignen Erzeuger dadurch wie verleidet werden. Das hab ich oft durchgemacht. In der »Rundschau« haben mich meine Arbeiten immer berührt wie ein Stück havelländisches Luch, das in Ampfer und Ranunkeln steht.

---

Und nun auch noch ein kurzes Wort über Ihre Ottaverime zum 4. Februar. Ich fand die Strophen beim ersten Lesen *stellenweise* sehr schön; eben, wo ich sie nochmal gelesen, tritt mir *alles* viel näher, und ich bin mehr in einem ganzen Zuge drin. Vielleicht ist es ein bißchen zu lang, und wenn nicht, so scheinen mir doch die ersten 4 Strophen kräftiger, runder, durchsichtiger als die vier Schlußstrophen.

Aber nun beschwöre auch *ich* Sie, mir nicht zu antworten. Den Dankesausdruck konnte ich mir nicht versagen.

Wie immer

Ihr Th. Fontane

*447. An Hans Hertz*

Berlin, 2. März 1895

Sehr geehrter Herr Hertz.

Seien Sie schönstens bedankt für Ihre liebenswürdigen Zeilen, die mir, weil von einem starken Gefühl eingegeben, eine große Freude gemacht haben.

Ja, die arme Effi! Vielleicht ist es mir so gelungen, weil ich das Ganze träumerisch und fast wie mit einem Psychographen geschrieben habe. Sonst kann ich mich immer der Arbeit, ihrer Mühe, Sorgen und Etappen, erinnern – in *diesem* Falle gar nicht. Es ist so wie von selbst gekommen, ohne rechte Überlegung und ohne alle Kritik. Meine Gönnerin Lessing (von der Vossin) erzählte mir auf meine Frage: »Was macht denn *der?*« (ein Offizier, der früher viel bei Lessings verkehrte und den ich nachher in Instetten [!] transponiert habe), die ganze Effi-Briest-Geschichte, und als die Stelle kam, 2. Kapitel, wo die spielenden Mädchen durchs Weinlaub in den Saal hineinrufen: »Effi komm«, stand mir fest: »*Das* mußt du schreiben.« Auch die äußere Erscheinung Effis wurde mir durch einen glücklichen Zufall an die Hand gegeben; ich saß im Zehnpfund-Hotel in Thale, auf dem oft beschriebenen großen Balkon, Sonnenuntergang, und sah nach der Roßtrappe hinauf, als ein englisches Geschwisterpaar, er 20, sie 15, auf den Balkon hinaustrat und 3 Schritt vor mir sich an die Brüstung lehnte, heiter plaudernd und doch ernst. Es waren ganz ersichtlich Dissenterkinder, Methodisten. Das Mädchen war genau so gekleidet, wie ich Effi in den allerersten und dann auch wieder in den allerletzten Kapiteln geschildert habe: Hänger, blau und weiß gestreifter Kattun, Ledergürtel und Matrosenkragen. Ich glaube, daß ich für meine Heldin keine bessere Erscheinung und Einkleidung finden konnte, und wenn es nicht anmaßend wäre, das Schicksal als etwas einem für jeden Kleinkram zu Diensten stehendes Etwas anzusehen, so möchte ich beinah sagen: das Schicksal schickte mir die kl. Methodistin. Wie immer

Ihr Th. Fontane

*448. An Heinrich Seidel*

*Berlin* 13. März 95.
Potsdamerstraße 134. c.

Hochgeehrter Herr.

Auch Krankheit, wenn sie nicht zu toll kommt, hat ihr Gutes und sorgt namentlich für Abtragung alter Leseschulden. So habe ich, während der letzten 8 Tage, endlich Ihr »Von Perlin bis Berlin« gelesen und mich außerordentlich daran erfreut. Aus vielen Gründen. Zunächst deshalb, weil keine Spur von der herkömmlichen Biographie darin zu finden ist. Wie schreibt der herkömmliche Selbstbiograph! »Am 3. Oktober kam ich zum ersten Mal in das berühmte Kuglersche Haus, wo ich den berühmten Verfasser des berühmten Liedes ›An der Saale hellem Strande‹ persönlich kennen lernte. Neben ihm saß die durch Schönheit berühmte Frau Clara Kugler und die erblühende schöne Tochter, die bestimmt war die Gattin des ebenso durch Schönheit wie Berühmtheit berühmten Paul Heyse zu werden.« So geht es weiter und mitunter werden auf 3 Seiten 30 Berühmtheiten eingeschlachtet. Sie haben das alles ganz anders gemacht und haben auch in Ihrem Bericht über Heinrich Seidel Ihren Seidelstil ruhig weiter geschrieben. Dadurch ist Ihr Buch auf einen bestimmten Ton gestimmt, der eben *Ihr* Ton ist und darauf kommt es an. Ueberall das helle Auge für die Natur und die Freude daran; Land und Leute, Wald und Wiese, Fauna und Flora, Findlinge mit Granaten drin und sogar eine angezweifelte Beutelmeise ziehen an einem vorüber und einen der Jungen sieht man eine nach einem Tortenprinzip aufgebaute Butterstulle verzehren, an der alles Bullrichsche Salz machtlos zerstieben muß. Es ist alles Leben und Wirklichkeit und gute Laune dazu. Zugleich reiht sich das Buch so vorzüglich in Ihre andren Bücher ein; es ist ein andrer Stoff, ein andrer Griff und doch ist es auch wieder Lebrecht Hühnchen oder paßt wenigstens wundervoll dazu.

Zweierlei – um doch auch ein bischen den Kritiker zu spielen – ist mir aufgefallen, erstens daß Sie mit den »Humoren« doch gelegentlich (meinem Gefühl nach) mal vorbeigreifen, dann zweitens, daß Sie den Vortrag einer kleinen komischen Erzählung oder Schnurre nicht an der rechten Stelle abschließen. Sie geben noch ein Endchen dazu und mindern dadurch die Wirkung, die Sie steigern wollen. Zu 1. findet sich gleich ein Beispiel auf der ersten Seite; ich hätte das mit dem »Galgen« fortgelassen. Will man aber dergleichen schreiben (die Armstrongs waren stolz drauf, daß 33 von ihnen gehenkt wurden) so muß es glaub ich *grotesker* auftreten. Zu 2. hatte ich eine ganze Anzahl von Belegstellen, die beste kann ich aber leider nicht wieder finden. So denn statt der besten eine nicht voll so frappante; das ist die Geschichte vom Froschkönig. Ich würde (S. 134) etwa gesagt haben: »dann fiel er wieder ab, drehte sich mit Verachtung herum und zeigte mir sein stattliches Hintertheil.« Und dann die 6 Schlußzeilen. Ich weiß nicht, wie Sie sich dazu stellen werden; zu beweisen ist da nichts und ich bin schon zufrieden wenn Sie zugeben, daß das von mir aufgestellte Prinzip: in einem Fall also die Vermeidung gewisser Kühnheiten, im andern Fall die Vermeidung einer mindestens nichts einbringenden Weiterspinnung, innezuhalten ist.

Unter allen Umständen werden Sie aus diesen Bemerkungen ersehen, daß ich aufmerksam gelesen habe.

In vorzügl. Ergebenheit

Th. Fontane.

*449. An Gustav Keyßner*

*Berlin* 15. März 95.
Potsdamerstraße 134. c.

Hochgeehrter Herr.

Schlechter Gesundheitszustand hindert mich an aller Produktion; aber wenn ich auch gesund wäre wie eine Bachforelle, die eben ihren Sprung macht, so würde ich doch *auch* meine Unmöglichkeit zu einem Bismarckhymnus erklärt haben. Ich habe bereits einige dieser 1. April-Leistungen kennen gelernt, ... »schaudervoll, höchst schaudervoll.« Ehe mir nicht der Gegenbeweis erbracht ist, halte ich es für ausgeschlossen, daß jemand, aus dem Fühlen dieser Tage heraus, ein gutes Bismarckgedicht machen kann. Alles ist abgeklappert und Neues hat noch nicht heranreifen können. Diesem Gesetz ist, glaub ich, auch der beste Kopf unterworfen. Uebrigens paßt er überhaupt (auch für die Zukunft) besser in den histor. Roman oder à la Fr. W. I. in's Drama, als in die

Lyrik. Selbst Humorist erster Klasse ist er eigentlich nur humoristisch zu fassen.

In vorzüglicher Ergebenheit

Th. Fontane.

*450. An Hans Hertz*

Berlin, d. 16. März 1895.
Potsdamer Str. 134 c.

Sehr geehrter Herr Hertz.

Mein verstorbener Freund Hesekiel war wegen Gnadengaben aus der Hand königlicher Herrschaften immer in Streit mit mir. »Lieber Fontane, Du faßt das ganz falsch auf. Du betonst immer den Dank, den Du schuldest. Ich sehe in solchen Gaben nur die Anwartschaft auf eine zweite, höhere Gabe, beinah die Verpflichtung dazu.«

Dessen bin ich in diesem Augenblick eingedenk, wo ich meinen Dank für die in Ihrem letzten Briefe enthaltenen Freundlichkeiten dadurch spende, daß ich neue Freundlichkeiten von Ihnen erbitte.

Ich will einen neuen Roman schreiben (ob er fertig wird, ist gleichgültig), einen ganz famosen Roman, der von allem abweicht, was ich bisher geschrieben habe, und der überhaupt von allem Dagewesenen abweicht, obschon manche geneigt sein werden, ihn unter die Rubrik »Ekkehart« oder »Ahnen« zu bringen. Er weicht aber doch ganz davon ab, indem er eine Aussöhnung sein soll zwischen meinem ältesten und romantischsten Balladenstil und meiner modernsten und realistischsten Romanschreiberei. Den »Hosen des Herrn von Bredow« käme diese Mischung am nächsten, bloß mit dem Unterschiede, daß die »Hosen« wie es ihnen zukommt, was Humoristisches haben, während mein Roman als phantastische und groteske Tragödie gedacht ist.

Er heißt »Die Likedeeler« (Likedealer, Gleichteiler, damalige – denn es spielt Anno 1400 – Kommunisten), eine Gruppe von an Karl Moor und die Seinen erinnernden Seeräubern, die unter Klaus Störtebeker fochten und 1402 auf dem Hamburger Grasbrook *en masse* hingerichtet wurden. Alles steht mir fest, nur eine Kleinigkeit fehlt noch: das Wissen. Wie eine Phantasmagorie zieht alles an mir vorbei, und eine Phantasmagorie soll es schließlich auch wieder werden. Aber eh es dies wieder wird, muß es eine bestimmte Zeit lang in meinem Kopf eine feste und klare Gestalt gehabt haben. Dazu gehört genaustes Wissen. Wo nehme ich das nun her? Ich glaube, daß man in den Hamburger Archiven ein reiches Material aus jenem großen Prozeß her beherbergt, und wenn es sein müßte, würde ich mich selbst an derartig Archivalisches machen. Aber ich denke mir, daß die Hamburger Historiker all dies längst extrahiert und in ihren Geschichtswerken niedergelegt haben. Reichen nun Ihre Hamburger Beziehungen und Einflüsse so weit, daß Sie zunächst in Erfahrung bringen können, wie's damit steht, und zweitens, wenn dergleichen da ist, in welchen Schriften und Büchern? Weiß ich erst, ob und wo dergleichen zu finden ist, so zweifle ich nicht, daß sich mir die Erlangung ermöglicht, trotzdem unsere Bibliothek ein elendes Institut ist und wohl auch noch lange bleiben wird. Dafür sind wir das Volk der Denker und Dichter. In Wahrheit sind wir das Volk für zweieinhalb Silbergroschen. In vorzüglicher Ergebenheit

Th. Fontane.

*451. An Friedrich Holtze*

Berlin, 16. März 1895

Hochgeehrter Herr.

Allemal, wenn ich in großen Buch- und Wissensnöten bin, flüchte ich zur Familie Holtze, Vater und Sohn.

Ich trage mich mit einem schon vor länger als 10 Jahren in Ostfriesland aufgepickten Stoff, der, an den Ort »*Marienhafe*« anknüpfend, die Leiden und Freuden, Leben, Tod und Höllenfahrt der Vitalienbrüder oder »Likedeeler« (Likedealer, Gleichteiler, also damalige Kommunisten) unter ihrem vielgenannten Führer Klaus Störtebeker behandelt.

Der Stoff in seiner alten mittelalterlichen Seeromantik und seiner sozialdemokratischen Modernität – »alles schon dagewesen« – reizt mich ganz ungeheuer, ich kann aber nicht eher an die Arbeit gehn, als bis ich mich mit soviel Wissen, wie ich vertragen kann, vollgesogen habe.

Wo nehme ich nun die Literatur dazu her? Zweierlei, und zwar Dinge, Schilderungen, die den Anfang und den Ausgang der Tragödie bedeuten, hoffe ich mir in Emden und in Hamburg verschaffen zu können, in Emden, wo sich Aufzeichnungen über den damaligen friesischen Häuptling von Marienhafe namens Tem Broke etc. befinden, und in Hamburg, wo 1402 oder 3 die ganze Likedeeler-Gruppe enthauptet wurde, Störtebeker, was er sich in Tapferkeit ausbedungen, *zuletzt*.

Also Anfang und Ende, was immer sehr wichtig, ist da. Aber wo finde ich ein Buch, das mir – natürlich nur mit Rücksicht auf das Hansagebiet – ein Zeitbild gibt, historisch und kulturell! Ich habe an Lappenbergs »Geschichte der Hansa« gedacht. Habe ich Glück, so finde ich darin die ganze Likedeeler-Geschichte und zugleich auch den Zeithintergrund in allen Tönen. Klöden, in den »Quitzows«, spricht öfters von »Grotuff«, aus dem er zitiert. Wer war das?

In vorzüglicher Ergebenheit

Th. Fontane

*452. An Georg Friedlaender*

Berlin 19. März 95.
Potsdamerstraße 134.c.

Hochgeehrter Herr.

Heute vor 47 Jahren feierte ich den Sieg der »Revolution« mit einem Karabiner in der Hand, den ich, am Tage vorher, aus dem Königstädtischen Theater geräubert hatte, um damit für die Freiheit zu kämpfen; ich stellte ihn aber bei Seit' als ich ihn hatte, weil ich seiner Schußkraft fast noch mehr mißtraute als meiner Heldenschaft. Wer sich in Preußen auf Revolutionen einlassen will, muß sehr optimistisch leichtsinnig oder *sehr* tapfer sein. Das paßt auch heute noch, trotz Sozialdemokratie. Dennoch hängen die Ausgänge, auch für den Starken, immer an einem seidenen Faden.

Ihren H. Seidel- bez. Fr. Reuter-Vortrag werden Sie nun wohl schon gehalten haben und wie ich nicht bezweifle, mit bestem Erfolg. Beide sind bekannt und beliebt und so bringen die Hörer eine gute Stimmung gleich mit. Seidel eignet sich außerdem vorzüglich zum Vorlesen und Citiren. Ich habe in den letzten Wochen ein paar Briefe mit ihm gewechselt und zwar in Veranlassung seines letzterschienenen Buches: »Von Perlin bis Berlin«. Perlin ist sein Geburtsdorf. Das Buch ist wieder sehr gut und hat mich unterhalten und erheitert. Trotzdem kann ich es, all diesen Menschen und all diesen Büchern gegenüber, zu keiner vollen freudigen Hingebung bringen. Die Personen sind mir zu unsympathisch und ein bischen von dem mich unsympathisch Berührenden steckt auch in ihren Büchern. Ich gebe zu, daß dies total in Fortfall käme, wenn ich die Herren Verfasser nicht kennte;

da ich sie nun aber mal kenne, so starren mich auch aus dem, was blos von ihnen herrührt, dieselben gräßlichen mecklenburgischen Glotzaugen an, die mir im Leben so ärgerlich sind. Es ist ein außerordentlich begabter Menschenschlag und ich kann den Dünkel, daran sie kranken, nicht ganz unberechtigt finden; aber es ist mit ihnen wie mit den Juden, – sie haben unbestreitbar eine wundervolle Durchschnittsbegabung, werden aber ungenießbar dadurch, daß sie einem dies Durchschnittsmäßige, dies schließlich doch immer furchtbar Enge und Kleinstädtische, als etwas »Höheres«, als das eigentlich Wahre aufdringen möchten. Ein Mecklenburger – wenn er nicht blos durch einen baren *Zufall* (wie Moltke) in Parchim oder Teterow geboren wurde – kann nie die »Jungfrau von Orleans« oder die »natürliche Tochter« schreiben; er bringt die Vornehmheit, den großen Stil nicht heraus, er bleibt bei Lining und Mining oder bei Bräsig oder bei Leberecht Hühnchen. Das sind nun alles allerliebste Figuren; aber sie rechtfertigen durchaus nicht die Dickschnäuzigkeit, womit sie einem präsentirt werden. Es ist wahr, es giebt überhaupt wenige nette Dichter, aber sie kommen doch am Ende vor und beweisen einem, daß Talent, Hochflug und Reichthum an Herz und Seele mit Bescheidenheit gepaart sein können. Ein glänzendes Beispiel ist Gerhart Hauptmann. Der Einladung zu Hausmann hin, die von Ihrem Freunde Behrend an Sie ergangen ist, würde ich an Ihrer Stelle nicht folgen; unzweifelhaft haben alle diese Herren ihre schönen Gaben, aber sie machen gesellschaftlich sehr wenig Gebrauch davon; sie können sich als Redner oder Tischkartenerklärer auf eine bestimmte Rolle hin einfuchsen, zu leichter, freier, gefälliger Conversation sind sie beinah nie zu brauchen. Der Deutsche, wenn er nicht besoffen ist, ist ein ungeselliges, langweiliges und furchtbar eingebildetes Biest. Ich wenigstens habe es nie mit solchen Pappenheimern aushalten können.

Was Sie mir über Graf Roedern schreiben, hat mich nicht überrascht; er kann seinen Küraß noch so blank halten, die ganze Figur ist doch »altes Eisen« und wird bei Seite geworfen. Man muß bei Seite treten und einem neu heranwachsenden Geschlechte den Vortritt lassen können; thut man das nicht, so wird man lästig und lächerlich.

Und nun unser guter Richter in Arnsdorf! Ich hätte ihn umarmt, wenn ich ihn hier gehabt hätte. Erstaunlich ist blos, daß er mit diesem Schritt so lange gewartet hat. Unsre alte Freundin aus dem Hause Montmorency-Eberty wird freilich anders darüber denken und zornig sein, daß er ihr nicht noch immer eine Thräne nachweint und je vergessen konnte, durch sie vom »Pferdejuden« in einen kunst- und literaturbeflissenen Gentleman umgewandelt zu sein; aber außer unsrer »schönen Frau« wird jeder mit dem neuen Ehebunde einverstanden sein und dem guten Kerl gute Tage wünschen. Die schöne Marie hatte den Bogen überspannt; wer das will, der muß doch noch von »andern Eltern« sein.

Erst beim Wiederdurchlesen Ihres Briefes ist mir zum Bewußtsein gekommen, daß Fräulein Schwägerin und Fräulein Lütty jetzt hier sein müssen; vielleicht erfreut uns die eine oder andre (oder noch besser beide) durch ihren Besuch. Unsre Tochter ist freilich mal wieder ausgeflogen und befindet sich mit »Tante Witte« seit 3 Tagen in Bozen, von wo sie, gegen Ende der Woche, nach Meran wollen. Sie haben – die Welt ist klein – die Fahrt von München bis Bozen mit Paul Heyse und Frau gemacht, die sie von ungefähr auf dem Münchner Bahnhof trafen.

Sie fragen freundlich an, wie's für den Sommer mit einem Ausflug ins Gebirge stehe. Aber offen gestanden, so sehr wir an dem theuren Hause Friedländer hängen, die Lust nach der Brotbaude hin (diese würden wir doch wählen) ist nur gering. Einmal wirkt doch der furchtbare Sommer 92 noch nach und wenn's auch anders wäre, Einsamkeit, Naturschwärmerei und schlechte Betten haben allen Zauber für mich verloren. Ich will bei Pupp in dem kleinen Concertwäldchen sitzen und wenns sein kann mit Frau Anna Lindau im Hôtel Bristol essen. Noch vor 10 Jahren war ich glücklich, in dem vermufften Zimmer von Frau Schiller meine Tage zubringen, bei Exner entsetzliche Polkkartoffeln essen und die furchtbaren Kauwerkzeuge der jungen Frau Exner wie eine Art Naturmerkwürdigkeit bewundern zu können; selbst die Passage durch den (leider nicht petrefakt gewordenen) Enten- und Gänse-Guano, der sich neben einer kleinen Wasser-Rinne hinzog, konnte mir meine Communallehrerreiselust und selbst den Appetit kaum verderben; – eine naive Naturfreudigkeit, dazu Luftbegeisterung und vor allem Lust an meiner Arbeit halfen mir über alles weg. Aber davon ist mir auch keine Spur geblieben und nur noch Gesammtzustände, die hinter dem, was ich bescheidentlich zu Hause gewohnt bin, nicht zurückbleiben, können mir eine Sommerfrische genießbar machen. Eigentlich verschlechtert man sich *immer*, auch in dem vornehmsten Hôtel, aber man kann sich wenigstens durch allerhand Mumpitz und durch die Erwägung »es sei doch 'mal was andres« über die Sache hinwegtäuschen lassen.

So ist es in Karlsbad. Und deshalb liebe ich es beinah. Vielleicht kommen Sie Beide hin. Das wäre reizend. Tausend Grüße. Wie immer Ihr

Th. Fontane.

*453. An Friedrich Holtze*

*Berlin*, d. 22. März 1895.
Potsdamer Str. 134 c.

Hochgeehrter Herr.

Seien Sie doppelt bedankt, erst für die freundlichen und so reichen Angaben, dann für Ihre Geneigtheit, mir auch die Bücher selbst zur Verfügung zu stellen.

Es trifft sich dabei so glücklich, daß ich *das*, was Ihnen nicht zu Händen ist, durch einen Zufall bereits besitze: Raumers Taschenbuch mit dem Voigtschen Aufsatz. Auch Koppmanns Hansarezesse habe ich in Händen.

Und so möchte ich Ihre Güte denn um folgende Nummern angehen:

1. »Zeitschrift für Hamburgische Geschichte«, Bd. 2 (1842).
2. Koppmann, Klaus Störtebeker in Geschichte und Sage, in den »Hansischen Geschichtsblättern« 1877 (1879) und
3. Das Störtebeker- oder Vitalienbrüdervolkslied in Liliencrons historischen Volksliedern der Deutschen (1865).

Vielleicht läßt Ihre Güte auf einer Karte mich wissen, wann ich schicken und die Bücher mir abholen lassen darf.

Erstaunt bin ich immer, wie wenig Brauchbares man in den Büchern unserer Historiker aus der Zeit unserer Väter, Großväter und Urgroßväter findet. Die Anordnung ist miserabel und von Kunst des Aufbaues keine Rede. Alles wie Kraut und Rüben durcheinander, aber immer mehr Kraut als Rüben. Ich kann es mir nur aus der Abwesenheit jedes Gefühls für Poesie erklären. Dadurch geht jedes Unterscheidungsvermögen für interessant und uninteressant, für wichtig und unwichtig verloren. Wichtig in meinen Augen ist immer nur der Hergang und die ihm vorausgehende oder ihm folgende Leidenschaft. Also das Menschliche. Das bloß Aktenmäßige ist immer langweilig. Wie haben die beiden Westnationen das doch immer besser verstanden! In vorzüglicher Ergebenheit

Th. Fontane.

*454. An Rosetta Frank*

*Berlin* 24. März 95.
Potsdamerstraße 134. c.

Hochverehrte gnädigste Frau.

Ihnen für Ihr freundliches Interesse für meine arme Effi Briest bestens dankend, die ergebenste Mittheilung, daß der Name Briest einsylbig ist. Es ist der Name einer alten historischen, im Havellande ansässigen Familie, die sich zur Zeit des Großen Kurfürsten auszeichnete, seitdem aber ausgestorben ist. Interessant ist mir die Wahrnehmung, daß alle Damen gegen den armen Innstetten eingenommen sind, immer wieder ein Beweis, daß das Correkte nicht gilt.

In vorzügl. Ergebenheit

Th. Fontane.

*455. An Hans Hertz*

Berlin, 31. März 1895.

Sehr geehrter Herr Hertz.

An diesem Vorabend des Bismarck-Tages beschäftigt mich unpatriotischerweise mein neuer Freund Klaus Störtebeker mehr als der ihm nicht ganz unverwandte Altreichskanzler. Beide waren »Stürzebecher« und ein Schrecken ihrer Feinde. Selbst mit Religion und Kirche haben sich beide befaßt, wenn es gerade vorteilhaft war. Nur war Bismarck nie »Likedeeler«; er behielt immer möglichst viel für sich. Zur Strafe dafür kriegt er jetzt so viel Geschenke, daß er sie nicht unterzubringen weiß. Am meisten scheint er sich über die japanische Vase zu ärgern.

Also Störtebeker! Ich komme, auf Ihre Erlaubnis hin, mit neuen Bitten, nachdem mich mein Freund, der Amtsrichter Dr. Holtze – der Sie durch Guttaten seinerseits entlasten sollte –, total im Stiche gelassen hat. Er schrieb mir 6, 8 Bücher auf und erbot sich mit jener großartig stilisierten Artigkeit, deren nur die Familie Holtze fähig ist, mir alles schicken zu wollen, was ich von diesen Büchern brauchte. Da nannte ich denn 3 Sachen. Aber ich habe in beinah 14 Tagen keine Antwort empfangen und keine Bücher. So muß ich denn doch wieder bei Ihnen anklopfen und erlaube mir, 3 Zettel beizulegen, auf denen meine Wünsche verzeichnet stehn. Hoffentlich macht es Ihnen nicht zuviel Umstände.

Mit besten Grüßen und Empfehlungen an Haus Hertz. In vorzüglicher Ergebenheit

Th. Fontane

*456. An Martha Fontane*

Berlin 1. April 95. Potsd. Str. 134. c.

Meine liebe Mete.

Bismarck-Tag mit wahrem Hohenzollernwetter, woraus sich schließen läßt, daß der Himmel die Versöhnung der beiden Dynastieen von Preußen und Lauenburg angenommen hat. Es ist gerade Mittagsstunde und die 4000 hoffentlich mit Butterstullen bewaffneten Studenten werden nun wohl gerade antreten und ihrer Begeisterung Ausdruck geben. Und Bismarck wird gewiß entzückend antworten und in diesem Falle auch ehrlich. Es ist ein Festtag für Studenten, ja, die Studenten *müssen* begeistert sein, das ist ihre verfluchte Pflicht und Schuldigkeit. Für alte Knöppe liegt es anders oder wenigstens complicirter. Es ist Schade, daß dieser Tag – wenigstens in meinen Augen – doch nicht *das* ist, was er sein könnte. Und das liegt – noch einmal nach *meinem* Gefühl – an Bismarck. Diese Mischung von Uebermensch und Schlauberger, von Staatengründer und Pferdestall-Steuerverweigerer (er glaubte die Stadt Berlin wollte ihn zugleich ärgern und bemogeln (man merkt, er hat selber öfters hinter der Thür gestanden)) von Heros und Heulhuber, der nie ein Wässerchen getrübt hat, – erfüllt mich mit gemischten Gefühlen und läßt eine reine helle Bewunderung in mir nicht aufkommen. Etwas fehlt ihm und gerade das, was recht eigentlich die Größe leiht. Jude Neumann, uns gegenüber, hat auch nicht geflaggt und Arm in Arm mit Neumann fordre ich mein Jahrhundert in die Schranken. – Deine Briefe erfreuen uns sehr, auch der heutige mit dem Diktat von Tante Anna. Ich vermuthe aber, das Diktat stammt von Dir. So mit Concentration läßt sich schwer diktiren. – Wenn Du einen alten dicken Ueberzieher von mir mithättest, so wäre Deine Erkältung schnell gehoben. So wie es warm wird, wird es besser. – Ich schicke Dir Ausschnitte; alle diese Leitartikel sind sehr gut. Empfiehl mich der liebenswürdigen und gütigen Freundin. Wie immer Dein alter

Papa.

Vorgestern habe ich mit Fritsch und Wallot die Shawltänzerin Miss Poy gesehn; großartig.

*457. An Unbekannt*

*Berlin* 2. April 95.
Potsd. Str. 134. c.

Hochgeehrter Herr.

Seien Sie herzlichst bedankt für Ihr Bismarck-Lied, das ich schön und kräftig finde und das an großer Festtafel seiner Wirkung nicht verfehlt haben wird.

Eben habe ich Bismarcks Ansprache an die Studenten gelesen; sie erscheint mir nicht als das geistreichste und blitzendste, aber vielleicht als das Bedeutendste und programmartig Abgerundetste, das er je gesprochen.

In vorzüglicher Ergebenheit

Th. Fontane.

*458. An Gustav Keyßner*

*Berlin* 2. April 95.
Potsdamerstraße 134. c.

Hochgeehrter Herr.

Seien Sie herzlichst bedankt für die Bismarck-Nummer, in der ich Ihr Gedicht mit Zustimmung und Freude gelesen habe; da kann jeder mit, *muß* jeder mit, während das Scherenbergsche Gedicht auf junge Leute berechnet ist, die der Macht des Tamtam unterliegen. Uebrigens ist es als Tamtam-leistung ganz gut. »Schöpfer des Reichs, durch unendliche Zeiten Wirst Du Dein Volk noch, Unsterblicher, leiten.« Alles Operiren mit Unendlichkeit und Unsterblichkeit ist bedenklich; es ist unglaublich, welche »Umwerthungen« sich oft schon in einem lumpigen halben Jahrhundert vollziehn. 1855 hieß Ernst Scherenbergs Onkel (Christian Friedrich Scherenberg) der »pommersche Shakespeare« und sein »Waterloo« schlug Messiade und Iliade aus dem Felde; jetzt, nach 40 Jahren, ist er so gut wie vergessen. Ein Buch, das ich über ihn geschrieben habe, hat ihn auch nicht retten können.

Für den Blumengruß und die zierlichen Verse zu meinem 76. Geburtstage, kann ich mich nun endlich an der richtigen Stelle bedanken. Ich rieth damals auf die liebenswürdige Frau Dr. Bernstein und habe meinen Dank, auf gut Glück, unter dieser Adresse in die Welt gesandt. Wenn ich nicht irre, waren Ihre Verse, oder einige davon, zierliche Ritornelle, so daß ich einen Augenblick an Heyse, der diese Form mit Vorliebe pflegt, gedacht hatte.

Bismarcks Ansprache an die Studenten, die ich eben gelesen

habe, ist großartig; sie scheint mir die »Krönung des Gebäudes«, ein Lebensextrakt, Sprüche Salomonis, aber mir lieber.

Unter nochmaligem besten Dank, in vorzüglicher Ergebenheit

Th. Fontane.

*459. An Friedrich Stephany*

*Berlin*, d. 3. April 1895.
Potsdamer Str. 134 c.

Hochgeehrter Herr und Freund.

Zolling schickte mir heute früh die letzte Nummer der »Gegenwart« mit Sammelurteilen über Bismarck. Das meiste ist Blech und stellenweise sogar Blödsinn (so beispielsweise *das*, was der furchtbare Mensch, der Wilhelm Jordan, losläßt). Eine Perle aber befindet sich unter diesem minderwertigen Material, eine Perle von so hohem Wert, daß der Kohinur und ähnliche berühmte Steine daneben verschwinden. Verfasser ist ein Pole (lächerlicherweise Romanschriftsteller): Henrik Sienkiewicz. Auch nicht annähernd Ähnliches ist, was Tiefe der Erkenntnis angeht, bisher über Bismarck gesagt worden. Es ist, wenn ich nur einen Schimmer von Bismarck habe, einfach nicht zu übertreffen. Schlägt alle Historiker aus dem Felde; schlechtweg großartig. Lassen Sie sich diesen Happen nicht entgehen. Es ist ein Leitartikel comme il faut, wie mir die besten Ihrer Leitartikelschreiber zweifellos zugestehn werden. In vorzüglicher Ergebenheit

Th. Fontane.

*460. An Gustav Karpeles*

Berlin, 3. April 1895
Potsdamerstr. 134 c

Geehrter Freund!

Zolling schickte mir heute früh die letzte »Gegenwart«-Nummer, in der ich Ihnen als Uebersetzer der Zeilen begegne, die Sienkiewicz über Bismarck geschrieben hat. Da ich dem Verfasser nicht danken kann, will ich Ihnen danken dafür, daß Sie mir durch Ihre Kenntnis des Polnischen, diesen Hochgenuß vermittelt haben. Es ist nicht blos das weit weitaus Bedeutendste und Richtigste, was über Bismarck gesagt worden ist, auch wohl je gesagt werden wird, es ist überhaupt das Bedeutendste, was ich von *Erfassung* einer historischen Persönlichkeit je gelesen habe, die berühmtesten Historiker nicht ausgeschlossen. Ich bilde mir ein, ihn, Bismarck nach zahllosen kleinen und großen Zügen ganz genau zu kennen, und bin voll heller Bewunderung, daß ein Fremder ihn so treffen konnte. Das ist dichterische Intuition.

In vorzüglicher Ergebenheit Ihr

Theodor Fontane

### 461. *An Friedrich Holtze*

*Berlin*, d. 12. April 1895.
Potsdamer Str. 134 c.

Hochgeehrter Herr.

Schönsten Dank für den Sammelband, in dem ich den Aufsatz über die Totentanzsprüche sehr gut brauchen kann.

Was Störtebeker und die Likedeeler angeht, so habe ich jetzt alles, ein angenehmer Zustand, der mir aber doch die Verpflichtung auferlegt, mich vor Ihnen zu entschuldigen.

Als ich auf meinen letzten Brief keine Antwort erhielt, sagte ich mir: »Dr. Holtze hat entweder deinen Brief nicht gekriegt oder du seine Antwort nicht. Anfragen darüber sind ausgeschlossen. Also laß es laufen und benutze Dr. Holtzes Notizen, um dir die darauf verzeichneten Bücher anderwärtig zu verschaffen«. So wandte ich mich an meinen Freund und Gönner Hans Hertz, der mir aus der hiesigen Königlichen und der Hamburger Stadtbibliothek alles besorgt hat.

Ich hielt es für das Angemessenste, Ihnen dies offen zu schreiben. Mein Dank für Ihre freundliche Wohlgeneigtheit und für die Direktiven, die mir Ihr erster Brief gab, bleibt derselbe. Ich habe mehr als ein halbes Dutzend Bücher durchzulesen. Voigts Aufsatz (in Raumers »Taschenbuch«), wiewohl etwas altmodisch und kraut- und rübenhaft geschrieben, enthält doch das weitaus Beste. Lappenbergs Mitteilungen sind knapp, klar, übersichtlich und *dadurch* verdienstlich. Im ganzen aber sieht man mit Schaudern, wie ein Buch vom andern abgeschrieben wird.

Meine Bewunderung und Liebe für die Historiker, drin mir mein Leben vergangen ist, ist mir in den letzten Jahren überhaupt stark erschüttert worden.

In vorzüglicher Ergebenheit

Th. Fontane.

*462. An Paula Schlenther-Conrad*

*Berlin*, d. 12. April 1895.
Potsdamer Str. 134 c.

Hochgeehrte Frau und Freundin.

Herzlichen Dank für Ihren lieben Brief, der uns eine Freude war, wie jedes Lebenszeichen von Ihnen, und es diesmal mit seinen guten, hocherfreulichen Nachrichten über Ihr Befinden doppelt sein mußte. Seit drei, vier Tagen haben wir hier das schönste Wetter. Der Tiergarten hat einen grünen Schimmer – wie muß es da erst in San Remo aussehen! Alles muß blühen und Glanz und Farbe sein.

Wenn die Gesundheit schon vorher wiedergewonnen war, so muß sie sich jetzt festigen. Und in sechs Wochen haben wir Sie wieder hier, und Ihre tausend Verehrer können sich Ihrer freuen und ihre Freude bezeigen.

Hier geht alles seinen alten Gang. Paraden bereiten sich vor, und Wucherprozesse setzen sich fort. Dagegen hat der famose Prozeß Kotze endlich sein Ende erreicht. Der zu Unrecht verdächtigte »Leberecht« ist freigesprochen und kann, wenn er will, nachträglich sein halbes Dutzend Duelle mit denen haben, die ihm dies eingebrockt. Ich denke aber, er wird drauf verzichten. Erst verdächtigt und eingesteckt und dann vielleicht auch totgeschossen, *das* ist zu viel auf einmal.

Vor etwa einer Woche hatten wir eine dramatische Vorlesung bei Brahm. Ihr teurer Gatte wird Ihnen darüber geschrieben haben. Den Titel des Stückes habe ich schon wieder vergessen, aber nicht aus Mangel an Interesse; ganz im Gegenteil. Die Vorlesung interessierte mich lebhaft und erfüllte mich aufs neue mit Respekt vor dem Talent der liebenswürdigen kleinen Verfasserin. Ich sprach das auch aus. Hinterher ist mir aber doch so, als ob Brahm, der sich ziemlich mau verhielt, mehr recht gehabt hätte, als wir andern. In gewissem Sinne ist das Stück ein Blender. Die Figuren berühren sympathisch, sind gut gezeichnet und sprechen überaus anziehend; alles geistvoll und pikant. Aber es spricht mehr zum Leser als zum Zuschauer. Die Figuren, so gut sie sind, sind sämtlich alte Bekannte. Dazu kommt, daß der Hergang zum Schluß etwas schleppend wird. Brahm wird es natürlich bringen, aber keine goldnen Äpfel davon einheimsen.

Unsere Tochter ist seit vier Wochen in Meran, also beinah Wand an Wand mit Ihnen. Daß Sie Sudermanns und Fuldas haben, ist ein rechtes Glück, wiewohl mein Ideal auf Reisen darin besteht, *nicht*literarische nette Leute zu finden. Man hat zu Hause so viel davon. Meine Frau grüßt herzlich und beglückwünscht Sie zu Ihrem Wohlergehen. In alter Verehrung und aufrichtiger Ergebenheit Ihr

Th. Fontane.

*463. An Eugen Wolff*

Berlin, 16. April 95,
Potsdamerstraße 134 c

Hochgeehrter Herr.

Wie verabredet, habe ich heute nach Tisch mit Freund Heyden über »ja« und »nein« gesprochen. Er entschied sich leider für »nein«, was Sie, hochgeehrter Herr, nicht auf eine Unfreundlichkeit deuten dürfen; er zählt umgekehrt zu den immer bereiten, wo sich's darum handelt, jemanden durch ein Wort zu Diensten zu sein. Er setzte mir aber auseinander, daß das nicht ginge; seine Stellung am Theater (er wird in bestimmten Fragen, namentlich des Kostüms etc., gelegentlich zu Rathe gezogen) beruhe darauf, daß er sich in Personalien nicht einmische, niemanden zu Liebe oder zu Leide spräche, auch jede Intervenierung vermeide. Dies alles läßt sich hören. Ich bedaure sehr aufrichtig, Ihnen nichts Erfreuliches schreiben zu können; hoffentlich erfüllt sich Ihnen, was Sie wünschen, auch ohne solche Einführung. Wenn aber nicht, so bitte ich Sie, dem Nicht-Erfolg keine Thräne nachweinen zu wollen. In vorzüglicher Ergebenheit,

Th. Fontane.

*464. An Ludwig Pietsch*

*Berlin* 27. April 95.
Potsdamerstraße 134. c.

Theuerster Pietsch.

Das schmeichelhafteste meiner Portraits ist offenbar von *Ihnen* entworfen; ob es auch das richtige ist, darüber hat des Sängers Höflichkeit zu schweigen.

Wie geht es Ihnen? Neulich sah ich Ihren Neffen auf einem Pferdebahnwagen an mir vorübergleiten und wir begrüßten uns, – er hat ein ungewöhnlich gutes Gesicht, was mich immer wieder eigenthümlich sympathisch berührt. Das Gute ist doch das Beste, wenn auch das Beste des Guten Feind ist. In 4 Wochen haben wir wieder ein Jubiläum (Stephany), da sehen wir uns doch gewiß. Wie

immer Ihr

Th. Fontane

*465. An Otto Ernst*

*Berlin* 2. Mai 95.
Potsdamerstraße 134.c.

Hochgeehrter Herr.

Ich habe nun Ihr Stück gelesen und es freut mich, daß ich, der ich eigentlich ein Gegentheil von Ihnen bin, nämlich halb Angstmeier und halb Philister, jedenfalls aber ein sehr aufs Maß gestellter alter Herr, daß ich, trotz dieser meiner sehr andren Natur, Ihnen in allem zustimmen kann, will sagen in allem worauf es hier ankommt. Es sieht alles, durch die Allerweltsbrille angesehn, sehr schroff und übertrieben aus, es ist aber alles vollkommen richtig. Personen wie dieser Kaufmann und dieser Geistliche – die glücklicherweise gar nicht besonders schlimm gezeichnet sind, ja denen man, wenn man im Alten steht, zustimmen muß – laufen in der Welt zu Hunderttausenden herum und treffen sie mit Behring und Magdalene zusammen, so *muß* es zu solchen Conflikten und Ausgängen kommen, vorausgesetzt daß alle Personen (nicht blos Behring und Magdalene, die andern sind ebenso wichtig) echt sind und unerbittlich auf ihren Schein bestehn. Ganz außerordentlich gelungen ist Ihnen die Darstellung des Menschlichen in diesen Kraftmenschen; sie unterliegen Beide, die Frau aus Liebe zu ihrem Kinde, der Mann aus Liebe zu seiner Frau, aber sie unterliegen nur, um zu siegen. Daß sie Beide in den Tod gehn, ist ganz in der Ordnung und durchaus nicht kraß. Ich kenne in unsrer neusten Literatur nur *ein* Beispiel, wo sich die Dinge mit gleicher unerbittlicher Folgerichtigkeit entwickeln, das ist in Gerh: Hauptmanns »Vor Sonnenaufgang«, wo das mit einem Mal einer vollen und berechtigten Verzweiflung gegenübergestellte Mädchen, ohne langes Besinnen den Hirschfänger von der Wand reißt und sich ersticht. So muß hier Behring in den Tod gehn, und aus Ueberzeugung und Liebe seine Frau mit ihm. Ich lasse mich hier nicht ein in Untersuchungen über Ehe und Taufe, aber wenn ich mich in so ernsten Fragen – man kann sie freilich auch unernst nehmen, aber das sind dann ganz andere Menschen – zu einer Ueberzeugung durchgekämpft habe, wenn ich tief durchdrungen davon bin, daß Wasser Wasser ist und weiter nichts, so hat es etwas Ekelhaftes, einen bloßen Mumpitz in aller Feierlichkeit mit durchzumachen und *wenn* ich es thue, so muß ich – immer vorausgesetzt, daß ich *wirklich* ein Ueberzeugungsmensch bin, – das Gefühl (so lächerlich es klingt) des gefallenen Engels, der »größten Sünde« haben, und das Verlangen, diese Sünde zu sühnen, ja, aus der ganzen Lebensschweinerei herauszukommen, muß mich mit unwiderstehlicher Gewalt erfassen. Kommt dies Verlangen *nicht*, so kann ich zwar in allem immer noch ein ganz ehrlicher Kerl sein, aber ich bin schwach.

Zwei Dinge finde ich zu beanstanden. 1. Wie konnte es überhaupt zu einer Verlobung kommen? Durch die »Rettung« die M. erzählt, ist das nicht ganz motivirt. 2. Wie kann Behring einen Behringschen Roman an ein »Familienblatt« schicken und auf Annahme rechnen? In diesem Stück sind das keine Nebensachen. Wir dürfen aus einer unerbittlichen Wahrheitsatmosphäre keinen Augenblick herauskommen, weil die Zweifel im Kleinen angethan sind, auch in Bezug auf das *Eigentliche* Zweifel zu wecken. Dies ist sehr, sehr wichtig, aber freilich auch ebenso schwer. In vorzügl. Ergebenheit

Th. Fontane.

*466. An Theodor Fontane (Sohn)*

Berlin, 6. Mai 1895

Mein lieber alter Theo.

Es ist hohe Zeit, daß ich mal wieder von mir hören lasse; 7. 4. 95 steht an der Spitze Deines letzten Briefes, und noch immer habe ich Dir nicht dafür gedankt, d. h. für den Brief, nicht für 7. 4. 95. Mit Eurer Gesundheit geht es hoffentlich wieder besser; Husten ist eine Qual, für den, der ihn hat, und für den, der ihn mit anhören muß, aber man kommt drüber hin. Ich war, als ich so alt war wie Otto, auch ein ewiger Beller und bin nun doch bis auf 75 gekommen – freilich mit Hilfe des soviel verspotteten Cachenez, ohne das ich es nicht zu so hohen Jahren gebracht hätte. Dir wird das Reiten gut tun und Langeoog noch mehr und das »Kriegstheater im Harz« (freilich noch lange hin) am meisten. Um dies Kriegstheater könnte ich Dich beneiden, einmal – weil ich den Harz sehr liebe – der Szenerie halber, dann, weil höhere militärische Gesellschaft so ziemlich das Beste bedeutet, was man von Gesellschaft haben kann. Was den voraufgehenden Sommeraufenthalt auf einer der friesischen Inseln anbetrifft, so schließe ich mich denen an, die Dir zu Norderney raten. Es ist doch unterhaltlicher als Langeoog, und das spielt bei mehrwöchentlichem Aufenthalt eine große Rolle. Das mit den »größren Kosten« ist meistens Unsinn; man muß mitunter an den primitivsten Stellen am meisten bluten und kann an Weltplätzen billig leben. Es hängt alles von Glück und unberechenbaren Umständen ab. Als ich das erste Mal in Norderney war, wurde, 6 Stunden nach meiner Ankunft, ein großer Dampfer mit 500 Gästen abgewiesen, weil auf der ganzen Insel kein einziges freies Bett mehr sei. Ja, da war in den fashionablen Straßen alles sehr teuer, und doch habe ich an der Wattseite der Insel nicht bloß angenehm, sondern auch ziemlich billig gelebt. Borkum ist judenfrei, das soll aber auch der einzige Vorzug sein; Max Nordau wurde vor 2 Jahren erst von der Table d'hôte und dann von der Insel weggegrault.

Wir werden wohl wieder nach Karlsbad gehn, leider mit der Gewißheit, unsre vorjährigen täglichen Genossen am Brunnen und bei Pupp nicht wiederzufinden. Frau Gerber ist tot, und Freund Sternfeld ist verheiratet, was anfangs auch für so gut wie tot angesehn wurde. Doch, wie ich jetzt sehr zu meiner Freude höre, durchaus mit Unrecht; das Fräulein, das er geheiratet hat, soll sehr nett, sehr gewandt, sehr standesgemäß sein.

Friedel verlegt tapfer weiter. Ich war anfangs gegen diesen Großbetrieb und gegen den Wettbewerb mit den reichsten und angesehensten Firmen. Er hat aber in dieser Streitfrage recht behalten, und, wie ich hinzusetzen muß, nicht bloß durch Glück, sondern auch durch Fleiß, Umsicht, Geschicklichkeit. Er hatte was von Großmannssucht, was mich störte; mausert sich aber jemand heraus und bringt es zu was, so kriegt das, was einem als Großmannssucht erschien, einen andern Namen. Auf dem Gebiet der Belletristik ist er, nach meiner Kenntnis, Nummer-1-Verleger geworden. Selbst die großen reichen Firmen stehen *literarisch* weit zurück und begnügen sich mit den Erträgen, die sie aus Freytag, Ebers, Dahn, Heyse ziehn. Jeder einzelne hat einen. Friedel hat nicht bloß den hannöverschen Konditorsohn Tovote (allerdings die Hauptgeldnummer), sondern auch Rudolf Lindau, Wolzogen, Ompteda, Polenz, die, neben einigen jüngeren, jetzt so ziemlich als die besten gelten und es auch wohl sind.

Mete erwarten wir morgen zurück; sie hat sich am 4. früh von Tante Witte getrennt, um noch drei Tage bei ihrer Freundin Mathilde Runde, jetzt Frau Dr. Becker in Friedeberg, zubringen zu können. Vom Laibacher Erdbeben hat sie die letzte Welle mit verspürt, um uns vermelden zu können: »Wir sind stolz, ein Erdbeben erlebt zu haben.« Am meisten Freude hat sie von einer 2tägigen Wagenfahrt durch Tirol und Vorarlberg gehabt, womit ihr Meraner Aufenthalt abschloß. Ganz mein Geschmack; nur nicht Eisenbahn. Ein mäßiges Kotelett unter einem blühenden Kirschbaum ist mir lieber als ein Diner in einem Harmonikazug.

Von den Freunden haben wir in den letzten 7 Wochen fast niemand gesehn, kaum unsre teure Frau Sternheim; wir gravitierten die ganze Zeit über sehr nach dem Christentum hin: Heydens, Zöllners, Stöckhardts, Familie Fritsch – nicht aus über Nacht erwachtem Rassegefühl, sondern in Folge von Zufälligkeiten. Daß bei Heydens nun auch der arme Kurt seinem Schicksal erlegen und in einer sogenannten Nervenheilanstalt (wohl ohne jede Aussicht auf Heilung) untergebracht ist, wirst Du wohl schon erfahren haben. Bei der Familie Fritsch machten wir eine Hochzeit mit; Fritsch Architekt und seine Frau eine geborene Köhne; dabei ging es her, als hieße er Dolgorucki und seine Frau sei eine Esterhazy. Diese Frau, meine besondere Gönnerin, ist 36, ihr Schwiegersohn, Major Scheller in St. Avold, ist 48. Übrigens war alles nicht bloß sehr reich, sondern auch sehr reizend. Und nun genug der Plauderei.

Geh es Dir, Deiner lieben Frau, den Kindern gut, und seid alle herzlich gegrüßt von

Deinem alten
Papa.

*467. An Georg Friedlaender*

Berlin 6. Mai 95.
Potsdamerstraße 134 c.

Hochgeehrter Herr.

Das war ein echter Friedländer, der vom 22. April 95. Ihren Gichtanfall sind Sie hoffentlich los und können sich der schönen Tage, die ja nun endlich da sind, erfreuen. Was Sie mir über Ihren Hans schreiben, freut mich herzlich mit; solche Abschiede beim Schluß der Ferien sind freilich für beide Theile schwer, aber eigentlich bin ich doch für solche frühe Losreißung von Hause, vorausgesetzt, daß es eine gute Stelle ist, wo solche [!] junges Gemüth hinverpflanzt wird. Und das ist ja bei Ihrem Hans der Fall.

Den großen und imponirenden Inhalt Ihres Briefes bildet die

Treutlersche Tragikomödie. Aber Tragikomödie ist ein viel zu hohes Wort; eigentlich ist es ein groteskes Satyrspiel mit sehr viel Bocksbeinen und Zottelschwänzen. Ich finde es schrecklich und bin doch beinah ohne alles Mitleid. Natürlich kann solch Pech schließlich über jeden hereinbrechen, aber die Wirkung, die Theilnahme, modificirt sich doch sehr nach der Beschaffenheit und dem Schuldmaß derer, die davon betroffen werden. Ich weiß wohl, wie richtig das Sprichwort ist: »ginge es nach Verdienst, so würde *Jeder* gehenkt« und weil ich dies weiß, so habe ich eine natürliche Scheu, flott drauf los zu verurtheilen. Ueber Nacht kann es über einen selber hereinbrechen. Aber schließlich ist doch auch wieder ein Unterschied; es giebt große und kleine Sünder und es giebt auch kleine und große alte Esel. Treutler gehört unter die großen. Sein ganzes Leben berührt mich wie eine große Eselei oder wie eine Ungehörigkeit oder eine Unnatur. Dies 60jährige am Schürzenbändel hängen, dies öde Junggesellenleben, dies Hin und Herpendeln zwischen »Stern« und »Preußischem Hof« oder gar zwischen Frau Kuring und 30-Pfennig-Cotelett (allerdings sehr billig und deshalb wegen Familienknauserei verzeihlich) – all das ist etwas so Elendes und Inferiores, daß ich einen Menschen nicht sehr bedauern kann, wenn er schließlich an einer lumpigen Klaviertaste, drauf sich seine und »ihre« Hand fanden, scheitert. Er hätte *ordentlich bezahlen* sollen, dann wäre er die ganze Geschichte längst los; aber dazu kann sich solch Bourgeoiswurm nicht erheben. Schlimm genug, denn er müßte von Herzen froh sein, eine Riesendummheit durch Geld begleichen zu können. Nun ist er eine lächerliche Figur auf Lebenszeit. Freilich »Geld beruhigt«, und am Ende auch *dar*über.

Dem guten Richter gönne ich seine junge Frau; Lea est morte, vive Rahel. Nach aller Wahrscheinlichkeit wird das Glück auch ein dauerndes sein; *er* wird es sich schwerlich verscherzen (die Hörner sind abgelaufen) und *sie* auch nicht, wenn das richtig ist, was ich über die ganze Familie gehört habe. Es sind eben keine Ebertys, keine von ihrer Weltbedeutung Durchdrungenen, die sich für einen Papierfritzen für zu gut hielten, aber doch sein Geld haben wollten und vielleicht *noch* haben wollen. Und nun der Liebespunkt! Wenn mir Richter nicht gut genug ist, darf ich mir Heidenhayn nicht aussuchen. Dieser – den ich nicht verkleinern will – war durch die Wahl seiner Knödelfrau aus Baiern gerichtet.

Der arme Prinz auf Neuhof thut mir leid. Daß er Friedländers haben will und nun auch Richter's, oder wenigstens *ihn*, Richter, ist noch das Beste. Der Prinz hat verschiedne kleine Tugenden und manches was sympathisch berührt, aber ich komme in meinem, der vornehmen Welt einst so zugeneigten Herzen, immer weiter von meiner alten Liebe ab. Was wollen diese Menschen auf der Welt? Sie sind nur eine Störung, ein Hemmniß, ein aus Böswilligkeit oder Dummheit auf die Schienen gelegter Stein, der sich rühmen darf ein Eisenbahnunglück herbeizuführen, aber schon nach 2 Stunden ist die Strecke wieder frei und neue Züge machen ihren Weg. Die Welt wird noch lange einen Adel haben und jedenfalls *wünsche* ich der Welt einen Adel, aber er muß danach sein, er muß eine Bedeutung haben für das Ganze, muß Vorbilder stellen, große Beispiele geben und entweder durch geistig moralische Qualitäten direkt wirken oder diese Qualitäten aus reichen Mitteln unterstützen. Was thut davon Ihr Neuhofer Prinz? Er stimmt jeder reaktionären Maßregel zu, glaubt an den beschränkten Unterthanenverstand und hat keine Ahnung davon, daß Frohme, Grillenbecher oder gar Bebel i[h]n 10mal in die Tasche stecken. Es ist ganz vorbei mit dem Alten, auf jedem Gebiet, und Ihr Schmiedeberger Pastor, dessen Großthaten mir nur noch so dunkel vorschweben, wird mit seinem Gesäure weder das Apostolicum noch irgend einen unverständlichen Satz der Apokalypse bei Leben erhalten können. Mein Haß gegen alles, was die neue Zeit aufhält, ist in einem beständigen Wachsen und die Möglichkeit, ja die Wahrscheinlichkeit, daß dem Sieg des Neuen eine furchtbare Schlacht voraufgehen muß, kann mich nicht abhalten, diesen Sieg des Neuen zu wünschen. Unsinn und Lüge drücken zu schwer, viel schwerer als die leibliche Noth.

Heute Nachmittag will ich in die Kunstausstellung, um meine schon begonnenen Bilderstudien fortzusetzen; es sind *sehr* interessante belgische, französische und italienische Sachen da. Was *wir* ausgestellt haben, ist, wie gewöhnlich, vorwiegend langweilig. Eh wir nicht volle Freiheit haben, haben wir nicht volle Kunst; ob einige Zoten und Frechheiten mit drunterlaufen, ist ganz gleichgültig, *die* leben keine 3 Tage. Die Regierenden glauben hier, auf jedem Gebiet, das todte Zeug einpökeln zu können. Eine mir bei der Gescheidtheit unsrer Gesellschaft-Oberschicht ganz unverständliche Dummheit. Unter herzlichen Empfehlungen an Ihre Damen, in vorzügl. Ergebenheit

Th. Fontane.

*468. An Julius Rodenberg*

Berlin, 21. Mai 1895
Potsdamer Straße 134 c

Hochgeehrter Herr.

Mutmaßlich gleichzeitig mit diesen Zeilen wird ein Romanmanuskript aus Dresden bei Ihnen eintreffen. Es rührt von meinem jungen Freunde Wilhelm Wolters – Sohn meines alten Freundes Wilhelm Wolfsohn – her, und ich habe dem Sohn seines Vaters versprochen, für ihn und sein Manuskript ein gutes Wort bei Ihnen einzulegen, was ich hiermit tue. Sein Ehrgeiz gipfelt darin, als »Rundschau«-bürtig angesehn zu werden, was ich ihm nicht verdenken kann. Ich füge mit voller Überzeugung hinzu, daß ich ihn für talentvoll halte, auch hat er schon Verschiedenes erscheinen lassen. Über Bong, den Holzschneider und Nebenbei-Literaturverzapfer, ist er bis jetzt nicht rausgekommen, aber Bong, erstaunlicherweise, kann doch immerhin als ein Nummer-2-Mann gelten, vielleicht sogar 2 a. Zum Schluß nur so viel: schenken Sie W. W. und seinem Manuskript eine freundliche Aufmerksamkeit.

In vorzüglicher Ergebenheit

Th. Fontane

Am Sonntag habe ich Sie im Rathaus bei der Gust.-Freytag-Feier vermißt. Übrigens sah ich viele, die nicht da waren.

*469. An Hermann Wichmann*

Berlin, 22. Mai 1895,
Potsd. Str. 134 c.

Theuerster Wichmann!

Schönsten Dank für Ihre Karte und die Limonenblüthen (von *welchen* Töpfen? ich konnte das Wort nicht lesen), die hier wohlduftend, im Uebrigen aber in einem pitoyablen Zustand ankamen, als ob sie Florenz gerade im Moment des Erdbebens passirt und dabei ihren, einen Trümmerhaufen herstellenden Stoss, weggekriegt hätten. Höchst wahrscheinlich haben Sie *zwei* Kästchen geschickt, einen für Stölzel und einen für mich bez. meine Frau, bei mir aber ist – muthmasslich mit Umgehung von Stölzel – ein Gesammttrümmerhaufen abgegeben worden, unter dem auch ein Pappdeckel mit einer Stölzel-Adresse sichtbar wurde. Zwei Eisenbahnzüge, deren Waggons in einandergefahren sind. Ich schreibe dies so ausführlich, damit Sie wissen, woran Sie sind, wenn Stölzel etwa vermeldet: »Limonenblüthen, oder Packet nicht angekommen.« Vielleicht klärt sich der ganze Hergang auch noch ganz anders auf.

Zu meinem Bedauern habe ich aus Ihrer Karte ersehen, dass Ihre Nerven Ihnen wieder schwer zu schaffen machen, aber es ist fast – ich sehe das an mir selbst – als ob Nervenzustände gut conservirten. Freilich im Leidensmoment ein schwacher Trost.

Von den alten Freunden kann ich Ihnen wenig erzählen, eigentlich nur das Eine, dass die Klapprigkeit immer grösser und allgemeiner wird. Nur Menzel hält sich; er versteint zwar, aber eben deshalb ficht ihn nichts an.

Meine Frau ist in Dresden; so danke ich statt ihrer. Unter herzlichen Empfehlungen an die Dame Ihres Hauses und Herzens wie immer

Ihr

Th. Fontane.

*470. An Heinrich Seidel*

*Berlin* 26. Mai 95.
Potsdamerstraße 134. c.

Hochgeehrter Herr.

Schönsten Dank für die »Kinkerlitzchen« – wieder sehr guter Titel – die ich mich aufrichtig freue, bald lesen zu können. Mit besten Wünschen für altes Schaffen am neuen Platz, in vorzüglicher Ergebenheit

Th. Fontane.

*471. An Auguste Scherenberg*

Berlin, 1. Juni 1895

[...] Bei meinen memoirenhaften Schreibereien bin ich jetzt, in einem riesigen Tunnel-Kapitel, bei Leo Goldammer angelangt. Ich will ihm doch ein paar Seiten widmen, weiß auch manches über sein Leben und seine Arbeiten, bin aber doch in Daten und Jahreszahlen unsicher. Könnten Sie mir mit gewohnter Güte dabei helfen? Wann war er geboren, wann starb er, wie waren seine letzten Jahre? Dazu mancherlei aus seinem Zusammenleben mit Ihrem Papa.

Vielleicht kommen Sie mal zu einer Plauderstunde. Bis 4 bin ich immer da und wenn ich eine Anmeldekarte erhalte, auch zu jeder andern Zeit. Nur am 2. Pfingsttag will ich ausfliegen. [...]

*472. An Karl Eggers*

Berlin 7. Juni 95.

Theuerster Senator.

In den letzten Tagen habe ich mich in einem Kapitel mit Kugler, Heyse und Ihrem Bruder Friedrich beschäftigt, bei der Gelegenheit auch wieder durchgelesen, was Seidel über den alten Freund sagt (in »Von Perlin bis Berlin«). Es ist alles sehr hübsch und wohl verdient. Nur finde ich, daß er ihn als Dichter überschätzt, so geschickt ausgewählt die Stellen sind, um den Beweis zu führen. Die ganze Frage hat mich *sehr* ernsthaft beschäftigt, und das Endresultat war eine bis zum Ängstlichen gesteigerte Überzeugung, nicht bloß von der Schwierigkeit, sondern auch von der außerordentlichen Unsicherheit alles menschlichen Urtheils, gleichviel auf welchem Gebiet. Diese Schlußwendung richtet sich aber, in diesem speziellen Falle, viel mehr gegen mich, als gegen Seidel. Wie immer Ihr herzlich ergebenster

Th. Fontane.

*473. An Unbekannt*

Berlin 12. Juni 95
Potsdamerstr. 134c.

Gnädigste Frau.

Ergebensten Dank für Ihre liebenswürdigen Zeilen, die ich schon früher beantwortet hätte, wenn ich nicht gerade mit dem Abschluß einer Arbeit beschäftigt gewesen wäre.

Natürlich ist alles Recht auf Ihrer Seite, natürlich alles sehr unplatonisch. Ich bin schon ohnehin gegen todtschießen, Mord, aus dem Affekt heraus, geht viel eher, aber nun gar todtschießen wegen einer 7 Jahre zurückliegenden Courmacherei – an die sich in der Regel ein anständiger Ehemann mit Vergnügen miterinnert – das wäre denn doch über den Spaß. Auch so geht Innstetten, der übrigens von allen Damen härter beurtheilt wird als er verdient – sehr ungern 'ran und wäre nicht der Ehrengötze, so lebte Crampas noch.

Es ist nämlich eine wahre Geschichte, die sich hier zugetragen hat, nur in Ort und Namen alles transponirt.

Das Duell fand in Bonn statt, nicht in dem räthselvollen Kessin, dem ich die Scenerie von Swinemünde gegeben habe; Crampas war ein Gerichtsrath, Innstetten ist jetzt Oberst, Effi lebt noch, ganz in Nähe von Berlin. Vielleicht läge sie lieber auf dem Rondel in Hohen-Kremmen. – Daß ich die Sache im Unklaren gelassen hätte, kann ich nicht zugeben, die berühmten »Schilderungen« (der Gipfel der Geschmacklosigkeit) vermeide ich freilich, aber Effis Brief an Crampas und die mitgetheilten 3 Zettel von Crampas an Effi, die sagen doch alles.

Gnädigste Frau, in vorzüglicher Ergebenheit

Th. Fontane.

*474. An Christian Morgenstern*

*Berlin* 12. Juni 95.
Potsdamerstraße 134. c.

Hochgeehrter Herr.

Ihre Güte hat Ihr »In Phanta's Schloß« an mich gelangen lassen, Dichtungen, auf deren Lektüre ich mich freue.

Mit dem Wunsche, daß Sie bei Kritik und Publikum der freundlichsten Aufnahme begegnen mögen, in vorzüglicher Ergebenheit

Th. Fontane.

*475. An Adolph Menzel*

Berlin, 15. Juni 1895.

Hochgeehrter Herr und Freund.

Es ist mir Bedürfnis, Ihnen auszusprechen, wie herzlich uns die »Honneurs« erfreut, die Ihnen Sanssouci, bezw. der Generalleutnant von Lentulus Exzellenz bezeigt haben. Und doch bildet das, was an Huld und Huldigungen für Sie persönlich in dem allen lag nur die kleinere Hälfte meiner Freude, fast muß ich sagen meiner patriotischen Erhebung, – die größere Hälfte liegt darin, daß die Szene, wie sie sich da abspielte, etwas ungemein Forsches, Farbenreiches und Wirkungsvolles hat, etwas, das der Welt Augen auf uns lenkt und unsrem preußischen Leben nach außen hin ein Lustre gibt, dessen es im Allgemeinen – und zwar auch zu unsrem *politischen* Nachteil – zu sehr entbehrt.

Es tut mir auch *das* wohl, daß sich der Kaiser dabei in seiner ganzen Liebenswürdigkeit und ich möchte hinzusetzen dürfen, in einem gewissen Reichtum seiner Natur zeigt.

Unter Empfehlungen an Ihre Damen,
in vorzüglicher Ergebenheit

Th. Fontane.

*476. An Julius Rodenberg*

Berlin, 25. Juni 1895
Potsdamer Straße 134 c

Hochgeehrter Herr.

Werden diese Zeilen Sie in Berlin treffen? Nach Ihrer von Heidelberg aus mit bestem Dank empfangenen Karte nehme ich es fast an.

Ich habe seit etwa einem Jahr, aber glücklicherweise mit Unterbrechungen, an einer Fortsetzung meiner Lebenserinnerungen gearbeitet, und dieser 2. Teil ist im Entwurfe nahezu fertig. Ihnen denselben in seiner Totalität anzubieten, so grausam bin ich nicht und auch nicht so töricht. Aber die das Mittelstück des Buches bildende Abteilung, die den Titel führt: »*Der Tunnel* über der Spree«, wäre vielleicht etwas für die »Rundschau«. Sie persönlich haben, glaub ich, ein Interesse für Dinge der Art, und das Publikum hat es wenigstens zum Teil. Der beiliegende Zettel gibt den Inhalt näher an. Umfang zwischen 4 und 5 »Rundschau«-Bogen, so daß es wohl durch drei Nummern laufen würde. Zeit des Erscheinens, wenn nur bis Ostern 96 oder selbst in den drei folgenden Monaten, April, Mai, Juni, stattfindend, wäre mir gleichgültig. Ich füge noch hinzu, daß ich – weil ich zu wissen glaube, daß die »Rundschau« für Nicht-Novellistisches nur sehr ungern höhere Honorare zahlt – mit einem Honorar von 300 Mark pro Bogen zufriedengestellt sein würde.

In vorzüglicher Ergebenheit

Th. Fontane

[Beilage:]

Der
*Tunnel*
über der Spree
Erinnerungen an das literarische
Berlin der 40er und 50er Jahre

———

1. Kap. Der Tunnel, seine Mitglieder, seine Statuten und Einrichtungen.
2. Kap. Mein Eintritt in den Tunnel. – Strachwitz. – Kugler, Heyse, Eggers. – Richard Lucae. – Wollheim da Fonseca.

3. Kap. Leo Goldammer. – Heinr. Smidt. – Hugo v. Blomberg. – Schulrat Methfessel.
4. Kap. Louis Schneider.
5. Kap. Theodor Storm.
6. Kap. Wilh. v. Merckel.
7. Kap. George Hesekiel.
8. Kap. Bernhard v. Lepel.

*477. An Julius Rodenberg*

Berlin, 27. Juni 1895
Potsdamer Straße 134 c

Hochgeehrter Herr.

Ich würde gehorchen, aber da ich nun doch mal schreiben muß, gestatten Sie mir vorauf eine verspätete Gratulation.

Ich habe das die Tunnelkapitel enthaltende Paket vorläufig beiseite gepackt – wie immer in den Wäsch[e]schrank meiner Frau – und will mich erst an die Korrektur machen, wenn ich, etwa Mitte September, aus Karlsbad zurückkomme. Bis Dezember bin ich dann damit fertig.

Die Kapitel selbst – soviel bitte ich schon heute bemerken zu dürfen – sind mehr menschlich als literarisch gehalten. Vor etwa einem halben Jahre erschien ein sehr wohlwollender Artikel über mich in einem Berliner Blatte. Darin hieß es: »Man sieht ihn täglich in der Potsdamer Straße, die Leute kucken ihm nach, und alles in allem wirkt er etwas ›vorgestrig‹.« In diesem Stil etwa sind auch etliche meiner Gestalten gehalten, z. B. Storm, den ich im übrigen riesig liebe und lobe.

In vorzüglicher Ergebenheit

Th. Fontane

*478. An Theodor Fontane (Sohn)*

Berlin, 8. Juli 95.

Mein lieber alter Theo.

Der zwanzigste rückt heran und diese Zeilen sollen Dich doch noch in Deinem alten Neste treffen. Ich habe mich über die guten Nachrichten Deines letzten Briefes herzlich gefreut, besonders auch darüber, daß es mit Ottos Gesundheit so zufriedenstellend steht; die Seeluft wird ihm aber doch gut tun und den guten Zustand befestigen. Im übrigen bin ich Deiner Meinung, daß

Gebirge, im ganzen genommen, besser ist als See; für Herz- und Nervenkranke mögen manche Höhenschichten nicht taugen (weil zu sehr aufregend), in allem andren aber, namentlich in stomachalen Angelegenheiten, fährt man im Gebirge besser. An der See hat man seinen Magenkatarrh weg, man weiß nicht wie und tritt der Zustand ein, so ist die ganze »Sommerfrische« verunglückt. Ja, der Harz ist wundervoll zum Reisen und selbst wenn ein Gewitter kommt und man in der »steinernen Renne« (wo ich mal Birnen und Klöße von wunderbarer Schönheit, schon eine Art Kunstleistung, gegessen habe) Rock und Kleider auswringen muß, ist es immer noch schön, ja, in der Rückerinnerung dadurch am schönsten. Was Du über Wernigerode sagst, unterschreibe ich; es ist ganz besonders hübsch und kann selbst durch die vielen frommen Pastoren, die da wohnen (wie in Görlitz die Generale) nicht ganz verdorben werden. Leider ist es ungesund, typhös.

An einer Stelle Deines Briefes sprichst Du von einem Bilde: »Angriff der schottischen Garde bei Waterloo« painted by Elizabeth Butler – Worte, die mich, nach einem halben Dutzend Seiten hin, interessiert und beunruhigt haben. Jeder, wie Onkel Lucae zu sagen pflegte, hat seinen »Dollpunkt oder mehrere« und zu meinen Dollpunkten gehören die folgenden: erstens stelle ich an mich die Forderung, alle berühmten englischen Bilder und Maler zu kennen; zweitens die schottischen nun schon ganz gewiß; drittens alles zu kennen, was sich auf Waterloo bezieht und viertens alles zu kennen, was sich auf die schottische Garde bezieht. Und nun taucht dies Bild auf, das mich in verschiedenen Stücken widerlegt, verwirrt. Von einem Einzelkampf der »schottischen Garde« wußte ich bisher nichts. Die englischen Garden – drei Regimenter: Grenadier Garde, Coldstream Garde – griffen, glaube ich, zusammen an. Überhaupt hat, von der Kavallerie abgesehn, nur *ein* englischer Angriff, denn es war eine Defensivschlacht, stattgefunden, und zwar ganz zuletzt, nach Eintreffen der Preußen, wo sich die ganze englische Schlachtreihe in Bewegung setzte. Wenn Du schreibst, mußt Du mir hierauf, nach Rücksprache mit einem Militär-Pietsch, antworten, weil es eben mein »Dollpunkt« ist. Ich möchte beinah annehmen, daß schottischer Lokalpatriotismus, der sehr groß ist, mit einer gewissen Willkürlichkeit, ein Teilchen aus einem großen Ganzen abgelöst hat. Nach meiner Meinung ist dies nur statthaft, wenn solch losgelöstes Stück eine selbständige und zugleich entscheidende Tat repräsentiert. So ist es bei allen derartigen Schlachtenbildern, die ich kenne. – Nun habe ich nicht meinen Stoff, aber doch mein Papier verbraucht, sogar den Rand.

Ich lese jetzt General v. Gerlachs Denkwürdigkeiten mit großem Vergnügen. Gott, wie ist doch die politische Welt! Wirrsal.

Grüße Frau und Kinder aufs beste. Wie immer Dein alter

Papa.

*479. An Georg Friedlaender*

Berlin 8. Juli 95.
Potsdamerstraße 134.c.

Hochgeehrter Herr.

Herzlichen Dank für den wie immer liebenswürdigen Brief und all das Schmeichelhafte, was er enthält. Auf einzelne Punkte eingehend, fange ich von hinten an, also mit Lisco und seinem Besuche bei Ihnen. Zunächst freue ich mich immer, wenn ich Namen lese wie Lisco, Lucä, Gropius, Persius, Hensel, Thaer, Körte, Diterici, Virchow, Siemens, weil ich mir dabei bewußt werde, daß in diesen, nun in zweiter und dritter Generation blühenden Familien, ein neuer Adel, wenn auch ohne »von« heranwächst, von dem die Welt wirklich was hat, neuzeitliche *Vorbilder* (denn dies ist die eigentliche Adelsaufgabe), die, moralisch und intellektuell, die Welt fördern und ihre Lebensaufgabe nicht in egoistischer Einpöklung abgestorbener Dinge suchen. Da hat Ernst v. Wolzogen neulich ein Büchelchen über den jetzigen Zustand unsres Adels geschrieben, ganz vorzüglich, soll ich Ihnen die Broschüre schicken? sie ist sehr lesenswerth, auch sehr interessant, und kann nur auf *einen* Punkt hin angegriffen werden. Wolzogen selbst nämlich, so liebenswürdig, klug und talentvoll er ist, ist ein bischen fragwürdig, so daß er zu den Pastoren gehört, die gut predigen, aber nicht sehr mustergültig leben. Aber nun zurück zu Freund Lisco, mit dessen Vater ich, bei Lessing, öfters zu Tische gesessen und mich sehr gut unterhalten habe, namentlich über Renan. Der Sohn soll ein sehr ausgezeichneter Herr sein, dem Vater wohl noch überlegen. Und nun seine Anträge! Es ist gewiß gut, daß Sie abgelehnt haben, aber ich bedaure es, daß Ihr Gemüth, immer wieder und wieder, durch solchen Unruhe-Zustand gehen muß. Ich habe mich so oft, mündlich und brieflich, über diesen Punkt zu Ihnen ausgesprochen und bin, glaub ich, consequent dabei geblieben: Schmiedeberg und Melzergrund und Heinrichbaude sind besser für Sie als Berlin und Jungfernheide und Saatwinkel; trotzdem bleibt es immer wieder eine kitzliche Frage. Man kann die Forst- und Grenzbauden und Sankt Peter und Spindelmühl auch überschätzen. Wenn man die Gicht hat, ist Berlin besser als Krummhübel und mit solchen Dingen wie Gicht und hundert Aehnlichem, hat man zu rechnen. Ich kann mir doch auch einen Zustand denken, den ich mit »koppemüde« bezeichnen möchte, während man berlinmüde nicht recht werden kann. Man kann von vornherein berlinantipathisch sein, aber wenn man, seiner Natur nach, überhaupt hier leben kann, so kann sich der Zustand nicht recht verschlechtern, wenigstens nicht durch Langeweile, weil sich das Leben einer großen Stadt beständig erneuert. Wenn mich das Schauspielhaus zu langweilen anfängt, kommen die Holländer auf Gastspiel. Und so auf jedem Gebiet. Doch genug davon. Vor etwa 3 Wochen war Frau Richter an unsrer Thür, aber niemand war zu Haus. Es that mir leid, weil die arme Frau, die sie doch schließlich ist, muthmaßlich mal ihr Herz ausschütten wollte; aber am Ende war es so besser. Was soll man ihr sagen? Diese elende Ebertyerei, diese bornirte Vorstellung von einer breslauer Familienwichtigkeit, ist an allem Schuld; lauter Dinge, die man ihr doch nicht sagen kann. Denn ich vermuthe, sämmtliche Ebertys glauben noch immer an sich. Alle Klüngel sind schlimm, aber die Judenklüngelei ist die schlimmste. Wie mein Gefühl gegen den Agrariergeist beständig wächst, so auch mein Gefühl gegen den Juden*geist*, der was ganz andres ist als wie die Juden. Der Judengeist, der uns 50 Jahre lang beherrscht hat, von Anno 20 bis Anno 70, ist kolossal überschätzt worden; er repräsentirt eine niedrige Form geistigen Lebens, so niedrig, daß wenn ich jetzt einen klugen Mann, er sei Jude oder Christ, Judenwitze machen höre, ich in seine Seele hinein verlegen werde. Das müssen wir mal *gründlich* durchsprechen, am liebsten auf einem Spaziergange zwischen Pupp und Kaiserpavillon. Denn ich lebe immer noch der Hoffnung, daß Sie und Ihre verehrte Frau doch wenigstens 14 Tage für Karlsbad abstoßen. Vor Mitte August können wir nicht fort, es ist auch die beste Zeit. Unter herzlichen Empfehlungen an Ihre Damen, diesmal vor allem auch die Frau Mama eingeschlossen, in vorzüglicher Ergebenheit Ihr

Th. Fontane.

*480. An Paul Meyer*

Berlin 10. Juli 95
Potsdamer Str. 134 c.

Hochgeehrter Herr.

Anbei das Schriftstück mit meinem besten Dank zurück. Wenn man zu lesen anfängt, findet man es hochinteressant, aber sehr bald empfindet man es als tödlich langweilig. Der Schriftsteller in einem feiert dabei geradezu Triumphe, weil einem klar wird, wie wenig der Stoff bedeutet, selbst ein sogenannter interessanter Stoff, wenn nicht eine ordnende und klärende Kunst hinzukommt. Dabei krankt es an ewigen Wiederholungen. Außerdem: alles schließt schlecht ab: Die Heldin, die Psychiater, die Anwälte. Manches ist unerhört dumm. Leidlich ist nur der passive Held (*er*, Hahn) und vorzüglich ist der Bernhardiner.

In vorzüglicher Ergebenheit

gez. Th. Fontane.

Sie, die Hahn, ist eine ganz gefährliche Person, durch und durch krank, von Bernhardinertum und Lesbismus ganz abgesehen, worauf hin ich sie allenfalls pardonieren würde. Sie ist sehr klug, bodenlos eitel und die Verneinung jeder Moral. Die Karikatur des Individualismus.

gez. Th. F.

*481. An Maximilian Harden*

*Berlin* 22. Juli 95.
Potsdamerstraße 134.c.

Hochgeehrter Herr.

Es ist mir außerordentlich erfreulich, daß ich Ihnen endlich einmal zu Wunsch und Willen sein kann, wiewohl ich im ersten Augenblicke – weil ich dachte, es könne sich um Verse handeln (nach welcher Seite hin ich, vor 10 Jahren bereits, meine Pflicht und Schuldigkeit gethan habe) – wieder einen kleinen Schreck kriegte. Bald aber beruhigte ich mich. Also bestens acceptirt. Es werden übrigens nur wenige Seiten werden, drei, vier, was auch genug ist. Bei seinem Kunstthum werde ich mich nicht lange aufhalten, aber Einiges über den Menschen sagen. Als solcher ist er vielleicht noch größer, wie als Maler. Ein ganz grandioser kleiner Knopp. Ich richte es so ein, daß Sie's bis Mitte November haben.

In vorzüglicher Ergebenheit

Th. Fontane.

Ich habe die Nummern der »Zukunft« vom 6. und 12. Juli gelesen und und mich an vielem erfreut (Jordan ist zu sehr Jordan), nicht zum wenigsten an Ihren »Berliner Sommernächten«. Ich freue mich immer, wenn den Berlinern gesagt wird, wie tief stehend, wie elend hier alles ist, was einem unter dem Namen »Vergnügen« vorgesetzt wird. Berliner Kellner, Berliner »Fräuleins« (lauter gänzlich unmotivirte Comtessen) und Berliner Blumenmädchen, die Stelzfüßer sowohl wie die Thüringerinnen (unverfälschtes Weddingblut) können einem die Menschheit verleiden. K. Frenzel ließ vor vielen Jahren mal drucken: »alles was in Berlin als ›berlinisch‹ oder nun jetzt gar als ›italienisch‹ an einen herantritt, ist vorher durch irgend ein Joch der Niedrigkeit gegangen.« Unser National-Heiliger ist der Eckensteher Nante.

Noch eins.

Ich habe da vor ein paar Tagen das Buch von Oscar Panizza gelesen »Das Liebeskonzil«, worauf hin er zu einem Jahr Gefängniß verurtheilt wurde. Lesen Sie's und wenn Sie können schreiben Sie drüber; es ist sehr schwer (polizeischwierig) aber *sehr* lohnend. Es ist ein bedeutendes Buch und »ein Jahr Gefängniß« sagt gar nichts. Entweder müßte ihm ein Scheiterhaufen oder ein Denkmal errichtet werden. Unser Publikum müßte endlich lernen, daß der Unglauben auch seine Helden und Märtyrer hat.

### 482. *An Paul Schlenther*

*Berlin*, d. 22. Juli 1895.
Potsdamer Str. 134 c.

Hochgeehrter Herr.

Wenn man gar nichts feststellen kann, hat man immer noch den Indizienbeweis. Und danach kann ich denn für fünf Bände »Störtenbeker« – daran sich möglicherweise noch fünf weitere schließen (aber nicht meine) – niemand anders verantwortlich machen als Sie und Ihre Güte. Die Sache muß Ihnen schon ein kleines Vermögen kosten, und es gereicht mir zum Trost, daß seit gestern früh zwölf Zehnpfennigmarken bei mir lagern, die aus Dresden zu Begleichung der durch die Umsturzvorlage veranlaßten Kriegskosten eingetroffen sind. Absender: ein Realschuldirektor. Wie er sich gerade die zwölf Nickel herausgerechnet hat, weiß ich nicht. Er muß ein Anhänger des Duodezimalsystems sein.

Haben Sie die »Vossin« in ihrem Anti-Koburg-Biereifer verfolgt? Ich finde doch, Renner rennt zu toll. Das ist nicht mehr Breite Straße, das ist Hoppegarten. Aber ich breche ab. Schon diese Worte setzen mich dem Verdacht der Mordbuben- und Mithelferschaft aus. Rein journalistisch angesehn, war die Campagne ganz vorzüglich geführt, mit Talent und Verve. Verve ist immer die Hauptsache, wiewohl mich das Leben und die Ehe gelehrt haben, daß sie fast immer deplaciert ist. Tausend Grüße und herzlichste Wünsche für die verehrte Frau. Wie immer Ihr

Th. Fontane.

*483. An Emmy Seegall*

Berlin, 22. Juli 95,
Potsdamerstraße 134 c

Mein gnädigstes Fräulein.

Ich kann Ihre freundliche Frage nicht mit voller Sicherheit beantworten, auch die besten Nachschlagebücher sagen nichts. Ich glaube, es giebt 2 Antworten. Nach der einen heißt es einfach »diabolische Schönheit« im Gegensatz zum hübschen harmlosen Milchsuppengesicht,

im andern Falle heißt es: in der Jugend ist alles hübsch, auch: der Deibel. In diesem Falle aber, der der glaub ich gewöhnlichere ist, mischt sich nicht die geringste Vorstellung vom »Diabolischen« mit ein. Mit dem Wunsche, daß Sie durch etwas Seraphines ganz außer Frage gestellt sind, in vorzüglicher Ergebenheit.

Th. Fontane.

*484. An Emil Dominik*

*Berlin* 25. Juli 95
Potsdamerstraße 134 c

Hochgeehrter Herr.

Besten Dank für Ihre freundlichen Zeilen.

Aber Sedan-Gedicht – unmöglich!

Sie können sich nicht vorstellen, welchen tiefen Haß ich gegen solche Reimereien habe. Die Gedichte zu »Königs Geburtstag« (H. Kletke hat seinerzeit die seinen herausgegeben!) sind Gott sei Dank abgeschafft, thun Sie das Ihre, daß auch das übrige patriotische Blech – wenigstens das gereimte; das andre, das ist unmöglich – allmälig verschwindet. In England kann man sich dergleichen Dichtungen leisten. Tennyson erhielt für sein Gedicht

auf die Königin pro Zeile 10 Lstr. Dadurch wird nun freilich kein *Gedicht* geboren, aber doch wenigstens eine kunstvolle Arbeit. Natürlich auch nur dann, wenn der Betreffende ein Tennyson ist.
In vorzügl. Ergebenheit

Th. Fontane

*485. An Maximilian Harden*

*Berlin* 27. Juli 95.
Potsdamerstraße 134.c.

Hochgeehrter Herr.

Sie zu sehn, wird mir jederzeit eine große Freude sein; ich bitte nur sehr, es mich vorher in 3 Worten wissen zu lassen, damit ich auf dem Posten bin.

Aber heute schon ein Wort in der Panizza-Sache. Die ganze Welt – das ist die Macht des Ueberkommenen – steckt in dem Vorurtheil, daß der Glauben etwas Hohes und der Unglauben etwas Niederes sei. Wer sich zu Gott und zur Unsterblichkeit seiner eignen werthen Seele bekennt, ist ein »Edelster« oder dergleichen, wer da nicht mitmacht, ist ein Lump, reif für lex Heintze. Mit diesem furchtbaren Unsinn muß gebrochen werden. Ich persönlich kenne keinen Menschen, habe auch nie einen gekannt, der den Eindruck eines Vollgläubigen auf mich gemacht hätte. 99 stehen ebenso, der Hundertste möchte es bestreiten, kommt aber nicht weit damit. So steht es wirklich. Und dabei Forderungen an unser Gemüth, als lebten wir noch zur Zeit der Kreuzzüge. Läuft es so still hin, so schadet es nichts, kommen aber die Provokationen, an denen kein Mangel ist, so haben wir als Antwort darauf, Panizza. Hohn war immer eine berechtigte Form geistiger Kriegführung.

In vorzügl. Ergebenheit

Ihr Th. Fontane.

*486. An Heinrich Joseph Horwitz*

Berlin 27. Juli 95.

Hochgeehrter Herr,

[...] Und nun die Goncourt's und ihr wundervolles Buch! Ich bin ein Gebrüder Goncourt-Schwärmer und halte – wenn man nicht a la Shakespeare zu den Halbgöttern zählt, was dann freilich noch eine bessere Waare liefert – ihre Literaturauffassung für die einzig richtige. Ein gescheidter Professor sagte mir freilich neulich: »o, diese Goncourts, die, wenn sie sich geschnäuzt haben, gleich in ihr Tagebuch schreiben: heute früh 8½ leise katarrhalische Affektion – diese Goncourts sind mir gräßlich«. Ich lasse das bis auf einen gewissen Grad gelten. *Menschlich* mache ich mir aus solchen Leuten nichts, aber *literarisch* stehen sie durch diese wichtigtuerischen Philistrositäten sehr hoch.

Besten guten Morgen wünschend, Ihr

Th. Fontane.

### 487. *An Maximilian Harden*

*Berlin* 8. Aug. 95.
Potsdamerstraße 134. c.

Hochgeehrter Herr.

Besten Dank für Ihre Karte. Ja, Panizza. Beiläufig ein Name, den man jetzt gar nicht mehr los wird: Panitza der erschossene, Panizza der »eingespunnte« und Panizza im Britisch Museum, wenn er noch lebt!

Ueber den »unter Schloß und Riegel« zu schreiben, wäre mir ein Vergnügen, aber ich müßte zu diesem Behufe nicht 75 sein und etwas mehr vom Weltreformator in mir verspüren. Davon bin ich aber weit ab, habe sogar eine Abneigung gegen die ganze Gruppe, wie z. B. auch gegen die Missionare, die Weltreformatoren kleinen Stils sind. Wenn mal wieder zehne gemordet werden, so thun mir die armen Kerle furchtbar leid, denn ich bin nicht für Mord und nicht für Gemordetwerden, aber vom Prinzip wegen kann ich sie nicht bedauern. Ich finde es blos anmaßlich, wenn ein Schusterssohn aus Herrnhut 400 Millionen Chinesen bekehren will.

Panizzas Buch hat seine Berechtigung in der zum unerbittlichen Dogma erhobenen Legende. Wer mir zumuthet, daß ich die Zeugungsgeschichte Christi glauben soll, wer von mir verlangt, daß ich mir den Himmel in Uebereinstimmung mit den präraphaelitischen Malern ausgestalten soll: Gott in der Mitte, links Maria, rechts Christus, heiliger Geist im Hintergrund als Strahlensonne, zu Füßen ein Apostelkranz, oben ein Kranz von Propheten und dann eine Guirlande von Heiligen, – wer mir das zumuthet, der zwingt mich zu Panizza hinüber, oder läßt mich wenigstens sagen »wie's in den Wald hineinschallt, so schallt es auch wieder heraus. [«]

In vorzüglicher Ergebenheit

Th. Fontane.

*488. An Richard Sternfeld*

*Berlin*, d. 8. August 1895.
Potsdamer Str. 134 c.

Hochgeehrter Herr.

Seien Sie schönstens bedankt für Ihre freundlichen Zeilen und desgleichen für die Treitschkesche Festrede. Ich habe bei ihrer Lesung meinen Tag von Damaskus gehabt. Wie ich Ihnen wohl schon in Karlsbad vorgeplaudert habe (denn was hätte ich Ihnen in Karlsbad *nicht* vorgeplaudert!), war ich bisher mit dem historischen Essay der deutschen Professoren nicht ganz einverstanden; jedenfalls schien er mir hinter dem englischen zurückzustehen. Hier aber haben wir die Ausnahme oder, lassen Sie mich hoffnungsvoller sagen, den großen Wandel überhaupt! Es ist ganz wundervoll in jedem Anbetracht, und ich habe einen großen Eindruck davon gehabt, der mich über das gegenwärtige patriotische Tagesblech hinaus in die höhere Sphäre hineingehoben hat. Gesinnung, Anschauung, Komposition, Stil und Ton, Getragenheit und Durchsichtigkeit und, unter Zurückhaltung alles gröblichen Wissens, nur überall das feine Destillat davon – ja, das lasse ich mir gefallen. Welche Gabe der Charakterzeichnung in ein paar Strichen und wie pikant und zugleich wie historische Gerechtigkeit übend das Übergehen einiger der Paladine, nicht weil ihnen die Verdienstlichkeit, wohl aber die Hoheit der Gesinnung fehlte! Wahrscheinlich hat die Rede in der ganzen Welt keinen so begeisterten und keinen so verständnisvollen Leser gefunden wie in mir. Denn ich zweifle, – selbst beste Generalstabsoffiziere nicht ausgeschlossen – daß irgendwer in der *ganzen* Geschichte so beschlagen ist wie ich. Zwölf Jahre lang von 1864 bis 1876 habe ich nur in dieser Zeit- und Kriegsgeschichte gelebt. Bewundernswert ist auch die Auswahl, die Treitschke unter den Aussprüchen und anekdotischen Zügen trifft, um seine Figuren zu charakterisieren. An dem, was die Leute »frappant« nennen, geht er in seiner Stilfeinheit geflissentlich vorüber und wählt das, worüber man unter Umständen hinweglesen könnte, das aber durch die Stelle, die er dem scheinbar Indifferenten gibt, ein sehr differentes Mittel wird. – Wie immer in aufrichtiger Ergebenheit Ihr

Th. Fontane.

*489. An Martha Fontane*

Berlin 9. Aug. 95. Potsdamerstraße 134. c.

Meine liebe Mete.

Wie immer, so haben wir uns auch heute über Deinen Brief gefreut. Die Stelle mit dem ›Temperament‹ und der ›Bildung‹ ist ausgezeichnet und erfreut den, der für solche Dinge Fühlung hat. Die Zahl solcher ist aber klein. Das Nietzschesche Wort vom ›Herdenvieh‹ ist leider wahr. Ich kenne viele Geheimräthe, die solche Stelle lesen können, ohne sie anders zu rangiren, als wie: ›wenn's regnet, ist es naß‹. Ich bin fast bis zu dem Satze gediehn: ›Bildung ist ein Weltunglück.‹ Der Mensch muß klug sein, aber nicht gebildet. Da sich nun aber Bildung, wie Katarrh bei Ostwind, kaum vermeiden läßt, so muß man beständig auf der Hut sein, daß aus der kleinen Affektion nicht die galoppirende Schwindsucht wird.

Morris überschwemmt mich noch immer mit Daily Graphic's, aus denen ich für Dich, die Gräfin und Veits einige Ausschnitte gemacht habe. Zwei, unter besondrem Couvert, sind für Bubi. Die Wahl-Leitern (ich schicke blos 2, es sind aber 20) sind eine echt englische Erfindung des Daily Graphic, Leitern, auf denen man den dicken Tory und den etwas dünneren Whig wie Laubfrösche klettern sieht. Da die Tories gutes und die besiegten Whigs schlechtes Wahl-Wetter hatten, so ist der dicke Laubfrosch immer oben, der dünnere immer unten. Das Reclamebild für ›Labrador's‹ ist sehr hübsch, aber psychologisch falsch, weil der Zeichner einen Juden als Zuspätkommenden gewählt hat; ein richtiger Jude kommt aber *nie* zu spät. – Auf dem großen Gruppenbilde der ins Parlament Gewählten, ist mir – wie auf allen englischen photographischen Bildern – *das* auffällig, daß sie alle wie Deutsche aussehn. Ein spezifisch englisches Gesicht hat nicht ein einziger, nicht einmal Captain Chaloner (gleich das zweite Portrait in s. Collektion), der sich blos mit seiner kokett aufgesetzten Militärmütze englisch zurechtgemacht hat. Früher sahen die Engländer auf all ihren Bildern englisch aus, jetzt, seitdem man alles nach Photographien zeichnet, nicht mehr. Woran liegt das? Erst antwortete ich mir: ›es liegt daran, daß die Engländer wirklich deutsch aussehen und daß der photographische Apparat in seiner Unerbittlichkeit das fortläßt, was sich die englische Malerei gewöhnt hatte, über die Natur hinaus hinzuzuthun.‹ Aber das ist nicht richtig und ich halte es jetzt mehr mit einer zweiten, neueren Erklärung. Diese lautet: ›die meisten englischen Köpfe haben wirklich etwas spezifisch englisches und das Künstlerauge, das Auge überhaupt, sah diese Dinge und sieht sie noch; der todte Apparat aber giebt nur die Linien wieder und hat nicht die Kraft, *den* Zug, der doch mit dem Seelischen zusammenhängt, herauszubringen.‹ Diese letztre Erklärung *muß* richtiger sein, da man im *Leben* (im Gegensatz zu ihren photographischen Bildnissen) so viele Engländer sieht, die spezifisch englisch wirken.

Von dem guten Sternfeld hatten wir gestern einen kl. Brief aus Bad Landeck, zugleich mit einer Sendung unter Kreuzcouvert, welche die zum 16. Juli in der Universität gehaltene *Treitschke'sche* Festrede: ›Zum Gedächtniß des großen Krieges‹ enthielt. Ein ganz ausgezeichneter historischer Essay, wie ich *deutsch* noch keinen zweiten gelesen habe. Ich war ganz benommen. Mit fast gleicher Freude lese ich Verdy's Aufzeichnungen aus dem Jahre 70. Die richtige Historienschreiberei ist zwar wohl nicht das Höchste in der Kunst, *aber es interessirt mich am meisten.* Wenn Du in Deyelsdorf bist, schicke ich die Treitschkesche Rede für den alten Veit, dem sie eine schöne Stunde schaffen wird. Das Beste ist, Anna nimmt die Rede mit, – sie tritt dann gleich ganz literarisch auf. Sie kann überhaupt lachen; wenigstens kann ich mich nicht entsinnen, daß *ich* mit so viel Freudigkeit und Zustimmung jemals erwartet worden wäre. Empfiehl mich der Gräfin und dem liebenswürdigen Bonnenser Paar. Wie immer Dein alter

Papa.

*490. An Theodor Fontane (Sohn)*

*Berlin,* d. 12. August 1895.

Mein lieber, alter Theo.

Übermorgen früh soll es fortgehn, und da man, wenn man am meisten Zeit hat, am faulsten zu sein pflegt, so schreibe ich lieber noch von hier aus, um Dir für Deinen Brief aus dem Langeooger Hospiz zu danken. Daß der Aufenthalt Otto so gut getan hat, hat uns sehr erfreut, übrigens nach den jetzt tagaus, tagein gerühmten Resultaten der Kneipp-Kuren (die ja auch auf fröhliches Wasserpantschen hinauslaufen) keinen Augenblick überrascht. Trudi, von festerem Bau, kommt auch so durch. Daß Deine Frau durch das eigentümlich Aufregende, das die Seeluft hat, erst überreizt und dann abgespannt worden ist, beweist mir aufs neue, wie mißlich es mit den Sommerfrischen ist. So recht etwas haben eigentlich nur die davon, die's nicht brauchen. Wer auf den Großglockner 'raufklettert oder drei Stunden in Sonnenglut auf dem Wasser ist, um Seehunde zu schießen, der kommt sehr vergnügt von einer Sommerfrische zurück, deren Frische für ihn überhaupt nicht nötig war; die aber, die einer Erholung bedürfen, für die sich's wirklich um eine Luftkur handelt, die kriegen furchtbar oft einen Knacks davon weg, weil die ganze Wissenschaft von diesen Dingen noch in den Kinderschuhen steckt. Viele können im Gebirge nicht schlafen, andere an der See; die meisten kriegen an der See Cholerine-Zustände und brauchen im Gebirge Strahlsche Pillen. Dabei das furchtbare Gasthofselend. Um 12 Uhr kommt der letzte Zug: Trampeln, Stiefelschmeißen; um 4 Uhr geht der erste Zug: Klingeln, Wecken, Türenschmeißen. Man hat ein Beefsteak und eine Kulmbacher genossen und am Morgen eine Portion Tee, und für diese Leistung sind mindestens sechs Hände da, die sich nach einem Trinkgeld ausstrecken. Entsetzliche Table d'hôte-Gesellschaft, betrügerische Kutscher, ein Zimmer, drin es nach Schwamm oder, wenn hinten 'raus, nach Pferdestall riecht! Es ist mir ganz lieb, daß ich mich trotz aller dieser Dinge in der Welt umhergetrieben habe; denn man braucht das alles als Studium und Lebensmaterial. Aber wer mir sagt, daß das schön sei, mit dem breche ich die Unterhaltung ab. Schön ist es für die Engländer, die eine Jacht haben und mit dieser die Mittelmeerküsten anlaufen, die grundsätzlich keine Trinkgelder bezahlen und einen Kammerdiener haben, der alles besorgt. Und letzte Rückzugslinie ist immer die eigene Kabine. Mit einer Art Grauen sehe ich auf fast alle meine Reisen zurück; am besten ist es mir in der Gefangenschaft ergangen. – Daß Du, auf meinen Douglas hin, geplündert worden bist, beklage ich, auch ist es nicht in der Ordnung. Die, die sozusagen mit zum Bau gehören, werden nie herangezogen; aber ein Schulrat – und wenn er der beste Mann ist – weiß das nicht. – »Hospize« (ich kenne eins aus Krummhübel) haben einzelne Vorzüge; der souveräne Oberkellner fehlt oder verleugnet seine Natur, dafür aber wankt ein grauer Schatten beständig neben einem her, auch wenn nur maßvoll gebetet wird. Ich bin für »Haare aparte und Kotelett aparte.«

Wenn Du wieder in Hannover bist, suche doch zu lesen, was Verdy in Heft 9, 10 und 11 der Rodenbergschen Rundschau über seine persönlichen Erlebnisse im 1870er Kriege veröffentlicht hat. Alles, wie auch im Leben des einzelnen, hängt immer an einem Faden, und daß ein hoher Rätselwille alles Irdische leitet, jedenfalls aber, daß sich alles unserer menschlichen Weisheit entzieht, das muß auch dem Ungläubigsten klar werden.

Wie immer Dein alter Papa.

*491. An Julius Rodenberg*

Berlin, 12. August 1895
Potsdamer Straße 134 c

Hochgeehrter Herr.

In der Regel verläuft es so, daß, wenn man ins Coupé tritt, die letzte Zeile noch nicht trocken ist. Diesmal aber hab ich mich nach der entgegengesetzten Seite hin verrechnet, und so blieben mir himmlische 8 Tage, die ich zu allerhand Nettem verwandt habe, darunter (in erster Reihe) die Erinnerungen von Verdy in Ihrer »Rundschau«, Heft 9, 10 und 11, die ich hintereinanderweg gelesen habe. Da ich an Verdy selbst nicht gut schreiben kann, so will ich Ihnen wenigstens aussprechen, wie sehr mich das alles entzückt hat, speziell auch in der von einem ledernen Schulstandpunkt aus vielleicht anfechtbaren Form, in der sich diese Erinnerungen geben. Die ganze Superiorität unsrer Leute, d. h. unsrer *derartigen* Leute, spricht sich darin aus. Klar, einfach, fast nüchtern (von der »Beherrschung« der ganzen Affaire zu sprechen wäre meinerseits Anmaßung); keine Spur von Tamtam, keine Spur von Überhebung, weder allgemeiner noch beruflicher noch persönlicher. Eine im Bummelton vorgetragene, kolossal ernste Predigt, gegen die sechs Domprediger nicht ankönnen. Mit unsrer Macht und unsrer Weisheit ist nichts getan; wie groß die eine und die andre sein möge, irgendeine Allmacht hält die Fäden in der Hand und entscheidet über Sieg und Niederlage. Wir waren in jedem Anbetracht die Stärkeren, und doch wird man, mit fast alleiniger Ausnahme der Schlacht bei Sedan, das Gefühl nicht los, daß es, all unsrer Überlegenheit zum Trotz, auch ganz schief gehen konnte. Immer hing es am Haar. Und auch nur eine einzige Niederlage zu ertragen, waren wir kaum in der Lage.

Ich habe von der Lektüre einen großen Genuß gehabt (welche wundervolle Schilderung, diese Schlacht bei Gravelotte) und mich in meinen Anschauungen über vieles gefestigt. Aber inmitten dieses Genusses – diesen Genuß in gewissem Sinne steigernd – bin ich die Frage nicht losgeworden: »Wie stellt sich nun der Berliner Bildungsphilister zu so was Apartem, das die Weltüberlegenheit Preußens, inmitten aller loyalen Freudigkeit, doch keineswegs als etwas Unumstößliches ansieht und den Mut hat, den ganzen Generalstab im Nachthemde und Moltke im perückenlosen Zustand auftreten zu lassen?« Wie ich meine Landsleute zu kennen glaube, die von »Kunst« keinen Schimmer haben, werden sie sagen: »Das Historische kannten wir schon (aus irgendeinem patriotischen Schmöker), und das persönlich Hinzugetragene ist anfechtbarer Ulk.« Daß es eine Sache gibt, die drüberstehendes Menschenthum heißt, geht dem Bildungsphilister schwer ein.

In vorzüglicher Ergebenheit

Th. Fontane

*492. An Martha Fontane*

Karlsbad 18. Aug. 95. Silberne Kanne.

Meine liebe Mete.

Während die Schützengilde, zu Ehren von Kaisers Geburtstag, mit Janitscharenmusik an unserem Fenster vorüberzog, las mir Mama Deinen Brief vor. Wenn ich so was wie von L.'s in Zansebur und von W.'s in Deyelsdorf höre, so wird mir im Kopf als zöge auch Janitscharenmusik vorüber mit Roßschweif und Halbmond, mit Becken und Paukenschlag. Selbstbewußtsein und Hysterie, Berechnung und Phrase, Lungenentzündung und Schlaganfall, falsche Gemüthlichkeit und unsinnige Einladungen, als wäre eine Bonner Miethswohnung irgend ein Lowther-Castle mit Ausflügen in die Lake Districts, – bei solchem Kuddelmuddel wird mir wüster im Kopf als bei großer Trommel und Dschingderadada. Wie kann man, wenn man so wenig bietet, sich anmelden? wie kann man aber auch auf solche Anmeldungen eingehn oder sie wohl gar veranlassen? Der alte Veit thut mir furchtbar leid. Da hat sich nun der Mann 70 Jahre lang gequält und sehnt sich nach ›ausspannen‹, nach Ruhe, nach Wald und Feld und nach dem süßen Gebrüll einer Buhkuh und statt dessen hört er Menschenstimmen und welche! Man kann dreist sagen, alle Menschen, an denen man sich erfreuen könnte, *die* kommen nicht und die, die kommen, sind Gebrechliche, die nicht Zipp sagen können und *wenn* sie Zipp sagen können, so ist Zipp für 4 Wochen doch zu wenig. Ein Glück, daß Einquartierung in Sicht steht; selbst wenn sie von mäßigem Niveau sein sollte, so hat sie doch Chimborasso-Höhe neben verbrauchtem Professorenmaterial. Daß es mit der Freundin wieder einklingt, ist hoch erfreulich; gefährde den neuen Frieden nur nicht durch zu fühlbares Parteiergreifen für die Gräfin. Die ›diplomatische Mission‹ umschließt schon Schwierigkeiten genug. Daß Anna nun wieder bei Dir ist, wird Dir in mancher Abendstunde wie ein Nothhafen sein; kannst Du ihr auch nicht alles sagen, so doch manches, vielleicht vieles. Der alte Veit ist sichtlich nicht dazu bestimmt, zu rechtem Behagen zu kommen, zu dem, was ihm am höchsten steht; ein Glück, daß seine philosophische Natur ihm auch darüber hinweghilft.

In den ersten Tagen war es hier kalt und unfreundlich, seit gestern ist es schön und ich kann mich leidlich bewegen nach Heranziehung eines ›Pedicure‹, Honorar 1 Gulden. Friedländer ist amüsant und anregend wie immer; daß die Geschichten öfters wiederkehren, stört mich nicht, da ich sie regelmäßig wieder vergesse. Professor Grünhagen, von dem Friedländer richtig bemerkte ›er sei, bei Concertaufführungen ‚Nebentisch-Erzieher'‹ – wird sich uns heute anschließen, ein guter Mann von mäßigem Anreiz. Mama schreibt ausführlicher. Lebe wohl, empfiehl mich dem Hause Veit, grüße Anna. Wie immer Dein alter

Papa.

*493. An Martha Fontane*

Karlsbad 22. Aug. 95. Silberne Kanne.

Meine liebe Mete.

Heute, vierter Tag, kam Dein Brief vom 19. Fast wie Correspondenz mit New-York. Es freut uns herzlich, daß es Dir so gut geht und Du so gut bei Stimme bist, was doch die Hauptsache bleibt. Den Gedanken, daß die künstlerische Betrachtung des Lebens der wahre Jacob sei und höher stehe als die Kunst oder diese letztre wenigstens überflüssig mache, – diesen Gedanken habe ich auch schon gehabt, auch schon ausgesprochen; doch lasse ich Dir die Priorität der Erfindung. George, dessen Bild vor mir steht und mich ansieht, als wünsche er vertheidigt zu werden, würde diesen Deinen Gedanken aber nie als ›Geschwöge‹ bezeichnet haben; dazu war er zu fein und zu klug.

Nun hat ein L. jun. den Typhus in Zansebur. O, diese Landaufenthalte, diese Teiche mit Entengrütze, an denen die Entengrütze schließlich immer noch das Beste ist! Immer Typhus und Diphterie. Mir kann die ganze Geschichte gestohlen werden. Gesund sind nur die Gegenden, die sich der Mensch zurechtgemacht hat, der Sumpf muß ausgetrocknet, der Sand muß bewässert, die trockne scharfe Höhenluft muß durch Seen und Wasserfälle, durch Waldschirme gesänftigt werden und mehr Corpus kriegen. Die Natur als solche kann man nicht brauchen; Wüste, Eis, Gletscher, Stein, Moor, – was soll man damit. Es ist alles einseitig, unfertig, unerzogen. ›Der gepildete Mensch gehört in die Stube‹ (aber ohne Schwamm.)

Anna wird, wie Du, in Deyelsdorf gute Tage haben, aber, arbeitsgewohnt wie sie ist, sich vielleicht etwas langweilen; alles liegt auf den Schultern der Einquartirung, *die* hat eine große Aufgabe; es ist wie wenn der Kaiser nach Lowther-Castle kommt, alles tritt in eine höhere Phase. Mit Effi Briest zu debütiren, *das* gieb auf, – ohne Stimmung und vollste Muße muß es abfallen.

Der Aufenthalt hier ist wieder sehr nett und eine Auffrischung in meinem Leben, das doch *zu* sehr aus Feder und Tinte und – Vossischer Zeitung besteht. Gegen F. ist viel zu sagen und Mama, die Deine Ausstellungen mit ungeschwächten Kräften fortsetzt, bemängelt eigentlich alles, demunerachtet muß ich froh sein überhaupt einen Gesellschafter zu haben und schließlich, trotz alledem und alledem, auch einen so guten. Denn wenn ich meine Berliner Garde Revue passiren lasse, was habe ich denn da Besseres. Neben meinem Berliner Umgangsmaterial ist, auf Unterhaltlichkeit, Esprit und gute Einfälle angesehn, Friedländer immer noch ein Gott. Wäre er nicht so kolossal kleinstietzig, könnte er über seine Nasenspitze wegsehn und irgend eine große Frage losgelöst vom eignen kleinen Ich betrachten, so wäre er ausgezeichnet. Er ist aber ganz Jude. Freilich mir dadurch auch wieder *sehr* interessant, weil ich das Jüdische an ihm und auch an seiner Tochter, so wundervoll studiren kann. Preußenthum, Berlinerthum, Assessorthum, Geheimrathsgöhre, Bildungsallüren – alles geht unter im Juden oder erhält durch ihn eine bestimmte Färbung.

Im Theater waren wir noch nicht; es wird immer der ›Zigeunerbaron‹ gegeben und das ist mir doch zu wenig. Auch ›Mikado‹ kann nicht retten. Das weibliche Geschlecht wird einem hier verleidet. Nur Karrikaturen. Der Mensch, der so viel sein kann, ist in der Gesellschafts- und Geldsphäre doch recht wenig. Die Menschheit fängt nicht beim Baron an, sondern, nach unten zu, beim 4. Stand; die 3 andern können sich begraben lassen. So lange man die Dinge um einen her wie selbstverständlich ansieht, geht es, aber bei Beginn der Kritik bricht alles zusammen. Die ›Gesellschaft‹ ist ein Scheusal. Grüße Anna. Empfiehl mich. Dein alter

Papa.

*494. An Friedrich Fontane*

Karlsbad, 25. Aug. 95.
Silberne Kanne.

Mein lieber Friedel.

Sei bestens bedankt für Deinen Brief, der uns nicht nur die Nachricht von Deiner Rückkehr und Deinem Wohlergehn, sondern auch die ersten Details über K.'s Verlobungsgeschichte brachte. Schließlich ist es nichts Schlimmes; ein ordentliches Mädchen aus einem ordentlichen Bürgerhause – warum nicht? Wahrscheinlich ist sie verständig, ausreichend gebildet, von genügend guten Manieren und genügend gutem Aussehn. Diese Dinge sind die Hauptsache und so ist die Möglichkeit einer glücklichen Ehe gegeben. So sehe ich die Sache an; aber die Welt wird sie anders ansehn und die arme Tante Z. wird sie dreimal anders ansehn. Persönlich im besten Sinne einfach und anspruchslos, ist die gute Tante doch hochgradig erfüllt von der ungeheuren Bedeutung von Geld, Rang, Titel. Ich kenne kaum jemand, der auf die alte lederne preußische Tabulatur so eingeschworen wäre. Und nun muß das gerade dieser armen Frau passieren! Sie tut mir leid, denn sie empfindet es gewiß als einen schweren Schlag. Er, der Alte, wird eher drüber hin kommen; er hat eine Ahnung davon, daß Zeiten kommen, wo es auch ohne Geheimräte und ohne Kronenorden zweiter Klasse gehen wird. Kürschner bleiben aber. Famos ist die Haltung, die die Familie wieder zeigt; sie beweist dadurch, wie stets, ihre vornehme Schulung.

Über Deine Reise hören wir wohl nächstens.

Wie immer Dein alter

Papa.

*495. An Martha Fontane*

[Postkarte. Poststempel: Karlsbad 29. VIII. 95]

Es muß Dir kolossal gut gehn, sonst hörten wir wohl öfter von Dir. Das soll aber keine Schreibemahnung sein, – wenn meine Annahme zutrifft, so schweige weiter. Das ist dann das Beste, was man wünschen kann. Von Tante Zöllner hatten wir vorgestern und von Theo gestern einen Brief; Beide schreiben etwas bedrückt; bei der guten Tante (die sich wieder musterhaft [be]nimmt) liegt die Ursach klar zu Tage, bei Theo ist es complicirter: schreckliche Langeweile auf Langeoog und nachträgliche Erkrankung (Fieber) mit Zahnweh bis zum Verzweifeln und Gewitterangst. Etwas viel auf einmal. Uns geht es gut. Mama hat sich wieder recht erholt. Vorgestern hatten wir das herkömmliche Goldschmidtsche Diner in Hôtel Bristol, nur statt Rosenthal's (Saint Cères): einige Friedebergs, Liebermanns und Magnus. Alle schwer reich, alle sehr liebenswürdig und sehr versirt. Das heißt, sie kannten ›alles‹. Mir fiel wieder mein Cohn-Gedicht ein. Mama grüßt Dich und Anna. Wie immer Dein alter

Papa.

*496. An Martha Fontane*

Karlsbad 30. Aug. 95. Silberne Kanne.

Meine liebe Mete.

Mama ist im Bade – glücklicherweise Sprudel und nicht Moor – und so komme ich statt ihrer dazu Dir für Deinen Brief, der uns eine große Freude war, zu danken. Was Du über Partieen à la Karl Zöllner sagst, unterschreibe ich, es ist zum freuen aber auch zum weinen; alles im Leben muß auch ganz gemein äußerlich seinen ›chic‹ haben und die sogenannte Hauptsache kann die fehlenden Nebensachen nicht ersetzen. Das Leben, Gott sei Dank, ist kein Tummelplatz großer Gefühle, sondern eine Alltagswohnstube, drin das sogenannte Glück davon abhängt ob man friert oder warm sitzt ob der Ofen raucht oder guten Zug hat. Liebe ist gut, aber sie läßt sich nach Minuten berechnen, alles andre hat lange Stunden. – Das mit Deinem kl. Liebling darfst Du nicht zu tragisch nehmen; George wirkte auch ganz so, war auch solch eigenthümlich reizendes Kind, bei dem man fühlte, der stirbt oder wird nicht glücklich. Er wurde aber doch 36 Jahr, machte den Krieg ganz fidel mit und lebte noch, wenn er nicht zu viel Salz- und Schmalzstullen gegessen hätte. Freilich, er hatte junge Eltern (wenn auch nicht den immer citirten 23jährigen Vater) was, daran glaub ich, doch viel ausmacht. – Deinen Militärgefühlen, in Lob wie Tadel, stimme ich bei. Der Leutnant ist nicht der Held der Situation, sondern der aus dem Volk geborne Unteroffizier. *Da* sitzen die Musikanten. Volk ist alles, Gesellschaft ist nichts, und nun gar unsre, die, die Juden abgerechnet, blos eine sein will und nichts ist wie Bonvivants auf einer kleinstädtischen Bühne. Friesack in Frack und Claque. Man hat gesagt: ›Preußen werde durch Subalterne regiert.‹ Das ist richtig und auch gut so. Die Subalternen – für die schon *das* spricht, daß unsre Schwiegertochter gering von ihnen denkt (wer lacht da?!) – sorgen für Ordnung, Sauberkeit und

Herrschaft des gesunden Menschenverstandes. Die ›Ideeen‹ finden sich von selbst, die wachsen räthselvoll und sind mit einem Male da. Das Wort Nietzsche's von der ›Umwerthung‹ der Dinge, die durchaus stattfinden müsse, trifft überall zu. – Anna, mit der halbdirektoralen Verschleißerinmiene, sehe ich deutlich vor mir, sie muß sich wohl fühlen, je mehr es mit dem pommerschen Material hapert, je mehr muß das Schlesische zur Geltung kommen. –

Wir leben hier in stillem Gleichmaß weiter: Brunnen, Frühstück, Zeitung, Mittagbrot mit Friedländers gemeinschaftlich, Nicker, Kaffe im Freien unter Anhörung lieber alter Geschichten, Spaziergang, Abendzeitung und Abendschinken und früh in die ›Klappe‹. Nur unser guter Direktor Goldschmidt, der 8 Tage lang eine Himmelangst hatte, daß der gefürchtete ›Figaro‹-Mann wieder hier auftauchen könnte, sorgte für Unterbrechung unsrer gleichmäßigen Tagabwickelung, indem er uns zu einem forschen Diner einlud. Natürlich lauter Juden: Friedbergs, Liebermanns, Magnus. Wahrscheinlich habe ich gestern schon davon geschrieben und so beschränke ich mich, statt mich auf Details einzulassen, lieber auf ein paar Betrachtungen. Das beständige Voraugenhaben von Massenjudenschaft aus allen Weltgegenden, kann einen natürlich mit dieser schrecklichen Sippe nicht versöhnen, aber inmitten seiner Antipathieen kommt man doch immer wieder in's Schwanken, weil sie – auch die, die einem durchaus mißfallen – doch immer noch Kulturträger sind und inmitten all ihrer Schäbigkeiten und Geschmacklosigkeiten Träger geistiger Interessen. Wenn auch nur auf ihre Art. Sie kümmern sich um alles, nehmen an allem Theil, erwägen alles, berechnen alles, sind voll Leben und bringen dadurch Leben in die Bude. Wie stumpf, wie arm, auch geistig arm, wirkt daneben der Durchschnittschrist! Und sucht man sich nun gar die guten Nummern heraus oder lernt man Damen kennen, wie die oben citirten, die nichts sind als guter Judendurchschnitt und doch *unsrem* Durchschnitt gegenüber eine gesellschaftliche Ueberlegenheit zeigen. Das Schlußgefühl ist dann immer, daß man Gott schließlich noch danken muß, dem Berliner Judenthum in die Hände gefallen zu sein. Grüße Anna, empfiehl mich Veits. Wie immer Dein alter

Papa.

*497. An Karl Zöllner*

Karlsbad 31. Aug. 95. Silberne Kanne.

Theuerster Chevalier.

Gestern Nachmittag hörte ich bei Pupp ein Musikstück von *Kücken* ›Ave Maria‹, das mir ganz besonders gefiel und mit Alt-Mecklenburg, das dabei vor mir aufstieg, erschienst auch Du. Hoffentlich hast Du während dieser schönen Augusttage auch gute Tage gehabt, gesättigt von dem weisesten aller Sprüche: ›der Mensch denkt, Gott lenkt.‹ Ich kenne noch eine Umschreibung dieses schönen Spruches, die ich meiner hochverehrten Freundin zurufen möchte:

›Sorg', aber sorge nicht zu viel,
Es kommt doch wie's Gott haben will.‹

Mete schrieb gestern sehr gut: ›Ich bin stolz auf meine alten Jugendfreunde (Otto Krigar, Karl Zöllner) aber doch mit einer gewissen Wehmuth.‹ Ich meinerseits streiche auch noch die letztre. Man kann sich von dem ganzen Herkömmlichkeitsbrast nicht genug emancipiren. Das Wort von einer immer nothwendiger werdenden ›Umwerthung‹ aller unsrer Vorstellungen, ist das Bedeutendste was Nietzsche ausgesprochen hat.

Wir leben hier im alten Stiebel weiter: Mühl- und Marktbrunnen, Kipfelfrühstück, Posthof, Schönbrunn, Jägerhaus, alte Geschichten von Freund Friedländer, die mich aber – wie die Lucäschen – auch zum 7ten mal immer wieder amüsiren, galizische Juden, Vossische Zeitung und ein aus Preißelbeerencompott und Gieshübler bestehendes Abendbrot, – so vergehen die Tage. Betrachtungen über Antisemitismus, mal so mal so, füllen die Pausen aus. Uebermorgen soll auch hier ›Sedan‹ gefeiert werden, ohne 80.000 Meter Eichenguirlanden und ohne Kaiser Wilhelm-Gedächtnißkirche. Die alten, um ihres Namens willen so viel angefochtenen Gensdarmenthürme kommen immer mehr zu Ehren. Die Frau grüßt herzlich. Lebe wohl, empfiehl mich. Wie immer Dein alter

Noel.

*498. An Otto von Glasenapp (Entwurf)*

[Berlin, Herbst (?) 1895]

Hochgeehrter Herr Oberst.

Ich bedauere aufrichtig, zu einer Verstimmung Anlaß gegeben zu haben, noch dazu – selbst von meinem Standpunkt aus – in mancher Beziehung mit Recht. Ich hätte so billige Namenswitze, wie beispielsweise mit dem Namen »Grasenapp«, besser unterlassen sollen, hinterher ist man immer klüger. Natürlich liegt mir daran, den sogenannten »Lokalton«, so gut man's eben kann, zu treffen, daher das Vorführen pommerscher Adelsnamen, teils direkt, teils in durchsichtiger Verkleidung. Ich hätte aber, wie ich gern einräume, besser getan, wenn ich das in dem Namen »Güldenklee« hervortretende Prinzip konsequent durchgeführt hätte. Die Güldenklees sind ausgestorben, und den allerdings sehr wünschenswerten Lokalton mit Namen solcher ausgestorbenen Familien zu wahren, hätte für meinen Zweck ausgereicht und ist besser, als wie mit den Namen noch lebender Familien zu operieren; es hätte keinen Anstoß gegeben.

So weit also »pater peccavi«. Wenn Sie aber, hochgeehrter Herr Oberst, annehmen, daß ich, in einer Art märkischer Voreingenommenheit, mich in kleinen Anzüglichkeiten und Unliebsamkeiten über pommersche Familien hätte ergehen wollen, so tun Sie mir wirklich Unrecht. Es ist ja gewiß ein Unterschied da; die märkischen Herren sind, glaube ich, gutmütiger, brüderlicher, sogar, so komisch es klingt, freiheitlicher, sie haben etwas von den alten Clan-Häuptlingen, die Herren und Genossen zugleich waren, aber ich habe mich zu viel mit Landesgeschichte, dazu auch mit der schwedisch-dänisch-skandinavischen, beschäftigt, als daß ich nicht wissen sollte, was Pommern und sein Adel bedeutet. Effi, wenn sie nach dem schönen Schmiedeberg oder Hirschberg oder Hildesheim oder gar Münster hin verschlagen worden wäre, hätte da noch weniger gehabt als in Kessin. Das lag nicht an Hinterpommern, sondern daran, daß Fremde Fremde bleibt und daß es – nach meinen Erfahrungen – überhaupt nicht viele Menschen gibt, mit denen man glücklich leben kann.

Ihre Güte, hoffe ich, wird mir dies alles glauben und mich von einem märkischen Chauvinismus gern freisprechen.

In vorzüglicher Ergebenheit

Th. Fontane.

*499. An Friedrich Fontane*

Karlsbad, 2. Sept. 95.

Lieber Friedel.

Die Geschichte mit Jordan geniert mich durchaus nicht, ich kenne ihn auch gut genug, um ein paar Zeilen an ihn richten zu können. Es ist auch – weil er ein sehr aufgeklärter, ganz unpappstofflicher Geheimrat ist – ganz gut möglich, daß er »Ja« sagt. Trotzdem empfehle es sich vielleicht, wenn Du vorher mit Onkel Zöllner, der sehr gut mit ihm steht, darüber sprächest – eine Karte von diesem mit zwei Zeilen, ist besser als ein Schreibebrief von mir. Ich will mir aber diesen Brief nicht etwa vom Halse schaffen; ich schreibe sobald Du's willst.

Heute, Sedantag, kam eine Karte von Mete; die Einquartierungsherrlichkeit scheint nur sehr gering gewesen zu sein, sowohl nach Quantität wie Qualität –, Leutnants können auch zu jung sein. In allem Übrigen schreibt sie aber sehr befriedigt. – Auf unsre dunkelbrennende Gasflamme bin ich sehr neugierig; so viel werde ich hoffentlich davon haben, daß der Flur nicht wieder kommißmäßig verblakt und die Gäste sich ihre Zigarre verbrennen können, wobei mir freilich einfällt, daß schon um zehn abgeschraubt wird.

Alle Preußen zieren sich heute in Kornblumen rum –, es gibt keine Blume, die das Preußische so gut ausdrückte, wie diese hübsche Gottesschöpfung von etwas sterilem Charakter. Mama und ich sollten heute bei Pupp Ehrengäste sein und ein Toast auf die Damen war mir zugedacht. Aber da kamen sie gerade an den Rechten. Ich bin froh, wenn ich Repräsentationsgeschichten, bei denen ich beisein muß, glücklich hinter mir habe. Das Komitee, das mich aufforderte, bestand auch aus Goldbaum, Goldberg und Goldschmidt, so daß man annehmen muß, Sedan stammt auch daher. Ich hoffe indessen, daß das Schlachtenschlagen vorläufig noch den Christen verbleibt. »Lieferungen« –, das geht. – Wir lesen jetzt den Büttnerbauer; bis jetzt finde ich es ausgezeichnet.

Wie immer Dein alter

Papa.

*500. An Martha Fontane*

Berlin 12. Sept. 95. Potsdamerstraße 134. c.

Meine liebe Mete.

Gestern Abend 11 Uhr trafen wir hier ein und fanden, von Bagatellen abgesehn, alles in bester Ordnung; Anna hatte, trotzdem ihr nur 2 Tage zur Verfügung standen, alles wieder wohnlich gemacht und in Schick gebracht. Sie war außerdem mit Stoff geladen und erzählte Welten, trotzdem Mama nur mit halber Theilnahme zuhörte. Glücklicherweise war Anna so erfüllt von ihrer Mission, daß sie diese relative Flauheit nicht merkte. Vielleicht auch war sie klug genug einzusehn, daß diese Flauheit nicht ihrem Berichte galt, sondern nur eine Folge der grenzenlosen Abspannung war, in der sich Mama befand. Schon während der letzten Karlsbader Tage war ihr nicht wohl und die Reise, neun schreckliche Stunden trotzdem alles gut ablief, that ihr völlig den Dampf. Sie wird sich aber schnell erholen, denn Obstruktionen und Appetitlosigkeit, an denen sie litt, werden bei Bohnen und Hammelfleisch, nach denen sie eine großartige Sehnsucht hatte, rasch hinschwinden. Ihren Leidenszustand schiebe ich zu gutem Theil auf die ›Friedländerei‹, wobei nur die Frau, die ihr wieder sehr gefiel und ihr beinah Theilnahme einflößte, auszunehmen ist. *Ihn* findet sie schrecklicher denn je und die kichrige, ewig hohl-begeisterte Tochter mißfällt ihr fast noch mehr. Alle diese Gefühle sind berechtigt und doch auch wieder sehr ungerecht. Auf *mich* hin angesehn ist ein kluger, redebegabter, mit alten aber doch auch mit *neuen* Anekdoten vollgestopfter Begleiter der Art, all seiner Mancos zum Trotz, doch ein wahrer Segen und wenn Mama 4 Wochen ohne ihn hätte fertig werden sollen, so wär es auch nicht recht gewesen. Die Tochter ist ein Quack, aber doch ein in guten Formen sich haltendes kleines Ding.

Sorge macht uns – auch *mir* – daß Du Warnemünde schwänzen willst. Wir halten es Beide nicht für richtig; es ist doch *das* Haus, dem Du am meisten verdankst, auch wenn ich den Geldpunkt, der doch auch *innerlich* sehr wichtig ist, gar nicht berühre. So sind wir denn der Meinung, daß Du gut thun würdest, noch erst auf einige Tage zu Tante Witte zu gehn. Läßt es sich in ein paar Tagen nicht thun, so mußt Du zulegen. Da Du Mamas Charakter kennst, so weißt Du im Voraus, welche Sorte von Gesicht sie aufsetzen würde, wenn Du den Besuch in Warnemünde unterließest. Bei der sehr leberhaften Beschaffenheit, in der sie sich zur Zeit befindet, lege ich Dir die Sache doppelt ans Herz. An ›Heimweh‹ und große Gefühle glaubt sie nicht recht, sie ist in solchen Stücken – freilich auch nach Laune – noch skeptischer als ich. Ich hielt es, angesichts drohender Verstimmungen, für das Beste, Dir dies zu schreiben, um so mehr als ich die Sache, wenn auch freilich mit viel mehr Seelenruhe, in gleichem Lichte sehe. Laß Dich diese Zeilen nicht verstimmen, deren letzter Zweck dahin geht, Verstimmungen vorzubeugen. Die Reise nach Rügen wirst Du glücklicherweise noch vor Eintreffen dieses Briefes gemacht haben. – Empfiehl mich der Gräfin angelegentlichst und habe noch frohe Tage zu Wasser und zu Lande. Wie immer Dein alter

Papa.

*501. An Paul Schlenther*

Berlin 13. Sept. 95. Potsd. Str. 134 c.

Hochgeehrter Herr.

Für Ihren Aufsatz in Delbrücks »Jahrbüchern«, den ich noch während meiner letzten Karlsbader Tage erhielt und las, schulde ich Ihnen noch meinen Dank. Man freut sich, wenn das alles noch mal an einem vorüberzieht und erinnert sich auch derer mit Interesse, die bereits todt sind. Fast überall konnte ich Ihnen zustimmen. Nur Wolzogen – dem ich es übrigens von Herzen gönne – kommt nach meinem Ermessen zu gut fort.

Die Karlsbader Tage waren wieder sehr schön, und selbst mit den Juden habe ich Frieden geschlossen. Anfangs außer mir, war ich doch bald so weit, daß ich erschrack, wenn ich einen Christen sah, namentlich Damen – alle sahen vergleichsweise wie Wassersuppen aus. Die Juden, selbst die häßlichen, haben doch wenigstens Gesichter. Unter Empfehlungen an die verehrte Frau, von deren Wohlergehn wir hoffentlich das Beste hören, in vorzüglicher Ergebenheit Ihr

Th. Fontane.

*502. An Jacques Lasch*

Berlin, 14. September 1895.

Hochgeehrter Herr.

Seien Sie schönstens bedankt für Ihre liebenswürdigen Zeilen, die mir sehr verflixte Tage zurückgerufen und mich natürlich auf's Höchste interessiert haben. Alle die Figuren: der Groffier, der Souspräfekt und seine Damen, der Gendarmerie-Offizier etc. steigen wieder vor mir auf. Solch Souper zu Ehren eines aus der Gefangenschaft Entlassenen habe ich in Rochefort auch erlebt; in *dem* Stücke sind uns die Franzosen doch über. In den Internierungsorten sollen bei uns auch solche Dinge vorgekommen sein, aber, so viel ich weiß, immer nur, wenn sich junge Frauen, oder auch alte, mit Hülfe von Etappenfranzösisch in ihren Gefangenen verliebt hatten. Palagon hat übrigens wahrscheinlich seinen einzigen Sohn, Offizier bei den Chasseurs d'Afrique, in der berühmten Reiter-Attacke bei Sedan verloren. – Ich erlaube mir nächstens in Sprechstundenzeit mit heranzukommen; vorläufig bin ich furchtbar erkältet; das will ich erst abwarten.

In vorzüglicher Ergebenheit

Th. Fontane.

*503. An Martha Fontane*

Berlin 17. Sept. 95. Potsd. Str. 134. c.

Meine liebe Mete.

Du bist nun also auf ein paar Tage wieder auf dem Boden, der durch persönliche Erinnerungen, durch Richard Mengels erste und Karling Eggers letzte (hoffentlich) Liebe geheiligt ist. Alle Achtung! Aber besser ist es doch, daß Du Tante Witte wieder hast; die bedeutet mehr als der Rest. Leider wirst Du sehr frieren, denn es ist kalt und die liebenswürdige Frau, keine Vollkommenheit auf der Welt, hat das ›Luftbedürfniß‹. Ein euphemistischer Ausdruck, der so viel heißt, wie ›bei 10 Grad Reaumur im Zug‹.

Hier ist schon wieder alles im alten Geleise, nur statt der Petroleum-Funzel brennt ganz feudal eine Gasflamme aus einem großen Glasteller heraus und der verblakte Flur wird neu gestrichen. Am feudalsten ist freilich Friedel, der gestern früh 6 Uhr (Hoffart will Zwang leiden) mit seinem Freunde Meyer auf Jagd gefahren ist und zwar auf Meyerschem Jagdgrund, dicht bei Hankels Ablage. Bei Lichte besehn, stecken darin mehr ›Irrungen und Wirrungen‹ als in meinem ganzen Roman. Die Verjüdelung wächst rapide; von dem Augenblick an, wo man sich's klar gemacht haben wird ›ja, hier wohnen (etwa wie dicht beim Luther-Denkmal) eigentlich lauter Juden‹, – von dem Augenblick an, wird sich das christliche Gemüth beruhigt haben; der Spieß hat sich dann blos umgedreht und wir sind nur noch Gäste. Die Bredows werden Onkel Bräsigs, wozu sie ohnehin eine Naturanlage haben, und stromen und inspektern auf den Cohn'schen Rittergütern herum. Eine Vorstellung, in die man sich, wenn man erst den ersten Schauder überwunden hat, ganz ernsthaft verlieben kann.

Dabei fallen mir natürlich unsre guten Sternheims ein, denen ich natürlich, wenn es erst so weit ist, die Lange Börde, wo die Langobarden herstammen, als Fideicommiß wünsche. Die liebenswürdige Frau hatte hier Blumen und Wein-Gelée für uns aufgebaut, Gaben, unter denen ich die letztre bevorzugte; sie war auch schon zu einer Plauderhalbenstunde hier, ich habe sie aber noch nicht gesehn; die leichtfertige Behandlung der Kostümfrage bringt mich um so vieles.

Am Sonntag Vormittag machten die zwei jüngeren Kinder Professor Wolffs mit ihrem Kindermädchen ihren Besuch bei Anna, die diesen Besuch am selben Abend noch im ›Hospiz‹ erwiederte. Der 10 jährige Junge hat mir sehr gefallen, er sieht bemerkenswerth klug aus, dabei von jener graziösen Haltung, der man bei den Semiten und Halbsemiten so oft begegnet. Oft freilich auch dem Gegentheil; das ist dann die O-Bein-Garde. Der kleine Wolff ist übrigens wohl ein Voll-Semit; Wolff gravitirte doch sehr nach Osten und Marx steht mit beiden Füßen drin. Uebrigens läuft die arme Dame, geb. Marx, mit einem mächtig geschwollenen schwarzen Auge durch die Straßen Berlins. Als sie sich in einem Koffergeschäft über einen Koffer beugen wollte, fuhr der die Honneurs machende Koffergehülfe mit seinem Kopf derartig rasch und kräftig in die Höh, daß er der hinter ihm stehenden Frau Professorin fast das Auge ausstieß. Ich nehme an, daß diese Scene bei Demuth gespielt hat.

In den nächsten Tagen will ich meinen kleinen Aufsatz über den großen Menzel (für die ›Zukunft‹) schreiben. Ob er auch für die Zukunft ohne Gänsefüßchen sein wird, ist mir zweifelhaft, um so mehr als mir, von starkem Schnupfen, der Kopf brummt.

Mama fängt an sich zu erholen oder richtiger wäre ganz wieder in Ordnung, wenn sie sich weniger langweilte und 'was Verbindliches zu hören kriegte. Das kann sie nicht gut entbehren und mitunter halte ich, mit meiner Beisteuer dazu, zurück.

Am Freitag ist also die große Jagd. Auch *die* nach dem Glück vielleicht. Möge es erreicht werden; ›geschossen‹ kann man nicht gut sagen, dann ist es ja gleich todt. In etwa 8 Tagen erwarten wir Dich zurück, Du kannst aber auch länger bleiben, wenn die Verhältnisse dies wünschenswerth erscheinen lassen. Empfiehl mich der theuren Frau, wie allen Mitgliedern des Hauses. Wie immer Dein alter

Papa.

*504. An Martha Fontane*

Berlin 22. Sept. 95.

Meine liebe Mete.

Diese Zeilen werden wohl gleichzeitig mit Dir in Warnemünde eintreffen, wo Dir noch vier, fünf gute Tage beschieden sein mögen. – In der Tante Witte-Diskussion bin ich augenscheinlich durch Dich mißverstanden worden; um das Zeit*quantum* hat es sich in meinen Augen nie gehandelt, sondern nur um das Einhalten einer Zusage. Wenn ich einer lieben mütterlichen Freundin verspreche: ›den Abschluß machst *Du*‹ (eine verschämte Illustration von ›Ende gut, alles gut‹) und ich mache dann einen andern Abschluß, so liegt darin zwar nichts direkt Kränkendes, aber doch ein Etwas, das nüchtern wirkt. ›*Du* wirst nicht dran sterben und *ich* auch nicht.‹

Das Wetter ist kostbar und eigentlich müßte man von früh an draußen sein und in Charlottenburg frühstücken und in Treptow Kaffe trinken. Statt dessen sitzen wir nicht blos ein, sondern sind sogar Einlieger. Ich habe nicht blos einen kolossalen Schnupfen (das ginge noch) sondern auch einen trockenen Husten, der mich und Mama Nachts sehr stört, während Mama stark an der Galle leidet, so daß sie halbe Tage lang zu Bett liegt. Ihre Stimmung hat sich aber gebessert. Ob der arme Friedländer an dieser Pleite schuld ist, möchte ich doch nachträglich fast bezweifeln; *so* schlimm war es nicht und ein paar Tage abgerechnet, hat es Mama auch nicht als so schlimm empfunden; es wird doch wohl daran liegen, daß der Brunnen alles aufgerührt hat. Delhaes spricht sich darüber nicht aus; vielleicht ist das noch das Beste; denn die Feststellung solcher Dinge ist gewiß *sehr* schwer. Man verlangt von den Aerzten, den Geistlichen, den Juristen zu viel; in 9 Fällen von 10 und bei den Geistlichen in 999 Fällen von 1000 weiß keiner 'was. Wo soll es auch herkommen! Denke Dir Eltester oder Peronne (der jetzt, glaube ich, Carrière macht) als Seelenberather in kniffl ichen Fällen. Wer lacht da? Frau Sternheim habe ich neulich durch die Thürklinse gesehn; sie sah sehr gut aus. Wußte es auch wohl. Warum auch nicht? Empfiehl mich Tante Witte und dem ganzen Hause. Wie immer Dein alter

Papa.

*505. An Martha Fontane*

Berlin 23. Sept. 95.

Meine liebe Mete.

Der einliegende Brief, der, gestern geschrieben, heute nach Warnemünde gehen sollte und schon seine wohlgeschriebene Adresse (mein Vater freute sich über seine Adressen) hatte wie Du Dich überzeugen kannst, – geht nun doch nach Zansebur, um Dir zu vermelden, daß wir uns freun, Dich am Mittwoch wiederzusehn. Irgend wer wird Dich empfangen und wenn ich es selber sein müßte.

Gestern also Rügen. Ich zweifle nicht, daß es Dich entzückt haben wird, schon ganz Skandinavien: Buchen, Möwen und Kreideklippen und ein verfeinerter, wenn auch betrügerischer

Menschenschlag, – faux bonhomme wie die Balten überhaupt. Ehrlich ist der Märker, aber schrecklich. Und daß gerade *ich* ihn habe verherrlichen müssen.

Mit Mama geht es etwas besser, auch in ihrer Stimmung. Diese war etwas kritisch gegen mich; heute früh fand ich sie plötzlich verändert. Nach einer Viertelstunde löste sich mir das Räthsel; Anna – von einem Sonntagsbesuch bei ihrer Cousine zurückkommend – hatte ihr gestern Abend noch ein Bild der Horwitz'schen Lebensformen und des Verhältnisses bez. Tones zwischen Horwitz-Mann und Horwitz-Frau entrollt. Dabei war ihr ein Seifensieder aufgegangen. Ich kenne keinen Menschen, der so impressionable und so abhängig von ›kleinen Geschichten‹ wäre, – nicht mal Bismarck, der auch seine ganze Politik auf ›kleine Geschichten‹ hin aufgebaut haben soll. Mein Husten ist immer noch derselbe. Da ich seit 8 Tagen und länger nur von Rebhuhn mit *Speck*hemde und von so zu sagen überspicktem Hasenrücken gelebt habe, so ist das kaum zu verwundern. Ich stehe unter Speck. Und toujours perdrix ist von alter Zeit her verschrieen. Habe noch morgen (Dienstag) einen schönen Tag. Empfiehl mich Deiner liebenswürdigen Gräfin, die ich in Gedanken jetzt nur noch mit einem Jagdspeer sehe und komme gesund in Deine frischgestrichne Stube bez. in die Arme des Gefertigten

Th. F.

*506. An Otto Brahm*

*Berlin*, d. 24. September 1895.
Potsdamer Str. 134 c.

Hochgeehrter Herr.

Unser junger Freund Georg Hirschfeld notiert nie seine Wohnung. Das ist nun zwar riesig fein – manche, die »drei Treppen links, bei Meyer« genau angeben, wirken immer bedenklich – aber, wie fast immer das Feine, es ist unbequem, und *Sie* müssen nun wieder dran glauben. Bitte, lassen Sie den einliegenden Brief an »Gerhart Hauptmanns (der nun schon unter die Alten geht) Nachwuchs« gelangen.

Er ist ein sehr reizendes Kerlchen, aber (unter uns) unser alter Freund hat doch mehr »Forsche«.

Wie geht es Ihnen? Hoffentlich »vor Paris viel Neues«.

Podbielski
Th. F.

*507. An Wilhelm von Polenz*

Berlin, 24. September 1895
Potsdamerstraße 134 c

Hochgeehrter Herr v. Polenz.

Ihren »Büttnerbauer« habe ich nun gelesen, und wollen Sie mir gestatten, Ihnen auszusprechen, welchen großen künstlerischen Genuß (ich vermeide absichtlich das Wort »Freude«, dazu habe ich den »Alten am Kirschbaum« doch zu deutlich vor mir) ich von Ihrem Buche gehabt habe. Was ich da neulich in einer sehr guten, aber etwas steifleinenen Kritik in der »Nordd. Allg.« gelesen, unterschreibe ich, nur beklagend, daß alles nicht etwas wirkungsvoller gesagt ist. Von solcher Kritik verlange ich, daß der Leser am Schlusse ausruft: »*das* Buch muß ich haben«; – aber das fehlt hier. Der, der's geschrieben, meint es gut, aber er *fühlt* nicht stark genug. An einer Stelle deutet er an, daß der und der vielleicht das und das beanstanden könne, und man liest zwischen den Zeilen, daß er mehr oder weniger selbst zu denen gehört, die Lust zum Beanstanden haben könnten. Wenn aber auch nicht, ich für meine Person zähle zu diesen stellenweisen Beanstandern, und Sie werden es mir nicht zum Üblen anrechnen, wenn ich mich offen darüber zu Ihnen ausspreche. Hätten Sie das vermieden, was ich einen Kompositions- oder Aufbaufehler nennen muß, so wäre Ihr Buch eine absolute Nummer eins; so, wie's da ist, wird durch den vorzüglichen Schluß (welche wundervolle Szene zwischen dem Alten und der Pauline!) die mächtige Wirkung der ersten Hälfte zwar wiederhergestellt, es bleibt aber doch das Gefühl, daß die ganze zweite Hälfte zu viel, zu Mannigfaches tut und in diesem Zuviel abirrt. An einen Bau, der wie eine alte Feldsteinkirche dasteht, mit Dachreiter und in die Wand eingemauerten Grabsteinen, und an der man nicht ohne Herzbewegung vorübergeht, wenn die unter einem Holzdach hängende Glocke zu Abend läutet – an dies Alte, Gedrungene, Steinerne haben Sie allerhand Modernes herangestellt, von dem ich, auf Wirklichkeit und Leben hin angesehn nicht sagen kann, »es paßt nicht dahin«, von dem ich aber doch sagen muß es schädigt die künstlerische Wirkung des in seiner Art klassischen Urbaus. Wollten Sie die Modernitäten, die – natürlich mit Ausnahme der Harassowitzschen Zettelschreiberei etc. etc. – zu der eigentlichen Büttnerbauergeschichte nicht notwendig gehören, mit hineinziehen, so mußten, meine ich, die Schicksale des Alten auch nur ein Punkt unter anderen Punkten werden, kam es aber umgekehrt auf den alten Büttnerbauer an (und glücklicherweise *kam* es auf diesen an), so mußte das Sachsengängertum, die Adelsgesellschaft mit den gesammelten 140 Mark (woran dann die ganze Karl-Episode hängt) und endlich die Häschke-Figur samt seiner Sozialdemokratie wenn nicht fortfallen, so doch in nur wenig Strichen vorgeführt werden. Diese Dinge waren dann ein Stoff für ein zweites Buch, mit einem ganz andern Helden wie dem Büttnerbauer. Diesen möchte ich in seiner großartigen Simplizität als Charakterfigur allein genießen. – Ich füge noch hinzu, daß die Juden, weil verhältnismäßig »milde« gehalten, alle wundervoll sind; Edmund Schmeiß ein Kabinettstück.

Wie das immer ist, das Auskramen von Ausstellungen nimmt einen größeren Raum ein als die Zustimmung und Bewunderung, aber daß diese trotzdem groß ist, das lassen Sie mich noch einmal versichern.

In vorzüglicher Ergebenheit

Th. Fontane

*508. An Colmar Grünhagen*

Berlin, 10. Oktober 1895.

Hochgeehrter Herr Geheimrat!

Ganz ergebensten Dank für Ihren liebenswürdigen Brief, dessen Worte mich an mehr als einer Stelle beschämt haben. Ich freue mich auf »Thaubadel« und mehr noch auf den »schlesischen Adel vor 100 Jahren im Lichte der öffentlichen Meinung«. Hoffentlich kommt er bei dieser Beleuchtung gut fort, denn wie ich eine Vorliebe für die Schlesier überhaupt habe, so speziell für den schlesischen Adel. Er ist gewiß, nach bestimmten Seiten hin, sehr anfechtbar, aber grade diese Anfechtbarkeiten machen ihn interessant und mir auch sympatisch. Es sind keine Tugendmeier, was mir immer wohltut. Ich war nie ein Lebemann, aber ich freue mich, wenn andere leben, Männlein wie Fräulein. Der natürliche Mensch will leben, will weder fromm noch keusch noch sittlich sein, lauter Kunstprodukte von einem gewissen, aber immer zweifelhaft bleibenden Wert, weil es an Echtheit und Natürlichkeit fehlt. Dies Natürliche hat es mir seit lange angetan, ich lege nur *da*rauf Gewicht, fühle mich nur *da*durch angezogen und dies ist wohl der Grund, warum meine Frauengestalten alle einen Knax weghaben. Gerade dadurch sind sie mir lieb, ich verliebe mich in sie, nicht um ihrer Tugenden, sondern um ihrer Menschlichkeiten

d. h. um ihrer Schwächen und Sünden willen. Sehr viel gilt mir auch die Ehrlichkeit, der man bei den Magdalenen mehr begegnet, als bei den Genoveven. Dies alles, um Cécile und Effi ein wenig zu erklären.

Mit der Bitte, mich Ihren Damen angelegentlichst empfehlen zu wollen, in vorzüglicher Ergebenheit

Th. Fontane.

### *509. An Otto Brahm*

*Berlin,* d. 13. Oktober 1895.
Potsdamer Str. 134 c.

Hochgeehrter Herr.

Wir begegnen uns immer in unserer Liebe: wie vordem bei Hauptmann, so jetzt bei Hirschfeld. Ich habe den »Bergsee« nun ordentlich durchgelesen, mit Vergnügen und Andacht, was mir wohl nur wenige Berliner nachmachen werden, am wenigsten die Madames, die vielleicht eine solche Versicherung abgeben.

Ich denke es mir so.

Brahm und Hirschfeld ziehen nach dem Salzkammergut. Brahm halb Faust halb Mephisto, Hirschfeld als »Schüler«, aber doch schon in einem Stadium, wo die Sentenzen über den Geist der Medizin einigermaßen gewirkt haben. Ich schließe das »aus den kleinen Füßen«, die an ein paar Stellen sichtbar werden. In einem Wirtshaus am Mondsee nächtigen sie, finden ein altes Paar, einen Knecht, einen Strudel und eine Kapelle mit Inschrift, und durch ein Erlebnis oder eine wie Mariengarn durch die Luft ziehende Geschichte dazu angeregt, komponiert Hirschfeld seine mystisch-philosophisch-romantische Erzählung. Sehr wahrscheinlich ist weniger phantastisch Erfundenes drin, als der Kommißleser anzunehmen geneigt sein wird, und das Wunderbarliche, das sich uns auftut, ist nur ein Produkt von *Zusammentragungen*, von Heranziehung räumlich weit auseinander liegender Dinge. Was wir da erfahren, ist wahrscheinlich alles passiert, aber an den verschiedensten Stellen und hier bloß auf einen Hümpel gebracht.

»Nun«, wie's bei den Manövern heißt, »zur Kritik, meine Herren«.

Wenn ich richtig verstanden habe, läuft die Geschichte so: ein reizendes, ganz jugendliches Geschöpf, das ein junger Mann liebt, wird von einem alten Ekel verführt und kriegt ein Kind. Der feine, schwärmerische Liebhaber läßt sich dadurch (was ich sehr schön finde) in seiner Liebe nicht stören, heiratet das junge Ding, rettet sie vor der Schmach der Welt und legt sich und ihr nur die eine Buße auf: »nich rühr' an.« Gut. Er hat die Kraft, es zu leisten. Sie, von Evas wegen, ist weniger für Askese, und da's der Mann nicht sein kann, so der Knecht. Freilich Italiener und Heilandsschnitzer. Sonderbarerweise ist aber auch der Knecht gerade so wie sein Herr aus der Josephsfamilie und zieht den Tod der Begehung von Undank und Untreue vor. Eva aber schleppt sich mit ihrem Liebesgefühl weiter, zugleich von einem ebenso andauernden Schuldgefühl bedrückt. Was sie, von Liebe und Schuld gleichmäßig verzehrt, am Leben hält, ist die Verehrung für den hilflosen Mann, der ihr Freund, ihr Lehrer und zugleich Ehemann ist, und als dieser scheidet, wirft sie selbst ein Leben fort, das ihr nur Qual bedeutet.

Hab' ich hierin die Geschichte richtig skizziert, so kann ich nur sagen: es ist, dem Stoff und der Aufgabe nach, eine sehr gute und sehr, sehr eigne Geschichte, die mir nach der Talentseite hin (denn schon so etwas zu *wollen*, verrät ein sehr bemerkenswertes Talent) mehr imponiert als sein, Hirschfelds, Stück. Aber freilich, so famos die Aufgabe, so gut Anfang, Führung und Ende: *das*, was von beiden Seiten her beständig in den Weg hineinwächst, verwirrt und verdunkelt. Man wandelt nicht in klarem Licht, sondern in einem wunderlichen Dämmer, in dem es irrlichterhaft hin und her zuckt und unsere Aufmerksamkeit von der Hauptsache ableitet. Die Hauptsache bleibt doch das Leben, das Gertrud und Waland führen, und hinter ihrer Charakterzeichnung, hinter ihrer psychologischen Durchdringung und Aufklärung hätte alles andere zu verschwinden gehabt. Statt dessen weiß man nicht, ob es sich nicht ebensosehr oder noch mehr um Weltmann und Faber handelt, zu deren Erbauung und Belehrung die beiden Alten nur wie ossianische Gestalten nebelhaft im Nebel stehn. Hirschfeld hat zu viel hineingestopft. Ich bin nicht sehr für eingeschachtelte Geschichten, aber hier hätte sich vielleicht etwas derart empfohlen. Etwa so: Weltmann und Faber kommen an den See. Weltmann hofft die beiden Alten wiederzufinden, aber beide sind tot. Der Pfarrer, den die zwei Reisenden in seiner Pfarre aufsuchen, und mit dem sie über den See fahren oder die Kapelle besuchen, erzählt ihnen das Leben der beiden Alten, und unter dem Eindruck dieser Erzählung und im Gespräch über die psychologisch feinen Sachen, die da mit hineinspielen, setzen sie durch die große Natur hin ihre Reise fort.

Sehr schön ist die Inschriftstafel in der Kapelle, die ich, nach der Anmerkung unten, für echt nehmen muß. Sie (die Inschrift) gibt den *Ton* an, in dem die ganze Erzählung gehalten ist, und beweist wieder, wie weit das Moderne zurückreicht. Alles schon dagewesen. Auch Novalis, Brentano, Zacharias Werner. »Und auch die Träume sind nur Traum« – so klingt es durch das Ganze.

Amüsiert haben mich die Namen: Weltmann und Faber. Faber ist der Bleistift, der nachschreibt, was Philosoph Weltmann diktiert.

Grüßen Sie den feinen und liebenswürdigen Dichter.

In vorzüglicher Ergebenheit

Th. Fontane.

*510. An Moritz Necker*

*Berlin* 18. Okt. 95.
Potsdamerstraße 134. c.

Hochgeehrter Herr.

Gestatten Sie mir Ihnen meinen neuesten Roman »Effi Briest« zu überreichen und ihn Ihrer freundlichen Berücksichtigung in der N. Fr. Presse zu empfehlen.

In vorzüglicher Ergebenheit

Th. Fontane.

*511. An Georg Friedlaender*

Berlin 18. Okt. 95.
Potsdamerstraße 134.c.

Hochgeehrter Herr.

Herzlichen Dank für Ihren lieben Brief, den ich gestern erhielt; ich beantworte ihn, wenn nicht ein Wiedersehn, auf das ich hoffe, alles Schreiben überflüssig macht, noch im Laufe des Monats.

Heute nur Effi Briest zu freundlicher Entgegennahme.

Wir sind hier in großer Aufregung durch den Hans Hertz-Fall, ein wirklich erschütterndes Ereignis. Daneben sind die Treutlereien und nun gar die Haus Eberty-Geschichten bloße Lustspielstoffe. Ich sage absichtlich »*Haus* Eberty-Geschichten«, – denn je mehr ich mir die Sache überlege, je klarer wird es mir, daß weniger die »schöne Marie« als die ganze Sippe, der Haus- und Familiengeist und der Träger desselben: das alte Ungethüm Eberty-Vater mit seiner Sechsdreier-Weisheit an allem Schuld ist.

In vorzüglicher Ergebenheit

Th. Fontane.

*512. An Anna Witte*

Berlin 18. Okt. 95.
Potsdamerstraße 134. c.

Hochverehrte Frau und Freundin.

Da ist nun also Effi. Schenken Sie ihr die Liebe, die sie menschlich so sehr verdient. Von dem Manne, den eine Freundin von mir einen »alten Ekel« genannt hat, wage ich nicht zu sprechen. Männer – und nun gar wenn sie Prinzipien haben – sind immer »alte Ekels«. Darin muß man sich finden. Mit besten Wünschen für Ihr Wohl, und in der Hoffnung Sie gesund wiederzusehn, in vorzüglicher Ergebenheit

Th. Fontane.

*513. An Paul Schlenther*

Berlin, 19. Okt. 95. Potsd. Str. 134 c.

Hochgeehrter Herr.

Ich muß Ihnen doch noch für Ihren Brief danken. Der Fall selbst, wie ich nur wiederholen kann, ist das Tollste, was ich erlebt habe, dabei zugleich für einen Menschen, der, wie mein Freund Lepel zu sagen pflegte, alles auf »Stoff« hin ansieht, von einem großartigen Reiz. Es hat alles was von antiker Art und Größe. Ich bin mir dessen voll bewußt. Und doch ist etwas da, das die künstlerische Behandlung auszuschließen scheint, dramatisch gewiß, aber auch erzählerisch. Mich beschäftigt die Frage, woran und worin das wohl liegt. Ich möchte vorläufig annehmen, *darin*, daß wir es beständig mit einem Gespenst zu thun haben, das für die, die darüber sprechen, und nun gar erst für die, die darüber *fühlend nachdenken*, von großer Wirkung ist, aber weder im Drama noch in der Erzählung auftreten kann und das, wenn es immer nur durch Monologe hinschreitet, langweilig und zuletzt halb komisch wird. Übrigens, bitte, schließen Sie aus diesen Erwägungen nicht, daß ich etwa den verwegenen und mit Rücksicht auf die Zeitnähe gröblich geschmacklosen Gedanken gehabt hätte, diese erlebte Tragödie schwarz auf weiß fixiren zu wollen. Dazu stehe ich dem beständig nach »Stoff« schnüffelnden Ideal meines alten Lepel doch nicht nahe genug!

Ob sich die Alten »selbst genügen!« Vielleicht. Aber wenn man selbst alt ist, hat man mit diesem Zustande, der freilich prosaisch und deprimirend wirkt, doch Teilnahme. Alte Leute können nicht mehr, alles versagt – sie können nur noch still halten und abwarten.

Unter herzlichen Grüßen Ihr

Th. Fontane.

Meine Tochter hat Sie gestern absichtlich nicht angesprochen, weil sie sah, wie bewegt Sie waren.

*514. An Erich Schmidt*

Berlin, 22. Oktober 1895

Hochgeehrter Herr.

Effi hätte sich Ihnen eigentlich schon in dem Morgenkostüm, in dem sie zuerst auftritt, beim Frühstück präsentieren sollen, aber wenn man um 2 Uhr zu Bett geht – auch nach der schönsten und spätesten Gesellschaft lese ich, um mich dem Alltag wiederzugeben, noch die Vossin von A bis Z –, kann man nicht um 7 schon wieder einen Roman einpacken. Die Kraft zu solchen Rapiditäten hat nur der Kaiser. Übrigens bin ich über die Sachlage beruhigt; – Ihre Gesinnungen sichern Effi zu jeder Tageszeit ein freundliches Willkommen.

In vorz. Erg.

Th. Fontane

In Petri habe ich schon hineingekuckt. Die Verse scheinen nett und gut, auch gesünder, als man von einem Kranken, wie er es war, erwarten sollte. Nur nicht sehr originell.

*515. An Unbekannt*

*Berlin* 23. Okt. 95.
Potsdamerstraße 134. c.

Hochgeehrter Herr.

Ergebensten Dank für Ihre freundlichen Zeilen. Ich bin – mit verschwindenden Ausnahmen – Vormittags von 12 bis 3 immer zu Hause, bitte aber doch mich in einer Karte wissen zu lassen: ich komme dann und dann.

Uebrigens heute schon, zu meinem Leidwesen, das Geständniß: mit meiner Mitarbeiterschaft ist es nichts. Die Jahre geben nichts mehr her.

In vorzüglicher Ergebenheit

Th. Fontane.

*516. An Otto Ernst*

*Berlin* 27. Okt. 95.
Potsdamerstraße 134. c.

Hochgeehrter Herr.

Besten Dank für Ihre freundlichen Zeilen. Lieber wäre es mir – denn man hat immer Nackenschläge davon – wenn mein Brief *nicht* gedruckt würde, doch mag ich Ihnen und Ihrem Verleger, wenn Sie sich von der Sache 'was versprechen, auch nicht aus Aengstlichkeit im Wege stehn. Ich bitte dann nur, daß Sie (oder der Herr Verleger) mir eine Art Correkturabzug schicken, damit ich, wenn nöthig, einige Ausdrücke streichen oder mildern kann. An dem Ganzen soll nicht gerüttelt werden.

Wenige Stunden vor Eintreffen Ihres Briefes hatte ich ein Gespräch über Sie gehabt und zwar mit Dr. Ernst Heilborn, der ausersehen ist, den deutschen Theil der neuen Monatsschrift »Cosmopolis« (erscheint 3 sprachig vom 1. Januar an) zu redigiren. Er sucht Schriftsteller, die die Fähigkeit haben, auf dem Raum von etwa 30 oder 40 Druckseiten – denn das »Fortsetzung folgt« soll in Cosmopolis wegfallen – eine kleine Geschichte gut zu erzählen, wie das die Schriftsteller *aller* Nationen jetzt können, nur die Deutschen nicht, die das »immer langsam voran« treu und warm conserviren. Ich nannte ihm ein paar glückliche Ausnahmen, darunter auch Sie. Wenn er an Sie schreiben sollte, so weisen Sie's nicht ohne Weitres von der Hand, denn es ist ein sehr reich fundirtes Unternehmen. Nur müßten Sie's über sich gewinnen, einen harmlosen Stoff zu wählen.

In vorzüglicher Ergebenheit

Th. Fontane.

*517. An Clara Kühnast*

*Berlin* 27. Okt. 95
Potsdamerstraße 134 c

Mein gnädiges Fräulein.

Ihr liebenswürdiger Brief, für den ich Ihnen herzlich danke, war verkramt worden, – das ist der Grund, weshalb ich so spät erst antworte.

Ja, Effi! Alle Leute sympathisiren mit ihr und Einige gehen so weit, im Gegensatze dazu, den Mann als einen »alten Ekel« zu bezeichnen. Das amüsiert mich natürlich, giebt mir aber auch zu denken, weil es wieder beweist, wie wenig den Menschen an der sogenannten »Moral« liegt und wie die liebenswürdigen Naturen dem Menschenherzen sympathischer sind. Ich habe dies lange gewußt, aber es ist mir nie so stark entgegengetreten wie in diesem Effi Briest und Innstetten-Fall. Denn eigentlich ist er (Innstetten) doch in jedem Anbetracht ein ganz ausgezeichnetes Menschenexemplar, dem es an dem, was man lieben muß, durchaus nicht fehlt. Aber sonderbar, alle korrekten Leute werden schon blos um ihrer Korrektheiten willen, mit Mißtrauen, oft mit Abneigung betrachtet. Vielleicht interessirt es Sie, daß die *wirkliche* Effi übrigens noch lebt, als ausgezeichnete Pflegerin in einer großen Heilanstalt. Innstetten, in natura, wird mit Nächstem General werden. Ich habe ihn seine Militärcarrière nur aufgeben lassen, um die wirklichen Personen nicht zu deutlich hervortreten zu lassen.

In vorzüglicher Ergebenheit Ihr

Th. Fontane

*518. An Wilhelm Hertz*

Berlin 29. Okt. 95.
Potsdamerstraße 134.c.

Sehr geehrter Herr Hertz.

Herzlichen Dank für Ihre Zeilen, die mir die Tragödie wieder heraufgeführt und mich aufs Neue tief berührt haben. Es ist das erschütterndste, zugleich rührendste Ereigniß, das ich in meinem langen Leben erlebt habe. Tröstlich ist es, daß auch die Durchschnittsmenschen, sonst immer mit ihrer Sechsdreier-Weisheit bei der Hand, in diesem Falle das Tragische herausfühlen. Ich persönlich bin, nebenher, von einer vollkommenen Bewunderung gegen Ihren Hans erfüllt. Wenn schon, denn schon. Das sich Klarmachen der Situation, das Entschlußfassen, die Consequenz des Denkens und die Energie des Thuns, – alles imponirt mir. Was er that, war, menschlich angesehn, das Richtige. Es stimmt wie ein Exempel. Ich komme recht bald einmal und sehe wie's Ihnen geht. In alter Ergebenheit

Th. Fontane.

*519. An Moritz Necker*

*Berlin* 29. Oktob. 95.
Potsdamerstraße 134. c.

Hochgeehrter Herr.

Seien Sie herzlich bedankt für alles Freundliche, was Sie über mich, mein Schaffen und meine Effi gesagt haben. Wie's bei jeder Kritik sein soll, so auch hier: der Beurtheilte wird sich erst durch seinen Kritiker über sich selber klar. Daß das »Milieu« bei mir den Menschen und Dingen erst ihre Physiognomie giebt, ist gewiß richtig, auch *das*, daß ich immer sehr spät erst zur eigentlichen Geschichte komme. Ein Andres dagegen ist, was Sie natürlich nicht wissen konnten, leider *nicht* richtig: die freundliche Annahme, daß ich meine Hauptleser unter denen hätte, die das von mir gewählte Milieu am besten kennen, ja dies Milieu ausmachen. Es sollte freilich so sein, ist aber nicht so, und es gehört zu den kleinen Bekümmernissen meines Lebens, daß es *nicht* zutrifft. Ich bin immer ein Adelsverehrer, ein liebevoller Schilderer unsres märkisch-pommerschen Junkerthums gewesen, meine Leser aber wohnen zu Dreivierteln in der Thiergartenstraße etc. und zu einem Viertel in Petersburg und Moskau, ja bis nach Odessa hin. Bei meinen Lieblingen, den Junkern – von denen ich übrigens, aber nicht aus persönlichen Gründen neuerdings abgeschwenkt bin – stehe ich auf dem Index. Warum? das ist eine lange Geschichte.

Seien Sie nochmals schönstens bedankt. In vorzüglicher Ergebenheit

Th. Fontane.

*520. An Maximilian Harden*

*Berlin* 30. Okt. 95.
Potsdamerstraße 134. c.

Hochgeehrter Herr.

Damit Sie wegen Menzel ein Sicherheitsgefühl haben, die ergebenste Mittheilung: »all right.« Ich habe die Sache, weil ich weiß, daß man dergleichen nicht bis zum letzten Augenblick (wo man in der Regel Kopfweh hat) aufschieben darf, schon vor 4 Wochen geschrieben und sie (die Sache) heute wenigstens so weit durchcorrigirt, daß ich sie für fertig ausgeben kann. Was noch dran zu bessern ist, ist Kleinigkeit. Mitte November schicke ich es Ihnen. Es werden etwa drei Seiten sein. Daß es 'was besonders

Gelungenes sei, wage ich nicht zu behaupten und lasse es dahin gestellt sein, ob der Stoff oder mein cerveau enrhumé die Schuld trägt. Nur Anfang, Schluß und eine Stelle in der Mitte sind geglückt und diese drei Fettaugen müssen die Suppe retten.

In vorzüglicher Ergebenheit

Th. Fontane.

Schreiben Sie mir in Ihrer Güte nicht; erst dann, wenn Sie die Sache haben.

521. *An Wilhelm Hertz*

Berlin 31. Okt. 95.
Potsdamerstraße 134. c.

Sehr geehrter Herr Hertz.

Schönsten Dank für die Bücher, die sich ganz vorzüglich präsentiren.

Ich komme recht bald und lasse mir von Ihnen erzählen. In vorzügl. Ergebenheit

Th. Fontane.

522. *An Otto Ernst*

*Berlin* 1. Nov. 95.
Potsdamerstraße 134.c.

Hochgeehrter Herr.

Es freut mich, daß ich mich so harmlos ausgedrückt habe und dadurch in der angenehmen Lage bin, keine Abzüge machen zu müssen. Ihrem neuen Novellenbande sehe ich mit Spannung entgegen, ich werde ihn aber, trotzdem, erst um die Jahreswende herum lesen können, da das jetzt weihnachtlich doppelt »geöffnete Haus« *täglich* zwei Leoparden auf einmal ausspeit. Da kann man so tapfer sein wie Ritter Deslorges und zwingt es *doch* nicht.

In vorzüglicher Ergebenheit

Th. Fontane.

523. *An Theodor Fontane (Sohn)*

Berlin, 2. November 1895

Mein lieber alter Theo.

Morgen ist nun also der für uns geburtstagsreichste Tag des Jahres, voran der Deine. Verlebe ihn froh und glücklich, lasse Dir viel wünschen und schenken und sorge, daß dem guten Tage viel andre gute Tage folgen. Unter dem, was in Sicht steht, wird wohl, Engelhardts Karte nach, über kurz oder lang auch der »Rote Adler« sein; freue Dich seiner und verzehre ihn mit Gesundheit. In Deiner Stellung und bei Deinen noch jungen Jahren muß Dir an solcher Auszeichnung natürlich liegen, und ich erinnere mich schaudernd, daß mir der Empfang des Kronenordens 4. Klasse vor jetzt etwa 30 Jahren eine Art Freude war. Ich war damals auf der Kreuzzeitung und bedurfte solcher Dekoration, um nicht ganz unterm Schlitten zu sein. Meine nebenherlaufenden Zweifel waren freilich damals schon nicht viel geringer als jetzt. Man braucht die Sache der anderen halber und – lächelt darüber.

Über Deine Reimtoaste bei der Generalstabsreise habe ich Dir neulich schon ein paar Worte geschrieben. Ich habe eben beides noch wieder durchgelesen und denselben Eindruck empfangen. Ganz aus dem frischesten Erlebnis heraus entstanden, an Namen, Besonderheiten und kleine Schwächen anknüpfend, muß alles wundervoll gewirkt und zur Steigerung Eurer Fidelität beigetragen haben; die Situation fand ihren Sänger. Auch jeder Draußenstehende, der kein Griesgram und Philister ist, muß so empfinden, wenn er auch selbstverständlich, weil ihm der richtige Moment fehlt, etwas nüchterner bleiben muß.

Das Bericht- oder Aktenstückartige (»Beleuchtung« etc.) macht sich im ersten Viertel bis »wenn wir jetzt schon leben, sprechen« sehr gut, nachher fressen sich die Kalauer untereinander auf. Einige sind übrigens sehr gut.

Ich wollte Dir auch noch von Hans Hertz schreiben, aber diese halbe Seite bietet dazu nicht mehr Raum genug; außerdem ist es kein rechter Stoff für einen Geburtstagsbrief, und so vertage ich denn meine Mitteilungen darüber bis auf später. Im übrigen ist er und es (das Ereignis) schon wieder so gut wie vergessen. »Auch das Packendste lebt höchstens 9 Tage«, ist ein englisches Sprichwort. Gewiß ist es auch gut so. Nur im Einzelfall mal schmerzlich.

Wie immer

Dein alter
Papa

*524. An Erich Schmidt*

*Berlin*, d. 2. November 1895.
Potsdamer Str. 134 c.

Hochgeehrter Herr Professor.

Das Buch Petri, das ich Ihrer Güte verdanke, habe ich nun mit einer Andacht durchgelesen, als ob es sich um den großen Namensvetter handelte. Das Vorwort, das Sie dem Buche mitgegeben haben, wird jeden interessieren und für den Frühverstorbenen in hohem Maße einnehmen. Nicht bloß die famose Art, wie er gestorben ist, nötigt einem Respekt ab; auch die Art, wie er gelebt hat; am meisten *der* Moment, wo er, schon von des Dichters Blässe stark angekränkelt, sich dennoch bereit erklärt, wieder Klempnermeister zu werden. Und noch dazu gerade Klempnermeister! Wenn einer Apotheker war, so kann er ein Lied mitsingen; aber Klempner ist doch um vieles schlimmer. Und um so größer sein mutiger Entschluß. Vielleicht war es auch ein schönes Selbstbewußtsein, das ihn sich sagen ließ: »*Ich* kann es; *mich* trifft es nicht.« Und wirklich, er durfte das zu sich sagen. Alles ist tüchtig, männlich, höchst respektabel, und was noch wichtiger ist, es hat mich auch alles, und zwar ganz ohne Ausnahme, sehr interessiert. Trotz alledem – und ich gebe dadurch hoffentlich keinen Anstoß – kann ich in dem Ganzen kein großes Talent entdecken. Es ist, zumal in Erwägung seiner Jugend, alles sehr gut, aber es hat keine rechte Stempelkraft. Es prägt sich einem nicht tief ein, weil man, mit verschwindenden Ausnahmen, beständig das Gefühl hat, Ähnliches schon gelesen zu haben. Er hat bestimmte Seiten des Lebens sehr gut beobachtet, aber was er schreibt, wirkt, als sei er doch mehr durch Literatur als durch Leben angeregt worden. Das Leben kam ihm nicht dichterisch, sondern malerisch zu Hülfe. Situationen und Farben entnahm er dem Leben, aber die Konflikte, die Geschichte selbst, da haben literarische Hülfen einspringen müssen. Ich finde – mit einigem Bangen spreche ich es aus – eine Geschichte wie die Hirschfeldsche, die Sie mit Recht als pueril bezeichnet haben, trotz aller Unreife, Tollheiten und selbst Häßlichkeiten, doch talentvoller oder, sage ich lieber, *bemerkenswerter*, weil, wenn auch verschroben, etwas sehr Eigenartiges daraus spricht. – Recht bald hoffentlich über all das mündlich mehr. In vorzüglicher Ergebenheit

Th. Fontane.

*525. An Friedrich Stephany*

*Berlin*, d. 3. November 1895.
Potsdamer Str. 134 c.

Hochgeehrter Herr und Freund.

Sie können sich denken, wie schwer es mir wurde, mich von solcher Feier und Ehre auszuschließen.

Wie liegt die Situation?

Ich habe zwanzig Jahre lang der Zeitung angehört und habe während dieser zwanzig Jahre nur Liebes und Gutes erfahren. Liebes und Gutes in seltenem Maße. Als ich Anno 1876 ausschied und bald danach auf dem Trocknen saß, hatte mir der Geheimrat in seiner großen Güte gegen mich die alte Stelle aufbewahrt und ermöglichte mir den Wiedereintritt. Bis in meine letzten Lebensstunden werde ich ihm dafür dankbar sein. Denn es war eine *sehr* kniffliche Situation. Von gelegentlich erfahrenen großen Freundlichkeiten rede ich gar nicht erst, auch nicht von meinem Jubiläum. Dann kam der große Krach. Ich glaube, ich war so unschuldig wie ein neugeborenes Kind; aber der Geheimrat – und ich finde dieses nur zu begreiflich – sah alles in einem ungünstigeren Lichte und mißtraute mir. Trotzdem, und das ist das Allergrößte, hat er sein starkes Gefühl darüber auf eine gewisse Reserviertheit beschränkt, ist mir aber nach wie vor mit Güte begegnet. Und so darf ich denn sagen, es lebt in meinem Herzen gegen das ganze Haus Lessing nichts andres als ein großes Dankesgefühl. Ich wäre ein schlechter Kerl, wenn es anders läge.

Es kommt nun die Einladung, und mit beiden Händen zuzugreifen, das war das Natürliche, zugleich mein lebhafter Wunsch. Aber der Kaiserhof – da es das Lokal ist, wo nun mal das Fest gefeiert werden soll, so habe ich mir eine gewisse Rücksicht aufzuerlegen – der Kaiserhof ist für einen Erkältungsgeneigten, für den Mann des ewigen Cachenez ein mehr als ängstlicher Aufenthaltsort, an dem ich mich denn auch in diesem Jahre schon zweimal so gründlich erkältet habe, daß mir von den zurückliegenden zehn Monaten mindestens vier verloren gegangen sind. Ich bin noch in diesem Augenblick in einer erbärmlichen, meine Arbeit außerordentlich behindernden Verfassung. Und was ist man, wenn man nicht mehr arbeiten kann? Man kommt um vor Langerweile. Natürlich gibt es Momente – ich habe Ihrer lieben Frau vom General v. Gerlach erzählt, der mit der Kopfrose seinem Könige bei achtzehn Grad Kälte zu Grabe folgte und drei Tage später selbst ein Toter war – es gibt Momente, wo man mit seinem bißchen Leben sich nicht aufspielen und wichtig machen darf, als hinge viel daran; aber solch Moment liegt hier nicht vor. Ich lebe in der Hoffnung, daß man mir allerseits hierin zustimmen wird. Bitte, machen Sie meinen Advokaten. In vorzüglicher Ergebenheit

Th. Fontane.

*526. An Moritz Necker*

*Berlin* 3. Novb. 95.
Potsdamerstraße 134. c.

Hochgeehrter Herr.

Wie Sie recht vermuthen, mein Verkehr in der journalistischen Welt ist gering, ich saß immer lieber zu Haus als in der Kneipe, diesem Allerheiligsten der Kollegenschaft. Und so sind denn meine Beziehungen und Personalkenntnisse schwach. Trotzdem kenn ich Einiges und Einige. Da sind Schlenther, Mauthner, Frenzel, Harden und allenfalls noch die Redaktionen von »Nation«, Pan und Kosmopolis, einem dreisprachig vom 1. Januar erscheinenden neuen Wochen- (oder Monats-)blatte. Suchen Sie sich unter diesen Namen einen aus und ich bin jeden Augenblick mit Vergnügen bereit, an den von Ihnen Gewählten zu schreiben. Den Meisten der Genannten werden Sie ohnehin durch Ihre literarische Thätigkeit längst bestens empfohlen sein. Also noch einmal, verfügen Sie über mich; an mir soll es nicht liegen. Aber es ist meine aufrichtigste Ueberzeugung, daß Sie herzlich wenig davon haben werden, auch *dann* noch, wenn man ohne Weiteres und mit Freuden auf Ihren Wunsch eingehen sollte. Wenn ich beispielsweise das Sonntagsblatt der Voss. Ztng. nehme (die Zeitung selbst hat verschiedene Wiener Mitarbeiter, die gelegentlich auch über Literarisches berichten) – so beträgt *das*, was der begünstigste Mitarbeiter am Sonntagsblatt alljährlich einnimmt, wahrscheinlich noch keine 200 Gulden. Sie könnten doch alle Vierteljahr nur einmal einen Aufsatz schreiben über *Wienerisches*; ist es aber *nicht* wienerisch, handelt es sich um allgemein Literarisches etc., so haben die Redaktionen hier so viel befreundete Professoren und Privatdozenten an der Hand, daß für Nicht-Berliner nichts übrig bleibt. Dazu kommt, daß unser hiesiges Zeitungswesen an einem das Komische streifenden Lokalpatriotismus krankt; erst in Japan und da herum fängt das Interesse einigermaßen wieder an.

Hier haben Sie ein Bild der Lage. Wollen Sie's trotzdem wagen, so noch einmal: lassen Sie mich wissen, an wen ich schreiben oder mit wem ich sprechen soll.

In vorzügl. Ergebenheit

Th. Fontane.

*527. An Carl Robert Lessing*

*Berlin*, d. 6. November 1895.
Potsdamer Str. 134c.

Hochgeehrter Herr Geheimrat.

Was ich gestern in Beantwortung einer Einladungskarte nicht sagen mochte, bitte ich heute nun aussprechen zu dürfen: meine große herzliche Freude darüber, daß ich – um ein mildes Wort zu gebrauchen – Ihre Verstimmung gegen mich als schließlich aus der Welt geschafft ansehen darf. Wenn etwas von Schuld in meiner Unvorsichtigkeit oder Unüberlegtheit vorlag, so bin ich, wenn auch nicht äußerlich, so doch in meinem Gemüte dafür bestraft worden. Unter Anklage stehen, ist immer fatal, und nun gar erst, wenn man dieser Anklage, dem eignen Unschuldsgefühl zum Trotz, sehr wohl folgen kann. So lag es bei mir. Jetzt wieder blauen Himmel zu sehn, beglückt mich aufrichtig.

Ihrem Fest am Sonntag einen, wie ich nicht bezweifle, schönen Verlauf wünschend, unter dankbaren Empfehlungen an Frau Gemahlin, deren Hand ich in allem erkenne, in vorzüglicher Ergebenheit

Th. Fontane.

*528. An Maximilian Harden*

*Berlin* 10. Novb. 95.
Potsdamerstraße 134. c.

Hochgeehrter Herr.

Anbei – noch ein paar Tage früher als angemeldet – der Menzel-Aufsatz. Anfang, Ende und Mitte – Sie haben ganz Recht – es ist etwas viel und es erinnert an den Bescheidenheitsausspruch von Bodenstedt, der mal zu einem Mirza Schaffy-Bewunderer sagte: wissen Sie, wenn man Gedanken hat und ein Meister der Form ist, macht sich so 'was ganz leicht.« Ich hoffe aber Bodenstedt nicht ganz zu erreichen. Correktur erhalte ich wohl, wenn es so weit ist, zugesandt. Schönsten Dank für Ihre Karte vom 31. Oktober. In vorzüglicher Ergebenheit

Th. Fontane.

*529. An Paul Schlenther*

Berlin 11. Novb. 95. Potsd. Str. 134 c.

Hochgeehrter Herr.

Gestern schon, während in der Breitenstraße die Festglocken läuteten, wollte ich, still und einsam und glücklich in der Potsdamer Straße zurückgeblieben, diesen Brief schreiben. Aber ich kam nicht dazu – Grund: auch ein glücklich jugendlicher Zustand: ich verschmökerte mich. So denn heute erst.

Meine Damen werden Ihnen schon alles gesagt haben, und wenn es richtig ist, was mir Corinna erzählt, »daß Sie mit Ihrer Arbeit nicht ganz zufrieden seien«, so ist das eine Selbstkasteiung, um die Sie der schönste Säulenheilige beneiden könnte.

Ich habe das Buch wie mit dem Psychographen geschrieben. Nachträglich, beim Corrigieren, hat es mir viel Arbeit gemacht, beim ersten Entwurf gar keine. Der alte Witz, daß man Mundstück sei, in das von irgendwoher hineingetutet wird, hat doch was für sich und das Durchdrungensein davon läßt schließlich nur zwei Gefühle zurück: Bescheidenheit und Dank. Letzterer, als ich Ihre Kritik gelesen, nahm eine Doppelgestalt an, und zu dem Dank gegen den lieben Gott gesellte sich der Dank gegen den lieben Schlenther. Verbeugung gegen Jenseits und Diesseits.

Unter herzlichen Empfehlungen an die hochverehrte Frau, in vorzüglicher Ergebenheit

Th. Fontane.

*530. An Wilhelm Hertz*

Berlin 12. Novb. 95.

Sehr geehrter Herr Hertz.

Anbei, etwas verspätet, die beiden ersten mehr merkwürdigen als bewundrungswürdigen »*Pan*«-Nummern.

In meinem ersten Kapitel wird Sie vielleicht Natorp, und Wilh. Rose, im 2. Kapitel die sehr ausführlich behandelte Faucher-Figur ein wenig interessiren. Was Wilh. Rose angeht, so lebt wohl niemand mehr, der, wie *Sie*, beurtheilen kann, ob ich ihn richtig gezeichnet habe. Das ganze alte »ruppige« Berlin wird vor Ihrem Auge aufgehn. In vorzügl. Ergebenheit

Th. Fontane.

*531. An Marie Uhse*

*Berlin*, d. 13. November 1895.
Potsdamer Str. 134 c.

Hochverehrte gnädigste Frau.

Seien Sie schönstens bedankt für die mich hoch erfreuenden freundlichen Worte, die Sie für »Effi Briest« und für mich selbst gehabt haben. Es ist eine Geschichte nach dem Leben, und die Heldin lebt noch. Ich erschrecke mitunter bei dem Gedanken, daß ihr das Buch – so relativ schmeichelhaft die Umgestaltung darin ist – zu Gesicht kommen könnte. In vorzüglicher Ergebenheit

Th. Fontane.

*532. An Moritz Necker*

*Berlin* 13. Novb. 95.
Potsdamerstraße 134. c.

Hochgeehrter Herr.

Herzlichen Dank für Ihren lieben Brief vom 8. Es ist ganz wie Sie sagen: bei dem, was einem Mühe und Gott sei Dank (denn sonst wäre es nicht auszuhalten) auch Freude macht, kommt nicht viel heraus; die relativ leichten politischen Correspondenzen, wo der gegebene Stoff die Sache trägt, sind das pekuniär einzig lohnende. Ich möchte auch annehmen, daß es Berliner Blätter (und in gewissem Sinne gute, weil zahlungskräftige) giebt, bei denen ein Wiener Correspondent, und noch dazu einer von Ihrem Namen, gut einspringen könnte, sobald eine Vakanz da ist. Aber ich erfahre nur dann und wann und so ganz obenhin, von der Existenz solcher neu entstandenen reichen Zeitungen mit einer Auflage von 100.000 Exemplaren; was sonst noch mit ihnen los ist, davon weiß ich nichts. Vielleicht könnten Sie aber doch mit Hülfe jüngerer Freunde, die Sie hier gewiß haben, Ihre Aufmerksamkeit auf solche Blätter richten; ich persönlich bin noch ganz altmodisch und stehe auf dem Standpunkt, wonach die Welt mit der Vossischen, Nat: Ztng. und Kreuzzeitung aufhört, in Wahrheit aber fängt sie dahinter erst an. In vorzüglicher Ergebenheit

Th. Fontane.

*533. An Georg Friedlaender*

Berlin 19. Novb. 95.
Potsdamerstraße 134.c.

Hochgeehrter Herr.

Endlich komme ich dazu, Ihnen zu schreiben und für Ihren lieben Brief vom 4. meinen schönsten Dank zu sagen. Ihren Grafen Stolberg (ich glaube »Udo«) kenne ich aus seiner Jugendzeit her; er war damals, glaube ich, Gardekürassier oder Garde du Corps und stehender Gast im Zirkel seiner Tante Schwerin (geb. Dönhoff) der feinsten, gütigsten und fast möchte ich hinzufügen auch liebenswürdigsten Dame, die ich in meinem Leben kennen gelernt habe. Wenn ich dies »liebenswürdigste« doch an Bedingungen zu knüpfen oder einzuschränken scheine, so kommt dies nur daher, daß die Gräfin um einen kleinen Grad *zu* fein war, was zwar die höchste, beinah schon himmlische Form der Liebenswürdigkeit nicht behindert, aber doch *das*, was man in *Gesellschaft* liebenswürdig nennt. Zu dieser gesellschaftlichen Liebenswürdigkeit gehört noch mehr *Freiheit* als Feinheit, es gehört der Muth dazu, vor Uebermüthigkeiten, Gewagtheiten, selbst Frivolitäten nicht zu erschrecken und *das* vermochte die Gräfin nicht, wiewohl sie an der Grenze davon war; – sie konnte nämlich schelmisch sein.

Gar nicht schelmisch ist unsre arme Frau Richter auf Ebertys-Ruh, eine Ortsbezeichnung, die ich in so weit wieder zurücknehmen muß, als ich den alten superklugen Eberty, der nach Walter Scott und den Sternen und vor allem nach dem Golde sah (womit er ziemlich 'reingefallen ist) immer noch in Ebertys-Ruh spukhaft herumschlurren sehe. Solche Neunmalweisen sind mir gräßlich, besonders wenn sie auch noch in Kunst und Literatur machen. Da sind mir die Schauspielerinnen lieber, die, unter dem Vorwande der »Jungfrau«-Begeisterung, das Gegentheilige cultiviren. Die Richter kann ganz Schlesien abpatrouilliren, nur nach Arnsdorf darf sie nicht gehn. Wenn sie nicht den hübschen Kopf hätte, hätte ich sie in meinem Herzen längst aufgegeben.

Ich bin nun schon weit über 2 Monate aus Karlsbad zurück, aber in diesen 9 oder 10 Wochen noch immer nicht zum Arbeiten gekommen. Nur ein halbes Dutzend Gedichte, die schon vorher entworfen waren, habe ich fertig gemacht; 3 davon werden im Januar im »Pan« erscheinen, der seine Redaktion gewechselt hat und von nun an, wenn auch nicht besser, so doch etwas weniger verrückt auftreten wird. Seit vier, fünf Wochen gehe ich ganz in Effi Briest-Angelegenheiten auf, denn wenn mir ein Mann von

Namen und Ansehn eine lange, liebevolle Kritik schickt, so muß ich ihm dafür danken. Ich habe auf die Weise schon wenigstens ein Dutzend ziemlich lange Briefe geschrieben; das ist auch Ursach, daß ich in den zurückliegenden Monaten so wenig habe von mir hören lassen. – Bei Stöckhardts ist in den letzten Tagen getauft worden, Wachholz will sich nicht lumpen lassen und folgt in zwei, drei Tagen mit einer Taufe nach. Pro futuro wird er dem alten Geheimrath wohl den Rang ablaufen. Uebrigens soll Wachholz, wie ich erst neuerdings erfahren habe, bei Gelegenheit seiner Hochzeit eine wundervolle Rede gehalten haben, in der es hieß: »Ich höre von den verschiedensten Seiten, daß im Kreise der Angehörigen meiner Frau, die Ansicht herrsche: ich hätte eine sehr glänzende Partie gemacht. Demgegenüber muß ich hervorheben, daß in *meiner* Familie die Ansicht verbreitet ist: meine Frau und deren Angehörige könnten sich gratuliren.« Ich habe mich diebisch darüber gefreut, trotzdem ich sehr grosserisch-stöckhardtisch gesonnen bin. Denn Wachholz hat vollkommen Recht. Er ist ganz solche Nummer wie Excellenz Fischer und da kann das Grossersche Kupfer-Gold nicht gegen an. 1000 Grüße.

Ihr Th. F.

*534. An Wilhelm Hertz*

Berlin 19. Novb. 95.
Potsdamerstraße 134. c.

Sehr geehrter Herr Hertz.

Herzlichen Dank für die mannigfache gute Gabe: Brief, Buch, Erinnerungen, die Sie in Ihrer Güte für mich gehabt haben. Die Rose-Notizen haben mich und meine Frau (die das alte Unthier auch noch gekannt hat) lebhaft interessirt. Ja, so war er; alles was er gesehn hatte, war dadurch, daß sein Auge darauf geruht, von hoher Wichtigkeit. Im Ganzen hat man ja in alten Tagen eine Neigung, alles Zurückliegende verklärt zu sehn, Menschen und Dinge, aber den alten Rose konnte ich an diesem Vorzug nicht theilnehmen lassen, weil diese 'raufgepuffte Nichtigkeit mit Gelehrsamkeits- und Sittlichkeitsallüren, mir ganz besonders schrecklich ist.

Nochmals besten Dank,
in vorzüglicher Ergebenheit

Th. Fontane.

*535. An Josef Viktor Widmann*

*Berlin* 19. Novb. 95
Potsdamerstraße 134 c

Hochgeehrter Herr.

Herzlichen Dank für Ihre Besprechung. Sie werden aus eigener Erfahrung wissen, daß einem *die* Kritiker, die liebsten sind, die das betonen, worauf es einem beim Schreiben angekommen ist. Es geht das, für einen leidlich vernünftigen Menschen, weit über das bloße Lob hinaus, das, wenn nicht *Leben* drin ist, überhaupt sehr leicht langweilig wird. Ich habe das diesmal reichlich erfahren. Obenan an Schreckniß stehen die, die einem die ganze Geschichte noch mal erzählen und nur gerade das weglassen, worauf es einem angekommen ist. Sie sind der Erste, der auf das Spukhaus und den Chinesen hinweist; ich begreife nicht wie man daran vorbeisehen kann, denn erstlich ist dieser Spuk, so bilde ich mir wenigstens ein, an und für sich interessant und zweitens, wie Sie hervorgehoben haben, steht die Sache nicht zum Spaß da, sondern ist ein Drehpunkt für die ganze Geschichte. Was mich ganz besonders gefreut hat, ist, daß Sie dem armen Innstetten so schön gerecht werden. Eine reizende Dame hier, die ich ganz besonders liebe und verehre, sagte mir: »ja, Effi; aber Innstetten ist ein ›Ekel[‹].« Und ähnlich urtheilen alle. Für den Schriftsteller in mir kann es gleichgültig sein, ob Innstetten, der nicht nothwendig zu gefallen braucht, als famoser Kerl oder als »Ekel« empfunden wird, als Mensch aber macht mich die Sache stutzig. Hängt das mit etwas Schönem im Menschen – und namentlich im Frauenherzen zusammen, oder zeigt es, wie schwach es mit den Moralitäten steht, so daß jeder froh ist, wenn er einem »Etwas« begegnet, das er nur nicht den Muth hatte, auf die eigenen Schultern zu nehmen.

Zu »Lacrimae Christi«. Ich glaube, es giebt Strudel in stehenden Gewässern. Ich kenne zwei kleine Seen in unsrer Mark, in denen sich Springfluthen und Trichter bilden, wenn in Italien und Island die Vulkane los gehn. Auch aus andrer Veranlassung kommt es vor.

Nochmals besten Dank. In vorzügl. Ergebenheit

Th. Fontane

*536. An Ernst von Wolzogen*

*Berlin*, d. 19. November 1895.
Potsdamer Str. 134 c.

Hochgeehrter Herr v. Wolzogen.

Vor ein paar Tagen schon habe ich »Ecce ego« beendet und bitte noch ein Wort darüber sagen zu dürfen.

Bis Schluß von Kapitel 12 war ich bedingungslos ein- und hingenommen, von Kapitel 12 ab aber empfing ich einen Dämpfer. Ob es an *mir* liegt oder an dem *Stoff*, der von der Szene mit dem übrigens urechten Pufahl an immer brenzlicher wird, oder endlich daran, daß Ihre Hand vom zwölften Kapitel an diese schwierigen Dinge nicht mehr so leicht und gefällig gestaltet hat wie vorher, vermag ich nicht zu sagen. Ich gebe hier nur einfach die Wirkung auf mich wieder.

Und nun noch etwas sehr Wichtiges, von dem ich selber nicht recht weiß, ob es ein Lob oder ein Tadel ist. Die Gestalt Ariberts ist Ihnen außerordentlich, auch nach der sympathischen Seite hin, geglückt, und so kommt es, daß man die nötige sittliche Entrüstung gegen ihn nicht recht aufbringen kann. Eigentlich hat er immer recht, beinah auch da noch, wo er lügt und mogelt, oder richtiger da, wo er diese Mogeleien zugibt und sie aus seiner Situation heraus erklärt und entschuldigt. Auch in den letzten Kapiteln kann ich nicht ganz gegen ihn sein. Daß er sich den Tod des alten Schönbeck nicht sehr zu Herzen nimmt und sein immerhin praktisch wichtiges Diner – an dem *nicht* erscheinen zu wollen, Charlotte vorher bestimmt erklärt hat – *à tout prix* (und noch dazu zu welchem!) geben will, kann ich so schlimm nicht finden. Es scheitert alles an dem Nichtzusammenpassen beider; diesen Eindruck empfängt man viel stärker als den von Ariberts Schuld. Kreuzfidele Ehen, wo der alte taprige Schwiegervater nur dazu da ist, angepumpt zu werden, bilden eher die Regel als die Ausnahme. Meist sind Mann und Frau (in *diesem* Punkte wenigstens) wie Verschworene gegen einen Dritten. Charlotte ist, innerhalb dieser Welt der Mängel, viel mehr zu fein und zu gut, als Aribert zu roh und zu schlecht.

In *einem* Punkte aber bin ich ganz und gar der Ihre: *ja, so sieht es aus.*

Als Roman in seinem letzten Drittel hier und da vielleicht anfechtbar, als berlinisch-priegnitzische Gesellschaftsschilderung aus dem Jahre 1895 wundervoll. Das ganze ist wie der Beleg zu Ihrer Broschüre: »Linksum kehrt, schwenkt usw.« In vorzüglicher Ergebenheit

Th. Fontane.

*537. An Ernst Heilborn*

Berlin 24. Novb. 95.
Potsdamerstraße 134 c.

Hochgeehrter Herr.

Seien Sie schönstens bedankt für all das Freundliche, was Sie für mich und die arme Effi gehabt haben. Sie sind, wie ich zu meiner Freude sehe, auch einverstanden damit, daß ich, in den intrikaten Situationen, der Phantasie des Lesers viel überlasse; dies anders zu machen wäre mir ganz unmöglich und ich würde totale Dunkelheiten immer noch einer Gasglühlichtbeleuchtung von Dingen vorziehen, die, selbst wenn ihre Darstellung geglückt ist (ein sehr selten vorkommender Fall), immer noch mißglückt wirken.

Daß Sie den Menschen betonen, ist mir das Schmeichelhafteste; schließlich steckt da doch alles andre drin.

In vorzüglicher Ergebenheit

Th. Fontane

*538. An Maximilian Harden*

Berlin, 1. Dezember 1895.

[...] Ergebensten Dank für Ihre freundlichen Zeilen und das Schmeichelhafte über Effi Briest. Es gibt ein Raimundsches Stück, wo der Held in rührender Weise von der »Jugend« Abschied nimmt, die er im Hintergrund als ein reizendes Balg in rosafarbenem Tüll verschwinden sieht. So nehme ich Abschied von Effi; es kommt nicht wieder, das letzte Aufflackern eines Alten.

Die Korrektur habe ich schon vor drei, vier Tagen an die Druckerei zurückgeschickt; ich hatte nur einen Druckfehler gefunden, den ich auch in den Fahnen, die Sie mir gütigst senden, wieder korrigiert habe. Zwei, drei, von allen andern abgesehen, auch stilistisch mangelhafte Stellen habe ich stehen lassen; was mal schlecht ist, bleibt doch schlecht; außerdem wer merkt es? Außer Ihnen höchstens noch drei Leser. Und diese Verständnisvollen verzeihen immer. [...]

*539. An Maximilian Harden*

[Berlin,] *Montag*
d. 2. Dezb. 95.

Hochgeehrter Herr. Pardon, ich habe gestern verabsäumt, auf die Hauptsache zu antworten. Natürlich ist mir die Anfügung ganz recht; meiner Meinung nach fehlt in dem Aufsatze – und das ist das Beste daran – *so* viel, daß freilich auch *dies* noch fehlen könnte, doch ordne ich mich jeder andern Ansicht mit Vergnügen unter. In vorzügl. Ergebenheit

Th. Fontane.

*540. An Julius Rodenberg*

Berlin, 7. Dezember 1895
Potsdamer Straße 134 c

Hochgeehrter Herr.

Also Montag 5 Uhr. Glücklicherweise bei Ihnen – die »Lokale« sind immer wahre Marterkammern.

Eben schreibt mir Wilh. Wolters und bittet wieder um meine Empfehlung. Ich kann nur wiederholen, was ich früher schon schrieb: er ist ein netter, feiner, gebildeter und, ich glaube, ganz talentvoller Mann, über Mittelhöhe, wenn auch vielleicht nicht viel. Ein neuer Gottfried Keller wird wohl nicht dabei herauskommen, aber doch ein neuer Wilh. Wolfsohn. Dieser – dessen Sie sich aus Ihren jungen Tagen vielleicht noch entsinnen (er gehörte zur Auerbach- und Otto-Ludwig-Gruppe) – war nämlich sein Vater. Mutter: Leipziger Tischlerstochter. Auf *dieser*, wie auf allem, was aus dem Volk stammt, beruht meine spezielle Wolters-Hoffnung.

In vorzügl. Ergebenheit

Th. Fontane

Heute abend lese ich die 2. Hälfte von Marschner. Alle verzweifelten Witwer, also auch er, verlieben sich am 99. Tage wieder, und am 366. heiraten sie die neue Nummer.

*541. An Maximilian Harden*

*Berlin* 8. Dezb. 95.
Potsdamerstraße 134. c.

Hochgeehrter Herr.

Besten Dank für die Hefte, das Honorar und die schmeichelhaften Worte, die mich freiweg an die Seite von Menzel rücken.

Manche werden das etwas zu viel finden, aber ich selber werde mich hüten zu protestiren, trotzdem ich selber unter den Ungläubigen bin.

Was Pietsch heute, in der Vossin, über M. sagt, scheint mir – ich bin nur erst drüberhin geflogen – sehr gut zu sein; überhaupt nimmt sich alles gut aus: Kaiser, Behörden, Künstlerschaft, Presse. Meist widern mich solche Sachen an; diesmal freuen sie mich, weil sie ehrlich gemeint und berechtigt sind. In vorzügl. Ergebenheit

Th. Fontane.

*542. An B. Mayer*

*Berlin* 10. Dezb. 95.
Potsdamerstraße 134.c.

Hochverehrte gnädigste Frau.

Ganz ergebensten Dank für das »Sonntagsblatt des Bund« und die gütigen Zeilen, womit Sie die Sendung begleitet haben. Dr. Widmann ist ein sehr liebenswürdiger Kritiker, der stets freundliche Worte für mich hat. Das Blatt, Ihrem Wunsche folgend, stelle ich anbei zurück. Ihr Reval scheint ein Sitz liebenswürdiger Damen, die, fast an den Thoren Petersburgs, in einer Theilnahme für Deutschland und sein Kunst- und Literaturleben verharren. Wir können es brauchen! Gnädigste Frau, in vorzüglicher Ergebenheit

Th. Fontane.

Ich schicke die Zeitung in einem offnen Couvert; hoffentlich kommt sie an.

*543. An Wilhelm Hertz*

Berlin 12. Dezb. 95.
Potsdamerstraße 134. c.

Sehr geehrter Herr Hertz.

Das war eine frohe Botschaft und auch gleich die Erfüllung dazu. Schönsten Dank! Vielleicht – freilich nur *sehr* vielleicht, denn ich fühle doch eine gewisse Wacklichkeit – erlebe ich noch eine neue Auflage, was mich sehr erfreuen würde. Roman, Novelle, selbst wenn sie gut sind, werden rasch abgelöst, das Einzige, was einem eine 50jährige Unsterblichkeit verspricht, sind die Verse. Mit besten Wünschen für Ihr Wohl, in vorzüglicher Ergebenheit

Th. Fontane.

Mir fällt eben ein, daß irgend was quittungsartiges doch wohl nöthig ist. So denn

425 Mark à Conto »Gedichte«, 4. Aufl. dankend erhalten.

Th. Fontane.

### *544. An Maximilian Harden*

*Berlin* 13. Dezb. 95.
Potsdamerstraße 134. c.

Hochgeehrter Herr.

»Unsre Zeit steht im Zeichen des Verkehrs,« – noch mehr steht sie im Zeichen des ledernen Briefes, und da einen Brief wie den *Ihrigen* zu erhalten, ist ein wahres Labsal. Jede Zeile sagt einem was, jedes Wort eine Anschauung. Ich bin darin einig mit Ihnen, daß die Feiernden einen Mumpitz aufgeführt haben, – vieles, besonders bei der Aufführung von Spezialkollegen Herrührende, steht auf einer beinah amüsant niedrigen Stufe – der Gefeierte selbst aber hat eine große Feier verdient, wenn auch eine andre. Ich habe mein Leben unter Malern verbracht, Sie können sich also denken, *was* ich da alles gehört, *was* ich da alles von lächelndem Achselzucken gesehn habe. Diesen Anzweifelungen bin ich oft gefolgt und etliche Zweifel, z. B. über das Salatmäßige so vieler Bilder, hege ich noch. Dazu: das Schöne war nie seine Sache. Dennoch halte ich ihn – und ich darf sagen daß ich eine große Bilderkenntniß habe, fast wie ein Auktionator – für den größten lebenden Maler. Was wir in Deutschland haben, reicht nicht an ihn heran und die besten Nummern der 3 romanischen Völker, die im Einzelnen ihn übertreffen (mitunter sehr*) haben doch keine Spur von der Allumfassendheit des kleinen Mannes. Bedenken Sie seine

* Ein solches an Schönheit, Heiterkeit und Humor überlegenes Bild war das, das, vor etwa zwei Jahren, ein *Kinderfest* darstellte, wo dreißig, vierzig nackte kleine Badeengel vor einem italienischen Kirchenportal standen, um unter grotesker Bierfiedlerbegleitung, von dem Geistlichen der Kirche gesegnet zu werden, eine Art Nackedei-Parade. *So* was kann unser Kleiner nicht, dazu ist er nicht fideel genug [?].

Spannweite: links Hochkirch und *Leuthen* (dies, unfertig im Atelier, ganz besonders großartig) rechts Hühner, Hähne und weiße Pfauen, letztre – mehr als seine Weiblichkeiten – von einer gradezu erobernden Schönheit. In unsren »Feierungen« halten wir leider nie Maß und wo kein Maß ist, ist keine Schönheit. In vorzügl. Ergebenheit

Th. Fontane.

*545. An Paul Schlenther*

Berlin, 21. Dez. 95.

Hochgeehrter Herr.

Ich bin bei zwei letzten Kapiteln eines kleinen *politischen* (!) Romans, den ich noch vor Weihnachten beenden möchte, also in großer Aufregung und knausriger Zeitausnutzung. Aber für diese wieder so freundlichen Worte muß ich mich doch bedanken. Daß sie von *Ihnen* sind, steht mir fest; liebevoll und graziös – daran erkenn ich meinen Pappenheimer oder (da sich's um einen Singularis handelt) meinen Tell.

Unter herzlichen Grüßen an die verehrte Frau, frohe Feiertage wünschend, wie immer Ihr

Th. Fontane.

*546. An Adolph Menzel (Entwurf)*

[Berlin, 24. Dezember 1895]

Sr. Exzellenz dem Wirklichen Geheimrat
Professor Dr. Menzel.

Zu Weihnachten soll man etwas bringen, ich komme beauftragt, umgekehrt um etwas zu bitten. Die Berliner Presse deputiert mich. Es handelt sich um einen *Fächer*, der am Preßfest (25. Januar), nachdem er zuvor vervielfältigt wurde, zum Besten der Altersversicherungs- und Witwenpensionskasse von einem für die Gelegenheit eigens kreierten Bilderauktionator versteigert werden soll. Man rechnet auf eine große Einnahme, wohl zweifellos mit Recht, denn an Sie richtet sich die Bitte, diesem Fächer seinen künstlerischen Schmuck und dadurch seinen Wert zu geben.

Die Herren Sudermann und Georg Schweitzer waren ausersehen, Ihnen diese Bitte der »Berliner Presse« persönlich vorzutragen. Sie haben aber, in Hinblick auf die Feier vom 8., bei der sie mitwirkten, aus begreiflichen Gründen Abstand genommen. So fiel mir – der ich mich auch mit zwei Reimpaaren auf dem Fächer legitimieren soll – dieser Brief mit seiner Anfrage zu. Möchte auf die Bitte, die er ausspricht, ein »ja« die Antwort sein.

In vorzüglicher Ergebenheit

Th. Fontane.

*547. An Gustav Keyßner*

*Berlin* 24. Dezb. 95.
Potsdamerstraße 134. c.

Hochgeehrter Herr.

Seien Sie herzlichst bedankt, wie für Ihren liebenswürdigen Brief, so für die famose Besprechung. Ja, wenn man immer solche Leser, Kritiker und Interpreten fände! Gelobt werden ist eine schöne Sache, sich verstanden sehn bis in alles Kleinste hinein, ist das Schönere. Verzeihen Sie nur, daß mein Dank – denn ich hatte die Besprechung gleich nach ihrem Erscheinen gelesen – erst so spät in Ihre Hände gelangt. Aber ich hatte einen andren Verfasser vermuthet und *diesem* brieflich gesagt, was ich zu sagen hatte. Vielleicht sind Sie schon, vor Eingang dieser Zeilen, darüber aufgeklärt worden. – Ich habe mit dem Buche hier in Berlin viel Glück gehabt, daß es auch jenseits der Mainlinie Freunde gefunden (und welche!) ist mir eine große Freude. – Hochgeehrter Herr in vorzüglicher Ergebenheit

Th. Fontane.

*548. An James Morris*

Berlin, 24. Dezember 1895.

Hochgeehrter Herr und Freund.

Seien Sie schönstens bedankt für die Christmas-Nummer von »The Graphic«. Es hat mich alles *sehr* interessiert. Die kleinen Erzählungen, die ich noch nicht gelesen, werden wohl ausgezeichnet sein, denn von Rudyard Kipling, der jetzt auch bei uns in Mode kommt, erwarte ich Bestes. Was die illustrierten Szenen und Balladen angeht, so wiederholt sich die alte Wahrnehmung, daß die Zeichner besser und witziger sind als die Dichter. Während in dem, was die Maler weihnachtlich produzieren, immer ein neuer, frischer fröhlicher Zug ist, hat die Versefabrikation etwas Eingefrornes und Totes. Immer derselbe Ton, dieselbe Manier. Freilich, wo soll es herkommen! Jeder Brunnen schöpft sich mal aus.

Ich schreibe sehr bald ausführlicher. Die Totalsituation, nicht der momentane kleine Streit, mit Amerika, sieht sehr bedrohlich aus. Die Vettern on the other side of the Atlantic wollen den Krieg und daß es *jetzt* nicht dazu kommt, ist nur eine durch die Verhältnisse gebotene Hinausschiebung. Natürlich siegt England in den unmittelbaren großen Kämpfen. Denn es ist einheitlicher, beweglicher, geschulter, auch reicher und besser kreditiert. Die Gefahr liegt immer in ihrem Kolonialbesitz. Was will England machen, wenn irgend eine fremde Macht Indien insurgiert? Ich glaube, das Beste wäre, sie ließen es laufen und eroberten es *nachher* wieder.

In vorzüglicher Ergebenheit

Th. Fontane.

*549. An Theodor Fontane (Sohn)*

Berlin, 25. Dezember 1895

Mein lieber alter Theo.

Heute früh kam Dein Brief, der uns allen einen gelinden Schrecken eingejagt hat. Was Deinen Gedanken über mein langes Schweigen – übrigens ist mir so, als ob ich für Deinen lieben Brief zum 5. gedankt und mich wegen der Flüchtigkeit meiner wenigen Zeilen entschuldigt hätte – angeht, so ist das alles Gott sei Dank Unsinn und muß immer Unsinn sein, weil ich auch keine Spur von einem Muffelpeter in mir habe und ein andauerndes Verstimmtsein oder Übelnehmen nicht kenne. Nur sehr selten in meinem Leben – und ich erachte dies für ein großes Glück – haben mich Dinge beleidigt oder schwer verdrossen, in welchen Fällen ich immer kurzen Prozeß gemacht und jede Beziehung abgebrochen habe. Solche Personen waren von Stund an Luft für mich, aber auf eine sich hinschleppende stille Fehde habe ich mich nie eingelassen. Ich trenne mich von Menschen oder, wenn ich mich *nicht* von ihnen trenne, so lebe ich in Frieden mit ihnen und verwinde kleine und selbst große Unannehmlichkeiten, die ja nun mal nicht aus der Welt zu schaffen sind. All das ist mir auch nie sehr schwer geworden; allerdings hatte ich es leicht, weil ich immer eine freie Rückzugslinie hatte. Beamte, Offiziere, Kompagnons, die zugleich Vettern und Vermögensteilhaber sind, können sich diesen Luxus meist nicht gönnen; ich wäre, wenn ich dergleichen hätte durchmachen müssen, längst tot. Der Grund, warum ich Dir den zugesagten längeren Brief nicht stiftete, war einfach der, daß ich seit vier oder fünf Wochen wie toll gearbeitet und in dieser verhältnismäßig kurzen Zeit einen ganzen Roman niedergeschrieben habe. Ist man mal im Zuge, so darf man sich nicht unterbrechen, man kommt in die entsprechende Stimmung fast nie wieder hinein und hat für die Arbeit, die einen gerade beschäftigt, einen schweren Schaden davon. So ist es denn, weil ich diesen Schaden, wenn irgend möglich, zu vermeiden trachte, dahin gekommen, daß ich neben sehr nötigen Briefen auch sehr nötige Besuche (bei Lessing, der seine Frau verloren, bei Lazarus, der einen schweren Unfall erlitt) unterlassen habe; man wird mir's auch wohl übelgenommen haben, aber ich mußt es darauf ankommen lassen. Alles läßt sich nicht zwingen, und die Kunst des Lebens läuft darauf hinaus, von 2 Übeln das kleinere zu wählen.

Und nun Dein Zustand, der uns Sorge macht. Ich bilde mir ein, in solchen Stücken auch ein Stück Doktor zu sein. Der alte Witz, daß man sich bei derartigen Leiden selber in die Kur zu nehmen habe, ist durchaus richtig. Ich finde es grausam, von einem Kranken Kraft- und Überwindungsleistungen zu fordern, deren vielleicht selbst der Gesundeste nicht fähig ist; der Kranke soll nach dem Maße seiner geschwächten Kraft gemessen werden; aber das hebt den Satz nicht auf, daß der Kranke, weit über alle öde Dokterei hinaus, bemüht sein muß, sich seelisch richtig zu stellen. Er muß die Fähigkeit haben, den gesunden Menschen in sich auszuscheiden und diesen gesunden Menschen neben seinem kranken beständig hermarschieren zu lassen, immer zuredend, beschwichtigend, bekämpfend. Im ganzen genommen waren die Leute, bis auf Kant und Hegel, unsrem jetzigen Geschlechte in diesem Punkte weit voraus; sie hatten bestimmte Sätze, mit deren Hilfe sie sich zurechtrückten und allem Unglück, aller Kränkung und aller Krankheit gegenüber eine gute Defensive gewannen. Glückt es Dir, unter möglichster Bekämpfung oder Leichtnehmung des Ich, mit freien, aus einem richtigen Leben abstrahierten Vorstellungen an Dein Spezialleiden heranzutreten, so hast Du schon 3/4 gewonnen. Mit Pillen und Mixturen ist gar nichts zu machen und mit dem Genfer See womöglich noch weniger. Alle diese Aufenthalte (deshalb ging ich zuletzt in kleine ärmliche Bauden im schlesischen Gebirge) sind tödlich langweilig und steigern mit ihrem unvermeidlichen Ärger nur das Unbehagen. Könntest Du Dienstag und Freitag eine Kegelpartie mit drei sehr klugen, sehr witzigen und sehr liebenswürdigen Menschen haben, so wärst Du in drei Monaten so gesund wie der Fisch im Wasser.

Das Wichtigste für den Menschen ist der Mensch, da liegt nicht bloß sein Glück, da liegt auch seine Gesundheit. Ich theoretisiere hier nicht, ich bin Praktiker. Freu Dich zunächst der Festfreude Deiner Kinder, grüße Deine Frau, die dem ihr Bevorstehenden wohl mit gemischten Gefühlen entgegensieht, und sei am Silvester gehobenerer Stimmung als am Weihnachtsabend.

Wie immer

Dein alter

Papa

*550. An Georg Schweitzer*

*Berlin* 31. Dezb. 95
Potsdamerstr. 134 c

Hochgeehrter Herr.

Am 25. früh hatte Menzel meinen Brief; menzelsch – »Fanchon bleibt sich immer gleich« – hat er bis heute *nicht* drauf geantwortet.

Meine Tochter hat sich, um eine Antwort wenn irgendmöglich zu extrahiren, heute Mittag zu ihrem Freunde, Dr. Krigar-Menzel (Neffe Menzels) begeben und hat ihm die Sache vorgestellt. Dieser Neffe, den der Alte sehr liebt, wird ihn nun heute beim Sylvesterpunsch stellen und morgen oder übermorgen hoffe ich Nachricht zu haben, die Ihnen dann *sofort* zugehen soll. In vorzügl. Ergebenheit

Th. Fontane

*551. An Anna St. Cère*

[1895?]

[...] Es war mir eine große Ehre, so schmeichelhafte Zeilen von Ihrer Hand empfangen zu dürfen. In Frankreich bekannt zu werden, vielleicht ein Publikum, wenn auch nur ein ganz kleines, zu finden, – wer sehnte sich nicht danach? Welchem Ehrgeiz erschiene dies nicht begehrenswert?

Ganz Ihnen, gnädigste Frau, darin zustimmend, daß es geraten sein dürfte, mit etwas Kurzem oder wenigstens mit etwas nicht allzu Langem zu beginnen, erlaube ich mir diesen Brief mit einer Sendung von Geschichten mittleren Umfangs zu begleiten: Grete Minde, Ellernklipp, Unterm Birnbaum. Alle drei haben einen ausgesprochen norddeutschen Lokalton: Altmark...

Was ich in dem Inhaltsverzeichnis dieses Sammelbandes mit einem blauen Strich bezeichnet habe, würde vielleicht Ihrer gefälligen Erwägung wert sein. [...]

## 1896

### 552. *An Julius Rodenberg*

Berlin, 1. Januar 1896
Potsdamer Straße 134 c

Hochgeehrter Herr.

Verzeihung, daß ich Ihnen und Ihren hochverehrten Damen, denen ich mich angelegentlichst empfehle, erst heute danke, und vielleicht dauert es sogar bis morgen früh, denn am 1. Januar traue ich selbst Stephan nicht.

Welch herrlicher Blumenkorb, aus dessen Mitte eine Art Palmengras mit einer beinah kecken Straffheit aufstrebt. Wenn ich diesen Aufstreber als Zeichen für mein nächstes Jahr nehmen soll, so bin ich glänzend heraus. Freilich, »*zu* hoch nach oben« kann mit 76 auch anders gedeutet werden.

In vorzüglicher Ergebenheit

Th. Fontane

### 553. *An Georg Friedlaender*

Berlin
2. Januar 96.

Hochgeehrter Herr.

Eben suche ich nach dem Couvert:

Herr A. G. R. Dr. Friedländer
Schmiedeberg
(Im Riesengebirge)

und kann es nicht finden. Es wird also wohl ohne Brief an Sie abgegangen sein. Das kommt von dem Fabrikmäßigen, wodurch man sich in strammen Briefschreibetagen die Außenarbeit erleichtern möchte. Ich schreibe jetzt nämlich *erst* die Couverts und klebe auch Marken auf, damit man die Briefe nur noch hineinzuschieben braucht. Entschuldigen Sie dies Versehn. Ich schreibe nun morgen. In herzlichster Ergebenheit Ihr

Th. Fontane.

Das Couvert an Dr. Max Bernstein, München, fehlt auch; ich scheine also eine kolossale Confusion angerichtet zu haben.

Berlin 2. Januar 96.
Potsdamerstraße 134.c.

Hochgeehrter Herr.

Einliegender Brief, der die Nöthe schildert, in denen ich mich vor drei Stunden befand, ist nun blos noch Erheiterungsstück, weshalb ich ihn beischließe. Das gesuchte Couvert (auch das an Bernstein) hat sich schließlich doch noch gefunden und ich kann aufathmen.

Seien Sie und all die lieben Ihrigen herzlich bedankt für Ihre Glückwünsche zu Geburtstag und Neujahr; wir erwiedern sie und wünschen vor allem Ihrem Hans volle Genesung; Wildungen, wie ich von vielen gehört (namentlich von dem verstorbenen Schulrath Bormann) soll bei Nieren- und Blasenleiden Wunder thun.

Daß Stephany das Menzelgedicht *nicht* gebracht, ist ein wahres Glück; Sie hätten Ihren allerliebsten kleinen Aufsatz damit ruinirt und die Berliner hätten ausgerufen: »Gott, da ist der alte Kerl schon wieder; wo man hinsieht, begegnet man ihm.« Es bereitet sich eine kleine Umschlagsstimmung vor und viele sind da, die sich schon darauf freun; aber wozu diesen Prozeß beschleunigen? Ich werde auch noch lernen müssen, große Fragezeichen ruhig hinzunehmen und hoffe, daß es mir nicht allzu schwer fallen wird.

Ihr alter Graf Roedern thut mir leid. Alles was ich sich auf diesem Gebiete vollziehen sehe, ist schrecklich. Dabei bin ich weit ab davon, den Unglücklichen, die solche Schritte thun, Vorwürfe zu machen, ja, ich gehe so weit, zu behaupten, daß solche armen Krepel von beinah 80 des »Weiblichen« noch bedürftiger sind als die von 18. Der 18jährige kann, wenn er will, *alles* überwinden, der 80jährige braucht Stab und Stütze. Diese Stütze lieber in einer Ehefrau als in einer furchtbaren alten Philöse zu suchen, ist begreiflich. – Meine Frau hat neulich auch einen Besuch, natürlich Gegenbesuch, bei unsrem guten alten Richter gemacht und die Situation ganz leidlich gefunden; aber doch auch nicht mehr. Ganz falsch gewählt hat er sicherlich nicht, denn es scheint eine junge

Dame von gutem Charakter und guter Sitte, trotzdem wird sich behaupten lassen, daß eine Frau wie die verflossene »schöne Marie« doch eigentlich besser für ihn paßte; sie war nur *zu* selbstisch, *zu* rücksichtslos, *zu* ebertysch-eingebildet. Hätte sie sich, ihm gegenüber, zu einer nur mäßigen Bescheidenheit und nur mäßigen Splendidität verstehen können, so wäre sie doch eigentlich die ganz richtige Frau für ihn gewesen. So blos Anstand und Tugend ist ihm zu wenig und auf die Dauer langweilig.

Heute habe ich auch an meinen Freund Wichmann nach Rom geschrieben. In W.'s Brief war viel von Geh. R. Wiese, mit dem er correspondirt, die Rede gewesen, weshalb ich Veranlassung nahm, meinen ganzen Brief mit einer Art (übrigens ganz aufrichtiger) Wiese-Begeisterung zu füllen, die aus dem Buche herstammt, das ich Ihrer Güte verdanke und leider immer noch nicht – wie auch das Storm-Buch – zurückgeschickt habe. Natürlich wird Wichmann meinen Brief an Wiese schicken und so wird dem 90jährigen strammen Lutheraner via *Rom* eine kleine Freude kommen, via Rom und von einem Ungläubigen, der über alles ganz anders denkt und das Buch und den Mann doch famos gefunden hat. – Von Rosegger weiß ich nichts. Vielleicht empföhle es sich aber, Sie schrieben an seinen *Verleger* und fragten bei diesem an, ob er Ihnen nicht was Biographisch-Anekdotisches nennen könne. *Der* muß es wissen.

Fräulein Lütty freuen wir uns im März begrüßen zu können. – Uebermorgen erscheint Florian Geyer auf dem Deutschen Theater; alles ist sehr aufgeregt. – Empfehlen Sie mich Ihren Damen. Wie immer Ihr

Th. Fontane.

*554. An James Morris*

Berlin, 2. Januar 1896.

Hochgeehrter Herr und Freund.

Die letzte Nummer von Daily Graphic, die Ihre Güte an mich gelangen ließ, hat mich durch ein wundervolles Porträt des Mr. Laroche (französischen Gesandten in Madagaskar) und mehr noch durch einen Artikel interessiert, der die Bildnisse von Mr. H. S. Trower und Leutnant Caius Crutchley bringt und die Überschrift führt: »The Naval League.« Dieser Artikel hat mich geradezu erschreckt und ich erkenne meine politisch- und lebensklugen Engländer darin gar nicht wieder. Die gegenwärtige

Weltlage wird darin sehr treffend geschildert und es ist ganz gewiß richtig, daß sich so ziemlich alles in der Welt in einer stillen (oder auch offenen) Verschwörung gegen England befindet. Neben Preußen – dem man aber, mit Recht, nicht eine gleiche Bedeutung beimißt – ist England das am meisten gehaßte Land, man wünscht ihm eine Niederlage und namentlich die »Vettern von der andern Seite des Atlantischen« warten nur auf eine gute Gelegenheit (die gegenwärtige war schlecht gewählt) um loszuschlagen. Gewiß, England ist von allen Seiten her bedroht und sieht sich dadurch in einer Lage, in der sich alle andern Staaten immer befinden. Alle andern Staaten haben sich an die Vorstellung gewöhnt, daß morgen ihr Land vom Feinde überschwemmt werden kann und ich glaube, es wird England nichts andres übrig bleiben, als sich an diese Vorstellung auch zu gewöhnen. Es hat, in seiner Insel-Eigenschaft und außerdem vom Schlachtenglück unsagbar begünstigt, durch Jahrhunderte hin eine exzeptionelle Stellung eingenommen, diese exzeptionelle Stellung ist aber keine »Verheißung« und der Zeitpunkt ist jetzt mutmaßlich da, wo England mit dem Gedanken rechnen muß: »es ist mit meiner Ausnahmestellung vorbei«. Darin vollzieht sich etwas Natürliches. Die »Naval League« will aber davon nichts wissen, sie will den alten Zustand verewigen und das scheint mir ein großer Fehler. Was kommen soll, kommt doch. Gewiß soll man nicht fatalistisch die Hände in den Schoß legen, gewiß soll man sich rühren und für sich sorgen, die Individuen sowohl wie die Staaten, aber man muß darin das richtige Maß halten. Will man der Allmacht in die Arme fallen, will man Vorsehung spielen und durch *Überkraftanstrengungen* die Landesgeschicke für alle Zeit sicherstellen, so verdirbt man es mit den Menschen und den Göttern. Hoffentlich besinnt man sich wieder.

In vorzüglicher Ergebenheit

Th. Fontane.

555. *An Georg Schweitzer*

*Berlin* 2. Januar 96

Hochgeehrter Herr. Potsdamerstr. 134c

Es wird nichts!

Wie ich Ihnen schrieb, Dr. Krigar-Menzel wollte die Excellenz am Sylvesterabend stellen und mir gestern Abend (1. Januar) persönlich Mittheilung machen. Er ist aber gestern Abend nicht gekommen und hat auch brieflich nicht von sich hören lassen.

Ich beklage, daß alle meine Bemühungen umsonst gewesen sind, bitte aber hinzusetzen zu dürfen, daß ich nun genug von der Sache habe, so wohl persönlich, wie in meiner Eigenschaft als Pressemitglied.

Er konnte »nein« sagen, aber wenigstens eine Antwort mußte er geben; solche Sachen immer auf den Genialitäts-Leisten bringen und damit entschuldigen zu wollen, ist mir lächerlich. Bitte, schlagen Sie vor, daß man sich an Größe II wendet, da I nicht zu haben ist.

In vorzüglicher Ergebenheit

Th. Fontane

*556. An Hermann Wichmann*

Berlin, 2. Januar 1896,
Potsd. Str. 134c.

Theuerster Wichmanno!

Mein Brief und ein paar Tage später mein Buch. – Beides ist hoffentlich in Ihre Hände gelangt. Ich wollte Ihnen zu Beginn des Jahres einen langen Dankesbrief schreiben für all das Interessante, was Sie mir von Ihrem Sohn Johannes erzählt haben – um so interessanter, als es zugleich ein italienisches Culturbild giebt – aber ich habe, weil mein Geburtstag mit Neujahr beinahe zusammenfällt, weit über ein halbhundert Briefe zu schreiben und da verzeihen Sie mir, wenn ich heute nur auf *eine* Briefstelle bei Ihnen antworte und zwar auf das »Aussenwerk«, draussen auf dem Couvert, wo sie mir mittheilen, dass Sie von dem 90er (oder 89er) Geheimrath Wiese eben einen Brief erhalten hätten. Wenn Sie ihm nun darauf antworten, so nehmen Sie vielleicht freundlichst Veranlassung ihm zu sagen, dass hier ein alter 76er seine (Wiese's) »Lebenserinnerungen und Amtserfahrungen« ganz neuerdings mit grösstem Vergnügen und zu grosser Belehrung und Erhebung gelesen habe. Das Wunderbarste dabei ist, dass ich mich ungezählte Kilometer von Wiese entfernt befinde und in Bezug auf die sogenannten »grossen Fragen« fast ausnahmslos entgegengesetzter Meinung bin; aber der Ernst, der Muth, die Ueberzeugungstreue haben doch einen ganz kolossalen Eindruck auf mich gemacht, mich mit erneutem Respekt vor einem *richtigen* alten preussischen Beamten erfüllt, und mir bestätigt, was ich freilich schon lange weiss, dass alle die wegen ihrer »Richtung« scharf angefochtenen Menschen die besten, vielleicht die einzig anständigen sind. Die Denkwürdigkeiten aus dem Leben Leopold von Gerlach's haben ebenso auf mich gewirkt, wie Wiese's Buch: überall total anderer Meinung, aber überall höchster Respekt vor dem Schreiber. In Wiese's Buch haben mich noch ganz besonders die Charakteristiken seiner Minister und in dem Anhang die Charakteristiken unserer *Provinzen* interessirt. Was diese Provinzcharakteristik angeht, stimme ich überall zu, die Minister aber, wiewohl sicherlich auch richtig getroffen, kommen doch etwas zu gut fort.

Tausend Grüsse an die verehrte Frau, wie immer

Ihr

Th. Fontane

*557. An Karl Eggers*

Berlin, 3. Januar 1896.

Teuerster Senator.

Seien Sie herzlichst bedankt, daß Sie Klein-Emmas Brief – über den ich mich außerordentlich gefreut – mit so liebenswürdigen Zeilen begleitet haben. Ja, man konnte sich in diesen Weihnachtstagen vor mir (bzw. Friedel) kaum retten und als ich eines Tages las »daß es nur noch drei große Männer in Deutschland gäbe: Bismarck, Menzel und Fontane«, – *da* wurde mir doch unheimlich. Es muß notwendig ein Rückschlag kommen und wie mir Pietsch an meinem Geburtstag erzählte (als Geburtstagsgeschenk freilich etwas sonderbar) daß das »Daheim« einen Artikel vorbereitete, drin ich mehr oder weniger als alter Esel dargestellt würde, erkannte ich so was von göttlicher Gerechtigkeit.

Montag den 6. ist große Schillerstiftungsgeneralversammlung, – d.h. Weber kommt als deutsches Volk, da der große Manasse mittlerweile in die Regierung eingetreten ist. Seit vielen Jahren fehlen *Sie* zum ersten Mal. Seien Sie froh. Sicher ist einem bloß eine Erkältung, genau wie bei Begräbnissen.

Leo soll immer dummer werden und kann die Geschichte auch nicht retten. Es ist Zeit, daß »neue Menschen« an unsre Stelle treten.

Empfehlen Sie mich Frau Gemahlin angelegentlichst. Wie immer

Ihr

Th. Fontane.

*558. An Colmar Grünhagen*

Berlin, 3. Januar 1896.

Hochgeehrter Herr Geheimrat!

Sie haben zwar abgewinkt, aber ein guter Soldat auf Posten präsentiert doch. Seien Sie schönstens bedankt für so viel Liebenswürdigkeit, doppelt groß in Tagen, die, weil der 1. März verhältnismäßig nah, so große Forderungen an Sie stellen. Hoffentlich müssen Sie nicht auch die Reden halten, – eine Sache, die, weil sie mir zu leisten ganz unmöglich ist, immer was hervorragend Schreckliches für mich hat. Es wird erzählt, Friedrich Wilhelm III. sei gar nicht so eingenommen gegen den Parlamentarismus gewesen wie immer versichert wird, er habe nur einfach eine Todesangst gehabt, *dann* sprechen zu müssen und an dieser Angst sei alles gescheitert. Ich erkenne mich in dieser Gestalt ganz wieder.

Meine Frau will auch in diesem Jahre nach Karlsbad und ich werde sie natürlich begleiten; sie hat aber vor, diesmal den Mai zu wählen und nur 3 Wochen zu bleiben; im Herbst wollen wir dann nach Oberbayern oder Tirol oder Schweiz. Ich freue mich darauf, wenn wir gute Gesellschaft finden; ohne solche ist mir die ganze Naturfexerei langweilig. Der Mensch bleibt immer die Hauptsache.

Mit der Bitte, mich Frau Gemahlin angelegentlichst empfehlen zu wollen, hochgeehrter Herr Geheimrat, in vorzüglicher Ergebenheit

Th. Fontane.

*559. An Maximilian Harden*

*Berlin* 4. Januar 96.
Potsdammerstraße 134. c.

Hochgeehrter Herr.

Es waren seit dem 30. sehr unruhige Tage für mich und so komme ich erst heute dazu, Ihnen für Ihren Weihnachtsbrief zu danken.

Mit der von Ihnen vorahnend so gut charakterisirten »Welt« liegt es *so*, daß der mit einem ausgesprochen glücklichen Vornamen bedachte Holländer das kl. Gedicht aus meiner Sammlung abgedruckt hat, allerdings nachdem ich meine, wie mein Sohn mir sagt unstatthafte Zustimmung dazu gegeben. »Denn das Gestattungsrecht läge beim Verleger« (W. Hertz.) Ich mache in dieser Beziehung beständig Fehler, weil die moderne Wichtigkeit, mit der dies alles betrieben wird, mir altmodischem Menschen fern liegt, ja, mir komisch vorkommt.

Was Ihnen an Menzel fehlt, das fehlt ihm ganz gewiß und die Nachwelt wird dies nur zu deutlich aussprechen. Aber am Ende, wem fehlte nichts! Im Ganzen müssen wir froh sein, daß wir ihn haben, er ist doch ein Stolz der Nation und die furchtbaren Anfeierungen und Ansingungen fallen auf das in all seinen Festen immer so elend abschließende Berlin, nicht auf den kleinen großen Mann.

Mit meinem kleinen Artikel über ihn – was mir auch um Ihretwillen leid thut – habe ich entschiedenes Unglück gehabt. Sonst findet sich doch immer *eine* Stimme, die einem versichert: »*das* war gut«. Aber diesmal auch nicht einer. Sang- und klanglos in den Orkus. Es amüsirt mich ein bischen. Denn *so* schlecht war es nicht. Es hatte doch immer drei gute Stellen, das will ich vor'm Richterstuhl der Ewigkeit vertreten, während ich, in sämmtlichen Menzel-Artikeln zusammengenommen, noch immer keine drei guten Stellen gefunden habe. Blech, geist- und witzlos von Anfang bis Ende, das Meiste mit der Elle zu messen.

Wenn man dann *da*neben an Dumas und seine Vorreden denkt! Ich kenne nur ganz wenig davon, zerstreute Sätze, die ich in Zeitungen und Journalen, zumeist im »Magazin« (aus dem ich überhaupt meine Weltliteraturkenntniß nehme) gefunden habe. Aber diese Bringselchen, diese Strohhalme die der Wind mir vor die Füße geweht, – sie enthalten immer noch mehr »Korn«, als bei der ganzen Menzelfeier ausgedroschen worden ist. In vorzüglicher Ergebenheit

Th. Fontane.

*560. An Lise Mengel*

Berlin 5. Januar 96.
Potsdamerstraße 134. c.

Meine liebe Lise.

Sei herzlich bedankt für Deine Glückwünsche. Du hast ganz Recht, daß ich mit dem abgelaufenen Jahr sehr zufrieden sein durfte und daß ich mir nichts Besseres wünschen kann, als daß es bleibt wie es ist.

Die Gratulationscour strengt ein paar Stunden immer recht an, weil die Leute, die kommen, sich meistens untereinander gar nicht kennen und auch, nach ächt Berliner Art, gar keine Lust haben, sich kennen zu lernen. Ein Glück ist es dabei, daß wir uns, 4 Mann hoch, in die Arbeit teilen konnten, sonst ginge es gar nicht.

Martha hatte vor, auf ein paar Tage zur Gräfin zu reisen, der eine Auffrischung zu gönnen ist, heut ist nun aber Nachricht von der Erkrankung ihres Inspektors gekommen und noch dazu an Diphtheritis. Da hat Martha denn die Reisepläne aufgegeben. Uebrigens kenne ich gesundheitlich keinen elenderen Winkel als das Land zwischen Stralsund und Mecklenburg; irgend was Unheimliches ist dort immer los. Ein bißchen muß es doch auch an den Menschen liegen, die nichts thun, um diesem Jammerzustande ein Ende zu machen. Stralsund selbst ist ein berühmtes Typhusnest.

Gestern Abend waren wir, an drei Stellen vertheilt, im »Florian Geyer«. Meine Frau und ich vorn im Parkett, gleich hinterm Souffleurkasten, Martha mit Frau Sternheim in einer forschen Loge, Friedel mit einem Corps junger Schriftsteller im ersten Rang. Wir haben aber zur Feirung von Stück und Dichter nichts beigetragen, denn die Sache war nicht blos lang, sondern auch langweilig. Ritterstücke sind immer langweilig und Hauptmann hat keine Ausnahme von der Regel geschaffen. Der Abend aber war sehr interessant durch die halb fanatische Haltung des Publikums pro und contra.

Bitte danke Deinem lieben Manne und empfiehl mich ihm. Herzliche Grüße Dir und den Kindern.

Wie immer Dein alter Onkel

Th. Fontane.

561. *An Ernst Heilborn*

*Berlin* 7. Januar 96.
Potsdamerstraße 134c.

Hochgeehrter Herr.

Ergebensten Dank für Ihre freundlichen Zeilen, wie für das 1. Heft von »Cosmopolis«, auf dessen Lektüre ich mich freue.

Ich werde das Kapitel über den »18. März« nicht vergessen, kann aber vorläufig noch nicht heran, da die Winterbeschäftigung eines deutschen Schriftstellers immer mehr darauf hinausläuft, Autographen oder Widmungen in Bücher, die man schenkt, oder

Sinnsprüche (gleich dutzendweise) für Preßball-Schönheiten oder dergleichen zu schreiben. Seit vielen Wochen füllt *das* mein Leben aus.

In vorzüglicher Ergebenheit

Th. Fontane

*562. An Paul Schlenther*

Berlin, 7. Januar 96.

Hochgeehrter Herr.

Nachdem ich mich durch Sprücheschreiben (ein ganzes Dutzend) für ein Preß-Ballfest halb umgebracht habe, will ich mich durch ein paar Dankeszeilen an Sie wieder aufrichten. Natürlich Dankeszeilen für Ihre famose Florian Geyer-Kritik, der ich überall zustimme. Wenn ich mir da das Geheul daneben zurückrufe, das die Meute pro und contra losläßt! Denn auch die gewaltsamen Enthusiasten sind schrecklich und schaden unserm Dichter außerordentlich. Überhaupt ist alles nur noch aufs Persönliche gestellt – ein widerlicher Zustand.

Wenn ich Ihre Kritik noch richtig gegenwärtig habe, so geht eine Hauptstelle dahin, daß Hauptmann zwar reich und fein nüancirt habe, daß man von dieser Nüancirung aber nicht viel merkt. Gewiß liegt es so. Und *daran* ist das Stück gescheitert, und ob nun gestrichen wird oder nicht, dieser Cardinalfehler bleibt, und wenn ihn Hauptmann nicht ablegt, so geht er daran zu Grunde. Die Bühne ist kein Schauplatz für Nüancirungen. Sie ist der Schauplatz für Gegensätze. Nur diese schaffen Orientierung, Klarheit. Nüancirungen sind der Stolz des Romans, im Drama sind sie der Ruin. Zwanzig Nüancirungen in Ritterblech sind bloß ein Ameisenhaufen, aber ein Ameisenhaufen ist unterhaltlicher. Unter herzlichen Grüßen von Haus zu Haus wie immer Ihr Th. Fontane.

*563. An Unbekannt*

*Berlin* 12. Januar 96.
Potsdamerstraße 134. c.

Hochgeehrter Herr.

Frau Dr. Steinbeck schickt mir beiliegenden Brief und ein sehr hübsches Buch »Gesammelte Gedichte«. Dies Buch hat auch eine Vorrede von Hermann Jahnke, Vorsitzendem des »Quickborn«.

Diese sehr hübsch geschriebene Vorrede vervollständigt das, was Frau Dr. Steinbeck in ihrem Briefe geschrieben hat.

Ich möchte vorschlagen, den Brief in Kurs zu setzen, damit die Mitglieder des Vorstandes ihre Stimme abgeben können. Ich meinerseits stimme für wenigstens 150 Mark, denn verglichen mit *dem*, was herkömmlich – vielleicht mit alleiniger Ausnahme von Rud. Menger – von uns unterstützt wird, ist Frau Dr. Steinbeck sowohl um des Talents wie des Charakters ihres verst. Mannes* willen, eine 3 mal Berechtigte.

In vorzüglicher Ergebenheit

Th. Fontane.

* Er war 66 und 70 mit im Felde und erhielt vor Metz das eiserne Kreuz.

### *564. An James Morris*

Berlin, 13. Januar 1896.

Hochgeehrter Herr und Freund.

Herzlichen Dank für einige »D. Graphics« und eine Nummer der »Ill. Lond. News«. In letzterer spukt noch die Cleveland-Botschaft nach, die mit einigen Quebec- und General Wolf-Bildern beantwortet wird. Das ist inzwischen alles sehr veraltet und andre Verstimmungen und Wirrnisse sind heraufgezogen. In Sicht waren diese Verstimmungen von dem Tage an, wo, vor etwa einem halben Jahre, ein Standard-Artikel erschien, der den Deutschen erklärte »wenn ihnen die englische Freundschaft etwas wert sei, so sollten sie für diese Freundschaft auch etwas tun; – das geschähe aber nicht«. Ich schrieb Ihnen damals davon, worauf Sie mir antworteten: »das ist ein Zeitungsartikel. Und wer wird auf einen Zeitungsartikel ernstlich Gewicht legen?« Ja, ein Zeitungsartikel war es. Aber es gibt zwei Sorten. Die einen sind so leicht wie die Feder, womit sie geschrieben werden, die andern sind schwer und bergen einen Krieg zwischen den Zeilen. Der Standard-Artikel war einer von den schweren; er kam auch nicht aus einer Zeitungsredaktion, sondern aus Lord Salisbury's nächster Nähe. Wenn man so lange »dabei« ist wie ich, so fühlt man auf der Stelle heraus, *wo* solch Artikel herkommt und *was* dahinter steckt. Die Friktionen der letzten Woche *mußten* kommen und wenn sie jetzt (vielleicht) beglichen werden, so kommen sie mit Sicherheit wieder, mit so großer Sicherheit, daß es ganz gleichgültig ist, ob es jetzt los geht, oder nach 1 Jahr oder nach 10 Jahren. Von *Schuld* ist dabei gar nicht zu sprechen; das sind historische Notwendigkeiten. Wir persönlich dürfen hoffentlich friedlich weiter korrespondieren.

In herzlicher Ergebenheit

Ihr

Th. Fontane.

*565. An Ferdinand Avenarius*

*Berlin* 13. Januar 96.
Potsdamerstraße 134. c.

Hochgeehrter Herr.

Erst heute erhalte ich durch meinen Buchhändlersohn Ihre Effi Briest-Besprechung im Dezemberheft des »Kunstwart«, eine Besprechung voll so viel Freundlichkeit, daß ich doch nicht säumen will, Ihnen herzlich dafür zu danken.

Die Geschichte mit den Briefen ist im höchsten Maße trivial, aber ich konnte nichts andres finden; alles andre war minder alltäglich, aber, aufs Ganze hin angesehn, noch schlechter, vor allem schwerfälliger.

Nochmals besten Dank.

In vorzüglicher Ergebenheit

Th. Fontane.

*566. An Wilhelm Hertz*

Berlin 27. Januar 96.
Potsdamerstraße 134. c.

Hochgeehrter Herr Hertz.

Ihnen für Ihre freundlichen Zeilen und das Grimm-Buch (Raphael) bestens dankend, anbei den 1. Wanderungsband zurück. Ich habe mich auf Correktur des Gentzrode-Aufsatzes beschränkt, weil ich, bei einer früheren Durchsicht des Bandes, gerade hier einigen Druckfehlern begegnet war. – Das Raphael-Buch interessirt mich sehr, auch durch seinen *Stil*, der sehr abweichend von dem Herkömmlichen ist; er vermeidet fast *zu* ängstlich die Phrase. Dennoch ist es alles in allem ein großer Vorzug. Nur meine Vorstellung vom quattro cento weicht sehr ab von der seinigen; es war eine ganz niederträchtige Bande und er faßt es als Idyll liebenswürdiger, dann und wann etwas unartiger Kinder. Ja, aber solcher die Phosphorhölzer in den Kaffe abschaben und Stecknadeln in die Brotstücke stecken.

In vorzüglicher Ergebenheit

Th. Fontane.

*567. An James Morris*

*Berlin*, d. 31. Januar 1896.
Potsdamer Str. 134c.

Hochgeehrter Herr und Freund.

Schönsten Dank für Brief und Zeitungssendungen, unter welchen mich die »Daily News«-Nummern von 1846 und 1896 am meisten interessiert haben. Ein halbes Jahrhundert hat viel geändert, was nicht bloß aus dem Format, sondern auch aus den Bildern zu ersehen. Charles Dickens wirkt sehr gut – besser als im Leben – aber zugleich doch etwas komisch; so stark hat die Mode gewechselt. Freilich ist in Rechnung zu stellen, daß er persönlich etwas Theaterhaftes hatte, so daß nicht alles auf die Zeit, sondern ein gut Teil auch auf ihn *selbst* und seine Eigenart zu schieben ist.

Und nun Ihre freundlichen Zeilen! Ich glaube, daß eine Stelle meines letzten Briefes – allerdings wohl durch meine Schuld – mißverstanden worden ist. Die letzte Rolle, die zu spielen ich geneigt sein könnte, ist die des Kriegsberserkers. Abgesehen von dem Entsetzlichen jedes Krieges, stehe ich außerdem noch allem Heldentum sehr kritisch gegenüber. Es gibt ein ganz *stilles* Heldentum, das mir imponiert. Was aber meist für Heldentum gerechnet wird, ist fable convenue, Renommisterei, Grogresultat.

Aber meine falsch verstandene Briefstelle! Ich hatte mit dem, was ich sagte, nicht einen kriegerischen *Wunsch*, sondern nur eine kriegerische *Situation* – als nun mal leider vorhanden – aussprechen wollen. Daß diese »Situation« da ist, steht mir allerdings fest. Daran können weder wir zwei beide noch die Zeitungen noch die Regierungen irgendwas ändern. Die Schicksale nehmen ihren Lauf, und etwa am Säkulartage von Trafalgar oder nicht sehr viel später werden wir einen großen Krach haben. England wird dann noch einmal glänzend siegen, aber es wird sein Höhepunkt sein. Verzeihen Sie mir diese Gastrolle als second sight-Highlander. In vorzüglicher Ergebenheit

Th. Fontane.

*568. An Colmar Grünhagen*

Berlin, 9. Februar 1896.

Hochgeehrter Herr Geheimrat.

Ehe ich mich noch recht hineingelesen, will ich doch einen vorläufigen kurzen Dank aussprechen. Ich schreibe nach der Lektüre noch mal. Am meisten wird mich mutmaßlich der kleine

Essay über den schlesischen Adel des vorigen Jahrhunderts interessieren; ich lese derlei ganz besonders gern und Sie haben so viel Fühlung mit den Enkeln jener Herren gehabt.

Eine große Freude hat mir die Notiz über meinen Großvater gemacht. Wir wußten nichts davon, nur daß er ein paar Jahre in Schmiedeberg gelebt hatte, – wie wir dachten aus eigenen Mitteln. Nun sehen wir erst, daß er als Kämmerer fungierte. Sonderbar, daß meiner *Frau* Großvater – auch ein Franzose (Rouanet) aber nicht von der »Kolonie«, sondern direkt bezogen – auch durch Kabinettsordre zum Kämmerer und zwar der Stadt Beeskow ernannt wurde. – Demnächst ein Mehreres, auch über Ihr Fest.

In vorzüglicher Ergebenheit

Th. Fontane.

*569. An Clementine Beyrich*

*Berlin* 9. Febr. 96.
Potsdamerstraße 134. c.

Hochverehrte
gnädigste Frau.

Herzlichen Dank für das schöne reiche Buch, die liebenswürdigen Begleitzeilen von Ihrer Hand und die schmeichelhafte Aufforderung zur Betheiligung an Jahrgang II.

Aber, was diese Betheiligung angeht, es will nicht mehr.

Das bischen mir noch verbliebene Kraft reicht allenfalls aus, um diese und jene vor längerer oder kürzerer Zeit niedergeschriebenen Sachen aus dem Groben herauszukorrigiren, sie fertig zu pusseln, aber an Neues mich heranzumachen, dazu versagen die Nerven ihre Zustimmung.

Ich freue mich auf die Lektüre des Buchs, darin ich bis jetzt nur erst geblättert und ein paar Gedichte gelesen habe.

Mit der Bitte mich Ihrem Herrn Gemahl angelegentlichst empfehlen zu wollen, unter gleichzeitigen besten Wünschen für Ihr Wohl, gnädigste Frau, in vorzüglicher Ergebenheit

Th. Fontane.

*570. An Ernst Gründler*

*Berlin*, d. 11. Februar 1896.
Potsdamer Str. 134 c.

Hochgeehrter Herr!

Seien Sie herzlichst bedankt für Ihren lieben Brief, der mir eine große Freude war. In weit zurückliegenden Zeiten sagte mir mal mein verstorbener Freund George Hesekiel: »Sieh, Fontane, das mit Orden, Titel und Hof- und Ministerialauszeichnung ist ganz gut, aber es haftet ihm so viel Tabulaturmäßiges an. Wenn aber eine Bürgerschaft, eine Genossenschaft von Intimeren einen auszeichnet, *das* macht immer einen Eindruck auf mich.« Ich glaube, er hatte recht, und Ihr Brief hat mir diesen Ausspruch ins Gedächtnis zurückgerufen. Gegen sogenannte »Kritiken«, wenn sie nicht sehr gut sind d. h. also von der langweiligen Lob- und Tadelfrage ganz absehen, bin ich total abgestumpft, weil sie eben »tabulaturmäßig« sind; ein Brief wie der Ihrige aber ist eine wirkliche Erquickung.

Das Buch ist schon aus dem Winter 1863/1864, und ich schrieb abends und nachts die ersten Kapitel – die, glaub' ich, auch die besten geblieben sind – während die österreichischen Brigaden unter meinem Fenster vorüberfuhren; und wenn zuletzt die Geschütze kamen, zitterte das ganze Haus, und ich lief ans Fenster und sah auf das wunderbare Bild: die Lowries, die Kanonen, die Leute hingestreckt auf die Lafetten, und alles von einem trüben Gaslicht überflutet. Ich wohnte nämlich damals in der Hirschelstraße (jetzt Königgrätzer) an der Ecke der Dessauer Straße. Die Stadtmauer (von den Jungens schon überall durchlöchert) stand noch, und unmittelbar dahinter liefen die Stadtbahngeleise, die den Verkehr zwischen den Bahnhöfen vermittelten. Dann lag das Buch zwölf Jahre still, während welcher Zeit ich die Kriege von 1864, 1866 und 1870 beschrieb, und erst im Herbst 1876 nahm ich die Arbeit wieder auf. Es war eine sehr schwere Zeit für mich. Das Gedicht, das Lewin schreibt: »Tröste dich, die Stunden eilen«, gibt meine Stimmung von damals wieder. Alles besserte sich indessen wirklich.

Daß Sie Schottland kennen, webt ein zweites Band zwischen uns. Ich bin Nordlandsmensch, und Italien kann, für *mich*, nicht dagegen an. Nochmals herzlichen Dank.

In vorzüglicher Ergebenheit

Th. Fontane.

### 571. *An Friedrich Spielhagen*

*Berlin*, d. 11. Februar 1896.
Potsdamer Str. 134 c.

Hochgeehrter Herr.

Schon vor Wochen fand ich in einem Blatt überaus freundliche Worte über »Effi Briest«, die, wenn ich recht verstand, von Ihnen herrühren mußten. Der Zitierende hatte sich aber so unklar ausgedrückt, daß ich meiner Sache doch keineswegs sicher war. Nun erhalt' ich heute früh dasselbe Zitat in solcher Fassung, daß jeder Zweifel ausgeschlossen ist, und so säume ich denn nicht länger, Ihnen allerherzlichst für so viel Liebenswürdigkeit zu danken. Es ist doch hocherfreulich, daß sich schließlich immer wieder herausstellt: das Beste haben die Kollegen voneinander. Der gute Hiltl sagte mir mal, als ich (schaudernd) noch rezensieren mußte: »Das mit dem ewig uns vorgeworfenen Beifallsneid ist der reine Unsinn. Wir wissen es bloß besser als die da unten.« Nochmals herzlichen Dank!

In vorzüglicher Ergebenheit

Th. Fontane.

### 572. *An Friedrich Spielhagen*

Berlin, 12. Februar 1896.

Hochgeehrter Herr.

Herzlichen Dank. Natürlich – welch ein erbärmlicher Zustand im Bereich unserer »höheren Journalistik« – ist es mir von hohem Interesse das Manuskript zu lesen. Darf ich es holen lassen (ich habe eîn ausgezeichnetes Dienstmädchen, in allen Stücken zuverlässig, auch in solchen) oder ziehen Sie die Post unter den üblichen Sicherheitsmaßregeln vor?

Und nun noch Eines. Soll ich in der Sache an Rodenberg schreiben? Ich erkenne zwar von vornherein, daß, aus allen möglichen Gründen, die Chancen gering sind, aber man kann doch nicht wissen. Alles läge bei solcher Rodenberg-Korrespondenz günstiger, wenn ich unbefangener auftreten könnte und so ereignet sich das Komische, daß ich – bei meinem großen Interesse für die *Frage als solche* – wenigstens vorübergehend mich glücklich schätzen würde, wenn die »Heldenrolle« in dem Essay durch jemand anders als durch mich besetzt wäre.

In vorzüglicher Ergebenheit

Th. Fontane.

*573. An Friedrich Spielhagen*

*Berlin*, d. 15. Februar 1896.
Potsdamer Str. 134 c.

Hochgeehrter Herr.

Vorgestern abend im engsten Zirkel: Frau, Tochter, ich, ging es also an die Vorlesung. Wir waren alle sehr hingenommen davon, am meisten ich. Man muß doch schließlich von Fach sein, nicht um folgen (das können die andern auch), aber um voll würdigen zu können. Ich bin überall mit Ihnen einverstanden. »Zu Anfang des Jahrhunderts war das, was Goethe in den ›Wahlverwandtschaften‹ gibt, Natur« – oder so ähnlich. Unbedingt ist es so gewesen. Gar nicht von der sentimentalen Schönrednerei zu sprechen, der wir in jedem alten Stamm- und Tagebuch begegnen. Auch die Art, wie Eltern und Kinder miteinander verkehrten, war, von unserm heutigen Standpunkt aus, etwas Gekünsteltes.

Nicht minder als hinsichtlich dieser Frage bin ich in bezug auf die Technik des Romans mit Ihnen in Übereinstimmung. Was mich aufrichtig freut. Das Hineinreden des Schriftstellers ist fast immer vom Übel, mindestens überflüssig. Und was überflüssig ist, ist falsch. Allerdings wird es mitunter schwer festzustellen sein, wo das Hineinreden beginnt. Der Schriftsteller muß doch auch, als *er*, eine Menge tun und sagen. Sonst geht es eben nicht oder wird Künstelei. Nur des Urteilens, des Predigens, des klug und weise Seins muß er sich enthalten. Vielleicht liegt es so wie mit Finanzfragen: nachdem man sich für Handelsfreiheit begeistert, erkennt man widerwillig, daß es ohne einen kleinen Schutzzoll nicht geht.

Ich habe wegen eines langen Aufsatzes über den selig entschlafenen »Tunnel« in den nächsten Tagen mit Rodenberg zu korrespondieren und könnte dabei sehr gut wegen Ihres Essays anfragen. Ich tu es – so Sie mich in einer Zeile wissen lassen: »los« – von Herzen gern. Mache ja dabei auch ein glänzendes Geschäft. Aber freilich, ich traue dem Frieden nicht. Ich halte es nicht für wahrscheinlich, daß er »ja« sagt. Denn erstens gehört er zu denen, die gleich stramm stehn und den Zeigefinger an die Biese legen, wenn der Name Goethe bloß genannt wird. Zweitens wird es ihm gegen den Strich sein, mich mit meinem Roman so frisch, fromm, frei neben den Halbgott gestellt zu sehen. Daß »Effi Briest« in der »Rundschau« stand, kommt vielleicht als Erschwerungsmoment hinzu.

Freundlichem Bescheid entgegensehend, in vorzüglicher Ergebenheit

Th. Fontane.

*574. An Julius Rodenberg*

Berlin, 17. Februar 1896
Potsdamer Straße 134 c

Hochgeehrter Herr.

Anbei nun endlich ein gut Stück »Tunnel«, fünf Kapitel. Es fehlen noch – aber ich wiederhole, erschrecken Sie nicht – vier Kapitel: Louis Schneider, Wilh. v. Merckel, George Hesekiel und Bernhard v. Lepel. Zwei davon erlasse ich Ihnen gewiß, und wenn es sein muß, drei. Die beiden Letztgenannten – das Hesekielkapitel behandelt mein ganzes Kreuzzeitungsleben – würde ich gerne noch in der »Rundschau« erscheinen sehn, finden Sie's aber zuviel, so mag auch eins genügen, und Sie wählen dann zwischen Hesekiel und Lepel.

Mit dem Wunsche, daß Ihnen die Art, wie ich die Sache angefaßt habe, leidlich sympathisch sein möge, wie immer in vorzügl. Ergebenheit

Ihr Th. Fontane

*575. An Julius Rodenberg*

Berlin, 18. Februar 1896
Potsdamer Straße 134 c

Hochgeehrter Herr.

Herzlichen Dank für Ihren lieben Brief; auch mit 76 läßt man sich noch gerne was Freundliches sagen. Hoffentlich geht es in der Folge nicht bergab.

Ich hätte nun aber heute doch geschrieben, und zwar als Diplomat in einer sehr feinen Sache.

Spielhagen – in welcher Veranlassung, darüber mal mündlich – hat mir einen Essay geschickt:

*Einst und jetzt*
(»Die Wahlverwandtschaften« u. »Effi Briest«)
Eine literarische Studie.

Bei dieser Studie hat er immer, auf allgemeine Bildung hin angesehn, ein »Rundschau«-Publikum im Auge gehabt, und doch bezweifelt er selbst, daß Sie Lust haben könnten, es zu bringen. Ich fürchte (weiß es nicht, aber *Sie* werden es wissen), daß auch kleine persönliche Verstimmungen bei diesen Zweifeln mitgewirkt haben. Gleichviel, ich habe ihm geschrieben, daß ich bei Ihnen anfragen wolle, erfolge dann ein Refus, so verdünne er sich durch die Mittelsperson.

Ich würde nun die »Studie« diesem Briefe gerne gleich beigelegt haben, unterlaß es aber, um Ihnen heute nur kurz zu sagen, was ungefähr drinsteht. Sie kommen auch bequemer dabei weg.

1. Zu Anfang des Jahrhunderts machte man's *so*, Ende des Jahrhunderts macht man es *anders*. Die Technik hat eben Fortschritte gemacht. (Richtig, aber anzüglich.)

2. Zu den Eigentümlichkeiten der früheren Schweibweise gehörte, wie »Die Wahlverwandtschaften« zeigen, das beständige Mithineinreden des Dichters. Goethe konnte freilich auch anders schreiben (»Götz«, »Egmont«), aber in seiner späteren Prosa gefiel er sich in diesem Dichtermonologhalten.

3. In »Effi Briest« kommt dergleichen auch vor. Aber doch viel weniger.

4. »Wahlverwandtschaften« sind eben der Roman aus dem Anfang des Jahrhunderts. »Effi Briest« aus dem Ende.

5. Auf die Technik hin angesehn, ist das, was man jetzt macht, besser.

Presse ich nun diese kurzen Angaben noch wieder weiter zusammen, so läuft es darauf hinaus:

a. Na, der alte Goethe war schließlich auch kein Herrgott, und

b. Goethe ist Goethe, und Fontane ist Fontane. Aber »Effi Briest« steht uns näher und interessiert uns mehr.

Nach meiner Meinung liegt es nun so, daß a. alle Goetheverehrer verletzt und b. mich, ungewollt, in ein komisches Licht stellt.

Beides ist schlimm. Und doch ist in der Sache was Richtiges. Wir sind in einem Goethe-Bann und müssen draus heraus, sonst haben wir unser »Apostolikum« in der Literatur.

Ich nehme an – denn es ist ein *zu* heißes Eisen –, Sie werden »nein« sagen, und bitte Sie nur, Ihren Brief an mich so einzurichten, daß ich ihn abschriftlich an Spielhagen gelangen lassen kann. Der Umstand, daß »Effi Briest« in der »Rundschau« stand, ist eine weitre Erschwernis. Meine Frau dankt bestens.

In vorzüglicher Ergebenheit

Th. Fontane

*576. An Ernst Heilborn*

*Berlin* 20. Febr. 96.
Potsdamerstraße 134. c.

Hochgeehrter Herr.

Ich habe meine Zusage für Cosmopolis nicht vergessen und trete eines schönen Tages mit dem betr. Kapitel an, aber ich kann keine Zeit bestimmen. Ich denke mir im Mai oder spätestens Juni. – Das Januar-Heft macht sich sehr gut; schon blos den Namen nach, ist Deutschland brillant vertreten, wohl eigentlich besser als die beiden andern Nationen. Meine Frau (ich leider noch nicht) hat die Geschichte von Wildenbruch gelesen und findet sie wieder, wie alle seine Kindergeschichten, sehr gut.

*Ich* habe nur ein kleines Stück von Stevensons Roman gelesen und war gefesselt und stark berührt von dem eigenthümlichen Anpacken des Stoff's, auch von dem Ton. Daß ich nicht weiter gelesen, hat nur in Zeitmangel seinen Grund und darin, daß man sich mit 76 auf travaux forcés nicht mehr einlassen darf. In vorzüglicher Ergebenheit

Th. Fontane.

*577. An Friedrich Spielhagen*

*Berlin*, d. 20. Februar 1896.
Potsdamer Str. 134c.

Hochgeehrter Herr.

Eben erhalte ich in einem längeren Briefe, der sich eingangs mit meiner Tunnelarbeit beschäftigt, Rodenbergs Antwort. Sie lautet: »Lassen Sie mich Ihnen in aller Aufrichtigkeit sagen, daß es für Spielhagens Aufsatz keinen ungeeigneteren Ort geben könnte als die »Rundschau«. Sie wissen (jetzt kommt ein »Effi Briest«-Lob) ... und wissen auch, daß sich das Publikum ebenso gestellt hat. Aber gerade der maßgebende Teil des Publikums würde eine solche Publikation nicht billigen, und am meisten verwundert würden diejenigen sein, die den Roman in der »Rundschau« gelesen haben. Offen gestanden, schon der bloße Versuch einer solchen Zusammenstellung hat für mich etwas Widerstrebendes.«

Der Versuch ist gemacht. Daß er abgeschlagen, überrascht mich nicht. Vielleicht sind wir auch beide einig darin, daß gerade Rodenberg nicht gut anders konnte. Seine Natur ist friedlich, und Ihre Studie wirft einer erdrückenden Majorität den Fehdehandschuh hin. Ich bin neugierig, wie sich an dem Vortragsabend Ihre

Zuhörer zu der großen Frage stellen werden. Denn – meine Person ganz aus dem Spiel – bleibt doch der Satz übrig: »The great old man ist in manchen Stücken antiquiert.« – Unter Wiederholung meines herzlichen Dankes, hochgeehrter Herr, in vorzüglicher Ergebenheit

Th. Fontane.

*578. An Otto Pniower*

*Berlin*, d. 21. Februar 1896.
Potsdamer Str. 134 c.

Hochgeehrter Herr.

Seien Sie herzlichst bedankt für Ihre freundlichen und schmeichelhaften Worte. Vieles ist mir über »Effi« gesagt worden, aber, wie das immer ist, Worte, die mir eine Herzensfreude gemacht hätten, *solche* haben doch nur wenige gefunden. Schlenther eröffnete den Reigen, *Sie* schließen ihn. Denn nun wird kaum noch was kommen. Dazwischen krabbelt viel Mittelwertiges herum, und von der Majorität der Fälle schweigt des Sängers Höflichkeit. – Daß Sie vor einem Gelehrtenpublikum gesprochen, kann mir nur lieb sein. Denn zu denen, die sich zuletzt um einen kümmern, gehören die Gelehrten. Es kann auch kaum anders sein. Sie denken – und meist mit Recht – niedrig von der Gattung und gehen erst 'ran, wenn sie von einem Vertrauensmann geführt werden. Nochmals besten Dank.

In vorzüglicher Ergebenheit.

Th. Fontane.

*579. An Ernst Gründler*

Berlin, 22. Februar 1896.

Hochgeehrter Herr.

Vor einer Stunde erhielt ich Ihre gütige Sendung, Brief und Buch, und danke herzlich für Beides. Ich kenne Annaburg mittelbar ganz gut; mein Wirt – ich wohne schon 23 Jahre in demselben Hause – ist da erzogen und hat sich aus seinem Unteroffizierstum seit dem badischen Feldzuge, wo er Schreiber in einem Büro des Prinzen von Preußen war, gut entwickelt. Er ist jetzt Geh. Hofrat, erster Sekretär und Kanzleivorstand des Johanniterordens und trägt nicht blos einen Kronenorden 2. Klasse um den Hals, sondern auch, wenn er zu Hofe geht, eine eigens und zwar durch den alten Prinzen Karl für ihn erfundene Hofuniform. Sein Bestes aber ist, daß er ein guter Mensch ist, der vielen hilft. Für einen armen Waisenjungen aus Annaburg eine brillante Karriere. Der Johanniterorden, dem er von Anfang an diente, hat einen unersetzlichen Schatz an ihm (deshalb liebte und verehrte ihn auch der alte Karl so sehr) und wenn er über kurz oder lang, er ist 72, nicht mehr sein wird, wird er *sehr* fehlen; er macht eigentlich alles, die hochbetitelten Herren nicken nur! Ich freue mich auf die Lektüre des Buches. Einzelnes, z. B. »Der Rauskommer« habe ich schon mit Vergnügen gelesen. Aus den Bildern ersehe ich, daß das Schloß einer jener entsetzlichen Kasten ist, wie man ihnen nur in Deutschland begegnet; ärmlich und häßlich. Wir hatten mal eine große Zeit und die Zeit von 1783 bis 1846 war (künstlerisch) ein Nachklang, auch ein Neuklang; *jetzt*, Gott sei Dank, regt sichs wieder. Was dazwischen liegt, ist meist ein Elend. – Das Vorbild zu dem Ladalinskischen Haus war mir der Salon der Gräfin Schwerin (ihre Schwester, Frau von Romberg wohnte in einem neumärkischen Cammin) in der Wilhelmstraße, schräg gegenüber dem Auswärtigen Amt. Nochmals besten Dank. In vorzügl. Ergebenheit

Th. Fontane.

*580. An James Morris*

Berlin, 22. Februar 1896

Hochgeehrter Herr und Freund.

Besten Dank für Verschiedenes, darunter – mir ganz neu – The Labour Leader. – In Daily Graphic und Illustr. London News fand ich viele Bilder, die sich auf das Begräbnis von Lord Leighton bezogen; er war gewiß ein vorzüglicher Herr, und alle Ehren sind ihm zu gönnen; sie erscheinen uns hier aber ein wenig übertrieben. Wenn Millais stirbt, dann paßt es; Millais ist eine neue und zugleich bedeutende Nummer, war es von Anfang an; aber Leighton ist bloß highly respectable, und das besagt eigentlich gar nichts. Ich habe ziemlich viel Bilder von ihm gesehn, weil er derjenige englische Maler war, der am regelmäßigsten unsre Ausstellungen beschickte. Das letzte, was ich von ihm sah, war das Beste, der »Schlaf« oder der »Traum«, Rundbild, eine schöne weibliche Gestalt (oder zwei) ruhend unter einem klaren Abendhimmel, an dem matt die Mondsichel steht. Sehr schönheitsvoll;

aber für die »reine Schönheit« haben die Menschen allerorten den Sinn verloren; es grenzt immer an Langeweile.

Sehr interessant sind die von Melton Prior herrührenden Skizzen aus Transvaal.

Mit besondrem Vergnügen habe ich Keir Hardies Labour Leader durchgesehn. Alles Interesse ruht beim vierten Stand. Der Bourgeois ist furchtbar, und Adel und Klerus sind altbacken, immer wieder dasselbe. Die neue, bessere Welt fängt erst beim vierten Stande an. Man würde das sagen können, auch wenn es sich bloß erst um Bestrebungen, um Anläufe handelte. So liegt es aber nicht; *das,* was die Arbeiter denken, sprechen, schreiben, hat das Denken, Sprechen und Schreiben der altregierenden Klassen tatsächlich überholt, alles ist viel echter, wahrer, lebensvoller. Sie, die Arbeiter, packen alles neu an, haben nicht bloß neue Ziele, sondern auch neue *Wege.* Die Times ist nach wie vor die erste Zeitung in der Welt, aber doch eigentlich nur durch ein gewisses stilles »Übereinkommen« der sogenannten Gebildeten. In Wahrheit ist alles tot und eingefroren, keine neuen Ideen, kein neuer Stil, nicht einmal (ganz äußerlich) ein neues Ztngs.-Arrangement. In dem Leader ist die Schablone durchbrochen.

In vorzüglicher Ergebenheit

Th. Fontane

*581. An Frau Freytag*

*Berlin* 24. Febr. 96.
Potsdamerstraße 134. c.

Hochverehrte gnädigste Frau.

Sehr habe ich bedauert, um die Ehre Ihres Besuches gekommen zu sein. Und nun trifft es sich auch noch, daß ich in den nächsten Tagen schon Berlin auf einige Zeit verlasse. Meine Tochter reist nach Meran und ich werde sie wenigstens bis München begleiten.

Ich bin in Zukunft hoffentlich glücklicher. Bis dahin in vorzüglicher Ergebenheit

Th. Fontane.

*582. An Julius Rodenberg*

[Postkarte. Poststempel: Berlin W, 29. II. 96]

Hochgeehrter Herr. Herzlichen Dank für alles. Ich beklage, daß Ihnen die Sp.-Geschichte soviel Mühe oder Gêne machen mußte, konnt es aber nicht gut vermeiden, Ihnen mit dem Antrag zu kommen. Wenn ich Sie spreche, sprechen wir uns darüber aus. – Gegen Fr. in Königsberg ist auch nichts zu machen, denn die Empfindlichkeit der Professoren geht noch über die der Pastoren. Und das will was sagen. Die sonst immer zitierten Schauspieler sind längst überholt.

Wie immer Ihr

Th. F.

*583. An Julius Rodenberg*

Berlin, 2. März 1896
Potsdamer Straße 134 c

Hochgeehrter Herr.

Herzlichen Dank für Ihre Karte, die mir einen Stein vom Herzen genommen; ich war doch in einer kleinen Sorge, ob Ihnen diese Behandlung unsres Lieblings auch recht sein würde. Und doch konnte ich auf meine Schreibweise nicht verzichten, weil mir das Prinzip, nach dem ich dabei verfahre, so wichtig ist. Mein Interesse für Menschendarstellung ist von der Wahrheit oder doch von dem, was mir als Wahrheit erscheint, ganz unzertrennlich; ich muß mich im Guten und Bösen, im Hübschen und Nichthübschen über ihn aussprechen können; wird mir das versagt, so hört das Vergnügen für *mich* auf. Ich gehe aber noch weiter und behaupte: auch für andre. Das Zeitalter des Schönrednerischen ist vorüber, und die rosafarbene Behandlung schädigt nur den, dem sie zuteil wird. Freiweg!

Das Hesekiel-Kapitel schicke ich Ihnen Mitte März. Und dann genug des grausamen Spiels.

In vorzügl. Ergebenheit

Th. Fontane

*584. An Otto Brahm*

Berlin, 3. März 1896

Hochgeehrter Herr.

Schönsten Dank.

Also Montag 5½. Wir freuen uns auf Brahm, aber noch mehr auf Frau Sorma, eine relative Zurücksetzung, die Sie als Direktor erfreuen muß. Die Tochter wandelt am Montag schon unter transalpinen oder – in dem stockkatholischen Meran – auch ultramontanen Mandelbäumen. – In der letzten Woche habe ich Abend um Abend einen Akt von »Florian Geyer« gelesen; gestern Abend Schluß. Es ließe sich ein langer, langer Essay darüber schreiben. Das *weitaus* Beste ist das Vorspiel, was ich schon bei der Aufführung empfand. Es ist ihm in diesem Vorspiel *das* geglückt, was weiter hin total verlorengeht: Scheidung und in dieser zugleich Klärung des Ganzen. Ein einzelner »Kotzer« geht. Ja, er kann interessant sein; aber sie »kotzen«, »rolpsen und grolpsen« alle mehr oder weniger, so daß es aussieht wie eine Kneipe morgens um 7, wo die Umgefallenen und Schnarcher bunt und wirr durcheinanderliegen und man nicht weiß, ob dies Bein oder dieser Kopf dem einen oder andern gehört. Es ist leider auch schwer darüber zu sprechen; auch das Gespräch gerät in Konfusion.

Ihr Th. F.

### 585. *An Georg Friedlaender*

Berlin 13. März 96.
Potsdamerstraße 134.c.

Hochgeehrter Herr.

Mit einiger Beruhigung lese ich zu Häupten Ihres letzten lieben Briefes: »Schm. 13. Februar«, also gerade vier Wochen; das geht noch, ich dachte, es wäre länger. Der nächste Tag war dann der Vortragstag in Zillerthal mit Frl. v. Koenen links und Frau v. Münchhausen rechts und Amtsgerichtsraht Dr. Friedländer in der Mitte. Hoffentlich, oder sagen wir ganz gewiß, ist alles gut verlaufen. Wenn Sie den »Engel der Barmherzigkeit« wiedersehn (ich finde den richtigen Beinamen, der doch entschieden was Forsches hat, eigentlich schmeichelhafter) also wenn Sie Frau v. M. wiedersehn, so bitte ich Sie, mich ihr empfehlen zu wollen. Allen Ernstes und ganz aufrichtig. Denn ich verdanke ihr relativ viel, ganz abgesehn davon, daß sie auch persönlich eine ganz eigenartige Figur ist. Es steckt nämlich dieser frommen Frau ein gut Stück Deibel im Leibe und das macht sie interessanter als sie sonst wäre.

Und nun der gute Prinz Reuß! Oder ist er jetzt richtiger Fürst? Natürlich erfüllt mich das Bild, das Sie von ihm geben, mit Theilnahme, aber sonderbar, bis auf einen gewissen Grad verhärtet sich mein Herz all solchen Erscheinungen gegenüber. Vor etwa 20 Jahren starb ein Graf Kanitz oder Egloffstein oder v. d. Recke (kurzum aus einer der frommen Familien) der aber als junger Offizier, ehe die Frömmigkeit so recht zum Ausbruch kam, sehr sehr forsch gelebt hatte. Nun war er General und ein Sterbender. Er ließ ein Crucifix aufstellen und dies Crucifix mußte, je nachdem er seine Bettlage nahm, beständig wandern, damit er den Gekreuzigten beständig vor Augen haben und zu ihm beten könne. Manche Menschen finden dies großartig. Auf mich macht es einen elenden Eindruck und Geschichten in denen Muth und Trotz oder lächelnde Resignation zum Ausdruck kommen, imponiren mir viel viel mehr. Es ist was Kleines in diesem Verhalten, auch Gott gegenüber. Und nun liegt da der gute alte Reuß und schimpft. Macht auch einen traurigen Eindruck. Wenn einer im *Leben* steht und spielt den Berserker, weil's mit seinem Fürstenthum und ähnlichem Unsinn auf die Neige geht, so finde ich mich darin zurecht, wenn aber einer im Sterben liegt und immer noch an diesen Krimskrams glaubt und sich einbildet, nun gehe die Welt unter, so habe ich blos ein Achselzucken. Da lobe ich mir als Herzerquickendes, vernünftiges Gegenstück die Leute in Niesky. Persönlich bin ich ganz unchristlich, aber doch ist dies herrnhutische Christenthum, das in neuer Form jetzt auch wieder bei den jüngeren Christlichsozialen zum Ausdruck kommt, das Einzige, was mich noch interessirt, das Einzige, dem ich eine Berechtigung und eine Zukunft zuspreche. Das Andre ist alles Blödsinn, ganz besonders aber der Mammonismus, der die niedrigste Form menschlichen Daseins repräsentirt. Meine Armuth macht mich jeden Tag glücklich. Hammerstein, Friedmann, St. Cére – da sieht man, was bei der Schmiere herauskommt. – Meine Tochter (jetzt in Meran) war sehr erfreut mit Ihrer Frau Mama und Frl. Lütty plaudern zu können. Hoffentlich geht es Ihren Damen gut und Ihnen selbst dazu.

Wie immer in herzlicher Ergebenheit

Th. Fontane.

*586. An Paul Heyse*

*Berlin* 13. März 96
Potsdamerstraße 134. c.

Mein lieber Paul.

Als ich Montag meinen Gegenbesuch machen und mich nach dem Befinden der gnädigen Frau erkundigen wollte, erfuhr ich (durch Hertz) daß Du schon Tags zuvor abgereist seiest. Nach

Haus, wo es – wenn man nicht gerade Menzel heißt – immer am besten ist. Was ich nun am 2. März nicht konnte, das laß mich zum 15. thun: antreten, meinen Diener machen und zu besondren Ehren des Tages meine Glückwünsche aussprechen.

Mit der Bitte, mich der hochverehrten Frau angelegentlichst empfehlen zu wollen, wie immer Dein alter

Th. Fontane
sogenannter »Jüngster«

*587. An Julius Rodenberg*

Berlin, 17. März 1896

Hochgeehrter Herr.

Anbei nun George Hesekiel! Der Inhalt macht mir keine Sorge; aber die Länge. Trifft es sich so, daß der Juni-Happen dadurch etwas zu groß wird, so bitte ich von den kleineren Sachen was wegzulassen. Ich habe diese vor den längeren Biographien – L. Schneider und B. v. Lepel – nur deshalb bevorzugt, weil ich doch auch durch die *Zahl* und *Mannigfaltigkeit* wirken wollte. Gerade daß solche Käuze wie Goldammer, Wollheim etc. da waren, erschien mir nicht unwichtig.

Über Königin Luise ein andermal. – Bei Schiff – Berlin ist eine kleine Stadt, und alles spricht sich rum – sollen die Mägen und Gesichter der 2 Stunden lang Wartenden etwas lang geworden sein. Ich weiß nicht, ob solche Schwedenhuldigung *nach* dem Tage von Fehrbellin noch statthaft ist.

Wie immer Ihr
Th. Fontane

*588. An Friedrich Stephany*

Berlin, 17. März 1896.

Hochgeehrter Herr und Freund.

Herzlichen Dank für die Wochenschrift der Mynheers, in der ich der »Grobschmiedekunst« angeklagt werde. Was man nicht alles erlebt.

Ich wollte dem Gedicht, weil ich so was ahnte, einen Nachreim geben, etwa des Inhalts

»Wo liegt Lombok? nun irgendwo, –
Übrigens machen es *alle* so.«

Nur auf Leist, Wehlau, Peters kann man nicht mal ein Gedicht machen, auch nicht wenn man »alter Barde« ist.

Friedlicher, netter ging es am Sonntag bei Ihnen her; seien Sie noch nachträglich dafür bedankt. Die Goldberger kennen zu lernen, war mir interessant.

Wie immer Ihr ganz ergebenster

Th. Fontane.

*589. An Martha Fontane*

*Berlin 19. März 96.*

Meine liebe Mete.

Das Haus rückt glaub ich mit fünf Briefen bei Dir an: Mama, Theo, Friedel, Anna, Tilla, – da will ich doch nicht fehlen und das halbe Dutzend voll machen. Ergeh es Dir gut, habe einen guten Tag und ein gutes Jahr, befestige Dich in Deiner Gesundheit und Deinen Grundsätzen, so weit sie's verdienen. – Mama, um sich zu erheitern, ist in Richard III. Sie fragte mich: ›ob das das Stück sei, wo drei schwarze Frauen immer im Hintergrunde ständen, eine immer schwärzer als die andre.‹ So leben Stücke im Gedächtniß der Menschen fort, sogar der gebildeten und theaterpassionirten.

Ich gehe, wie Dir Mama wohl schon geschrieben hat, unruhigen Tagen entgegen, Sitzungstage, Maltage. Ich freue mich aber drauf, einmal weil es nun doch endlich mal ein richtiger Maler ist, dem ich in die Hände falle, dann weil Liebermann ein ebenso liebenswürdiger wie kluger Mann ist. –

Im Thiergarten, in einem eleganten Wägelchen, begegnete mir heute Grete Begas* sammt Tochter. Ich finde die Tochter, die für häßlich gilt, viel hübscher als die Mutter. Der aesthetische Sinn steht hier so niedrig, daß die Menschen nicht mal, ganz alltäglich, hübsch von häßlich unterscheiden können.

Liebermann erzählte mir, Bismarck verbringe seine Tage nur noch mit Schimpfen. Er freue sich über jeden Besuch, weil er dann gleich wieder loslegen und auf seiner Invectiven-Orgel ein neues Register ziehen könne. Immer gegen den Kaiser. Sein alter Diener soll neulich zu ihm gesagt haben: ›Durchlaucht‹, ick will lieber en

* Grete Begas schwögte mir was von ›Quitt‹ vor, das sie eben gelesen habe. Ich sagte: ›nicht wahr, gnädige Frau, *auch* nicht übel‹, – was sie und noch mehr die Tochter bestätigte; vielleicht bin ich *da*durch bestochen.

bisken raus gehn, daß ich es nich alles höre.‹ ›Ja, geh nur; ich hab mich noch lange nicht ausgekollert.‹ Bei jedem andern würd ich drüber die Achseln zucken, aber zu Bismarck gehört es; es kleidet ihm. – Es ist sehr gut, daß Du die Richter-Eberty-Sippe hast; aber ich bitte Dich, sei vorsichtiger als Deine Mutter und rede Dich (und mich mit) in der Friedländer-Frage nicht hinein. – In einem niederländischen Blatt bin ich wegen eines im ›Pan‹ abgedruckten Gedichts (also der Pan *lebt!*) heftig angegriffen und einerseits als ›alter Barde‹ andrerseits als ›Meister der Grobschmiedekunst‹ spöttisch gefeiert worden, weil das eine Gedicht ›Die Balinesenfrauen auf Lombok‹ mit den Worten schließt: ›Mynheer derweilen auf seinem Kontor, malt sich christlich Kulturelles vor.‹ Ich bin sehr froh darüber; auf *die* Weise wird mein armes Gedicht doch wenigstens beachtet, denn die Berl. Blätter (z. B. Börsen-Courier) drucken die ganze Geschichte ab und natürlich das Gedicht mit. Tausend Grüße der verehrten theuren Frau. Wie immer Dein alter

Papa.

Anna wartet auf diesen Brief: sie will zur ›Messerschmidt'en!‹

*590. An Paul Schlenther*

*Berlin*, d. 19. März 1896.
Potsdamer Str. 134 c.

Hochgeehrter Herr.

Gott und die Welt kommen in meinen für Rodenberg eingepackten »Erinnerungen« vor, nur gerade Roquette nicht, was einfach daran liegt, daß er, aus Abneigung gegen alle Gesellschaften, in denen *kritisiert* wurde, nie Mitglied des Tunnels war. Ich bedaure aufrichtig, Ihnen nichts schicken zu können, um so mehr, als er in seinen großen menschlichen Tugenden und seinen nebenher laufenden Schwächen (zu denen auch vielfach seine Produktionen, Prosa wie Verse, gehörten) einen vorzüglichen Stoff bildet. Sein Bestes ist nach meinem Dafürhalten seine Selbstbiographie, besonders die erste Hälfte, noch mehr das erste Viertel. Da hat man den ganzen lieben Kerl in all seinen Vorzügen, in seinem feinen Humor, seiner ausgesprochenen Begabung für das Genre, seiner Selbstironie, selbst seiner persönlichen Preisgebung. Was in seinen Schriften Beobachtung und Wiedergabe des Kleinlebens ist, ist immer reizend, aber damit ist es auch vorbei. Alles andere versagt, und wenn er einen Anlauf zu historischer

Schilderung nimmt, wird er furchtbar. In seiner Biographie findet sich eine kurze Charakterisierung Napoleons I., die im brandenburgischen »Kinderfreund« sofort abgedruckt werden könnte. – Literarisch habe ich ihn nie hoch stellen können, aber menschlich desto höher. Er war ein ganz ausgezeichneter kleiner Kerl: mutig, schlagfertig, voll Esprit und Witz, lauter in Gesinnung und Wandel und von einer auf eigenes Behagen immer Verzicht leistenden Opferfreudigkeit, speziell auch im Geldpunkt. Einer (aber dies ganz im Vertrauen) von den seltenen Fällen, wo ein armer und zuletzt auch von Gebrechen heimgesuchter Schriftsteller seine ganze Familie unterstützte, zeitweilig unterhielt. Dabei immer Kopf oben, das Gegenteil von einem Heulmeier. Komm ich noch mal dazu, über ihn zu schreiben, so habe ich ein Schock Geschichten auf Lager, die schönste *die*, wie er am 20. oder 21. März Friedrich Wilhelm IV. mit gefällter Hellebarde gegen mehrere – *königliche Prinzen* (darunter Prinz Friedrich Karl) verteidigte. Was man nicht alles erlebt hat! Wie immer Ihr

Th. Fontane.

*591. An Hans Eberhard von Bodenhausen*

Berlin, 22. März 1896

Hochgeehrter Herr Baron.

Die beiden Dehmel-Bücher sind hoffentlich in Ihre Hände zurückgelangt, zugleich mit meiner Dankeskarte. Aber mit einem Wort über die Dichtungen bin ich noch im Rückstand. Einiges kannte ich schon, weil mir R. Dehmel eines der Bücher schon gleich nach dessen Erscheinen sandte. Der Eindruck, den ich damals empfing, den empfing ich jetzt wieder. Ich fühle, daß das alles Schöpfungen eines ernsten Mannes sind, der sein Metier nicht in Klingklangmanier und als Reimspielerei betreibt, aber wenn mein Respekt vor solchem Tun auch noch größer wäre, als er ist, ich kann mich nicht damit befreunden, weil ich einfach nicht folgen kann. Meiner Natur fehlt jedes Organ dafür. Daß man aus der alten Fahrstraße herauswill, ist gut, aber dem Einbiegen gerade auf *diese* Waldpfade kann ich nicht zustimmen.

Unter Wiederholung meines besten Dankes, hochgeehrter Herr Baron, in vorzüglicher Ergebenheit

Th. Fontane

*592. An Waldemar Meyer*

Berlin, 25. März 1896
Potsdamer Straße 134c

Hochgeehrter Herr Professor.

Ja, die Blätter, ja die Zeit, ja die Kunst! Ich darf persönlich eigentlich nichts sagen, weil man mich zu einer Art von Dalai-Lama erhoben hat, aber in der Intoleranz meiner Kunstglaubensgenossenschaft kann ich mich nur schwer zurechtfinden.

Ebenbürtig – und das kann vielleicht als Entschuldigung gelten – ist nur die Intoleranz der Alten. Etwas Wutschnaubendes hüben und drüben. Daß das alles auf *Sie* nicht paßt, weiß ich über und über.

Rodenbergs Ablehnung überrascht mich insoweit, als ich weiß, daß sich seine Kunstanschauungen mit den Ihrigen decken, vergegenwärtige ich mir dann aber, daß er der eigentliche Professoren-Redakteur ist, an den sich jeder anständige Mensch, der von Kunst und Leben etwas weiß, mit seinen »Memoiren« wendet (v. Brandt, von Verdy, v. Bernhardi, Hanslick und ungezählte andre), so sehe ich ein, daß es kaum anders sein kann. Sonderbar, an Novellen ist immer Mangel, an Essays etc. immer Überfluß.

Wie wär es, wenn Sie's mit Glaser (Westermann) oder Pantenius (Velhagen & Klasing) oder mit Dr. Paul Schlenther (Vossische Zeitung, Sonntagsbeilage) versuchten? Wenn Sie's wünschen, schreibe ich an Schlenther, nur kann er nicht mehr bringen als 3 mal 3 Spalten.

Im übrigen habe ich mit meinem Sohn gesprochen; schlägt alles fehl, so bitte ich Sie, ein paar Zeilen an ihn zu richten; er kommt dann zu einer durch Sie zu bestimmenden Stunde zu Ihnen. In vorzüglicher Ergebenheit

Th. Fontane

*593. An Paul Schlenther*

Berlin, 25. März 96.

Hochgeehrter Herr.

Anbei nun endlich die kleine Besprechung über Freund X., den Sie – wohl sehr zu seinem Schmerz – mit dem Worte, »Gesinnungsprotz« ebenso kurz wie wahr charakterisirt haben. Ein wunderbarer Heiliger, aber wirklich talentvoll, wiewohl, bei seinem Charakter, das Talent leider in die Brüche gehen wird. All diesen frei sein wollenden Leuten fehlt nichts so sehr wie Freiheit – sie schneiden die Wurst am falschen Zipfel an.

Seien Sie noch herzlich bedankt für Ihre [Y]-Kritik. Ich bin eigentlich ein [Y]-Freund und denke nicht daran, ihm mit Moralernsthaftigkeiten beschwerlich zu fallen; aber wenn er nur die Hand von solchen Sachen ließe! Nicht viele, aber doch etliche Dinge verlangen nun mal *Ernst*, und wer davon kein Brinkelchen hat, der soll sich nicht solche Stoffe aussuchen. Immer bloßer Theaterfex. Wenn man solche Geschichten wie mit unsrem armen H. H. noch frisch in der Erinnerung hat und erlebt dann solches Blech, so kann man wild werden. Übrigens war ich am selben Tage noch in einer Geheimrathsgesellschaft, wo der »Geheimrath« Ihre Kritik zu »feindselig« fand. Unter allen Kunstamateurs sind die Geheimräthe die notorisch dummsten. Bei herkömmlicher Regiererei versimpelt alles und die Meisten haben nicht viel zuzusetzen. Wie immer Ihr

Th. Fontane.

*594. An Max Liebermann*

*Berlin*, 29. März 96
Potsdamerstraße 134c

Hochgeehrter Herr Liebermann.

Im Augenblick, wo ich an Sie schreiben wollte, kommen Ihre freundlichen Zeilen. Es ist so hundekalt und ich wollte die Bitte aussprechen, daß wir einen wärmeren Tag abwarten, ich erkälte mich so leicht.

Ich hoffe, daß Sie das nicht verdrießt, Ihnen auch in Ihren Arrangements nicht allzu störend ist.

Sollte dies letztere aber doch der Fall sein, so wage ich die Bitte auszusprechen, daß wir die letzte Sitzung wieder bei mir haben; da habe ich die »Gräder« in der Hand.

In vorzüglicher Ergebenheit

Th. Fontane

595. *An Max Liebermann*

[Berlin, 30. März 1896]

Sehr erfreut über Ihre eben eintreffenden Zeilen. Natürlich ziehe ich dies freundliche Arrangement jedem andern vor. Und somit auf Wiedersehn morgen (Dienstag) 12 Uhr.

In vorzügl. Ergebenheit

Th. Fontane.

596. *An Julius Rodenberg*

Berlin, 31. März 1896

Hochgeehrter Herr.

Es gibt ein Buch von einem mittlerweile verstorbenen Privatdozenten Schütz oder Schütze über Storm, das mir mein Freund Dr. Friedländer in Schmiedeberg geliehen hatte; darin sind viele solche kurze Briefstellen enthalten, die an E. Schmidt ist eine der längsten und schönsten. Auch *die* Stelle, wo er, heimkehrend nach Husum, sich so sonderbar fremd und geängstigt fühlt, ist dem Schützeschen Buch entnommen. Dies Buch ist gut und nicht gut; alles Zitierte ist immer ausgezeichnet, ausgestattet mit dem Zauber, den alles Stormsche hat; was er (Schütze) dann aber selbst geschrieben hat – langes, ödes Klönen über den Inhalt der Novellen –, bekundet den Trivialmenschen.

Ich hätte heute doch an Sie geschrieben, wegen Barras, über dessen Memoiren ich gestern abend den Bericht mit großem Interesse, aber doch eigentlich nicht mit Zustimmung gelesen habe. Ob Barras ein frivoler Geck und eitler Renommist, auch im Liebespunkt, war, *da*rauf kommt es gar nicht an, es kommt darauf an, ob beispielsweise das, was er über *sämtliche* Napoleons (die reine korsische Bande) sagt, richtig ist oder nicht. Und man darf jetzt, glaub ich, sagen: es *ist* richtig. Die trotz alledem nach wie vor reizende Josephine war eine merkwürdige Nummer, und nun gar die Napoleonischen Brüder! Barras war gewiß unfähig, eine Gestalt zu begreifen, wozu vor allem gehört, daß man auch ihren *Wert* erkennt, aber das hebt den Wert dieser anekdotischen Mitteilungen nicht auf, wenn sie richtig sind. Und das sind sie höchstwahrscheinlicherweise.

Sie können sich denken, daß ich auch auf den Verf. geraten habe, der seinen Namen sicherlich nur wegen der *italienischen Anzüglichkeiten* verschwiegen hat; es muß ein Gesandtschaftsmensch sein, der jetzt, außer Dienst, sich um Historica kümmert, oder umgekehrt ein Historiker, den sein Beruf nach Rom – Gesandtschaft, archäologisches Institut – und in italienische Familien *aller* Art geführt hat.

In vorzügl. Ergebenheit

Th. Fontane

*597. An Gustav Keyßner*

*Berlin* 2. April 96.
Potsdamerstraße 134. c.

Hochgeehrter Herr.

Ganz ergebensten Dank für Ihren Brief vom 30., all seine freundlichen Worte und Ihre beigeschlossene Rede am 1. April 94. Ich habe letztre mit großem Interesse gelesen, besonders den Haupttheil, wo sie *literar*-historisch an die Briefe herantreten, während mir die Einleitung, wo Sie sich mehr *zeit*historisch verhalten, hinter dem, was folgt, etwas zurückzubleiben scheint. Es giebt eine mecklenburgische Geschichte, wo ein Berliner, der in Warnemünde badet, gern wissen will, »was eigentlich ein Lootse sei«, weshalb er sich an einen Eingeborenen wendet. Der antwortet ihm: »en Loots' is en Loots' un wat en Loots' is, weet jed een.« Viel anders gelingt es mit Bismarck auch nicht. Er hat das deutsche Reich aufgebaut. So wie man mehr sagen will, verheddert man sich. Die einfachsten Dinge zu beantworten, ist immer das denkbar Schwerste. Logik und Stil müssen auf der höchsten Höhe sein. Auch unter den Historikern leisten dies nur ganz, ganz wenige.

Sie werden an dieser kleinen und sehr partiellen Bemängelung keinen Anstoß nehmen.

In vorzüglicher Ergebenheit

Th. Fontane.

*598. An Ludwig Fulda*

*Berlin* 11. April 96.
Potsdamerstraße 134. c.

Hochgeehrter Herr.

Empfangen Sie meinen und meiner Frau herzlichsten Dank. Es kann nur die Frage sein, ob das was Sie *über* ihn oder *aus* ihm sagen das Reizendere ist. Ich lasse mir gleich heute noch einige

Berlin 2. April 96.
Potsdamerstr. 134.c.

Hochgeehrter Herr.

Ganz ergebensten Dank für Ihren Brief vom 30., all Ihre freundlichen Worte und Ihre eingeschlossene Rede am 1. April 94. Ich habe letztere mit gespanntem Interesse gelesen, besonders den Schlußtheil, wo Sie die Litteratur-Geschichte an die Wende setzen, treten, während mir die Einleitung, wo Sie sich mehr Zeitgeschichte vorhalten, hinter dem, was folgt, etwas zurückzubleiben scheint. Es giebt eine merkwürdige Geschichte, wo ein Dichter, der in [illegible] Recht, gern [illegible] will,

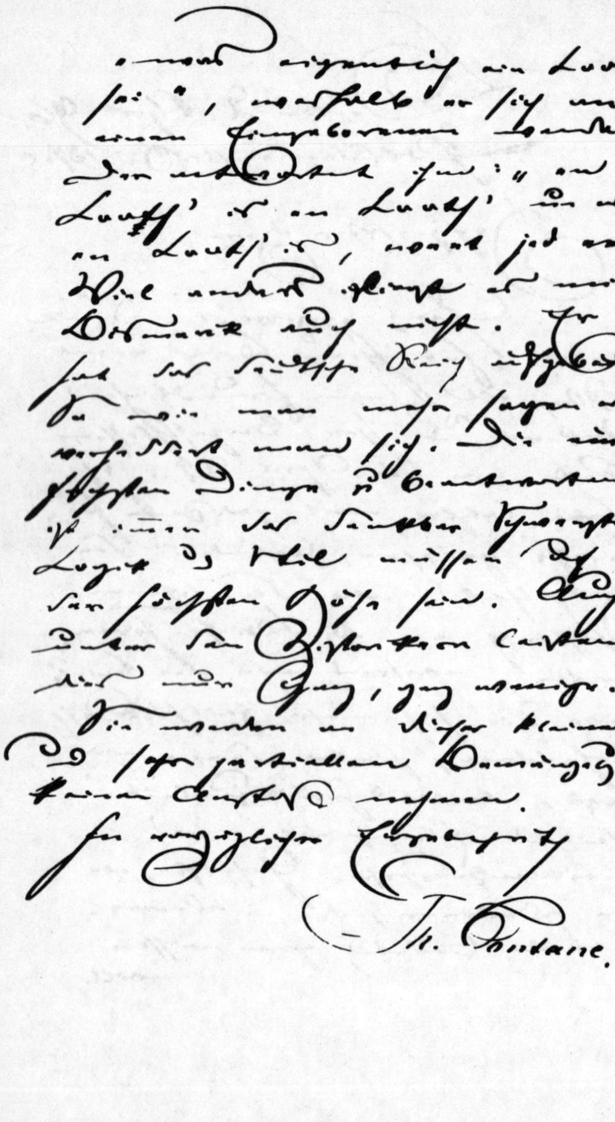

Th. Fontane.

*An Gustav Keyßner, 2. April 1896 (Vgl. Nr. 597, S. 550)*

Exemplare von der Expedition holen, um sie im nächsten Freundeskreise, der die Vossin nie zu Gesicht kriegt, zu vertheilen.

Nochmals besten Dank. In vorzüglicher Ergebenheit

Th. Fontane.

*599. An Otto Ernst*

*Berlin* 12. April 96.
Potsdamerstraße 134. c.

Hochgeehrter Herr.

Herzlichen Dank für Ihre freundliche Bemühung in Sachen Liliencrons. Natürlich ist es der »schwermüthige König«; nachträglich fällt mir auch ein, daß es »Nord und Süd« war, nur das Format war mittlerweile in meiner Vorstellung gewachsen. Ich weiß doch nun wo und wie und freue mich auf eine erneute Lektüre.

Mit besten Wünschen für Ihr Wohl, in vorzügl. Ergebenheit

Th. Fontane.

*600. An Julius Rodenberg*

Berlin, 14. April 1896
Potsdamer Straße 134 c

Hochgeehrter Herr.

Schönsten Dank für Ihre freundlichen Zeilen. Mir ist alles recht, und ich bitte Sie herzlich, ganz nach Ihrem Ermessen die Arrangements zu treffen. Vielleicht empföhle es sich, statt »Heinrich Smidt« den Blomberg oder Methfessel, gleichviel welchen, zu nehmen, da sich's so trifft, daß zwischen der Tischgesellschaft bei Smidts und der Kneipgesellschaft in Großfürst Alexander (Hesekiel-Kapitel) eine große Ähnlichkeit herrscht. Im Buch kommt H. Smidt gleich mit zu Anfang und Hesekiel samt Lepel, der sein Widerspiel war, ganz an den Schluß des Abschnitts, so daß der Leser Zeit hat, wieder zu vergessen; so dicht nebeneinandergestellt, könnte es vielleicht auffallen.

Aber ganz nach Belieben – ich lege kein Gewicht darauf und bin kein Königsberger Professor.

Wohin geht es? Ich bin so seßhaft-philiströs geworden, daß ich Ihnen die Mai-Reise kaum beneide.

In vorzüglicher Ergebenheit

Th. Fontane

*601. An James Morris*

*Berlin*, d. 16. April 1896.
Potsdamer Straße 134 c.

Hochgeehrter Herr und Freund.

Ich habe nichts von mir hören lassen, *so* lange nicht, daß ich den Inhalt der »Daily Graphic«-Nummern und anderer Blätter schon wieder vergessen habe. Doch ist mir einiges im Gedächtnis geblieben, so namentlich Urteile verschiedenster Art über Lord Leighton. Zwei dieser Urteile waren durchschnittsmäßig und langweilig, sehr interessant war aber *das*, was Mr. Moore (seinen Vornamen habe ich vergessen, ich glaube George) über Leighton sagte. Die Zeitung, die dies Mooresche Urteil zitierte, knüpfte tadelnde Bemerkungen daran, weil sie Anstoß daran nahm, einen großen Künstler zugleich als Gecken geschildert zu sehn. Aber da hat die Zeitung ganz unrecht. Die meisten großen Menschen haben auch noch Geckenzüge nebenher. Ganz korrekt sind immer nur die Mittelmäßigen. – In einer Nummer von »Daily Graphic« wurde über Bismarck und Menzel gesprochen mit einer Seelenruhe, wie wenn sich's um Müller und Schulze handelte. Mir drängte sich dabei wieder auf, wie dem Ruhm immer lokale Grenzen gezogen sind, und wie wenig *Welt*größen es gibt. Vielleicht hat dies Jahrtausend nur drei produziert: Columbus, Shakespeare, Napoleon. Ein großer Dichter, wie Dante, ist bloß ein Name. Er wird genannt, aber er lebt nicht.

Ihren Sudankrieg verfolge ich mit dem größten Interesse. Wahrscheinlich wird nicht viel daraus – der eigentliche Zweck wird *doch* erreicht. Liegt es aber umgekehrt, und kommt es zu ernsten Kämpfen, so wird England siegen, weil es sich – im Gegensatz zu früheren Unternehmungen – diesmal der großen Gefahren voll bewußt ist, also mit äußerster Vorsicht vorgehen wird, etwa wie Napier gegen Magdala.

Wir haben hier jetzt lauter Duellgeschichten, die wohl dahin führen werden, daß die Sache ganz außer Mode kommt. In herzlicher Ergebenheit

Th. Fontane.

*602. An Hermann Wichmann*

Berlin, 16. April 1896.
Potsd. Str. 134c.

Theuerster Wichmann!

Zu den Rosen nun Lorbeer! Seien Sie schönstens von mir und Effi bedankt. Die Blüthen haben sich hier völlig erholt, und stehen in einer Vase vor mir. Auffallend ist mir aber doch, dass das Alterthum dem Lorbeer eine so hohe Stellung angewiesen hat, er hat schönheitlich nichts Hervorragendes, die Blüthe nun schon gewiss nicht. Wie erklärt sich diese Hochstellung? Oder ist an Ort und Stelle doch ein Maass von Schönheit da, das uns hier nicht zu Gesicht kommt? Oder ist die grosse Schlichtheit gerade die Schönheit?

Meine Frau empfiehlt sich Ihnen und Frau Gemahlin.

Mit besten Wünschen für Ihr Wohl in herzlicher

Ergebenheit

Th. Fontane.

*603. An Maximilian Harden*

*Berlin* 19. April 96.
Potsdamerstraße 134. c.

Hochgeehrter Herr.

Seien Sie für diese schmeichelhafteste Form einer Effi Briest-Besprechung schönstens bedankt, desgleichen für den ganzen Artikel. Mit allem, was sich gegen den geschäftigen Müßiggang in der höfischen Sphäre richtet, bin ich einverstanden, aber mit der Duellfrage werden wir sobald nicht fertig werden; es wird jetzt immer auf England hinverwiesen, dessen alles mit Moneten begleichende Zustände mir auch keineswegs als ein Ideal erscheinen.

Nochmals besten Dank. In vorzüglicher Ergebenheit

Th. Fontane.

*604. An Ludwig Fulda*

*Berlin* 20. April 96.
Potsdamerstraße 134. c.

Hochgeehrter Herr.

Anbei eine Petition an den hessischen Großherzog zu Nutz und Frommen von Antoinette Roquette. Freund Heyden hat die Sache gemacht, Zöllner und ich haben mit unterschrieben. Es wäre nun sehr liebenswürdig, wenn Sie der vierte Mann sein und das Schriftstück auch unterschreiben wollten. Stimmen Sie zu, wie ich annehme, so bitte ich herzlichst, daß Sie, nach erfolgter Unterschrift, die Petition auch gleich zur Post geben. Diese (die Petition) könnte vielleicht etwas kürzer und in den Uebergangsworten von Absatz zu Absatz (worin Lamartine die eigentliche Kunst sah) um einen Grad glücklicher sein, im Ganzen aber erscheint mir die Sache gelungen.

In vorzüglicher Ergebenheit

Th. Fontane.

*605. An Ludwig Fulda*

*Berlin* 22. April 96.
Potsdamerstraße 134. c.

Hochgeehrter Herr.

Herzlichen Dank für Ihre freundlichen Zeilen. Möchte die Petition Erfolg haben und der Nachlaßband etwas bringen. Aber offen gestanden, ich habe nicht viel Hoffnung; der Großherzog wird sich sehr besinnen, für einen eingewanderten Preußen 'was zu thun und wenn Cotta nicht generös und leichtsinnig ein gutes Honorar *vorweg* zahlt, hinterher wird nicht viel dabei herauskommen. Denn er ist, so zu sagen über Verdienst hinaus, außer Mode. Durch einen wenn ich den Ausdruck gebrauchen darf Commiß-Aufruf in den Zeitungen, wo, wie für Abgebrannte, 3 Markweise gesammelt wird, wäre immer noch was zu beschaffen, aber gegen solches Vorgehn ist Fräulein Antoinette aufs äußerste eingenommen. Vielleicht mit Recht. Ich weiß es nicht. In vorzügl. Ergebenheit

Th. Fontane.

*606. An Hermann Wichmann*

Berlin, 24. April 1896.
Potsd. Str. 134c.

Theuerster Wichmann!

Seien Sie schönstens bedankt für Ihren lieben Brief. Natürlich haben Sie recht; was Sie mir in Ihrer Güte über Limonen, Lorbeer- und Myrthenbäume noch an den Rand geschrieben haben, hat mich sehr interessirt. Ja, tausend Jahre, das ist schon was.

Ausserdem »willst den Dichter Du versteh'n, musst Du in Dichters Lande geh'n«. – Dieser Satz passt auch auf Bäume; was wir hier in Lorbeer und Myrthe leisten, ist schwach.

Ja, die nicht-verbrannten Briefe in Effi! Unwahrscheinlich ist es gar nicht, dergleichen kommt immerzu vor, die Menschen können sich nicht trennen von dem, woran ihre Schuld haftet. Unwahrscheinlich ist es nicht, aber es ist leider trivial. Das habe ich von allem Anfang an sehr stark empfunden und ich hatte eine Menge anderer Entdeckungen in Vorrath. Aber ich habe nichts davon benutzt, weil alles wenig natürlich war, und das gesucht Wirkende ist noch schlimmer, als das Triviale. So wählte ich von zwei Uebeln das kleinere.

Von Dernburg's schmeichelhaftem Wort erfahre ich erst via Roma durch *Sie*. Hier bleibt einem so was verschwiegen. Ich weiss nun nicht recht, was ich Dernburg gegenüber zu thun habe. Keine Notiz davon nehmen, ist beinahe unartig, und sich bedanken, ist beinah albern. Ich will es auch beschlafen. Tausend Grüsse der hochverehrten Frau und Ihnen

Ihr

Th. Fontane.

*607. An Martha Fontane*

Berlin 24. April 96. Potsdamerstraße 134.c.

Meine liebe Mete.

Heute gegen Abend kam Deine Karte aus Lugano; ich antworte statt Mamas, die erkältet ist und sich bereits zu Bett begeben hat, um morgen, wo sie allerlei vorhat, wieder bei Wege zu sein.

Was Du über Brahm schreibst, hat uns sehr amüsirt und ich werde ihm die 2 Zeilen zugehen lassen; ich kann es um so eher, als er für den Augenblick wohl in glänzender Direktorlaune ist, gestern wurde nämlich Max Halbes ›*Jugend*‹ – auf dem Residenztheater schon 200 mal aufgeführt – auf dem Deutschen Theater zum ersten Male gegeben und hat sehr gefallen. Es ist möglich, daß er's mit Hülfe der Ausstellung auch bis auf 200 bringt.

Ja, Verona! Trifft man es in Verona gut, so ist es in seiner 3/4 Verjohrenheit ganz besonders entzückend, ist es aber kalt, windig, staubig, so ist es ein furchtbares Loch. Trotzdem – da Du von Italien so wenig kennst, denn Deine Reise mit der Dooly steht nicht höher als eine Reise nach Pichelsdorf – bin ich erstaunt, daß Dir der alte Steinkasten so wenig imponirt hat. 1. Arena 2. Piazza d'Erbe (schon Menzels wegen) 3. Dante-Platz. 4. Grabmäler der

Scaliger 5. Giardino Giusti 6. Die alte Kirche neben einer Etsch (?) Brücke mit einer sehr schönen Tizianschen Assunta und 7. die Erinnerungen an ›Julia‹ wenn auch nur als eine Art Ulk, machen den Ort doch immerhin interessant. Aber Du hast nie die richtigen Führer. Und Colomba d'Oro! Das ist ja die reine Ausspannung. Dahin geht niemand mehr. Die richtigen Gasthöfe heißen: ›Duc Torre‹ und ›Torre di Londra‹ oder so ähnlich, für ital. Korrektheit kann ich nicht einstehn. *Das* sind wundervolle Gasthöfe von englischem Zuschnitt.

Wir sind sehr glücklich darüber, daß Dich alles so erfreut und beglückt; wir gönnen Dir solche schöne Reise und danken mit Dir (oder vielleicht thust Du's nicht mal) der theuren Tante Witte.

Mama ist seit ein paar Wochen schreibefaul und versichert, sie wisse nicht was sie schreiben solle, denn sie erlebe nichts. Dies ist grundfalsch. Aber bekanntlich ist bei Mama alles Stimmungssache, sie sieht die Dinge nie, wie sie sind, sondern immer nur in der ihrer persönlichen Gemüthsverfassung entsprechenden Farbe. Und mitunter sind die Gläser so beschlagen oder verräuchert, daß sie gar nichts sieht. Es fällt mir diesmal etwas auf, weil sie im Uebrigen ganz unverstimmt ist. Es ließe sich von jedem Tage ein Buch schreiben. – Habe noch schöne Tage. Grüße die verehrte Frau. Wie immer Dein alter

Papa.

*608. An Maximilian Harden*

*Berlin* 26. April 96.
Potsd. Str. 134. c.

Hochgeehrter Herr.

Ich persönlich bin unschuldig; es muß auf Seiten der Expedition, die ich, weil mein Sohn der Verleger ist, nicht gern anschwärzen möchte, eine kleine Confusion stattgefunden haben. Vielleicht auch ein Mißverständniß.

Daß Sie mir meine Jahre nicht zum Schlimmen anrechnen wollen, vielmehr entgegengesetzt darüber denken, kommt mir zu paß und so sei Ihnen Wittwe Pittelkow bestens empfohlen. In vorzügl. Ergebenheit

Th. Fontane.

Verzeihen Sie die Flecke oben; ein Brief an Pietsch, den ich mit dicken nassen Buchstaben unvorsichtig drauf packte, hat es verschuldet.

*609. An Erich Schmidt*

*Berlin*, d. 25. Mai 1896.
Potsdamer Str. 134 c.

Hochgeehrter Herr Professor.

Wie so vieles, so verdanke ich Ihrer Güte höchstwahrscheinlich auch eine Einladung zur Einweihungsfeier in Weimar, die mir gestern in einem von Professor Suphan unterzeichneten Schriftstück zugegangen ist.

Ich habe geantwortet »daß ich nicht könne«, was wegen Karlsbad auch wirklich der Fall ist. Aber wenn es auch anders läge, würde ich doch »weit vom Schuß« zu bleiben suchen. Ich kann mich da nicht mit einem Male gut einreihen. Abgesehen davon, daß einige in den Verwunderungsruf: »Gott, nun auch hier noch« ausbrechen würden, passe ich wirklich in die Sache nicht recht hinein, weil ich der da zu spielenden Rolle nicht gewachsen bin. Es ist mir gelegentlich passiert, daß ich mit einem lateinischen oder selbst griechischen Zitat wie mit du auf du angeredet worden bin, wobei ich immer das Gefühl gehabt habe: »Erde, tu dich auf« – ein Gefühl, das mir in Weimar leicht noch mal erblühen könnte. Denn trotzdem ich meinen Lewes und sogar meinen Herman Grimm gelesen habe, habe ich doch von Goethewissenschaftlichkeit keinen Schimmer und würde jeden Augenblick die Angst haben: »Jetzt geht es los.«

Ich mußte Ihnen das bekennen.

In vorzüglicher Ergebenheit

Th. Fontane.

*610. An Bernhard Suphan*

Berlin, 25. Mai 1896

Hochgeehrter Herr Professor.

Die mich auszeichnende Einladung zur Feier der Einweihung des Goethe- und Schiller-Archivs hatte ich die Ehre zu empfangen.

Indem ich der hohen Auftraggeberin, wie Ihnen selbst, hochgeehrter Herr Professor, meinen gehorsamsten Dank für diese Auszeichnung ausspreche, muß ich zugleich zu meinem lebhaftesten Bedauern hinzufügen, daß eine mich den ganzen Juni über in Carlsbad festhaltende Kur am Erscheinen in Weimar verhindern wird.

Hochgeehrter Herr Professor, in vorzüglicher Ergebenheit

Th. Fontane

*611. An Martha Fontane*

Karlsbad 31. Mai 96. Amsel.

Meine liebe Mete.

Mamas Salztüte ist aufgegangen und hat die Schreibtischplatte wie bestreut; mühsam hab ich alles weggeklopft, was aber vielleicht auch nicht gut ist. Wir haben bis um 8 geschlafen, trotzdem um 6 das bekannte Hôtelgetrampel losging; Gott sei Dank giebt es keine nächtlichen Stiefelschmeißer, da alles schon um 9 zu Bett geht. Hier herrscht Bora, was Mama erfrischend findet; ich entbehre meinen lieben alten Rock, der mir um so theurer wird, je mehr er geschmäht wird; Loos aller Besseren. Wir haben am Brunnen heute nur gekostet, jeder einen Becher. Während der Brunnenpromenade, studirten wir die Buchhändler-Schaufenster. In allen (weil Sonntag) stand vornan: ›An allen Orten gilt Sein Wort‹ (oder so ähnlich) eine Predigtsammlung. Drum herum gruppirte sich: Eifernde Liebe von Wildenbruch und Reine Liebe von der Eschstruth; fehlte nur noch Liebesrausch von Tovote. Den Hauptplatz nahm aber ein: ›Unter dem rothen Adler, Roman aus der Berliner Hofgesellschaft.‹ Ich denke mir, auf 6 ›Reine Liebe‹ wird wohl eine Predigtsammlung kommen. Die dicken Karlsbader Gestalten wirken sehr weltlich. Frau Sorma ist hier und wohnt Villa Lauretta, Parkstraße, auf dem englischen Berg; sie taucht aber nicht direkt in der Fremdenliste auf, sondern in folgender Verschleierung: ›Nummer 7256: Herr Demeter Mito von Minotto, Privatier mit Gemahlin Agnes, Sohn Jacobus Michael und Bedienung aus Berlin.‹ Und wenn ich nun bedenke, daß der kleine Brahm für diesen ganzen Apparat aufkommen soll, so kann einem angst und bange werden. Im Hôtel Omnibus fuhren wir mit einer Dame aus München, die, als sie uns als Berliner erkannte, ohne Weitres fragte ›ob wir den Banquier Apfelbaum kennten? er wohne in der Voßstraße.‹ Ich antwortete: ›wenn er in der Voßstraße wohne, müßte ich mich beinah geniren, ihn *nicht* zu kennen; aber ich kannte ihn wirklich nicht; er wäre wahrscheinlich ›Zuzug‹. Sie setzte verschmitzt hinzu: ›sie hätte letzten Winter in Nizza mit Apfelbaum ein Rendez-vous in Carlsbad verabredet; zu diesem Rendezvous reise sie jetzt; sie leide übrigens furchtbar an Ischias,‹ – was mich wieder beruhigte.

All dies werthvolle Material sollte bis morgen lagern, da ich aber eben durch Mama erfahre, daß morgen Annas Geburtstag ist, so sollen diese Zeilen mit meiner Gratulation heute noch zur Post. Ich wünsche ihr, daß sie sich erst verheirathet, wenn wir todt sind.

Jung gefreit, hat niemand gereut; kehrt man es aber um, so ist es – das gewöhnliche Schicksal solcher Sätze – mindestens ebenso richtig. Grüße die Söhne, die Gesellschaft und berichte was Du ›angerichtet‹. Mit diesem Kalauer will ich schließen. Wie immer Dein alter

Papa.

*612. An Egon Fleischel (?)*

*Karlsbad* 3. Juni 96
Amsel

Hochgeehrter Herr.

Besten Dank für Ihre freundlichen Zeilen und Correkturbogen 1 und 2. Daß Sie das »fuseln« (statt fusseln) entdeckt und beseitigt, freut mich besonders. Überhaupt haben die Stuttgarter in dem M. S. grausam herum gewirtschaftet. An einer Stelle hieß es (S. S. 22) »antwortete er mit einem Ausdruck, den ich nur als sardonisch bezeichnen kann« etc; aus Kameradschaftlichkeit gegen Toeche aber haben die Krönerianer das geändert, weil es allerdings eine Verhöhnung der Militärwochenblatthonorare (worüber alle Militärs seit lange empört sind) markiren sollte. So was macht doch aber einen elenden Eindruck.

Eben trifft die Karte vom Montag Abend mit den zehn Unterschriften ein. Ich freue mich herzlich, daß Sie den Salamander nicht verschmäht haben. Marthas Reim:

Der Wunsch von Schlenthern
Wird hoffentlich kentern

ist der witzigste und tiefsinnigste. Viele Grüße dem Chef und Cohn. In vorzügl. Ergebenheit

Th. Fontane

Darf ich von Bogen 2 um Revision bitten.

*613. An Carl Robert Lessing*

Karlsbad, 8. Juni 1896

Hochgeehrter Herr Geheimrat.

Lassen Sie mich auch von hier aus noch unser Bedauern und bei der Gelegenheit zugleich auch meine Glückwünsche zu dem Siege Mesebergs über Templin bez. die 26 Arnims aussprechen.

Ich selbst bin bei diesem Vorgange sonderbarlich mitbeteiligt.

Im Winter habe ich einen politischen Roman geschrieben (Gegenüberstellung von Adel, wie er bei uns sein *sollte* und wie er *ist*). Dieser Roman heißt: *»Der Stechlin«*.

Es ist dies der ganz in Nähe von Meseberg gelegene See, den Ihr Herr Sohn gewiß kennt und Sie vielleicht auch. – Um diesen See handelt es sich, trotzdem er nur zu Anfang und zu Ende mit etwa 5 Zeilen vorkommt. Er ist das Leitmotiv. Und nun kommt die Hauptsache: drei Kapitel, grad in der Mitte des Buches, beschäftigen sich mit einer Reichstagsersatzwahl im Kreise »Rheinsberg-Wutz« (Wutz ist Lindow), und ein Adliger, der alte Herr v. Stechlin, und ein Fortschrittler stehen sich gegenüber. Der Fortschrittler siegt. Soweit möchte alles gehn. Aber dieser siegende Fortschrittler – wie fern lag mir, als ich das schrieb, jeder Gedanke an eine Kandidatur Ihres Herrn Sohnes –, dieser siegende Fortschrittler ist der semitische Rechtsanwalt Katzenstein aus Gransee!! Da können Sie sich nun denken, wie mir zumute wurde, als vor etwa 4 Wochen der Landwirt Gotthold Lessing von Meseberg auf dem Plane erschien! Daß ich meine Geschichte ändern müsse, stand mir sofort fest, und ich glaube, daß es mir gelungen ist. Ich lasse jetzt den Kampf zwischen dem alten Stechlin und einem *Sozialdemokraten* spielen und beginne, nach stattgehabter Wahl, das nächste Kapitel etwa so: »Die Würfel waren inzwischen anders, als man erwartet, gefallen, denn weder der alte Stechlin noch der Sozialdemokrat waren gewählt worden – der Kandidat der Fortschrittspartei hatte gesiegt.« Dann nimmt die Erzählung ihren Fortgang. Ich hoffe, daß ich dadurch alles, was der Familie Lessing fatal sein könnte, beseitigt habe. Von »Fortschritt« ist keine Rede mehr. Vorher auch nicht. Übrigens hat die Geschichte dadurch gewonnen. Wenn ich die Ehre habe, Sie wiederzusehn, erzähle ich, Ihre Zustimmung vorausgesetzt, weiter davon. Mit der Bitte, mich und meine Frau Frl. Magdalis angelegentlichst empfehlen zu wollen, hochgeehrter Herr Geheimrat, in vorzüglicher Ergebenheit

Th. Fontane.

Entzückt hat mich hier der Artikel »Die Bekenntnisse einer schönen Seele«; – *so* muß man die Sache anfassen und *nur* so; Witz und Hohn sind die einzig richtigen Waffen.

*614. An Friedrich Fontane*

Karlsbad, 9. Juni 1896

Mein lieber Friedel.

Sei für *drei* Schriftstücke, die heute a tempo eingingen, schönstens bedankt. Alles, auch das Geschäftliche, ist mit so viel glücklichem Humor behandelt, daß ich, ganz abgesehn von den Baribus, auch literarisch meine Freude daran gehabt habe. Der »Wanderverein Reform« ist eine glückliche Idee, die Du in ihrer Reinheit aufrecht erhalten und jedes Mitgliederwachstum ausschließen mußt. Das Fest bei M.-Grote muß ja wirklich pompös gewesen sein: Hopfen hat immer Glück mit dem Weiblichen gehabt und nun zum Schluß auch noch eine schöne Tochter. Er erscheint mir aber trotzdem nicht beneidenswert, denn er ist ein Greul. Paetels Huldigungen sind mir ganz angenehm, und ich bin froh, daß ich ihn mit seiner Rundschau habe, all das andre ist ja nichts, es ist die einzig wirklich anständige Journalstelle – trotzdem kann ich nicht leugnen, daß man um ein paar Grade coulanter sein könnte, wobei ich ununtersucht lasse, ob es an Paetel oder an meinem Freunde Rodenberg liegt. Denn vom »Courmachen« – worauf ich, weil alles in der Rundschau Gedruckte besonders gut einschlug, vielleicht Anspruch hätte –, von Courmachen war nie die Rede und ist es noch nicht. Es wäre mir unbegreiflich, wenn nicht meine – 76 wären. So aber denken sie wahrscheinlich: »Von einer *Zukunft* kann keine Rede sein; springt er ab, so geschieht nur das, was, nach dem Lauf der Dinge, doch binnen kurzem geschehen muß.«

Und nun Dein drittes Schriftstück mit den zwei frohen Botschaften! Das Geld und der Erfolg an sich sind mir gleich angenehm. Möchten die »Poggenpuhls« so gute Tage haben wie »Jenny Treibel«.

Empfiehl mich Fleischel; er proponiert mir gütigst auf S. 22 Wiederherstellung meines ursprünglichen Manuskriptausdrucks, aber wiewohl dieser (in Stuttgart gefallene) Ausdruck sicherlich besser war, so bedeutet die Sache doch nicht viel; außerdem ist es ganz gut, daß dem schon halbtoten Toeche nicht noch, als ob er der tote Percy wäre, ein Falstaffscher Sauhieb versetzt wird. Morgen, Mittwoch, ist schon die halbe Zeit um. Mit einer spitzen Stahlfeder schreiben müssen wird mir schwer – ich bin ganz davon entwöhnt. Heute langes Brunnengespräch mit Frau Sorma, sonst alles stumm.

Dein alter

Papa

*615. An Martha Fontane*

Karlsbad 10. Juni 96. ›Amsel.‹

Meine liebe Mete.

Während Mama *in* die Wellen steigt (Venus stieg *aus* den Wellen) will ich Dir einen kleinen Brief stiften. *Dein* Brief brachte 2 große Nachrichten: 1. daß Du Dir ein Kleid machen lassen sollst (an ihren Göttern erkennt man die Menschen) und 2. Dein Gespräch mit Theo, – keine ›Aussprache‹, vor der Du Dich mit Recht graultest, sondern Herzausschüttung, Beichte. Sei nur recht gut zu ihm (wie Du ja schon angefangen hast) und zeige ihm, wie leid er uns thut. Denn er ist gewiß in einer mehr als vertrackten Situation. Ich bin ja immer mit ›scheiden lassen‹ bei der Hand, aber daran ist ja bei einem Manne wie Theo gar nicht zu denken. Er ist Programm-Mensch, preußisch-conventionell abgestempelter Prinzipienreiter, zum Ueberfluß auch noch Biedermeier mit 'ner Hängelippe und so heißt es denn: ›es wird fortgewurstelt.‹ Er wird weiter ›einkaufen‹ und in allerhand Kassen zahlen, Geheimer Kriegsrath werden und den Rothen Adler 2. Klasse kriegen und schließlich – wie damals, wo er die verunglückte Rede gehalten hatte – mit dem Preußenmotto sterben: ›ich habe meine Schuldigkeit gethan.‹ In mir wird das Aufbäumen gegen all diese Herrlichkeit immer größer und vielleicht schnappe ich in meinem wachsenden demokratischen Weltbürgerthum noch über. Aber ich verirre mich, wie gewöhnlich, und vergesse, daß ich von Theo's Situation, nicht von seinem Charakter sprechen wollte. Wir müssen ihn durchaus besser behandeln, denn er sitzt in keiner guten Assiette. Du schreibst ›er habe Dich ganz entwaffnet‹ und das ist genau das, was ich empfinde. Uebrigens Mama auch, sogar mit ›verve‹, – wenn es nur vorhält. Von dem Augenblick an, wo er zu uns sagt: ›so und so liegt es, aber ich kanns nicht ändern und *muß* es aushalten und *will* es aushalten,‹ – von dem Augenblick an hat er *uns* gegenüber gewonnen Spiel. Es fällt dann das fort, was uns am meisten geärgert hat: Blindheit, Verranntheit, Ungerechtigkeit.

Sehr gefreut habe ich mich, daß Du mit Anna in der Ausstellung warst; *so* muß man's machen. Eh nicht die letzte ›Madamm‹ begraben ist, eh wird es nicht besser.

Dein alter Pa.

*616. An Wilhelm Hertz*

Karlsbad 10. Juni 96.
»Amsel.«

Sehr geehrter Herr Hertz.

Schönsten Dank für das Dr. Biesesche Buch, in dem ich gleich gestern ein gut Stück gelesen habe, – mit mäßigem Vergnügen. Er ist auf Storm eingeschworen, was immer schlimm ist, so hoch ich Storm stelle. Nach meiner Meinung giebt es gute und schlechte Lyrik, während es nach der Meinung der Biese's (und namentlich auch Storms selber) nur eine stormsche und eine nicht-stormsche Lyrik giebt. Ich persönlich bin freilich auch enthusiastischer Stormianer und glaube daß dies Stormsche eine höchste Form darstellt, aber erstlich ist es doch noch die Frage, ob andre Formen nicht mehr oder weniger ebenbürtig sind (z. B. das Witzige, das Schelmische, das Graziöse, die formvollendete, heiter-espritvolle Spielerei) und jedenfalls giebt es thatsächlich viele Tausende kluger Leute, die zu andern Göttern schwören und ihrer Natur nach es *müssen*. Die Franzosen beispielsweise haben *andre* lyrische Ideale; zu der Berechtigung dieser Andern, haben sich Storm und – Biese nicht recht erheben können. Wie immer Ihr aufrichtig ergebenster

Th. Fontane.

*617. An Friedrich Fontane*

[Postkarte. Poststempel: Karlsbad, 13. VI 1896]

Gleichzeitig mit dieser Karte gebe ich die letzten Bogen der ›Poggenpuhls‹ zur Post. Auf der letzten Seite stand noch eigens ›Ende‹. Das habe ich gestrichen, weil, wenn weiter nichts kommt, jeder sieht: ›ja, nun ist es aus‹. Es amüsierte mich aber das muthmaßlich von Freund *Dobert* hinzugefügte Wort ›Ende‹ doch sehr, weil sich darin eine ganz richtige Kritik ausspricht. Kein Mensch kann annehmen, daß *das* ein Schluß ist und so war es nöthig, dem Blatt-Leser zu versichern: ›ja, Freund, nun ist es aus; wohl oder übel.[‹] Ergeh es Dir gut, empfiehl mich Deinen Herren besonders Fl., der sich mit der Correktur gequält hat.

Dein alter Pa.

*618. An Martha Fontane*

Berlin [versehentlich anstatt: Karlsbad] 13. Juni 96

Meine liebe Mete.

Das klingt ja alles sehr traurig und Du und Lise und alle thuen mir herzlich leid. Schon wenn ich von Scharlach höre, wird mir schlecht und bei Diphterie nun schon ganz gewiß. Wie kann man an einem Ort und in einem Kasten wohnen, wo unausgesetzt dergleichen los ist! Ueberhaupt deutsche Luftkurörter! Wie Kanonenluken in die Welt hineinstarrende Kloset-Rachen (Wernigerode), Dünensand der bibbert und Wellen wirft von den verscharrten Fleischabfällen (Nordernei) Gänsedreck-Ocean und zum Färben aufgethürmte alte Judenhosen (Krummhübel) – das heißt Sommerfrische, Luftbad. Da ist mir eine Bank mit Spreewaldsammen doch noch lieber, selbst wenn der kleine Bocher in einem fort abgehalten werden muß.

Leider kann ich von hier aus auch kein Spürchen von Trost spenden; – Schicksal nimm Deinen Lauf. Ihr müßt Beide alles über euch ergehen lassen, wie auch die Würfel fallen; gurgelt nur was das Zeug halten will und nehmt alle paar Stunden von 11 oder 12 Uhr an einen tüchtigen Schluck Rothwein. Und ein Glas guten Thee, aber self made, und ohne Milch nur mit etwas Cognac. Und nur essen worauf ihr lebhaftesten Appetit habt, sonst lieber gar nichts.

Mama liegt noch im Bett oder richtiger hat sich wieder hingelegt; ihr war heute früh so düselig und sie ängstigte sich. Alles Heldenthum ist begrenzt. Ein Glück – diesmal aber sehr ernsthaft – daß ihr Thierfelders habt. Herzliche Grüße an Lise. Wie immer Dein alter

Papa.

Laß ja von Dir hören; hoffentlich Leidliches.

*619. An Martha Fontane*

Berlin [versehentlich anstatt: Karlsbad] 13. Juni 96

Meine liebe Mete. Habe Dank für Deinen famosen A. Scherenberg-Brief; Du hast ganz recht, es giebt doch noch eine innerliche Gewaschenheit, die weit über die äußerliche geht; aber sie ist *so* rar, daß man doch gut thut, bei Pears Soap zu verharren. Ich habe gleich an Heyse geschrieben und werde von seiner Antwort unser weitres Verhalten in der Sache abhängig machen, also so oder so. – Heute Nachmittag wollen wir mit Dr. Sternfelds Schwester an einer schönen Stelle Kaffe trinken; sie ist immer mit einem Roman von mir bewaffnet; heute früh holte sie einen aus dem Strickbeutel. Dann hatten wir mit Timm (der sehr gut ist) ein freundlich nichtssagendes Gespräch. Aber wo nicht viel ist, ist das das Beste. England wird ja in Berlin sehr flattirt. Es hilft aber alles nichts. Jeder bleibt wie er ist. Dein alter

Papa.

*620. An Paul Heyse*

*Karlsbad*, 14. Juni 96.
Amsel.

Mein lieber Paul.

Einige Tage vor meiner Abreise von Berlin, war das alte Fräulein Scherenberg bei mir, um sich für ein paar theilnahmvolle Worte zu bedanken, die ich an sie gerichtet. Sie hatte nämlich kurz vorher ihren Nährvater, den alten General Rautenberg, verloren, dem sie durch 20 Jahre hin die Wirthschaft geführt hatte. Wir sprachen nun über hundert Dinge, wohl anderthalb Stunden lang, und erst als sie fort war, fiel mir's schwer auf die Seele: die arme Person hat eine Frage stellen wollen, aber schließlich nicht den Muth dazu gefunden. Sie hat von der Pension des alten Generals (der ihr Cousin war) mit gelebt, aber wovon lebt sie *jetzt?* Muthmaßlich von nichts.

Um das meinerseits Versäumte nachzuholen, beauftragte ich meine Tochter, die den alten General und namentlich seine 2 Söhne sehr gut gekannt hat, gelegentlich zu recherchiren. Diesen Aufklärungsbesuch hat sie nun letzten Freitag gemacht, und ihr Brief, den ich mir beizuschließen erlaube, giebt Auskunft über die von ihr vorgefundene Situation. Ich erführe nun gerne durch Dich, ob das arme alte Fräulein, wenn sie bei der Hauptstiftung einkommt, auf Deine freundliche Zustimmung, die dann wohl gleichbedeutend ist mit Gewähr, rechnen kann. Habe ich Dein »ja«, so veranlasse ich von Berlin aus, wohin ich am 20. zurückkehre, das Weitere.

Mit herzlicher Freude habe ich in Erfahrung gebracht, daß es Dir möglich war, für Toni Roquette so viel zu thun. Der gute Fulda hat sich gleicherweise dabei mit Ruhm bedeckt. Ein Glück, daß sich immer noch Leute finden, die für Andre Zeit und Geneigtheit übrig haben. Mitunter sieht die Welt so aus, als stünde all dergleichen auf dem Aussterbe-Etat.

Mit meiner alten Frau, die Dich herzlich grüßt und sich Deiner besseren Hälfte bestens empfiehlt, lebe ich hier, wie herkömmlich an dieser Stelle, glückliche Tage. Mit besten Wünschen für Dein Wohl, wie immer Dein alter

Th. Fontane.

*621. An Martha Fontane*

Karlsbad 19. Juni 96. Amsel.

Meine liebe Mete.

Meine Absicht ging dahin, Dir und Friedel (diesem zum Dank für seinen längeren Brief vom 17. mit dem ›Pan‹ links in der Ecke) jedem noch eine Schluß-Karte zu stiften, es geht aber nicht, da Mama es beim ›Werthzeichen-Einkauf‹ so knapp eingerichtet hat, daß nur noch 3 Marken, aber keine Karten mehr da sind.

Heute früh kam Deine Karte mit dem Fritsch-Bericht. Es hat einen Eindruck auf mich gemacht, daß Du von ›liebenswürdigen, beinah wohlwollenden‹ Menschen sprichst. Duttchen, mit der bekannten Briefeinschätzung, würde darüber weglesen, – *ich* nicht. Man denkt zunächst: ›liebenswürdig ist mehr und umschließt alles.‹ Im Letzten und Höchsten ist das auch richtig. Aber die Durchschnitts-Liebenswürdigkeit ist ein Nichts im Vergleich zu ›Wohlwollen‹. Das Wort sieht nach gar nichts aus, umschließt aber eine Welt. Es gehört ganz unter die feinen Sachen, wie Demuth, Reue, vergeben und vergessen-können, Beichtebedürfniß. Aber was besitzt die Welt von diesen Extra-Artikeln! Immer ein Quentchen auf 100 Pfund Commiß. – Anna kann ich wegen ihrer gestörten oder eingebüßten Nachtruhe nicht bedauern. ›Sie sind ein kluges Mädchen‹ hat ihr, glaub ich, Horwitz gesagt und in ihrer Klugheit wird sie bei Fritsches auf ihre Rechnung gekommen sein. Und dann noch der Umkehr-Marsch zur Eroberung des vergessenen Hausschlüssels! Der Portier im Fritsch'schen Hause ist hoffentlich attenter als Bickner. Für das Haus Fritsch nimmt mich ein, daß Hinckeldeyn, der ein großes Thier ist, so tapfer da aushält; es kann also nicht ganz schlimm liegen. Aber es ist traurig, daß es ist wie es ist. Ach, Geld, Geld, und Portieren und elektrisches Licht und eine Renommir-Excellenz, – was kommt dabei heraus! Wie froh bin ich, daß wir uns auf'ne Tasse und 'nen silbernen Theelöffel verheirathet haben und jetzt in unsrer Mansarde geschenkten Feldheim-Champagner trinken, den der kleine Br., als feiner Knopp, refüsirt. Von gesunden Eltern geboren sein und dann arm sein und sich nach Neigung verheirathen und guten Verstand und gute Gesinnung haben, – das ist das Einzige, was einen Werth hat. Gute Verdauung ist besser als eine Million. – Es ist jetzt 1 Uhr Mittags, Mama im Bade. Morgen um diese Stunde dampfen wir ab. Ich wollte, ich säße erst judenlos im Coupé. Ich bringe Dir noch einen Karten-Bonbon mit. – Ueber die verschiedenen Punkte in Friedels Brief, so beispielsweise über den entmannten oder mindestens englisirten ›alten Derfflinger‹ (was mich amüsirt hat) sprechen wir morgen oder übermorgen ausführlicher. Baumgartenbrück ist reizend, aber man kommt doch nicht hin; Thiergartenbank mit nicht zu viel Spreewälderinnen (sie riechen alle milchsauer) ist schon das Beste. Dein alter

Papa.

*622. An Paul Heyse*

*Karlsbad* 19. Juni 96.
Amsel.

Lieber Paul.

Sei herzlichst bedankt für Deine liebe Karte mit so viel Freundlichem und Schmeichelhaftem, denn wer ließe nicht seine Tochter noch lieber loben als sich selbst.

Ich bin morgen Abend wieder in Berlin und suche dann gleich ein Gesuch herzustellen, vielleicht am besten so, daß wir eine zunächst an uns gerichtete Petition des Fräulein Scherenberg von zweigstiftungswegen unterstützen. All das schicke ich dann bis zum 26. nach Weimar.

Am Schlusse des Monats sind ja noch besondere Festlichkeiten in W., zu denen ich – nicht wenig überrascht – auch eine Einladung, mit Serenissima im Hintergrund, erhielt. Ich habe aber den Muth zur Annahme nicht aufbringen können, trotzdem ich dergleichen gern einmal gesehn hätte, freilich am liebsten aus der Gondel eines Fesselbalons.

Mein Frau grüßt herzlich.

Wie immer Dein alter

Th. Fontane.

*623. An Otto Ernst*

*Berlin* 22. Juni 96.
Potsdamerstraße 134. c.

Hochgeehrter Herr.

Gestern von einer Karlsbader Reise nach Berlin zurückgekehrt, fand ich auch das »Buch der Hoffnung« vor, das Ihre Güte mir geschickt. Ich freue mich auf die Lektüre; nach flüchtigem Ueberblick erscheint es mir, daß ich meistens mit Ihnen einverstanden sein werde; – aber wenn auch nicht, die Themata sind brillant gewählt und ich zweifle nicht, daß Sie was Ordentliches gesagt haben. Ob man immer zustimmt, ist ganz gleichgültig; oft hat man von dem, wo man dissentirt, noch mehr. In vorzügl. Ergebenheit

Th. Fontane.

*624. An Paul Heyse*

*Berlin*, 25. Juni 96.
Potsdamerstr. 134. c.

Lieber Paul.

Nach hier zurückgekehrt, nahm ich gleich die Fräulein Scherenberg-Angelegenheit in die Hand, aber doch anders wie ich ursprünglich gewollt hatte. Ich überzeugte mich, daß es unmöglich sei, in etwa drei Tagen die weitzerstreuten Vorstandsmitglieder unsrer Zweigstiftung zusammenzutrommeln und ließ deshalb den Plan, das Gesuch von zweigstiftungswegen unterstützen zu wollen, wieder fallen. Schließlich spricht ja auch die Sache für sich selbst, und handelt sich's noch um einen Anwalt, so bist *Du* da, der wirksamer plaidiren wird, als wir es in unsrer Gesammtheit von hier aus können.

Eines laß mich hier noch sagen. Das Fräulein ist, nach der Gesinnungsseite hin, eine ganz ausgezeichnete Person, ihrem Vater, in *diesem* Stücke, sehr überlegen. Der Alte hatte seinerzeit auch einen vornehmen Zug (ich kenne, trotz der Armuth, in der er steckte, viele Geschichten derart von ihm), aber weil er ein richtiger »Balte« war, so war all dies Vornehme mit Schauspielerthum und Schlaubergerei verquickt. Beides fällt bei der Tochter ganz fort. Als ich sie, vor beinah 50 Jahren, zum ersten Male sah, ein entzückender Balg von 16, hatte sie blondgekraustes Haar und nackte Beine und trug überhaupt nichts als ein Hemd und einen kurzen grünen Friesrock. So trat sie (ich machte meinen ersten

Besuch bei dem Alten, der in einem Gartenhäuschen des berühmten Schönlein, Thiergartenstraße, wohnte) aus einer Hofthür in den Küchengarten hinaus und goß mit jener Grazie, wie sie Kraft und Jugend geben, den Inhalt eines Berliner Eimers, dem der Sonnenschein einen unverdienten Glanz lieh, über die zunächstgelegenen Beete weg. In ähnlichen Verrichtungen ist ihr ganzes Leben vergangen; nebenher war sie Liebling bei Friedberg, der sich – ein schöner Zug des sonst so patenten Mannes – in vornehmster Gesellschaft nie ihrer schämte. – Als der Alte noch lebte, wurde eines Wintertags vor seiner Wohnung Schnee geschippt. Es war zwischen 3 und 4 Uhr Morgens und bitterkalt. Der Alte, der nicht schlafen konnte, hörte, wie die armen Kerle draußen prusteten und die Arme zusammenschlugen, um sich ein bißchen zu erwärmen. »Auguste, du könntest aufstehn und für die Schipper unten einen Kaffe kochen.« Und Auguste stand auch wirklich auf und brachte den Schippern den anbefohlenen Kaffe. Die waren glücklich und am glücklichsten war der alte Scherenberg, der nun in dem Bewußtsein »eine gute That gethan zu haben«, behaglich einschlief. Aber Auguste schlief nicht mehr ein, – *sie* mußte die Zeche bezahlen. Immer arbeiten müssen für andre, mitunter (wie hier) auch für bloße Humanitätskomödien, *das* war ihr Loos. In Summa, eine ausgezeichnete Person und Friedberg wußte wohl, warum er so große Stücke von ihr hielt.

Wie immer Dein alter

Th. Fontane.

Gleichzeitig mit diesen Zeilen gebe ich die Petition der Scherenberg an die Schillerstiftung zur Post.

*625. An Martha Fontane*

[Postkarte. Poststempel: Berlin W 29. VI. 96]

Meine liebe Mete. Versäume doch nicht in der Montag Abend Nummer der Vossin den reizenden Artikel Schlenthers über das Fest in Weimar zu lesen. *So* muß man das machen können. Humoristisch, witzig, selbst hier und da ein Schlag mit der Arlequinpritsche, aber überall fein, beinah hofmännisch. 1000 Grüße. Wie immer Dein alter

Papa

*626. An Paul Schlenther.*

*Berlin*, d. 29. Juni 1896.
Potsdamer Straße 134 c.

Hochgeehrter Herr.

Dankesbriefe schreiben, wenn man etwas gelesen, ist altmodisch und komisch. Aber beides soll mich nicht abhalten, Ihnen für Ihren reizenden Weimarartikel zu danken. Die Worte: »welch Nest und welcher Zauber« (oder so ähnlich am Schluß) sind das Leitmotiv für Sie gewesen, und durch diesen von Ihnen überall fein betonten Gegensatz ist alles, was Sie geschrieben, so impressiv, so herzbeweglich geworden. Die Großherzogin! Wie schön charakterisiert. Sie sind doch eigentlich ein Hofmann. Und wie famos, was Sie über Erich Schmidt und Wildenbruch sagen: »Die Fenster auf, die Herzen auf« – *so* frühling-platzschaffend wirkt jedesmal unseres Erich Schmidt Auftreten, im Kleinen und Großen. Beneidenswert, aber – ohne Neid. Wer um drei Pferdelängen zurückbleibt, neidet. Wer gar nicht startet, hat überwunden. Für Wildenbruch als Novellisten und Redner bilde ich mehr und mehr ein Stück Bewunderung aus – als Dramatiker (ich habe am Sonnabend *endlich* den »König Heinrich« gesehn) bleibt alles beim alten.

Das Schönste von der Sache bleibt aber doch das *Fest selbst*, nicht das Einzelne, sondern daß so etwas überhaupt existiert. Flottenparaden, Tempelhofer Feld, Zapfenstreich in der Mopke, Treptow, selbst Li Hung Tschang – alles ist gleichgültig; aber Oberammergau, Bayreuth, Weimar, das sind drei deutsche Dinge, deren wir uns freuen dürfen. Herzliche Empfehlungen. Wie immer Ihr

Th. Fontane.

*627. An Friedrich Stephany*

*Berlin*, d. 30. Juni 1896.
Potsdamer Str. 134 c.

Hochgeehrter Herr und Freund.

Seit Wochen will ich Sie wieder daheim begrüßen, schon von Karlsbad aus wollte ich schreiben. Nun geben mir die »Freien« einen Schubs.

Ich habe das Ganze mit großem Interesse gelesen, mit *größtem* den dritten und vierten Artikel, von denen jener von Bruno Bauer, dieser von Max Stirner handelt. Mir ist dabei wieder die schon öfter von mir ausgesprochene Überzeugung gekommen, daß diese Hippelschen Weinkneipenleute das denkbar Bemerkenswerteste dieser Art von Menschen waren, und daß wir gegenwärtig sicherlich nichts haben, was ihnen an Bedeutung, an Vorbildlichkeit und auch an Wirksamkeit an die Seite gesetzt werden kann. Dabei mir gänzlich unsympathisch, was aber die Bedeutung der Leute natürlich nicht herabmindert. In London zur Shakespeare- und zur Garrickzeit hat man Ähnliches gehabt, vielleicht auch zeitweilig in Paris – aber alles doch anders. Deshalb anders, weil in London und Paris (in London gewiß) alles auf *poetischem* Untergrund ruhte, bei uns alles auf *philosophischem*. Eher waren die Zyniker dasselbe, aber schwerlich so einschneidend ins praktische Leben. Und wenn ich in dem allem recht habe, so bleibt es beklagenswert, daß eine *Geschichte* dieser Leute nicht geschrieben ist und nun auch nicht mehr geschrieben werden kann. Alles ist tot. Außer Pietsch, Guido Weiß und mir ist wohl kaum noch ein Mensch da, der dabei mitreden könnte. Aber wir waren wohl alle drei zu jung, um damals die Sache aus dem Fundament anfassen zu können, und entbehren – ganz abgesehen von dem Lückenhaften des rein persönlichen Materials – der einschlägigen wissenschaftlichen Kenntnis (wobei ich übrigens Guido Weiß gern ausnehme), die nötig ist, um sich unter schließlicher Zugrundelegung der Geistesarbeit dieser Männer ein zutreffendes Bild von ihnen zu machen. Zum Beispiel Faucher. Ich habe gerade diesen persönlich sehr gut gekannt, aber von dem, was er sozialpolitisch war, habe ich keinen Schimmer. Die ganze Sache, um's kurz zusammenzufassen, ist verurteilt, *Legende* zu bleiben. – Unter schönsten Grüßen von Haus zu Haus wie immer Ihr

Th. Fontane.

*628. An Ernst Heilborn*

*Berlin* 3. Juli 96.
Potsdamerstraße 134.c.

Hochgeehrter Herr.

Ergebensten Dank für Ihre freundlichen Zeilen. Das Kapitel ist fertig wie das ganze Buch, das übrigens erst im Frühjahr 97 erscheinen soll.

Sie können mithin den »18. März« jederzeit haben, bitte aber doch, wenn's sein kann, mir eine Frist zu gewähren. Eine nochmalige Durchsicht ist nöthig und kann vielleicht eine ganze

Zahl von Tagen kosten, die ich gerade jetzt, wo ich mitten in einem Roman stecke, nicht gut zur Verfügung habe. Bitte, lassen Sie mich in einer Zeile wissen, wann Sie's spätestens haben müssen und wieviel Seiten (hoffentlich nicht zu wenig) Sie dran setzen können.

In vorzüglicher Ergebenheit

Th. Fontane.

*629. An Ernst Heilborn*

*Berlin* 7. Juli 96.
Potsdamerstraße 134. c.

Hochgeehrter Herr.

Besten Dank. Zum 20. also halte ich das M.S. bereit und freue mich aufrichtig, Sie am selben Tage begrüßen und den »18. März« in Ihre Hände legen zu können.

In vorzügl. Ergebenheit

Th. Fontane.

*630. An Paul Heyse*

*Berlin*, 7. Juli 96.
Potsdamerstr. 134. c.

Lieber Paul.

Eben war die Scherenberg hier, das gute alte Zottelgesicht freudestrahlend; sie ist nun »schön heraus«, denn bei den von ihr von Jugend an gemachten Schmalhansküchenmeisterstudien sind 500 Mark jährlich das große Loos. Ich habe ihr gesagt, sie solle an den Freiherrn und Grosse sofort ein paar Dankesworte richten, die ihr, das Herz macht den Redner, hoffentlich glücken; *Dir* in ihrem Namen herzlich zu danken, habe ich übernommen und thu es und in meinem Namen dazu. Es war mir eine sehr große Freude; auch meine Tochter, zur Zeit in Warnemünde, wird glücklich sein.

Heute war der alte W. Hertz – es klingt komisch wenn ich, der erheblich ältere, von einem »alten« spreche – auf eine halbe Stunde bei mir, leidlich wieder bei Wege, in Pointen unverändert.

Wie gerne spräche ich mal mit Dir über Lazarus. Aber vielleicht ist es besser, – nicht. Ich treffe von Zeit zu Zeit Oberst Rese, einen famosen Mann, der vor einem Vierteljahr mit den Worten an mich heran trat: »ich muß etwas gut machen: Sie waren damals für Heyse, was mir mißfiel; Sie haben aber Recht gehabt.« Und nun kam *Vieles.* Es ist merkwürdig, was alles in unsrem kl. Kreise vorgekommen ist! *Dies* ist das Niederdrückendste.

Wie immer Dein alter

Th. Fontane.

*631. An Martha Fontane*

Berlin 11. Juli 96.

Meine liebe Mete.

Du unterzeichnest Dich ›Pechmatz‹ und es ist auch so was. Aber immer ›aufs Janze‹, und aufs Janze hin angesehn, bist Du doch vielleicht mehr ein Glücksmatz. Du hast geerbt (ich glaube sogar 2 mal und trotz der verruchten Noville sind weitre Dinge möglich) und hast sogar in der Lotterie gewonnen, sogar in einer italienischen, Du warst in Rom und in Deyelsdorf und bist in Warnemünde und hast zu dem Pech nicht verheirathet zu sein, das vielleicht noch höher zu veranschlagende Glück davon. Und Kinder! Kurt und Max Sommerfeldt sind auch Kinder und Kurt und Fritz Heyden auch. Es ist doch alles so so.

Daß gerade die ›Mandel‹ im Hause Witte jetzt solche Rolle spielt, wirkt doch beinah wie himmlische Gerechtigkeit und wie die Rache so vieler armer Würmer, die nicht mal den Mandelschnitt hatten, sondern nur darauf hin angesehen wurden.

Daß sich das mit der ›Gräfin‹ aufgeklärt hat, ist hoch erfreulich. Deine huldigende Wendung über Thierfelders, die gewiß berechtigt ist, erinnert einigermaßen an Friedels berühmte Briefparenthese: Vater, Eckhausbesitzer.

Von Neßler erhielt ich gestern einen Brief mit der Anrede ›Meister‹ und ein Heftchen mit dem Titel ›Eine Sommerfahrt in Palästina‹. Er schwärmt darin, übrigens sehr nett und manierlich, von Gethsemane und schildert die Gefangennahme des ›Gerechten‹ und wie sie den ›Gebundenen‹ in ihre Mitte nehmen. Und dabei fiel mir ein, daß er d.h. Neßler für Theo und Otto nicht fromm genug ist oder wohl gar nicht fromm genug für die kleine Oberpoststietze. Du hast Recht, es ist starker Toback, daß ich so was an *meinen* Kindern erleben muß. Denn daß Theo mein Sohn ist, ist mir trotzdem ganz gewiß, nicht aus Vertrauens- sondern aus Erscheinungs-Rücksichten.

Wie immer Dein alter

Papa.

*632. An Clementine Beyrich*

Hochverehrte gnädigste Frau.

Empfangen Sie meine und meiner Frau herzlichste Beileidsbezeigung bei dem schweren Verlust, der Sie und mit Ihnen die durch den nun Heimgegangenen so glänzend vertretene Wissenschaft erfahren hat. Wir gedenken dankbar der Stunden, die wir in alten Zeiten mit ihm durchleben durften.

In vorzüglicher Ergebenheit

Th. Fontane.

Berlin
11. Juli 96.

*633. An Marie Sternheim*

*Berlin* 11. Juli 96.
Potsdamerstraße 134. c.

Hochgeehrte Frau und Freundin.

Eigentlich wollte ich Ihnen noch für Berlin einen kleinen Liebesbrief – der Sie am Morgen Ihrer Abreise treffen sollte – stiften, ich kam aber nicht dazu, weil mich meine gegenwärtige Schreiberei, in der sogar eine Gräfin Melusine vorkommt, ganz in Anspruch nahm. Und so hinke ich denn nach, was auf die Entfernung von Berlin bis Tarasp etwas sagen will. Seien Sie nur ja recht streng in der Kur, – streng gegen sich und liebevoll gegen Andre ist ja Ihre Spezialität. Ich glaube, daß Tarasp ein sehr gewichtiges und wohl auch richtiges Bad ist. Unser Zeitungs-Lessing geht auch hin: natürlich müßte er *Sie* begrüßen, aber vielleicht kehren Sie in guter Laune den Spieß um.

Von Martha hatten wir heute einen Brief, in dem sie sich als »Pechmatz« unterzeichnet, nicht ganz mit Unrecht. Tante Witte schwere Mandelentzündung, das Enkelkind (Harlem) dito, Lise von all der Krankheit und Ödheit bedrückt, – so vergehen Meten die Tage. Glücklicherweise hat ihr die Gräfin einen 8 Seiten langen Liebesbrief [?] geschrieben; – ein großer Brief aus Lugano (das in diser Beziehung eine miserable Station zu sein scheint) ist verloren gegangen. – Theo wird vielleicht mit Friedel gemeinschaftlich ins schlesische Gebirge steigen; das wäre das Beste. Theo ist blos geistig und seelisch ver [Rest des Wortes unleserlich], aus bekannten Gründen. Wenn er jeden Tag 4 Meilen marschirt, 4 mal frühstückt und vespert, und je nach Tageszeit 1 bis 4 Pilsener dazu trinkt, so ist er in 14 Tagen genesen.

Mit den besten Wünschen für Ihr Wohl, unter herzlichen Grüßen von meiner Frau, wie immer Ihr treu ergebenster

Th. Fontane.

*634. An Wilhelm Hertz*

Berlin 13. Juli 96.

Sehr geehrter Herr Hertz.

Darf ich Ihre Güte um ein Exemplar »Scherenberg« (wenn möglich gebunden) angehn. Ich habe an das Cultusministerium (de la Croix) über Scherenberg berichten müssen und möchte diesen Bericht durch Hinweis auf ein paar charakteristische Züge, die sich in dem Buche vorfinden, unterstützen. Natürlich handelt sich's um eine Unterstützung des ganz mittellos zurückgebliebenen Fräuleins Scherenberg.

Mit besten Wünschen für Ihr Wohl, in vorzügl. Ergebenheit

Th. Fontane.

*635. An Martha Fontane*

Berlin 14. Juli 96.

Meine liebe Mete.

So traurig das alles ist, so sehr beruhigt es mich doch, daß ein Entschluß gefaßt und das arme Kind am besten Ort und in bester Behandlung ist. Es ist eine verrückte altmodische grausame Vorstellung, daß wenn wer stirbt, sechs andre gleich mit sterben müssen. Da bin ich denn doch für die ›indische Wittwe‹, die sich vor den Gagernaut wirft oder lebendig mitbegraben wird. Da ist doch ein großer Gedanke drin, aber das Andre ist blos Blödsinn. Die mecklenburgische Volksanschauung scheint auch in *diesem* Stück zurückgeblieben. – Ihr Beide, Lise und Du, werdet euch nun einigermaßen erholen, wenn nicht das Kind hinstirbt und die Maddelei physiquement et moralement aufs Neue beginnt.

Dies Desteuque-Citat ist natürlich der Uebergang zu Mama. Sie litt gestern ein paar Stundenlang sehr und dachte ganz ernsthaft, sie müsse sterben. Auch in diesem Augenblick ist ihr noch schlecht. Um 4 Uhr früh wollte sie aufstehn; ich schlief ganz fest und wurde von einem Fall und Schrei aufgeschreckt; als ich aus dem Bette sprang, lag die arme Frau ohnmächtig da. Sie berappelte sich dann einigermaßen und um 8 machte sich Anna zu Dr. Salomon auf, der dann auch schon um 9 hier war. Es ist nichts Schlimmes: starke Magenverstimmung, dito Erkältung, schwerer Kopfdruck und in Folge davon Ohnmachtszustände. Dr. S. war wieder sehr verständig und kommt der Sache mit kleinen Hausmitteln bei, darunter Cremor Tartari und Migränestift, zwei Dinge, die an Unschuld kaum übertroffen werden können. Eh wir uns für Dr. Salomon entschieden, schickten wir gestern Abend zu Dr. Greulich. Anna – da natürlich auch Greulich in Schulferien ist – brachte aber nur beiliegende Karte mit zurück, von der ich nicht Nutzen ziehn konnte, da mich gegen Kanitz meine antiagrarischen Gefühle einnehmen und Kirchhoff aus andern Gründen nicht in Frage kommen kann.

Ich wünsche Dir, daß Du baldmöglichst Berlin als Reconvalescenz-Ort beziehen und auf einem 5 Pfennigstuhl am Wrangelbrunnen Deine Nerven wiederherstellen kannst.

Mit mir geht es leidlich. Auch Friedel ist wohl und hat sich schon ein Tatra-Buch angeschafft. Ich wette, daß Theo in 12. Stunde wieder abschnappt und in eine reiche Judensommerwohnung zieht; es ist bequemer, billiger und – gesinnungstüchtiger. Berlin wimmelt von Russen, Australiern, Californiern und Illinois-men, auch viele ›Franzosen‹ sind da, – alle hier aufgezählten sind aber Juden. Und dabei darf man nicht mal Antisemit sein, weil das wieder zu dumm und zu roh sein würde.

Geh es euch so gut, wie die deprimirenden Zustände es irgendwie erlauben. Herzlichste Grüße. Wie immer Dein alter

Papa.

[Postkarte. Poststempel: Berlin W 14. VII. 96]

Eines habe ich in meinem Briefe vergessen: *wann* ist des alten Schreiner Geburtstag? Zunächst hat Frl. v. Flemming angefragt. Es ist vielleicht das Beste wenn Du gleich *direkt* eine Karte an die Dame richtest. Adresse: ›Fräulein v. Flemming, Landsitz Schönweide bei Coepnick.‹ Zwei, drei Zeilen genügen. Wie immer Dein alter

Papa.

*636. An Martha Fontane*

Berlin 15. Juli 96.

Meine liebe Mete.

Deine Karte, die heute eintraf, klingt ziemlich misig; Judith, da ich Simson nicht gut citiren kann, hat die Locken ihrer Kraft verloren. Aber ich finde diesen Elendszustand nur *zu* natürlich; ein Glück, daß das Würmchen in des guten alten Thierfelder und nicht mehr in eurer Obhut ist; richtig placirt, bin ich für Einsetzung aller Kraft, auch wenn man dabei mit in die Brüche geht, aber jede Kraftvergeudung aergert und reizt mich. Ich glaube, daß ich in jeder Schlacht, auch unter furchtbarster Angst, immer ein Stückchen Held gewesen wäre, die Vorstellung aber mich wegen eines beim Skat gemachten Ulks todtschießen zu lassen, hat was Entsetzliches für mich. Und wer das *nicht* empfindet, der ist ein in ödem Conventionalismus befangener Schafskopp.

Wenn Lise nun bald fort ist, wirst Du wohl noch eine Weile aushalten müssen, aber nicht länger als nöthig; Du bedarfst, wie ich aus Deinen Zeilen ersehe, durchaus der Aufkratzung und selbst Kohlhasenbrück kann als eine Erheiterungsstation angesehn werden.

Mit Mama geht es wieder besser; ich glaube, daß ihr ein paar Stundenlang ganz schrecklich zu Muthe gewesen ist, was aber auf Friedel und auch wohl auf Anna den meisten Eindruck macht, ängstigt mich nicht sehr; Mama verfällt nämlich leicht in ein gewisses Irre-reden und wenn man ihr einen Kranz einflicht, so ist Ophelia oder ohne Kranz die Lady Macbeth fertig; es ist nicht eigentlich Komödie aber ein sich gehen lassen; zwei Stunden später ißt sie dann eine Sardellensemmel. Ich würde dies noch mehr betonen, wenn ich mir nicht sagte, daß mit beinah 72 mit nichts zu spaßen ist und auch Kleinigkeiten – irgend ein unverdautes Radieschen – sehr gefährlich werden können.

Dr. S. war heute wieder hier und ist ganz zufrieden mit ihrem Zustand; sie muß Rheinwein trinken und sich kräftigen. Unglückseligerweise hat er eine Vorliebe für Sardellensemmeln, so ziemlich das Tollste was es giebt.

Mamas Laune ist verhältnismäßig sehr gut. Heute früh hatte sie das Bedürfniß sich zu unterhalten und trotzdem ich gern noch weiter geschlafen hätte, entspann sich, völlig vom Zaun gebrochen, folgendes Gespräch.

*Sie.* Ich weiß nicht wie die Frommen so gegen das Verbrennen sein können; Asche oder Erdenstaub ist doch ganz dasselbe, wenn sich's um Auferstehung handelt.

*Ich.* Ja, so sind die Frommen. Der Kaiser red't auch so.

*Sie.* Ja, *der.* Das macht, weil sie immer eine Wand um sich 'rum haben. Er sollte nur auch mal unerkannt durch die Straßen gehn und hören wie das Volk spricht, so wie Hassan.

*Ich.* Harun.

*Sie.* Ja, Harun al Hassan. Uebrigens find' ich, daß Friedels neuer Anzug sehr gut sitzt.

*Ich.* Ja.

*Sie.* Und ich will auch gleich mal nachsehn ob mein Knie heilt. (Sie thut es.) Ja, es heilt. Ich habe so sehr gesunde Säfte.

*Ich.* Ja wohl.

Ich muß sagen, daß solche kleinen Erlebnisse sehr zu meiner Erheitrung beitragen.

Gestern Abend war der gute Herr Sternheim hier, um Mama zu Kroll abzuholen. Heute früh hatte ich einen Brief von der liebenswürdigen Frau aus Tarasp.

Ergeh es Dir leidlich gut. Cheer up! Grüße Lise, ihren Mann, ihre Mutter und sei selber gegrüßt von Deinem alten

Papa.

*637. An Robert Bosse (Entwurf)*

[Berlin, Juli 1896?]

Ew. Exzellenz

mich hoch erfreuender Aufforderung nachkommend, erlaube ich mir, mich zunächst hinsichtlich der Tochter, Fräulein Auguste Scherenberg, zu äußern.

Fräulein Scherenberg ist eine Dame von über 60, ganz ihres Vaters Kind, dem sie auch ähnlich sieht. Sie hat ein sehr glückliches Leben geführt, aber auch ein sehr schweres, ein glückliches, weil sie sich von der Achtung und Liebe hervorragender Menschen, an der Spitze Minister Friedberg, getragen sah, ein schweres, weil sie namentlich in ihren Kinder- und Mädchen-Jahren Entbehrungen und wohl auch Demütigungen aller Art hat ertragen müssen.

Es ist ein Trost hinzufügen zu können, daß ein selten glückliches bevorzugtes Naturell, Elastizität, Humor und Phantasie sie die zu bestehenden Kämpfe ums Dasein mit beinahe heiterer Ungebeugtheit und einer gewissen Leichtigkeit hat führen lassen. Alles in allem eine hocherfreuliche Erscheinung, gesund, mutig und opferfreudig, opferfreudig – sonderbar zu sagen – auch im Geldpunkte. Beide, der Alte und die Tochter, lösten nämlich die Aufgabe, mitten in ihrer Armut auch noch splendid zu sein. Ein paarmal beinahe in großem Stil. Überaus lehrreiche Existenzen für solche, die sich belehren lassen wollen.

Der Alte, trotz seiner, wenn's ging, schönen Gebelaune, seiner Neigung, von seinen Sparpfennigen zu geben, stand an Selbstlosigkeit erheblich hinter seiner Tochter zurück. Er war ein feiner und liebenswürdiger Egoist und wurde den Schauspieler (er hatte längere Zeit dem Magdeburger Theater angehört) nie ganz los. Was ihm freilich auch wieder sehr zu statten kam. »Ich trage diesen Rock jetzt 27 Jahr«, sagte er mal zu mir, aber weil er ihn gut zu tragen verstand, und die besten Allüren hatte, war er durch ein Jahrzehnt hin Liebling bei verschiedenen auf einander folgenden Kriegsministern [...]

Ich erlaube mir, im Beifolgenden Ew. Exzellenz mein Buch respektvollst zu überreichen, das von allen diesen Dingen handelt und dabei – neben den Briefen Friedbergs, die den Charakter des Ministers so liebenswürdig zeichnen – vor allem auf S. 226 auf eine kleine Geschichte Ew. Exzellenz freundliche Aufmerksamkeit hinzulenken, eine kleine Geschichte, die, so klein sie ist, den Charakter des Vaters und der Tochter kennzeichnet. Beide gütig, aber *er* stets unter Wahrung seiner Bequemlichkeit, *sie* mit Drangebung ihrer selbst.

(So war ihr Lebenslauf.)

Was die Bedeutung Scherenbergs angeht, so muß sich die Familie mit der Versicherung trösten, daß »wer den besten seiner Zeit genügt, für alle Zeiten gelebt habe«. Mitte der 50er Jahre hieß Scherenberg der »pommersche Shakespeare«, jetzt weiß die junge Welt kaum als Notiz, daß er mal ein Mittelpunkt und Gegenstand der Bewunderung war. Es konnte dies rasche Verblassen nicht ausbleiben, die ganze Sache, so famos und geistreich sie war, war eine Geschmacksverirrung, wovon übrigens Einzelne schon damals eine Vorstellung empfingen. Mein verstorbener Freund Bernhard von Lepel war durch viele Jahre hin ein rabbiater Scherenberg-Schwärmer. Aber eines Tages kam er doch zu mir und sagte: »lieber Fontane, ich habe da gestern die Beschreibung der Schlacht von Waterloo vom alten Müffling gelesen, – *dagegen* kann unser Scherenberg doch nicht an.« [Schluß fehlt.]

*638. An Georg Friedlaender*

Berlin 14. Aug. 96.
Potsdamerstraße 134. c.

Hochgeehrter Herr.

Wie immer, wenn ich die Freude habe einen Brief von Ihnen zu empfangen, wollte ich auch diesmal gleich antworten. Aber es sind wieder 4 Wochen darüber hingegangen. Grund auch der alte: ich steckte mal wieder in einer Arbeit, die mich jeden Vormittag fest an meinen Schreibtisch nagelte. Und liegen diese Arbeitsstunden zurück, so bin ich so matt, daß sich Briefschreiben verbietet. Der Hochsommer ist übrigens, wie ich mich mal wieder überzeugt habe, zum arbeiten am besten geeignet, auch dann noch, wenn man mal von der Hitze leidet, denn es ist die einzige Zeit im Jahr, wo man so gut wie gar nicht gestört wird. Alles ist verreist; so wird man weder eingeladen, noch empfängt man Besuche, noch braucht man sie zu erwiedern, was aber noch wichtiger ist, die mich im Winter umbringende Fülle der Gleichgültigkeitsbriefe bleibt aus, ja nicht einmal die kleinen Pensionsfräuleins schreiben und bitten um ein Albumblatt. Diese furchtbare Dichter-Repräsentationscorrespondenz ist ein vollkommenes Schreckniß für mich, denn wenn ich sie verdrießlich erledigt habe, bin ich nur noch bei halber Kraft und Lust und in diesem lädirten Zustande muß ich dann an meine eigentliche Arbeit heran. All das fällt im Sommer fort und ich habe zu meiner Freude von dieser Stille profitiren können.

»Aber lassen Sie uns zu Interessanterem übergehn« wie Herr v. Behr-Schmoldow mal zu mir sagte, als ich ihm von meinen Angelegenheiten erzählte. Die zwei Hauptstücke, die vorliegen, heißen »Erbprinzessin« und »Johanna Ambrosius«. Alles, was Sie mir über Beide (besonders über erstere) geschrieben haben, hat mich in hohem Maße interessirt und noch vor ganz wenig Jahren – vielleicht hat mein Krankheitssommer 92 für diesen Theilungsstrich gesorgt – hätte ich Sie um solche Erlebnisse beneidet und wäre in meinen alten Ruf ausgebrochen: »ja, man muß im Hirschberger Thal leben, um was Ordentliches zu *er*leben.« Aber meine Begeisterung für derlei Dinge hat doch einen kolossalen Knax weggekriegt. Wenn ich es eben auf meine Krankheit schob, so ist das doch wohl nur halb richtig und es ist auch nicht richtig, wenn ich es des Weiteren einfach auf meine hohen Jahre schiebe. Natürlich spielt das alles mit, aber in der Hauptsache, wenn ich mich in meinen Gefühlen nicht täusche, liegt es doch in etwas Andrem und zwar im *Politischen*, das Wort im allerweitesten

Sinne genommen. Sie wissen, daß ich früher in Bezug auf den Adel immer von einer »unglücklichen Liebe« gesprochen habe. Damit ist es vorbei. Diese unglückliche Liebe hat sich in Abneigung oder wenn das zu viel gesagt ist, in äußerste Mißstimmung und Verdrießlichkeit verkehrt. Die Haltung des Adels, dabei über das Politische fast hinausgreifend, hat den Charakter des Unverschämten angenommen, nicht äußerlich, aber innerlich. Sie verlangen *Dienste*, man ist, immer mehr oder weniger, Pastor, Hauslehrer oder Inspektor; sie sind ganz unfähig *Individuen* richtig einzuschätzen; eine schaudervolle Mischung von Bornirtheit, Dünkel, Selbstsucht erfüllt die ganze Sippe. Nun werden Sie mir zunächst erwiedern »Prinzlichkeiten seien nicht Adel« und das ist richtig; aber während sie, die Prinzlichkeiten, in manchen Stücken besser sind (das Sechsdreierhafte mit Wichtigkeitsallüren fällt fort) sind sie in *einem* Stück doch noch schlimmer. Alle Prinzlichkeiten langweilen sich über alle Begriffe und spielen sich nun auf Liebenswürdigkeit und Leutseligkeit aus, um dieser entsetzlichen Langenweile nach Möglichkeit zu entfliehn; es sind Kinder, die sich nach Spielzeug sehnen und das Gefühl, als solch Hottepferd auch mit herangezogen zu werden, hat was Deprimirendes. Ich erinnere mich voller Dankbarkeit der in Dreilinden zugebrachten Stunden und hab auch wirklich was davon gehabt, aber doch eigentlich nur in meiner *Schriftsteller*eigenschaft; worauf doch alle echte Gesellschaftlichkeit hinausläuft, von einem Gegenseitigen, von einem geistigen geben und nehmen war in Dreilinden keine Rede. Bilderbuch, das durchblättert wird und auf einem der Blätter steht man mit Namensunterschrift. Ganz wie Corps de Ballet. Tricot, kleine weiße Röckchen und ein grienendes Gesicht. Und Serenissimus sitzt in seiner Loge und klatscht. Von menschlichen Beziehungen keine Rede, oder von *sehr* menschlichen.

Und nun Johanna Ambrosius! Hermann Grimm hat sie auch für eine bedeutende Erscheinung oder dem Aehnliches erklärt. Und da er immer wie eine Verkörperung von Jacob und Wilhelm Grimm aufgefaßt wird, so haben Sie die beiden großartigsten Schildhalter neben sich. Ich glaube, Sie halten mich nicht für einen moralischen Gigerl. Aber *eine* Eitelkeit hab ich, ja, vielleicht bis zum Gigerlhaften angeschwollen, *die*, daß ich in poetischen Dingen echt von unecht unterscheiden kann. Ich kann mich auch nicht entsinnen, mich, in meinem sonst vielfach blamablen Leben, nach *dieser* Richtung hin je blamirt zu haben. Die gute liebe Frau hat gewiß viele vortreffliche Eigenschaften, aber als Dichterin ist sie eine Null. Es ist alles gar nichts. Ich habe vorgestern erst wieder ein Dutzend Sachen gelesen. Wie mir dabei zu Muth wird, kann ich Ihnen gar nicht sagen. Die Dichterin selbst ist dabei ganz Nebensache; aber daß die hervorragendsten Männer der Nation, oder doch einige davon, im Jahre des Heils 1896 dem deutschen Volke *dies* als einen echten Quell deutscher Dichtung vorsetzen wollen, *das* ist schauderhaft und beweist aufs Neue, wie's auf diesen Punkt hin in Deutschland aussieht. Alles mag da sein, nur *das* nicht. Empfehlen Sie mich Ihren Damen. Wie immer Ihr

Th. Fontane.

Vor vier, fünf Tagen traf ich Richter und Frau im Zoologischen. Er war sehr nett, sie noch netter, in all ihrer Stille.

Den Zettel der Frau v. M. leg' ich wieder bei, weil er ein interessantes kl. Schriftstück. – Ihre Schilderung des ein wenig verblüfft aufhorchenden Adels bei d. Erbprinzessin ist vorzüglich.

*639. An Marie Sternheim*

*Berlin*, d. 18. August 1896.
Potsdamer Str. 134c.

Hochverehrte Frau und Freundin.

Heute am Sturm- und Jahrestage von St. Privat oder Ste. Marie aux Chênes oder Ferme Jérusalem – lauter Namen, drin sich kleine Huldigungen bergen – hoffte ich Engelberg im Sturme nehmen zu können. Statt dessen sitze ich in der Potsdamer Straße, habe von schöner Natur (weil es zu kalt ist) nicht mal den Fünfpfennig-Klappstuhl am Wrangelbrunnen und bin vorläufig auf Waren vertröstet, wohin am Donnerstag mit Mann und Maus aufgebrochen werden soll. Das heißt hoffentlich ohne Maus. Mäuse in Waren – das fehlte auch gerade noch. Hundeblaff und Hahnenschrei haben wir sicher, Hahnenschrei, zu dem ich stehe wie Wallenstein: »Konnte den Hahn nicht hören krähen.«

Vielleicht hatte Ihnen Mete schon von dieser Exkursion ins Mecklenburgische geschrieben, und wenn nicht Mete, so Ihr Hans, der letzten Sonntag als vollkommener Kavalier chaperonniert hat. Wir rechnen nun darauf, daß wir zur Schadloshaltung für unsern uns aufgezwungenen *Nicht*besuch in Engelberg Ihren und Ihres lieben Mannes Besuch (oder auch in zwei Hälften geteilt) in Waren empfangen. Ich schreibe Waren immer in lateinischen Buchstaben, um der Sache so viel Exotisches wie möglich zu geben. Der Villenbesitzer heißt Zwick, was wieder etwas deprimierend wirkt. –

Die beiden Söhne sind seit Sonntag von ihrer Tiroler Reise zurück. Sie waren bis ganz in der Nähe von Tarasp. Die beiden übereinander sprechen zu hören, ist ein Hochgenuß für Götter. Der eine hat die Überlegenheit des ehemaligen primus omnium, der andre die der Berliner Wurstigkeit. Bildung und Lebenspraxis stehen sich halb feindlich gegenüber. Sie haben sich aber beide gut vertragen. Unter ergebensten Empfehlungen an die hochverehrte Frau Schwägerin mit tausend besten Grüßen wie immer Ihr getreuester

Th. Fontane.

*640. An Ernst Heilborn (?)*

*Berlin* 18. Aug. 96.
Potsdamerstraße 134. c.

Hochgeehrter Herr.

Anbei mit meinem besten Danke die Revision zurück. Meine bangen Ahnungen, daß die Stelle gegen den Schluß hin ganz verfehlt sei, hatten mich nicht getäuscht und es ist mir sehr lieb, daß ich, durch eine starke Kürzung, nun schließlich eine leidliche Klarheit und Glattheit habe herstellen können. Natürlich bleiben corrigierte Stellen immer mangelhaft.

Und nun Schicksal nimm deinen Lauf!

In vorzügl. Ergebenheit

Th. Fontane.

*641. An Friedrich Spielhagen*

Waren, 25. August 1896

Hochgeehrter Herr.

Ihr Roman (»Zum Zeitvertreib«) begleitete mich schon im Mai nach Karlsbad, wo ich ihn rasch hintereinanderweg mit dem größten Interesse gelesen habe. Meine Frage, »ob der Titel glücklich gewählt sei«, ließ ich gleich nach der Lektüre fallen, weil ich empfand, daß das, was dem Leser seinen Standpunkt anweisen soll, nicht besser ausgedrückt werden kann. Ich füge gleich noch hinzu, daß ich die frappante Lebenswahrheit in der Schilderung unserer Berliner Gesellschaft überall stark und zustimmend empfunden habe.

Wenn ich Ihnen dies damals, wo Sie, wenn ich nicht irre, beim Abschluß einer Arbeit oder doch beim Abschluß von Verhandlungen über eine neue Arbeit waren, nicht gleich schrieb, so geschah es, weil mir der Roman doch auch kleine Bedenken hinterlassen hatte. Diese Bedenken gipfeln in der persönlichen oder sag ich lieber richterlichen Stellung, die Sie zu der von Ihnen geschilderten Gesellschaft einnehmen. Ich finde das Maß von Verurteilung, soweit von einer solchen überhaupt gesprochen werden kann, nicht scharf genug. Schließlich gestaltet sich alles doch so, daß man mit dieser »Gesellschaft«, trotz all ihrer Anfechtbarkeit, doch immer noch mehr sympathisiert als wie mit dem armen Professor, der ein Schwachmatikus und dabei sehr eitel ist und allen Anspruch darauf hat, ungefähr so behandelt zu werden (allenfalls mit Ausnahme des Totgeschossenwerdens), wie er behandelt wird. Warum erwehrt er sich dieser Leute nicht? Noblesse oblige, aber Wissen und Bildung obligieren auch und ein gutes Herz und eine gute Frau noch mehr. Der Professor tut einem leid, aber darüber hinaus kommt man nicht; tu l'as voulu. So wird das dramatische Interesse der Hergänge geschädigt. Mein zweites Bedenken, allerdings in einem innigsten Zusammenhange mit dem schon Gesagten, richtet sich gegen das, was ich die *politische* Seite des Buches nennen möchte. Der Roman unterstützt, gewiß sehr ungewollt, die alte Anschauung, daß es drei Sorten Menschen gibt: Schwarze, Weiße und – Prinzen. Der Adel spielt hier die Prinzenrolle und zeigt sich uns nicht bloß in den diesem Prinzentum entsprechenden Prätensionen, sondern – und das ist das etwas Bedrückliche – beweist uns auch, daß diese Prätensionen im wesentlichen berechtigt sind, vom Adelsstandpunkt aus ganz gewiß und vom Standpunkt draußenstehender Dritter aus wenigstens beinah. Ich erschrecke immer, wenn in fortschrittlichen Zeitungen geklagt wird, daß wieder ein Adliger bevorzugt oder aus einem Garderegiment der letzte Bürgerliche gestrichen worden sei. Durch das Hervorkehren dieser Dinge nährt man nur jene Überheblichkeitsgefühle, die man ausrotten möchte. – Meine zwei Bedenken, weil ich sie doch gern motivieren wollte, nehmen sich sehr breit aus. Sie wissen aber, hochgeehrter Herr, daß das nicht anders sein kann, und werden nur das darin sehen, was es tatsächlich ist: die ernste Beschäftigung mit Ihrer Arbeit, die soviel Schönes und Lebendiges hat, das Lebendigste jene wundervolle Souperszene in Charlottenburg.

Mit dem herzlichen Wunsche, daß Ihnen der Sommeraufenthalt

Erholung und Stimmung zu neuem Schaffen gebracht haben möge, in vorzügl. Erg.

Th. F.

*642. An Hans Sternheim*

*Karlsbad*, den 26. August 1896.

*Mein lieber Hans!*

Erst heute komme ich dazu, Dir für Deinen lieben Brief zu danken; es hat mich sehr erfreut, daß unser Stapelplatz für Brennmaterial so viel deutsche Literatur herausgerückt hat. Fahre nur noch öfter in den Stollen ein und schürfe nach Erz. Übrigens ist einem in solcher Unterbringung unter Koks und Briketts das eigene Schicksal vorgezeichnet; da liegt man auch einmal. Angely (der Maler) traf im Berliner Schloß ein Bild von Winterhalter auf einem dunklen Korridor und sagte zu Kronprinz Friedrich: »Da hängen meine Bilder nun auch bald.« Der Kronprinz wollte ihn beruhigen, Angely aber erwiderte: »Kaiserliche Hoheit, ich gehöre nicht zu denen, die sich einbilden, für sie würden die Prutzeln (das korrekte »Bretzel« widersteht mir) apart gebacken.« Da hast Du eine kleine Anekdote, die sich öfter verwenden läßt.

Dein Th. Fontane

*643. An James Morris*

*Waren* (Mecklenburg-Schwerin),
d. 27. August 1896.
Villa Zwick.

Hochgeehrter Herr und Freund.

Seit Karlsbad im Mai oder Juni hatte ich nicht von Ihnen gehört, und so war es mir eine große Freude, als durch Ihre Güte »Daily Graphic« hier eintraf mit seinen Bildern und Schilderungen zu Ehren Sir John Millais. Zweierlei drängte sich dabei mir wieder auf: an der Spitze die erneute Wahrnehmung von der lokalen Engbegrenztheit des Ruhms. Millais war ein Künstler durchaus ersten Ranges, aber in ganz Deutschland – mit Ausnahme der gebildeten *höherpotenzierten* Maler – kennen ihn keine dreihundert Menschen, ebenso wie unser Adolf Menzel, die Malerwelt abgerechnet, nur von dreihundert Engländern gekannt sein wird.

Das zweite, was sich mir aufdrängte, war das Hochmaß der Wertschätzung seitens der Nation, ganz speziell seitens der vornehmen Welt. Wenn unser Menzel stirbt, so werden die Huldigungen seitens des *Hofes* und auch seitens des *Volkes* ähnlich sein, oder was den Hof angeht, vielleicht noch größer. Aber unsere Aristokratie ist nicht frei- und hochfühlend genug, um einem Künstler *die* Ehren zu erweisen, die die englische Aristokratie für Sir John Millais hatte. Und diese Ehrungen seitens der vornehmen Welt sind das recht eigentlich Auszeichnende. Der Hof wird durch allerhand Nebensächliches bestimmt, und das Volk schreit bloß so mit.

Wenn man seine Badereise schon im Mai macht, so muß man im Herbst noch mal auf ein paar Wochen aus der großen Stadt heraus. Sonst wird einem der Winter endlos. Eigentlich wollten wir in die Schweiz (Umgegend von Luzern). Wir sind aber für lange Eisenbahnfahrten zu alt, und so haben wir statt der schweizerischen Schweiz die »mecklenburgische Schweiz« gewählt, die sich dadurch auszeichnet, daß sie keine Spur vom Schweiz enthält, sondern umgekehrt aus lauter Seen besteht. Sie erinnert an Ihren Lake District. Doch hab ich nicht vor, hier eine Lake school zu gründen, und beschränke mich darauf, statt mit irgendeinem Southey oder Coleridge Literaturbriefe zu wechseln (wobei mir die bescheidene Rolle von Wordsworth zufällt!), das »Warener Tageblatt« zu lesen und die Weltereignisse durch die mecklenburgische Brille zu sehen. Ein großes Interesse nehme ich an den Vorgängen am Nil, wo der Mahdiwirtschaft ein Ende gemacht werden muß. Im allgemeinen bin ich zwar ganz für »wilde Völkerschaften« und gegen alle sogenannte Kulturbringerei. Der Mahdi aber läßt viel zu wünschen übrig und kann ohne Schaden von der Bildfläche verschwinden. – Mit besten Wünschen für Ihr Wohl in vorzüglicher Ergebenheit

Th. Fontane.

*644. An Friedrich Stephany*

*Waren* (Mecklenburg-Schwerin),
d. 28. August 1896.
Villa Zwick.

Hochgeehrter Herr und Freund.

Was ich lange von der Potsdamer Straße aus vorhatte, Sie zu begrüßen und ein wenig nach dem Rechten d. h. nach der

Gesundheit zu sehen, das tu ich nun, soweit das Grüßen in Betracht kommt von *hier* aus. Waren an der Müritz! Hoffentlich geht es Ihnen gut. Sollte aber umgekehrt Ihre Gesundheit einer Aufbesserung bedürfen, so kann ich Ihnen auf der ganzen Gotteswelt keinen bessern Platz empfehlen, als, um mit Storm zu sprechen, diese »graue Stadt am Meer«. Die Müritz ist nämlich so was wie ein Meer, wie der Viktoria-Njanza oder der Tanganjika, und wenn der Michigan sein Chicago hat, so hat die Müritz ihr Waren. Sehen Sie die Dinge, je nachdem, durch ein Vergrößerungs- oder Verkleinerungsglas, an, so ist wirklich eine große Ähnlichkeit da, und wie Chicago Stapelplatz ist für die Produkte der Midlandstaaten, so Waren für die Produkte von Mittelmecklenburg, ein Stück Land, das sonderbarerweise den Namen der »mecklenburgischen Schweiz« führt. Der Obotritengrande lagert hier sein Korn und sein Holz ab, und so ist denn die Seespitze, dran die Stadt liegt, von Mahl- und Sägemühlen umstellt, deren Getriebe zuzusehen, ein beständiges Vergnügen für mich ist. Die Luft ist wundervoll, und je nachdem der Wind steht, bin ich auf unserm Balkon von einer feuchten Seebrise oder, von der Waldseite her, von Tannenluft und -duft umfächelt. Von der Stelle aus, wo wir wohnen, bis in die Stadt hinein ist eine halbe Stunde Wegs, was bei Unwetter ein schlimm Ding wäre. Da wir aber schöne Herbsttage haben, so ist auch dieser Weg ein Vergnügen und tut das Seine, um unsern Appetit zu stärken, wenn wir zu Tische gehn. Dieser Mittagstisch ist nun die Krone des Ganzen, und wir sind alle vier einig – auch für unser Mädchen wird in einem kleinen Küchenzimmer serviert – daß wir noch in unserem ganzen Leben nicht acht Tage lang hintereinander so gut verpflegt worden sind wie hier; auch in England nicht, trotz beef und mutton. Man merkt, daß es *der* Gasthof ist, in dem seit hundert Jahren die benachbarten Bassewitze, Maltzahns und Hahns sich bene getan haben. Die Leute gehen hier damit um, Waren zu einem Binnenbadeort zu gestalten, und wenn Sie mir bei meiner Rückkehr nach Berlin eine halbe Spalte zur Verfügung stellen wollen, so hab' ich vor, den Berliner Sommerfrischler auf dies prächtige Stück Erde aufmerksam zu machen. Vor allem aber möchte ich Ihnen und Ihrer hochverehrten Frau diesen Platz allerpersönlichst empfehlen dürfen. Immer gleich nach Schweiz oder Italien ist zu teuer und zu umständlich, außerdem langweilig durch Kunst, durch »große Natur« und Table d'hôte, dran die Fremden einem zu anmaßlich und die Landsleute zu ruppig erscheinen. Hier im mecklenburgischen Kornlande blüht aber der Weizen!

Unter besten Empfehlungen an Frau Gemahlin in vorzüglicher Ergebenheit Ihr

Th. Fontane.

*645. An Friedrich Fontane*

*Waren*, d. 29. August 1896. Villa Zwick.

Mein lieber Friedel.

Habe Dank für Deinen Brief. Eigentlich wollten die Damen antworten, da aber beide letzte Nacht kein Auge zugetan haben – Mama, weil sie eine scharfe gastrische Attacke zu bestehn, Mete, weil sie dabei die verschiedenartigsten Verrichtungen zu regulieren hatte – so sind beide total kaput und nur ich rage noch als die bekannte »eine hohe Säule« auf, weil ich, trotz nächster Nähe der vorstehend mehr angedeuteten als geschilderten Ereignisse, ganz auskömmlich geschlafen habe.

Mete kam gestern um 6 Uhr aus Rostock und Warnemünde zurück, geladen mit Neuigkeiten. Im ganzen ist es ihr gut ergangen; hocherfreut, und mit Recht, ist sie jedesmal über die großen Freundlichkeiten, die ihr von Tante Wittes Kindern erwiesen werden. Es zeigt, daß sie alle einen sehr guten Charakter haben, sonst würden sie Metes Stellung beanstanden.

Was Dich ein wenig überraschen wird, ist das, daß ich hier gestern und vorgestern ganz intime Weihen-Stephan-Unterhaltungen gehabt habe. Mein Nachbar, Bildhauer *Thomas*, der sich hier, zwanzig Schritt neben Villa Zwick, ein großes Sommerhaus mit prächtigem Garten (er brachte uns gestern eine seiner selbstgezogenen Netz-Melonen) errichtet hat, ist enrangierter Weihen-Stephanianer und gehört dem großen Haupttisch an, an dem Admiral Knorr die Glanznummer ist. Neben ihm *Schwechten*, der ein Intimus von Thomas ist. Wir schwammen in Berliner Erinnerungen. Denn wiewohl ich erst acht Tage von Berlin fort bin, so kann ich doch von »Erinnerungen« sprechen. Es liegt in meiner Vorstellung alles so weit hinter mir, wie meine Lehrjahre bei Wilhelm Rose, wo ich Kamillen vom Boden holte. Gleich am ersten Abend hier, als ich Thomas noch nicht kannte, suchte er Fühlung mit mir, und, keines Überfalls gewärtig, vernahm ich den »Archibald Douglas«, den seine Tochter, in Huldigung des neuen Nachbars, anstimmte.

Ausflüge haben wir noch gar nicht gemacht; es ist dazu zu kalt, zu windig, zu böig, so daß immer Regenschauer in Sicht sind. Wird es noch wärmer, so will ich doch wenigstens nach Röbel, um die alte Wendentempelstätte aufzusuchen. Es ist außerdem noch viel Interessantes in der Nähe: Remplin und Burg Schlitz.

Waren muß durchaus in die Höhe gebracht werden, und ich werde meinen mächtigen Arm dieser Sache leihen. Es ist wirklich sehr hübsch. Und welche Verpflegung in Schubarts Hotel!

Wenn Ihr kommt, so seid Ihr jederzeit willkommen. Wie immer Dein alter

Papa.

*646. An Georg Friedlaender*

*Waren*, Mecklenb. Schwerin
30. Aug. 96.
*Villa Zwick*

Hochgeehrter Herr.

Ihnen und Ihrer hochverehrten Frau will ich doch einen Gruß von hier aus senden, begleitet von einem dankbaren Erinnern an den Sommer 92, über den ich kaum heil hinweggekommen wäre, wenn ich nicht Ihre und Ihrer lieben Frau freundliche Hülfe gehabt hätte. Die Villa Zwick hier mahnt mich sehr an Villa Gottschalk und ein Zufall beschwört hier außerdem noch dieselben Gestalten herauf, die mich damals, angesichts der Czartorisky'schen Villa, beschäftigten. Elise Radziwill dort, Elise Radziwill hier. Vorgestern empfing ich aus Tegernsee eine bei R. v. Decker gedruckte Schrift: »Die historische Stellung des Hauses Radziwill«. Verfasser: Prinz Boguslav Radziwill, der es mir auch schickt. Ich hab es mit eignen Gefühlen gelesen. Prinz Boguslav sucht darin die *Ebenbürtigkeit* der Radziwills und damit zugleich zu beweisen, daß wenn Prinz Wilhelm Elise R. geheirathet hätte, der gegenwärtige Kaiser nicht ein Enkel der guten alten Augusta, sondern der schönen Elise sein würde. Vor 30 Jahren hätte mich das kolossal interessirt, *jetzt* bin ich so verdemokratisirt, daß ich die feierliche Behandlung solcher Fragen mindestens überflüssig finde. Vanderbilt und Astor, der vielleicht (wenn der »Figaro« Recht hat) Prince-Consort, also beinah König von England wird, interessirt mich viel mehr und Nansen und der »Fram« nun schon ganz gewiß. Empfehlen Sie mich Ihren Damen und ergehe es Ihnen gut. In herzlicher Ergebenheit Ihr

Th. Fontane.

*647. An Karl Zöllner*

Waren, Mecklenb. Schwerin. 30. August 96. Villa Zwick.

Theuerster Chevalier.

Von jedem Punkt der Erde aus habe ich Dir geschrieben, sogar von Neapel, und was Neapel recht ist, ist Waren billig. – Zwei Badestege laufen weit und klapprig in die Müritz hinein; am Ende der zwei Stege stehen zwei Badehäuser und über die Badehäuser weg kucken die zwei Warener Thürme, vom andern Ufer her, herüber. Auf dem, was dazwischen liegt, treibt die Zille ihr Wesen. Es ist sehr schön hier, eine frische Luft, eine behäbige Bevölkerung und eine feudale Verpflegung, an der sich Milachen erst gesund und dann leider auch wieder krank gegessen hat. So daß wir augenblicklich wieder am alten Fleck stehn. Ganz wie in Kreta; nutzlose Anstrengungen Europas.

Die hohe Sand-Düne auf der wir wohnen und von der aus wir auf das beherrschte Samos niederblicken, führt den Namen die ›Eck-Tannen‹ und ist zur Zeit mit 3 nebeneinander gelegenen Villen besetzt, von denen die mittlere den bedenklichen Namen Villa Zwick führt. Es hat uns aber noch nichts gezwickt, weder moralisch noch physisch. Die Mücke tritt nur ganz vereinzelt auf; Floh vacat.

Die Villa links neben uns führt auf ihrem Giebel die weit in den See hineinleuchtende Inschrift: ›Villa Meta‹, was wir wie Namensraub, jedenfalls aber als Ungehörigkeit auffassen. Die Villa rechts gehört dem Bildhauer *Thomas*, der sich, in einem kolossalen Tattrichzustande (er weinte immer), von Berlin aus hierher zurückgezogen und bei Kürbis- und Melonenzucht seine Nerven wiederhergestellt hat. Eine wundervolle Netzmelone hat er uns bereits geschenkt, aber fürchte die Danaër wenn sie schenken und so haben wir die Melone, die für Milachens Zustände so viel wie Mord bedeuten würde, in eine Rollkammer gestellt, wo sie ihre Tage beschließen mag. Thomas ist übrigens ein ganz netter Herr, Freund von Schwechten, der ihn hier auch schon besucht hat, und liebt es über Frau v. Noville und andre alte gemeinschaftliche Bekannte mit mir zu plaudern. Nur Buddenbrock, diese dankbarste Figur, scheint er nicht zu kennen. Wie doch so die Leben verlaufen! Zwanzig Jahre lang hat er Communalämter verwaltet und 10 Jahre lang hat er im Weihen-Stephan an der Potsdammer-Brücke gesessen, mit Admiral Knorr beinah auf Du und Du und nun sitzt er hier (er wohnt hier *überhaupt*) und sieht mitunter 3 Monate lang keinen Menschen außer dem Landbriefträger. Er hat in Folge davon des Menschen bestes Theil: die Sehnsucht. *Die* hab' ich auch und hoffe Dich leidlich munter wiederzusehn. Wie immer Dein alter

Noel.

Tausend herzliche Grüße.

*648. An Emil Möbis*

Waren, Mecklenburg-Schwerin,
7. September 1896
Villa Zwick.

Hochgeehrter Herr.

Allerschönsten Dank für Ihre freundlichen Zeilen und das kleine Buch, das gleichzeitig eintraf. Ich habe es gleich mit vielem Interesse gelesen und werde für eine neue Auflage gern ein Möhring-Kapitel schreiben, um so lieber als Alt-Ruppin in meinem Buche verhältnismäßig schlecht weg gekommen ist. Aber an solche neue Auflage – da in diesem Sommer eine solche erschienen ist – ist vor Ablauf von vier, fünf Jahren nicht zu denken und wo bin ich dann?!

Sonderbar, daß ich M. nie begegnet bin, trotzdem wir, fast an selber Stelle geboren, dieselben Schulen besucht haben. Ich war auch auf der Gewerbeschule.

Unter nochmaligem herzlichen Danke, in vorzüglicher Ergebenheit

Th. Fontane

*649. An Friedrich Fontane*

Waren, 9. Sept. 96.
Villa Zwick.

Mein lieber Friedel.

Wir haben uns nun doch noch für »zulegen« entschlossen und wollen bis nächsten Mittwoch oder Donnerstag bleiben. Keiner versäumt was und je länger ich bummle, desto besser für mich. Ich werde mich, wenn ich erst wieder zurück bin, an meinem Roman – den in einem Blatt vorher drucken zu lassen, ich so gut wie aufgegeben habe – doch noch genugsam quälen müssen. Mama kann sich leider nicht ganz erholen, doch bin ich sicher, daß es nachkommt, wenn sie erst wieder vom »Fram« herunter und statt, bei elf Grad auf einer im Freien stehenden Chaiselongue, bei sechzehn Grad in unsrer Hinterstube gebettet ist. Sie ist ganz pyramidal erkältet. Martha und mir geht es gut; Anna ist heute früh per Dampfschiff nach Roebel, um dort die alte Marie zu überfallen. Ich, optimistisch, erwarte, daß die alte Marie sich freut, Mama, wie gewöhnlich pessimistisch, nimmt an, daß sie einen Todesschreck kriegt. Auch dies ist möglich. Ich will noch den Briefboten abwarten, ob er eine Karte von Dir bringt... Eben kommt Dein Brief. Schönsten Dank. Agathe großartig! Halbmillionärin, Bourgeoise. Nicht drei Mark für deutsche Literatur. Schriftstellerverband natürlich ruppig und lächerlich. Für dunkle Notiz über Thomas dankbar; vor einer Stunde hat er uns zu morgen abend zu einem Souper eingeladen. Ich werde wohl hinmüssen; die Damen schwerlich. Schönsten Gruß.

Wie immer Dein alter

Papa.

*650. An Otto Brahm*

[Postkarte des Hotels Stadt Hamburg mit vorgedrucktem Kopf]

*Waren* i. M. den 12. September 96.

Hochgeehrter Herr und Freund.

Mecklenburg und der Müritz-See – der größte in Deutschland – halten mich fest, jenes durch sein Wappenthier, dieser durch seine Hechte und Barse. Auf d. Speisekarte steht »Barsche« – eine mich ästhetisch verletzende Form. Grüßen Sie den Hauptmann Hauptmann und sprechen Sie ihm aus, wie sehr ich bedaure. Die Damen, fast gesteigert, mit mir. Möge das Märchen recht lange eine Wirklichkeit sein, das wünsche ich Ihnen und dem Dichter.

Gruß an Schlenther. Wie immer

Ihr Th. F.

*651. An Karl Holle*

Berlin, 20. September 1896.

Hochgeehrter Herr Direktor!

Sie haben sich gütigst für die schöne »Rosamunde« interessiert. Alle Liebe bestraft sich, und so müssen Sie mir gestatten, Ihnen diese Jugendverse – jetzt »eingekeilt in drangvoll fürchterliche Enge« – als 76er überreichen zu dürfen. Einzelne Stellen sind geändert, aber ich fürchte, nicht verbessert. Was mal schief ist, bleibt schief; die Orthopädie ist in der Kunst noch resultatloser als im Leben. Das ganze Buch ist leider mit Druckfehlern gesegnet; ich war damals (1892) sehr krank und konnte die Korrektur nicht machen. Inzwischen habe ich mich auch mit Freund R. beschäftigt. Merkwürdige Figur. Ich fand erst was »Fremdes« in seinem Wesen, jetzt finde ich, daß er ein großartiger Ur-Mecklenburger ist. Frisch, fromm, frei, mit Zurücktreten des Mittelgliedes. Unter ergebensten Empfehlungen an Frau Gemahlin, in vorzüglicher Ergebenheit

Th. Fontane.

*652. An Maximilian Harden*

*Berlin* 21. September 96.
Potsdamerstraße 134. c.

Hochgeehrter Herr.

Schönsten Dank für Ihre ebenso liebenswürdigen wie zierlichen Zeilen.

Gedichte – wenn alle Stricke reißen – finden sich immer. Aber lieber nicht. Wie steht die moderne Menschheit zu Gedichten! Nur wenn sie »aktuell« (furchtbares Wort) sind, läßt man sie sich mit sauersüßem Gesicht gefallen.

In etwa 8 Tagen wird in »Cosmopolis« ein ziemlich langes Kapitel von mir »Der 18. März« erscheinen. Wenn Sie gütigst Ihr Auge drauf richten und mir dann schreiben wollten, ob Sie Kapitel von ähnlicher *Ausdehnung* und bei aller Verschiedenheit doch auch von ähnlicher Art gebrauchen können. Es sind aus meinen »Erinnerungen« genommene Bruchstücke. Leider muß ich fürchten, daß alles zu lang ist, selbst wenn Sie's in zwei Hälften bringen, was sich an und für sich schon wenig empfiehlt.

In vorzüglicher Ergebenheit

Th. Fontane.

*653. An Friedrich Stephany*

*Berlin*, d. 24. September 1896.
Potsdamer Str. 134 c.

Hochgeehrter Herr.

Seien Sie schönstens bedankt für Ihren lieben Brief und den famosen Rückblick auf Ihre römischen Tage. Sie schildern darin das Schicksal aller derer, die, statt zu flanieren oder in einer

Trattoria zu frühstücken, alle Quattro- und Cinquecentisten in drei Wochen einschlachten wollen. Der Aufwand an Zeit und Kraft steht in gar keinem Verhältnis zu dem, was man davon hat. Selbst Leute von Fach haben wenig davon und schließen nicht viel besser ab als der Laie. Was auch gar nicht anders sein kann. Wenn ich in eine Bibliothek von hunderttausend Bänden geführt werde, so hab' ich, trotzdem ich lesen kann, innerhalb dreimal vierundzwanzig Stunden nicht mehr davon als ein beliebiger Analphabet und komme über die Betrachtung der Deckel auch nicht hinaus. Das Stadt- und Landschaftsbild in sich aufzunehmen, davon hat man was. Auch von Betrachtung großartiger und berühmter Architekturen, selbst *dann* noch, wenn man sie in ihrer Größe und Schönheit nicht versteht. Aber das herkömmliche durch die Galerien gejagt Werden ist nicht bloß eine Grausamkeit, sondern der reine Unsinn. Es müßte, wenn man Rom oder Paris oder die holländisch-flandrischen Kunststädte besucht, Leute geben, die dem Laien ein Dutzend oder, wenn's hoch kommt, zehn Dutzend Sachen zeigen – damit müßte man entlassen werden. Ich war zweimal sieben Wochen in Italien, 1874 und 1875, und habe schlecht gerechnet zehntausend Bilder und Skulpturen gesehn (täglich hundert Stück reicht kaum), wäre nachträglich aber glücklich, wenn ich mich höchstens um den zehnten Teil davon bemüht hätte. Sie waren insoweit noch schlimmer daran, als Sie das Opfer einer Art Verschwörung waren, während ich wenigstens freiwillig hineintappte. Fanatische Kunstweiber, und wenn sie's noch so gut meinen, können einen vollends zur Verzweiflung bringen. Auf dem Palatin stehn, über den Esquilin hinwandern, das Grabmal der Caecilia Metella besuchen, durch die Campagna bis an den Nemisee fahren, *das* sind die großen Momente, *nicht* die Bilder, sie mögen so schön sein, wie sie wollen. Ein paar Ausnahmen sollen zugegeben werden. – Daß Norderney seine Schuldigkeit tun und keine Niete sein möge, mit besten Wünschen für Ihr Wohl Ihr

Th. Fontane.

*654. An Georg Friedlaender*

Berlin 4. Okt. 96.
Potsdamerstraße 134.c.

Hochgeehrter Herr.

Gestern erhielt ich aus Norderney freundliche Zeilen von Friedr. Stephany, aus denen ich zu meinem Leidwesen ersah, daß ich zu einer Art Johanna Ambrosius-Artikeltödter geworden bin. In gewissem Sinne freilich oder noch richtiger von *meinem* Standpunkt aus, wie er nun mal ist, habe ich gegen meine Todtschlägerei nicht viel zu sagen, eher mich zu beglückwünschen, aber das ist doch nur *eine* Seite der Sache und was ich kritisch und literarisch mehr als billigen muß, ist mir menschlich und freundschaftlich und sogar von einem höheren Rechtsstandpunkt aus eine kleine Bedrückung. Denn was ist Urtheil! Jeder Tag lehrt mich, wie sehr man sich zu bescheiden hat. Ich finde diesen Joh. Ambrosiuscultus höchst traurig, ein Mann wie Hermann Grimm knüpft aber alle möglichen Hoffnungen von Geschmacksgesundung daran. Voltaire sagte von Shakespeare »das sei Fuhrknechtssprache«, Friedrich der Große sagte natürlich ebenso und hielt außerdem das eben damals wieder entdeckte Nibelungenlied für Grobschmieds- und Holzhackerpoesie. Dem Entsprechendes bringt jeder neue Tag. Man hat das Recht und die Pflicht seine ehrliche Meinung auszusprechen, aber man hat gleicherweise die Pflicht eine total abweichende Meinung zu respektiren. Ich mußte Ihnen das schreiben. Wenn ich Ihnen mit meiner Kritikerei so in den Zügel falle, muß ich mir ja in alle Zukunft das Maul verkleben.

Unter herzlichen Grüßen an Sie und die Ihrigen wie immer Ihr

Th. Fontane.

*655. An Heinrich Joseph Horwitz*

Berlin 7. Okt. 96.

Hochgeehrter Herr,

Sie haben mir durch die Figaro-Nummer eine größere Freude gemacht, als Sie ahnen können.

Um mit 'was Nebensächlichem (vielleicht einer Hauptsache) anzufangen, – Verfasser Moritz Thalmeyer. Also wieder aus dem südöstlichen Reichs- oder auch Östreichs-Winkel, wo sie alle herkommen. Immer wieder was mir Prof. Lasson schon vor ein paar Jahren sagte: »die Christen besorgen uns den Antisemitismus und wir besorgen ihnen ihre Literatur«.

Das Bild von Caran d'Ache ist großartig besonders Monsieur Pipelet und der britische Löwe.

Der Leitartikel selbst ist entzückend, besonders das erste Drittel. Ich lese dergleichen aber, gerade weil es so gut ist, doch mit schmerzlichen Gefühlen. Daß wir weit, weit dahinter zurückstehen, *das* ist nicht das Schlimme, aber das Schlimme ist, daß wir davon keinen Schimmer haben und alles auf den Blechmützenstandpunkt Fr. W.'s I. zurückführen möchten.

In vorzüglicher Ergebenheit

Th. Fontane

*656. An Erich Schmidt*

*Berlin*, d. 7. Oktober 1896.
Potsdamer Str. 134 c.

Hochgeehrter Herr.

Wie sehr habe ich bedauert, über »Edward, Edward« nicht gleich mündlich Auskunft geben und dabei eine Plauderhalbestunde mit Ihnen haben zu können. So hat meine Frau den Vorteil gehabt, die sich an jenem Tage freiwillig ins Altenteil gesetzt und eine Festtafel mit orangefarbenem Atlasläufer und aufgestreuten roten Blumen verschmäht hatte.

Aber die roten Blumen mahnen mich an »Edward«. Ich hab es, als ich ganz jung war, übersetzt und wollte damals dem alten Herder zeigen, was 'ne Harke sei. Vor vier Jahren aber, als die jüngste Auflage meiner Gedichte erschien, war mir doch, wenn auch etwas spät, die Erkenntnis gekommen, daß meine Tamtamübersetzung neben der großartigen Schlichtheit des alten Generalsuperintendenten (oder was er sonst war) nicht bestehn könne, und da habe ich die Verfehlung durch Ausmerzung gesühnt). Mitunter ist es aber von Interesse, auch »Verfehlungen« nachzugehn, und sollte das der Fall sein, so bitte ich um ein Wort, daß ich es abschreiben lassen und Ihnen schicken kann. In vorzüglicher Ergebenheit

Th. Fontane.

*657. An Emilie Fontane*

*Berlin*, d. 10. Oktober 1896.

Meine liebe Frau.

Wir freuen uns sehr, daß es Dir so gut geht und die schönen Herbsttage so viel zu Deiner Erholung beitragen. Leider ist es nun wohl damit vorbei; vorläufig haben wir Regen, und wenn er aufhören wird, wird wohl der Winter anfangen – das Laub ist fast schon ganz herunter von den Bäumen.

Dresden ist und bleibt eine feine Stadt, und das meiste, was neu entsteht, zeichnet sich durch guten Geschmack aus, ja, mitunter durch einen allerbesten. Wir mögen hier vielfach Besseres, auch 'mal Genialeres haben; es vertut sich aber so sehr, daß doch eine gewisse Durchschnittsmäßigkeit, die nie interessant ist, vorherrscht. Mit dem Leben ist es ebenso: hundertfältig begegnet man einer hohen Bildung und Kultur, und doch bleibt dem Ganzen ein Kommißstempel, ein Geschmack nach Bötzow und Gilka.

Ich treffe eben, 8 Uhr, von Treptow wieder hier ein, wo ich sechs Stunden zugebracht habe, ganz mutterwindallein, was mir immer das Liebste ist. Auch das einzig Vernünftige. Man macht doch solche Geschichte nicht, um den Liebenswürdigen zu spielen (mit dieser Rolle habe ich mich mehr als nötig im Leben befaßt), sondern um für seine eigene werte Person 'was zu haben und zu lernen. Und das ist mir geglückt; ich lasse mich nicht gern dirigieren, am wenigsten in »sogenannten Vergnügungen«. So habe ich es einzurichten gewußt, daß ich zweimal in Alt-Berlin war, das zweite Mal pünktlich 5 Uhr, wo der »Wendenzug« (dies hatte ich vorher gehört) sein sollte. Den hab' ich denn auch richtig erwischt, und er hat mir in seiner Mischung von Blödsinn, Ungeschmack, Ruppsackigkeit und – glücklichem Ulk den größten Spaß gemacht. Hätte ich jemand bei mir gehabt, so wäre ich drum gekommen. Die eigentliche Ausstellung, wenigstens die Gebäude und das Gesamtarrangement, ist sehr schön, so daß die ganze Geschichte doch verdiente, besser behandelt zu werden. Aber unsere grenzenlose Unbeliebtheit läßt keine Anerkennung aufkommen, auch da nicht, wo wir sie 'mal verdienen.

Wie immer Dein alter

Th. Fontane.

*658. An Paul Schlenther*

*Dienstag*, d. 13. Oktober 1896.
Potsdamer Str. 134 c.

Hochgeehrter Herr.

Es ist schon 12, ich will Ihnen aber doch noch ein Wort schreiben, schon um die Vorstellung in Ihrer Seele nicht aufkommen zu lassen, ich könnte am Sonntag als Nörgelgreis an Ihrem Tische sitzen.

Von den drei Stücken ist Nummer 2 ganz Nummer 1. Was aber natürlich nicht heißen soll, »Fritzchen« sei »Teja«. Nummer 2 ist ein überaus glücklich gegriffener Stoff, mit vollendeter dramatischer Kunst behandelt und mit vollendeter Bühnenkunst gespielt. Auch das Spiel wirkt wesentlich mit. Ich bin ganz entzückt, weil ganz bewegt und hingerissen. Beethoven (Pardon, daß ich mich an so große Seite dränge) soll nach Aufführung des »Freischütz« gesagt haben: »Hätt's dem Männele nicht zugetraut.«

Auch Nummer 3 ist sehr reizend, witzig als Ganzes und witzig im einzelnen – es ist aber doch ein Lesestück. Diesen zierlichen Versen von Zeile zu Zeile zu folgen, ist ausgeschlossen; unsere Bühnen erlauben das nicht. Im Prinz Heinrich-Theater in Rheinsberg hätte vor gerade hundert Jahren solch Stück vor dankbar verständnisvollen Ohren gespielt werden können. In unsern akustisch miserablen Kunstbuden, wo der große Raum jede Finesse wegfrißt, gibt es solche Genüsse nicht mehr.

Das Haus wieder total besetzt, sogenanntes »sehr gutes Publikum«, aber *zu* dumm; völlig kunstroh.

Ich freue mich, dem Helden des Tages vollkommen biedermännisch begegnen zu können.

Herzlich grüßend, in vorzüglicher Ergebenheit

Th. Fontane.

*659. An Wilhelm Hertz*

Berlin 14. Okt. 96.

Sehr geehrter Herr Hertz.

Schönsten Dank für die verschiedenen Bücher; gestern kamen auch die Gedichte und noch heute geht das eine Exemplar nach Waren zu meinem alten Rosamundenverehrer ab. Man muß sich solche Begeisterte warm halten; viele sind ihrer nicht.

Gestern Abend habe ich mir auch die »Morituri« angesehn, weil ich am Sonntag mit Sudermann (bei Schlenther) zusammen sein soll und dabei doch eingermaßen präparirt sein möchte. Das 2. Stück (»Fritzchen«) ist ganz ausgezeichnet, *so* famos, daß man sagen darf, dergleichen wird nur sehr selten geschrieben. Mit besten Wünschen für Ihr Wohl, in vorzügl. Ergebenheit

Th. Fontane

### *660. An Ismael Gentz*

Sehr geehrter Herr.

Von »Grafschaft Ruppin« ist vor einigen Wochen eine neue Auflage erschienen; ich habe bei der Gelegenheit Veranlassung genommen, W. Hertz um 3 Exemplare zu bitten und bitte Ihnen diese Exemplare als ein Zeichen meines Dankes übermachen zu dürfen. Das halbe Buch beinah ist Johann Christian, Wilhelm oder Alex. Gentz.

Mit der Bitte, mich Frau Mama angelegentlichst empfehlen zu wollen, in vorzügl. Ergebenheit

Th. Fontane.

Berlin 16. Okt. 96.
Potsdamerstrasse 134.c.

### *661. An Unbekannt*

Hochgeehrter Herr Hofrath.

Ergebensten Dank für Ihre geehrte Zuschrift und schmeichelhafte Aufforderung zur Betheiligung am 3. Bande. Ich lasse Ihr Blatt, als Mahnung auf meinem Schreibtisch liegen und hoffe Ihnen sehr bald einen kl: Beitrag schicken zu können.

In vorzügl. Ergebenheit

Th. Fontane.

Berlin
16. Okt. 96.
Potsd. Str. 134. c.

*662. An Maximilian Harden*

*Berlin* 16. Okt. 96.
Potsdamerstraße 134. c.

Hochgeehrter Herr.

Schönsten Dank für Ihre Karte, die, trotz Kopfweh, über die Köpfe so vieler Kopfwehfreien hinauswächst.

Ueberblick ich, was ich von Kapiteln habe, so finde ich zwei, die sich vielleicht eignen und zwischen denen Sie gütigst entscheiden mögen. Das eine Kapitel würde ich nennen: »Mein Leipzig lob ich mir«, das andre: »Mein Onkel August.«

Das erstere ist ein Bild Leipzigs aus den ersten 40er Jahren (Herwegh-Zeit) das andre ein Charakterbild meines Onkels und seiner Frau, in deren Hause ich meine Berliner Schuljahre und dann später meine Leipziger Tage verbracht habe, Charakterbild aber auch Räubergeschichte. Mein Onkel, Halbbruder meines Vaters und auch Fontane benamset, war ein Ausbund von Liebenswürdigkeit und zugleich ein Ausbund von – Fragwürdigkeit, ein verwöhnter Liebling und dazu Schofelinski und Waschlapski in einer Person. *Nicht* Krapulinski, – dazu sah er zu gut aus und trug zu reine Vatermörder. Ich führe sein Leben (und das seiner Frau, die *noch* merkwürdiger war) bis zu Ende durch. Er starb natürlich in Amerika. Die ganze Geschichte ist aber nicht lang, höchstens *halb* so lang wie der Aufsatz in Cosmopolis. In vorzügl. Ergebenheit

Th. Fontane.

*663. An Karl Holle*

Berlin, 18. Oktober 1896.

Hochgeehrter Herr Direktor!

Mein Dank für Ihren liebenswürdigen Brief kommt etwas spät, aber meine Zeilen sollten doch nicht ohne die »Gedichte« den Weg nach Waren nehmen, und die Beschaffung derselben zog sich dadurch hinaus, daß, als ich den diplomatischen Brief an W. Hertz glücklich vom Stapel gelassen hatte, keine gebundenen Exemplare da waren. Unter den Gedichten lege ich Ihnen zwei, drei ans Herz, die *nicht* von mir herrühren, und von denen sich also ohne Erröten sprechen läßt. Es sind das die Schlacht vom Kremmer-Damm, der Quitzowen Fall und Untergang und die Gans von Putlitz. Wenn ich bedenke, daß die beiden letzteren vor 4, ja, das Quitzowgedicht vor beinah 5-hundert Jahren geschrieben sind, so wandelt einen eine Beschämung an. Besser kann es jetzt auch keiner machen, wohl aber unendlich viel schlechter. Das vom Kremmer-Damm ist ein Falsifikat, es ist ganz ersichtlich unter dem Einfluß der Percy-Sammlung und ganz speziell der Chevy-Chase-Ballade entstanden. Manche Zeilen decken sich. Aber der Hauptbeweis ist, daß im plattdeutschen Original sich »Köppe« auf »Zöppe« reimt; Zöppe gab es aber 1334 nicht.

Von unserem jungen Freunde R. erhielt ich einige Zusendungen, bin ihm auch in »Vossin« und »Magazin« begegnet. Am besten hat mir ein einfach sachlicher Artikel in der Vossin gefallen, in dem er über die Handelszustände in Venezuela berichtet. In dem, was ich vorher las, war mir zu viel schwarze und weiße Liebe. Von allem anderen abgesehen, finde ich es stets »unvorsichtig«. In zwei Stunden bin ich bei Schlenther zu einem interessanten Diner, wo ich die »Spitzen« treffen werde: Sudermann, Hauptmann, Fulda, Rodenberg. Ich habe die Christen vorangestellt, wenn es bei Sudermann zutrifft, worüber ich nicht ganz beruhigt bin. Seine drei neuen Stücke habe ich mit großem Interesse gesehen: 1 und 3 schenke ich ihm, aber 2 (»Fritzchen«) ist ein vollkommenes Meisterstück. – Mit der Bitte, mich Frau Gemahlin angelegentlichst empfehlen zu wollen, in vorzüglicher Ergebenheit

Th. Fontane.

*664. An James Morris*

Berlin, 18. Oktober 1896.

Hochgeehrter Herr und Freund.

Ich habe seit langer Zeit, seit meinen Sommertagen in Waren (wo ich mit 3 Engländerinnen aus Darlington, reizenden Damen, eine Woche lang zu Tische saß) nicht mehr von mir hören lassen und habe mich für sehr viele freundliche Sendungen zu bedanken [...]

Den Dongola-Feldzug verfolge ich nach wie vor mit großem Interesse, nur geht es zu langsam. Erfüllt sich, was ich erwarte, so muß der Hauptschlag, so weit wie möglich a tempo, von *drei* Seiten her erfolgen, von Nord, West und Ost. Auf die Kongo-Armee rechne ich mit Bestimmtheit, das Vordringen von Kassala aus ist mir weniger sicher.

Über Zanzibar werde ich mich hüten zu schreiben, ich erlebe sonst einen ähnlichen Abfall wie mit »Jamesons Ride«. Nur Eines bitte ich sagen zu dürfen. Es scheint mir, daß die Engländer denselben Fehler machen wie die Franzosen, – sie ziehen nicht genugsam in Erwägung, daß Deutschland nicht mehr blos ein Begriff sondern eine starke Tatsache ist. Früher handelte sich's immer um ein armes, kleines Preußen, das, durch die Rivalität der andern deutschen Stämme, noch der Hälfte seiner Kraft beraubt wurde; jetzt ist alles ein starkes, kompaktes Reich von einer ganz ungeheuren Kraft, die, wenn's zum Kriege käme, sich ebenso glänzend zeigen würde wie Anno 70. Die Welt will sich nicht daran gewöhnen, mit der Tatsache zu rechnen, aber die Tatsache ist da. Ob uns unsere Flotte zerstört wird (etwas, worauf wir gefaßt sind) ist etwas relativ Gleichgültiges. Hoffentlich geben diese Bemerkungen keinen Anstoß. Wie immer in herzlicher Ergebenheit Ihr

Th. Fontane.

*665. An Maximilian Harden*

*Berlin* 20. Okt. 96.
Potsdamerstraße 134. c.

Hochgeehrter Herr.

Besten Dank für Ihre freundlichen Zeilen.

Also:

»Mein Onkel August«, der für Ihr Blatt auch besser taugen wird, als eine Schilderung meiner Leipziger Tage.

*Wann* ich es schicken kann, weiß ich in diesem Augenblick nicht genau, weil ich zur Zeit ganz in einer neuen Arbeit aufgehe, doch denk ich nicht später als Mitte Dezember.

Mit besten Wünschen für Ihr Wohl, in vorzüglicher Ergebenheit

Th. Fontane.

*666. An Paul Schlenther*

Dienstag, 27. Oktob. 96.

Hochgeehrter Herr und Freund.

Darf ich Ihnen ein Buch auf den Schreibtisch legen, das ein Breslauer cousin germain von mir verfaßt und in seiner Kritikbedürftigkeit (oder vielleicht auch nur in seinem Wunsche, seinen Namen in einer Berliner Zeitung gedruckt zu sehn) mir eingesandt hat. Ich wäre Ihnen sehr dankbar, wenn Sie von irgend einem braven Oberlehrer zehn freundliche Zeilen darüber schreiben lassen könnten. Ich hätte es gern selbst gethan, aber selbst dazu reicht mein Latein nicht aus.

Über den Abendbesuch (five o'clock tea) Ihrer theuren Frau haben wir uns letzten Sonntag sehr gefreut. Hinterher erfuhr ich, daß das Hauptthema gar nicht recht zur Verhandlung gekommen sei – auch *daran* ist die kleine schwarze Frau Schuld, die so vieles stört. Diese Frauenmacht, die, wie zuzugeben, so viel Schönes hat, hat doch aber auch was Komisches, sicherlich für den, der nicht gerade unter dem speziellen Zauber ist.

Ich lese seit zwei Abenden im »Magazin«, (schon sieben oder acht aufgespeicherte Nummern) eine Geschichte: »Drei Mann in einem Boot, des Hundes zu geschweigen« von Jerome Jerome, trotz seines doppelt französischen Namens ein Engländer, und bin – entzückt. Entzückt, trotzdem sich viel dagegen sagen läßt. Aber welche Fülle von Geist und Wissen, welch superiorer Humor, welche Apartheit! Wollen Sie alle bestens empfehlen. Wie immer Ihr

Th. Fontane.

*667. An James Morris*

Berlin, 4. November 1896.

Hochgeehrter Herr und Freund.

Ich habe Ihnen für einige »Daily Graphic« zu danken, die verschiedene Skizzen vom ägyptischen Kriegsschauplatz brachten. Als Bilder sind sie gut, als Belehrungsmaterial sind sie Null. Das Beste, was man aus dunklen Gegenden erhalten kann, sind Karten. Vor etwa einem Jahr erhielt ich eine Daily Graphic-Nummer von Ihnen mit einer Karte von Transvaal; diese Karte, in meinen Augen ein Ideal, (ich bin nämlich ein *Karten*mensch, was etwas sehr Wichtiges ist, weil das Orientierungsbedürfnis, der Hang nach Klarheit damit zusammenhängt) – diese Karte habe ich beständig vor Augen und bin mit Hilfe derselben allen meinen Freunden an Süd-Afrikakenntnis weit überlegen. Es wird wohl auch gute *deutsche* Karten geben, aber ich persönlich kenne keine und jedenfalls sind sie sehr rar. Dies hängt mit einer mir unerträglichen philiströsen Gründlichkeit zusammen, an der all unser deutsches Lernen laboriert. Auf einer Karte braucht man in der Regel nur fünf, sechs Punkte, – auf die richtige Plazierung und Namensgebung *dieser* kommt es an, alles andre ist nicht bloß gleichgültig, sondern in hohem Maße störend. Das Wesen deutscher Karten besteht darin, daß die 5 Namen auf die es ankommt unter 500 indifferenten Namen versteckt werden und nun nicht gefunden werden können. Alle deutschen Karten werden nicht für Personen mit freiem Überblick, sondern für Kurzsichtige gemacht, die sich daran gewöhnt haben, immer zu suchen. Solche Menschen, und wenn sie noch so gescheit sind, sind immer borniert. Die Dongola- und Sirdar- und Truppeneinschiffungsbilder im D. Graphic erinnern mich an die Bilder unsrer Illustrierten Zeitungen. »Begegnung des Kaiser Wilhelms II. mit Kaiser Nicolaus II. auf dem Bahnhof zu Wiesbaden.« Es könnte aber auch ebenso gut eine Begegnung mit dem König Karl von Rumänien oder mit dem Schah von Persien sein. Außerdem, ob Wiesbaden oder Ems oder Darmstadt macht nicht den geringsten Unterschied.

Ich bin froh, daß die Friktionen zwischen England und Deutschland ihr Ende erreicht zu haben scheinen. Leider wohl nicht auf lange. Unsre Politik ist wie der Springer auf dem Schachbrett, ja schlimmer, weil völlig unberechenbar. Gewiß man kann es *so* machen, und man kann es auch *so* machen, das eine ist oft ebenso gut wie das andere, aber man muß aushalten, stetig sein, in bestimmter Richtung vorgehn. Daran fehlt es bei uns, was höchst beklagenswert ist. Dies gibt einen gewissen Schwächezustand. Aber wenn dieser Schwächezustand auch noch viel größer wäre, als er ist, so hebt er die große vorhandene *Volkskraft* (im Gegensatz zu den Schwächlichkeiten der Regierung) nicht auf. Ich kann nicht anders, als wie in meinen Briefen dies immer wieder zu betonen. Mit der Vorstellung von einem schwächlichen Deutschland darf nicht mehr gerechnet werden, es ist umgekehrt ganz außerordentlich stark (auch viel stärker als Rußland) und verdankt diese Stärke, neben seiner Zahl, ganz besonders dem Ordnungsmäßigen, dem *Systematischen,* das Lord Rosebery in seiner neulich gehaltenen Rede recht eigentlich als das *Unterscheidende* bezeichnet hat, zugleich *als das,* worin unser Übergewicht liegt. Das alles ist richtig. Nicht durch große Gaben, auch nicht durch Mut und Kraft sind in den letzten großen Kriegen unsre Siege errungen worden, sondern durch etwas ganz Prosaisches und Inferiores, durch unsern *Ordnungs*sinn, *da*durch daß Jeder und Jedes im richtigen Moment immer an der richtigen Stelle steht. Davon haben die Franzosen wenig und die Russen desgleichen. Verzeihen Sie diesen politischen Excurs. In vorzüglicher Ergebenheit

Th. Fontane.

*668. An Paul Schlenther*

Berlin, 4. Nov. 96.

An Überschüttung mit Briefen, wiewohl ich mich ein wenig gebessert, sind Sie gewöhnt. Aber nun auch mit Büchern. Erst ein Neffe, nun ich selbst. Lassen Sie Ihr Auge freundlich auf diesem Neusten ruhn. Es hat zwei Tugenden. Erstens ist es kurz und zweitens wird nicht drin geschossen. Nach »Fritzchen« und »Freiwild« eine kleine Abwechselung. Schnitzler, so scheint es, wird für Sudermann verhängnißvoll, und auch Brahm wird es beklagen müssen, daß zwei Schlager auf denselben Nagel gerichtet sind. So rinnen die zwei Erfolge wie zu einem zusammen. Man wird später, politisch und dramatisch, von einem Brüsewitzwinter sprechen. Übrigens wird es kulturell und »fortschrittlich« zu gar nichts führen. Es wird ruhig weiter geknallt werden. Und bei der beständig wachsenden Rüpelhaftigkeit der freien deutschen Mannesseele weiß ich kaum, ob ich die Knallerei groß bedauern soll. Es wird nur für alle Welt Mode werden, einen Revolver oder ein Bowie-Messer mit sich zu führen. Unter herzlichen Grüßen an die verehrte Frau, wie immer Ihr

Th. Fontane.

*669. An Heinrich Joseph Horwitz*

Hin ist die Zeit der Herbstzeitlose,
Nun kommt der Winter und seine Moose,
Genehmigen Sie zum Feste Jul's
(Sechs Wochen zu früh) »Die Poggenpuhls«.

Es würde mich freuen,
hochgeehrter Herr,
wenn Ihnen die kleine Geschichte, die ich mir zu überreichen erlaube, eine kleine Freude machen könnte. Sie (die Geschichte) spielt dicht an der Potsdamerstraße und im Hirschberger Tal, begegnet also bei Ihnen einem allerkundigsten Auge. Inhalt nicht vorhanden, aber der Ton ist vielleicht getroffen.

In vorzüglicher Ergebenheit

B. 6. Nov. 96. Th. Fontane.

*670. An Erich Schmidt*

*Berlin,* d. 6. November 1896.
Potsdamer Str. 134 c.

Hochgeehrter Herr.

Ich muß Ihnen doch für eine genußreiche Stunde danken, die mir gestern abend die Lektüre Ihres Platen-Essays in der »Rundschau« gab. Die Freude war größer, als Sie sich vorstellen können. Denn über fünfzig Jahre zurückliegende Abend- und Nachtstunden (denn mitunter dämmerte schon der Tag herauf), die ich damals in der alten ruppigen Kaiser Franz-Kaserne mit meinem verstorbenen Freunde Lepel – einem halben Minckwitz – verbracht habe, stiegen dabei wieder herauf. Alle die Stellen, die Sie zitieren, waren auch unsere Lieblingsstellen d. h. meine, denn für Lepel war alles Lieblingsstelle. »Es liegt an eines Menschen Schmerz«, das »Grab im Busento«, die venetianischen Sonette – zahllose Male wurden sie rezitiert, und als ich dreißig Jahre später in Venedig war, nickte ich immer mit dem Kopf und sagte: »Ach, das ist *der.*« Und nun kam eine Platenstelle. Gian Bellin und Pordenone waren mir wie alte Bekannte. Überhaupt, lächerlich zu sagen, lernt der ungelehrte Sterbliche sein Bestes aus Versen und Romanen.

Die Logik Döderleins ist reizend und so lehrreich! Wer sich alles abknapst, macht immer ein schlechtes Geschäft. – Mit besonderem Interesse habe ich auch das gelesen, was Sie über den »dunklen Punkt« sagen. Ich habe mehrere solche Personen von der »milderen Observanz« (freilich auch der »strengeren«) kennen gelernt und kann aus eigenen Wahrnehmungen bestätigen, daß es solche eigentümlich »unglücklich Liebende« gibt. Mit einem, noch dazu einem Hofprediger, war ich sehr befreundet und gewann durch seine confessions Einblick in diese Dinge. Er bekannte sich ganz offen dazu; was er durfte, da man bloße Gefühle nicht vor Gericht stellen kann. Eines Tages kam er von Professor Westphal, dem Nervenarzt und Psychiater, und erzählte mir strahlenden Gesichts, Westphal habe gefunden, daß es an der in Betracht kommenden Stelle – übrigens eine ganz anständige Stelle (ich glaube die Weichen) – zwei Sorten von Nervensträngen gebe, nämlich verschieden *dirigiert*, die einen so: →, die andern so: ←. Die Natur habe also ein Doppelspiel gewollt: die einen links, die andern rechts. In vorzüglicher Ergebenheit

Th. Fontane.

*671. An Paul Schlenther*

Sonntag, 8. November 96.

Man kann nicht sagen: »wer rasch dankt, dankt doppelt.« Im Gegentheil. Der eigentliche Danker ist doch der, der nach Jahren antritt, nach einer Periode, wo das landesübliche Undankunkraut Zeit gehabt hat, alles zu überwachsen. Ich riskire die Raschheit aber doch. Seien Sie also herzlichst bedankt für diese Sonntagsfreude. Und dabei ist es so wichtig, daß dies die erste Stimme ist. Nun werden sich auch andere finden, die es kunstvoll in seinem Bummelstil und realistisch trotz Abwesenheit von Jack dem Aufschlitzer finden. Aber ohne diesen avis au lecteur (und hoffentlich auch au critique) sähe es vielleicht windig damit aus. Seien Sie nochmals herzlich bedankt. Ich habe von dem allen immer einen doppelten Genuß: die freundliche Gesinnung, das Lob an sich und dann das Treffen, das jedesmalige Finden dessen, worauf es einem ankam. Und ich möchte beinah sagen, dies beglückt einen am meisten.

Frau und Tochter wollen Ihnen empfohlen sein und grüßen die liebenswürdige Frau. Von mir rede ich gar nicht erst. In vorzüglicher Ergebenheit

Th. Fontane.

*672. An Ernst Heilborn*

*Berlin* 15. Novb. 96.
Potsdamerstraße 134 c.

Hochgeehrter Herr.

Leider liegt es anders. Meine Tochter, wie sie mir nachträglich erzählt, hat zu Schlenther von einer kleineren Arbeit gesprochen, die seit Jahr und Tag im Kasten läge. Diese »kleinere« Arbeit ist aber leider keine kleine, sondern füllt auch einen Band von 200 Seiten. Auch andres »kleinere«, was angefangen unter meinen Manuskripten liegt, ist immer noch viel zu lang, ganz abgesehen davon, daß mir die Lust zum Fertigmachen vergangen ist. Sehr begreiflich, da ich von meinen kleinen Geschichten, auch wenn sie, nach meinem Dafürhalten, gelungen waren, nie was gehabt habe. Vielleicht liegt die Schuld an mir, vielleicht aber auch daran, daß wir in Deutschland kein Publikum haben für eine Schreibweise, die was giebt auch wo sie nichts giebt. Stoff, Stoff, Liebe, Liebe, Tunnel und Schnellzugzusammenstoß, das ist immer noch das Ideal. Ob Maupassant – den wir, anfangs zweifelnd, von Frankreich übernommen haben – auf deutschem Boden berühmt geworden wäre, – ich glaube nicht. Übrigens will ich mich mit diesem Satze nicht an die Seite von Maupassant gedrängt haben, – er ist ganz Genie, ganz Nummer eins. Gott besser's.

In vorzüglicher Ergebenheit

Th. Fontane.

673. *An Ernst Heilborn*

*Berlin* 17. Novb. 96.
Potsdamerstraße 134 c.

Hochgeehrter Herr.

Es wäre sehr schade, wenn das Geschlecht der short stories schon wieder ausstürbe, noch ehe es recht geboren ist. Das darf nicht sein. Allerdings, wenn man so Umschau hält, kann einen der Menschheit ganzer Jammer anfassen. Ich spreche natürlich nur von Deutschland. Seit Keller und Storm todt sind, welche Dürftigkeit! Und so wenig Aussicht auf Besserwerden. Liegt es daran (Menzel hat es oft behauptet) daß der Deutsche von Natur kunstfremd ist, oder beherrscht der Borussismus alle Gemüter derartig, daß auch die Klugen und Talentvollen wie von selbst in den Strom der Staatlichkeit einmünden? Kunst ist nichts, Geheimrath ist alles. Eine Mißachtung liegt hierlandes über dem ganzen Metier, und man läßt es nur dann notdürftig gelten, wenn es sich zur Parteischuhputzerei herabwürdigt. Dazu – als Schuld auf unsrer eignen Seite – das a tout prix Geld verdienen wollen, möglichst rasch und möglichst viel.

Es ist traurig. Aber gerade die »kleine Geschichte«, der gegenüber Sie verzweifeln, *diese*, meine ich, muß *doch* eine Zukunft haben. Auch bei uns. Es liegt wie in der Luft. Das Bedürfnis ist da, und da müßt es doch mit dem Teufel zugehn, wenn, wo die Nachfrage existiert, sich nicht auch schließlich ein Angebot einstellen sollte.

Wir haben schon mal darüber gesprochen oder geschrieben, und ich möchte mir auch heute ein paar Hinweise bez. Vorschläge erlauben.

1. Ich glaube, es giebt doch etliche solche Schreiber »kurzer Geschichten«. Wenn Sie die seit etwa Jahresfrist in München erscheinende »Jugend« durchsehn, werden Sie solche Leute finden. Drei schweben mir vor (es giebt ihrer aber viel mehr) Karl Busse, Bassermann (oder Wassermann) und ein Wiener (als

Bester) dessen Namen ich vergessen habe. Sie finden ferner solche Herren – vielleicht auch mal Damen – in den »Feuilleton«-Zeitungen, deren mehrere erscheinen, eine bei meinem Sohn. Alle sechs Wochen sehe ich mal hinein und bin dann immer erstaunt, wie *relativ* gut diese Schreibereien sind, die nicht viel bedeuten wollen, und gewiß besser wären, wenn sie besser bezahlt würden. Alle diese Talente reichen vielleicht nicht ganz an die Höhe heran, die »Cosmopolis« als Bedingung festhalten muß, aber wer überhaupt etwas kann, kann morgen, unter Ermutigung, noch was Besseres als heute. Auch im »Magazin« finde ich mitunter Sachen (auch Erzählerisches) die mich überraschen. Ich fürchte, – Pardon, daß ich Ihnen das ungeniert schreibe – daß Sie zu sehr auf *Namen* aus sind. Dann freilich stellen sich unüberwindliche Schwierigkeiten ein. Wieviel »Namen« giebt es. Sehr wenige. Und diese haben fast alle den Theater-Ehrgeiz.

2. Ließe sich nicht eine »Schule« gründen. Es giebt so viele »Vereine« mit blutjungem Menschenmaterial. Berliner Studenten haben da eben ein Buch herausgegeben, bedeutet nicht viel, aber Laube reiste herum und machte seine großen »Entdeckungen« auf galizischen Provinzialbühnen. Sie selbst können mit unreifen (und oft unberechtigt anspruchsvollen) jungen Leuten nicht in Verbindung treten, aber durch *Mittelspersonen* ließe sich's tun. Sie sind dann nie engagiert, können alles ablehnen und haben doch Chancen mal ein Goldkorn zu finden.

In vorzüglicher Ergebenheit

Th. Fontane.

Bitte lassen Sie sich durch diesen langen Brief nicht in eine Correspondenz hineinziehen; ich wollte nur so was hingeworfen haben.

Ich bin in der angenehmen Lage Ihnen hier gleich die letzte Nummer des »Salon-Feuilleton« schicken zu können. Sie finden hier gleich einiges Novellistisches. Wahrscheinlich taugt es nichts. Aber es zeigt wenigstens, daß Leute da sind, die »kurz« schreiben und daß das große Publikum danach verlangt.

Nun lassen Sie uns Überschau halten.

Paul Heyse, Gerhart Hauptmann, der »Mütter«-Hirschfeld, Max Halbe, die Ebner-Eschenbach, Adalb. Meinhardt (*auch* eine Dame; in Hamburg) Otto Ernst Carl Busse, Heinrich Hart, Rudolf Lindau, Rudolph Stratz, Baron Ompteda, Wilh. von Polenz, Wilh.

Wolters, Ernst von Wolzogen, beide Zobeltitze, Hugo Gerlach, Fries-Schwenzen, die Franke-Schievelbein, die Megede, die Bülow-- *alle* die hier genannten haben sich bereits mehrfach, viele vielfach, noch ganz andre ganz ausschließlich als »kleine Geschichtenschreiber« bewährt und die Meisten der Genannten haben nicht nur einen guten bürgerlichen Namen, sondern auch solche *Charaktere*, daß man mit Ihnen auskommen kann. Kein einziger ist drunter, von dem ich wüßte, daß er untraitable oder gar unverschämt sei. Mit Hauptmann, Hirschfeld, Rud. Lindau, Ompteda, Polenz, Stratz, Wolzogen, (der Damen, die Ihnen wahrscheinlich nicht passen werden, ganz zu geschweigen) läßt sich *sehr gut* verkehren. Ich weiß das von meinem Sohn, der die Romane der letzten 5 verlegt hat.

Sie wollen hieraus gütigst ersehen, daß die Situation – ohne daß ich unsre Gesammtzustände deshalb schön finde – doch nicht ganz hoffnungslos ist. Nur wenige der im Verzeichnis blau angestrichenen (vielleicht nur *einer*, der aber auch verschrieen ist) sind Greuls.

Wie immer Ihr

Th. Fontane.

*674. An Friedrich Stephany*

*Berlin*, d. 20. November 1896.
Potsdamer Str. 134 c.

Hochgeehrter Herr und Freund.

Besten Dank für Karte und Brief.

Auf den Sonntag und die Stunden bei Raehmel freue ich mich; hoffentlich verläuft es so hübsch wie immer.

Ich hätte Ihnen schon eher geschrieben, gleich nach Eintreffen der Raehmel-Karte, aber ich wollte, bevor ich schrieb, gerne erst den Schluß des »Don-Carlos«-Artikels abwarten, und das verzögerte sich, weil der Bußtag dazwischen lag. Trotz der überaus aufregenden und mich aufs ernstlichste beschäftigenden Reichtagsvorgänge hat mich doch der »Don Carlos«-Artikel lebhaft interessiert. Die erste größere Hälfte ist besser als die zweite, was aber nicht ausschließt, daß auch die zweite Hälfte mich, bei allerhand Bedenklichem, in vielen Stücken befriedigt hat. Nordaus Auslassungen sind wohl nicht eigentlich neu. Wenn ich nicht irre, findet sich in Brahms Schillerbuch so ziemlich dasselbe. Dennoch *wirkt* es neu, mehr noch vielleicht frappierend, und zwar erstens durch eine gewisse historische Detaillierung aller in Frage kommender Punkte, zweitens durch eine gewisse Judenschärfe des Audrucks (namentlich bei Gelegenheit des »kategorischen Imperativs«) und drittens durch eine ebenfalls dem »Stamm« angehörige Unverfrorenheit des Urteils. Mit Shakespeare macht er nicht viel Umstände, und Schiller kommt auch nur noch gerade mit 'nem blauen Auge davon. Liest man das alles, so erscheint einem Schiller wie der Drucker, Herausgeber und Gesamtredakteur des »Friesacker Anzeigers«, der seinen »Don Carlos« aus damaligen Zeitungsnotizen zusammengeklebt hat. Was wir jetzt im »Don Carlos« haben, ist danach ein dramatisierter Leitfaden zur Zeitgeschichte von 1770 bis 1790, Salat, Kompendiumgemengsel. Nordau erkennt nicht mal an, daß Schiller, das Mindeste zu sagen, wenigstens mit einer vorzüglichen Wurstmaschine gearbeitet hat. Von Herstellung von etwas (trotz mancher Mängel) doch immerhin Einheitlichem, von Kunstwerk und Aufbau ist nirgends die Rede. Es liegt auch nicht *so*, daß er (Nordau) das bloß vergessen oder als selbstverständlich beiseite gelassen hätte. So geistvoll, ja in seiner Art famos die Sache ist, fürchte ich doch, daß sich Nordau wie ein die Gefahr suchender Überheld mit diesem Essay einigermaßen in die Nesseln gesetzt hat.

Ergebenste Empfehlungen an Ihre Damen.

Wie immer Ihr

Th. Fontane.

*675. An Maximilian Harden*

*Berlin* 21. Novb. 96.
Potsdamerstraße 134. c.

Hochgeehrter Herr.

Gestern Abend durch die Leipziger Straße schlendernd – wenn man da schlendern kann – las ich an einem hellen Schaufenster »Maximilian Harden: Literatur und Theater« und beschloß, es durch meinen Sohn kaufen zu lassen. Denn ich gehe nie in Läden; alle Berliner Verkäufer ärgern mich durch ihre Manier, die keine ist. Ihre Güte hat nun die Sache erledigt, ist meinem Plan zuvorgekommen. Wie war ich überrascht mich als »Kapitel« zu finden. Meine Frau hat mir ein paar Stellen vorgelesen und ich sehe wieder, wie gut Sie's mit mir gemeint haben. Heute Abend lese ich »mich« und dann ein paar andre, der gegebenen

Reihenfolge nach. Aber mit meinem Dank für Ihre Gabe wollte ich doch nicht warten.

In vorzügl. Ergebenheit

Th. Fontane.

Während ich diese Zeilen bei Seite schob, um einige dicke Buchstaben trocknen zu lassen, habe ich Ihre Vorrede gelesen. Vorzüglich. Wer so Vorreden (immer das Schwerste) schreiben kann, bei *dem* ist man geborgen.

*676. An Erich Schmidt*

Berlin, 23. November 1896.

Hochgeehrter Herr.

Anbei nun noch eine »Edward«-Übersetzung und zwar von einem, der sich, glaub ich, seinerzeit mit einer Art Ausschließlichkeit mit diesen Dingen beschäftigt hat. Ob die Übersetzung was taugt, weiß ich nicht, da ich – der Brief soll fort, das Mädchen wartet – zu mußevollerer Durchsicht im Augenblick keine Zeit finde. Hinzufügen möchte ich nur noch *das,* daß ich in zurückliegenden Jahrzehnten mehrfach Zusendungen (immer kleine dumme Heftchen) von Balladen- und Übersetzungsdilettanten erhalten habe, in denen »Edward, Edward« mir fehlte. Das hat sich erst seit 10, 12 Jahren geändert, denn seitdem ist ein allgemeiner großer Balladenniedergang zu verzeichnen. Ich mußte das schaudernd selbst erfahren. Auf Veranlassung meines Demi-ami Dominik hatte ich an das Journal »zur guten Stunde« fünf, sechs Balladen eingeschickt, die auch gedruckt und sogar bezahlt wurden. Vertraulich ließ mir Bong, der Herausgeber, aber doch sagen: »ja, das sei alles ganz gut, – *aber Balladen gingen nicht mehr.*« Ich, damals noch im ganzen Stolz albionhafter Balladengröße, schlug eine krampfhafte Lache auf, aber schon nach 3 Tagen hatte ich mich beruhigt und sagte mir: »ja, dieser Esel hat Recht; es *ist* so, Balladen gehen nicht mehr.« Was kein Verstand der Verständigen sieht etc.

Wie richtig Bong geurteilt hatte, zeigt sich auch darin, daß seitdem die Edward-Übersetzungen nachgelassen haben.

Ihr ganz ergebener

Th. Fontane.

*677. An Friedrich Spielhagen*

*Berlin*, d. 24. November 1896.
Potsdamer Str. 134 c.

Hochgeehrter Herr.

Ergebensten Dank für Ihr Neustes; ich freue mich, es zu lesen, und berichte Ihnen darüber.

Gestatten Sie mir, diese Zeilen auch mit dem jüngsten Kinde meiner Laune zu begleiten. Ich säumte bisher damit, weil das Buch, wenn auch sehr ungewollt, fast wie ein Protest gegen die von Ihnen festgestellte Romantechnik wirkt, eine Technik, hinsichtlich deren ich Ihnen gegenüber und hinter Ihrem Rücken immer wieder und wieder ausgesprochen habe, daß ich sie für richtig halte. So steh ich auch noch dazu. Mitunter aber gestaltet sich's doch anders, und hier ist solch Fall gegeben. Das Programmäßige, das Schemaaufstellen für die hinterher auftretenden Personen und nun gar das Abbrechen der Erzählung, um an Stelle derselben in Briefen fortzufahren, ist gewiß ein Fehler; aber ich möchte sagen dürfen, daß ich dadurch größere Fehler (wenn es bei was ganz Kurzem bleiben sollte) vermieden habe.

Natürlich: Regel ist Regel, das bleibt Paragraph 1. Aber der alte Witz, daß die Gesetze nur dazu da sind, um durchbrochen zu werden, enthält doch auch einen Gran Wahrheit. In vorzüglicher Ergebenheit

Th. Fontane.

*678. An Unbekannt*

*Berlin* 27. Novb. 96.
Potsdamerstraße 134. c.

Hochgeehrter Herr Hofrath.

Leider komme ich mit leeren Händen. Ich bin aber wirklich unschuldig und habe vor 2 Monaten nicht mehr versprochen, als ich damals versprechen durfte. In meinem Kasten liegen viele (die Zahl mag ich gar nicht nennen) dreiviertelfertige Gedichte und ich durfte darauf rechnen, etliche davon in Schick bringen zu können. Aber ich wurde krank und bin es noch, nicht krank bis zum Betthüten, aber nervenelend, ein Zustand, in dem man wohl noch einen Brief schreiben, aber nicht ein Gedicht unter Dach bringen kann. Ich bleibe aber in Ihrer Schuld und bin ich, beim Erscheinen des nächsten Bandes, noch unter den Lebenden, so können Sie, hochgeehrter Herr Hofrath, auf mich rechnen.

Unter Wiederholung meines lebhaften Bedauerns, daß es kam wie es kam, in vorzüglicher Ergebenheit

Th. Fontane.

*679. An Maximilian Harden*

*Berlin* 27. Novb. 96.
Potsdamerstraße 134. c.

Hochgeehrter Herr.

Ich habe meine Methode schließlich doch geändert und bin nicht sprungweise vorgegangen, sondern ganz regelrecht von Kapitel zu Kapitel bis einschließlich »Fontane«. Da mache ich denn auf eine kleine Weile Rast, um Ihnen für so viele dem Menschen wie dem Schriftsteller geltende Liebenswürdigkeit zu danken.

Ich hätte das alles, wenn ich auf der Höhe stünde, längst kennen müssen, aber es hat sich so getroffen, unglücklicher- und doch auch wieder glücklicherweise, daß mir alles neu war. Unter dem, was ich bis jetzt gelesen, hat mir der »Dichter der Finsterniß« und »Musotte« am besten gefallen, ganz besonders Musotte. Der Zirkelschlag von Manon bis Musotte (die dann wieder eine Manon ist) ist vorzüglich und der kurze Weg den der Zirkel nimmt, führt einen an allem vorüber, was die schönwissenschaftliche Literatur unsrer Nachbarn seit einem Jahrhundert geschaffen hat. Man hat auf ein paar Seiten eine ganze Welt, was mir imponirt, aber – Pardon daß ich Ihnen das schreibe – doch auch ein kleines Bedenken geweckt hat. Bouillon, im Gegensatz zu den herkömmlichen Bettelsuppen, ist gut, aber Sie gehen bis zum Fleischextrakt. Aller Klarheit unerachtet, erschwert diese Concentration, das Verständniß. Vielleicht erwägen Sie die Sache.

In vorzüglicher Ergebenheit

Th. Fontane.

*Freitag*
27. Novb. 96.

Eben, wo Brief 1 zur Post soll, kommen Ihre freundlichen Zeilen. Ihre Stellung zu Ihrem Buch ist Grippestimmung. Ich kenne das. Wenn man was geschrieben hat, so ist es nie so gut wie man zunächst sich einbildet, aber auch nie so schwach, wie man 6 oder 10 Jahre später unter Schaudern glaubt. Anfangs sieht man nur das Gute, hinterher nur das Verfehlte, jagt dann über die guten

Stellen wie über Selbstverständlichkeiten weg und verbeißt sich in die mißlungene Stelle, bissiger als der feindseligste Kritiker.

Ueber das, was Sie gütigst vorschlagen, werde ich mit meinem Sohne sprechen, bin aber persönlich dagegen. Allerkleinstes Publikum, aber gutes (wenn es das giebt) ist mein Ideal.

Das »Onkel August«-Kapitel schicke ich bald. – Mit dem Wunsche, daß Ihre Influenza Sie bald wieder freigiebt, in vorzügl. Ergebenheit

Th. Fontane.

*680. An Friedrich Spielhagen*

*Berlin,* d. 28. November 1896.
Potsdamer Str. 134 c.

Hochgeehrter Herr.

Wäre ich doch auch noch von dem Kraftüberschuß, um nach einem Reisetag oder wenn auch vierundzwanzig Stunden später eine Nacht hindurch lesen zu können, noch dazu die »Poggenpuhls«, die, wenn sie auch tausend Vorzüge hätten, doch auf *den* verzichten müßten, ein großes Erregungsmittel zu sein. Sie sind immer frisch und wach; ich bin immer müde, und das Schlafenkönnen ist die beste, jedenfalls die glücklichste meiner Gaben.

So kommt es denn, daß die »Poggenpuhls« schon gelesen sind (und mit wie freundlichem Auge!) und »Mesmerismus« noch nicht. Ich weiß nur zu meinem Trost, daß er sich auch in Briefen bewegt. Mit Nächstem lasse ich Weiteres von mir hören, aber mein Dank sollte bis dahin nicht aufgeschoben sein.

In vorzüglicher Ergebenheit

Th. Fontane.

*681. An James Morris*

Berlin, 1. Dezember 1896.

Hochgeehrter Herr und Freund.

Meinen Dank für die 2 famosen Nansen-Nummern will ich doch noch einmal aussprechen. Ich habe alles mit großem Interesse gelesen, stehe aber damit ziemlich vereinzelt da. Wenn ich nicht irre, haben Sie in England die Wendung »nine days wonder« und wirklich, es bezeichnet sehr richtig das höchste Dauermaß von Interesse. Nach 9 Tagen verblaßt alles. Und je größer in diesen 9 Tagen der Zeitungslärm und in Folge davon die künstlich heraufgeschraubte Teilnahme ist, je rascher erlischt die Flamme. Mein jüngster Sohn (Buchhändler) stand mit Nansen wegen des deutschen Verlages seines (Nansens) Werkes in Unterhandlung, – ich riet ihm ab, auf die sehr hohen Forderungen einzugehen und bin froh, daß er danach gehandelt hat. Das große Publikum hat aus den Zeitungen längst alles erfahren, was es wünscht. Der Rest ist vom Übel. – In Daily Graphic hat mich ein Bild am meisten interessiert, das den Captain Macfarlane und seine Offiziere darstellt, zusammen 15 Porträtköpfe. Der Zufall wollte es, daß ich, fast am selben Tage, ein deutsches Gruppenbild zu Gesicht bekam, das 15 Helgoländer darstellte, lauter Lotsen und Schiffersleute, die vor einigen Wochen die Besatzung eines deutschen oder dänischen Schiffs unter größter eigner Lebensgefahr, bei furchtbarem Sturm, gerettet haben. Ich verglich die 15 Helgoländer und die 15 »Afrikander« und war von der Ähnlichkeit der Köpfe überrascht. Vierzehnhundert Jahre haben die Rasse nicht zu ändern vermocht und das Friesische oder Angelsächsische blieb im Osten und Westen der Nordsee dasselbe. Die Gleichartigkeit der Beschäftigung, das *See*leben kommt wohl mit hinzu. In vorzüglicher Ergebenheit Ihr

Th. Fontane.

*682. An Heinrich Seidel*

Hochgeehrter Herr.

Besten Dank für Lied und Bild. Letztres beinah zu sehr Charakterkopf, es geht bis auf Radegast und vielleicht selbst bis auf Wotan zurück. In vorzügl. Ergebenheit

Th. Fontane.

Berlin
1. Dezemb. 96.

*683. An Wilhelm Hertz*

Sehr geehrter Herr Hertz.

Schönsten Dank für das »Räthsel des Lebens.« Ich bin neugierig, ob er es gelöst hat. Heute Abend werden wir auch wieder vor einem Räthsel stehn, Hauptmanns Märchenspiel. Ein richtiges Märchen ist immer ein Räthsel und diese »versunkene Glocke« doppelt.

Mit besten Wünschen für Ihr Wohl, wie immer Ihr

Th. Fontane.

Berlin 2. Dezemb. 96.

*684. An Ernst Heilborn*

*Berlin* 8. Dezb. 96.
Potsdamerstraße 134 c.

Hochgeehrter Herr.

Anbei das längere Gedicht, von dem ich Ihnen schon schrieb; es sollte ein paar Tage früher in Ihre Hände kommen, aber ich bin seit Wochen krank und es wurde nichts daraus. Ein Glück, das ich, wie in Vorahnung meiner Niederlage, die Correktur schon vor Wochen, gleich nach unserer Correspondenz, vorgenommen habe. Die Hauptschwierigkeit bildete die letzte Zeile, die wohl 10 mal geändert wurde und zwar gleich von Anfang an, noch ehe das Gedicht fertig war. Es darf ja alles nur leise angetupft sein und darin – was die Schlußzeile angeht – lag die Schwierigkeit.

Die andern, kleineren Sachen, kann ich nicht schicken: ohne nochmalige Durchsicht geht es nicht und die vorzunehmen ist mir in meinem ganz elenden Zustand unmöglich. Sie würden die Sachen auch nicht brauchen können, aus Gründen, die ich Ihnen ein ander Mal erzähle. Was ich heute schicke, soll Ihnen aber keine Verlegenheiten machen, scheint es Ihnen nicht recht passend oder auch blos ein bischen zu lang, so erbitte ich es zurück. Von einem mir daraus erwachsenden kleinen Schmerz, kann keine Rede sein.

In vorzüglicher Ergebenheit

Th. Fontane.

Auch der Titel hat mir viel Sorge gemacht. »Die Geschichte vom kleinen Ei« sollte eigentlich *zweiter* Titel sein und »Bauerndank« oder »Märkisches Hochgemüth« erster. Aber »Bauerndank« ist zu trivial und »Märkisches Hochgemüth« ist zu spöttisch anzüglich; auch ein bischen gesucht.

*685. An Ernst Heilborn*

*Berlin* 10. Dezember 96
Potsdamerstraße 134 c.

Hochgeehrter Herr.

Schönsten Dank für Ihre liebenswürdigen Zeilen. Es geht mir heute etwas besser, aber immer noch schlecht genug; der kl. Brief neulich war mir blutsauer geworden, ich sah aber ein, daß es höchste Zeit sei.

Ganz unbedingt haben Sie mit »Bauerndank« (natürlich unter Anfügung des 2. Titels) recht; den Leser von der ersten Zeile an richtig zu bestandpunkten, ist wichtiger, als die Frage nach dem größeren oder geringeren Prosagehalt des Titels. »Märkisches Idyll« ließ 'was im Voß- oder gar im Schmidt von Werneuchenstil erwarten und hätte blos Verwirrung gestiftet.

Die kleineren Sachen schicke ich Ihnen mal (aber erst nach 4 oder 6 Wochen) zur Ansicht und vielleicht auch zu kleinem persönlichen Vergnügen. Daß aber etwas davon für »Cosmopolis« zu verwenden wäre, will mir nicht sehr wahrscheinlich erscheinen. Sollte Ihr Urteil günstiger ausfallen, nun dann tant mieux.

In vorzügl. Ergebenheit

Th. Fontane.

*686. An Wilhelm Hertz*

Sehr geehrter Herr Hertz

Herzlichen Dank für den 3. Band Baechtold, aus dem mir meine Frau täglich vorliest; ich bin nämlich seit 14 Tagen sehr klapprig (Grippe) und da giebt es nichts Besseres als Reisebeschreibung und Biographieen. Mit dem Wunsche, daß es Ihnen gut ergehe, wie immer in vorzügl. Ergebenheit

Th. Fontane.

Berlin 11. Dezb. 96.

Meine Abneigung gegen den *Menschen* Keller läßt doch allmälig nach.

*687. An Georg Friedlaender*

[Postkarte. Poststempel: Berlin W 16. XII. 96]

Herzlichen Dank für Ihren lieben Brief. Sie können sich denken, wie mich die Wiederspiegelung des südwestlichen Ereignisses (noch dazu mit seinem glücklicheren Ausgang) amüsirt hat. Das Hirschberger Thal und seine Annexe lassen einen nie im Stich. – Die »Poggenpuhls« gebe ich gleichzeitig mit dieser Karte zur Post; Aufnahme bis jetzt mäßig. Kann auch kaum anders sein. Das Lesepublikum hat andre Ideale. In etwa 8 Tagen schreibe ich ausführlicher. Empfehlen Sie mich Ihren Damen. In vorzüglicher Ergebenheit

Th. Fontane.

*688. An Otto Brahm*

*Berlin*, d. 17. Dezember 1896.
Potsdamer Str. 134 c.

Hochgeehrter Herr.

Daß ich Ihnen ein Wort über die »Versunkene Glocke« sagen wollte, hatte ich nicht vergessen. Mir war aber immer recht schlecht (furchtbar erkältet), und so komme ich erst heute dazu.

Von Anfang an, nach der Lektüre wie nach dem Sehen, hab' ich das Stück bewundert und ganz eingestimmt in alles, was Freund Schlenther darüber gesagt hat – nur ein paar »Unklarheiten« hab ich bedauert und mich in diesem Sinne gegen Erich Schmidt und gegen Sie geäußert. Aber auch *das* nehme ich zurück. Sie schienen geneigt, für Unklarheiten unter Umständen eine Lanze einlegen zu wollen. Nun ja, das kann man auch. Aber der ganze Streit darüber wird hinfällig, wenn Unklarheiten überhaupt nicht da sind. Einzelne Schwerverständlichkeiten, von denen sich vielleicht sprechen läßt, schaden bei der Aufführung einer lyrischen Dichtung der Art gar nicht, und bei der Lektüre steigern sie den Reiz, wenn – wie hier – so viel dahinter steckt. Also keine Unklarheiten. Aber doch an einer sehr wichtigen Stelle ein Etwas, das einer Unklarheit nahe kommt, einer Unklarheit *nicht* des Gedankens, wohl aber des Gefühls. Was vielleicht schlimmer ist. Denn es entsteht daraus – verzeihen Sie den Ausdruck, und vor allem verraten Sie mich nicht an Hauptmann, den ich um keinen Preis kränken möchte – eine gewisse Schwabbelei. Der ganze fünfte Akt, mit Ausnahme dessen, was sich am Brunnen abspielt, also Nickelmann und Rautendelein, ist verfehlt. Die Drei Becher-

Geschichte macht ungeduldig, und das nochmalige Zu- und Ineinanderfliegen der beiden Liebenden macht *verdrießlich. Da* hängt es. Das ist die Gefühlsunklarheit, richtiger die Gefühlsunkonsequenz. Im Leben mag diese Gefühlsunkonsequenz vorkommen. Ja, sie kann da schön wirken und den Widerruf des Widerrufs zu einer Art Triumph erheben: von der Bühne her stört es aber. Was wir menschlich verzeihen, will uns künstlerisch nicht eingehen. Das Stück ist mit dem vierten Akt abgeschlossen und darf nur noch ein Nachspiel haben, ein Schlußtableau: Rautendelein in Resignation am Brunnen. Was noch gesagt werden muß, sagt Nickelmann erst zum Waldschrat, dann zur Elbe, die ihrerseits nur noch als Bild wirkt. So denk ich mir die Sache. Schwinds »Melusine« fängt so an und schließt so. Auf Schwind darf man schon verweisen, ohne einem andern Künstler zu nahe zu treten. Wollte Hauptmann aber durchaus *so* schließen, wie er geschlossen hat, was ich mir auch gefallen lassen, ja vielleicht recht eigentlich großartig finden will, *so mußte das ganze Stück anders aufgebaut werden.* In diesem Falle, will also sagen, wenn dieser Schluß ihm Hauptsache war, laß ich der gegenwärtigen Dichtung gegenüber zwar sein großes dichterisches Gefühl gelten, aber nicht seine dichterische Arbeit. Alles in allem, so oder so, irgendwo hat die Sache einen Knax, und es beweist seine große Poetenkraft, daß man trotzdem im größten Respekt vor ihm verharrt und auch im größten Interesse.

Daß man sich – wie ich aus der heutigen Morgennummer der »Vossin« ersehe – in der ganzen Welt um dies merkwürdige Stück reißt, ist die größte Freude, die ich seit lange gehabt habe, weil diese Weltteilnahme den hiesigen Neidhämmeln zeigt, was sie sind. Und wenn sie nicht Neidhämmel sind, so sind sie was andres aus der Landwirtschaft.

Ihnen alles Gute wünschend und darunter auch das, daß die »Versunkene Glocke«, wie zu des Dichters so auch zu Ihrer Freude, noch lange weiterklingen möge, wie immer Ihr

Th. Fontane.

*689. An Ernst Heilborn*

Berlin, 19. Dezember 1896

[...] Anbei mit bestem Danke die Correktur zurück.

Nochmalige Durchsicht wird sich wohl wegen Mangels an Zeit verbieten, – sonst bäte ich drum.

Zwei der Correkturen werden Ihnen vielleicht auffallen und vielleicht auch nicht Ihre Zustimmung haben. Das liegt daran, daß Sie mehr nach Gramatik und Correktsein gehen und ich mehr nach Klang und Rhythmus. Das ist die Stelle mit dem »Grab der Julia« (weil ich, blos *zwei*silbig, Julja lese) und die andre mit »drei Jahre dienen«.

Die Ueberschrift ist so wie sie ist, doch vielleicht die bessere. Ich schwanke beständig hin und her. [...]

*690. An Friedrich Feldheim*

*Berlin* 27. Dezemb. 96.
Potsd. Str. 134. c.

Hochgeehrter Herr.

Die für einen »Alten« noch einzig werthvolle Gabe, die Ihre Güte für mich bestimmt hat, ist noch nicht da, ich will aber mit meinem Danke nicht warten, bis ich gekostet und das Göthesche »o Trank voll süßer Labe« andächtig wiederholt habe und so schreibe ich denn heute schon, um Ihnen, unter Reverenz, meine besten Glückwünsche zum neuen Jahre auszusprechen. »O wohl dem hochbeglückten Haus . .« Mit der Bitte mich Frau Gemahlin empfehlen zu wollen, in vorzüglicher Ergebenheit

Th. Fontane.

*691. An Georg Friedlaender*

[Postkarte. Poststempel: Berlin W 29. XII. 96]

Hochgeehrter Herr. Ich schreibe in den nächsten Tagen. Heute nur eine kl. Mittheilung. Am 1. Januar 97 feiert W. Hertz, Linkstraße 33.34. sein 50 jähriges Geschäftsjubiläum. Alle »seine Schriftsteller« werden natürlich gratuliren. Vielleicht thuen Sie's auch. Gerade die minder Nahestehenden sind wohl besonders willkommen.

Wie immer Ihr

Th. F.

*692. An Unbekannt*

*Berlin* 29. Dezb. 96.
Potsdamerstraße 134. c.

Hochverehrte gnädigste Frau.

Empfangen Sie meinen ergebensten Dank für Ihre so liebenswürdigen Worte. Wenn solch Freundlichkeitsgeschenk immer wohlthut, so doppelt in Tagen wie die Weihnachtstage. Zum Ueberfluß ist auch noch morgen mein Geburtstag.

Die Stellen, über die Sie sich so wohlgesinnt geäußert, sind mir auch die liebsten.

Mit der Bitte mich Gemahl und Tochter, den freundlichen Zuhörern, bestens empfehlen zu wollen, in vorzügl. Ergebenheit

Th. Fontane.

*693. An Wilhelm Hertz*

Sehr geehrter Herr Hertz.

Lassen Sie mich unter den Beglückwünschenden an diesem schönen und seltenen Tage sein. Funfzig Jahre an der Spitze stehn, immer ein Führer, immer ein Vorbild, – das ist Wenigen beschieden. Entschädige Sie dies seltene Glück für das, was fehlt. Etwas, weil wir Menschen sind, fehlt immer.

In vorzügl. Ergebenheit

Ihr

Th. Fontane.

Berlin 31. Dezemb. 96.

## 1897

*694. An Ernst Heilborn*

*Berlin* 3. Januar 97.

Hochgeehrter Herr.

Herzlichen Dank. Ich hatte mich – trotz Unwohlsein, Geburtstag und 50 Geburtstagsbriefen (das Schlimmste) – in die 2. Hälfte von Max Müllers Literary Recollections gleich ein gut Stück hineingelesen, Kingsley und Froude, ohne Ahnung, daß er im voraufgehenden Hefte meiner so liebenswürdig erwähnt habe.

Ich bin Ihnen sehr dankbar für den Hinweis darauf, weil ich es doch für nöthig halte, ihm eine Verbeugung zu machen. Er war immer (auch in meinen Londoner Tagen von 55 bis 59) sehr gütig gegen mich.

In meinem Ei-Gedicht, soll »a revedersi« *zwei* Fehler enthalten, was etwas viel ist. (Richtig wäre »a rivederci« gewesen). Ich muß mich damit trösten, daß Heyse's, dieses Italianissimus, »La Rabbiata« auch falsch war. Bleibe im Lande und nähre dich redlich.

In vorzüglicher Ergebenheit

Th. Fontane.

*695. An Karl Eggers*

Berlin 4. Januar 97.

Theuerster Senator.

Ihr lieber Brief war mir eine große Freude, beinah eine Rettung. Ein Geburtstag ist immer eine wahre Abladestelle von Gemeinplätzen, deren einzelner schon gefährlich werden kann, während die Masse was geradezu Tödtliches hat. Diesen erstickenden englischen Erbsennebel durchdrangen Sie wie Phöbus Apollo. »Vernunft fängt wieder an zu sprechen« und mehr als Vernunft Humor. In diesem Punkte sind Sie ein mustergültiger Repräsentant Ihres Landes, das anderweitig viel auf dem Kerbholz hat, aber *»in this line«* allen andern deutschen Stämmen überlegen ist. Besonders den angrenzenden ledernen Märkern, die dafür (ganz ernsthaft gesprochen) alle die Tugenden der Ledernheit haben.

Unter Empfehlungen von Haus zu Haus, wie immer Ihr

Th. Fontane.

*696. An seine Nichte Marianne*

*Berlin* 4. Januar 97.
Potsdamerstraße 134.c.

Liebe Marianne

Sei bestens bedankt für Deine freundlichen Zeilen, aus denen ich ersehen konnte, daß es Dir so lala geht. Ueber dies »lala« hinaus, bringt man's nur selten. Ein Glück, daß Du Freude an Deinen Kindern hast, besonders an Deinem Fritz. Danke diesem für die Zeilen am Schlusse Deines Briefes. Ihn zu einem Besuche bei uns auffordern, können wir nicht gut, – wir sind zu alt und anfällig und leben ganz eingesponnen. Mit jungen Leuten zu verkehren, ist eine Kunst, die nicht jeder hat. Ich erlaube mir gleichzeitig eine kl. Summe zur Post zu geben; gib Deinem Fritz davon, als nachträgliches Weihnachtsgeschenk, was Du für gut hälst.

Mit besten Wünschen für Dein Wohl,
wie immer Dein alter Onkel

Th. Fontane.

Geh. Rath Herrlich wohnt noch in unsrem Hause. Ob er noch Beziehungen zur Stiftung [?] hat, weiß ich nicht.

*697. An Moritz Lazarus*

*Berlin* 5. Januar 97.
Potsdamerstraße 134.c.

Theuerster Leibnitz.

Herzlichen Dank für Ihren lieben Brief zum 30., der mit wundervoll richtiger Berechnung am Morgen des großen Tages hier eintraf. Mit meiner Schillersitzungs-Grippe war es nicht so schlimm, ich habe aber vor beinah 5 Jahren unter solcher Grippe so schrecklich gelitten, daß ich ängstlich geworden bin und alles thue, sie an einer neuen vollen Blüthe zu hindern.

Wir haben hier auch keinen Winter, nur daß sich die Woche aus lauter Apriltagen mit eingelassenem Novembernebel zusammensetzt. Da mir von allen Religionsformen die Sonnenanbetung am fernsten steht, bin ich über das ewige Grau nicht sehr unglücklich. »Ach, wenn in unsrer engen Zelle die *Lampe* freundlich wieder brennt«, – danach lebe ich, im Uebrigen natürlich so unfaustisch wie möglich. Unsren theuren Chevalier, an den Sie geschrieben, habe ich seit vielen Wochen nicht gesehn, Unterlassungen über die ich mir beständig Vorwürfe mache, ohne daß es was hülfe. Bis 3 arbeite ich, dann esse ich und dann bin ich so furchtbar müde, daß ich mich zum Besuchemachen nicht aufraffen kann; sehr viel Elan hatte ich nie, und mit 77 läßt er sich nicht aneignen oder erobern; zum Erobern gehört eben auch wieder Elan. Daß der Rütli eingeschlafen, ist ein Segen; er war seit Jahren ein Trauerbild; je mehr ich rückblickend, an ihm hänge, je mehr darf ich dies vielleicht aussprechen, ohne undankbar zu sein. In den letzten Tagen habe ich mich mit einem Vor-Vor-Rütli beschäftigt, der in die Jahre 41 und 42 fiel. Die Veranlassung dazu gaben mir »Literary Recollections«, die Max Müller in »Cosmopolis«

veröffentlicht. Da ziehen all die alten Schwadronen wieder herauf, darunter auch – freilich nur in kurzer Erwähnung – Wolfsohn und Jellinek, die Sie ja wohl beide noch gekannt haben, erstren gewiß. Wir waren in diesem Leipziger Rütli sechs, acht Mann, wovon 2 füsilirt wurden (Rob. Blum und Jellinek), was etwas viel ist; 2 verkamen in Amerika, 2 wurden sächsische Philister, und Max Müller wurde berühmt. Wenn es sich für Sie ermöglicht – und Nizza sollte ich meinen ist der Ort dazu – so lesen Sie doch diesen Max Müllerschen »Cosmopolis«-Aufsatz. Er steht im Dezemberheft 96, Fortsetzung (über Bunsen, Kingsley, Froude etc.) im Januarheft. Ueberraschend ist mir Max Müllers Schreibweise, die ich ja seit Jahren aus seinen Beiträgen zur Rodenbergschen Rundschau schon kenne. Er stellt irgendetwas auf (unter Umständen irgendetwas ganz Indifferentes) und erweckt in dem Leser die Erwartung, daß er nun die Sache belegen, beweisen werde; dieser Beleg und Beweis bleibt aber aus; mit einer für einen Gelehrten merkwürdigen Illogik (wenn es dies Wort giebt) läßt er die Sache fallen, schlägt einen Nebenpfad ein, verirrt sich immer weiter und kehrt auf den richtigen Weg überhaupt nicht mehr zurück. Das Hübsche, was er sagt, läßt einen zu keiner Betrübniß kommen, es ist aber doch ein ganz eigenthümlicher und mir ganz unerklärlicher Mangel. Wenn Sie, im Dezemberheft, die erste Müllersche halbe Seite lesen, ja, bloß die ersten 6 Zeilen, so werden Sie dieser Sonderbarkeit begegnen.

Nun hab' ich alles Papier verthan und kann meine besten Wünsche für Sie und Frau Gemahlin nur noch an den Rand kritzeln. Beurtheilen Sie's gnädig. Wie immer Ihr ergebenster

Th. Fontane.

*698. An James Morris*

*Berlin*, d. 5. Januar 1897.
Potsdamer Str. 134 c.

Hochgeehrter Herr und Freund.

Allem vorauf den Neujahrswunsch von many happy returns of the day. Dazu meinen besten Dank für verschiedene Nummern und Hefte von »*Graphic*«, »*Daily Graphic*« und »*Illustrated London News*«. Zwei davon waren Weihnachtsnummern, deren Durchsicht mich mit gemischten Gefühlen erfüllt hat. Die Technik, das Wort im weitesten Sinne genommen und auf *alles* ausgedehnt, ist brillant, aber allerdings glaube ich gleichzeitig ein

Erstarren in dieser Technik wahrzunehmen. Die Kunstfertigkeit wird immer größer, aber nicht die Kunst. Ich sehe mir nun diese Dinge seit dreißig oder vierzig Jahren an und finde, daß es im wesentlichen immer dasselbe ist. Irgend etwas lebt in dem gegenwärtigen britischen Volkscharakter (vielleicht richtiger in der Volksseele), das einem Fortschritt hinderlich ist. Und doch ist dieser Fortschritt unerläßlich. Dann und wann erscheint es mir, als ob von Ihren besten Männern dies auch empfunden würde. Da hat beispielsweise Lord Wolseley über Armeereform gesprochen. Eine furchtbar schwierige Frage, weil diese Frage nicht bloß die englische Armee, sondern das ganze alte England berührt. Aber es spricht sich doch das Gefühl darin aus: »Es geht so in dem alten Geleise nicht weiter, es muß etwas Neues geschehen.« Daß es nicht schon lange geschah, das konnte sich England nur in seiner Inseleigenschaft gönnen. Aber ich werde wieder politisch und schiebe lieber rasch einen Riegel vor. Nochmals herzliche Glückwünsche zum neuen Jahr. Wie immer Ihr

Th. Fontane.

*699. An Ludwig Pietsch*

*Berlin* 8. Januar 97.
Potsdamerstr: 134. c.

Theuerster Pietsch.

Meine Frau dankt herzlich und ich natürlich erst recht. Denn mit den Frauen ist es doch immer so so, sie sind wohl eitel auf ihren Mann, aber die letzte Grundlage bleibt doch Zweifel. Wer hätte übrigens den Muth, diesem Zweifel die Berechtigung abzusprechen.

Diese Ihre Berliner Briefe sind doch etwas sehr Reizendes und Eigenartiges; es wird kaum ein Seitenstück dazu geben. Eine *kurze* Zeit hindurch findet sich dergleichen sehr oft, aber durch Jahrzehnte hin, – das steht doch wohl einzig da. Sie haben darin eine Stadt- und Landesgeschichte gegeben, die dem Zukunftshistoriker viel Zeit und Mühe erspart.

Unter besten Grüßen und Empfehlungen von Haus zu Haus, wie immer Ihr

Th. Fontane.

*700. An Wilhelm Hertz*

Berlin 10. Januar 97.
Potsdamerstraße 134. c.

Sehr geehrter Herr Hertz.

Besten Dank für Ihre freundlichen Zeilen in Sachen Siepmanns. Natürlich sage ich immer »ja« und nun gar *hier*, wo glaub ich ein »nein« gar nicht zulässig. Was Siepmann – der von v. Brüsewitz »Gestreckte« hieß auch Siepmann – später für seine Bristolianer daraus macht, grämt mich wenig; ich habe Kollegen, die sich, noch dazu auf 200 Meilen Entfernung, um sogenannte »Verstümmelungen« (die meist keine sind) ängstigen, nie begriffen. Ich freue mich nur der kleinen Auszeichnung, die doch immerhin in solchem Gewähltwerden liegt. In vorzügl. Ergebenheit

Th. Fontane.

*701. An Ernst Heilborn*

Berlin 16. Januar 97.
Potsdamerstraße 134 c.

Hochgeehrter Herr.

Herzlichen Dank. Daß kundig-freundliche Beurtheiler wie Sie, wie Schlenther über die Stofflosigkeit hinwegsehen und *das*, woran mir lag, liebevoll betonen würden, – das wußte ich. Aber Sie haben gütigen Auges noch mehr entdeckt, mehr als mir selber recht klar war und dafür danke ich Ihnen noch ganz im Besondren. Es ist gewiß richtig, daß das Colonistische, die Familie, die Sippe, der Clan in alles was ich schreibe hineinspielt und es ist zweimal richtig, daß viele meiner Figuren nach dem Bilde meines Vaters – mit dem ich übrigens selbst viel Ähnlichkeit habe, nur daß er naiver war – gearbeitet sind. Sie haben mich sehr erfreut. Nochmals meinen Dank.

In vorzügl. Ergebenheit

Th. Fontane.

An Müller schrieb ich und erhielt umgehend aus Wombmere bei Gravesend eine sehr liebenswürdige Antwort. Er spricht reizend über seine Erfolge, seine Berühmtheit, seinen hohen Rang im Haushalt der Königin, aber in der Unversteckheit mit der er dies vorträgt, liegt eine echte große Bescheidenheit. Er behandelt sich selbst wie einen Hans im Glück.

Ihr
Th. F.

*702. An Ernst Heilborn (?)*

Hochgeehrter Herr.

Schönsten Dank für den Check (120 Mark) den ich heute früh erhielt, ebenso für die freundlichen Zeilen auf Ihrer Karte. Max Müller setzt seine »Recollections« hoffentlich fort; daß Ortmans ihm die Hand dazu bietet, scheint mir zweifellos. Gewisse Intimitäten müssen diese Mittheilungen auch für die *Engländer* sehr interessant machen. In vorzüglicher Ergebenheit

Th. Fontane.

Berlin
21. Januar 97.

*703. An Marie Sternheim*

[Berlin,] *Montag*
25. Januar 97.

Hochverehrte
Frau und Freundin.

Wir treten heute schriftlich mit unsren herzlichsten Glückwünschen bei Ihnen an, Wünsche, deren liebster uns *der* ist, daß wir uns Ihrer und Ihres Hauses und der alten herzlichen Beziehungen weiter freuen mögen.

Meine Frau, die sehr traurig ist unter den persönlichen Gratulanten fehlen zu müssen, ist in Folge schlafloser Nacht ganz elend und besuchsunfähig, sie sieht Sie aber recht bald und giebt dann Aufklärungen.

Empfehlen Sie mich der liebenswürdigen Frau Schwägerin, der 200 Kilometer nicht zu weit waren, um zu erscheinen. In vorzüglicher Ergebenheit

Th. Fontane.

*704. An Martha Fontane*

*Berlin 25. Januar 97.*

Meine liebe Mete.

Wir haben merkwürdige 24 Stunden hinter uns.

Die Braut war gestern in ponceaurothem Kleid und weißen Aufschlägen bei uns zu Tisch, gesprächig, frank und frei wie immer. Dann ging ich spazieren. Als ich um 8 wieder zu Hause war – Mama kam von Heydens zurück – begann ich, im Zimmer auf und abschreitend, von 8 bis 12 mein Herz auszuschütten, was also sagen will ein sehr *wiederholungsreiches* Gespräch mit Mama zu führen. Das Resultat war: non possumus; es geht nicht; wir können nicht mit; Bourgeois-Größenwahn, die herkömmliche Berliner Sechsdreierverwechslung mit Astor oder Mackay.

Gegen 2 schlief ich ein; Mama gar nicht. Heute früh Wiederaufnahme. *Mama.* ›Ja, was thun?‹ *Ich.* ›Bruch. Erklärung, daß ein Verkehr unmöglich sei.‹

Darauf hin Rohrpost-Brief an Friedel und um sein Erscheinen gebeten. 11½ trat er an.

Nie hätte ich geglaubt, daß dieser doch auch an gewissen Ueberschraubungen leidende Mensch sich so musterhaft benehmen könnte. Den Ernst der Sache tief fühlend, war er doch zugleich vollkommen ruhig, ohne jede Bitterkeit, fast ohne Ueberraschung. Er sah alles ein, gab alles zu, machte gar keinen Versuch einer Applanirung, so daß seine Haltung mich rührte, fast zu einer kleinen Bewunderung stimmte.

Wenn es Dir möglich, stifte ihm einen Brief, mit einem ›cheer up‹ als Hauptinhalt. Bei dem vielen ›breakfast‹ und ›lunch‹ der letzten 2 Wochen, kann ich mir das ›cheer up‹ schon gönnen. Was ich ihm gesagt habe, lief darauf hinaus: ›wir haben gar nichts gegen sie, ja, sie gefällt uns fast, weil wir sie für freiweg und ehrlich halten, – *sie paßt nur nicht zu uns.* Sie vertritt eine Welt- und eine Gesellschafts-Anschauung, die der unsrigen diametral entgegengesetzt ist. Bei Martha Robert war alles Justizrathsthum mit Liaisons und Pfannkuchen, bei Martha Soldmann alles Beamten-Borussismus, bei Frida Lehmann alles Berliner Bourgeoisthum mit Sauerkraut und Standesamt. An Charakter ist die letztre die beste, aber die Confusion und der Blödsinn ist bei ihr am größten.‹

Von dieser dritten Charakterisirung habe ich aber Friedel gegenüber nur das Wort ›Berliner Bourgeoisthum‹ gebraucht.

Schreibe ihm: ›es ist wohl so am besten‹ und war unausbleiblich, füge aber hinzu (auch das habe ich ihm wiederholentlich gesagt) ›daß *er*, wenn er sich ihren Standpunkt zu eigen machen will und kann, möglicherweise ganz glücklichen Tagen entgegengeht.‹

Er thut mir ungeheuer leid und dabei bewundre ich den Muth, womit er das alles verhältnismäßig ruhig auf seine Schultern nimmt. George hatte, nach dieser Seite hin, denselben Charakter.

Deine Zeilen an Friedel werden ihm gewiß eine Aufrichtung

oder wie mein Vater sagte, eine ›recreation‹ sein. Tausend Grüße an die verehrte Tante Witte.

Wie immer Dein alter

Papa.

*705. An Friedrich Spielhagen*

Berlin, 28. Januar 1897.

Hochgeehrter Herr.

Noch immer habe ich Ihnen nichts über Ihre zwei Novellen gesagt, die, zur Weihnachtszeit, Ihre Güte mir zusandte; nur einen kurzen Dank konnte ich damals aussprechen. Ich las dann sehr bald »Mesmerismus« und ganz vor kurzem auch »Alles fließt«. Beide Novellen sind so sehr verschieden: Tragik und Phantastik hüben, Genre und Ironie drüben, aber in einem sind sie sich doch gleich, in einer großen Modernität nach Stoff wie Behandlung. Wie immer bei Ihren Arbeiten interessiert mich neben dem inhaltlich Gebotenen, ganz besonders auch die Form, die Technik. In Novelle 1 bewundere ich den Aufbau; Anfang und Ende wie zwei Schalen und der Lebens- und Liebesgang in kunstvoller Briefverteilung eingekapselt. Vieles wirkt wie Erlebnis, namentlich die Einleitungsszene. Bei Novelle 2 hat mich die virtuose Behandlung der Parallelen und in diesen hinwiederum die Herausarbeitung der Gegensätze ganz besonders gefesselt. Ihnen nochmals für Ihre große Güte dankend, in vorzüglicher Ergebenheit

Th. Fontane.

*706. An Maximilian Harden*

*Berlin* 1. Febr. 97.
Potsdamerstraße 134. c.

Hochgeehrter Herr.

»Onkel August« schwebt immer noch in der Luft, – ein etwas sonderbares Wort, da er, glaub ich, ein paar mal dicht dran war, diesen Satz wahr zu machen.

Ich bitte Sie nun inständigst, mir meine bisherige Säumigkeit nicht blos verzeihn, sondern mir auch noch eine Jahresfrist (ein bischen lange) gestatten zu wollen. Ich lebe ganz in meinem Roman, mit Freuden aber auch mit Sorgen, in beständiger Angst ob er überhaupt noch fertig werden wird und da werden Sie's nachsichtig beurtheilen, wenn ich drauf raus bin, die Tage für den *einen* Zweck zusammenzuhalten und keine Excurse zu machen.

Ihre freundlichen Gesinnungen für mich, werden sich auch hierbei bestätigen. In dieser Hoffnung, in vorzüglicher Ergebenheit

Th. Fontane.

*707. An Wilhelm Hertz*

Berlin 1. Febr. 97.
Potsdamerstraße 134. c.

Sehr geehrter Herr Hertz.

Alt-England fängt an, sich für mich zu interessiren: Edinburg, Bristol und nun gar London selbst.

Ihre Güte wird wie immer ein »ja« haben, ich mußte aber doch erst anfragen, ehe ich an »Duncan Child« antwortete, betreffs dessen mir nur zweifelhaft, ob er mehr Duncan oder mehr Child ist. Erwäge ich dann aber, daß der einzige mir näher bekannte Duncan in Inverneß ermordet wurde, so schwindet der Unterschied wieder hin, – ein gemordetes Opfer sein oder ein Kind sein, ist bei literar: Unternehmungen, und nun gar bei Uebersetzungen, so ziemlich dasselbe.

Mit besten Wünschen und Grüßen, in vorzüglicher Ergebenheit

Th. Fontane.

*708. An Karl Zöllner*

Berlin 5. Febr. 97.

Theuerster Chevalier.

Einer meiner Lieblingssätze ist, daß es nur ganz wenige Menschen zu einem richtigen Schuldbewußtsein bringen und ich wage nicht zu behaupten, daß ich zu diesen ›Wenigen‹ gehöre; nur in der Zöllner-Frage trete ich für meine Zöllner- und Sünderschaft ein und bekenne meine Schuld. Wie lange, daß ich Dich nicht gesehn habe. Laß mich hoffen, daß Du mir alles anrechnest, was zu meiner Exculpirung gesagt werden kann. Es ist immer das alte Lied. Bis 3 Arbeit. Dann zu Tisch. Und *nach* Tisch matt und müde in den ledernen und doch mir so lieben, weil so nöthigen Thiergarten hinaus. In dieser Sport- und Rennstunde könnte ich ja nun vorsprechen, *sollte* es sogar, aber ich habe das bischen Elasticität nicht mehr, das zu solcher fife o'clock-Conversation von

Nöthen ist. Müde komm ich nach Haus und strecke mich, um mir für Abend und Abendzeitung die nöthige Kraft zu erschlafen. So vergehen die Tage. Das Gerede von dem ›jung bleiben‹ ist Unsinn; viel richtiger ist das Wort der guten alten Mutter Pietsch: ›Jott, Sie sollten ihn man zu Hause sehn.‹ Man geht, um mit Mathilde Einzahn zu schließen, nicht ungestraft ›im 77ten‹.

Mete ist seit vorgestern aus Rostock zurück; sie hat da nicht blos Tante Witte, sondern sogar die ›weiße Dame‹ gesehn und was noch mehr sagen will die Eggers'en; natürlich *ihn* auch. Immer noch krägel, so daß ›erwarten‹ nicht ausgeschlossen ist, wenn auch unwahrscheinlich. Ich muß noch einmal – diesmal Lepel – citiren: ›die Patronen sind gezählt.‹ Aus eigenen Mitteln setze ich hinzu: ›Gott sei Dank.‹

In den nächsten Tagen kommt Mete und schandmault muthmaßlich weiter. Unter Grüßen und Empfehlungen an meine liebe und verehrte Freundin, wie immer Dein

Noel.

*709. An James Morris*

*Berlin*, d. 8. Februar 1897.
Potsdamer Str. 134 c.

Hochgeehrter Herr und Freund.

Seien Sie herzlichst bedankt für verschiedene freundliche Sendungen, besonders für die letzte: Nummer 2 von »The Lady's Realm«. Es hat mich das ganze Heft sehr interessiert und in seinem »La maison Worth« auch künstlerisch erbaut. Die Kostüme der Duchess D. (vielleicht Devonshire?) sind wundervoll, und am wundervollsten ist das Bild des alten Charles Worth, der aussieht wie ein etwas in Plebejische transponierter Lionardo oder Tizian. Jedenfalls bleibt er als Bild seinem Sohn überlegen. Unter den Beiträgen haben mich die zwei Seiten, die, faksimiliert, von der Hand Marie Corellis herrühren, am meisten erfreut. Es ist alles sehr fein und doch zugleich sehr stark gefühlt, dabei vorzüglich und beinah witzig im Ausdruck. Ich weiß nicht, ob ich Ihnen schon in einem früheren Briefe schrieb, daß ich in diesem Sommer die literarische Bekanntschaft Marie Corellis machte, und zwar in Waren (Mecklenburg-Schwerin), wo ich einen Roman von ihr las: »The mighty Atom.« Ungemein gewandt geschrieben, aber für mich nicht angenehm, weil so sehr überheblich. Ich respektiere jeden ehrlichen Standpunkt, also natürlich auch den streng religiösen oder vielleicht auch den streng sektiererischen (denn nach »Staatskirche« schmeckte es nicht). Es verstimmt mich aber immer tief, wenn Gläubige die Ungläubigen, Positive die Negativen wie Kaff von oben herab behandeln wollen. Etwas davon klingt auch wieder in dem »I dislike, Sir, dislike Ibsen«. Nun gut, das kann man. Aber es muß doch sehr vorsichtig geschehen. Denn wenn niemand mehr weiß, daß Marie Corelli je gelebt hat, wird Ibsen immer noch eine Größe sein. Er ist – ob er einem gefällt oder nicht – eine epochemachende Erscheinung.

Sehr langweilig sind in »The Lady's Realm« die vielen Fürstlichkeitsbilder. Sonderbar, daß Fürstlichkeiten fast immer unerlaubt langweilig aussehen.

Das Beste, was ich *politisch* seit Jahr und Tag aus England gehört habe, ist Sir M. Hicks-Beachs Rede. *So* muß man die Dinge anfassen. Gewisse Dinge – und dahin gehört für das gegenwärtige England Ägypten – braucht ein Staat, um weiter zu leben, und *solche* Dinge müssen auch die rivalisierenden Staaten ihrem Nebenbuhler ruhig gönnen. So brauchten wir Schleswig-Holstein. Wir mußten es haben, und wir haben es gekriegt. England wird sich Ägypten *nicht* nehmen lassen, und es tut recht daran.

In vorzüglicher Ergebenheit Ihr

Th. Fontane.

*710. An Siegmund Schott*

Berlin, 14. Februar 1897

Hochgeehrter Herr.

Der heutige Sonntagmorgen führte sich sonntäglich ein und brachte mir Ihre liebenswürdige Besprechung, eine Fülle von Freundlichkeiten, die fast noch mehr dem Menschen als dem Schriftsteller zugute kommen. Etwas, womit ich sehr einverstanden bin: allem vorauf der Mensch! Das Buch ist kein Roman und hat keinen Inhalt, das »Wie« muß für das »Was« eintreten – mir kann nichts Lieberes gesagt werden. Natürlich darf eine Literatur nicht auf den Geschmack ganz, ganz alter Herren aufgebaut werden. Aber so nebenher geht es.

Ihre beigeschlossenen Zeilen waren wohl an Dove (Keller-Artikel) gerichtet; ich halte es doch für richtig, Ihnen diese Verwechslung der Briefe zu melden. In vorzüglicher Ergebenheit

Th. Fontane

*711. An Friedrich Spielhagen*

*Berlin*, d. 16. Februar 1897.
Potsdamer Str. 134c.

Hochgeehrter Herr.

Sie beschämen mich – und dies ist nicht mal das richtige Wort; es ist noch mehr – durch die immer erneuten Beweise Ihrer großen Güte gegen mich. Es hat mich alles außerordentlich erfreut und, wie ich ehrlich hinzusetzen darf, nicht nur, weil ich so gut dabei fortkomme, sondern weil ich, ganz losgelöst von meiner Person, den Gedanken, der zum Ausdruck kommt, so richtig finde, so richtig, daß ich nicht begreifen kann, wie unsere Realisten nicht *instinktiv* auf die Hülfen verfallen sind, die der Humor ihnen leisten würde. Freilich mancher Boden versagt seiner Natur nach manche Pflanze.

Ich habe auch das andre, ja namentlich das über Ompteda und zur Megede von Ihnen Gesagte gelesen. Bei Ompteda bin ich jetzt selbst und teile ganz Ihre Meinung: es ist *sehr* hübsch, die Mängel verschwinden daneben. Zu »Kismet« stelle ich mich, Pardon, etwas anders, teils günstiger, teils ungünstiger. Die erste Hälfte: das Sport- und Rennwesen in Westend samt der »adligen Jeubude in Moabit« (wenn nicht beides Zola nachgeahmt ist, was ich leider nicht kontrollieren kann) hat mich ganz entzückt, während ich in der zweiten Hälfte, die doch psychologisch das *Eigentliche* bringen will, nicht mehr mit kann. Ich glaube an solche Mädchen oder junge Frauen nicht. Wenn sie aber existieren, so lassen sie mich ganz kalt. Ja mehr, ich wende mich von *diesen* Liebesformen degoutiert ab und habe für die Trägerinnen derselben (obenan steht Nora) nur die Bezeichnung: Schafslise.

Übrigens – damit ich nicht mißverstanden werde – bin ich trotzdem ein Ibsenenthusiast. Nur nicht in allem. Nochmals besten Dank. In vorzüglicher Ergebenheit

Th. Fontane.

*712. An Richard Dehmel*

*Berlin* 18. Febr. 97.
Potsdamerstraße 134. c.

Hochgeehrter Herr.

Verzeihung, daß unsre Zofe die Zugbrücke nicht niederlassen wollte. Wir hatten ein Brautpaar bei Tisch, dem die Honneurs gemacht werden mußten.

Darf ich Sie freundlich bitten mir eine Karte zu schicken: »ich komme morgen zwischen 12 und 3,« – so bin ich, welcher Tag es auch sei, sicher auf dem Posten und freue mich aufrichtig Sie zu sehn.

In vorzüglicher Ergebenheit

Th. Fontane.

*713. An Karl Holle*

Berlin, 22. Februar 97

Hochgeehrter Herr Direktor.

Herzlichen Dank für das »Warener Tageblatt« von Max Sergal, in dem ich sofort wieder Tells Geschoß erkannte. Ganz vorzüglich redigirt. Dieser Schliemann-Brief, rein vom Redaktionsstandpunkt aus angesehn, eine wahre Perle. Daneben vom *andern* Standpunkte aus, immer wieder eine Perle, so daß Sergal da im Umsehn ein ganzes Collier zusammengebracht hat.

Welch eminenter Kerl dieser Schliemann! Es ist manches gegen die Mecklenburger zu sagen, aber der starke Prozentsatz an solchen Kerlen, die sie liefern, ist doch bemerkenswerth. 14 lebende Sprachen! Ich habe von jung an englisch gelernt, war über 4 Jahre in London und – kann es noch nicht.

Die Hauptstelle bleibt aber doch die Agrarstelle. Ich werde sehn, daß die Vossin (wenn sie nicht dumm ist) den Brief bringt. In vorzüglicher Ergebenheit,

Th. Fontane.

*714. An Edwin Bormann*

*Berlin* 22. Febr. 97

Hochgeehrter Herr.

Seien Sie schönstens bedankt für Ihr Neustes. Ich freue mich auf die Lektüre, denn von Ihnen zu lesen ist, in Ernst und Scherz, immer ein gleich großes Vergnügen. Vor vier, sechs Wochen hat mich die Geschichte von der alten Frau die bei Glatteis nach Gohlis hinaus gelootst wird, entzückt.

In vorzügl. Ergebenheit

Th. Fontane.

*715. An Richard Dehmel*

*Berlin* 25. Febr. 97.
Potsdamerstraße 134. c.

Hochgeehrter Herr.

Ich finde Beides, Anschreiben wie Aufruf, ganz vorzüglich.

In dem Hauptsatz habe ich freilich 3 Stellen geändert und gebe sie zur Erwägung anheim.

Stelle 1 ist ein Einschiebsel und soll sagen: wir wissen recht gut, daß nicht alles »Licht« an ihm ist, aber wir haben es für geboten erachtet, blos auf das »Licht«, *nicht* auf das andre zu blicken.

Stelle 2: »aller Gebildeten« ist immer anzüglich.

Stelle 3. »Manneskraft« ist sehr gut (jedenfalls zehnmal besser als das lederne Wort Schaffenskraft, das vielleicht nicht mal recht paßt) – dennoch hat die »Manneskraft« was Komisches und was Anzügliches. Das Wort ist – gerade in dem Liliencron-Fall – von einer grausamen Plastik. Hier haben Sie meine Weisheit, auf die ich aber nicht stolz bin und deren Nicht-Acceptirung mich weder überraschen noch verdrießen würde. Sehr leicht möglich, daß meine Ängstlichkeiten ganz unangebracht sind. Dem Ganzen eine gute Folge wünschend – vorläufig stecke ich noch in Zweifeln – hochgeehrter Herr, in vorzüglicher Ergebenheit

Th. Fontane.

*716. An Richard Dehmel*

Natürlich!

Im Anfang war die *That*.

Es ist viel besser so und nun Schicksal nimm Deinen Lauf.

In vorzüglicher Ergebenheit

Th. Fontane.

Berlin
27. Febr. 97.
Potsd. Str. 134. c.

*717. An Friedrich Paulsen*

*Berlin* 14. März 97.
Potsdamerstraße 134. c.

Hochgeehrter Herr Professor.

Gestern habe ich Ihren kleinen Artikel in der Vossin über den wunderbaren und auch wieder nicht wunderbaren Einfluß Nietzsches auf unsre Reservelieutnants und die die's werden wollen, gelesen.

Es drängt mich, Ihnen aus vollem Herzen dafür zu danken. Ich kann mich nicht entsinnen, in einer Kritik oder einem Essay jemals eine Stelle von gleicher Wirkung auf mich gelesen zu haben. Es ist, – wuchtig und elegant zugleich – die Hinrichtung des Borussismus; der beduselte Kopf fliegt nur so weg.

Und doch möchte ich Ihnen in meinem Entzücken noch einen Wunsch ans Herz legen, dessen Erfüllung mein Entzücken erst voll machen würde, *den* Wunsch, nun auch Ihrerseits eine Widerlegung dazu schreiben zu wollen, aber nur um im unmittelbaren Anschluß daran und unter Zurückgreifen auf Ihren ersten Satz, diese Widerlegung zu widerlegen.

Es steht mir nämlich fest, daß seltsamerweise doch auch viel, *sehr* viel zur Verherrlichung dieses spezifischen Preußenthums (s. Treitschke) gesagt werden kann und alle diese Herrlichkeit, die, bei viel Tüchtigem und Gescheidtem, schließlich nur ein Götzenbild auf thönernden Füßen ist, in ihrer Unausreichendheit, vor allem auch in dem niedrigen Culturgrad den sie vertritt, geschildert und verurtheilt zu sehn, wäre mir ein Hochgenuß. Mir und manchem andren. Denn es giebt ihrer doch noch Etliche, die nach solchem Worte dürsten.

Unter allen Umständen aber wollen Sie den Einbruch in Ihre Studierstubenstille gütigst entschuldigen.

In vorzüglicher Ergebenheit

Th. Fontane.

*718. An James Morris*

Berlin, 15. März 1897.

Hochgeehrter Herr und Freund.

Sie haben meiner wieder so freundlich gedacht, und zwei Nummern der Illustrat. London News liegen vor mir. Die erste der beiden Nummern, mit Mr. Cecil Rhodes im Verhör, hat mich besonders interessiert. Mustert man die Blicke, die die Komitee-Mitglieder so scharf auf ihn richten, so scheint er ein verlorener Mann. Der Ausgang hat aber wohl gelehrt, daß die Suppe nicht so heiß gegessen wurde, wie sie gekocht wurde. Über die Sache selbst ist viel zu sagen und auch wenig. Die Weltgeschichte ist immer nach demselben Rezept gemacht worden, und wenn's glückt, ist's gut. Daß unser Kaiser damals aber sein entschieden burenfreundliches Telegramm an Präsident Krüger schickte, war, glaub ich, sein gutes Recht. Jeder, der etwas tut, in diesem Falle Jameson und die Engländer, muß auf eine Kritik seiner Handelsweise gefaßt sein. Dazu ist ein großer Staat nicht da, die Handlungen eines andern großen Staats aus reiner Liebedienerei zu loben. Und wenn ich in dieser Sache dennoch *gegen* unsren Kaiser stehe, so blos deshalb, weil nicht der rechte Ernst hinter seinem Telegramm war. Wenn ich *so* entschieden Partei ergreife, muß ich auch gewillt sein, eventuell *mehr* zu tun. Dazu war er aber sicher *nicht* gewillt. Und *des*halb war das Telegramm ein großer Fehler.

Solche Fehler haben wir hier mannigfach zu verzeichnen, so neuerdings die Kaiserrede in der unser Imperator den Fürsten Bismarck als bloßen »Handlanger« seines Großvaters, des alten Wilhelms I., bezeichnet hat ...

In der griechischen Frage bin ich – trotzdem die Griechen eine Rasselbande sind – ganz griechisch und finde die Politikmacherei der »christlichen Großmächte« nicht blos blödsinnig, sondern auch niederträchtig, Deutschland voran, weil es sich *ruhig* verhalten könnte. In herzlicher Ergebenheit Ihr

Th. Fontane.

*719. An Friedrich Paulsen*

*Berlin* 16. März 97.
Potsdamerstraße 134. c.

Hochgeehrter Herr Professor.

Ein richtiges cerveau enrhumé, dran ich seit einer Woche laborire, soll mich doch nicht abhalten, Ihnen aufs herzlichste für Ihren liebenswürdigen und für mich und meine »Effi Briest« so schmeichelhaften Brief zu danken. Ich freue mich auf Ihr Buch und lebe außerdem der Hoffnung, daß ich den Ihnen ans Herz gelegten Essay, drin der heilige Georg den gerade jetzt wieder so furchtbar prustenden Drachen tödtet, noch erleben werde.

In vorzüglicher Ergebenheit

Th. Fontane.

*720. An Heinrich Seidel*

*Berlin* 17. März 97.
Potsdamerstraße 134. c.

Hochgeehrter Herr.

Seien Sie schönstens bedankt für Ihr Neustes, das heute früh bei mir eintraf.

Ihnen zu folgen, ist mir im Laufe der Jahre ein immer größeres Vergnügen geworden, weil sich mir die Ueberzeugung gefestigt hat, daß nur eine nationale Kunst Werth und Bedeutung hat. Es muß sich einem was aufthun, was schon dicht nebenan sich *nicht* aufthun konnte, weil es nicht da ist. Ich bin ein Schwärmer für fremde Literaturen und glaube, daß uns Frankreich und England erheblich vorauf sind, aber was ich womöglich noch mehr glaube ist das, daß es mit *uns* erst besser werden kann, wenn wir uns auf uns selbst besonnen haben und endlich lernen uns auf unsre eigenen zwei Beine zu stellen. Trotzdem nun beständig dagegen gesündigt wird, so ist doch unverkennbar ein Verlangen danach da, sonst hätte Fritz Reuter (denken Sie ihn sich in der Göthe – Schillerzeit) seine Riesenerfolge nicht haben können. Und diesen spezifisch deutschen Weg wandeln Sie auch, Sie, Trojan, Stinde, Lohmeyer und das wird ihrer Gesammterscheinung einen Platz in unsrer Literatur sichern; – sie bezeichnen eine Wende-Ecke.

Ich habe nur erst hineingeguckt; die ersten Seiten von Polly Seidel haben mich sehr amüsirt. In vorzügl. Ergebenheit

Th. Fontane.

*721. An Wilhelm Hertz*

Berlin 2. April 97.
Potsdamerstraße 134.c.

Sehr geehrter Herr Hertz.

Mit allem was Ihre freundlichen Zeilen vom gestrigen Tage mich zu meiner Freude wissen lassen, bin ich einverstanden und erlaube mir Ihnen das Neue, das, nach Ihrer Zustimmung, in die 5. Auflage hinein soll, innerhalb einiger Wochen zuzustellen. Mir ist schlecht zu Muth, gastrisch-nervöse Pleite, welchen Zustand ich erst überwunden haben möchte, bevor ich mich an das Heraussuchen der Neusachen mache.

Um Revision möchte ich bitten, um so mehr als sich in Auflage 4 – ich war damals krank – etliche fatale Fehler eingeschlichen haben.

Mit besten Wünschen für Ihr Wohl, in vorzüglicher Ergebenheit

Th. Fontane.

*722. An Georg Friedlaender*

Berlin 5. April 97.
Potsdamerstraße 134.c.

Hochgeehrter Herr.

Erschrecken Sie nicht. Daß ich Ihnen beinah umgehend für Ihren lieben Brief vom 2. danke, hat ganz egoistischerweise seinen Grund darin, daß ich Schreibezeit habe, während sie sonst so häufig fehlt. Ich bin seit beinah 4 Wochen zu meinem größten Leidwesen arbeitsunfähig und dadurch in der angenehmen Lage – vielleicht angenehmer für mich als für andre – freundliche Briefe mit schrecklicher Promptheit beantworten zu können. Ich erobere mir dadurch auch Arbeitsmuße für die gesunden Tage, die hoffentlich bald kommen. Nehmen Sie diese Bekenntnisse einer schönen Seele freundlich auf.

Ihr Brief, wie immer, ist reich an Stoff; das Hirschberger Thal bewahrt seinen alten Ruhm oder vielleicht ist es auch nur der Wächter auf dem Thurm, der Lug ins Land-Mann, dem der Ruhm gebührt. Er sieht das, was die andern nicht sehn.

Sie klopfen an wegen der Reden aus hohem Munde, drin so viel gesagt und noch mehr verschwiegen wird. Ich komme, wenn ich dergleichen in meiner guten Vossin lese, jedesmal ganz außer mir, während ich mich doch von Illoyalität frei weiß und für vieles, was an »oberster Stelle« beliebt wird, nicht blos ein Verständniß, sondern auch eine Dankbarkeit habe. Was mir an dem Kaiser gefällt, ist der totale Bruch mit dem Alten und was mir an dem Kaiser *nicht* gefällt, ist das im Widerspruch dazu stehende Wiederherstellenwollen des Uralten. In gewissem Sinne befreit er uns von den öden Formen und Erscheinungen des alten Preußenthums, er bricht mit der Ruppigkeit, der Poplichkeit, der spießbürgerlichen Sechsdreierwirthschaft der 1813er Epoche, er läßt sich, aufs Große und Kleine hin angesehn, neue Hosen machen, statt die alten auszuflicken. Er ist ganz unkleinlich, forsch und hat ein volles Einsehen davon, daß ein Deutscher Kaiser was andres ist als ein Markgraf von Brandenburg. Er hat eine Million Soldaten und will auch hundert Panzerschiffe haben; er träumt (und ich will ihm diesen Traum hoch anrechnen) von einer Demüthigung Englands. Deutschland soll obenan sein, in all und jedem. Das alles – ob es klug und ausführbar ist, laß ich dahingestellt sein – berührt mich sympathisch und ich wollte ihm auf seinem Thurmseilwege willig folgen, wenn ich sähe, daß er die richtige Kreide unter den Füßen und die richtige Balancirstange in

Händen hätte. Das hat er aber nicht. Er will, wenn nicht das Unmögliche so doch das Höchstgefährliche, mit falscher Ausrüstung, mit unausreichenden Mitteln. Er glaubt das Neue mit ganz Altem besorgen zu können, er will Modernes aufrichten mit Rumpelkammerwaffen; er sorgt für neuen Most und weil er selber den alten Schläuchen nicht mehr traut, umwickelt er eben diese Schläuche mit immer dickerem Bindfaden und denkt: »nun wird es halten.« Es wird aber *nicht* halten. Wer sich neue weitere Ziele steckt, darf sein Feuerschloßgewehr nicht blos in ein Percussionsgewehr umwandeln lassen, der muß ganz neue Präcisionswaffen erfinden, sonst knallt er vergeblich drauf los. Was der Kaiser muthmaßlich vorhat, ist mit »Waffen« überhaupt nicht zu leisten; alle militärischen Anstrengungen kommen mir vor, als ob man Anno 1400 alle Kraft darauf gerichtet hätte, die Ritterrüstung kugelsicher zu machen, – statt dessen kam man aber schließlich auf den einzig richtigen Ausweg, die Rüstung ganz fortzuwerfen. Es ist unausbleiblich, daß sich das wiederholt; die Rüstung muß fort und ganz andre Kräfte müssen an die Stelle treten: Geld, Klugheit, Begeisterung. Kann sich der Kaiser dieser Dreiheit versichern, so kann er mit seinen 50 Millionen Deutschen jeden Kampf aufnehmen; durch Grenadierblechmützen, Medaillen, Fahnenbänder und armen Landadel der seinem »Markgrafen durch Dick und Dünn folgt«, wird er es aber *nicht* erreichen. Nur Volkshingebung kann die Wunderthaten thun, auf die er aus ist; aber um diese Hingebung lebendig zu machen, dazu müßte er die Wurst gerade vom entgegengesetzten Ende anschneiden. Preußen – und mittelbar ganz Deutschland – krankt an unsren Ost-Elbiern. Ueber unsren Adel muß hinweggegangen werden; man kann ihn besuchen wie das aegyptische Museum und sich vor Ramses und Amenophis verneigen, aber das Land *ihm* zu Liebe regieren, in dem Wahn: *dieser Adel sei das Land*, – das ist unser Unglück und so lange dieser Zustand fortbesteht, ist an eine Fortentwicklung deutscher Macht und deutschen Ansehns nach außen hin gar nicht zu denken. Worin unser Kaiser die *Säule* sieht, das sind nur *thönerne Füße*. Wir brauchen einen ganz andren Unterbau. Vor diesem erschrickt man; aber wer nicht wagt, nicht gewinnt. Daß Staaten an einer kühnen Umformung, die die Zeit forderte, zu Grunde gegangen wären, – *dieser* Fall ist sehr selten. Ich wüßte keinen zu nennen. Aber das Umgekehrte zeigt sich hundertfältig.

Dienstag 6. April

Eben kommt Ihr lieber Brief vom 5. und mit ihm das Gedicht von der 17jährigen Großfürstentochter, an dem nicht der »gepumpte Vater« das Schmerzliche ist, sondern die *Stelle*, von der aus er gepumpt wurde. Ich komme auf Brief und Gedicht zurück und orakle vorläufig politisch weiter.

Ich orakle weiter, aber werde doch auch suchen, mich dabei der Orakelkürze zu bedienen, sonst wird die Sache endlos. Bei meiner gestrigen langen Schreiberei, bin ich an einer Spezialsache, die doch zugleich eine Hauptsache ist, vorübergegangen, an des Kaisers Stellung zu Bismarck. Es ist das Tollste, was man sich denken kann. Ich bin kein Bismarckianer, das Letzte und Beste in mir wendet sich von ihm ab, er ist keine edle Natur; aber die Hohenzollern sollten sich *nicht* von ihm abwenden, denn die ganze Glorie, die den alten Wilhelm umstrahlt – und die noch dazu eine *reine* Glorie ist, weil das Häßliche davon an Bismarcks Händen kleben blieb – die ganze neue Glorie des Hauses verdankt das Hohenzollernthum dem genialen Kraftmeier im Sachsenwald. »Es wächst das Riesenmaß der Leiber, Hoch über Menschliches hinaus.« Und das Riesenmaß seines Geistes stellt noch wieder das seines Leibes in Schatten. Und *der* soll Werkzeug gewesen sein oder Handlanger oder gar Pygmäe! Wie kann man die Geschichte *so* fälschen wollen. Es ist der sprichwörtliche Undank der Hohenzollern, der einen hier anstarrt. Glücklicherweise schreibt die Weltgeschichte mit festem Griffel weiter. Aber hieße ich Arnim oder Bülow, ich könnte so was nicht vergessen.

Und nun lassen Sie mich wieder zu Personen in gewöhnlicherem Format herabsteigen: Richter, Pietsch, Bergel. Für alle Drei hab ich was übrig in meinem Herzen, der eine ist gütig und originell, der andre beinah ein Genie und der dritte ein Träger feinen Judengeistes und feiner alter Judensitte. Dennoch gehören alle Drei in die Klasse der Schauten, freilich in sehr verschiedene Rubriken. Richter ist der Beste, weil er naiv und großes Kind ist, Pietsch bringt einen um durch Eitelkeit, Größenwahn und – Geschmacklosigkeiten (nur in dem durch und durch geschmacklosen Berlin kann sich einer *trotz*dem halten) und Bergel, dem beizukommen ich schon von den verschiedensten Seiten her versucht habe, thut mir schließlich den Gefallen, sich mir in wunderbarer Klarheit zu präsentiren. Er ist nämlich in seinen Tugenden und in seinen noch größeren Fehlern nichts als der richtige alte Jude. Wenn ich eben gesagt habe, »er thut mir den

Gefallen etc.«, so ist das freilich nicht ganz richtig, denn das Magnesium-Licht, das ihn mir so klar hinstellt, stammt nicht von ihm selber, sondern von meinem Freunde Professor Lazarus. Sie wissen, wie sehr ich an diesem gehangen, wie große Stücke ich von ihm gehalten habe. Das ist nun alles hin; was ich seit der Heyse-Affaire, von der ich Ihnen wohl erzählt, immer gefürchtet habe, das hat sich nun grausam bestätigt und zwar durch Mittheilungen des alten Obersten Reese, der durch 50 Jahre hin Lazarus intimster Freund gewesen ist.* Die Juden bringen es fertig, im höchsten Maße feingeistig, auch wirklich *ehrlich* mit idealen Dingen beschäftigt zu sein, allerlei Gutes zu thun, zu geben und zu helfen und dabei beständig zu mogeln oder auch direkt zu betrügen, immer mit einem herrnverklärten oder rabbinerhaft feierlichen Gesicht und immer durchdrungen von dem Gefühl 'was ganz Besondres und ein Liebling Jehovas zu sein. Das alles paßt auf Lazarus, das alles paßt auf Bergel. Nur B. ist in *jedem* Betracht der Kleinere.

Da lob' ich mir eine Figur wie die Gräfin Brühl, von der Sie mir geschrieben; solche Dame zu kennen, ist ein Schatz und ein Glück und ich wünsche, daß Ihnen dies Glück erhalten bleibt. – Ueber Ihren Präsidenten kann ich mich nicht so sehr entrüsten. Entrüsten darüber würde ich mich nur können, wenn ich einsähe, daß das alles ein wichtigthuerischer, in nichts begründeter *Unsinn* wäre. Vielleicht ist es auch so. Meiner Laien-Einsicht aber will es doch erscheinen, als ob da wirklich Conflikte vorkommen könnten.

Ihr heut empfangener Brief ist wieder ganz besonders reizend und das beigelegte Gedicht ganz ungewöhnlich gut und talentvoll, dabei liebenswürdig und herzbeweglich. Die kleinen Mängel und Unfertigkeiten steigern nur die Wirkung und haben was Versöhnliches, denn wenn das alles auch noch fehlerlos wäre, so hätte es was Beängstigendes. Ich bin ganz glücklich, Ihnen dies mit einem gewissen Nachdruck schreiben zu können, weil ich, wenn wir Lyrica besprechen, so oft andrer Meinung bin und mich Ihrer freundlicheren Auffassung nicht immer anschließen kann. So bin ich beispielsweise mit den 8 Reimzeilen Dove's, der sich sonst so vorzüglich auf Spruchartiges und Pointirtes versteht, *nicht*

* Reese's Mittheilungen beziehen sich aber nicht auf Heyse, sondern auf viel Grauslicheres, was *er selber* mit Lazarus erlebt hat.

einverstanden. Ich kann mich kaum darin zurechtfinden; es ist logisch ungeordnet, ein Kuchen, der nicht richtig aufgegangen ist.

Und nun leben Sie wohl, empfangen Sie nochmals meinen herzlichen Dank für zwei so liebenswürdige Briefe und empfehlen Sie mich, worum auch Frau und Tochter bitten, Ihren verehrten Damen. In vorzügl. Ergebenheit

Th. Fontane

Wir haben vor, wieder nach Karlsbad zu gehn, aber *sehr* spät, vielleicht erst Ende September. Ich muß nämlich, zum Herbst hin, einen Roman abliefern, mit dem ich leider vor September nicht fertig werde. Grünhagen ist der richtige drähnige Schlesier, aber er hat 2 Tugenden: er ist ein feiner Mann, beinah hofmännisch, und vor allem er ist Historiker.

### 723. *An James Morris*

*Berlin*, d. 16. April 1897.
Potsdamer Str. 134 c.

Hochgeehrter Herr und Freund.

Es ist ziemlich lange, daß ich nicht habe von mir hören lassen, und doch liegt allerhand vor, das dazu auffordert: Zeitungen (die ich Ihrer Güte verdanke) und Zeitereignisse. Unter den Zeitereignissen steht in meinen Augen die Rede obenan, die Sir William Harcourt vor ein paar Tagen im »Achtziger Klub« gehalten und die mich entzückt hat. Endlich, nach all dem Diplomatenunsinn, ein erlösendes Wort, das erste vernünftig und natürlich gesprochene, das ich seit Jahr und Tag in dieser unglückseligen Orientfrage gelesen habe. »Wenn das europäische Konzert *gesunden Menschenverstand* besäße, so wäre alles längst gelöst.« Das ist so gewiß, wie: zwei mal zwei macht vier. Aber noch richtiger ist der andere Satz: »Eine Vereinigung von Mächten, die dem *Universum Gesetze* vorschreiben will, macht sich lächerlich.« Und diesen Unsinn gewollt zu haben, ist das Verbrechen und die Stupidität (letzteres bekanntlich das Schlimmere), dessen sich die Großmächte schuldig machen. Wenn ich für die nächste Woche drei Visiten vorhabe, die mir alle sehr langweilig und sehr unbequem sind, so lege ich sie gewiß auf den Montag, damit ich für den Rest der Woche Ruhe habe. Die Sache kann nicht schnell genug erledigt sein. Genau so in der Politik. Unbequemlichkeiten, selbst Schrecklichkeiten, die kommen *müssen*, kann man nur dadurch ihres

Schreckenscharakters einigermaßen entkleiden, daß man sie so rasch wie möglich an der Brust packt und den Kampf auskämpft, der *doch* gekämpft werden muß. Der alte Satz: »Lieber ein Ende mit Schrecken, als ein Schrecken ohne Ende« ist längst eine Platitüde geworden, aber seine Plattheit hat an seiner Wahrheit nichts geändert. Und doch ist die sogenannte »Politik« der Großmächte nichts als eine langweilige Auflehnung gegen diese platte, aber ewig richtige Wahrheit. Es wäre zum Weinen, wenn man aus dem Ganzen nicht auch wieder Trost und Vertrauen zu den irdischen und ewigen Dingen schöpfen könnte. Die Machtlosigkeit der bloßen äußerlichen Macht wird einem großartig demonstriert und dabei der Beweis erbracht, daß es andere Kräfte, wie Bismarck einmal sagte: die »Imponderabilien« sind, die die Welt regieren. Da stehen nun die Griechen, nicht viel was anderes als 'ne große Räuberbande, und trotzen Europa. Und warum? Und wodurch? Weil der gesunde Menschenverstand auf Ihrer Seite steht und die Welt hineinlacht. In herzlicher Ergebenheit Ihr

Th. Fontane.

*724. An Friedrich Paulsen*

*Berlin* 16. April 97.
Potsdamerstraße 134. c.

Hochgeehrter Herr Professor.

Empfangen Sie meinen herzlichen und ergebensten Dank für das schöne Doppel-Buch, das Ihre Güte durch Freund W. Hertz hat an mich gelangen lassen. Der Winter geht auf die Neige, was noch wichtiger die Gesellschaften auch, und die freiwerdenden Abende sollen Ihrem Buche gelten. Nicht blos *ich* freue mich drauf, auch Frau und Tochter, die mir's abwechselnd vorlesen und bei sich und bei mir gleichzeitig die große philosophische Lücke ausfüllen wollen. Ich kann es kaum bedauern, erst so spät dazu zu kommen, denn erstens kann man vielleicht überhaupt nicht alt genug dazu sein und zweitens waren mir die vor 60 Jahren gefeierten Bücher der Art (in die ich doch wenigstens mal hineinsah) ein Horror. »Sprich menschlich« sagt irgendwer zu Fähnrich Pistol, eine Forderung der man früher nicht gern nachkam. *Da* wenigstens ein erfreulicher Zeitenwechsel. In vorzüglicher Ergebenheit

Th. Fontane.

*725. An Gustav Keyßner*

*Berlin* 20. April 97.
Potsdamerstraße 134. c.

Hochgeehrter Herr.

Seien Sie herzlichst bedankt für Brief und Besprechung, beide voll gleichen Wohlwollens. Ich bedaure, daß Ihre Berlin-Reise hinausgeschoben ist, verwirklicht sie sich aber über kurz oder lang (hoffentlich über kurz) so rechne ich auf Ihren freundlichen Besuch und bitte nur vorher um eine Karte. Sonst sitze ich immer unpräsentabel in einem Mauseloch.

In vorzügl. Ergebenheit

Th. Fontane.

*726. An Unbekannt*

*Berlin* 29. April 97.
Potsd. Str. 134. c.

Hochgeehrter Herr.

Das Beiliegende wird hoffentlich ausreichen, so wenig es ist. Es giebt immerhin die Hauptdaten. Ich bin krank und kann leider unter alten Zeitungsblättern, die, bei Gelegenheit meines 70. Geburtstages, Ausführlicheres brachten, nicht weiter nachsuchen. Träfe es sich, daß Sie in einer Hamburger Bibliothek meine Sachen vereinigt vorfänden, so könnten Sie den Vorreden und einem bloßen Durchblättern der Bücher alles Biographische mit Leichtigkeit entnehmen, namentlich den »Wanderungen« (Vorrede zu Band I u. Schlußwort zu Band IV), Sommer in London, Jenseit des Tweed, Kriegsgefangen, Aus den Tagen der Okkupation und meinem Buch über Scherenberg. Mit dem Wunsche, daß Ihnen Einiges davon zur Hand sein möge, in vorzügl. Ergebenheit

Th. Fontane.

*727. An Unbekannt (Verlag G. Grote)*

*Berlin* 7. Mai 97.
Potsdamerstraße 134. c.

Hochgeehrter Herr.

In einem miserablen alten Uebersetzungsbande von Walter Scott – der Band unnatürlich dick und im Format eines Spieles Karten; er gehörte Otto Roquette und ich habe mich 40 Jahre lang damit umhergeschleppt; jetzt ist er leider weg – in diesem miserablen Bande, graumarmorirt mit blutrothem Schnitt, fand ich die *Archibald Douglas* Geschichte als lange Anmerkung zu einer der weniger bekannt gewordenen W. Scottschen epischen Dichtungen. Die Geschichte verläuft da aber *umgekehrt:* König Jacob läßt den Douglas abfallen, was Henry VIII. von England, als er davon hört, mißbilligte, indem er sagte:

A Kings face
Shall give grace.

Wohl das Beste, was König Heinrich je gesagt hat. In vorzügl. Ergebenheit

Th. Fontane.

*728. An Ernst Heilborn*

*Berlin* 12. Mai 97.
Potsdamerstraße 134. c.

Hochgeehrter Herr.

Seien Sie herzlichst bedankt für Ihre liebenswürdigen Zeilen.

Ob ich was habe, weiß ich selber nicht. Ich stecke so drin im Abschluß eines großen, noch dazu politischen (!!) und natürlich märkischen Romans, daß ich gar keine andern Gedanken habe und gegen alles andre auch gleichgültig bin. In solchem krankhaften Zustande kann man nicht einmal blättern und suchen, denn alles, worauf das Auge fällt, ist von vornherein verurtheilt, wenigstens so weit Eignes in Betracht kommt.

Leider bleibe ich noch drei, vier Monat in diesem Zustand, dann aber bin ich wieder frei und melde mich als Genesener und wieder freudig zu Diensten Stehender.

In vorzüglicher Ergebenheit

Th. Fontane.

*729. An Adolf Hoffmann (Entwurf)*

[Berlin, Mai/Juni? 1897]

Hochgeehrter Herr.

Ergebensten Dank für Ihre freundlichen Zeilen vom 25. d. M.; – was Sie so gütig sind als einen Wunsch Ihrer Verlags-Anstalt auszusprechen, entspricht durchaus meinen eigenen Wünschen.

Die Honorarfrage kann kaum zu Meinungsverschiedenheiten zwischen uns führen und der Stoff, so weit von einem solchen die

Rede sein kann – denn es ist eigentlich blos eine Idee, die sich einkleidet – dieser Stoff wird sehr wahrscheinlich mit einer Art Sicherheit Ihre Zustimmung erfahren. Aber die Geschichte, das was erzählt wird. Die Mache! Zum Schluß stirbt ein Alter und zwei Junge heiraten sich; – das ist so ziemlich alles, was auf 500 Seiten geschieht. Von Verwicklungen und Lösungen, von Herzenskonflikten oder Konflikten überhaupt, von Spannungen und Überraschungen findet sich nichts.

Einerseits auf einem altmodischen märkischen Gut, andrerseits in einem neumodischen gräflichen Hause (Berlin) treffen sich verschiedene Personen und sprechen da Gott und die Welt durch. Alles Plauderei, Dialog, in dem sich die Charaktere geben, und mit ihnen die Geschichte. Natürlich halte ich dies nicht nur für die richtige, sondern sogar für die gebotene Art, einen Zeitroman zu schreiben, bin mir aber gleichzeitig nur zu sehr bewußt, daß das große Publikum sehr anders darüber denkt und Redaktionen – durch das Publikum gezwungen – auch.

Und so sehe ich denn Ihrer Entscheidung nicht so hoffnungsvoll entgegen wie ich wohl möchte. Vielleicht daß der beigelegte Briefbogen mit Inhaltsangabe meine Chancen wieder um Einiges steigert. Ein »ja« oder »nein« aber in die Zukunft legen ist gerade das, was man bei Verhandlungen wie diese so gern vermeiden möchte.

In vorzüglicher Ergebenheit

Th. Fontane.

Titel: »Der Stechlin«. Inhalt: In einem Waldwinkel der Grafschaft Ruppin liegt ein See, »Der Stechlin«. Dieser See, klein und unbedeutend, hat die Besonderheit, mit der zweiten Welt draußen in einer halb rätselhaften Verbindung zu stehen und wenn in der Welt draußen »was los ist«, wenn auf Island oder auf Java ein Berg Feuer speit und die Erde bebt, so macht der »Stechlin«, klein und unbedeutend wie er ist, die große Weltbewegung mit und sprudelt und wirft Strahlen und bildet Trichter. Um dies – so ungefähr fängt der Roman an – und um *das* Thema dreht sich die ganze Geschichte. [...]

In vorzüglicher Ergebenheit.

*730. An James Morris*

*Berlin*, d. 3. Juni 1897.
Potsdamer Str. 134 c.

Hochgeehrter Herr und Freund.

Ihre Güte ließ mir gestern oder vorgestern »Pictures from the Royal Academy« zugehn, mit einem Bilde von Präsident Poynter beginnend. Poynter ist nun schon der vierte Präsident, den ich seit meinen Londoner Tagen erlebe: Eastlake, Leighton, Millais, Poynter. Unter den verschiedenen Bildern stehn wie immer die Porträts und die Landschaften obenan. Das sind die segensreichen Nachwirkungen von Reynolds und Gainsborough. Turner war zu genial und original, um Schule bilden zu können. Speziell das Ouleßsche Porträt von Sir Spencer Ponsonby-Fane scheint mir ganz ersten Ranges. Vor allem aber ist mir aufgefallen, daß – von etlichen spezifisch englischen Zügen und Vorzügen abgesehen – im ganzen genommen eine Allerweltsmalerei mehr und mehr zur Geltung kommt, so daß die nationalen Unterschiede fast verschwinden. Im Porträt ist noch am ersten ein bestimmter Stil zu erkennen, in der Landschaft schon viel, viel weniger. Wir haben beispielsweise jetzt eine Schule in Worpswede (einem friesischen Dorf), die malt genau ebenso. Diese Schule erinnert (innerhalb der *Malerei*) sehr an die Lake school. Es sind vier oder fünf junge Maler, die sich auf ein Dorf zurückgezogen haben und da klösterlich miteinander leben, nur noch in gelegentlichem Verkehr mit den Bauern. Ich finde das sehr richtig. Was nun die *modernen*, knifflich herausgesuchten Stoffe betrifft, so sind die dahin einschlägigen Bilder in England gerade so verrückt wie in Frankreich und Deutschland. Aller modernen Kunst ist der Sinn für das *Natürliche* verloren gegangen, und gerade diese Kunst nennt sich naturalistisch. Übrigens bin ich trotz meiner hohen Jahre keiner von den »Alten« – im Gegenteil, ich bin für das Neue, wenn es gut ist. Was doch, Gott sei Dank, auch vorkommt.

Die Politik ist unerfreulich überall. Etwas Elenderes als den »griechischen Krieg« hat es nie gegeben. Er wird an Jammer nur übertroffen von der Großmäuligkeit der Griechen selbst und von den politisch-diplomatischen Leistungen des »europäischen Konzerts.« Und *das* soll man als etwas Höheres bewundern. Oxenstjerna mit seinem berühmten Ausspruch hatte recht.

Für die nächste Zeit verspreche ich mir viel Interessantes von dem englischen Vormarsch gegen Chartum. Die Destruktion der belgisch-kongostaatlichen Armee wird freilich mehr oder weniger ein Hindernis sein. In Frankreich glaubt man dummerweise, wir freuten uns darüber. Dies ist keineswegs der Fall, weil wir zu unserer Kolonialpolitik keine Spur von Vertrauen haben. Wäre dies Vertrauen da, so läge die Sache freilich anders. Hätten wir eine populäre, von der Volksgunst getragene und dadurch zu jeder Kraftanstrengung bereite und fähige Regierung, so könnten wir die Pläne, von denen es irrtümlich heißt, »wir hätten sie«, getrost aufnehmen und auch *durchführen*. Denn es ist bei klugem Vorgehn keine Marine-, sondern eine Landheerfrage. Bismarck hätte das Zeug dazu gehabt, aber er war in diesem Punkte altmodisch und überhaupt kein Kolonialmensch. Unser Kaiser möchte ein solcher sein, aber die Lust vergeht ihm immer wieder. Money-point.

In vorzüglicher Ergebenheit

Th. Fontane.

*731. An Wilhelm Hertz*

Berlin 6. Juni 97.
Potsdamerstraße 134. c.

Hochgeehrter Herr Hertz.

Herzlichen Dank für Ihre freundlichen Zeilen vom 2. Juni.

Ob ich den gleichen Tag erlebe? Ich muß noch 3 Jahre warten; sehr kurz und – *sehr* lang.

Am Mittwoch will ich mit Frau und Tochter nach »Nijen Brannenburg« abdampfen, um Preußen zu vergessen, wozu Fritz Reuters Heimath – als eine Art Gegensatz – die beste Gelegenheit bietet. Ich stelle Rothspohn und Onkel Bräsig höher als den ganzen Borussismus, diese niedrigste Kulturform die je da war. Nur der Puritanismus (weil total verlogen) ist noch schlimmer.

Im Augusta-Bad bei Neu-Brandenburg, am Ufer des Tollénse-Sees – oder wie andre sich kürzer fassen, des »Tóllensee's« – will ich auch endlich an die Correktur bez. Anordnung meiner Gedichte für die fünfte Auflage gehn und bitte ganz ergebenst mir 2 Exemplare zu diesem Zwecke zur Verfügung stellen zu wollen. Ich habe schon mal vor 2 oder 3 Jahren um zwei Exemplare gebeten und in Karlsbad, wo man sonst nichts vornehmen kann, auch wirklich die Durchsicht bis in die Mitte des Buches begonnen und durchgeführt, aber jetzt, wo ich diese Exemplare suche, sind sie fort, was mir leid thut, weil ich nicht weiß, ob die zweite Corrigirerei nicht hinter der ersten zurückbleiben wird.

Ich bin gern in Mecklenburg, wie in allen Ländern und Städten, die man in dem öden und dämlichen Berlinerthum unsrer Jugend für Plätze zweiten Ranges hielt, während sie unsrem elenden Nest – *damals* gewiß »elendes Nest« – immer überlegen waren.

In herzlicher Ergebenheit Ihr

Th. Fontane.

*732. An Richard Dehmel*

*Neu-Brandenburg* 10. Juni 97
Augusta-Bad.

Hochgeehrter Herr.

Seit dem Tage – nun wohl schon drei Wochen – wo ich in dem rothen Couvert Baron Liliencrons freundliche Zeilen erhielt, habe ich schreiben und ihm, via Pankow, für den mir gütigst zugedachten Besuch danken wollen. Ich war in letzter Zeit sehr herunter, das hat mich so säumig sein lassen. Seit gestern bin ich hier und hoffe von dieser Flucht in das eigentlichste weil Fritz Reutersche Mecklenburgerthum (er lebte hier 7 Jahre) das Beste.

Wie steht es mit der Sammlung? Ich bin selber noch in Rückstand, werde mich aber selbstverständlich mit meinem Wittwenscherflein einstellen, so wie ich wieder zurück bin. Ich hatte Namen und Adresse des Herrn, der sich der geschäftlichen Mühwaltung unterzieht, vergessen.

Mit besten Wünschen für Ihr Wohl, in vorzüglicher Ergebenheit

Th. Fontane.

*733. An Richard Dehmel*

*Neu-Brandenburg* 11. 6. 97.
Augusta-Bad.

Hochgeehrter Herr.

Eben erhalte ich Ihre freundlichen Zeilen vom 10. und beeile mich den Aufruf wieder an Sie zurück gelangen zu lassen. Meine Correktur gebe ich natürlich nur anheim; sie geht aus der oft gemachten Erfahrung hervor, daß wenn man dem Publikum sagt: »es geht schief« der letzte Rest von Hülfebereitschaft hinschwindet. Viel erwarte ich überhaupt nicht, auch wenn es uns gegeben wäre, mit Engelszungen zu sprechen. Liliencron ist kein Dichter fürs Volk, für Bourgeois und Philister gewiß nicht und für seine

Kollegen auch nicht. Die paar Ausnahmen, die da sind, haben kein Geld. Liliencron ist ganz drauf angewiesen, von irgend einem Rothschild eine 3000-Mark-Pension auf Lebenszeit zu beziehn. Oder 10 kleine Rothschilds mit jährlich 300. Die »Nation« wird nicht viel zusammenbringen. In vorzügl. Ergebenheit

Th. Fontane.

*734. An Georg Friedlaender*

Neu-Brandenburg.
Augusta-Bad.
21. Juni 1897.

Hochgeehrter Herr.

Herzlichen Dank für Ihren lieben Brief, aber auch (leider) nur wenig mehr, da mich mein neuer Roman mit seinen letzten Kapiteln ganz in Anspruch nimmt. Am 15. August soll er in Stuttgart sein und da heißt es denn sich 'ranhalten, da die Korrektur von etwa 600 Seiten auch noch ein hübsches und schwieriges Stück Arbeit ist. So kommt es, daß ich ein näheres Eingehen auf so viele interessante Fragen, die Ihr Brief anregt, noch auf eine Weile vertagen muß. Nur Eines will ich berühren: die Erbprinzessin. Ich bin ganz Ihrer Meinung, daß wenn sie kommt und »befiehlt«, Sie nicht blos zu erscheinen, sondern sich dieses »Befohlenwerdens« auch ganz aufrichtig zu freuen haben. Was ich früher darüber geschrieben (und was auch noch heute meine Meinung) das sind Alte-Manns-Ansichten, Ansichten eines 77ers. Vor 20 Jahren hätte ich darüber anders gedacht. Da spielt man gern noch mit, da ist man noch gern mit dabei und hört und sieht dies und das. Ist man ganz alt, wie ich es jetzt bin, so verlangt man von allen Anknüpfungen was *Reelles*, will nicht blos Spielzeug sein, während man in jüngeren Jahren alles als lebendes Bild nimmt oder als Theaterstück, in dem man Zuschauer und Mitspieler zugleich ist. Die »Gute-Ruf-Frage« ist mir völlig gleichgültig; wahrscheinlich ist 3/4 gelogen und wenn auch nicht, so hat die Neuhöfer-Prinzessin mit ihren etwas philiströsen Anschauungen von »Ruinirung des Glücks der jungen Prinzessin« (Feodora) gewiß Unrecht. Wenn sie Recht hätte, was sollte da aus den armen Prinzessinnen geworden sein, deren Mütter im vorigen Jahrhundert beinah durchgängig einen tollen Ruf hatten und in diesem Jahrhundert wenigstens vielfach. Prinzessinnen verheirathen sich nach politischen oder nach Vortheils-Erwägungen, aber nicht auf Familientugenden hin. Hier brech ich ab. Empfehlen Sie mich Ihren Damen angelegentlichst. Wie immer Ihr

Th. Fontane.

*735. An Emilie Zöllner*

Neu-Brandenburg. Augusta-Bad 21. Juni 1897.

Hochverehrte Frau und Freundin.

Mete hat Ihnen den Ausdruck unsrer herzlichen Theilnahme überbracht, aber ich möchte doch auch noch brieflich aussprechen, wie sehr wir die neue Lücke, die der Tod in unsren Kreis gerissen, empfinden, vor allem aber wie liebevoll und dankbar wir bis ans Ende des theuren, heimgegangenen Freundes gedenken werden. Wie viel glückliche Stunden konnten wir mit ihm durchleben, wie viel Dank schulden wir ihm für Anregung, Förderung, herzerquikkende Heiterkeit. Vor das Bild der letzten Jahre tritt *das* längst zurückliegender Zeiten. Erinnern Sie sich noch, um nur eins herauszugreifen, der in Kösen und Weimar gemeinschaftlich verbrachten Tage!

Mit unsrem Aufenthalt hier haben wir Ursach zufrieden zu sein. Alles ist still und freundlich; wir haben Spaziergänge, Schlaf und gute Verpflegung. Mecklenburg ist kein leerer Wahn.

Frau und Tochter grüßen mit mir Sie, Karl, die junge Frau.

Wie lange wir noch bleiben, steht dahin, aber wohl noch eine gute Weile, wenn uns eine Ferien-Invasion nicht vertreibt.

Mit besten Wünschen für Ihr Wohl und daß Sie nach all dem Schweren, das Sie durchzumachen hatten, an Ruhe (die so viel bedeutet) sich aufrichten mögen, – in herzlicher Ergebenheit Ihr

Th. Fontane.

*736. An Hermann Sommerfeldt*

Neubrandenburg, 12. Juli 97.
Augusta Bad.

Mein lieber Schwager.

Wo werden Dich diese Zeilen treffen, in Nähe vom Kurfürsten- oder vom Heiligendamm? Ich versuch' es mit dem Heiligendamm, wiewohl in Mark Brandenburg, der wir doch entstammen, das Kurfürstliche über das Heilige geht.

Unter allen Umständen empfange meine und meiner Frau herzlichste Glückwünsche zum vierzehnten; die Tochter kann sich nicht anschließen, da sie bereits wieder daheim ist, und zwar als Quartiermacher, denn Ende der Woche wollen auch wir unsre Zelte hier abbrechen.

Es ist Dir und Jennychen in Eurer Nordlandsfrische hoffentlich gut gegangen – wir unsrerseits hatten es ungewöhnlich gut getroffen und haben uns in der Seeluft (Tollense-See) wirklich erholt. Seit die Schulferien begonnen haben, ist es freilich unruhig geworden, denn der Berliner Bengel, gleichviel Jude oder Christ, schmeißt die Türen, daß das ganze Haus zittert. Aber wer sich unter Menschen begibt, muß so was hinnehmen; alle Beschwerdeführungen helfen nichts und tragen einem nur den Ruhm ein, ein alter Stänker zu sein. Daß Juden auch an dieser abgelegenen Stelle das Hauptkontingent stellen, versteht sich von selbst, und muß ich noch zufrieden sein, daß sie sind, wie sie sind. Ein Zimmernachbar von mir ist ein alter Herr Boas, nicht mit Ruth, sondern mindestens mit der Vorgängerin von Ruth im ehelichen Lager. Ich taxiere sie auf achtzig. Boas selbst ist ein schwerer Asthmatikus und unterhält mich von »Verkalkung der Arterien«, wobei mir auch nicht besser wird.

Frau und Kinder herzlich grüßend, wie immer Dein alter

Th. Fontane.

*737. An Martha Fontane*

Neubrandenburg Augusta-Bad 13. Juli 97.

Meine liebe Mete.

Auch ich will Dir für Deine Karte danken; am meisten hatte die Mülbesche Stelle ›*sehr* getroffen‹ mich amüsirt. Das Ausgeflogensein der 3 andern ist überraschlich, denn wo kann man in Berlin bei Wind und Hitze hin? Hier hat man doch den ›Wald‹, freilich *ich* nicht; er steht mir noch zu sehr als Mückentummelplatz in Erinnerung. Bei Tisch sitze *ich* jetzt neben Frau Dr. Stein, – sie ist, seit seinem Hiersein, affabler geworden; die Erdbeerberge bleiben freilich dieselben.

Mama sitzt fest am Schreibtisch und packt Blatt auf Blatt; ich bewundre den Fleiß, aber nicht die Stimmung; sie leidet unter einer kolossalen Langenweile, deren zu Tage treten weder schmeichelhaft noch fördersam für mich ist, auch nicht durch die Resignation in die sie sich kleidet. Denn diese Resignation hat weniger von einer weichen Wehmuth als von einer stillen aber starken Verzweiflung. Schriebe ich *noch* einen Roman – allerdings undenkbar – so würde ich einen Abschreiber nehmen, coute que coute.

Das Leben ist unverändert, nur die guten Weinrichs fehlen; Abends fahren die jungen Mädchen auf den See hinaus und singen und brennen Feuerwerk ab, was reizend aussieht; heute haben sich auch Schwäne eingestellt, wenn es nicht Wellenkämme waren. Mama hat zwar durch ihr ›Glas‹ Schwäne festgestellt, aber das hat mich in meinen Zweifeln bestärkt.

Ich will mich nun anziehn und meinen Abendspaziergang zwischen den Kornfeldern machen. Empfiehl mich Sternheims unter Dank für Ihren Besuch. Beste Grüße an Anna, deren Wirsingkohl und Abendaufschnitt ich ersehne.

An Theo habe ich geschrieben, heute auch an James Morris. Dir aber geh es gut und sorge für Eingemachtes. Wie immer Dein alter Verehrer und

Papa.

*738. An James Morris*

*Neubrandenburg*, d. 13. Juli 1897.
Augustabad.

Hochgeehrter Herr und Freund.

Vor etwa Jahresfrist schrieb ich Ihnen, wenn ich nicht irre, von Waren aus, heute von Neubrandenburg. Beide Städte sind mecklenburgisch, jene dem Lande Schwerin, diese dem Lande Strelitz zugehörig, aber beide mit denselben Vorzügen ausgestattet: mit Wald und Seen, mit einer sehr wohlhabenden Bevölkerung, sehr guter Verpflegung und einem patriarchalischen Regiment. Dies Regiment, eine Adelsherrschaft, wird nun zwar im ganzen übrigen Deutschland und speziell in Preußen verspottet, zeigt aber so recht, daß es auf Verfassungen und Freiheitsparagraphen (die *wirkliche* Freiheit hat keine Paragraphen) gar nicht ankommt, sondern auf die Lebensformen, die hier beglückender sind als anderswo. Man freut sich seines Daseins, trinkt Rotwein und liest kleine Blätter. Die Leute sind infolgedessen weniger »gebildet«, aber auch weniger »verbildet«, was sich darin zeigt, daß aus kaum einem andern deutschen Landesteile so viele Talente hervorgehen. In Berlin sind die Menschen infolge des ewigen Lernens und Examiniertwerdens am talentlosesten – eine Beamtendrillmaschine. Anknüpfend an meinen diesjährigen mecklenburgischen Aufenthalt möchte ich noch sagen dürfen, daß der Zug nach dem Norden, der sich dann oft bis nach Skandinavien hin ausdehnt, immer größer wird. Italien ist halb entzaubert (mit Ausnahme der Riviera), weil man die Hitze, die Moskitos, die Malaria und die Bettelei nicht mehr aushalten mag, und weil sich der »Bourgeois« – und der wirklich Gebildete erst recht – nachgerade eingesteht, daß er von Kunst *doch* nichts versteht, auch wenn er dreitausend Bilder noch so beharrlich angeglotzt hat. Der Norden ist klimatisch angenehmer, dabei sauberer und appetitlicher, und die Bevölkerung weniger Räuberbande.

Ihre Güte hat seit zwei Monaten eine Menge Kunst- und Lesestoff an mich gelangen lassen, wofür ich bestens danke. Den Anfang machten drei Photographien nach frühesten Jugendarbeiten von Sir John Millais. Die sich darin aussprechende Begabung ist stupend; auch ein »marvellous boy«. Die verschiedenen Bilder und Skizzen aus Griechenland in den »Illustrated London News« haben mich weniger interessiert, weil mir dieser ganze griechische Krieg widerlich geworden ist. Wenn ein kleines, beständig an der Bankrott- und außerdem noch an der Banditengrenze stehendes Volk solchen Kampf auf sich nehmen und vielleicht ganz Europa in Wirrsal stürzen will, dann muß es *mehr* leisten können. Sonst ist es ein kindisches Spiel.

Mit Schrecken sehe ich die »englischen Rüstungen«, und daß das so welt- und lebenskluge England schließlich auch in diesen modernen Unsinn verfällt. Die Kultur, die dadurch geschützt werden soll, geht darin unter. England, weil es reich ist, kann die Sache eine Weile aushalten, aber wir in Deutschland, die wir durchaus eine große Flotte haben wollen (oder sollen), um sie nach vier Wochen verbrannt zu sehen, wir könnten unser bißchen Geld besser anlegen. Alle Staaten müssen erst wieder den Mut kriegen, vor dem Besiegtwerden nicht zu erschrecken. Es schadet einem Volke nicht, weder in seiner Ehre noch in seinem Glück, mal besiegt zu werden – oft trifft das Gegenteil zu. Das niedergeworfene Volk muß nur die Kraft haben, sich aus sich selbst wieder aufzurichten. Dann ist es hinterher glücklicher, reicher, mächtiger als zuvor.

Wie immer Ihr

Th. Fontane.

*739. An Martha Fontane*

[Postkarte. Poststempel: Neubrandenburg (Mecklb.) 16. VII. 97]

Meine liebe Mete. Morgen also wieder heeme. So schön und erquicklich es war, so ist es doch nun genug. Die eigentliche Wiederaufbesserung liegt immer zwischen Berlin und Trebbin, erreicht in Trebbin ihre Höhe und nimmt in Luckenwalde schon wieder ab. – Die 46 (!) Kapitel ruhen bereits verpackt im kleinen schwarzen Koffer; klingt wie Sarg, was hoffentlich nichts Schlimmes bedeutet. Mama hat sich hinsichtlich ihrer Stellung zu dem Ganzen wieder berappelt und das Desperationsstadium hinter sich. Sprich also nicht zu ihr über *das*, was ich Dir darüber geschrieben. – In Hain, wie wir aus der Vossischen ersehn, hat's einen wunderbaren Mondregenbogen gegeben, – ich nehme an zur Begrüßung von Fräulein Weinrich. – Dein alter

Papa.

*740. An Emilie Zöllner*

Berlin 28. Juli 97.

Hochverehrte Frau und Freundin.

Noch immer war ich nicht bei Ihnen, was mich schwer bedrückt. Ich bin aber seit vielen Wochen blos noch Arbeitsmaschine und *muß* es sein, wenn ich – wie versprochen – bis zum 15. August meine große und wohl letzte Arbeit nach Stuttgart hin abliefern soll. Ich sitze jeden Tag bis 3 an meinem Schreibtisch und bin dann hinterher so abgespannt, daß ich nicht mal mehr die Kraft zu einem Besuche bei einer so lieben Freundin und – bei solcher Gelegenheit aufbringen kannn.

Ich bitte Sie herzlich mir die große Versäumniß nicht zum Schlimmen anrechnen und mich selbst mit einer Nothlage entschuldigen zu wollen.

Unter Grüßen von Haus zu Haus wie immer Ihr

Th. Fontane.

*741. An die Redaktion »Über Land und Meer«*

[Telegramm. Berlin, Anfang August 1897]

Ihr Telegramm hat mich sehr beglückt. ›Verweile doch, du bist so schön‹ – ich darf es sagen, denn ich sehe in den Sonnenuntergang. Herzlichen Dank.

*742. An Adolf Hoffmann*

[Berlin, Anfang August 1897]

[...] In meinem gestrigen Telegramm habe ich einen auf diesem Gebiete wohl neuen Ton angeschlagen: den sentimentalen. Aber Sie werden es entschuldigen, wenn Sie hören, daß ich recht elend bin. Unmittelbar nach Absendung des Manuskriptpakets klappte ich zusammen. Ein oft stundenlanger Nervenhusten quälte mich. Doch wozu das? Spreche ich Ihnen lieber noch einmal aus, wie sehr mich Ihre Worte beglückt haben. Wer hörte nicht gern Lob? Aber es ist nicht das Lob als solches, was mir so wohl tut, sondern die *Grundempfindung*, aus der heraus es gesprochen wurde. Scott schrieb einmal: »Ich bin schlimm daran: Tadel verdrießt mich, und Lob erfreut mich nicht.« Ich hab ihm das oft nachgesprochen, denn das meiste Lob ist danach. Lob, aus dem man zugleich berechnende Vorsicht und die beständige Angst vor einem auch nur kleinsten Zuviel herauswittert, macht einen tristen Eindruck. Und diese Lobform ist *hier* noch immer zu Hause und arbeitet, mitten im anscheinenden Schnellzugenthusiasmus, mit der Carpenter-Bremse. Es muß doch einen Grund haben, daß ich einem freien, mit einer gewissen Largesse gepaarten Wesen nur in Süddeutschland und speziell in Ihrem Stuttgart begegnet bin; vor 10 Jahren bei Kröner und nun bei Ihnen. Wieviel davon persönlich, wieviel davon ›ländlich-sittlich‹ ist, kann ich freilich nicht wissen. [...]

*743. An Wilhelm Hertz*

Berlin 11. Aug. 97.
Potsdamerstraße 134. c.

Sehr geehrter Herr Hertz.

Besten Dank für Brief und Beiblatt.

Ich finde, daß es ganz gut aussieht; mein Auge hat sich durch die zwei letzten Auflagen an die *kleineren* Typen gewöhnt, aber diese größeren sind wohl entschieden besser und ich erinnre mich auch, daß ich die kleineren damals ein wenig *zu* klein fand.

Um Revision möchte ich doch bitten; im Sommer 92, weil ich so elend war, mußte ich darauf verzichten, in Folge dessen sich eine leidliche Zahl von Fehlern eingeschlichen hat; ein paar sinnentstellend; an einer Stelle (Walter Raleigh) fehlt eine ganze Zeile etc. Ich würde Ihnen aber *sehr* dankbar sein, wenn Sie der Druckerei bez. dem Correktor derselben, höchste Sorgfalt, also alles gleich wie zum Abschluß, ans Herz legen wollten, damit für mich nur noch das zustimmende Kopfnicken, aber kein sich Kümmernmüssen um Detail und Alltäglichkeitsfehler übrigbleibt.

Etwa 10 Bogen weitres Material für den Druck schicke ich bis Schluß der Woche.

Haben Sie heute in der Vossin den Reisebrief (aus Walluff) unsres L. P. gelesen? Das könnte nun alles entzückend sein, aber es ist es nicht. Gewiß, das wäre nun, auf den Einzelfall hin angesehn, weiter kein Unglück, aber so ist leider unsre ganze Journalistik, fast auch unsre ganze Literatur. Alles immer hingeschludert, unfertig, unerfreulich, auch *da* noch, wo wie hier die Gelegenheit zu was sehr Famosen gegeben war. Wenn ein Mann wie Steub oder gar wie Keller (immer sind es Süddeutsche) diesen Stoff behandelt hätte, so wäre es was Grandioses geworden. Beide würden einfach dem Menschenheldenthum das Mückenheldenthum in einem wundervollen, phantastisch reichen Bilde gegenübergestellt und dadurch die große Wirkung echter Humoristen erzielt haben. Hier haben wir, bei manchem Gelungenen, nur eine Fülle von Anläufen und Abirrungen und eine noch größere Fülle von Geschmacklosigkeiten. Kellers Wanzengeschichte ist denn doch von ganz anderen Eltern. Nur Nummer Eins-Leute dürfen sich an solche Stoffe wagen. In Berlin – als Regel – bleibt alles in der Mittelmäßigkeit stecken: die Semmel ist unausgebacken, das Fleisch ist zäh oder (durch Eis) geschmacklos oder schmeckt nach Keller, der Rock sitzt nicht, der Stiefel drückt, die Kartoffeln sind scheußlich und die Literatur regelt sich nach: pro Zeile 5 Pfennig oder auch 50. Was keinen Unterschied macht.

Wie immer Ihr

Th. Fontane.

*744. An Georg Friedlaender*

Berlin 13. Aug. 97.
Potsdamerstraße 134. c.

Hochgeehrter Herr.

Schönsten Dank für Ihre Karte. Mit Karlsbad schwankt es, nicht die Reise selbst, aber der Zeitpunkt. Wir wollten – am 11. September ist Lessing's 70. Geburtstag – erst am 14. September fort, aber inzwischen bin ich krank geworden und so dringt der Doktor drauf, daß wir, wegen Luftwechsels für mich, früher aufbrechen, am liebsten in den nächsten Tagen schon. Das hat aber seine Schwierigkeiten, weil ich in meiner Elendigkeit nicht eigentlich reisefähig bin. Es wird also wohl der 20. herankommen. Von meiner Krankheit mündlich; ich bin so angegriffen, daß selbst diese paar Zeilen mir Mühe machen. Ich schreibe Ihnen mehr, wenn der Abreisetag feststeht.

Was machen Ihre Damen? Empfehlen Sie mich ihnen angelegentlichst. In vorzügl. Ergebenheit

Th. Fontane.

*745. An Georg Friedlaender*

Berlin 15. Aug. 97.

Hochgeehrter Herr.

Besten Dank für Ihre Karte. Wir reisen, nach einem eben mit unserm Dr. Delhaes gehabten Gespräche, höchst wahrscheinlich morgen über 8 Tage (Montag) das ist am 23., so daß wir Chance haben, Sie noch zu treffen. Wir freuen uns – was Sie nicht kränken wird – namentlich auch darauf, Ihre verehrte Frau wiederzusehn. Vorläufig die herzlichsten Empfehlungen.

In vorzügl. Ergebenheit,

Th. Fontane.

*746. An James Morris*

*Berlin*, d. 19. August 1897.
Potsdamer Str. 134c.

Hochgeehrter Herr und Freund.

Seit einem Monat bin ich aus Neubrandenburg wieder zurück, und am nächsten Montag will ich, wie alljährlich, mit meiner Frau nach Karlsbad. Ich sehne den Augenblick herbei, denn die hier seit meiner Rückkehr aus Mecklenburg verbrachten Wochen waren infolge von Hitze und schlechter Luft sehr unerquicklich. Dabei hatte ich scharf zu arbeiten, so daß ich zuletzt erschöpft zusammenbrach. Dies ist auch Grund, daß ich Ihnen nicht eher geschrieben und meinen Dank für verschiedene »Daily Graphics«, desgleichen für eine Nummer von »Westminster Budget« (ein Blatt, das ich noch nicht kannte) ausgesprochen habe.

Unter den Bildern gefiel mir am besten: »Dancing on the Lion's Tail«. Ein Hawaii-man mit einer Sternenbannerweste tanzt auf dem Schwanz des britischen Löwen, und die Unterschrift lautet: »How long will he stand it?«

Ja, »how long will he stand it« – darauf spitzt sich für England überall in der Welt die Frage zu. Wie lange wird England die Vexationen der andern noch aushalten? Aber beinah noch bedrohlicher ist die nebenher laufende Frage: »Wie lange werden die *andern* die Vexationen Englands oder richtiger die immer bedrücklicher und immer kränkender werdenden Weltherrschaftsaspirationen Englands noch aushalten wollen?« Die »glorious isolation« ist da, eine Erscheinung, wie sie die Welt in dieser Gestalt vielleicht nie gesehen hat. Ein furchbares Gewitter zieht sich zusammen. Wie so oft, wird ein sich aufmachender Wind dies Wetter sehr wahrscheinlich wieder vertreiben, und wenn dies gegen Erwarten *nicht* geschieht und die Gefahr zu Häupten stehen bleibt, so werden die ungeheuren Machtmittel Englands vielleicht, ja sogar sehr wahrscheinlich ausreichen, aus all den umdrohenden Gefahren siegreich hervorzugehen. Aber dieser Sieg kann nicht dauern. Es ist gegen den herkömmlichen Lauf der Dinge. Weltherrschaften sind immer gefährdet, auch wenn sie sich (was selten zutrifft) eines philanthropischen Charakters rühmen dürfen. Die größte Gefahr *scheint* Rußland; ich glaube die größte Gefahr ist Amerika.

In vorzüglicher Ergebenheit Ihr

Th. Fontane.

*747. An Friedrich Paulsen*

*Karlsbad* 2. Sept. 97
Neue Wiese.
Stadt Moskau.

Hochgeehrter Herr Professor.

Auch Städte, je nach dem Individuum das ihnen zupilgert, haben ihren Stern oder Unstern. Auf Friedrich Wilhelm IV. wurde regelmäßig geschossen (oder ein Wagenrad brach) wenn er nach dem von ihm so sehr geliebten Rheinsberg wollte, so daß er's schließlich aufgab. Für mich ist »das Karlsbad«, wie man glaub ich zu Goethes Zeiten noch sagte, das volle *Gegen*stück dazu. Nur immer Liebes und Nettes widerfährt mir hier seit einer Reihe von Jahren, am hellsten aber strahlte der gute Stern, als gestern Ihre Karte kam. So was thut einem alten Menschen wohl. Mit der Bitte, mich Frau Gemahlin als Mitwohlthäterin angelegentlichst empfehlen zu wollen, in vorzüglicher Ergebenheit

Th. Fontane.

*748. An James Morris*

*Karlsbad*, d. 10. September 1897.
»Stadt Moskau.«

Hochgeehrter Herr und Freund.

Ich sitze hier, bei strömendem Regen, noch immer in Karlsbad und erhielt heute – von Berlin nachgeschickt – den »Toronto-Globe«, den Ihre Güte für mich zur Post gegeben. Diese transatlantische Jubiläumsnummer ist interessant und lehrreich, aber erdrükkend wie alles Amerikanische. Das viel zitierte »Weniger wäre mehr« paßt auf alles, was von drüben kommt. Es läßt sich, bei dem großen refinement, das jetzt in den States wie auch in Kanada zu Hause ist, nicht mehr von Geschmacklosigkeit sprechen. Aber ein Zug, in diesen alten amerikanischen Fehler zu verfallen, ist immer noch da. Was soll man mit wenigstens vierhundert Porträts? Auch in Toronto wird es nur wenige Menschen geben, die sich für die Gesichtszüge des Gouverneurs von Sierra Leone interessieren. Aber *eine* Wirkung übt diese Kollektion von Gouverneursköpfen doch: die ungeheure Machtstellung des Reiches wird einem greifbar vorgeführt und dabei zugleich der Boden aufgedeckt, auf dem Personen, die das *Herrschen* lernen wollen und sollen, gleichsam gezüchtet werden. In Vizekönigsstellungen bilden sich königliche, dem Alltäglichen entrückte Leute, die, heimkehrend, dazu beitragen, dem Volk und Land einen höheren Stempel zu geben. Was wir (die Kolonialstellungen kommen gar nicht in Betracht) von solchen Vizekönigen haben: Oberpräsidenten und kommandierende Generale, verschwindet daneben, weil immer eine unmittelbare Kontrolle da ist, die der freien Entschließung Zügel anlegt.

Noch in Berlin erhielt ich von Ihnen in rascher Reihenfolge drei Zeitungen aus dem Westen beziehungsweise Südwesten, und zwar, wenn ich nicht irre, Zeitungen aus Bristol, Cardiff, Plymouth. Ich konnte nichts Bemerkenswertes darin entdecken, weshalb ich den Wunsch ausspreche, daß Sie gütigst die für mich bestimmte Stelle durch einen Strich markieren. *Vor* den eben genannten drei Westblättern kam aber noch eine vierte Zeitung, die »Church Times«, die mich durch einen kleinen leader fast noch mehr erheiterten als interessierten. »Better understandings« zwischen Anglikanismus und russischer Kirche – darum handelt es sich. Gegen ein »besseres sich verstehen Wollen« ist gewiß nichts einzuwenden. Der betreffende kleine Leitartikel will aber nicht bloß das, sondern träumt von einer gemeinschaftlichen Aktion

Karlsbad 2. Sept. 97.
Haus Weiß.
Stadt Moskau.

Hochgeehrter Herr Professor.

Auch Städte, ja
auch den Individuen der
ihnen zugehört, haben ihren
Stern oder Unstern. Auch
Friedrich Wilhelm IV. wurde
regelmäßig geschossen (oder ein
Wagenrad brach) wenn er
nach dem von ihm so sehr
geliebten Rheinsberg wollte,
so daß er's schließlich aufgab.
Für mich ist „der Karlsbad", wie man glaub ich
zu

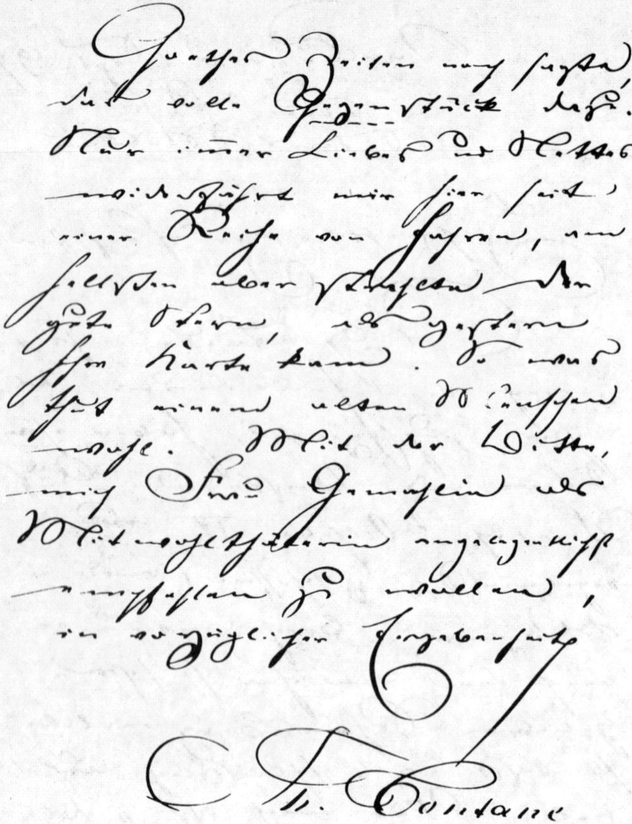
Th. Fontane.

*An Friedrich Paulsen, 2. September 1897 (vgl. Nr. 747, S. 663).*

behufs Ausbreitung des Christentums überhaupt. Das ist eine Naivität, die schon stark ins Unsinnige hineinwächst. Die Russen lachen gewiß darüber, wenn sie solche Vorschläge machen. Denn sie sind Politiker ersten Ranges, eigentlich die einzigen, die existieren. England ist in seiner Klugheit immer gebunden und beschränkt, weil es unheilbar an einem Etwas krankt, das in dem kleinen Artikel der »Church Times« so recht kraß wieder zum Ausdruck kommt. Das denkbar Unpolitischste, das es gibt, ist theologische Prinzipienreiterei, will sagen kirchliche Wünsche da, wo sie nicht hingehören. Und nun gar Gemeinschaftlichkeit mit diesem rohen Popentum. Da bin ich für einen guten alten Heiden.

In vorzüglicher Ergebenheit.

Th. Fontane.

*749. An Walter Paetow*

*Karlsbad* 14. Septeb. 97.
»Stadt Moskau«

Hochgeehrter Herr.

Vorgestern – die Welt ist klein – erfuhr ich aus einem Warnemünder Briefe von Ihrem freundlichen Artikel über mich und gestern erhielt ich ihn leibhaftig (durch meinen Sohn den Buchhändler) aus Berlin. Seien Sie schönstens bedankt für Ihre freundlichen Worte. Was Wyzewa sagt über den Hauptunterschied machenden Gegensatz von Pessimismus und Optimismus, ist glaub ich gut und richtig, aber Sie haben es doch wohl getroffen, wenn Sie hervorheben, daß noch ein Andres da ist, das mitspricht. Mehr darf ich nicht sagen (und vielleicht ist auch *dies* schon zu viel) wenn ich mich nicht auf die Rolle Jan Bart's ausspielen will, der, als Ludwig XIV. zu ihm sagte: »Jan Bart, ich habe Sie zu meinem Großadmiral gemacht«, einfach antwortete, »da haben Euer Majestät ganz recht gethan.«

Unter Wiederholung meines besten Dankes, in vorzüglicher Ergebenheit

Th. Fontane.

### *750. An Ernst Heilborn*

23. September 97

Hochgeehrter Herr.

Schönsten Dank für Ihre freundlichen Zeilen. Wie gerne käme ich mit 'was, sei's Prosa, seien's Verse. Aber die Scheuer ist leer und das Feld draußen ist Brache. Zu meiner großen Freude habe ich einen umfangreichen Roman noch fertig gekriegt – fast gegen eignes Erwarten – aber nun ist es auch vorbei. Die Kräfte sind hin, und selbst wenn's nicht so wäre, so würden sie durch die Vorstellung »Du stehst nah vor 78« gelähmt werden. Ranke, als er 80 wurde, sagte vergnügt die Hände reibend »nun werd' ich eine Weltgeschichte schreiben« – famos, aber doch gewagt. Bringe ich noch was zu Wege, so gehört es Ihnen.

In vorzügl. Ergebenheit

Th. Fontane.

### *751. An Paul Schlenther*

Berlin, 25. Sept. 97. Potsd. Str. 134 c.

Hochgeehrter Herr.

Besten Dank. »Mit wirklichem Schrot aus einer wirklichen Flinte« – so hab ich mich denn gründlichst blamirt. Das kommt davon, wenn man (von der alten gar nicht erst zu reden) die neue Literatur nicht kennt und dreihundertmal aufgeführte Stücke nicht gesehn hat. Über »Mutter Erde« sprechen wir, so's Ihnen paßt, am Mittwoch bei Erich Schmidt. Dies neuste Halbesche – wenn ich das, was Ihre Kritik giebt, nicht abermals mißverstanden habe – scheint mir ein wenig gesucht.

Ihr Abonnement auf den »Stechlin« schmeichelt mir, aber ängstigt mich auch. Ich bin abergläubisch und ziemlich durchdrungen davon, daß man – ich denke dabei an die jetzt durch alle Zeitungen gehende Notiz – eine Sache »bereden« kann. In einer Droschke zweiter Klasse fahre ich am liebsten.

Unter herzlichen Grüßen an die Freundin in vorzüglicher Ergebenheit

Th. Fontane.

*752. An Unbekannt*

Hochgeehrter Herr Geheimrath.

Mit bestem Morgengruß den Ausdruck meines Bedauerns, daß ich Sie und Sie mich verfehlt haben. Ich komme nächstens wieder und lasse mir erzählen, wie's Ihnen während der Sommerwochen ergangen; *wir* unsrerseits hatten nur Regen und – König Milan. Namentlich letztrer doch *zu* wenig! In vorzüglicher Ergebenheit

Th. Fontane.

B. 1. Okt. 97.

*753. An Clara Stockhausen*

*Berlin* 8. Okt. 97.
Potsdamerstraße 134. c.

Hochverehrte Frau und Freundin.

Herzlichen Dank für Ihren lieben Brief und zum Zweiten die Bitte um Entschuldigung, daß ich heut erst antworte. Correkturmassen – trotz hoher Semester stecke ich immer noch in Arbeit – sind schuld daran.

Wir freuen uns, daß Aussicht da ist, Sie im nächsten Monat wiederzusehn, hoffentlich bei guter Gesundheit und – gutem Wetter. Dann wird sich viel erzählen lassen. Meine Frau ist zur Zeit in Dresden, Martha wie immer engagirt, nur nicht »engaged.« Unter herzlichen Grüßen von Haus zu Haus, in alter Ergebenheit

Th. Fontane.

*754. An Friedrich Spielhagen*

*Berlin*, d. 11. Oktober 1897.
Potsdamer Str. 134 c.

Hochgeehrter Herr.

Herzlichen Dank für die zwei neuesten Bücher, die heute früh schon meldeten, was inzwischen angekommen. – Ich freue mich sehr auf die Lektüre, auf die Kritiken und Essays ebenso wie auf den Roman, und ich schreibe Ihnen, sobald ich alles gelesen. Aber das wird freilich bis in den November hinein dauern, da jetzt Fahnen – leider keine eroberten, sondern erst solche, die erobern sollen (und das ist immer mißlich) – mir beinah den Verstand und jedenfalls die Ruhe rauben. Dazu gehöre ich zu den Unglücklichen, die nach zwei, drei Stunden mit der Kraft ihrer Nerven fertig sind.

Ich bewundere nicht nur, was Sie schreiben, sondern auch, was Sie lesen. Unter angelegentlichsten Empfehlungen in vorzüglicher Ergebenheit

Th. Fontane.

*755. An Richard Dehmel*

*Berlin* 17. Okt. 97.
Potsdamerstraße 134. c.

Hochgeehrter Herr.

Ergebensten Dank für Ihre freundlichen Zeilen. Der Bericht ist vorzüglich: knapp, klar, klagelos.

Das Resultat, das ich für Liliencron anders gewünscht hätte, hat mich keinen Augenblick überrascht; wenn sich in Deutschland nicht Mäcene finden, die mindestens im v. d. Heydt-Stil vorgehn, – was *sonst* noch zusammenkommt, kann nicht viel sein. Ich hielt Umschau und fand keinen Menschen (und lebe doch unter Kunst- und Literaturfreunden) dem ich auch nur 3 Mark hätte abjagen können.

Daß bis Neujahr noch Nennenswerthes in Sicht steht, ist wohl ausgeschlossen. *Sie* dürfen das Gefühl haben »das Ihre gethan zu haben.«

In vorzügl. Ergebenheit

Th. Fontane.

*756. An James Morris*

*Berlin*, d. 26. Oktober 1897.
Potsdamer Str. 134 c.

Hochgeehrter Herr und Freund.

Ich habe lange nicht von mir hören lassen. Grund war eine große Arbeit (wohl meine letzte, wenigstens *der* Art), die ich nach Stuttgart hin an eine dort erscheinende Zeitschrift abzuliefern hatte. Das liegt nun seit drei Tagen alles glücklich hinter mir.

Eine Anzahl »Daily Graphics« ließ mir Ihre Güte zugehen. Sehr amüsiert hat mich ein einem holländischen Blatte entnommenes Bildchen: »William the Crusade«. In unsern illustrierten Witzblättern findet man selten dergleichen, woran man vielleicht demonstrieren kann, daß das sinnlich Wahrgenommene stärker wirkt, als das zum Verstande sprechende Wort. Denn an Kritik übenden *Witzworten* fehlt es in unserer Journalistik keineswegs, nur das Kritik übende *Bild* tritt spärlicher auf.

In unsern deutschen Zeitungen verfolge ich mit großem

Interesse die englischen Kämpfe in Indien und am Nil. Die ersteren sind natürlich die wichtigeren, denn sie sind das Vorspiel zu dem Großen und Entscheidenden, *was kommt*, und worüber sich einer aus den Reihen Ihrer Hocharistokratie – wenn ich nicht irre, war es der Herzog von Hamilton – mit erfrischender Offenheit und Unbefangenheit ausgesprochen hat. Wenn ein Fremder dergleichen sagt, so stößt er leicht an. Wenn er sich aber Ansichten, die er vorfindet, nur anschließt, so geht es eher. Die englische Herrschaft in Indien *muß* zusammenbrechen, und es ist ein Wunder, daß sie sich bis auf den heutigen Tag gehalten hat. Sie stürzt, nicht weil sie Fehler oder Verbrechen begangen hätte – all das bedeutet wenig in der Politik. Nein, sie stürzt, weil ihre Uhr abgelaufen ist, weil ein »Anderes« mächtig in die Erscheinung drängt. Dies »Andere« heißt zunächst Rußland. Aber auch Rußland wird nur eine Episode sein, und ein sich auf sich selbst besinnendes nationales, religiöses und dem uralt Überlieferten angepaßtes Leben wird schließlich triumphieren und einigen Anspruch auf Dauer haben. Dieser hier angedeutete Werdeprozeß vollzieht sich, wohin man blickt, in der ganzen Welt, und es ist ein ungeheurer Segen, *daß* er sich vollzieht. Die Konquestadorenzeit, wo zwanzig Räuber, weil sie Knallbüchsen hatten, viel gesittetere Leute zu Paaren trieben und die Könige dieser besseren Leute auf den Rost legten – diese brutale Zeit ist vorbei, und gerechtere Tage brechen an. Die ganze Kolonisationspolitik ist ein Blödsinn: »Bleibe zu Hause, und nähre dich redlich.« Jeder hat sich *da* zu bewähren, wohin ihn Gott gestellt hat, nicht in einem fremden Nest. Mit Schaudern lese ich jetzt täglich von den verzweifelten Anstrengungen, die England machen will, um den alten Zustand à tout prix zu bewahren. Bis jetzt konnte man sich, wenn man auf England sah, daran aufrichten, daß es wenigstens *ein* Volk in Europa gab, das noch an ein anderes Ideal als an eine »Million Soldaten« glaubte. Wenn England sich dieses kolossalen Vorzugs, der gleichbedeutend ist mit gesundem Menschenverstand, freiwillig begibt und nun auch anfängt, jedem Menschen eine Flinte in die Hand zu zwingen, so steigt es von der Höhe herab, die es bis heute innehatte. Außerdem wird nicht mal *das* dadurch erreicht, was damit erreicht werden soll. Die Menschheit hat zu natürlichen Zuständen zurückzukehren. Das aber, womit am ehesten (weil unerträglich geworden) gebrochen werden muß, ist der Militarismus.

In herzlicher Ergebenheit Ihr

Th. Fontane.

*757. An Ludwig Pietsch*

*Berlin* 26. Oktob. 97.
Potsdamerstraße 134. c.

Theuerster Pietsch.

Herzlichen Dank für die ›Tafel‹, trotzdem sie mich, bei nun bald 78, wie ein Grabstein ansieht. Aber wenn auch. Irgend ein Philosoph hat glaub ich mal gesagt: ›wie's ist, ist es am besten,‹ und wenn der einem zuständige Zustand *der* geworden ist, daß man nicht mehr ist, wird es wohl auch am besten sein.

Bei meiner Rückkehr aus Karlsbad, schon vor 4 Wochen und mehr, fand ich Ihre Karte vor und wollte gleich schreiben, bin aber vor mich quälender und durchaus zu erledigender Arbeit (dicker Romanwälzer) nicht dazu gekommen. In meinen Jahren erhebt jeder neue Tag den Finger mit der Drohung: ›Du, Du! Nur kein Aufschieben. Was Du thun willst, thue bald, *heute* noch.‹

Im letzten Sonntagsblatt der Vossin hat mich der Artikel über Henriette Herz interessirt. Sie haben ihn vielleicht auch gelesen. Als literarische Leistung ist er keineswegs hervorragend (ein bischen confus), aber er hat mich wieder mit der Nase auf die schmerzliche Thatsache gestoßen, daß das gesellschaftlich höher potenzirte Berliner Leben immer nur ein Juden- will sagen Jüdinnen-Leben gewesen ist. Eine Bourgeois-Frau oder Tochter hat hierlandes nie was gesprochen, um das man sich hätte kümmern müssen. Und der Adel, seitdem er fromm und noch sonst Einiges geworden ist, versagt auch. Aus diesem Fakt erklären sich einige der wichtigsten unsrer wenig erfreulichen Zeiterscheinungen.

Empfehlen Sie mich Fräulein Jenny. In herzlicher

Ergebenheit Ihr
Th. Fontane

*758. An Wilhelm Hertz*

Berlin 5. Novb. 97.
Potsdamerstraße 134.c.

Sehr geehrter Herr Hertz.

Schönsten Dank für das neuste Buch unsres lieben alten Paul (das »alt« will nicht recht aus der Feder) aus dem mir meine Frau eben Einiges vorgelesen hat, alles zu meiner Erbauung und Freude. Bei dem mir persönlich Geltenden kam noch ein Drittes hinzu: Rührung. Ich hatte diese liebenswürdigen Worte seit Dezember 89 nicht wieder gehört und so geschah es, daß alles wirkte »wie am ersten Tag.« Wenn Heyse zur Aufführung seines Stückes kommt, finde ich wohl Gelegenheit ihm noch einmal persönlich zu danken.

Mit besten Wünschen für Ihr Wohl, in vorzüglicher Ergebenheit

Th. Fontane.

*759. An Paul Schlenther*

Berlin, 7. November 1897.

Hochgeehrter Herr.

Gestern Abend waren Brahm und Hauptmann bei uns und wenn sie sich eben so gut amüsiert haben wie ich mich, so kann ich zufrieden sein. Hauptmann um 8 von uns erwartet, kam schon, wahrscheinlich aus Rücksicht auf den Urgreis, um 6½, was nun eine merkwürdige Situation heraufbeschwor. Er traf nur Corinna an in Tête à Tête mit einer Gräfin Wachtmeister, was gerade diffizil genug war; aber schon 5 Minuten später komplizierte sich die Sache. Geh. Justizrat Lessing wurde gemeldet und trat ein. Erst eine gute Weile später konnte ich als rettender Engel erscheinen.

Meine Damen empfehlen sich Ihnen und unserer verehrten Freundin. In vorzüglicher Ergebenheit

Th. Fontane

*760. An James Morris*

*Berlin*, d. 11. November 1897.
Potsdamer Str. 134c.

Hochgeehrter Herr und Freund.

Ihre Güte hat mir in den letzten Wochen vielerlei zugehen lassen: Politisches, Kirchliches, Unterhaltliches. Unter dem Kirchlichen war eins, das »St. Bartholomew Parish Magazine« hieß und mir durch sein Titelblatt auffiel. Das kleine Bild auf eben diesem Titelblatte schien mir das auf Smithfield stehende St. Bartholomew-Hospital oder das dazu gehörige Doktorhaus zu sein, drin die spätere Lady Hamilton bei Dr. Budd ihre unschuldsvolleren Tage (wenn sie sie je gehabt) verbrachte.

Daß ich dies Haus auf Smithfield gesehen, ist nun gerade fünfundvierzig Jahre her, und wenn ich es auf dem Titelblatt *richtig* wiedererkannt haben sollte, so könnte ich mir zu meinem Gedächtnis gratulieren. Mit einem Journal oder Magazin »Temple Bar«, das ich vor vier Wochen von *Neapel* her zugeschickt erhielt, hatte ich leichtes Spiel, denn das Bild von »Temple Bar« ist so charakteristisch, daß man es wiedererkennen *muß*.

Gestern abend habe ich die Guildhallrede von Lord Salisbury gelesen. Ich kenne keinen englischen Staatsmann, auch die der vorigen Generation – also bis zur Thronbesteigung der Königin Viktoria zurück – miteingerechnet, dessen Reden einen so wohltuenden Eindruck auf mich gemacht hätten, wie regelmäßig die Reden Lord Salisburys. Es ist nichts Geniales darin. Er blendet durch nichts, weder durch Wissen noch durch Witz; aber alles ist von jener echten *Vornehmheit* getragen, die wie nichts anderes den Menschen befähigt, *gerecht* zu sein. Immer trifft er den Nagel auf den Kopf, und ein ungemein feiner, mehr fühl- als sichtbarer Humor bewahrt ihn davor, in Langeweile zu fallen. Welch Unterschied, wenn man ihn mit andern Mitgliedern seines Ministeriums vergleicht! Ich meine nicht in der Form, nicht im Intellekt, nicht in der oratorischen Kraft, wohl aber in der Natürlichkeit der Anschauung, die gestützt auf das richtige Sehen jede Phrase vermeidet, auch keine Hoffnungen und Ideen ausspricht, die – weil falsch in sich – doch auch wieder zur Phrase herabsinken. Solche falschen Ideen, denen sich Lord Salisbury schwerlich zuwenden würde, finde ich in den von Hicks-Beach und von Mr. Chamberlain gehaltenen Reden. Während jener versichert, daß schon der »Selbsterhaltungstrieb eine Politik der Reichsausdehnung« gebiete, will dieser unter Heranziehung der Kolonien nach Möglichkeit eine »Reichseinheit« herstellen. Ich finde jeden der beiden Gedanken gleich unsinnig. Je mehr »Reichsausdehnung«, je mehr Auflehnungsgefahr, und je mehr »Reichseinheit«, je mehr Gefahr des Streites und des Auseinanderfallens. In allem (wie auch in der allgemeinen Militärdienstpflichtfrage) spricht sich ein Gefühl der Unsicherheit, des Suchens und Tappens aus, das zu denken gibt.

In »The Golden Penny« haben mich die »Stories of Eton« sehr erheitert. Diese Kriegserklärung gegen allen »Snobismus« ist ein entzückender Zug im englischen Leben, und ich wollte, ich könnte von unserm deutschen Leben dasselbe sagen. Hier hält sich jeder für einen Freiheitsapostel. Aber bei Lichte besehen ist derselbe Kerl nur ein elender Spießbürger, ein serviler Philister, der glücklich ist, mit einer Baronsbekanntschaft renommieren zu können.

– Mit besten Wünschen, wie immer Ihr

Th. Fontane.

*761. An Maximilian Harden*

*Berlin* 19. Novb. 97.
Potsdamerstraße 134. c.

Hochgeehrter Herr.

Eben habe ich an Freund Schlenther – Pardon, daß ich ihn gerade Ihnen so vorstelle – ein ziemlich dickes Manuskript, fünf Kapitel, abgehen lassen, unter dem gemeinschaftlichen Titel: »Mein Leipzig lob' ich mir.« Das wäre nun weiter kein Verbrechen. Aber es kommt. In die beiden Schlußkapitel habe ich starke Bruchtheile aus dem früher zwischen uns verhandelten »Mein Onkel August« eingeschoben und für diese That rufe ich Ihre nachsichtige Beurtheilung an. Ich hoffe, daß sie mir zu Theil wird. Meine Stellung zu dieser biographischen Skizze hat sich nicht verändert; sie, die Skizze, paßt aus feineren Anstandsgründen nicht dazu, dem Publikum als etwas *Selbstständiges* vorgestellt zu werden, aber zu verschämter Unterbringung eignet sie sich vielleicht. Darauf hin habe ich es gewagt und rechne vor allem auf Ihren aus andern Gründen zu erbittenden Spezialpardon. In vorzüglicher Ergebenheit

Th. Fontane.

*762. An Paul Meyer*

Hochgeehrter Herr.

Schönsten Dank und schmerzlichstes Bedauern. Um dieselbe Stunde wie Ihre Karte kam, kam auch eine von Lessing; beide: Sonntag d. 28. Es ist das Diner, das Lessing seinen »Gratulanten zum 70.« giebt, also durchaus feierlich zu behandeln.

Und so wollen Sie denn gütigst entschuldigen.

Mit der Bitte, mich Frau Gemahlin angelegentlichst empfehlen zu wollen, in aufrichtiger Ergebenheit

Th. Fontane.

Berlin
20. Novemb. 97

*763. An Maximilian Harden*

*Berlin* 21. Novb. 97.
Potsdamerstraße 134. c.

Hochgeehrter Herr.

Ueber manchem ist ein Unstern, so auch über »Onkel August.« Ich schreibe noch heut an Freund Schlenther und ziehe die 2 Kapitel, drin der Onkel umgeht, zurück.

Der böse Wille zur That bleibt freilich derselbe, vielleicht aber reicht mein vorgestriges pater peccavi und die für morgen geplante Wiedereinsperrung Onkel Augusts in meinen Manuskriptschubkasten doch aus, Sie milder zu stimmen oder was noch besser wäre Sie ganz zu versöhnen.

In vorzüglicher Ergebenheit

Th. Fontane.

Lassen Sie mich zur Klärung der Situation noch hinzusetzen, es liegt *so* daß ich, wie ich Ihnen vor Monaten schrieb, den unglücklichen Artikel überhaupt nicht drucken lassen wollte (von welchem Entschluß ich leider auf Tage wieder abgegangen bin) aber es liegt *nicht* so, daß ich so ganz ohne Weitres von M. Harden auf P. Schlenther übergesprungen wäre.

Th. F.

*764. An Friedrich Spielhagen*

*Berlin*, d. 22. November 1897.
Potsdamer Str. 134 c.

Hochgeehrter Herr.

Gestern abend habe ich »Faustulus« zu Ende gelesen – das letzte Drittel hintereinander weg. Ich finde das Ganze nicht nur wirkungsvoll, sondern in erster Reihe ungemein kunstvoll und möchte diesem Ihrem Neusten unter allem, was ich von Ihnen kenne, (nur in dem, was unmittelbar vor der »Sturmflut« liegt, ist eine große Lücke) den ersten Rang anweisen. Es ist, wie in seiner Totalität, so in jeder einzelnen Szene glänzend komponiert, nichts zu lang und nichts zu kurz. Lokal- und Gesellschaftston (so beispielsweise bei den Moorbecks; die Moorbecks selbst an der Spitze) wundervoll getroffen, überall geistreich und, wo's paßt – so die vorzügliche Figur des jungen Moorbeck – auch humoristisch. Die Hineinverflechtung des »Faustulus«, die gegenseitige Spiegelung, so daß Arno Faustulus und Faustulus wieder Arno ist

– alles ausgezeichnet. Einer erklärt den andern. Ja, Arno richtet sich in intrikaten Situationen an Faustulus auf und empfängt Direktiven von seinem eignen Geschöpf. Das aber vielleicht Glänzendste sind die Halluzinationen zu Anfang und am Schluß und die zwischen ihnen hergestellte Verbindung. Beide Schilderungen (oder Bilder) an sich außerordentlich schön, besonders die zweite. Daß diese zweite nur der Widerschein der Erzählung des alten Lotsen ist, steigert die Wirkung.

Es beglückt mich, Ihnen aufrichtigen Herzens all dies sagen zu können, und es gewinnt vielleicht noch, wenn ich hinzusetze, daß ich stofflich eigentlich gegen Sie stehe. Je älter ich werde, je mehr neige ich mich den alten Schulaufsatzthemen, wie »Pfingstausflug nach Freienwalde«, »Die Radler im Grunewald« oder »Berliner Weihnachtsmarkt« zu. Vor ein paar Tagen las ich in einer stattlichen Anzahl von Korrekturbogen mal wieder meine aus dem Altenglischen übersetzten Balladen durch und fand dabei halb zu meinem Entsetzen halb zu meiner Freude, daß mich nicht mehr die Liebes- und Heldenballaden interessierten, sondern nur noch Robin Hood, der seinen alten Onkel Gamwel besucht, zusieht, wie Festkuchen gebacken wird, ungeheuer viel ißt und trinkt und zuletzt mit einer schwarzzöpfigen Jenny zur Stadt hinauswalzt, wieder in seinen Sherwoodwald hinein. Da haben Sie meine Stimmung, meinen gegenwärtigen Geschmack.

Und daß ich trotzdem für Faustulus bin, sagt alles.

In vorzüglicher Ergebenheit

Th. Fontane.

*765. An Maximilian Harden*

*Berlin* 23. Novb. 97.
Potsdamerstraße 134. c.

Hochgeehrter Herr.

Sie, einen Vielbeschäftigten, in eine Correspondenz zu verwikkeln, liegt mir fern und diese Zeilen, die nichts sollen als Ihnen danken, sind denn auch kein Schritt dazu.

Von einer weitren Berührung der Streitfrage (möge ich Unrecht haben, – ein *halbes* hab ich gewiß) sehe ich ab und möchte Ihnen nur noch sagen dürfen, wie furchtbar unangenehm mir die Sache war, speziell *Ihnen* gegenüber, der so ziemlich das gegen meine Person und meine Produktion Freundlichste und Schmeichelhafteste, das ich je hören durfte, gesagt hat. Daraus aber, daß ich mir dessen immer bewußt war, wollen Sie gütigst schließen, daß meinem Thun wenigstens jeder dolus gefehlt hat.

In vorzüglicher Ergebenheit

Th. Fontane.

*766. An Friedrich Paulsen*

*Berlin* 29. Novb. 97.
Potsdamerstraße 134. c.

Hochgeehrter Herr Professor.

Allerschönsten Dank für die freundlichen Worte, die Sie erneut für meinen vaterländischen Roman, den ersten den ich schrieb, (ich begann ihn 63 auf 64 als die nach Schleswig-Holstein gehenden östreichischen Batterien auf der Verbindungsbahn, Königgrätzerstraße an mir vorüber rasselten) gehabt haben. In Jahresfrist hoffe ich Ihnen einen Roman von beinah gleicher Dicke, der, statt im Oderbruch, in einem Ostwinkel der Grafschaft Ruppin spielt, überreichen zu können. Er ist auch patriotisch, aber schneidet die Wurst von der andern Seite an und neigt sich mehr einem veredelten Bebel- und Stöckerthum, als einem alten Zieten- und Blücherthum zu.

Die »christliche Welt« werde ich ganz durchlesen; es ist mal was andres. In vorzüglicher Ergebenheit

Th. Fontane.

*767. An Unbekannt*

*Berlin* 30. Novb. 97.
Potsdamerstraße 134. c.

Hochgeehrter Herr.

Gestern, auf dem Wege nach Mohrenstraße 20, überkam mich ein Anfall und ich war froh eine Droschke zu finden, die mich nach Hause schaffte. Hoffentlich hat mein Ausbleiben keine sonderliche Störung verursacht.

Im Laufe des gestrigen Tages gingen mir noch die Druck- und Schriftstücke zu, die ich mir diesen Zeilen beizuschließen erlaube.

Wahrscheinlich hat sich die Dame auch an die Schillerstiftung selbst gewandt. Frau Dr. Steinbeck ist noch Hinterlassenschaft aus Dr. K. Eggers' Tagen her; er trat immer für sie ein und ich glaube meist mit Erfolg. Die beiliegenden Gelegenheitsgedichte sind in ihrer Art ganz gut.

In vorzügl. Ergebenheit

Th. Fontane.

*768. An Paul Heyse*

*Berlin*, 1. Dezemb. 97
Potsdamerstraße 134.c.

Mein lieber Paul.

Sei herzlich bedankt für Deine liebenswürdigen Zeilen. Daß ich Dich nicht gesehn, habe ich beklagt, aber auch wieder nicht. Ich bin seit Wochen in recht elender Verfassung, und wie das kranke Wild bei Seit geht, um nicht zu stören, so am besten auch der kranke Mensch. In meinem Falle vermählt sich dem Kranksein noch das Altsein und das ist das Schlimmste von der Sache, weil das Aussichtslose. Doch wozu davon! Erzähle ich Dir lieber, daß Herr Paul Linsemann mir gestern von Dir vorschwärmte, was mir natürlich gefiel und erst heut eine kleine Einbuße erlitt, als ich demselben Ueberschwang in der »Welt am Montag« (die er mir schickte) begegnete. Die Jungen verstehen sich auch nur schwach auf Huldigungen. Mir fiel dabei Walter Scott ein. »Ach, ich bin schlimm dran« sagte er; »der Leute Tadel ärgert mich und ihr Lob erfreut mich nicht.« Trotz dieses Satzes, den ich unterschreibe, doch die Versicherung, daß Deine »Neuen Gedichte«, von meinem Bestochensein ganz abgesehn, mich überall herzlich erfreut haben. Mit der Bitte, mich Deiner hochverehrten Frau angelegentlichst empfehlen zu wollen, unter alten Liebeserklärungen von Frau und Tochter wie immer Dein alter

Th. Fontane.

*769. An Paul Schlenther*

*Berlin*, d. 2. Dezember 1897.
Potsdamer Str. 134 c.

Hochgeehrter Herr.

Wir lesen jetzt alle drei Ihr Gerhart Hauptmann-Buch; ich bin am meisten zurück. Dann und wann bringt man mir aus der Nebenstube ein Kosthäppchen, so die reizende Frommel-Hannele-Geschichte, weil ich gesundheitlich ganz schlecht im Stande bin, besonders seit dem opulenten Diner am Sonntag, dessen Kaviarsauce (zum Karpfen) mir einen gehörigen Stoß gegeben hat. Im übrigen aber hab ich an manchem, was der Sonntag brachte, meine helle Freude gehabt, am meisten an dem in *Verse* sich kleidenden Toast des dicklichen alten M. neben mir. Man sollte nicht glauben, daß so was noch vorkommen kann. Sentimentalität ist ohnehin eine feine Sache, aber Judensentimentalität schlägt alles. M., so hat er mir selber erzählt, ist Mann der Produktenbörse. Zählt der Toast mit dazu, so muß man Gott noch danken, daß die Produktenbörse geschlossen wurde. Hoch Brefeld!

Unter herzlichen Grüßen von Haus zu Haus, in vorzüglicher Ergebenheit

Th. Fontane.

*770. An Wilhelm Hertz*

Berlin 11. Dezb. 97.

Sehr geehrter Herr Hertz.

Gestern Abend kamen nun auch die »gebundenen« und es ist an der Zeit mich zu bedanken. Es macht sich alles ganz gut; ein paar Druckfehler (so weit ich's bis jetzt controliren konnte) kommen nicht in Betracht.

Die Frenzelfeier – so weit sie aus den Zeitungen zu mir gesprochen – hat mich sehr erfreut, auch schon deshalb, weil er, Frenzel, sich diese Huldigungen ehrlich verdient hat. Wie hat sich die Welt verändert! Ich denke an Dezember 1837 zurück (doch schließlich bloß sechzig Jahr) und die Physiognomie unsres guten Berlin ist nicht wiederzuerkennen. Damals Beobachter, Vossin, Rellstab – jetzt der Lokal-Anzeiger mit 180,000 Absatz. Eine Welt von geistigem Leben ist seit Eckensteher Nante's Tagen geboren.

Mit besten Wünschen für Ihr Wohl und Ihre Weihnachtstage, wie immer Ihr

Th. Fontane.

*771. An Friedrich Stephany*

*Berlin*, d. 11. Dezember 1897.
Potsdamer Str. 134 c.

Hochgeehrter Herr und Freund.

Es ist schon wieder vierzehn Tage, daß wir bei Lessing zusammen waren. Je mehr man aus Welt und Zeit ausscheidet, um so rascher fliegt sie an einem vorüber. Seitdem haben wir nun in unsrem speziellen Bereich die »Frenzelfeier« gehabt, die morgen ihren Abschluß findet, und in bezug darauf schreibe ich. Ich habe am 6. in Frenzels Wohnung gefehlt und werde morgen am 12. im Kaiserhof fehlen. Das geniert mich ein wenig, aber ich kann es nicht ändern. Unter den vielen Berliner Festlokalen ist der Kaiserhof das furchtbarste. Die Seelenruhe, mit der der Berliner diese Fülle von Unbill aushält, ist großartig, und überhaupt erweist er sich, trotzdem er doch vorwiegend von Sem abstammt, darin ganz als Japhetit, Arier, Inder, daß er passive Tugenden hat und seinen eigentlichsten Heroismus im *Ertragen* zeigt. Er frißt die pappernsten Semmeln, hat immer Stiefel, die drücken, und sitzt in Festlokalen an der Mündungsstelle von drei Korridoren in einem wahren Gebläse von Zug. In dem Hochgefühl, auf sechs Stunden »Zeitgenosse« zu sein, nimmt er Kopfweh, dicke Backe, Rheumatismus ruhig mit in den Kauf. Verzeihen Sie diese Expektoration, aber der Berliner als »höherer Kulturmensch« (wofür er sich hält) ist nun mal mein Lieblingskapitel.

Und nun zurück zu Frenzel. Er wird überstürmt und mit seiner zu haltenden Rede mehr als beschäftigt sein, aber vielleicht finden Sie gegen Ende der Tafel doch Gelegenheit, ihm noch meine herzlichsten Grüße und zugleich mein Bedauern über mein Fehlenmüssen auszusprechen. Diese Berliner Festlokale sind nun mal plus fort que moi. Ihnen beim Fest viel Freude, Anregung und guten Appetit wünschend, wie immer Ihr

Th. Fontane.

*772. An Ludwig Pietsch*

*Berlin* 14. Dezb. 97.
Potsdamerstraße 134. c.

Theuerster Pietsch.

Nicht um Ihnen für den *Theil*, sondern für das *Ganze* zu danken, diese Zeilen.

Rochow, Raumer, – ich sehe mit Ihnen wie sie bei Kollege Bosse's Worten aufhorchen und den letzten Tag, wo sie ohnehin 'ran müssen, für gekommen glauben; sie können indeß noch lange stille liegen, es wird nichts so heiß gegessen, wie's gekocht wurde.

Die Anzapfung heute früh im Leitartikel der Vossin, ist aber doch etwas zu stark. Wenn mir jemand ungemein freundlich Guten Tag sagt, so beschäftige ich mich nicht mit der Frage, ob er gestern Abend an seinem Stammtisch gesagt hat: ›F. ist ein Esel‹, sondern ich erwiedere seinen Gruß in aller Höflichkeit. Es konnte dasselbe gesagt werden; aber der *Ton* ist falsch. Sich hinter ›Gesinnungstüchtigkeit‹ flüchten, geht nicht.

Wie immer Ihr
Th. Fontane.

*773. An Martha Fontane*

Sonntag den 20. Dezember 1897.

Meine liebe Mete.

Besprich doch, wenn es Dir passend scheint, mit unsrer theuren Frau Sternheim einen Festtagstheaterabend (eventuell dritter, vierter, fünfter Feiertag) für Ida und Anna. Natürlich ›Versunkene Glocke‹; sie müssen doch was davon haben, daß sie mit zur Literatur gehören. Ida kennt ja schon das Neuste und Größte: ›Die Geschichte vom kleinen Ei‹. Mama wird schwerlich dagegen sein. Ich bin sehr für solche kleinen Extras, bei denen man auch persönlich gut fährt. Denn nachdem Schlenther gesprochen, ist es interessant, auch Ida und Anna zu hören. Werden sie mit dem Schluß des 4. Akts (Rückkehr zu ›Muttern‹) oder mit dem des 5. Akts (Rückkehr zur rothen Hexe) sympathisiren? Vielleicht mit beiden, was auch was für sich hat. Empfiehl mich allerseits. Dein alter

Papa.

*774. An Gustav Keyßner*

*Berlin* 29. Dezb. 97.
Potsdamerstraße 134. c.

Hochgeehrter Herr.

Seien Sie schönstens bedankt für Ihren lieben Brief und alles Freundliche was er mir brachte. Daß Sie nun den »M. Neusten Nachrichten«, drin Sie früher wohl nur Freischärler waren, jetzt als mindestens »Dreijähriger« (so hoffe ich) angehören, ist höchst erfreulich. Ihr Blatt zählt ja seit Jahren zu den allerbesten und sorgt, neben der »Frankfurter«, der »Kölnischen« und den »Hamburger Nachrichten« dafür, daß der Kurs unsres Berliner Löschpapiers immer mehr sinkt. Ich mag nichts Unpatriotisches, auch nicht mal *Lokal*-Unpatriotisches sagen, aber es ist mir ganz klar, daß in Folge des hier herrschenden Wesens: Hof, Adel, Militarismus, Bureaukratie, – der *eigentlich* h er lebendige Geist traurig gelähmt und unfruchtbar gemacht wird. Auf jedem Gebiet, bis zu Schneider und Schuster runter (was denn freilich noch wieder andre Gründe hat) werden wir in die zweite Linie gedrückt. Anstatt fliegen zu lassen, was fliegen kann, bauen wir Flugmaschinen. Ueberall Auflehnung gegen das Natürliche; Brutöfen, wo das gute alte Huhn besser am Platze wäre.

Wenn Sie nach Berlin kommen, so bitte ich Sie freundlichst, mir von Ihrer Wohnung oder Ihrem Hôtel aus zu schreiben »ich komme morgen den und den, zwischen 1 und 3.« Ohne solche Anmeldung bin ich ganz unrepräsentabel. Zwischen 1 und 3 ist mir die angenehmste Zeit. In vorzüglicher Ergebenheit

Th. Fontane.

## 1898

*775. An Frau Meyer*

Hochverehrte gnädigste Frau.

Zu meinen schlechtesten Angewohnheiten gehört auch die: Geschenke mit verlegenem Gesicht anzunehmen und nicht einmal »Danke« zu sagen.

Da heißt es denn reumütig nachexerciren. Ich schwankte hinsichtlich des Wohin, an *ihn* oder an Sie? Der Korb in seinem *Gewicht* gab aber den Ausschlag und so siegte der Träger über den Geber. Daß »tragen« Frauenlos ist, konnte nichts daran ändern.

Ueber den Inhalt der Flaschen lasse ich mich in einem Privatissimum durch Ihren Herrn Gemahl unterrichten, damit keine Verwechslung vorkommt, wenn sich Bismarck zum Frühstück bei mir ansagt.

Eine ganz besondere Freude war mir noch der neue Abreiß-Kalender, dessen sonntäglich rote »I« (trotzdem wir erst Sonnabend haben) mich freundlich und beinah glückverheißend ansieht.

In vorzüglicher Ergebenheit

Th. Fontane.

Berlin 1. Januar 98

*776. An Friedrich Spielhagen*

*Berlin*, d. 1. Januar 1898.
Potsdamer Straße 134 c.

Hochgeehrter Herr.

Wie beschämend liebenswürdig wieder! Da gibt es über »Kollegenschaft« beinah so viel Witze wie über die Schwiegermütter (siehe »Fliegende Blätter«, die ohne Schwiegermütter eingehen müßten) – und wenn Gott den Schaden besieht, kommt einem alles Heil, alle wahre Stütze von der Kollegenschaft. Allenfalls noch von der Judenschaft. Aber wo bleibt der Adel deutscher Nation!

Freilich ein Undank, wenn ich auf die famose Karte blicke (die ich natürlich auch *Ihnen* verdanke), darauf – beinah so sichtbarlich wie Otto Erich Hartleben – die gute liebenswürdige Exzellenz v. Dincklage prangt. Diese Karte war mir eine große Freude. Das Buntgewürfelte darin erfüllt mein Herz mit Hoffnungen für die Zukunft. Denn vorläufig sind wir den Indern an Kastengeist über. Mit besten Dank, in vorzüglicher Ergebenheit

Th. Fontane.

*777. An Unbekannt*

Empfangen Sie, hochgeehrter Herr Geheimrath, meinen herzlichsten Dank für Ihre Glückwünsche und den schönen Azaleenbaum, der aussieht wie das Leben selbst. Ich habe viel zu schreiben. So wie ich aufathmen kann, komme ich, um meine Neujahrswünsche persönlich auszusprechen.

In vorzüglich. Ergebenheit

Th. Fontane.

Berlin
1. Januar 98.

*778. An Karl Eggers*

*Berlin*, d. 4. Januar 1898.
Potsdamer Str. 134 c.

Teuerster Senator.

Ihr Brief ragte natürlich wieder bergehoch über das herkömmliche Gratulationskleinzeug hinaus, und gleich selbstverständlich sind Sie dafür der letzte, dem ich Dank sage. Der Mensch bleibt nun mal eine undankbare Bestie. Zu diesen Undankbarkeiten gehört auch, daß ich Ihren 7. Juni jetzt mit einer gewissen Regelmäßigkeit vergesse, trotzdem Ihr treues Gedenken mir ein besseres Aufpassen beibringen sollte.

Zum Guten rechne ich es mir an, daß im Moment, wo Sie mir Ihren lieben Brief stifteten, die Nachricht von der »Anzahlung« eintraf, was doch immer ein süßer Klang ist, und in diesem Falle wohl doppelt. Denn Karlsbad 11 mit seinem dunklen Baum davor (wenn er noch steht) war doch seit geraumer Zeit ein Schmerzenskind. Hoch der Karthäuser, der so weit über das hinauswächst, was sein Name erwarten läßt. Und dabei Landschaftsmaler! Man soll einen Menschen nie ganz aufgeben, er heiße, wie er wolle, oder er sei, was er wolle.

Sie nennen mich in der Überschrift »Konfrater im zerschellten Rütli« – wobei denn das Institut selbst vor meiner Seele aufsteigt. Wohl Ihnen, daß Sie 'raus sind. Die Mühen, die ich, als bekannter Drückeberger, davon gehabt habe, waren jederzeit sehr gering, aber ein gewisses unangenehmes Gefühl, das mich als »Beisitzer« durch mehr als sechzig Jahre begleitet hat, war oft sehr stark. Wenn es jemals eine elende, fast ausschließlich auf Bettel- und Hochstaplertum eingerichtete Hilfs- und Unterstützungswirtschaft gegeben hat, so den »Zweigverein der Berliner Schillerstiftung«. Wir sind Armenkommission, weiter nichts. Vor ein paar Tagen erhielt Frau v. W. wieder hundert Mark. Ich würde ihr gern tausend gönnen; aber die gute Gnädige war eine Köchin und ihr Mann ein stark verbummelter Vielschreiber dritten Ranges. Danken Sie, um es noch einmal zu sagen, Gott, daß Sie aus der Geschichte raus sind. In Berlin kriegt alles einen Kommißstempel; auch *das*. Und nun mit herzlichen Grüßen wie immer

Ihr alter

Th. Fontane.

*779. An Georg Friedlaender*

Berlin 5. Januar 98.
Potsdamerstraße 134.c.

Hochgeehrter Herr.

Für Brief und Karte habe ich Ihnen zu danken. Daß es ein bischen spät geschieht, hat darin seinen Grund, daß zuvörderst der übliche Berg von 3 oder 5 zeiligen Danksagungen für empfangene Karten, Telegramme und Goldlackbouquets abzutragen war.

Ihr Brief vom 25. war reichen Inhalts. Voran alles was sich auf Neuhof bezieht. Empfehlen Sie mich den ebenso liebenswürdigen, wie schwer heimgesuchten Herrschaften und sprechen Sie ihnen meinen aufrichtigsten Dank für ihr so freundliches Gedenken aus. Die Fahrt durch den Park, dem Klang der Axtschläge nach, – vorzüglich. Auch vollste Theilnahme weckend. Immer wieder der Alte! Erst hoch zu Roß, in berechtigtem Selbstgefühl, voll Lust am Leben und dann zuletzt zurechtgestuppst, nicht mehr gefragt, über den Kopf weg behandelt, der richtige alte Moor, dem die Burgverließ-Thür vor der Nase zugeschlagen wird, wenn er, gegen alle Berechnung, noch mal heraus will. Als ich vor beinah 70 Jahren zuerst die »Räuber« las und mich entsetzte, hieß es zu meiner Beruhigung: »ach, das ist ja alles übertrieben; unreife Jugendarbeit.« Schiller selber hat es später dafür gehalten. Jetzt aber hat mich das Leben gelehrt, daß es *keine* Uebertreibung ist und daß in jeder Provinz solche alte Moors zu hunderten und tausenden herumsitzen. Ob Burgverließ oder Kammer oder Salon macht keinen Unterschied. Das Burgverlies ist blos ehrlicher. Uebrigens erscheint mir die Stellung von Prinz Hatz nicht ganz beneidenswerth; Personen außerhalb des high life können ohne Kaiser und Hof fertig werden; aber ein kleiner Prinz ist in schlimmer Lage, wenn die Gnadensonne für ihn nicht mehr scheint; beispielsweise der Battenberger ist an der kühl ablehnenden Haltung des russischen Kaisers gescheitert, fast kann man sagen gestorben.

Sie schreiben von Schlenther und seinem Buch. Daß er nach Wien geht, glaub ich nicht; die Gegenströmung dort ist *zu* stark. Er hat mir selbst erzählt, daß er der Gegenstand unausgesetzter, heftigster Angriffe ist. Aber wenn er auch siegen sollte, so wäre das kein Glück für ihn. Er hat ja *hier* eine beneidenswerthe Stellung; die vielen Feinde, deren er auch hier in Berlin genugsam hat, schaden ihm nichts, da alle anständigen Leute (auch die, die seine Ansichten nicht theilen) auf seiner Seite stehn. Er ist als Mensch geachtet. Die Berliner Presse hat ihn zu ihrem Vorsitzenden gewählt. Sein Einfluß ist groß; jeder umwirbt ihn. Dazu hat das Paar hier eine Gesammt-Einnahme, die nicht viel unter 30,000 Mark sein wird. Sein G. Hauptmann-Buch findet weniger Anklang als es verdient. Die kritisirenden Kapitel sind vorzüglich, aber das wirkt nicht mehr recht, und das Persönliche, worauf man sich gespitzt hatte, kommt zu kurz, ist auch nicht recht geglückt. Das Gute des Buches beginnt erst mit Seite 60.

Wir dürfen Sie also während der nächsten Wochen erwarten; bitte, schreiben Sie uns von Ihrer Mama aus: »ich komme den und den Tag, die und die Stunde.« Wir können uns dann danach einrichten und sind jedenfalls da. Meine Damen empfehlen sich Ihnen und den Ihrigen. Wie immer, in herzlicher Ergebenheit, Ihr

Th. Fontane.

Pardon, die Feder fiel mir aus der Hand.

*780. An James Morris*

Berlin, 6. Januar 1898

Hochgeehrter Herr und Freund.

Wofür ich mich bei Ihnen zu bedanken habe, hab ich im Detail schon wieder vergessen, so mannigfach war es; nur die Christmas-Nummer ragt in ihrem Bunt aus dem großen Grau hervor. Diese Christmas-Nummer (Graphic) hatte die alten Vorzüge und Schwächen. Alles Technische – wohin ich auch die Versemacherei, soweit sie »Macherei« ist, rechne – vorzüglich; im übrigen aber alles erfindungsarm, alles die alte, herkömmliche Geschichte. Unsre ganze moderne Produktion krankt daran; alles ist Nachahmung, und *das*, was *nicht* Nachahmung ist, was sich à tout prix auf die eigenen zwei Beine stellen will, das ist – mit verschwindenden Ausnahmen – vollends nicht zu brauchen. Ich kann mit Ausnahme des Technischen und Naturwissenschaftlichen (wiewohl auch da die ganz großen Dinge der Vergangenheit angehören) nirgends einen Weltfortschritt wahrnehmen. Die Kanonen und die Gewehre werden immer besser und scheinen die Fortdauer europäischer »Zivilisation im Pizarrostil« vorläufig noch verbürgen zu wollen; aber es geht auch damit auf die Neige, die nichtzivilisierte Welt wird sich ihrer Kraft bewußt werden, und der große Menschheitsauffrischungsprozeß wird seinen Anfang nehmen. Eigentlich sind wir schon in der Sache drin.

Am bedrohtesten ist England, weil es seine Flügel über die Erde hin am weitesten ausgebreitet hat. Überall schwere Gefahr. Aber wie immer, wenn die Gefahren sich mehren, ja, wenn »decay and fall« als Möglichkeiten am Horizonte sichtbar werden, raffen sich die Völker noch mal zu größten Leistungen auf, und so finde ich denn auch die Haltung Englands im gegenwärtigen Augenblicke geradezu bewundernswert. Daheim in einer schweren, in ihren Folgen ganz unberechenbaren Krisis, in Indien, in Afrika, in China entweder in seiner Herrschaft und seinem Besitzstand oder doch in seinem »Prestige« bedroht, von allen beargwohnt und gehaßt, von keinem geliebt oder sekundiert, zeigt es trotzdem in seiner Haltung keine Spur von Unruhe, teilt die Fragen nüchternen Sinnes in »große und kleine«, schiebt die kleinen beiseit oder bequemt sich zu Konzessionen, ist aber bereit, für die großen Fragen zu kämpfen und seine Existenz an die Fortdauer seiner gegenwärtigen Machtstellung zu setzen. Das hat auch für den Fremden etwas Erhebendes und in dem großen Stil des Vorgehens ein Etwas, das einen mit Neid erfüllen kann. Ist mein Blick in die

Zukunft richtig, so zieht das Gewitter diesmal noch vorüber; die Wolken sind noch nicht geladen genug, die Regierungen führen noch das Wort, nicht die leidenschaftlichen Volksempfindungen; sprechen aber erst *diese* mit, so werden wir furchtbare Kämpfe haben, nach deren Abschluß die Welt und die Landkarte anders aussehen wird wie heut. Wie immer in aufrichtiger Ergebenheit

Ihr Th. Fontane

*781. An Paul Meyer*

Berlin 12. Januar 98

Schönen Dank, hochgeehrter Herr und Freund, für Ihren lieben Brief. »Zurück, Du rettest den Freund nicht mehr,« – Greely wird sich, richtig oder falsch, in den nächsten Tagen schon dem deutschen Lesepublikum präsentiren, auf dessen Unwissenheit ich vertrauensvoll rechne. Leider liegt es *so*, daß diese Unwissenheit immer nur da ist, wo man sie nicht *wünscht*, und immer fehlt, wo man Nutzen aus ihr ziehen möchte.

Ich warte nun alles ruhig ab. Ist meine Darstellung falsch, so wird ein wissender mich corrigiren und ich verbessere danach die betr. Stelle, wenn auch vielleicht erst in einer 2. Auflage des Buches.

Mit der Bitte mich Frau Gemahlin angelegentlichst empfehlen zu wollen,

in vorzüglicher Ergebenheit

Th. Fontane.

*782. An Paul Schlenther*

Berlin, 12. Januar 98.

Hochgeehrter Herr.

Seit gestern bin ich damit beschäftigt, das Manuskript zum zweiten Bande meiner »Erinnerungen« zusammenzustellen. »Mein Leipzig lob' ich mir« hab' ich gedruckt in reichlichen Exemplaren vor mir, aber der durch allerhand Kämpfe begleitete »Onkel August« sammt einigen Annexen fehlt noch. Darf ich Sie freundlichst bitten, die betreffenden Blätter per Post an mich gelangen zu lassen, oder ist es bequemer, wenn ich danach schicke?

»Johannes« steht ja nun vor der Thür. Einige tanzen wohl schon und ich bin neugierig, ob es ihm den Kopf kostet.

Unter herzlichen Empfehlungen an die Verehrte, wie immer in vorzüglicher Ergebenheit

Th. Fontane.

*783. An Julius Lange*

*Berlin* 20. Januar 98.

Hochgeehrter Herr.

Steiner steht vor mir – und ebenso deutlich hab ich den Klang seiner Schweizer-Stimme im Ohr – als ob ich ihn gestern in Tertia gesehn hätte. Darüber hinaus geht es freilich nicht. Ich werde aber doch versuchen ein Bild von ihm zu geben und »bitte nur um drei Tage Zeit«, weil ich einen Aufsatz, dran ich arbeite, gern erst beenden möchte. Natürlich wird es ganz kurz, nicht viel länger als dieser Brief, aber eben weil es ein Nichts ist, ist es ein bischen schwer.

In vorzüglicher Ergebenheit

Th. Fontane.
Potsdamerstraße 134. c.

*784. An Anna Witte*

Berlin 24. Januar 98.

Hochverehrte Frau und Freundin.

Es geschehen Zeichen und Wunder (siehe das Folgende) und so kommt es, daß *ich* heute statt Marthas schreibe und gleich vorweg mit einer Bitte mich melde. Würden Sie, hochverehrte Freundin, geneigt sein, wie schon so manchesmal zuvor, bis zu Ihrer bevorstehenden Abreise nach Meran hin, Martha einen Unterschlupf in Ihrem gastlichen Hause zu gewähren?

Es hat sich nämlich Großes zugetragen, ja, vom egoistischen Standpunkte das Größte und in mancher Augen sogar das Unglaublichste: Martha hat sich verlobt. Der Beglückte und Beglückende ist der Architekt Fritsch, Wittwer neuesten Datums, dessen schöne Frau vor zwei Monaten erst starb. Dieser kurze Abstand zwischen Todes- und Verlobungstag, schafft nun, wie Sie sich denken können, allerlei Verlegenheiten, denen das Brautpaar, das vorläufig ganz im Verborgenen blüht, wenigstens nach Möglichkeit entgehen möchte. Dazu bietet Verschwinden von der Bildfläche das beste Mittel. Der Bräutigam will im April und Mai nach Italien und die zwei Monate bis dahin muß die Braut außerhalb Berlins untergebracht werden, sonst ist es, bei den hundert Augen die wachen, mit der Cachirung vorbei.

Martha rechnet darauf, daß Tante Witte mit gewohnter Güte durch den Februar hin aushilft. Das Weitere findet sich dann wohl und wenn es in einer »Mädchenpension« wäre.

Martha, wie sich's geziemt, ist sehr glücklich und hat glaub ich auch alle Ursach dazu. Fritsch ist ein kluger und gescheidter Mann von guter Gesinnung und sogar guter Kasse, was mir persönlich nicht viel bedeutet, aber den Mann wenigstens nicht entwerthet.

Die verhältnismäßig junge Braut ist in einer kleinen Aufregung, wie die geliebte Tante das alles aufnehmen, ob sie sich freuen und zunächst zu dem angedrohten Besuch ihr »ja« sagen wird. In Aufregung aber nicht in Sorge. Wie könnte sie auch.

Unter vielen vielen Grüßen von uns zwei Alten, in alter herzlicher Ergebenheit

Ihr

Th. Fontane.

*785. An Wilhelm Hertz*

Hochgeehrter Herr Hertz.

Darf ich Sie ganz ergebenst um

1 Exemplar von »Vor dem Sturm« (gebunden) und um

3 Exemplare (geb.) von meinen Gedichten

bitten? Vielleicht kann Ueberbringerin alles gleich mitbringen. Aber nur wenn es so paßt.

Haben Sie auch das schändliche kleine Gedicht anonym zugeschickt erhalten, das sich zu Gunsten Grimm's (der sich schwerlich darüber freuen wird) gegen einen unsrer beiderseitigen besten Freunde richtet? Wie viele Racker es doch giebt!

In vorzügl. Ergebenheit

Th. Fontane.

Berlin 25. Januar 98.

*786. An Auguste Scherenberg*

*Berlin*, d. 25. Januar 1898.
Potsdamer Str. 134 c.

Wieder, hochgeehrtes Fräulein, bin ich wegen der Adresse der Frau Leo Goldammer oder – wenn sie nicht mehr lebt – wegen Adresse sei's des Sohnes sei's der Tochter in Verlegenheit. In den Angaben des Wohnungsanzeigers kann ich mich nicht zurechtfinden. Die Tochter führt wahrscheinlich einen ganz andern Namen, und den Sohn kann ich nur finden, wenn ich sein Amt oder seine Lebensstellung kenne. Vielleicht können Sie aushelfen wie so oft.

Die andern Goldammers wollen nämlich den Bäcker abschütteln, und das ärgert mich. Mit besten Wünschen für Ihr Wohl, in vorzüglicher Ergebenheit

Th. Fontane.

*787. An Benno Kaehler*

*Berlin*, d. 29. Januar 1898.
Potsdamer Str. 134 c.

Sehr geehrter Herr.

Es tut mir leid, Ihnen Ihr Manuskript, ohne gelesen zu haben, zurücksenden zu müssen. Ich bin achtundsiebzig und habe keine Kräfte mehr, mich um die junge und jüngste Produktion zu kümmern. Vielleicht darf ich sagen, daß ich jahrzehntelang nach dieser Seite hin das Meine getan habe – *jetzt* kann ich nicht mehr. Es gibt Rüstigere, die zugleich auch die Zeitgemäßeren sind. Denn mein Geschmack neigt dem Altmodischen, einer früheren Epoche zu.

Ganz ergebenst

Th. Fontane.

*788. An Julius Lange*

*Berlin* 31. Januar 98.
Potsdamerstraße 134. c.

Hochgeehrter Herr.

Allerschönsten Dank für die kleinen Kriegstagebuchblätter, die Sie gütigst Ihrem Briefe beischlossen. Ich hab es nicht bloß mit Interesse, sondern auch mit einer gewissen Rührung gelesen, die fast immer über mich kommt, wenn ich Aufzeichnungen oder Briefe lese, die jener schönen und großen Zeit angehören. Kronprinz Friedrich immer derselbe, drüberstehend, frei, menschlich. Als 27er müssen Sie viel mitgemacht haben; neben den Baiern und der 22. Division sind die vom fünften Corps am meisten in Aktion gewesen.

Das von mir übersehene Bild (die Kirche habe ich noch deutlich in Erinnrung) interessirt mich lebhaft durch die Gestalt der Jeanne. Wir kennen eigentlich nur die Theater-»Jungfrau«, *hier* ist sie Bauernmädchen. Ist das Bild alt (wie ich annehmen möchte) so lassen sich Schlüsse daraus ziehn, wie naiv man früher die Gestalt ansah.

Die Blätter über Steiner, die, wenn sie nicht passen, ruhig in den Papierkorb wandern mögen, lege ich bei. In vorzügl. Ergebenheit

Th. Fontane.

Ob ich mich noch Professor Steiners erinnre? Gewiß. Er steht in aller Deutlichkeit vor mir, als hätt' ich ihn gestern gesehn, auf und abschreitend auf dem schmalen Raume zwischen Katheder und erster Bank (die nicht *meine* Bank war) und dabei Rechenaufgaben diktirend. Er konnte – was wohl schweizerisch ist – mit dem Buchstaben »j« nicht recht fertig werden und sprach beispielsweise das Wort »jeder«, das in seinen Diktaten immer wiederkehrte, dreisylbig aus. Also: »i – eder Sackträger trug drei Sack und i – eder Sack wog hundert Pfund.«

Steiner war kräftig und gedrungen und aus dem ein wenig fuchsartigen Kopfe leuchteten ein paar kleine, listig freundliche Augen, freundlich, aber doch zugleich so, daß man deutlich fühlte: »mit *dem* ist unter Umständen schlecht Kirschen pflücken.« Er war der Ausdruck von Güte, Leidenschaft und Energie.

Was sich mir aber am tiefsten eingeprägt hat, ist das, daß sich in seinem ganzen Wesen eine gewisse Resignation aussprach, eine leichte Schwermuth darüber, sich mit einem, an *ihm* gemessen, so minderwerthigem Material abquälen zu müssen. Vielleicht waren Einige von Talent unter uns, aber was wollte das sagen! Auf's Ganze hin angesehn, stand ein Aristoteles vor A B C-Schützen.

Und *das* erwogen, ist glaub ich ihm nachzurühmen, daß er sich mit andern Lehrern in ähnlicher Lage (so beispielsweise mit Philipp Wackernagel) verglichen, einer gewissen Liebenswürdigkeit befleißigte. Wackernagel war immer ärgerlich und gereizt über die ihm auferlegte Langeweile, die er übrigens in gleicher Münze zurückbezahlte, während Steiner nur traurig war. Sein Schweizerhumor lieh ihm dabei gleichzeitig die Fähigkeit, aus seiner Lage noch ein gewisses Vergnüglichkeitskapitel herauszuschlagen.

Und das führt mich denn schließlich auf meine persönlichen Beziehungen zu Steiner. Ich eroberte mir von einem bestimmten Zeitpunkt ab sein Interesse. Meine grandiose *Nicht*-Beanlagung für alles was mit Zahlen zusammenhängt, das gänzliche Fehlen jedes Organs für das was er uns vortrug, machte zuletzt einen rührenden und doch auch wieder erheiternden Eindruck auf ihn und wenn er mich dann, amüsirt über meine blöden Antworten, schelmisch anblinzelte, so lag darin jedesmal ein bestimmtes Maß von Anerkennung, etwa wie wenn er sagen wollte: »das ließ ich mir gefallen, *den* lob' ich mir; der ist in seiner Art vollendet.«

*789. An Otto Brahm*

*Berlin*, d. 2. Februar 1898.
Potsdamer Str. 134c.

Teuerster Doktor.

Besten Dank für Ihre freundlichen Worte. Der Wind hat sich hier gedreht, fast so heftig wie draußen. Ich bin ganz krank und verbringe meine Nächte mit Gebell. Könnte mich ein in der Horizontale gehender Lift auf eine Bank bei Monte Carlo niedersetzen, so erholte ich mich vielleicht in acht Tagen. So muß ich noch drei Monate weiter bellen. Und auch *das* ist noch nicht das Schlimmste.

Heute früh habe ich Schlenthers Antrittsrede gelesen. Ich habe nun drei seiner Reden (nach allem, was ich höre, nur ein schwacher Bruchteil) innerhalb seiner Abschieds- und Antrittswoche vernommen und bin die helle Bewunderung. Alles fein, geistvoll und sogar liebenswürdig. In dem heute Gelesenen sind aber doch Stellen, die mir eine kleine Sorge machen.

Meine Frau grüßt bestens und ist traurig, daß ich ihr mit meinem Elendszustand einen Strich durch die Rechnung mache. Altes Berliner Kind, geht ihr eine Plauderei mit netten Schauspielern über alles.

In vorzüglicher Ergebenheit Ihr

Th. Fontane.

*790. An Carl Credner*

Berlin 3. Februar 98
Potsdamerstraße 134.c.

Hochgeehrter Herr.

Vor vielen Jahren blätterte ich in einem Bande der größeren epischen Dichtungen Walter Scotts, deren eine (ich weiß nicht mehr welche) eine lange Fußnote hatte. Darin wurde die Archibald Douglas-Geschichte erzählt, aber mit dem Unterschiede, daß König Jacob ihn *nicht* zu Gnaden annimmt, sondern ihn aufs Neu in die Verbannung schickt. Was W. Scott in dieser Anmerkung erzählt, wird sehr wahrscheinlich historisch richtig sein.

Bleibt nur noch die Frage »*wann* hat dies alles gespielt, unter *welchem* König Jacob?« Anfangs war ich geneigt, es in die Zeit von Jacob II. zu setzen, wo die großen Auflehnungen der Douglas gegen die Stuarts stattfanden. Das kann aber nicht richtig sein. In der W. Scottschen Anmerkung heißt es am Schluß: »Als Heinrich VIII. hörte, daß König Jacob den Douglas aufs Neue geächtet habe, mißbilligte er diese Härte, indem er die Worte sprach:

A kings face
Shall give grace.

Da Heinrich VIII. 1547 starb, muß die in der Ballade geschilderte Begegnung zwischen König Jacob dem *Vierten* (allenfalls auch dem Fünften) und Archibald Douglas stattgefunden haben. Trifft dies zu, so war Darnley der Enkel von eben *diesem* Douglas.

In vorzügl. Ergebenheit

Th. Fontane.

*791. An Georg Friedlaender*

Berlin 3. Febr. 98.
Potsdamerstraße 134.c.

Hochgeehrter Herr.

Seit Wochen liegt das Couvert mit Adresse und Groschenmarke in meinem Briefkasten und mahnt mich jeden Tag Ihnen zu schreiben und das zugesagte Buch (Neudruck meiner Gedichte) an Sie gelangen zu lassen. Nie kam ich dazu, weil ich ein Manuskript (den 2. Band meiner »Lebenserinnerungen« unter dem Titel »Von 20 bis 30«) abzuliefern hatte. Heute glückt es, daß ich zum schreiben komme, leider mehr aus Schlimmem als aus Gutem heraus; ich bin seit einer Woche krank und weil die Kräfte nur eben noch bis zur Erledigung von Briefen reichen, so kommen diese jetzt an die Reihe. Das Gedichtbuch schicke ich uneingebunden, weil ich weiß, daß Sie Einbände nach eignem Geschmack vorziehn. In meiner Reizbarkeit ärgere ich mich, so wie ich das neue Buch in die Hände nehme, weil es in seiner Erscheinung so echt berlinisch wirkt d.h. also: nicht geradezu schlecht, aber mittelmäßig, jedes gefällig Wirkenden entkleidet. Ich weiß nicht, ob es Ihnen ebenso geht, aber für mich haben Bücher Physiognomieen wie die Menschen und während mir die eine Physiognomie gefällt, ärgert mich die andre. »Cheap and nasty« hat Reuleaux von der deutschen Produktion gesagt und dies Wort hat ihn gestürzt; aber das Wort ist richtig und Reuleaux ist als eine Art

Wahrheitsmärtyrer abgethan worden. Und nun gar erst die *Berliner* Produktion! Jede Semmel ist pappig, jedes Stück Fleisch schmeckt nach Kellermuff und kein Buchbinder kann ein Buch *hübsch* einbinden. Die Deckel stehen immer ab. Als unser Zeitungs-Lessing die Prachtausgabe der Werke seines großen Ahnen veranstaltete, floh er schließlich nach Leipzig, um dort einen Buchbinder zu finden. So mit allem hier. Und dabei der unerträglichste Dünkel; sie können hier nicht einmal eine Lederkappe über ein feines Flacon binden.

Sie sehen, ich bin etwas vergrätzt. In manchem gewiß mit Recht; aber ich gebe zu, Stimmung und Alter wirken mit. Louis Schneider, wenn er auf d. Kreuzzeitung gefragt wurde; »wie steht es denn mit *dem?*« antwortete immer: »Gott wie soll es mit ihm stehn? Er wird alt, also wird er unausstehlich.« Daran muß ich jetzt oft denken.

Empfehlen Sie mich Ihren Damen aufs angelegentlichste. Wie immer Ihr

Th. Fontane.

Die neuen Gedichte in dem Bande fangen mit S. 67. an. Ich halte das *zweite* der neueren Gedichte: »Luren-Concert« für das beste.

*792. An Ludwig Pietsch*

Theuerster Pietsch.

Die neue Auflage meiner Gedichte, von der Ihnen meine Tochter glaub ich erzählt hat, gebe ich gleichzeitig mit diesem Postbrief bei der Packetfahrt auf, um 20 Pfennig zu sparen. So mächtig ist man in seinem Hause; denn *ich* schicke nie was mit der Packetfahrt, wenn ich es nicht für angezeigt halte, mich einem höheren, 20 Pfennig sparenden Hauswillen unterzuordnen. Im Grunde läßt sich ja auch nichts dagegen sagen und ist es recht eigentlich *dieser* Zug, der einen von dem *débâcle* bewahrt hat.

Die zehn oder elf neuen Gedichte fangen mit S. 67 an. Das zweite davon ›*Luren-Concert*‹ ist mein besondrer Stolz und sei Ihnen ans Herz gelegt. In alter aufrichtiger Ergebenheit

Th. Fontane

Berlin 3. Febr. 98.

*793. An Elisabeth Scherz*

*Berlin*, d. 4. Febr. 1898.
Potsdamer Str. 134 c.

Hochverehrte Frau und Freundin.

Empfangen Sie unsere herzlichsten Glückwünsche zu der Verlobung Ihres Erich, zugleich mit der Bitte, dem Brautpaare wie dem Herrn Obersten und Frau Gemahlin unsere Gratulationen aussprechen zu wollen. Die Linie Scherz-Kränzlein darf ja nun hoffen fortzubestehen.

Wie lange, daß wir nicht von Ihnen gehört! Hoffentlich ist aller Glück und Befinden das beste und herrscht Freude in Trojas Hallen. Mit uns geht es leidlich, und in Anbetracht unserer Jahre sollte man wohl eigentlich von gut sprechen. Achtundsiebzig sind in sich so anspruchsvoll, daß die sonstigen Ansprüche aufhören.

Unter ergebensten Empfehlungen an Sie, Brautpaar und das schwiegerelterliche Haus in alter dankbarer Ergebenheit Ihr

Th. Fontane.

*794. An James Morris*

Berlin, 5. Februar 1898

Hochgeehrter Herr und Freund.

Unter Ihren letzten freundlichen Zusendungen, für die ich bestens danke, haben mich zwei ganz besonders interessiert: die Star-Nummer zum 10jährigen Jubiläum und die vor ein paar Tagen empfangene Nummer des Morning. Dieser »Morgen« wirkt schon dadurch, daß er jeden ordinären Zusatz, wie beispielsweise Advertiser oder Chronicle, verschmäht und in grandioser Einfachheit auftritt – *nur* »Morgen«.

Zunächst der Star. Es berührte mich doch ganz eigentümlich, meinen alten Bekannten Marcus Stone bildnerisch die Hauptrolle darin spielen zu sehen. Die Familie Merington, mit der wir vor gerade 40 Jahren in Camden Town freundschaftlich verkehrten, war mit der Malerfamilie Stone (auch schon der Vater war Maler) aufs herzlichste befreundet. Der Alte, ein wenig eitel, ließ sich nicht oft sehn; desto häufiger die drei Kinder, zwei Töchter und ein Sohn. Die zwei Töchter waren bildschön, beide typisch englisch, trotzdem sie grundverschieden waren (die eine schwarz, die andre feuerrot); der Sohn war Marcus, damals 20jährig. Er ist also jetzt ein 60er, und wenn er sich in seinem Selbstporträt nicht absichtlich verjüngt hat, so muß ich sagen, er hat sich brillant konserviert. Was noch wichtiger ist, er sah in seinem Bilde mit der

Palette in der Hand auch heiter und glücklich aus. Ich weiß, daß er zu den besten Malern gehört; dann und wann seh ich hier Bilder von ihm, eines: ein Liebespaar oder ein Paar, das auf dem Punkte steht, sich zu verloben, Kostüm der Revolutionszeit, Gartentisch, ein mächtiger Baum ihnen zu Häupten, ist sehr hübsch. Doch glaube ich, er hat eine Neigung, sich zu sehr auf *einem* Felde zu bewegen. Jedenfalls war ich hocherfreut, ihm im Star zu begegnen.

Und nun geht der Morning auf. Ich denke mir, Sie haben mir diese Nummer wegen des Artikels »The Hungry Hohenzollerns« geschickt, und ich bin Ihnen dankbar dafür, weil mir der Artikel wieder ein Musterbeispiel ist, wie weit sich nationale oder, was mir viel wahrscheinlicher ist, wie weit sich *Partei*gegensätze verirren können. Ich glaube nämlich nicht, daß diesen Artikel ein *Engländer* – gleichviel ob er die Hohenzollern haßt oder nicht – geschrieben haben kann. Ein Engländer, weil ihn die ganze Geschichte doch schließlich nur mäßig in seinem Gemüte beschäftigt, wird sich durch ein bestimmtes Maß von *Unbefangenheit* am Niederschreiben solchen boshaften Unsinns immer gehindert sehn. Etwas, was so falsch und so gehässig ist, kann nur von einem gegen Preußen und die Hohenzollern gereizten *Deutschen* geschrieben werden, also mutmaßlich von einem hannöverschen Welfen. Ich darf Ihnen versichern, der jetzt in unserm Lande blühende Borussismus ist sehr wenig nach meinem Geschmack, und wenn ich Reden lese, wie sie Kaiser Wilhelm und nun gar erst (als Antwort) sein Bruder Heinrich in Kiel gehalten hat, so wird mir bei diesem Rückfall in Anschauungen, die noch über die Stuart-Anschauungen Jacobs II. hinausgehn, himmelangst. Aber *das* nehme ich auf den Diensteid, daß der Große Kurfürst, der sogenannte »Soldatenkönig« (Fr. W.) und der Alte Fritz nicht bloß famose Kerle gewesen sind, sondern daß ihr Tun, weit über alles Selbstische hinaus, auch im Dienste großer Ideen, vor allem der Bekämpfung des Katholizismus, gestanden hat. Nirgends in der Welt weiß man dies besser als in England, und [wie] nirgends in der Welt (selbst *mehr als bei uns selbst*) ist dies von England auch anerkannt worden. Denn es deckte sich mit den Grundsätzen der englischen Politik. Ich darf dies um so mehr hervorheben, als ich persönlich *gegen* alle antikatholische Politik bin, aber jedenfalls, falsch oder richtig, war immer eine *Idee* da, nach der die Hohenzollern zwei Jahrhunderte lang ihre Politik getrieben haben.

Wie immer in vorzüglicher Ergebenheit

Ihr Th. Fontane

*795. An Julius Lohmeyer*

Hochgeehrter Herr.

Ergebensten Dank für Ihre freundlichen Zeilen. Aber es geht nicht mehr!

Ich bin 78, abgeklappert, asthmatisch und komme nur noch in ganz seltenen Fällen aus dem Hause. Bei jedem Gespräch werde ich heiser und eine Vorlesung halten, liegt außerhalb der Möglichkeit.

So wollen Sie mich gütigst entschuldigen. In vorzüglicher Ergebenheit

Th. Fontane.

Berlin
9. Febr. 98.

*796. An Friedrich Stephany*

*Berlin*, d. 21. Februar 1898.
Potsdamer Str. 134c.

Hochgeehrter Herr und Freund.

Zu meinem lebhaften Bedauern habe ich gestern gehört, daß es Ihnen seit vierzehn Tagen nicht gut geht. Ganz mein Fall. Aber wie bin ich bevorzugt. Ich lege die Hände in den Schoß oder drehe die Daumen. Dabei kann man's aushalten, während Sie zweimal täglich eine Zeitung fertig zu machen haben. Und doch wie glücklich – wenigstens in meinen Augen – sind auch *Sie* wieder, wenn ich Ihr Leben und Tun mit dem von Schmidt-Cabanis vergleiche, der jede Woche zweiundvierzig Witze (sechs pro Tag) zu machen hat, um sie am Sonnabend der Berliner Welt zu Füßen zu legen. Ich würde noch jetzt mit achtundsiebzig lieber in Friesjacke und Ballonmütze Holz sägen, als zweiundvierzig Witze machen, die keine sind. Witze, die jedes Ernstes entbehren, sind etwas Furchtbares, und neben solchem Witzfabrikanten ist ein Agrarier eine sittliche Größe, jedenfalls ein zu begreifender, natürlicher Mensch. Ihr Porträt am Waschfaß ist verhältnismäßig ganz gut, »aber was soll der Unsinn«? Ich bin unfähig, mich drin zurechtzufinden.

Gestern las ich – ich weiß nicht mehr, ob in der »Vossin« oder im »Börsencourier« – Herr v. Sonnenthal habe Herrn v. Plappart (merkwürdiger Name) auf seine verbindliche Ansprache diplomatisch geantwortet: »Es muß alles gut gehen, weil eine höhere Hand uns leitet.« Wie fein. Man weiß nicht, meint er den lieben Gott oder Plappart oder unsern Schlenther. Von letzterem weiß ich nur wenig, trotzdem wir seine liebenswürdige und plauderhafte kleine Frau gesprochen haben. Er wird so beneidet. *Ich* beneide ihn nicht. Es muß ein Hundevergnügen sein, und manche Schwierigkeiten spotten aller Klugheit.

Der arme Nordau muß jetzt scharf 'ran. Auch *das* wäre nicht meine Sache. Freilich bin ich auch kein Zionsbruder.

Mit besten Wünschen für Ihr Wohl in vorzüglicher Ergebenheit

Th. Fontane.

*797. An Ludwig Fulda*

*Berlin* 24. Febr. 98.
Potsdamerstraße 134. c.

Hochgeehrter Herr.

Seit vielen Wochen bin ich so nervenherunter, daß ich, und wenn ich mich auf den Kopf stelle, für unsren Großmeister nichts aufbringen kann. Aber freilich – und mit diesem Geständniß will ich nicht zurückhalten – wenn ich auch munter wäre wie der Fisch im Wasser, ich würde doch versagen. Von dem Paul Heyse-Talent (und der Nächste zu diesem sind *Sie*) bei solcher Gelegenheit immer wieder etwas Hübsches, Neues, Espritvolles in gefälligster Form sagen zu können, habe ich keine Spur, und mit 78 in dem Trivialitäts–Gros d'Armée so bloß noch mitzukrepeln, will einem doch auch nicht gefallen.

So werden Sie mich denn gütigst entschuldigen.

In vorzügl. Ergebenheit

Th. Fontane.

*798. An James Morris*

*Berlin*, d. 7. März 1898.
Potsdamer Str. 134 c.

Hochgeehrter Herr und Freund.

Mein elender Zustand, der mich viele Wochen gequält hat, dauert zwar noch an, aber ein bißchen Besserung ist doch da, so daß ich einen ersten Versuch mache, mal wieder einen Brief zu schreiben.

Aus Ihren freundlichen Zeilen ersah ich, wie gereizt man in England gegen uns ist, und welch langes Sündenregister man uns vorhält. Einige Punkte (Jameson) fallen, glaub ich, aus, weil die Geschichte bereits ihr Wort darüber gesprochen hat. Aber andere Punkte bleiben, und auf diese verbleibenden Punkte – deren relative, weil traditionell begründete Berechtigung ich zugeben will – möchte ich antworten.

Die Wurzel alles Übels und aller Anklage liegt einfach darin, daß man in England das Faktum einer ungeheuren politischen Veränderung, die sich auf dem Kontinent vollzogen hat, entweder nicht sieht oder nicht sehen will. Deutschland, Österreich und Preußen mit eingerechnet, waren Trabantenstaaten, die seit zwei Jahrhunderten abwechselnd im Fahrwasser von Rußland oder England fuhren. Unter Friedrich dem Großen sah es so aus, als sei *Preußen*, und unter Metternich, als sei *Österreich* eine leitende Macht. Und dies war auch momentan richtig. Aber dieser momentane Herrschaftszustand wurzelte in Zufälligkeiten (etwa wie Schweden unter Gustav Adolf), *nicht* in den realen Machtverhältnissen. In Wirklichkeit waren die Stammes- und Völkergruppen zwischen Rhein und Weichsel, zwischen Donau und dem nördlichen Küstengelände machtlos, weil sie zersplittert und in beständiger Fehde gegeneinander waren. Der Haß untereinander war viel größer, als gegen irgendeinen äußeren Feind. »Lieber französisch, als preußisch«, habe ich die Nichtpreußen in Deutschland wohl hundertmal ausrufen hören.

Das war der alte Zustand vor 1864, 1866 und 1870. Aber mit diesem alten Zustand – trotz beständiger Fehler, die begangen werden – ist gründlich aufgeräumt, und statt fünfzig Millionen Deutscher, die sich untereinander auffraßen, sind jetzt fünfzig Millionen Deutsche da, die dieselben *nationalen* Ansprüche erheben, die man bei andern Völkern als natürlich und selbstverständlich ansieht. Dies ist der ungeheure Umschwung, der sich vollzogen hat, und mir tun die Völker leid, die sich nicht entschließen können, mit diesem Umschwunge zu rechnen. An der Spitze die Franzosen mit ihrem lächerlichen Revanchegeschrei! Diese Revanche kommt nie. Was kommt, sind neue Niederlagen. Und auch England muß sich in diesen total veränderten Zustand der Dinge schicken. Es würde England wenig nützen, unsere paar Schiffe in den Grund zu bohren. Wer im Glashause wohnt, darf nicht mit Steinen werfen. Deutschland ist aus der Vormundschaft heraus, und es bleibt nichts andres übrig, als es seine *eigenen* Wege gehen zu lassen, auch wenn diese Wege den Erwartungen und Interessen anderer widersprechen. Findet man sich in diesem Neuzustande zurecht, so wird wieder Freundschaft und Friede sein. Wie immer in herzlicher Ergebenheit Ihr

Th. Fontane.

*799. An Elise Weber, geb. Fontane*

Meine liebe Lise.

Sei schönstens bedankt für die Karte mit den 3 ›berühmten Ruppinern‹. Was nicht alles aus 'nem Menschen werden kann! Uebrigens seh' ich kolossal verhungert aus, mehr als selbst einem Dichter zukommt.

Wann reist Dein Hans? Wir sehen Dich hoffentlich mit Nächstem.

Mit besten Wünschen für Dein Wohl, wie immer Dein alter

Theo

Berlin 9. März 98.

*800. An Martha Fontane*

Berlin 9. März 98.

Meine liebe Mete.

Laß Dich – wir haben Deinen Brief an Anna gelesen – durch Betrachtungen über meinen Zustand in Deiner Reconvalescenz und Deiner guten Laune nicht stören. Mit 78 ist man natürlich ein unsicherer Passagier, aber will man sich damit änstigen, so hat man (und die Familie mit) keine ruhige Stunde mehr. Im Uebrigen geht es mir, seit ich eine aus Salzsäure, Pepsin und Nux zusammengebraute Medizin nehme, entschieden besser, woran nur der Verordner selbst, also unser Delhaes, keine rechte Freude hat. Entweder glaubt er nach wie vor, daß ich die Medizin heimlich in die Wasserleitung gieße oder er hat mir meine Aufsässigkeit gegen sein Allheilmittel: Morphium und Kirschlorbeerwasser, noch immer nicht verziehn. Einig sind wir nur auf weitab liegenden Gebieten und so haben wir uns gestern – Mama war abwesend – eine Stundelang über Personen unterhalten, die mit Hundeliebe behaftet sind. Er erzählte mir Geschichten aus seiner Praxis, die einen halb mit Schauder halb mit Wehmuth erfüllen konnten. Auch mit Wehmuth; denn der letzte Grund dieser Erscheinung ist doch eine Art Verzweiflung an der Menschheit. Wer nichts wie Egoismus und Lug und Trug erlebt, flüchtet zuletzt in die Thierwelt und sagt: ›Belly'chen ist Trumpf.‹ Der Held von Delhaes Geschichte hieß aber nicht ›Belly'chen‹, sondern ›Rakkerl‹. Der Besitzer von ›Rackerl‹, ein adliger Oberst a.D., dessen

Frau und Töchter Delhaes seit 7 Jahren behandelt, hat sich übrigens in dieser ganzen Zeit noch nicht *ein*mal vor seinem Hausarzt sehen lassen; er hat nur Conferenzen mit dem Thierarzt. Was sich ein Sanitätsrath, wenn auch unter Knirschen, doch alles gefallen lassen muß!

Getrud war letzten Sonntag hier und erneuerte den alten Eindruck: klug, fein, von durchaus aristokratischem (wobei ich unsre Mark vergesse) Gepräge. Nur immer wieder kommt mir die Frage: ›*wer* soll sie heirathen?‹ Fritsch ist ja untergebracht.

Ida und Anna gehen heut in den ›Johannes‹, der besser paßt als die ›versunkene Glocke‹. Salome ist verständlicher als Rautendelein.

Uebrigens hat Mathilde Rabe bereits ein Bild an ihrem Schaufenster, einen falschen (sehr falschen) Böcklin, wo Rautendelein auf dem Brunnenrand sitzt, während Nickelmann dick und grün aus dem Brunnen aufsteigt. So ein wild gewordener Maler ist immer zum Lachen oder Weinen.

Grüße Liesen aufs Beste. Sonst ›nichts Neues vor Paris‹, mit Ausnahme davon, daß gerade Podbielski merkwürdige Post-Reden hält. Erhole Dich weiter und geh es Dir gut.

Wie immer Dein alter

Papa.

*801. An Friedrich Stephany*

*Berlin*, d. 13. März 1898.
Potsdamer Str. 134 c.

Hochgeehrter Herr und Freund.

Zum Geburtstage morgen meine herzlichsten Glückwünsche: Kraft, Geduld und möglichst wenig Ärger. Der letztere Wunsch ist der Hauptwunsch. Nichts nimmt so mit, wie dieser schlechteste Genoß, der einen um Schlaf und Freude bringt. Es zählt zu den paar Bevorzugungen die mir zuteil wurden, daß ich ihm meistens (allerdings immer nur durch Flucht) aus dem Wege gehen konnte.

Meine Frau vereinigt ihre Glückwünsche mit den meinigen.

Mit meiner Gesundheit geht es seit ein paar Tagen etwas besser, aber ein elender Schwächezustand ist immer noch da und zwingt mich, auf alles Leben draußen zu verzichten. Mittags suche ich die Sonne auf und umkreise den Leipziger Platz.

Läßt Schlenther von sich hören? In den Zeitungen ist es still geworden, wozu man ihn beglückwünschen darf. Nur nicht jeden

Tag in den Mäulern der Leute sein! Nochmals ein Glückauf zum neuen Jahr.

Wie immer in herzlicher Ergebenheit Ihr

Th. Fontane.

*802. An James Morris*

*Berlin*, d. 14. März 1898.
Potsdamer Str. 134 c.

Hochgeehrter Herr und Freund.

Der gesundheitliche Halbzustand, in dem ich mich befinde, reicht nur gerade für einen Brief aus, und so bin ich in der angenehmen Lage, Ihnen rascher als sonst für Ihre letzte freundliche Sendung (»Illustrated London News«) danken zu können. Zwei Dinge haben mich besonders interessiert: Bovril und Max Müller. Der Gedanke, den echten Bovril dadurch zu empfehlen, daß sich ein Irregeleiteter von dem falschen Bovril schaudernd und mit dem Ausdruck tiefsten Degouts abwendet, ist beneidenswert glücklich. Mein lieber alter Freund Max Müller in seiner Galauniform sieht genau aus wie ein kontinentaler Diplomat. Er hat hier einen Kopf, der sehr an den von Thiers erinnert. Das Buch, an das die neben dem Bilde stehende Kritik (ein klein wenig spöttisch gehalten) anknüpft, habe ich in einzelnen Kapiteln, die in der Zeitschrift »Cosmopolis« abgedruckt waren, wenigstens stellenweis gelesen. Alles, was er über Froude, Kingsley, Tennyson sagt, hat mich damals sehr interessiert und machte neben anderm auch dadurch einen Eindruck auf mich, daß die Wendung: »he struggled hard« verschiedentlich wiederkehrte. Die Sache steigerte sich aber noch, als ich zuletzt an ein Kapitel kam – ich las die Kapitel kreuz und quer durcheinander – worin von seinen Jugendbekanntschaften die Rede war. Hier ward auch meiner liebenswürdig Erwähnung getan, aber ich mußte herzlich lachen, als ich mit einem Male auch da der Wendung begegnete: »he struggled hard.« Hinzugesetzt war, daß vielleicht mehr aus mir geworden wäre, wenn mich das beständige »hard struggling« nicht zurückgehalten hätte. Darin hat mir nun aber Müller, oder noch mehr meinem Schicksal, unrecht getan. Das mit dem »struggling« hat äußerlich seine Richtigkeit; aber auch wenn ich weniger »gestruggled« hätte, *mehr* wäre doch nicht aus mir geworden. Das Bißchen, was in mir war, ist auch so rausgekommen. Ich habe mein Schicksal nicht anzuklagen.

Die politischen Schwierigkeiten Englands – und »Schwierigkeiten« ist noch ein mildes Wort – verfolge ich mit dem höchsten Interesse. Der Zeitpunkt, von dem ich Ihnen früher öfter gesprochen, ist schneller herangekommen, als ich erwartete. Die Streitereien mit Deutschland, auch die mit Frankreich, sind zu einer Nullität herabgesunken und »the Mede is at the gate«. Ich weiß nicht, wie England da heraus will. Von »Krisis« läßt sich dabei nicht sprechen. Eine Krisis ist etwas Vorübergehendes. Was aber jetzt da ist, ist ein Bleibendes. Rußland steht unmittelbar im Norden von China und, was noch schlimmer, auch unmittelbar im Norden von Indien. Es kann, wenn es will, jeden Tag in China oder Indien einbrechen. Und wenn England zehn Trafalgars übereinander türmt, es wird dadurch nicht anders. Was Lord Roberts vorschlägt: »Unterwerfung der Grenzstämme à tout prix« ist unter allen Vorschlägen immer noch das Beste, weil es dem übermächtigen Feind den Kampf erschwert, die drohendste Gefahr wenigstens hinausschiebt. Aber ich sehe nicht, wie diese Gefahr *überhaupt* beseitigt werden soll. Die Eisenbahnen, die *Weltverkehrsverhältnisse* haben neue Weltlagen geschaffen, alle zu Ungunsten Englands.

Wie immer in vorzüglichster Ergebenheit

Th. Fontane.

*803. An Georg Friedlaender*

Berlin 15. März 98.
Potsdamerstraße 134.c.

Hochgeehrter Herr.

Ich wollte heute ohnehin schreiben. Da kommt nun Ihre liebenswürdige Karte von der Brotbaude und besiegt den letzten Rest von Trägheit; denn diese quält mich allerdings, seit ich nur noch 36 Pulsschläge in der Minute habe, – gerade die Hälfte vom Normalen. Unter den Unterschriften der Karte hat mich »der dazu gehörige Mann« am meisten erheitert. Als »Mann« gehört man immer bloß dazu. Die Frauen sind sich bewußt, gesellschaftlich die Hauptsache zu sein und in 9 Fällen von 10 trifft es auch zu. Bildung, Gelehrsamkeit, Examina verderben alles.

Mittwoch 16. März. Ich kam gestern nicht weiter. Sie schreiben im Hinblick auf Ihren jüdischen Referendar, dem der Himmel noch voller Geigen hängt »er ginge Demüthigungen und Enttäuschungen entgegen.« Ja. Aber wer geht ihnen nicht entgegen? Wie viele Demüthigungen hat Bleichröder ertragen müssen, aber sie verschwinden neben *den* Demüthigungen, die er verkrachten, adligen Agrariern zugefügt hat. Als Jude beleidigt werden, ist schlimm, aber als Ruppsack 'rausgeschmissen werden, ist noch schlimmer. »Wer den letzten Thaler hat, bleibt Sieger« hat ein berühmter Feldherr gesagt. Und im Alltagsleben ist es doppelt wahr. Uebrigens haben sich die Juden in der Zola-Sache gründlich blamirt. Ich war anfangs natürlich ganz Zola, halte auch jetzt noch das ganze Prozeßverfahren (von Dreyfus an gerechnet) für einen Skandal, kann mich aber doch der Thatsache nicht verschließen, daß Zola, Piquart, Labori das Maul furchtbar aufgerissen und bei Gott und allen Heiligen geschworen, aber *bis jetzt* gar nichts bewiesen haben. Glückt ihnen das auch nachträglich nicht, so bezeichnet der Zolaprozeß eine der schwersten Niederlagen, die das moderne Judenthum erlitten hat. Auch *das* ist schrecklich, freilich nur nach der andern Seite, daß wir uns in diesem Prozeß, mit Ausnahme Frankreichs selbst, einer vollkommenen Preßverschwörung gegenüberbefunden haben; die europäische Presse ist eine große Judenmacht, die es versucht hat, der gesammten Welt *ihre* Meinung aufzuzwingen. In dem Gelingen oder Mißlingen dieses großen Versuchs liegt die wahre Bedeutung des Zola-Prozesses, weit über Zola und Dreyfus hinaus.

Was Sie mir über den guten alten Prinzen geschrieben, hat mich gerührt; wie liebenswürdig, selbst krank nach einem andern Kranken auszuschaun; er ist doch die sympathischste der Erscheinungen im Hirschberger Thal. Wie das mit dem Sohn, dem Feodora-Verlobten, werden wird, darüber von Ihnen zu hören, bin ich neugierig. Nach aller Wahrscheinlichkeit muß es schlecht verlaufen. Es giebt zwar heutzutage viele solcher Ehen (»wir können uns nun bald die Hühneraugen innerhalb der Familie operiren lassen« sagte der alte Prinz Carl bei Gelegenheit der Esmarch-Affaire) – viele solcher Ehen, die ganz glücklich geworden sind. Aber das sind dann immer Ehen, wo die betr. Paare von vornherein aus der Royalitätswelt ausscheiden. Daran ist aber hier kaum zu denken. Hatz (oder wie er heißt) wird sich nicht in die Ecke stellen lassen und Feodora wird sich erinnern, daß ihr Großvater und Urgroßvater deutsche Kaiser waren. Vielleicht wird sie sich auch ihrer Mutter erinnern, besonders wenn »Hatz« in seinen Dummheiten fortfahren sollte.

Wie sind die Vorträge verlaufen? Was macht die Gicht? Hoffentlich keine Rückfälle. Wir (Frau und ich) leben seit

6 Wochen ganz still, keine Gesellschaft; Martha war in Rostock und ist jetzt in Elsenau (Posen). Ende April werden wir wahrscheinlich nach dem »Weißen Hirsch« bei Dresden gehn. Ergeh es Ihnen gut; empfehlen Sie mich Ihren Damen angelegentlichst. Wie immer Ihr

Th. Fontane.

*804. An Martha Fontane*

Berlin 20. März 98. Potsdamerstraße 134.c.

Meine liebe Mete.

Morgen ist Dein Geburtstag und Frühlingsanfang. Ich denke mir, daß Fritsch seinen Brief mit denselben Worten beginnen wird und von *seiner* Hand enthält diese Zusammenstellung das denkbar Schmeichelhafteste. Vielleicht aber findet er noch was Besseres; Liebe macht dichterisch und genial. Was meine Wünsche für Dich sind, brauche ich Dir nicht zu schreiben: ein langes Glück und einen kurzen Aufenthalt in Spanien.

Fern im Süd das schöne Spanien,
Spanien ist mein Heimathland,
Wo die schattigen Kastanien
Rauschen an des Ebro Strand ...

auch *diese* Zeilen, die ich vor 60 Jahren schön fand, können mich nicht umstimmen.

Morgen ist ein großer Tag, aber heute auch schon; Mama *hat* heute Gäste (Friedel und Trude) und *ist* dann Gast bei der Ibsen-Feier. Um 6 Uhr drüben in der ›Gesellschaft der Freunde‹, also so jüdisch wie möglich. Immer wieder erschrecke ich vor der totalen ›Verjüdelung‹ der sogenannten ›heiligsten Güter der Nation‹, um dann im selben Augenblick ein Dankgebet zu sprechen, daß die Juden überhaupt da sind. Wie sähe es aus, wenn die Pflege der ›heiligsten Güter‹ auf den Adel deutscher Nation angewiesen wäre. Fuchsjagd, getünchte Kirche, Sonntagnachmittagspredigt und jeu. Dabei fällt mir mein Sohn Theo ein, der gestern Abend – unter dem Einfluß seiner Zeitung (›Post‹) – geneigt war, den 18. März für einen Tag zu halten ›den die Thränen kommender Geschlechter vergeblich bemüht sein werden, von den Tafeln preußischer Geschichte wegzuwaschen‹. Wie wird die Welt nach hundert Jahren aussehn? All *dieser* Unsinn wird wenigstens verschwunden sein.

In dieser Hoffnung und noch manch andrer (zunächst für Dich) wie immer Dein alter

Papa.

Herzlichste Grüße dem Mengelschen Paar. Trude werde ich heute Mittag studieren; – ich kann mich nicht entschließen, auf die ›Zuckungen‹ ein groß Gewicht zu legen; das kommt und geht.

*805. An Friedrich Stephany*

Berlin, 22. März 1898

Hochgeehrter Herr und Freund.

[...] Sie gehen mit dem armen Mahn doch strenger ins Gericht als nötig. Es ist alles nicht so schlimm, wie's aussieht. Mein Ideal sind diese Verschnörkelungen und nach vormärzlicher Philosophenschule schmeckenden Wortbildungen auch nicht, aber es ist doch zuzugestehn, daß immer was dahintersteckt, daß ein wirklicher und oft sogar sehr guter Gedanke darin zum Ausdruck gebracht werden soll. Außerdem ist ihm doch vielleicht noch eines anzurechnen (und kann gerade *Sie* mit ihm versöhnen), *das* nämlich, daß er gegen den unheimlichen Ibsen-Kultus vielleicht mehr Front macht, als sich ihm anschließt. Ibsen mag die größere Natur, die stärkere Persönlichkeit, das überlegene bahnbrechende Genie sein, *dichterisch* steht mir G. Hauptmann höher, weil er menschlicher, natürlicher, *wahrer* ist. Da quatscht jetzt jeder von Ibsens *Wahrheit,* aber gerade *die* spreche ich ihm ab. Er ist ein großer epochemachender Kerl, aber mit seiner »Wahrheit« kann er mir gestohlen werden. In der Mehrzahl seiner Dramen ist alles unwahr, die bewunderte Nora ist die größte Quatschliese, die je von der Bühne herab zu einem Publikum gesprochen hat. Das »Festheft«, drin sich die Ibsen-Schwärmer verewigt haben, ist eine Ansammlung von Blödsinn, wenigstens der Mehrzahl nach. Obenan stehen die Skandinaven, dann kommt Richard Voß, der im Sommer in seiner Gebirgsvilla Alençonspitzen an seinen weißen Kniehosen trägt. Ich bin dann immer froh, daß meine Haushosen ein Loch überm Knie haben. Was ich mal Schlenther gesagt habe: »Nach 30 Jahren (hoch gerechnet) ist Ibsen der Komik verfallen« – diesen Satz halte ich aufrecht. Daneben läuft eine ganz aufrichtige Bewunderung für das, was der Mann getan hat. [...]

In vorzüglicher Ergebenheit

Th. F.

*806. An Martha Fontane*

Berlin 28. März 98. Potsdamerstraße 134.c.

Meine liebe Mete.

Mama liegt im Bett; so komme ich dazu, Deinen Sonntagsbrief (in dem mich die Stelle, daß Schuch von den ›Dreien‹ der Ersehnteste ist, am meisten amüsirt hat) statt ihrer zu beantworten. Mama ängstigte sich wegen Lungenentzündung und ich konnte es ihr kaum verdenken; Delhaes aber, der eben hier war, hat sie völlig beruhigt, was ja bekanntlich leicht ist. Puls, Zunge, alles in bester Ordnung, – das Ganze ein bischen Rheumatismus, ein bischen Neuralgie. Sie hat sich, bei dem schaudervollen Sturmwetter der letzten Tage, an unsrer Linkstraßen-Ecke erkältet.

Aus unsrem Paula Conrad-Diner wurde nichts; um 3 kam statt ihrer ein Brief, der uns eine kolossale Migräne vermeldete. So ließen wir den Braten ausfallen und an den Zander mit Mostrich reihte sich sofort Vanillen- und Himbeer-Eis. Das Nierstück kam erst gestern als Sonntagsbraten. Am Abend (Sonntag) erschien der gute Sternheim, fresh from the Rivie*rra,* woraus ich schließe, daß man an der Riviera doch vielleicht Rivierra sagt. Oder sollte er auch in Sprachfragen ganz seiner Marie unterworfen sein? Berühre dies Thema aber nicht nach Mentone hin; selbst die Gegenwart der jungen Prinzeß von Mecklenburg-Strelitz sorgt nicht für drüberstehende Behandlung *aller* Fragen.

Und nun zur Hauptsache, zu Deiner Rückkehrsfrage. So gern wir Dir in dieser zu Willen wären, so geht es doch nicht; Mama hat der jungen Frau geschrieben, daß sie sich freuen würde, sie (Hedwig) bis in die ersten Apriltage hier zu haben und davon kann sie nun nicht los. Du mußt also aushalten, was bei gutem Willen auch wohl gehen wird. Erscheint es Dir aber unmöglich, so muß versucht werden, Dich statt nach Berlin nach Blasewitz zu dirigiren. Das wirst Du aber nicht wünschen und von zwei Uebeln lieber das kleinere wählen. Es ist aus vielen Gründen entschieden besser, Deine Blasewitz- oder Weiße Hirsch-Mission erst nach dem 18. April beginnen zu lassen, so daß Du dann gleich da bleiben kannst. Es handelt sich dort um Miethung eines kleinen Häuschens, ähnlich wie im Riesengebirge. Dieser Modus empfiehlt sich auch schon deshalb, weil Du bei dem Wohnungsmiethen *hier* doch Deine Stimme abgeben mußt, auch wenn ich ganz Deiner Meinung bin, daß Fritsch es ebenso gut allein besorgt. Laß Dich all solcher Complicirtheiten nicht verdrießen und vergiß nicht, daß es alles die Consequenz einer wenn auch nach wie vor zu billigenden Flinkigkeit ist.

Grüße das verehrte Mengelsche Paar.

Wie immer Dein alter

Papa.

Hast Du an die Krigar geschrieben? Natürlich war das Telegramm von ihr. Wir haben außer Mama nur zwei Emilien.

*807. An Friedrich Stephany*

*Berlin*, d. 29. März 1898.
Potsdamer Str. 134c.

Hochgeehrter Herr und Freund.

Besten Dank für Ihre freundlichen Worte. Mehlisch war schon hier, und wir hatten unser Heldengespräch. Ich wurde dabei den Eindruck nicht los, daß wir Schaal und Stille, die beiden Friedensrichter in Shakespeares »Heinrich dem Vierten«, seien, die sich als ganz verflixte Kerle was vorrenommieren. Er war mir aber über.

Über Mehlisch-Sarre habe ich den Frankfurt am Mainer ganz vergessen. Mit der Sechspfünderkugel (ich habe lang und breit darüber geschrieben – »Herr Aptheker, wat kost't denn die Pille?«) hat es seine Richtigkeit. Übrigens fangen die Erinnerungen an den 18. März an, scheußlich langweilig zu werden. Eine Unsumme von Nichtigkeiten türmt sich auf. Als historisches Ereignis war es eine große Sache, als Heldenleistung urschwach. Scharmützel. Unsere Enkel werden erst die wirkliche Schlacht zu schlagen haben. Wie immer Ihr

Th. Fontane.

*808. An Wilhelm Hertz*

Berlin 31. März 98.
Potsdamerstraße 134.c.

Sehr geehrter Herr Hertz.

Man spinnt sich immer mehr ein, der persönliche Verkehr hört auf und der briefliche beinah auch. Dann und wann meldet man sich noch, weil man was wünscht oder weil andre was wünschen.

So ist eine »Gedichte«-Noth bei mir ausgebrochen und ich möchte ganz ergebenst bitten, mir 6 gebundene Exemplare zu schicken.

Wie geht es bei Ihnen, mit Ihnen? Ich stelle die Frage immer mit einer kleinen Sorge, weil ich erinnere, daß Sie die Wiederkehr höchst fataler Dinge nicht für ausgeschlossen erklärt haben. Hoffentlich nur um gegen das Schicksal eine Verbeugung zu machen und dadurch hinten 'rum seine Gunst zu gewinnen. Täglich komme ich jetzt an Ihrer alten Wohnung, Leipziger Platz 5, vorüber und sehe mitunter Geh. Rath Siegmund hineinschlüpfen, dem am 18. März seine Schwester seine Visitenkarte heimlich in die Westentasche gesteckt hatte, damit er als »Gefallener«, worauf sie rechnete, wenigstens richtig abgeliefert werden könne. Er lebt noch. Und wir Beide auch noch. Sei es noch so eine kleine Weile. Wie immer Ihr

Th. Fontane.

*809. An Friedrich Paulsen*

Hochgeehrter Herr Professor.

Seien Sie herzlichst bedankt für das schöne Buch, auf dessen Lektüre ich mich freue. Bis jetzt bin ich in meiner Kantkenntniß über ein paar Anekdoten und eine gleiche Zahl landläufiger Redewendungen nicht hinausgekommen, – aber nun soll es besser werden. Isolani kommt, wenn auch spät. In vorzügl. Ergebenheit

Th. Fontane.

Berlin
1. April 98.

*810. An Eugen Wolbe*

*Berlin* 6. April 98.
Potsdamerstraße 134. c.

Hochgeehrter Herr.

Ergebensten Dank für Ihre freundlichen Zeilen.

Etwas frisch schreiben über W. Alexis kann ich nicht mehr, – es fehlt an Kraft und Lust. Aber ich habe mich früher, gleich nach W. A.'s Tode, sehr ausführlich über ihn ausgelassen und das damals Geschriebene, das verschiedentlich abgedruckt wurde, stelle ich gern zur Verfügung. Ich müßte nur bitten, daß es an der betr. Stelle heißt: »einem Essay Th. Fontanes, der gleich nach dem Tode des Dichters geschrieben und im Rodenbergschen »Salon« veröffentlicht wurde, entnehmen wir darüber folgendes ....« Fällt diese

Zubemerkung fort, so sieht es wie etwas Neugeschriebenes aus, was ich der Voss. Ztg. halber (die mir das übel nehmen würde) vermeiden muß.

In vorzügl. Ergebenheit

Th. Fontane.

*811. An Ernst Wichert*

*Berlin* 7. April 98.
Potsdamerstraße 134.c.

Hochgeehrter Herr Kammergerichtsrath.

Ihre Güte hat Ihr Neustes an mich gelangen lassen und ich danke Ihnen herzlichst dafür. Hineingekuckt habe ich schon; es liegt nach einer Seite hin für die ich immer ein besondres Interesse gehabt habe und so freue ich mich auf seine Lektüre.

In vorzüglicher Ergebenheit

Th. Fontane.

Bitte wegen der falschen Titulatur, die ich eben entdecke, um Entschuldigung.

*812. An Unbekannt*

Hochverehrte gnädigste Frau.

Ergebensten Dank für Ihre freundliche Einladung zum Sonntag.

Aber wir beiden Alten sitzen dermaßen im Feierabend- beziehungsweise Siechenhause, daß wir – wodurch der Sonnabend wohl wieder zu seinem Rechte kommt – der Tochter alle Repräsentation und Gesellschaftlichkeit überlassen müssen.

Die Frau ist krank, mindestens unsicher, und ich bin kaduck. Bei keiner Gelegenheit wird mir mein Alter so fühlbar, wie freundlichen Einladungen gegenüber, die mich bis noch vor Kurzem wie nichts andres beglückten, aber seit Jahresfrist fast nur noch ängstigen. Eine Art Platzkrankheit.

Ihre Güte wird uns entschuldigen, die wir in jedem Anbetracht die Leidenden sind.

Mit der Bitte, mich Ihrem Herrn Gemahl angelegentlichst empfehlen zu wollen, in vorzüglicher Ergebenheit

Th. Fontane.

Berlin
11. April 98.
Potsdamerstr. 134. c.

*813. An Wilhelm Hertz*

Sehr geehrter Herr Hertz.

Seien Sie schönstens bedankt für die 1000 Mark und die so liebenswürdigen Begleitzeilen. Daß der Wind dem »Sturme« günstig sein soll, was könnte mir lieber sein? Mit besten Wünschen für Ihr Wohl, in herzlicher Ergebenheit Ihr

Th. Fontane.

Berlin 12. April 98.

*814. An Ernst Heilborn*

Berlin, 25. April 1898.

Hochgeehrter Herr.

Ergebensten Dank für die Fahnen samt den freundlichen Begleitezeilen. Ihre Bedenken teile ich vollkommen. Wer ist Lepel? Und schließlich – für die Welt draußen – wer ist Fontane? Und einer wenigstens muß berühmt sein, der Beschriebene oder der Beschreiber. Versagen Beide, so heißt es: »wie heißt?« Trotzdem, ein paar freundliche Augen werden sich schon finden. Freilich, auch *zwei* Schwalben machen noch keinen Sommer.

In vorzüglicher Ergebenheit

Th. Fontane.

*815. An Friedrich Paulsen*

*Berlin* 25. April 98.
Potsdamerstraße 134. c.

Hochgeehrter Herr Professor.

Herzlichen Dank für Ihre Berncasteler Karte. »Ich komme von der Mosel her.«

»Quitt« das arme Buch, das vergessen bei Wilh. Hertz lagert, hat nun doch noch eine Zukunft. Denn »*ein* Leser« so sagte mir mal der alte Herr v. Thiemus, als er seine mehrbändige Geschichte der Musik geschrieben, – »ist unter Umständen schon viel.« Wenn ich Ihnen – diese Furcht überfällt mich eben – diese Thiemussche Geschichte schon mal erzählt haben sollte, so verzeihen Sie gütigst.

In Ihrem Kant-Buch bin ich erst bis S. 74. Das macht, daß ich krank wurde (bin's leider auch noch) und will deshalb, sobald es warm wird, nach dem »Weißen Hirsch« bei Dresden. Ihr Buch begleitet mich dahin. Es interessirt mich überall – ich habe auch weiterhin schon in schwierigere Stellen hineingekuckt – und es verlohnte sich vielleicht darüber nachzudenken, woher es kommt, daß die reine Kunst der Darstellung, auf den der ein Gefühl dafür hat, eine ähnliche Wirkung übt wie das Packende, das Sensationelle. Der geistige Mensch kann gerade so gekitzelt werden, wie der sinnliche. Sehr gut kann man es am Witz zeigen. Ein scharfgeschliffener und brillant vorgetragener Witz nimmt mich ganz so gefangen wie 'ne Mordgeschichte; – auch vor Vergnügen können einem die Haare zu Berge stehn.

In vorzüglicher Hochachtung

Th. Fontane.

*816. An Hans von Hopfen*

*Berlin* 28. April 98.
Potsdamerstraße 134.c.

Hochgeehrter Herr.

Herzlichen Dank für Ihre freundlichen Worte. Natürlich ist es mir eine Ehre mich mit Spruch und Namen eintragen zu können und erwarte das Album, das ich umgehend zurücksende. Wenn ich Sie nicht bitte, mich durch einen mir gütigst in Aussicht gestellten Besuch erfreuen zu wollen, so wollen Sie dies mit meinen Alterszuständen entschuldigen. Ich bin ziemlich kaputt und in meiner ganzen Herrichtung äußerst unrepräsentabel. Sobald das Wetter es zuläßt, will ich fort, um mich, wenn's noch geht, nach langer Winterkrankheit wieder aufzufrischen.

In vorzüglicher Ergebenheit

Th. Fontane.

*817. An Hans von Hopfen*

Besten Dank, hochgeehrter Herr, daß Ihre Güte mir Gelegenheit gegeben, das interessante Album zu durchblättern. Castelli, Karoline Pichler, Betty Paoli, Frau v. Weißenthurn, Lenau, sogar der furchtbare Saphir, – ihr naht euch wieder schwankende Gestalten.

In vorzüglicher Ergebenheit

Th. Fontane.

Berlin
2. Mai 98.

*818. An Friedrich Paulsen*

*Berlin* 12. Mai 98.
Potsdamerstraße 134. c.

Hochgeehrter Herr Professor.

Es ist doch wohl *Ihre* Güte, der ich die mir durch W. Hertz zugegangene Nummer der Deutschen Literaturzeitung mit Ihrer Besprechung Lehmann – Levinsteinschen Veröffentlichungen verdanke. Jeglichem, was Sie so knapp und so treffend sagen, stimme ich bei und nur in *einem* Punkte, der allerdings so ziemlich die Hälfte der ganzen Frage ausmacht, weiche ich ab. Sie legen den Accent drauf »daß die *Juden* nicht wollen« und durch Zweidrittel unsres Jahrhunderts hin, hat es wohl vielfach auch so gelegen; *jetzt* liegt es nach meiner Wahrnehmung so »daß die Christen erst recht nicht wollen.« Ich glaube auch zu wissen, woher das kommt. Wir standen bis 48 oder vielleicht auch bis 70 unter den Anschauungen des vorigen Jahrhunderts, hatten uns ganz ehrlich in etwas Menschenrechtliches verliebt und schwelgten in Emanzipationsideen, auf die wir noch nicht Zeit und Gelegenheit gehabt hatten, die Probe zu machen. Dies »die Probe machen« trägt ein neues Datum und ist sehr zu Ungunsten der Juden ausgeschlagen. Ueberall stören sie (viel viel mehr als früher) alles vermanschen sie, hindern die Betrachtung jeder Frage als solcher. Auch der Hoffnungsreichste hat sich von der Unausreichendheit des Taufwassers überzeugen müssen. Es ist, trotz all seiner Begabungen, ein schreckliches Volk, *nicht* ein Kraft und Frische gebender »Sauerteig«, sondern ein Ferment, in dem die häßlicheren Formen der Gährung lebendig sind, – ein Volk, dem von Uranfang an etwas dünkelhaftes Niedriges anhaftet, mit dem sich die arische Welt nun mal nicht vertragen kann. Welch Unterschied zwischen der christlichen und jüdischen Verbrecherwelt! Und das alles unausrottbar. Ein Freund von mir, Rath und Richter, aus einer angesehenen und reichen und seit 3 Generationen im Staatsdienst stehenden Judenfamilie, der längst verstorbene Vater orthodoxer Musterchrist, der Sohn selber klug und gescheidt und mit einem ehrlich verdienten eisernen Kreuz bewaffnet. Und doch Stockjude, *so* sehr, daß seine feine und liebenswürdige Frau blutige Thränen weint, bloß weil ihr Mann die jüdische Gesinnung nicht los werden kann. Es ist auch kein Ende davon abzusehn und es wäre besser gewesen, man hätte den Versuch der Einverleibung *nicht* gemacht. Einverleiben lassen sie sich, aber eingeistigen nicht. Und das alles sage *ich* (*muß* es sagen) der ich persönlich von den Juden bis diesen Tag nur Gutes erfahren habe.

In Ihrem Kant-Buche lese ich still und freudig weiter. Darüber bald mehr und zwar vom »Weißen Hirsch« (bei Dresden) aus, wohin ich in den nächsten Tagen abdampfe.

In vorzüglicher Ergebenheit

Th. Fontane.

*819. An Martha Fontane*

Berlin 13. 5. 98.

Meine liebe Mete.

Mama's Brief ist eben 9½ zur Post, ich will ihm aber, bestätigend, noch ein Nachwort geben.

Wenn Du – was mir aber sehr unwahrscheinlich – noch etwas sehr Hübsches, Anheimelndes, Preiswürdiges (auch *das* spielt mit, weil wir uns über verurschtes Geld ärgern) finden solltest, so miethe es, aber erst vom 1. Juni an. Auch dies Hinausschieben ist nöthig geworden: die Kälte, mein Buch, vor allem Mamas Befinden. Sie ist nicht krank, aber ganz ersichtlich *sehr* elend und grault sich vor jeder Aufgabe, die an sie herantritt.

Findest Du *nichts*, so nimm Deine Dresdenfahrt als einen Blasewitz- und Treutlerbesuch und kehre zu Deinen Penaten sammt Ofen zurück. Du triffst dann auch wohl noch Fr.

Reisen ist gut, aber reisen à tout prix ohne Rücksicht auf Leib, Seele und Thermometer, ist Blödsinn.

Empfiehl mich den theuren Treutlers angelegentlichst, Tante Johanna für ihre Marienbader Kur alles Beste von mir wünschend und gehe vor allem nicht davon aus, daß meine Gesundheit oder mein Wohlbefinden durchaus den ›Weißen Hirsch‹ oder die ›rothe Kuh‹ oder dem Aehnliches erheischt. Ich habe mich glücklicherweise so erholt, daß mir Königin Luise und der Riester von Fr. W. III vorläufig vollkommen genügt. Kommt große Hitze, so ändert sich das. Wie immer

Dein alter

Papa.

*820. An James Morris*

*Berlin*, d. 13. Mai 1898.
Potsdamer Str. 134 c.

Hochgeehrter Herr und Freund.

Es ist hohe Zeit, daß ich mich für eine ganze Fülle freundlicher Zusendungen bedanke. »The wide World« mit der sehr richtigen Versicherung »truth is stranger than fiction«, dazu »Country Life«, »Men of the Day« und Pictures of the Royal Academy – alles hat mich lebhaft interessiert. Die verschiedenen Porträts in »Men of the Day« sind vorzüglich gelungen, Balfours Kopf klug und ansprechend. Am meisten aber fesseln mich immer *die* Köpfe, die den nationalen Typus am frappantesten zum Ausdruck bringen, *so* beispielsweise von Professor Blackie (der richtige Scotsman) und Reverend Baring-Gould. Das Bildnis von Miß Faudel-Phillips (in »Country Life«) ist sehr anziehend; wohl eine schöne Jüdin, aber aus der Gruppe, wo die »Rasse« anfängt, sich nach der Umgebung zu modeln. In den Schlössern und schloßartigen Villen, die in »Country Life« als »to be let« angeboten werden, möchte ich meine Sommermonate nicht verbringen. Da ziehe ich kleine Tagelöhnerhäuser im schlesischen Gebirge mit Schweinestall und Misthaufen weit vor. Überhaupt, nur das Natürliche lockt mich, nicht das Aufgesteifte. Das »Vornehme« zu kultivieren, was ich durchaus gelten lasse, kann immer nur Aufgabe weniger sein. Es gehört ein Talent und ein Drill dazu, im Warwick-Castle angenehm leben zu können. Dazu kommt noch, daß die wirklichen Grandseigneurs auch nicht einmal an das »Vornehme« heran wollen. Prinz Friedrich Karl, der Sieger von Mars la Tour, wohnte im königlichen Schloß. Aber sieben Achtel des Jahres saß er in einer Bretterbude und schlief in einem Zimmer, drin kein Unteroffizier oder Policeman sich einquartieren würde. Besonderes Interesse haben mir wieder die »Pictures from the Royal Academy« gewährt, trotzdem ich keineswegs mit allem einverstanden bin. Obenan im Werte steht wieder das Landschaftliche, und zwar um so mehr, je mehr es alle Zutaten und Extras vermeidet. Die ganz einfachen Sachen, die nicht klüger und besser als Gainsborough sein wollen, sind die schönsten. So z. B. »Through the Forest« von C. E. Jonson. Die historischen Sachen sind meist langweilig, besonders die »Gordons und Greys bei Waterloo«. Alles, was an Patriotismus oder gar Chauvinismus appelliert, taugt nichts in der Kunst. Es gibt von dieser Regel nur wenig Ausnahmen. »James II. bei La Hogue« ist solche Ausnahme *nicht*. Das virtuose Überwinden von Schwierigkeiten schafft noch kein erfreuliches Bild.

Mit Politik will ich Sie heute nicht wieder quälen, obschon die Sachen zu meiner Freude so liegen, daß Deutschland bei Behandlung dieser diffizilen Dinge ganz ausscheidet. *Wir* haben keine Konflikte mit England und werden noch lange keine haben. Die relative Wertlosigkeit unserer Kolonien sichert uns vor Gefahren und kann höchstens zu einer lärmenden Kanonade von Leitartikeln führen. Es wäre schade, wenn um einer menschenfresserischen Insel im Pacific willen auch nur fünf Füsiliere totgeschossen werden sollten. England weiß denn auch recht gut, daß es so liegt, und ist nicht deshalb gereizt gegen uns, weil wir uns etwa habgierig oder feindlich verhielten, sondern einfach deshalb, weil wir freundschaftliche Dienstleistungen unterlassen. England sagt: »Wer nicht *für* mich ist, ist schon *gegen* mich.« Aber in diesem Punkt ist nichts zu ändern. »Die schönen Tage von Aranjuez« sind ein für allemal vorüber. Es wäre schließlich für England auch gleichgültig, wenn Rußland nicht wäre. Der Moment ist nah, wo die Weltherrschaft an den weißen Zaren abgetreten werden muß. Eigentlich ist der Moment schon da. Nichts komischer als Harcourts Reden, der den armen Salisbury für all das verantwortlich machen will. Niemand ist dafür verantwortlich als die Weltgeschichte. Nichts dauert. Was ist aus dem Spanien Karls des Fünften geworden! Und schließlich ist doch alles gerecht. Wie immer Ihr

Th. Fontane.

*821. An Gustav Keyßner*

*Berlin* 14. Mai 98.
Potsdamerstraße 134. c.

Hochgeehrter Herr.

Dreifach habe ich Ihnen zu danken: für Brief, Kritik, Essay. Zu meiner Freude habe ich überall wahrgenommen, wie gleich wir in allen von Ihnen berührten Fragen empfinden, ganz besonders in den künstlerischen. Allem stimme ich zu, was Sie über die Vorgänge in der bairischen Kammer sagen, am meisten da, wo Sie mit den Herren Kohl und Lerno und deren Anschauungen über das »Schöne« ins Gericht gehen. Wir haben, auch vom Centrum und den assistirenden Orthodoxen ausgehend, im Reichstag dieselben Debatten gehabt und sind da denselben Anschauungen, demselben

Quatsch begegnet. In andern Ländern ist es, trotzdem die Romanen ein angeboren feineres Gefühl für derlei Dinge haben, nicht viel besser; aber *das* ist gewiß, daß es bei den Deutschen ganz besonders schlimm steht. Mein neuer dickleibiger Roman, dessen Sie so freundlich erwähnen, beschäftigt sich fast ausschließlich mit dieser Frage; Dynastie, Regierung, Adel, Armee, Gelehrtenthum, alle sind ganz aufrichtig davon überzeugt, daß speziell wir Deutsche eine sehr hohe Kultur repräsentiren; ich bestreite das; Heer und Polizei bedeuten freilich auch eine Kultur, aber doch einen niedrigeren Grad und ein Volk und Staatsleben, das durch diese zwei Mächte bestimmt wird, ist weitab von einer wirklichen Hochstufe. Sehr amüsirt hat mich, was Sie gegen Kohl sagen, der nicht in den Uhdeschen Himmel will. Als ich noch ganz jung war, wurde ich von einem mir befreundeten ältren Geistlichen wegen meines »Gott's« ausgelacht; er (*mein* Gott) ist mir aber auch heute noch mindestens so lieb, wie der meines Auslachers; meiner ähnelte Friedrich dem Großen, der andre war mehr Torquemada.

Von Zügel (der ein schlichtes, aber sehr ansprechendes Gesicht hat) wußte ich noch nichts; ich habe Ihren kleinen Essay über ihn mit großem Vergnügen gelesen. Das einzige Bild, das ich leise beanstanden möchte, wiewohl ich oder vielleicht *weil* ich ganz seine Bedeutung erkenne, ist die Lämmer-Studie (Abbildung 7.) Sie finden das alles graziös, davon ausgehend, daß man, wenn man die Natur trifft, auch das Schöne oder wohl gar die Grazie treffen muß. Es ist möglich, daß Sie recht haben, aber es ist mir nicht sicher; mein Gefühl ist zu*nächst* gewiß dagegen. Aber dies kann freilich daran liegen, daß das Gefühl der sogenannten gebildeten Menschen *ver*bildet ist und daß man sich das Auge, das alles Naturgeschaffene schön zu finden weiß, zurückerobern muß. Es ist und bleibt eine sehr schwierige Frage. – Sehr schön ist »Schwere Arbeit«; es macht durch ein schwer zu definierendes Etwas (wohl vorzugsweise durch den Ton des Landschaftlichen) einen größeren Eindruck auf mich als das schöne Bild der Rosa Bonheur. – Ich reise morgen und bin den ganzen Sommer über, mit Ausnahme des Juli, fort. Würde mich natürlich sehr freun, wenn ich Sie während des Juli hier begrüßen könnte. Ihre Güte, wenn Sie um die Zeit hier sind, läßt mich aber wohl auf einer Karte wissen: »ich komme den und den Tag, die und die Stunde.« Sonst ist es mit dem Treffen immer unsicher.

In vorzüglicher Ergebenheit

Th. Fontane.

*822. An Friedrich Paulsen*

Herzlichen Dank!

Da Sie's nicht waren, hochgeehrter Herr, so kann es nur der alte Wilhelm (aber mit dem Zunamen Hertz) gewesen sein.

Das tomber en jeunesse, so hübsch es ist, weckt doch sehr widersprechende Gefühle. L. Pietsch renommirte mir mal was vor von seiner Kraft und Jugend. Die alte Pietschin (Hünenweib) stand daneben und sagte: »Jott, Sie sollten ihn man zu Hause sehn.« Das hat sich mir tief eingeprägt.

Unsre Zofe, sonst von feinem Instinkt, hat diesmal versagt; sie war aber auch beschämt.

In vorzügl. Ergebenheit

Th. Fontane.

Berlin
15. Mai 98.

*823. An Martha Fontane*

Berlin 16. Mai 98.

Meine liebe Mete.

Uebermorgen (Mittwoch) also fort von hier, mit dem Mittagszuge, so daß wir 4 Uhr 27 auf dem Altstädter großen Bahnhof einzutreffen und Dich dort zu finden hoffen. Die Frage von Alt- und Neustadt, Berliner oder böhmischer Bahnhof, aussteigen auf der Loschwitz- oder Blasewitz-Seite, – alle diese durch Mama immer noch confundirten Fragen, werden dann durch ›reine Beobachtung‹ wohl endlich gelöst werden.

Von K.E.O. haben wir nichts gehört; ihn zu einer Plauderstunde invitiren, wäre vielleicht ziemlich, ja vorgeschrieben, aber Mama ist so klapprig, daß sie vor allem erschrickt, was in der Phantasie vor ihr steht; ist er mit einem Male da, so liegt in dem Thatsächlichen auch zugleich was Beruhigendes. So lange Du bei Tr.'s warst, wird eure Correspondenz Schwierigkeiten gemacht haben.

Schlegel, ohne das Wangenheimsche Musikfräulein mit einzurechnen, ist ein großer sächsischer Kunst- und Literatur-Namen. Der Vater der berühmten Schlegels (es waren alles in allem 4 oder 5 Brüder) war ein sächsischer Pastor, daher die Söhne so höchst unpastoral.

Ich war heute bei Geh.R. Lessing; er berückend liebenswürdig, so daß es mich beinah rührte. Manches davon kann ich Dir erzählen, vorausgesetzt, daß Du ein Ohr dafür hast.

Den lieben Treutlers, allen vorauf Tante Johanna, empfiehl mich angelegentlichst.

Portier Bickner wird in den nächsten Tagen das Lokal verlassen. Große Streitscene. B.'s Hauptausruf war: ›ja wer bezahlt mir nu die *Brüche*, die ich mir in Ihrem Dienst geholt habe?‹ *Herrlich.* ›Ach was. Sie hatten immer einen Bruch.‹ Realisten-Dialog!

Wie immer Dein alter

Papa.

*824. An Friedrich Stephany*

*Berlin*, d. 17. Mai 1898.
Potsdamer Straße 134.c.

Hochgeehrter Herr.

[...] Gegen Nora bin ich sehr, auch gegen andere Ibsengestalten, aber für einen Bekehrten dürfen Sie mich doch nicht halten. Ich bin Ibsen gegenüber fast ganz unverändert geblieben. In vorderster Reihe stehen doch Bewunderung und Dank, denn er ist ein großer Reformator unseres Bühnenwesens gewesen. Er hat neue Gestalten und vor allem eine neue Sprache geschaffen. Daß unter den Gestalten viele aus der Retorte sind, darf man ihm nicht so übelnehmen. Dafür war er – Apotheker.

In vorzüglicher Ergebenheit

Th. Fontane.

*825. An Friedrich Paulsen*

[Postkarte. Poststempel: Weißer Hirsch. 23. V. 1898]

Herzlichen Dank, hochgeehrter Herr Professor, für die Briefe Friedrichs des Großen, die mir sehr gut ausgewählt scheinen, weil – was doch nach einer Seite hin wichtig ist – jeder an die Reihe kommt. Ich bin eigentlich, weil sie Augenpulver sind, gegen die Reclamschen Ausgaben, hier ist aber der Kleindruck so vorzüglich wie er sein kann. – Was über Gladstone jetzt überall gesagt wird, erinnert mich wieder an den großen König; groß ist doch schließlich nur wer die Menschheit um ein paar Kilometer weiter bringt. In vorzügl. Ergebenheit

Th. Fontane.

*826. An Friedrich Fontane*

[Postkarte. Poststempel: Weißer Hirsch. 25. V. 98.]

Mein lieber Friedel.

Fl. wird es mir hoffentlich nicht übelnehmen, dass ich ihn bez. die Firma um das jus Imprimatur (muthmasslich ein sehr zweifelhaftes Latein) gebracht habe. Mich bestimmte der Wunsch nach möglichst rascher Erledigung. – Zum Fest also erwarten wir Dich, hoffentlich bei schönem Pfingstwetter. – Theo schrieb heute; halb Idyll (die Geburtstagsfeier) halb Sturm im Glase Wasser wegen der Ernennung von L. Wie immer

Dein alter Papa.

*827. An Richard Sternfeld*

[Postkarte. Poststempel: Weißer Hirsch. 28. V. 1898]

Hochgeehrter Herr. Seien Sie schönstens bedankt für Ihren freundlichen Gruß aus dem Bodethal, an das ich oft mit besonderer Freude zurückdenke. Aus vielen Gründen. Wegen Cécile, aber noch mehr wegen Effi Briest. Als ich auf dem Zehnpfund-Balkon an einem kleinen Marmortisch mein Abendbrod verzehrte, stand an der Balkonbrüstung ein englischer Backfisch, ganz so aussehend wie ich Effi im 1. Kapitel geschildert habe. Da hatte ich denn die Gestalt, die ich brauchte. Herzlichste Grüße Ihnen und Frau Gemahlin. Wie immer Ihr

Th. F.

*828. An Friedrich Paulsen*

*Weißer Hirsch* b. Dresden
1. Juni 98.

Hochgeehrter Herr Professor.

Ihr Kant-Buch hat mich hierher begleitet und Vormittags, wenn mich Ozon und Sonne ein wenig über mein eigentliches Maß erheben, wage ich mich an mundus sensibilis und mundus intelligibilis heran. Einen Tag dacht' ich auch schon: »ich hab' es.« Aber es war eine Täuschung. An der einen oder andern Stelle glaubte ich nämlich herausgelesen zu haben, daß Kant der kritischen oder philosophischen Beschäftigung mit den Sinnlichkeiten die Methode entnommen habe, der wirklich wirklichen Welt siegreich auf den Geistesleib zu rücken und darin schien mir was Neues und Großes zu liegen: Erkenntniß des Intelligiblen gestützt auf eine vorher gewonnene Erkenntnißtheorie des Sensiblen. Aber bald mußte ich mich überzeugen, daß es so ziemlich gerad' umgekehrt läge und alles vielmehr darauf hinauslaufe, beiden Welten a priori beizukommen, der sensiblen Welt mit apriorischen Berechnungen oder auch bloß Annahmen und Vermuthungen, der intelligiblen Welt mit apriorischen Ideen. Ich konnte mich, nachdem das Erste gefallen war, auch in diesem Zweiten zurecht finden, aber leider zu sehr, so daß mir die diesem Satze zugemessene hohe Bedeutung, als wäre eine neue Welt entdeckt, nicht recht einleuchten wollte. Verblieb mir schließlich nur noch die Annahme, daß das was ich verstanden zu haben glaubte, von mir mißverstanden oder in Folge völliger Unvertrautheit mit diesen Dingen, in seiner tieferen und eigentlichen Bedeutung gar nicht erkannt worden sei. Da konnte denn nicht ausbleiben, daß sich meine ursprünglich freudige Stimmung in eine wehleidige verkehrte, in eine aufrichtige Trauer darüber, in dieser höheren und feineren Welt nicht mitzukönnen. Die große Klarheit und Uebersichtlichkeit, mit der Sie, nach Historiker-Art, (viele lassen einen freilich im Stich) den Ihnen gegebenen Stoff aufbauen, hatte mich eine kurze Weile glauben lassen, ich könnte nicht bloß diesem Ihrem Aufbau, sondern auch den Kantischen Bausteinen in ihrem innersten Sollen und Wollen folgen. Aber damit bin ich in der Hauptsache gescheitert. Ob es an meinem ganz unphilosophischen Kopf gelegen oder ob sich nur der alte Satz bestätigte: »was Hänschen nicht lernte, lernt Hans nimmermehr«, – ich weiß es nicht.

Letzten Sonnabend habe ich auch S. Sängers' Besprechung Ihres Buches gefunden. Wo er sich über die Vorzüge desselben und zwar augenscheinlich in größter Aufrichtigkeit verbreitet, ist alles schön und gut, wo aber (etwa auf der Mitte der 2. Spalte) die schwierigen Stellen kommen, hat er mir in meiner Noth auch nicht weiter geholfen. König Max von Baiern, der wohl sein Lebelang in ähnlich trauriger Lage war wie ich, soll, seinen Philosophen gegenüber immer den Wunsch geäußert haben: »ich hätte diese Sache sammt ihrer Lösung gern in einem Distichon.« So ruf' ich echt dilettantisch auch, in meiner Sehnsucht nach einem die letzten Dinge bequem aufschließenden Schlüssel.

In vorzüglicher Ergebenheit

Th. Fontane.

*829. An Georg Friedlaender*

Weißer Hirsch bei *Dresden*
2. Juni 1898.

Hochgeehrter Herr.

Während Sie muthmaßlich vor einer Prinzessin Hochzeit stehn, vielleicht sogar als ein literarischer Helfer und Berather herangezogen werden, sitze ich mit Frau und Tochter im »Weißen Hirsch« und genieße die Sommerfrische, die diesmal freilich etwas frischer als nöthig ist. Wir frieren Stein und Bein und werden erst warm, wenn wir bald nach 9 unter das Deckbett kriechen. Die, die kein richtiges Deckbett haben, behelfen sich mit aufgethürmten Ueberziehern. Trotz dieser Kälte gefällt es uns sehr, weil wir uns in unsren Nerven erquickt und gestärkt fühlen. Dr. Lahmann, der hier haust und herrscht, hat sich den Platz gut ausgesucht. Alles ist hier lahmannsch, auch die eingeborene Bevölkerung, so daß alles nacktbeinig umherläuft oder nur kleine, fast sandalenhafte Schuhe trägt; Strümpfe, bei der Mehrzahl der Kinder, ganz ausgeschlossen. Dies wirkt aber nicht häßlich oder ärmlich, sondern umgekehrt graziös. Frau und Tochter wollen von dem »Sächsischen«, das hier blüht, nichts wissen; ich bin aber nach wie vor davon eingenommen; daß der Volkscharakter gut sei, will ich nicht behaupten, aber alles vertritt einen Grad von Manierlichkeit, der bei uns doch noch vielfach fehlt. Alte Kultur ist kein leerer Wahn. Daß sie hier gegen alles Preußische gereizt sind, kann ich ihnen nicht verdenken; die Preußen geriren sich als die Ueberlegenen und sind es doch vielfach nicht.

Wir sind schon 14 Tage hier und waren noch nicht einmal in Dresden, kommen vielleicht überhaupt nicht hin, da das Stillsitzen uns am meisten behagt. Also ganz Fortsetzung unsres Berliner Lebens, das sich um Wrangelbrunnen und Luiseninsel herum abspielt. Das Lokal von Werthheim oder Werthheimer habe ich noch immer nicht gesehn, trotzdem es nur hundert Schritt vom Leipziger Platz liegt, und um die 20 Theater kümmre ich mich schon lange nicht mehr. Unser Plan geht dahin, bis 1. Juli hier festzusitzen und dann auf etwa vier Wochen nach Berlin zurückzukehren. Bei Schluß der Ferien oder noch früher, möchten wir an den Rhein, entweder an einen der reizenden kleinen Rheingauörter oder vielleicht nach Baden-Baden. Kommt dies zu Stande, so wird aus Karlsbad nichts. Ich bin aber keineswegs sicher, daß es so verläuft; meine Frau, zur Zeit in relativ sehr guter Verfassung, kann in dem Malaria-Berlin, zumal im Juli, leicht eine

Leberattacke kriegen und dann müssen wir wieder an den Mühlbrunnen. In meinem nächsten Briefe kann ich darüber vielleicht schon Bestimmteres schreiben. Oder sage ich lieber in meinem *zweit*nächsten, denn den nächsten – als Begleitschreiben zu meinem etwa in der Mitte des Juni erscheinenden Buche (Fortsetzung der »Kinderjahre«) – erhalten Sie sehr bald.

Wie geht es bei Ihnen? Was macht die hochverehrte Frau? Kuckt die Koppe noch auf Schmiedeberg und Neuhof und kuckt der alte Neuhöfer noch nach der Koppe hinauf?

Mit den besten Wünschen für Ihr und all der Ihrigen Wohl, in vorzüglicher Ergebenheit Ihr

Th. Fontane.

*830. An James Morris*

*Weißer Hirsch* bei Dresden,
3. Juni 1898.

Hochgeehrter Herr und Freund.

Als ich gestern eben meinen Brief zur Post gegeben hatte, kam Ihre neue freundliche Sendung: »Illustrated London News.« Ich kriegte beim Durchlesen kleine Gewissensbisse, wenn ich mir vergegenwärtigte, wieviel Ketzerisches ich unmittelbar vorher über das Illustrationswesen oder -unwesen geschrieben hatte. Zurücknehmen kann ich es freilich nicht, aber ich muß es doch einschränken, schon aus Klugheit, um Ihrer freundlichen Zusendungen, denen ich so viel Anregendes verdanke, nicht verlustig zu gehen. Ich war, als ich schrieb, noch ganz unter dem Eindruck der zwei Riesenbilder in den »Evening News«: die Prozession nach der Kirche hin und der Gottesdienst in der Kirche. Auf beide Bilder passen, glaub' ich, meine Bemerkungen. Beide Bilder geben mir gar nichts. Ich sehe das Äußere und das Innere einer gotischen Kirche, drauf sich ein Zug zu bewegt und nachher auf Bänken sitzt. Das ist alles. Es belehrt mich nicht, es erhebt mich nicht, es unterhält mich auch nicht einmal. Denn es ist einfach langweilig. Ich bewundere nur ein äußerliches virtuoses Machenkönnen, aber das ist mir zu wenig.

Anders mit den »Illustrated London News«. Einzelnes freilich, wie beispielsweise »Newspaper-Correspondents waiting outside Mr. Gladstones window« wirkt beinah komisch und »Reading Telegramms from royal and *other* personages« fast noch mehr. Aber daneben sind Sachen voll Schönheit, Rührung und Interesse (nur nicht die umbrellas). Am meisten Eindruck haben die vier »Appreciations in parliament« auf mich gemacht, erst das Bild, noch mehr die zitierten Worte. Von Freund und Feind *so* gefeiert werden, das ist das Schönste, was einem Menschen passieren kann. Und die Welt, die draußen steht, stimmt ein. Für die bloßen »Machthaber« liegt in dem Ganzen eine Lehre.

Lebhaft interessiert haben mich auch zwei Köpfe: in »Evening News« der Kopf von Dean Bradley und in den »Illustrated London News« der Kopf von Ihrem Kollegen Dr. W. Murray Dobie. Er hat mehr ein staatsmännisches als ein ärztliches Gesicht und erinnert mich an einen Minister aus der Canning- und Lord Melbourne-Zeit. Täuscht mich nicht alles, so ist es der *jugendliche* Palmerston, der mir vorschwebt.

Dies alles wollte ich Ihnen doch noch schreiben, um mich nach Möglichkeit zu exkulpieren.

In vorzüglicher Ergebenheit

Th. Fontane.

*831. An Otto Brahm*

*Weißer Hirsch* bei Dresden,
d. 10. Juni 1898.

Hochgeehrter Herr und Freund.

Unsere Seelen, wenn wir Ihrer gedachten (was häufiger vorkommt), suchten Sie natürlich in Lugano. Und nun vom Lido einen Gruß und auf einer Karte, von der eine zufällig anwesende Sächsin *sofort* höchst gebildet versicherte, »das sei der Palast Vendramin«. Ich glaub' es aber nicht und habe einen andern in petto.

Vor drei, vier Tagen brachte uns eine Notiz in der »Vossin« in große Aufregung, eine Kraftäußerung, die sich die »Vossin« nur selten gönnt. Und dann aus Versehen oder zufällig. Wir lasen nämlich, daß einer Ihrer Berliner Direktoralbrüder Fräulein Hansi *Resi* oder Resi Hansi engagiert habe. Meine Frau, die sich halb ernsthaft einbildet, diesen Stern entdeckt zu haben, gebärdete sich, als ob Ihnen durch dies Engagement über Ihren Kopf weg ein Vermögen entgangen sei. Mindestens »unlauterer Mitbewerb«.

Diese Zeilen werden Ihnen vielleicht nach irgendeinem schönen und stillen Erdwinkel hin nachgeschickt. Aber dafür wenigstens werde ich Sorge tragen, daß ein siebenhundert Seiten dickes Buch (eben erschienen) in der Nähe des Luisentores angehalten und am Einbruch in Ihre friedlichen Sommergehege gehindert wird.

Unter den verschiedenen Dresdner Damen, die uns gelegentlich besuchen, war eines Tages auch Frau Gerhart Hauptmann in Begleitung eines ihrer Söhne. Ich hätte vielleicht an den Tränenkrug gedacht, wenn er nicht so kolossal gesund ausgesehen hätte. Die Frau selbst *sehr* liebenswürdig. Frau und Tochter grüßen.

Wie immer Ihr

Th. Fontane.

*832. An Friedrich Fontane*

[Dresden], 14. Juni 1898

[...] Dem trojanischen Pferd, mit Briefen vollgestopft um Stadt und Land zu erobern, muß ich noch einen Brief folgen lassen, weil ich eine relativ wichtige Sache vergessen habe. Alle die auf den Briefadressen Genannten müssen ein *gebundenes* Exemplar kriegen.

Da mir nun – wenn überhaupt – wohl nur zehn gebundene Exemplare zustehn werden, so bitte ich auch gleich den Betrag für *weitere* zehn gebundene von den berühmten 200 Mark der Vossin abzuziehn. Es ist mir lieb, wenn das alles ganz scharf geschäftlich abgewickelt wird. [...]

*833. An Ludwig Pietsch*

*Weißer Hirsch* b. Dresden.
15. Juni 98.

Theuerster Pietsch.

Anbei mein Neuestes (etwas dickleibig) das ich Ihnen zu Gnaden unterbreite. Vielleicht finden Sie auf einer der weinumsponnenen und vor Jahr und Tag so reizend beschriebenen Rüdesheimer Veranden – ich glaube, es *war* Rüdesheim – Lust und Zeit einen Blick hinein zu thun. Unter Empfehlungen an Fräulein Jenny, mit besten Wünschen für Ihr Wohl, wie immer Ihr

Th. Fontane.

*834. An Erich Schmidt*

*Weißer Hirsch* bei Dresden,
d. 15. Juni 1898.

Hochgeehrter Herr Professor.

Die Ferien rücken heran, und die Kofferplatzfrage wird immer ängstlicher und bedrohlicher. In solchem Moment noch mit einem

Buche von *diesem* Umfange kommen, ist kaum zulässig; aber Ihre Güte wird es verzeihen.

Hier im »Weißen Hirsch« ist es reizend, besonders seitdem wir uns »selber kochen«. Ich bin mit allem Sächsischen einverstanden, schon um der Manierlichkeit der Leute willen. Aber mit der sächsischen Küche, die namentlich in Saucen an dem alten Prinzip der Mehlpampe festhält, kann ich mich nicht einverstanden erklären. Die Luft ist herrlich, und ich habe mich über Erwarten erholt.

In diesem Gefühl einer gewissen Aufmöblungsmöglichkeit liegt doch immerhin ein Trost. »Noch am Grabe usw.« In vorzüglicher Ergebenheit

Th. Fontane.

*835. An Friedrich Spielhagen.*

Weißer Hirsch b. Dresden, 15. Juni 98.

Hochgeehrter Herr.

Gestatten Sie mir in Beifolgendem mein Neustes überreichen oder richtiger vielleicht (mit Rücksicht auf seinen Umfang) in's Haus wälzen zu dürfen. Denn in der Zeit der höchstens 20 Bogen-Bücher *ist* es ein Wälzer.

Einzelne der Tunnelkapitel wecken mit alten Erinnerungen vielleicht auch ein freundliches Interesse.

In dieser Hoffnung, zugleich
in vorzüglicher Ergebenheit

Ihr
Th. Fontane.

*836. An Maximilian Harden*

*Weißer Hirsch* b. Dresden
15. Juni 98.

Hochgeehrter Herr.

In Beifolgendem bitte ich Ihnen mein Neustes überreichen und Ihnen bei der Gelegenheit, nicht aus Rechthaberei sondern aus Friedensbedürfniß und gutem Gewissen, noch einmal versichern zu dürfen, daß meine Haltung in der bekannten Sache keine Spur von dolus oder auch nur Herauswinderei zu Grunde lag. Alles so, wie ich's Ihnen schrieb und ich nehme an, Sie glauben's und nicken zustimmend. In vorzüglicher Ergebenheit

Th. Fontane.

*837. An Friedrich Fontane*

Weißer Hirsch bei Dresden, 16. Juni 1898

Mein lieber Friedel.

Heute früh – am Wahl- und Schlachttage, der nach der Vossin auf lange hin über Wohl und Wehe der Menschheit entscheiden wird, nach meinem Dafürhalten aber zu den gleichgültigsten und wahrscheinlich auch langweiligsten Tagen der Weltgeschichte gehört – empfing ich Buch und Karte. Sei bestens bedankt. Ich fing gleich tapfer an zu lesen, habe wenigstens 150 Seiten bewältigt und bin bis jetzt noch keinem schrecklichen Druckfehler begegnet. Im Gegenteil, verhältnismäßig alles sehr gut; habe also alle Ursach, mit Bonde zufrieden zu sein. Auch der Einband gut (klappt vorzüglich auf), und die Dicke des Ganzen stört nicht, weil jede einzelne Seite klar, gefällig, übersichtlich wirkt. Mama rührt mich dadurch, daß sie mit allem, was *sie* betrifft, einverstanden ist und an dem »Mächen mit de Eierkiepe« und Ähnlichem keinen Anstoß nimmt, was ich anfangs fürchtete. Für einen *richtigen* Leser – und nur auf solche kann ich Rücksicht nehmen – ist gerade diese Jugendschilderung eine vollständige Verherrlichung.

Den ganzen Tag über habe ich Dich neben der »Wahlurne« sitzen sehn – ein Anblick für Götter. Dieser ganze Wahlkrempel kann unmöglich der Weisheit letzter Schluß sein. In England oder Amerika vielleicht oder auch gewiß, aber bei uns, wo hinter jedem Wähler erst ein Schutzmann, dann ein Bataillon und dann eine Batterie steht, wirkt alles auf mich wie Zeitvergeudung. Hinter einer Volks*wahl* muß eine Volks*macht* stehn, fehlt *die*, so ist alles Wurscht. – Ettlinger hat sich für morgen vormittag bei mir angemeldet. Er wohnt in Villa Stella; mög es ihm ein *guter* Stern sein.

Beste Grüße an Fleischel. Wie immer

Dein alter
Papa

*838. An Robert Bosse*

Ew. Excellenz

bitte ich in Beifolgendem mein eben erschienenes Buch »Von Zwanzig bis Dreißig« überreichen zu dürfen.

Einzelne Kapitel, die sich weniger mit meiner Person, als ganz allgemein mit dem literarischen und auch politischen Berlin der 40er Jahre beschäftigen, geben mir den Muth dazu.

Das Beste, worüber das Buch verfügt, ist wohl seine heitere Grundstimmung. Aber daß ich diese meiner Erzählung geben konnte, *das* gerade verdanke ich Ew. Excellenz Wohlwollen, das für den Rest meiner Tage die Sorge von mir nahm.

In vorzüglicher Ergebenheit

Ew. Excellenz gehorsamster
Th. Fontane.

Weißer Hirsch
bei Dresden.
18. Juni 98.

*839. An Friedrich Fontane*

Weißer Hirsch bei Dresden, 21. Juni 1898

Mein lieber Friedel.

Habe Dank für Deine 2 Karten; gib den Dank auch nach richtigen Prozentsätzen an die zwei Mitunterzeichner der Spreewaldkarte weiter – die Namen beider zu entziffern ist unsren vereinten Anstrengungen nicht geglückt. Daß Du auf Deiner Tour Begleiter hattest, ist ein Glück; so als Singleton von Lehde bis Leipe gondolieren ist immer langweilig.

Heute ist endlich schönes Wetter, freilich sofort wieder schwül und noch dazu mit Mücken. Über 8 Tage werden die Zelte abgebrochen, sechs Wochen ist auch genug.

Antworten auf meine Schreibereien habe ich erst ein paar erhalten: Frau Sternheim, Paulsen, Lessing, Theo. Der arme Lessing ist recht elend; er will nach Tarasp, um wieder zu Kräften zu kommen. Theo hat mir 2mal geschrieben; sehr nett. Er findet, daß Heyse zu kurz gekommen ist, und Mama und Martha stimmten gleich mit ein. Sie alle (auch Theo) betrachten solche Schreiberei wie Sache der Freundschaft, der Courteoisie etc. Das geht aber nicht. Von Courteoisie ist in dem ganzen Buche nicht die Rede; *das,* überlasse ich denen, denen dergleichen Spaß macht. Natürlich hat man auch in bestimmten Fällen Rücksicht zu nehmen, so ich, wie nicht bestritten werden soll, Heyse gegenüber. Aber solche Rücksichten *habe* ich auch genommen; ich habe nur Anerkennendes, Schmeichelndes, Huldigendes über ihn gesagt; noch weiter gehen konnte ich nicht, denn so klug, so fein, so geistvoll, so äußerlich abgerundet bis zur Meisterschaft er ist, so ist doch die Kluft zwischen ihm und mir *zu* groß, um meinerseits mit Ruhmesdithyramben über ihn losgehen zu können. Er hat seinen Platz in der Literatur, was schon sehr viel ist; aber ein Eroberer ist er nicht. Wie immer

Dein alter
Papa

*840. An Ludwig Pietsch*

*Weißer Hirsch* b. Dresden.
27. Juni 98.

Theuerster Pietsch.

Für 2 so überaus liebenswürdige Briefe, wie sie nur, aus allen möglichen Gründen, von Ihnen kommen können, meinen herzlichsten Dank. Buch und Verfasser können sich nichts Besseres denken, als von Ihnen unserm guten Berlin vorgestellt zu werden.

Und nun die Fehler und – Storm. Ich werde, wie's so schön heißt, ›Remedur schaffen‹, sobald es geht. Was die Fehler angeht (ganz obenan die Juni-Schlacht-Geschichte) so bemerkte die holde Gattin: ›ich begreife nicht, wie einem, der *so* lange daran herumdruckst, so was immer wieder passiren kann.‹ Ich schwieg kleinlaut, weil ich mich ja außerdem noch für einen ›Historiker‹ halte. Beinah im Ernst.

Bei Storm mache ich, so wie es zu einem Neudruck kommt, eine Anmerkung und exercire nach. Ich habe die reizenden Stellen über das Leben in Heiligenstadt noch lebhaft in Erinnerung! Daß der Hinweis darauf in dem Buche fehlt, kann ich nur damit entschuldigen, daß der Artikel in seinem Haupttheile wohl schon 10, mindestens 7 Jahre alt ist und daß ich bei dem Abdruck in der Rodenbergschen ›Rundschau‹, das Hineinarbeiten von Neuhinzugekommenem vertapert habe.

Nochmals herzlichen Dank.

Wie immer Ihr
Th. Fontane.

*841. An Ludwig Pietsch*

*Berlin* 29. Juni 98.
Potsdamerstraße 134. c.

Theuerster Pietsch.

Gestern Abend bin ich retournirt, heute früh avancirt. Seien Sie herzlichst bedankt. Es ist ein Kabinetstück, wobei ich mir bewußt bin, daß meine Freude daran nicht bloß ein Kind empfangener großer Freundlichkeiten, sondern zugleich ein aesthetisches Produkt ist. Gelobtwerden ist immer gut, aber den Ausschlag giebt doch das ›wie.‹ Ganz besonders dankbar bin ich Ihnen für den Hinweis darauf, daß ich andern zu Leibe rücke, mir selbst aber *auch.* Und hätte ich meiner Neigung folgen können, so wäre ich noch ganz anders gegen mich losgegangen, denn inmitten aller Eitelkeiten, die man nicht los wird, kommt man doch schließlich dazu, sich als etwas sehr Zweifelhaftes anzusehn. ›Thou comest in such a questionable shape.‹

Nochmals allerschönsten Dank. Ich rangire es unter früher erfahrene Liebesthaten ein, aber nicht unten oder in die Mitte, sondern obenan. In herzlicher Ergebenheit

Th. Fontane

*842. An Friedrich Stephany*

Berlin, 29. Juni 1898.

Hochgeehrter Herr und Freund.

Vor dem Verfasser habe ich schon geknixt, aber auch bei Ihnen will ich mich für die hergeliehene Spalte bedanken. L. P. hat sich selbst übertroffen, indem er, alles berührend, höchst liebevoll über das Ganze schrieb und doch – so weit ich urteilen kann – alles Superlativische vermied.

Seit gestern Abend sind wir zurück; es waren sehr schöne Wochen, weit über Erwarten hinaus. *Sie* haben sich derweilen mit den Wahlen abquälen müssen, denen glücklich entgangen zu sein, ich als eine Segnung preise. Das Blechgeschirr in dem wir kochten, rührte von einem in unserer Nähe wohnenden Klempnergesellen her, der es bis auf 20 Millionen gebracht hat, und das Brot das wir aßen stammte von einem 3mal verkrachten Bäckergesellen, jetzt 70-fachen Millionär. Er ist der reichste Mann im ganzen Königreich Sachsen und mehr als ein Doppel-Bleichröder.

Das waren so meine Erlebnisse. Herzlichste Grüße wie immer Ihr

Th. Fontane.

*843. An Gustav Keyßner*

*Berlin* 1. Juli 98.
Potsdamerstraße 134.c. III.

Hochgeehrter Herr.

Ergebensten Dank für Ihre freundlichen Zeilen. Seit 2 Tagen bin ich aus der Sommerfrische (Weißer Hirsch) zurück und freue mich aufrichtig Sie begrüßen zu können. Also Montag zwischen 1 und 2.

In vorzüglicher Ergebenheit Ihr Th. Fontane.

*844. An Georg Friedlaender*

[Postkarte. Poststempel: Berlin W 7. VII. 98]

Schönsten Dank für das Heftchen, dem ich guten Absatz und den gewünschten Erfolg wünsche. Seit gerade 8 Tagen sind wir zurück. Ich stecke bis über die Ohren in der Correktur meines »Stechlin«; vor grad einem Jahr hatte ich den Roman für den *Blatt*-Abdruck, jetzt ihn, für sein Erscheinen als *Buch*, zu corrigiren. Hundearbeit! Bitte lesen Sie doch die »Zukunft« vom 25. Juni. Bemerkenswerth; ein bischen im Stil der Juniusbriefe. Wie immer Ihr

Th. F.

Ich schreibe bald; von Schraders Tod las ich in der Zeitung.

*845. An Hermann Sommerfeldt*

*Berlin* 13. Juli 98.
Potsdamerstraße 134. c.

Mein lieber Sommerfeldt.

»Ja, wo feiert Schwager Sommerfeldt seinen Geburtstag?« Diese Frage wurde neuerdings viel ventilirt. Seit gestern aber, wo wir in der Vossin lasen, daß bergabwärts ein Dammbruch oder eine Rutschung stattgefunden hat, steht es uns fest, daß Du als eine Art Harzgefangener noch in Schierke sitzen mußt. Dahin gehen also Brief und Glückwünsche und erreichen Dich hoffentlich. Obenan unter den Wünschen steht Gesundheit und wiewohl ich gehört habe, daß Schierke manches zu wünschen übrig läßt, so hat es doch – und der diesjährige Sommer hilft dazu mit – *ein* Gutes: viel Frische und wenig Sonne. Das Letztere wird vorzugsweise Jennychen zu schätzen wissen, worin ich mich ihr noch extra verwandt fühle. Die Sonne, heißt es, macht alles, aber dennoch bin ich kein Sonnenanbeter. Ergeh es euch gut und habt, so lange ihr noch dort seid, frohe Tage. Wie immer Dein alter

Th. Fontane.

*846. An Friedrich Paulsen*

*Berlin* 13. Juli 98.
Potsdamerstraße 134. c.

Hochgeehrter Herr Professor.

Ihre freundlichen Zeilen – seit 14 Tagen bin ich vom »Weißen Hirsch« zurück – erhielt ich erst heute. Seien Sie herzlichst bedankt. Es ist eine Liebesthat so durch 700 Seiten durchzugehn. Allem was Sie über Storm sagen, kann ich gern zustimmen, besonders auch dem, was Sie hinsichtlich des Heirathens in der durch Geburt vorgeschriebenen Sphäre bemerken. Als ich den Storm-Aufsatz schrieb, (schon vor ungefähr 10 Jahren) dachte ich über Umgang, Verkehr, Heiratherei, ganz anders, und zwar besser, *freier* als jetzt. Ich ärgerte mich über die Spießbürgerlichkeiten, über den ewigen Soupçon und das allzu niedrige sich selbst einschätzen der außeradligen Kreise. Jetzt – aber erst in meinen ganz alten Tagen – bin ich im Gegensatz dazu, zu zwei traurigen Ueberzeugungen gekommen: man muß jeden Versuch, sich unsren Adel (denn es paßt nur auf *unsren*) sich durch Freimuth erobern zu wollen, aufgeben und man darf zweitens von keinem Menschen in der Welt etwas annehmen. Wer mir, in unsrer Mark, eine Käsestulle vorgesetzt hat, dem bleibe ich auf Lebenszeit verpflichtet. Ein erbärmlicher Zustand. Und das nennt sich Kultur. – Haben Sie auch *darin* recht, daß mich das Gerlachbuch zu was Falschem bekehrt hat, so können wir uns mit unsren Freiheitswünschen nur alle begraben lasen. Das entsetzlichste aller Dogmen, die Stuartleistung von der Gottesgnadenschaft der Könige, steht mal wieder in üppigster Blüthe (siehe die beiden Reden beim Abschiedsmahle des Prinzen Heinrich) und denke ich mir 500,000 Repetirgewehre dazu, so weiß ich nicht, was mit der Menschheitsentwicklung werden soll, wenn ich nicht auf die bei Hemmingstedt hereinbrechenden Fluthen oder auf *ähnlich Elementares* warten darf. In vorzügl. Ergebenheit Ihr

Th. Fontane.

*847. An Georg Friedlaender*

Berlin 14. Juli 98.
Potsdamerstraße 134.c.

Hochgeehrter Herr.

Herzlichen Dank für Ihren lieben und so überaus interessanten Brief. Ich antworte gleich, weil ich zu meiner Freude Zeit habe, was jeden Augenblick aufhören kann, denn schon heute sah ich den ersten Korrekturbogen meines *Stechlin*-Romans entgegen und morgen kommen sie gewiß. Geht es damit erst los, so bin ich viele Wochen lang daran gebunden.

Ich beginne mit dem Praktischen. Das Befinden meiner Frau hat sich derart verschlechtert, daß Karlsbad wieder *unumgänglich* geworden ist. Wir werden also Mitte August dort eintreffen, vielleicht in der zweiten, noch wahrscheinlicher in der dritten Woche des Monats. Martha begleitet uns diesmal. Nach dem beinah winterlichen Juli (heute ist es so kalt, daß man heizen möchte) erwarten wir einen schönen Herbst. Vielleicht können Sie Ihren Urlaub dementsprechend nehmen; schade, daß Ihre Frau Gemahlin streikt und von einem Mitdabeisein nichts wissen will. Empfehlen Sie uns ihr angelegentlichst. Unser 6 wöchentlicher Aufenthalt auf dem »Weißen Hirsch« war – nachdem wir das entsetzliche Mittagessen im Kurhaus aufgegeben hatten – überaus gelungen. Mir ist, im Gegensatz zu meinen Damen, die die Dresdener Culturformen sehr »zurückgeblieben« gefunden haben, das Sächsische sehr sympathisch und ich bilde mir ein, daß ich dabei recht habe; ich bin, meiner ganzen Anlage nach, unbefangener und vorurtheilsfreier, ich sehe auch schärfer, vielleicht von Natur, sicherlich aber von *Metier* wegen. Ich bin auf beständiges scharfes Beobachten wie gedrillt; kleine Vorzüge meiner Schreiberei wurzeln lediglich darin. Unter den Kurgästen, die wir auf dem »Weißen Hirsch« trafen, befand sich auch ein gleichaltriger Ruppiner Landsmann von mir: Justizrath Stegemann. Seine liebenswürdige Frau, eine Leist, war aus Wrietzen (Oderbruch), so daß ich ganz in alten Beziehungen drin steckte. Wir sprachen auch viel über unsren guten alten Kunowski (Kunowskis väterliches Gut liegt nur 3000 Schritt vor den Thoren von Ruppin) und ich erfuhr zu meinem Schaudern und zu meiner Erheiterung, daß Kunowski eine Zeitlang auf den Justizministerposten gerechnet habe. Unsre Justizminister, so viel ich davon gekannt, können sich sämmtlich begraben lassen, einer immer schofler und nuttiger als der andre, aber *so* weit sind wir denn doch noch nicht 'runter, daß eine solche ruppige Figur Justizminister werden könnte. Daß er trotzdem auf so 'was gewartet oder für möglich gehalten hat, spricht Bücher. Immer die »Gesinnung« entscheidet. Aber, in diesem Falle, was für eine! – – Was Sie von den Meininger und Neuhöfer Herrschaften (der alte Reuß schießt wieder den Vogel ab) schreiben, ist höchst interessant und herzbeweglich dazu. Darauf einzugehn, das vertagen wir bis auf Karlsbad. Es bleibt immer wieder die alte Geschichte: das high life ist interessant, nicht weil es an und in sich sehr interessant wäre, sondern weil es high life ist.

Das neue Buch schicke ich in den nächsten Tagen.

Wie immer Ihr

Th. Fontane.

*848. An Friedrich Paulsen*

*Berlin* 17. Juli 98.
Potsdamerstraße 134. c.

Hochgeehrter Herr Professor.

Ergebensten Dank für Ihre freundliche Zusendung. Ich kriegte gleich Lust, auf eine so gewichtigte Empfehlung hin, die »Maikäferkomödie« zu lesen, aber es will nicht recht mehr mit meinen Kopfnerven; alle Lektüre strengt mich an. Eines kommt noch hinzu: die ganze Gattung zu der diese »nachdenkliche Komödie« gehört, hat mich, von »Waldmeisters Brautfahrt« an, immer enttäuscht, auch wenn ich im Einzelnen viel Hübsches und selbst Entzückendes fand. Stimmt alles, so wirkt die Geschichte meist herausgedrechselt, stimmt es *nicht* (immerhin noch das Bessere) so geht einem das Mühlrad im Kopfe 'rum und man sieht nicht recht wo und wie. Hab' ich richtig gelesen, so trifft das auch mehr oder weniger bei Widmann zu, den ich sonst sehr schätze.

Nochmals besten Dank.

In vorzüglicher Ergebenheit

Th. Fontane.

*849. An Georg Friedlaender*

[Postkarte. Poststempel: Berlin W 18. VII. 98]

So schlank Ihr Heftchen aus den »Tagen der Ueberschwemmung«, so dick der Wälzer, den ich gleichzeitig mit dieser Karte zur Post gebe. Von den Tunnelgestalten wird die eine oder andre vielleicht ein kl. Interesse bei Ihnen wecken. Schlenther habe ich auch ein wenig vermißt. Es kommt darauf an, daß gesagt wird: »das Buch ist *so*.« Fehlt das, so ist alles andre todt. Wie immer Ihr

Th. Fontane.

*850. An Karl Eggers*

*Berlin* 22. Juli 98.
Potsdamerstraße 134.c.

Theuerster Senator.

Herzlichen Dank für Ihren lieben Brief; er war mir, wie alles was von Ihnen kommt, eine aufrichtige große Freude. Und das bedeutet viel; in dem Abstumpfungsprozeß, der sich unerbittlich an einem vollzieht, bringt man alltags auch nicht mehr viel Freude 'raus. Daß Ihr Brief vom 19. März 48 noch eher in den Postkasten gekommen ist als meiner, hat mich trotz der für mich darin ausgesprochenen Dethronisirung, diebisch amüsirt.

In der Frage, wer von den 2 Brüdern Eggers oben steht, kann ich doch nicht ganz nachgeben. Friede hatte gewiß ganz ausgesprochene Meriten und wäre, wenn er 20 Jahre früher als Assessor in's Cultusministerium gekommen wäre, ein ganz ausgezeichneter *Kunstgeheimrath* geworden, unterstützt durch eine gerade für diese Stelle höchst glückliche Persönlichkeit; aber als Humorist und vielleicht auch als Stilist sind Sie ihm über. – Mit den Herzaffektionen, – ja, das ist immer eine bedrückliche Sache, doch man kommt 'ne gute Weile drüber hin. Ich z.B. habe 34 Pulsschläge statt 72. Aber es geht auch. – Nochmals herzlichen Dank. Wie immer Ihr alter

Th. Fontane.

*851. An Frau von Bredow-Landin*

[Berlin,] 1. August 1898

Hochverehrte gnädigste Frau.

Unter allen Briefen, die mir dies Jahr gebracht, war keiner, der mich so erfreut hätte, wie der Ihrige. So viel Güte und dazu meinerseits ein gewisses Schuldbewußtsein, klein, aber doch da. Die Freude hatte reichlich [!] auch noch eine mehr oder weniger egoistische Nebenwurzel. Werden Sies glauben, daß ich [mich] noch in allerletzter Zeit wieder viel mit Landin und dem »Ländchen Friesack« beschäftigt und bei der Gelegenheit beklagt habe, die Schiffe hinter mir verbrannt zu haben. Nun laufen – wie wenn meine Wünsche gehört worden wären – andere vom Stapel und laden mich ein.

Ich bin jetzt so alt, daß ich vorhabe, das eigentliche Produzieren aufzustecken, aber so lange man lebt, will man sich doch nach Möglichkeit angenehm und nützlich beschäftigen, und da kommt mir das Wiederaufnehmenkönnen einer alten Liebe sehr zu paß. Ob es was wird, wer weiß? Aber es beglückt mich doch, zu wissen, daß mir die Tore dazu wieder so freundlich geöffnet werden, wie vordem.

Mitte September bin ich aus Karlsbad zurück; dann bitte ich mich Ihnen und Ihrem Herrn Gemahl – dem ich mich angelegentlichst empfehle – vorstellen zu dürfen. Gnädigste Frau, in vorzüglicher Ergebenheit Ihr

Th. Fontane.

*852. An Ernst Heilborn*

Berlin 1. Aug. 98.
Potsdamerstraße 134 c.

Hochgeehrter Herr Doktor.

Ergebensten Dank für Ihre freundlichen Zeilen.

Leider impossibile!

Ich bin jetzt alt und klapprig. Aber wenn ich auch noch in meiner Sünden Maienblüthe stünde, es ginge doch nicht. Wo Tausende Blech sprechen, auch meinerseits noch auf einer Kindertrompete zu blasen, *das* hat mir immer widerstanden. Ich könnte eher ein Gedicht auf den Scharfrichter Krauts – von dem ich gestern zufällig in der Vossin gelesen – machen, als auf Bismarck. Krauts, das wäre doch wenigstens verrückt, Bismarck ist bloß langweilig, also das denkbar schlimmste. Da muß viel Wasser die Spree 'runter eh Bismarck wieder ein Stoff geworden ist. Dann freilich ein gehöriger.

Schönsten Dank (noch nachträglich) für die Dreihundert.

Pardon, daß ich Ihnen nichts Netteres schreiben kann, aber jeder ist im Bann seiner Natur.

In vorzüglicher Ergebenheit

Th. Fontane.

*853. An Ernst Heilborn*

Hochgeehrter Herr.

Ich muß mich wegen des kleinen Gedichts, das gestern Abend in der Vossin stand, bei Ihnen entschuldigen. Als ich Ihnen schrieb, erschien mir »'was Bismarckliches« in einem komischen Lichte, nicht für 10,000 Lstr. hätte ich mich verpflichtet, 10 Zeilen über den großen Alten zu schreiben, es stand mir einfach als Unmöglichkeit vor der Seele. Gestern früh, als ich meinen Thee eben intus hatte, kam mir mit eins die erste Zeile, noch ganz ohne Plan und ohne Zusammenhang mit etwas Folgendem, dann stellte sich der Reim von Luft auf Gruft ein und der aufsteigende Sachsenwald und die *Schlußzeile.* Bis dahin war alles Spielerei, nun erst war die Lust da und ich schrieb die Zeilen in wenigen Minuten nieder. Alles aus den Wolken gefallen, ein Geschenk, auf das ich vorher nicht rechnen konnte.

In vorzüglicher Ergebenheit

Th. Fontane.

Berlin
4. Aug. 98.

*854. An Paul Linsemann*

Berlin, 5. August 1898.

Hochgeehrter Herr.

Schönsten Dank für Ihre freundlichen Zeilen. Was Herm. Bahr vorhat, ist *sehr* gut, weil er den Stoff (Bismarcken) *teilt;* nur *so* ist ihm beizukommen.

Aber trotzdem, es ist immer wieder mehr oder weniger die alte Geschichte. »Wie denken Sie über Rußland?« In 5 Minuten soll man Antworten auf Fragen geben, zu denen man 5 Jahre braucht. Bismarck als Redner und Schriftsteller, – wundervolle Aufgabe und ich räume schließlich auch ein, daß es *Einzelne* gibt (Parlamentarier), die gleich was *sehr* Gutes darüber sagen können, z. B. Alex. Meyer. Aber ich kann es nicht, weil das was ich dazu *mit*bringe, so gut wie Null ist. Bitte, drücken Sie H. B. mein Bedauern darüber aus.

Ihnen und Frau Gemahlin möglichst gute Franzensbader Tage wünschend

in vorzüglicher Ergebenheit

Th. Fontane.

*855. An Gustav Keyßner*

*Berlin* 8. Aug. 98.
Potsdamerstraße 134. c.

Hochgeehrter Herr.

Allerschönsten Dank für Ihren lieben Brief, desgleichen für das Zeitungsblatt mit Ihren Betrachtungen »am Bismarck-Denkmal«. Meine Frau las es mir beim Frühstück vor und ich kam unter eine schöne und starke Wirkung. – Sentimentalität und Phrase sind mir zwei fatale Dinge, aber wo fangen sie an! Viele, die lieber den Mund halten sollten, sind mit dieser Anklage beständig bei der Hand und schütten das Kind mit dem Bade aus. Da hat neulich (vielleicht haben Sie's auch gelesen) der Generalsuperintendent Faber bei der Bismarckfeier in der Kaiser Wilhelms-Gedächtniskirche über Bismarck gesprochen und hat als des Heimgegangenen Höchstes und Größtes und als die letzte Wurzel seiner Kraft aufgestellt, daß er (Bismarck) immer ein auf den Himmel gerichtetes Auge hatte und durch die geöffnete Himmelsthür hindurch die Gestalt seines Erlösers sah. Ich glaube nichts davon, weder daß Bismarck immer auf den Himmel sah, noch daß er, wenn er hinaufkuckte, die Gestalt seines Erlöser's erblickt habe. Wär' er *so* beschaffen gewesen, so hätte er das Deutsche Reich *nicht* aufgebaut. Vor nur zu berechtigten Bedenken wär' er nicht zum Handeln gekommen. Die beständig durch einen Himmelsspalt Kuckenden sind nicht brauchbarer als Sänger und Schützenkönige. So steh' ich denn, meinen Anschauungen nach, ganz im Gegensatz zu Faber. Und doch fällt es mir nicht ein, seine von seinem Standpunkt aus ganz famose Rede zu bekritteln oder zu verwerfen. Der Mensch kann nicht mehr thun, als sein Herz und wenn's sein muß sein Leben einsetzen, sich ehrlich zu was zu bekennen. Ist *das* da, so kann von Phrase keine Rede mehr sein und wenn sich die starke Empfindung einen über das Alltägliche hinausgehenden, getragenen Stil schafft, so ist das nur in der Ordnung.

Was Sie zu Lob und Preis des Denkmals am Starnberger See sagen, unterschreib' ich Wort für Wort; gerade *so* müssen an *solcher* Stelle solche Denkmäler sein. Und so unterschreib' ich auch Ihre Briefstelle, die von der »plastischen Uebersetzung *des* Geistes etc.« spricht. Leider alles wahr. Radau, Radau; mir unsympathisch. Und doch ist er (R. B.) vielleicht ein Genie. In vorzügl. Ergebenheit

Th. Fontane.

*856. An Unbekannt*

*Berlin* 9. Aug. 98.
Potsdamerstraße 134. c.

Hochverehrte gnädigste Frau.

Schönsten Dank für Ihre so liebenswürdigen Zeilen, die heute früh eintrafen. Es thut wohl, einem so gütigen, so nachsichtigen und durch eigene Erinnerungen so freundlich präocupirten Leser zu begegnen.

Ihres hochverehrten Elternpaares erinnre ich mich aus meinen Theaterzeitläuften her, in Dankbarkeit. Ich glaube, es war die »bezähmte Widerspenstige« worin ich beide bewunderte.

Mit der Bitte, mich Ihrem Herrn Gemahl angelegentlichst empfehlen zu wollen, in vorzüglicher Ergebenheit

Th. Fontane.

*857. An Paul Linsemann*

*Karlsbad* 17. Aug. 98. Stadt Moskau.

Seien Sie, hochgeehrter Herr, allerschönstens bedankt für Ihre freundlichen Worte über mich in der H. Bahr'schen »Zeit«. Sie haben, in Ihrer Güte, das Möglichste gethan, mich bei den Donaubrüdern einzuführen und noch weiter südöstlich – denn ach, Prof. Lasson hatte recht, als er mir mal zwischen Berlin und Steglitz sagte: »ein wirkliches Interesse für deutsche Literatur hat nur die Karl Emil Franzos-Gegend« – wird es Ihnen auch glücken; aber den richtigen Wiener werden Sie für mich leider nicht erobern. »Leider« – ist vielleicht falsch. Denn ich bin so unwienerisch, daß diese Nicht-Eroberungen mir beinah schmeicheln. Dazu kommt noch: alle Eroberungen gehen von einem bestimmten festen Punkt aus und wenn es denkbar wäre, daß mich die Rixdorfer morgen zu ihrem Nationalheiligen machten und zu mir wallfahrteten, so würde ich, nach 10 Jahren, von Rixdorf aus die Welt erobert haben. So muß es sich anderweit zusammenläppern und dazu ist jeder »Posten« von Belang. Sie werden hoffentlich nicht Undank aus dieser Ulkerei herauslesen. Es liegt sehr anders.

Wie immer Ihr aufrichtig ergebenster

Th. F.

*858. An Siegmund Schott*

Karlsbad, 17. August 1898

Seien Sie, hochgeehrter Herr, herzlichst bedankt für diesen neuen Beweis Ihrer freundlichen Gesinnungen für mich. Mit dem »Stellen wiedergeben« haben Sie's glaub ich, wunderbar gut getroffen, weil sich ein Gesamtbild meiner werten Person daraus aufbaut, während sonst die Zitate so oft nur aufgenähte Knöpfe sind, die die Rolle der Schmockschen »Diamanten« nolens volens übernehmen müssen. – Mit Gottfr. Keller hätte ich gern Freundschaft geschlossen, denn er ist in meinen Augen der bedeutendste deutsche Erzähler, wie Storm der bedeutendste Liebeslyriker seit Goethe. Dennoch wäre, trotz besten Willens auf meiner Seite, wohl nie was daraus geworden; ich fürchte, daß ich ihm gründlich mißfallen hätte. Nochmals besten Dank. In vorzügl. Ergebenheit

Th. Fontane

*859. An Wilhelm Hertz*

Karlsbad 21. Aug. 98.

Ein feiner und liebenswürdiger Geist weniger hier unten! Wir erschraken alle, als wir gestern Abend die Notiz in unsrer alten Vossin lasen, meine Frau voran. Es wird immer dünner und der Ueberlebende immer wackliger, immer hilfsbedürftiger. Dies letztere, weil man so unausreichend, so wie durch Schwäche deplacirt daneben steht, ist das schlimmste, das schmerzlichste. Fast klagt man sich an.

Und dazu diese Gräber! Kommen Sie über alles so leidlich hin.

Wie immer Ihr treu ergebenster

Th. Fontane.

*860. An Erich Sello*

Hochgeehrter Herr.

Herzlichen Dank. In 8 oder 10 Tagen schreibe ich Ihnen ausführlich und bitte mich bis dahin gütigst entschuldigen zu wollen. Ich lebe hier nämlich in einer *Doppel*hitze und bin ganz kaduck.

In vorzügl. Ergebenheit

Th. Fontane.

Karlsbad
23. Aug. 98.

*861. An Erich Sello*

Karlsbad 26. Aug. 98.
Stadt Moskau.

Hochgeehrter Herr Justizrath.

Zu meiner großen Freude bin ich mit den letzten drei, vier Korrekturbogen meines zum Herbst erscheinenden Romans (wohl der letzte: – »laß, Vater, genug sein des grausamen Spiels«) früher fertig geworden, als ich annahm und kann Ihnen nun nochmals sagen, wie sehr mich Ihr lieber Brief erfreut hat. Aber so dankbar ich für den darin so freundlich betonten Ausnahmefall bin, die Regel bleibt doch *die*, daß sich kein Mensch um diese Dinge kümmert und daß für »Uebersetztes« keine Spur von echtem Interesse da ist. Da liegt es in den anderen Künsten doch anders, speziell in der Malerei. Wenn ich eine Galerie besuche, wo sich Marinestücke von Salzmann, Gude, Melby, ja selbst von Achenbach befinden, so gehe ich, wenn zugleich auch alte Niederländer da sind, an den Modernen vorüber und kucke mir erst die großen Alten an, – ein Fall der bei Dichtungen fast nie vorkommt. Warum nicht? Weil das Verständnis so urgering ist. Ich, der ich doch Partei und durch Ichheit und Eitelkeit gebunden bin, *ich* empfinde ganz stark die Ueberlegenheit der alten Sachen (auch zum Beispiel alter *märkischer* Sachen: das Lied von den Quitzows und von der Gans zu Putlitz) und ordne mich gern unter, weil ich das natürliche Gefühl für das Echte, Dauernde mitbringe. Dies Gefühl haben aber unsre »Gebildeten« als Regel nicht. Und das bedrückt mich, wenn ich auch *persönlich* ganz gut dabei wegkomme. Aber Person bedeutet nichts, Sache ist alles, und die Wahrnehmung, daß es damit immer schlechter wird, das preßt mir dann und wann einen Stoßseufzer aus. – Allerliebst die Geschichte vom »im Bett ermordeten« Seydlitz. Darf ich bitten mich Frau Gemahlin empfehlen zu wollen.

In vorzügl. Ergebenheit

Th. Fontane.

*862. An Theodor Fontane (Sohn)*

*Karlsbad*, d. 29. August 1898.
Stadt Moskau.

Mein lieber Theo.

Unter den Karten, die Dich in der Schweiz aufsuchten, war keine von mir (der »Stechlin« hielt mich in Banden), aber den in seine Würzburgerstraße Zurückgekehrten will ich begrüßen. Von Deinen Reiseschicksalen hören wir Intimeres, wenn wir wieder daheim sind, und alles, so nehme ich an, wird gut und freundlich lauten, wenn auch mit Einschränkung. Vier, fünf Wochen sind eine lange Zeit, und daß einem durch so viele Tage hin immer nur angenehme Menschen vorgesetzt werden sollten, ist, weil beinahe unnatürlich, kaum zu verlangen. Schweiz, Italien, Paris muß man gesehen haben, das ist man sich schuldig, und ein »Intendant« erst recht; aber das vergnügliche Reisen, von dem man menschlich 'was hat, liegt doch wo anders. Stille Plätze, wenig Menschen, ein Buch, ein Abendspaziergang über die Wiese, mit andern Worten: die kleine Lehrersommerfrische. Daß du mit *Fritsch* Fühlung gewonnen hast, freut mich sehr; er ist ein Mann, mit dem man seinen Faden spinnen kann.

Alles grüßt Dich, Deine Frau und die Kinder aufs beste.

Wie immer Dein alter

Papa.

*863. An Georg Friedlaender*

Karlsbad 29. Aug. 98.
Stadt Moskau

Hochgeehrter Herr.

Die gute Frau Richter – nicht die schwarze, sondern die mit den grauen Ringellöckchen (beinah Stormsche Figur) – wird mir wohl zuvorgekommen sein und Ihnen von unsrem Hiersein gemeldet haben. Daß ich es trotzdem auch noch thue, ist nicht viel mehr als eine Form, da ich annehme, daß Sie, – durch die zurückliegenden schmerzlichen und die bevorstehenden frohen Ereignisse im Reußschen Hause dazu bestimmt (vielleicht sogar amtlich halb gebunden) – in diesem Jahre nicht kommen werden.

Wir sind schon seit dem 12. hier. Alles reizend wie immer; aber ich habe trotzdem etwas gelitten und zwar durch die kannibalische Hitze, bei der ich die Korrektur meines Roman's abschließen mußte. Dazu schließlich auch noch unbequeme Magenstörungen, so daß ich etwas 'runter gekommen bin. – Frau und Tochter empfehlen sich Ihnen und Ihrer hochverehrten Frau aufs beste.

Wie immer Ihr

Th. Fontane.

*864. An James Morris*

*Karlsbad*, d. 30. August 1898.
»Stadt Moskau.«

Hochgeehrter Herr und Freund.

Seit ein paar Wochen bin ich hier in Karlsbad und kann mir wieder die Häuser ansehen, wo der alte Goethe gewohnt, desgleichen auch die Hotels, wo die Kaiser und Könige in den Gott sei Dank verschwundenen Tagen der Polizeialliance, die in der Geschichte den anspruchsvollen Namen »Heilige Alliance« führt, ihre Karlsbader Tage verbracht haben.

Vielleicht kommen ihre Thronnachfolger nun *wieder* hier zusammen, um über die Abrüstung und den Weltfrieden zu beraten. Es wird nicht viel draus werden, aber es bleibt doch eine große Sache, daß der mächtigste Mann der Erde solch Wort aussprechen konnte, und zwar, wie ich fest überzeugt bin, nicht phrasenhaft oder gar mit Hintergedanken, sondern grundehrlich. Und weil ich an diese Ehrlichkeit und an das großartig Edle, das sich darin ausspricht, glaube, kann ich mich mit dem Ton, in dem einige englische und französische Zeitungen darauf geantwortet haben, nicht einverstanden erklären. Einige englische Blätter wollen erst die Chinafrage(!!) geregelt sehen, und einige französische wollen ganz gemütlich Elsaß-Lothringen wieder haben. Kleinlicher Standpunkt einer großen Menschheitsfrage gegenüber. Was die Franzosen angeht, so wundere ich mich über nichts mehr. Sie werden immer kindischer, und zu den zwei Tieren, die Voltaire schon herangezogen hat, um seine Landsleute zu charakterisieren, kann man noch ein drittes gesellen. Dies dritte Tier heißt: »Schaf.« Elsaß! Dies so ziemlich urdeutscheste Land, das wir nach zweihundertjähriger Abtrennung wieder erobert haben, wird von den Franzosen als ein Land angesehen, das nach göttlicher Verheißung bis in alle Ewigkeit hinein zu Frankreich gehöre. Unsinn ohnegleichen. Und weil es so unsinnig ist, werden sie's auch nie wieder kriegen. In *»decay and fall«* erobert man nicht mehr.

Was England angeht, so finde ich, daß Lord Salisbury der einzig Vernünftige ist. Die andern renommieren alle nach einer bestimmten Seite hin, der eine so, der andere so. Die Schlimmsten sind die, die im »american style« nur ihre Geldinteressen kennen. Salisbury weiß, daß es nur einen einzuschlagenden Weg gibt: sich nach Möglichkeit mit Rußland gut stellen. Alles andere führt zum Verderben. Die englische Flotte kann England vor einer Invasion schützen und andere Flotten vernichten. Das scheint viel, in Wahrheit ist es gar nichts.

In vorzüglicher Ergebenheit

Th. Fontane.

*865. An Wilhelm Wolters*

[Karlsbad, 31. August 1898.]

[...] Natürlich können mich Aufsatz und Bild nur freuen, und wenn letzteres mehr nach blassem Dichter als nach gebräuntem Unteroffizier aussieht, so verbessert das dem Publikum gegenüber, das den Dichter nicht blaß genug kriegen kann, nur meine Lage. [...]

*866. An Friedrich Fontane*

*Karlsbad* 4. Sept. 98.
Stadt Moskau.

Mein lieber Friedel.

Es hat Dir glaub ich noch niemand für Deinen Brief gedankt (fragen thu ich auch nicht) und so thue *ich's* denn.

Dir wird leidlich wohl sein, wieder in den Geschäften zu stecken und Deinen Stammtisch zu haben, statt des sächsischen Steueroffizianten, so nett er war. – Was Du mir von Kritiken schicktest, habe ich durchgelesen oder richtiger überflogen, mit Ausnahme der sehr liebenswürdigen Worte, die der gute Mauthner für mich gehabt hat. Stellenweis zum todtlachen war Otto Leixner in der »T[ä]glichen Rundschau«. An einer Stelle schreibt er: »er (Th. F.) mußte 5 Jahre auf sein *Bräutchen* warten.« Danach muß Leixner ein Sachse sein; Gemüthlichkeit ist gut, aber es darf nicht zu viel werden.

Sonntag Nachmittag

Heute gegen Mittag kam Dein Brief an Martha, mit der kurzen Schilderung des Gesellschaftsabends bei Theo. Ich bin überzeugt, daß die Gnädige ihre Sache doch schließlich am besten gemacht hat. Theo – so gut er's versteht, wenn er erst im richtigen Fahrwasser ist – ist zu unsicher, und Rühle v. Lilienstern ist Lederschneider mit Eichenlaub und Selle mit Eichenlaub und der Schleife.

Daß auf den »Stechlin« so gut bestellt wird, erfreut mich

natürlich, ängstigt mich aber auch wieder. Ich habe gestern und heut 4 Bogen von den Aushängebogen gelesen und dabei den angenehmen Eindruck gehabt, daß Hayns Erben ihre Sache ganz gut gemacht haben (für noch vorhandene Mängel im Ausdruck hab ich den Schuldigen wo anders zu suchen) aber so angenehm mich das äußerliche Wohlgelungensein berührt hat, so hat sich mir doch auch wieder die Frage aufgedrängt »ja, wird, ja *kann* auch nur ein großes Publikum drauf anbeißen?« Ich stelle diesmal meine Hoffnungen auf die Kritik. Finden sich Wohlwollende, die der Welt versichern: »ja, das ist was ganz Besondres« so glauben es die Leute. Ob auch aus *eigner* Kraft will mir zweifelhaft erscheinen. Trösten muß mich vorläufig die Erwägung, daß ich persönlich keine Emotionen mehr davon haben kann, weil ich jede Zeile, jede Pikanterie, jeden kleinen Ulk längst auswendig weiß. – Morgen ziehen wir bei Pupp von der Außenhalle in die eigentlichen Festsalons ein; die Außen-Kellner verschwinden und die Abschiedsscenen haben heute stattgefunden. Der Zahlkellner Severin (Karl Z's Ebenbild) geht nach Cannes und Martha hat eine Art Wiedersehn mit ihm verabredet.

Wie immer Dein alter

Papa.

*867. An Emilie Fontane*

*Berlin*, d. 11. September 1898.

Meine liebe Frau.

Habe Dank für Deinen lieben Brief, der nach Wohlbefinden und Munterkeit schmeckt.

Ich weiß nicht, ob Mete Dir heute eine Karte geschrieben hat, und so will ich noch tun, was möglich ist; freilich ist es schon in zehn Minuten 10 Uhr, und von Eintreffen dieser Zeilen am Frühstückstisch ist keine Rede mehr. Grund der Versäumnis: ich hatte mich an die Lektüre der bekannten alten märkischen Schmöker (Fidicin, Berghaus usw.) herangemacht und habe mich dabei zu lange »verweilt«. Ich wollte durchaus 'was finden, aber dies mißlang, und so suchte ich immer weiter. Solche Bücher gibt es nur in Deutschland, und das heißt dann »Geschichtsschreibung«; die ganze Ledernheit und Ungeschicklichkeit hiesiger Menschheit tritt auch darin hervor.

Mein Brief gestern war kaum fort, als der gute *Herrlich* mit einem dicken Kopf zu mir heraufstürmte und mir mit zitternder

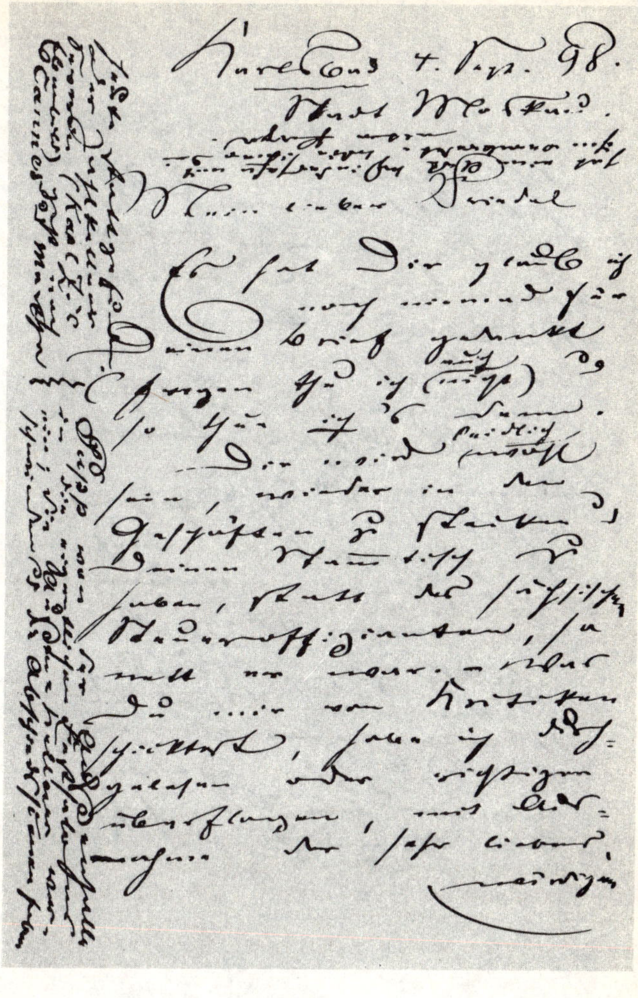
4. Sept. 98.

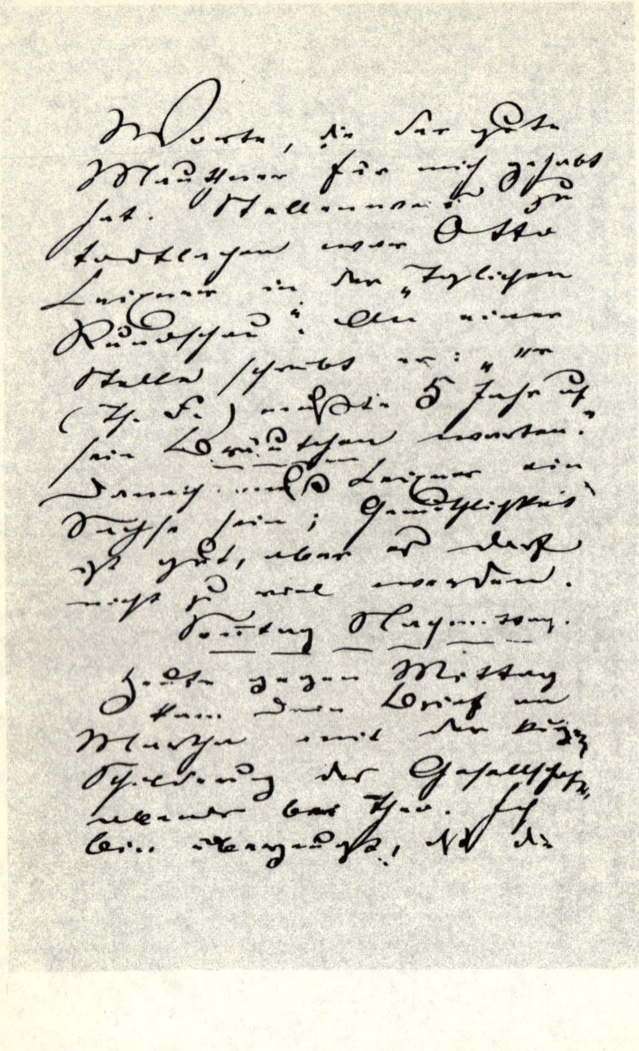

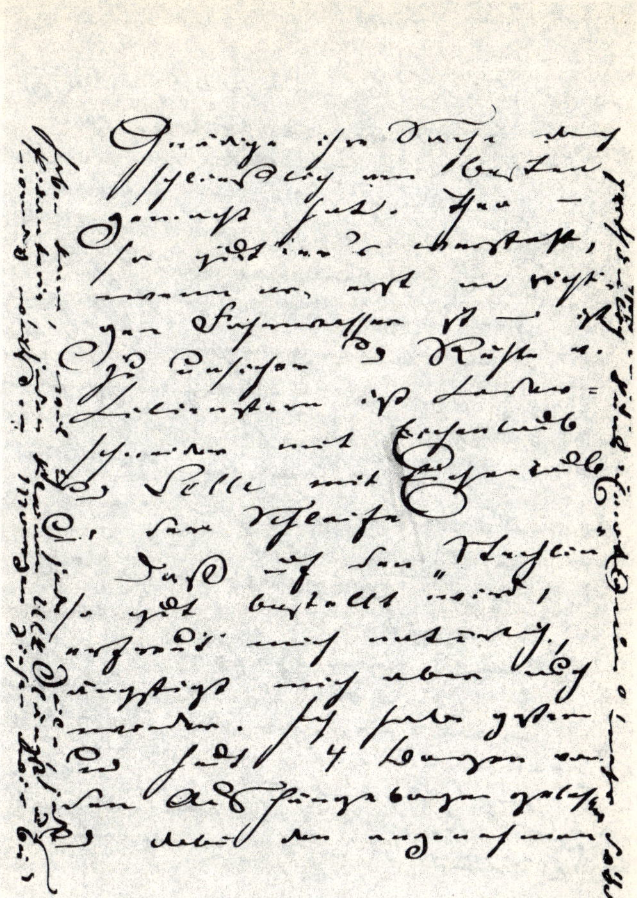

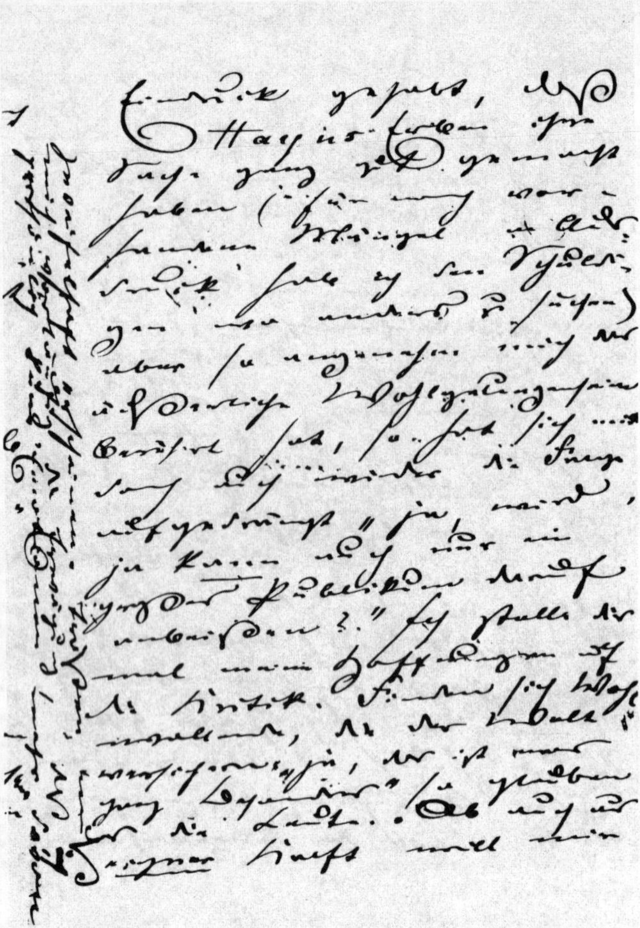

*An Friedrich Fontane, 4. September 1898 (Vgl. Nr. 866, S. 745).*

Stimme (was ich ihm aber hoch anrechne) das Schreckenstelegramm aus Genf vorlas. Über alle Begriffe niederträchtige Tat! Solche gute, harmlose, unglückliche Frau, die niemandem je ein Leids getan, wie prädestiniert für harte Schläge! Und nun dies als Letztes. Die Sozialdemokratie wird die Zeche bezahlen müssen, und die berühmten vier Buchstaben gehen ihr mutmaßlich mit Grundeis.

Omptedas Stück hat nur einen sehr schwachen Erfolg gehabt. Die Kritik geht aber milde mit ihm um; anständige Leute werden doch auch meist anständig behandelt.

Mete hat gestern einen anstrengenden Tag gehabt, ist aber gut drüber hingekommen; in den Abendstunden war sie mit Fritsch und Lise Mengel im Grunewald; heute, glaub' ich, ist Reunion auf dem Balkon. Sie ist noch nicht zurück.

Ergeh' es Dir gut. Empfiehl mich. Wie immer Dein

Alter.

*868. An Emilie Fontane*

*Berlin*, d. 12. September 1898.

Meine liebe Frau.

Sechs Briefe habe ich heute vormittag schon geschrieben; da denn auch gleich heraus mit dem siebenten.

Drei dieser Briefe gingen nach Berlin N., eine Stadt- und Himmelsgegend, in die hinein ich alle Jahr höchstens einen Brief schreibe. Das hängt damit zusammen, daß es sich in diesen Briefen mit der Zubezeichnung N. um Friesack handelte. Sowie die richtige Mark Brandenburg einspringt, wird man wie von selbst aus W. nach N. versetzt; die Degradation beginnt. Das schadet aber nichts.

Ein anderer Brief an Apotheker N. war die Antwort auf einen Bettelbrief; der Kollege schrieb an den Kollegen. Ich kam aber doch in eine ganz fidele Stimmung und sagte mir, nachdem ich ihn gelesen: »Jetzt beginnt für dich die Epoche der ›Royalty‹; schon neulich hat Mauthner den ›alten Fontane‹ neben dem ›alten ›Fritzen‹ und dem ›alten Wilhelm‹ aufmarschieren lassen, und nun kommt Kollege N. und erklärt mich schlankweg als ›Dichterkönig‹.« Dem hab' ich nicht widerstehen können und mein Gnadengeschenk bewilligt. Noblesse oblige!

Heute vormittag war auch Theo hier; ganz mobil. Die Reise ist ihm gut bekommen, und er hört auch wieder viel besser. Die

Ohrenbläsereien taugen nie 'was, und in der Heilkunde erst recht nicht.

Mete macht einen Besuch bei der kleinen Conrad, die sich zweimal legitimiert hat, erst mit einem selbstgezogenen Myrtenbaum und einen Tag darauf mit einem Rosenbukett. Mein Liebchen, was willst Du noch mehr? Das Ganze wirkt wie eine Darstellung der 24 Stunden von Braut zu Frau.

Das mir gespendete Sofa ist etwas kalkig, sonst aber ganz gut; das alte mit seinen ägyptischen Figuren sah so verschmustert aus, als wäre Amenophis I. darauf gestorben.

Dir geht es hoffentlich gut. Empfiehl mich.

Wie immer Dein

Alter.

*869. An Emilie Fontane*

*Berlin*, d. 13. September 1898.

Meine liebe Frau.

Mete ist mit *Fritsch*, seiner Annie und Theo im Grunewald; da habe ich es übernommen, statt ihrer zu schreiben. Sie hat sich heute einen hübschen Hut gekauft, der ihr auch kleidet und will nun darin paradieren. Vorläufig mag es so gehn; aber auf ihre Zukunft hin angesehn, muß sie die Wurst von der andern Seite her anschneiden, und nicht ängstlich reformatorisch, sondern kühnrevolutionär auftreten. Mit einem Einzelstück ist es nicht getan; ein schönes Einzelstück wirkt oft halb verrückt und schadet mehr als es hilft. Wer sich wirklich modisch und zugleich geschmackvoll tragen will, muß immer beflissen sein, ein harmonisches Ganzes herzustellen. Es muß alles zueinander passen und stimmen. Diese Harmonie ist die eigentliche Schönheit und kann mit einer Kattunlode, einem weißen Kragen und einer gefälligen Schleife besser hergestellt werden, als aus einer konfusen Anhäufung von Wertstoffen. Wie viel ließe sich noch zu diesem Schneiderthema sagen, besonders wenn ich mir die Karlsbader Toiletten ins Gedächtnis zurückrufe! Sowie man Berlin betritt, ist es mit Schick und Eleganz vorbei. Die Gesichter, die Stoffe, der Schnitt, die Haltung – alles ist von einer leidlichen Durchschnittsmäßigkeit; aber darüber hinaus geht es nicht. Findet sich eine Ausnahme, so bedingt die Persönlichkeit diese Ausnahme, nie die Landessitte, der allgemeine Geschmack.

Vormittags beschäftige ich mich immer mit Friesack und habe

schon eine Menge notiert. Habe ich nur erst den ganzen Stoff zusammen – was allerdings sehr mühsam ist und noch lange dauern wird – so ist das Schreiben ein Vergnügen.

Die Kaiserin Elisabeth muß eine hervorragend gute und interessante Frau gewesen sein und eine Kreuzträgerin dazu. Solcher freien Persönlichkeit an solcher Stelle zu begegnen, ist eine wahre Wonne.

Wie immer Dein

Alter.

*870. An Erich Liesegang*

[Postkarte. Poststempel: Berlin W 14. IX. 1898]

Schönsten Dank Ihnen und den freundlichen Mitunterzeichnern für den Gruß vom Juristentage her! Wie immer in aufrichtiger Ergebenheit Ihr

Th. Fontane.

Was haben Sie zu dem dummen Briefe von G. Ebers an Prof. Nerrlich über Treitschke gesagt? Ist Nerrlich *auch* [ein Wort unleserlich]?

*871. An Emilie Fontane*

*Berlin,* d. 17. September 1898.

Meine liebe Frau.

Mete hat Dir schon geschrieben, aber ich will doch noch ein paar Zeilen folgen lassen. Das Zauberfest schien mir gelungen, und was wichtiger ist, auch die Gäste schienen dieser Ansicht zu sein. Natürlich ist man immer geneigt, auf schmeichelhafte Redensarten einzugehen, aber ich möchte doch beinah' annehmen, daß bei uns die Dinge um ein paar Grade günstiger liegen als wo anders. Das Materielle (gestern war es gewiß so) wächst meist nicht unbeträchtlich über das hinaus, was einem wo anders geboten wird, weil wir alle drei nach dem Prinzip verfahren, »wenn schon, denn schon«, also die Geld- oder Sparungsfrage gar keine Rolle spielen lassen. Durch fünf Mark ersparen wollen, kann man sich ein ganzes Diner ruinieren, und der Pferdefuß der Ruppigkeit kommt irgendwo 'raus. Dies alles ist aber nicht die Hauptsache. Die Hauptsache ist der freie Ton, die Ungeniertheit, die sich jeden Augenblick bis zu Ulk und selbst bis zu Gewagtheiten (bei denen man dann freilich an richtiger Stelle die Grenze ziehen muß) steigern kann. Ganz besonders günstig wirken auch die kleinen Räume, die aber auch wieder nicht dürftig sind oder wenigstens das Gefühl davon nicht aufkommen lassen. So sorgen sie für Behaglichkeit. Der richtig organisierte Mensch (und gerade bei Prinzen und Grafen findet sich das am häufigsten) pfeift auf 15 Fuß hohe Salons mit tubablasenden Stuckengeln und ist froh, eine Stimmung kulrivieren zu können, als befände er sich in Schlafrock und Pantoffeln.

Die beiden relativ älteren Damen benahmen sich musterhaft und waren zu der jungen Frau Oberstleutnant hervorragend nett, was uns natürlich sehr angenehm war. *Schlenther* sprach wieder sehr reizende Worte, Toast auf Mete und Fritsch, und war für einen Ostpreußen kolossal herzlich und gemütlich. Ich mußte »Kommen Sie, Cohn«, vorlesen und weil es mir wieder ganz fremd geworden war, so daß ich ein paarmal festsaß, so wirkte die Sache ganz wie neu, weil mich ein paar Stellen beim Lesen selbst erheiterten. Befrage ich den Gesamteindruck – und als ich heute früh eine halbe Stunde mit Theo, unserm »Intendanten« plauderte, wiederholte sich dies – so tritt das von mir so oft zitierte triviale Lied, das in unserer Jugend in jeder Gesellschaft gesungen wurde, wieder vor mich hin. Es hieß in der ersten Hälfte des Liedes refrainmäßig: »Ach, könnt' ich doch erst Hauptmann sein«, und dann in der zweiten Hälfte: »Ach, könnt' ich wieder Fähnrich sein«. So verläuft jedes Leben. *Schlenther*, so gut es ihm in Wien geht, denkt doch halb sehnsüchtig an die Tage zurück, wo wir bei Raehmel beim Frühschoppen saßen.

Wie immer Dein

Alter.

*872. An Ferdinand Meyer*

*Berlin*, d. 17. September 1898.
Potsdamer Str. 134 c.

Hochgeehrter Herr.

Nach zwanzigjährigem Abschwenken in Roman und Novelle habe ich vor, noch einmal zu alten Göttern (in der Tat bis auf Triglaff usw.) zurückzukehren. Ich will ein Buch schreiben, das etwa den Titel führen soll: »*Das Ländchen Friesack und die Bredows.*« Das mit den Bredows kann ich mit Hilfe der Bredows bezwingen, ebenso das, was sich auf die Dörfer, die Schlösser, die

Kirchen in ihrer gegenwärtigen Gestalt bezieht. Aber wie's früher aussah, da hapert's. Gibt es nun wohl Bücher, Monographien (nicht lederne, sondern leidlich lebendige), die darüber berichten? Was ich in Fidicin und Berghaus gefunden, ist tödlich. Es mag die Hufenangabe, die Fischereigerechtigkeit und ähnliches seine Wichtigkeit haben, nur nicht literarisch, nur nicht für den modernen gebildeten Menschen. .... Ich denke mir, vor Ihrem Auge liegt das alles ausgebreitet wie in einem Warenlager bei Gerson oder Hertzog – nichts fehlt. Greif ich ein Beispiel heraus. Da haben wir den berühmten Zootzenwald. Wie er jetzt ist, das kann ich mir ankucken; aber wo finde ich, wie er 1415 aussah, oder früher oder später? Wenn Büsching auf seiner Reise nach Kyritz aus dem Postwagen raussieht und fünf Zeilen über den Urwaldcharakter des Zootzenwaldes schreibt, so ist das, wie wenn ich von meinem Arbeitstisch aus die Sahara, die Pampas oder eine Prärie beschreibe. Lauter öde Redensarten mit einem Tuareg oder Botokuden oder Sioux dazwischen. All *so* was hilft mir nicht. Sonderbar, ich habe den meisten Vorteil immer aus unbekannten kleinen Broschüren gezogen, die, von einem Nichtschriftsteller geschrieben, in Rhinow oder Rathenow, Preis 50 Pf., erschienen waren. Wem *so* viel vor die Klinge kommt wie Ihnen, der wird auch diese stille Out of the way-Literatur kennen und mir Fingerzeige geben können. In vorzüglichster Ergebenheit

Th. Fontane.

*873. An Wilhelm Meyer-Stolzenau*

*Berlin*, d. 17. September 1898.
Potsdamer Str. 134 c.

Hochgeehrter Herr.

Seien Sie schönstens bedankt für Ihr Lied zu meinem Text. Ich selbst gehöre leider zu den Musikbotokuden, aber meine Tochter hat es gespielt und gesungen und sich und die Familie dadurch erfreut.

Unter Wiederholung meines besten Dankes in vorzüglicher Ergebenheit

Th. Fontane.

*874. An Friedrich Paulsen*

*Berlin* 17. Sept. 98.
Potsdamerstraße 134. c.

Hochgeehrter Herr Professor.

Ihr Wohlwollen erfreut mich immer auf's Neue. *So* gelesen werden, ist ein Ideal, ein Zustand devoutly to be wished, sowohl den Lesern wie der Scenerie nach. Denn auch diese spielt eine Rolle dabei, ganz ähnlich wie die Stimme, die liest. Das eine wie das andre schmeichelt sich ein und kommt dem armen Fabulisten zu gute.

Mit der Bitte, mich auch der »Stimme« bestens empfehlen zu wollen, in vorzüglicher Ergebenheit

Th. Fontane.

*875. An Paul von Szczepanski*

*Berlin*, 17. Sept. 98.
Potsdamerstraße 134.c.

Hochgeehrter Herr.

Pardon, daß ich heute erst antworte. Es waren – durch Familiengeschichten, wenn auch (was bekanntlich selten) angenehme – sehr unruhige Tage. Und nun zur Sache selbst! Es geht nicht. Ich habe, durch 30 Jahre hin, verschiedene Bismarck-Gedichte gemacht und habe nichts mehr auf der Pfanne. Natürlich ist es denkbar, daß ich, nach 3 Tagen schon, angeregt durch ein mich entzückendes Bismarck-Etwas, ein weiteres Bismarckgedicht schreibe; denkbar, aber nicht wahrscheinlich, und ein Lied, wie's Ihnen vorschwebt, ganz unmöglich. Um ihn so, im Styl von ›Was blasen die Trompeten etc.‹ zu behandeln, dazu ist er viel zu groß, und betone ich die Größe, so wird die Sache sehr anzüglich und vielleicht auch wirklich etwas zu viel. So wollen Sie mich gütigst entschuldigen. In vorzüglicher Ergebenheit

Th. Fontane.

*876. An Herman Wichmann*

*Berlin*, d. 18. September 1898.
Potsdamer Str. 134 c.

Teuerster Wichmann.

Seien Sie schönstens bedankt für Ihren lieben langen Brief. Alles höchst interessant. Wenn ich bedenke, daß Sie das alles so flott weg diktieren, so bin ich die helle Bewunderung. Vielleicht ist es die alte Geschichte: wer was zu sagen hat, der kann es auch. Sie haben eben in einem langen Leben viel eingeheimst und verfügen mit Leichtigkeit darüber, weil das Eingeheimste nicht durch eine Fülle hereinbrechender Alltäglichkeiten verschüttet wird.

Dieser Prang, welche herrliche Figur! Ich bin nicht für Kraftmeierei, aber wenn sich Kraft so ganz natürlich gibt, dann ist sie doch was Herrliches und macht das Leben erst recht eigentlich zum Leben. Auch was Prang zur Verherrlichung oder doch zur Gutheißung Rußlands sagt, unterschreibe ich. Nichts schrecklicher und lächerlicher zugleich als die ewigen Einbildungen von unserer deutschen Herrlichkeit und Überlegenheit. Die Leute lernen wo anders auch lesen, schreiben, rechnen, und Polizei gibt es auch überall. Dennoch aller Mängel und Ledernheiten zum Trotz, ist es *im ganzen* doch wohl bei uns am besten, selbst mein geliebtes und gepriesenes England nicht ausgeschlossen.

Im *Politischen* fehlt uns sehr, sehr viel, und mitunter ist es geradezu zum Lachen und Weinen. Aber das gesamte Leben der Nation steht doch vergleichsweise auf einer Hochstufe. Es fehlt so viel Häßliches und Schauderöses, das sich bei den anderen ohne Ausnahme so reichlich vorfindet. Wie immer Ihr

Th. Fontane.

*877. An Emilie Fontane*

Berlin, 18. September 1898

Meine liebe Frau.

Mete hat Dir schon geschrieben, aber ich will Dir doch auch noch danken für Deinen liebenswürdigen Brief, der in besonders guter Stimmung geboren schien. Ich soll mich statt um das »ewige Friesack« lieber um Otto Lessing und Koner kümmern, und ich habe auch den besten Willen dazu, aber Du vergißt meine 34 Pulsschläge. Wenn ich beim Tee sitze, geht es, und wenn ich meine gute Frau Sternheim sehe, geht es noch besser, aber sowie ich aus der Ruhe heraus und in irgendwelche Aktion hinein soll, ist es mit der ganzen Herrlichkeit vorbei. Ich erschrecke vor allem, und selbst wo sogenannte Vergnüglichkeiten in Sicht stehn, ist mein Trost: »Um 9 ist alles aus.« Nicht im Sinn einer Todessehnsucht, sondern nur in dem tiefen Verlangen nach Ruhe. Freilich spukt das andere darin vor, was auch wohl recht gut ist. Ein so glückliches und bevorzugtes Leben und doch: »Was soll der Unsinn?« Dies kann man beinah wörtlich nehmen; in der Politik gewiß, und in Religion und Moral ist alles Phrase. Früher statuierte ich Ausnahmen; jetzt kaum noch.

Fritsch holt eben Martha zu einer Fahrt nach Potsdam ab; Gertrud, noch um wenigstens zwei Fingerbreit gewachsen, als Dame d'honneur. Sie ist eine der entzückendsten Erscheinungen, die ich in meinem ganzen Leben gesehn habe, und könnte in einem Völkermuseum als reiner Typus deutscher Menschenrasse für Geld gezeigt werden. Dagegen verblaßt alles, Jüdinnen nun schon gewiß und auch die romanischen Schönheiten. Desgleichen die Engländerinnen, die – und wenn sie noch so schön sind – reine Kunstprodukte sind, zurechtgemacht. Hier alles Natur, Menschheitsblüte. Und dabei nicht mal der Evazug, sondern etwas Himmlisches. Klingt alles lächerlich, ist aber die reine Wahrheit.

Wie immer

Dein Alter

Das allerbeste aber ist, daß dieses sublime Menschenbild »Mengel« heißt, ein Name, viel, viel schlimmer als Müller. Sie müßte Genoveva v. Stahremberg heißen.

*878. An Emilie Fontane*

Berlin, 20. September 1898

Meine liebe Frau.

Dies sind nun also die letzten Zeilen; übermorgen mittag dürfen wir Dich erwarten. Es freut mich, daß Du dies Zusammensein mit Deiner alten Freundin noch haben konntest. Ganz einverstanden bin ich damit, daß Du auf einen Besuch bei Stegemanns verzichtet hast; so nett beide sind, so wäre es doch zuviel gewesen.

Unsre zweite Gesellschaft verlief ebenfalls zufriedenstellend, weil alle voll guten Willens waren. Daß dieser so oft fehlt, daran scheitern so viele Gesellschaften. Zu den Haupttugenden, die Zöllners und wir in alter Zeit vertraten, gehörte diese absolute gesellschaftliche Zuverlässigkeit. Die meisten machen sich ein Vergnügen draus, wenigstens den einen oder andern zu ärgern.

Mit Metes und meinem Befinden ist es soso; man arbeitet am Trapez immer weiter und leistet dasselbe wie andre, aber es fehlt – einzelne Momente abgerechnet, wo einen ein Witz oder eine Skandalgeschichte erheitert – die rechte Freudigkeit, weil die

Kräfte nicht ausreichen. Das prädominierende Gefühl bleibt doch immer: »Lägst du nur erst wieder im Bett.« Bei mir ist dies Gefühl so stark, daß selbst meine berühmte Artigkeit zusammenbricht und ich mir sage: »Wird dir das und das übelgenommen, nun, so auch gut.« Es ist vielleicht eine kleine Tugend, von dem Urteil der Menschen abhängig zu sein, aber bequemer haben es die Rüpel, denen all so was ganz gleichgültig ist.

Gestern mittag war ein russischer Wirklicher Staatsrat über eine Stunde bei mir, Wladimir Gringmut, Chefredakteur der »Moskowskije wedmosti«; er bereist alle Länder und Hauptstädte Westeuropas. Sie haben da mehr Geld, und die Kleinstiezigkeiten, in denen wir immer noch groß sind, fehlen. – Nach des Russen Besuch ging ich eine Stunde spazieren und traf Parey; er erzählte mir vom Tode seiner Frau und welchen »goldnen Humor« sie gehabt habe, er sei ganz gebrochen, alles habe jedes Interesse für ihn verloren, auch sein Geschäft, und dabei weinte er beständig. Er sei, um sich rauszureißen, in England gewesen und habe mit zwei englischen Nichten seiner Frau eine Reise nach Schottland gemacht. Die jüngere sei heiter und ausgelassen und habe den »goldenen Humor« seiner Frau; die ältere, die jetzt bei ihm sei, sei aber ernster. Ich glaube, er war ganz aufrichtig in seiner Trauer, und doch habe ich nie so stark den Eindruck gehabt: »Dieser Trauernde wartet das Trauerjahr nicht ab«; eine der beiden Nichten muß es werden. Wohl die mit dem »goldenen Humor« seiner Frau. So geht es. Und die Witwen sind noch flinker als die Witwer!

Empfiehl mich allerseits aufs herzlichste, besonders Tante Johanna. Wie immer

Dein Alter

## NACHBEMERKUNG

Die Briefabteilung der Fontane-Ausgabe des Hanser Verlages umfaßt *vier Textbände und einen gesonderten Kommentarband.* Mit den nunmehr edierten 2478 Briefen liegt die bisher – und vermutlich auf längere Zeit – umfangreichste Ausgabe der Briefe Fontanes vor. Band 1 enthält 368 Briefe der Zeit von 1833–1860, Band 2: 524 Briefe von 1860–1878, Band 3: 708 Briefe von 1879–1889 und Band 4: 878 Briefe der Zeit von 1890–1898.

Fontane hat – nach sehr vorsichtigen Schätzungen – ca. 12000 Briefe geschrieben, von denen etwa die Hälfte in Handschriften, Abschriften oder Drucken überliefert ist. Da der Abdruck sämtlicher erhaltener Briefe gegenwärtig nicht möglich ist, kann auch diese Ausgabe nur eine – allerdings sehr breite – Auswahl bieten. In der vorliegenden Ausgabe werden 232 Briefe erstmals veröffentlicht; 309 weitere sind nach den Handschriften korrigiert bzw. vervollständigt worden.

Zu Konzeption, Zielsetzung und Editionsprinzipien wird auf die Nachbemerkung zum ersten Band, S. 715f., und ergänzend auf den zweiten Band, S. 649ff., verwiesen. Nochmals betont sei hier lediglich, daß die Briefe nach bereits gedruckten Quellen in der jeweiligen Gestalt ihrer Vorlage erscheinen; in allen Fällen, in denen die Handschriften vorlagen, in einem wort- und buchstabengetreuen Abdruck des Originals. Die damit zwangsläufig verbundene Uneinheitlichkeit wurde bewußt in Kauf genommen. Im Inhaltsverzeichnis (vgl. S. 783) wird auf Erstveröffentlichungen und erstmals nach den Handschriften gedruckte Briefe durch Kursivierung von Empfängerangaben und Siglen hingewiesen; wenn die Handschrift jedoch nur zum Vergleich herangezogen wurde, der Brief jedoch bereits in einer wort- und buchstabengetreuen Edition vorlag, ist nicht kursiv gesetzt worden. So erscheinen z. B. die Briefe, für die die sogenannte Propyläen-Ausgabe zugrunde gelegt wurde, im Inhaltsverzeichnis *nicht* kursiv, weil unsere Ausgabe dem Druck von Kurt Schreinert und Charlotte Jolles folgt; auch die Briefe an Richard Dehmel und Otto Ernst erscheinen *nicht* kursiv, weil uns für diese Briefe zwar die Handschriften erneut vorlagen, die Erstveröffentlichung aber bereits wort- und buchstabengetreu erfolgt war; die Briefe an Paul Heyse *kursiv,* da sie zwar in der vollständigen und genauen Edition Gotthard Erlers vorliegen, dort aber normalisiert worden sind. Die

Kennzeichnung dient also der Information des Lesers und der Rechtfertigung der hier vorgelegten Drucke. Eine Unterscheidung der Genauigkeit und Vollständigkeit älterer Editionen, die nur im Einzelfall erfolgen kann, ist damit nicht verbunden. Eindeutige Druckfehler wurden stillschweigend korrigiert; mutmaßliche Druckfehler und die wenigen Fälle offensichtlicher Verschreibung wurden durch [!] kenntlich gemacht. Ein Errata-Verzeichnis für unsere Ausgabe wird im Kommentarband enthalten sein.

Herausgeber und Verlag danken insbesondere *Manfred Hellge*, Münster, und *Gerhard Krause*, Staufen i. Br., für die bisher an der Ausgabe geleistete Mitarbeit.

Die Edition wäre nicht möglich gewesen ohne die Hilfe und Unterstützung zahlreicher Personen und Institutionen, namentlich *Peter Bramböck*, München, *Charlotte Dickmann*, Berlin, *Gotthard Erler*, Berlin, *Peter Goldammer*, Weimar, *Charlotte Jolles*, London, *Otfried Keiler*, Potsdam, *Hans-Werner Klünner*, Berlin, *Joachim Krüger*, Berlin, *Gerhard Küchler*, Berlin, *Henry H. Remak*, Bloomington, *Joachim Schobeß*, Potsdam, *Werner Volke*, Marbach, *Jürgen Wetzel*, Berlin, *Bernhard Zeller*, Marbach.

Für die freundliche Genehmigung zum Abdruck danken Herausgeber und Verlag den Besitzern von Briefhandschriften, insbesondere *Renate Grumach*, Berlin (Brief Nr. 33), *Hans W. Hertz*, Hamburg (Brief Nr. 169), *Gerda Jacobsen*, Hamburg (Brief Nr. 72), *Wolfgang Lohmeyer*, München (Brief Nr. 795) sowie Handschriftenbesitzern, die ungenannt bleiben wollen.

Den im Quellenverzeichnis genannten Archiven und Instituten sei für Kopien der Handschriften und die freundliche Genehmigung zu Abdruck und Faksimilierung ebenfalls herzlich gedankt; dazu den Verlagen und Inhabern der Rechte für die freundliche Erlaubnis zum Wiederabdruck urheberrechtlich noch geschützter Publikationen.

Juli 1982 Otto Drude, Helmuth Nürnberger
Carl Hanser Verlag

# DRUCKFEHLER UND ERGÄNZUNGEN

Das folgende Verzeichnis umfaßt Korrekturen und Ergänzungen zur vierbändigen Taschenbuchausgabe der Briefe Fontanes (»Werke und Schriften«, Bd. 51–54).

Dabei handelt es sich sowohl um Fehler in der Satzvorlage (»Hanser«-Ausgabe der »Werke, Schriften und Briefe«, Abteilung IV, Bd. 1–4) als auch um Fehler in den Quellen der Hanser-Ausgabe, die erst jetzt berichtigt wurden. Die Hanser-Ausgabe bringt Briefe nach bereits gedruckten Quellen in der jeweiligen Gestalt ihrer Vorlage (vgl. die editorische Notiz im Band HF IV, 4, S. 761 f.), wobei eindeutige Druckfehler stillschweigend berichtigt werden sollten. Die erneute Überprüfung der Texte machte eine Vermehrung solcher Korrekturen erforderlich.

In einigen Fällen konnten in der Hanser-Ausgabe noch als »Unbekannt« verzeichnete Empfänger von Briefen ermittelt oder falsche Zuschreibungen berichtigt werden. Auch die Quellenangaben im Anhang wurden in einigen Fällen berichtigt und ergänzt.

Für kritische Hinweise danken die Bearbeiter vor allem Walter Hettche, Charlotte Jolles, Wolfgang Paulsen, Erika Samtleben und Ludwig Vogler.

Helmuth Nürnberger

*Bd. 51* (= HF IV, 1)

| | |
|---|---|
| Seite 54, Zeile 27 | sein) seine |
| Seite 75, Zeile 20 | Präisidenten) Präsidenten |
| Seite 113, Zeile 1 | c. Schack) v. Schack |
| Seite 138, Zeile 12 | *Nedaction*) *Redaction* |
| Seite 147, Zeile 7 | Hemmingstedt) Hemmingstedt« |
| Seite 181, Zeile 31 | Backplaumen) Backpflaumen |
| Seite 182, Zeile 16 | mit) mir |
| Seite 190, letzte Zeile | Stachwitz's) Strachwitz's |
| Seite 216, Zeile 10 | Donneratag) Donnerstag |
| Seite 279, Zeile 20 | ›runter) 'runter |
| Seite 307, Zeile 4 | ununbedingt) unbedingt |
| Seite 329, Zeile 5 | Galleerensklaven) Galeerensklaven |
| Seite 340, Zeile 37 | unwüdiger) unwürdiger |
| Seite 357, Zeile 24 | lauf) laut |
| Seite 366, Zeile 16 | 1952) 1852 |
| Seite 407, Zeile 9 | Flair) Fair |
| Seite 415, Zeile 17 | an) and |
| Seite 425, Zeile 24 | Obmnibus) Omnibus |
| Seite 449, Zeile 30 | Sir) Sie |
| Seite 468, Zeile 11 | Geburtagsbrief) Geburtstagsbrief |
| Seite 482, Nr. 228, Zeile 5 | Director.) Director |
| Seite 483, Zeile 9 | Director.) Director |
| Seite 498, Zeile 35 | Walsmley) Walmsley |
| Seite 499, Nr. 235, Zeile 3 | Liebe) liebe |

| | |
|---|---|
| Seite 512, Zeile 22 | ich) Dich |
| Seite 521, drittletzte Zeile | etws) etwas |
| Seite 524, Zeile 33 | unwüdiger) unwürdiger |
| Seite 573, Zeile 5 | nächse) nächste |
| Seite 586, Zeile 5 | Entchuldigung) Entschuldigung |
| Seite 593, Zeile 8 | Macbeth«) »Macbeth« |
| Seite 595, Zeile 34 | höchsten) Höchsten |
| Seite 604, Zeile 5 | Fauches's) Faucher's |
| Seite 662, Zeile 16 | entgegengsetzten) entgegengesetzten |
| Seite 673, Zeile 32 | prusse) prusse. |
| Seite 674, Zeile 13 | Larzarus) Lazarus |
| Seite 705, Nr. 362, Zeile 6 | desen) dessen |
| Seite 723, Nr. 16 | 142) 140 |
| Seite 723, Nr. 27 | Qu 5) Qu 11 |
| Seite 725, Nr. 78 | Qu 7) Qu 17 |

*Band* 52 (= HF IV, 2)

| | |
|---|---|
| Seite 18, Zeile 16 | höchsten) höchstens |
| Seite 45, Zeile 25 | schwere) schwer |
| Seite 115, Zeile 6 | echte) rechte |
| Seite 160, Zeile 17 | unter) unten |
| Seite 305, Zeile 2 | Enschuldigung) Entschuldigung |
| Seite 360, Zeile 15 | Sixpense) Sixpence |
| Seite 383, Nr. 296, Zeile 5 | vor) von |
| Seite 402, Zeile 18 | Klingezuge) Klingelzuge |
| Seite 466, Zeile 15 | kleine) kleinen |
| Seite 506, Zeile 12 | Eindrucke) Eindrücke |
| Seite 509, Zeile 17 | Konradins's) Konradin's |
| Seite 534, Zeile 5 | zahllose) zahllosen |
| Seite 549, Zeile 35 | besondres) besonders |
| Seite 563, Zeile 14 | nun) und |
| Seite 563, Zeile 15 | und) nun |
| Seite 654, Zeile 2 | Januar) März |
| Seite 660, Nr. 38 | LA I 179) BL; LA I 179 |
| Seite 660, Nr. 39 | FR I 221) BE I 289 |
| Seite 661, Nr. 97 | BSJ 60) BSJ I 60 |
| Seite 664, Nr. 221 | 11) 111 |
| Seite 664, Nr. 244 | Be) BE |
| Seite 665, Nr. 271 | Qu 2) Qu 29 |
| Seite 666, Nr. 329 | 138) 135 |
| Seite 667, Nr. 372 | 131) 130 |
| Seite 670, Nr. 477 | *Ma) Weimar* |
| Seite 670, nach Nr. 492 | *493. An Emilie Fontane, 15. August 1878 (HS PK)* |
| Seite 671, Nr. 522 | *Qu 45) Qu 43* |

*Band 53* (= HF IV, 3)

| | |
|---|---|
| Seite 17, Nr. 12, Zeile 16 | liebe) lieber |
| Seite 54, Nr. 50, Zeile 4 | Erreignissen) Ereignissen |
| Seite 69, Zeile 6 | selbsgerecht) selbstgerecht |
| Seite 73, Nr. 71, Zeile 19 | Erklärung) Erkältung |
| Seite 85, Zeile 1 | Hermann) Herman |
| Seite 89, Zeile 13 | Paus) Paul |
| Seite 139, Nr. 131, Zeile 11 | ihnen) Ihnen |
| Seite 314, Zeile 31 | Bougeois) Bourgeois |
| Seite 324, Zeile 33 | Obristlieutemants) Obristlieutenants |
| Seite 364, letzte Zeile | gestelllt) gestellt |
| Seite 568, Nr. 542, Zeile 5 | dies) diese |
| Seite 569, Zeile 1 | und verlangen) verlangen |
| Seite 604, Nr. 576, Zeile 15 | esrpart) erspart |
| Seite 636, Zeile 23 | 606. An Otto Pniower) 607. An Paul Schlenther |
| Seite 665, Zeile 26 | S. 23 die) S. 33 Die<br>die todte) Die todte |
| Seite 668, Nr. 642, Zeile 1 | Unbekannt) Friedrich Stephany |
| Seite 671, Zeile 13 | Zeile) Zeilen |
| Seite 717, Zeile 11 | vieleicht) vielleicht |
| Seite 752, Zeile 16 | 52) 1952 |
| Seite 773, Nr. 642 | Unbekannt) Friedrich Stephany |

*Band 54* (= HF IV, 4)

| | |
|---|---|
| Seite 22, Nr. 22, Zeile 5 | desselbe) dasselbe |
| Seite 42, Zeile 35 | m t) mit |
| Seite 61, Nr. 67 | *Unbekannt*) *Oswald Baer* |
| Seite 61, Nr. 68 | *Unbekannt*) *Oswald Baer* |
| Seite 64, Zeile 34 | Assesor) Assessor |
| Seite 136, Zeile 4 | e-inen) einen |
| Seite 322, Nr. 329, Zeile 8 | dem) den |
| Seite 329, Zeile 13 | Herrlich) Herrlich« |
| Seite 353, Zeile 36 | Empfindlichkeiten) Empfindlichkeit |
| Seite 371, Nr. 374 | *L. Müller*) *Luise Müller* |
| Seite 382, Zeile 30 | Liebeswürdigkeiten) Liebenswürdigkeiten |
| Seite 392, Zeile 8 | »Betta«) »Berta« |
| Seite 403, Zeile 16 | er) es |
| Seite 535, Zeile 10 | Schweibweise) Schreibweise |
| Seite 682, Nr. 774, Zeile 15 | h er) hier |
| Seite 695, Nr. 792, Zeile 10 | von) vor |
| Seite 754, Zeile 8 | kulrivieren) kultivieren |
| Seite 763, Zeile 28 | Julius) Wolfgang |
| Seite 778, Zeile 32 | Mengel, Luise) Mengel, Lise |

| | |
|---|---|
| Seite 779, Zeile 17 | II 151) III 151 |
| Seite 785, Nr. 102 | BSJ II) BSJ II 165 |
| Seite 786, Nr. 152 | F) Fa |
| Seite 792, Nr. 395 | Bke) BKe |

# BENUTZTE LITERATUR

## 1. Handschriftensiglen

| | |
|---|---|
| Hs Abschrift Grumach | Renate Grumach, Berlin |
| Hs Abschrift JL | Jewish National and University Library, Jerusalem |
| Hs Aw | Archief en Museum voor het Vlaamse Cultuurleven, Antwerpen |
| Hs Basel | Universitätsbibliothek Basel Sammlung Geigy-Hagenbach |
| Hs Berlin | Berliner Stadtbibliothek |
| Hs BL | British Library London (maschinenschriftl. Abschriften) |
| Hs Bo | Bibliotheca Bodmeriana Erben Martin Bodmer, Cologny-Genève |
| Hs Do | Stadt- und Landesbibliothek Dortmund |
| Hs FAP | Theodor-Fontane-Archiv Potsdam |
| Hs FDH | Freies Deutsches Hochstift, Frankfurt/Main |
| Hs Ffm | Stadt- und Universitätsbibliothek Frankfurt/Main |
| Hs Goldschmidt | Hans Eberhard Goldschmidt, Wien |
| Hs Hbg | Staats- und Universitätsbibliothek Hamburg |
| Hs Hö | Paul Hövel, Berlin |
| Hs HUB | Bibliothek der Humboldt Universität Berlin |
| Hs Jacobsen | Gerda Jacobsen, Hamburg |
| Hs La | Landesarchiv Berlin |
| Hs LBK | Landesbibliothek Kiel |
| Hs Lohmeyer | Julius Lohmeyer, München |
| Hs LBI | Leo Baeck Institute, New York |
| Hs Ma | Deutsches Literaturarchiv Marbach a.N. |
| Hs Me | Deutsches Zentralarchiv Merseburg (DDR) |
| Hs Nü | Germanisches Nationalmuseum Nürnberg |
| Hs PK | Staatsbibliothek Preußischer Kulturbesitz Berlin |
| Hs pr | private, ungenannt bleiben wollende Handschriftenbesitzer |
| Hs Stabi München | Bayerische Staatsbibliothek München |
| Hs Stoltzenberg | Max Ulrich Freiherr von Stoltzenberg, Schleswig |
| Hs Suckstorff | Irmgard Suckstorff, Göttingen |
| Hs Weimar | Nationale Forschungs- und Gedenkstätten der klassischen Deutschen Literatur Weimar |

Hs Wien Wiener Stadt- und Landesbibliothek
Hs Wu Stadtbibliothek Wuppertal
Hs ZBZ Zentralbibliothek Zürich

## 2. Briefsammlungen an mehrere Adressaten

Fa I/II Theodor Fontanes Briefe an seine Familie. Hrsg. von K. E. O. Fritsch. 1. und 2. Band. Berlin (F. Fontane & Co.) 1904

Fr I/II Briefe Theodor Fontanes. Zweite Sammlung. Hrsg. von Otto Pniower und Paul Schlenther. 1. und 2. Band. Berlin (F. Fontane & Co.) 1910

HD Theodor Fontane. Heiteres Darüberstehen. Familienbriefe. Neue Folge. Hrsg. von Friedrich Fontane. Berlin (G. Grote'sche Verlagsbuchhandlung) 1937

LA I/II Theodor Fontane. Briefe an die Freunde. Letzte Auslese, 2 Bände. Hrsg. von Friedrich Fontane (†) und Hermann Fricke. Berlin (G. Grote'sche Verlagsbuchhandlung) 1943

BE I/II Fontanes Briefe in zwei Bänden. Ausgewählt und erläutert von Gotthard Erler. Berlin und Weimar (Aufbau-Verlag) 1968. 2. Auflage 1980

BSJ I–IV Theodor Fontane Briefe I–IV. Hrsg. von Kurt Schreinert. Zu Ende geführt und mit einem Nachwort versehen von Charlotte Jolles. Berlin (Propyläen Verlag) 1968–71

BKe Neunundachtzig bisher ungedruckte Briefe und Handschriften von Theodor Fontane. Hrsg. und mit Anmerkungen versehen von Richard v. Kehler. Berlin 1936

FeW Theodor Fontanes Engere Welt. Aus dem Nachlaß hrsg. von Mario Krammer. Berlin (Verlagsanstalt Arthur Collignon) 1920

BA Theodor Fontane. Briefe aus den Jahren 1856–1898. Hrsg. von Christian Andree. Berlin (Berliner Handpresse) 1975

Krueger Fontane-Autographen der Universitätsbibliothek Berlin. Ein Verzeichnis. Im Anhang: Zwanzig wenig bekannte Briefe Fontanes. Bearbeitet und kommentiert von Joachim Krueger. Berlin 1973 (= Schriftenreihe der Universitätsbibliothek Berlin. 13)

## 3. Briefsammlungen an einen Adressaten

FW Theodor Fontanes Briefwechsel mit Wilhelm Wolfsohn. Hrsg. von W. Wolters. Berlin (Georg Bondi) 1910

FL I/II Theodor Fontane und Bernhard von Lepel. Ein Freundschafts-Briefwechsel, hrsg. von Julius Petersen. 2 Bände. München (C. H. Beck'sche Verlagsbuchhandlung) 1940

FSt Storm–Fontane. Briefe der Dichter und Erinnerungen von Theodor Fontane. Hrsg. v. Erich Gülzow. Reinbek bei Hamburg (Parus) o. J. (1948)

FH Der Briefwechsel zwischen Theodor Fontane und Paul Heyse. Hrsg. von Gotthard Erler. Berlin und Weimar (Aufbau-Verlag) 1972

FHe Theodor Fontane, Briefe an Wilhelm und Hans Hertz (1859–1898). Hrsg. von Kurt Schreinert. Vollendet und mit einer Einführung versehen von Gerhard Hay. Stuttgart (Ernst Klett Verlag) 1972

FK Theodor Fontane. Briefe an Hermann Kletke. In Verbindung mit dem Deutschen Literaturarchiv Marbach a. N. hrsg. von Helmuth Nürnberger. München (Carl Hanser Verlag) 1969

FR Theodor Fontane. Briefe an Julius Rodenberg. Eine Dokumentation. Hrsg. von Hans-Heinrich Reuter. Berlin und Weimar (Aufbau-Verlag) 1969

FFr Theodor Fontane. Briefe an Georg Friedlaender. Hrsg. und erläutert von Kurt Schreinert. Heidelberg (Quelle & Meyer) 1954

FP Theodor Fontane, Briefe an Friedrich Paulsen. Bern (Dürr) 1949.

## 4. Einzelveröffentlichungen

Qu 1 Theodor Fontane und die »Kreuz-Zeitung«. In: Neue Preußische (Kreuz-) Zeitung Nr. 377, 379 u. 381 (1902)

Qu 2 Theodor Fontane, Briefe und Tagebuch. In: Die neue Rundschau. 30 (1919). Heft 12. S. 1427–1450

Qu 3 Behrend, Fritz: Theodor Fontane und die ›Neue Aera‹. In: Archiv für Politik und Geschichte. Berlin. 2. Jahrgang, Band 3. Teil 2. Heft 10 (1924). S. 475–497

Qu 4 Behrend, Fritz: Ungedruckte amtliche Briefe von Th. Fontane. In: Der Schatzgräber 4, 4 (1924/25). S. 30–34 und S. 1–3

Qu 5 Hamburger, Ernst: Theodor Fontanes Weg zur »Vossischen Zeitung«. In: Vossische Zeitung Nr. 303 vom 29. 12. 1929

Qu 6 Heynen, Walter: Vom Literaten Theodor Fontane in London. In: Preußische Jahrbücher 240 (1935). II. S. 286–302

Qu 7 Fricke, Hermann: Emilie Fontane. Rathenow 1937. S. 18ff.

Qu 8 Jolles, Charlotte: Theodor Fontane und die Ära Manteuffel. In: Forschungen zur brandenburgischen und preußischen Geschichte 49 (1937). S. 57–124; 50 (1938). S. 60–85

Qu 9 Bilderbuch aus England. Hrsg. von Friedrich Fontane. Berlin (G. Grote'sche Verlagsbuchhandlung) 1938

Qu 10 Lohrer, Liselotte: Fontane und Cotta. (Briefe Fontanes an Hermann Hauff und Georg von Cotta). In: Festgabe für Eduard Berend. Weimar 1959. S. 439–466

Qu 11 Krueger, Joachim: Neues vom Tunnel über der Spree. In: Marginalien 7 (1960) Sonderdruck. S. 8 ff.

Qu 12 Theodor Fontane und München. Briefe und Berichte. Hrsg. von Werner Pleister. München 1962

Qu 13 Nürnberger, Helmuth: Der frühe Fontane. Politik. Poesie. Geschichte 1840–1860. Hamburg (Christian Wegner Verlag) 1967

Qu 14 Theodor Fontane, Unveröffentlichter Brief an Friedrich Eggers. In: Fontane Blätter. Band 1. Heft 7 (1968). S. 309

Qu 15 Theodor Fontane. 1819–1898. Stationen seines Werkes. Stuttgart 1969

Qu 16 Theodor Fontane. Zum 150. Geburtstag. Katalog zu einer Ausstellung der Landesgeschichtlichen Vereinigung für die Mark Brandenburg e. V. Berlin 1969

Qu 17 Der junge Fontane. Dichtung, Briefe, Publizistik. Hrsg. von Helmut Richter. Berlin und Weimar (Aufbau-Verlag) 1969

Qu 18 Briefe an Emilie vom 17. Januar bis 1. Februar 1859. Eingeleitet und kommentiert von Karlheinz Dederke. In: Fontane und Berlin. Berlin (Colloquium Verlag) 1970. S. 49–84

Qu 19 Schultze, Christa: Fontane und Wolfsohn. Unbekannte Materialien. In: Fontane Blätter. Band 2. Heft 3 (1970). S. 151 ff.

Qu 20 Theodor Fontane, Unveröffentlichte Briefe an den Verlag Brockhaus. Mitgeteilt von Christa Schultze. In: Fontane Blätter. Band 2. Heft 7 (1972). S. 457 ff.

Qu 21 Zwei unveröffentlichte Briefe Theodor Fontanes. In: Fontane Blätter. Band 2. Heft 7 (1972). S. 500

Qu 22 Müller-Seidel, Walter: Fontanes Preußenlieder. In: Deutsche Weltliteratur. Festgabe für J. Alan Pfeffer. Tübingen (Niemeyer-Verlag) 1972. S. 140 ff.

Qu 23 Dichter über ihre Dichtungen, Band 12/I u. II: Theodor Fontane. Hrsg. von Richard Brinkmann in Zusammenarbeit mit Waltraud Wiethölter. München (Heimeran) 1973

Qu 24 Fricke, Hermann: Fontane-Dokumente. In: Jahrbuch für die Geschichte Mittel- und Ostdeutschlands. Band 4 (1955) S. 73ff.

Qu 25 Fricke, Hermann: Theodor Fontane privat. Acht Familienbriefe. In: »Der Bär von Berlin«. Jahrbuch des Vereins für die Geschichte Berlins. 1959. S. 69ff.

Qu 26 Theodor Fontane, Briefe an Gottlieb Wilhelm Schinkel. Mitgeteilt und kommentiert von Gotthard Erler. In: Fontane Blätter. Band 3. Heft 8 (1976). S. 557ff.

Qu 27 Neuendorff-Fürstenau, Jutta: Briefe Theodor Fontanes an Friedrich Wilhelm Holtze. In: Jahrbuch der deutschen Schillergesellschaft. 4. Jahrgang 1960. S. 358ff.

Qu 28 Fricke, Hermann: Theodor Fontanes »Der deutsche Krieg 1866« und seine militärgeschichtlichen Helfer. In: Jahrbuch für die Geschichte Mittel- und Ostdeutschlands. Band 15 (1966). S. 203ff.

Qu 29 Theodor Fontane, Wanderungen durch Frankreich. Erlebtes 1870–1871. Mit einer Einleitung von Günter Jäckel. Berlin (Verlag der Nation) 1970

Qu 30 Theodor Fontane, Kriegsgefangen. Erlebtes 1870. Populärhistorische Ausgabe. Berlin o. J. (1914)

Qu 31 Fricke, Hermann: Theodor Fontanes Kriegsgefangenschaft 1870. In: »Der Bär von Berlin«. Jahrbuch des Vereins für die Geschichte Berlins. 1955. S. 53ff.

Qu 32 Theodor Fontane an Paul Lindau. Mitgeteilt von Paul Alfred Merbach. In: Deutsche Rundschau. Band 210 (Januar 1927), S. 239ff. und Band 211 (April 1927), S. 56ff.

Qu 33 Kurth-Voigt, Lieselotte E.: Briefe Theodor Fontanes an Ludwig Pietsch. In: Jahrbuch der deutschen Schillergesellschaft. 21. Jahrgang 1977. S. 31ff.

Qu 34 Fontane an Richard Kahle. Ein unveröffentlichter Brief aus dem Jahre 1873. Von Sibylle von Steinsdorff. In: Sprache und Bekenntnis. Sonderband des Literaturwissenschaftlichen Jahrbuchs. Hermann Kunisch zum 70. Geburtstag. Berlin 1971. S. 249ff.

Qu 35 Fittbogen, Gottfried: Theodor Fontane und Rudolf Schick. Unbekanntes aus ihrem Umgang. In: Germanisch-Romanische Monatsschrift. Band 18. 1930. S. 391ff.

Qu 36 Theodor Fontane. Zwei unveröffentlichte Briefe an Dr. Karl Eggers. In: Fontane Blätter. Band 1. Heft 7 (1968). S. 312ff.

Qu 37 Reisebriefe von Theodor Fontane. In: Die neue Rundschau. XXXVI. Jahrgang der freien Bühne. Heft 7 (Juli 1925). S. 680ff.

Qu 38 Theodor Fontane und die preußische Akademie der Künste.

Ein Dossier aus Briefen und Dokumenten des Jahres 1876. Hrsg. und mit einem Nachwort versehen von Walther Huder. Berlin (Berliner Handpresse) 1971

Qu 39 Fontane, Friedrich: Ein ungedruckter Brief Theodor Fontanes. In: Märkische Zeitung. 21. Mai 1934. Nr. 274

Qu 40 Theodor Fontane. 1819–1969. Stationen seines Werkes. Eine Ausstellung des Deutschen Literaturarchivs im Schiller-Nationalmuseum Marbach a. N. Hrsg. von Walther Migge. Stuttgart 1969. S. 107

Qu 41 Goldammer, Peter: Ein unbekannter Briefwechsel zwischen Fontane und Storm. In: Weimarer Beiträge 1968. Heft 2. S. 423 f.

Qu 42 Theodor Fontane, Briefe an seine Frau. Mitgeteilt und kommentiert von Gotthard Erler. In: Fontane Blätter, Band 2. Heft 2 (1970). S. 77 ff.

Qu 43 Wirth, Julia: Julius Stockhausen. Der Sänger des deutschen Liedes. Frankfurt/Main 1927

Qu 44 Theodor Fontane, Romane und Erzählungen in acht Bänden. Hrsg. von Peter Goldammer u. a. Berlin und Weimar (Aufbau-Verlag) 1969. Band 1. S. 355

Qu 45 Theodor Fontane, Unveröffentlichter Brief an seine Frau. In: Fontane Blätter. Band 2. Heft 1 (1969). S. 1 ff.

Qu 46 Theodor Fontane. Unveröffentlichte Aufzeichnungen und Briefe. Mitgeteilt von Hans-Heinrich Reuter. In: Sinn und Form. 13. Jahr. Heft 5/6 (1961). S. 729 ff.

Qu 47 Theodor Fontane, Unveröffentlichter Brief an seine Frau. In: Fontane Blätter. Band 1. Heft 8 (1969). S. 385 f.

Qu 48 Emden, P.: Wanderungen durch die Mark. In: Der Tag. 29. 11. 1931

Qu 49 Von Zelter bis Fontane. Berliner Briefe, mitgeteilt von Otto Pniower. In: Beiträge zur Literatur- und Theatergeschichte. Ludwig Geiger zum 70. Geburtstage 5. Juni 1918 als Festgabe dargebracht. Berlin 1919

Qu 50 Ungedruckte Briefe von Theodor Fontane. In: Mitteilungen für die Geschichte Berlins. 1919. Sonderteil »Fontane«, S. 16

Qu 51 Theodor Fontanes Briefe an Ludwig Pietsch. Eingeleitet und kommentiert von Christa Schultze. In: Fontane Blätter. Band 2. Heft 1 (1969). S. 10 ff.

Qu 52 Süddeutsche Apothekerzeitung. Stuttgart 6. 3. 1946

Qu 53 Theodor Fontane. Plaudereien über Theater. 20 Jahre Königliches Schauspielhaus (1870–1890). Berlin (F. Fontane & Co.) 1926

Qu 54 Theodor Fontane an Gustav Karpeles. Unveröffentlichte Briefe. In: Vossische Zeitung vom 3. 10. 1926. Nr. 232

Qu 55 In memoriam Detlev Liliencron, eingeleitet und hrsg. von H. W. Rath. Frankfurt a. M. o. J.

Qu 56 Meyer-Camberg, Ernst: Ungedrucktes von Theodor Fontane. In: Jahrbuch des Freien Deutschen Hochstifts 1972, Tübingen 1972. S. 369ff.

Qu 57 Hellge, Manfred: Fontane und der Verleger Wilhelm Friedrich. In: Fontane Blätter. Band 3. Heft 1 (1973). S. 9ff.

Qu 58 Spiero, Heinrich: Fontane. Wittenberg (A. Ziemsen Verlag) 1928

Qu 59 Bonwit, Marianne: Einige späte Briefe von Theodor Fontane an Fritz Mauthner und an den Pegnesischen Blumenorden. In: Deutsche Vierteljahrsschrift für Literaturwissenschaft und Geistesgeschichte. 46. Jahrgang (1972). Heft 3. S. 469ff.

Qu 60 Schultze, Christa: Zur Entstehungsgeschichte von Theodor Fontanes Aufzeichnungen über Paul und Rudolf Lindau (mit einem unveröffentlichten Entwurf Fontanes und unbekannten Briefen). In: Fontane Blätter. Band 4. Heft 1 (1977). S. 27ff.

Qu 61 Schreinert, Kurt: Theodor Fontane über Wilhelm Raabe. In: Jahrbuch der Raabe-Gesellschaft 1962. Braunschweig o. J. S. 182ff.

Qu 62 Wichmann, Hermann: Frohes und Ernstes aus meinem Leben. Als Manuskript gedruckt. Leipzig 1898

Qu 63 Fontane, Theodor. Sämtliche Werke, Band XXIII/2. (Aufsätze zur bildenden Kunst. Zweiter Teil) München (Nymphenburger Verlagshandlung) 1970

Qu 64 Vier Briefe Fontanes an seine Tochter Mete. Hrsg. und kommentiert von Charlotte Jolles. In: Fontane Blätter. Band 4. Heft 1 (1977). S. 19ff.

Qu 65 Fontane, Theodor. Sämtliche Werke, Band XXI/1. (Literarische Essays und Studien. Erster Teil) München (Nymphenburger Verlagshandlung) 1963

Qu 66 Theodor Fontane, Briefe an Otto Brahm, Paul und Paula Schlenther. Mitgeteilt von Otto Pniower. In: Neue Rundschau. Jahrgang 21 (1910). S. 1371ff.

Qu 67 Hay, Gerhard: Fontane als Kritiker Heinrich Seidels. Zu unveröffentlichten Briefen Fontanes. In: Fontane Blätter. Band 2. Heft 8 (1973). S. 563ff.

Qu 68 Ungedruckte Briefe Theodor Fontanes. In: Märkische Zeitung. Beilage vom 10. Dezember 1932

Qu 69 Theodor Fontane. Drei literaturtheoretische Entwürfe. Hrsg. und erläutert von Joachim Krueger. In: Fontane Blätter. Band 2. Heft 6 (1972). S. 377ff.

Qu 70 Theodor Fontane. Drei unveröffentlichte Briefe an Friedrich Witte. Mitgeteilt und kommentiert von Gotthard Erler. In: Fontane Blätter. Band 4. Heft 5 (1979). S. 349ff.

Qu 71 Unveröffentlichte Briefe an Moritz Lazarus. In: Theodor Fontane. Aus meiner Werkstatt. Berlin (Das neue Berlin) 1950. S. 90ff.

Qu 72 Theodor Fontane. Unveröffentlichte Briefe an den Sohn Friedrich. In: Fontane Blätter. Band 1. Heft 6 (1968). S. 237ff.

Qu 73 Der Autographensammler. Eutin/Holstein. Hrsg. J. A. Stargardt. Mai 52. Nr. 165

Qu 74 Meyer, Paul: Erinnerungen an Theodor Fontane. 1819–1898. Aus dem Nachlaß seines Freundes und Testamentvollstreckers Paul Meyer. Berlin 1936

Qu 75 Theodor Fontane. Unveröffentlichte Briefe an Pol de Mont. Ein Beitrag zu Fontanes Theorie der Ballade. Mitgeteilt von Jean Gomez. In: Fontane Blätter. Band 2. Heft 7 (1972). S. 465ff.

Qu 76 Unveröffentlichte Fontane-Briefe. In: Die Bücherschau. III. Jahrgang (1912/1913). 1. Heft. S. 1ff.

Qu 77 Brahm, Otto: Theodor Fontane. Literarisches und Persönliches. In: Neue Deutsche Rundschau. 1899. S. 42ff.

Qu 78 Handbuch für Autographensammler. Hrsg. von Eugen Wolbe. Berlin 1923. S. 562

Qu 79 Theodor Fontane. Ein unveröffentlichter Brief an den Brandenburger Verleger Wiesike. Hrsg. und kommentiert von Günter Mangelsdorf. In: Fontane Blätter. Band 3. Heft 7 (1976). S. 481ff.

Qu 80 Aus Briefen Fontanes an Maximilian Harden. Mitgeteilt von Hans Pflug. In: Merkur. Deutsche Zeitschrift für europäisches Denken. Jahrgang 10 (1956). Heft 11. S. 1091ff.

Qu 81 Einige unbekannte Fontane-Briefe. Mitgeteilt von Joachim Krueger. In: Marginalien. Blätter der Pirckheimer-Gesellschaft. Heft 5/6. September 1959. S. 27ff.

Qu 82 Ungedruckte Fontane-Briefe. Von Pfarrer Dr. Nagel-Kriele. In: Neue Preußische (Kreuz-) Zeitung vom 20. Oktober 1918

Qu 83 Erler, Gotthard: Fontane und Hauptmann. In: Fontane Blätter. Band 2. Heft 6 (1972). S. 393ff.

Qu 84 Theodor Fontane. Briefe an seine Frau. In: Das Tagebuch. Jahrgang 1 (1920). S. 1304

Qu 85 Der Bär. Illustrierte Wochenschrift. 6. Jg. 1880. S. 442

Qu 86 Theodor Fontane. Brief an seinen Sohn. In: Das Tagebuch. Jahrgang 1 (1920). S. 1371f.

Qu 87 Schreinert, Kurt: Allerlei Ungedrucktes über und von Theodor Fontane. In: Jahrbuch der Deutschen Schillergesellschaft. 4. Jahrgang 1960. S. 377 ff.

Qu 88 Theodor Fontane und die Familie von Wangenheim. Aus dem Nachlaß hrsg. von Conrad Höfer. o. J. (1939)

Qu 89 Theodor Fontane: Sieben unveröffentlichte Briefe an Verlagsbuchhändler, Verleger, Herausgeber und Redakteure 1855–1895. Hrsg. und mit Anmerkungen versehen von Joachim Schobeß. In: Fontane Blätter. Band 4. Heft 2 (1977). S. 82 ff.

Qu 90 Fontane-Briefe. In: Vossische Zeitung vom 25. Dezember 1921

Qu 91 Krueger, Joachim: Zu Fontanes Aufsatz »Die gesellschaftliche Stellung des Schriftstellers«. Mit einem unbekannten Brief des Dichters. In: Fontane Blätter. Band 2. Heft 8 (1973). S. 593 ff.

Qu 92 Drei Preußen. Erinnerungen und ungedruckte Briefe von Schill, Menzel und Fontane aus dem Nachlaß von Paul von Szczepanski. In: Velhagen und Klasings Monatshefte. 46. Jahrgang (1931). 4. Heft.

Qu 93 Kratzsch, Konrad: Theodor Fontane und Paula Conrad. Zwei bisher unveröffentlichte Briefe des Dichters aus den Beständen des Goethe- und Schiller-Archivs in Weimar. In: Impulse. Folge 1 (Aufbau-Verlag, Berlin 1978). S. 260 ff.

Qu 94 Theodor Fontanes Briefe an Richard Dehmel. Mitgeteilt von Helmuth Nürnberger. In: Fontane Blätter. Band 3. Heft 3 (1974). S. 189 ff.

Qu 95 Belke, Ingrid: »Der Mensch ist eine Bestie.« In: Bulletin des Leo Baeck Instituts. Neue Folge. 13. Jahrgang (1974) Nr. 50. S. 32 ff.

Qu 96 Theodor Fontane. Zwei unveröffentlichte Briefe. In: Fontane Blätter. Band 3. Heft 6 (1975). S. 401 ff.

Qu 97 Teitge, Hans-Erich: Zur Ehrenpromotion Theodor Fontanes. In: Fontane Blätter. Band 1. Heft 4 (1967). S. 156 ff.

Qu 98 Wickert, L: L'illustre maestro. Zu Theodor Mommsens 125. Geburtstag. In: Deutschlands Erneuerung. 26. (1942) S. 531

Qu 99 Fontane und Ihering. In: Die Weltbühne. XVIII. Jahrgang. (1922) 2. Band. S. 548

Qu 100 Theodor Fontane. Politische Briefe. In: Das Tagebuch. Jahrgang 1 (1920). S. 1456 ff.

Qu 101 Ungedruckte Briefe von Theodor Fontane. Mitgeteilt von Dr. Moritz Necker. In: Neue Freie Presse. Wien 9. April 1905.

Qu 102 Unbekannte Briefe Theodor Fontanes an Otto Ernst. Mitgeteilt von Helmuth Nürnberger. In: Neue Zürcher Zeitung. Nr. 176 vom 18. April 1971. S. 49

Qu 103 Fechner, Hanns: Ein paar Fontane-Briefe. In: Menschen, die ich malte. Berlin (Zehlendorf) 6. (1927), S. 63

Qu 104 Behrend, Fritz: Aus Theodor Fontanes Werkstatt. Berlin 1924

Qu 105 Christian Morgenstern. Gedenkausgabe 1871–1971. Ausgewählt und eingeleitet von Rudolf Eppelsheimer. Stuttgart 1971

Qu 106 Theodor Fontane. Unveröffentlichte Briefe. In: Fontane Blätter. Band 1. Heft 6 (1968). S. 239ff.

Qu 107 Gilbert, Mary-Enole: Drei unveröffentlichte Fontane-Briefe. In: Westermanns Monatshefte. 73. Jahrgang (1929) Heft 871. S. 399ff.

Qu 108 Theodor Fontane. Briefe. In: Sinn und Form. 21. Jahr 1969. S. 1290ff.

Qu 109 Unveröffentlichte Briefe von Theodor Fontane. Mitgeteilt von Ernst Heilborn. In: Das literarische Echo. 22. Jahrgang (1919) Heft 6. S. 332ff.

Qu 110 Aus der Arbeit des Theodor-Fontane-Archivs. Handschriften. In: Fontane Blätter. Band 2. Heft 2 (1970). S. 126

Qu 111 Theodor Fontane. Romane und Erzählungen in acht Bänden. Hrsg. von Peter Goldammer u. a. Berlin und Weimar (Aufbau-Verlag) 1969. Band 8, S. 448

Qu 112 Theodor Fontane. Unveröffentlichter Brief an Carl Credner. In: Fontane Blätter. Band 1. Heft 8 (1969). S. 387

Qu 113 Modern Language Notes. LIII, Baltimore 1938, Nr. 4. April 1938. S. 286

Qu 114 Michael, Friedrich: Zwei unveröffentlichte Briefe Theodor Fontanes. In: Zeitschrift für Bücherfreunde. 1922. S. 23

Qu 115 Szczepanski, Paul von: Theodor Fontane. In: Über Land und Meer. 1898/99. Nr. 3. S. 56

Qu 116 Diesmal Hoffnungen auf die Kritik. Ein bisher unveröffentlichter später Brief von Theodor Fontane. In: Die Zeit. Hamburg 1970. Nr. 18 vom 1. Mai 1970. S. 31

Qu 117 Theodor Fontane in Selbstzeugnissen und Bilddokumenten. Dargestellt von Helmuth Nürnberger. Reinbek bei Hamburg (Rowohlt) 1981[11] (1968[1]). S. 144f. (=rowohlts monographien 145)

Qu 118 Antiquariatskatalog Proszenium (Näheres nicht ermittelt)

## VERZEICHNIS DER BRIEFEMPFÄNGER

*(Die Zahlen bezeichnen die Band- und Briefnummern)*


Ackermann, Paul III 681
Arendt, Otto III 635
Auerbach, Berthold II 300, 454
Auerswald, Rudolf von I 302
Avenarius, Ferdinand IV 565
Bär, Der (Redaktion) III 146
Baumann, Otto II 284, 285, 320
Becher, Paul III 198, 199
Beckh IV 8, 389, 401, 413
Beer, Julius II 112
Berg, Leo III 593 – IV 359
Béringuier, Richard III 313, 404, 480
Beutner, Tuiscon I 259, 262, 277, 278, 283, 286, 288, 289, 293, 337
Beyrich, Clementine II 19, 95, 101, 182, 185 – IV 5, 569, 632
Bleibtreu, Georg II 406
Bleibtreu, Johanna Maria Charlotte III 289 – IV 232
Bleibtreu, Karl III 86, 150, 280
Bodenhausen, Hans Eberhard von IV 591
Bormann, Edwin IV 714
Bormann, Karl II 439, 450, 497
Bosse, Robert IV 637, 838
Brahm, Otto III 186, 201, 220, 232, 262, 273, 573 – IV 73, 106, 117, 175, 233, 319, 390, 431, 506, 509, 584, 650, 688, 789, 831
Braun, Otto II 503
Brausewetter, Ernst IV 427
Bredow, Max von III 658 – IV 22, 128
Bredow-Landin, Frau von IV 86, 851
Brockhaus F. A. (Verlag) I 161 – III 231
Brose, Elisabeth III 162
Bruckmann, Friedrich III 165, 168, 351
Burchardi I 6
Burger, Ludwig II 128, 188, 189, 190
Burger, Rose IV 395
Caspar, Bernhard IV 310
Conrad, Paula s. Schlenther-Conrad
Credner, Carl IV 790
Decker, Rudolf von (Verlag) II 106, 122, 139, 143, 144, 228, 254, 263, 269, 276, 338 – IV 387
Deetz, Arthur III 334, 335, 336, 466
Dehmel, Richard IV 284, 407, 414, 428, 712, 715, 716, 732, 733, 755

Deutsches Theater IV 314
Dominik, Emil III 91, 122, 169, 271, 488, 521, 553 – IV 484
Droysen, Johann Gustav II 93
Dubs, Jakob II 286
Duncker, Alexander I 61 – 81, 82, 392, 479
Duncker, Max I 336
Ebell, Albert IV 14
Eggers, Friedrich I 14, 62, 66, 116, 126, 142, 151, 163, 169, 214, 231, 247, 280, 282, 300, 307, 310 – II 229
Eggers, Karl II 391, 395, 445 – III 331, 357, 449, 460 – IV 38, 133, 251, 353, 472, 557, 695, 778, 850
Engel, Eduard III 123, 128, 202, 447
Ernst, Otto IV 366, 372, 465, 516, 522, 599, 623
Eulenburg, Philipp zu III 81, 104, 107, 110, 114, 116, 125, 306, 314 – IV 21
Falk, Adalbert II 414
Favre, L. III 588
Fechner, Hanns IV 410, 436
Feldheim, Friedrich IV 690
Fleischel, Egon IV 378, 612
Förster, August III 175
Fontane, Elise s. Weber
Fontane, Emilie (Mutter) I 1, 69, 120, 189, 191, 230, 240, 271, 294, 298, 299, 303, 335, 340, 344, 362 – II 12, 18, 67, 97, 99, 131, 163, 173, 191, 195
Fontane geb. Rouanet-Kummer, Emilie I 8, 30, 39, 115, 117, 118, 119, 123, 124, 125, 127, 128, 129, 131, 132, 133, 134, 135, 136, 137, 138, 139, 140, 141, 143, 199, 201, 202, 207, 212, 213, 219, 220, 221, 222, 223, 224, 233, 235, 237, 239, 241, 242, 244, 245, 246, 249, 250, 251, 253, 254, 255, 256, 258, 260, 267, 272, 273, 274, 275, 276, 304, 305, 306, 308, 309, 315, 316, 317, 321, 331, 332 – II 25, 55, 56, 57, 58, 59, 60, 61, 62, 63, 65, 66, 68, 85, 86, 107, 150, 151, 152, 153, 154, 166, 167, 168, 171, 172, 174, 175, 176, 177, 178, 180, 194, 198, 199, 200, 203, 204, 205, 206, 207, 208, 209, 215, 216, 217, 218, 219, 221, 222, 223, 224, 233, 236, 237, 240, 242, 244, 249, 256, 257, 258, 259, 260, 261, 265, 266, 267, 268, 270, 271, 272, 288, 289, 343, 344, 366, 372, 373, 374, 398, 399, 400, 401, 428, 430, 449, 463, 465, 467, 469, 470, 472, 473, 475, 476, 477, 478, 480, 481, 482, 483, 490, 492, 493 – III 18, 19, 21, 26, 28, 38, 65, 67, 71, 72, 83, 84, 88, 138, 139, 140, 141, 142, 189, 191, 192, 196, 239, 241, 242, 244, 245, 246, 247, 249, 250, 251, 253, 254, 257, 291, 292, 293, 296, 297, 298, 299, 300, 302, 303, 304, 310, 311, 316, 362, 369, 370, 373, 375, 391, 392, 395, 396, 397, 398, 453, 454, 515, 518, 519, 522, 524, 525, 536, 598, 612, 614, 616, 617, 618, 670, 674, 675 – IV 150, 152, 657, 867, 868, 869, 871, 877, 878
Fontane, Friedrich (Sohn) III 325, 326, 338, 343, 345, 347, 372, 407, 413, 417, 427, 433, 455, 459, 462, 533, 534, 596, 600 – IV 18, 26, 52, 53, 54,

63, 70, 104, 215, 220, 298, 380, 382, 417, 494, 499, 614, 617, 645, 649, 826, 832, 837, 839, 866
Fontane, George (Sohn) I 268, 279
Fontane, Karl III 207
Fontane, Louis Henri (Vater) I 130, 257
Fontane, Martha (Tochter) II 241, 417, 421, 431, 461, 464, 471, 484, 498, 499, 500 – III 41, 43, 45, 82, 87, 89, 105, 111, 130, 170, 172, 188, 195, 234, 236, 243, 252, 281, 286, 288, 305, 319, 324, 378, 379, 385, 386, 387, 388, 514, 564, 565, 566, 584, 591, 595, 655, 662, 663, 676, 680, 682, 683, 686 – IV 29, 49, 56, 96, 102, 108, 110, 113, 116, 118, 125, 126, 132, 135, 137, 144, 146, 149, 151, 154, 192, 193, 194, 219, 221, 223, 279, 288, 290, 291, 292, 293, 294, 295, 297, 329, 331, 341, 392, 396, 456, 489, 492, 493, 495, 496, 500, 503, 504, 505, 589, 607, 611, 615, 618, 619, 621, 625, 631, 635, 636, 704, 737, 739, 773, 800, 804, 806, 819, 823
Fontane, Otto III 673
Fontane, Theodor (Sohn) II 487 – III 17, 185, 371, 394, 400, 403, 434, 440, 445, 467, 470, 477, 502, 530, 538, 547, 562, 575, 586, 654, 691 – IV 72, 99, 296, 299, 327, 354, 367, 399, 440, 466, 478, 490, 523, 549, 862
?, Marianne (Nichte) IV 696
Frank, Rosetta IV 454
Franzos, Karl Emil III 451, 452, 465, 694, 703
Frenzel, Karl IV 2, 317
Fresenius, August III 570
Frey, Adolf IV 430, 432, 438
Freytag, Frau IV 539
Freytag, Ludwig III 223
Friedjung, Heinrich III 632
Friedlaender, Elisabeth III 354
Friedlaender, Georg III 318, 339, 344, 361, 374, 380, 381, 383, 389, 399, 405, 406, 408, 419, 431, 437, 443, 458, 458a, 461, 468, 471, 472, 473, 484, 487, 489, 503, 512, 513, 542, 545, 546, 556, 557, 560, 571, 585, 615, 620, 627, 646, 679, 695 – IV 19, 25, 41, 42, 43, 48, 55, 66, 69, 71, 74, 75, 89, 97, 111, 130, 143, 145, 153, 155, 157, 160, 163, 179, 182, 187, 199, 201, 203, 208, 227, 228, 229, 230, 236, 241, 242, 243, 248, 253, 257, 262, 267, 272, 278, 280, 281, 303, 307, 311, 316, 321, 333, 349, 358, 379, 383, 402, 416, 452, 467, 479, 511, 533, 553, 585, 638, 646, 654, 687, 691, 722, 734, 744, 745, 779, 791, 803, 829, 844, 847, 849, 863
Friedlaender, Hans IV 363
Friedmann, Alfred III 171
Friedrich, Wilhelm III 112, 178, 203, 204, 205, 206, 212, 213, 221, 235, 248, 258, 264, 290, 312, 333, 337, 352, 355
Friedrich Wilhelm IV., König von Preußen I 82, 111
Fritsch, Karl Emil Otto IV 180, 346
Fuhr, Lina II 1, 2
Fulda, Ludwig IV 20, 286, 598, 604, 605, 797

Gartenlaube, Die (Redaktion) III 696
Genée, Rudolf III 438
Gensichen, Otto Franz II 397 – III 610, 629 – IV 23
Gentz, Alexander II 26, 27, 336, 337, 341, 345, 347, 350, 354, 356, 357, 362, 368, 404, 448 – III 499, 500, 501, 504
Gentz, Ismael IV 103, 344, 365, 660
Gentz, Wilhelm III 659
Glasenapp, Otto von IV 498
Glaser, Adolf III 706
Goßler, Gustav von III 639
Graef, Gustav II 73, 74, 77 – IV 12
Graevenitz, Georg von IV 141
Grimm, Hermann III 79
Grosser, Julius III 10, 22, 32, 57, 61, 68, 69, 70, 75, 80, 132, 166, 167, 210
Grote, G. (Verlag) IV 727
Groth, Klaus I 159
Gründler, Ernst IV 570, 579
Grünhagen, Colmar IV 508, 558, 568
Gruppe, Otto Friedrich II 193
Gutzkow, Karl II 102
Haase, Friedrich II 442 – III 626
Habelt, Elise III 497
Hallberger, Eduard II 511
Harden, Maximilian III 640, 693, 702, 708 – IV 7, 39, 62, 92, 343, 423, 481, 485, 487, 520, 528, 538, 539, 541, 544, 559, 603, 608, 652, 662, 665, 675, 679, 706, 761, 763, 765, 836
Hauff, Hermann I 15, 16, 17, 330, 334, 345, 352, 361 – II 3, 23, 53
Hauptmann, Gerhart III 684, 685 – IV 11
Hegel, Immanuel I 170, 228
Heilborn, Ernst – IV 537, 561, 576, 628, 629, 640, 672, 673, 684, 685, 689, 694, 701, 702, 728, 750, 814, 852, 853
Henning, Professor III 119
Hertz, Hans III 85, 590 – IV 28, 119, 121, 122, 127, 210, 250, 447, 450, 455
Hertz, Otto IV 169
Hertz, Wilhelm I 342, 346, 353, 358, 359, 364 – II 9, 14, 15, 17, 29, 30, 31, 32, 38, 40, 41, 42, 45, 46, 49, 51, 69, 80, 90, 91, 110, 117, 129, 132, 138, 141, 142, 170, 210, 211, 225, 230, 234, 275, 301, 364, 379, 382, 388, 410, 426, 427, 435, 451, 455, 458, 501, 505, 515, 516, 517, 520, 521, 524 – III 1, 5, 12, 13, 33, 34, 35, 40, 42, 47, 88, 90, 102, 113, 117, 118, 121, 126, 136, 155, 163, 164, 174, 177, 181, 184, 200, 266, 307, 309, 321, 322, 323, 329, 349, 363, 402, 414, 422, 456, 476, 478, 491, 507, 527, 528, 548, 576, 613, 621, 641, 653, 656, 661, 687, 701 – IV 4, 58, 60, 77, 88, 129, 138, 147, 170, 171, 177, 183, 184, 186, 188, 195, 204, 206, 207, 217, 246, 264, 268, 302, 320, 323, 360, 371, 418, 518, 521, 530, 534, 543, 566, 616, 634, 659, 683, 686, 693, 700, 707, 721, 731, 743, 758, 770, 785, 808, 813, 859

Hesekiel, George II 149
Hesekiel, Ludovica II 197, 247, 335, 453, 462, 508, 519 – III 209, 214, 259, 315, 332
Heyden, August von IV 3, 191, 197, 261, 266, 285, 345, 355, 394, 444
Heyden, Josefine von III 376
Heyse, Paul I 57, 59, 60, 66, 80, 149, 154, 174, 183, 195, 266, 311, 312, 320, 323, 324, 339, 341, 365 – II 4, 11, 52, 123, 135, 137, 147, 370, 518 – III 226, 238, 240, 256, 261, 283, 285, 320, 353, 359, 410, 418, 423, 441, 446, 463, 464, 634, 699 – IV 9, 32, 36, 85, 98, 123, 411, 586, 620, 622, 624, 630, 768
Hitzig, Friedrich II 408, 415, 416
Hoffmann, Adolf IV 729, 742
Holle, Karl IV 651, 663, 713
Holtze, Friedrich IV 451, 453, 460
Holtze, Friedrich Wilhelm II 134, 380, 424, 460 – III 3, 24
Homeyer, Gustav II 87
Hopfen, Hans von III 581 – IV 816, 817
Horwitz, Heinrich Joseph IV 486, 655, 669
Hub, Ignaz I 103 – II 103, 133
Ida, Baptista IV 30
Jacobi, Heinrich IV 16, 429
Janke, Otto I 328
Jensch, Wilhelm III 216
Kaehler, Benno IV 787
Kahle, Richard II 351 – III 52
Karpeles, Gustav III 2, 6, 14, 29, 30, 56, 63, 64, 66, 78, 92, 95, 96, 115, 133, 135, 137, 145, 365, 382, 619 – IV 33, 212, 462
Katte, Marie A. von III 11
Kessel, Gustav von II 79, 83
Keyßner, Gustav IV 449, 458, 547, 597, 725, 774, 821, 843, 855
Kletke, Hermann II 70, 253, 255, 262, 278, 279, 282, 283, 287 291, 302, 304, 308, 310, 318, 322, 324, 326, 367, 486, 507 – III 48, 49, 60, 100
Klingner, Hermann III 98, 103
Königlich Allgemeines Kriegsdepartement II 273
Kröner, Adolf III 425, 444, 481 – IV 13, 57
Kruse, Heinrich III 227, 495, 509, 578, 631, 689
Kühnast, Clara IV 517
Kürschner, Joseph III 401, 555
Kunstmann, Emil III 27
Landrat zu Lebus I 5
Lange, Julius IV 783, 788
Lasch, Jacques IV 502
Lazarus, Moritz II 114 – III 16, 62, 158, 275, 435, 448, 498, 541, 601, 603, 648, 649, 672 – IV 51, 139, 158, 308, 386, 400, 697
Lehnert IV 35

Lepel, Anna von III 368, 377
Lepel, Bernhard von I 9, 11, 20, 21, 22, 23, 24, 25, 26, 27, 28, 29, 31, 32, 33, 34, 35, 36, 37, 38, 41, 49, 50, 51, 52, 55, 58, 63, 64, 65, 67, 68, 71, 72, 79, 83, 85, 87, 88, 90, 91, 92, 95, 96, 97, 98, 100, 101, 102, 109, 110, 113, 121, 122, 145, 146, 152, 155, 157, 160, 164, 167, 175, 177, 178, 181, 192, 217, 248, 264, 292, 296, 301 – II 124, 127, 155, 181, 183, 184, 186, 407 – III 76, 124, 127, 176, 179, 182, 229, 237, 268, 274, 282, 294, 308, 341
Lessing, Carl Robert II 411, 413, 423 – III 668 – IV 196, 205, 209, 211, 527, 613
Liebermann, Max IV 594, 595
Liedtcke, Theodor III 475
Liesegang, Erich IV 870
Liliencron, Detlev von III 97, 609, 611, 647, 657, 660 – IV 17
Lindau, Paul II 306, 315, 376, 440, 446, 447, 457, 502, 513 – III 9, 54, 77, 348, 350, 474, 540, 574, 637 – IV 45, 46
Lindau, Rudolf IV 412
Lindenberg, Paul II 355
Lindner, Otto I 326
Linsemann, Paul IV 854, 857
Lipperheide, Franz III 157, 159, 222
Lohmeyer, Julius IV 795
Lubliner, Hugo III 228
Ludwig, Maximilian II 339, 340, 456 – III 7 – IV 15
Lüderitz, Gustav III 120
Lüdicke II 264
Mathieu, Césaire II 299
Mauthner, Fritz III 638 – IV 172
Maximilian II., Joseph, König von Bayern II 7
Mayer, B. IV 542
Meding, August von II 227
Melcher, W. (?) II 72
Mengel, Luise IV 93, 426, 443, 560
Menzel, Adolph II 294, 331 – IV 44, 385, 475, 546
Merckel, Henriette von I 187, 243, 261, 263, 265, 281, 284, 295 – II 39, 121, 136, 220 – III 101
Merckel, Wilhelm von I 265, 281, 287, 290, 297, 314, 318, 319 – II 13
Metzel, Ludwig I 200, 203, 204, 205, 206, 208, 209, 210, 211, 215, 216, 218, 225, 227, 229, 232, 234, 236, 238
Meyer (Frau) IV 775
Meyer, Conrad Ferdinand IV 6
Meyer, Ferdinand IV 872
Meyer, Paul III 442 – IV 1, 50, 189, 309, 480, 762, 781
Meyer, Richard Moritz IV 247
Meyer, Victor IV 304
Meyer, Waldemar IV 592

Meyer-Stolzenau, Wilhelm IV 873
Mörike, Eduard II 5
Möbis, Emil IV 648
Mommsen, Theodor IV 405
Mont, Pol de III 479, 494, 496, 506, 510, 549, 554, 704 – IV 131
Morgenstern, Christian IV 474
Morris, James IV 548, 554, 564, 567, 580, 601, 643, 664, 667, 681, 698, 709, 718, 723, 730, 738, 746, 748, 756, 760, 780, 794, 798, 802, 820, 830, 864
Mühler, Heinrich von II 89
Müller, L. IV 374, 397
Müller-Grote, Carl III 342
Necker, Moritz IV 87, 335, 340, 347, 348, 350, 356, 357, 510, 519, 526, 532
Neumann-Hofer (Frau) IV 324
Neumann-Hofer, Otto IV 178, 376, 434, 445
Norddeutsche Allgemeine Zeitung II 412
Oberländer, Heinrich II 151
Paetel, Gebrüder III 46 – IV 82
Paetow, Walter IV 749
Pantenius, Hermann III 106 – IV 114, 287
Paulsen, Friedrich IV 717, 719, 724, 747, 766, 809, 815, 818, 822, 825, 828, 846, 848, 874
Pfuel, Alexander von II 98, 100, 113
Pfuel, Ernst von II 94
Pietsch, Ludwig II 312, 321, 361, 363, 375, 419, 506, 509, 510, 512 – III 31, 37, 73, 74, 99, 260, 263, 346, 415, 559, 707 – IV 176, 198, 240, 252, 254, 275, 422, 464, 699, 757, 772, 792, 833, 840, 841
Pindter, Emil Friedrich IV 112, 249
Pniower, Otto III 606 – IV 578
Polenz, Wilhelm von IV 507
Pollack, Paul IV 107
Proehle, Heinrich II 6, 10, 36, 76, 92, 157 – III 39
Puttkammer, Jesco von III 424, 426, 430
Quast, Ferdinand von II 105
Quast, Siegfried von III 161
Quehl, Ryno I 99, 106, 107
Raabe, Wilhelm III 143 – IV 10
Rackwitz, Richard III 412
Redakteur der »Wiener Presse« I 333
Reumont, Alfred von III 153
Richter, Anna IV 312
Richter, Marie III 393
Richthofen, Ferdinand von IV 406
Rodenberg, Julius II 290, 295, 305, 309, 313, 314, 325, 327, 328, 352, 358, 360, 433, 489, 514, 523 – III 4, 8, 59, 197, 219, 330, 604, 623, 624, 625,

628, 631, 636, 664, 665, 666 – IV 24, 78, 79, 80, 83, 84, 120, 136, 140, 142, 148, 161, 162, 164, 165, 166, 168, 234, 235, 273, 274, 277, 282, 283, 313, 318, 328, 330, 337, 338, 342, 361, 362, 419, 446, 468, 476, 477, 491, 540, 552, 574, 575, 582, 583, 587, 596, 600
Rohr, Mathilde von I 343, 349 – II 20, 21, 28, 35, 43, 44, 47, 48, 50, 64, 75, 84, 88, 96, 115, 125, 126, 130, 145, 146, 148, 164, 165, 187, 192, 212, 226, 232, 238, 245, 246, 250, 252, 277, 296, 297, 303, 307, 311, 317, 323, 329, 365, 369, 385, 390, 420, 425, 432, 436, 438, 443, 452, 459, 491 – III 20, 55, 108, 131, 147, 208, 224, 230, 272, 284, 327, 360, 367, 384, 420, 421, 483, 508, 517, 551, 577, 592, 645, 652, 671
Roon, Graf Albrecht von II 280
Roquette, Otto III 287 – IV 101
Rütli I 226
Salomon, Georg Anton IV 403, 404
Samosch, Siegfried III 622, 698 – IV 159, 237, 325
Scherenberg, Auguste III 364 – IV 239, 315, 471, 786
Scherenberg, Christian Friedrich I 54, 194
Scherenberg, Hermann III 152, 218 – IV 322
Scherz, Elisabeth IV 793
Schick, Rudolf II 389
Schiff, Emil III 561
Schinkel, Gottlieb Wilhelm II 109, 346, 348, 353
Schlenther, Paul III 358, 428, 482, 485, 486, 511, 531, 532, 537, 544, 552, 569, 582, 583, 587, 589, 605, 607, 651, 705 – IV 31, 65, 90, 181, 200, 231, 245, 352, 370, 391, 415, 437, 442, 482, 501, 513, 529, 545, 562, 590, 593, 626, 658, 666, 668, 671, 751, 759, 769, 782
Schlenther-Conrad geb. Conrad, Paula III 650 – IV 190, 260, 276, 415, 435, 461
Schmidt, Erich IV 124, 514, 524, 609, 656, 670, 676, 834
Schmidt, Felix IV 91
Schmidt-Neuhaus IV 263
Schneider, Louis I 327
Schöne, Richard IV 398
Schöneberg, Otto IV 244
Schöpplenberg, G. II 394
Schott, Siegmund IV 710, 858
Schottländer, Salo III 148
Schroeder, Otto III 23
Schubert, Ernst III 340, 356, 366
Schwab, Gustav I 40, 53
Schwartz, Wilhelm II 16, 333
Schweitzer, Georg IV 377, 550, 555
Seegall, Emmy IV 483
Seidel, Heinrich III 187 – IV 448, 470, 682, 720
Sello, Erich IV 860, 861

Servaes, Franz IV 167
Sommerfeldt, Familie II 386
Sommerfeldt, Hermann II 158 – IV 736, 845
Spielhagen, Friedrich IV 571, 572, 573, 577, 641, 677, 680, 705, 711, 754, 764, 776, 835
Springer, Julius I 347, 348, 350, 351, 354, 355, 356, 357, 360, 363, 367, 368
St. Cère, Anna IV 551
Steffens, F. W. III 317
Stephany, Friedrich III 269, 270, 301, 439, 469, 490, 493, 505, 520, 523, 526, 568, 669, 688, 690, 692, 697 – IV 34, 64, 214, 222, 225, 238, 256, 269, 270, 271, 300, 334, 336, 364, 368, 373, 441, 459, 525, 588, 627, 644, 653, 674, 771, 796, 801, 805, 807, 824, 842
Stephany (Frau) IV 218
Sternfeld, Richard IV 488, 827
Sternheim, Hans IV 642
Sternheim, Marie III 667 – IV 633, 639, 703
Stilke, Georg III 149
Stockhausen, Clara II 434, 466, 468, 474, 485, 494, 495, 496, 522 – III 643 . – IV 332, 753
Stockhausen, Julius II 393 – III 643
Stoeckhardt, Reinhold IV 202
Storm, Theodor I 153, 156, 158, 166, 168, 171, 173, 176, 179, 180, 182, 185, 186, 188, 196, 197, 198, 270, 366 – II 71, 108, 118, 169, 441, 504 – III 328, 535, 543
Strakosch, Alexander III 276
Sundermann, Friedrich III 211
Suphan, Bernhard IV 610
Szczepanski, Paul von IV 259, 875
Treutler, Johanna II 316, 418
Über Land und Meer (Redaktion) IV 741
Uhse, Marie IV 531
Ullrich, Titus II 37
Unbekannt I 45 – III 233, 432, 539, 567, 633, 642, 644 – IV 37, 67, 68, 156, 174, 185, 226, 255, 258, 301, 408, 420, 421, 424, 433, 439, 457, 473, 515, 563, 581, 661, 678, 692, 726, 752, 767, 777, 812, 856
Waldberg, Max von III 592
Walger, Heinrich II 160, 161, 162
Walger, Marie III 429
Weber geb. Fontane, Elise (Schwester) I 329 – II 22, 33, 34, 54, 78, 104, 116, 119, 179, 274, 281, 319, 332, 334, 349, 403, 405, 444 – III 15, 51, 97, 109, 160, 190, 217, 409, 411, 558 – IV 265, 799
Weiß, Guido III 677
Wichert, Ernst IV 115, 811
Wichmann, Hermann III 129 – IV 27, 76, 81, 105, 109, 375, 469, 556, 602, 606, 876

Wichmann, Paul II 330
Widmann, Joseph Viktor IV 339, 351, 535
Wiesike, Hermann III 597
Wilhelm I., König von Preußen, deutscher Kaiser II 214, 422
Wilmowski, Karl Freiherr von II 156
Witte, Anna II 111 – III 183 – IV 512, 784
Witte, Friedrich I 10, 73, 74, 78, 84, 86, 89, 94, 144, 148, 150 – II 111 – III 44, 53, 225, 563 – IV 94
Witting, Carl I 269
Wolbe, Eugen III 594 – IV 810
Wolff, Eugen IV 463
Wolff, Theodor IV 40, 47
Wolfsohn, Wilhelm I 2, 3, 4, 7, 12, 13, 18, 19, 42, 43, 44, 46, 47, 48, 56, 70, 75, 76, 77, 81, 93, 104, 105, 108, 112, 114, 147, 162, 184, 190, 193, 252, 325, 338 – II 8
Wolters, Wilhelm IV 865
Wolzogen, Ernst von IV 95, 536
Zentral-Pressestelle I 172
Zobeltitz, Fedor von IV 59
Zöllner, Emilie II 196, 201, 213, 239, 243, 251, 298, 342, 377, 378, 381, 384, 402, 429 – III 93, 193, 255, 295, 390, 457, 529 – IV 61, 289, 735, 740
Zöllner, Karl II 24, 120, 140, 202, 231, 235, 248, 292, 293, 342, 371, 377, 378, 381, 383, 384, 387, 396, 409, 429, 437, 488 – III 50, 134, 144, 180, 215, 265, 267, 416, 436, 450, 492, 550, 599, 602, 678, 700 – IV 100, 134, 173, 213, 216, 224, 305, 306, 326, 369, 381, 384, 388, 393, 409, 425, 497, 647, 708
Zolling, Theophil III 156, 173
Zychlinski, Franz von II 159, 359 – III 608

# INHALTSVERZEICHNIS

Die Siglen der Satzvorlagen stehen in Klammern; zur Auflösung der Siglen s. ›Benutzte Literatur‹, S. 763 ff. sowie ›Nachbemerkung‹, S. 761 ff. Erstveröffentlichungen und erstmals nach den Handschriften gedruckte Briefe sind kursiv gesetzt. Wenn die hier nach der Handschrift gedruckten Briefe bereits publiziert sind, ist auch das Siglum für den Erstdruck bzw. für den noch geschützten Druck angegeben (vgl. auch *Nachbemerkung*, S. 761). Auszugsweise Drucke in Auktionskatalogen bleiben unberücksichtigt.


1. An Paul Meyer, 3. Januar 1890 (Qu 74, 58) . . . . . . . . . . 7
2. An Karl Frenzel, 5. Januar 1890 (FR 216) . . . . . . . . . . 7
3. An August von Heyden, 5. Januar 1890 (LA II 463) . . . . . . . 8
4. An Wilhelm Hertz, 12. Januar 1890 (FHe 324) . . . . . . . . . 9
5. *An Clementine Beyrich, 14. Januar 1890 (Hs Ma)* . . . . . . . 9
6. *An Conrad Ferdinand Meyer, 14. Januar 1890 (Hs ZBZ)* . . . . 10
7. *An Maximilian Harden, 14. Januar 1890 (Hs Wu)* . . . . . . . 10
8. *An Dr. Beckh, 14. Januar 1890 (Hs Nü; Qu 59, 473)* . . . . . . 10
9. *An Paul Heyse, 15. Januar 1890 (Hs Ma; FH 204)* . . . . . . . 13
10. An Wilhelm Raabe, 15. Januar 1890 (LA II 464) . . . . . . . 14
11. *An Gerhart Hauptmann, 16. Januar 1890 (Hs PK; Qu 83, 400)* . . . . . . . . . . . . . . . . . . . . . . . 14
12. *An Gustav Graef, 16. Januar 1890 (Hs Ma)* . . . . . . . . . 15
13. An Adolf Kröner, 16. Januar 1890 (Fr II 238) . . . . . . . . 15
14. An Albert Ebell, 20. Januar 1890 (Fr II 239) . . . . . . . . 16
15. *An Maximilian Ludwig, 21. Januar 1890 (Hs PK; Fr II 240)* . . 16
16. An Heinrich Jacobi, 23. Januar 1890 (BE II 262) . . . . . . . 17
17. *An Detlev von Liliencron, 23. Januar 1890 (Hs LBK; Fr II 243)* . 19
18. An Friedrich Fontane, 28. Januar 1890 (Qu 72, 238) . . . . . 19
19. An Georg Friedlaender, 28. Januar 1890 (FFr 119) . . . . . . 20
20. *An Ludwig Fulda, 30. Januar 1890 (Hs FDH)* . . . . . . . . . 21
21. An Philipp zu Eulenburg, 30. Januar 1890 (Fr II 245) . . . . . 21
22. An Max von Bredow, 30. Januar 1890 (Qu 82, 15) . . . . . . . 22
23. An Otto Franz Gensichen, 30. Januar 1890 (BKe 89) . . . . . 22
24. An Julius Rodenberg, Januar 1890 (FR 38) . . . . . . . . . . 23
25. An Georg Friedlaender, 5. Februar 1890 (FFr 120) . . . . . . 24
26. An Friedrich Fontane, 10. Februar 1890 (BA 39) . . . . . . . 25
27. An Hermann Wichmann, 14. Februar 1890 (Qu 62, 22) . . . . . 26
28. An Hans Hertz, 20. Februar 1890 (FHe 324) . . . . . . . . . . 28
29. An Martha Fontane, 25. Februar 1890 (BSJ II 157 . . . . . . 28
30. An die Priorin Ida Baptista, Ende Februar 1890 (Qu 88, 71) . . . 29
31. An Paul Schlenther, 7. März 1890 (Qu 81, 32) . . . . . . . . 30
32. *An Paul Heyse, 9. März 1890 (Hs Ma; FH 205)* . . . . . . . . 31

33. *An Gustav Karpeles, 13. März 1890 (Hs Grumach)* . . . . . . 33
34. An Friedrich Stephany, 13. März 1890 (LA II 472) . . . . . . . . 33
35. An Hauptmann Lehnert, 18. März 1890 (Qu 87, 389) . . . . . . 34
36. *An Paul Heyse, 30. März 1890 (Hs Ma; FH 209)* . . . . . . . . 35
37. An Unbekannt, Frühjahr 1890 (LA II 472) . . . . . . . . . . . 36
38. *An Karl Eggers, 10. April 1890 (Hs LBK)* . . . . . . . . . . 37
39. *An Maximilian Harden, 24. April 1890 (Hs Wu; Qu 80, 1093)* . 37
40. An Theodor Wolff, 28. April 1890 (Fr II 248) . . . . . . . . . 37
41. An Georg Friedlaender, 29. April 1890 (FFr 122) . . . . . . . . 38
42. An Georg Friedlaender, 1. Mai 1890 (FFr 124) . . . . . . . . . 41
43. An Georg Friedlaender, 2. Mai 1890 (FFr 127) . . . . . . . . . 43
44. An Adolph Menzel, 3. Mai 1890 (LA II 475) . . . . . . . . . . 44
45. An Paul Lindau, 8. Mai 1890 (Qu 32, 63) . . . . . . . . . . . 44
46. An Paul Lindau, 10. Mai 1890 (Qu 32, 63) . . . . . . . . . . . 45
47. An Theodor Wolff, 24. Mai 1890 (BE II 275) . . . . . . . . . . 45
48. An Georg Friedlaender, 29. Mai 1890 (FFr 129) . . . . . . . . 46
49. An Martha Fontane, 9. Juni 1890 (BSJ II 158) . . . . . . . . . 47
50. An Paul Meyer, 13. Juni 1890 (Qu 74,18) . . . . . . . . . . . 50
51. *An Moritz und Sara(h) Lazarus, 18. Juni 1890 (Hs HUB; Krueger, 83)* . . . . . . . . . . . . . . . . . . . . . . . . . 50
52. An Friedrich Fontane, 29. Juni 1890 (Fa II 236) . . . . . . . . 51
53. An Friedrich Fontane, 8. Juli 1890 (Qu 72, 238) . . . . . . . . 52
54. An Friedrich Fontane, 11. Juli 1890 (Qu 72, 239) . . . . . . . . 52
55. An Georg Friedlaender, 23. Juli 1890 (FFr 131) . . . . . . . . 53
56. An Martha Fontane, 25. Juli 1890 (BSJ II 162) . . . . . . . . . 54
57. An Adolf Kröner, 28. Juli 1890 (Qu 10,465) . . . . . . . . . . 55
58. An Wilhelm Hertz, 2. August 1890 (FHe 325) . . . . . . . . . 55
59. *An Fedor von Zobeltitz, 3. August 1890 (Hs La; LA II 475)* . . . 56
60. An Wilhelm Hertz, 8. August 1890 (FHe 326) . . . . . . . . . 56
61. An Emilie Zöllner, 18. August 1890 (BSJ IV 110) . . . . . . . 57
62. *An Maximilian Harden, 20. August 1890 (Hs Wu; Qu 80, 1093)* . . . . . . . . . . . . . . . . . . . . . . . . . . . 57
63. An Friedrich Fontane, 23. August 1890 (HD 236) . . . . . . . 58
64. An Friedrich Stephany, 31. August 1890 (LA II 476) . . . . . . 59
65. An Paul Schlenther, Ende August 1890 (LA II 476) . . . . . . 59
66. An Georg Friedlaender, 2. September 1890 (FFr 133) . . . . . 60
67. An Unbekannt, 3. September 1890 (BA 40) . . . . . . . . . . 61
68. An Unbekannt, 7. September 1890 (BA 41) . . . . . . . . . . 61
69. An Georg Friedlaender, 9. September 1890 (FFr 134) . . . . . 62
70. *An Friedrich Fontane, 11. September 1890 (Hs La; Fa II 237)* . 62
71. An Georg Friedlaender, 28. September 1890 (FFr 135) . . . . . 63
72. *An Theodor Fontane (Sohn), 7. Oktober 1890 (Hs Gerda Jacobsen; Qu 25,82)* . . . . . . . . . . . . . . . . . . . . . 64
73. An Otto Brahm, 19. Oktober 1890 (Fr II 253) . . . . . . . . . 65
74. An Georg Friedlaender, 22. Oktober 1890 (FFr 136) . . . . . . 65

75. An Georg Friedlaender, 24. Oktober 1890 (FFr 137) . . . . . . 67
76. An Hermann Wichmann, 8. November 1890 (Qu 62,25) . . . . 68
77. An Wilhelm Hertz, 17. November 1890 (FHe 327) . . . . . . . 69
78. An Julius Rodenberg, 18. November 1890 (FR 40) . . . . . . . 69
79. An Julius Rodenberg, 19. November 1890 (FR 40) . . . . . . . 70
80. An Julius Rodenberg, 21. November 1890 (FR 41) . . . . . . . 70
81. An Hermann Wichmann, 21. November 1890 (Qu 62,26) . . . 71
82. An Gebrüder Paetel, 27. November 1890 (Qu 89,83) . . . . . 72
83. An Julius Rodenberg, 2. Dezember 1890 (FR 41) . . . . . . . . 72
84. An Julius Rodenberg, 3. Dezember 1890 (FR 42) . . . . . . . . 73
*85. An Paul Heyse, 5. Dezember 1890 (Hs Ma; FH 210)* . . . . . . 73
86. An Frau von Bredow-Landin, 6. Dezember 1890 (Qu 82) . . . 75
*87. An Moritz Necker, 6. Dezember 1890 (Hs Wien)* . . . . . . . . 76
88. An Wilhelm Hertz, 7. Dezember 1890 (FHe 327) . . . . . . . . 77
89. An Georg Friedlaender, 9. Dezember 1890 (FFr 138) . . . . . . 78
90. An Paul Schlenther, 21. Dezember 1890 (Qu 90) . . . . . . . . 79
91. An Felix Schmidt, Ende Dezember 1890 (LA II 479) . . . . . . 80
*92. An Maximilian Harden, 1. Januar 1891 (Hs Wu)* . . . . . . . . 80
93. An Luise Mengel, 4. Januar 1891 (Qu 87,392) . . . . . . . . . 81
94. An Friedrich Witte, 4. Januar 1891 (Fr II 255) . . . . . . . . . 81
95. An Ernst von Wolzogen, 7. Januar 1891 (Fr II 256) . . . . . . . 82
96. An Martha Fontane, 8. Januar 1891 (BSJ II 164) . . . . . . . . 83
97. An Georg Friedlaender, 8. Januar 1891 (FFr 140) . . . . . . . 84
*98. An Paul Heyse, 8. Januar 1891 (Hs Ma; FH 215)* . . . . . . . 85
99. An Theodor Fontane (Sohn), 9. Januar 1891 (Fa II 240) . . . . . 89
100. An Karl Zöllner, 9. Januar 1891 (BSJ IV 111) . . . . . . . . . 89
101. An Otto Roquette, Mitte Januar 1891 (LA II 480) . . . . . . . 90
102. An Martha Fontane, 16. Januar 1891 (BSJ II) . . . . . . . . . 91
103. An Ismael Gentz, 23. Januar 1891 (Fr II 257) . . . . . . . . . 92
104. An Friedrich Fontane, 27. Januar 1891 (Qu 46, 735) . . . . . . 93
105. An Hermann Wichmann, 5. Februar 1891 (Qu 62,27) . . . . . 94
106. An Otto Brahm, 8. Februar 1891 (Fr II 258) . . . . . . . . . . 95
107. An Paul Pollack, 10. Februar 1891 (LA II 483) . . . . . . . . . 95
108. An Martha Fontane, 17. Februar 1891 (BSJ II 167) . . . . . . . 96
109. An Hermann Wichmann, 17. Februar 1891 (Qu 62, 28) . . . . 97
110. An Martha Fontane, 21. Februar 1890 (BSJ II 168) . . . . . . . 98
111. An Georg Friedlaender, 25. Februar 1891 (FFr 144) . . . . . . 100
112. An Emil Friedrich Pindter, 26. Februar 1891 (LA II 485) . . . . 101
113. An Martha Fontane, 27. Februar 1891 (BSJ II 171) . . . . . . . 102
114. An Hermann Pantenius. Ende Februar 1891 (LA II 485) . . . . 105
115. An Ernst Wichert, 10. März 1891 (LA II 487) . . . . . . . . . 106
116. An Martha Fontane, 28. März 1891 (BSJ II 174) . . . . . . . . 106
117. An Otto Brahm, 4. April 1891 (Qu 66, 1375) . . . . . . . . . . 108
118. An Martha Fontane, 4. April 1891 (BSJ II 177) . . . . . . . . . 109
119. An Hans Hertz, 14. April 1891 (FHe 328) . . . . . . . . . . . 111

120. An Julius Rodenberg, 14. April 1891 (FR 45) . . . . . . . . . . 112
121. An Hans Hertz, 15. April 1891 (FHe 329) . . . . . . . . . . . . 112
122. An Hans Hertz, 20. April 1891 (FHe 330) . . . . . . . . . . . . 113
123. *An Paul Heyse, 23. April 1891 (Ms Ma; FH 217)* . . . . . . . 114
124. An Erich Schmidt, 23. April 1891 (Fr II 264) . . . . . . . . . . . 115
125. An Martha Fontane, 24. April 1891 (BSJ II 179) . . . . . . . . 115
126. An Martha Fontane, 29. April 1891 (BSJ II 182) . . . . . . . . 118
127. An Hans Hertz, 3. Mai 1891 (FHe 331) . . . . . . . . . . . . . 119
128. An Max von Bredow, 15. Mai 1891 (Qu 82) . . . . . . . . . . . 119
129. An Wilhelm Hertz, 26. Mai 1891 (FHe 331) . . . . . . . . . . . 120
130. An Georg Friedlaender, 27. Mai 1891 (FFr 146) . . . . . . . . 121
131. *An Pol de Mont, 4. Juni 1891 (Hs Aw; Qu 75, 471)* . . . . . . . 123
132. An Martha Fontane, 5. Juni 1891 (BSJ II 183) . . . . . . . . . 124
133. An Karl Eggers, 6. Juni 1891 (LA II 491) . . . . . . . . . . . . 125
134. An Karl Zöllner, 9. Juni 1891 (BSJ IV 111) . . . . . . . . . . . 125
135. An Martha Fontane, 13. Juni 1891 (BSJ II 184) . . . . . . . . . 126
136. An Julius Rodenberg. 24. Juni 1891 (FR 45) . . . . . . . . . . 128
137. An Martha Fontane, 25. Juni 1891 (BSJ II 186) . . . . . . . . . 128
138. An Wilhelm Hertz, 30. Juni 1891 (FHe 333) . . . . . . . . . . . 131
139. An Moritz Lazarus, 1. Juli 1891 (Fr II 267) . . . . . . . . . . . 131
140. An Julius Rodenberg, 2. Juli 1891 (FR 46) . . . . . . . . . . . 132
141. An Georg von Graevenitz, 9. Juli 1891 (BE II 294) . . . . . . . 133
142. An Julius Rodenberg, 9. Juli 1891 (FR 48) . . . . . . . . . . . 134
143. An Georg Friedlaender, 23. Juli 1891 (FFr 151) . . . . . . . . 135
144. An Martha Fontane, 25. Juli 1891 (BSJ II 189) . . . . . . . . . 136
145. An Georg Friedlaender, 29. Juli 1891 (FFr 152) . . . . . . . . 139
146. An Martha Fontane, 31. Juli 1891 (BSJ II 192) . . . . . . . . . 140
147. An Wilhelm Hertz, 4. August 1891 (FHe 334) . . . . . . . . . . 141
148. An Julius Rodenberg, 4. August 1891 (FR 48) . . . . . . . . . 141
149. An Martha Fontane, 9. August 1891 (BSJ II 193) . . . . . . . . 142
150. An Emilie Fontane, 23. August 1891 (BE II 295) . . . . . . . . 144
151. An Martha Fontane, 25. August 1891 (BSJ II 195) . . . . . . . 146
152. An Emilie Fontane, 27. August 1891 (F II 269) . . . . . . . . . 148
153. An Georg Friedlaender, 27. August 1891 (FFr 154) . . . . . . . 150
154. An Martha Fontane, 30. August 1891 (BSJ II 197) . . . . . . . 150
155. An Georg Friedlaender, 4. September 1891 (FFr 155) . . . . . 152
156. *An Unbekannt, 8. September 1891 (Hs Ma)* . . . . . . . . . . 153
157. An Georg Friedlaender, 12. September 1891 (FFr 156) . . . . . 154
158. An Moritz Lazarus, 12. September 1891 (BE II 300) . . . . . . 155
159. An Siegfried Samosch, 18. September 1891 (BE II 302) . . . . . 157
160. An Georg Friedlaender, 4. Oktober 1891 (FFr 157) . . . . . . . 157
161. An Julius Rodenberg, 26. Oktober 1891 (FR 49) . . . . . . . . 160
162. An Julius Rodenberg, 29. Oktober 1891 (FR 49) . . . . . . . . 160
163. An Georg Friedlaender, 16. November 1891 (FFr 160) . . . . . 160
164. An Julius Rodenberg, 19. November 1891 (FR 50) . . . . . . . 163

165. An Julius Rodenberg, 23. November 1891 (FR 51) . . . . . . . . 163
166. An Julius Rodenberg, 23. November 1891 (FR 51) . . . . . . . . 164
*167. An Franz Servaes, 24. November 1891 (Hs Wu)* . . . . . . . . 164
168. An Julius Rodenberg, 25. November 1891 (FR 52) . . . . . . . . 165
*169. An Otto Hertz, 29. November 1891 (Hs pr Hans W. Hertz)* . . . 165
170. An Wilhelm Hertz, 1. Dezember 1891 (FHe 336) . . . . . . . . 166
171. An Wilhelm Hertz, 6. Dezember 1891 (FHe 336) . . . . . . . . 166
172. An Fritz Mauthner, 6. Dezember 1891 (Qu 91, 593) . . . . . . . 167
173. An Karl Zöllner, 12. Dezember 1891 (BSJ IV 113) . . . . . . . . 168
*174. An Unbekannt, 14. Dezember 1891 (Hs Ma)* . . . . . . . . . 168
175. An Otto Brahm, 30. Dezember 1891 (Fr II 278) . . . . . . . . 169
176. An Ludwig Pietsch, 30. Dezember 1891 (Qu 33, 75) . . . . . . . 170
177. An Wilhelm Hertz, 30. Dezember 1891 (FHe 337) . . . . . . . . 171
178. An Otto Neumann-Hofer, 5. Januar 1892 (Fr II 280) . . . . . . 171
179. An Georg Friedlaender, 10. Januar 1892 (FFr 166) . . . . . . . 173
180. An Karl Emil Otto Fritsch, 10. Januar 1892 (Fr II 282) . . . . . 173
181. An Paul Schlenther, 10. Januar 1892 (Qu 66, 1375) . . . . . . . 174
182. An Georg Friedlaender, 14. Januar 1892 (FFr 167) . . . . . . . 175
183. An Wilhelm Hertz, 14. Januar 1892 (FHe 338) . . . . . . . . . 177
184. An Wilhelm Hertz, 18. Januar 1892 (FHe 339) . . . . . . . . . 178
185. An Unbekannt, 1892 (LA II 494) . . . . . . . . . . . . . 180
186. An Wilhelm Hertz, 8. Februar 1892 (FHe 340) . . . . . . . . . 180
187. An Georg Friedlaender, 12. Februar 1892 (FHe 170) . . . . . . . 181
188. An Wilhelm Hertz, 12. Februar 1892 (LA II 497) . . . . . . . . 183
189. An Paul Meyer, 12. Februar 1892 (Qu 74, 59) . . . . . . . . . 183
190. An Paula Conrad, 26. Februar 1892 (LA II 497) . . . . . . . . 184
191. An August von Heyden, 2. März 1892 (Fr II 286) . . . . . . . . 184
192. An Martha Fontane, 10. März 1892 (BSJ II 199) . . . . . . . . 185
193. An Martha Fontane, 22. März 1892 (BSJ II 201) . . . . . . . . 187
194. An Martha Fontane, 26. März 1892 (BSJ II 201) . . . . . . . . 187
195. An Wilhelm Hertz, 26. März 1892 (FHe 342) . . . . . . . . . 188
196. An Carl Robert Lessing, 31. März 1892 (LA II 498) . . . . . . . 189
197. An August von Heyden, 2. April 1892 (Fr II 287) . . . . . . . . 189
198. An Ludwig Pietsch, 10. April 1892 (Qu 33, 76) . . . . . . . . . 190
199. An Georg Friedlaender, 22. April 1892 (FFr 175) . . . . . . . . 190
200. An Paul Schlenther, 28. April 1892 (Qu 66, 1376) . . . . . . . . 192
201. An Georg Friedlaender, 9. Mai 1892 (FFr 177) . . . . . . . . . 193
*202. An Reinhold Stoeckhardt, 15. Mai 1892 (Hs Ma)* . . . . . . . 195
203. An Georg Friedlaender, 19. Mai 1892 (FFr 180) . . . . . . . . 195
204. An Wilhelm Hertz, 22. Mai 1892 (FHe 342) . . . . . . . . . . 196
205. An Carl Robert Lessing, 23. Mai 1892 (Fr II 288) . . . . . . . . 197
206. An Wilhelm Hertz, 30. Mai 1892 (FHe 343) . . . . . . . . . . 198
207. An Wilhelm Hertz, 7. Juni 1892 (FHe 343) . . . . . . . . . . 198
208. An Georg Friedlaender, 10. Juni 1892 (FFr 181) . . . . . . . . 199
209. An Carl Robert Lessing, 15. Juni 1892 (Fr II 290) . . . . . . . . 199

210. An Hans Hertz, 17. Juni 1892 (FHe 344) . . . . . . . . . . . 200
211. An Carl Robert Lessing, 18. Juni 1892 (LA II 501) . . . . . . . 201
212. *An Gustav Karpeles, 19. Juni 1892 (Qu 117, 144 Faks.); Qu 113, 286)* . . . . . . . . . . . . . . . . . . . . . . . . . . . 202
213. An Karl Zöllner, 8. August 1892 (BSJ IV 114) . . . . . . . . . . 202
214. An Friedrich Stephany, 9. August 1892 (LA II 503) . . . . . . . 203
215. An Friedrich Fontane, 11. August 1892 (Fa II 275) . . . . . . . 203
216. An Karl Zöllner, 13. August 1892 (BSJ IV 115) . . . . . . . . 204
217. An Wilhelm Hertz, 14. August 1892 (FHe 346) . . . . . . . . 205
218. An Frau Stephany, 22. August 1892 (Qu 2, 1439) . . . . . . . 205
219. An Martha Fontane, 24. August 1892 (BSJ II 203) . . . . . . . 206
220. An Friedrich Fontane, 26. August 1892 (HD 239) . . . . . . . 207
221. An Martha Fontane, 29. August 1892 (BSJ II 203) . . . . . . . 208
222. An Friedrich Stephany, 31. August 1892 (LA II 503) . . . . . . 209
223. An Martha Fontane, 1. September 1892 (BSJ II 205) . . . . . . 210
224. An Karl Zöllner, 5. September 1892 (BSJ IV 115) . . . . . . . 212
225. An Friedrich Stephany, 14. September 1892 (LA II 505) . . . . 213
226. *An Unbekannt, 17. September 1892 (Hs Ma)* . . . . . . . . . 214
227. An Georg Friedlaender, 21. September 1892 (FFr 185) . . . . . 215
228. An Georg Friedlaender, 25./26. September 1892 (FFr 186) . . . 215
229. An Georg Friedlaender, 28. September–5. Oktober 1892 (FFr 188) . . . . . . . . . . . . . . . . . . . . . . . . . . . 217
230. An Georg Friedlaender, 12.–17. Oktober 1892 (FFr 190) . . . . 220
231. An Paul Schlenther, 18. Oktober 1892 (Qu 66, 1376) . . . . . 224
232. An Johanna Maria Charlotte Bleibtreu, 18. Oktober 1892 (BA 41) . . . . . . . . . . . . . . . . . . . . . . . . . . . 225
233. An Otto Brahm, 22. Oktober 1892 (Fr II 294) . . . . . . . . . 225
234. An Julius Rodenberg, 22. Oktober 1892 (FR 56) . . . . . . . . 226
235. An Julius Rodenberg, 30. Oktober 1892 (FR 56) . . . . . . . . 226
236. An Georg Friedlaender, 1. November 1892 (FFr 195) . . . . . . 227
237. *An Siegfried Samosch, 2. November 1892 (Hs La)* . . . . . . . 227
238. An Friedrich Stephany, 5. November 1892 (LA II 507) . . . . . 228
239. An Auguste Scherenberg, 6. November 1892 (Fr II 295) . . . . 228
240. An Ludwig Pietsch, 6. November 1892 (Qu 33, 77) . . . . . . . 229
241. An Georg Friedlaender, 7./9. November 1892 (FFr 195) . . . . 230
242. An Georg Friedlaender, 13. November 1892 (FFr 199) . . . . . 233
243. An Georg Friedlaender, 20. November 1892 (FFr 200) . . . . . 234
244. An Otto Schöneberg, 24. November 1892 (Fr II 296) . . . . . . 235
245. An Paul Schlenther, 26. November 1892 (Qu 66, 1371) . . . . 236
246. An Wilhelm Hertz, 28. November 1892 (FHe 347) . . . . . . . 236
247. An Richard M. Meyer, 1. Dezember 1892 (Fr II 297) . . . . . . 237
248. An Georg Friedlaender, 2. Dezember 1892 (FFr 201) . . . . . . 237
249. An Emil Friedrich Pindter, 8. Dezember 1892 (LA II 509) . . . . 239
250. An Hans Hertz, 9. Dezember 1892 (FHe 348) . . . . . . . . . . 240
251. *An Karl Eggers, 24. Dezember 1892 (Hs LBK)* . . . . . . . . . 240

252. An Ludwig Pietsch, 24. Dezember 1892 (Qu 33, 78) . . . . . . 241
253. An Georg Friedlaender, 25./26. Dezember 1892 (FFr 204) . . . 241
254. An Ludwig Pietsch, 31. Dezember 1892 (Qu 33, 79) . . . . . . 243
255. *An Unbekannt, 1. Januar 1893 (Hs PK)* . . . . . . . . . . . 244
256. An Friedrich Stephany, 12. Januar 1893 (Fr II 298) . . . . . . 244
257. An Georg Friedlaender, 30. Januar 1893 (FFr 209) . . . . . . . 245
258. An Unbekannt, 1. Februar 1893 (Qu 89, 84) . . . . . . . . . 247
259. An Paul von Szczepanski, 20. Februar 1893 (Qu 92) . . . . . . 248
260. An Paula Schlenther-Conrad, 26. Februar 1893 (LA II 511) . . . 248
261. An August von Heyden, 1. März 1893 (LA II 511) . . . . . . . 248
262. An Georg Friedlaender, 10. April 1893 (FFr 214) . . . . . . . . 249
263. An Premier-Lieutenant Schmidt-Neuhaus, 16. April 1893 (LA II 512) . . . . . . . . . . . . . . . . . . . . . . . . . 252
264. An Wilhelm Hertz, 17. April 1893 (FHe 348) . . . . . . . . . 252
265. An Elise Weber, geb. Fontane, 24. April 1893 (BSJ II 346) . . . 253
266. An August von Heyden, 12. Mai 1893 (A 42) . . . . . . . . . 253
267. An Georg Friedlaender, 22. Mai 1893 (FFr 217) . . . . . . . . 253
268. An Wilhelm Hertz, 5. Juni 1893 (FHe 349) . . . . . . . . . . 257
269. An Friedrich Stephany, 5. Juni 1893 (LA II 512) . . . . . . . . 258
270. An Friedrich Stephany, 6. Juni 1893 (Fr II 300) . . . . . . . . 259
271. An Friedrich Stephany, 8. Juni 1893 (Abschrift FAP) . . . . . 260
272. An Georg Friedlaender, 13. Juni 1893 (FFr 222) . . . . . . . . 260
273. An Julius Rodenberg, 21. Juni 1893 (FR 57) . . . . . . . . . 261
274. An Julius Rodenberg, 22. Juni 1893 (FR 58) . . . . . . . . . 262
275. An Ludwig Pietsch, 23. Juni 1893 (Qu 33, 79) . . . . . . . . 262
276. An Paula Schlenther-Conrad, 28. Juni 1893 (Qu 93, 262) . . . 263
277. An Julius Rodenberg, 3. Juli 1893 (FR 58) . . . . . . . . . . 263
278. An Georg Friedlaender, 4. Juli 1893 (FFr 223) . . . . . . . . . 264
279. An Martha Fontane, 9. Juli 1893 (BSJ II 207) . . . . . . . . . 265
280. An Georg Friedlaender, 16. Juli 1893 (FFr 224) . . . . . . . . 268
281. An Georg Friedlaender, 19. Juli 1893 (FFr 226) . . . . . . . . 269
282. An Julius Rodenberg, 24. Juli 1893 (FR 60) . . . . . . . . . 270
283. An Julius Rodenberg, 26. Juli 1893 (FR 61) . . . . . . . . . 271
284. An Richard Dehmel, 2. August 1893 (Hs Hbg; Qu 94, 192) . . 271
285. An August von Heyden, 5. August 1893 (BE II 307) . . . . . . 271
286. *An Ludwig Fulda, 6. August 1893 (Hs FDH)* . . . . . . . . . 273
287. An Hermann Pantenius, 14. August 1893 (LA II 514) . . . . . 274
288. An Martha Fontane, 17. August 1893 (BSJ II 210) . . . . . . . 275
289. An Emilie Zöllner, 19. August 1893 (BSJ IV 117) . . . . . . . 276
290. An Martha Fontane, 20. August 1893 (BSJ II 212) . . . . . . . 277
291. An Martha Fontane, 21. August 1893 (BSJ II 213) . . . . . . . 278
292. An Martha Fontane, 22. August 1893 (BSJ II 215) . . . . . . . 280
293. An Martha Fontane, 24. August 1893 (BSJ II 217) . . . . . . . 283
294. An Martha Fontane, 25. August 1893 (BSJ II 220) . . . . . . . 285
295. An Martha Fontane, 27. August 1893 (BSJ II 223) . . . . . . . 287

296. An Theodor Fontane (Sohn), 30. August 1893 (Fa II 295) . . . . 289
297. An Martha Fontane, 4. September 1893 (BSJ II 224) . . . . . . . 290
298. An Friedrich Fontane, 10. September 1893 (HD 240) . . . . . . . 292
299. An Theodor Fontane (Sohn), 10. September 1893 (HD 241) . . . 292
300. An Friedrich Stephany, 12. September 1893 (LA II 515) . . . . 293
*301. An Unbekannt, 15. September 1893 (Hs Ma)* . . . . . . . . . 294
302. An Wilhelm Hertz, 17. September 1893 (FHe 349) . . . . . . . 294
303. An Georg Friedlaender, 21. September 1893 (FFr 232) . . . . . 295
304. An Victor Meyer, 26. September 1893 (Qu 99, 548) . . . . . . . 296
305. An Karl Zöllner, 30. September 1893 (BSJ IV 119) . . . . . . . 297
306. An Karl Zöllner, 2. Oktober 1893 (BSJ IV 119) . . . . . . . . . 297
307. An Georg Friedlaender, 3. Oktober 1893 (FFr 234) . . . . . . . . 298
308. An Moritz Lazarus, 3. Oktober 1893 (LA II 517) . . . . . . . . . 301
309. An Paul Meyer, 3. Oktober 1893 (Qu 74, 60) . . . . . . . . . . 301
310. An Bernhard Caspar, 28. Oktober 1893 (Fr II 311) . . . . . . . . 302
311. An Georg Friedlaender, 7. November 1893 (FFr 237) . . . . . . . 302
*312. An Anna Richter, 7. November 1893 (Hs HUB; Krueger, 85)* . 306
313. An Julius Rodenberg, 9. November 1893 (FR 62) . . . . . . . . 307
314. An das Deutsche Theater, 16. November 1893 (LA II 518) . . . . 307
315. An Auguste Scherenberg, 27. November 1893 (Qu 23 II 124) . 308
316. An Georg Friedlaender, 29. November 1893 (FFr 241) . . . . . . 308
317. An Karl Frenzel, 29. November 1893 (Qu 46, 742) . . . . . . . . 311
318. An Julius Rodenberg, 1. Dezember 1893 (FR 62) . . . . . . . . . 312
319. An Otto Brahm, 3. Dezember 1893 (Fr II 312) . . . . . . . . . . 313
320. An Wilhelm Hertz, 3. Dezember 1893 (FHe 351) . . . . . . . . . 313
321. An Georg Friedlaender, 27. Dezember 1893 (FFr 245) . . . . . . 314
322. An Hermann Scherenberg, 2. Januar 1894 (Fr II 313) . . . . . . 318
323. An Wilhelm Hertz, 4. Januar 1894 (FHe 351) . . . . . . . . . . . 319
*324. An Frau Neumann-Hofer, 9. Januar 1894 (Hs La; FeW 55)* . . . 319
325. An Siegfried Samosch, 15. Januar 1894 (BE II 322) . . . . . . . 320
326. An Karl Zöllner, 19. Januar 1894 (BSJ IV 121) . . . . . . . . . 321
327. An Theodor Fontane (Sohn), 22. Januar 1894 (Fa II 299) . . . . 321
328. An Julius Rodenberg, 22. Januar 1894 (FR 63) . . . . . . . . . . 322
329. An Martha Fontane, 25. Januar 1894 (BSJ II 227) . . . . . . . . 322
330. An Julius Rodenberg, 26. Januar 1894 (FR 63) . . . . . . . . . . 324
331. An Martha Fontane, 29. Januar 1894 (BSJ II 229) . . . . . . . . 325
*332. An Clara Stockhausen, 29. Januar 1894 (Hs Ma)* . . . . . . . . 326
333. An Georg Friedlaender, 1. Februar 1894 (FFr 249) . . . . . . . . 327
334. An Friedrich Stephany, 1. Februar 1894 (Qu 100, 1456) . . . . . 329
*335. An Moritz Necker, 7. Februar 1894 (Hs Wien; Qu 101)* . . . . . 330
336. An Friedrich Stephany, 9. Februar 1894 (LA II 520) . . . . . . . 330
337. An Julius Rodenberg, 14. Februar 1894 (FR 64) . . . . . . . . . 331
338. An Julius Rodenberg, 15. Februar 1894 (FR 64) . . . . . . . . . 331
339. An Joseph Viktor Widmann, 15. Februar 1894 (BKe 94) . . . . . 332
*340. An Moritz Necker, 15. Februar 1894 (Hs Wien; LA II 521)* . . . 332

341. An Martha Fontane, 16. Februar 1894 (BSJ II 231) . . . . . . . 333
342. An Julius Rodenberg, 2. März 1894 (FR 66) . . . . . . . . . . 336
*343. An Maximilian Harden, 4. März 1894 (Hs Wu; Qu 80, 11)* . . 336
344. An Ismael Gentz, 8. März 1894 (Fr II 314) . . . . . . . . . . . 337
345. An August von Heyden, 10. März 1894 (Qu 81, 33) . . . . . . 337
346. An Karl Emil Otto Fritsch, 26. März 1894 (Fr II 315) . . . . . 338
*347. An Moritz Necker, 4. April 1894 (Hs Wien)* . . . . . . . . . 339
*348. An Moritz Necker, 9. April 1894 (Hs Wien; Qu 101)* . . . . . 339
349. An Georg Friedlaender, 12. April 1894 (FFr 252) . . . . . . . . 341
*350. An Moritz Necker, 24./27. April 1894 (Hs Wien; LA II 524)* . . 344
*351. An Joseph Viktor Widmann, 27. April 1894 (BKe 94)* . . . . . 346
352. An Paul Schlenther, 28. April 1894 (Qu 66, 1377) . . . . . . . 347
*353. An Karl Eggers, 4. Mai 1894 (Hs LBK)* . . . . . . . . . . . 348
354. An Theodor Fontane (Sohn), 4. Mai 1894 (Fa II 303) . . . . . 348
355. An August von Heyden, 6. Mai 1894 (Fr II 317) . . . . . . . . 349
*356. An Moritz Necker, 8. Mai 1894 (Hs Wien; Qu 101)* . . . . . . 350
*357. An Moritz Necker, 12./13. Mai 1894 (Hs Wien; Qu 101)* . . . 351
358. An Georg Friedlaender, 14. Mai 1894 (FFr 255) . . . . . . . . 352
359. An Leo Berg, 18. Mai 1894 (Hs Hbg; Qu 102) . . . . . . . . . 355
360. An Wilhelm Hertz, 27. Mai 1894 (FHe 352) . . . . . . . . . . 355
361. An Julius Rodenberg, 28. Mai 1894 (FR 66) . . . . . . . . . . 356
362. An Julius Rodenberg, 29./30. Mai 1894 (FR 67) . . . . . . . . 357
363. An Hans Friedlaender, 30. Mai 1894 (FFr 258) . . . . . . . . . 358
364. An Friedrich Stephany, 30. Mai 1894 (LA II 528) . . . . . . . 358
365. An Ismael Gentz, 1. Juni 1894 (Fr II 319) . . . . . . . . . . . 360
366. An Otto Ernst, 4. Juni 1894 (Hs Hbg; Qu 102) . . . . . . . . . 361
367. An Theodor Fontane (Sohn), 4. Juni 1894 (Fa II 304) . . . . . 361
368. An Friedrich Stephany, 4. Juni 1894 (BE II 346) . . . . . . . . 363
369. An Karl Zöllner, 5. Juni 1894 (BSJ IV 121) . . . . . . . . . . 365
370. An Paul Schlenther, 9. Juni 1894 (Fr II 321) . . . . . . . . . 366
371. An Wilhelm Hertz, 11. Juni 1894 (FHe 353) . . . . . . . . . . 366
372. An Otto Ernst, 16. Juni 1894 (Hs Hbg; Qu 102) . . . . . . . . 368
373. An Friedrich Stephany, 2. Juli 1894 (BE II 348) . . . . . . . . 370
374. An Frau L. Müller, 6. Juli 1894 (BKe 99) . . . . . . . . . . . 371
375. An Hermann Wichmann, 7. Juli 1894 (Qu 62, 32) . . . . . . . 371
376. An Otto Neumann-Hofer, 21. Juli 1894 (BE II 352) . . . . . . 374
377. An Georg Schweitzer, 21. Juli 1894 (BKe 100) . . . . . . . . . 375
378. An Egon Fleischel und an Unbekannt, Ende Juli 1894 (BKe 99) . 375
379. An Georg Friedlaender, 1. August 1894 (FFr 266) . . . . . . . 376
380. An Friedrich Fontane, 19. August 1894 (Fa II 306) . . . . . . . 378
381. An Karl Zöllner, 21. August 1894 (BSJ IV 123) . . . . . . . . 378
382. An Friedrich Fontane, 28. August 1894 (HD 246) . . . . . . . 380
383. An Georg Friedlaender, 29. August 1894 (FFr 270) . . . . . . . 381
384. An Karl Zöllner, 6. September 1894 (BSJ IV 125) . . . . . . . 382
385. An Adolph Menzel, 11. September 1894 (LA II 541) . . . . . . 383

386. An Moritz Lazarus, 14. September 1894 (Abschrift JL; Qu 11, 22) . . . 384
387. An Unbekannt (Rudolf von Deckers Verlag), 17. September 1894 (LA II 541) . . . 384
388. An Karl Zöllner, 18. September 1894 (BSJ IV 126) . . . 385
*389. An Dr. Beckh, 21. September 1894 (Hs Nü; Qu 59, 474)* . . . 386
390. An Otto Brahm, 27. September 1894 (Fr II 325) . . . 386
391. An Paul Schlenther, 28. September 1894 (Fr II 326) . . . 387
392. An Martha Fontane, 30. September 1894 (BSJ II 235) . . . 387
393. An Karl Zöllner, 1. Oktober 1894 (BSJ IV 127) . . . 388
*394. An August von Heyden, 3. Oktober 1894 (Hs HUB; Krueger, 88)* . . . 389
395. An Rose Burger, 7. Oktober 1894 (Bke 102) . . . 389
396. An Martha Fontane, 8. Oktober 1894 (BSJ II 236) . . . 390
397. An Frau L. Müller, 24. Oktober 1894 (BKe 103) . . . 391
398. An Richard Schöne, Oktober 1894 (LA II 542) . . . 392
399. An Theodor Fontane (Sohn), 2. November 1894 (Fa II 307) . . . 393
*400. An Moritz Lazarus, 2. November 1894 (HsJL; Qu 95, 32)* . . . 394
*401. An Dr. Beckh, 9. November 1894 (Hs Nü; Lit. Welt 1932, 45; Qu 59, 474)* . . . 395
402. An Georg Fr edlaender, 10. November 1894 (FFr 273) . . . 396
403. An Georg Anton Salomon, 16. November 1894 (Qu 96, 401) . . . 398
404. An Georg Anton Salomon, 17. November 1894 (Qu 96, 401) . . . 398
405. An Theodor Mommsen, 26. November 1894 (Qu 98, 531) . . . 399
406. An Ferdinand von Richthofen, 26. November 1894 (Qu 97, 157) . . . 399
407. An Richard Dehmel, 28. November 1894 (Hs Hbg; Qu 94, 193) . . . 400
*408. An Unbekannt, 29. November 1894 (Hs ZBZ)* . . . 400
409. An Karl Zöllner, 29. November 1894 (BSJ IV 128) . . . 401
410. An Hanns Fechner, November 1894 (Qu 103, 63) . . . 401
*411. An Paul Heyse, 2. Dezember 1894 (Hs Ma; FH 218)* . . . 402
*412. An Rudolf Lindau, 4. Dezember 1894 (Hs PK; Qu 32)* . . . 402
*413. An Dr. Beckh, 5. Dezember 1894 (Hs Nü; Qu 59)* . . . 403
414. An Richard Dehmel, 6. Dezember 1894 (Hs Hbg; Qu 94, 19) . . . 403
415. An Paul und Paula Schlenther, 6. Dezember 1894 (BE II 359) . . . 404
416. An Georg Friedlaender, 9. Dezember 1894 (FFr 275) . . . 406
417. An Friedrich Fontane, 11. Dezember 1894 (HD 248) . . . 408
418. An Wilhelm Hertz, 11. Dezember 1894 (FHe 355) . . . 409
419. An Julius Rodenberg, 11. Dezember 1894 (FR 68) . . . 410
420. An Unbekannt, 14. Dezember 1894 (BKe 106) . . . 410
*421. An Unbekannt, 24. Dezember 1894 (Hs PK)* . . . 411
422. An Ludwig Pietsch, 24. Dezember 1894 (Qu 33) . . . 411
*423. An Maximilian Harden, 31. Dezember 1894 (Hs Wu)* . . . 412
424. An Unbekannt, 31. Dezember 1894 (BA 44) . . . 412

425. An Karl Zöllner, 31. Dezember 1894 (BSJ IV 129) . . . . . . . 413
426. An Luise Mengel, 3. Januar 1895 (Qu 87, 393) . . . . . . . . . 413
427. An Ernst Brausewetter, 5. Januar 1895 (BKe 107) . . . . . . . . 414
428. An Richard Dehmel, 5. Januar 1895 (Hs Hbg; Qu 94) . . . . . . 414
429. An Heinrich Jacobi, 5. Januar 1895 (Fr II 333) . . . . . . . . . 415
430. *An Adolf Frey, 12. Januar 1895 (Hs ZBZ)* . . . . . . . . . . . 416
431. An Otto Brahm, 14. Januar 1895 (Fr II 335) . . . . . . . . . . 416
432. *An Adolf Frey, 20. Januar 1895 (Hs ZBZ)* . . . . . . . . . . . 417
433. *An Unbekannt, 25. Januar 1895 (Hs Ma)* . . . . . . . . . . . 418
434. An Otto Neumann-Hofer, 30. Januar 1895 (Fr II 336) . . . . . 418
435. An Paula Schlenther-Conrad, 11. Februar 1895 (Qu 93, 262) . . 419
436. An Hanns Fechner, 12. Februar 1895 (Qu 103) . . . . . . . . . 422
437. An Paul Schlenther, 12. Februar 1895 (Qu 66, 1378) . . . . . . 423
438. *An Adolf Frey, 12. Februar 1895 (Hs ZBZ)* . . . . . . . . . . 424
439. *An Unbekannt, 21. Februar 1895 (Hs Ma)* . . . . . . . . . . . 424
440. An Theodor Fontane (Sohn), 23. Februar 1895 (BE II 364) . . . 425
441. An Friedrich Stephany, 23. Februar 1895 (Qu 100) . . . . . . . 426
442. An Paul Schlenther, 24. Februar 1895 (Qu 66) . . . . . . . . . 427
443. An Luise Mengel, 25. Februar 1895 (Qu 87) . . . . . . . . . . 427
444. An August von Heyden, 27. Februar 1895 (LA II 553) . . . . . 428
445. An Otto Neumann-Hofer, 1. März 1895 (Fr II 339) . . . . . . 428
446. An Julius Rodenberg, 1. März 1895 (FR 70) . . . . . . . . . . 429
447. An Hans Hertz, 2. März 1895 (FHe 356) . . . . . . . . . . . . 430
448. *An Heinrich Seidel, 13. März 1895 (Hs Ma; Qu 67, 570)* . . . . 431
449. *An Gustav Keyßner, 15. März 1895 (Hs Stabi München; LA II 554)* . . . . . . . . . . . . . . . . . . . . . . . . . . . . 432
450. An Hans Hertz, 16. März 1895 (FHe 357) . . . . . . . . . . . 433
451. An Friedrich Holtze, 16. März 1895 (BE II 369) . . . . . . . . 434
452. An Georg Friedlaender, 19. März 1895 (FFr 279) . . . . . . . . 435
453. An Friedrich Holtze, 22. März 1895 (Fr II 345) . . . . . . . . 438
454. *An Rosetta Frank, 24. März 1895 (Hs LBI)* . . . . . . . . . . 439
455. An Hans Hertz, 31. März 1895 (FHe 359) . . . . . . . . . . . 439
456. An Martha Fontane, 1. April 1895 (BSJ II 237) . . . . . . . . 440
457. *An Unbekannt, 2. April 1895 (Hs Ma)* . . . . . . . . . . . . 441
458. *An Gustav Keyßner, 2. April 1895 (Hs Stabi München; LA II 554)* . . . . . . . . . . . . . . . . . . . . . . . . . . . . 441
459. An Friedrich Stephany, 3. April 1895 (Fr II 347) . . . . . . . . 442
460. An Gustav Karpeles, 3. April 1895 (Abschr. Grumach; Fr II 348) . . . . . . . . . . . . . . . . . . . . . . . . . . . . 442
461. An Friedrich Holtze, 12. April 1895 (Fr II 349) . . . . . . . . 443
462. An Paula Schlenther-Conrad, 12. April 1895 (Fr II 350) . . . . 444
463. An Eugen Wolff, 16. April 1895 (Qu 106) . . . . . . . . . . . 445
464. An Ludwig Pietsch, 27. April 1895 (Qu 33, 80) . . . . . . . . . 445
465. An Otto Ernst, 2. Mai 1895 (Hs Hbg; Qu 102) . . . . . . . . . 446
466. An Theodor Fontane (Sohn), 6. Mai 1895 (BE II 372) . . . . . . 447

467. An Georg Friedlaender, 6. Mai 1895 (FFr 282) . . . . . . . . . . 449
468. An Julius Rodenberg, 21. Mai 1895 (FR 72) . . . . . . . . . . 452
469. An Hermann Wichmann, 22. Mai 1895 (Qu 62, 36) . . . . . . . 452
470. *An Heinrich Seidel, 26. Mai 1895 (Hs Ma; Qu 67, 571)* . . . . 453
471. An Auguste Scherenberg, 1. Juni 1895 (Qu 23 II 130) . . . . . . 453
472. An Karl Eggers, 7. Juni 1895 (Qu 2, 1442) . . . . . . . . . . 454
473. An Unbekannt, 12. Juni 1895 (Qu 104, 43) . . . . . . . . . . 454
474. An Christian Morgenstern, 12. Juni 1895 (Qu 105, 166) . . . . . 455
475. An Adolph Menzel, 15. Juni 1895 (LA II 557) . . . . . . . . . . 455
476. An Julius Rodenberg, 25. Jun 1895 (FR 75) . . . . . . . . . . 456
477. An Julius Rodenberg, 27. Juni 1895 (FR 76) . . . . . . . . . . 457
478. An Theodor Fontane (Sohn), 8. Juli 1895 (HD 250) . . . . . . . 457
479. An Georg Friedlaender, 8. Juli 1895 (FFr 284) . . . . . . . . . 459
480. An Paul Meyer, 10. Juli 1895 (Qu 74, 61) . . . . . . . . . . . 461
481. *An Maximilian Harden, 22. Juli 1895 (Hs Wu; Qu 80)* . . . . . 461
482. An Paul Schlenther, 22. Juli 1895 (Fr II 352) . . . . . . . . . 462
483. An Emmy Seegall, 22. Juli 1895 (Qu 106, 240) . . . . . . . . . 463
484. An Emil Dominik, 25. Juli 1895 (BKe 108) . . . . . . . . . . . 463
485. *An Maximilian Harden, 27. Juli 1895 (Hs Wu; Qu 80)* . . . . . 464
486. An Heinrich Joseph Horwitz, 27. Juli 1895 (Qu 107, 399) . . . . 464
487. *An Maximilian Harden, 8. August 1895 (Hs Wu; Qu 80)* . . . . 465
488. An Richard Sternfeld, 8. August 1895 (Fr II 353) . . . . . . . . 466
489. An Martha Fontane, 9. August 1895 (BSJ II 238) . . . . . . . . 467
490. An Theodor Fontane (Sohn), 12. August 1895 (Fa II 313) . . . . 468
491. An Julius Rodenberg, 12. August 1895 (FR 77) . . . . . . . . . 470
492. An Martha Fontane, 18. August 1895 (BSJ II 240) . . . . . . . 471
493. An Martha Fontane, 22. August 1895 (BSJ II 241) . . . . . . . 472
494. An Friedrich Fontane, 25. August 1895 (HD 254) . . . . . . . . 474
495. An Martha Fontane, 29. August 1895 (BSJ II 243) . . . . . . . 474
496. An Martha Fontane, 30. August 1895 (BSJ II 243) . . . . . . . 475
497. An Karl Zöllner, 31. August 1895 (BSJ IV 130) . . . . . . . . . 477
498. An Otto von Glasenapp, Herbst (?) 1895 (LA II 565) . . . . . . 477
499. An Friedrich Fontane, 2. September 1895 (HD 256) . . . . . . . 478
500. An Martha Fontane, 12. September 1895 (BSJ II 245) . . . . . . 479
501. An Paul Schlenther, 13. September 1895 (Qu 66, 1379) . . . . . 481
502. An Jacques Lasch, 14. September 1895 (LA II 559) . . . . . . . 481
503. An Martha Fontane, 17. September 1895 (BSJ II 247) . . . . . . 482
504. An Martha Fontane, 22. September 1895 (BSJ II 248) . . . . . . 483
505. An Martha Fontane, 23. September 1895 (BSJ II 249) . . . . . . 484
506. An Otto Brahm, 24. September 1895 (Fr II 356) . . . . . . . . . 485
507. An Wilhelm von Polenz, 24. September 1895 (Qu 108, 1290) . . 486
508. An Colmar Grünhagen, 10. Oktober 1895 (LA II 560) . . . . . . 487
509. An Otto Brahm, 13. Oktober 1895 (Fr II 357) . . . . . . . . . 488
510. *An Moritz Necker, 18. Oktober 1895 (Hs Wien)* . . . . . . . . 490
511. An Georg Friedlaender, 18. Oktober 1895 (FFr 289) . . . . . . . 490

512. An Anna Witte, 18. Oktober 1895 (Qu 87, 393) . . . . . . . . 491
513. An Paul Schlenther, 19. Oktober 1895 (Qu 66, 1380) . . . . . . 491
514. An Erich Schmidt, 22. Oktober 1895 (BE II 382) . . . . . . . . 492
515. *An Unbekannt, 23. Oktober 1895 (Hs Ma)* . . . . . . . . . . 492
516. An Otto Ernst, 27. Oktober 1895 (Hs Hbg ; Qu 102) . . . . . . 493
517. An Clara Kühnast, 27. Oktober 1895 (BKe 109) . . . . . . . . 493
518. An Wilhelm Hertz, 29. Oktober 1895 (FHe 360) . . . . . . . . 494
519. *An Moritz Necker, 29. Oktober 1895 (Hs Wien ; Qu 101)* . . . 495
520. *An Maximilian Harden, 30. Oktober 1895 (Hs Wu)* . . . . . . 495
521. An Wilhelm Hertz, 31. Oktober 1895 (FHe 360) . . . . . . . . 496
522. An Otto Ernst, 1. November 1895 (Hs Hbg ; Qu 102) . . . . . . 496
523. An Theodor Fontane (Sohn), 2. November 1895 (BE II 384) . . 497
524. An Erich Schmidt, 2. November 1895 (Fr II 361) . . . . . . . . 498
525. An Friedrich Stephany, 3. November 1895 (Fr II 363) . . . . . . 499
526. *An Moritz Necker, 3. November 1895 (Hs Wien)* . . . . . . . 500
527. An Carl Robert Lessing, 6. November 1895 (Fr II 365) . . . . . 501
528. *An Maximilian Harden, 10. November 1895 (Hs Wu ; Qu 80)* . 501
529. An Paul Schlenther, 11. November 1895 (Qu 66, 1380) . . . . 502
530. An Wilhelm Hertz, 12. November 1895 (FHe 361) . . . . . . . 502
531. An Marie Uhse, 13. November 1895 (Fr II 365) . . . . . . . . 503
532. *An Moritz Necker, 13. November 1895 (Hs Wien)* . . . . . . 503
533. An Georg Friedlaender, 19. November 1895 (FFr 289) . . . . . 504
534. An Wilhelm Hertz, 19. November 1895 (FHe 361) . . . . . . . 505
535. An Josef Viktor Widmann, 19. November 1895 (BKe 110) . . . 506
536. An Ernst von Wolzogen, 19. November 1895 (Fr II 366) . . . . 507
537. An Ernst Heilborn, 24. November 1895 (Qu 109) . . . . . . . 508
538. An Maximilian Harden, 1. Dezember 1895 (Qu 80, 1096) . . . 508
539. *An Maximilian Harden, 2. Dezember 1895 (Hs Wu)* . . . . . . 509
540. An Julius Rodenberg, 7. Dezember 1895 (FR 79) . . . . . . . 509
541. *An Maximilian Harden, 8. Dezember 1895 (Hs Wu)* . . . . . . 509
542. An B. Mayer, 10. Dezember 1895 (BA 46) . . . . . . . . . . 510
543. An Wilhelm Hertz, 12. Dezember 1895 (FHe 362) . . . . . . . 510
544. *An Maximilian Harden, 13. Dezember 1895 (Hs Wu ; Qu 80)* . 511
545. An Paul Schlenther, 21. Dezember 1895 (Qu 66, 1381) . . . . . 512
546. An Adolph Menzel, 24. Dezember 1895 (LA II 564) . . . . . . 512
547. *An Gustav Keyßner, 24. Dezember 1895 (Hs Stabi München)* . 513
548. An James Morris, 24. Dezember 1895 (LA II 563) . . . . . . . 513
549. An Theodor Fontane (Sohn), 25. Dezember 1895 (BE II 388) . . 514
550. An Georg Schweitzer, 31. Dezember 1895 (BKe 111) . . . . . . 516
551. An Anna St. Cère, (1895) (Qu 23 II, 725) . . . . . . . . . . 516
552. An Julius Rodenberg, 1. Januar 1896 (FR 79) . . . . . . . . 517
553. An Georg Friedlaender, 2. Januar 1896 (FFr 291) . . . . . . . 517
554. An James Morris, 2. Januar 1896 (LA II 566) . . . . . . . . . 519
555. An Georg Schweitzer, 2. Januar 1896 (BKe 112) . . . . . . . . 520
556. An Hermann Wichmann, 2. Januar 1896 (Qu 62, 37) . . . . . . 521

557. An Karl Eggers, 3. Januar 1896 (LA II 568) . . . . . . . . . . 522
558. An Colmar Grünhagen, 3. Januar 1896 (LA II 569) . . . . . . . 523
559. *An Maximilian Harden, 4. Januar 1896 (Hs Wu; Qu 80)* . . . 523
560. An Luise Mengel, 5. Januar 1896 (Qu 87, 394) . . . . . . . . . 524
561. An Ernst Heilborn, 7. Januar 1896 (Qu 109) . . . . . . . . . . 525
562. An Paul Schlenther, 7. Januar 1896 (Qu 66, 1381) . . . . . . . 526
563. *An Unbekannt, 12. Januar 1896 (Hs La)* . . . . . . . . . . 526
564. An James Morris, 13. Januar 1896 (LA II 571) . . . . . . . . . 527
565. *An Ferdinand Avenarius, 13. Januar 1896 (Hs Bo)* . . . . . . 528
566. An Wilhelm Hertz, 27. Januar 1896 (FHe 362) . . . . . . . . . 528
567. An James Morris, 31. Januar 1896 (Fr II 369) . . . . . . . . . 529
568. An Colmar Grünhagen, 9. Februar 1896 (LA II 572) . . . . . . 529
569. *An Clementine Beyrich, 9. Februar 1896 (Hs Ma)* . . . . . . . 530
570. An Ernst Gründler, 11. Februar 1896 (Fr II 370) . . . . . . . . 531
571. An Friedrich Spielhagen, 11. Februar 1896 (Fr II 372) . . . . . 532
572. An Friedrich Spielhagen, 12. Februar 1896 (LA II 574) . . . . . 532
573. An Friedrich Spielhagen, 15. Februar 1896 (Fr II 373) . . . . . 533
574. An Julius Rodenberg, 17. Februar 1896 (FR 81) . . . . . . . . 534
575. An Julius Rodenberg, 18. Februar 1896 (FR 81) . . . . . . . . 534
576. *An Ernst Heilborn, 20. Februar 1896 (Hs La; Qu 109)* . . . . . 536
577. An Friedrich Spielhagen, 20. Februar 1896 (Fr II 376) . . . . . 536
578. An Otto Pniower, 21. Februar 1896 (Fr II 378) . . . . . . . . 537
579. An Ernst Gründler, 22. Februar 1896 (LA II 575) . . . . . . . 537
580. An James Morris, 22. Februar 1896 (BE II 395) . . . . . . . . 538
581. An Frau Freytag, 24. Februar 1896 (Hs PK; BA 47) . . . . . . . 539
582. An Julius Rodenberg, 29. Februar 1896 (FR 83) . . . . . . . . 539
583. An Julius Rodenberg, 2. März 1896 (FR 83) . . . . . . . . . . 540
584. An Otto Brahm, 3. März 1896 (BE II 396) . . . . . . . . . . . 540
585. An Georg Friedlaender, 13. März 1896 (FFr 293) . . . . . . . . 541
586. *An Paul Heyse, 13. März 1896 (Hs Ma)* . . . . . . . . . . . 542
587. An Julius Rodenberg, 17. März 1896 (FR 86) . . . . . . . . . 543
588. An Friedrich Stephany, 17. März 1896 (LA II 576) . . . . . . . 543
589. An Martha Fontane, 19. März 1896 (BSJ II 250) . . . . . . . . 544
590. An Paul Schlenther, 19. März 1896 (Fr II 382) . . . . . . . . 545
591. An Hans Eberhard von Bodenhausen, 22. März 1896 (Qu 46, 746) . . . . . . . . . . . . . . . . . . . . . . . . . . 546
592. An Waldemar Meyer, 25. März 1896 (FR 279) . . . . . . . . . 547
593. An Paul Schlenther, 25. März 1896 (Qu 66, 1382) . . . . . . . 547
594. An Max Liebermann, 29. März 1896 (BKe 114) . . . . . . . . 548
595. An Max Liebermann, 30. März 1896 (BA 47) . . . . . . . . . 549
596. An Julius Rodenberg, 31. März 1896 (FR 87) . . . . . . . . . 549
597. *An Gustav Keyßner, 2. April 1896 (Hs Stabi München; LA II 577)* . . . . . . . . . . . . . . . . . . . . . . . . . . 550
598. *An Ludwig Fulda, 11. April 1896 (Hs Frankfurt)* . . . . . . . . 550
599. An Otto Ernst, 12. April 1896 (Hs Hbg; Qu 102) . . . . . . . . 553

600. An Julius Rodenberg, 14. April 1896 (FR 88) . . . . . . . . 553
601. An James Morris, 16. April 1896 (Fr II 385) . . . . . . . . 554
602. An Hermann Wichmann, 16. April 1896 (Qu 62, 39) . . . . . . 555
*603. An Maximilian Harden, 19. April 1896 (Hs Wu; Qu 80)* . . . . 555
*604. An Ludwig Fulda, 20. April 1896 (Hs FDH)* . . . . . . . . 555
*605. An Ludwig Fulda, 22. April 1896 (Hs FDH)* . . . . . . . . 556
606. An Hermann Wichmann, 24. April 1896 (Qu 62, 40) . . . . . 556
607. An Martha Fontane, 24. April 1896 (BSJ II 252) . . . . . . . 557
*608. An Maximilian Harden, 26. April 1896 (Hs Wu)* . . . . . . 558
609. An Erich Schmidt, 25. Mai 1896 (Fr II 387) . . . . . . . . 559
610. An Bernhard Suphan, 25. Mai 1896 (FH 523) . . . . . . . . 559
611. An Martha Fontane, 31. Mai 1896 (BSJ II 253) . . . . . . . 560
612. An Egon Fleischel (?), 3. Juni 1896 (BKe 115) . . . . . . . 561
613. An Carl Robert Lessing, 8. Juni 1896 (BE II 398) . . . . . . 561
614. An Friedrich Fontane, 9. Juni 1896 (BE II 400) . . . . . . . 563
615. An Martha Fontane, 10. Juni 1896 (BSJ II 255) . . . . . . . 564
616. An Wilhelm Hertz, 10. Juni 1896 (FHe 363) . . . . . . . . 565
617. An Friedrich Fontane, 13. Juni 1896 (Qu 110, 126) . . . . . . 565
618. An Martha Fontane, 13. Juni 1896 (BSJ II 256) . . . . . . . 566
619. An Martha Fontane, 14. Juni 1896 (BSJ II 257) . . . . . . . 566
*620. An Paul Heyse, 14. Juni 1896 (Hs Ma; FH 219)* . . . . . . . 567
621. An Martha Fontane, 19. Juni 1896 (BSJ II 258) . . . . . . . 568
*622. An Paul Heyse, 19. Juni 1896 (Hs Ma; FH 221)* . . . . . . . 569
623. An Otto Ernst, 22. Juni 1896 (Hs Hbg; Qu 102) . . . . . . . 570
*624. An Paul Heyse, 25. Juni 1896 (Hs Ma; FH 221)* . . . . . . . 570
625. An Martha Fontane, 29. Juni 1896 (BSJ II 259) . . . . . . . 571
626. An Paul Schlenther, 29. Juni 1896 (Fr II 391) . . . . . . . 572
627. An Friedrich Stephany, 30. Juni 1896 (Fr II 392) . . . . . . 572
*628. An Ernst Heilborn, 3. Juli 1896 (Hs Ma; Qu 23 II 137)* . . . . 573
*629. An Ernst Heilborn, 7. Juli 1896 (Hs Ma; Qu 23 II 137)* . . . . 574
*630. An Paul Heyse, 7. Juli 1896 (Hs Ma; FH 223)* . . . . . . . 574
631. An Martha Fontane, 11. Juli 1896 (BSJ II 259) . . . . . . . 575
*632. An Clementine Beyrich, 11. Juli 1896 (Hs Ma)* . . . . . . . 576
*633. An Marie Sternheim, 11. Juli 1896 (Hs pr)* . . . . . . . . 576
634. An Wilhelm Hertz, 13. Juli 1896 (FHe 364) . . . . . . . . 577
635. An Martha Fontane, 14. Juli 1896 (BSJ II 260) . . . . . . . 577
636. An Martha Fontane, 15. Juli 1896 (BSJ II 262) . . . . . . . 579
637. An Robert Bosse, Juli 1896 (?) (LA II 591 Entwurf) . . . . . 580
638. An Georg Friedlaender, 14. August 1896 (FFr 299) . . . . . . 582
639. An Marie Sternheim, 18. August 1896 (Fr II 394) . . . . . . 584
*640. An Ernst Heilborn, 18. August 1896 (Hs La)* . . . . . . . 585
641. An Friedrich Spielhagen, 25. August 1896 (BE II 407) . . . . 585
642. An Hans Sternheim, 26. August 1896 (FeW 60) . . . . . . . 587
643. An James Morris, 27. August 1896 (Fr II 396) . . . . . . . 587
644. An Friedrich Stephany, 28. August 1896 (Fr II 397) . . . . . 588

645. An Friedrich Fontane, 29. August 1896 (Fa II 327) . . . . . . . . 590
646. An Georg Friedlaender, 30. August 1896 (FFr 302) . . . . . . . . 591
647. An Karl Zöllner, 30. August 1896 (BSJ IV 131) . . . . . . . . . 592
648. An Emil Möbis, 7. September 1896 (Qu 24, 80) . . . . . . . . . 593
649. An Friedrich Fontane, 9. September 1896 (HD 262) . . . . . . . 593
650. An Otto Brahm, 12. September 1896 (Qu 81) . . . . . . . . . . 594
651. An Karl Holle, 20. September 1896 (LA II 578) . . . . . . . . . 594
652. *An Maximilian Harden, 21. September 1896 (Hs Wu)* . . . . . . 595
653. An Friedrich Stephany, 24. September 1896 (Fr II 401) . . . . . . 595
654. An Georg Friedlaender, 4. Oktober 1896 (FFr 303) . . . . . . . . 597
655. An Heinrich Joseph Horwitz, 7. Oktober 1896 (Qu 107, 400) . . 597
656. An Erich Schmidt, 7. Oktober 1896 (Fr II 402) . . . . . . . . . 598
657. An Emilie Fontane, 10. Oktober 1896 (Fa II 329) . . . . . . . . 599
658. An Paul Schlenther, 13. Oktober 1896 (Fr II 403) . . . . . . . . 600
659. An Wilhelm Hertz, 14. Oktober 1896 (FHe 365) . . . . . . . . . 600
660. An Ismael Gentz, 16. Oktober 1896 (Abschr. FAP; Qu 23 I 758) . . . . . . . . . . . . . . . . . . . . . . . . . . . . 601
661. *An Unbekannt, 16. Oktober 1896 (Hs Wü)* . . . . . . . . . . 601
662. *An Maximilian Harden, 16. Oktober 1896 (Hs Wu; Qu 80)* . . 602
663. An Karl Holle, 18. Oktober 1896 (LA II 579) . . . . . . . . . . 602
664. An James Morris, 18. Oktober 1896 (LA II 580) . . . . . . . . . 603
665. *An Maximilian Harden, 20. Oktober 1896 (Hs Wu)* . . . . . . . 604
666. An Paul Schlenther, 27. Oktober 1896 (Qu 66, 1382) . . . . . . 604
667. An James Morris, 4. November 1896 (LA II 581) . . . . . . . . . 605
668. An Paul Schlenther, 4. November 1896 (Qu 66, 1383) . . . . . . 607
669. An Heinrich Joseph Horwitz, 6. November 1896 (Qu 107, 399) . . . . . . . . . . . . . . . . . . . . . . . . . . . . . 607
670. An Erich Schmidt, 6. November 1896 (Fr II 404) . . . . . . . . 608
671. An Paul Schlenther, 8. November 1896 (Qu 66, 1383) . . . . . . 609
672. An Ernst Heilborn, 15. November 1896 (Qu 109) . . . . . . . . 609
673. An Ernst Heilborn, 17. November 1896 (Qu 109) . . . . . . . . 610
674. An Friedrich Stephany, 20. November 1896 (Fr II 406) . . . . . 612
675. *An Maximilian Harden, 21. November 1896 (Hs Wu)* . . . . . . 613
676. An Erich Schmidt, 23. November 1896 (LA II 588) . . . . . . . 614
677. An Friedrich Spielhagen, 24. November 1896 (Fr II 408) . . . . 615
678. *An Unbekannt, 27. November 1896 (Hs Nü)* . . . . . . . . . . 615
679. *An Maximilian Harden, 27. November 1896 (Hs Wu)* . . . . . . 616
680. An Friedrich Spielhagen, 28. November 1896 (Fr II 409) . . . . 617
681. An James Morris, 1. Dezember 1896 (LA II 589) . . . . . . . . 617
682. *An Heinrich Seidel, 1. Dezember 1896 (Hs Ma)* . . . . . . . . 618
683. An Wilhelm Hertz, 2. Dezember 1896 (FHe 365) . . . . . . . . 618
684. An Ernst Heilborn, 8. Dezember 1896 (Qu 109) . . . . . . . . . 619
685. An Ernst Heilborn, 10. Dezember 1896 (Qu 109) . . . . . . . . 620
686. An Wilhelm Hertz, 11. Dezember 1896 (FHe 365) . . . . . . . . 620
687. An Georg Friedlaender, 16. Dezember 1896 (FFr 306) . . . . . 621

688. An Otto Brahm, 17. Dezember 1896 (Fr II 410) . . . . . . . . 621
*689. An Ernst Heilborn, 19. Dezember 1896 (Hs Ma; Qu 23 I 184)* . 622
*690. An Friedrich Feldheim, 27. Dezember 1896 (Hs Wu)* . . . . . . 623
691. An Georg Friedlaender, 29. Dezember 1896 (FFr 306) . . . . . 623
*692. An Unbekannt, 29. Dezember 1896 (Hs Stabi München)* . . . 624
693. An Wilhelm Hertz, 31. Dezember 1896 (FHe 366) . . . . . . 624
694. An Ernst Heilborn, 3. Januar 1897 (Qu 109) . . . . . . . . 624
695. An Karl Eggers, 4. Januar 1897 (Qu 2) . . . . . . . . . . 625
696. An seine Nichte Marianne, 4. Januar 1897 (BA 48) . . . . . . . 625
*697. An Moritz Lazarus, 5. Januar 1897 (Hs HUB; Krueger, 91)* . . 626
698. An James Morris, 5. Januar 1897 (Fr II 413) . . . . . . . . 627
699. An Ludwig Pietsch, 8. Januar 1897 (Qu 33, 81) . . . . . . . 628
700. An Wilhelm Hertz, 10. Januar 1897 (FHe 366) . . . . . . . . 629
701. An Ernst Heilborn, 16. Januar 1897 (Qu 109) . . . . . . . . 629
*702. An Ernst Heilborn (?), 21. Januar 1897 (Hs Ma)* . . . . . . . 630
*703. An Marie Sternheim, 25. Januar 1897 (Hs pr)* . . . . . . . . 630
704. An Martha Fontane, 25. Januar 1897 (BSJ II 264) . . . . . . 630
705. An Friedrich Spielhagen, 28. Januar 1897 (LA II 593) . . . . . 632
*706. An Maximilian Harden, 1. Februar 1897 (Hs Wu)* . . . . . . . 632
707. An Wilhelm Hertz, 1. Februar 1897 (FHe 366) . . . . . . . . 633
708. An Karl Zöllner, 5. Februar 1897 (BSJ IV 133) . . . . . . . 633
709. An James Morris, 8. Februar 1897 (Fr II 416) . . . . . . . . 634
710. An Siegmund Schott, 14. Februar 1897 (BE II 416) . . . . . . 635
711. An Friedrich Spielhagen, 16. Februar 1897 (Fr II 419) . . . . 636
712. An Richard Dehmel, 18. Februar 1897 (Hs Hbg; Qu 94, 195) . . 636
713. An Karl Holle, 22. Februar 1897 (Qu 106, 241) . . . . . . . 637
*714. An Edwin Bormann, 22. Februar 1897 (Hs PK)* . . . . . . . 637
715. An Richard Dehmel, 25. Februar 1897 (Hs Hbg; Qu 94, 195) . . 638
716. An Richard Dehmel, 27. Februar 1897 (Hs Hbg; Qu 94, 196) . . 638
717. An Friedrich Paulsen, 14. März 1897 (FP 4) . . . . . . . . 638
718. An James Morris, 15. März 1897 (LA II 595) . . . . . . . . 639
719. An Friedrich Paulsen, 16. März 1897 (FP 4) . . . . . . . . 640
*720. An Heinrich Seidel, 17. März 1897 (Hs Ma; Qu 67, 571)* . . . . 640
721. An Wilhelm Hertz, 2. April 1897 (FHe 367) . . . . . . . . . 641
722. An Georg Friedlaender, 5./6. April 1897 (FFr 309) . . . . . . 642
723. An James Morris, 16. April 1897 (Fr II 420) . . . . . . . . 646
724. An Friedrich Paulsen, 16. April 1897 (FP 4) . . . . . . . . 647
*725. An Gustav Keyßner, 20. April 1897 (Hs Stabi München)* . . . 648
*726. An Unbekannt, 29. April 1897 (Hs Ma)* . . . . . . . . . . 648
727. An Unbekannt (Verlag G. Grote), 7. Mai 1897 (Hs. Faks; LA II 601) . . . . . . . . . . . . . . . . . . . . . . . 648
728. An Ernst Heilborn, 12. Mai 1897 (Hs. Faks; BE II 424) . . . . . 649
729. An Adolf Hoffmann, Mai/Juni (?) 1897 (LA II 604) . . . . . . 649
730. An James Morris, 3. Juni 1897 (Fr II 421) . . . . . . . . . 651
731. An Wilhelm Hertz, 6. Juni 1897 (FHe 367) . . . . . . . . . 652

732. An Richard Dehmel, 10. Juni 1897 (Hs Hbg; Qu 94, 197) . . . 653
733. An Richard Dehmel, 11. Juni 1897 (Hs Hbg; Qu 94, 197) . . . 653
734. An Georg Friedlaender, 21. Juni 1897 (FFr 313) . . . . . . . . 654
735. An Emilie Zöllner, 21. Juni 1897 (BSJ IV 133) . . . . . . . . 655
736. An Hermann Sommerfeldt, 12. Juli 1897 (HD 263) . . . . . . 655
737. An Martha Fontane, 13. Juli 1897 (BSJ II 266) . . . . . . . . 656
738. An James Morris, 13. Juli 1897 (Fr II 426) . . . . . . . . . . 657
739. An Martha Fontane, 16. Juli 1897 (BSJ II 267) . . . . . . . . 659
740. An Emilie Zöllner, 28. Juli 1897 (BSJ IV 134) . . . . . . . . 659
741. An die Redaktion »Über Land und Meer«, Anfang August 1897 (Q 111, 448) . . . . . . . . . . . . . . . . . . . . . . 659
742. An Adolf Hoffmann, Anfang August 1897 (Qu 111, 448) . . . 660
743. An Wilhelm Hertz, 11. August 1897 (FHe 368) . . . . . . . . 660
744. An Georg Friedlaender, 13. August 1897 (FFr 314) . . . . . . . 661
745. An Georg Friedlaender, 15. August 1897 (FFr 315) . . . . . . 662
746. An James Morris, 19. August 1897 (Fr II 428) . . . . . . . . 662
747. An Friedrich Paulsen, 2. September 1897 (FP 5) . . . . . . . 663
748. An James Morris, 10. September 1897 (Fr II 429) . . . . . . . 664
749. *An Walter Paetow, 14. September 1897 (Hs Wu)* . . . . . . 667
750. An Ernst Heilborn, 23. September 1897 (Qu 109, 339) . . . . . 668
751. An Paul Schlenther, 25. September 1897 (Qu 66, 1384) . . . . 668
752. *An Unbekannt, 1. Oktober 1897 (Hs Ma)* . . . . . . . . . . 669
753. An Clara Stockhausen, 8. Oktober 1897 (Hs Ma) . . . . . . . 669
754. An Friedrich Spielhagen, 11. Oktober 1897 (Fr II 431) . . . . . 669
755. An Richard Dehmel, 17. Oktober 1897 (Hs Hbg; Qu 94, 199) . 670
756. An James Morris, 26. Oktober 1897 (Fr II 433) . . . . . . . . 670
757. An Ludwig Pietsch, 26. Oktober 1897 (Qu 33, 81) . . . . . . . 672
758. An Wilhelm Hertz, 5. November 1897 (FHe 369) . . . . . . . 672
759. An Paul Schlenther, 7. November 1897 (LA II 611) . . . . . . 673
760. An James Morris, 11. November 1897 (Fr II 435) . . . . . . . 673
761. *An Maximilian Harden, 19. November 1897 (Hs Wu)* . . . . . 675
762. An Paul Meyer, 20. November 1897 (Qu 74, 62) . . . . . . . 675
763. *An Maximilian Harden, 21. November 1897 (Hs Wu)* . . . . . 676
764. An Friedrich Spielhagen, 22. November 1897 (Fr II 437) . . . . 676
765. *An Maximilian Harden, 23. November 1897 (Hs Wu)* . . . . . 677
766. An Friedrich Paulsen, 29. November 1897 (FP 5) . . . . . . . 678
767. *An Unbekannt, 30. November 1897 (Hs La)* . . . . . . . . . 678
768. An Paul Heyse, 1. Dezember 1897 (FH 224; Faks. d. Hs.) . . . 679
769. An Paul Schlenther, 2. Dezember 1897 (Fr II 439) . . . . . . . 679
770. An Wilhelm Hertz, 11. Dezember 1897 (FHe 370) . . . . . . . 680
771. An Friedrich Stephany, 11. Dezember 1897 (Fr II 440) . . . . . 680
772. An Ludwig Pietsch, 14. Dezember 1897 (Qu 33, 83) . . . . . . 681
773. An Martha Fontane, 20. Dezember 1897 (BSJ II 268) . . . . . . 682
774. *An Gustav Keyßner, 29. Dezember 1897 (Hs Stabi München)* . 682
775. An Frau Meyer, 1. Januar 1898 (Qu 74, 18) . . . . . . . . . . 683

776. An Friedrich Spielhagen, 1. Januar 1898 (Fr II 442) . . . . . . 683
*777. An Unbekannt, 1. Januar 1898 (Hs Ma)* . . . . . . . . . . . 684
778. An Karl Eggers, 4. Januar 1898 (Fr II 443) . . . . . . . . . . 684
779. An Georg Friedlaender, 5. Januar 1898 (FFr 317) . . . . . . . 685
780. An James Morris, 6. Januar 1898 (BE II 431) . . . . . . . . . 687
781. An Paul Meyer, 12. Januar 1898 (Qu 74, 20) . . . . . . . . . 688
782. An Paul Schlenther, 12. Januar 1898 (Qu 66, 1384) . . . . . . 688
*783. An Julius Lange, 20. Januar 1898 (Hs pr)* . . . . . . . . . . 689
784. An Anna Witte, 24. Januar 1898 (Qu 87) . . . . . . . . . . . 689
785. An Wilhelm Hertz, 25. Januar 1898 (FHe 370) . . . . . . . . 690
786. An Auguste Scherenberg, 25. Januar 1898 (Fr II 446) . . . . . 690
787. An Benno Kaehler, 29. Januar 1898 (Fr II 446) . . . . . . . . 691
*788. An Julius Lange, 31. Januar 1898 (Hs pr; LA II 612)* . . . . . 691
789. An Otto Brahm, 2. Februar 1898 (Fr II 447) . . . . . . . . . 693
790. An Carl Credner, 3. Februar 1898 (Qu 112, 387) . . . . . . . 693
791. An Georg Friedlaender, 3. Februar 1898 (FFr 318) . . . . . . 694
792. An Ludwig Pietsch, 3. Februar 1898 (Qu 33, 84) . . . . . . . 695
793. An Elisabeth Scherz, 4. Februar 1898 (Fr II 450) . . . . . . . 696
794. An James Morris, 5. Februar 1898 (BE II 433) . . . . . . . . 696
*795. An Julius Lohmeyer, 9. Februar 1898 (Hs Lohmeyer)* . . . . . 698
796. An Friedrich Stephany, 21. Februar 1898 (Fr II 453) . . . . . 698
*797. An Ludwig Fulda, 24. Februar 1898 (Hs FDH)* . . . . . . . . 699
798. An James Morris, 7. März 1898 (Fr II 454) . . . . . . . . . . 699
799. An Elise Weber, geb. Fontane, 9. März 1898 (BSJ II 346) . . . 701
800. An Martha Fontane, 9. März 1898 (BSJ II 268) . . . . . . . . 701
801. An Friedrich Stephany, 13. März 1898 (Fr II 456) . . . . . . 702
802. An James Morris, 14. März 1898 (Fr II 457) . . . . . . . . . 703
803. An Georg Friedlaender, 15. März 1898 (FFr 320) . . . . . . . 704
804. An Martha Fontane, 20. März 1898 (BSJ II 269) . . . . . . . 706
805. An Friedrich Stephany, 22. März 1898 (BE II 437) . . . . . . 707
806. An Martha Fontane, 28. März 1898 (BSJ II 270) . . . . . . . 708
807. An Friedrich Stephany, 29. März 1898 (Fr II 460) . . . . . . 709
808. An Wilhelm Hertz, 31. März 1898 (FHe 371) . . . . . . . . . 709
809. An Friedrich Paulsen, 1. April 1898 (FP 5) . . . . . . . . . . 710
*810. An Eugen Wolbe, 6. April 1898 (Hs Ma; Qu 23 I, 452, Teildruck)* . . . . . . . . . . . . . . . . . . . . . . . . . 710
811. An Ernst Wichert, 7. April 1898 (BA 50) . . . . . . . . . . . 711
*812. An Unbekannt, 11. April 1898 (Hs Ma)* . . . . . . . . . . . 711
813. An Wilhelm Hertz, 12. April 1898 (FHe 372) . . . . . . . . . 712
814. An Ernst Heilborn, 25. April 1898 (LA II 614) . . . . . . . . 712
815. An Friedrich Paulsen, 25. April 1898 (FP 5/6) . . . . . . . . 712
816. An Hans von Hopfen, 28. April 1898 (BA 50) . . . . . . . . . 713
817. An Hans von Hopfen, 2. Mai 1898 (BA 51) . . . . . . . . . . 713
818. An Friedrich Paulsen, 12. Mai 1898 (FP 6) . . . . . . . . . . 714
819. An Martha Fontane, 13. Mai 1898 (BSJ II 272) . . . . . . . . 715

820. An James Morris, 13. Mai 1898 (Fr II 462) . . . . . . . . . . . 716
*821. An Gustav Keyßner, 14. Mai 1898 (Hs Stabi München; BE II 438)* . . . . . . . . . . . . . . . . . . . . . . . . . . . . 717
822. An Friedrich Paulsen, 15. Mai 1898 (FP 6) . . . . . . . . . . . 719
823. An Martha Fontane, 16. Mai 1898 (BSJ II 273) . . . . . . . . . . 719
824. An Friedrich Stephany, 17. Mai 1898 (Fr II 465) . . . . . . . . . 720
825. An Friedrich Paulsen, 23. Mai 1898 (FP 7) . . . . . . . . . . . 720
826. An Friedrich Fontane, 25. Mai 1898 (Qu 23 II 142) . . . . . . . 721
827. An Richard Sternfeld, 28. Mai 1898 (Qu 118) . . . . . . . . . . 721
828. An Friedrich Paulsen, 1. Juni 1898 (FP 7) . . . . . . . . . . . 721
829. An Georg Friedlaender, 2. Juni 1898 (FFr 321) . . . . . . . . . . 723
830. An James Morris, 3. Juni 1898 (Fr II 465) . . . . . . . . . . . 724
831. An Otto Brahm, 10. Juni 1898 (Fr II 467) . . . . . . . . . . . 725
832. An Friedrich Fontane, 14. Juni 1898 (Qu 23 II 143) . . . . . . . 726
833. An Ludwig Pietsch, 15. Juni 1898 (Qu 33, 85) . . . . . . . . . 726
834. An Erich Schmidt, 15. Juni 1898 (Fr II 468) . . . . . . . . . . 726
835. An Friedrich Spielhagen, 15. Juni 1898 (LA II 622) . . . . . . . 727
*836. An Maximilian Harden, 15. Juni 1898 (Hs Wu)* . . . . . . . . . 727
837. An Friedrich Fontane, 16. Juni 1898 (BE II 441) . . . . . . . . 728
838. An Robert Bosse, 18. Juni 1898 (BA 51) . . . . . . . . . . . . 728
839. An Friedrich Fontane, 21. Juni 1898 (BE II 442) . . . . . . . . 729
840. An Ludwig Pietsch, 27. Juni 1898 (Qu 33, 85) . . . . . . . . . 730
841. An Ludwig Pietsch, 29. Juni 1898 (Qu 33, 86) . . . . . . . . . 730
842. An Friedrich Stephany, 29. Juni 1898 (LA II 623) . . . . . . . . 731
*843. An Gustav Keyßner, 1. Juli 1898 (Hs Stabi München)* . . . . . 732
844. An Georg Friedlaender, 7. Juli 1898 (FFr 323) . . . . . . . . . 732
845. An Hermann Sommerfeldt, 13. Juli 1898 (Hs La) . . . . . . . . 732
846. An Friedrich Paulsen, 13. Juli 1898 (FP 8) . . . . . . . . . . . 733
847. An Georg Friedlaender, 14. Juli 1898 (FFr 323) . . . . . . . . . 734
848. An Friedrich Paulsen, 17. Juli 1898 (FP 8) . . . . . . . . . . . 735
849. An Georg Friedlaender, 18. Juli 1898 (FFr 324) . . . . . . . . . 735
*850. An Karl Eggers, 22. Juli 1898 (Hs LbK; LA II 625)* . . . . . . . 736
851. An Frau von Bredow-Landin, 1. August 1898 (Qu 82) . . . . . 736
852. An Ernst Heilborn, 1. August 1898 (Qu 109) . . . . . . . . . . 737
853. An Ernst Heilborn, 4. August 1898 (Qu 109) . . . . . . . . . . 738
854. An Paul Linsemann, 5. August 1898 (LA II 627) . . . . . . . . 738
*855. An Gustav Keyßner, 8. August 1898 (Hs Stabi München; LA II 628)* . . . . . . . . . . . . . . . . . . . . . . . . . . . . 739
*856. An Unbekannt, 9. August 1898 (Hs Ma)* . . . . . . . . . . . . 740
857. An Paul Linsemann, 17. August 1898 (Qu 2, 1445) . . . . . . . 740
858. An Siegmund Schott, 17. August 1898 (BE II 445) . . . . . . . 741
859. An Wilhelm Hertz, 21. August 1898 (FHe 372) . . . . . . . . . 741
860. An Erich Sello, 23. August 1898 (Qu 114) . . . . . . . . . . . 741
861. An Erich Sello, 26. August 1898 (Qu 114) . . . . . . . . . . . 742
862. An Theodor Fontane (Sohn), 29. August 1898 (Fa II 332) . . . . 742

863. An Georg Friedlaender, 29. August 1898 (FFr 325) . . . . . . . . 743
864. An James Morris, 30. August 1898 (Fr II 470) . . . . . . . . . . 744
865. An Wilhelm Wolters, 31. August 1898 (FW 136) . . . . . . . . 745
866. An Friedrich Fontane, 4. September 1898 (Hs PK; Qu 116) . . . 745
867. An Emilie Fontane, 11. September 1898 (Fa II 334) . . . . . . 746
868. An Emilie Fontane, 12. September 1898 (Fa II 335) . . . . . . 751
869. An Emilie Fontane, 13. September 1898 (Fa II 336) . . . . . . 752
*870 An Erich Liesegang, 14. September 1898 (Hs PK)* . . . . . . . 753
871. An Emilie Fontane, 17. September 1898 (Fa II 338) . . . . . . 753
872. An Ferdinand Meyer, 17. September 1898 (Fr II 472) . . . . . 754
873. An Wilhelm Meyer-Stolzenau, 17. September 1898 (Fr II 472) . . . . . . . . . . . . . . . . . . . . . . . 755
874. An Friedrich Paulsen, 17. September 1898 (FP 8) . . . . . . . . 756
875. An Paul von Szczepanski, 17. September 1898 (Qu 115) . . . . 756
876. An Hermann Wichmann, 18. September 1898 (Fr II 473) . . . 756
877. An Emilie Fontane, 18. September 1898 (BE II 446) . . . . . . 757
878. An Emilie Fontane, 20. September 1898 (BE II 447) . . . . . . 758
Nachbemerkung . . . . . . . . . . . . . . . . . . . . . . . . 761
Druckfehler und Ergänzungen . . . . . . . . . . . . . . . . . 763
Benutzte Literatur (Quellen zu den Bänden 1–4) . . . . . . . . . 767
Verzeichnis der Briefempfänger (zu den Bänden 1–4) . . . . . . . 777